大華

（五）

大華

復刊號

第一卷第一期

大　華　1966年合訂本　1—20期

本刊於1966年3月15日創刊，至十二月，共出二十期，今合訂爲一冊，以便讀者收藏。此二十冊中，共收文章三百餘篇，合訂本附有題目分類索引，最便檢查。茲將各期要目列下：

1　袁克文的洹上私乘。
2　徐志摩夫婦與小報打官司。
3　大同共和國王劉大同。
4　胎死腹中的香港市政府。
5　申報與洪憲紀元。
6　李準輸誠革命軍內幕。
7　西北軍奮鬥史。
8　清朝的內務府。
9　王孫畫家。
10　日本空軍謀炸南京僞組織秘記。
11　丙午談往。
12　談聶雲台。
13　銀行外史。
14　皇二子袁克文。
15　跛脚主席張靜江。
16　南北兩張園。
17　上海的超社逸社。
18　當代藝壇三畫人。
19　胡漢民被囚始末。
20　我所見的張永福。
21　溥心畬的騎馬像。
22　史量才與陳景韓。
23　清宮的秀女和宮女。
24　洪憲太子袁克定。
25　釧影樓回憶錄。
26　張謇日記。
27　洪憲記事詩本事簿注。
28　英使謁見乾隆記實。
29　花隨人聖盦摭憶補篇。
30　穿黃褂的英國將軍戈登。
31　梁啓超萬生園雅集圖。
32　日治時代的上海三老。

大華合訂本　第二册　（21期至42期）

本刊第二册合訂本，現正編製分類題目索引，預計1970年十二月可以出版。凡定閱本刊的新舊定戶，如欲購買，一律八折優待。

香港讀者，請向本社訂購；海外讀者，請向香港英皇道163號2樓龍門書店總代理處接洽。

精裝本港幣二十六元　US$4.60　　平裝本港幣十八元　US$3.20

大華

第一卷　第一期　（總43號）

大華復刊的故事……林　熙　2
文學革命第一個十年中的散文……李輝英　3
唐時嶺南荔貢考……簡又文　8
懷念黃季剛先生……徐復觀　12
溥心畬遊江南……散　人　14
死葬香港的瑛王洪全福……黃嘉仁　18
科學家謝纘泰……芝　東　19
銀行家宋漢章……匀　廬　20
國民黨改組派與再造派的始末……蒙穗生　22
中國與砂勝越的歷史關係……劉念慈　24
花鳥虫魚……園　叟　26
香港鳳凰山的風……李　杰　29
伊藤博文之死……介　安　31
香港「境內旅遊」分區新擬……李君毅　32
春風廬聯話……林　熙　36
英使謁見乾隆記實……秦仲龢　38
編輯後記……編　者　40

大華（月刊）第一卷第一期（總43期）

一九七〇年七月一日出版

Cathay Review (Monthly)
Dah Wah Press.
36, Haven St., 5th fl.
HONG KONG.

出版者：大華出版社
地址：香港銅鑼灣希雲街36號6樓
電話：七六三七八六

督印人：高　貞　白
總編輯：林　熙
印刷者：大同印務公司
香港北角和富道96號
電話：七一七五四四

總代理：吳興記書報社
香港租庇利街十一號二號
電話：H二三九九七二

星馬代理：遠東文化事業有限公司
新加坡厦門街十九號
檳城杏田仔街一七一號

泰國代理：集成圖書公司
曼谷耀華力路二三三號

越南代理：聯興書報社
越南堤岸新行街二十二號

其他地區代理：
澳　門：可大文具店　寮　國：永珍圖書公司
亞　庇：利文公司　斗　湖：光明書店
千里達：中華公司　菲律賓：玲瓏書局
倫　敦：東賓公司　紐　約：友聯圖書公司
芝加哥：杏林春　洛杉磯：永安堂
波士頓：中西公司　檀香山：大元公司
三藩市：新生圖書公司　三藩市：文化商店
加拿大：香港商店　加拿大：新國華公司

大華復刊的故事

林　熙

「大華」又重新和讀者見面了！在編者和愛護「大華」的讀者來講，這是一件值得高興的事。本刊和讀者睽隔了兩年四個月，當停刊之時（一九六八年三月）我在「大華」寫了一篇「大華停刊的故事」，文末說：「現在發展到這般田地，不得不和讀者暫時告別，萬一有機會復刊，我們就有機會見面了。」這些門面話，在一般刊物停刊時常作此自我安慰語，而復刊者百不什一。但當時的情勢，「大華」確有數月後重新出版的希望，因爲一九六八年九十月間，有位K君就常常和我談到合作出版的問題。K君也是「大華」的讀者和投稿人，我們很談得來，而彼此的志趣好尚亦極相同。有一次他很誠懇地對我說，等他的工廠成立後，緊張的工作稍爲鬆弛下來，我們就着手進行辦理「大華」復刊的事情。

我和K君既有合作之議，便着手清理一下大華出版社一些手續，到今年二月，一切都成熟了，便開始進行組織工作。就在這個時候，另有一位工業家Y君是K君的老友，K君對我說Y君是一位愛國愛友朋，樂于助人而又熱心于文化的人，也很願意和我們合作，辦一份好的刊物。經介紹後，我和Y君見面了，他談吐溫文爾雅，態度和藹可親，談話中知道他沒有什麼嗜好，只喜歡書畫，這就更難得了。

同我合作的那兩位工業家都是中年人，Y君的事業很龐大，早已有了基礎，K君的事業近年亦有成就，他是喜歡研究古代史的，而我則喜歡讀清史，探討明清掌故的寫稿匠，我們兩人在編輯部合作起來，不是兩雄相厄，而是相得益彰，我們一定會合作得很好，供給讀者要讀的文章的。

以上就是「大華」重新出版的故事，亦即是「大華」的歷史，編者是喜歡讀歷史的人，故不敢不以「大華」的歷史向讀者相告。讀者既了解「大華」的歷史，便知它是三個有熱血的書獃子以傻幹的精神和不計較虧損的勇氣來辦一個爲文化服務的刊物。

怎樣叫傻幹呢？我是個寫稿匠，三十年來都靠稿費吃飯的，一天少出產二三千字，生活便受影响，但爲了培養「大華」，我寫稿的時間減少三分之二了，此誠香港人所謂「攞苦嚟辛」，自作自受。

怎樣叫不計較虧本呢？我們的稿費暫定二十五元至三十元一千字（有人會問那些文章值廿五，那些值三十呢？我得說明一下，投來的稿件內容較好，稍具學術性的三十元。至于所約的寫稿朋友，靠稿費生活的三十元，玩票的廿五元。這個「定義」雖覺荒唐，但亦無再好的解釋，姑且如此這般一下），在香港也算獨標一格了。辦爲文化服務的雜志注定要賠本的，在賠本中還以稍高的代價去買好的文章，當然賠得更可觀。但我們不計較，只要有好文章，同時對作者的精神上稍有補助，我們仍樂于這樣做。

文學革命後第二個十年中的散文

李輝英

小引

魯迅曾經說過這樣的話：「到五四運動的時候，才又來了一個開展，散文小品的成功，幾乎在小說戲曲詩歌之上。」（「小品文的危機」）這也就是說，魯迅是肯定了文學革命後第一個十年中的散文成就的。那期間的散文成就，自然也是、有目共睹的事實。講到文學革命後第二個十年中的散文，那我們就應該承認，它的成就更其超越了第一個十年的成就。我們可以說，第二個十年中的散文，差不多是呈現了百花齊放的局面。正如君實所說的：「在散文園地上呈現出萬紫千紅的絢麗景象。」（「中國新文學大系續編，散文一集，導言．小引」）特別像報告文學和速寫之類新的散文形式的出現，都是第一個十年所沒有的。這期間，又由於發生了一連串的重大歷史事件，先後給予了我們的散文作家以反映現實題材的機會，充實了作品的內容，這就使得文學革命後第二個十年中的散文，無論就質的方面說，無論就量方面說，都取得了前所未有的收穫。的確是當得起「百花齊放，萬紫千紅」的說法而無愧的。這裏將要分爲雜文、報告文學、遊記、速寫、小品文等五個小題目，來做個簡單扼要的說明，以見第二個十年當中散文發展的一斑。

一、雜文

雜文方面當然還是魯迅的作品最多，由於國難的嚴重,反映這方面的雜文更多，從一九二七年到一九三七年，魯迅出版的雜文集便有而已集、三閒集、二心集、南腔北調集、僞自由書、准風月談、花邊文學、且介亭雜文、且介亭雜文二集、且介亭雜文末集等。

魯迅的雜文，依然保持過去的精神，戰鬭到底的。那時的自由談（申報副刊），常常都有些雜文發表。魯迅之外，像唐弢、陳子展、徐懋庸、曹聚仁、耳耶、魏猛克等，也都是雜文寫作的能手。再加以太白（陳望道編）、芒種（徐懋庸、曹聚仁編）和中流（黎烈文編）三個半月刊的發刊，每期也都有大量的雜文發表，輔以中華日報的副刊動向，立報的副刊言林，也都刊載了大量的雜文，新作者因而也出現了不少。

唐弢的雜文酷肖魯迅的雜文，他的雜文最初發表於自由談上的時候，許多人以爲是魯迅的筆名，於此可見一斑。關於這一點，唐弢自己在紀念魯迅先生那篇短文中，就寫過這麼一段說明：

> 後來竟也寫些感想，發點議論，由此鬧出亂子來。因爲那時候，魯迅先生用筆名在自由談上寫稿，大家都知道了，但終於不知道他化的是甚麼名。我的名字，自由談以外，是不常見的，因爲寫得並不多。於是那些所謂「看文章專用嗅覺」的文豪們，就疑神疑鬼，妄加猜測起來。他們在我的文章裏嗅到一點異端氣，卻向魯迅先生「嗚嗚不已」，在那時候的青光和晨曦上，大排叭兒陣，表面上是圍剿我的，骨子裏却暗暗指着魯迅先生，大有刀口兩面磨之勢。糾紛由我而起，想起來，常常不免於歉然。

徐懋庸有不驚人集、打雜集出版。他在一篇關於文言文的短文中，談到給某女校改作文時的實際情況寫道：「高中三年級的女生，在上海，至少十七八歲的摩登女郎，有的定該是寫情書的聖手了。……然而，眞所謂不看猶可，看完了三十幾本之後，我是感到異常的幻滅了。三十多個高中三年級的女生的文章，沒有一篇的造句是通達的，沒有一篇的主意是妥當的。字數呢，最長的還不滿五百，雖然這樣短的文章，改起來卻異常費力，有幾篇簡直只配完全塗掉。這是怎麽一回事呢？我馬上就明白了，原來是教學文言文的結果。我翻遍了三十本簿子，裏面的每篇都是用不通的文言寫的。……」這應是事實，值人深省。曹聚仁有筆端出版。雜文產量，相當的豐富。所有上述的雜文作家，文筆鋒利，是他們的共同特點，大致上都發揮了匕首的作用。

二、報告文學

報告文學的出現，是文學寫作上的一種新體製。它既是散文，又是新聞文學，它及時的報導了當前發生的重大事件，又頗似通訊，這樣的新體製，很能發揮及時報導以引起人的注意的作用。那也是因爲「九．一八」、「一．二八」連續發生的歷史事件，須待及時報導、反映的現實題材太多，所以這種文體就大行其道了。孫陵的滿洲國紀實，就是描敍僞組織成立後的很好的報告文學。「一二．八」血戰，上海出現了戴叔淸的前線通訊，錢杏邨編的上海事變與報告文學，還有托名外人的上海——冒險家的樂園以及上海文學月刊社刊行的中國的一日，夏衍的包身工等都是。特別是中國的一日，可以說是報告文學中的集大成的一部巨作。

托名外人愛狄密勒著由阿雪譯的上海——冒險家的樂園，當時卻是有一段曲折的過程的。原來阿雪是作者的筆名，正是一位中國人，他用一份某領事館人員的材料改寫成書的，「材料是現成的，而看法卻是另加的。」（原書新一版前記）。阿雪的名字是珂雪之誤，在同一前記中說：「雪是我那時的一個朋友的名字，拈來列在一起，寓有留念的意思。後來書出版了，上面這署名一變而爲阿雪，是書局方面故意改的，還是出於誤植，無從知悉。」

全書正文十章，楔子一，把上海的一些外國冒險家的形形色色，做了極爲深入的揭露，你只消看看幾個題目，像什麽萬花筒中，像什麽虛僞與欺騙的交響樂，像什麽不調查的調查團，像什麽不操干戈的強盜……就可以想見它又如何的發揮了諷刺的性能的了。

中國的一日主編者茅盾，助編孔另境，書前有蔡元培序，茅盾寫了一篇編輯的經過，大約是仿照高爾基的世界的一日編刋的。全書四百九十篇，字數四百八十萬，寫的是全國各地「五月二十一日」那一天的事情，還有一部份圖片。大的都市，小的鄉村，甚而包括淪陷區，漢奸組織活動區，都做了不同種類的文字上的反映。我們不談中國的報告文學則已，如果談到中國的報告文學合集的話，中國的一日便是首屈一指的巨著。

這部中國的一日分爲十八編：第一編—全國鳥瞰；第二編—南京；第三編—上海；第四編—江蘇；第五編—浙江；第六編—江西、安徽；第七編—湖北、湖南；第八編—北平、天津；第九編—河北、察哈爾、綏遠；第十編—「失去的土地」；第十一編—山東、河南；第十二編—山西、陝西、甘肅；第十三編—廣東、福建；第十四編—廣西、貴州、雲南、四川；第十五編—海、陸、空；第十六編—僑踪；第十七編—一日間的報紙；第十八編—一日間的娛樂。這部作品不但是一部內容豐富的報告文學作品，它無疑也是研究中國近代史的人們足資參考的實貴的材料。

節錄「中國的一日」中「失去的土地」部分「永不能忘記的一課」（作者劉士引）爲例：

上午的本國史，教員開場第一句就是：「……拿出筆墨來！」

我們現出奇異的眼光看着他——他的嘴唇在微抖，他的手上的一本書也在顫抖，他的兩眼無力的瞥了我們一下，接着又說：

「把書翻開——從——」聲音哽咽住，忽又長長的吁了一口氣，接着又說：

「——本書第三章，民國初年的外交。第五章，歐戰後的外交……還有，南京事變，濟南慘案的交涉，萬寶山慘案，九一八事變之爆發……日本佔東三省及國聯的態度……還有……唉！」

我們的心不停的跳動，不過還不大了解到底怎樣？

「還有，一二八之變及日本最近的侵略行動——就在這些課的下面寫『刪去』二字……」

他勉强說完了，接着就在黑板上用力的寫「刪去」兩字！回過頭來，臉上的表情越發難看。

我們翻着書，找着這些課，計算約佔全書的二分之一。

……刪去這——似割掉我們自己身上的肉，當我們不得不寫「刪去」的時候，那枝手中的墨筆，似一把尖銳的刀刺入我們的心頭。……

「上邊說過，幾天後的某國人來查……不然，恐怕我們……」

全室充滿了慷慨激昂的空氣，同學們早有哭得不成聲的了，窗外的小鳥也在梢頭啁啾。……

「呵！你們還要留心——你們的日記、作文，及一切有礙的書籍，都要藏好或焚去。你們應當知道，這或許就可以送了你們的生命哪！」先生又很溫和的告訴我們。

同學們這時大半都已停止了悲哀，先生在講台上踱來踱去，心裏不知想什麽，有時面露微笑，有時現出很難過的樣子。

「包身工」作者夏衍，是他用上海的一家日本紗廠做爲對象，經過調察，實地體會，再掌握了可靠的材料而寫成的作品，尖銳的反映了日人管治下的一角，對於中國婦女所施行的罪惡的行爲，包身工的血淚生活，這才眞眞實實爲外界所洞悉，她們那種非人的生活是令人不能不增加憤慨之感的。這也證明作品的感人力量是到達了如何的程度。

夏征農、魏東明、章靳以、沈起予、許傑、宋之的、蕭乾、范長江等，都寫下了不少反映現實題材的報告文學作品。

二、遊記

遊記部份出現不少的好作品。舒新城的蜀遊心影，便把落後的封建軍閥割據的四川，介紹出來，內容豐富，文字精簡。郁達夫則寫了屐痕處處，描繪出東南山水的眞面貌。唐錫如寫過從岳陽到衡陽，黃災培寫過東海環遊記，胡適寫過廬山遊記，味橄（錢歌川）寫過北平夜話，倪錫英寫過曲阜泰山遊記和洛陽遊記，今秋寫過西北遠征記，沈從文寫過湘行散記，都是屬於國內的遊記。

國外遊記當首推朱自清的歐遊雜記，倫敦遊記，不但介紹了外邦風物，且又儘量運用口語入文，無咬文嚼字毛病，頗爲娓娓動人。小默的歐遊漫憶也是同類作品。此外像徐霞村的巴黎遊記，韜奮的萍踪寄語，胡愈之的莫斯科印象記，劉薰宇的南洋遊記、梁紹文的南洋旅行漫記都是國外地方風土人情的紀錄。

上述都是個人的遊記，另外還有合集的遊記，像新綠文學社編的各家遊記，戴叔清編的模範遊記文選，姜亮夫編的現代遊記選，孫伏園等的三湖遊記，黃災培等的東南攬勝，陶尚等的西南旅行雜寫，顧執中、陸詒的到青海去等都是。

錄朱自清遊記萊茵河第一段爲例，以見一斑。

萊茵河發源於瑞士阿爾卑斯山中，穿過德國東部，流入北海，長約二千五百里。分上中下三部分。從馬恩斯到哥隆算是「中萊茵」，遊萊茵河的都走這一段兒。天然風景並不異乎尋常地好；古跡可異乎尋常地多。尤其是馬恩斯與考勃倫茲之間，兩岸山上佈滿了舊時的堡壘，高高下下的，錯錯落落的，斑斑駁駁的，有些還完好無恙。這中間住過英雄，住過盜賊，或據險自豪，或縱橫馳驅，也曾熱過過一番。現在卻無精打彩，任憑日曬風吹，一聲兒不響。坐在輪船上兩邊看，那些古色古香各種各樣的堡壘歷歷的從眼前過去，彷彿自己已經跳出了這個時代而在那些堡壘裏過着無拘無束的日子。遊這一段兒，火車卻不如輪船，朝日不如殘陽，晴天不如陰天，陰天不如月夜——月夜，再加上幾點兒螢火，一閃一閃的在尋覓荒草裏的幽靈似的。最好還得爬上山去，在堡壘內外徘徊徘徊。

另錄郁達夫遊記釣台的春畫中描寫桐君山的一小段爲例：

說起桐君山，卻是桐廬縣的一個接近城市的靈山聖地，山雖不高，但因有仙，自然是靈了。以形勢來論，這桐君山也的確是可以產生出許多口音生硬，別具風韻的桐嚴嫂來的生龍活脈。地處在桐溪東岸，正當桐溪和富春江合流之所，依依一水，西岸便瞰視着桐廬縣市的人烟樹。南面對江，便是十里長洲；唐詩人方幹的故居，就在這十里桐洲九里花的花田深處。向西越過桐廬縣城，更遙遙對着一排高低不定的青巒，這就是富春江的山子山孫了。東北面山下，是一片桑麻沃地，有一條長蛇似的官道，隱而復現，出沒盤曲在桃花楊柳洋槐榆樹的中間，繞過一支小嶺，便是富陽縣的境界，大約去程明道的墓地—程墳，總也不過一二十里地的間隔。我們去拜謁桐君，瞻仰道觀，就在那一天桐廬的晚上，是淡雲微月，正在做雨的時候。……

四、速寫

速寫也是散文中的新體製，是一種使用精簡的文字，加以文藝筆調的素描，太白半月刊每期專闢一欄，發表三兩篇速寫，像余一（巴金），沈起予、靳以、征農、李輝英、草明等，都寫了不少這類的文字。一九三五年上海生活書店出版的三種船選集和勞者自歌選集，大部份都是速寫。茅盾出版了一本題名「速寫與隨筆」的書，有一部分是速寫，可見當時的速寫如何的受到了重視。

胡風在文藝筆談的論速寫一文中，曾經寫過這樣的話：

> 刺激變化的社會生活，使作家除了創作以外，還不能不隨時用素描或速寫來批判地紀錄各個角落發生的現象，把具體的實在的樣相（認識）傳達給讀者。這不是經過綜合或想像作用的文藝作品……說它是輕妙的「世態畫」是很確切的。

所謂「世態畫」，其實也就是素描，也就是寫成文字的「速寫」。這種速寫倒多半是及時紀錄下來的速成之作，當眞不一定經過綜合，也不一定經過想像，可能是經過直感而紀錄下來的一種反映社會現實的紀事。當然，作者要寫作這篇紀事文字的目的還是存在着的。

節錄夏吉子作速寫到南京路去（收三種船內），以見素描筆法的一斑。

> ……到南京路了，一堆人從電車裏湧出，立刻混和在另一大羣中，人行道上滿了蠕行的動物。
>
> 我在人叢中鑽着，在我前面的是一對互挽着臂膀的男女，女的包裹在大衣裏，高跟鞋子筆陡，半個身子倚在男子身上，讓他扶着走，步子是那樣緩慢的，像是新從醫院裏出來的病人。
>
> 「小姐，做做好事吧，我窮人命凶，弄得一家老小都死光，剩我窮人一個子。小姐，你有福有壽……」後面有一個乾癟得像臘鴨而還披着長衫的人死釘住了我，只管念他自己的佛。我突然覺得我的地位湊得多麼巧，這三個階段好不明顯。
>
> 百貨公司已經減完了四季的價，如今是叫做「出清存貨大廉價」了，鮮明的旗飄着，像是妓女的臉上不得不搽的脂粉。巧妙的窗飾不斷地誘惑人進去。這商店就像個展覽會，多的是參觀的人，伙計的殷勤笑臉似乎早勾不出買客的錢了，猶之乾癟了的母

親的乳房，任你如何擠也不會有大量的乳汁。

……我空了兩手走出百貨公司，迎面有個人斜拿着一枝自來水筆，套子是卸下了的，他幾乎要塞到我的手裏來，我快步向前走了。驀地，拐角上一個大聲在向我的耳邊喊：「明天開獎，頭彩此地！」

車聲，人聲，無線電收音機聲擾成一片，我的頭幾乎昏了。……慌忙擠上一輛電車。兩個車廂劃分兩個世界，一邊坐的是洋人洋婦以及高等華人，一邊擠滿了藍衫的短衣朋友和披着闊圍巾的姑娘。……

售票的喊着「票子」向我擠來了，我塞給他十七個銅子，他給我十二個銅子的票，我抬頭向他，看見一個狡猾的無可奈何的笑。……

五、小品文

因爲一九三四年被譽爲「小品年」，可想而知小品文如何的當令了。話要從一九三二年林語堂創辦的論語和人間世幽默刊物說起的，一經提倡，彷彿風氣大開，小品文雜誌便如雨後春筍般出現了。小品文其實也就是散文。冠以小品兩字，大約用以別於大品（長文）表示自己是小擺設，篇幅短小罷了。這其實是沒有多少關係的，只要表現的主題嚴正就行，否則單單提倡性靈，閑適，到底容易遭到物議的。

魯迅在一篇小品文的危機文章上，就說到了小品文「到五四運動的時候，才又來了一個開展，散文小品的成功，幾乎在小說戲曲詩歌之上。這之中自然含着掙扎和戰鬬，但因爲常常取法於英國的隨筆，所以也帶一點幽默和雍容；寫法也有漂亮和縝密的，這是爲了對於舊文學的示威，在表示舊文學之自以爲特長者，白話文學也並非做不到」。等於講了一段古，然後則認爲在小品文上專注重雍容、漂亮、縝密，以小擺設姿態出現，供人摩挲，那就未免太爲風雅了。所以他又說：「生存的小品文，必須是匕首，是投槍，是能和讀者一同殺出一條生存的血路的東西；但自然，它也能給人愉快和休息，然而這並不是小擺設。」

這就可以看出魯迅對於小品文的看法，和提倡幽默、性靈、風雅的小品的林語堂有着很大的距離。照魯迅的看法，風雅下去是沒有前途的。一定要有充實的戰鬬內容才行。這篇文章寫於一九三四年，顯然幽默小品已經不太大行其道了。特別是太白、芒種、中流的出版，形勢更對於風雅的小品文不利了。

關於幽默，林語堂在「論幽默」一文中說：「幽默本是人生之一部分，所以一國的文化，到了相當程度，必有幽默的文學出現。人之智慧已啓，對付各種問題之外，尚有餘力，從容出之，遂有幽默——或者一旦聰明起來，對人之智慧本身發生疑惑，處處發現人類的愚笨，矛盾，偏執，自大，幽默也就跟着出現。……因爲幽默只是一種從容不迫達觀態度。……」照說在承平盛世幽默幽默，也無不可，可若是在國難嚴重的時候，要幽默幽默未免也就不十分容易了。無怪乎魯迅在論語一年文中，不但說林語堂「他所提倡的東西，我是常常反對的。先前，是對於『費厄潑賴』，現在呢就是『幽默』。」又說：「要每月出兩本『幽默』來，倒未免有些『幽默』的氣息。」等於又幽了林語堂一默。也許這就正是後來的幽默刊物不大容易辦下去的一點兒道理吧？

林語堂的大荒集和我的話，是當時的小品文集。此外像周作人的看雲集，馬國亮的偷閑小品，兪平均的雜拌兒二集，豐子愷的車廂社會，不除庭草齋夫的齋夫自由談等都是。

茅盾的話匣子，王統照的烟雲集，何其芳的畫夢錄，李廣田的畫廊集，麗尼的黃昏之獻等，都是這時期的各具不同風格的小品佳作。蕭乾、蘆焚、曹白、陸蠡、靳以、柯靈也都是小品文的能手。蕭乾的作品也更具有獨特的風格，文字的洗煉尤臻上乘。

唐時嶺南荔貢考

簡又文

引言

長安迴望繡成堆　山頂千門次第開
一騎紅塵妃子笑　無人知是荔枝來

唐詩人杜牧這一首過「華清宮」絕句（三首之一）乃是引起我研究本題之楔子。說起來，有一個頗爲有趣的故事。

記得多年前，在廣州一個盛大的讌會上，我於賓主聯歡言笑、共啖荔枝間，偶然說出：「一騎紅塵妃子笑，無人知是荔枝來」這膾炙人口的兩名句，許爲嶺南名產——荔枝——千古流傳的佳話。詎料同席某君，竟毫不客氣地當面駁斥，謂那時楊貴妃所吃的荔枝，是四川產而不是由廣東進貢的。我腦中清楚記憶嶺南貢荔事見諸唐宋歷代詩文。無奈當時手上無書可證明，而且在官式的讌會上（省政府主席羅卓英將軍專聘余留粵期辦「廣東文獻館」，是日余忝居上賓），斤斤置辯，不合禮節，而且迹近自衒學識，有失丰度，故默然不語，雖心裏受窘，頗覺尷尬，仍勉强按捺感情，隱忍不與計較。然而那一次小小的困窘，卻給我很强烈的智識的刺激和一條很好的作文題材；令我在期辦「廣東文獻館」時，得以拿來作第一個研究對象。於是，立行翻閱文史載籍，蒐羅資料，而從事唐時嶺南荔貢之歷史的考證。二十多年來繼續下去，努力不息。結果：卒使我得到滿意的答案，殊足以證實當年座上隨意而發之閒話，並非虛語而確有實據的，抑且自信可以斷定千古這宗史案。曩在讌後不久，曾寫出考證短篇在穗垣發表。今茲復將歷年所積存的資料，增修舊稿，成此新篇，以供大家研究。可惜當年座上主客多已物故，未能一一就正。語曰：「古之學者爲己」，對於這一個研究課題，我自己已獲得不少眞智識了。

遠古荔貢事蹟

嶺南荔貢，不必俟唐時始見實現。遠在漢初，廣東已有荔枝入貢長安，至東漢始罷其役。史籍所載，斑斑可考。

（一）據蔡襄：「荔枝譜」載：「荔枝之於天下，唯閩、粵、南越、巴蜀有之。漢初，南越王尉陀以之備方物，于是始通中國」。詳言之，其時南越王趙佗，以嶺南土產鮫魚、荔枝獻高帝。帝報以葡桃錦四匹。是爲廣東荔枝通中原之始。時，陽曆紀元前二世紀事也。（見吳應逵：「嶺南荔枝譜」、「西京雜記」，譚瑩「南海縣志」等。）

（二）「三輔皇圖」載：「漢武帝元鼎六年（元前一一一），破南越，起扶荔宮，以植所得奇草異木。土木南北異宜，歲時多枯瘁。荔枝自交趾移百株於庭，無一生者，連年猶移植不息。後數歲，偶得一枝少茂，終無華實，帝亦珍惜之。一旦萎死，守吏坐誅者數十人，遂不復蒔矣，其實則歲貢也。」（並見吳譜引用崔弼；「白雲山志」）

（三）謝承：「後漢書」載：「舊南海獻龍眼、荔枝，十里一置，五里一堠。和帝時，臨武長汝南唐羌，（字伯游）以縣接南海，乃上書諫曰：『臣聞上不以滋味爲德，下不以貢膳爲功，故天子食太牢爲尊，不以果實爲珍。伏見交趾七郡，獻生（荔枝？）龍眼等，鳥驚風發，南州土地，惡蟲猛獸，不絕于路，至於觸犯死亡之害，死者不可復生，來者猶可救也。此二物升殿，未必延年益壽。』帝于是下詔曰：『遠國珍羞，本以薦奉宗廟，苟有傷害，豈愛民之本？其勅太官勿復受獻』。」嶺南荔貢，由是中輟一個長時期。（按

：唐羌上書時在和帝永和十五年，卽陽曆一〇三年，上文見阮元「廣東通志」卷一八一「前事畧」一〇，其事並見桂坫：「續南海縣志」及吳譜引用崔志，皆源出「後漢書」。

唐以來之紀載

至唐玄宗時，楊貴妃最嗜荔枝。以蜀產不佳，特遣使由南海馳貢生荔。歷代史籍記載其事尤多，彙錄如下。

（一）據史籍所紀，最先引起唐代嶺南荔貢之役者爲曲江張九齡。「辨物小志」載：「張九齡因嘗盛誇荔枝之美，但朝中王公巨卿，均以其說爲妄，未之信。張乃作『荔枝賦』云：『夫其貴、可以荐宗廟；珍、可以羞王公。亭午里而莫致，門九重兮易通。山五嶠兮白雲，江千里兮青楓。何斯美之獨遠！嗟爾命之不逢。』未幾，貴妃嘗之，千里傳送，可謂逢矣。明朝陳絳詳曰：『逢矣，如疲人勞師何？毋以是賦爲之先容耶？』」張賦原序有云：「狀甚瓌瑰，味特甘滋。百果之中，無一可比。」無怪其引起貴妃饞涎欲滴，必食嶺南生荔之動機，隨而發生千里傳送生荔之事實。然據史籍有載，貴妃本廣西人，則其愛嘗南方「家鄉風味」，獨嗜此嶺南佳果，亦合情合理之尤。未必因曲江一賦大動食指而發動荔貢也。無論如何，此足爲嶺南荔貢之證。（按：據何格恩：「張曲江詩文事蹟編年考」載「廣東文物」中册頁三三，疑張賦作于玄宗開元十五年，時都督洪州。）

（二）嶺南荔貢之最早的人證而見諸文字者爲鮑防的詩，據明徐𤊹：「筆精」載：「唐鮑防，襄州人，天寶末擧進士。時，明皇詔馬遞進南海荔枝，七月七夜達京師。防作「雜感詩」云：『五月荔枝初破顏。朝離象郡夕函關。雁飛不到桂陽嶺。走馬皆從林邑山。』是知貴妃所食之荔枝，實出南海，已見劉昫『唐書』並防詩。蔡君謨（襄）謂涪州荔枝，歲命致驛，羅景倫（大經）以爲一騎紅塵，乃瀘戎之產，恐悞矣。」鮑防是當時目擊南方貢荔事之最要的人證。然秦時之象郡統屬南海尉治下，包括粤之西南部、桂之西部南部、及安南；「林邑」卽安南、順化等處（後稱占城），唐時無此地域名稱。鮑詩所指當非由廣西、安南等邊陲僻地入貢，實運用「象郡」古典，而泛指南海也。詩人注重詞藻而忽畧地理，不事寫實，比比然矣。「筆精」明書爲南海，後據此詩而斷定貴妃所食者爲南海所貢，更足爲有力之證言。

（三）李肇：「國史補」載：「楊貴妃生于蜀，好食荔枝。南海所生，尤勝蜀者，故每歲飛馳以進。然方暑而熟，經宿則敗，後人皆不知之。」肇、唐元和間人，去天寶貢荔時經六七十年，知其事必諗中或謂其末段十五字已明說南海貢荔之事爲人多不知，不可確信。然上段所敍係積極的、鐵定的事實，有他種詩文相參證，其下段所言「人多不知之」，殊不影響到上段之事實也。抑且其下段云云，卽杜牧「無人知是荔枝來之意，又何嘗用人多不知其事而取銷上句之史事乎？是故李肇此語亦爲嶺南荔貢之重要的及有力的證據之一。

（四）唐代詩聖杜甫「病橘」詩有句云：「憶昔南海使。奔騰獻荔枝。百馬死山谷。到今耆舊悲」。或謂「憶昔」、「到今」係指東漢和帝時貢荔慘狀，以譏當時日進橘弊政也。但「憶」是個人之記憶，當指個人本身與當代耆舊猶及見之事而憶念之，斷不至遠指六百年前史事而言。故南海使獻荔枝之事仍係指玄宗與貴妃時事無疑。

（五）杜甫有「解悶」十二首之一，又云：「先帝貴妃今寂寞。荔枝還復入長安。炎方每續朱纓獻。王座應悲白露團」。或解「炎方」作長安南屬劍南道之瀘州、戎州，並引此詩次章卽有「憶過瀘戎摘荔枝」句爲證。然「炎方」、「謂南方炎熱之地」（見「辭海」），以全國地勢而論，自然是兩廣地方；謂爲長安南方之瀘、戎，未免牽强。其實，在全國版圖中，此是正西方，向稱「西蜀」，從來未鮮見稱爲南方或「炎方」者。至瀘戎摘荔枝則是另一回事，不能混爲一談，殊未可以此爲「炎方」卽瀘戎之證也。況當時瀘戎想有貢荔之擧（看下文），但兩地同時進貢同樣的方物，大有可能，並非互不相容的。柳宗元于摘桂後有詩曰：「橘柚懷貞質，受命此炎方」。「炎方」卽產生橘與柚最著之廣西也。杜甫此詩更可證明玄宗與貴妃死後，嶺南仍然繼續上貢荔枝焉。

（六）後晉劉昫：「唐書」之「地理志」載：「廣州南海郡中都督府上貢荔枝。」

（七）同上書「禮樂志」載：「玄宗幸驪山，楊貴妃生日，命小部張樂長生殿，奏新曲，未有名。會南方進荔枝，因名曰：荔枝春』。」

（八）同上書之「楊貴妃傳」載：「妃嗜荔枝，必欲生致之，乃置騎傳送，走數千里，味未變已至長安。」此雖未言來自何方，然旣云數千里，非指廣東而何？正史明載其事，尤足信。

（九）樂史（宋人，字子正）所撰「楊太眞外傳」名著中，曾三次言及玄宗時廣東貢荔事：

（甲）「妃子旣生於蜀，嗜荔枝；南海荔枝勝于蜀者，故每歲馳驛以進。」

（乙）「十四載六月一日，上（玄宗）幸華淸宮，乃貴妃生日。上命小部新聲……於長生殿奏新曲，未有名。會南海進荔枝，因以曲名『荔枝香』。左右歡呼句聲動山谷。」（此出自「唐書」「禮樂志」，見上引。）

（丙）安祿山旣作亂，玄宗挈楊貴妃蒙塵至馬嵬坡。六軍皆不發，不得已賜妃死。「力士以羅巾縊於佛堂前之梨樹下，纔絕而南方進荔枝至。上覩之，長號嘆息，使力士曰：『與我祭之！』」嶺南荔貢更有此一齣哀艷絕倫之悲劇作尾聲。

（十）「梅妃傳」亦載：「會嶺表（廣東）使歸，妃問左右曰：『何處使來？……非梅使耶？』對曰：『庶邦貢貴妃果實使來。』」此卽指嶺南荔貢事也。

（十一）「資治通鑑」載：「妃欲得生荔枝，歲命嶺南馳驛致之，比至長安，色味不變。」此與上條「唐書」大致相同，益足證實。

（十二）歐陽修：「荔枝詞」、調寄浪陶沙：「五嶺黎秋殘。荔子初丹。絳紗囊裹水晶丸。可惜天教生處遠。不近長安。

往事憶開元。妃子偏憐。一從魂散馬嵬關。只有紅塵無驛使。滿眼驪山。」其詠楊貴妃食嶺南荔枝事甚顯，更明指「一騎紅塵」之爲嶺南貢荔事也。

（十三）李汝梅有七絕云：「上書無復見唐羌。一騎紅塵驛使忙。博得長生妃子笑。可憐南海荔枝香。」

（十四）蘇軾于「日啖荔枝三百顆，不妨長作嶺南人」之名句外，尚有詠荔枝詩云：「不須更待妃子笑。風骨自是傾城姝。不知天公有意無。遺此尤物生海隅。」他在廣東歌詠荔枝而引用杜牧「妃子笑」句，又云「生海隅」，當然是相信楊貴妃所食之荔枝爲嶺南貢品。

（十五）「廣異記」載：宋哲宗元符末年（一〇九九）有閩吏譚微之郊遊啖荔，隨在荔枝樹下睡覺，夢見荔枝仙子吟詩有句云：「妾生原在閩粵間。六月南州始薦盤。……卻憶當年妃子笑。紅塵一騎過長安。」可見宋人之深信杜牧詩是詠嶺南荔貢事者。

（十六）宋阮閱：「詩話總龜」云：「杜牧『華淸宮』一詩，尤膾炙人口，據唐紀：明皇以十月幸驪山，至春卽還宮，是未嘗六月在驪山也。荔枝盛暑方熟，詞意雖美而失事實。」然另據「唐書」「禮樂志」，玄宗幸驪山乃在貴妃生日，——卽六月初一（見上文）。此正當荔枝熟時，可見杜句符合事實。

（十七）「長生殿」傳奇之「舞盤」一齣，有「遠勑來川廣」一語。可見唐時荔枝，有自蜀來，有自粵來。不過貴妃所嗜爲粵產——食之乃「笑」耳。

（十八）元楊維楨宮詞云：「薰風殿角日初長。南貢新來荔子香。西邸阿環方病齒。金龍分賜雲衣娘。」

（十九）明張燮書：「長生殿上紫煙開。妃子紅妝映酒杯。小部新聲歌未了。

（按：此引「禮樂志」及「楊太眞外傳」。）嶺南飛騎帶香來。」（按：此引杜牧名句）。

（二十）吳應逵：「嶺南荔枝譜」之「妃子笑」云：「產佛山，色如琥珀，有光，大如鵝卵，其甘如蜜，其臭如蘭，皮薄而肉厚，核小如豆，漿滑如乳，啖之能除口氣，使牙齒香經宿，宜乎妃子之破顏也。」可見其以杜牧詩之確爲嶺南荔貢詠也。

（廿一）崔弼：「白雲山志」云：「唐天寶間，貴妃嗜荔，取之涪州，經子午谷，路近而捷。特以南海荔支勝蜀，每歲飛騎以進，亦不取諸閩也。」

（廿二）廣東荔枝種類甚多，其中有「妃子笑」一品，分明是源出杜牧名句，並足爲嶺南貢荔之一證。此種傳說證據至有力量，爲一般歷史家所不能忽畧的。

以上所舉二十二條（此爲到現在所知者），已足爲杜牧絕句所指之荔枝確係嶺南貢品之至强有力的證據。

持異見者

唐以後，歷代亦有多人對嶺南荔貢事力持異見，而相信「一騎紅塵」乃由四川進貢荔枝于長安者。可見當年之卽席駁斥吾言者，亦非毫無根據者也。茲復彙錄主張此異說之詩文於後。

（一）宋王灼：「碧雞漫志」先引「唐書」之「禮樂志」所載南方進荔枝因名新曲曰「荔枝香」一事，隨引「脞說」云：「太眞妃好食荔枝。每歲忠州置急遞上進，五日至都。……」此言楊妃所食之荔枝爲忠州產。張君房亦以爲貢自忠州。

（二）宋羅大經：「鶴林玉露」云：「荔枝，明皇時『一騎紅塵妃子笑』者，謂瀘戎產也。故杜子美有『憶過瀘戎摘荔支』之句。……」

（三）「蜀志」：「唐天寶中，取涪州荔支，自子午谷路入。」

（四）「琅齋便錄」載：「唐世進荔枝，貢自南方。楊妃外傳以貢自海南。杜詩亦云南海及炎方。惟張君房以爲忠州，東坡以爲涪州，未得其眞。近閱『涪州圖經』及詢土人云；涪州有妃子園荔枝，蓋妃嗜生荔枝，以驛騎傳遞，故君謨譜曰：『天寶中妃子尤愛嗜，涪州歲命驛致』。又曰『洛陽取于嶺南，長安來自巴蜀』。此實錄也。後人不須置喙矣。」

（五）蔡襄謂「唐天寶中，妃子尤愛嗜涪州（荔枝），歲命驛致。」又謂「洛陽取之于嶺南，長安來于巴蜀」。（蔡譜）

（六）蘇軾：「荔枝歎」古風有句曰：「永元荔支來交州，天實歲貢取之涪。」此指唐荔貢來自涪州，與上錄一首「不須更待妃子笑。……遣此尤物生海隅」句之以爲來自嶺南者異。但非矛盾，蓋唐代荔貢，並來自川、廣兩處。上詩言廣荔，此言川荔耳。

（七）王十朋注蘇詩更廣其說云：「唐天寶中，蓋取涪州荔枝，自子午谷路進入。」

（八）范成大（石湖）過涪州「妃子園」詩有句：「露葉風枝驛騎傳，華清天上一嫣然」。復加注云：「涪陵荔枝，天寶所貢，去州里許有此園。」

（下期續完）

本社啓事

本刊于一九六八年二月停刊後，曾分別通知定戶憑定單領回報費，但大多數定戶似乎嫌麻煩，沒有照辦。現在「大華」復刊，未到期的舊定戶，依然照舊時地址寄上。不過，事隔兩年多，舊定戶地址或有變動，就恐怕收不到了。如有此種事情發生，請舊定戶從速來信告知新址，當遵照辦理。又爲優待舊定戶起見，到期後重新定閱，給予八折優待。

懷念黃季剛先生

徐復觀

章太炎先生最得意的門人，當然要推黃季剛先生。黃先生名侃，湖北蘄春人。現任教於中文大學新亞書院的潘重規先生，是黃先生的東床佳壻。有關黃先生的學術平生的詳細情形，潘先生及其夫人黃念容女士，當有詳盡的紀述。我這裏只懷念到一段相關的往事。

黃先生因新舊文學之爭，被迫離開北大後，回到武昌高等師範（即後來的武漢大學）教書，聲華籍甚，受到不少學生的崇拜。我當時住省立第一師範，校長是以王學著稱的劉鳳章先生，特請黃先生來校兼課。當時爲我們講文字聲韻之學的是黃先生的門人劉伯平先生，後來當過武漢大學的文學院長；他所担任的兩門課，當然不會教得太差。不過劉先生不長於講授，而我對這兩門課也沒有興趣。黃先生來兼課，開許氏說文，在校內相當地轟動，聽課的人不少。不過黃先生曠課居其大半。偶來上課，也以嬉笑怒罵，消耗掉大部分時間。若偶然高興講二三十分鐘，則音調鏗鏘，語意嚴整，大家的精神，隨著他在講枱上往來走動的神采而也同時飛越。這是他的任何學生所無法學到的。順便一提的是，他教說文，總是從許愼說文敍講起。在第一師範兼一年課，固然沒有講完這篇敍，民國十三年在國學館兼一年課，也同樣不會講完這篇敍。

當時有十多位同學，一半出於用功，一半是出於好奇，要出錢請黃先生私人講授。大家所出的錢，眞是少而又少，我連那一點錢也出不起。但大家爲了湊熱鬧應，非要我參加不可。我以爲黃先生不會答的。但推舉代表向黃先生請求時，黃先生非常高興，願在每周星期日的上午，爲大家講文心雕龍和廣韻。地點依然借第一師範的一間小課室。黃先生大概來講了五六次，比正式上課熱心得多，他的文心雕龍扎記的油印，大概都發給我們了。同時，我們把他的廣韻聲類表，爲他用排字印出。但我當時不僅對廣韻無興趣，連對文心雕龍也無興趣。黃先生不斷讚美文心雕龍的文章。而我卻走的是古文(散文)的路數。當黃先生具體指出文心雕龍裏一段一段的好文章時，我依然不能領悟。近二十年來，我對文心雕龍的研究稍有成績。或者這一點稍可報答先生當年的一番厚愛。但這中間，我從未與黃先生有過私人交往。

民國十二年暑假，我從省立第一師範畢業，當時找職業萬分困難。我以吵嘴打架的方式，爭到縣城一個模範小學裏的半個教員。所謂半個者，書是教整個的，但教育局發的薪水卻只是半個，每月十三串錢，約合四元多銀幣。教了半年下來，還負了幾串錢的債，這對我來說，眞成爲不了之局。忽聽說省當局要繼承經心兩湖兩書院之後，創辦一個省立國學館，每月考課考得好的可領到十多元到四十元的膏火費，我便抱着逃亡的心情，跑到武昌，住在糧道街一家小客棧裏，參加入學考試。

五四運動後，文化界中蓄聚着有一股反動的勢力，隨時想對反中國文化的潮流加以反抗；這是國學館出現的根本原因。加以考試不拘資格，所以參加考試的人有三四千之多；年齡從二十歲左右的高到五十歲左右。第一試的結果，我被錄取爲第一名。（第二次的第一名是聞聰，與聞一多是弟兄輩）有位參與其事的姚先生，因爲他曾充第一師範的校監，又和我是小同鄉，對我很關切，在放榜後特地來告訴我一段曲折。

國學館長是羅田王葆心先生，博學而性情寬厚，但不通世務，無治事之才。在招考期間，他曾接到一封匿名信，大意說有個搗亂份子徐秉常（這是我當時的學名），也來投考。萬一錄取，則國學館的前途不堪設想等等。王先生信以爲眞，記在心下。但閱卷完畢後，折密封時，第一名正是徐秉常，王先生便不肯錄取。我的卷子是黃先生評閱的，他並不知道我是聽過他的課的學生。只是站在文章的立場堅持，非保持原定次序不可。館長約了幾位老先生開會，並將前幾名的卷子再互閱一遍，接受了黃先生的意見。我知道這內幕後，立刻聯想到我在十三歲時考縣立中學考了個第一，巴河聞、陳（狀元陳沆之後）兩高門的弟子，再加上湯化龍的一個堂弟，合在一起，找到我要和我打架的情形，這是中了科舉之毒太深的原故。

放榜後最感不平的是離我鄉居約二十華里的一位王啓南先生。他是一個大地主，肯買書讀書，自視甚高，大家稱他爲「王聖人」。此時四十多歲，也特來參加考試，名列四十名左右。放榜的次天，他和幾位年齡四十左右的人，找到小客棧來，一定要看我的草稿。我告訴他「一向作文不打草稿，只是按着卷子寫」。他半信半疑地要我背給他聽。我背了頭一段，他拍案而起，說道：「想不到你這個小鬼寫的文章有這大的氣勢。我沒有話說」。當時我滿十九歲，但身體瘦小，衣着藍縷，所以在王先生眼中還是個小鬼。

再過三四天，武昌高師和中華大學的學生，不斷地來看我。並告訴我。黃先生在上課時，和他們說「我們湖北，在明代人才鼎盛。入清後便消歇不堪了。尤其是不曾出過一個著作之才。現在我發現了一位年輕人徐秉常，他會爲湖北人出這一口氣」。我一向是渾沌過日子的人，既不曾有志於功名，更不敢涉想到著作。聽到他們所告訴我的黃先生的話，感到有些慚愧和震動，便決心去拜望他。

黃先生當時住在武昌黃土坡，我進門通報了姓名，並表示感謝以後，他立即問「你認爲鄭康成知禮嗎」？我陡然吃一驚地答道：「他偏注三禮，當然是知禮的」。「那末，他的高弟某某（我忘記了黃先生所說的姓名），你認爲知禮嗎」？我也只好答道：「應該是知禮的」。黃先生更興奮地說「對了。同姓不婚，那只是指同姓有服制關係者而言。沒有服制關係的就可以通婚。所以某某（康成的學生）娶的便是同姓。現在湖北人罵我娶同姓，尚得爲知禮乎」！我才明白他是爲剛剛和一位黃姓小姐續弦來向我解釋的。停了一下，他又說「除了我黃某外，什麽人能教你呢？你來住在我家裏，我親自教。聽說你是寒士，我供給你的生活」。這更出我意外。但因當時黃先生的聲名太大，而我又太窮，立刻感到無法接受這番厚意，只得委宛地辭謝了。

我進國學館後，決沒有好好地念書，所以很少和黃先生親近。他曾寫一個條幅送我，上面寫的是元遺山「沉魄浮魂不可招，遺篇一讀想風標。不妨擧世嫌迂濶，賴有斯人慰寂寥。」的一首絕句，早經丟掉。又曾爲我書一扇面，寫的是元遺山的一首七律。由此可以推想他是很愛好元遺山的詩的。

民國十五年秋革命軍到達武漢，國學館解體，我在外奔走衣食。十七年赴日，又學的是陸軍士官。每想到黃先生以著作相期的話，只能增加內心的愧疚。民國二十年上海一·二八之役，我正在南京。有一天鼓起勇氣去拜候他，他看到了非常高興，留在他家裏午餐；好像他在午餐時還是喝一點酒。他當時想向杭州逃難，一面吃飯，一面向我說：「我是文聖，你是武聖；我們師徒兩人，一文一武，在一塊兒逃難。你沒有錢，我有」。飯後我勸他暫時觀望幾天，不必遽然移動。萬一非走不可，我會來招呼的。此時，我剛看完郭沫若以生殖器崇拜解釋周易起源的文章，問先生的意見。他只說：「這個王八旦很聰明」，再未說其他的話。不久戰事停止，我更遠赴廣西謀生，沒有再見到先生；而黃先生於民國二十四年九月便死於南京，得年才五十歲。

我常想到，就人與人的關係說，就師生的關係說，我們的下一代不及我們這一代；而我們這一代又遠不及我們的上一代。我因爲對黃先生的學問一無所得，所以平時不敢自稱是他的學生。但我和他這一段偶然的遇合，使我常想到他的心地，實在比許多讀書人要乾淨而純厚。我因黃先生的教示，曾仔細讀過，郝懿行的爾雅義疏，這些年還受到此書的益處，也即是受到黃先生的益處。

一九六七年我短期在港，承念容師妹把先生尚未付印的遺稿特別拿給我看。即以先生的文章而論，華妙精嚴，也遠非時流所及。所以我正以迫切的心情，希望重規賢伉儷，能早日將它印出。

一九七〇，五，廿二，於九龍。

溥心畬游江南

散人

溥心畬先生，雖不以畫家自居，然其北派山水，造詣頗深，書法秀挺，詩尤俊逸。但在抗日戰爭結束以前，溥氏似未嘗南游京滬，是以南人之能瞻仰其丰采者絕少。及民國三十七年（一九四八）春，心畬膺選國民大會代表，乃於是年三月廿九日開第一次行憲國民代表大會時，心畬與其他滿族代表，於會前自北平而至南京，報到後，大會秘書處乃為之安頓於成賢街招待所。

當抗日戰爭勝利後，中樞於民國三十五年冬，舉行制憲國民代表大會時，心畬並非代表，一者那一屆代表人數較少（不及行憲代表人數之半），再則那屆代表選舉在七七事變以前（多選於一九三七年夏季前後），或者那時心畬隱居舊都，對國是的看法，亦許與戰後有所不同，故無意膺選吧？猶憶制憲國大開會時，滿族自也有若干代表出席，某次大會，討論憲法草案某問題之際，頗有爭辯，全場氣氛，相當緊張，忽有一位滿族代表，登台發言，衆以其為滿族代表也，均全神貫注，聽其意見。但那位代表開口卻說「兄弟有意見發表，請大家洗耳靜聽」！各代表頓時大譁，哄鬧甚烈，那位代表自然說不下去，而神態殆若莫名其妙，呆立台上，有如木雞，當時陳誠坐在第一排靠講壇處，乃從容上台，扶之而下，復經台上主席大聲請維持秩序，始漸次平息。此與某殖民地有一擁有勛銜的名流演講說：「兄弟今天承邀講話，好比鶴立雞羣」。有異曲同工之妙，然均初無他意，不過錯用成語罷了。

心畬雖屬五短身裁，而恂恂儒雅，和藹可親，加以學養深邃，聲望隆盛，若在大會發言，必受歡迎，但心畬除照例出席外，卻一直未曾發表意見，究係鑑於前次某代表之失，具有戒心？抑係懍於大會人數過多（三千餘名），發言不易（大會發言，時遇哄聲，確屬不易）那就不得而知了。

心畬於大會期間，除出席會議外，平時很少出外活動，自也偶爾參加文藝界的邀宴，因那時齊白石先生也到了南京，張道藩等對之大為捧場，有時不免也連帶邀請溥氏。而當局與南京官場於溥氏似未特加重視，遠不若齊白石之收到顯要門徒，且實行三跪九叩大禮，風光十足。及心畬二年以後到了台北，則又特被尊重，照料週至，誠所謂「彼一時也，此一時也」。

當時心畬於開會之暇，仍時常寫字作畫，但都是小幅，甚至類似「斗方」，蓋均係應酬代表臨時所索討者，而心畬幾乎有求必應，自全毫無代價，那時所有國大代表，均係天之驕子，各方爭取，不遺餘力，大會秘書長洪蘭友且曾以「語云：『天下無不是的父母』，現要改為『天下無不是的代表』」之說，來訓誡秘書處的同人，竭誠服務。以溥氏和善可親的性格，如遇有人索字，索畫，豈肯拒絕？只好以斗方應之，而一面復表示歉意，說「限於招待所地方空間有限，我實在寫得（或畫得）草率不恭之至，敬請原諒」。那代表自然一再道謝表示滿意而去。好在索討者多係同一招待所的代表，若再普遍，那還得了！

代表中有許多受親友招待住於各大公館與私宅的，也有若干被競選方面拉攏，住於各大旅舍與飯店的，例如中央飯店，就由各方分包以招待各區域之重要代表與活動人員。若照溥心畬先生這樣的身份與資望，似乎也應該有人特加照顧一下，但他卻只是擠在招待所中，與衆相同，自然這樣招待也是苦心經營，無微不至的，只是日夜鬧哄哄的，對於寫字繪畫不大相宜罷了。

筆者與心畬初不相識，而素重其書畫。當其居北平時，曾迭託好友曹靖陶君向之依潤求畫，先後計有五幅，雅逸澹遠，超塵絕俗，詩亦清新可喜，惟風格則大體相同，都係遠山近水，林木蕭疏，中必有人，既非時服，亦非旗裝，而乃晉唐古代衣冠，神態悠然，若有遐思。令人一見不免發思古之幽情，萌山林之隱趣，但重複如此，亦未嘗無「印板排竿」（米元章幼習歐字既久語）之感。友人曹君，乃徽州曹振鏞後裔，書香世家，書畫俱佳，且係詩人，與當時南北文藝界多有交誼，筆者求齊白石之篆刻、畫件及溥氏書畫，多勞其經手，當日即曾以所感觸與之談論，曹君道：「四大名旦的玩藝之所以美妙，就是因爲各有所長，而且各有一定的規矩，你只要看他們演同一齣戲，他的台步，動作，板眼，音韻，都好像一個模型，大同小異，千篇一律，那才是功夫精到，眞正方不愧爲名角哪！書畫亦可類似。」余當即笑道：「何獨書畫？何獨四大名旦？自然連新艷秋也是一樣，所以，她才能迷人呢！」因那期間曹君正力捧新艷秋，並屢次欲與之論嫁娶，故筆者以此調侃之，彼此一笑而罷。

民國卅七年溥氏在南京時，筆者於成賢街招待所中曾與之數次晤談。他曾詢問筆者在滬住址及電話，說是他要到上海去觀光，「到時必趨府拜訪。」當即寫與，並道：「若駕抵上海，只要賜一電話，當即驅車來訪，先生初臨上海，恐交通不便，還是我們來歡迎陪伴罷。」

國大閉會後，不久，心畬果然到了上海，晤面後歡宴於敝寓，他表示想開一次書畫展，但場所爲難，或租值太昂，或排期過遠，因他不願在滬躭擱過久，而亟想往杭州一遊西湖。筆者思慮有頃，乃問他道：「溥先生您看，像敝寓這小地方，您覺得配不配舉行畫展呢？」溥氏前後左右一望，當即道：「那是最好啦！就恐打擾不便。」我說：「沒有什麼，沒有什麼」。在座賓客，也都贊成，就此決定日期，當席推定宣傳，連絡與事務各負責人，分途進行，自然全盡義務，居然頭頭是道，如期舉行。

那次展覽，溥氏所懸出的書畫，不過百幅左右，很少大幅，而且展期僅止一天，這大概是溥氏體恤主人之意罷。然來賓不少，多係國大代表，與舊參政員，及新的立，監委員以及滬上工商界名流，或多或少，都照定價購買。至黃昏客稀，尚賸十來幅，筆者即與數友人掃數分購而散。

當展覽會開幕時，照例總要講幾句介紹與頌揚的話，當推章行嚴先生致詞，章氏極力推崇溥氏的人品清高，書畫俊逸，認爲都係出類拔萃之流亞云云。隨之又有一二位簡畧譽揚。最後溥氏堅邀筆者也要說幾句話，推辭不獲，乃道：「溥先生的人品書畫，誠如章行老以及諸位所說，鄙人無以復加。惟覺溥先生最大的價值，表現在他的一方印章——就是『舊王孫』那方印章上。溥先生於民國後，既不作伯夷叔齊，也不作趙孟頫，而始終以舊王孫自居，其價值堪與石濤及八大山人輩並垂不朽。我國傳統評論藝術作品，往往與其人品併爲一談，且由人品決定其價值，據說賈似道的書畫並不錯，而嚴嵩的字我們也看見過北平六必居的招牌，就字而論，誠屬上品，然而絕少有人懸掛他們的書畫，倒是有人認爲不一定會寫字的岳飛的書蹟或拓本到處有人懸掛，無他，只是由其人格決定其書畫價值罷了。我們敬重溥先生，也就是這個道理。」

心畬爲恭親王奕訢之孫，恭王是道光帝第六子，與咸豐帝爲兄弟行，照清末的情況與皇室世系而言，他也不無入承大統的可能，依其儀表與風範，似乎較之他那位由那拉氏基於私人恩怨而强拉入繼的堂弟「宣統皇帝」受看得多，這是說假定他能夠入承大統的話。然而「得馬」，「失馬」，禍福卻難以一定，歷史上的宋徽宗即是一例，而溥儀也就是現實歷史。當筆者在展覽會上說話的時候，對於溥氏之清貧自守，並未參加僞滿洲國，以及復辟陰謀等等，確實衷心敬佩無已，不過當時不便宣之於口罷了。（編者按：溥心畬是沒有資格入承大統的。當光緒廿五年西太后欲廢立時，以溥倫最有希望，倫乃道光嫡長孫。然年事已長，非西太后所欲。庚子以後，因心畬之父載瀅犯罪，奪爵歸宗，所以連帶心畬也沒有爵位，那就更沒有資格了。心畬對外國人常自稱爲Prince，而人亦以Prince敬之，說破了可發一笑。）

展覽會後，溥氏某日又來舍坐談，隨問筆者何時返杭？言外之意，大有「一客不煩二主」，希望我招待其暢遊六橋三竺之慨，當時我也有意歡迎，無奈因在京過久，諸務待理，一時難以抽身。適魏見山君與二三友好在座，聽筆者表明苦衷後，魏君乃道：「溥先生如駕臨杭州，爲湖山生色，至表歡迎。××兄既暫難陪伴，小弟應當代勞，敝廬尅可下榻，但不知溥先生肯不肯屈駕」？溥氏目視筆者，余當即說道：「那好極啦！見山兄新居，在西湖通江的水涇灣環處，一面臨近城牆，楊柳依依，一面水流清澈，池塘寬宏，既有魚蝦之供，又屬鬧中取靜，風景絕幽。見山兄慷慨好客，招待週到，溥先生遊覽之餘，必然會產生許多佳作」。另一友好復掉一句文道：「那可謂『賓主盡東南之美』了。」於是就此決定，不日，由魏兄陪溥氏一同赴杭。

大約七八天後，忽有人送來溥氏一小冊頁求售，那冊頁高不過六吋，寬僅四吋許，楠木夾板，裝潢精緻，頁內有畫十二幅，每幅各具風格，均題詩一句或二句，草書署心畬二字，字不過是一二分大小，筆墨酣暢，誠可謂多采多姿！而籤條猶屬空白。余頗爲欣賞，但以索價不菲，而本人限於學養，溥氏又已離滬，竟不敢斷其眞僞，乃請曹君來加鑑定。曹云：「此件可能爲溥氏二十年前作品，大約在民國十四、五年間，那時他正年富力强，刻苦用功，故能繪此精品，若現在恐不能了。你不是嫌他畫的條幅多近雷同嗎？這件可補其缺憾。」我說：「何以並無圖書？」曹說：「畫面不過數寸，何來餘地蓋印呢？心畬現在杭州，你不妨拿去請他在後面空白處加題並蓋上印章，那豈不就成了完璧嗎？」於是我就買下來了。

大約一月後，我回杭州，稍事安頓，即往訪魏見山兄，兼拜望溥氏，至則溥氏業已另行遷居，余微詫而詢之，魏乃詳告種切，據云：溥氏初至杭州，彼終日陪其遊山玩水，其樂融融。後來要觀覽旗營遺跡，並問有否旗籍老成之士猶存在者？似有憑弔及訪問之意。經答以旗籍人士，可能不少，但均與吾人相習相安，難以分辨。以前只有一位金梁先生頗爲著名，然於戰前早已北上，後聞其且已出關，旋亦逝世。此外，少有所聞者。至於旗下營則於辛亥後久已闢爲新市場，即現在沿湖濱一帶就是，我們不妨前往遊覽一番。於是就坐上三輪車，由錢塘門先往菩提寺路，指「二百間頭」的遺跡與看，並說明這是辛亥革命後，臨時救急安頓旗籍人士之處，當時倉猝之間，搭屋二百間，以收容滿族流離失所者，故本地人名之曰：「二百間頭」，久則各謀生理，自行定居，此屋無所用之，現時只餘遺跡。隨又沿平海路轉延齡路復折至湖濱路，這三條路再加上迎紫路，都屬寬宏大道，平坦整潔，溥氏頗爲贊美，一直到了湧金門，在柳浪聞鶯處停下，遂告以這些地方原都是旗營，當初周圍九里，共闢五門，這湧金門與初經過的錢塘門都是，現已只存其名，而毫無痕迹了。溥氏不勝感慨，稱許不置。

魏兄續道：溥先生初來，玩得很爲愉快。偶然也寫字繪畫，以備有機會展覽，有來求的，只要有人介紹，送潤多少或竟不送，倒也隨便。大約在我處住了半月以後，他的姨太太忽然來了，慢慢就不簡單啦！她首先將溥的印章印泥都收起來，在我書房桌几上舖上溥先生的潤格，凡有來求書畫的，必先照格交潤，否則縱然書就繪畢，她也不拿出印章鈐蓋，這在我們看來，以溥先生之境遇，倒也應該，只是我做主人的有時對親友卻有點難爲情罷了。故常預先關照朋友注意，自然也不會太不安。惟有那位姨太太來後，就認識了一個某行辦事務的青年朋友，常陪同出遊，進出我家，談笑無拘，男女不避，有時溥先生在書房畫畫，他們就在臥室掩門深談，甚或大說大笑。溥先生則視而不見，聽而不聞。老兄曉得的；我們家裏（即妻室）是鄉下人，又有兒有女，幾曾見過這等陣仗？我們雖極欽佩溥先生的修養與氣度，但家人實有些不習慣。久之，姨太太似有所覺，有次向我表示，說是溥先生很想到西湖裏面弄一個地方去住，以便期夕領略湖光山色，最好是寺院，因溥先生在北京是常常住在廟裏的。

魏兄又說道：我趁便問過溥先生後，就留心尋覓地方。後忽想起廣化寺的方丈和尚，原與老兄熟識，且地處孤山，風景既佳，交通又便，乃往洽談，並說溥先生是老兄的朋友，特託我招呼的。和尚甚表歡迎，且說明一切開銷自當特別客氣。隨後溥先生帶了姨太太，同我們一起去看，結果挑選了兩間大房間，現已搬去住了。我聽後竭力慰解，並表歉意。

談頃，筆者與魏兄偕赴廣化寺訪溥，寒暄間，姨太太出來，心畬介紹，余見其嬌小玲瓏，臉上很多雀斑，尚有風致，與溥氏到很相配。伊見魏與余，敬茶敬煙，十分禮貌，余乃取出在滬所收的小冊頁，請其鑑證。溥從容翻閱完畢，乃道：「這大概是我三十歲時候的紀念作品，先生得到，甚爲難得」！余計時，那當是民國十五年（一九二六）所繪，心中頗覺曹靖陶兄眼光的精到。遂請溥氏在冊後空白頁上加題並蓋印以留紀念。溥氏欣然命筆。題畢，姨太太已自動捧出印章，印泥，及粉盒等。我說：「蓋舊王孫一印最好。」但心中殊詫異不知她同時拿出她的化妝粉盒何用？但見溥氏蓋畢兩方印章後，立卽以粉撲擦粉加蓋於圖印之上，然後再將粉吹散，余遂恍然於其代替吸墨紙之作用，而甚覺有趣，不禁歡笑，分別向他們致謝。

坐談有頃，余正想約他們出遊，並到樓外樓小酌，但斯時忽然有一青年排闥而入，並不與人招呼，卽逕同姨太太大聲說話，旁若無人，魏兄立卽以目示意，余遂知此卽姨太太的朋友。余思此際局面頗爲尷尬，統約與分約，均所不便，不如改日再說，遂收起冊頁，道謝告辭。出門後，魏兄說：「今天你的『頭寸』（杭土語卽面子意）總算最大了。」余問何解？魏兄道：「姨太太並未索潤呵！」

余旋將此冊頁送至馬一浮先生處，請其賞鑑，並請其於空白籤紙上題字，先生亦欣然允許。後題「溥心畬先生畫冊」下署「鐲叟」，送還。字體不過三分左右大小，蒼勁秀逸，醇雅之至！先生向不題署時人作品，此次竟逾格破例，足徵溥繪之精，亦見厚愛之切，故余珍寶備至。不足一年，退居港九，居處狹隘，因託黃般若君處置我所帶來張宗昌精印的那一大堆十三經，黃見此冊頁，堅要拿去展覽，後亦被其處置。迄後思之，竟與另一馬先生所臨閣帖手卷，均耿耿難忘，惓惓不已！

民國卅七年秋季以後，金融緊迫，時局大變，人心惶惶，余亦少回杭州，致與溥先生迄未再見；不久，金陵瓦解，分奔離散，各不相謀。當筆者再從港九南遊之際，曾聞心畬來港，自無緣晤面，旋聆噩耗於一九六三年冬，不覺戚然久之！

•稿　約•

四十二期以前的「大華」，內容是偏重文史性，現在復刊，改爲綜合性，以新的姿態與讀者相見。希望讀者和作者不斷地惠賜大文。除政治性的文章外，什麽文章我們都歡迎。來稿最好不要超過四千字，如果非萬字以上不能了，請事先來函商洽。因爲「大華」的篇幅不多，沒法容納太多長稿，稿太長，要分兩三期才能登完，讀者就不耐煩了。

稿費千字二十五元至三十元，照片每頁三元，均于出版前五日致送。刊出的文章圖片，版權均歸本社所有，如作者要保留版權，事先書面通知，以便安排。不合用的稿，兩星期內退還，不退的就是準備要用的表示，但何時刊登，要看情形而定，作者如果等得不耐煩，希望來信詢問。

死葬香港的瑛王洪全福

•黃嘉仁•

洪秀全領導下的太平天國失敗後，他的後人(或族人)多被殺戮或走避他鄉，當年有不少洪氏族人多以香港爲逋逃藪。直至一九〇二年，距太平天國滅亡後卅八年，即光緒廿八年(壬寅)。洪秀全有一位逃亡在外的從姪洪春魁，卻仍念念不忘要替洪秀全復仇，參加了興中會會員謝日昌父子及李紀棠的武裝起義，要在廣東造反。

一九〇一年一月十日，興中會第二任會長楊衢雲被刺殉國(按：第一任會長爲黃詠商，香港第一任兩局議員黃勝之子)，謝日昌及其子謝纘泰急於爲楊衢雲復仇，得港商李紀棠(當年香港首富李陞之第三子)毀家助此義舉，復得瑛王洪春魁武力援助，遂策動在廣州再圖造反。事先，並未徵得興中會同人同意，孫中山先生當時固留在河內觀變，亦未知謝日昌、謝纘泰、李紀棠及洪春魁等爲首四人，乃突然有此妄動(按：此時孫中山已正式任興中會會長，楊衢雲係一八九五——一八九九年第二任會長)。

謝纘泰、李紀堂、洪春魁三人，在揭櫫起義前，內定事成後，推容閎爲大總統，孫中山爲國務卿，立國曰「大明順天國」，以洪春魁任大明順天國南粵興漢大將軍。其所擬定在發難時之南粵興漢大將軍檄文(其中之一)如下：

大明順天國興漢大將軍天賜　爲聲罪致討事：案查滿清者，乃西胡鄙族，而東遼小邦也。政等苛虎，情同狼毒。當多爾袞渡江之後，乘吳三桂戰疲之餘，順踞京城，逆戕明裔，托辭討賊，恣志殺民。嘉定則屠戮全城，根苗盡薙，揚州則慘殺三日，玉石俱焚。迨耿尚之南征，成粵桂之奇禍，五羊城外，十八甫寸草不留，六脉渠中，四萬衆殘生莫保。君臣無罪，駢首受剝洗之刑，婦孺何堪，坦胸任干戈之。嗚呼慘已！能勿凄然！乃復外托仁刺慈，陰恣狼毒，藉口輕徭薄賦，肆意吸髓敲膏，漢民則尺布寸縷，既徵釐復征稅，滿人則暖衣飽食，女不織男不耕。晉爵則滿高而漢卑，授官則滿多而漢少。凡此多偏之政，應爲不平之鳴。况今日者，義和拳之亂，乃滿官釀之，非漢人之咎也；而割地盡屬漢土，賠欵徵自漢民。頤和園之建，乃清廷所居，非我漢人所到也；而初築八百萬，復修六百萬，欵項不足，稅釐重徵，貨物之價既昂，田房之捐繼起。民不堪命，已同涸轍之魚，君尚晏居，無異怡堂之燕。明頒節約之詔，暗恣揮霍之豪。西陝回鑾，東陵謁駕，耗費者數百萬；北京修殿，南海葺園，撥欵者千餘萬，嗚呼！賠欵交迫，民悲避債無台，浪費任情，君喜宴遊有所。良心何在？苛政頻加！是以民怨繁興，羣思撥亂反正，因能天心感應，迭發水旱瘟災。此正天亡滿清之時，即爲天興我漢之候。本將軍應天順人，弔民伐罪，邀集天下之士，爰舉義旗；務滅滿清之政，重興漢室。爲此檄飭軍民人等，須知天命攸歸，可見人心所向。無失風雲之際遇，各秉精忠；企看日月之重光，務清妖孽。其各知之，須至檄者！

洪春魁一字梅生，擬建立大明順天國時，改名全福，廣東花縣人，幼隨秀全於廣西。起義後，轉戰桂、湘、鄂、皖、蘇、浙各省，晉封左將軍，瑛王，三千歲。天國敗，逃香港，傭外洋輪管事，掛名於香港義和堂行船館，懼爲滿清發覺，轉藉東莞縣洪屋圍村立家室，航海四十年，年事已高，隱居香港，懸壺自贍。素與澳洲歸僑謝日昌往還。謝纘泰(謝日昌子)知其在天地會（三合會）之潛勢力，油然神往。謀諸其父，請全福（洪春魁）担任攻取廣州之責。壬寅八月，謀支援於李紀堂，約於同月十四日在謝寓商進行方法，李紀堂答應以五十萬元援助舉事，召集全省洪門兄弟尅期大舉。

洪春魁旋設總機關於香港中環德忌笠街二十號四樓，掛起一面和記棧招牌，改名全福，即在此時。首派梁慕光及李植生分別任南粵興漢大將軍某府總司令，及總參謀。梁慕光及李植生在廣州開設信義洋貨店於同興街，又在河南分設繼業公司及和記公司，另在城內設分機關二十餘所。李植生精通化學，原任芳村德國敎堂漢文總教習，且在敎堂側設一肥皂廠；遣宋居仁，馮通明赴北江，聯絡綠林會黨，訂期十二月卅夜（農曆）舉事。來擬於廣州文武官員齊到萬壽宮行禮時，放火爲號，即各路武裝並起。東路綠林會黨牽制陸路提標；香山一帶，担任牽制水師提標；著名盜魁劉大嬸，則統部衆握廣州北路。

謝纘泰在港專任對外交涉之責，香港西報記者黎德及克艮漢，馬禮遜博士等，且替謝氏修正其英文革命政府對外宣言。

及是役失敗，留港造反同志，被英警逮捕多人，均賴黎德等在西報主持公道，代致電倫敦殖民地部求助。蓋英國例須保護國事犯，故當年被捕之造反同志，均獲全部釋放。

此役英文方面之宣傳及活動，全由謝纘泰負責，中文方面宣傳文字，均由香港中外新報（當年某西報之中文版）主筆洪孝聰執筆，上述檄文，即洪孝聰所作。

洪春魁事敗，偕謝纘泰弟子修，喬裝閉道澳門出險，但殉難者仍有多人，梁慕光押運軍火赴花地大通烟雨，（壬寅十二月廿六日）渡次，爲駐沙面捷字營清軍截獲，慕光拔鎗立斃營勇一名，泅水而遁。被緝獲殉義者，有梁慕義，梁慕信（均梁慕光弟），陳學靈，葉昌，劉山岐，何萌，蘇居及李秋帆多人。

洪春魁潛回香港，香港政府及清廷仍密切跟踪，洪氏乃改名浮萍，避禍星洲。清吏遍索不得，遂懸紅緝捕。生擒賞二萬元，官守備，死致賞一萬元，官千總。

時有香港無賴張佐廷，以所識廣州河南雞鴨欄東主吳六，貌肖洪全福，年亦相若，佯認爲義父，誘至香港鴆殺之，僞爲洪全福屍，盛篋，外飾寄付貨物狀，使粵吏派小輪赴香港，載屍返省，兩廣總督德壽大喜，給賞如約，不數日，此案在港被當局發覺，以清吏在其治下任意殺人，妨害地方治安，大表不滿，謝纘泰及李紀堂，且力助港官緝兇嚴辦，德壽大吃一驚，亟誅張佐廷及經辦此案之屬吏何長清塞責了事。

洪春魁避禍數年，因老病回港就醫，死於香港國家醫院（即瑪麗醫院前身），享年六十有九。謝纘泰爲營葬於跑馬地殖民地墳場六七八一墓地，此役而後，李紀堂亦宣佈破產，時爲一九〇七年。

洪春魁墓，現仍倖存，墳場管理人廖煒煌知其所在。墓爲中國式，初葬時，碑刻『洪其元公墓』數字，直至民國十四年（一九二五），始由其子孫改鎸一過，左側鎸民國十四年，右側鎸子孫立碑字樣，中間則改鎸「洪公其元諱春魁墓」。

辛亥前之造反人物，其殉義後營葬於香港者，厥惟楊衢雲與洪春魁，而二氏卻無法受到尊重，得以移葬黃花崗，與中會而後，黨紀蕩然矣！

科學家謝纘泰

謝纘泰字重安，廣東開平人，一八七二年生于澳洲，十五歲隨父回到香港，在皇仁書院念書，數學成績很是突出。他加入革命團體後，仍致力科學研究，製造飛船，曾把自己設計的藍圖，給一個研究飛船而未成功的英國人麥森(Sir A. S. Maxim)看，麥氏十分佩服。他製成的「中國」號飛船，當時的香港報紙和一八九九年的「科學的美國人」有刊載他的事實。

一九四三年，謝纘泰死在日本「皇軍」佔據下的香港，年七十一歲。

（芝東）

記銀行家宋漢章

勻廬

宋漢章先生原名魯，後以字行，原籍浙江餘姚，因先人游幕入閩，清同治十一年（一八七二）生於福建莆田，一九六八年一月二十六日卒於香港。早歲肄業上海中西書院，治英國語文，畢業後正趕上維新運動，先後任職於上海電報局及通商銀行等新興事業。戊戌政變後，西太后謀廢光緒帝，另立溥儁爲大阿哥，上海電報局總辦經元善聯合海外僑商通電反對，西太后大怒，經氏遽被通緝，出亡港澳，因聘先生爲傳譯之職，蓋以紹興同鄉，又爲電局同事也。光緒末年清廷改戶部爲度支部，戶部銀行改爲大清銀行，並附設儲蓄銀行於北京。儲蓄銀行總辦錢鏡照委派先生任該行經理。儲蓄銀行經理須與度支部司官往來，因納資捐五品同知銜，以便出入衙門。辛亥革命，儲蓄銀行停業，適大清銀行上海分行因受革命影響鬧擠兌風潮，總行派錢總辦赴滬處理，錢氏以先生熟悉滬情，邀之同行，先生旋繼任滬行經理。

民國元年一月，大清銀行商股股東聯合會，呈准南京臨時政府，改組大清銀行爲中國銀行，取消官股五百萬兩，備抵損失，其商股五百萬兩改爲中國銀行股本。時陳錦濤任財政總長，因委吳鼎昌爲中國銀行監督，派先生爲上海中國銀行經理，並於一月五日開業。滬軍都督陳其美向中國銀行提取軍費，先生以不合手續拒之，遂藉口有人告發，謂先生侵吞大清銀行公欵，假滬西小萬柳堂設宴，將先生誘捕，遞解華界拘押。事聞於司法總長伍廷芳，認爲都督非法拘捕，有違反臨時約法及干涉司法獨立之嫌疑，提出抗議。先生於晚年猶能記憶同席人名，深佩伍總長之主持公道也。臨時政府於三月五日派李象權爲清查中國銀行委員，證明先生並無侵吞公欵之罪嫌。象權北洋大學畢業後，曾任大清銀行籌備員，並於中國銀行實行區域行制後，被派駐江浙皖區稽核，雖常處與先生對立地位，但始終維護先生，並極欽佩先生之守正不阿。

滬軍都督陳其美違法拘捕先生一事，伍總長與陳都督反復辯論，對下列三點實爲顛撲不破之論據：（一）宋漢章一案，前據來文，原告起訴在一月四日，其時臨時政府已成立，不得再以軍政時期爲藉口侵害人民之自由；（二）三權分立，約法明確規定，與徒演繹學理者不同，則受訴及處理，有一定之機關，一定之手續，不得以民軍初起時，一切大權，握諸都督一人之手，行使其漫無限制之權力；（三）宋漢章是否侵吞，尚在未知之數，且其時仍有職務，又有担保人，即使侵吞，尚可追償，是與逃犯及盜賊不同（見民國經世文編「爲妄事逮捕再致陳都督書」）。先生卒因伍總長之主持公道得以平反。先生固守法奉公，未有罪嫌；而伍總長「寧獲罪當道，僅爲一面之識」（見伍致陳函）之先生仗義執言，實爲民國初年之佳話。

民國五年（一九一六）袁世凱稱帝，改元洪憲，雲南護國軍興。北京政府先以帝制運動，繼以籌備大典，終以應付內戰，支用浩繁，庫藏枯竭，乃於五年五月，由國務院令飭中國交通兩行，對於所發鈔票停止兌現。中行接到該項命令後，先生與副經理張公權均以「袁氏稱帝，違誓叛國，早已自絕於國人，鈔票停止兌現，無異使人民破產，促經濟崩潰，毅然拒絕奉行。隨即取得在滬股東同意，開會反對，復聯合中外同業，作爲後盾，同時寬籌現金，對上海分行所發行之鈔票無限制兌現。此一措施，不特鞏固中行所發行鈔票之信用，提高中行在金融界之地位，對袁氏之帝制運動，實予以嚴重之打擊，加速其失敗，在中行歷史上，亦爲光榮之一頁。一般人都以抗拒亂命，出于公權之策畫爲多，究其實際情形，當時公權在銀行界尚爲新進，因不諳英語，與外國銀行迄無聯系。先生則能操純正之英語，自參加通商銀行及大清銀行附屬儲蓄銀行後，對新興銀行事業及外國銀行與錢業方面均聲望鵲起，一經號召，遂使北京政府無從還擊。

按停兌命令之宣布，實為袁氏在帝制失敗時梁士詒氏代段祺瑞所策畫，便於收拾時局，維持財政。而公權早屬梁任公之研究系，因知袁氏帝制必將失敗，欲藉先生在上海金融界之地位，以速袁氏之敗，保中行之本，提高公權在銀行界之聲譽，實為公私兼顧之舉。據「三水梁燕蓀先生年譜」民國五年四十八歲時所記：「令由國務總理段祺署名，此令發後，南中某督本與段有隙，因密授意金融界抗拒，為開宗明義之第一拳。世之論者，乃袁授意先生所為，不知其時袁已不問政事，致此令由國務院執行。其不能推行盡善，有別一暗潮在，不僅由金融關係也」。其所指南中某督，實為馮國璋，蓋馮早於梁任公經滬南下時，在寧與馮會商一切，公權兄弟均為研究系健將，當然願為任公前驅，故令下即有抗拒之決議，則非先生所詳知也。

先生自民國元年接任滬行經理後，直至十七年，迄未調動。十六年國民革命軍克復上海前，已由中行舊同事陳其釆在滬活動，先生協助國民政府，頗著勳跡，但十七年國民黨寧漢合作後，宋子文重長財政，始與北方財閥沆瀣一氣，乃改中國銀行為國際匯兌銀行，總管理處由北京遷至上海，改組董事會，廢除總裁制，改為總經理制，遂以張公權為總經理，滬行亦易貝淞蓀為經理，先生改任常務董事。廿四年（一九三五）中國銀行重行改組，宋子文任董事長，先生任總經理，卅三年（一九四四年）孔祥熙繼任董事長，卅七年孔辭職，先生繼任董事長，次年先生辭職，始與任職卅八年之中行脫離關係。自民國以來，先生始終任中行要職，但自民國十七年及廿四年兩次改組，加入國民黨官僚資本，人事方面亦由四大家族操縱，先生已乏過去反抗滬軍都督及袁世凱亂命之勇氣矣。

余識先生於民國初年，時在上海讀中學，先生對青年會異常熱心，恒出席徵求大會，並用英語演說。五四運動時，余已在滬任教，因協助學生代表聯絡工商各界合電北京，罷免曹章陸三賣國賊，偕學生會長何葆仁同謁先生，極承讚許。抗戰時在港渝兩地時有過從，一九四九年後在港重逢，先生與余均已奉天主教，故更有往還。先生生平最難能之事，為不治私產，可作公職人員之模楷。先生自中年後即戒除煙酒，每晨實行冷水浴，至老不輟。故在先生九十七歲逝世前，從無高血壓及心臟疾患。先生生活簡單，常以凍菜下飯不以為苦，勤儉之風至易簀不改其操。身後除服務中行之退職養老金外，並無其他遺產，亦可以厲末俗而樹嘉模矣！

國民黨改組派與再造派的始末

•蒙穗生•

汪精衛搞的改組派，全名應該是「中國國民黨改組同志會」，是在民國十七年（一九二八年）成立的。它的組織，原來係因民國十六年，北伐軍克復南京，蔣介石叛變革命，寧漢分裂，跟着汪精衛也叛變革命，形成了寧漢合作。以後汪精衛與顧孟餘、陳公博、王法勤、王樂平、朱霽青、潘雲超、郭春濤等所謂粵方委員（他們不一定是廣東人），集中上海，策劃反蔣活動。他們檢討當時民主革命失敗的原因，認定蔣介石的反動獨裁，倚靠英美和江浙財閥，完全拋棄了孫中山改組國民黨以後的政綱和精神。一致主張應該推翻蔣介石的反動獨裁政權，恢復民國十三年的改組精神，徹底實現第一次全國代表大會所通過的對內對外政綱。因此，他們的集團便定名爲中國國民黨改組同志會。

改組派的組織系統，從中央到地方分爲三級：中央設總部，省市設分部，分部下設小組，都是絕對祕密的。中央總部設在上海，分設組織、宣傳兩部。組織王樂平負責，王遭蔣暗殺後，由朱霽青接手。宣傳先後由陳公博、顧孟餘、潘公超等人負責。陳公博爲了爭取青年，培植幹部，在上海辦了大陸大學，又爲了煽動羣衆，辦了「革命評論」和「大衆日報」，做宣傳工具。這樣以第三條道路來號召，很自然的迎合了部分不滿現實的人心理。尤其是江蘇、上海、南京，在滕固、劉蘅靜、盧印泉等公開地掛着當時的什麽黨務整理委員（這個名義是蔣方的，滕等是改組派的地下組織負責者）的招牌，從事活動，黨徒發展得很快。其它如北平、河北、兩湖、兩廣、江西、安徽、四川、山西等省市，也派了專人去負責，廣收黨徒。

汪精衛集團的改組派反蔣，從來沒有具體的計劃，僅僅結集了一批徒衆，做過幾次軍事、政治的投機。如民國十八年春間，汪精衛集團，運動張發奎參加新桂系軍閥，和蔣介石爭奪武漢的戰爭，結果，張發奎部隊隨着新桂系軍閥的失敗而分化了。十九年春間，閻錫山、馮玉祥聯合反蔣，戰爭了七八個月，在徐州附近相持了三個月，南京政府震驚危懼。汪利用閻馮反蔣戰爭，和閻馮搞在一起，在北平組織擴大會議，不到三個月光景，蔣介石派了吳鐵城等運動張學良，率兵入關，擴大會議便煙銷雲散。汪精衛乘桴浮于海，遠走法國，改組派的組織，也偃旗息鼓。民國二十年蔣介石扣留胡漢民，兩廣軍閥陳濟棠、李濟深等聯合反蔣。汪乘機回到廣州，聯合陳濟棠、孫科和部分中委等，召開國民黨中央非常會議，各省市的改組派代表，也到粵參加。不久，東北發生了九·一八事件，蔣在全國人民强烈反對之下，不得不宣告下野。後來汪與蔣勾搭，又一同上台，蔣汪商談結果，如唐有壬、曾仲鳴、陳孚木、鄧飛黃、黃少谷等人，成了中央候補委員。汪當了行政院長兼外交部長，顧孟餘當了鐵道部長，陳公博當了實業部長，陳樹人當了僑務委員會委員長。其他的改組派徒衆，也得了一官半職，或做了黨官了。這就是改組派所謂恢復民十三的改組精神的最後結果。

可是好景不常，改組派分子逐漸分化了，谷正綱、正鼎兄弟，投靠了蔣介石，加入了CC派。其他一部分進步分子，如陶國華、郭任之、劉定安、朱程、王柏春等，投向了共產黨。此外游離分子，因爲首領汪精衛一向投機活動，有的還是死心塌地的跟他走，一直到做了漢奸的末路。有的不願意跟汪走的，都另謀出路。從此便冰銷瓦解，成爲國民黨歷史上內部的派系之一。

汪精衛的改組派與孫科、胡漢民的再造派，可說是難兄難弟。民國十七年初，國民黨粵派文人胡漢民、孫科、伍朝樞等，因爲政治關係，不能在台上執政，聯同前往歐洲看西洋景。當時有些國民黨的少壯派，王昆侖、鍾天心、湛小岑、周一志等，擁護胡漢民，梁寒操卻追隨孫科。因此關係，胡孫出國前，先與廣東執政者李濟深講妥，給他們經濟上的援助。在上海辦「再造旬刊」、「民衆導報」（黃愼之主編）。主要是政治上擁護胡漢民，反對汪精衛。「再造旬刊」先由鍾天心負責，後來鍾出國，由梁寒操主編，梁隨孫到南京，由周一志接辦。「民衆導報」，由湛小岑、程元斟負責。搞了一年左右，胡漢民回國，形成了胡蔣合作，中斷了汪蔣合作。胡當了立法院長，孫當了鐵道部長，他們得了官職，便不過問上海所辦的報刊了。加以李濟深被蔣騙到南京軟禁起來，經濟也斷絕。因此，王、梁、鍾、湛、周等一批人，便被同志們叫他們爲再造派，而他們也以此派人而自居。

蔣介石手下的陳果夫、立夫等人，對于這批再造派分子，視爲眼中釘，是很自然的。同時改組派陳公博所辦的「革命評論」，與再造派因爲政治路線不同，也成了政敵，汪精衛、蔣介石勾結上台，分享政權。再造派的報刊議論，在當時也很引起人們的注意。

汪精衛、胡漢民二人，在孫中山逝世後，因爲廖仲愷案的關係，由好友轉爲政治上的仇敵。孫胡爲了打破汪蔣合作，在歐洲提出了一個試行五院制的提案，蔣也認爲可以利用，而這一批再造派青年，卻認爲不應該因反汪之故，而做蔣的御用工具。當胡乘船歸國，再造派遣人迎胡于香港，由王昆侖、鍾天心交出一批青年同志的聯名信，希望胡仿照當年孫中山北上時，提出黨政軍的大政方針，一面接近羣衆，以大政治家的地位，要蔣接納主張，才去南京。否則便留在上海，做在野派領袖。不料胡急于要投蔣做官，不肯接納再造派青年的建議。最後幷說，「你們要曉得，我不去捧他（指蔣介石），自然有人（指汪精衛）去捧他的。」，當時王、鍾等人聽了胡的話，認識了所謂政治的底子，究竟是什麽會事了。因此，再造派的核心幹部，暫時分散，鍾天心赴英，王昆侖、周一志赴日，住了一個時期。

胡漢民到了南京，當了立法院長。蔣打敗了新桂系在武漢的勢力，扣留了李濟深，打垮了唐生智在河南的部隊，又打垮了閻錫山、馮玉祥、改組派、西山會議派等在北平的擴大會議。乘着此一連串的軍事成功，企圖制定專權獨裁的約法，自做總統。胡漢民不贊成，蔣反了臉，于是在民國二十年二月，擅把胡漢民囚禁于南京湯山。孫科看到胡，本來對蔣非常賣力，而竟贏得這樣的下場，兎死狐悲，便也決心進行反蔣了。

胡在被扣中，傳出話來，希望孫科回粵，去找胡的老友古應芬，策動實力派陳濟棠、李宗仁、白崇禧等，另組政府反抗南京的蔣政府。胡幷表示願意與汪精衛合作，而與蔣分家。這時再造派的王、鍾、周等人，在南京得此消息，感到是求之不得的事，大家都表示，願意參與反蔣的行列，幷願意擁孫反蔣。而孫的政治影響與地位，也爲了胡的被扣而重要起來。梁寒操到港，與汪精衛祕密接洽。汪以擴大會議失敗後，咄咄書空，於是一拍卽合，同時派人去東北聯絡張學良，張也表示合作。因此醞釀了一個短時期，廣州反蔣的國民政府便于二十年五月成立，改組派、再造派携手合作了。

兩廣正在計劃出兵討蔣，突然間，九月十八夜，日寇開始侵畧中國，這就是九・一八事變，整個政局蛻變了，于是汪、孫、胡合作，西山會議派也投機加入，企圖分得一杯羹，而不反蔣了。幾方面經過幾度的分贓會議，胡漢民恢復自由，蔣介石宣佈下野。孫科當了行政院長，不到兩個月，因爲財政被蔣系壟斷操縱，搞得太子科沒有一些辦法而滾蛋了。廿一年一月廿八日，滬戰爆發，汪蔣二人勾結上台，蔣復軍職，汪坐了孫的行政院長的交椅。胡到香港作寓公，從此退出了政治舞台。再造社幾個少壯派的結果，梁寒操當了中央宣傳部長，與孫科的政治路線畧有不同。王昆侖于九・一八後，思想轉變，傾向于唯物論方面，鍾天心卻跟着孫科的一路走，一度當過水利部長。其他的人多已當了立法委員，每月拿幾百元簡任職的薪金，逍遙自在，每週只在南京開會一次，心滿意足，什麽也不再造了。（前年孫科到台灣做起考試院院長，鍾天心卽從香港往台，任祕書長。）

中國與砂勝越的歷史關係

劉念慈

一、尼亞石洞出土的遺物

砂勝越原是汶萊國的屬地，在中國的史籍中，只有記載汶萊，沒有砂勝越名，並非說古代中國與砂勝越無關，而是說砂勝越的歷史太短，過去只是附屬於汶萊，到一八四一年英人詹姆士·布洛克建立砂勝越國後，方爲他人所知。

從近十餘年來，砂勝越古晉博物院，在砂勝越境內沿海一帶的考古工作成績來看，發現中國古代文物的地址數處，主要的是尼亞石洞（The cave of Niah）山都望（Santubong）兩地，而石隆門—Baw的歷史較淺，不在本文範圍之內。

博物院在湯·哈里遜先生（Mr. Tom Harrison）主持之下，廣搜砂勝越古代文物，在館內陳列，同時普遍的勘查古代地面的遺物，以及做許多地下發掘工作。

砂勝越考古工作集中在兩個地方，一個在尼亞洞羣（Niah Caves）；一個在山都望（Santubong）。尼亞洞在砂勝越第四省美里市明都魯市之間的蘇比斯山（mt. Subus）裏，這山脈離尼亞鎮十英里，離海岸十五英里，離古晉市五百英里。山石多是石灰石，（人們亦稱爲尼亞石洞）拔海一萬三千尺，在地質上，這個形勢是亞洲大陸的南支，和廣西、越南一帶岩石同一系統，經過千萬年的演進才成爲石灰的山羣，直立地面，高聳雲霄，石灰層岩裏造成了許多洞穴。經調查過後的洞羣，大小有三十多個，最大的洞內，面積約二十七英畝，洞口八百尺，高二百尺，洞內有許多小洞，構造十分複雜，洞內有許多蝙蝠，及燕子的巢窩，地上佈滿這些鳥類的排洩物，所以附近人民以採集燕窩及挖掘鳥糞肥料爲生，砂勝越盛產燕窩著名，即在尼亞洞；經十幾年來數次發掘，發現深山洞裏，四五萬年來有人利用，他們活動的遺跡，處處都可找到，這是尼亞洞值得研究過去人類活動的原因。

尼亞洞值得注意的五個場所是一、骨骼洞，二、壁畫洞，三、殺人洞，四、燒焦洞，五、最大的大洞。

在「骨骼洞」裏，是古代該地人的葬地，發現幾百具屍骸，並發現古代遺物，如粗笨的石器以及起自銅器時代初期到公元十五世紀止。該洞掘出的古錢、銅器、鐵器、珠寶及陶瓷，陶器是陪葬物，可惜都破碎了，其中有各種形式的大小甕、碗、碟、小壺等，均來自中國，可能是唐、宋、明初的遺物，但明朝以後的遺物沒有發現。可見唐、宋或更前時代，尼亞與中國的關係最爲密切。「骨骼洞」裏還有大量色彩不同的大小玉珠，均證明是唐宋遺物，此外還發現兩枚中國古錢幣，幣面上刻有文字：

第一枚 756—762 A.D（唐）：（乾元之寶 Chien Yuan Pao）

第二枚 961, A.D（五代）：（天會通寶 Ta'ng Kuo Tung—Pao）

從這兩枚銅幣看來，我們可以推測，中國商人至少在一千年前已在尼亞進行貿易。（尼亞洞發現的古跡，推測有四萬年的歷史，據此，華人在一千年以前已在尼亞居住及貿易，是毫無疑問的。）尼亞的燕窩是聞名於世的，古代中國商人在尼亞主要的貿易是採購燕窩，尼亞洞中發現的中國古代陶瓷器，是當時商人由中國販運而來，尼亞洞的居民對中國的陶瓷器亦極愛購藏，故燕窩及陶瓷器是當時的主要交易。

關於骨骼洞這個古代葬場，巴巴拉哈里遜（Bapara Harrison 古晉博物院院長湯·哈里遜之夫人，亦隨夫在尼亞研究。）在研究出土文物後寫的一文總結道：

「至少有兩個民族（可能有幾個階級）的人住在這裏，從事於採集燕窩工作，並以燕窩與亞洲大陸的珍貴貨物—特別是陶瓷器進行交易。從這裏可以看到，當時人們已實行甕葬，除了以需用和珍貴品陪葬之外，並有宰豬獻祭死者，而一些富有的人則葬在主洞，從那裏能企望遼闊南中國的另一邊。」

關於「甕葬」，我們看到有關這類文章，但考據最詳實者爲韓槐準先生。他在戰前曾親臨砂勝越第四省咨南河上游加拉畢土人長屋裏研究過，並拍了許多有關此類的照片。一九六二年，他在新加坡青年書局出版了一本：「中國遺留在南洋的古陶瓷」，對婆羅洲土人的甕葬風俗，有詳細的敍述。

在砂勝越內陸高原的土著長屋裏，迄今仍保留着數以萬計的中國古陶瓷，包括各種式樣和大小的甕、盤、壺等。有些甕很大，一個人不易搬動，土著視爲家傳之寶，特別是古龍甕，世世代代傳下來，從不肯出售或轉讓。單是這種大的珍貴古甕最少有數千個。按土著的風俗，越古的陶瓷器越好。除了少數來自暹羅和越南外，其餘都是來自中國。這些巨大而不易搬動的陶瓷器，竟經歷重山峻嶺深入到海拔三千呎以上的婆羅洲內陸高原，眞可算是奇蹟。從路途遙遠和陶瓷器的巨大，足可想像古代中國在砂勝越貿易規模之大；同時也可看出婆羅洲土著民族對搜藏中國陶瓷器的强烈興趣。他們所收藏者多爲唐、宋以及明初的陶瓷器。

在「壁畫洞」裏，牆壁及頂上有些完整的壁畫，表現當時人羣的活動。洞裏地面及地下也掘出了些小木船，形式簡單，其他遺物以唐陶瓷及粗糙的陶器最普通，發掘者相信這遺跡與古代殯葬有關，壁畫洞是古代葬地可無疑問。古代的越南及中國廣西、貴州、四川等地都有這類小船的葬制，與婆羅洲及東南亞一帶的土人還習用船葬風俗相似，這類葬制的流傳相當廣泛。

在「殺人洞」裏，從石器時代就有人居住。洞內入土不深處發現許多人骨非常雜亂，身首異處，頭顱破碎，肢骨斷折，有一架人骨骼，胸部還插着鐵鏢，顯然證明這洞裏住的一家或一族，被敵人暗算，全部被殺害。地層下面還留下許多食物的皮殼，陶器碎片，石珠，琉璃，貝骨飾物及銅鐵殘片。

在「燒焦洞」裏，發現許多食物及火燒的遺跡，其中有鐵質箭頭及玻璃器物等。發掘者說這些是中國唐朝的出品，但居民是否那時移殖來的？尚待考證。

在「大洞」裏，是發掘尼亞洞羣的中心工作，據哈里遜先生的報告，大洞古代文化的演進可分爲五期：

一、舊石器時代，距今一萬年到五萬年；

二、中石器時代，距今九千年到一萬二千年；

三、新石器時代，距今二千年到六千年；

四、銅器時代，約當公元前後幾百年左右；

五、鐵器時代，約當公元第七到第十一世紀。

尼亞洞發現的許多遺物，以中國唐、宋時代爲最多，此外還有印度式的陶器及飾物，可見當時貿易除中國人外，還有印度人到砂勝越來經商，前十幾年在婆羅洲三發（Sambas）出土的金銀佛像就是屬於這個時期。據中國書籍的記載，中國商人來此經商，不僅是燕窩，而還有搜求犀角、象牙、樹脂、香料、黃金及寶石，還有南來的主要目的是鐵，雖在尼亞洞羣裏找不到踪跡，但在山都望一帶，有許多遺跡可做充分的證據。

盆栽植物之珍品

福建茶之護理及繁殖法

凡是愛好盆栽的人，對福建茶總不會陌生的。它是盆栽最理想的植物。

福建茶原產於福建，是常綠植物，但如果遇到特別嚴寒，它亦會落葉的。

在香港一般所見的福建茶，它的葉子有大中細之分，凡是盆栽植物，以細葉爲佳。因此，細葉的福建茶便是珍品了。福建茶是在春夏間開花的。花是白色的，沒有香味，花後結果，果是蠶圓形，初時綠色，成熟變紅，紅色的果子最有欣賞價值，我喜歡它的紅色的果子，卻不喜歡它的白色的小花。綠油油的葉子，襯托着鮮紅色的果子，份外感到悅目。

截出枝條用來插條的福建茶，留在盆裏繼續生長。

果子成熟後，可以把果子採摘，播於疏鬆的土壤中，便會出樹苗來，不過種子出芽時間很久，非要很有耐心才行。新界有一些花圃，是專門用福建茶的種子播種的，種出的小苗買給市區的花圃，用來作假山的點綴植物，或者以一個小長盆，用小樹苗佈置一個小樹林。小樹苗由於枝幹細軟，可以彎曲隨意，因此，你可以把它變成許多古怪的樹形，經過人工變形後的小樹苗，就會成爲小盆栽的無上佳品了。

繁殖福建茶除了用種子直播之外，還可以用插條法繁殖，在梅雨前後，採取一些不老不嫩的枝條截下來，插於沙土中，不久便可長出枝葉，成活率很高。用插條繁殖的福建茶由於沒有樹姿，所以不爲一些園藝家所採用，只是一些花圃，把插生的枝條，栽種於盆上，買給一些初學種植的人栽種而已。但亦有人用插生的枝條栽種於園地之上，經常以人工改造，經多年植[illegible]，亦能成材。

栽種福建茶，一般人以爲如此油綠可愛的植物，應該生長在陰暗的環境才是，卻不知道這就大錯特錯的事情。福建茶生長在陰暗的地方會變得毫無光采，葉色灰暗，而且亦有葉子枯黃的現象，但是把它放在陽光下曝晒，卽使是盛暑之下的陽光，它也不會被晒焦的，反而越晒越精神，葉子更油綠可愛。因此，有許多人愛把福建茶放在屋內，讓它長期受不到陽光照射生長當然不會良好，而且很快就會枯謝。

福建茶對土壤的要求不高，至於澆水，那是視乎盆裏的壤土深淺而定，最好能夠保持壤土濕潤爲原則。下肥對盆栽植物是不大重要的，下的肥太多，反而對植株有害。如果一定要下，亦以越少越好，而且還須選擇它在生長旺盛時畧施小肥，在冬天休眠或半休眠時期，切不可下肥。

玩物喪志？

有人說「花鳥虫魚」之類的東西是一種浪費金錢的玩物，俗語有云：「玩物喪志」，愛上了這種玩物的人，就喪失了一切力爭上游的鬥志了。所以，這種玩物，最好就是給老人家玩，用以消磨時日，打發時光，因爲老人家都已經退休了，不必再在社會上奮鬥勞碌。

這種說法當然有對、但也有不對的，如果我們把這種東西作爲一種娛樂，那麽「花鳥虫魚」正好是一種高尚娛樂。香港的娛樂是很乏味的，正當的娛樂絕無僅有。香港現時的娛樂大都以色情爲號召，電影、舞廳、酒帘，甚至許多私家俱樂部，都充滿了色情在內，色字頭上一把刀，偶一不愼的人便會喪身於色刀之下，身敗名裂，比起「玩物喪志」更加恐怖。除了色情之外就是賭博，賭博亦一樣使人身敗名裂的。

價値一千幾百元一盆的福建茶老椿，樹形雄偉。

其實，任何一種東西，如果你沉迷下去，玩任何一種娛樂，亦可喪志者。然而「花鳥虫魚」的玩物，不一定要花錢的，比如玩盆景，我們可以到山上找樹頭，玩雀鳥，可以用捕籠去捕，亦可以去捉。至於玩魚，花十元八塊買囘來的魚，自己繁殖開來，跟熱帶魚檔交換，便可以玩更名貴更多的品種，有許多人不但因此而越玩越多，而且還利用天台的空餘地方大量繁殖，成爲家庭一種副業，幫助家計。香港會經有過一個時期，養五彩神仙魚而買樓者例子多得很。我們雖然不能寄以這樣大的厚望，但是作爲生活情趣，調劑身心，鬆弛神經，花鳥虫魚是起很大作用的。

可愛的相思鳥

相思是小型雀鳥，是廣東人最喜歡飼養的籠鳥。

每年從中國大陸運來不少相思，有大網的，亦有善仔的。大網相思很難飼養得熟，所以不爲一般人所愛養，不過唯一的好處是牠在冬天虫蜢稀少時不必給以餵蜢已能生存，而善仔則不能。善仔是雛鳥，養大後性情馴良而善鳴，見人不怕，因此凡是愛養相思的人都愛養牠。

將福建茶的枝條集體插於瓦盆中，待生長定後才轉移入小盆栽種。

相思體態細小，活潑，喜歡生活於柳樹，竹樹，榕樹之間，常集羣飛行，由一棵樹至附近另一棵樹上，鳴聲清朗而帶顫動，在野生的相思愛在樹頂覓食小昆虫，兼食植物性的野果爲活，繁殖期間是在四月至七月的，因此，捕捉相思小鳥的人，都選擇這個時期進行。

在香港一般見到的相思有兩種，一種是「金綠」的，另一種是「青綠」的，據說金綠的顏色比較美觀，但鳴聲不及青綠的好。各有好處亦各有缺點，所以兩種相思都有人偏愛。

除了這兩種之外，還有一種叫紅脇相思，這種相思不是在廣東生長的，牠的繁殖地方遠在我國的東北，及河北東北部，但一到了冬天，牠們便南來過冬。那時在我國的東部，中部，而至西南就都有發現牠的踪跡。

紅脇相思的身形，體態，鳴聲，顏色都和一般相思相同，所不同的，就是在左右翅膀之下，各有一塊紅啡色的羽毛而已。紅脇相思在香港並不多見，間有在雀鳥店見到，亦比一般相思爲貴，早幾年我亦曾捕捉過一隻，用一個捕籠捕捉的。

記得兩三年前，香港曾經發現一隻白色的相思，售價高得驚人，有人願以一千元求售，但仍不肯出售也。可是後來卻聽說某人也有一隻白色的相思，才以八百元售出。看來玩物之事，以物罕爲貴，而獨有者更貴。白色的相思就是一個例子。

香港的相思喜歡築巢於竹樹與榕樹之中，據說築巢於榕樹的相思，脚的顏色是紅褐色的。

分辨相思的雌雄是非常困難的，我的方法是聽牠的叫聲，尤其是善仔，根本就無法分辨。有人說分辨雌雄是靠相思的胸腹間的一條垂直黃綫，這個方法由來已久，老一輩的人都如此分辨的，有黃綫的一種是雄，沒有的是雌。但是這種分辨方法時到今日似乎有點行不通了，因爲發覺有些有黃綫的卻是雌，亦有沒有黃綫的是雄。所以，最近的人都不以此爲標準，而是靠聽聲來分雌雄了。凡是「吱」的一聲的，而沒有連續的，就是雌鳥；「吱吱」連叫兩聲的是雄。我認爲用兩種方法結合來分辨雌雄，卻是最佳不過的事情。

由種子繁殖出來的福建茶小樹苗，
用小盆栽種亦很有雅緻。

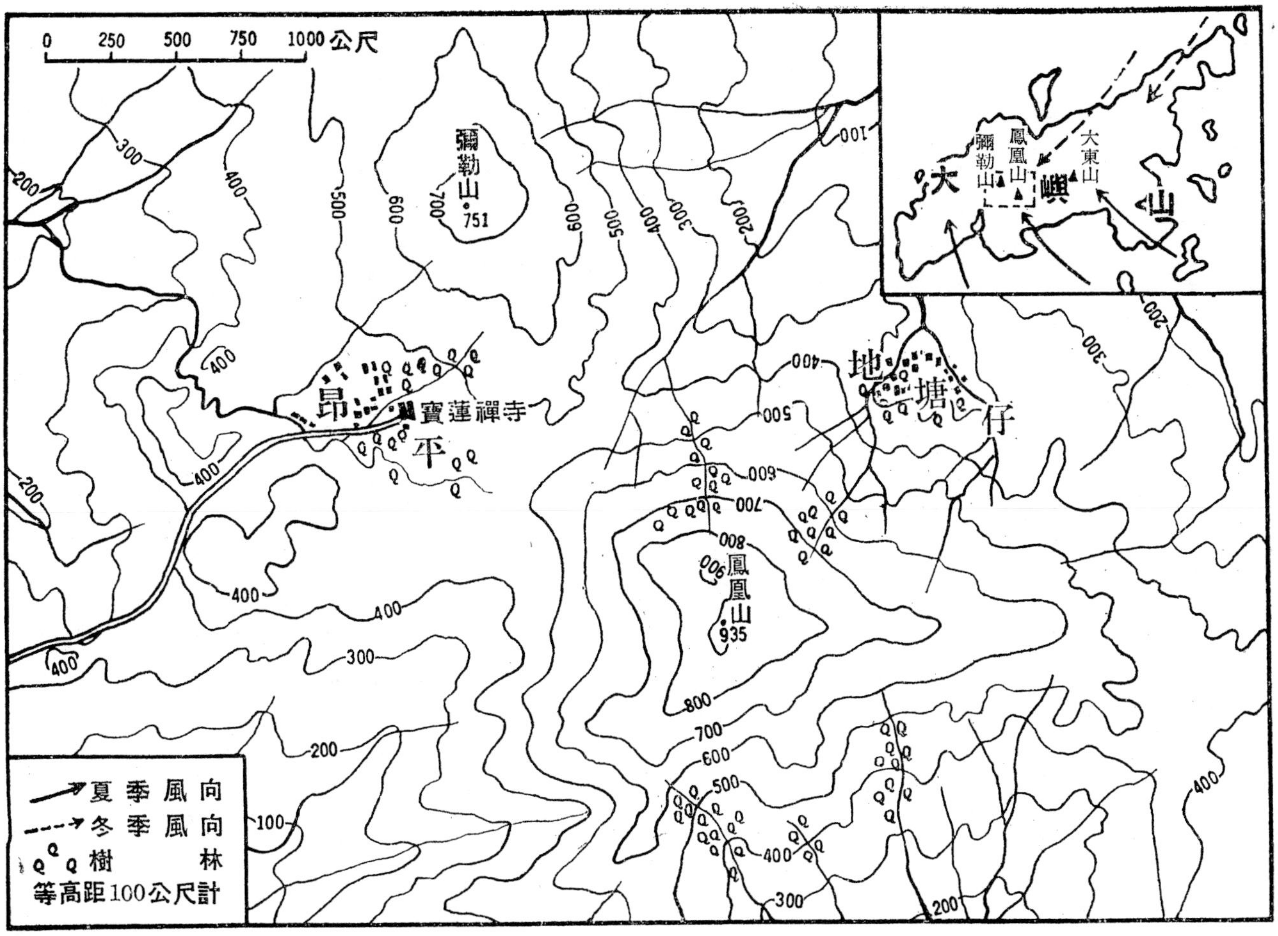

香港鳳凰山的風

李杰

鳳凰山位於香港西南隅的大嶼山上，又是全港第二大山，高達九百三十五公尺，上有雙峯，形如鳳凰，因以得名，有謂兩峯間中成凹形，土人無文，呼為爛頭山，故大嶼山舊稱為爛頭島，英譯 Lantau Island 即本此。鳳凰山南望伶仃洋，山勢陡峭，接連鄰山，以盡於海，北隔海與青山遙遙相峙，周圍高山，西北以彌勒山即昂平山，高七百五十一公尺，東北以大東山即大洞山，高八百七十一公尺，互成鼎足。山的起點，南面伸展稍低，北面大約以昂平一帶的高度為山脚，實即聳立於五百公尺以上的一座大山。

中外人士對鳳凰山的名字是相當稔熟的：洋船自西來航，將抵香港，首先映入眼底的便是這個大山，用作船隻進港的天然標誌；當地居民讚美本山勝景，從沒有把它遺忘的。試看！登臨絕頂舉目遠眺，晴朗時，日間視野所及，澳門和中山縣境的一帶景物，隱約可辨，晚上燈光點點，宛若游龍，再而俯瞰四周，彌勒山和大東山屏障左右，前有石壁水塘，水綠似黛，後有狀若高原的昂平和地塘仔谷地，樹木相映，靜室禪林，鐘聲迴蕩，而昂平寶蓮禪寺更有大叢林之稱，境界別具，慣居香港的人們，一旦置身山巔，眺望環近，眞可以舒伸塊壘，滌盡塵慮了。

鳳凰山的景色，四季不常，朝夕不同。日和時，景明如畫，山形畢露；天陰時，雲霧低迷，忽隱忽現；下雨時，傾瀉如柱，迷離莫辨；變幻如是無常，實深受風的影響所致。

香港一年中的風向，由九月至明年二月盛行東北偏東風，三月至四月吹偏東風，五月至六月初旬吹東南偏東風，六月中旬至八月吹東南偏南風，間或吹西南風，大致冬季為東北風，夏季為東南風。大嶼山四面環海，冬夏風都從海上吹入，帶來大量濕氣，凝結水滴，下降成雨，尤以五月至九月間，降雨最多。正因鳳凰山矗立島中，濕風送至，雨量豐沛，不亞於全港最高的大帽山和近海山地。

暮春時節，朔風回退，和風漸進，天氣趨暖，鳳凰山的南便，處於迎風坡面，濕氣增加，雲霧瀰漫，細雨霏霏，枯草賴滋潤而逢生。北便居背風坡面，風勢稍弱，濕氣較少，雨量稀疏。日間尚見溫暖，晚上頗有寒氣侵人之感。

炎夏期間，東南風和西南風頻頻吹到，黎明時候，旭日東升，山上受太陽熱力而溫暖，山下空氣尚冷，冷暖空氣兩相接觸，凝結為雲為霧，此時雲霧籠罩山上山下，宛如雲海；峯頂上，閒雲輕飄，山腰間，白雲繚繞，寒風襲人，露水沾衣，直至紅日高懸，始行散盡，遊人們未嘗目覩黃山的霧色，未親覽廬山的景象，都嘆為奇觀了。午後熱氣膨脹上升，天色晴朗山峯露臉；北坡山下，悶熱難耐，間或微風被拂，濕氣傳來，一陣清涼，過後，翳熱如故；又或遇濕氣濃重的海風光臨，黑雲當空，陰霾四佈，不是驟雨下降，便是淋漓大雨傾盆，此時正是東南季候風和颱風活躍時期，雨量之多，佔全年百分之七十（根據昂平年雨量二一六五公厘，五月至九月共佔一七一一公厘推算），注入石壁水塘的五大水源，其中大部份來自鳳凰山的，可見雨量的多了。同時南便山坡，草木異常稀疏，幾為疾風所摧毀，僅有零落的樹木生長，枝葉都順風向而伸展，其餘隱蔽於深壑或谷側的，多屬灌木叢，高大林木，殊為鮮見。山坡西面，地勢稍低，土壤雖瘠，但濕氣尚重，宜於低矮的茶樹種植，著名的貝納祺農場在此處經營植茶多年，頗具成效，他種農作物不是因土壤太濕，便是太乾涸，不甚適宜了。

涼秋已屆，暖風開始南移，涼風雖漸厲，日間仍苦炎熱，天氣爽朗，一片清新，眞是山明景秀。但晨曦時，雲霧異常濃密，攀登極點，瞻望東方的雲霞，首先，雲裏透出一派紅光，乍明乍暗，刹那間，光芒刺目，從空隙中四射，美麗奪目，移時，一輪紅日，冉冉上升，形如盤狀，放出萬丈霞光，天空中頓呈彩雲朵朵，與雲霞輝映成趣，使人為之叫絕。這是鳳凰山最富詩情畫意的景色，無怪香港居民每談及鳳凰山的美景，就是「鳳凰觀日」，頗有登泰山日觀峯看海日出的情緻，正因泰山處於我國臨海的最高點，而鳳凰却是香港南部最高的山峯，旭日初升，都得以先覩為快吧。

臘月時份，北風颼颼，晚上尤甚，絕頂可見霜雪；北坡障阻風路，風便沿山坡滑下至山脚，同時大東山和彌勒山的山風亦趨集於此，形成由地塘仔至昂平間的一段路程為通風衢道；雖然東北風自陸地越過一幅細小的海面，增加濕氣，但經上述兩山阻折，濕量大減，故草類難生，樹木多呈枯葉禿枝，耕地水份不足，種植困難，儼有肅殺的氣氛。

風帶來了鳳凰山變化萬千的景象，使人有迷離夢幻，清涼爽快，凛冽瑟縮的感覺，也帶來豐富的雨水，充實石壁水塘，供應居民大量食水和用水；可是另一方面，它留給我們的害處就是風勢強勁，樹木和農作物都不易生長，同時雨水過多，冲蝕泥土，使肥力消失，變成磽瘠，難於耕作，昂平這個廣闊的平地，有許多地方任令荒蕪，就是最好的說明了。

伊藤博文之死

介安

中國的老外交家施肇基，已於一九五八年一月三日死於華盛頓，享年八十歲，他未死前若干年，曾口授給一個人替他寫了四萬多字的早年回憶錄，到他死前一年，又傳說他自己用英文寫成一部自傳，但我沒有見過，甚至他託人用中文所記的回憶錄，也是從一個朋友的翦貼的報紙中看見幾段，刋在什麼報紙上，朋友沒有注明，其中有一段說到施肇基在哈爾濱當濱江關道時，遇到伊藤博文到哈爾濱，在車站上被朝鮮志士安重根鎗殺的事。據施肇基說，他查知伊藤到哈爾濱的日期（案：是宣統元年九月十三日，公曆是一九〇九年十月廿六日）和專車停駐地點後，帶了衛隊去迎接。東清鐵路公司也派衞隊兩排，由俄國領事帶了去車站迎候。伊藤下車後，先檢閱中國儀仗隊，然後檢閱俄國的。就在此時，在俄兵二排之間，有一個朝鮮人從歡迎羣衆中突然而出，向伊藤一連開放數鎗。

這是施氏的回憶，大致不錯的，因爲他親眼看見其事。伊藤受傷後將死前，日本領事雖也受了輕傷，但還能扶起伊藤，告以刺客是朝鮮人，伊藤憤然大罵「馬鹿」而死。施氏文中雖也有說日本領事也被安重根擊傷，但沒有指出是什麽名字，此人名叫小村。伊藤一手亡朝鮮，把朝鮮當作屬國，朝鮮人民當作奴隸看待，今聞死於「奴隸」之手，心中不忿也。

施氏又說他設法打聽刺客口供，刺客供云：「朝鮮亡於伊藤之手（時伊藤任駐朝鮮總督），必置伊藤於死地，以復國仇。」伊藤并未做過駐朝鮮總督，他是一手滅朝鮮的人，但他做的是朝鮮統監，不過他死時已不是統監，早在半年前辭職，由曾禰荒助繼任了。日本於一九一〇年八月合併朝鮮，設總督府統治之，九月，曾禰荒助逝世（年六十三，伊藤博文死時六十九，後得國葬。）施肇基誤統監府爲總督府，大概年老記不清。

伊藤博文來華之原因，據施氏說是美國鐵路大王哈里門游歷東北後，回到美國，將他的考察東北鐵路狀況，提給美國國務部，「美外部即表示東省鐵路中立計劃」。（案：美國無外交部，只有國務部，，施氏久居美國，且任外交官久，應該知道，大概是筆錄的人不懂得（因此俄羅斯與日本都很着急，謀抵制之法，於是伊藤到哈爾濱與俄國派來的財政大臣開會。會未開成，就給人打死了。

案美國於一九一〇年一月六日，由國務卿諾克斯照會中、日、英、法、俄、德各國，提出東北諸鐵路中立案，這一案果然害死伊藤博文，但在朝鮮人看來，卻是一件快心之事，以元凶授首也。其時中國乃一弱國，執政者見伊藤死在國境內，慌作一團，幸喜發生此案乃在「鐵路附屬地」之內，中國沒有管理權和警備權的，所以日本不敢大興問罪之師，但那個不像樣的滿清政府，竟於宣統二年（一九一〇年）正月，派大員到日本表示歉意，多麽令人可惱！

（按：伊藤博文當日授首，倭酋事後研究死因，兇身所受三創，有由肩膀射穿者；且彈頭均係騎槍所發，顯非刺客矮小若安重根者所能傷。此案始末內幕，本刋前曾作過詳細報導，可與本篇互相發明，內容都很有趣。）

香港「境內旅遊」分區新擬

李君毅

> 孟東野詩云：「春風得意馬蹄疾，一日看遍長安花。」在香港（包括九龍、新界、及大小外島），有平原，有高山，有深水，有海角，有長灘，孟東野的馬走不了；嘉木、異石、危巖、飛瀑，就算直昇機也非一天可以看得完。

一、只見其大

篇前引語是作者在一九六二年給良友畫報寫「良友遊覽直昇機」時「飛瀑流泉」一文內所說過的，我看，這番話永久用得着。

通常一般人坐上汽車，在新界（指新界大地）主要公路幹道上兜一圈，說是「環遊新界」了；坐上小輪，在香港本島沿岸兜一圈，說是「環遊香港」了；坐上小輪在梅窩登陸，乘車至昂平，又下大澳，乘船返香港，說是「走遍大嶼山」了——這樣的話，說話的人求自我滿足，聽話的人，也只求敷衍應酧，嘻嘻哈哈也算過去了。

老實說，如此這般的遊覽，「雖得凡夫之欲，不合智者之心」，當眞要遊遍新界大地，要遊遍大嶼山，要遊遍香港本島（其他的外島尚未在內），雖花上比這還加十倍的精力與時間，還未必能够走得完。

二、必須分區

因爲香港全境實在大，爲了旅遊的方便，爲了「指點」的方便，必須分區。也許有人說，香港（指本島），九龍（或甚再分出新九龍），新界，那不是分區嗎，對的，不過這是政事上的分區，不是爲旅遊的緣故而分區。照全港陸地面積的大小來說：

香港全境　三九八・四五方哩

香港本島　二八・八五方哩

九龍半島（界限街以南）　三・七八方哩

新界　三六五・七〇方哩

果眞依據如此其大的面積差異來作旅遊上的分區，則我們不給人譏爲「呆板、懶、與愚庸」者幾希。

三、遊旅六區

爲了「指點河山」的方便，爲了繪圖的方便，爲了交通上的方便，爲了許多，我們必須以「旅遊」作出發點，把香港全境來分區，比如說，把它分作六區，六區的起止界說如下：

第一區　指鐵路及大埔道沿線、九龍、新九龍及九龍羣山（西起金山，東至飛鵞山、黑山、魔鬼山，西首包括九龍四水塘，但孖指山及城門水塘屬第二區），包括沿線的——上水、粉嶺、大埔墟、沙田及其近郊。

第二區　指第一區所屬遊覽地帶迤西的一片大地，從剃刀刃、大帽山、草山、針山、孖指山以至青山、爛甲咀、尖鼻咀包括青衣、龍鼓、沙洲等外島。

第三區　指鐵路北線迤東，大埔海、大赤門海頸以北的一片大地，包括鴉洲、赤洲、平洲、吉、鴨、蛾眉等外島。

第四區　指鐵路南線迤東，第三區所屬以南，整個清水灣半島、西貢半島，包括獨牛洲、黃茅洲以至南堂、果洲等，諸外島。

第五區　指大嶼山及其衞星島——大小磨刀、馬灣、大、小交椅、長洲等皆屬之，大小鴉洲、石鼓洲、欖洲、赤立角則無論矣。

第六區　指香港本島及其衞星島，包

括港南的南丫島及蒲苔羣島。

從新編理

如要對上述分區的次序求取記憶上的方便，則請先記「小」字，然後記「心」字，「小」字的第一筆似新界鐵路線，而沿線則爲第一區，其第二筆則爲第二區，第三筆則爲第三區，不過，在第三筆之下要多出一點，此多出者爲第四區；再取「心」字，其第一筆代表大嶼山，爲第五區，第二筆代表港南，爲第六區。

從繪製分區地圖說，除第一區須用兩圖始能圓滿表達外，餘皆連成一片，繪圖方便，印製應用，無比適宜。

舉例言之，分區之說，若爲大衆所習用，則今後發布「旅行消息」，如說「東海穿洞」，可以這樣寫：第四區海遊穿洞，如遇大風浪，改遊第五區外島或第六區。這不僅是饒有趣味的事情而已。

上述云云，只屬芻議，作者懇切地求取大衆的高見。將來分區既定，有關境內旅遊的專書，亟待從新編理，到了那時，港人遊港與外人遊港的熱鬧程度，當非今日的「初起」時期所可比。

林村梧桐寨第二級大瀑

大浪灣

（上）林村梧桐寨第二級瀑布，瀑布四周，山深林密，通徑崎嶇，入遊困難。如再登第三級，困難尤增。（下）極東大浪四灣中最大的海灘，名「大灣」，背景爲南蛇尖，全景有王者之氣。

——李君毅攝

地圖着色有獎比賽

本篇次頁附分區示意素色全港地圖，待讀者依本篇文意，就原圖分區着色，或獨出心裁，用另紙加大描繪着色亦可，參加比賽圖稿限於本年八月十五日以前寄達本社，請附通訊處。比賽結果在十月一日出版之本刊公布，參加比賽各件入選與否，概不退還，獎額如下：

甲、優異獎三名

第一名　港幣一百元。現金獎

第二名　八十元。

第三名　五十元。

乙、普通入選獎二十名，每名贈閱郵寄本刊全年一份。

未盡事宜，概由本社全權處理之。

香港「境內旅遊」分區（待着色）示意圖

李君毅擬

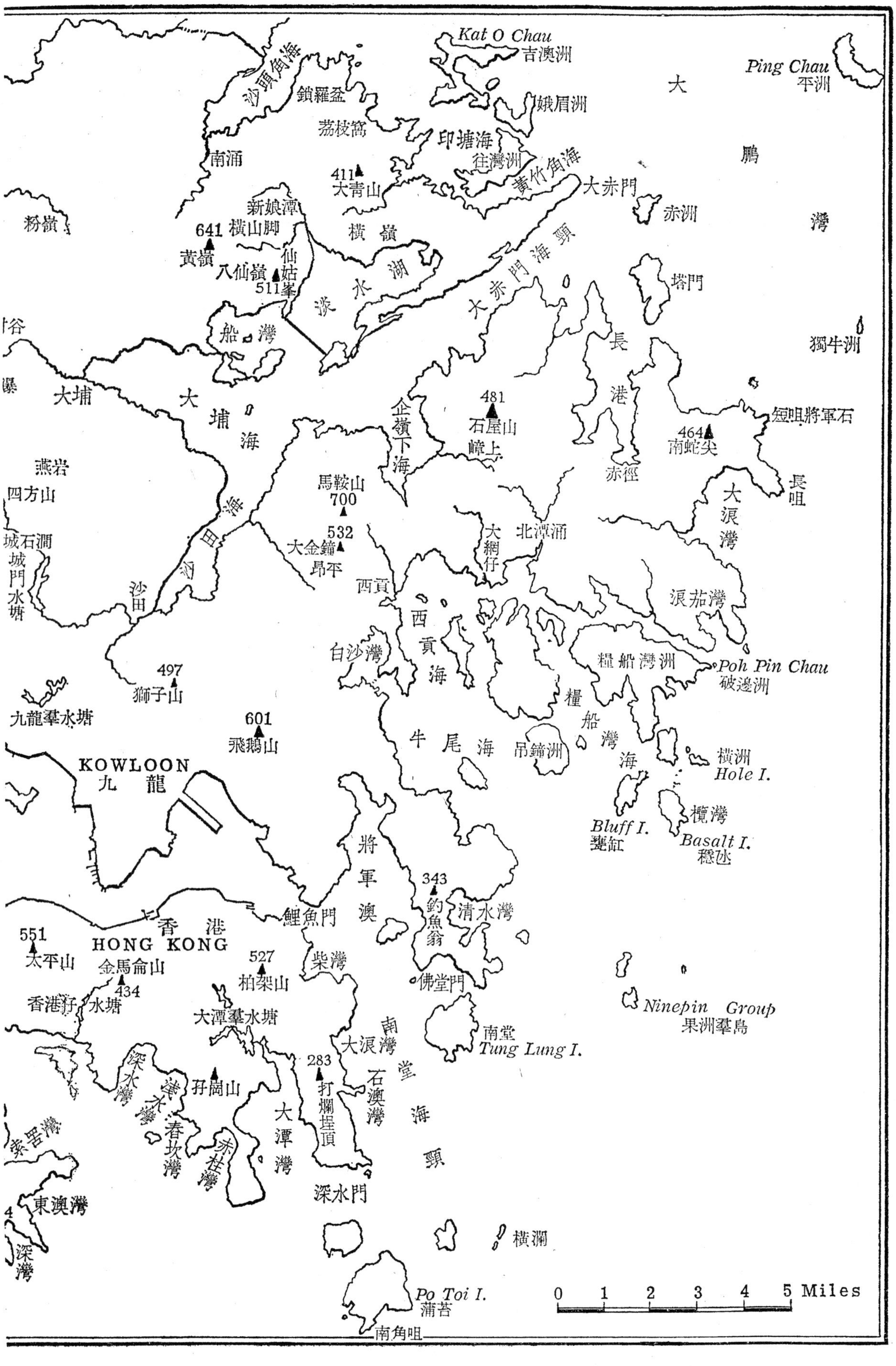

香港「境內旅遊」分區（待着色）示意圖

李君穀擬

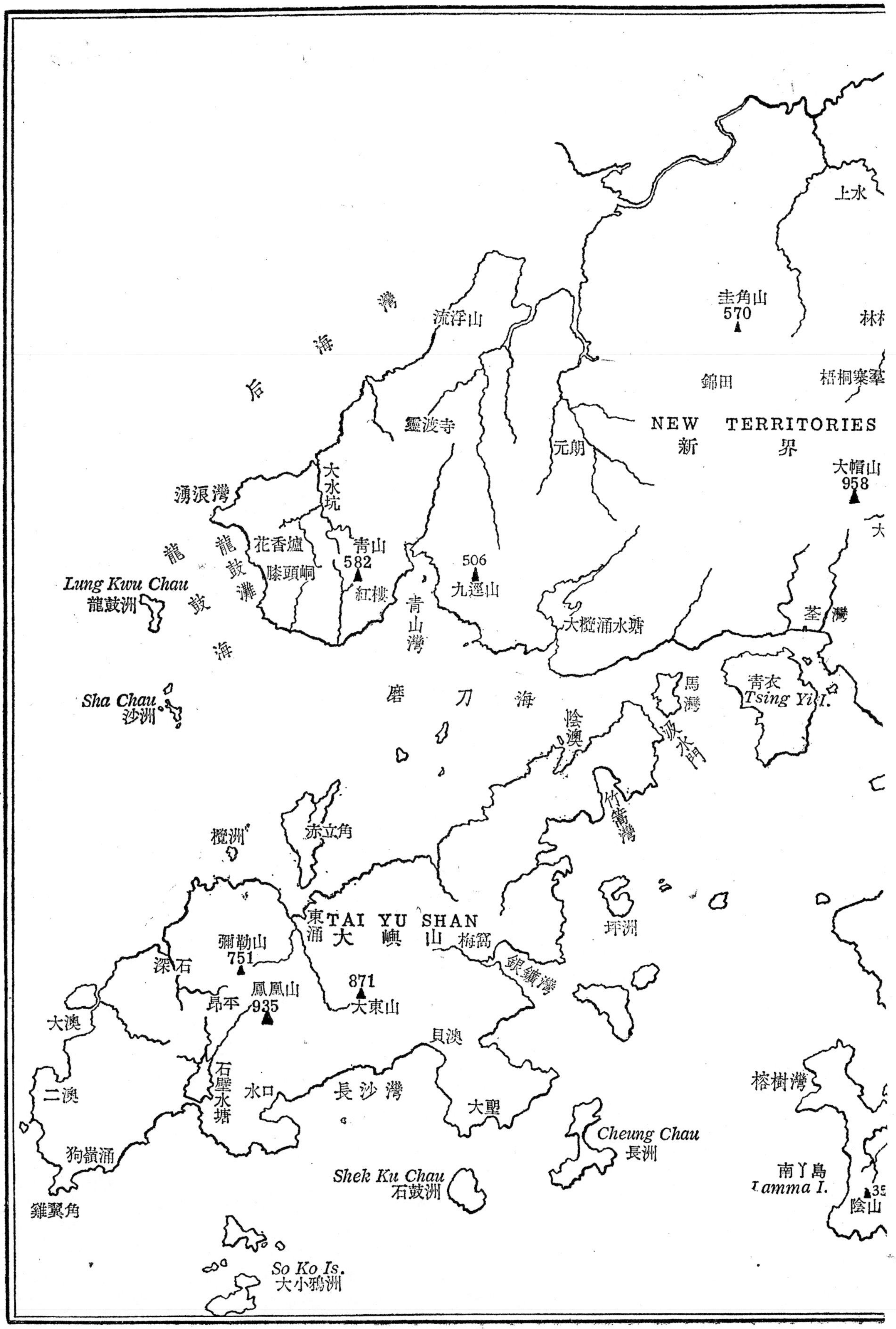

春風廬聯話

林熙

北京明湖春

五十年前，北京有一所著名的山東館子，名叫明湖春，是一個山東籍遺老開設的。我于一九三三年第一次到北京時，明湖春似乎已經換了主人，不是從前那樣「名震一時」了。不過它的故事，仍流傳北京文化界人士口中。一九六九年，我在集古齋見有關於明湖春的一副對聯，可摭入我的聯話。句云：

仙侶舊同舟，對酒當歌，明月重邀蘇子醉；
江湖今滿地，殺雞爲食，春風苦憶武陵游。

聯長八尺許，寫在宣紙上，作篆書，書法亦甚高古。撰寫者名沈昌祺，不知是什麽人，味其聯句，殆亦遺老一流，聯有跋語，讀之可知明湖春故事。文云：

壬子、癸丑間，庖主人嘗於青島設肆，以徜徉鑪側者咸翛然有物外之致也，故曰仙源居。迨乎西歐戰潮波及東海，觴詠之地，遂被兵戈。主人爰載牛刀，移廛燕市，同人以其齊產，復以明湖春顏其門。尊酒重逢，依稀夢景，過門大嚼，新舊襟痕，爰題斯聯，志其緣起。乙卯春，沈昌祺撰贈。（下蓋朱文「分領湖山」一印。）

壬子、癸丑是民國元、二年（一九一二，一三年）乙卯四年（一九一五年）。當時的遺老，富厚者皆住租界，居青島者是第一流，上海次之，天津又次之。這個明湖春主人在青島設飯館名仙源居。到歐戰發生，日本侵畧軍攻打青島，從德國人手上將青島奪去，那批遺老就雞飛狗走，故北京始有明湖春之設。濟南有大明湖，明湖幾乎代表了濟南之稱，於是明湖春飯莊在北京就名著一時了。

二十年前，北京的菜館，以山東館子執牛耳，北京之有銀絲卷，是明湖春發明的，蘿蔔絲燒餅，也是它的創製，後來各菜館紛紛仿效，但不如它之精美。民國四年乙卯，明湖春在北京的楊梅竹斜街開張，數年後，移往前門外的珠市口，地方很大，生意興隆，不知怎的後來這所房子「鬧鬼」，營業不振，大約在民國十二三年間歇業了。上文所說的已易主人，那是另一所明湖春，與從青島仙源居而來者無關。又，宣統末年濟南一班候補道終日無事，講究飲食，亦有明湖居之設。

楊增新

民國成立後，主持新疆政局的人是楊增新，他本是清朝的官員，很有才幹，能利用各方面的矛盾，使新疆在民國元年以至十七年（一九一二年至一九二八年）間都沒有什麽大波動。一來新疆離中原遙遠，軍閥們爭的是地盤，誰都不願意到這塊遍野黃金冰天雪地的新疆發展。而楊本人也只顧自己的地盤，不欲過問中原政治。可惜自國民黨統一了中國之後，新疆就不安寧了，民國十七年（一九二八年）七月七日，楊增新被樊耀南暗殺身死，金樹仁繼而秉政，亦能相安一時。

楊增新主政時，曾在省政府大堂懸所撰聯云：

共和實草昧初開，羞稱五霸七雄，紛爭莫問中原事；
邊庭有桃源勝境，狃率南回北準，渾噩長爲太古民。

我們讀此聯後，可見楊增新的政治懷抱，實有保境安民，人不犯我我不犯人之意也。民國十一年（一九二二年），楊氏以阿爾泰地當邊要，且爲新疆北方的屏障，力請中央政府劃歸新疆管轄。阿爾泰原屬外蒙的科布多，自改轄新疆後，不致隨外蒙而獨立，楊氏之功亦偉矣！

增新雲南蒙自人，光緒十五年（一八八九年）進士，久在甘肅做州縣官，光緒末年已任新疆按察使，宣統三年（一九一一年）任布政使，辛亥革命時，從巡撫袁大化手中取得政權，從此做督軍、省長者十七年，新疆人民很愛戴他。

輓左宗棠

左宗棠於光緒十一年（一八八五年）七月死於福州，年七十三歲。李士棻輓之云：

出將入相，大名與曾李相參，豈知鉅任獨肩，
勳業最高心最苦；
互市叩關，隱患非漢唐可比，太息老成不作，
人才彌少事彌艱。

此聯寫得甚好，無怪膾炙人口也。宗棠以舉人從軍，封侯拜相，在清朝故事中所無有，曾國藩、李鴻章皆出身翰林，拜相乃常事，若左宗棠之舉人大拜，堪稱「破天荒相公」矣（李鴻章語）。有些「掌故家」謂宗棠以未得翰林，不能拜相，因此清廷欽賜翰林，以遂其願云云，眞不知何所據也。宗棠於同治十二年十月始以陝甘總督授協辦大學士，入相已後於曾、李七八年（但曾、李未曾以大學士兼任軍機大臣，只有相名，而無相權，左則以大學士爲軍機大臣，爲名實相符之宰相，曾、李所羨者也），葉昌熾「緣督廬日記」謂：「左季高制軍，進位協揆，由乙榜入相，本朝第一人也。」

宗棠憤法國侵略者入寇福建、台灣，以七十二高齡仍思殺敵報國，故當清廷授以欽差大臣督辦福建軍務後，聞命卽行，絕不以年邁而餒。他深知自鴉片戰爭門戶大開之後，帝國主義者的侵略，當比漢唐時代尤甚，如不抵抗，中國就要被侵略者宰割了。（士棻號芋仙、四川忠州人，工詩。）

是年八月十四日，曾紀澤在外國有聯輓宗棠云：

昔居南國，戲稱武侯，爵位埒前賢，評將略則更無遺恨；
慟哭西州，感懷謝傅，齒牙藉餘論，登薦章而忝冠群英。

上聯言左宗棠常自比諸葛孔明，孔明將畧非所長，故北伐無功，而宗棠則平定回疆，大顯身手，爲孔明所不及。下聯言宗棠對己甚愛重，嘗稱以「聰明仁孝」，並以人才奏保。紀澤回國，宗棠已前卒矣。曾國藩、左宗棠晚年因國事不睦，曾死後，宗棠仍詆諆之不遺餘力，惟對國藩後人則極爲持携，其與李興銳書云：「弟與文正論交最早，彼此推誠許與，天下所共知，晚歲終凶隙末，亦天下所共見，然文正逝後，待文正之子若弟及其親友，無異文正之生存也。」（興銳以秀才從軍，爲國藩賞識，後來官至兩江總督。）

紀澤又一聯未繕者云：

越海聲稱傳異國，立德，立功，立言，兩次東南，
十年西北；
出山遭際似先侯，同官，同爵，同贈，九天雨露，
萬古雲霄。

此聯不及前作，宜其不寄出矣。

左宗棠有個隨身厨子，名叫羅倬，曾隨西征。左死後，羅輓之云：

食性我能語，白菜滿園供祭饌；
濃陰公所茇，綠楊夾道迓靈旗。

下聯言宗棠在玉門關一帶所植之楊柳數萬株。上聯則確是厨師身份語。

英使謁見乾隆記實

馬戛爾尼 原著
秦仲龢 譯寫

「英使謁見乾隆記實」，在一九六六年七月十五日開始在本刊第九期登載，到第四十二期停版時止。當時打算在登完後出單行本，故已登者皆打了紙型，停刊後，秦先生因事忙，沒有時間續寫下去。現在本刊重新出版，編者請秦先生繼續將此書譯成，以便將來出單本行世。好在此書尚有三分一左右未譯完，數月之後便可結束，將來出版後，凡本刊讀者都給以特價優待，使能盡窺全豹。今爲便于讀者閱讀起見，特請秦先生將從前所登過的內容簡畧地講述一下，庶使讀者不致有「丈八和尚」之感，明知這也是一個不是好的辦法，但捨此外亦無其它良法了，請讀者原諒！　•編者•

前文提要

一七九三年，英王喬治三世欲與中國修好，派特使馬戛爾尼與副使斯當東到中國，藉名補祝乾隆皇帝八十壽辰。他們先到澳門，復由廣州轉船到天津。這時候乾隆帝還在熱河避暑，馬特使一行便從北京前往熱河祝壽，呈遞賀禮。皇帝很是高興，對他們很是優待，指派和珅帶他們游覽萬樹園。但關于特使所提出的兩國交換使節，及指定一個地方爲英國商人居留以便貿易的請求，則概加拒絕，且示意他們辦完公事後，立即回國。一七九四年一月，馬戛爾尼離開廣州，九月到達倫敦，他在旅途中寫有日記，記所見中國的風土民情，政治經濟甚詳，文中又敍述圓明園和熱河行宮的風景，覲見前關于三跪九叩首的爭執，參加行宮萬樹園皇帝生日的盛會，旁及內廷服御之奢靡，朝臣之昏庸，有司百僚之趨蹌奔走，皆極富趣味。本文除節譯自馬戛爾尼原著外，幷引用副使斯當東的「出使中國記」以供讀者參閱。

「大華」第四十二期登刊到馬戛爾尼從熱河回到北京，他還作最後的掙扎，要說服和珅，請他轉奏皇帝，中英兩國互派使節，但和珅沒有理會他，反而按照清廷原定計劃，示意他們早日回國。

* * * *

和中堂又說：「因爲你們英國和中國相隔很遠，而你們在海道上所受的苦也夠多了，所以皇帝賞賜的東西，比其他外藩使臣的多了一倍。這也是皇帝體恤遠人之意。」我說：「本人很感激貴國大皇帝的優待，謹請中堂代爲致謝。」這時候，和中堂的神情與在熱河游園時和藹可親者大不相同。凡做到大官的人，大都有這一副威嚴之相，本不足異。不過在此時此際我見到了，實在令我有些反感。因爲我們航海東來，幷不是希望中國此種區區的禮物，而今和中堂只言禮物，對于正事一些都不提，即使我有很大的忍耐功夫，也斷不會不憤懣的。我曾以精美禮物送給和中堂及其他大臣，以爲他們一定賞臉收下的，怎知送去的禮，一一退回，我覺得很是奇怪，現在想起來，他們不肯收我的禮物，就是爲了今日以威嚴之氣來對待我的預備功夫。

我同和中堂等談了一陣後，覺得四肢無力，渾身發抖，好像要暈去的樣子，實在不能支持下去，只得向和中堂告個罪，說我因爲病後尚未復原，不能多作談話，先此告退，但我仍然提醒他關于昨天我和他所說我奉命來中國是要和中國永敦睦誼，彼此交換常駐使節的。現在我要辭退，如果和中堂有什麽吩咐，可以和我的副使斯當東勳爵談下去。和中堂說：「沒有什麽話要說的了，你們不妨同時去吧，如果有什麽意見，不妨再寫個說帖來。」看他說這幾句話的神氣，非常冷淡，就算我再寫一個說帖，恐怕也沒有什麽效果，昨天我已經很懇切的同他談過這問題的了，以爲無論如何今日必有答復，但今日見面，他絕不提此事，肯與不肯，令人無從捉摸，現在又要我再寫多一個，也不過是徒費筆墨罷了。

我回到館舍不久，下午，有十六名官員，穿着品官制服，帶着隨從多人，把乾隆皇帝致英王的信札送來了。一切儀式極爲隆重。接着十幾扛禮物也來了，我選出其中送給英王之物，分別裝箱，箱外仍寫着「英王喬治三世」字樣，以爲識別。

中國朝廷已很明顯地示意我們回國了，如果我們不識相，還要呆下去，將來難保不免受到不禮貌的待遇，那時使節團的面子就掃地無餘，幷且還會影響到將來談判通商和交換使節的事呢。（據安特孫「隨使中國記」說：據中國宮廷中人傳出，乾隆皇帝回北京後，聽說英國使節團還沒有回國之意，很是奇怪，向左右說：「他們英國人眞奇怪，事情辦完了還不想走，難道他們不想家的麽？」後來又聽到使節團中有幾個人死去，他又覺得詫異，說：「他們英國人到底福薄，不配來中國，一來便要死了。」——譯注）

既然和中堂叫我再開一個說帖，機會不可失，不妨再試一下。我便不顧病體，勉強提起筆來，依據英王勅令的訓示內容，將範圍縮小到無可再縮，擬出六項要點如左：

（一）請中國政府准許英國商船在舟山、寧波、天津等處登岸，經營商業；

（二）請中國政府按照從前俄國商人在中國通商之例，允許英國商人在北京開設一所洋行，買賣貨物；

（三）請于舟山附近劃出一個未經設防的小島，撥給英國商人使用，以便英國商船到後有地方停泊，存放貨物；

（四）請在廣州附近得一同樣的權利，幷准許英國商人自由往來，不加禁止；

（五）所有從澳門運往廣州的英國貨物，請特別優待，給以免稅，如不能盡免，也請依一七八二年的稅率，從寬減稅；

（六）請允許英國商船按照中國所定的稅率抽稅，不在稅率之外另行徵收，幷賜中國稅率一份，以便英國商人遵守奉行，因爲英國商人完稅，都是一任海關人員隨意估價，完全未看過中國稅則的內容。

十月四日，星期五。 昨天晚上安密特神父來見，這位神父一向就很關心我們的使節團，曾供給我們許多有關中國的情報，以備參考，恰好我昨天不大舒服，由斯當東副使接見他，今日斯當東把他們的談話轉告給我。

安密特神父說，我們歐洲國家的大使，多數是常駐的性質，以便兩國發生交涉時，可以就近辦理。但中國對于外國使臣的看法與歐人完全不同，他們只把使臣當作一種點綴品，如果不是國家有大慶典，外國使臣可以無需前來，就是來了也不容許他在中國住得太久，事情完了後，就促使他回國，前此葡萄牙的使臣來華，中國方面雖然給以相當隆重的接待禮節，但他在中國逗留的時間也不過五個多星期，這是因爲中國數千年來都閉關自守，少與外間接觸，故不知世界一般情形，幷非有什麽惡意。即如締結條約，互相通商是今日文明國家的常事，但中國則從來未有過這種事情。如果說這是中國人頑固排外，不肯跟外國人打交道，這又不盡然。不過，無論什麽事情，都要慢慢做去，不能操之過急，若能按部就班，逐漸進行，將來一定有成功之日。如果躁急從事，不遵照手續做去，就休想有希望了。

安密特神父又說，特使這次來到中國，所受困難實在不少，但假使在早一個時期中國政府未聽到歐洲有戰爭發生之前到來，困難的事情也許可以減少一半，因爲中國人一向把歐洲人看作蠻夷戎狄，近來又聽到一種傳說歐洲正在打仗，因此中國人越發看輕歐洲人，認爲他們眞的是以殺人爲樂的野蠻人，特使恰在此時到中國，當然受到影響，但特使爲人英明幹練，儀表辭令皆彬彬有禮，眞是使于四方不辱君命，在中國既然給一班士大夫留下好印象，就是現在的結果雖然不很圓滿，但將來如果有成功之日，總不能不歸功于特使的。

神父又說，據他的意見，特使既經乾隆皇帝接見，雖然在中國的時間很短，但英國已在中國建下了立足之地了，假如從此以後，英國人不因此氣餒，英王時時用書信與中國皇帝來往，每逢英國商船到達中國，就呈遞一信給皇帝，同時由英王正式指派一個英國僑民主持其事，命他時時和兩廣總督聯絡感情，凡英王致送中國皇帝的書信，即由他當面託兩廣總督轉呈。也許遇到什麽機會，中國政府會邀請這個英僑參加國家盛典，例如新君登極等類，即不被邀請，此人亦可以託兩廣總督轉奏，自請進京慶祝。這樣一來，日子久了，即成爲慣例，雙方交際頻繁，感情自佳，這個英僑無形中就是代表英國國王陛下，英國雖無常駐公使在華，而可收常駐公使之實。事之兩全，再沒有好過這樣的了。將來到了時機成熟，兩國必有互派使節之日。目下中國政府不願特使久留，特使就應該早日向朝廷辭行，準備回國，不要使中國人下逐客之令，見之明文，以後的事就更難着手了。

安密特神父這番話，是經驗之談，値得珍視。我意已決，立即寫一信給和中堂，開頭幾句無非問候的客套話，接着就提到日前如命草擬說帖呈閱，想已達左右，如蒙賜復，我就打算在接到之日，啓程回國。先往舟山看看「獅子」號是否已啓碇，假如尚未開行，這就最好不過，如已開行，本人就打算改乘「印度斯坦」號，因爲該船非等到馬金托什船長到後，決不能航行的，現在馬金托什船長仍在北京，則「印度斯坦」號一定仍泊在港口無疑。本使節團團員衆多，行李亦復不少，「印度斯坦」號只能裝運一半，所以就要早日阻止「獅子」號開行，今附上一函，請中堂即派人趕往舟山，探交「獅子」號船長高華勳爵，假使他已經將船開往廣東，亦請中堂命送信人急馳往廣州投交。

（待續）

編輯後記

△編者提起筆來寫這段文字，輕輕地呼了一口氣，忙了兩個多月的編務，算是功德圓滿，因爲復刊後第一期的全部稿件，已經三次校對了。和讀者潤別兩年多，今日在這一角中同讀者談談，覺得非常快樂，從前燒過「大華」的「野火」，也許想不到「大華」會「春風吹又生」的，這就不能不使編者更愉快了。

△這一期的文章，畧向讀者介紹一二。李輝英先生現在中文大學教新文學，他的「文學革命後第一個十年的散文」，是一篇評介那個時期的文學作品，那個時期是中國文壇棄舊迎新的轉振點，十分重要，留心新文學運動的人，切不可忽畧。簡又文先生是專治太平天國史的學者，他把二十年前未寫成的「嶺南荔貢考」重新再寫過，補充了許多新材料，內容豐富，寫來深入淺出，喜歡吃荔支的人，不妨三讀。徐復觀先生是中文大學的客座教授，在考試期中撥冗寫成「懷念黃季剛先生」一文，原來黃侃是他的老師。劉師培、黃侃這班學者，其治國學之成績，遠在胡適之上，但胡適之名，幾乎人人皆知，劉、黃則知者鮮矣，若學問大業，則胡不足以望劉黃之項背也。淺夫聞此，或大笑之。徐師生此文，述本人求學經過及黃侃一些趣事，讀之可見一代國學大師的面貌。散人先生談溥心畲游江南，又是另一種寫法，喜談「舊王孫」者多一些談話材料。李杰先生的「鳳凰山的風」，李君毅先生的專欄「旅行篇」都是有關香港的文章，園叟先生的花鳥虫魚專欄，則爲調劑一下讀者的精神的作品。

徐淡文書法

書法家徐淡文先生，所書新訂朱子治家格言，求者戶限爲穿，今爲普及起見，照原蹟大小兩色影印成小中堂，每幅港幣十五元，幷加上款，嗜痂者請向港九世界書局定購。·編者·

新訂治家格言

黎明即起灑掃庭除要內外整潔夜候早息兒女功課必親自檢點一粥一飯當思來處不易半絲半縷恆念物力維艱宜未雨而綢繆毋臨渴而掘井自奉必須儉約宴客莫講排場傢具質而潔豈重輝煌飲食約而精但求營養勿慕華屋勿言享受中英數理實治學之門狗馬花竹非家庭之福子弟勿縱驕橫妻女切忌艷妝祖宗雖遠祭祀不可不誠子孫雖愚經書不可不讀居身務期質樸教子要有義方勿貪意外之財勿飲過量之酒往還不分中外毋佔便宜助援莫論親疏及時為尚刻薄成家理無久享倫常乖舛立見消亡兄弟叔姪須分多潤寡長幼內外宜法肅辭嚴聽婦言乖骨肉豈是丈夫重貲財薄父母不成人子婚姻重愛情勿誇門戶儀式不可缺但戒豪奢見富貴而生諂容者最可恥遇貧窮而作驕態者賤莫甚居家戒爭訟訟則終凶處世戒多言言多必失毋恃勢力而凌逼孤寡毋貪口腹而恣殺牲禽乖僻自是悔誤必多頹惰自甘家道難成狎暱惡少久必受其累屈志老成急則可相依輕聽發言安知非人之譖愬當忍耐三思因事相爭安知非我之不是須平心暗想施惠無念受恩莫忘凡事當留餘地得意不宜再往人有喜慶不可生妬忌心人有禍患不可生欣幸心善欲人見不是真善惡恐人知便是大惡見色而起淫心報在妻女匿怨而用暗箭禍延子孫家門和順雖饔飧不繼亦有餘歡課稅早完即囊橐無餘自得至樂讀書志在成才非圖炫耀從職心存敬事豈計怨勞守分奉公及時自勵為人若此庶乎近焉

朱柏廬治家格言辭意清順傳誦已久今試易其中一二語以為此時此地移風勵俗之需且以就教於大雅君子云

貞白仁兄正之

南海徐淡文書於香港之九龍草堂

建德行

經營項目：畜產　人髮　中國土產

香港　中區德己立街道基大廈301室
電話：H二二三二一三
電報掛號：CHAOKINTAK

定價每册港幣一元

大華

第一卷 第二期

大　華　1966年合訂本　1—20期

本刊於1966年3月15日創刊，至十二月，共出二十期，今合訂爲一册，以便讀者收藏。此二十册中，共收文章三百餘篇，合訂本附有題目分類索引，最便檢查。茲將各期要目列下：

1 袁克文的亘上私乘。
2 徐志摩夫婦與小報打官司。
3 大同共和國王劉大同。
4 胎死腹中的香港市政府。
5 申報與洪憲紀元。
6 李準輸誠革命軍內幕。
7 西北軍奮鬥史。
8 清朝的內務府。
9 王孫畫家。
10 日本空軍謀炸南京僞組織秘記。
11 丙午談往。
12 談聶雲台。
13 銀行外史。
14 皇二子袁克文。
15 跛脚主席張靜江。
16 南北兩張園。
17 上海的超社逸社。
18 當代藝壇三畫人。
19 胡漢民被囚始末。
20 我所見的張永福。
21 溥心畬的騎馬像。
22 史量才與陳景韓。
23 清宮的秀女和宮女。
24 洪憲太子袁克定。
25 釧影樓囘憶錄。
26 張謇日記。
27 洪憲記事詩本事簿注。
27 英使謁見乾隆記實。
28 花隨人聖盦摭憶補篇。
30 穿黃褂的英國將軍戈登。
31 梁啓超萬生園雅集圖。
32 日治時代的上海三老。

大華合訂本　第二册　（21期至42期）

本判第二册合訂本，現正編製分類題目索引，預計1970年十二月可以出版。凡定閱本刊的新舊定戶，如欲購買，一律八折優待。

香港讀者，請向本社訂購；海外讀者，請向香港英皇道163號　樓龍門書店總代理處接洽。

精裝本港幣二十六元　US$4.60　　平裝本港幣十八元　US$3.20

大華 第一卷 第二期 （總44號）

從淘化大同發展過程說到香港的工業……黃篤修 2
一個新聞記者的獨白……陳思 4
西太后有喜……聽雨 6
日本佛教的日蓮宗……宋光宙 7
官太群中十姊妹……冷于冰 10
上海的橡皮股票風潮……伍喬 11
粵僧函可「再變記」案（清代第一宗文字獄）……于今 14
桃花扇中的楊龍友……李燄生 16
記初會袁寒雲……季炎 18
袁寒雲的岳父……溫大雅 19
香港富商李紀堂毀家造反（香港名人軼事）……黃嘉仁 20
北京王府與大學校舍……金城 22
殺人的價錢……積蓮 25
掌故漫談羅布泊……王俊譯 26
唐時嶺南荔貢考……簡又文 28
沙勝越與中國的歷史關係……劉念慈 30
淡水湖（旅行篇專欄）……李君毅 32
境內旅遊勝景述要……千景堂主 34
春風廬聯話……林熙 36
英使謁見乾隆記實……秦仲龢譯 38
編輯後記……（封底內頁）

封面插圖：明代程君房製墨

大華（月刊）第一卷第二期（總44號）

一九七〇年八月一日出版
Cathay Review (Monthly)
Dah Wah Press.
36, Haven St., 5th fl.
HONG KONG.

出版者：大華出版社
地址：香港銅鑼灣希雲街36號6樓
電話：七六三七八六
督印人：高貞白
總編輯：林熙
印刷者：大同印務公司
香港北角和富道96號
電話：七一七五四四

總代理：吳興記書報社
電話：H四五〇五六一　四五〇七六六

星馬代理：遠東文化事業有限公司
新加坡厦門街十九號
檳城沓田仔街一七一號

泰國代理：集成圖書公司
曼谷耀華力路二三三號

越南代理：聯興書報社
越南堤岸新行街二十二號

其他地區代理：
澳門：可大文具店　寮國：永珍圖書公司
亞庇：利文公司　斗湖：光明書店
千里達：中華公司　菲律賓：玲瓏書局
倫敦：東寶公司　紐約：友聯圖書公司
芝加哥：杏林春　洛杉磯：永安堂
波士頓：中西公司　檀香山：大元公司
三藩市：新生圖書公司　三藩市：文化商店
加拿大：香港商店　加拿大：新國華公司

從淘化大同發展過程

說到香港的工業

•黃篤修•

導言

數月前，我在新加坡作客，連士升學長要我為大華月刊——他的老朋友高貞白先生所辦的一本刊物——寫一篇介紹淘化大同發展過程、並附帶談談香港工業的文字，照士升兄的想法，認為這個題目，由我寫來，應該是最為便當不過的事。話是不錯，但如果我們承認「關係是存在的基礎」這一哲學論點的正確性的話，那麽，我們就不能無視於事物在生存以及發展的過程中與「時」，「空」，「人」，「事」的「關連性」；世間萬事萬物絕不可能擺脫本身以外的因素而孤立地「存在」，特別是社會科學中有關經濟問題的工業部份，它所牽連的面是更加廣泛而複雜的。在動態的演變中，幾乎沒有一個可資依循的定律。

淘化大同由組合以迄於發展到今天能夠引起海內外工商界人士普遍的注意，是由於本身條件，能夠緊密地配合不同時空發展規律的結果，而其動力，則是完全建築在創業的前人的智慧基礎上的。因此，這個題目由當事人自己執筆，就不無自彈自唱之嫌了。最低限度，從戰後開始，這二十多年來，把淘大由戰爭廢墟中重建起來，進而建立一個有組織，有計劃，以適應世界新的工業局面的產銷體系，這段歷程，在個人方面，雖然談不上，「一夕之間，神馳九塞」，但在內心深處的感受，却有如淘化大同的產品：甜，鹹，辛，酸，辣，一應俱全，此中滋味，用我自己說過的一句話：「啞子作夢，只許自知。」

本文一再延擱，主要有兩個原因：一、淘大發展過程，涉及的問題太多——特別是十多年來每一階段幾乎都與中國及東南亞整個經濟趨勢息息相關，而在分析中又必須旁及現實的社會問題，因此頗感難以下筆。二、年歲漸增，無形中產生了一種「漸感厭文字」的心理。然而：「長江一片月，萬里故人心」！我還是勉力提起了筆。

「淘化大同」四字的由來

對工商行號訂名的重視，幾乎是無分中外的。國人對此，尤其隆重其事。因為這直接關連到廣告作用，所以一般都注意到下列三點：一，意義鮮明；二，音韻悅耳；三，字數簡短，務令使人望文生義，易記易讀；在這個原則下，「字號」的字數，便大多採取兩個字，三個字已不常見，用到四個字，則可謂少之又少，然而「淘化大同」為什麽偏要用上四個字呢？原來厦門本來只有「淘化」，「大同」是因為後來內部人事不協，部份股東脫離「淘化」而另行組織的一個機構。但過了一個時期，雙方覺得彼此抗爭的結果，大大地削弱了業務發展力量，因而再來一個言歸於好的協議，把「大同」加在「淘化」下面，這便是「淘化大同」四字的由來。

幾個基本原則的確立

陶恩比「歷史的研究」指出艱苦的激

厲常能產生輝煌的創造力，但這創造力的發揮則必須視乎本身對問題的反應和所作出努力的程度以為定。

二次戰後，許多國家工業因受戰爭嚴重的摧毀，生產普遍停滯，因而大多數人在物質生活方面陷入了極端匱乏的困境，然而這種艱苦狀態，却鼓勵了人們蘊蓄在內心的一種欲望——一種比戰前更積極，更熱切的生產建設願望由是而生，自五〇年開始以迄今天，許多國家對經濟發展方面，表現了一種空前嶄新的局面——尤其以戰敗國的德、日，進展得更為突出。

黃篤修向淘大所屬機構員工講話

淘化大同——這個受過戰爭徹底破壞的食品工業機構，在復興工作上應該如何着手呢？「一子錯，全盤落索」，這個計劃藍圖，無疑地，將決定淘大未來的命運；因此我在戰後初期即到歐美，日本，及戰後獨立的東南亞新興國家去考察，所得的印象是：英，法，德，遭受戰火破壞的工業，除已逐漸恢復之外，並且均在銳意革新之中；而日本朝野更正加緊利用國際微妙間隙，儘可能運用美國力量，埋頭建設；此外，東南亞各國，對擺脫殖民地時代落後貧困的經濟狀態，亦同時具有强烈的表現。這種形勢，充分地說明了老一套的生產方式，將無法在未來競爭的環境中立足。於是在適應上，如何求取淘化大同未來的發展，便成為復興藍圖擬訂的主。在這一個大前提下，我們採取了如下的措施：一、採用最新型的機械設備，從事多樣化生產；二、人才培養的勇敢投資；三、徹底改善勞資關係；四、建立世界市場經營據點，逐漸走上顧客組織化道路。

（待續）

•稿約•

四十二期以前的「大華」，內容是偏重文史性，現在復刊，改為綜合性，以新的姿態與讀者相見。希望讀者和作者不斷地惠賜大文。除政治性的文章外，什麼文章我們都歡迎。來稿最好不要超過四千字，如果非萬字以上不能了，請事先來函商洽。因為「大華」的篇幅不多，沒法容納太多長稿，稿太長，要分兩三期才能登完，讀者就不耐煩了。

來稿最好用原稿紙書寫，附地址及姓名，以便聯絡。發表時用什麼筆名都可以。

稿費千字二十五元至三十元，照片每頁三元，均于出版前五日致送。刊出的文章圖片，版權均歸本社所有，如作者要保留版權，事先書面通知，以便安排。不合用的稿，兩星期內退還，不退的就是準備要用的表示，但何時刊登，要看情形而定，作者如果等得不耐煩，希望來信詢問。

一個新聞記者的獨白

陳　思

一、從頭說起

一九三七年秋天，八一三戰事發生的後半月，一個晚上，我和大公報記者張蓬舟兄，坐了車子經徐家匯，北新涇，眞如轉到閘北茂新麵粉廠，進入八十八師司令部；這樣，我便成爲戰地記者了。（那晚，蓬舟兄獨自回報社去，我就留在茂新廠裏。）先前，我只是在教室裏坐而言，從今便走向戰綫，眞的立而行了。

我是杭州第一師範的學生，教育工作乃是我選定了的崗位；但，新聞工作又是我的魚或熊掌，很早就兼了的。因爲家道貧寒，一個浙東山谷中的農家青年，要進杭州的中等學校，實在是不可能的。當時，師範學校，不獨學費宿費全免，膳費也免了一半。可是，半年十八元膳費，加上制服費、書籍費和路費，（從家鄉到杭州，三百六十多里水程，船費也得靠十元）。也就不是小農之家所能担負的。那時，一担穀，只值一元二角呢！因此，先父只能給一塊錢一月的零用，包括洗衣剪髮在內。這樣，我只好自己在杭州找生路了。那時，我只有十五歲，實計只是十四歲。

在一師讀書，住在校中，和外間完全隔絕，如何能有生路可尋呢？閱報室中有報刊可看，其中有一份申報，倒是舊友重逢了。我們家鄉，因爲先父辦育才小學，一直訂閱上海申報，我也算得一個老讀者了。我知道申報有「自由談」，那是副刊；也知道報舘刊載新聞，由訪員採訪而來，這就引起了我的幻想。進一師的第二年，和單不庵師的弟子查猛濟兄相識；查兄在杭州之江日報做編輯，曾約我到報舘去談一談。才知道杭州各報接受外間訪員的訪稿，分甲、乙、丙、丁、戊、五等計酬，最多的一元一條，少的只有二三角一條。（杭州各報，副刊都不給錢，上海各報也只有申報、新聞報和時報付稿費，外稿大約一塊錢一千字。）靈機一動，我就想做訪員。可是貢院既在下城，牆那麽高，非請假不能出校門，如何能有新聞可找呢？我便想到蘭溪城中，有一份蘭江日報，（對開大小，洋連紙單面印刷，每日一張。）便寫信和他們商量，願意替他們寫省城通訊，請社中送我一份報紙看看。這樣我便開始替杭州各報寫金（華）蘭（溪）通訊。那時，中國的新聞事業，也眞幼稚得很，地方報紙更是不成樣子。我這樣關了門改寫成的新聞，居然每月可以找三五元零用錢，加上替申報自由談寫稿的稿費，收入增到加八九元上下，這就可以在杭州生活下去。這是我做新聞記者的第一頁。

究竟什麽是新聞呢？當時，全國各大學，並沒有一家設立新聞專科，也沒人編寫過什麽新聞學、採訪學，因此，並沒人討論過這一課題。我們所知道的著名報界人士，如梁啓超、章太炎、章行嚴、于右任、戴季陶……都只是政論家，他們的文筆，和三百年前王船山所寫讀通鑑論的格調，並無不同。全國各報，並不曾培養出一位採訪記者。一般人的糢糊觀點，「新聞」即是「有聞必錄」。那時，廣州的報紙，把新聞連篇排刊下去，連大小標題都沒有。杭州各報，雖說有標題，也是呆板得很。

這樣幼稚的報紙，跟我這樣幼稚的訪員，銖兩相稱；因此，我的訪稿，居然也拿到過甲等稿酬，而且刊在頭版很顯著地位上了。我所受的語文訓練，從單不庵師而來的，是考證學、史學和桐城派古文，而幼年時從朱子春師而來的，也是王船山讀通鑑論的史筆。這可說是「文史通義」了吧，慢慢地才注意到楊賢江兄在學生雜誌上的長篇論文，因而轉向到梁任公的新民叢報體。也許把「新聞」當作「史筆」看，今日之新聞，正是將來的歷史，所摸索到的，就是這麽一點兒。

在學校裏，依教育當局的明令，學生是不許做「訪員」的，「訪員」有如惡訟師，新官上任，一定訪拿一番。好在我這個閉門造車的記者，不談貢院前的事，校中並沒人知道我在兼之江日報的訪員。而閉門造起來的新聞，和老師同學們毫不相干。由今想來，李叔同（弘一法師）絕食十四天，以及他剃髮爲僧，在凈寺出家，該是多麽重大的文化新聞，我却不會寫出一個字，白白讓大新聞從手邊溜開去，顯得我的眼界多麽小，多麽幼稚。

開我的眼界的，倒是章士釗先生的甲寅雜志。他的評論還是新民叢報路子，洋洋灑灑，下筆萬言，傷時感事，頗富感人之力。可是引起我注意的，乃是黃遠生寫給章氏的旅行通訊，恍然有悟，這才是眞正的新聞。這位進士出身的江西九江佬，他從一位外交家前輩口中，知道在歐美各國，文士有一條報國的大道，不必投入政海，而可以影响朝野視聽的，那便是報紙的新聞記者。他在上海申報、時報所寫的通訊，都是新聞，不是政論；他不是政論家，而是新聞記者。這樣，我才知道拿破崙把新聞記者稱爲「無冕之王」的眞義。

二、五四運動來了

一九一九年的五四運動，說起來是從北京爆發的學生愛國運動；實際上却是新文化運動、新文學運動、新社會運動。對我個人來講，却是打開了「一師」的大門，學生出入不必請假，可以和社會現實相接觸。我被推選爲學生會代表，由於參加學生運動，便有新聞可採集，可寫作。我們浙江省議會的鬥爭，卽有名的「留經運動」（挽留經子淵校長的大運動），我也是這一鬥爭的重心人物。我們辦了「錢江評論」（週刊）和行餘通訊社，才開始掌握新聞這一武器向上海望平街進軍了。那時，杜威、羅素先後到杭州來游歷、演講，我和范堯生兄所寫的電訊和專欄，都刋在上海各大報的主要地位。有一天，我拍着手對堯生說，「對啦！這就是新聞！」卽是說，我已明白，所謂「新聞」，有其「時間性」和「地域性」，這是讀者所該知道所要知道的大事。范堯生兄以杭州學生會代表名義，參加上海的全國學生會代表大會工作，主編「全國學生會日報」。可惜，第二年冬天，他患病逝世，否則他一定是一位傑出的新聞記者。

上海望平街原是我們心目中的聖地，眞是高山仰止，景行行止。等到「留經運動」過去了，我在「一師」完成了最後的課程，我便走向望平街去了。那時，我的老師，如劉大白、陳望道、夏丏尊諸先生以及沈玄廬、沈仲九先生都在上海投入教育文化工作，我也就在上海留下去，卽是說投入我心目中的聖地了。那時，邵力子先生主編上海民國日報覺悟，在年青人心目中，這一副刋和時事新報的學燈，乃是新文化、新文學的燈塔，邵先生乃是我所欽仰的導師。

那年，我到南京投考高等師範，未錄取；又轉往武昌，投考那兒的高等師範，患了秋瘧，不及終試，便回到了上海。從邵力子先生的介紹，到浦東川沙縣立小學去教書（那是黃任之先生家鄉），課餘便在覺悟上寫了許多文章，其中有一篇連載了一個月的「失望旅行記」。有人對我說：「這是新聞文藝，卽報告文學。」這樣，我心目中的「新聞」就這麽成熟起來。

不過，我心嚮往之的「聖地」望平街，一到了那兒，原來，只是那麽短短的一截街巷，北從南京路，通過二馬路、三馬路到了四馬路—福州路便完了，不過一百多丈那麽長，十來丈那麽寬，却是世界風雲的燈塔，全國輿論的中心。一部中國新聞史，正是一部望平街的歷史。偏巧，我到上海那年（一九二一年），我們仰若晨星的上海民國日報，依舊偈處於河南路、愛多亞路口，即三茅閣橋轉角處，並不在望平街陣綫上。（其後二年，才移到望平街）而我一直敬仰欽佩的邵力子先生，也是貌不驚人，屬於晏平仲式的人物。那時的民國日報，原是國民黨的黨報，望平街上最窮窘的報紙。我替他們寫了那麽多的稿子，却不會拿過一文錢的稿費。大家都寫得那麽起勁，算得上虎虎有生氣的報紙。「覺悟」乃是指導時代動向的副刊，和北晨的副刊相比並。這家報紙，請不起北京的通訊記者，買不起路透社的電訊稿，全靠葉楚傖、邵力子二先生挖空了心思去找尋。可是有幾晚，各版已經排好了，印報的紙，還沒着落。葉邵二先生，只好脫下皮袍來送上娘舅家（滬俗稱典當鋪為娘舅家）去，找點錢，才有紙上機，出得了版。他們那時鬧革命，鬧得眞够勁；報紙也眞够分量，顯得望平街的新聞報、申報，都是老爺報。所以我一踏進望平街，便成為民國日報的一個齒輪。那時，和我一樣窮的，還有瞿秋白、張聞天、這些朋友；大家都住在亭子間裏寫這樣沒有稿費的稿子。那時，楊賢江先生主編商務印書舘的學生雜誌，章錫琛兄主編婦女雜誌；我的思想進路頗受了楊兄的啓迪。

（待續）

西太后有喜

聽雨

清朝的慈禧太后入宮時的身份很低，後來貴為太后，最忌人們說「從大清門入」。原來清宮制度，只有皇后娶入宮時，都打從大清門進宮，如果是秀女入宮，就要走神武門（後門）了。她是咸豐元年（一八五一年。道光帝死于道光三十年正月，咸豐帝即位，下一年始改元咸豐。這個好色的年青皇帝，登位後一年多就大選女子入宮了）入宮的，「清史稿」說她入宮「號懿貴人」，這是很低微的職位。不久後，被皇帝瞧上了，才封為懿嬪，咸豐六年三月，生下同治皇帝，就升為懿妃，七年又升為懿貴妃。（清宮制度，皇后之下，有皇貴妃一人，貴妃二人，妃四人，嬪人，貴人、常在、答應無定額，多多不計。可見皇帝定額的妻妾為十四人，無名六號的妾侍可不計其數。）

故宮博物院的檔案中，有「咸豐六年三月立，懿嬪遇喜大阿哥檔」內載：「正月二十四日，欒泰、李萬清、匡懋忠，請得懿嬪脈息和平，係妊娠七個月之喜，相宜愼重調理。」（按：李萬清等三人，都是太醫院的醫生。）又一段記：「奴才韓玉來謹奏：三月二十三未時，懿嬪分娩阿哥。收拾畢，奴才帶領大方脈、小方脈，請懿嬪母子脈息均安，萬歲爺大喜。謹此奏聞。」又一段記：「三月二十三日，小太監平順交出硃筆一件，懿嬪著封為懿妃，欽此。」這三件檔案是當時總管太監韓玉來記的。

自從懿嬪懷孕之日起，太醫院的醫生診斷過，斷為有喜之後，咸豐帝就下一道聖旨：「著懿嬪之母進宮照料。」于是懿嬪的母親就「奉旨」入宮，照料未來的小皇帝出生了。

當時懿嬪住在大內西六宮之一的儲秀宮後殿。她的母親帶着一個女僕住在東配殿。宮中妃嬪住的後殿，也和北京大住宅的房屋差不多，五間北房，三明間，兩暗間。懿嬪本住在東間，為了生小孩，特地在此間造了一個木質的「喜炕」，以便她生產之用。

這冊檔案還記載了內務府預備產婦的用具，嬰兒的衣服被褥，分娩後三天的賞賜，滿月嬰兒剃頭，坐搖車等等。這些記事，已逾百年，今日讀起來，倒也有趣得很。

日本佛教的日蓮宗

——一個「戰鬥性的機構」——

宋光宙

根據一個不完全的統計：在現在的世界上，主要宗教的信徒分配情況，大致是這樣的：

天主教徒——五億三千八百萬人
基督教徒——三億六千三百一十萬人
希臘正教徒——一億二千萬人
其它宗派的基督徒——一千七百萬人
回教徒——四億三千萬人
佛教徒，道教徒，神道徒，因爲缺乏正式的註册和調查，共約在六億五千萬以上。
各種「賓示教」徒三億六千五百萬人
猶太教徒——一千二百八十萬人。
屬於原始宗教性質的教徒——一億二千萬人。

而在這些宗教中，在最近的二十年以來，發展得最快；對社會影響最大；同時也最容易被外界發生誤解的一個，無所諱言地乃是以日本爲其最重要基地的佛教日蓮宗。但是，一般人都習慣於稱他爲：日蓮教，或是創價學會。

其實，從組織系統上來講：創價學會只不過是信奉日蓮宗的佛教徒們，團結在一起，爲精研佛法和弘揚佛法而努力的一個戰鬥性的機構。

爲什麽一定要把它稱爲「戰鬥性的機構」呢？理由很簡單：這個組織一直是在反動勢力的迫害下產生，發展和壯大起來的。它的整個成功史，就是一篇血淚斑斑的戰鬥記錄：七百多年以前，日蓮宗的奠基人——日蓮上人，由於堅持自己的信仰，生活上吃盡了千辛萬苦，在社會上也受盡了迫害。但是，這些挫折並不能嚇倒日蓮上人和他的信徒們，因爲他們知道，佛教始祖釋迦，在圓寂前曾經講過：

我圓寂後二千年，算爲末法……那時我的經文未能挽救世人。而東方一小國却會出現末法時代的眞佛，以救世人。

但此眞佛的一世，將受刀傷，將被人投以巨石，也將被人充軍於荒島之上。

日蓮宗現在日敎宗（第三十三代）日達上人

這位日蓮上人的嫡傳弟子——日興上人，秉承遺志，在富士山麓，募建了一座氣象萬千的大石寺。直到今天，這座廟宇一直被尊爲日蓮宗的「總本山」。

江戶時代末期，以至明治維新，日本輕視佛教之風大盛。到了大正、昭和時代，軍國主義日益抬頭，和宣揚「王佛冥合，世界大同」的日蓮宗，簡直成了水火之勢。在所有被當年的日本擴張主義當權派大力迫害的對象中間，日蓮宗教徒吃的苦頭最大。創價學會的首任會長牧口常三郎，次任會長戶田城聖，都因爲反戰和反

創價學會會長池田大作

軍國主義的關係，被關進監牢去。牧口爲了他的理想，死在獄裏。戶田雖然在第二次世界大戰結束後重見天日，但是因爲健康的損失太大，所以不到幾年就也死掉了。然而，在他手裏重新建立起來的創價學會，在一九五一年時，雖然還只有五千二百二十八個會員，但到了一九六九年，却已經突破了「一千萬戶」的大關。就以每戶平均四口人來計算：也有四千萬人左右。這主要都是創價學會第三任會長池田大作的功勞。

在池田的手裏，創價學會已經從一個「創造人生的價值」的團體，發展而爲一個有組織，有紀律，有實力，有辦法的世界性羣衆組織。海外的總支部和支部，多到六十五個，會員人數也在十萬以上。甚至於遠至巴黎，西德，南美，非洲，澳洲，東南亞，處處都有它的支部。香港就是它在亞洲的重要基地之一，非但擁有一萬多會員，而且還經常出版一份「黎明聖報」旬日刊，來做爲輔導當地和東南亞會員們精研佛法的工具。

創價學會，爲什麼會在短短的十八年中擴展了將近八千倍呢？一方面固然是由於以池田會長爲首的領導人們的確具有非凡的組織天才和能力；另一方面也應當歸功於學會本身所特有的戰鬥性，組織性和紀律性。

剛剛在後一點上，是一般人對創價學會所最容易發生誤解的地方。在他們的腦中，佛教徒應當是最「與世無爭」，最吊兒郎當和最「無政府主義」的一羣。一看見創價學會在會員們的基層組織上有「總支部——支部——地區——班——組」；或是「部——部隊——隊——班——分隊」的分別，就神經過敏地把它比擬爲納粹的「衝鋒隊」或莫索里尼的「法西斯黑衫隊」。

另外一些敏感而思想不太合邏輯的人，也常常把創價學會的青年人們在遊行的時候有制服，有樂隊，以齊一的步伐，井然的秩序，昂頭挺進的這一件事，做爲他們「法西斯化」的旁證。

這種近於的幼稚誤解，其實是會使每一個明眼人都莞爾而笑的。大家都知道，東歐共產主義國家的外交官員們，很喜歡坐西德出產的平治牌汽車。那麼，爲什麼又沒有人會說，他們既然在汽車上和西德的「軍國主義者與復仇主義者」毫無二致，所以他們也已經變成了這些人的一丘之貉呢？

創價學會還有另一個最成功的地方，就是：它對會員們抓得很緊；早晚一定要念經；空閑的時候，要盡可能地多做「折

創價學會舉行大會時的軍樂隊

伏」工作，說服沒有信仰的羣衆，爭取他們加入學會；每星期擧行一次討論會；經常地參加學會所主辦的各級訓練班；無時無刻不忘記用自我犧牲的精神來向羣衆示範。——很客觀地講一句：一個宗教的信徒如果能用這樣不倦的精神，來教育自己和帮助別人的時候，退一萬步來說，也比那些滿口仁義道德，滿肚男盜女娼，吃宗教飯的人們要强得多了。

日蓮宗的教義，基本上是從釋迦的教訓中發展出來的。不過，它所發展的，是最積極的一面，認爲宗教的目的，就是絕對的追求幸福；而幸福—只能在主觀的努力下，得到了我佛的加慈保佑，才能獲得的。換句話說：佛是不加慈於好吃懶做，不主觀努力而只求佛佑的人的。由於這種精神，日蓮宗以及創價學會的一切言行，便都充滿了對人生積極的態度；戰鬥性和樂觀的看法。它不是號召人們退讓和放棄，而是鼓勵人們堅持鬥爭和進取。因此，在他的會員中間，年青人竟佔到百分之六十以上。而一向最看不破紅塵的歐美人士，也趨之若鶩。

在政治思想上，創價學會提倡的是：「佛法民主主義」和「地球民族主義」。這兩個名詞，對一般人來講，當然還很生疏。所以最好還是引用一下創價學會自己所下的定義：

佛法民主主義，就是以「王佛冥合」爲宗旨。「王」就是政治，也就是社會的全體……「佛」是指佛法思想。「王佛冥合」 就是要以 佛的慈悲爲根本，來實行基源 於大衆福利 的政治。」

創價學會會員在香港的小艇上開討論會

正像創價學會第二任會長戸田城聖說的：

「日蓮大聖人主張：政治與個人幸福非一致不可！這就是「王佛冥合」論。社會的繁榮，不能只以一個社會爲對象，而應以整個世界爲對象。只有在全世界民衆同享社會繁榮的時候，才有眞正的個人幸福……。因此，絕不能爲了日本民衆的幸福，而犧牲其他民族；亦不能爲了美國民衆的幸福，來犧牲日本民衆；更不能爲了共產主義指導者的幸福，來犧牲他國的民衆。……」

對於「地球民族主義」的解釋，最好也引用一下創價學會現任會長池田大作的意見：

佛法不是只以日本一國爲對象的。宗教沒有國界，也沒有民族的差異……提倡世界聯邦，也不是從今天才開始的。……

但是，如果用日蓮大聖人的佛教來做基礎，這世界聯邦的理想就一定會實現的。

換句話說：地球民族主義，也就是超民族主義和世界聯邦主義。

因此，每一個對創價學會和日蓮宗的道路有所懷疑和誤解的人，只要翻一翻這些教義，查一查它過去在日本法西斯軍國主義時代的鬥爭歷史，就可以一切了然於心了。

然而，有些人還認爲：近年來由創價學會會員組成的公明黨，在日本的政治舞台上，已經越來越重要了，由此所見創價學會並不是一個宗教團體……」云云。如果這種看法，也有其道理的話，那麽，又應當如何來解釋下面這兩件事實呢？

一、難道每一個積極參加政治活動的人，都是沒有宗教信仰的人麽？

二、爲什麽人們對於歐洲各國的「基督教民主黨」又覺得一點都不碍眼呢？

也有些人武斷地說：創價學會恐怕和「台灣獨立運動」有關，這就更顯得缺乏常識了。每個宗教，都對於自己在外地的發展富有濃厚的興趣，但這並不是說，它對於當地的領土權和行政權也都想一下子據爲己有。否則，天主教在港澳的絕對優勢，早已歷有年所，香港爲什麽還沒有從大英帝國的殖民地一變而爲梵蒂岡的藩屬呢？如果只因偶爾有一兩個「台獨份子」的人，是日蓮宗的信徒，就武斷地認爲整個創價學會都在斤斤於台灣的將來，那就未免大大地犯了「只見樹木，不見森林」的毛病了。

歡迎投稿！

請賜批評！

「官太」群中的十姊妹

冷于冰

陳淑子是胡漢民的老婆，也就是「讀嶺南人詩絕句」作者陳融的妹子。民國廿五年秋間，陳濟棠下台，蟄居九龍，社會上便有「十姊妹」組織的喧傳，說陳的妻子莫秀英也是「十姊妹」之一，而事實上却不然。

原來所謂十姊妹，就是有十個婦女，都拜陳淑子做誼母，拉親串戚，共找關係。而這十姊妹羣，莫秀英幷不在內。根據當日參加這個小集團的何予珍氏的自白，十姊妹的名字只有下列的幾個人：

大姊王孝英（北京女子師範大學畢業，曾充上海務本女中校長。孫科時代的立法委員，是廣東電政監督李大超之妻），二姊鄧大眼（商人余舜華之妻），三姊何予珍（北京師範大學畢業，何楠廷的女兒，曾任陳濟棠第一集團軍軍人家屬學校校長），四姊劉慕雨（蔣光鼐之妻），五姊彭惠研（曾復鳴之妻），六姊蔡鳳珍（新桂系核心人物黃紹竑之妻），七姊邵景芳（余心偉之妻），八姊伍艷莊（伍朝樞之女），九姊魏靈芝（魏邦平之女，李肇基醫生之妻），十妹盧月英（軍人鄧世增之妻）。

以上的名字，是根據各人的年齡來排列，大家都以陳淑子做中心人物。然而莫秀英當年也曾拜過陳淑子做契媽，在上契的一天，還是我找了占卜家擇日才擧行，陳濟棠居然執子婿之禮，大宴小宴，招集親友，熱鬧了三天。莫秀英還學着老番的腔調，對陳淑子左一句「媽咪」，右一句「媽咪」，表示親熱，送了豐富的禮物；就是「十姊妹」，莫也送了許多東西來攏絡。莫在十姊妹中只能算是附庸。當時姊妹中一個婦女，想拍莫的馬屁，自願退出，讓莫參與十人團。可是，絕大多數的姊妹，一致反對，莫秀英就不能加入十姊妹中去了。（據說她們反對的理由是因爲莫秀英的出身有問題，不能與「大家閨秀」同列。亦封建思想作怪也。）

上海的橡皮股票風潮

伍喬

近日有很多人買外國股票吃了大虧，爲什麼會這樣呢？無非是他們太過相信洋人罷了。六十年前，上海租界有幾個外國流氓，居然發賣股票，騙了中國人幾千萬元，搞到上海發生了金融大恐慌，此文就是記述這事的經過。

清宣統二年（西曆一九一〇年），上海發生金融大風潮，遂影響到很多工廠、商店、錢莊受累而倒閉，錢莊一倒，國家所存的現欵，也被倒了數百萬元，一時風聲鶴唳，租界上的居民，不論貧富，生活都大受威脅，但有些洋人却在此時轉手之間就掠奪了中國人數千萬元，成爲巨富，他們憑藉此種不勞而獲的金錢，經營租界上的有利事業，又再剝削中國人的血汗，於是富上加富，十餘年間，他們個個都是遠東最有錢的洋人，甚至上海租界雖已收回，但他們早已轉移陣地，移到另一個「天堂」，仍享掠奪而來的「福」了。

金融風潮之發生，是受了炒股票的影響的。當時有個洋人到上海投機，亂指一通，說他在南洋有很多橡皮園，便組織一家公司，騙上海租界的中國人入股。租界的中國人，有一部分是極端崇洋的，洋人說句玩笑話，他們也當爲眞，這回可上了洋人的大當了。其實這個洋流氓有什麼橡皮園，他不過信口開河，胡說八道騙中國人的錢罷了。像這樣的事，英國國內也曾發生過，當時的英國人叫這個風潮爲南海風潮，影響所及，公私皆受到大損失。現在我畧說一下南海風潮，以見洋人能繩祖武，發展先人的餘暉，然後引入本題。

一七一一年（清康熙五十年），有人在倫敦創立了一個「大不列顚南海貿易公司」。據他宣傳，這個公司的生意目標，以當時西班牙的南美洲爲對象。但西班牙當局對於外國人與南美洲貿易，立下很多苛例，實在使外商無從進行。因此這家公司由國際貿易變爲做英國本土的各種金融投機生意。這時候，英國政府欠人民的債約五千萬鎊，年息七厘。很多英國人都認爲國債如此之重，英國人民是無法負担的。到一七一八年，南海貿易公司的當事人就向英政府建議，不如將這五千萬鎊國債大部交給南海公司，債權人（卽公債劵的持有人）成爲南海公司的股東。英政府給予南海公司某種經營特權，但公司亦給予政府現金七百五十萬鎊，年息僅爲四厘，較諸從前付出七厘，實爲上算。南海公司的主持人立卽向國會議員行賄，促其通過。果然財可通神，一切順利辦妥了。不久後，南海公司的股票市價逐步高漲，一百鎊股面的由三百鎊漲到五百，又再漲到六百，最後一下子跳到一千，平空漲了十倍。這麽一來，南海公司就刮了一億鎊左右的現金，付國債有餘。但投機事業總會有一日出亂子的，英國人一朝覺悟，不再上當了，人心一動，南海公司的股票大跌，在市場上無人過問，很多人因此傾家蕩產，甚至失去了生命。人民怒吼，不斷指責南海公司、英政府、英王和他的閣員，罵他們處理不當。風潮過後，南海公司的幾個主事人雖然償還了英政府的七百五十萬鎊，英政府又命英倫銀行沒收南海公司的資產四百萬鎊，但他們個個都發了大財，倒霉的是英國人民。

橡皮風潮恰恰和一七二〇年南海風潮差不多，而引起者皆英國人，亦可異矣！五十年前，有個在上海公共租界做事，又曾在「申報」做編輯的姚公鶴，寫有一部有關上海掌故的書，叫「上海閒話」（首先刊于「東方雜志」，民國六年由商務印書館出單行本），畧有提到橡皮風潮一事，但不能揭出禍源及作禍人的姓名，大概是怕上海租界外國人的勢力。現在事隔六十年，洋人已不能作祟，不妨詳談其始末了。

上海人叫樹膠做橡皮，稱以種植橡樹，割取橡膠爲業的公司所發行的股票爲「橡皮股票」。二十世紀初期，由於資本主義國家車胎生產日多，一時橡膠供不應求，市價上升，有如飛箭。到一九〇九年，倫敦市場一號生膠價格，每磅漲至一百五十三便士（每英鎊等於二百四十便士），創歷史上橡膠價格的最高紀錄，早期開辦的幾家膠園都獲得驚人的利潤，橡皮股票市價，不斷飛漲。上海的外國冒險家聽到這一消息，頓時又大開竅門，於是一套利用橡皮股票而玩弄的魔術便上演了。早在清咸豐五年（一八五五年），一個到上海來淘金的「最有勢力」的英國洋行大班寫信給英國領事阿禮國說：「鄙人來上海的目的和本份，在於最短期內發財致富……至遲兩三年，我希望滿載而歸，至於上海將來爲水淹火燒，同我又有什麽相干呢？」這就是某一些外國流氓的招供，他們只顧刮中國人的金錢，至於上海的死活，與他何關！

談橡皮風潮之先，我得先從頭說起。約在光緒廿六年（一九〇〇年）左右，有個英國人麥邊到上海淘金，他利用種種便利，居然也刮到一筆小財，成爲租界洋人羣中一個稍有名氣的小商人。他眼見橡膠的價值日高，認爲做這門生意可賺驚人的厚利，遂于光緒三十二年（一九〇三年）在上海組織了一家「藍格志拓殖公司」（藍格志是橡膠產地地名，當日很多這類公司以產地地名命名的），自吹經營項目包括開辟膠園，發掘石油和煤，採伐木材等等，其實都是鬼話，招牌掛了五六年，業務並無什麽發展。

自從倫敦市場生膠價格狂漲的消息傳到上海，麥邊才將招搖撞騙的重心放在橡樹上來。他首先請人寫了一篇洋洋洒洒的大「文章」，題目是「今後的橡皮世界」，分別發表在當時上海出版的幾家中外文報紙上。此公的「眼光」倒也銳利非常，其思想往往站在時代之前，故能轉瞬之間，刮了上海人二千多萬兩銀子也。

這篇文章分析了世界對橡皮的需要，估計了後三十年世界橡皮市場的供求趨勢，指出在今後的日子裏，不但車輛要橡皮，造船要橡皮，甚至連鋪馬路，造房屋也都離不開橡皮。據說，有了橡皮鋪路，才能保持大城市行車時的安靜。這篇「大文」刋出後，上海人詫爲新奇，誰不佩服麥公的眼光遠大，將來的世界就是「橡皮世界」了。許多報章、雜志不知麥公的用意，也跟着寫了不少文章爲橡膠捧場，把橡膠的歷史說得詳詳盡盡。讀者讀過了，不知不覺中對橡膠發生了很好的印象。於是麥公之計售矣。

麥邊放下了這個棋子後，就進行第二步工作了。他用「藍格志」的名義大做廣告，不惜重金，買了「申報」、「新聞報」、「時報」的封面全頁廣告地位。（人們都說上海那個大騙子黃楚九最肯花錢登全頁封面廣告，這花樣是他作始俑的，其實麥公比黃楚九還要早十多年。黃楚九買「申報」、「新聞報」的全頁廣告吹他發明的「百靈機」聖藥，事在民國十三年（一九二四年）前後，遠遠落在麥邊之後也。當麥公買「申報」廣告時，姚公鶴正在「申報」工作，他見了這段廣告，不勝詫異，認爲從未見過有這樣闊綽的廣告戶，便問廣告主任道：「本報自創刋以來，一向都未有過這樣巨幅的一頁廣告，到底那家藍格志公司做的生意可以賺很多錢嗎？單是廣告費就這樣浪費，它要做多少生意才够這筆開支呢？」廣告主任也無從答他所問，只是驚于藍格志的魄力偉大而已。廣告上的文字，又以聳人聞聽的言詞占滿篇幅，它給讀者深深留下了這個公司氣魄大、資金足的印象，人們的注意力也日益注意到藍格志身上來。）

當時的上海小市民見到這些廣告，對藍格志雖然有種種猜測之詞，但他們一向是太過信賴外國人的，外國人所做的無論什麽事都靠得住，所以也沒有想到藍格志公司是一個大騙局。何況麥邊此人鬼計多端，又極懂得上海人的心理，他見到上海人震驚於藍格志公司的偉大魄力而不虞其有詐也，於是把握時機，故意裝腔作勢，每星期舉行藍格志公司董事會開會一次，會後，他就向中外報紙大發新聞稿，說什麽橡膠產地來電報告割得橡膠數量多少；倫敦的橡膠市價，由幾多便士漲到幾多，說得天花亂墜，藉此以刺激市場。這麽一來，藍格志的股票價逐步被拉抬到每股一千兩銀子左右，越過票面荷盾（荷盾是荷蘭的本位幣，當時每荷盾約合六錢銀子）約十六七倍。不久後，藍格志公司的股票又飛漲了。上海人愛投機，那班好此道的人那有不動顏色之理。何況又有一家「老字號」的外商銀行代收股欵，藍格志公司的股票又可以向它用作抵押品？上海的外商銀行，一向辦事謹愼而穩重，除拆票爲調劑金融完全歸買辦負責外，絕不做虛借指押之事，但對於藍格志橡皮股票，均可按照票面價格兌付現欵，信用昭著如此，難怪上海人如醉如狂，傾其所有買藍格志股票了。那時候上海市上有一怪現象，友朋相遇，不問「往哪裏」或「吃過飯沒有」，而是「買了藍格志嗎？」「今日的市價如何？」「未買就要早買，早日買，可以早日發財啊！」其風狂程度較諸今日買大馬票尤過之，可惜這班人沒有想到藍格志公司的橡皮園遠在外國，種植橡皮樹後要幾多年才可以割膠；未有實貨產生，股票漲價，無非炒起耳。他們買股票時，絕對不想到這一層，於是就陷入了洋人的騙局中而傾家蕩產了。

藍格志公司的「事業」發展得很快，眞有扶搖九萬里之槪，上海有些外國冒險家見了不免食指大動，同時又眼紅麥邊大發橫財，於是他們也照樣來這一套，紛紛組織新公司，大肆宣傳，廣募股份。永年人壽保險公司的大班英國人韋推，就和他的朋友猶太籍英人加多里（此人在上海販鴉片發了大財的）合伙開了一家匯通洋行，英國人白克爾父子開了一家祥茂洋行，柯格開設柯格洋行，拜歐和猶大合資開設海利洋行。這些洋行分別組織了「薛納王」、「地傍」、「伯士安南」、「康沙納特」等等名目的橡樹種植公司。到了宣統二年（公元一九一〇年）春季，新組織的橡樹種植公司更如雨後春筍，層出不窮，往往一家洋行要經理好多家公司。

這些「新」、「老」橡樹膠種植公司分隸于麥邊、匯通、祥茂和雜牌等四個集團。每家公司照例設置三到五名董事，除董事長當然由各個集團的頭子担任外，其餘董事名額中，屬于這個集團的某公司往往推請另一集團的頭子揷上一脚，以示互惠而便勾結。至於雜牌集團的公司，鑒於本身聲望不够，更多聘請其它三個集團的頭子充任董事，以資號召。因此這些公司家數雖多，實際上是由一根綫貫穿着的。

四個集團的頭子個個都是外國流氓，他們赤手空拳來中國發財，刮了中國人的脂膏後，變成「股商」了，他們對於哄抬股票，造謠惑衆都是有一套手法的。麥邊爲使市塲相信他的藍格志公司確實賺飽了錢起見，每隔三個月，他便發給「中間股息」一次（資本主義企業，凡因獲利較多，未到結帳期就先發一部分贏利給股東，叫做「中間股息」），每股十二兩五錢銀子。麥邊和外商銀行是有密切關係的，儘管他的公司缺乏現金，他們也不難向銀行通融透支，借此散布有利空氣哄抬股價，這樣就把藍格志股票價格抬到一千開外。匯通洋行的韋推和加多里不甘示弱，也利用他們較早組織的一家「薛納王」公司來大弄玄虛。他們吹噓薛納王已生產橡膠，賺了大錢，照樣每季付中間股息一次，不過，每股股息數目只有七兩五錢，但由於這批冒險家宣傳得法，說什麽薛納王剛剛開始生產就有如此成績，它的前途一定未可限量，這麽一來，果然薛納王股價被拉得比藍格志還高。當然，這種手法一般新公司不能如法炮製而不得不另玩花招。

（待續）

粵僧函可「再變記」案

——清代第一宗文字獄——

于今

清代的文字獄案是一般研究歷史的人們喜歡談論的。它第一宗文字獄案，不是莊廷鑨的「明書」，也不是戴名世的「南山集」。這次罹難的人，却是廣東的詩僧函可。他于弘光元年乙酉（一六四五即順治二年）北上請藏經，順治四年丁亥（一六四七）自南京啓程返廣東，剛出城門，便被守城的邏卒搜檢行篋，發見有「再變記」等文書，把他拿著送官究辦了。

函可字祖心，號剩人，俗姓韓，名宗騋，字猶龍，廣東博羅縣人。天啓六年（一六二六）中了秀才，父親是明禮部尚書韓日纘。他兄弟四人，函可居長；次名宗驎，字漢逸；三名宗騄，字耳叔；四名宗驪，字季閑。博羅韓氏本來是一個巨族，他又是一位貴介公子，在日纘死後四年，即崇禎十二年（一六三九），年才二十九歲，在廬山出家，拜空隱和尚爲師，就是著名詩僧天然和尚的法弟。

初時他住在羅浮山華首臺。崇禎十七年（一六四四）築了一間「不是庵」在廣州東門外城脚黃華塘靜修，黎遂球「蓮鬚閣集」七有「喜祖心師不是庵成，同麗中師、丁善甫、梁漸子、李山農、子雲諸淨侶過集」詩，云：「淨侶東鄰近往還，迎人老鶴護禪關，臨池小閣看如舫，渡水長橋坐對山。似倚法王裘馬氣，猶嫌長者布金慳，誰能及第心空比，寶座玲瓏芳樹間。」省、府、縣志都說它名叫黃華寺，是因地爲名，讀此詩才知道它本名「不是庵」。麗中就是天然和尚的別字，丁、梁、二李明亡後，有戰敗死，有出家爲僧，都是不肯屈服滿清王朝的有名人物，見陳伯陶「勝朝粵東遺民錄」。

這次的文字獄案，天然撰「塔志銘」說：「甲申之變，悲慟形辭色。傳江南復立新主，頃以請藏附官人舟，入金陵，會清兵渡江，聞某遇難，某自裁，皆有輓過情傷，時人危之，師爲之自若，卒以歸日，行李出城閫，忤守者意，執送軍中。」郝浴撰「塔碑」說：「甲申、乙酉間，僑寓金陵顧子之樓，友慟國恤，黯然形於歌詠，不悟，遂遇難。」新主指弘光帝，甲申是清兵陷北京，乙酉是陷南京的年份，這時兵荒馬亂，函可北上請藏，可能會有秘密任務，在清代封建淫威下的文獻，把它隱諱着罷了。

函可被捕後，據天然作「塔銘」說：「當事疑有徒黨，拷掠至數百，但曰：某一人自爲，夾木再折無二語，發候鞫，項鐵至三繞，兩足重傷。」這是何等的倔强，何等的偉大，絕不肯有一些兒屈服。這時駐紮南京的著名大漢奸洪承疇，剛巧是函可父親韓日纘的門生，函可動程時，曾經向洪承疇請領印牌，函可文字獄案發，便牽連及於洪承疇身上，要誠惶誠恐地入奏了。

「東華錄」載：

順治四年（一六四七）十一月壬子，招撫江南大學士洪承疇奏：犯僧函可係臣會試房師故明禮部尚書韓日纘之子，出家多年，於順治二年（一六四五）正月內，自廣東來江寧印刷藏經，値大兵平定江南，粵東路阻未回，久住省城，臣在江南從不一見。今以廣東路通回里，向臣請牌，臣給印牌，約束甚嚴，因出城門，盤驗笥中，有「福王答阮大鋮書」稿，字失避忌；又有「變記」一書，干預時事，函可不行焚毁，自取愆尤。臣與函可有世誼，宜嫌情罪輕重，不敢擬議，其徒金臘等四名，原係隨從，歷審無涉，臣謹將原給牌文及函書帖封送內院，乞敕部察議。」奉旨：「洪承疇以師弟情面，輒與函可印牌，大不合理，著議處具奏。函可等，著巴山、張大猷差的當員役拏解來京。」後來裁定，函可遣戍瀋陽，不是庵沒入官府；洪承疇初議革職，旋降「旨」寬免的。

由此可知函可被拿由於藏有「福王答阮大鋮書」稿和「變記」等文件，承疇奏報只說干預時事，沒有說明內容，更沒有說及函可所作。清初詩人邢昉（字孟貞，江蘇高淳縣人）曾讀過此書，說是名叫「再變記」，撰有「讀祖心師『再變記』漫述五十韻」一首，見「晚晴簃詩匯」，詩裏有「此記乙至丙，大書得梗概」的句子，就是記載順治二年乙酉（一六四五）南京淪陷後的情事，當以作「再變記」爲是。

邢昉的詩上半說：

維歲昨在申，九州始破碎，舊京雖一隅，形勢東南會。我皇秉圭邑，雨泣面如礦，臣民盡驚呼，少康實可配。史公踐台斗，心赤當時最，雲臺占紫氣，恍惚嘉祥屆。亡何變氛祲，太白垂天戒，宵光盡烱烱，白日猶未退。咄哉夜郎人，小器自矜大，入手事排擠，持議誇擁戴。朝廷一李綱，不容密勿內，猰貐本在野，抵死呼朋類。赫赫先帝書，翻案神靈嘅，誼士惜繁纓，兇黨蒙冠帶。從此問王綱，解帶隨塵壒，貂蟬併鋘斧，顚倒弄機械。人心二豎灰，世事長江敗，洎乎皇輿播，臨軒曾召對。出奔忽異域，此事令人怪，得非靴中刀，凜凜惡姦獪。所恨喪亂朝，不少共驢輩，城頭豎降旗，城下迎王旆。白頭宗伯老，作事彌狡獪，捧獻出英王，箋記稱再拜。皇天生此物，其肉安足啜，養士三百年，豈料成狼狽。幸有兩尚書，臣節堂堂在；又有楊中丞，甘死如飲瀣。嗚呼黃祠部，刀鋸何耿介，郎吏及韋布，一二更奇怪。吁嗟郡國英，螳臂堪一喟，宣、歙始發難，戰血塗草萊。麻生怒衝髮，氣作長江掛，松林戰尤苦，婺女兵終潰。吳子要離烈，張、朱俱慷慨，我悲黃相國，絕食經顚沛。海上王將軍，就死跡愈邁，此紀乙至丙，大書得梗概。正義苟勿渝，細不遺羣髿，倘非斯人儔，乾坤眞憒憒。

據初步的了解，詩裏的我皇指弘光，史公爲史可法，夜郎人指馬士英、阮大鋮，出奔忽異域事，亦指士英，宗伯爲錢謙益，英王爲多鐸，兩尚書爲張捷、高倬，黃祠部及郎吏爲黃端伯、劉萬順等，吳子、張、朱爲吳應箕、張國維、朱大典，黃相國與王將軍，則黃道周、王興也。可與「皇明四朝成仁錄」、「明季裨史」、「小腆紀年」等參證。

邢昉詩末段又說：

大師南海秀，敻立風塵外，辛苦事掇拾，微詞綴叢薈。毛睢逐行脚，蠅頭裝布袋，前日城門過，禍機發逅邂。命危頻伏鑕，鞫苦屢加鈦，艮以筆削勞，幾落遊魂隊。諸方尚雲擾，澒洞勢末殺，雖然忧羅網，愼勿罷紀載。伊昔鄭憶翁，著書至元代，出土十載前，金石何曾壞。

這裏只紀述至函可被捕鞫訊，未曾說及遣戍，可能是順治初年所作。清代的「禁燬書目」和省、府、縣志都沒有著錄「再變記」的書名，我希望能夠發掘出來，對於研究明清史者，一定有很大的幫助。

函可遣戍瀋陽後，開法千山寺，苦行精修，歷主大刹，大關以東，奉爲鼻祖，聲名洋溢於朝鮮、日本，和他的師兄天然和尚齊名南北，順治十六年（一六五九）逝世，年四十九。著有「千山語錄」、「千山詩集」，詩集有道光間廣州海幢寺重刊本，在抗日戰爭時，版片經已燬失。「語錄」有康熙二十九年庚午（一六九〇）今辯和梁佩蘭、陳恭尹醵貲刻本、「嘉興續藏」本，近人孫殿起「清代禁書知見錄」亦未著錄，流傳極少。

桃花扇中的楊龍友

·李　談　生·

孔尚任所作的「桃花扇傳奇」，以兒女離合之情爲經，以國家興亡之事爲緯，極得天下後世人們所稱許。但在藝術未盡合於宮商，以崑曲唱之則可，若以之排爲戲劇，殊不容易。故而康熙在宮中排演之時，還須該書作者孔氏入宮，作爲指導。故在民間流行，遠不及宋元雜劇。近世之電影戲劇，固有取材於是者，然以刪節過多，殊非其全。近人歐陽予倩，曾有桃花扇一劇之編。時在抗戰之後方—桂林，劇中把楊龍友渲染是一個墮落的士大夫，以譏諷附敵的文人。醜化楊龍友，更有甚於孔尚任。我有所不平，乃在再三警告後，於報上作批評，謂其不讀「明史」，妄自汚辱古人。焦菊隱，曾起而爲之辯護，謂戲劇是藝術不是歷史。但既稱爲歷史劇，殊不應不知歷史，歪曲歷史的。正反之間，發生了一場大爭論。戰時在桂林住過的人，大都知道其事。

楊龍友，名文驄，在「桃花扇」中，其地位之重要，有過於侯朝宗與李香君。孔氏雖諱言其忠烈的生平，但亦說他如何庇護李香君，在李香君染上鮮血的扇子上，寫上了桃花，便將桃花扇定爲書名。那麽，說桃花扇的主角是他，並無不可。但孔尚任何以在筆下如此的寃枉楊龍友呢？清初的學者，也曾提出抗議，對孔指斥，說其父有求於楊龍友不遂，且被輕視，孔尚任因而在桃花扇中以汚辱相報。梁啓超考證「桃花扇」，曾有指出，惜已失此書，無從引證了。

楊龍友是一個什麽人物呢？根據「明史」楊文驄本傳所載，他是貴陽人，擧於鄉，崇禎時官江寧知縣，御史劾其貪汚，奪官候訊。崇禎自縊死，福王立於江南，其妻兄馬士英當國，起爲監軍，駐京口，擢右僉御史，巡撫其地，與來犯之清兵，隔江相持作戰。但以南都失陷，乃退兵走蘇州，再轉處州，擁戴立於福州之唐王，拜兵部右侍郞，兼右僉都御史，提督軍務。清兵至，戰敗退浦城，被執不降，與其子及參軍孫臨（復社健者，與葛嫩娘同在軍中）同時就義。明末殉國之忠烈，於史可法有過之而無不及。他既工於書畫，又富於文藻，好交遊，豪俠自喜，頗推奬名士，士亦以此附之。馬士英與阮圓海，以復社諸名士爲敵，欲置之於死地，龍友多方庇護，「桃花扇傳奇」，亦不能掩之。但因妻兄馬士英爲權奸，欲緣他進用而不遂者，不免怨之（孔尚任之父，即其一）。他與史可法，是南明死國之雙忠，但以「桃花扇傳奇」之故，不爲後人所重視，幸而「明史」俱在，不然，就不免於寃沉海底。無行文人之可畏，有如此者！

他的生平，清初的士大夫，無不知之，無不重之。以清流自處的復社名士，除了和他戰死的孫臨之外，其他的詩文酬唱，與龍友有關者極多。一個文武兼資，詩書畫並佳之名士，一個父子殉國的忠臣烈士，宜乎其得當時士大夫所崇拜了。

明末清初之大詩人吳梅村的「畫中九友歌」詠楊龍友有四句云：「阿龍北固持雙矛，披圖赤壁思曹劉。酒酣灑墨橫江樓，蒜山落日空悠悠。」這是說楊龍友駐軍京口以抗清兵當中，還能在江樓之上灑墨作畫，但蒜山落日，與南都的命運一樣，都隨楊龍友的敗亡而完蛋了。

到了後來，吳梅村得讀其走馬詩，曾作兩首律詩，爲之悼念不已。詩題爲『讀友人舊題走馬詩於郵壁，漫次其韻。』第一首云：「數卷殘篇兩石弓，書生搖筆壯懷空。南朝子弟誇諸將，北固軍營畏阿童。江上化龍圖割據，國中指鹿詫成功。可憐曹霸丹青手，銜策無人付朔風。」此詩第一二句，讚楊龍友不但讀書而且習武，壯邁的胸中，自有甲兵。第三四句是說，在南朝子弟之中，其才能可以誇於諸將，出守京口北固山，使到小字名阿童的王濬（泛指北方侵略者），不能不有所畏懼，而與之隔江相峙。可是，當時的四個藩鎮，都割據稱雄而大亂；而當政的馬士英與阮圓海，有如指鹿爲馬的趙高，如第五六句詩中之所云，使到了具有曹霸丹青手的楊龍，雖友如曹霸筆下的駿馬，但以銜策無人，國家的命運就付與朔風（指清兵）了！故在第七句詩中，慨乎言之。

而第二首，就是慨歎之後作出的悼念之詞。詩云：「君是黃驄最少年，驊騮凋喪使人憐。當時只望勳名貴，後日誰知書畫傳。十載鹽車悲道路，一朝天馬蹴風烟。軍書已報韓擒虎，夜半新林早着鞭。」

第一至第四句，悼念之餘，以爲他必恃勳名而貴，誰知傳下來的，只是書畫。第五六句說他因得罪於御史而被彈劾，有如拉鹽車之馬，不遇伯樂，在道路之上，艱苦了十年。但一旦之間，領兵衞國，有如天馬，蹴風烟而行。正如第七八句所云：福王有如陳後主，在北兵的韓擒虎渡江之時，接到軍書報道，夜半已到了二十里外的新林，南朝就因而崩潰，楊龍友守之不得，只好着鞭而退了。

吳梅村這兩首詩，對於楊龍友的身世與處境，氣概與才能，有眞實的表揚；與孔尚任筆下的楊龍友，判若兩人。綜合他的生平以觀，是一個大名士，也是一個英雄，是烈士，更是一個忠臣。清初士夫，所以對孔尚任不滿，予以抨擊，且羞與爲伍，可謂理有固然。然後世讀正史者少，讀說部傳奇者多，楊龍友的眞面目，就不免於被人錯認了。

楊龍友被人詆諆之唯一理由，只因他的妻舅馬士英是權奸。明室政治腐敗，有作爲之士，固多遭不幸；但在世局大變之中，南朝初立，正在用人之際，即不是馬士英做宰相，楊龍友也不愁不得進用的；何況馬士英做了宰相，朝裏有人，當然便利，他卻不願留下做官，情願請兵出守京口而衞國。實在，柳下惠之爲聖人，並不因其兄盜跖之爲盜，被人詬病；那楊龍友更沒有理由，以妻兄之不肖，對之詆且譏的。但孔尚任却以此爲弱點，將他汚辱。讀過「明史」的人，都不免要爲楊龍友抱不平。

孔子說：「大德不踰閑，小德出入可也」。一個小德有出入的人，如同時代的陳子壯，爲抗清復國而殉節，後人無不多之；況楊龍友是個連小德也沒有出入的人，父子生則衞國，死則殉國，大德不但不踰閑，並且浩然之氣，塞於滄溟，過於史可法，上及文天祥。徒以「桃花扇傳奇」之故，其忠義壯烈的事蹟，固無由得彰；馴且佳妙的詩畫，亦少傳於世。楊龍友死而有知，當不能瞑目的。

地圖着色 有奬比賽

本刊第一期香港境內旅遊分區示意素色全港地圖，待讀者依該篇文意，就原圖分區着色，或獨出心裁，用另紙加大描繪着色亦可（請參考第一期），參加比賽圖稿限於本年九月一日以前寄達本社，請附通訊處。比賽結果在十月一日出版之本刊公布，參加比賽各件入選與否，概不退還，奬額如下：

甲、優異奬三名，第一名現金奬，港幣一百元。第二名八十元。第三名五十元。乙、普通入選奬二十名，每名贈閱郵寄本刊全年一份。

未盡事宜，概由本社全權處理之。

記初會袁寒雲

季炎

袁寒雲(克文)一生遭遇，極不尋常，在短短數十年中，盛衰懸殊，有如天壤。世人對他的批評，毀譽不一，所謂見仁見智，難有定評。我現在追述他的一件瑣事，就是我和他第一次見面時的情形，從這裏也可以約畧想見其爲人。

約在一九一六、一七年間，我在北京念書，寓所離東安市場很近，課餘時，常往游玩。市場內有戲院兩所，一名丹桂茶園，一名吉祥茶園。我因愛看京戲，每到市場，必到兩院門前走走，瞧瞧有沒有愛看的戲。有一天，看到吉祥貼出海報，卽晚孫菊仙上演「桑園寄子」，不禁大喜過望。

孫菊仙是當代鬚生宗匠，和譚鑫培齊名，曾充內廷供奉。他的唱工，自成一派，世稱孫派。因年事已高，久未登台。我因未曾看過此君的戲，常引爲大大的憾事。此次恐怕是此君最後一次登台，過後，孫腔將會成爲「廣陵散」的了。因此下了決心，摒除雜事，必往一觀。

這晚，到場特早，誰知全院早已滿座多時，連在過路的地方，臨時加張椅子也絕無可能，不禁大失所望，又不甘就此退出，只好站着向四圍張望，希望可以找出一點辦法來。只見密密麻麻中，大堂前列似乎還畧有小小空隙，於是排除萬難，走上前去，果然在第三列正中有一張桌子，還沒有人。（當時北京戲院的大堂，擺的全是桌位，就是在桌子的三面，圍放着六個坐位，兩張有靠背的椅子，並排着放在中間，兩旁各放着兩張沒靠背的凳子）我因這是唯一的機會，於是絕不猶疑地就在當中的靠背椅子上坐下。案目看見了，慌忙上前，婉言攔阻，說是老早有人預定下的座位，萬萬不能賣出。我說：「等定座的人來了，我自有理會，請放心，包管沒你的事。」案目大概見我衣冠楚楚，說話斬截，不知是什麽來頭，再也不敢多言，唯唯而退。

孫菊仙上場了。在彩聲雷動中，我的桌子前，來了三個人。頭一個約有三十左右年紀，身穿灰布長袍，態度高貴，甚有風標；後隨兩人，都穿絲綢長袍，穿着雖較前者華麗，丰度却大大不如。穿灰袍子的（下稱他）走到座前，看了我一眼，微笑點頭，便在靠着我的那把椅子上坐下，餘二人分坐兩旁。

他坐下之後，凝神地在看戲，很少開

袁寒雲小像，下角爲其簽名

口，那兩人對他容色頗恭。

北京人看戲，喜歡喝彩，不喜鼓掌。喝彩時，又不限在唱完一節之後；但也不會邊唱邊喝，致碍聽戲。他有時也同大家一齊喝彩，我却是雖在最欣賞時也絕少喝彩的。這晚孫唱的戲，有兩句特別唱得出色，令人聽了，覺得盪氣廻腸，如飲美酒。我不期然地喝了兩聲彩，最奇的就是全場都沒有同時喝彩的人，只有他不約而同地也喝了兩聲。於是彼此相視一笑，立刻便交談起來。

互問「貴姓」之後，他便問我對孫菊仙唱工的批評。我說：「這是黃鐘大呂，不同凡响。工固極佳，但仍可以學而致之；最可貴的是那種雄渾之氣，那是孫的異稟，沒有此氣，不能唱此腔，那是不可學的。當代也有以學唱孫腔而成名的伶工，那不過是形似吧了，氣韻完全不同，孫過世後，此腔恐成絕响了。」他聽罷連說佩服，又說我年紀甚輕，聽口音不像北京人，但聽戲程度之高，生平少見，孫的長處，被我數語道盡了。

這時，原本放在桌子中間的茶壺，茶杯果碟等等物事，都已分別移開，桌子中間空了，露出了一小黃紙條（這是定座的紙條）一直都沒有看見，這時才往條子上一望，上面寫着「袁二爺定」數字。我登時心中一動，他剛才說是姓袁，莫非就是袁老二。當即指着字條問他：「可是寒雲先生？」他微笑點頭。我們就是在這樣情形之下結識的。

我當時頗有愧色，向他畧致佔座的歉意，他笑着說：「小事，小事，難得，難得。」

他連說難得難得，我雖然未明其用意所在，只覺得這句話說來頗有意味，頗耐人尋思。

而今事隔數十年，這句話在我的腦海中，還像當年一樣的新鮮活躍。

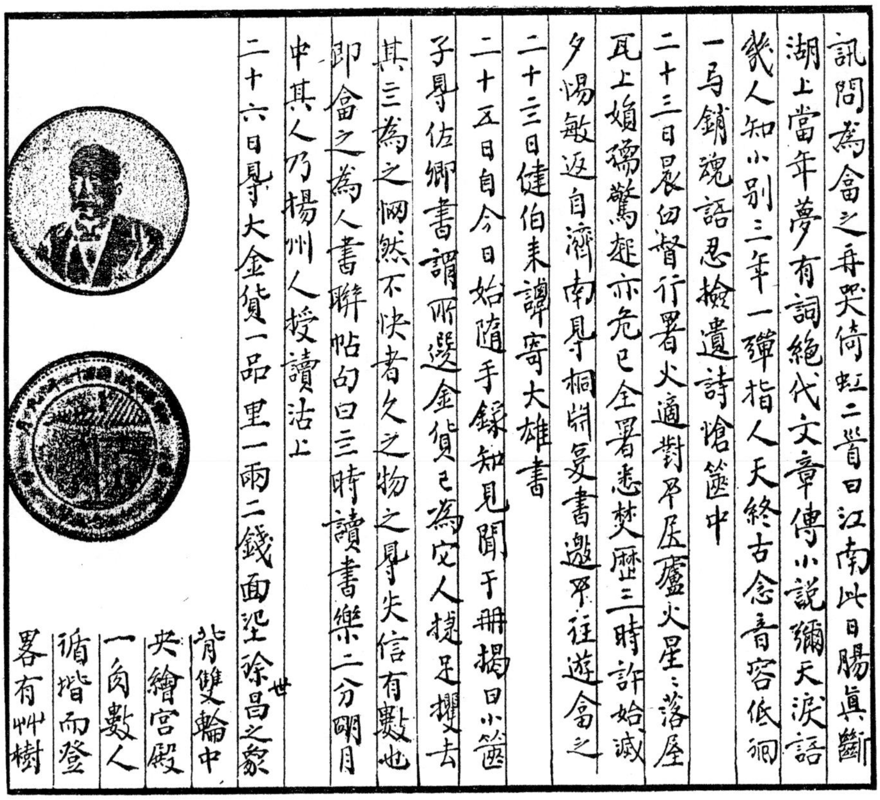

訊問為詹之舟哭倚虹二首曰江南此日腸眞斷
湖上當年夢有詞絕代文章傳小說彌天淚語
戕人知小別三年一彈指人天終古念音容低徊
一弓銷魂語忍檢遺詩淚篋中
二十三日晨回督行署火適對門居廬火星星落屋
瓦上頗覺驚起亦危已全署悉焚歷三時許始滅
夕惕敏返自濟南昇桐崗复書邀作往遊詹之
二十三日健伯來謀寄大雄書
二十五日自今日始隨手錄知見聞于冊揭曰小箋
子昇佐卿書謂所選金貨已為它人捷足攫去
其三為之惘然不快者久之物之昇失信有數也
卽詹之為人書聯帖句曰三時讀書樂二分明月
中其人乃揚州人授讀沽上
二十六日昇大金貨一品里一兩二錢面涅徐世昌之象
背雙輪中央繪宮殿一角數人循階而登畧有艸樹

袁寒雲手書日記之一頁。日期乃民國十五年丙寅（一九二六年）農曆四月廿二至廿六日。

袁寒雲的岳父

第三十九期「大華」所刊拙作「袁世凱的妻妾子女」，記袁世凱的次子寒雲有云：「他的太太是安徽貴池劉氏，名姌，字梅眞，亦工文事。有人說她是前廣東巡撫、出使英國大臣劉瑞芬的孫，劉世珩之女。誤。到底她的父親是誰，現在還未能考知。」事隔一年多，現在才查出袁寒雲岳丈名劉尚文，字景周，貴池人。劉尚文在直隸做候補道時，連署差事甚多，得總督袁世凱照拂也。世凱後來知道劉尚文有一女，待字閨中，貌娟美而有才，乃託人委禽焉。（溫大雅）

記香港一個富商毀家造反

——李紀堂的義舉——

黃嘉仁

光緒廿一年乙未（一八九五年）廣州起義失敗後，反清運動暫趨逆流，香港雖爲革命策源地（當年首義地址，在士丹頓街十三號乾亨行）但當年旅港僑胞，目睹革命黨失敗，心理上大受影响。

不料五年後（一九〇〇），在反清革命運動益陷低潮時却竟有一位香港土生年青富商，身任東華醫院值理（當年不稱總理，係由闔港各行頭選出）而且被香港當局委充太平紳士的，却挺身而出，爲業陷低潮的反清革命運動打了一口强心針，不怕香港當局干涉，不怕清廷通緝，不怕反動僑胞笑罵，不怕坐擁厚資的同胞兄弟誚弄，從而毀家輸難，對反清運動作出了百年來的偉大貢献，使到當年的反動派爲之大驚失色，馴至造謠中傷，謂其從事反清運動，乃貪圖九五之尊，有更謂其冒險投資於反清運動，乃受孫中山所給，凡此謠诼，直傳至今（八十多年了），還沒有人爲之糾正，是蓋當年的反動僑胞，香港政府，及廣州的漢奸大吏，特放出此種讕言，一所以侮辱孫中山，二所以打擊反清革命運動，三所以將此位年青的富商之人格估低，旨在續延清祚，其不深明其中經過者，卽後來之革命黨人，亦以上述謠言爲話柄，殊屬可笑。

這一位年青富商，卽上回（見本刊一卷一期拙文）所說的李紀堂。

在庚子以前，李紀堂於革命黨中（興中會）只認識香港英文「南華早報」記者謝纘泰一人（當年不稱南華早報，通稱南清早報），到一九〇〇年三月五日，李紀堂偶訪謝纘泰，談及義和團亂事，謂外人將乘勢瓜分中國，殊爲可慮。謝纘泰於是遂乘機進言，「欲免瓜分，只有推翻現存之腐敗清政府，建立民主之一途；君素熱心國事，何不加入興中會？」李紀堂欣然從之，遂於同年四月廿三日（庚子三月廿四日），由謝纘泰携謁楊衢雲，宣誓加盟。同年六月，孫中山先生自日本赴越南，舟次香港，才由楊衢雲引李紀堂登輪與孫中山相見。孫中山大喜，以久聞李紀堂在香港亨有盛譽，而自乙未一役失敗後，香港僑胞聞「反清革命」四字，輒掩耳而走也；旣得李紀堂加盟，實不啻爲興中會添一最强大之生力軍。立給予軍費二萬元，委充駐港財政主任。從此日起，以至惠州三洲田義師之解散，舉凡興中會黨人之給養，補充及遣散，撫卹等費，前後所耗不資，均大部份由李紀堂解囊供給。

李紀堂新會人，其父李陞又稱李璇，當年香港人士咸稱之曰「大班璇」，初任其族兄李耽梁之財產管理人，故時人或以「大班」呼李陞。李耽梁善營商，在當年香港稱首富，臨終時，以妻弱子幼，托孤於李陞，並委其經理全部遺產。李陞誠實不欺，不獨使族兄財富大爲增加，且令已產亦足與族兄相伯仲。及其族姪長成，乃按照所得，給還財產多倍，絲毫不苟，時人義之。李陞有胞兄李鏡泉，其子茂之，民國後，曾任第一屆國會參議員，並一度任兩廣鹽運使。李陞在港房產甚富，但在九龍，則無半英寸地皮，今之李陞街，卽李陞地產之一部，且有銀號數家，及高陞戲院一座。李陞有子女八人，李紀堂行三，庶出；大婦生李寶光及李寶森，庶室凌月仙（當年人尊稱爲三奶奶），生李紀堂，李寶隆，李寶鑑，李寶鏞，李寶鴻，及李寶椿。

李紀堂乳名柏，柏與北字音相近，當年香港人亦有以李北稱李紀堂者。璇去世時，分配遺產，高陞戲院爲長房分得，李紀堂則分得益隆銀號一家，所值達百餘萬兩。另兩家銀號，日和興、日禮興，則屬李紀堂以下各房胞弟所有。而由李紀堂經理。李紀堂有妾五六人，以第二妾最爲得寵，其原配夫人，不喜所天置妾，早年即入空門念佛，其後紀堂家漸中落，僅第二妾相依爲命。李紀堂自幼活潑好動，凡騎馬，擊鎗，打球，射獵，操舟諸術，皆優爲之，絕無富家子驕惰氣習。弱冠，兼任香港日本郵船公司買辦。

李紀堂被公推爲東華醫院值理（兼被委充太平紳士）後，因聞高陞戲院及普慶戲院門前常有無賴子弟，於戲院散塲時，有唾痰於婦女衣服爲戲者，乃每晚持手杖巡邏戲院附近，凡遇見此種惡作劇者，即擧手杖施以鞭撻，一時狂徒爲之斂跡，由是，李三少熱心保護婦女之名因而大著。

一九〇二年，李紀堂糾合洪春魁（全福），謝纘泰及梁慕韓等，倡建大明順天國失敗，所耗反正經費，共五十萬兩，其名下經營之益隆銀號，亦由是而被牽連，終至倒閉，香港反動僑胞，固皆視財如命者，對李紀堂此擧，加以「欲過皇帝癮」之虐謔，當年惟陳少白最能了解李紀堂之爲人，故他對李氏獨多恕辭。

孫中山在一八九九年冬，委陳少白在香港開設中國日報，其資本槪由孫中山自己籌措，及至次年惠州義師敗挫，已無兼顧宣傳機關能力，故自一九〇〇年至一九〇六年，維持中國日報之經費，大都由李紀堂獨力担承，初期主持報務者，爲李紀堂，陳少白及容星橋三人。

到一九〇七年，李紀堂忽自動出資一千元在中國日報刋出：「廣東地方自治方案」徵文，結果，應徵者，陳春生，何子耀及朱執信分別獲選第一二三名，其時，李紀堂生活已不甚得意，但對地方政治改良，固尚未忘懷也。

李紀堂於一九〇一—一九〇二年間，曾在香港青山購地數百畝拓爲菓園，並在中環街市設水果店青山棧，專出賣他的農場產品，業務甚盛。當年青山區，素稱偏僻，李紀堂輒用之爲黨人逋逃藪，劉思復，汪精衞，黃復生，及喻培倫諸革命黨人，均先後擬謀殺淸吏，迭假青山爲試驗施放炸彈地方，李紀堂且自駕小輪迎送。

一九〇七年，李紀堂對香港科學教育及社會教育有兩大貢献，曾捐資十萬元，創立李陞格致學堂，聘興中會會員，美國加省大學教授鄺華泰博士任校長，惜此校創立僅半載，即因鄺校長逝世而停辦，當年多數老師宿儒，均視興中會中人如寇仇，無人敢於接管校務也。另有程子儀發起組織粵劇釆南歌劇團，由陳少白出面予以支持，李紀堂醵資二萬元以助其成，其目的固在改良粵劇，及向民衆宣傳種族觀念，是爲開創粵省革命新劇之先聲。

一九一〇年廣州新軍之役及辛亥三月廿九日黃花崗之役，購辦軍火事務，多由李紀堂居中策劃，及辛亥八月武昌起義，廣東水師提督李準之輸誠反正，事先固委託當年香港議政局華人代表韋寶珊爲介，透過李紀堂而與胡漢民磋商，李紀堂於是役固功居一等。

建國後，國民黨中人，均以李紀堂功高望重，嘗先後委其出任交通司長，瓊崖公路局長，新會縣長及民產保證局等職，但李紀堂對行政事務，毫無經驗，輒受其屬下員司所愚，均無功而退。

抗日戰爭第二年（一九三八年）日寇攻陷廣州，李紀堂遷寓九龍何文田，僦居一小樓之中，到一九四〇年，蔣介石以李紀堂年老而又生活潦倒，邀其赴渝，委充僑務委員會委員，寄寓重慶林森路廣東同鄉會。一九四三年十一月三日，李氏以足疾及心臟病併發，逝世於重慶李子壩武漢療養分院，享年七十一歲，遺一子六女在香港。據李紀堂胞姪李兆忠最近口述，李遺子亦已去世，現遺二女，仍居香港，年均在六十以外矣。

住在香港的同胞，其能散家財爲反淸復國運動者，當以李紀堂爲第一人，在辛亥起義六十年的今天（一九七〇年），値得我們紀念這位可敬的人物。

北京王府與大學校舍

金城

鄧之誠四十年前記北京「八大家王」一幷及其府邸，雖甚簡畧，但可參考。其文云：

世傳清初八大家鐵帽子王，蓋謂世襲罔替耳。按八王：睿忠親王多爾袞，肅武親王豪格，鄭獻親王濟爾哈朗，豫通親王多鐸，武英郡王阿濟格，禮烈親王代善，順承郡王勒克德渾，克勤郡王岳託。除英王外，皆配享太廟。肅王曾改顯王，豫改封信郡王，鄭改簡，禮改康，克勤改衍禧，改平，至乾隆時，始復舊封。克勤爲禮烈王長子，初封成親王，降貝勒，崇禎十五年，戰死山東，追封郡王。今豫王府爲美人購去，建協和醫院，克勤府爲熊希齡所得，順承府歸張作霖。鄭府卽姚廣孝賜第，最宏敞，今爲中國大學。肅府庚子之難毀于火。

同治以後，「鐵帽子王」又增加了三個，一爲道光三十年封恭親王的奕訢，一爲封醇郡王的奕譞（道光帝第六子和第七子），一爲光緒二十年晉封慶親王的奕劻（乾隆帝曾孫），後來皆世襲罔替。

一個王朝覆滅後，那批王子王孫的府第，大都被新政權沒收，所謂「王侯第宅皆新主」，由來已久，獨有清朝亡後，所有王府，仍然由那些「龍子龍孫」占據着，到了生活困難時，還可以私自出賣，刮回一大筆。本來這些府第都是當時的政府賜給他們居住的，幷非賣斷，隨時可以收回。因爲這些產業是國家的，一個新政權接收了舊政權過來，凡屬舊政權所有的東西，皆歸新政權所有，王府旣屬國有，自無例外。民國政府成立，清查國有產業，收回這些府第，至屬正當之舉。但當時的北洋政府絕不敢想到這一件事，於是「勝朝王孫」就大模大樣的出賣王府了。

豫王府賣給美國「煤油大王」，改建協和醫院，地在東單牌樓之西三條胡同。多鐸在江南的時間雖然很短，但據說他的部下大力搜刮，向他進獻的財物可不少，多鐸把所有金銀窖藏府中，年久已無人知。到光緒末年，多鐸的後人已很貧困，欠債甚多，辛亥後，他們打算將王府出賣，償還一部分債務，剩下來的做生活費用。但索價太高，無人過問。到一九一五年，始以善價售予煤油大王建協和醫院。當建造工程進行時，折卸正殿的一座圓頂，徑大四五尺，重達千餘斤，詳細檢查，原來是純金製成的。又折多鐸寢室的梳粧台，發現有一祕密隧道，通到地窖，其中堆滿金銀達一百十五萬兩。這兩項就値二百多萬元。多鐸後人初時還不知道這件事，後來傳到他們的耳裏，非常懊悔，但買賣久已成交，無法交涉，只好低聲下氣向洋人求增加買價。洋人喜得此意外之財，以之爲建築經費，大有補助，便「慷慨」增加買價十五萬兩。（相傳協和醫院建造費達三百萬元，如果眞的從豫王府獲得二百餘萬，則其建築費大部分出自中國人了。）

北京幾座著名的王府，在一九三七年抗日戰爭前，多改爲大學校址，其沿革頗可一述。

禮親王府在東斜街東口，爲華北學院校址。這所學校是民國十年（一九二一）蔡元培和一班名流所辦的，名華北大學，蔡元培自任校長，初時設在西安門大街，民國十四年遷順城街，十六年（一九二七年）才租得禮王府爲校址，後來改稱華北學院。

孚王府在東大街之東的北小街，爲北平大學女子文理學院校址。孚郡王爲道光帝第九子，名奕譓，同治七年加親王銜，北京人叫這所王府爲「九爺府」。女子文理學院的前身是女子大學及女師範，初在石駙馬大街，民國十八年（一九二九年）才租九爺府，一九三一年改稱女子文理學院，院設學系迭有變更，民國廿二年奉部令將原有十系併爲五學系及兩專修科，卽教育、哲學、經濟、數理、化學；兩專修則爲音樂、體育。沈尹默、許壽裳都做過院長，友人馬敍倫、嚴旣澄、傅堅白皆曾任教授，我也曾一度爲許壽裳招往任教，自問無此本領，竭力辭謝。

端王府在祖家街（以漢奸祖大壽故居得名。祖大壽降淸，引淸兵入關），亦近翠花街，爲北平大學工學院及北師學校校址。工學院籌設于光緒廿九年（一九〇三年），名叫京師高等實業學堂，就祖家街神機營軍械所築校舍，以紹英爲監督，分設機械、電氣、礦學、化學四科，各修三年，先設補習科，限修二年。民國元年（一九一二年）改稱高等工業學校，以洪鎔爲校長。十二年改建大學，十三年正式開課，以俞同奎爲校長，十四年（一九二五年）馬君武繼任，十七年改稱工學院，改隸北平大學。

鄧之誠所說的中國大學，後來改爲中國學院，地址在皮庫胡同的大木倉鄭王府。中國大學是民國元年冬間一批名流組織的，初設時租前門內願學堂爲校址，初名國民大學，宋敎仁、黃興先後爲校長，到民國四年（一九一五年），與上海的吳淞中國公學合併，稱中國公學大學部，五年改名中國大學。十年，校長姚憾辭職，王正廷繼任（王正廷於一九六一年五月死于香港），於是大加整頓，擬募欵購校址，便成立一個募集基金委員會，居然捐到一筆頗可觀的數字，就在民國十四年買下了鄭王府爲新校址。民國十八年呈請政府每月補助經費一萬元，王正廷又向中比庚欵委員會及各方捐金爲擴充之計。（鄭王府有惠園，爲清初李笠翁設計，乾隆末年，錢泳曾往游，見「履園叢話」。）

恭王府在地安門外三座橋（按：正名爲越橋，俗稱三座橋，座或作轉，舊名海子橋）。本是乾隆末年權臣和珅的住宅，地方極大，建造奢麗，已有名于時。和珅抄家後，籍沒入官，賞給慶親王永璘。禮親王的「嘯亭續錄」說，永璘爲乾隆帝第十七子，乾隆末年，宮廷間有私議將來誰繼大統者，有人說必爲永璘，永璘說：「天下至重，何敢妄覬？惟冀他日將和珅邸第賜居，則願足矣。」因此嘉慶帝誅和珅後，卽將其宅賜王，以酬昔言。梁章鉅：「歸田瑣記」說，和籍沒後，分其第半爲孝和公主府，半爲慶親王府，公主嫁和珅之子豐紳殷德。嘉慶廿五年永璘死，他的親王幷非世襲的，子孫降襲爲輔國公或輔國將軍，就不能住這樣規制宏崇的府第，要交還國家，讓新近封爲親王的貴族居住，另外由國家指定一所規模較小的府第，給他搬進去，還給予一筆相當的搬遷、修繕費用。

永璘的第六子綿性，道光十三年（一八三三年）封鎮國將軍，十七年晉不入八分輔國公，廿二年緣事革退，其子奕劻卽光緒末年用事的慶親王。他祖父永璘的賜第，早在道光初年繳還政府了，到咸豐初年，恭親王奕訢分府，奕劻當時僅靠一份微不足道的口糧過活，眼見舊慶王府變爲恭親王府的。

自同治元年至光緒十年（一八六二—一八八四）這廿三年中，恭親王奕訢秉國政，權傾中外，恭王府大加增建，辛亥革命後，這班「天潢貴胄」日趨沒落，溥心畬兄弟就把恭王府全部賣給輔仁大學，在一九三七年以前，仍以府中一小部分租給溥心畬居住，年納租金八百。實因王府地方太大，輔仁大學一時未能將它修葺改爲校舍，到一九四〇年後始正式遷入，近年已將輔仁大學取消，校址撥歸師範大學使用。（近人有謂這所恭王府卽紅樓夢的大觀園，其事甚趣，不妨姑妄聽之。）

醇親王府共有三所，第一、二所是原有的王府改成的，第三所則是宣統初年爲攝政王所築的，亦醇王府也。首先封醇郡王的是道光帝第七子奕譞。奕譞十九歲時，與懿貴妃的妹子結婚，依例要先行分府出宮，咸豐帝指定以宣武門內太平湖東岸的榮王府爲醇郡王府第。這就是第一座醇王府。這所府第在康熙年間原是克勤郡王岳託第三子喀爾楚琿的住宅（岳託是清太祖的曾孫），到乾隆時，又賞賜給皇五子榮親王永琪。永琪子綿億降襲郡王，死後，其子奕繪襲封貝勒。清朝的王室制度，皇子成婚後，有暫住宮中不分府的，也有封爵後即分府的。因大功而封親王世襲罔替所得的賜第，子孫輩皆襲封親王，自然永遠住下去，除非因罪奪爵，經國家收回，例如開國的禮王府、鄭王府等。至于恩封的親王，照例兒子就要降襲郡王，孫子降襲貝勒，從一等降到第十二等奉恩將軍爲止。

醇親王的長子載湉做了光緒皇帝，他是在這所王府誕生的，應該依照潛邸之例恭繳。（皇帝誕生的地方，叫「潛龍邸」，又稱「皇帝發祥地」，要升格爲宮殿，或空閑起來，不使有人居住，或捨爲廟宇，供養菩薩，如雍和宮之類）光緒十四年（一八八八年）醇親王以此爲問，西太后隨降旨云：

醇親王奕譞奏：現居賜第，爲皇帝發祥之所，敬稽成憲，應否恭繳，請旨遵行等語。醇親王府第，爲皇帝潛邸，應恪遵雍正二年成憲，及乾隆五十九年諭旨，升爲宮殿，准其恭繳。貝子毓橚府第，賞給醇親王居住，幷賞銀十萬兩，由王自行修理，俟修竣後，再行移居。西直門內半壁街空閑府第一所，著賞給毓橚居住，幷賞銀一萬兩修理。所賞銀兩，均由戶部發給。

這樣一來，太平湖的醇王府，就遷到什刹海的貝子府，是爲第二座醇王府了。

第一、二座醇王府各有一位傑出的滿洲籍詞人爲主人，一男一女，男是納蘭性德，女是太清春（她是奕繪的側室）。原來第二座醇府，是康熙年間大學士明珠的府第，納蘭性德，就是他的兒子。明珠抄家後，此屋入官。到乾隆朝，皇十一子永瑆封成親王，分府時，賞賜此宅。自此之後，這所大廈就叫成親王府。（這個貴族是著名的書法家，嘉慶四年誅和珅後，命在軍機處行走，兼署戶部尚書，旋以非祖制，罷值。）成親王幷非世襲的，傳到他的六世孫毓橚，就不得不讓出這所王府給另一個來頭大的貴族了。

醇親王奕譞遷到什刹海的新王府後，因爲它在皇城之北，所以北京人叫它做北府，溥儀即誕生于此，到一九二四年馮玉祥驅逐溥儀出故宮，他曾帶了「皇后和妃子」們到北府住過短期間。

北府地方極大，畧可分爲兩大部分，東邊包括大殿、內寢及住宅等；西邊則是一座大花園，園子的構造很好，靠着圍牆的都是土山，山上有樹有石。這座花園還有一特點，就是「奉旨」引後海的水入池塘。六十年前，北京還未有自來水，城裏各大住宅花園的池塘，在春秋兩季都靠井水灌注，夏季則利用雨水，河水是不能隨便引入城裏的，除非特准。城裏府第有此特權的—一爲恭王府（前和珅住宅），一爲北府，另一處則爲棍貝子府。這個貝子應稱札薩克貝子的，但北京人皆呼爲棍貝子，則以襲封貝子者名叫棍布札布（光緒六年襲，到民國成立後尚健存），他的曾祖瑪尼巴達喇於嘉慶七年娶仁宗第四女莊靜公主，賜第奬家房胡同，特賜公主引御河水入府中。

園中水面的分布是前半部有一塘，是不規則的圓形，塘的四周山石泊岸，岸上有垂柳，回廊通到北面五間抱廈和正廳。正廳的後院有戲台，正面是看戲的五間廳廳中有小台可供曲藝等小型表演之用。（按：奕譞性好戲劇，他在家中組有小恩榮科班，專習弋腔，偶演崑曲。醇王有圈地，多在直隸高陽縣境內，科班中童伶，即取其地丁家子弟充之。當時王公貴族，不准入戲園聽戲，故王府鉅第，多自養戲班，除在邸中演唱外，偶亦在外間演出。奕譞死後，戲班解散，伶人各歸故鄉，傳授子弟。）

最後一層是一座臨溪的大樓，面對後山，溪水是從東邊跨水建造的廊下引過來的。其它軒、館、台、榭的結構及花木竹石的佈置，都是很出色的。其爲成親王府時，以恩賜引御河水入宅，故築有恩波亭，此亦一特色。

溥儀做了皇帝後，北府也成爲潛邸了，照例要恭繳，由政府另指一所住宅給醇親王載灃居住。于是隆裕皇太后就下令爲他築一座攝政王府，地址選定西苑三海集靈囿紫光閣一帶，正在大興土木的時候，武漢起義，不到四個月，滿清王朝就垮台了，攝政王府不得不停工。後來雖草草完成，當然工程簡陋，材料也不十分考究，和新舊兩所醇王府相比，有如天地。一九三七年以前，北平市政府就利用它來做辦公地方。

第一座醇王府，早在光緒中葉繳還國家，把它作「潛邸」看待，空閒起來，但到了民國成立，它可不空閒了，民國元二年間，進步黨假此爲黨部，黨人王揖唐就在其中辦一所中華大學。民國七年（一九一八）春暮，王揖唐請北京一班名流到校園觀賞丁香花，詩人樊樊山有長歌一首記其事，開頭兩句云：「太平湖上醇王邸，甲觀畫堂誕龍子。」不久後安福系失敗，中華大學停辦，到民國十二年（一九二三）爲北京民國大學租得，即遷入開課。這所大學是民國五年（一九一六）蔡公時、馬景融等發起的，初借湖廣會館爲校址，後來遷往儲庫營的四川會館，分文、法、商三科，于民國六年四月正式成立，九年因時時發生風潮，基礎動搖，是年九月，改選蔡元培爲校長，停辦文、法、商等科，專辦經濟科，擬改爲經濟科大學。民國十年呈教育部立案，教部令其招回原有的文、法科學生回校上課，不必改名。立案後，以原有校址不敷應用，始租舊醇王府。民國十三年雷殷繼任爲校長，十五年（一九二六）辭職，十六年推舉張學良爲校長，十八年重行呈部立案，十九年，改稱民國學院。因爲辦理不善，到民國廿一年，教育部取消它的立案，後來託人說情，立即恢復，兒戲用事，極爲可笑。校園的丁香花固有名，但其中有很多建築還是醇王府時代留下來的，如海棠軒、丁香閣、月牙、德宗洗三井（光緒皇帝誕生後三朝洗身時，從此井汲水使用，井欄即刻有洗三井字樣）。上文說過第一座醇王府是榮貝勒奕繪的府第，奕譞分府時得之，奕繪的側室太清春是一代女詞人，而奕繪亦工吟詠，在榮王府時代，園中有頤壽堂、修禊亭、問源亭、寒香閣、退庵、梯雲等勝跡，爲奕繪、太清春觴詠之地。到醇親王遷入時，仍有一些保留原樣，不過到了民國大學時代，就已不存在了。

震鈞（滿洲人，民國後改名唐元素）「天咫偶聞」記太平湖一帶風景云：

> 太平湖在內城西南隅角樓下，太平街之極西也。平流十頃，地疑興慶之宮；高柳數章，人誤曲江之苑。當夕陽銜堞，水影涵樓，上下都作胭脂色，尤令過者流連不能去。其北即醇邸故府。

讀此可見其風景一斑。近十五年，舊醇王府亦改作中等教師進修學院，而太平湖則已塡平植樹，闢爲小公園，太平湖已成歷史名詞了。

殺人的價錢

荷蘭的格若寧根大學教授，伯特·柔林博士，最近發表了一系列的統計數字，來證明：戰爭剝削人的程度，實在是越來越深了。據他考證的結果；在戰場上，殺死一個敵人的時候，平均要花的代價是這樣的：

羅馬的凱撒大帝時代——平均只折合六毫美金。

拿破崙的時代——折合二千二百五十美金。

第一次世界大戰——折合二萬零二百五十美金。

第二次世界大戰——折合四萬六千二百美金。

越南戰爭——折合二十七萬美金。（積蓮）

天山湖水會搬家

掌故漫談羅布泊

（日）黑沼・健　原作
王　俊　譯

一、

流動的河川，年深月久，會常常改變它的位置。但是，水流靜止的湖泊，它的位置是永不會變的。

例外的是：世界上居然有一個這樣的湖，它不僅改動了原來的位置，並且移動得很遠。最厲害的時候，距離它原有的位置，竟達百公里之兇！這個湖，便是下面所要提的羅布泊。

羅布泊在中國新疆省維吾爾自治區東方，羅布沙漠之中，自昔即已知名。中國古代文獻，對這個湖有極詳細的記載，都說這個湖在羅布沙漠的北方。雖然，很少有人到過那地方。

奇怪的是：有一個時期，羅布泊好像已完全消失了似的，中國的官方文書很少再提到它；甚至有個時期簡直毫沒提起。第一次看見這個湖的歐洲人，是一個俄國探險家，名叫普魯傑華羅斯基。他初到天山來訪問時，無意中走到了湖邊。那時是一八七六年。對他來說，那是他此行的一大發現。

他所攜的地圖，是一卷俄國根據「大清一統輿圖」複製的中國古老地圖。他把這個湖的位置測量之後，竟發現這個湖的位置比地圖上所標出的位置，向南移動了一度，換句話說，羅布泊不是如中國古代官書所說：在羅布沙漠以北，而是在沙漠以南。緯度相差一度，實地即相差一百公里有多，茲事體大矣！

普魯傑華羅斯基，以為這是由於製作地圖者測繪錯誤，將此事報告世界地理學會。可是，聽完他的報告後，國際地理學者並不以為然。甚至有人說：「你所發現的，大概是另一個不知名的新湖；決不會是歷史上著名的羅布泊！」此語一出，世界地理學會立刻引起了一場大爭辯。

紀元前一三〇年，中國西部，塔克拉厤干沙漠一隅，有一個小國，名叫樓蘭。這個國家，史書上只記載到紀元前七七年便消滅了。換句話說，它在世界上，只曇花一現似的繁衍了五十三年。它的地理位置，根據中國史書所載，是在羅布泊的西北部。那時的中國，正是漢武帝登極後十年至漢昭帝元鳳初年的那半世紀，正是國威遠播，西域諸國莫不臣服的當兒。

漢時西域諸國雖時受北方匈奴侵襲，但漢仍力求溝通西域，與遙遠的西方各國如——波斯、敍利亞…等發生貿易關係。中國將西方各國所最羨愛的絲綢，蜀錦，賣給他們，換囘來：珠寶玉器，以及呢絨之類的毛織品。

那些商品，由蜀郡成都或漢都長安起運，都要通過今日甘肅省的河西走廊，經過著名的古都—敦煌，然後進入新疆，由塔里木盆地西運。前面提過的小國——樓蘭，便在這條運輸路線的中途。這是一條橫斷中央亞細亞的交通孔道，由波斯，阿富汗，向西再伸展，便可以遠達地中海，將中國的絲綢名產，遠銷到歐洲。

The Silk Road 夙為人所艷稱，在歷史上尤其有名，便是指的這條交通要道。小國樓蘭，便是這條交通要道上的一個重要轉運站。

同漢期受脅匈奴一樣，樓蘭更無時不受匈奴侵畧。為自存計，乃求助於漢。據說，有關樓蘭滅亡史話，還有下面一段的說法：

紀元前七七年某日，漢朝皇帝特派使節來到樓蘭，提出意外建議道：「樓蘭偪處匈奴，歲無寧晷。宜徙國之南，空絕塞避沙漠；設有警，漢軍斷其歸……。」

樓蘭人民一時舉國大驚，但是，想想亦別無良法，遂舉國南移，改名鄯善，至公元四四五年，始見滅於北魏云。

舉國南移的時候，自然有許多帶不動的東西，既不甘委諸匈奴，便只好窖藏起來，於是成了後人考古發掘的資料。

普魯傑華羅斯基來到羅布泊後四年，瑞典考古學家——斯文赫定也於一九〇〇年間來到中央亞細亞探險。他也到過羅布泊，並且在沙漠中發現了古時樓蘭的遺跡。斯文赫定從廢墟中掘出了許多木簡（一種將文字用漆寫在木片上的漢代書簡），其後帶回歐洲。

一九二七年斯文赫定再度來到樓蘭國廢墟，這回他爲了要作澈底調查，除了帶來幾名瑞典學者外，還邀請了幾位中國學者和德國學者幫忙。全團人數二十八名，堪稱有史以來對新疆考古的最大一次。

這個西北科學調查團，是年五月自蒙古的包頭出發，橫渡沙漠，首途向新疆。一路上發現了好幾處新石器時代的遺跡，拾獲了許多石器和陶器的破片。

此時他們雖已進入塔里木河流所經地方，但時時從嚮導那裏聽到說：「這條河雖名叫做塔里木河，其實，如今河流所經過的地方，卻是從前古木河流過的——古老的河床。」

這樣的怪話，聽到後，斯文赫定問那嚮導：「那麼，這條河最後流到那裏去了呢？」

「羅布泊嘛！不過，這羅布泊也還是從前那老的羅布泊。」

如果相信這嚮導所講的話，那便是新羅布泊之外，還有個老羅布泊。斯文赫定心裏想：「這兩個羅布泊湖，無論如何，都有調查的必要。我這一次，饒怎麼着也要把它搞清楚。」

調查團工作完畢後，斯文赫定囘到北京。隨即向中國當局請求，繼續到新疆去考古。不久，得到許可。他便着手組織，準備於一九三〇年橫渡大戈壁，作重要的學術探討。後因時間不够支配，始終沒有進行對塔里木河河床的調查。

一九三四年四月，他這一次才興高采烈地出發，首途向羅布沙漠，繼普魯傑華羅斯基之後，對羅布泊作澈底的研究。不過，這一次與以前的那幾囘截然不同。以前那幾囘人數衆多，陣容浩大；這一次的調查隊卻只得兩名學者和兩個助手，再加上隨從四人，連他自己在內，纔不過九人，規模自是遠不如前。

他們等一行，翻過草原，翻過沙漠，翻過富有黏土的山丘；然後再乘坐小舟，循孔雀河前進。兩星期後，告別孔雀河，攜舟登陸——一路上帶着那隻小船，進入古木河。

古木河兩岸，盡是黃色的沙丘，以及由戈壁狂風所削成的奇形怪狀的黏土塊，一望無際。

那條河時常很快地出現一片汪洋，正當你想到：也許它是一條大河……時，忽然它又很快地縮成一條細流了。永遠不知道百川歸海的這條河，就是那樣的在沙丘與黏土塊之間，像巨大的長蛇一樣，蜿蜿蜒蜒向前流。

進入古木河划行歷兩星期，有一天，突然，戈壁狂風大起。他們立刻把小舟划到岸邊，找到一處可供繫艇停泊的安全所在；再在岸上架起蒙古包，人便住在裏面靜待狂風止歇。誰知新疆的戈壁風，並不是那麼容易歇止的！。

第二天早晨，他們一覺醒來，蒙古包外，狂風依舊吼吼呼呼，整天未息。他們只好再縮瑟在蒙古包裏，整整地由頭到尾渡過了四十八小時。

到第三天頭上，狂風息了。人們都爬起來，跑出蒙古包外，去歡呼迎接朝霞。吃罷隨身帶備的早餐乾糧，他們又忙着登程。解下繫在岸邊的小舟，重行進入古木河。划行不久，來到一處四面長着黃蘆草的廣大沼泊，水流立刻變淺了，最深處只一公尺還不到。距離不遠的陸地上，長着灰色枝幹的樹木五、六株。

中國籍助手，跑到岸上去，以手遮眉望遠……忽然，他說：「我看見有人家啦！」

「你說什麽？你看見有人家？在這種地方，沒理由會有人住的！」

（未完）

唐時嶺南荔貢考

簡又文

（九）徽宗政和間所輯之「證類本草」，中有荔枝之記載，「衍義」上言：「唐杜牧詩云：『一騎紅塵妃子笑，無人知是荔枝來。』此是川蜀荔枝亦可生置之長安也。」（重修政和「證類本草」卷廿三、四部叢刊本）（以上三條引自毛一波「天寶歲貢荔枝考」，「大陸雜志三十五卷四期，一九六七、八、卅一）。

（十）南宋吳曾：「能改齋漫錄」方物類之「貢荔枝」條：「近見『涪州圖經』及詢土人云：『涪州有妃子園荔枝。蓋妃嗜生荔枝，以驛騎傳遞，自涪至長安，有便路，不七日可到』。故杜牧有詩：『一騎紅塵妃子笑』。東坡亦川人，故得其實。昔宋景文作『成都方物紀畧圖』，言荔枝生嘉（今樂山）、戎（今宜賓）等州。此去長安差近，疑妃所取，蓋不知有妃子園，又自有便路也。

（十一）「錦湖楚談」載：「四川某州荔枝一株，相傳李唐時物也。實甚美，太眞妃最所鍾愛。嘉靖中，一州守代作梳櫳數百副，至今蜀人傳爲話柄。」（引自柳庵：「荔枝與楊貴妃」，星島日報，一九五五，五，卅）。

（十二）南宋謝枋得（君直、疊山）注解選唐詩云：「明皇天寶間，涪州貢荔枝，到長安，色香不變。貴妃乃喜。州縣以郵傳疾走稱上意，人馬僵斃，相望於道。『一騎紅塵妃子笑，無人知是荔枝來。』形容是傳之神速如飛，人不見其爲何物也。

（十三）宋代樂史「太平寰宇記」載「涪州產荔支，尤勝諸郡，圖經、相傳，城西十五里，有妃子園，其地多荔支，昔楊妃所嗜。當時以馬驛馳載，七日七夜至京。人馬僵斃於路，百姓苦之。」

（十四）宋彭時：「墨客揮犀」謂唐天寶中，妃子尤愛涪州生荔支，歲命驛致之」。（以上二條引自白福臻「荔支」，星島日報，一九六九、六、二九。

（十五）明末談孺木：「棗林雜俎」載：「涪州荔枝灘、荔枝十八株，猶唐所進貢貴妃者。今存其三，園可四人。」（引自毛一波同上。）

（十三）清陳鼎：「荔支譜」載：「玉眞子，產四州涪州，唐時最盛。有妃子園荔五百株，爲楊貴妃所嗜，因名『玉眞子』。馬上七日夜至京師卽此。」（引自毛一波，同上。）

以上所得十六條（當尚有未見者），已足證明四川確有荔貢，但絕不能排除嶺南同時亦有荔貢之可能，而且比較上文所舉之二十二條，更不能證明杜牧絕句之所指不是嶺南荔枝，可斷言也。

合理可信的答案

關于唐時荔貢之產地問題，根據以上歷代詩文研究所得，余甚贊成阮福（阮元兒子）之說法，相信其說是合理可信的答案。若曰：「考『新唐書』『地理志』，東西川土貢無荔枝，而獨著其名於嶺南。又：『唐書』『禮樂志』載，南方進荔枝事。若是蜀產，當曰西方。然則開元所貢者，爲嶺南所產無疑矣。

……愚意閩與蜀俱有貢，「特貴妃嗜南海佳種，故驛遞尤速矣。」（吳譜卷五、引用）。

至于杜牧「一騎紅塵妃子笑，無人知是荔枝來」兩句之所指，復證以上文種種證據，則不管人知與不知，其爲嶺南入貢之荔枝無疑。況以太眞之偏嗜，苟非來自嶺南，又何能令其「笑」耶？

按：除唐代粵、蜀、以生荔入貢外，歷來各方尚有以曬乾或焙乾之荔支作貢品者。如廣東新會及海南瓊山有名「進奉」（又名「進奉子」）之荔支一種，卽入貢之荔支乾。「進奉」卽「進貢」之謂也。于茲不及詳考。（上見白福臻引自「徐文長注」、「海槎餘錄」、徐㶉「荔支譜」，及林鐵崖「荔支話」。）

貢荔之方法

最後，試進而研究嶺南荔貢之方法，以結束本篇。

漢初，趙佗最先以荔枝獻高帝。其貢荔之驛道及方法莫得而知之。武帝時，連年移植荔枝樹于「扶荔宮」，無一生者，以後遂廢。後來改貢生荔枝，全由驛運，「五里一置，十里一堠」。至漢和帝永元時，因唐羌之諫乃罷其役（統見上文）。唐上書云：「伏見交趾七郡獻生（荔支？）龍眼等。鳥驚風發，南州土地，惡蟲猛獸，不絕于路，至於觸犯死亡之害。」後來，蘇東坡「荔枝嘆」詩有注云：「漢永之中，交州進荔支龍眼。十里一置，五里一堠。奔騰死亡，罹猛獸毒蟲之害者無數。」故其詩有句云：「我願天公憐赤子，莫生尤物爲瘡痏。」可見當時人民—尤其嶺南人，受荔貢之災難之慘而烈。無怪後代詩人每啖荔枝時，追念往事，便興起「年年惆悵荔枝紅」之嘆了。

至唐玄宗時，因寵妃楊太眞偏嗜嶺南產，又再興由廣東馳驛生荔上貢之役。以載「馳驛致之」（「通鑑」）。「置騎傳送」，（「唐書」「楊貴妃傳」（復證史杜牧、杜甫、鮑防、等詩，則驛運之爲確鑿事實可知。

後人懷疑此驛運貢荔方法之可能性者未嘗無人。如阮元與子阮福同持異見，日：「昔人有七日至長安之說（見上文「筆精」條），殆妄也。白居易『荔支圖序』云：『其實離本枝一日而色變，二日而香變。四五日外，色、香、味、盡去矣。』此果三日後色、香、俱變，豈有七晝夜汗馬之上而尚可食者乎？況自廣州至關中數千里，即飛騎置堠，亦不能七日即至也。」

然阮福同時又確信唐時荔貢之爲粵產（見上文）。此非自相矛盾，不過上文所懷疑者爲七日驛運生荔枝之方法而已。彼即另陳進貢生荔之道路及方法云：「當如漢武移植扶荔宮故事，以連根之荔，栽于器中，由楚南至楚北，襄陽丹河，運至商州秦嶺不通舟揖之處，而果正熟，乃摘取過嶺，飛騎至華淸宮，則一日可達矣。」（統見吳譜）

阮元亦持此先水後陸之複雜方法者，如其「嶺南荔枝詞」八首之二云：「人道驪山驛騎長。漫疑不是嶺南香。漕河自古通扶荔。此路難瞞張九章。」阮福附注日：「考唐時轉運，由揚州入斗門，渡淮入汴，由汴入洛，由洛入渭，運入太倉。嶺南貢荔，當亦如轉漕之制，連株成實，輕舟快揖，抵渭南後，摘實飛騎，一晝夜可至長安矣。若云馬上七晝夜，必無此事。」（見「揅經室集」）

考北宋建都汴京，其時，福建貢荔之法，乃由海運。「三山志」載：「宣和間，以荔樹小枝結實者，置瓦器中，航海至闕下移植。」「老學庵筆記」于此事亦有畧同的紀載。至明淸則建都北京。其由南方貢荔之方法，亦由海運——先移植荔枝于木桶，俟果實未成熟即行裝置船隊上，由海運出，經運河直達北京，至則果熟，然每株所存成分僅二三枚耳（見沈初：「西淸筆記」。）阮氏父子先水後陸之說，或由以上方法而推想出來。然以唐建都西安，無運河之便，轉運爲難，此方法究竟行得通否，殊爲可疑。且揆諸鮑防之「雜感」詩所見證之眞象，則此先水後陸之運輸法，礙難信爲事實也。

其實，古人保藏荔枝鮮果，早已有善法（不必如今人之冰藏）。屈大均云：「藏荔枝法，就樹摘完好者，留蒂寸許，蠟封之，乃剪枝蒂，後以蠟封剪口，以蜜水滿浸。經數月，味色不變」（見「廣東新語」）。又：「僊陽雜錄」云：「荔枝帶莖剪下，去葉去莖勿犯手（按：即避惹微菌也），入磁瓶，至六分。灌好白蜜，至七分。紙封泥口，寄遠可藏半年。開用時以水洗淨，鮮香不變。」又：吳譜引「廣州志」云：「舊時採貢，以蠟封其枝，或蜜漬之。」即吳中亦有密漬之法（見明文震亨「長物志」、白福臻引。）如此的蠟封或蜜漬保藏法是唐時所採用者否？其法究有實效否？未經科學的實驗，未敢斷定可否。但所得而言者，假如此法果可行，則飛騎馳驛，驛使與馬匹逢站接替，「一日行千餘里」（見黃履康：「十八娘傳」指嶺南荔貢事），不俟七晝夜，僅于三數日間當可由廣東直達長安、驪山、或馬嵬坡矣。

一九四七年六月初稿

一九七〇年三月增修

中國與砂勝越的歷史關係

劉念慈

二、山都望遺跡的發掘

山都望（Santubong）（註二）在砂勝越西部海邊三角州地方，此地調查發掘也有十幾年的歷史。山都望是華人早年的大村落，掘出許多中國古代文物，考古家在該地附近丹章直各發現了大約一千年或更早的中國商人經營的礦場。在那邊發現了一些唐朝精緻的石器和陶瓷器，同時，在海灣的另一邊丹章古伯（Tg. Kubur）地方發現了一處墓場，出土的有中國唐代石器、陶瓷器及小珠、金器和一個公元六二五年（唐朝）的錢幣。山都望被證明是一千多年前中國與砂勝越進行貿易的重要商埠。

山都望三角洲（砂勝越河入海處）發掘了六個遺址，爲一、武吉馬拉（Bukit Maras），二、望基三（Mong Kisam）三、宋加查王（Sungei Jaong），這三個地點毗鄰相接，是古代的一個通商口岸。三角洲對岸另有一個遺址，地面及地下佈滿鐵苗及鐵渣，是古代冶鐵工業區。（原來古代中國最重要的鑛產品是銅，從商朝公元前十八世紀起，金器、兵器、傢具都是銅做的，流行的基本貨幣，一直到清末，都是用銅錢。）三角洲西面朝海的岬坡上有兩個葬地，在南面的是丹戎古堡（Tanjong Kubor），北面的是丹戎直古（Tanjong Tegoh）。

山都望附近這些遺址的性質雖不同，但發現的遺物，皆以鐵渣和陶瓷爲大宗，却大同小異。山都望的六個遺址（宋加查王遺址、望基三遺址、武吉馬拉遺址、宋加武兒遺址、丹戎古堡葬地、丹戎直谷葬地。）分佈在河流的兩岸，佔地約十英方里，彼此互相連接，組成一個工業發達的通商口岸，且遺址所掘出的器物類似，都是唐宋時代的遺物。

唐宋兩代，從第七到第十三世紀，上下七百多年，山都望山土的遺物，雖大同小異，但仔細比較研究，可以看出山都望港口開發建設的程序，約可分爲前後二期。

一、山都望的前期——是通商貿易時期，約當第七到第十一世紀，唐至北宋時代，與尼亞洞羣第五期鐵器時代同時，這時期由華人及少數印度人來此貿易，以至居留。華人由中國運來各式陶瓷器及玻璃珠飾，或者亦有布匹、絲錦、食物之類，換回砂勝越的土產如犀角、象牙、燕窩、樹脂、香料之類，繼而搜購鐵砂，冶鑄生鐵運回中國。華人最早居留地是宋加查王，後來發展到望基三和武吉馬拉。華人當時永久居留的很少，如不幸病故，必運棺回鄉。倘在環境不許可下，必須安葬異鄉，他們也要選擇海岬上的吉地，朝北可以望到故鄉。丹戎直谷及丹戎古堡的葬地，就是這個時期的遺跡。

二、山都望的後期——是冶鐵工業大事發展的時期，約當十二至十三世紀南宋時代。這時宋加查王的繁榮已衰退，而望基三及武吉馬拉一帶極興旺，冶鐵工業集中對岸宋加武兒。這時山都望非常繁盛，是中古時代南洋的一個重鎮。冶鐵工業大興，中國商船滿載生鐵及各種土產北返，這樣前後經過六七百年的興盛時期。

山都望到了元初才衰敗，因元世祖野心勃勃，極力向外發展，希望征服海外各地，而徵用中國沿海船隻數百艘，但不幸東征日本一役，忽遇颱風，浩浩蕩蕩的十幾萬大軍，只剩三人回來，沿海多數的壯丁及船隻同時消滅。海外貿易，出洋冶鐵，只好放棄了，山都望就此一蹶不振。元末明初，雖有人出海經營，但都不到山都望，人們向別處去謀發展了。想不到才幾百年，這廣大的山都望港口，便已兩岸泥沙淤積，將繁榮的商埠，籠罩在熱帶森林之下，直到近十餘年來，方為砂勝越博物院考古家去將它發掘出來。（註三）

三、中國與砂勝越的交通關係

「砂勝越」在中國古籍中沒有名的，也找不出有關砂勝越名字的記載，因為砂勝越只是婆羅洲汶萊國在今砂勝越的西北砂勝越河一帶的一個省份，到一八四一年英國人詹姆士·布洛克建立砂勝越（Sarawak）國後，砂勝越的名字才為世人所知。

要述砂勝越與中國的交通關係，應由汶萊國說起，因為汶萊建國甚早，且為婆羅洲最大的國家，歷史甚久。但汶萊的古代史却只能在中國史籍中去勾勒出一些輪廓來。

據史書記載，中國在西漢武帝時，已與東南亞發生貿易上和文化上的關係了。公元前一一六年到一一〇年間，中國船隊曾往南海，從此南洋諸國曾遣使向中國皇帝朝貢。西漢以後，中國與東南亞仍然保持貿易關係，在政治上，中國帝王都自認是東南亞土王的保護者，土王們也遣使進貢。公元一三二年，有一葉調國遣使進貢中國東漢皇帝。葉調國據說就是耶婆提國（Yava-dvipa）。但據史家考據，耶婆提國可能就是在婆羅洲。現在婆羅洲、西爪哇、蘇門答臘等地，已發現了許多漢代的陶瓷碎片，證明公元前一世紀中國人已在東南亞各地貿易及寄居。

中國載籍中講到中國與東南亞各地的關係以婆羅洲為早。如「宋書」、「梁書」、「隋書」、「太平御覽」、「藝文類聚」等均有記載。相傳公元三九九年晉朝時代，中國佛僧法顯由陸路到印度取經，公元四一一年從水路回國，途中經過耶婆提，並曾經在該地居留數月。

婆羅洲的古國汶萊（Brunei，亦有人譯作婆羅乃，但不普遍。）在古代與中國的關係頗密切，但汶萊本身的古史已無從查究，惟從中國史籍中可知，六世紀到十五世紀之間，汶萊建立一「渤泥王國」，其國王曾於公元五一八年（南北朝梁武帝天監十七年）及五二二年（梁武帝普通三年）先後向中國皇帝朝貢，公元五一八年中國的海船揚帆南下，帶了渤泥王國的貢品北歸。「隋書」南蠻傳中的「婆利」；唐樊綽「蠻書」中的「勃尼」；宋趙汝适「諸蕃志」中之「佛尼」；「新唐書」中之『赤土西南入海得婆羅乃』；以及明史「外國傳」中的「渤尼」，都是指的「汶萊」。「瀛海志畧」也有記載：「婆羅洲為南洋第一大島，西洋人稱為『蟠尼阿』即『渤泥』之轉音。汶萊在唐高宗總章二年（公元六六九年）入貢，謂之『婆羅國』，宋太宗太平興國年間入貢，謂之『渤尼國』……」，可見五世紀以後，中國與汶萊的關係甚為密切。

宋代中衰，汶萊曾一度稱臣於南洋爪哇的印度化國家「滿者伯夷」，嗣後於一三九二年，元世祖派大兵南下，一部份元兵在北婆羅洲（今改稱沙巴）地方建立了中國屬地「友那巴丹岸省」。當時中國總兵王三品（Ong Sum Ping，亦有人譯作黃森屏、王森平）為中國運糧官，因逾期運糧到目的地，畏罪南下到汶萊，得第一代回教汶萊蘇丹器重，後入回教，與蘇丹之公主結婚，據說王三品後繼位為第二代蘇丹。（未信回教前的汶萊蘇丹很多，已不可考了。）

（待續）

·旅行篇·

淡水湖

李君毅

湖長三哩半，濶一哩，湖水儲滿三百七十億加侖時，總面積達二千九百五十英畝，羣山環抱，其主要者爲八仙嶺、橫嶺、觀音峒與石芽頭。湖水汪汪，碧波浩淼，見者皆歎觀止。

——『勝景述要語』——

淡水湖，即八仙嶺下「船灣海淡水湖」的簡稱。也許有人會說，「官門淡水湖」正在準備興建，你說「淡水湖」，遲數年後，很可能令人弄不清，關於這一點，我看是不可能的，因爲官門淡水湖，現在報上只稱「官門水塘」或「粮船灣水塘」，雖然造湖的「成因」相同，但兩者的稱謂可以不相同，不管怎樣，船灣海淡水湖建築在先，它可有獨享此一簡稱的權利。

如本文篇首引語所述，淡水湖儲水三百七十億加侖，總面積達二千九百五十英畝，爲目前本港最大的水塘，雖說未來「官門水塘」比它大，但大的主因在深而不在廣，從「廣」字說，此淡水湖之大，可說是「無雙」的。

普通遊人如單想看看淡水湖，那是方便不過的。只消乘車經大埔墟、大美督而至涌尾（廢村），當車過大美督村後的牛坳，縱目右望，汪洋一片，那便是淡水湖；或驅車經大美督村前，向右方車路直入，不久則到大壩口，但見壩長六千八百英呎，橫跨海上，連接大美督半島尖端（古稱匏瓜角）而至三門塘洲（Harbour Island），工程宏大極了——這是目前遊「覽」淡水湖最簡易的遊程。

可是，在本港，喜歡講「境內旅行」的行友，這樣的遊程，未免太簡易了。他們早就知道，大壩一過，有三門塘洲，循車路東走，便是昔日的三門塘，自建築淡水湖之日起，這裏「緊張」的程度，在湖周的工程來說，僅次於攔海大壩，南副壩、北副壩，而溢洪道就放在兩壩之間的「東頭洲」，南副壩長六九〇英呎，溢洪道長八百英呎，北副壩長六五〇英呎，劈山開道，移山倒海，工程宏大，遊人到此，豈止目不暇給而已。我常常對朋友說，遊淡水湖，只遊大壩而不到三門塘，其損失是不可計量的，三門塘所見的一切，應列爲賞湖的首要重點。

說到環湖遊覽，光遊大壩和副壩，只能說是環湖的五份之一，好奇喜事的人必不止於此。當知北副壩過後，沿岸山行，可以深入小滘村，環岸西行，可以出走東心淇，又越大滘、金竹排、大龍、橫嶺新舊二村和坭塘角，不過從大滘廢村以後，古道湮沒，要全線通遊，並不容易，也不是本文所要細談的範圍了。

今年春天，曾經有「旅行隊」組隊來遊大壩小壩，說是湖壩加高工程，即將進行，遲遊則無可能，這句話倒應驗了。此刻，全湖堤壩加高十二呎的龐大工程，經已進行，到得一九七三年三月底全部工竣，可增益容水量共達五百零五億加侖。報上港聞版說得對：「龐大工程已繁忙展開，故在未來三年之內，旅行人士將不再受歡迎在壩頂上通過云。」這樣說來，上述的三壩一道（溢洪道）之遊，如同春夢，像是已無可能的事情了。

然而事實上倒不盡如此。

在淡水湖築成之前，湖周原有九村（泥塘角早廢，不計）：北岸有涌背、涌尾、橫嶺頭、橫嶺頭舊村、橫嶺背（即大龍）、金竹排和大滘；東岸有小滘；南岸有三門仔。湖成之後，北岸和東岸的村落，都棄村而移居大埔墟，惟三門仔村獨移至鹽田渚（仔）的沙頸附近，新成一村叫作「三門仔新村」，村前有避風塘，塘內常停有小舟。如果有好事的，第一，固可約友從大埔元洲仔僱機船直達三門塘洲登陸；第二，也可以先到三門仔新村（從大埔墟靖遠街乘大或小巴士至船灣黃魚灘下車依右方公路步行十五分鐘即達），商僱機船直駛大壩南端或副壩。這樣，雖不能通過大壩，却可以避免通過大壩的不便，護遊三門塘洲，而大壩、副壩、溢洪道和南岸的風光都在一覽中。

上面的話，顯然對「感興趣」的人說的。所謂「感興趣」，包括：對境內旅行已有基本的認識，肯動腦筋，不畏跋涉，無遠弗屆……等等。假如有人讀了上面所說的，躍躍欲試，結果眞的滿載而歸，那就是「感興趣」者的必有的收穫；假如有人讀了上面所說的，却很「順理成章」地提出一堆「疑問」：

一、淡水湖究在那一角落？
二、能走過大壩有什麽好處？
三、三門塘洲在那裏，全洲如何，有何名勝古蹟？
四、靖遠街在那裏？
五、黃魚灘在那裏？
六、從靖遠街到黃魚灘有多遠，車費多少？
七、什麽叫做機船？
八、元洲仔在那裏？
九、如何僱用機船，代價幾何？
十、到岸後如何登陸？
十一、登陸後如遇大風雨，或天氣太熱又如何？…那就算是「不感興趣」的了。

老實說，對於「不感興趣」的，我們當然有辦法；不過，這恐怕會扯得太遠，且待有機會，以後再說吧。

八仙嶺下淡水湖，爲境內新成的遊覽區。此圖爲大壩剛接通後不久，於一九六七年二月廿六日攝。（君毅）

境內旅遊勝景述要【一】

本港「山海之友」旅行隊，每隔若干週日，輒舉行「輕車新界周覽」節目，港人從遊者衆（隊中常有來自歐美或日本的朋友）。該隊於遊程中爲同行者參考便利計，並印發遊程地圖及遊程「勝景述要」，皆由千景堂主人造意及執筆；「勝景述要」詞句簡約，下筆明快，極具吸引，惜讀者只限於該次同行隊友，未及廣爲流傳，因輯選其中若干則，於本刊分期刊登之，以供同好云。

——編者識

元朗新市鎭及大樹下天后古廟

元朗市近年面目全新，大會堂、大球場、大馬路、大圓環、大幹渠等建築宏大，如非新遊，想像無從。十八鄉「大樹下」天后古廟，廟貌廣大莊嚴，其歷史已達三百五十年。其地昔爲水濱，東鄰蛋家埔，西接蛋家灣，厥後滄海桑田，一變而爲今之元朗大鄉羣。每年天后誕日，賀誕會景巡遊，觀衆人山人海，其情况之盛，於香港爲第一，惜知其事者仍尠。山海之友來此重遊，以拜賞四世紀來香火鼎盛之大樹下天后古廟爲大主題，並且深入十八鄉南坑、大棠與黃坭墩——俾我隊友諗知元朗區田園廟宇之勝，於南生圍、元朗舊墟而外，固有更堪遊賞者在也。

勒馬洲

此爲港人尠遊而竟馳譽國際之風景區，主遊地點爲一小岡，蒼松夾道，上有觀景亭，四望河山宛然，亭畔徘徊，但見遠方遊客，驅車紛至，方信此中亦有道理。

鹿頸

位沙頭角海（嗓林鳥小港）南岸，爲現時新界東北境公路之小終點，芭蕉綠竹，野鄉之夏意盎然。沙頭角海南岸，向有三處等大之谷田區：谷埔、鹿頸與南涌，而「鹿頸」適居其中。山林之下，谷田之邊，村羣東西分立：位於東者有雞谷樹下、河瀝背與咸坑尾，位於西者有鹿頸、黃屋與陳屋；若從咸坑尾溯坑深入，則著名之「藍屋走廊」在焉，自此東南行，可至三擔籮，更出新娘潭，循達五潭溪口，沿途風光之妙，非親歷其境者，不能道之。

鹽灶下白鷺林

新界大地之有白鷺林，原以元朗山貝村後者爲最著，近年白鷺羣似遷地而居，集於沙頭角海西岸之鹽灶下，其地：東通沙頭角，北望麻雀嶺，南接大瀝頂與屏風山，襟山帶海，確具形勝。吾人至此，於欣賞與影攝鷺羣居息翺翔之狀外，宜於其地之山海形勢，多所究心焉。

松仔園、大埔滘公園

新界大地，以「大埔」二字冠首爲地名而著者爲大埔墟，次爲大埔滘，再次爲大埔頭、大埔尾、大埔仔、大埔坳、大埔山、大埔海、大埔田。其中「大埔坳」在叢林高山之上，與「大埔滘」之濱海者兩不相牟，惜今人每不能辨。茲遊以松仔園、大埔滘公園爲主，近賞蒼林涵水之勝，遠挹大埔海外八仙嶺、黃嶺、屏風山以及天馬山、石屋山等地之華，當信新界道中山林景色之富，盡萃於此。

凌雲寺

寺爲大帽山系古剎之一，創自明宣德間，原爲錦田鄧族十六世祖星欽爲其庶母黃氏所建，以供奉其父洪儀公木主，並供黃氏奉佛靜修者。清道光元年僧滌塵重修之。光緒初，住持僧圓空，其後爲圓淨，民國二年，住持爲妙參大師。今人羅香林著「香港前代史」言其事甚詳，吳灞陵輯「新界藝文錄」載存有關碑記史實尤富，余德華則於其地早年殿宇攝影最精，茲不及贅。

劏雞井外鴉洲海　陳廣攝

勒馬洲岡上小亭　李君毅攝

三潭溪上新橋　李君毅攝

輕舟穿洞　李君毅攝

境內遊踪

（上右）勒馬洲岡上小亭。勒馬洲已爲外人遊港所必到之新遊覽區，每逢假日，觀光客雲集，儼同鬧市。此爲「非假日」時所見之小亭風光。（下右）東海穿洞。「東海穿洞」已成境內最使人嚮往的旅行新節目，圖示遊人乘駕無數小舟，先後遊洞時之影。（上左）劏雞井與鴉洲海。從「白排嶺頂」下望，近景爲劏雞井小岬角，中景爲鴉洲及鴉洲海，遠山在雲漫中。——陳廣攝影——（下左）三潭溪上的新橋。三潭指龍珠潭、新娘潭與照鏡潭。三潭之水，皆經橋下，故名三潭溪。下行接南涌谷水自隧道來匯溪口，則名五潭溪口（三潭加老龍潭及嘉龍潭、亦稱石板潭）。依圖左方古道直行（不過橋）先見龍珠溪，越溪再行，稍登坡，可見新娘潭與照鏡潭，遊程均便。如過橋，沿山徑可往烏蛟騰、九担珠、上下苗田及三亞灣。

——千景堂攝影——

春風廬聯話

林熙

陳洵輓黃節

一九三五年一月廿四日，詩人黃節在北平逝世，他是廣東順德人，任北京大學教授近二十年，研究舊詩的生徒，經他指點教誨的，無不學業猛進（他在北大是講詩學，並不是教學生平平仄仄怎樣做詩）。詞人陳洵輓以聯云：

草堂自有傳人，何必永嘉重功利；
名山豈無著述，休將薄宦說平生。

這一聯似乎對已死的老友有微辭，陳洵晚年頭腦昏亂至此，亦可異也。

陳洵字述叔，廣東新會人，秀才出身，工詞，有「海綃詞」，收入朱祖謀「滄海遺音集」（近年台灣有影印「海綃詞」，所收較多）。朱請黃節爲「海綃詞」作序，有云：

述叔本新會人，補南海生員，少有才思，游江右十餘年歸粵。辛亥七月，番禺梁文忠重開南園，述叔與余始相識，文忠與人每稱「陳詞黃詩」，此實勉厲後進。……余未學詞，雖心知其能，以彊村詞宗當世，而稱述叔詞，且爲刋而傳焉，則知其詞之有可傳也。述叔窮老，授徒郡居，微彊村，世無由知述叔者矣。……

兩人的交情，可於此序文見之。黃節作此文時是一九二三年，但一九二七年，陳洵已做起中山大學的教授了。（一九二七年朱家驊任中山大學副校長，在上海時，請朱祖謀介紹教詞學的人材，朱祖謀說：「廣東就有個陳述叔，何必外求！」朱家驊大驚，深歎失諸眉睫，歸後即送聘書。陳洵本在廣州教學私塾，忽膺此聘，聲名大起。）

陳輓黃聯，不算上乘之作，但因爲有關廣東詞人故事，可以入聯話。先說上聯。黃節年少時師事簡竹居，竹居在簡岸講學，稱簡岸草堂。黃節于光緒廿八年壬寅（一九〇二年）鄉試落第後，即絕意仕進，在上海與鄧秋枚、馬叙倫、章太炎等講民族主義，欲藉文字推行革命（奇怪的是，他序「海綃詞」，居然稱梁鼎芬爲「文忠」。這個「文忠」是一九一九年溥儀所賜的僞謚也，講革命者不應爾，或原文不如此，乃朱祖謀刻書時所改耶？）清朝垮台，黃節不再講革命，專心在北大敎書了。「永嘉」指永嘉學派。南宋的薛季宣，浙江永嘉人，字士龍，號艮齋，學者稱艮齋先生，其徒陳傅良（字君擧，號止齋，瑞安人）傳其學而發揚之，世稱永嘉學派。此以薛陳師徒傳授，以喻簡黃關係。薛季宣嘗言「徒僥倖功利，夸言以眩俗，雖復中夏，猶無益也。」上聯的典故如此。

下聯則似乎怪黃節爲什麽要做廣東省敎育廳長（一九二八年事）。他應該效法老師簡竹居（朝亮）那樣，清亡後，以遺老自命，隱居不出（民國三年，袁世凱曾聘竹居出山，竹居不應）。

黃節早歲雖也談革命，但並非一個革命家，只是談談而已，他的腦海中也和陳洵一樣充滿了遺老思想的。朱祖謀、梁鼎芬本是頑固的遺老，黃節、陳洵給他「勉厲」揄揚之後，竟不知不覺，墮進了遺老的蛛網中了。黃節還算好一些，肯出來做了一年左右的敎育首長，陳洵則不屑，且以此譏老友了。推陳洵之意，以爲一經出仕，便與大節有虧，但陳洵晚年受汪僞組織之聘，任廣東大學詞學敎授，豈不是大節更有虧嗎？（陳死於一九四二年陰曆五月初六日，年七十二歲。）

客誚妓

打秋風這個名詞，在舊社會裏指的是文人向人「乞錢」的行徑。有些喜歡考證成語的人，曾紛紛作「證」，認爲「抽豐」才對，又有些則認爲「抽豐」也不可靠。其實也不必太過看得重要，「秋風」好，「抽豐」也好，只要大衆懂得這個名詞的意義就算了，無須斤斤計較，浪費筆墨的。

現在且談打秋風的一對趣聯。

相傳蘇州有個專愛以舞文弄墨爲事的清客式之類的人物，有一次在一個官宦之家參加宴會，這個清客見座上有兩個女孩子，原是叫來陪酒的，清客認爲她們是「下賤」的人，便存心諷刺，問她們道：「你們會對對子嗎？」她們異口同聲的答：「會的，請你出對吧。」清客卽朗聲說：

楊柳花開，兩個丫頭爭春色；

那兩個女子不甘受辱，也不甘示弱，心想：我們是被惡勢力所迫才操此賤業，但你這個「文人」，見到了錢就卑躬屈節的，和我們見錢就要有什麽分別，虧你還有臉開我們的玩笑。於是狠狠的向那個下流家伙反擊一下，對云：

梧桐葉落，幾條光棍打秋風。

屬對工整，尤富諷刺性，使那個清客見了抱頭鼠竄而去。此所謂侮人者人亦侮之也。

妓　諕　客

蔣平仲「山房隨筆」，記宋朝京口（卽今日的鎮江）名妓韓香，除夕請客在其香閨吃飯，韓香作春聯云：

客至如擒虎；

無錢請退之。

上聯的擒虎，下聯的退之，皆人名，但在此又可作動詞解。擒虎、退之皆姓韓，切主人之姓。韓擒虎是隋朝人，文帝賞識他才兼文武，於是派他爲統帥，進兵金陵；擒虎擄陳後主歸，隋卽統一中國。退之是韓愈的別字。（擒虎字子通，唐人避高祖諱，去「虎」字，稱他爲韓擒，故後人金陵懷古一類的詩，有「千秋猶自怨韓擒」之句）。

韓擒虎儀容甚偉，好讀書，居高位。上聯謂來這裏尋芳的客人，皆如我家擒虎那樣富貴能文之流也。但反過來說，亦可解作「客來入我室，如虎被擒，任我宰割」矣。下聯尤風趣，意謂：「無錢就請你退出去罷！」韓香這個小丫頭，不止有才學，而且又幽默可喜。

父　子　解　元

清道光廿六年丙午（一八四六年），浙江鄉試，解元是嘉興縣的張慶榮，是嘉慶三年戊午（一七九八年）解元張廷濟之子，廷濟親見其子中舉，成爲父子解元，可謂科名佳話。不過慶榮的名氣不大，到今日已沒有多少人知道他了，但他的父親可不同，他是嘉慶、道光年間的著名藝術家，工書法金石，學問亦好，並且享大年，到道光廿八年（一八四八年）才逝世，享壽八十一歲。

最妙者道光丙午這一科的第六十七名舉人鄭訓成，是歸安縣人（民國成立後，歸併吳興縣），他在道光十七年丁酉，十九年己亥、廿四年甲辰都參加鄉試，每次都中了「副榜」（所謂「副榜」，乃半個舉人也。一榜中，設有副榜數人，用以安慰額滿見遺的考生。今科中副榜，下一科仍可以去再考，考到中了舉人有資格去考進士爲止。但如果不想上進，則亦可以副榜資格出仕，因副榜亦正途出身，勝于捐納也），撈到三個「半個舉人」。到丙午科才中了第六十七名，是個不折不扣的舉人了，時年只廿五歲，足足花了十年功夫才考上。因此浙江人士撫拾張家父子解元及鄭訓成四科考試始售之事，爲聯語云：

四科鄉薦咸推鄭；

兩世秋元艶說張。

鄉試在秋天擧行，第一名解元，亦名秋元。會試在春天擧行，第一名會元，亦稱春元。

英使謁見乾隆記實（續）

馬戛爾尼 原著
秦仲龢 譯寫

晚上，徵大人來訪，他說和中堂已命人將信送交高華勳爵。關于我回國一事，和中堂已奏明皇上，皇上甚喜，說，他們外國人恐怕經不起風浪，爲了體恤外人起見，已命欽天監擇吉本月七日，爲英國使臣動身之期。皇上又飭令地方文武官員，于英國使臣經過時都要加以保護。徵大人又說，我送給和中堂的說帖，已定于使節團動身之日答復，因爲中堂現在圓明園，到我動身之日方來城裏，親自交給我。

安德生「隨使中國記」說：圓明園裏裝配的各種禮物，因特使快要動身回國了，就趕着在今日全部完工。裝成之後，乾隆皇帝親自到園裏觀看，他見各物井井有條，很是高興，立即命太監拿出八個元寶，賞給技師和辦事人等，每人得元寶一枚。乾隆皇帝身材約高五英尺十英寸，雖然背已有點彎曲，但精神很好。他的眼睛是黑色的，鼻尖勾曲，畧似鷹嘴，舉動神情，看來很具有英明之氣。他穿的是一件黃色的大袍，帽子是黑天鵝絨製成的，上面有一個紅結子和孔雀毛以爲裝飾。靴也是綢製的，上有金線所繡的花。腰間束着一條藍色的絲織腰帶。這是在圓明園中辦事的人見到了告知我的。

十月五日，星期六。　到了今日這般田地，一切已沒有辦法，只好回國去了。王大人和喬大人來訪，他說皇帝已特命兩位大員來陪我同行，其中一人是松筠大人，他曾陪我游萬樹園的，另一位則爲宜順（按：原文作I-Shon，今從音譯。這個宜順不知是什麼大官，但從馬戛爾尼的日記觀之，只見他記與松筠來往，未見提到宜順，或者後來取消成命，也未可知。——譯者），據說這位宜大人在熱河也和我見過面的。至於那位欽差大人徵瑞，就只是奉命伴送我們到天津而已。王、喬兩位大人說，他們未接訓令指定送我到什麼地方爲止，但他們認爲大概只以直隸爲限。

十月六日，星期日。　欽差徵大人和王、喬兩位大人很早就來館舍，督飭夫役等，幫助我們收拾行李，以備明日啓行，他們說，明天我們動身時，還要同和中堂見見面，這是送別禮節，但行禮時間由中堂决定，所以我們就得事前將行李裝置妥當，以便接到中堂通知，便可啓程。我知道中國朝廷中有幾位大員和我們感情很融洽，他們都希望使節團能夠繼續在北京逗留一個較長的期間。

斯當東「出使中國記」記馬車一事甚有趣。他說，使節團到了通州，游艇已經停在河邊等候，特使非常滿意地看到這些船隻仍舊是大家從白河前來時所坐的。中國皇帝所贈與的禮物，遠沒有從英國帶來的禮物那麼笨重，包紮起來非常容易，不要多少時間就全部打好包送到船上。有一個船專門爲裝運特使的馬車零件。特使本來準備以個人名義把其中一輛漂亮馬車贈給中國皇帝，並已經在禮品單內寫上去。但後來聽說，貢獻皇帝的個人禮物必須在謁見時親手遞給皇帝，特使只好臨時改送兩隻鑽石金表，而把這輛馬車送交圓明園。皇帝以後又把這輛馬車退回特使，說不能從一個人手中接受兩種禮物，既然送了表就不必再送車了。

安德生「隨使中國記」說：收拾行李時，特使以自乘的馬車一輛，派人送往圓明園，送給和中堂，但中堂不肯收，和中堂的人只是把和中堂的回信送到使節團，未嘗將馬車交回。特使認爲和中堂既然不肯收受，當然要向他索回馬車，以便拆卸裝運。因此親筆寫一信給和中堂，但和中堂沒有回信。到底這輛馬車的命運如何，它落在誰人手裏，我們就不知道了。後來我們到了通州，忽見那一輛馬車停在欵接特使的房屋對面地上。爲什麽它會走來這裏，眞令人莫名其妙。（按：馬戛爾尼日記中沒有提到這件事，而他的團員兩人所記則互有歧異，可作參考。——譯者。）

十月七日，星期一，在通州。　今天中午，使節團離開館舍，啓程前往舟山。當我們還未出北京城之前，路經一處帳房，和中堂、福中堂兄弟以及其他幾位高級官員都齊集在帳房之內，他們個個都穿起官服，氣象很是肅穆。我進入帳房和各位大人相見。　和中堂指着一張桌子給我看，只見桌上覆以黃綢，上面安放着兩卷東西。和中堂說，其中一件是乾隆皇帝答覆我所呈的說帖的，另一件是物品清單，詳開皇帝賜與英王陛下各物的名目。我說：「本人奉命觀光上國，爲期未久，就要辭別，心中不無悒悒，但願貴國大皇帝俯允本人所請，那麽，今日臨別的悲感也許可以減少許多。」和中堂聽我這樣措辭得體的一番話，似乎有些愕然，好像怪我在這個時候說這種話，使他一時沒法找到適當的話來回答，他只好改變話題，問我們在北京時，不知飲食可合胃口。又說，乾隆皇帝已派定松筠大人爲護導官。松大人很能辦事，一定能和我在路上談得來的。和中堂說時面有笑容，好像向老友送別一樣和藹愉快。但福中堂兄弟則面有不悅之色，始終沒有和我們交談。我看見這個情景，就不免無疑，也許中國的朝廷大員對於我這次所上的說帖，意見各有不同，當他們開會討論怎樣答復時，不免有些小衝突，各執己見，因此有這個現象。這不過是我的揣測而已。

談話完了，我們將辭出，和中堂就叫了一位戴水晶頂子的五品官員到跟前跪下，另有兩個官員捧着黃案上的敕書和禮物清單，用黃色闊帶兩條，縛在那位五品官員的背上。縛好後，那個官員站起來，退出帳外，騎上馬背飛向通州而去。我和我的屬員，也立即上馬，與和中堂等人告別。走了差不多兩個鐘頭才到達北京近郊東邊最後一座城門。當我們到了通州館舍時，前導的那位五品官員，立即下馬進入大廳，跪在我面前，雙手將他背上所縛的物件捧献給我，待我接收後，他才鞠躬而退。

通州城裏有兩條大街，每條長不足一英里，寬約一百英尺，兩旁皆爲商店舖戶，裝飾尚稱華麗。至於接待官員的館舍，則多處陋巷之中。我們所住的地方，與城牆相距甚近，房屋建造的時間還不算很遠。據說這所館舍的建築費值十萬英鎊之巨，原本是一個粵海關監督的私產，因爲他在任上有營私舞弊的行爲，皇帝把他的官職革了，很久以來就關在獄中服刑。據一位傳教士對我說，那個海關監督弄來的錢財，大部分從廣東英商身上刮來，所以拿他的私產來招待外國人最適合不過。

「出使中國記」記云：使節團到達通州之後，仍被招待住在上次曾經住過的廟裏。地方官出城來歡迎特使，當晚通州全城懸燈結綵。使節團到達招待特使的廟宇的時候，軍隊已經在廟前列隊歡迎。他們身穿五顏六色的制服，看上去不似戰場上的戰士，而像舞台上的表演者。他們穿的是打裥的短衣和短裙，脚上穿一雙厚底的緞靴子，既笨重又有女氣，沒有一點軍人氣概。好在這個廟宇有貼在大門上的神像來保護，外面鬼怪不得進來，這比他們還更可靠些。………

使節團隨員們在通州府最後一次參觀廟宇和街道的同時，中國的和英國的僕人斷役們積極做好上船的一切準備。游艇已經停在河邊等候，特使非常滿意地看到這些船隻仍舊是大家從白河前來時所坐的。……使節團在通州沒有耽擱一天就全部上船。白河水位確實已經很低，並且還在繼續下降，再等幾天恐怕就不能走大船了。幸而及時離開，否則就要起旱或者改換小船，那都是非常不舒服的。在符合旅客舒適的條件下，游艇的構造盡量使其輕便。旅客住在甲板上的房艙，它的上面再沒有住人的房間。它的下面也沒有很大地方裝行李。全船長七十呎，寬十五呎，底是平的，只能吃幾寸深的水。雖然如此，在開船的第二天，有幾處淺水地方還得用縴夫拉船。除了以前所述河水下降的原因外，還有另一個偶然的原因：近來天氣乾旱，幾個月沒有下一滴雨，來補充七月間水氣蒸發的損失。七月以後連雲都很少見。由於無雨，打穀之後，稻草和穀粒就放在田地上。八月間來的時候，溫度從來沒有低到八十四度以下，現在平均溫度只在五十幾度。來的時候兩岸地裏種的是高粱，現在已經換了另一種稷。這種作物的稭梗短，擋不住視線。我們這些旅客從北京西邊的羣山起一路上望到的是一片平整肥沃的平原，到處是村莊和莊稼。（關於縴夫拉船事，使節團的隨員巴勞的「中國旅行記」說：「游艇開行時，不論風勢順逆，不論水量深淺，中國官員必督促舟子前進，不准稍有停頓。如果發見船上夫役不够應用，就命兵丁上岸拉夫來牽船。拉來的夫役大都是貧苦大衆，他們替官家服務，每天只給予約值英幣六便士的工資火食，還要他們一直拉去，不管拉到多遠，如未到達目的地，是不許他們還鄉的。因此就一到夜裏，縴夫就乘黑暗中紛紛逃去。發覺後，兵丁又再上岸到各鄉村拉人，老百姓多已睡覺，兵丁就不管三七二十一，把他們從牀上拉出來，倘有不肯服從，就用鞭來打撲，威脅百出。」這是一百九十年前外國人所記中國官廳虐民的一頁血淚史。——譯者。）

十月十日，星期四。　下午，王文雄大人來說，閣老松筠現在奉到皇帝諭旨一道，諭旨中所說的話，松中堂打算當面對我說，所以他準備過來我的游艇。不久，松中堂的游艇已向我這方面疾駛而來。我對王大人說，請你先去招呼松中堂一聲，說等他的船停下了，我先過去拜見他。王大人說很好，立即先坐一艘小船向松大人的游艇駛去。松大人的游艇和我的船相並停下時，我過船和他相見。見面之時，先有一套客氣話，無非舊事重提，說前此在熱河時，承他引導游園，我一直到現在還不忘記他的盛意。接着就說，現在又承皇帝陛下命他護導我前往舟山，更覺榮幸萬分。松中堂也客氣一番，說：「兄弟蒙皇上派爲護導官，和貴特使同行，眞是榮幸之至。」說後，他在懷中取出皇帝的諭旨讀給我聽，大意說，着松筠護導英國使臣前往舟山上船歸國，一路當留心照顧，切實保護，毋得疏懈，如果英國那艘船不在舟山，即著松筠陪同該使臣等前往廣州上船，務須親自看着該使臣等平安上船後，方得回京復命。

（未完）

編輯後記

△黃篤修先生是一位很有魄力亦富有縝密頭腦和文學修養的工業家，在他主持下的淘化大同，經過二十年不斷的改良生產，業務蒸蒸日上，它的產品銷行整個東南亞，就是世界其它國家凡有華僑足跡之處，也都有淘化大同的產品。「大華」籌備復刊時，黃先生已答應寫一篇有關香港工業的文章，但因事忙一時未能執筆，直到七月初才寫成這篇「從淘化大同的發展過程說到香港的工業」。一個有經驗有遠大眼光的工業家的文章，其內容之精采，不必編者贅一辭，讀者自能有目共賞了。

△「一個新聞記者的獨白」，作者陳思先生，是中國文壇老將，他在香港也以賣文爲活，工作極忙，現在答應爲本刊長期撰稿，我們都很高興。

△近年日本有個日蓮敎（又稱創價學會），發展得很快，香港也有不少奉此敎的敎徒。我們特請宋光宙先生寫成「日本的日蓮敎」一文，介紹它的發展歷史和宗旨、工作。

△伍喬先生的「上海橡皮股票風潮」，是記述六十年前上海租界裏幾個外國人亂發股票，騙了中國人幾千萬銀子的故事。此時此地也有外國人搞的什麽「互惠」股票把戲，得毋亦舊日「藍格志」之翻板耶？希望好此道而又極端「愛美」的人讀過伍先生此文而警惕，莫再上當。

△讀歷史的人，都很留心淸代的文字獄，謂異族統治者藉此以摧殘中國的知識分子，使他們不敢「精神造反」。于今先生治淸史很有成績，他指出淸代第一宗文字獄不是康熙年間莊廷鑨的「明史」，而是廣東一個和尚所作的「再變記」。

△李燄生先生在四十年前即在上海的文壇活動，他罵官僚政客文妖黨棍的一支筆犀利無比，讀後使人如飲「冰鎮酸梅湯」，由頭涼到脚踭。現在他答應爲本刊寫不罵人的文章而談學術，「桃花扇中的楊龍友」，就是他的第一篇。

△「沙勝越與中國的歷史關係」的作者，是沙勝越一位年青的學者，他研究南洋歷史甚勤，著有關於沙勝越的書好幾種，自一九五七年起，編者即和他通信，他一聽到「大華」要復刊，就寄這篇稿來，是爲本刊在組稿期中收到的第一篇文章，其愛護之誠可感。

△王俊先生所譯的「掌故漫談羅布泊」是一篇關於中國地理故事的文章。在幾十年前，羅布泊是一個荒凉的地方，現在已不同了。

△黃嘉仁先生熟于香港名人的故事，現在他又爲本期寫了一篇富商李紀堂捐輸巨欵帮助孫中山「作反」的經過，所說皆爲事實。

△包天笑先生今年九十六歲了，「大華」創刊時，他就寫了很多文章，「釧影樓回憶錄」尤爲讀者所喜。「大華」停刊後，此文復在「晶報」登載，到上個月才登完，打算印單行本。日前包先生讀到「大華」的復刊號，高興到了不得，立即寫信給編者，寫一篇一萬字左右的稿來。九六老翁，寶刀不老，在中國文壇上永爲佳話，請讀者留意他的佳作。

△七月十日接到一封署名「八十老人」的掛號信，畧說，讀鄙人所作的「大華復刊的故事」，知Y先生是愛好書畫的人，因此他提出近日大會堂展覽明淸名畫中，有一幅的題款方式及字跡頗有疑惑，請Y先生與鄙人研究一下，「詳加指正，以敎末學」云云。這位八十歲的老先生可說是太過客氣了。編者日前雖同一位朋友往參觀過，但未留意及此，經他老先生指出，倒要請敎兩三位賞鑒家，問他們有什麽意見，等他們有答覆，再寫信答覆他老先生，以副他老先生的雅意。因爲他老先生來信沒附有地址，無以修函謝其厚意，只得在這裏說幾句，希望他老先生能將地址寄來。討論學術，以文會友，是一件光明正大的事，我們很高興有人寫信來指敎，但希望在可能之內附有地址和眞實姓名（如需發表時，亦可用筆名，編者負責不向外泄漏），以便通訊。

定價每册港幣一元

大華

第一卷 第三期

大　華　1966年合訂本　1—20期

本刊於1966年3月15日創刊，至十二月，共出二十期，今合訂爲一冊，以便讀者收藏。此二十冊中，共收文章三百餘篇，合訂本附有題目分類索引，最便檢查。茲將各期要目列下：

1　袁克文的洹上私乘。
2　徐志摩夫婦與小報打官司。
3　大同共和國王劉大同。
4　胎死腹中的香港市政府。
5　申報與洪憲紀元。
6　李準輸誠革命軍內幕。
7　西北軍奮鬥史。
8　淸朝的內務府。
9　王孫畫家。
10　日本空軍謀炸南京僞組織秘記。
11　丙午談往。
12　談聶雲台。
13　銀行外史。
14　皇二子袁克文。
15　跛脚主席張靜江。
16　南北兩張園。
17　上海的超社逸社。
18　當代藝壇三畫人。
19　胡漢民被囚始末。
20　我所見的張永福。
21　溥心畬的騎馬像。
22　史量才與陳景韓。
23　淸宮的秀女和宮女。
24　洪憲太子袁克定。
25　釧影樓回憶錄。
26　張謇日記。
27　洪憲記事詩本事簿注。
28　英使謁見乾隆記實。
29　花隨人聖盦摭憶補篇。
30　穿黃褂的英國將軍戈登。
31　梁啓超萬生園雅集圖。
32　日治時代的上海三老。

大華　第一卷　第三期（總45號）

一件新聞的完成……陳思 2
雙照樓逸詩……一粟 5
人生幾何……省齋 6
惜陰堂辛亥革命記……趙叔雍遺著 9
在香港搞革命的謝纘泰……黃嘉仁 13
走馬看扶桑……馮明之 16
溥儀妻妾弟婦合攝的一張相……溫大雅 18
香港竹枝詞本事……孤華 19
有關「⿺辶盡」字的小考……陳潞 21
從淘化大同發展過程說到香港的工業……黃篤修 23
掌故漫談羅布泊……王俊譯 27
中國與砂勝越的歷史關係……劉念慈 29
上海橡皮股票風潮……伍喬 31
迷人的中國蘭（花鳥蟲魚專欄）……園叟 34
畫眉鳥……鳥迷 35
春風廬聯話……林熙 36
英使謁見乾隆記實……秦仲龢譯 38

封面插圖：黃永玉為朱省齋畫像

大華（月刊）第一卷第三期（總45號）

一九七〇年九月一日出版

Cathay Review (Monthly)
Dah Wah Press.
36, Haven St., 5th fl.
HONG KONG.

出版者：大華出版社
地址：香港銅鑼灣希雲街36號6樓
電話：七六三七八六

督印人：高貞白
總編輯：林熙
印刷者：大同印務公司
香港北角和富道96號
電話：七一七五四四

總代理：吳興記書報社
電話：H四五〇五六一　四五〇七六六

星馬代理：遠東文化事業有限公司
新加坡厦門街十九號
檳城香田仔街一七一號

泰國代理：集成圖書公司
曼谷耀華力路二三三號

越南代理：聯興書報社
越南堤岸新行街二十二號

其他地區代理：
澳門：可大文具店　寮國：永珍圖書公司
亞庇：利文公司　斗湖：光明書店
千里達：中華公司　菲律賓：玲瓏書局
倫敦：東寶公司　紐約：友聯圖書公司
芝加哥：杏林春　洛杉磯：永安堂
波士頓：中西公司　檀香山：大元公司
三藩市：新生圖書公司　三藩市：文化商店
香拿大：加港商店　加拿大：新國華公司

一件新聞的完成

——一個新聞記者的獨白——

陳思

我是一個懷疑主義者，我在教室中，對新聞系學生說過：「無論何時何地，切莫相信任何人的話。」同時，我也不相信任何報刊上的新聞。這是做到新聞記者的基本條件。

我做了幾十年新聞記者，也可說歷世已久，更事很多，但要談一件完完整整的事例，却也不很容易。最近，才算找到了一個完整的例子，就抽出來先來報導一下。這是一九三六年十二月間的西安事變。這事變的發生，震動了世界，而戲劇性的收場，也是出乎世人的意料之外。說來到了今日，已經三十五年了。

關於這場政治大事變的第一手報告，最初乃是宋美齡用英文寫的「西安蒙難記」。當英文本刊行時，上海復旦大學文摘社，以一日一夜之力譯成中文，其中有一句：「Throw a stone」，我譯作「一箭之遙」，後來中文本出來了，果如我所譯的，在當時也成爲朋友們的談助。不過，我並不相信蔣宋的曲筆，其中定有一般人所不知的內幕；否則蔣宋就不必急於刊行這部蒙難記了。不久，蔣百里先生回到了上海，他是從階下囚突然轉爲座上客，在蔣介石張學良之間，奔走調停的主角之一，他告訴我們：西安事變所以能急轉直下，化干戈爲玉帛，乃是中共代表周恩來氏調停之力，聽了他的話，再去看宋美齡西安的日記，才約畧看出了綫索。但西安事變內情，一直是一個謎。不過，國共合作抗日的局面，便這麽展開了。

到了一九三九年，我們從江西臨川到撫河前綫，和一○九師師長劉多荃將軍相見。劉將軍乃是張漢卿少帥的衛隊長，一○九師便是張氏的警衛師。西安事變的主力，正是這一個師。他知道我一定要問他關於西安事變的內情。他說：「東北人物新新舊舊短短長長，總而言之，他們對於認識時代，並沒有遠見。當時我們所注意的是如何應付關內的局面，對關內的「外交」，至應付日本的外交有幾本老文章可抄，一貫地小處吃點虧，大處拖了再說。想不到日本軍人的野心會這麽大。軍人之中，和老帥同輩的，如湯玉麟、張作相那些人，年紀老了，精神不行，應付不了這樣的大變局。張漢卿的精神也很不行，不敢下決心。就東北軍的地位說，「九，一八」那天卽算不能抵抗，後來在錦州綫上應當不計成敗，拼一拼的。事前沒有計劃，事後沒有決心，就一直那麽糟下去。等到漢卿從歐州回國，身體恢復了健康，精神也振作起來了。可是他在國內所受的刺激，使他精神上有點兒變態。他凝集於一種想法：只有對日軍作戰，才可以恢復他過去的聲名和地位。以下他曲曲折折叙述他所知道的西安事變的演進，他把張氏的矛盾心理以及政客們錯綜捭闔的綫索剖析得很清楚，他自己在當時是被老派看作是新派，又被急進的看作是落了伍的夾板中人物，另有一種苦悶。——他是被別人看作參與「機密」的要角，而在實際的場面中，他又恰巧擱在「機密」的隔壁。這是，我替西安事變作旁注的第一回。

經過了八年抗戰，又經過了勝利後的四年，照說判囚十年的張少帥，早該恢復自由了。可是，在貴州囚居了十二年臨到西南解放的前夕，漢卿又移囚到台中去了。那位代總統李宗仁明令釋放張學良，陳誠並不執行命令，還邀程思遠到台北去面談，此中曲折可想而知。因此，西安事變的伏流，一直不曾料理清楚。一九五〇年秋天，我南來香港，又和劉大元兄相見。他是四川軍人集團的傳統代表，四川軍事首領，都是他父親的門生，因此，他從十八歲起，便做四川軍人集團的代表駐在蔣委員長行營所在地。一九三六年，他便住在西安，和張漢卿、楊虎城他們往來甚密切，幾乎無話不談。他曾應了我的邀請，替S報寫了西安事變的回憶，也是第一手好史料。

又過了幾年，李微塵兄主編熱風半月刋，就在卅期起，商請郭增愷兄寫「一個沒有交代清楚的問題」！這才把西安事變的內幕揭露開來。郭兄和張、楊都有交情，事變前，恰好囚居在南京。事變發生了，宋子文美齡兄妹，邀了郭兄一同飛往西安，眞是化敵爲友，替自己的敵人奔走，要自己的友人和自己的友人恢復友誼，演了捉放的現代劇。本來蔣氏夫婦所發表的「西安半月記」眞實性並不很高，蔣氏所說對張楊的訓話，並無其事。拆穿來說，這是所謂領袖的面子問題，只怕演過捉放的領袖，要給國人看輕，所以要作「偉大」狀，卽是眞正的內幕是拆穿不得的。「一個沒有交代清楚的問題」，這一標題，卽說明了他是要交代清楚一番。接着，他先分析西安事變的時代背景，再點明西安事變的功過。他引用了一句西方的成語：「愷撒的歸愷撒」，乃慨然嘆息道：「歷史不過謊話寫成的」，便是對「西安半月記」的批評。接上來，郭兄寫了「張學良囚徒生活片斷」和「宋子文的負債」。到了一九五五年四月間，台灣傳來消息，蔣老頭子已經看到了郭兄拆穿他的西洋鏡的文字，怪宋子文沒把這位參與西安事變內幕的人安排好，一面又把郭兄當作西安方面的人怪他們竟不引咎自責。郭兄乃慨然道：「導向毀滅的幽靈——安內攘外政策」。接着郭氏又剖析了張學良和楊虎城的苦悶以及十二月十一日暴風雨前夜的內情，下面寫到了雙十二，華淸池那一幕。要明白捉放的經過，那幾節寫得很精彩。我也曾根據了蔣百里先生的說過，寫了一段拾遺文字。郭氏原文具在我也不必再述了。

可以替郭氏的追記作補注的，乃有黎天才在日本東京所寫的「捉放的一幕」，一位監視張學良從浙東溪口到皖南，轉往湖南再進貴州的特務頭子的回憶錄，這樣，再合上了張學良的回憶文字，我們可以把這一段舊聞寫得相當完整成爲現代中國通鑑的一節了。可是，成爲這一事變的樞紐的中共首要人物的周恩來氏，究竟如何奔走，延安中共當局對這一事變的態度如何，莫斯科當局（史太林）對這一事變如何決策？仍是傳信傳疑，語焉不詳。直到張國燾的回憶出來了，我們才明白莫斯科和延安之間的決策。這是蔣老頭子不願世人知其內情的。（我們只知道西安事發發生的第三天，中國駐蘇大使蔣廷黻會鬧了一場失態的事，他接到了南京方面的電訊。竟乃向史太林提出抗議，指斥蘇共的導演西安事變，史太林大爲不快。）

依張國燾氏的追叙（他是親與其事，而且參加決策的一人），中共中央和紅軍從江西瑞金轉進到延安以後，他們和東北軍，西北軍有了直接的折衝，成立了張、楊、共的抗日民族統一戰綫，稱爲「張楊共三角聯盟」。當時，他們推測將來西北抗日局面的發展，大致是由張學良與楊虎城選擇適當時機，提供停止剿共一致抗日的主張，南京自然不會接納，其結果，將在西安出現一個反南京的獨立政府。這個政府能否存在，一面要有一個明確的抗日綱領，獲得英美蘇的支持和國內輿論的擁護，另一面要看張學良、楊虎城能否聯絡各省的實力派和瓦解南京內部了。至於幾天後西安事變的發生，他們在當時並無什麼預感。（毛澤東主席表示莫斯科是支持中國的抗日的，也會支持西北的抗日局面。他說：「莫斯科從未肯定支持張學良和楊虎城，但亦未表示過反對。」據他推測：莫斯科來電曾表示如果紅軍能由寧夏接通外蒙或者經由甘肅河西走廊接通新疆，蘇聯將予以軍火的援助。這樣，他們相信，如能形成一個更廣泛的抗日西北局面，那蘇聯更非援助不可。）

十二月十二日午間，他們接到了張學良從西安來的急電，說他們曾向蔣氏痛陳停止剿共一致抗日的主張，蔣氏一口拒絕。他們不得已乃實行兵諫，已將蔣氏及其親信隨員妥善看管，促其接納抗日主張，不達目的不止。又說，西安方面即派機飛延安迎接共方代表周恩來等來西安共商大計。這一事變，對延安方面也是晴天霹靂。一開頭，不免有些感情衝動，有的想起十年來的積恨，說是把老蔣宰了再說。倒是周恩來比較冷靜，認爲這件事不能由中共完全來作主，主要是要看看張楊的態度。毛澤東也表示：「這件事，我們應該站在後面，讓張楊去打了頭陣再說。」張國燾和張聞天、秦邦憲、王稼祥他們認爲要先聽聽莫斯科方面的意見。

於是，共方便決定派周恩來、秦邦憲、葉劍英三人爲代表，從延安飛往西安去，一面表示對張學良、楊虎城表示支持他們的行動。其他就等待莫斯科國際共產方面的決策。（依張國燾的說法，當時中共中央負責人，誰都想不到西安事變可以和平解決的。正在那幾位中共大員各抒己見，爭論未決之際，莫斯科的回電於十三日晚到來了。共產國際的看法是這樣：「我們肯定西安事變是日本陰謀的一環，並說明張學良左右和他的部隊裏暗藏着一些日本間諜，利用張的野心，甚至利用抗日的口號，製造中國的混亂。我們若聽任其發展下去，中國將是長期的內亂，抗日的力量，因之完全喪失，日本便可坐享其利，蘇聯決不會爲這種陰謀所利用，更不會給予任何支援，相反的，現已明白表示反對態度。」（第二段指出）中國目前所急需的是一個全國性的抗日民族統一戰綫，因此，最重要的是團結與合作，而不是分裂與內戰，並說明張學良不能領導抗日，蔣介石如能回心轉意，倒是能領導抗日的唯一人物。（第三段指出）中共應爭取和平解決西安事變，利用這一時機與蔣介石作友善的商談，促使其贊成抗日，並在有利的和平解決的基礎上，自動將蔣釋放。」（依後來從莫斯科回來的王明的說述：「西安事變後，英美各國駐蘇大使，向蘇聯外交部詢問蘇聯當局對此事的態度。蘇方答以這是日本的陰謀，蘇方既未與聞，也不贊成，接着史太林便親自草擬答覆中共的電文。史氏對王明說明，張學良分量不够，怎能做全國抗日領袖？中共也沒有領導抗日的能力。蔣介石雖是一個可憎的敵人，但他是中國唯一有希望的抗日領袖，在抗日期中，他也許可成爲我們的合作者。」）這便是國共合作抗日的基礎。

不過，這一百八十度的大轉變，對中共當局依然是一場大困惑，他們既不能蔑視共產國際的指示，又不能失信於結盟的戰友。他們便把莫斯科來的電文立即轉給在西安的周恩來，要他根據這個指示，向張學良試探，如果情形順利，即照指示的原則進行，否則要爲中共留出迴旋的餘地。其後，這一段文章，顯出了周恩來的外交手腕。十四日，他接到了保安（那時中共中央在保安）轉來的電文，他便和張學良進行密談，張氏聽了，開頭非常憤慨，認爲他們被中共所出賣了。周氏低聲下氣，對漢卿解釋，「這是中共中央想不到也不願有的事。蘇聯也有他們的苦衷，例如外交上的壓力，是不能不顧及的。中共決始終與張楊站在一起，憑本身的力量來担當一切。現在事已至此，決不能互相埋怨，只有一本初衷，共策進行。」於是周氏對張氏分析利害得失，說動了漢卿的心，於是由周氏向蔣氏進言，再說動了蔣氏的心，西安事變，乃急轉直下，走上和平解決的道路。周氏和蔣，在國共合作，初建黃埔軍校之際，原是密切戰友。周氏對蔣氏說得非常得體，蔣氏在默認中，接受了張楊所提的八項主張，蔣氏便於十二月廿五日飛回洛陽轉往南京了。（國共合作抗日的全面協商又是次年一月間，周恩來氏由張冲陪伴了到西湖，和蔣氏談妥的）西安事變，便在爆竹聲中終結了。

可是，蔣介石被釋放了那一刻，張學良一時衝動，不僅送上了飛機，還隨同蔣氏到南京去（蔣氏也是叫他不要去的），倒給周氏帶來一個僵窘的局面。東北軍將領，羣龍無首，覺得中了周氏的奸計，五十幾位少壯軍官，圍着周氏，指他出賣盟友，與蔣系秘密妥協，犧牲了東北軍以圖自身的利益，一切要周氏來負責。周氏面臨這樣的險境，態度非常鎮靜，措詞誠懇，平息了衆怒，把這僵局打開了！周氏的應變之才，眞是了不得的。

這一番內情也只有如張國燾這樣的當事人，才說得詳盡正確。我在當年也是救國會十一委員之一，還和蔣百里先生詳談過，也不會知道這段內情呢。其他的內情，宋子文當然不會再寫了，或許當日參與了幕中活動的澳洲人端納，有另一番筆記，我都沒看見過。我只知道：蔣氏怪張楊不該把他關了起來才來和他商談。端納笑道：「你不也是把別人關了起來，才和他去談判的？」據說，這句話，宋美齡沒譯給老蔣聽呢。

雙照樓逸詩

一粟

辛亥革命前，在日本「民報」的時候，汪兆銘以文名於時，入民國後，他在上海和南社的詩人唱和，又以詩名。他最早的詩集，有汪精衛詩存一冊，係上海的書坊排印本。後來他手訂爲「雙照樓詩詞稿」，「小休集」一冊，用詩經：「民亦勞止，迄可小休」的句子命名的，這本是用仿宋字體，在香港印行。之後在南京僞政府時期，又續編「掃葉集」，和「小休集」合訂爲一冊，當時有排字本、木刻本幾個不同的版刻印行。前幾年，他的女兒在香港又排印了一部行世，而且續刻了他死前未發表過的詩詞，這算是汪氏最齊全的詩詞集了。

我曾見汪氏爲黃莫京（强）寫七律詩一幅，爲各本「雙照樓詩詞稿」未載的，原詩如下：

望鄉曾灑淚縱橫，依舊荒郊畫角聲，秋老山河歸澹寂，
地偏松菊自嶒嶸。林園亦解分南北，泉水何勞問濁淸，
聞道城門嚴管鑰，詠歸須及夕陽明。

題爲「民國八年十一月，自海外歸，偶集北園，賦此以贈莫京學兄。」

民國七年，歐洲第一次大戰停止，八年，巴黎和會開幕，汪氏奉派出席，時自歐洲歸粵。當時廣州著名的酒家，一爲南園，在東堤二馬路，舊爲廣東的鹽商孔氏煙滸樓舊址；一爲北園，在小北門外，係鄒靜存聽泉山館的園址，係胡毅生、李茗柯幾個人醵資開設，國民黨一班人都在這裏雅集吟詩，謝英伯曾有詩云：「雲山有路幽通北，泉水無情盡向西」，這是刺諷當時的政客岑春煊、楊永泰勾結桂系軍人而發的，不過國民黨中却想和桂系軍人聯絡，所以汪氏有「林園亦解分南北，泉水何勞問濁淸」的句子。陸放翁有句云：「關山可使分南北」，汪詩似乎是套用放翁的句子呢。黃莫京爲廣東龍川人，係陳烱明的寵信人物，留學日本，和汪氏有同學之誼，故稱呼他做學兄。

人生幾何

省齋

今年六月十九日星加坡「南洋商報」的副刊上載有一篇署名「文如」所寫的小文如下：

「朱樸之未歸道山。」

偶在書橱上發見一張舊報，是香港的「新生晚報」，有趙天一所作的「天一閣人物譚」，某日的一個題目是「朱樸之未歸道山」。在十六年後讀之，不禁感慨，感慨之餘，又覺得很有趣。這個朱樸之就是在香港寫書畫文章的賞鑑家朱省齋。他是無錫人，名樸，字樸之，又號樸園，一九四八年後到了香港才取省齋爲號。（幾個月前他曾爲本報寫「書畫拾零」。）

趙天一是曹聚仁的筆名，這個時候，我和省齋，曹聚仁幾乎每天都在南洋商報香港辦事處見面。（東亞銀行十樓，創墾出版社亦附設其中）曹聚仁先生那篇文章說：

王新命近談新人社舊友，從孫寒冰、陳白虛、趙南公、曹靖華、吳芳吉、王靖說到朱樸之，而且說朱樸之已歸道山。樸之昨天讀到這段文字，不禁莞爾而笑：「朋舊零落，樸之幸而未歸道山，亦已垂垂老矣！」樸之一直就在香港，做鑑賞書畫似雅非雅的買賣。……近兩年多居日本。……朋友們公意，暫時不讓他歸道山，爲塵世間多留一點鴻爪云云。（世變之餘，不獨大陸與台北的音訊十分隔膜，連港台之間，消息也不十分靈通，海外東坡之謠，已數見不鮮矣）提起樸之往事，他是天馬會會員之一。張緒當年，翩翩風度，最合佳人的心懷。他的第一位太太，乃是上海麥加利銀行華經理的千金，嫁奩卅萬，（案：此說有些未合事實，記得省齋有文辨正）西湖上還有別墅一所。因此，他研究藝術，搜集古董，周游世界，可以稱心如意。後來，那位手面很濶的太太「歸了道山」（一笑）；繼配梁小姐，那是風雅世家，她的父親梁衆異，便是閨中有名的詩人。這麼一來，夫唱婦隨，更是在藝術圈中打觔斗。樸之，可說是逐漸琢磨起來的斌玉，他的藝術修養，够得上做一個高級鑑賞家的。假使世界不這麼動亂，柴米油鹽不這麼迫人，他大可以在那個世界中優哉游哉的。而今，頭童禿髮，不堪回首憶當年了。（「新生晚報」一九五四或五五年八月十二日。我在這張剪報上只寫八月十二日，沒有寫年份，後來詳查一下，乃一九五四或五五也。」

案：省齋不止沒有「歸道山」，而且還精神奕奕，老當益壯，一個月前才從日本游覽歸來。他今年已六十九歲了，明年便是古稀之年；而那個王新命，却早已在六七年前死在台灣了。

我和省齋相識最久，遠在一九二九年在倫敦就時相見面，但沒有什麼交情。一九三〇年我從英國回上海一轉，在十四姊家中又和他相值，原來那時候他正避難在租界裏，住在我姊姊處。那天他還約了史沫特萊女士來吃茶，我和她談了兩個多鐘頭。自此之後，就沒有和他見面，一直到一九五四年在香港又從新訂交。至於那個王新命，也是我的舊同事，一九三九年他在香港的「國民日報」做主筆，我做編輯，共事六個月，我離開該報後，就很少和他來往。

* * * * *

讀了上文，我才恍然大悟這位「文如」原來就是老友高伯雨的筆名。

以上所說種種，都是舊事重提，有的是確的，有的是不確的。例如聚仁說我是天馬會會員，先岳是上海麥加利銀行華經理，先室的嫁奩有卅萬；這些都非事實。又省齋是我上海樸園時代的齋名，我由北京來港是一九四七年，並非一九四八年。還有講到先室沈夫人，她雖出身於豪華之家，可是她並非「手面很濶」，倒是一個持家非常節儉之典型的賢妻良母。至於伯雨所說的關於史沫特萊女士一節倒是的確的，而且非常之秘密，因爲她那時正寓居于上海法租界霞飛路西的一層公寓內，我們不但是「打倒獨裁」的同志，並且是好抽香烟好喝咖啡的同志。所以，我常常是她寓所裏的座上客，我一到她那裏她總是親手煑咖啡給我喝的。那時候她和孫中山夫人宋慶齡女士來往得非常親密，她曾屢次說要爲我介紹，可是因爲不久我就離開上海到香港來了，卒未如願。

我少時對於國事的確有一番極大的「抱負」的，可是後來歷經世變，才知道人心之險惡與難測，灰心之餘，遂寄情於書畫的。二十年來，見聞不少，雖自已覺得對於此道的確畧有所得，可是，國內自張葱玉、葉遐庵、吳湖帆三氏之逝，區區捫心自問，連做廖化的資格還不够，遑論其他？

但是，另一方面，我最近看到了台灣當局擧行的一個所謂「中國古畫討論會」的全部文件，它所鄭重其事邀請的一百多個「中外專家」所發表的偉論中，竟有說宋代的夏圭並無其人並無其畫者！這樣的荒誕不經，幼稚無聊，而竟自命爲研究中國古畫的專家！而竟被台灣當局謙恭下士的邀請出席！更奇怪的，爲什麽那位所謂「國畫大師」的竟噤若寒蟬而不挺身出來加以反駁呢？據我所聞，他這次應邀，其目的並不在什麽討論中國古畫，事實上他帶了兩大箱的所謂中國「古畫」，暗中向各代表兜售，希望大有所獲！結果，他果然如願以償了，所以，他就神氣活現的，大吹大擂的到紐約去住美金九十八元一天的醫院毫不在乎了。

一九五六年在東京上野寓所的朱省齋

我雖然並不是一個悲觀主義者，但是鑒於目前一般人性之不存，人格的破產，道德的淪亡，廉恥的喪盡，不能不感到所謂世界末日之先兆了。

閑話少說，言歸正傳。一九五五年，王新命在台灣出版了「新聞圈裏四十年」一書，裏面記述三十六年前（現在算起來是五十一年前了）的往事，其中有一段是關於孫寒冰的，從他入「新人社」起一直到他最後在重慶北碚殉難時止，相當詳盡。因爲我是寒冰的摯友，所以他末了也帶了我一筆曰：「此外，聽說朱樸也已歸道山，不能不感慨系之」！

當時聚仁先看到此書，他拿來給我看，我起先哈哈大笑，後來仔細想想，倒眞的也不能不感慨系之了！隨卽于該年九月一日在「熱風」半月刊第四十八期中寫了一篇「已歸道山－悼念摯友孫寒冰」，發表了一些感想。文首幷錄引韓愈的「所謂天者誠難測，而神者誠難明矣！所謂理者不可推，而壽者不可知矣！」兩句頗合哲理的名句以爲開頭。寫了以後，覺得意猶未盡，于是接着又在「熱風」第四十九期中寫了一篇「自擬『墓誌銘』」以爲解嘲。文首又錄引張宗子題像一則如左：

功名耶落空，富貴耶做夢，忠臣耶怕痛，鋤頭耶怕重，著書三十年耶而僅堪覆甕；之人耶有用沒用？

這簡直十十足足的天造地設的好像形容區區的過去一樣，我非常欣賞。我的那篇文字居然當時給「上海日報」轉載，讚許爲「好文章」，眞使我慚愧萬分。

說到這裏，倒令我想起了另一件趣事來了。

一九六七年春天，是英國蒙哥馬萊元帥八十歲的生辰，全世界各國的朋友，都紛紛以函電致賀。事後，他的一個好朋友問他，他所接到的函電中以那一件爲他所最欣賞而感興趣。他答道，有一個九歲的小孩子名傑克的寫信寄到他的家裏，其文如下：

親愛的蒙帥：

我以爲你已經死了！我的爸爸告訴我說你還沒有死，但是恐怕不久也就要死了。請你趕快寄給我你的親筆簽字一張吧。

你的忠實的傑克上。」

一九五六年在日本寓所的朱省齋

據蒙帥說，這個小孩子很週到，信內附了一個空信封，並且還貼上了郵票。所以，他收到該函後就欣然立即寫了一封親筆信覆了他。

蒙帥又說，這個小孩子胆大心細，將來是很有前途的。

這一段新聞是登載於一九六七年四月十二日本港的英文「南華早報」的，同時並刊載了蒙帥的照片，可見該報的編輯也認爲此事很有趣呢。（我因亦有同感，所以特地把它剪貼留存，有時且常常拿出來讀讀作會心之一笑的。）

還有，在「金冬心自寫眞題記」中有一則曰：

「十年前臥疾江鄉，吾友鄭進士板橋宰濰縣，聞余捐世，服緦麻設位而哭。沈上房仲道赴東萊，乃云：冬心先生雖攖二豎，至今無恙也；板橋始破涕改容，千里致書慰問。余感其生死不渝，賦詩報謝之。近板橋解組，余復出遊，嘗相見廣陵僧廬，余仿昔人自爲寫眞寄板橋。板橋擅墨竹，絕似文湖州，乞畫一枝洗我滿面塵土可乎？」

後來冬心於乾隆二十八年癸未（一七六三）卒於楊州僧舍，年七十七歲。板橋則於乾隆三十年乙酉（一七六五）歸道山，年七十三歲。

本來，「死生有命，富貴在天」，誰也不會事先知道的。尼采嘗說道：「許多人死得太遲了，有些人又死得太早了！」這是一點也不錯的鐵的事實。所以，對於生死這個問題，一切宜聽其順乎自然，泰然處之，千萬不要看得太過嚴重。曹孟德說得最曠達：「對酒當歌，人生幾何？」鄙人雖不善飲酒，但是喝咖啡也可以勉强算得是一樣的了吧？一笑。

惜陰堂辛亥革命記

武進　趙尊嶽敬撰

惜陰堂是趙鳳昌先生在上海的寓所名字，當辛亥革命時，代表南方革命派的人物多假其地爲會議之所，主人亦從中盡力策劃，以助革命成功。此文爲惜陰堂少主人趙叔雍先生應北京中央文史館所作，以紀念辛亥革命五十周年，從來沒有發表過。叔雍逝世前，在原稿上題識數語以遺其長女文漪女士。編者日前和趙女士談及今年爲辛亥革命六十年，不可無紀念，趙女士乃以此文見示，因爲刊於此，并將叔雍識語製版，附印文中。鳳昌先生居廣州時，與先君交好，編者與其後人亦三代世交矣。——編者附志。

溯上海以一隅之地，擅襟江帶海之勝，自道光間，外人持堅甲利兵，要開商埠闢租界于前，營貨殖設工業病民攘利于後，擧世矚目，誠莫不知百餘年來掌中國經濟之樞鈕，爲外人僭竊之淵藪；而或不知中國三千年來專制政體之更張，雖導源于辛亥武昌擧義，啓建于南京臨時政府，上海實維卵翼革命孕育共和之所在也。寒家自先公于光緒中葉遷居以來，迄未他往，辛亥前後，尤幸少有以自效。惟生平淡泊韜隱，不務標榜，行藏多不爲外人所知。逮捐館舍有年，張謇九錄、年譜、傳記及辛亥革命諸官私記乘日行于世，劉垣所著張傳，言之益詳，事遂不能終隱。際玆五十年後，尊嶽緬想當日趨庭所見聞，涉筆記述，以存其眞，供史家采擇，獨惜失落已甚多耳。寒家榜惜陰堂，因以惜陰堂辛亥革命記名篇。

先公號鳳昌，字竹君，江蘇武進人，生咸豐六年丙辰，初任粤藩姚覲元記室，旋入粤督曾國荃幕府，張之洞代曾調鄂，均留任，廉能之實，見「張文襄公奏牘」中，終以被讒去官，移家上海。雖杜門却掃而意氣不衰，賓客甚盛，相見談天下事，感悵清政之不綱，謀有以振起之者。然屢却李鴻章招赴北洋，端方約出洋考察憲政，趙爾巽奏請復官兼邀去奉天，及京朝王公諸聘不復起。蓋鑒于中國之敗亡，非改絃易轍無可救治，抑且非一二長吏所能轉禍爲福也。戊戌維新，先公雖不與其役，以友好楊銳及庚子許景澄、袁昶先後被禍，悲憤益切。庚子聯軍陷京師，且將延及長江，不得不謀所以緩眉睫之禍，遂鼓策盛宣懷與劉坤一、張之洞與各國訂立東南護保條約，江介賴以苟安。事詳先公手著「惜陰堂筆記」，載之「人文月刊」，不具述。（張非代曾，乃代裕祿—編者）

庚子以後，朝政日失措，民心日激昂，孫文、黃興立同盟會倡導革命；康有爲、梁啓超猶主君主立憲，從事維新。先公兩無所預，而賢士大夫之過談者，所聚益衆，若南通張謇以殿撰棄官治農工于鄉里，時來上海，輒飲于寒家。又山陰湯壽潛、香山唐紹儀、順德梁敦彥、長沙胡元倓、鳳凰熊希齡、閩縣鄭孝胥、鄉人莊蘊寬王淸穆諸君，或顯宦，或晦隱，凡過滬必就談大計。又湖北年遣武備學生赴日習陸軍，均屬先公在滬照料行旅，先公必祖餞之，勉以立身許國，如蔣作賓、何成濬、李書城等，先後學成返國，多來起居，述彼邦治道。先公微窺其隱，咸結納之。迨淸廷籌備立憲，于京師設資政院，于各省設諮議局，展轉引介，意氣投分，來客日多。卽當地仕商如袁樹勛、曾少卿、蘇寶森、虞和德等，並相酬酢。嘗請任上海商會公斷處長，以不諳商法却之。蓋先公以民爲邦本，進圖改革，固必待時而動，人才則不可不預集以爲之地也。

旋上海有預備立憲公會之設，張謇、鄭孝胥等主之，介先公入會。先公殊不信淸廷之誠能立憲，且所聞于國外者日多，已進而嚮往西洋之新治體矣。然以爲鼓動天下，必當有先開其風氣者，譬之涉江，宜先之以舟楫橋渡，立憲庶不失爲舟楫橋渡耳。因亦參與會事。維時新知舊雨，抵掌斗室，先公或勸說顯宦如唐、梁以澄懷待變；晦退如張、湯以收名集事；銳悍如熊、莊以高明柔克。無不心心質引，目逆而笑焉。宣統繼位，載灃攝政，大用親貴，國人羣起詬責。張謇約先公等十人因滿洲人慶寬上書攝政王，促行憲法，罷親貴，一新綱紀，事見張自撰年譜中，終不獲報，先公遂斷言淸廷之無可期望，謀國必出他途以制勝矣。辛亥春，黃花崗事起，殉國至七十二人，大吏猶緣以定保案；川人爭自辦鐵路，川督趙爾豐臨之以兵刃；則喟然曰：「變發當不遠耶！」

方辛亥八月十九日（卽公元一九一一年十月十日）武昌新軍舉義旗之夕，先公適宴客市樓，座有商人甫得漢電，約述其事。先公聞之有所悟。須臾，謂有他約先引去，賓客初不之異，卽逕赴電報局以密電致漢口電報局長友人朱文學詢其事。又立約滬商人之負重望者侵晨往談。蓋機勢之至，少縱卽逝，先公籌之旣熟，知有可爲，因奮然出申匹夫興亡之責，盡其在我，固不必謀之他人，尤以進促事功于必成，退免生民于浩刦，自非合舉國之心力以爲之不易致效。上海據長江下游，集人力物力，繫萬國觀瞻，足爲武漢之聲援，不待言也。

翌晨，得武昌覆電，知義師已大動，鄂督瑞澂已宵遁。因復電朱促張謇返滬，時張適去漢口也。隨往晤商會董事甬人蘇寶森，告以革命旣起，滬漢商務息息相關，倘使戰火燎原，兩地均不堪命，急爲今計，商會宜召各業會議，請滬地官商人民持以鎮靜。且電達江督張人駿固境自保，

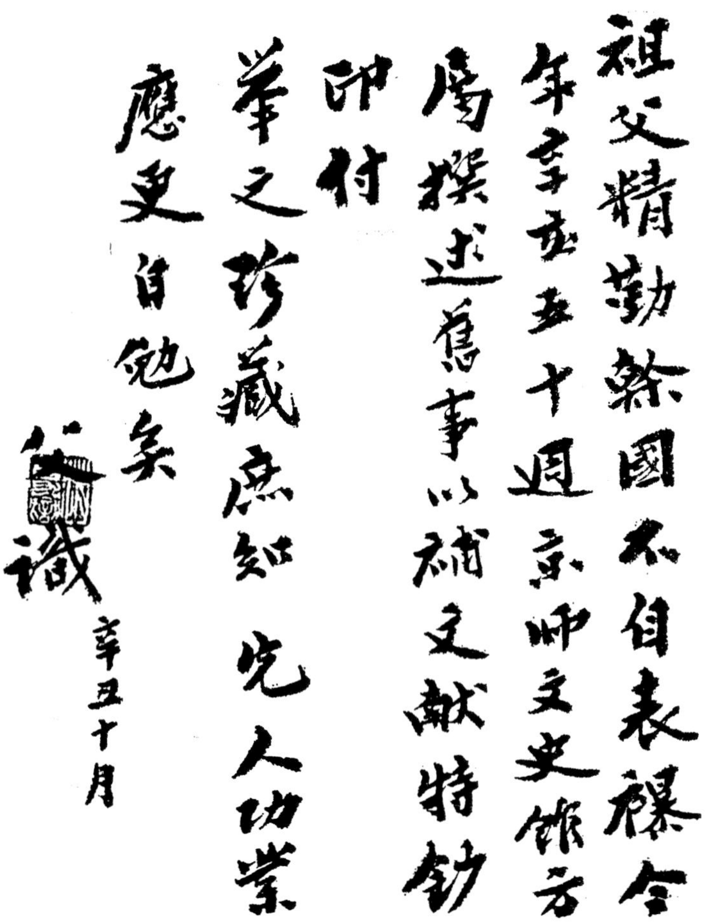

祖父精勤幹國，不自表襮，今年辛亥五十周，京師文史館方屬撰述舊事，以補文獻，特鈔印付舉之珍藏，庶知先人功業，應更自勉矣。父識（中蓋趙尊嶽陰文印），辛丑十月。編者按：「舉之」爲文漪女士小名，辛丑爲一九六一年。鳳昌先生卒于一九三八年四月，叔雍則于一九六五年七月在新加坡謝世。

萬勿輕預上游之事。又上海有英法租界，萬一牽涉，貽害更大，應再由商會約西人商會開會，陳說民情，使達之領事，上聞公使。蓋先公深知蘇及虞和德等志大才疏，故僅先以安堵地方爲言，陰在布達民情，冀阻江督之發兵援鄂，外國之助右清廷，俾予武漢以坐大之機，各省士商，方得從容計議順時翊贊也。其時清廷遇事輒仰外人意旨，外國公使又輒循上海領事僑商之主張爲依歸。故復語蘇，當私告外商，此際應以保境護商爲主，外人絕不當有所左右。倘爲清廷張目，資以餉械，或藉租界之力扼制民軍，則地方必致糜爛，吾輩在商言商，無間中外，求其事速定耳。蘇似頗得竅要，唯唯稱是。其晚來報，謂中外無異見，領事且持此入告公使。卒之公使團集議，以清廷不足有爲，且疾首庚子之役，咸不主助政府，不日卽分別宣告，認民軍爲交戰團體，各國嚴守中立。先公知事濟，欣然曰：「民軍自此當不以匪寇見稱，足與清廷爭一日之短長矣。」

先公固知商人之尚不足盡舉國之人力也，則別思所以策動各省者，自莫如各省諮議局與旅滬人士之公私交往。因展轉約各省籍友好，無論其爲贊許共和與否，均來惜陰堂集商。奔走最力者，蘇人黃炎培、沈恩孚、孟森、劉垣、冷遹、雷奮；浙人褚輔成等。時張謇爲諮議局長，人望所屬，函電四出，各省多聞聲相應。旅滬人士又紛函知親，轉達地方耆彥，請來滬計事或遣代表來議。于是先後至者十餘省，晨夕相見于惜陰堂。卒以十七省代表之力，奠南京臨時國會之鎡基，進而設置臨時政府，建立共和政體。克復河山，壯圖偉舉，何幸而出于惜陰堂斗室之間也！

自茲以降，先公以一手一足之力，日事部署。莊蘊寬時同寓寒家，間邀其舊部黨人鈕永建、王孝縝、趙正平等來談。旋長沙黃興、番禺汪兆銘、餘杭章炳麟、桃源宋教仁、長沙章士釗、三原于右任先後至。籌事縝密，服勞勤摯。卽于役南北奔走其事，若山西景耀月、直隸張繼、山東丁世嶧、雲南張耀曾等，過滬必先來陳說當地情事，徵問進止，一堂濟濟，儼具開國之規模矣。當是時，黨人陳其美又率子弟攻製造局，不勝被執，事已危亟。會製造局會辦滬人李鍾玨爲先公至交，始得因士商之力，說于主者釋出之。陳再攻上海縣署，知縣田寶榮踰垣走，上海光復。陳爲滬軍都督，李爲上海民政長，知革命計議多在惜陰堂，亦來與會。湯壽潛時長浙江鐵路局，來往滬杭，先公堅留之，屬預機要，因介識浙江光復黨人陶成章。陶卒以陳其美覬覦浙江都督一職，遣蔣中正鎗殺之于廣慈醫院。

先公時與十七省代表排日研討政情，有鑒于清廷之任袁世凱爲內閣總理，遣馮國璋南征，初戰于武漢，民軍頗不獲利也；因知清廷尚非易與，民軍則號召雖强，實力無幾，各地新軍數寡，並難策效，自非謀各地響應，不易圖功。于是又以各省代表分別導致當地紳商，合羣力迫長吏易幟，各地多紛應之。江蘇巡撫程德全首以上海既失，宣告獨立，易白旗，稱江蘇都督，蘇滬始告粗安，然外省疆吏，猶或惑于君臣名分之謬說，首鼠兩端，遲遲擧事。先公卽屬郵傳部侍郎上海南洋公學校長唐文治撰「共和國體論」，引證經義，謂共和非改姓，易幟非降臣可比以解喩之。滿洲人志錡爲瑾妃、珍妃胞弟，貴重椒房，而見惡于慈禧太后，夙主維新，與先公游，知革命得手之誤于瑞澂也；忽自京師來電，傳內意，請先公諷瑞自裁，以謝朝廷。先公固與瑞還往，所寓尤密邇惜陰堂，惟以死節豈容人勸，且方爲革命事，日不暇給，安得復有餘時爲清廷傳達使命，卽笑而置之，瑞卒令終。

初民軍之發難于武昌也，風聲所被，擧國騰歡，人爭自效，然或忽其遠且大者。先公顧慮所及，多預爲之地。聞清廷之電調海軍赴漢助戰也，先公知海軍薩鎮冰素敬事鄭孝胥，鄭與寒家望衡，過從夙密，時雖以革命棄湖南巡撫職亡歸隱晦，（按：鄭非巡撫。—編者）先公尚屬其電薩，勿炮擊武漢，以重民命。鄭繕稿卽發。又梁敦彥時任駐德欽差，先公以德國向主君主政治，清廷及袁胥親德，卽電梁謂國內戰爭萬不可乞助外力，苟朝廷有所求于德國，務爲阻遏。梁電允諾。又民軍及各省諮議局四向通電，獨遺內外蒙古。會從叔叔澤時任張家口電報局長，先公即詳電使轉內外蒙旗，同申義舉，頗有覆電贊許者。又傳聞攝政王偶作豪語，謂朝廷尚有好督撫在，何懼于革命。蓋指升允、岑春煊輩。先公即請張謇擬一請遜位電稿，同携往謁岑，卽席說其簽名發京師，以孤清廷之勢。類此擧措，謀定卽動，率出臆見之所及，多不勝記，聊述一二而已。

方蘇滬之乍告光復也，武漢戰事未已，南京張勛負固自持，大江南北，各地自署都督者，林林總總，無所統隷。淸廷內荏，尚稱用兵，袁世凱又已蓄意盜國柄，于是惜陰堂賓客雲集，論政以外，兼及論軍。軍事固非先公所深習，而來者要以增兵籌餉爲言，請纓北伐爲志。先公鑒其誠，而明知餉源之無所出，募勇之不勝戰，且番號統屬之難饜衆欲也；亦不能不詳讀其節畧，細聽其言說，而終于善言慰勉，期以儲才待命。後黃雖任大元帥于南京，同患束手，每告來者以試先赴滬與先公商之，遂歷有胡漢民、譚延闓、李烈鈞、柏文蔚各都督來謁。以至卸職之第九鎭統制徐紹楨、第八師軍人張厚琬、李書城、黃葆蒼、陳元白、鎭江都督林述慶、江北都督洪承點、吳淞都督李燮和、滬軍參謀長黃郛，乃至女子北伐隊長林宗素等，雜沓紛至，戶限爲穿。其明識事理者，鑒于先公之推誠喩說，漸諳實情，而矜才使氣者，猶不免怫然色厲，直至和議初開，始緩其事。所幸黃、汪諸君深知艱苦，能見其大，尤習知江浙光復，多出地方人士之幹畧，頗不自封于黨籍，于事良便。逮孫文自海外歸來，則南中大事已粗定矣。

計武漢義軍之發難也，固出同盟會涵濡之深，而各地嚮應，尤賴地方人士之策力，是非身預者不能洞悉。故孫文悤次歸國，不容知光復之詳也，抵滬翌日，卽來惜陰堂，致詞謙摯，語先公曰：「革命大業，諸君子功定垂成，愚願幸償。猶當勉繼全力。海外消息梗滯，百不得一，請詳述之。」先公遂一一陳說滬漢情事。其後屢至，商統一建國諸要端，尤先以網羅英賢及國家財政事。其時四郊擾攘，各地都督，就地科餉，雖病民而不足以存給。卽在上海，陳其美來惜陰堂夜談，竟得民立報于右任電話告急，謂民軍以無餉且圖焚都督府，陳至不敢遽歸，可槪其餘。迨江南差定，計政人才，尚難其選。于是先公介熊希齡入局。初熊官度支部，出任東三省財政監理官，鈎稽精至，夙著能聲。時適屛居滬上，與寒家卜鄰，輒共尊俎，僂指財政，如數家珍。然知其秉性岸介，不屑求炫于當世，未易强致。則約日往談，移晷，似猶未畢其辭；復挽來寒家續話，及入座未幾，孫、黃繼至，蓋夙先約之矣。旣相晤，暢論革命事，特重財政，孫、黃並重之，請草訂設施綱要。熊窺其意誠，先公又堅促之，遂盡旬日之力，屬稿携至。見者咸以爲精析可用。此後遂卽資之爲探討之本，卒定財政計劃。熊亦以理財聞于時，歷任財政總長、內閣總理。

（待續）

·稿約·

四十二期以前的「大華」，內容是偏重文史性的，現在復刊，將逐步改爲綜合性，以新的姿態與讀者相見，希望讀者作者惠賜大文。除政治性的文章外，什麼文章我們都歡迎。來稿最好不要超過四千字，如果非六千字以上不能了，請事先來函商洽。因爲「大華」的篇幅不多，沒法容納太多長稿，稿太長，要分兩三期才能登完，讀者就不耐煩了。

稿費千字二十五元至三十元，照片每頁三元，均于出版前五日致送。刊出的文章圖片，版權均歸本社所有，如作者要保留版權，事先書面通知，以便安排。不合用的稿，兩星期內退還，不退的就是準備要用的表示；但何時刊登，要看情形而定，作者如果等得不耐煩，希望來信詢問。

在香港搞革命的謝纘泰

黃嘉仁

一八九八年（光緒廿四年戊戌）六月，興中會會員謝纘泰繪東亞時局形勢圖，圖中，以熊代俄國，犬代英國，蛙代法國，鷹代美國，日光代日本，腸代德國，圖旁題辭：「沉沉酣睡我中華，那知愛國即愛家；國民知醒宜今醒，莫待土分裂似瓜。」圖成，先後分別刊於香港，及海外中西各報。時蓋在乙未（一八九五年）廣州一役失敗之後，謝纘泰方隱身於香港南淸早報（當時不稱南華早報），任助理編輯，繼續從事鼓吹民族革命，以打倒胡淸爲職志。他本與康有爲之弟康廣仁有交情，鑑於乙未廣州一役之失敗，在丁酉戊戌間（一八九七——一八九八年），固曾透過康廣仁，謀聯合保皇黨，一致救國。以胡虜昏庸，深恐大好河山，爲列强所瓜分。

謝纘泰字聖安，號康如，廣東開平人。一八七二年五月十六日，生於澳洲雪梨，一八七九年，由當地會督紀連韋（英人），替他受洗爲基督敎徒，稚年時，入當地之嘉伏頓學校，受小學敎育，十七歲（一八八七年），隨同家人返香港，就讀皇仁書院，畢業後，任職香港工務局爲文員，歷時十載，一九〇〇年，轉充卜幾，（註一）出入口洋行爲買辦，卜幾出入口洋行總行設在上海，同期，謝氏又兼任旗昌洋行副買辦。一九〇二年，糾合僑港英人克艮漢（註二）及華特（註三），集資創辦南淸早報（即今日之南華早報），事成，被推爲該報買辦，及英文撰述，從事鼓吹中國排滿運動。

謝纘泰遺像

一九〇七年間，改任廣州澳門鐵路公司董事，兼榮記公司副經理。榮記公司爲當年著名辦舘及煤炭商行，以迄一九一三年，隨與韋寶山經營礦務公司，一九一五年，再度任旗昌洋行買辦，以至一九一七年。

謝纘泰早年即與英國許霖美森爵士（註四）有交往，在一八九四年間他已成功地製成了一架「中國」號飛艇模型，向許霖美森爵士提供了他的製造飛艇意見，他的飛艇的構造，除了首尾都裝置了推進器外，還有三個强力的甲板推進器，而且，他的飛艇，不必由舵來控制方向，均是用平時藏起來的鋼翼控制，一按電鈕，鋼翼就從艇的兩脚伸出來。謝纘泰發明飛艇的經過，是由當年香港士蔑西報（晚報，註五）主筆鄧根（註六），在他所寫的謝纘泰小傳中提及的。一八九六年，謝氏又曾發明了一種軍隊用的日盔（遮日用的），將其構造提供香港的陸軍當局，曾得到了有關方面的謝函嘉許。

謝纘泰熱心愛國，從一八九〇年開始，即從事於排滿救國運動，他糾合了楊衢雲、陳芬、周超岳、黃國瑜、黃詠商、羅文玉、劉燕賓、胡幹之、陸敬科及溫宗堯等共十六人，組織了香港第一個革命團體，命名輔仁文社，假中環結志街百子里一號二樓爲社址，日夕研討一般有關改革中國政治的方案。社友中，謝纘泰最佩服楊衢雲，力擁楊爲社長。一八九四年，輔仁文社與興中會合流，初擧黃詠商爲會長，取消了輔仁文社的原來組織，由黃詠商租得士丹頓街十三號，爲興中會會址，外掛乾亨行招牌爲掩飾。

黃詠商爲香港議政局第一任華人代表黃勝之子，與香港大律師何啓有戚誼，其得任第一屆興中會會長，固由何啓所推薦，乾亨行之命名，乃黃詠商所提議，蓋取乾元奉行天命，其道乃亨之義。

到興中會將有事於廣州（乙未廣州一役），再由興中會全體會員一再開會，由謝纘泰提議，改選楊衢雲爲會長（任期由一八九五——一八九九年。）

一八九五年，興中會對外宣言係由謝纘泰執筆，宣言於一八九五年五月卅日，曾分別在倫敦、星洲及香港各西報刋出，此爲興中會成立後對外的第一篇文字。在同一年代中，其與謝纘泰有交往之外國人，有莫禮遜、恬武肥李察（註七）、華理士士蔑夫（註八）、阿富力克艮漢、譚馬士、黎德、鄧根、雅麗斯列圖爾夫人及希爾等。

一九〇二年，謝纘泰、李紀堂、洪全福及謝子修（謝纘泰弟），有事於廣州，其事詳見本刋第一期「死葬香港的瑛王洪全福」一文，本文從畧。

譚馬士黎德（註九），對于謝纘泰之投身中國革命運動，及其在革新中國運動發展史中的貢獻，曾約擧出其有關著述如下：

一八九一年四月十八日，印發傳單，公開指摘國人迷信風水。

一八九四年五月十六日及卅日，在倫敦、星洲、及香港發表意見，個人公開反對印度鴉片輸入中國。

一八九五年五月三十日，發表對外宣言。

一八九八年一月九日，在香港各西報提倡香港住民須多結社，及創辦圖書館。同月，更贊助列圖爾夫人組成婦女天足會，反對女子纏足，全港開明的婦女界，幷擧謝纘泰夫人爲婦女天足會的義務秘書。

一八九九年糾合香港開明人士關景良（即關心焉西醫）等，成立了華商會所。

一九〇〇年二月廿一日，致函香港會督賀爾，强調宗教自由，建議設立中國的獨立基督聯會。

一九〇一年五月廿二日，投函孖喇西報，倡議改革香港潔淨局制度，函用筆名發表。

一九〇二年六月六日，在孖喇西報發表公開函，提議香港立法局華人席議員，須由華人住民公開選擧，反對遝由政府委出。

一九〇四年十月一日：致函伍連德醫生，提議組織中國國際留學生聯會。

一九〇五年十二月廿八日：在南清早報起草「中止抵制美國運動」方案。

一九〇六年八月二日：在南清早報撰文，反對廣州塡堤藍圖。

一九〇七年担任廣州澳門鐵路公司董事後，即負責談判撤銷該鐵路協約。

一九〇九年六月卅日，發表中國在明代即首先發現澳洲北部之研究。

一九一〇年十月廿四日，在南清早報撰文，主張改進中美兩國關係，及研究未來太平洋之控制權。

一九一一年二月廿二日，在南清早報發表公開函致歐洲列强，侈談中俄關係，幷力斥各外國秘密覬覦中國領土之非。

一九一二年八月八日：在「共和評論」撰述論文，主張中日聯盟。

謝纘泰之父日昌，爲澳洲早年僑商，早于一八六六年，卽挈妻由開平故鄉赴澳洲，于雪梨埠經營泰益商行。

謝纘泰于一八九二年在香港結婚，生有三子四女，卒于一九三九年四月六日，葬于薄扶林道基督教墳場，其時寓香港軒尼詩道二三九號本宅，其父日昌，則于癸卯二月（一九〇三年）在香港寓廬逝世，葬香港仔墳場。

（註一）Boyd Kaye & Co.
（註二）Aefred Cunningham
（註三）A. G. Ward.
（註四）Sir Airam Maxim

（註五）Hongkong Telegraph

（註六）Chesney Duncan 香港士蔑西報主筆。

（註七）Dr. Timothy Richard

（註八）D. Warres-Smith

（註九）Thomas H. Reid（一八九四年至一九〇三年爲香港德臣西報主筆及海峽時報、倫敦泰晤士報、紐約前驅報等上述各報駐香港通訊員。）

謝纘泰在一九〇〇年二月廿七日他自己的一段日紀中，曾說及經蓮山在澳門的寃獄，僅係由一位牙醫徐異亭（在德忌笠街設牙醫館）向他說知，他便透過列圖爾夫人，轉向卜力總督夫人，影响了澳門葡督，將經蓮山釋放，其中固還有賴于孖喇西報主筆華理士士蔑夫的影响力量，以下，抄錄馮自由一段紀載，且看馮氏如何讚美謝纘泰當年的見義勇爲事跡：

「戊戌政變後，清廷有廢立清帝光緒之議，至己亥（一八九八年）冬，此說愈盛，清廷竟以是徵求各督撫意見，端賴江蘇督撫覆電，有「君臣之義已定，中外之口難防」十二個字，而光緒之位得以保全，時滬上志士（按，即保皇黨），尚不知革命爲何物，甫聞廢立之說，即號召紳商學各界，開會反對，以經蓮山（元善），蔡元培及黃炎培等爲之倡，衆主張聯名致電清廷，抗爭廢立，推上海電報局總辦浙人經蓮山領銜，電文署名者凡一千二百卅一人，清廷令捕蓮山，署名者咸慄慄自危，蓮山亡走澳門，清廷復照會澳門葡督拘捕，葡督徇其請，禁之于大炮台，賴興中會會員謝纘泰，代求香港總督卜力，向葡督營救，始免于禍，此庚子（一九〇〇年）正月事也。

謝纘泰與經蓮山（一寫蓮珊）非素識，又非保皇黨，却能仗義執言，竟脫經氏殺身之禍，似亦或當年「敵人反對者，我擁護之」之義，清廷固屬當年四萬萬同胞之敵也。」

至於一九〇一年，興中會會長楊衢雲殉難後，謝纘泰如何替楊氏殯葬，如何替楊氏撫恤妻子？這裏，信手抄錄當年孫中山先生致謝氏一函，約畧可見其大概：

康如仁兄足下，啓者：先友楊君在港遇害之事，弟得接報告，即向同志通知，弟與各同志皆深爲惋惜，哀悼之情，亦非筆墨所能盡者矣，是次中曆本月初七夕，邀衆集會，特爲楊君擧哀，同志尤君，起而演說，將楊君生平出處志氣，大畧表明衆聽，且爲之設法紀念，俾同志永遠不忘，衆皆傷悼，現於顏色，弟乘此機會，即出捐束，言明爲楊君善後之用，衆皆踴躍捐助，共題得銀數約千有餘元，尤君又復當衆代楊宅道謝，同志厚情，存沒均感之話，然後散會，此則弟在横濱，出爲楊君畧盡力量之義之情形也。至於捐欵，不日便可收清，當即滙港中國報館，交與足下諸君，爲之安置，聞說港中亦有善後，未知捐欵可得若干，念甚念甚。弟今出名爲楊君具一訃音，自日本以東各處之同志或戚友，經已由弟寄去，但楊君交遊甚廣，足下亦知之最深，哀悼之情，從此自不言而喩，并將訃音付上二百份，所有楊君之友，自香港南北，以及西方各路，請足下作主，代寄爲望，書難盡言，伏維惠照不宣，弟孫文謹啓，西二月二十三日，星僑兄處，已由弟付訃音一百份，駕往言之便妥。

謝纘泰功成身退，未曾向建國後的國民黨人有所干求，其畢生引以爲憾者，獨曾請求當年躊躇滿志之胡漢民，請移葬楊衢雲先烈忠骸於黃花岡不果一事耳。

正誤：復刊號第一卷第一期拙文「死葬香港的瑛王洪全福」，其第十一段末句，亟誅張佐庭下，應爲「及嚴辦經辦此案之屬吏李家卓」。李爲當年卓勇統領，駐紮沙面的。

—黃嘉仁

走馬看扶桑

馮明之

一　大阪城夜色

下午四點鐘由香港的啓德機場起飛，中間經過台北，畧作停留。到天黑的時候，我們已飛臨日本的第二大都市——大阪。這個如今已因萬國博覽會而舉世知名的地方，給人的第一個印象是博大而無涯。噴射機在它的上空飛過，也彷彿變成蓮步姍姍，久久走不完那一個浩瀚的市區。我們憑窗下望，只見一片艷紅的燈海，貫串着一條條歷歷可數的通衢大道，浮影流光，向着那無窮無盡的遠方伸展。假使說：夜香港的燈山有如一位皓齒明眸的少女，風華楚楚，嫵媚可人；那麽，大阪城的燈海就像是一隊千嬌百媚的歌舞女郎，爭妍鬪麗，令人目不暇給。

使人印象最深的是高空下瞰千里丘陵，那就是萬國博覽會的會場。時間已是晚上的八九點鐘，我們的飛機在大阪機場辦事處停留之後，繼續升空，向東京飛去。機翼下很快就出現了千里丘陵的夜間奇景：整個博覽會的會場放射出强烈的豪光，姹紫嫣紅，曖黃暗綠，經由萬尺以上的冷空氣濾過了，愈加顯得晶瑩明徹、透剔玲瓏。這時候，空中和地面都已夜幕深垂，只有下面這一片茫茫大野中間，却鋪開了一幅像是由無數琥珀、珊瑚、寶石、翠玉堆砌而成的大地氈，花團錦簇，而且發出了奪目的光芒。我個人以爲：惟有這時候所見的萬國博覽會，才是最美麗、也最迷人的。

飛機繼續前進，我們預期在東京的上空還可以再看到一片動人的夜色。可是，出乎我們的意料之外，直到飛機在羽田機場着了陸，我們所見的只不過是幾座大烟突噴入夜空中的一團團火燄，加上幾點不成章法的零落燈光。

這樣，我們就到了亞洲的第一大都市——東京。

二　東京二三事

由機場進入東京市區，我們碰上的第一件事，就是老馬竟也迷途。

現代各國大都市，面積愈來愈膨脹，人口也愈來愈多，說是生存空間，大感不足，惟有拼命向高空發展，建造多層的高樓與懸空的車路。在日本，這種懸空的車路稱爲「高速道路」，也即是香港的「汽車天橋」。東京市內外，由於這種高速道路星羅棋佈，密如蛛網，所以不但外來的新客，難於辨識，就算是日本的汽車司機，也很易迷途。我們在羽田下機時，本來不過是十點多鐘，但因交通梗塞，約定來接我們的一輛旅遊車，遲遲無法進入機場。到我們上車時，已是十一點多。也許正因爲時間已晚，我們急于要到旅館休息，所以開車的日本司機，也就多少有點緊張，竟然在不應該轉灣的地方轉錯了灣，這樣就一發不可收拾。

我們所定的旅館是在市中心的丸之內區，即銀座附近，本來很快就到。但因司機提早轉了一個灣，車子不得不兜着圈子走，先到了東京新闢的工業區新宿，轉來轉去，最後才轉回市中心，已經多花了一個多鐘頭。還好，這也算是在東京作了一次意料不到的快車夜遊。

第二天，日本文具業聯盟請客，採用純粹的日式招待。那天本來是星期日，酒家應該休息，但因爲主方的面子很够，居然能够叫他們在晚間破例開門，讓我們得以一開眼界。這種日式的酒席，鄭而重之，充滿了繁文縟節，其實是看的多，吃的少。一個華貴的大堂，排列了六十幾張單人方案；按照古代的方式，一人一桌，賓主相對，席地而坐。每一度菜上來，都是由下女捧到堂前，然後由藝妓接過，端到客人的桌上，再替客人料理一番，有時還要指點客人如何享用。這些藝妓，本來有責任要陪客人喝酒，可是她們都很機靈。

客人要她們喝酒，無不敬謹從命。但是，酒杯畧一沾唇，她們就把酒倒在桌邊的一個金色小水盆裏，馬上就又洗盞爲客人斟滿，殷勤勸進。這樣一來，她們眞是千杯不醉，只有那主人家所付出的買酒錢，却像白開水一樣倒掉罷了。

這些藝妓，大概每人都有一兩樣拿手好戲，算是她們的一「藝」之長。不是能歌善舞，就是吹彈打唱。筵上酒過三巡，她們就開場表演日式的歌舞劇。那些年輕貌美的，就做主角與配角；年華老去及姿色較差的，則操絃弄索，鼓瑟吹笙，成了不折不扣的「樂部」。

一齣歌舞演完，那些台上的角色與鼓樂手又回到筵席上來，端菜奉酒，偎依在客人的身邊。她們本來談笑風生，善於逢迎的，無奈我們言語不通，她們也就無法施展所長，只能偶而從袖管裏找出一本袖珍的「和英會話手册」，檢拾一兩句似通非通的英語，或一兩個單字，加上表情和手勢，來帮助她們傳情達意。

東京市上，無論大大小小的工商機構，門外都貼出了「急募」男女職工的字條，顯見得日本目前的人力，十分短缺。像這種能歌善舞、會彈會唱的傳統式藝妓，訓練起來少不免要花許多時間；在勞力異常珍貴的情形之下，她們的後面還能有多少後繼的人？那眞成了一個謎。

鑒於日本人最善於在新形勢之下保持舊傳統，他們大概總會有一種方法，能在勞動力高度緊張的現代新形勢之下，把自在優閒的藝妓風格保存下來。

三　新與舊的交織

在日本，我們隨處都可以看到傳統的舊東西掙扎求生存，拚命適應新形勢，極力向新的形勢妥協和讓步，目的在求彼此相安。

目前，日本全國交通發達，公路和鐵路，縱橫交錯，各種高速度車子，晝夜奔馳，把科學與文化帶到了每一個角落以及每一個窮鄉僻壤。這種新情勢啓發了許多人的思想，拓濶了許多人的眼界，對于傳統的神道信仰，本來是一大威脅。但是，日本的許多神廟，却很能適應這種新形勢，甚至進一步利用這種新形勢。他們趁着交通方便，就拚命把神廟裝修得美輪美奐，內外道路，整潔暢通，藉以吸引遊客，大賣門票、發行明信片、出售紀念品。而尤其突出的，却是發賣保障交通安全的各色神符。

我們到過東京的明治神宮、日光的輪王寺和東照宮、京都的三十三間堂、鎌倉的大佛寺以及廣島的巖島神社。所有這些佛道機構都有他們的紀念品發售，其中款式最多的就是祈求交通安全的護身之物，例如神符、寳卷、道牒、小刀、小劍、神像、佛像以至於新式的紀念章、鑰匙扣等等，無一不以可保交通安全爲號召。大概這些神廟的決策人員知道：現代科學雖然能够製造出種種又快捷、又舒適的交通工具，但是，交通工具愈多，遭逢交通意外的可能性就愈大，現代科學無法保證人們的命運，所以神廟仍然可以大賣護身符，與科學技術高度發展的新形勢取得適應，相安無事。

在日本，新與舊的交織及其相融相鑄，成了一大特色。我們從東京乘東武特急快車經過關東平原，鐵路沿綫都是日本的重工業區，處處烟突如林。但是，那些低矮的農莊，狹小的木房子，還是鱗次櫛比；而田園阡陌，錯落縱橫，表現出今日日本那種巨大得驚人的嶄新工業力量，其實是建築在相當古舊的小農經濟基礎之上。

第二次大戰末期，日本的廣島、長崎兩地，曾經受到原子彈轟炸；兩個城市，大半夷爲平地。日本人也很能够利用這一段歷史，他們把當日長崎和廣島的兩個廢墟，分別改成兩個紀念公園，同時建造了兩個紀念舘，把當日原子彈爆炸的刧後情形，保存下來。其中所收的各種遺物，使人看了，眞有怵目驚心之效。我們看到許多沒有破爛的玻璃瓶，由於原子爆炸時發出一萬五千度以上的高熱，竟然變得垂頭喪氣，縮頸灣腰，完全走了樣。廣島城上，當日炸後倖存的建築物，只有六七幢，如今都已拆掉，只賸下座落在和平紀念公園旁邊的一幢危樓，却被保存下來，與戰後新建的廣島市區，形成了新與舊的强烈對比。

合攝的一張相

溥儀 妻妾 弟婦

這裏所載的一張照片，是溥儀的「皇后」婉容，「淑妃」文繡，與弟婦唐石霞（溥傑之妻）在故宮的御花園所攝的。是那一年所攝，現在已無法知道，我剛才打電話問唐石霞女士（她在三十年前已與溥傑離婚，近廿五年客居香港，現任東方語言學校教師），她也想不起了。據她說，攝此影時，尚未與溥傑結婚。那末，此相一定是在民國十二年至十三年（一九二三——二四）之間所攝的，因為溥儀結婚在民國十一年，十三年十月被馮玉祥驅逐出宮，當然不會在十三年以後，十一年十月以前所攝的了。

婉容「皇后」謝世已二十多年，而「淑妃」文繡則早在「天津蒙塵」時代與溥儀離婚，聽說現在尚健存。獨唐石霞今日還在海外自食其力，在貴族羣中的女性能獨立謀生不靠別人養的，我數不出幾個來，只知今日有唐女士而已，所以值得欽敬。

相片中三位貴族所站的位置也頗有趣。婉容、唐石霞站得很貼近，宛如姊妹，左邊的文繡（中間是婉容）則距離「皇后」一尺多，顯然是妻妾之間已判「貴」「賤」，妃子與皇后不能並立。若唐石霞與婉容，則份為妯娌，靠攏在一起，無所謂也。

唐石霞女士又告我一個相片的趣事。她說，她未結婚時，偶在故宮居住，有一次同婉容、文繡游戲，拍了一張相，她坐在椅上，婉容、文繡分別站在左右兩旁。後來給她的母親見了，大為不悅，說她不懂規矩，怎好讓「皇后」站着，成何體統，如果在「國朝」時代，就犯了大逆不道，雖不至殺頭，說不定也要充軍塞外呢。

這確是有趣的事，可惜我沒見過這張相片，不知唐女士行篋中存有否？（影印在本文中的一張，她有。）我在杭州康莊（即康有為的別墅）見過一張照片，是康的長女同璧和她的庶母張阿翠同攝的。張阿翠是西湖游艇夫的女兒，康在死前三四年娶她的。相中康同璧坐着，阿翠立侍，好像同璧是母，阿翠是女一般。也許有人會說「聖人」的家教何以不堪至此？枉他有「萬世師表」之稱了。張阿翠立而康同璧坐，也許是康以「嫡出」的身份，叫「細姐」（廣東人嫡出子女稱其庶母）這樣做的，而張也自知身份「微賤」，不敢與大小姐同坐而攝。（同璧是康的長女，嫁夫羅昌，十年前寡居，今不知如何。）

溥儀的「后妃」侍唐石霞同攝相，據說是出于好玩，並沒有研究到「規矩」。同璧似乎太過不講「規矩」了。這都是同一時期發生在一南一北的趣事。喜得近二十年中國已不講這些「規矩」了，兒女坐着，爹娘站着攝個相，沒有人講閒話，更好的是沒有上下尊卑之分，眞眞正正平等。（溫大雅）

香港竹枝詞本事

孤華

一、不標準的時間

夏令時間改不常，理由僅說省陽光；陽光省得將何用，標準道來笑一場。

戰後的香港當局，將夏日時間改爲夏令。據說：那是戰時的時間，爲節省陽光而設。但香港已非戰時，把原來的時間，提早一小時，使上學學生，上班工人，未明即起，不勝其狼狽之情。下班之後，斜陽還熱，久久不晚。睡眠的時間，是節省了，但浪費的時間，却增加了。於人有害，於事無補，乃二十五年以來，鍥而不捨的執行，雖怨聲載道，亦充耳不聞。而民選官用的兩局議員，本爲仗馬，對此小事，亦作寒蟬。看將起來，此一夏令時間，將與殖民主義，存在而不廢。

所謂夏令時間，乃第二次世界大戰時改用者，香港曾被日本「皇軍」所佔領，當局殆以此一夏令時間，紀念其「偉績」歟？但日本已如佐藤所宣佈，已由經濟大國，進爲政治大國，現在整軍經武，「何日君再來」，尚未得知。再來之時，對於夏令時間，當然繼續維持下去。到了那時，英國人也許要唱其「打掃街」之小曲了。

「夏令時間」，佔了一季有多的日子，其餘的時間，則稱之曰「標準時間」。那麽，夏令時間，就是非標準的時間了。非標準，就是不規則，香港既標榜秩序治安，爲什麽要以夏令時間，擾亂原有的時間，把居民的生活程序，弄到了顛之倒之呢？

二、全盤西化的香港青年

全盤西化說青年，族姓國名盡棄捐；胡適有知應不憾，忘宗背祖亦陶然。

胡適主張全盤西化（後來自己改爲現代化），應之者爲陳序經，作出了更積極的主張，到了他的徒孫李敖，則更爲澈底，矢言西洋的好處要接受，不好的如阿飛梅毒，也要接受。西化如此的全盤，已極狂烈之至。他在中西文化論戰中，悉力作戰，雖不齒於有修養之文化人士，但却做了胡適學派青年的偶像。

所謂全盤西化的主張，五十年來，有若干雖不免於西化，但並不全盤，月亮是外國的圓，却經不起林語堂外國也有臭虫之論所考驗，決不是居浩然一篇文章，能夠支持的。因爲他的文章，已被人名爲全盤西化最後主張的人。（居是文星集團的要人）。

所謂全盤西化的主張，其思想則是殖民地思想，故而在英國殖民地的香港，得到了實踐的便利。過去一批洋畫家，組織畫會，稱爲華人現代美術會，就是說：華人不作西洋畫，就不是現代美術。他們以古老的西洋畫，當作華人的美術，等於一些新文學家，把莎士比亞的十四行詩，當作中國的現代詩。但生於現代的香港華人的中國畫，得到歡迎的，却在西洋畫之上。殖民地之美術家，除了一個抽象「畫聖」（呂某如此自稱），得了大會堂的主持人提拔，登於「皇家」小雅之堂外，似乎沒有多大的作爲。反而讓那電視台的青年節目，來得有聲有色。

電視台的青年節目，不但歌舞全是西洋的，即出演的青年男女，姓名也是西洋的。假如不看而聽，一定以爲那些青年的種族，是西洋的而不是中國的。我想，那些青年，包括節目主持人在內，假如有一個有手術的醫生，能把鼻頭拉高，眼睛變藍，皮膚變白，那些青年一定趨之若鶩的，可惜不能，使人們看到，中國人之頭，作外國人之鳴，見到的「是我族類」，聽到的却「非我族類」。

殖民地政府當局，還有其皇家的文明姿態，對中國的文化以及習俗，有其表面的推重。但一些西化的中國人，却不知明裏「望風」，保持中國的氣質。却在暗裏「承旨」，以求符合於殖民地官吏的意趣，把中西文化的交流的美名，當作西崽文化的提倡。一些唱歌跳舞的青年姓名，不是阿尊阿積，就是瑪利珍妮，他們父親姓什麼，人們不知道，他或她們自己，不但忘記已久，甚至恥而不認。香港的青年，全盤西化到此地步，胡適地下有知，亦當爲之含笑。但還有民族良知的同胞，就不免要爲之搖頭而嘆息了。

但是，意外地聽到一個故事，某貴族學校有個學生，却拒絕改用英文名字，其理由就是：「我是中國人，只有中國姓名，不能有外國姓名。」教員也有理由反駁，「你讀外文學校，不能沒有外國名字。」學生雖力爭，說學校沒有規定，但也爭教員不過，乃憤然答道：「那麽，就以希特勒來做我名字罷！」教員聽過，爲之咋舌而不言。此一學生之不肯西化，雖被罵爲固執，却能保持其姓名到了畢業。我聽到之後，知道現在的香港青年，還有人在，當即爲之浮一大白。

三、物價的漲風

由來水漲自船高，物價飛騰逐雁翶；
任彼財團爭暴利，萬民莫計有脂膏。

近來，物價的漲風，淹沒了整個社會的情緒，居民的生活，在物價作噴射式推進之後，與居民生活有不可分的房租與物品價格，作不合理的上升。在工商業叫苦聲中，更加苦上加苦，而我們視之，似見如不見，聽之似聞而不聞，當局立法對住戶租金限制之外，不予理會。於是，許多工廠倒閉，商店關門，許多私立學校，也不得不停辦。

馬克斯在產業革命之初，預言世界的將來，中產階級必消滅，只有資產階級與無產階級，作對立的鬥爭。但由英國至美國的資本主義國家，推行社會政策，向馬氏主義作出否定的措旋。想不到，香港的資本家的頭腦，還是產業革命時代的思想，以加價爲手段，對居民（無產階級也在內）作敲骨吸髓的剝削，來榨取暴利，似乎非把貧富懸殊的病態，造成社會的癌症不可。當局若不從速有其阻止及補救之方，對於香港的安定與繁榮，很難有其樂觀的想像。

香港的加價活動，始於柏立基總督時代，據聞英商的財團，不但掌握了經濟，而且支配了政府，他們的暴利要求，特別强烈。他們以電話按次收費來作先鋒的，但柏立基寧願犧牲連任的機會，也拒不答應。繼之就是天星輪渡的加價，總督戴麟趾，交與交通諮詢委員會研究之後，頭等不過加半毫而已；但想不到因此造成九龍的大暴動，幸而不致造成不可收拾的地步。雖然，有些人不幸犧牲，却得到了代價，把加價的暗潮，平抑下來了。

由於銀行風潮，到了左派份子的暴動，所謂繁榮，便在不安定之中衰退。畸形發達的地產業，結果業此者的大亨，要因之而自殺。背後貸欵的外資銀行，沒收了許多房產與地產，也蒙受不了損失。不過產業在手，權力與智謀雙管並下，於是，在大張股市之餘，再把地價炒起。做慣了宛大頭的美國商人，挾巨資以東來，以一億二千五百萬元，把尖沙咀地王作意外的買賣，於是地價起了，其他公地，皆多倍底價的錢賣出，庫房自然明裏收益不少，但暗裏收益的，還是英商財團。百物因之而騰貴，居民以及受薪階級，（公務員包括在內）貧富懸殊的趨勢，已經形成。由安定而求繁榮，始是眞繁榮，若在不安定中求繁榮，殺雞取卵而已。有人謂：傾覆香港社會者，將爲英商財團也！其然？豈其然乎？

•更正• 第二期本刊登載宋光宙先生「日本佛教的日蓮宗」一文，承讀者許麗芬女士來信指出，日蓮宗應爲「日蓮正宗」。第三十三代，應爲第「六十六代」。很多謝她的盛意。

——編者

有關「孻」的小考

——廣府話裏的古語尋繹之一——

陳瀚

失落了的古語

在粵省的方言裏，保存着不少古音和古語，不論廣府話、客家話、潮州話，都有這種情形。筆者並非語言學家，只是對此感覺興趣，於日常閱讀中偶然有所發見，也就免不了「每有會意，便欣然忘食」起來，視爲副產品之獲得。

這篇短文，是筆者試行尋繹一句失落在廣府話裏的古語（個人認爲）的紀錄。這種尋繹是相當有趣味的。文內並未牽涉到中國歷史上幾次民族自北方南下的大遷移，因爲相信讀者中多數已經知道那是粵省方言裏古音的來源，說到那上頭徒碍篇幅，也會影响到本文的統一性。只先畧作聲明：萬一所言已有人先我而發見，那是筆者的見聞不周，須要向讀者致歉了。

孻和「孻」尾

在廣府話裏，形容最後產生的事物曰孻。最小的兒女叫「孻仔」、「孻女」，一羣小鴨的最小一頭叫「鴨孻」，鄉間孩子對一巢雛鳥的最大一頭叫「頭腦（讀若諾）」，以次順序爲「二腦」、「三腦」，最小一頭就是「雀孻」了。

孻字之後加一高音「尾」字而合成「孻尾」，用處推廣了不少：對一羣走着的人裏最後一人，可說他「走到孻尾」；對參與考試的榜末一人，可說他「考孻尾」；對若干相類事件的最後一宗，可稱「孻尾個次」。準此，說到一排房子的最末一間，一行樹木的最末一棵，一段日子的最後一年、一月、一日、一時，都可以用「孻尾」來形容。

說話裏的「後來」，也常可以用「孻尾」來替代。例如說到一場球賽的結果：「好在孻尾甲隊打入一球……」，等於說：「幸而後來甲隊射進一球」；當講故事的人賣關子時，情急的聽故事者會問：「孻尾點呀？」那也就是問「後來怎麼樣」之意。

「摟尾」和「欄尾」

在廣府話裏，有兩個和「孻尾」意義相同，發音相近的字眼；就是「摟尾」和「欄尾」。「摟」（讀離休切的高音）、「欄」（讀離間切的高音）和孻（讀離皆切的高音），三字都只一音之轉；正像北方的「怎」和「爭」，「家」和「價」，「沒」、「末」和「麼」般，同屬一音之轉而用法相同的字。

從上段獨一孻字的許多用法算起，而至用法更多的「孻尾」，再到「摟尾」和「欄尾」的變化，實在已頗算多采多姿了；然而，變化還有呢！好像：在說話裏爲了表達不同意思，「孻尾」會說成「孻孻尾尾」或「尾孻孻」；「摟尾」也會說成「摟摟尾尾」。例如某人在叙述其等候某事之費時，他會說：「等到孻孻尾尾至輪到我」。或者會說：「哼，我輪到摟摟尾尾」……等等。

再變下去

上文寫出的「摟」「欄」等字，只是借用性質。因爲許多廣府話都是有音無字的。現在回過頭來再說孻字。

此字似乎始見於明、陸容撰的「菽園雜記」。從字的構造上看，無非表示末子之意。據辭海，孻字音奈平聲，灰韻。可是筆者翻檢詩韻裏的上平聲十灰裏，再查書前的「檢韻」，都找不到這個字。想來那是當時的一個俗字吧。

後來，廣東民間根據「孻仔」「孻女」的叫法，創出了「做仔怕（莫）做大，做女怕（莫）做孻」（指長男和幼女在一般家庭裏的責任而言）；以及「孻仔拉心肝，孻女拉五臟」（指最小的兒女通常獲得父母鍾愛，視如心肝。「五臟」係「心肝」之互詞而帶幽默語氣）等等「民間成語」。

以筆者有限的見聞，當未能把「孻」

「摟」「欄」所屬各詞彙及其變化，盡數列出；但概畧上想已粗備。下文就要說到有關古語方面了。

「婪」、「藍」與「闌」

百川歸海的一句話，就是筆者認為上述「襤尾」、「摟尾」、「欄尾」以及所屬許多變化，都由古語「婪尾」的一音之轉而來。理由分述如下：

「婪尾」為古代形容殿後事物的用語。桑維翰（五代後晉進士，晉高祖引契丹滅後唐的主謀者）解釋胡嵩一句「缾裏數枝婪尾春」的詩，指「婪尾春」是芍藥的別名。因為唐末文人常把最後飲的酒稱「婪尾酒」，芍藥春末而花，殿羣芳之後，因把「婪尾」移用也。事見宋、陶穀撰，輯述唐迄五代名人雋語的「清異錄」。

明、胡震亨撰，專錄唐代詩話的「唐音癸籤」，引「河東記」所載申屠澄謝人留飲的說話，以解釋「婪尾」之義，說：「……澄讓曰：『始自主人翁卽巡，澄當婪尾。』則知婪尾為自謙之詞，如俗云貪杯然。」如此，婪和尾兩字都有適當的解釋，原來此語的始義，婪是貪婪的婪，等於幽默地把自己形容成不肯放棄餘瀝的貪杯者；尾是先人後己，和今日廣州話「包尾」之尾一樣。

「仇池筆記」（舊本題蘇軾撰，實非）載：「以酒巡匝為婪尾，一作藍尾。侯白酒律謂：『酒巡匝到末坐者，連飲三杯，為婪尾酒。』」由此而知，「婪尾」並有「藍尾」之稱。

復據「唐音癸籤」：「藍尾酒之藍，借用闌字，取闌末之義。」按闌之一義，表示晚和盡。像「歲闌」，「夜闌」，「更闌」等都是。那麽，由此更可知，卽使在唐代，「婪尾」一語，亦有「藍尾」和「闌尾」的同音不同字之異；在解釋上，也有貪婪的婪和闌末的闌兩種不同說法。

白居易寒食詩有句云：「三杯婪尾酒，一碟膠牙餳。」周必大（宋孝宗時左丞相）元日詩有句云：「賭酒彈碁眞夢爾，膠牙藍尾亦悠哉。」想來吃膠牙餳，飲婪（藍）尾酒，是唐宋時習俗之一，既然寒食和元旦都適用，相信亦適用於其他節日；並且相信，「婪尾」之語，非但流行於唐與五代，宋時依然為詩人喜用；復可相信，在獨酌時的最後幾杯，亦稱「婪尾酒」。周必大詩，可能借用了白居易詩的意境。

保存得很好

只為手邊缺少參考書，找不到「婪尾」、「藍尾」和「闌尾」這些詞，經過了怎樣的階段，才演變成今日廣州話裏的「欄尾」（此與古音最近，「欄」「闌」同音同韻，只前者讀比陰平更高的高平聲，後者讀陽平聲而已）、「襤尾」和「摟尾」。不過，正如上文提到的，襤字在明代已經出現，讀音與今相仿。據「菽園雜記」（劄錄明代朝野故實之書）解釋：「廣東謂老人所生幼子曰襤」。清人鈕琇著的「觚賸」（記明清雜事之書）則云：「閩粵之俗，謂末子為襤」。這兩則記載，與吾人假設此屬唐宋時的古語，無所抵觸，且進一步說明，明清之間，襤字已成粵地民間的流行口語。同時，不僅廣東為然，福建（方言中亦保存許多古音）也是一樣。此點亦足為尋繹中的佐證。

我們今日只要把上文舉出過的古語今語，細按其聲韻，比較其用法，立即會覺察到「婪尾」之語，雖已和其他好些古代語音般長時期「失落」在粵省的方言裏，卻還保存得很好；反而在原產地的華中、華北，才多半是當眞失落了。那也是「禮失而求諸野」現象之一。

從典雅到多姿

總之，從許多例證看來，唐宋時代「婪尾」（或「藍」與「闌」尾）之語，就是此地我們天天在口裏說着的「襤尾」（或「欄」與「摟」尾）。當日殿春的芍藥既可稱為「婪尾春」，則此語分明在古代已經從單指飲酒而推廣到形容其他事物。那麽，經過整千年歲月之後，昔為文人筆下的雅詞，今成尋常百姓的口頭俗語，活潑潑地，多采多姿，實在一點不足為奇。已發見的同樣例子不少，未發見的相信會更多呢。

從淘化大同發展過程（續前期）

說到香港的工業

·黃篤修·

革新設備迎接時代使命

機械設備，人才發掘與培養，勞資關係注意，市場問題的研究，對於業務發展是一個環節緊扣一個環節的，在配合上，不但不容重此輕彼，而且必須同時分頭並進，才能產生預期的效果。

戰後初期，香港還是一個轉口貿易商埠，戰後因緣際會逐漸演化爲工業重鎮，不過這個未來的所謂工業城市，在沒有自然資源的支持和一個結構健全社會的配合，工業將憑什麼條件去生產價廉物美的貨品？「價廉物美」，是商品擴展市場，爭取顧客的關鍵問題；香港不僅原料價格和來源無從把握，即土地和勞動力的使用在目前殖民地政府政策之下，也很難加以一種接近理想合理的估計，在世界市場的競爭日劇之下，出品推銷的困難隨着時日的演進只有一步比一步難行的。

可是我們覺得不管將來整個工業形勢如何演變，淘大必須首先從設備，人才，和搞好勞資關係各方面着手，以彌補這種先天缺憾的工業環境，於是在設備方面，我們由美國訂購最新自動製罐機，這種製罐機每分鐘可製鐵罐三百餘個，而規格和式樣都能達到世界水準程度；同時在釀造醬油方面，我們亦自日本購得整套新式釀麴設備，由於這種有系統而超越的釀造機械裝置，使醬麴在發酵過程中，溫度，濕度，自動產生了高性能的調節作用，至此，醬油的釀造，已完全擺脫了天的限制，因之質量隨之不斷提高。這一革新的結果，罐頭食品的儲藏時間獲得了歷久不變的保證；而黃豆在釀麴室中再也沒有霉爛腐敗的現象；原料，成品的無謂損耗，至此已減少到最低限度。可是我們並不以此爲滿足，我們覺得工業必須緊隨市場需要以及人類生活內容的改變而隨時改進，才能百尺竿頭，更進一步。淘大的食品由數十種增加到百餘種，由罐頭，醬油，糖羌，涼菓，而綠寶，瓦通，凍品，機械，修車，乳業（紐西蘭），塑膠，原子粒收音機……以至於酒店（旅遊）建築，分廠星洲、馬來亞、菲島及分行英倫等等的創設，便是考慮市場及顧客的需要而逐漸擴展的。

人才問題

業務必須人的創造和掌握。人的因素決定了一切，那是沒有疑問的，可是人的智識，才具却非與生俱來，而是需要教育訓練和培養的。關於人才的培育，由亞當斯密（Adam Smith 1723—1790）以至李斯特（Friedrich List 1789—1846）以及近代的馬夏爾無不予以特別重視，李斯特把智識與技巧列爲決定生產力重要因素之一，實在是一針見血的確論。因此發展工業需要借重教育，乃是無可置疑的事實。可是教育是需要時間及物質上的投資的，它在性質上大約可分爲：①屬於家庭純私性的；②社會分担的半公私性的；③完全公費的；我所要談的是由企業機構在某一個人原有的教育，或智識基礎上，再度培養訓練的再教育，亦即是屬於「純私性質」的教育投資；我之所以稱它為「人才培養的長期性的勇敢投資」，「勇敢」兩個字的含義，自然可以想像得之，因為教育費用投了下去，却未必有相應的收穫，第一、被培養人的學習效果問題；第二，卽使學有所成，但並不能保證他能為你繼續服務。但儘管「投資」後果難以捉摸，我們還是按照培養人才的原定計劃，派遣技術人員數人到歐美等地學習食品製造，嗣又陸續資送行政，市場，經濟，統計，研究……各類專門人才前往國外深造，並時常委派他們到各工業國家考察觀摩，一個可喜的現象是：經過我們再度教育出來的人員，大多均能竭心盡智為淘大服務。

人才的培養與任用，實在不是一件簡單的事，氣魄眼光之外，還需要有「容」的氣度和方法，古人所謂「橘逾淮變枳」（註：晏子春秋內篇載：晏子至楚，楚王宴之。吏傳一人至曰「齊人也，坐盜。」王視晏子曰「齊人固善盜乎？」晏子對曰「嬰聞之：橘生淮南則為橘生於淮北則為枳，葉徒相似，其實不同。所以然者何？水土異也。今民生長於齊不盜，入楚則盜，得毋楚之水土使民善盜耶！」。）沒有適宜的土壤，氣候，加上恰到好處的灌溉，施肥，卽使是一株名種的甜橘，在惡劣的環境下，和不知園藝為何物的園丁手裏，不枯萎亦會變成令人皺眉的苦枳的。

淘大牛頭支店新址落成黃篤修氏在開幕禮中致詞鏡頭

淘大一家

以前的老闆和夥計是稱之為「主賓」，望文生義，既屬賓主大家自然客氣揖讓，互相尊重，但是由於時代的變遷，賓主一變而為勞資之後，便時時難免有劍拔弩張的火藥味了。為什麼會這樣？一句話：彼此在意識上利害觀點不同，舊的勞資關係常有的現象是：資方希望勞方多做工少拿錢，對於員工的生活漠不關心；而勞方則希望少工作，多酬報，至於工廠是否可能關門，那是資方自己的事，反正東家不打打西家。平心而論，彼此這種觀念的存在，都不健全；勞資關係理想的境界，應該是雙方都把工廠視為彼此的共同「飯碗」；培養一種「親如家人」，互相照顧的情感。在這方面，我首先提出了四個字：「淘大一家」，我覺得一間工廠的前途，是決定於員工的集體力量，勞資關係搞不好，挖空心思，去侈談業務發展，無異是「緣木求魚」「扣冰取火」。因此有些人，不從經營上去求取發展，而專在員工待遇上打算盤（非萬不得已，打這種算盤是最下策的）以為減少薪酬支出卽可增加自己的財富，殊不知這正是一種自我拆台的主意，因為這樣演變的結果常是：大家情緒消沉，引起生產力衰退而導致生意不振。這個惡劣的因果，便一直循環到樹倒猢猻散爲止。說到這裏，不禁聯想到一個有關市場價格的小故事，性質與此頗相類似，順便把它提了出來，以供參考：某君開一間頗具規模的工廠，在許多產品中有一種滯銷貨品，到了某一階段一算成本，覺得這種貨品非提高售價不可，結果是：價愈高，銷愈滯；成本愈高。這裏應該提出的是：產銷量越大，成本越輕，本來是一個很簡單的原理，但簡單中却有其極複雜的因素。比如品類的「主」「副」問題，伸縮性和非伸縮性的分野（比如食鹽，經濟學家便把它列入非伸縮性，因它不大受價格高下的影響。）時空問題……等等。我告訴某君，市場價格不是算算死賬那麼簡單，處理產銷，不觀察整個市場，不研究貨品，不留意客觀因素——顧客爲什麼不歡迎？是競爭原因？是推銷技術的關係？是宣傳廣告的問題？這種貨品是否已經有了更佳的代替品？應該怎樣組織和克服？再在製造方面，原料，人力，工具，有無超過限度的浪費？每一個問題可能都有疑問，因此必須作一個有系統的調查研究，然後綜合各種資料，下一個合乎邏輯的結論；如果死板地一加一等於二——直接成本若干，間接成本若干，最低利潤又若干，合起來售價應若干，那只有把貨品帶進：第一，索性不賣，第二，將貨就價欺矇顧客於一時的「死胡同」。以上是一種比喻。對於如何善待員工問題，我們無可動搖的一貫原則是：

「給員工以愛和溫暖，盡極大的可能給他（她）們在生活上獲得安定，工作上獲得愉快與幸福。」

於是在這個目標下，我們首先推行了員工股票制度，以贈股和優待辦法，使員工輕易地擁有公司股票的機會，希望淘大夥計人人都能成爲淘大老闆的一份子。結果數百員工之中，大部分擁有股份。此外我們又推行了一連串的職工福利措施，如：設立淘大醫療所，聘請醫生護士長駐爲員工及其眷屬免費治療疾病；設立幼兒園及託兒所，以象徵性的收費方式（連膳食在內每月十元）爲員工照顧年幼子女；同時由幼稚園，小學，中學，大專費用，均由公司獎助學金委員會分別加以獎助，務使員工子弟均有接受教育機會；此外，如年終雙薪，獎金，花紅，服務年資特獎，生育結婚的補助，各種假期的給予，死亡的撫恤，保險，公積金，退休金等等制度的建立；在康樂方面，有音樂，運動，書報，旅行，戲劇……設施，其他如：諮詢委員會，膳食委員的組織（員工一律供給膳宿），由員工自行選派代表參與公司行政，以糾正員工的自卑感，從而提高他（她）們自治，自尊，自强的信念；由受到尊重的愉快中去激發更豐富的創造力和更高的工作熱情。希望以行動來說服全體員工，大家向同一目標努力而致令在淘大旗下基本上對於勞資對立的問題不使存在，只有休戚相關，禍福與共的眞摯情感。

世界性的業務

亞發斯密士（Adam Smith）解釋經濟社會本身的自動組織，認定人類是具有互通有無的天性，而這種天性的形成，又是建立在互相需要的基礎上的。

工業予人類以需要的物質，雖然有其牟利目的，但「私」的牟利通過了經濟程序的作用之後，往往就變爲公衆的福利。淘化大同把業務不斷擴展，把貨物推進到世界的每一角落，再如：馬來亞，新加坡，菲律賓分廠的設立，又在世界各國遍設代理人及最近在英倫開設分公司，使華僑華裔及異邦人士能够享受廉宜精美的中國式食品，便是「私」變爲公衆福利的例子。再說淘大經營機構的遠播，亦正是配合現代工商業組織市場的原理，我們對貨品推銷網的組成，是選定某一個點爲核心，然後擴展開去普及於全面；以本銷市場而論，我們初期在港九各重要地點建立支店，便是依照這個方針的。支店是推銷網未臻嚴密以前佔領市場的一支「先頭部隊」，它負有組織，了解，該區域內客戶的任務，它要爲工廠客戶打成一片奠定初步的工作基礎。最近淘大英國分公司的設立，也是本此前提的。

英國淘大公司，不過僅是淘大組織世界市場的一個起點，我們將朝此方向繼續努力下去。

香港工業問題

說香港的工業基礎是建築在沙灘上，固然是言過其實，滅自己威風，但如果說它的根基已臻鞏固，却也尚有一段很遠的距離，問題是我們先天底子深度不够，而又未盡人事去全力彌縫。別的不說，就以工業界十多年來呼籲解決工業用地及培殖工業接班人才問題，到了今天，依然沒有一個具體辦法，亦可概見其餘了。

本港工業的繼續發展，自然是我們最大的願望，每個人都對此寄以莫大的期待。但我們可以追求美好的目標，却不可無視客觀因素將遠離現實的問題，引以自慰。如其以為工業就此一帆風順，倒不如提高警覺看清內外的根本難題，以加緊事前的準備工作，較為恰當。

淘大醬油自動裝樽機，由洗樽，入樽，打蓋，貼招一律自動，每分鐘可裝大支庄醬油一百八十支，性能優越無比。

香港經濟榮枯，繫於工業，而中小工廠則是工業的基本中堅力量，它們應受到特別注意的理由，雖經工業界不斷加以指出，但政府不僅始終未予重視，且在若干措施上，表現了近似壓制的行動。例如最近勞工處一連串的提出新勞工條例對於工廠諸多限制以及對於官塘新區工廠大厦第一二座數十家小工廠被迫遷事件，這簡直是照顧工業的最大諷刺！未曾辦過工廠的人，或許不會明瞭工廠搬遷，幾乎等於破產的事實。從整個社會利益着眼，這種問題，我們沒有理由不加以密切的注意的。

某些人士對中小工廠之漠視觀念，似乎有其根深蒂固的偏見；我在拙著「日本到何處去」「中小型企業的扶助」一章，曾附帶記述我與香港銀行界一位高級人士，及政府中一位官員討論扶助香港中小型工廠問題，他們的反應是：「香港中小型工業發展到這個階段，已屆「飽和」，一向依靠白手成家的老一輩人們，小規模的經營及舊式管理，遲早必受淘汰。他們的意見是：「鼓勵大企業經營才是正確有效的政策」。這種接近托辣斯（Trust）和卞台克（Kartel）意識，我覺得他們的錯誤非常可驚的。

其實，促進香港社會經濟，並不能單獨依靠大企業的力量，而實際力量是在這些被一部份官員認為「應行淘汰」的中小工廠。主張大企業經營，而小資本工業應任由其自生自滅人士，他們未曾考慮到大部份中產者的不幸和可能隨之而來的就業嚴重社會問題。如果說小資本經營和舊式管理的中小工廠不合現代經濟的發展要求，那麽十餘年來的漫長時間，有關當局難道不能制定一個完善的輔導政策，使它由小變大？由舊變新？不為耶？不可為耶？殊令人費解。

工業的困擾和隱憂，問題實在太多，有些人動輒以銀行存欵超過百億為繁榮事例。但我却覺得這未必一定是一個好現象。美國一九二九年使胡佛政府倒台的經濟大恐慌，現象之一便是資本存在銀行的比例越來越多，投資的機會却極微少。另一方面則是工商業缺乏資金撑持，而有現金的人却死抓不放。這都足供我們照鑑。

香港不僅要謹慎自身的災害，亦必須防範其他地區的經濟惡劣情勢帶給我們的不幸，繁榮過後的恐慌，香港這小島是絕對承担不起的。

掌故漫談羅布泊

——天山湖水會搬家——

(日)黑沼·健　原作
王　俊　譯

斯文赫定不相信他助手的話；不過，他好歹還是跨上岸去，親自看個明白。果然不錯，那兒有一處人家。不過，那人家不是今日新疆所常見的漢回建築。十八根支柱空間，遍生着黃蘆與檉柳，一望可知是牆垣的遺跡。走進裏面去看，四間可想像的房間裏，還有許多黏土造成的廚房用具遺留。他們甚至還發現了那兒有處地壚。

從那兒他們再向土丘方面走，不多遠，來到一處黏土小高丘。迎面一株檉柳種在那裏，像似標誌着什麼似的，船伕手指着說：「那處有一座墳墓！」

於是，一行人爬上高丘去發掘。果然，揪不了多久，便掘出了一副棺材。

掘開兩層棺材蓋，揭去屍身上覆着的毛氈，一具無限美麗的少女睡姿，立刻呈現在眼前。她已化成木乃伊了！臉上皮膚可以說像羊皮紙一樣堅實。五官相貌，面部輪廓，簡直和生人一樣，一點沒有改變。頭上戴着一頂土耳其帽似的頭冠，身上穿着黃絹衣服，胸口還繫着一條四方形上有刺繡的紅色綢絹。顯然，她是距今兩千年，昔日戈壁的統治者，樓蘭國王的年輕公主的遺骸。

在公主墳附近，也有普通百姓的墳墓。因爲空氣乾燥的緣故吧？墓中屍骨，都變成了木乃伊。還有，包裹屍體的毛氈，長年累月埋葬在土裏的結果，全部風化了。用手去摸觸，立刻紛紛化爲粉碎。

二、

坐在小舟裏航行，日復一日，毫無變更；古木河却日復一日增大河床。十天後，河幅已由一百三十米突增大到一百六十米突了。

「看來，已一天一天地接近羅布泊啦！」

「是的，我也是那麼想。」斯文赫定雖口裏在作答，心裏却在想什麼事似的，神不守舍。

「你怎麼精神恍恍惚惚的？身體不舒服嗎？」

「我如今正想到一樁極妙的巧事情！先半個月前，我們發掘的那位年青公主的墳墓，爲什麼——爲什麼會埋葬在那樣不毛之地的呢？」

「你的意思是說……」

「現在既確認出墳墓是王族的，那麼，這一帶土地，是否就是二千年前樓蘭國的所在呢？如今我所要考慮的，就是這個問題。」

「不過，中國古代的記錄裏，都說『樓蘭在羅布泊西北』呀！」

「這個我也知道。一九〇〇年時，我首先發掘的樓蘭古文書，的確是在羅布泊西北地方。」

「所以，樓蘭也應該在發掘出古文書的地方。」

「這當然！」說這話時，斯文赫定臉上充滿了不可解所引起的困惑。

河床越來越廣，與此同時，河水反越流越淺。廣濶的河床像渴水期的小河一樣，只剩下幾絲細流，奔向前方。湖鷗不時繞着小舟飛翔。兩岸蘆葦深處，小鳥兒不住地囀唱。漸漸的，生命的活動又在周遭濃起來。有過一次，甚至有兩隻大鵰不知在甚麼時候從空中飛降到小舟上來探看。

「就快到羅布泊了，加點勁吧，搖快點，我也來帮忙。」一個中國籍助手對船伕加油，同時，他自己連忙跑到後梢處，帮船伕搖櫓。這個時候，斯文赫定等一行學人纔明白了，河床爲什麼會那麼濶的原因。因爲，那處是古木河流入羅布泊所造成的三角洲。那天黃昏，斯文赫定等一行人，看到了前所未見的落日奇景。壯麗處，簡直難以形容！太陽落到地平綫下去後，紅、黃、紫、白的雲層，佈滿在天空。在靆靆綿綿的下面，一道鮮紅色的微光，朦朧地映在青天上。

「那道微光就是羅布泊反映出來的落日餘輝，我們頂多明天、最遲不過後天，就可以到達羅布泊了。」

果然，確如這蒙古嚮導說的，第二天下午黃昏時候，斯文赫定一行人和他們的小舟，終於到達了他們期望已久的羅布泊湖邊。

三、

羅布泊是一個巨大的內陸湖，長一二五公里，寬約七十至三十公里。位置在中國內陸，完全不能通海的這個湖，含有相當的鹽份，沉澱在湖水裏。斯文赫定到達湖邊後，首先想到要了却素日的心願，去替湖水測深。可是，在湖上，隨時都要遭到戈壁風的煩惱。在沒有一些兒雲彩的青天白日裏，你想，若駕着小舟去遊湖，應該沒什麽危險吧？不然！戈壁風會突如其來，向你發出怒吼。斯文赫定爲了測量湖水深度，不知冒過幾次生命危險；好不容易，剛做好一部份，又不得不搖着櫓囘來。他第一次看到羅布泊，是在一九〇〇年三月廿八日，那時，他在沙漠的北部探險，發現了樓蘭的廢墟，掘出了許多古代圖籍。這話，已前述過了。

一九〇一年，他又跑到這邊來，從事考古學上重要的發掘。一九二七——一九三〇，這四年，他專從事羅布泊探險。今次——一九三四年的探險目的，是想在湖的北部從事水上調查。這一次，他可發現羅布泊今古不同位的秘密了！不僅羅布泊，就是塔里木河爲甚麽會改道的原因，他也從此解了疑團。

普魯傑華羅斯基發現今日的羅布泊比古中國地圖南移一緯度，那項事實是正確的。普魯傑華羅斯基武斷地以爲「那是中國人把地圖畫錯了。」斯文赫定說：「其實兩者都沒有錯！」原來，他竟意想到凡人連做夢也不敢想的結論。他認爲：「眞的，湖水會搬家！」他說：「古中國作地圖的時候，羅布泊的確是傾倒在距今位置差一百公里——即一緯度的北邊。」但是，「這是什麽緣故呢？」他說：「根據古今地圖，以及我親自實地勘察，調查所得結果，知道：今日的羅布泊，是由北向南伸展的。但是，古中國所繪地圖上的羅布泊，却是由東向西。」新疆那一帶地方的土地，多數是平整的，簡直很少有什麽高低。所以，只要土地稍微有一點高低的變化；那麽，不論是河流也好，湖泊也好，其不變形也幾稀！羅布泊附近一帶的沙漠，時時括起沙漠風，那種沙風的威力，簡直非言語所能形容。大風逐日將沙塵吹送到湖底堆積起來，湖底部份於是日日塡高。這麽一來，湖水被迫，便非向低處流不可了，久而久之，便促成湖水搬家。

有一現象可以證明此說不誣，那便是塔里木河途中所見的黏塊。沙塵經過長年累月在湖底堆集，沉澱物日積月累，愈聚愈厚，終至迫使湖水低流，後來本身亦日漸露出水面，形成黏塊，堆在兩岸。土人稱之曰：雅綠丹。總而言之，紀元前二世紀時，位置在樓蘭東南的羅布泊，因此而南移，移到了現在的位置。羅布泊的位置既然變更了，則樓蘭的位置，與中國古代文獻所述的位置有異，乃理所當然。

再說樓蘭，也因羅布泊南移後，失去了塔里木河的水利，雖無匈奴肆虐，也非南移不可。中國史書上說，樓蘭南移，更名鄯善。恐怕這纔是擧國遷屣的最大的原因。

不用說，天山湖水會搬家，這事不可能也決不會十年、二十年搬它一次的。斯文赫定根據歷史與現實地理情況作預測，他說，羅布泊的移動周期，大約要一千五百年，才能搬遷一囘。

本文至此，關於樓蘭失蹤之謎，以及羅布泊搬家之謎都算全部解答了；依同理可證：昔之古木河，與今之塔里木河，也是同一河流；他們不過改動了一下地理位置而已。正是：滄海桑田，今來古往，周而復始，依樣葫蘆。

（完）

中國與砂勝越的歷史關係（三）

劉念慈

二、山都望遺跡的發掘

一九五八年中國南京發現明代所建的渤尼國王墳墓，引起歷史家的注意，此渤尼王因到中國南京進貢而客死南京，足見中國明代與汶萊的歷史關係（有關汶萊的詳細歷史記載，可參閱一九六四年出版，劉子政著：「婆羅洲史話」）。由以上看來，可知中國商人早在六世紀前，已直接與砂勝越通商，他們利用一年一度的東北貿易風，駕着大帆船前往砂勝越，運來中國的貨物，包括陶瓷、銅器、絲織品、玻璃珠等賣給土著，又從土著處買去砂勝越的土產如燕窩、胡椒、金、籐、樟腦、檀香木、打馬土、龜荳、猴胆石、犀牛角、紅嘴大鳥（即犀鳥）的鳥嘴、蜂蜜、翠毛等運回。這種與砂勝越的直接貿易一直延續到十五世紀中葉；在汶萊，則繼續到數百年前的時間。一五八〇年到一八四〇年的兩百餘年間，中國與砂勝越似乎沒有史跡可尋（因爲明代對外貿易，走私的風氣極盛，故中國與南洋的貿易，沒有文獻可考），史家稱這時期爲：「黑暗時代」，不過在南婆羅洲，中國貿易在這段時期內仍很盛旺。中國與砂勝越貿易中斷原因，除上提及走私之風甚盛，無文獻可考外，最大的原因是歐洲人東來，在南洋各地開拓市場；十六世紀葡萄牙、西班牙、荷蘭等國已經在東南亞（即俗稱南洋）競奪經濟市場，中國在砂勝越長久以來的貿易，受到了嚴重的打擊和威脅，從此便逐漸的衰減了。

砂勝越古晉中華中學校長劉伯奎先生曾撰「中國與婆羅洲間的古代貿易關係」一文（刋於一九六五年古晉商業年鑑第二三一——二三七頁），說云中國與婆羅洲間關係，可以上溯唐代開始，這點論據是正確的，因爲古晉博物院所陳列的，多是唐宋間的遺物，這些遺物是在尼亞洞或山都望發掘出來的。（註四）

明代南洋交通，分爲兩大航綫，即東洋針路及西洋針路，以汶萊爲分界，汶萊以東的北婆羅洲（今稱沙巴）爲東洋，砂勝越則屬西洋。西洋針路居中南交通之主要地位，砂勝越又居此航綫要衝，華人往來之早，自在意中。（註五）

清代以前至一千餘年前，華人南來者人數有多少，迄未有統計數字，但定居在砂勝越的人數不會太多，因他們一部份只是經商後與當地土人女子結婚而居留下來，現在砂勝越若干華人的祖先，都是當時南來的。

近代來到砂勝越的較大批華人，是從印尼婆羅洲西岸的三發、坤甸、三口洋等處遷到砂勝越第一省石隆門地方，開採金鑛種植胡椒的客家人（廣東省人），故研究砂勝越華人的近代移遷史，應以客家人及閩南人（福建省人）爲先，福州人則較遲。

客家人聚居石隆門，爲時頗久，他們相聚成爲部落性質，是爲「公司」，「公司」的含義爲「民主共和」的意思，自成一國家，後來人數增至六千多人，他們的社會組織在政治上是獨立自治的，他們不受砂勝越第一代拉者的控制，他們於一八五七年發生的石隆門華工事件，那是震動砂勝越拉者王朝的一個偉舉，雖然他們失敗了，但此史跡在石隆門却可以找到，那是他們反抗拉者王朝的一種表現。

繼客家人來砂勝越的是潮州人、閩南人。他們是從新加坡或中國直接來古晉及其他市鎮開店，他們多是不從事種植的。廿世紀一開始（一九〇〇年），福州人才大量南來砂勝越、詩巫、拉讓江沿岸從事墾植。所以砂勝越的華人，以客家人最多，福州人次之，閩南人及潮州人較少。他們在砂勝越，對地方的繁榮有過不可泯滅的功績。

一九六七年四月三日初稿
一九七〇年四月五日修改

參考資料

註一：詳見新加坡南洋學會於一九六七年一月十三日假新加坡中華總商會演講室舉行術講座，由鄭德坤博士主講「砂勝越考古觀感——由考古學看華人開發砂勝越的歷史」，該文長八千餘言，刊於新加坡星洲日報，一九六七年一月十五及十六兩日。筆者多引錄該文，不敢掠美，特此聲明；又參考哈里遜先生著有關尼亞洞的華文譯稿及多篇尼亞洞的文章寫成。

註二：「山都望山」名字由來的故事見古晉婆羅洲文化出版局於一九六三年十月出版的華文版「海豚」月刊第二十五期，內容節錄於下：

據故事說，在幾世紀前，山都望山的山洞裏是海盜藏身的地方，當時帆船是載來外國貨的唯一交通工具，但帆船經過山都望時，常遭海盜刦掠，以後海盜絕跡了，該山洞却成了山豬（野豬）喜歡到的地方。故事說：從前有一隻白山豬，牠年齡太老了，因此牠的兩隻長牙幾乎彎曲成兩個圓圈，人們相信這兩隻長牙有魔力，使人及其他野獸不敢傷害牠。有一天，一個農夫去他的樹薯園，他看見一隻山豬，在挖吃樹薯，他見了就回去拿了一枝鏢來，躲在山豬所走的小路邊，注意小豬的行動。不久，那山豬沿着小路走來，他立刻大力把把尖銳的鏢向山豬刺去，但不能刺傷牠，牠激怒了，就向他攻擊，他和山豬展開了了一場搏鬥，結果他戰不過山豬，爬到附近的一棵樹上，在那裏高聲呼救，喊着：「山豬王！山豬王」，這是客家話，後來當地人把這地方叫做 Santubong，現在人們把這字譯成「山都望」，這就是山都望名稱傳說的由來。

註三：詳見註一，鄭德坤博士撰：「砂勝越考古觀感」，第四節「三角洲遺址的發掘」，第五節「山都望的興衰與中國的關係」文中多段照錄。

註四：詳見一九六二年四月，新加坡南洋大學出版「社會科學叢刊」內楊漢雨著「砂勝越史畧」第二章「早期中國、印度與砂勝越的關係」第一節「從中國史籍與唐宋陶瓷器看古代中國與砂勝越的關係」一節」，文中有的整段抄錄，有的節錄；另參考劉伯奎撰：「中國與婆羅洲間的古代貿易關係」一文。

註五：見一九五一年，新加坡南洋商報出版「南洋年鑑」第十編：「華僑」（許雲樵教授主稿）癸一一一頁第三節砂勝越第一節：「華僑拓殖的回顧」。

上海的橡皮股票風潮（續）

伍喬

近日有很多人買外國股票吃了大虧，爲什麽會這樣呢？無非是他們太過相信洋人罷了。六十年前，上海租界有幾個外國流氓，居然發賣股票，騙了中國人幾千萬元，搞到上海發生了金融大恐慌，此文就是記述這事的經過。

這些新開設的公司也都和外商銀行彼此勾結，狼狽爲奸的。它們在招股章程上，差不多全以鼎鼎大名的外商銀行作爲自己的來往銀行，表明自己「貨眞價實」，以便騙取人們信任。外商銀行因爲能從橡樹種植公司收進由中國人身上騙來的股欵，落得白賺利息，也願意宣布所有橡皮股票，向銀行押欵，並按市價七折或八折受抵，借以抬高股票身價。

中國人辦的銀行、錢莊，一向惟外商銀行的馬首是瞻，現在見到那家「最老最大」並代保管國稅的某銀行也這樣做了，他們便不加思索，羣起收受。有些新設立的橡樹種植公司，如祥茂洋行發起組織的「可太吧路」，在正式成立之先，便在中外文報紙上大登廣告，同時又派爪牙四出宣傳，接着宣布某日公開募集股份，每股英金一鎊，折合九兩銀子（即銀圓十二元六角），認股的人，可准期備欵向匯豐銀行繳納。歹徒對中國小市民的心理是摸得很清楚的，他知道中國人信任外商銀行，尤其是匯豐銀行，於是請求銀行當局替他收股欵，入他所開的戶口。到了那天，但見匯豐銀行門前人羣擠擁，萬頭攢動，交股欵的人多到不可勝數，殊不知其中大部分的人是那個冒險家僱來冒充認股以壯聲勢的。他們等銀行的大門一開，便爭先恐後，蜂擁而入，秩序大亂。銀行當局見到情形不妙，連忙叫租界的巡捕來彈壓，勒令衆人守秩序，退出大門外，排隊輪着進入，重新把大門關上，宣布停業一小時，以便整理內部，再行開放。這家信譽素著的老字號銀行，因爲繳欵擠擁，暫停營業一小時。小市民知道這件事後，只恨自己沒有多錢，如果家中有多幾個錢，都要「悉索敝賦」去買「發財票」，君不見，匯豐都替他收股，還靠不住嗎？但他們沒有想到銀行只管戶口的存欵，至於這個戶口的主人怎樣將存欵運用，他們是不理的。

過了幾天，祥茂洋行宣布由於認股「意外踴躍」，超過額定資本甚巨，又故意改按比例分配，凡認購在百股以內者，按百分之二十給予股份，認股在百股以上五百股以內者，按百分之十給予股份……，餘欵一律退還，作「吊起來賣」之狀。經過這齣好戲之後，這種股票一上市，也就頓成奇貨了。

海利洋行發起組織康沙立特橡樹種植公司時，有一個張發記營造廠的老板，因爲受到這些流氓的欺騙宣傳，很想買些股票，但又不明手續，該洋行合夥人拜歐和猶大，探知這一情況，立即授意職員陳某代爲塡寫「申請書」，一共認購了五百股，連同股欵送到銀行代收。張老板高興非常，大讚洋行大班够義氣，眞老友也。即晚連忙在四馬路吃花酒，請齊海利洋行那幾個高級職員赴宴。

張老板歡天喜地，一連兩天，吃飯也不知味，只在幻想着買到了股票後將來發財的樂事。過了兩天，他們故意只給張老板分得五十股股份，退還其餘認購的股欵。過了四五天，他們又指使陳某告訴張老板，說每股市價已由原本九兩銀子漲到十五兩，而且他已代他賣掉，讓他平空賺了三百兩銀子。張老板投資四百五十兩，數日之間就賺了三百兩，差不多賺了一倍，世間哪有這樣好的生意？如果當時買到了五百股，不是賺了七千兩銀子嗎？張老板歡喜之餘，還帶有惆悵之意，認爲還不够「財氣」。不過既然賺了，多少不拘，也是「發洋財」了，就逢人便說他怎樣在數日之間發了三百兩洋財，聞者無不艷羨，這無形中給外國流氓做了義務宣傳。

有了這種宣傳，橡皮股票的影响越來越大，股票沒有到手的人都想設法搜購，而那些已經分配得若干的，又嫌太少；嘗到小甜頭的人懊悔賣得太早，而沒有嘗到甜頭的，又不惜以更高價格買進。像這樣你爭我搶，彼此哄抬，到了宣統二年（一九一〇年）二月末，老公司如麥邊的「藍格志」，股價已抬至一千六百五十兩銀子，超過票面價值二十七八倍；匯通集團的「薛納王」到三月底狂漲到一千五六百兩銀子，爲票面一百銀子的十五六倍。其餘很多新公司的股票市價一齊上升，一般超過票面價值五六倍毫不足奇。比如，三月二十八日，匯通的「地傍」實收九両，市價達四十八両；祥茂的「刀米仁」實收八両，市價達六十六両。更後一些時成立的公司如「濱加冷」和「羅克華」，實收都是九両，前者市價達六十二両，後者達四十六両。

本來買賣橡皮股票，要是眞的一手交錢，一手交貨，那些無力的人固然不敢問津，即稍有資力的看到市價漲到一定高度，也必望而却步。那班外國流氓和冒險家看到這一點，特別想出遠期交易辦法，不必當場銀貨兩淸。買賣雙方，不論一個月、兩個月或三個月後付銀，都無問題，不止無問題，還不要預付分文的保證金。這樣，有了現欵現貨固然可以參加買賣，沒有現欵現貨，同樣可以大買大賣，數額漫無限制。投機範圍如此擴大，市價也越抬越高了。

當時上海有位富商、投機分子劉柏生，見「藍格志」市價漲得很高，認爲站不住脚，不久定要回跌，便乘機大拋遠期，準備等市價下降時補進，以便大撈一把。麥邊集團識破劉柏生在「拋空」（拋空是手中並無貨色，趁高價空手賣出遠期，以便期內逢低價時補進，專在買賣差價上賺錢的一種投機），便嗾使一批充當股票掮客的黨羽代表他們大量買入，以致市價只漲不跌。

劉柏生眼看交貨期限日近，手中尙屬空空，迫得硬着頭皮，以高於原先賣價甚巨的價格補進一部分，其餘還是無法買回，等到限期屆滿，只好傾家蕩產，按當日最高行市結算。這班「高等洋人」有計劃地打擊了劉柏生以後，大家視「拋空」爲畏途，誰也不敢嘗試。於是這些洋人更可放胆把股價一抬再抬，自此以後，股票的行市也就只有漲不再跌了。

正當橡皮股票風起雲湧，市價日漲夜大的時候，上海有很多達官、買辦、富商或地主，都在一風狂的投機賭博中被那些外國冒險家的新魔術弄得昏天黑地。誠如姚公鶴在「上海閒話」中所說：「夫股票漲價，立時致富，誠然可得，亦思橡樹自種植以迄收穫，應若干年？收穫之後，用人工或機工製或需用物品，應若何手續及資本（「今後橡皮世界」文中，歷叙橡皮之需要，謂家常什具及各項車輛之必需橡皮者無論，即此後葢造房屋，亦將易磚瓦而代以橡皮。可謂言過其實）前者則十年樹木，斷非旦夕間可能收效；後者則原料製成貨品，尙須經過幾番之構造，事後言之，似亦購票時所當慮及。況公司實有幾家，資本究爲若干，售出股票，是否有規定之額數？僅據該公司印送之說明書信口開河外，尙有他項事實足以證明之否？而乃概置不問，但見舉國若狂，父勉子，兄詔弟，上海營業多矣，舍橡皮無可措意者；上海股票多矣，舍橡皮股票無可致富者。無以名之，名之曰社會之神經流行病。」

這班達官中如前兩廣總督岑煊，和現任上海道台（正式官名爲蘇松太道，兼管海關，亦稱關道）蔡乃煌，都是橡皮股票的大買家。買辦和富商方面，除上述的劉柏生外，尤以英商茂和洋行買辦兪慶餘洋布號及正元錢莊老板陳逸卿、寶泰洋布號和兆康莊老板戴家寶最爲熱衷。他們調盡了一切他們所可調撥的資金，全部投入了這一風狂的市場作爲賭注。除了陳、戴二人之外，謙餘錢莊老板陸達生，森源錢莊老板劉學詢（廣東人，以承辦闈姓賭起家，在上海購買地皮，作投機買賣，當年上海靜安寺路著名之滄洲飯店，亦爲其產業之一），德源錢莊經理嚴彭齡所做交易也都很大。（據一九三三年十二月出版。「上海市通志館期刊」第一卷第三期，郭孝先的「上海的錢莊」一文說，因橡皮風潮倒閉的錢莊，除正元等四家外，尚有元豐，會大，晉大、協大等數家。該文又譴責風潮之發生，乃外國流氓用手段來欺騙中國人，而造成了幾個洋人爲大富翁。）外商銀行的買辦，如道勝銀行的席錫藩，還參加生加拉橡樹種植公司的組織。在上海做寓公的安徽大地主何蕃祉，也是當時的橡皮股票投機狂人。

這一大羣投機人物，儘管各自擁有大量財產，可是手頭缺乏大宗現金。他們購買橡皮股票除做買空賣空的遠期交易外，主要是東挪西調而來的錢。陳逸卿和戴家寶兩人，就利用老板身份，向正元、兆康和謙餘錢莊透支鉅欵，更借用這三家錢莊的遠期莊票，轉託相熟商號向其他錢莊調取現金。因此單只通過他們兩人被外國流氓搶走的錢就在一千萬兩銀子以上。蘇松太道蔡乃煌，一面把道庫裏的公欵存給錢莊、票號生息，一方面又利用這種關係向往來莊號挪用鉅欵。（蔡乃煌字浩伯，廣東番禺人，舉人出身，光緒三十三年九月四日授郵傳部左參議，三十四年二月一日免職，外放蘇松太道。民國五年在廣東爲龍濟光槍斃。他在上海任上一年多刮得大量金錢，窮奢極侈，盡量揮霍，曾以五千金購趙子固落水蘭亭帖，時人詫爲豪舉。）四川鐵路公司駐滬辦事處主任、候補道施典章，利用公欵購入「藍格志」股份四百八十五股，每股市價約一千四百兩銀子左右，他虛報一千七百五十兩的高價付公司的帳，從中貪汚十多萬兩銀子，一面拿這些股票向行莊押欵，進行投機。至於一般商號老板向自己店中明移暗挪，捲入旋渦的更大有其人。

然而價格不斷的被哄抬的橡皮股票，正如一個不斷被吹脹肥皂泡一樣，吹得越大，它的幻影越美，距離爆炸點也越近。當宣統二年四五月間股價接連出現新高峯之後，麥邊、韋推、加多里、白克爾等一批流氓，眼看時機稍縱卽逝，隨卽將手裏所有橡皮股票暗中陸續拋出，迅速實現「金蟬蛻殼」。外商銀行知道股票市價已漲無可漲，臨近爆裂邊緣，於是拼命催贖押欵，停止新的放欵。六月中旬，他們看看自己手中已經沒有什麽大量股票押欵，於是「拍」一聲，全市外商銀行一律宣布停做一切橡皮股票押欵。消息傳出，猶如晴天霹靂，震撼了上海整個市場（因爲在參加橡皮股票投機的人看來，外商銀行不准人們以這種股票作抵押向銀行借欵，就證明這種股票是不値錢的東西）。橡皮股票，這個幻影美麗的肥皂泡破裂了！這時，參加投機的官僚、買辦、地主和大商人，還不知道發生什麽變故，急忙將橡皮股票爭先脫手，然而，遲了！市價一瀉千里，有賣無買，市場頓成「死市」，而那些五顏六色，堆積如山的股票，霎眼變成廢紙！這時與陳逸卿、戴家寶兩人關係密切的正元、謙餘兩家錢莊，手頭所有現金早被這批老板們挪用一空，到六月十五日，終因周轉不靈，宣告倒閉。第二天，戴家寶與人合夥開設的兆康錢莊也跟着關門。這便是上海近代金融史上有名的「三莊倒閉案」。接着森源（六月十六日）、元豐（六月十七日）、會大、協大、晉大（六月十八日）等幾家錢莊又相繼擱淺，市面極度恐慌。

（待續）

花•鳥 蟲•魚

迷人的中國蘭

園丁

中國蘭花以香稱著於世，所以有「王者之香」的稱譽，在芸芸香國中，蘭花稱之爲王，由此可知其香太動人了。

不過，有人只知蘭花之香，而不知道它的葉色之美，亦是花卉中之一絕。

中國蘭花除了葉色油潤之外，有一些蘭的葉片，長有白色綫條，或金黃色綫條的，稱之爲縞、有金縞與素縞之分，亦有作斑點的稱爲斑種蘭，這些蘭類價値比一般賞花的蘭爲高，這些有綫及有斑點的蘭

小松錦葉較幼細有明顯的金綫

花，名稱非常美雅，如金絲馬尾、瑞玉、瑞賓、瑞松、玉梅、大青、銀邊素心、芙蓉殿、玉花、白晃簾、金華山，桑原晃、白縞斑、玉松等。這些都是名種中國蘭，在市面不易得見的。

日本對這些有邊有綫及有斑點的蘭花叫常醉人，而且愛若瘋狂，他們除了大量搜集上述的名蘭之外，還愛栽種一種叫金稜邊蘭屬，成爲一種風氣。

在日本這一類的愛蘭者，亦分爲兩種

月章是金稜邊的名種

，一種是喜歡綫條的，稱爲綫蘭屬，另一種是斑紋的稱爲斑紋屬，各自成爲一會，愛種綫蘭的永不種斑紋的，而種斑紋的就不種綫紋的。

金稜邊蘭是一個總稱，在裏面有些是有綫紋的，亦有斑紋的，但以斑紋爲最好。因此，凡是名種的都是以斑紋居多，有一種叫「安積之虎」及「輪服之花」的名種金稜邊，是金黃色斑紋的，如老虎的斑紋，非常明顯。

最近本港有些花圃亦運來不少日本的金稜邊蘭，以鑽石山大觀農場最多。其中有一叫「月章」的，是金稜邊蘭的名種之一，其次是小松錦和貴女姬，再其次是芙

葉咀有銀色邊的「玉花」

蓉錦和常磐錦。以前，這一類的蘭是聞其名而不見其面，現在才可得見，雖然名種不多，但看慣了沒有邊綫的中國蘭，亦算得上一新耳目了。

金稜邊（C. Pumilum. Rolf），或稱方蘭，長壽蘭，及紫蘭等，原產中國及日本，台灣等地，葉有革質，葉面光澤，有金色或白色或斑色綫紋，葉最美觀，但花並不很美，大多是紫紅色花居多，白花很少。栽種方法與一般中國蘭相同，日本喜歡全用小苔栽種，不過這種種植材料以溫室種植爲宜，在多雨的香港，很容易會因水多而腐爛而死的。

貴女姬有金黃色的邊綫，葉亦細小，是細小型品種之一。

歌聲嘹亮悠揚而著名於世的——畫眉鳥

鳥迷

畫眉是大自然的美麗歌手，凡是愛飼養籠鳥的人，都喜愛飼養它。

畫眉善於歌唱，它的歌聲聞名於世，每年有不少畫眉從香港轉移到世界各國去，使人聽到畫眉的歌聲，就想到中國。

畫眉分布在我國的南部各省，性喜隱匿，雄鳥喜愛博鬥。因此，畫眉和豬屎渣一樣，成爲「鬥雀」，一般人稱爲「武鳥」，有些人飼養它，是爲了搏鬥賭錢，一隻好鬥而勇猛的畫眉鳥，往往價値千元。

鬥敗了的畫眉鳥，往往被送到雀鳥店，平價而沽之。這種鳥雖然鬥敗了，但歌聲依然，並且還有一種好處，就是它已經安定下來，不再怕人，不像那些新下山的畫眉一樣，見到人就怕，有時因爲受驚嚇，以致撲籠而死。

要使一隻新下山的畫眉鳥安定下來，是要經過一番工夫的，這工夫不是新入行的人所能了解的，因此新入行的人而想要養一隻畫眉，最好就是找一隻鬥敗了的畫眉鳥。

畫眉因爲好隱匿，因此，新下山的大網，一定要做成一個幽暗的環境，使它安定下來。在雀籠上設一籠衣，掛於高空，讓它聽到聲音而看不見人，如此經過一段時間之後，它的急躁的情緒安定下來了，便開始打開一些籠衣，讓它可以見到來往的人，慢慢才把籠衣逐漸的亮開，如是到了完全亮開而又不驚怕人之後，恐怕已經花了一兩年時間了。這樣才可完全馴服下來。

飼養畫眉除了每天要餵些蛋米之外，並且還要餵飼虫蜢，冬天虫蜢少，這筆飼料費頗可觀的。

畫眉在四月開始發情，發情時唱聲甚爲婉轉，悠揚，並且經久不息，這叫做「大叫」。到了六七月間就逐漸「落情」，開始換毛。在換毛時就停止歌唱，同時身體也是最弱，這時飼養就要當心。要注意溫度的變化，停止水浴，飼料方面要加重營養料，多餵虫蜢，大約四十天左右，新毛長成後又開始歌唱了，但不及發情時嘹亮，這叫做「小叫」。

春風廬聯話

林熙

代人輓大官

陸以湉「冷廬雜識」云：

某記室隨玉尚書麟塞外數年，甚見推重，玉卒後，某乞人代爲輓聯，鮮當意者。時平湖張海門太史金鏞，以計偕入都，爲撰句云：「短後記裁衣，歷雪窖冰天，萬里追隨班定遠；長安仍索米，賸鳶肩火色，九衢慟哭馬賓王。」蒲城相國王文恪公師見之，極口贊賞，旋入詞垣，才望著一時焉。

這個某記室不知什麼人。玉麟是滿洲正黃旗人，字子振，一字厚齋，號研農，又號小湖，乾隆六十年乙卯恩科進士，選庶吉士，散館授編修。曾任軍機大臣、禮部、兵部尚書，駐藏大臣等職，道光九年任伊犂將軍，十二年召回，十三年卒，謚文恭。至於作此聯的張金鏞則是道光二十一年辛丑恩科進士，散館授編修，距其作此時已八年，亦相隔四科矣。（道光一朝進士科最多，三十年間居然開科十五，平均隔一年就開科，故昔日讀書人稱頌「皇恩浩蕩」也。）

「王文恪公師」，指王鼎，係陸以湉之師。王鼎爲嘉慶元年翰林，官至軍機大臣、東閣大學士，謚文恪。

聯中用馬周故事，甚切。馬周字賓王，唐代人，有文才，爲中郎將常何應詔言事，唐太宗讀之大加贊賞。唐書馬周傳，岑文本謂所親曰：「馬君鳶肩火色，騰上必速，恐不能久。」此即用本傳語。

輓 夏 超

一九七〇年五月四日，馬叙倫先生在北京逝世，享年八十六歲。記得一九三四、三五這兩年，我在北京和他閒談，他談及民國十五年，國民革命軍北伐時，他勸夏超加入革命軍一事

當時夏超是浙江省省長，民國十三年（一九二四年）九月，孫傳芳從福建暗襲浙江，奪取盧永祥地盤，夏超時任浙江全省警務處處長，兼省會警察廳廳長，暗中與孫傳芳聯絡好了，獻杭州爲進見禮，盧遂退出浙江，溜往日本孫委夏超爲省長。

馬先生在民國十一年（一九二二年）做浙江教育廳長時，便和夏超相識，民國十五年北伐軍在兩湖一帶節節勝利，馬先生就勸夏超起義，夏答應了，派馬先生往廣州和國民政府接洽，國民政府即委任夏超爲國民革命軍第十八軍軍長兼理民政事宜。這是十月十六日的事，十七日夏超即電告就職。這時候孫傳芳正在江西督師與北伐軍鏖戰，聞訊吃了一驚，即下令免去夏超省長之職，派陳儀繼任（即二十五年前做台灣行政長官之人，後來被蔣介石槍斃），一面令宋梅村率兵攻浙，與夏超的保安隊戰于嘉興，夏超兵敗被殺。浙江因此直到下一年二月才「解放」。

北伐軍入杭州後，爲夏超舉行追悼會，省參議員許行彬撰送輓聯云：

十年謀生聚教訓，惜無范蠡文種；
一世養雞鳴狗盜，誰爲聶政荆軻。

上聯指死者在浙江搞了十多年，一向不能容物，事必躬親，沒有好的幕僚相佐。下聯指夏超只用些流氓地痞做爪牙，死後也沒有人能爲他報仇雪恨。上聯所說尚近事實，至于所謂報仇雪恨，則昔日的有槍階級殺來殺去，時而友，時而敵，一場胡塗帳是算不清的，實不應鼓勵報仇也。

夏超之失敗，在于辦事不够密，不够快，他和他的部屬都沒有軍事經驗，軍事的技術也差，而且他的保安隊的訓練也不够，遂致一敗身死。如果他够運，也許後來在國民黨政府下飛黃騰達，如陳調元、陳儀（二陳皆孫傳芳部將，後來降北伐軍的）那樣，爲蔣介石寵信了。夏超一向主張浙人治浙，正合蔣介石之意呢。

無情對

對聯中有所謂「無情對」者，是最有趣的一種，例如「樹已半枯休縱斧」對「果然一點不相干」，字字都對得銖兩悉稱，樹對果，這是名詞對名詞，已對然，這兩個是虛字，而上聯的「斧」字與下聯的「干」字對得更好，因為干也是武器也。「樹已半枯休縱斧」是有字義的，拿「果然一點不相干」來對，實在文理欠通，但又每個字都對得很工整，這就叫「無情對」。

清末做出使日本大臣的李家駒，字柳溪，有人拿荷蘭水來對他的字。辛亥革命時的浙江都督湯壽潛，字蟄仙，人家拿「湯蟄仙」對「油炸鬼」。不過這還是對得通，不能說是無情對，只是對得怪一點罷了。光緒年間一個宰相名叫額勒和布，是滿洲人，北京人將「腰繫戰裙」來對他的名，想起來確是令人好笑。

三十年前，李宗仁、宋漢章都是名人，李是廣西省的軍閥，而宋漢章則是銀行家，是中國銀行的總經理。（李死于一九六九年，宋一九六八年。）有人以「荔支核」對李宗仁，「清明節」對宋漢章。妙在漢宋明清都是中國歷史上的國號，又皆倒置，章對節又極工整也。民國十二三年間，東北有白俄領袖名謝米諾夫者，和軍閥土匪勾結，攪風攪雨，是一個新聞人物，上海有人用「懷橘奉母」來對他的譯名，也是極有趣的無情對。

近年，香港有人用古詩來對市井流行的口頭語，怪得很有趣，現在錄數首於此。如：「赤柱有食兼有住；汀洲無浪復無烟。」赤柱是香港監獄所在地，香港人提到赤柱就差不多都想到監獄的。香港俚語，叫「風聲緊」為「水緊」，無牌小販避警察曰「走鬼」，有人以杜詩對俚語云：「水緊一聲齊走鬼；風飄萬點正愁人。」此外還有幾對很有趣的，盡錄如下：「白日放歌須縱酒；黑燈跳舞好揩油。」「怕熱最宜穿短褲；論功還欲請長纓。」「西山白雪三城戍；南國紅眉七鑊開。」紅眉是舞女名，一九五四年被一無賴青年脅至山光飯店開房，「開鑊」一詞，遍傳香港，以古詩對時事，眞妙不可言。（「連開七鑊」言迫她做愛七次也。）

從前上海有人用古詩「公門桃李爭榮日」對「法國荷蘭比利時」。下聯一連用三個國名去對，看來不通之至，但拆開來對，却又對得極其工整，這正是無情對上乘之作，與「果然一點不相干」有異曲同工之妙。

白門新柳

光緒初年，薛時雨為南京某書院山長，時在太平天國戰爭之後，薛感慨秦淮舊事，偶作「白門新柳記」一書，續舊院之叢談，蓋亦「畫舫錄」「板橋雜記」之例耳，本無關于政治。但那時候金陵禁娼，當局認為「白門新柳記」係罪首禍魁，將書板劈去當柴燒，并於書院試士之日，特出題目譏之。題目有「勸農辭」、「喜雨亭記」，於是雙方大動唇舌，演成文字戰爭。金陵士人有撰聯以記其事，聯云：

喜雨亭記，勸農夫詞，官場與詞場，互肆譏評果誰是；
絳帳生徒，白門楊柳，風流本風雅，偶然游戲亦何妨。

辭雖不盡工，但亦可見儒林的清議了。

乾隆年間，董誥有族人居北京，他的客廳懸有一聯，係前人所書者，句云：

賢者亦樂此；
卓爾末由從。

字極雄偉可喜，董氏極寶之，藏二十餘年矣。一日，紀曉嵐過訪，見聯曰：「此聯雖佳，但在尊府却不可掛。」主人問為什麼。紀曰：「上聯嵌一個賢字，下聯嵌一卓字，豈非君家遙遙兩華胄耶？」主人爽然，立即命人撤去，以後不再懸掛。（按：董賢係龍陽君，董卓係大姦臣，皆漢朝人。）

英使謁見乾隆記實（續）

馬戛爾尼 原著
秦仲龢 譯寫

我等他說完後，說：「我們現在要往舟山，但前幾天，我託和中堂派人送往舟山的信，不知現在已送到未。」松大人問是什麽信，我說就是我寫給高華勳爵請他停船等候我的信。他說：「這封信大概不關重要的吧，怕還沒有送去。」我說：「這封信不是不關重要的。因爲我們的國王只命高華勳爵駕駛『獅子』號送我到中國爲止。到中國之後，如果我不令他留候，他就可以自由督飭該船駛往他處。因『獅子』號軍艦的其它任務頗多，不單是送我到中國的。」松大人說：「既然這樣，兄弟立刻寫信往北京，請和中堂即日派人飛送舟山，也許不致趕不上的。」我說：「這樣就再好沒有了。」坐了一會，我辭別囘船。

「出使中國記」記云：特使辭謝之後囘到自己船上。不到半小時，松大人就來囘拜。正式談話剛剛已經談畢，這時就閒談起來。特使談到過去曾在俄國出使三年。松大人非常奇怪一次出差怎麽會長達三年。特使然後向他介紹歐洲各國互派使節的慣例，通過常駐使節來解除兩國間的誤會，敦睦兩國間的友誼。

松大人在談話中極力打聽英國以及其他同中國有貿易關係的歐洲各國情况。看來他除了打聽這些材料之後向皇帝上奏之外，本人對這些問題也感興趣。據說松大人每天要給皇帝寫奏摺報告情况，這足以表明皇帝對使節團如何重視。

特使認爲通過這樣親切交談間接同皇帝聯系來促成使節團的眞正使命，比在皇宮覲見正式談話還更方便有利。特使同松大人兩隻船挨着走得很近，任何一方招呼一聲就可以上到對方的船。兩個人的來往非常頻繁。松大人在談話中常常把由於他向皇帝做的關於使節團的情况報告，皇帝給他的諭旨中有關問候特使及其隨員的地方讀給特使聽。松大人可能發見過去那位欽差（按：即徵瑞。——仲龢注）所做的關於使節團的報告中許多地方歪曲不實，因此在他的報告中，他盡力做符合於事實的有利於特使的報告。松大人的胸襟豁達，又富有文學修養，這可能有助於糾正狹隘的民族偏見，這種偏見，由於他所受的教育以及他的家庭出身，最初他大概也在所難免的。他讀的中國書和滿洲書很多，學識非常豐富。在所有同特使接觸過的中國官吏中，只有他一個人在旅途中携帶大批書籍閱讀。他的態度非常謙和，雖然他還是保持着他的地位所應有的尊嚴。他不僅是一位閣老，而且賞穿黃馬褂。賞穿黃馬褂在中國是一個最高的榮譽，穿的人體現出似乎一種神聖不可侵犯的樣子。

喬大人與王大人雖然也都稱爲「大人」，但他們盡量避免當着松大人的面前來見特使，他們在松大人面前須恭敬侍立，沒有坐位。有一次特使的中國繙譯不自覺地當着松大人的面前坐下，馬上被他糾正站起來。過去在那位欽差的指示下，招待使節團的下級官員們時時阻碍和禁止使節團人員在停船時候上岸散步。現在他們不過問使節團人員的行動了。使節團員們也并不利用人家所給的這種便利，任意在岸上游覽，耽誤路程。從通州府到天津這一段路，雖然天時和莊稼有些變化，對使節團來說已經是舊游之地。

我囘到船上還未到一個鐘頭，松大人就來囘拜。賓主客套了一陣後，因爲正經事剛才已說過，現在就可以隨便聊天了。松大人和我談了許多有關俄羅斯的話，他說俄羅斯人雖然兇狠野蠻，但還不能算得是惡人。我說，從前我奉敝國國王之命，曾在俄羅斯住了三年之久。松大人聽了很覺得奇怪，他問爲什麽一任欽差做了三年那麽久呢。我說，我們歐洲各國，大家都講交情，這一國派了大使常駐在那一國，那一國也派了大使常住在這一國。如此兩國之中，如果發生了什麽問題，就可以由所派的大使就近辦理，這是歐洲各國的通例，一向如此，到了今日仍是這樣辦理的。

松大人說：「我們中國就不是這樣了，我們從來沒有派使臣到外國去，外國派來進貢的使臣，乃是一種臨時的舉動，照例至多只許在京城裏耽閣四十天，假如有了重大事故，也許延長到八十天，可是雖然有這句話，却是千載難逢的。」松大人又提到中國的規矩禮法。他說：「我們中國自有中國的規矩禮法，如果這種規矩禮法對于中國沒有什麽不便之處，我們是不會把它改變的。所以外國人到中國，遇上了中西規矩禮法不同之處，就只好依照中國的規矩禮法行事了。這種規矩禮法，中國人行之已久，雖然外國人見了以爲奇怪，或行之不便，但中國絕對不能依外國人的話來改變成法的。」

我說：「中西規矩有這樣的不同，那麽，本特使這次奉派到中國，對于中國的種種規矩禮法都很陌生，難保在覲見之時，不無失禮之處。但是這種失誤，似乎不能算作是本特使的過失，因爲本人到了中國之後，自知人地生疏，什麽規矩都不懂，因此就向富有經驗的人請教。他們都是久居中華的西方傳教士，本人都依照他們所教的做去，如果依了他們所教的還要鬧笑話，對皇帝陛下及其大臣有失禮之處，那就不是我的不是，是他們的不是了。」

松大人忙說：「那裏的話，那裏的話，貴特使這次到中國，一切舉動都很合適，就算有什麽不周到之處，朝廷也決不會因此小事而過事苛求的。」

松大人辭別後，王、喬兩大人仍留在我的船上，一直談到晚上才去。在我們談話中，他們透露了一件頗有趣的事情，値得一記。他們說，使節團這次從北京前往舟山，途中所用船隻大小凡四十艘，服務的人，上自大員以至夫力船戶等，大約有一千人。皇帝規定每日限開銷五千兩，如有不敷之數，應由沿途地方官供給。

他們又說，使節團在北京時，每日費用規定爲一千五百兩（每兩約合英金六先令八便士）。中國的生活程度很低，物價極廉，而使節團一日的費用竟然要一千五百兩之巨，眞是駭人聞聽之事。我們在北京時，雖然一切供應頗有失之奢汰之嫌，但何至每日要開銷至一千五百兩之多，這是令人難以置信的。也許是乾隆皇帝爲了優待我們，定下了這個極爲優裕的數字，而經手人太多，層層剝削，規定的數目與實際的開銷相去極遠。記得喬大人曾對我說過，去年山東黃河缺口，淹沒民居無數，幸無死人，皇帝深知該省情形（原注：因爲皇帝在中年時代，曾在山東打獵。按：此或指乾隆下江南也。——譯者），他接到地方官報告後，立即命政府撥庫銀十萬兩振濟災民。怎知戶部首先就扣下二萬兩，第二個經手人又扣一萬兩，第三個五千兩，以後有扣數千數百不等，到了發到災區，用在災民身上的不過二萬兩而已。

喬大人所說，我認爲是可信的。誰說中國人的道德好過其他的國家？我以爲孔夫子的徒子徒孫和西方的瑪門的子孫亦半斤八兩罷了。（瑪門的原文作 Mammon，是西方神話中掌管天下財富之神，亦譯爲財神。——譯者。）

「出使中國記」記云：中國政府對宗教事務上的收入不收稅。中國人在每月的初一和十五，春秋兩季以及歲首年頭等時節都要舉行宗教儀式，這要花費許多時間，還要一些犧牲供品。過年是中國最大的節日，花費最大。但它也產生一些好作用。中國人認爲一元復始，萬象更新。許多朋友平時沒有工夫見面，在這個時候都要互相拜會，增進友誼或解除誤會。貧苦的鄉下人在幾個月前就盼望和准備着這個節日，他們勞碌了一年，借着過年的機會享受一下。在這個節日，幷沒有規定休息多少天。長期勞動的人不需要屢屢休息。

中國人一般都能長期勞動，當中沒有暫歇。在這一點上歐洲下等社會人趕不上中國人。中國人在父母監督之下長期生活，這有助于養成良好的生活習慣。他們早婚，天性寧靜，他們不亂搞男女關係，他們不易傳染疾病，損害青春健康。總而言之，他們過着一種簡單而有規則的生活。

根據具體資料調查，歐洲的富人雖然生活非常放蕩糜爛，但他們的平均年齡仍然比歐洲下等人士的平均年齡多十歲。歐洲下等人當中勞動過度，沒有適當的享受和營養，難于適應險惡氣候，易于感受疾病，缺乏休息，無錢治病，等等原因都促使他們早亡。

中國人不過星期天，而且也沒有七天爲一周的制度。廟宇的大門每天開着，人們隨時可以進去燒香施舍。和尚就依靠信徒們的布施生活。在中國沒有爲宗教課什一稅的土地。從前一個皇帝開始，改按個人担負能力征收土地稅。中國政府還對進口貨和奢侈品也征稅。征收後兩種稅的結果使商人相應地把售價提高，最後這筆錢還是出自消費者身上。貨物由一省到另一省要征收過境稅。中國的一個省相等于歐洲一個國的大小。每省都有一些土特產行銷其他各省。各省的過境稅加起來形成國家一筆很大收入。此外，各屬國和全國臣民向皇帝的進貢和沒收貪官汚吏的家產也是國庫財源之一。大米征收實物稅，雜粮因係貧苦人民的主食，免收稅。小麥也免稅。中國人喜歡吃米，不喜歡吃麥。

十月十一日，星期五。　今日船行極慢，船夫和縴夫竭全日之力，只不過走了十幾華里。因爲河水極淺，水力已不能將船浮起，但船仍然能慢慢進行，完全是人力硬拉，使船底和河床相擦而進。有一船因體積較大，而所載較重，竭力拉之，竟然不能進行一尺，後來由馬斯惠爾先生、麥金托什船長和吉蘭醫生等向中國官員獻策，將大船所載之物，分別移往小船，使大船的重量減輕，這樣大船才能前進。他們三人本住在大船上的，現在只好改坐較小的船了。

巴勞「中國旅行記」記云：夜裏，有一大船擱淺，不能進行一步。這時候天氣很冷，河水幾乎要結成冰，而船戶和縴夫人等，因此係官府所雇的船隻，如果不設法使它前進，大老爺們一定不高興，于是不辭勞苦，合數十人之力，齊赴水中推船，又在前盡力拉，希望稍有進步，但從夜裏到日出，竭其精力，船仍文風不動，人人都神疲力竭，動都不能動了。

（待續）

花隨人聖盦摭憶

補篇

黃秋岳遺著

定價
精裝：美金六元
平裝：美金五元

大華出版社印行

定價每冊港幣一元

大華

第一卷 第四期（十月號）

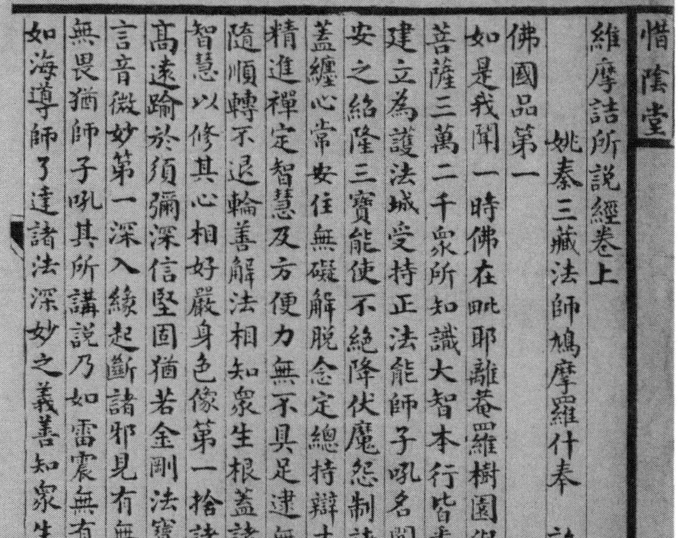
惜陰堂

維摩詰所說經卷上

姚秦三藏法師鳩摩羅什奉　詔譯

佛國品第一

如是我聞一時佛在毗耶離菴羅樹園與大比丘衆八千人俱菩薩三萬二千衆所知識大智本行皆悉成就諸佛威神之所建立為護法城受持正法能師子吼名聞十方衆人不請友而安之紹隆三寶能使不絕降伏魔怨制諸外道悉已清淨永離蓋纏心常安住無礙解脫念定總持辯才不斷布施持戒忍辱精進禪定智慧及方便力無不具足逮無所得不起法忍已能隨順轉不退輪善解法相知衆生根蓋諸大衆得無所畏功德智慧以修其心相好嚴身色像第一捨諸世間所有飾好名稱高遠踰於須彌深信堅固猶若金剛法寶普照而雨甘露於衆言音微妙第一深入緣起斷諸邪見有無二邊無復餘習演法無畏猶師子吼其所講說乃如雷震無有量已過量集衆法寶如海導師了達諸法深妙之義善知衆生往來所趣及心所行

大華

第一卷　第四期　（總46號）

香港東華醫院與高滿和……高貞白 2
一本書的傳奇……陳思 6
蔣介石「慷慨」……襄公 9
周作人「賣文」一故事……伯雨 10
國民黨左派消凝記……李燄生 11
林庚白詠遺老……張猛龍 14
粵語小論……陳潞 15
教學生跑……李儒 17
吳震修脫險記……竹披 18
讀水滸傳……季炎 19
美國毒氣火箭倒入海底的內幕……文道譯 22
左宗棠不肯稱晚生……作舟 24
日本賄蘇乞降眞象……王俊譯 25
惜陰堂辛亥革命記（續完）……趙叔雍遺著 27
袁凱世就職失儀……陸寶鳳 31
趙鳳昌及其書法……林熙 32
上海的橡皮股票風潮（續完）……伍喬 33
春風盧聯話……林熙 36
英使謁見乾隆記實……秦仲龢譯 38

封面插圖：趙鳳昌寫經

大華（月刊）第一卷第四期（總46號）
一九七〇年十月一日出版
Cathay Review (Monthly)
Dah-Wah Press.
36, Haven St, 5th fl. Hong Kong

出版者：大華出版社
地址：香港銅鑼灣希雲街36號6樓
電話：七六三七八六

督印人：高貞白
總編輯：林熙
印刷者：大同印務公司
香港北角和富道96號
電話：七一七五四四

總代理：吳興記書報社
電話：H四五〇五六一　四五〇七六六

星馬代理：遠東文化事業有限公司
新加坡厦門街十九號
檳城沓田仔街一七一號

泰國代理：集成圖書公司
曼谷耀華力路二三三號

越南代理：聯興書報社
越南堤岸新行街二十二號

其他地區代理：
澳門：可大文具店　寮國：永珍圖書公司
亞庇：利文公司　斗湖：光明書店
千里達：中華公司　菲律賓：玲瓏書局
倫敦：東寶公司　紐約：友聯圖書公司
芝加哥：杏林春　洛杉磯：永安堂
波士頓：中西公司　檀香山：大元公司
三藩市：新生圖書公司　三藩市：文化商店
加拿大：香港商店　加拿大：新國華公司

香港東華醫院與高滿和

高貞白

香港的東華醫院是淸同治九年庚午（一八七〇年）創建的，一九七〇年，爲該院誕生一百周年紀念，主事人要熱熱鬧鬧慶祝一番，那是應該的。記得一九六〇年十月六日，該院慶祝它的九十周年大會時，袞袞諸公極盡鋪張能事，今年百周年「大壽」，自應比十年前更熱鬧了。一九六〇年八月一日東華三院本屆主席張玉麟先生在報上發表「東華三院九十年發展史畧」的篇首語中，提到編印「東華三院發展史」的主旨，第一，在使關懷三院的人們明瞭三院已往的歷史及現在情況；第二，亦使「前賢後世子孫，亦獲睹乃父，祖當年嘉惠貧病大衆之善擧，不致因年久代遠而湮沒無聞。」

我讀過張先生那段文字之後，有些感慨，感慨之餘，準備十年後再發「思古之幽情。」幸喜十年後的今天我還健在，並且身體精神比十年前更好，於是偸借人家「百齡大慶」之光，作我人海賣文的材料，亦一樂也。但也許有人會問：一個公共機構慶祝百齡，與你何干，有什麽樂可言？我就會答他：我的祖父就是東華醫院首屆院董十三人之一。一百年前負責組織東華醫院就是這十三個人。這十三人的子孫目前在香港的不知有多少人，我想諒也不少，卽如先祖遺下在香港的就有十五六人之多。

同治九年庚午（一八七〇年）香港總督麥當奴（Sir Richard Groves Macdonnell,C. B. 一八六六年三月十一日到任，一八七二年四月十六日卸任）示意中國幾個有錢的商人，創辦一所中國人的醫院，作爲收容貧病華人之所。遂由當局指定華商十三人負責進行組織。這十三位首任院董，後來稱爲「倡建總理」，芳名列左：

職別	**姓名**	**別字**	**代表商號**
主席	梁雲漢	鶴巢	刧行洋行
首總理	李璿	玉衡	和興金山莊
首總理	陳桂士	瑞南	瑞記洋行
總理	陳朝忠	定之	同福棧
總理	楊寶昭	瓊石	謙吉匹頭行
總理	高滿華	楚香	元發南北行
總理	鄧伯庸	鑑之	廣利源南北行
總理	陳美揚	錦波	天和祥
總理	羅振綱	伯常	上海銀行
總理	蔡永接	龍之	太平洋行
總理	黃勝	平甫	英華書院
總理	何錫	斐然	建南米行
總理	吳振揚	翼雲	福隆公白行

這十三位總理裏邊，第六位的高滿華就是我的祖父。其實他名叫滿和，不是滿華。滿和是他的乳名（弟名曜和，早卒）。祖父未發財之前，本在鄉間種田，農民人家，只取一名，不如士大夫階級有一名和幾個字，幾個號那麽風雅。當他到暹羅時，年歲還很輕，也曾自駕紅頭船來往潮州與暹羅之間，人稱他爲「滿和船主」，後來在暹羅發了財，開設元發盛火礱（卽輾穀廠，輾成白米後，運至香港，接濟廣東民食。因爲自乾隆末年，廣東常靠洋米入口，道光間，阮元爲兩廣總督，且奏明洋米入口予以優待，故當時經營洋米者類多能致富），又在香港創辦元發行，暹羅僑胞又尊稱他爲「滿和座山」（座山者，猶言「事頭」也）。先祖後來改名廷楷，字宗實，號楚香。

自從祖父發了洋財後，我們才由玉窖鄉搬到澄海城內猴三巷居住，因爲祖父是農民出身，文化水平很低，發財後第一次返鄉，就被縣衙門的差役假文書把他拘到衙門的門房，「罪名」爲通番。後來花了八百兩銀子託縣衙門的書吏把「罪名」脫掉。（詳細情形我在「大華」四十二期「從泰國曼谷京城六塊大石碑談起」一文已有說及，不贅）祖父受此打擊，就決意讓我的父親讀書，希望得個功名，免被人家欺侮，但當時我的父親只有十一二歲大，等他考試博取功名，還要一個時期，不如自己捐個官銜，以便和士大夫來往，人家就不敢隨便來欺壓了。於是花些錢捐了一個正五品的候選同知，已是「衣帶榮身」，厠於士紳之列了。因爲他是有功名的僑港富商，便有資格被選爲東華醫院的首任院董。到光緒四年（一八七八年），又因辦理華僑捐欵救濟山西省旱災，又得到「奏叙即用知府加五級」。（光緒三年，山西省大旱，直隸總督李鴻章派福建巡撫丁日昌，請廣東福建兩地華僑捐欵救災。先祖在香港、暹羅、新加坡都出了很大力量，大爲丁日昌稱贊，說他急公好義。當時李鴻章上奏清廷有云：「其香港、新加坡、安南、暹羅等處，潮人貿易尤多，查有候選知府柯振捷、候選同知高廷楷，深明大義，勇於爲善，於各該處情形，尤爲熟悉，可以商派妥實員紳前往勸助，以期多多益善。……」見「光緒朝東華錄」光緒三年十一月廿三日載）先祖最後的即用知府加五級的功名，是因爲捐助山西災情換來的。

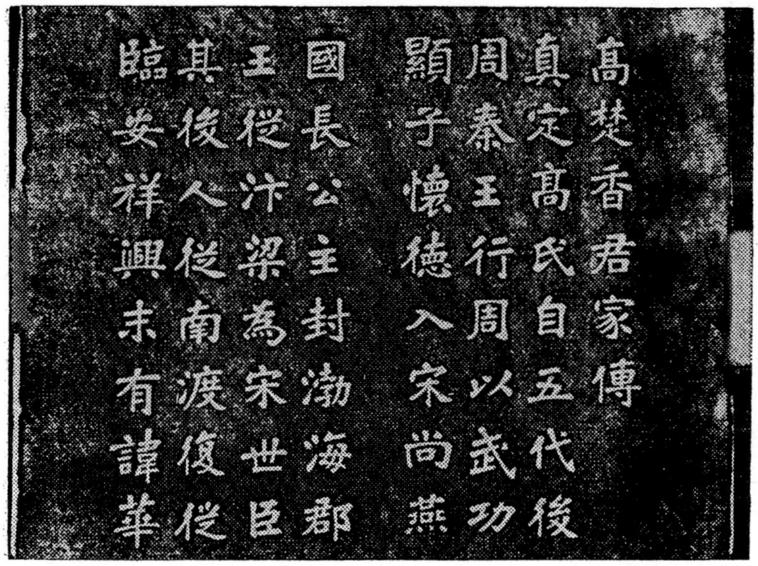
高楚香君家傳
眞定高氏自五代後
周秦王行周以武功
顯子懷德入宋尚燕
國長公主封渤海郡
王從汴梁爲宋世臣
其後人從南渡復從
臨安祥興末有諱華

香港自淪爲殖民地後，每年都有很多人來這個小島上謀生，他們大多數沒有帶家眷，如果遇到不幸身死客地，就變成「若敖之鬼」了。當時有些關懷同胞的熱心人士，就發起建造一所香港義祠，以便供奉死者的木主，一來可以慰死者在於泉下，二來使到死者家人有機會到香港時，亦可以領回木主，帶返鄉間供奉（中國人三千年來都相信人死後其魄附於木主，故極重木主）。這班人就向香港當局請求撥出地皮，做建築義祠之用。經香港總督般咸批准後，香港義祠遂於咸豐元年（一八五一年）落成。

香港義祠建成後，因爲辦理不善，而且也沒有固定的經費，漸漸就少有人去關心它，更沒有人肯出面負責管理，不久後，義祠就變成一個流浪人的「公寓」和病危垂死者的「醫院」，亂糟糟一團。幾個有地位的僑領看了實在不順眼，欲加以整頓，但又怕得罪了一班貧苦大衆，遲遲不敢動。如是者又過了六七年，到同治七年（一八六八年），先祖由暹羅帶先父回鄉讀書（其時先父十二歲），道經香港，在元發行宴客，席中有人談到香港義祠烏烟瘴氣的事，先祖就對黃勝說，既然這樣，爲什麼不向地方當局反映一下呢？黃勝反而對先祖說：「楚翁是南北行領袖，既富且貴，應由楚翁向上頭說出這個情形，整頓整頓，爲我們僑胞造福。」先祖說：「我並非沒有此心，只是我不懂番話，生平不喜入公門，中國的衙門都不入，何況外國？還是請老兄偏勞，功德無量。」

到下一年香港當局忽有解散香港義祠之舉，據說是黃勝聯同梁雲漢向港督麥當奴建議的，同時，還建議創辦一所華人醫院，收容有疾病的貧苦大衆，並請當局撥出公地，用作醫院地址。當局答應了，首先指定普仁街一塊地皮爲建院之用，又撥出一萬五千元爲補助建築費。這是同治八年（一八六九年）的事。是年六月，梁雲漢等人發動募捐，數月之間，就籌募得三萬餘元，加上地方當局那一萬五千元，剛剛够做建築費。

同治九年庚午（一八七〇年）四月九日，東華醫院舉行奠基禮，由香港總督麥

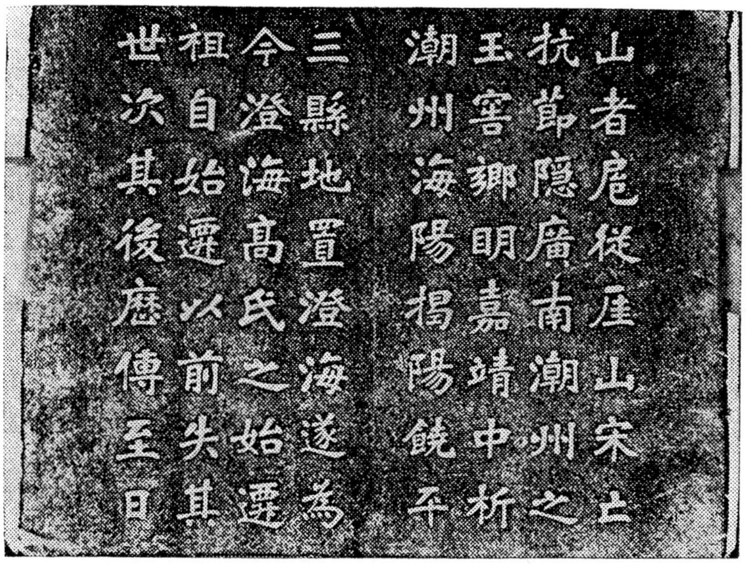

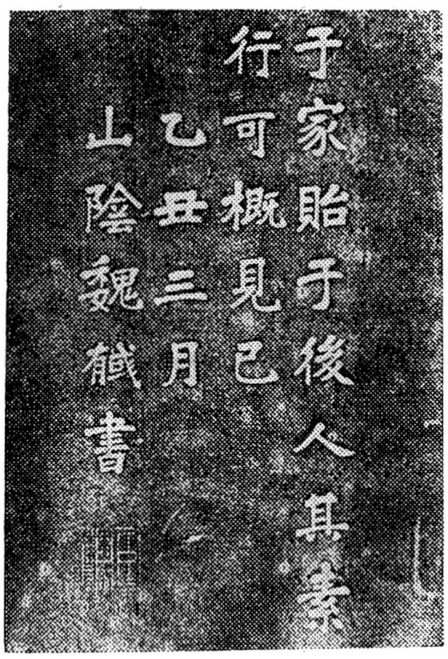

當奴親臨主持。取名東華，是由名孝廉呂洪（字拔湖，在廣州教大館，梁士詒曾游其門）所擬，蓋取「廣東華人的醫院」之義。正門「東華醫院」四字，是梁雲漢請當時廣州學海堂學長陳璞所寫的。陳璞索潤筆二百兩，梁雲漢因爲陳璞是一代學者，藝術名家，亦不討價還價，立即答允。但他又想到善欵籌集不易，爲了四個招牌字便花去二百金，何以對捐欵的人，於是他就對陳璞說：「這二百兩銀子是我私人拿出來的。」陳接上手後呵呵大笑道：「你以爲我眞的要你這許多嗎？人之欲善，誰不如我？區區四字，我怎敢要到這個大數目，只不過想替東華醫院扒多幾個錢罷了。這二百兩筆金，我就捐給東華醫院，廣結善緣。」現在東華醫院門額這四個字還保存如新。（按：陳璞字子瑜，號古樵，番禺人，咸豐元年中擧，一任江西安福知縣，工詩、書、畫，書得米董神髓，畫蒼渾秀潤，法大癡、北苑、亦間效清湘，殊自矜重，不輕下筆。）

同治九年五月初九日（一八七〇年四月九日），港督麥當奴主持東華醫院奠基典禮。到同治十一年正月初六日落成，是日爲陽曆二月十四日，當時的「德臣西報」記其盛況甚詳，據說當倡建總理行禮時，人山人海，紛紛湧到院內觀禮，雖出動全部更練維持秩序，但擁上前的人甚至有將脚踏上椅子的墊上，這張椅子是舊日廣州十三行富豪潘正煒（英文作Poon Tinqua，按：正煒之祖潘啓，爲乾隆間廣州十三行行商同文行的創辦人，以富稱一時）之物，因辦食鹽拖欠公欵，而爲政府查抄云云。

同治十一年辛未（一八七一年）東華醫院總理，仍爲倡建那十三人，這一任共爲三年，自此以後，每年一任。到光緒八年壬午（一八八二年）的値年總理，我的父親舜琴先生亦被推爲總理。茲將這一屆的總理名單列左：

職別	**姓名**	**別字**	**代表商號**
主席	何獻墀	崑山	安泰保險公司
首總理	謝保泰	啓東	義昌南北行
首總理	馮瑞年	弼卿	今寶銀行
總理	吳應艮	賡堂	法國輪船公司
總理	高學能	舜琴	元發南北行
總理	黃象賢	齊山	新泰利金山行
總理	游衎蕃	雲樵	福泰匹頭行
總理	容元貞	達舫	渣打銀行
總理	陳　璋	玉堂	聯衞公司米行
總理	梁鳳詔	侶偕	祥泰當押行
總理	陳敬端	峻雲	福源公白行

這一屆的東華醫院新舊任總理是六月初九日交代的，先父列名在第四位總理，他似乎沒有到香港就職。因爲是年正月初十日先祖滿和公在故鄉逝世，六月初九日距正月初十，才不過一百二十多天，他會不會急急忙忙就來香港主持先人創下的商業機構，頗成疑問。不過我記得四十年前嫡母林夫人常對我說，先祖謝世時，先父才廿六歲，守制百日後，即由其表兄陳德

輝（字春泉，土名利財，年少時，由先祖帶他到香港元發行，委以重任，後來升爲經理，發財數百萬，自創裕德成、公同泰等行，一九二二年死於香港，其長子殿臣繼爲元發行經理）陪同至香港，將大權移交。據此看來，他又似乎有親臨就職之舉了。

先父主持香港、暹羅、新加坡三處生意後，營業一日千里，單以香港元發行一處來說，在光緒九年至十五年（一八八三——一八八九），每年的純利平均都是二十五六萬兩。元發行是「九八行」（卽代客賣貨，賣出後每百元收取佣金二元），只要各港客戶的貨物來存入元發行貨倉寄賣，數量越多，收取的佣金當然更多。自先父主持元發行後，憑他的面子和聲譽，各港商號都樂意把貨物交元發行代賣，尤其是光緒十四年先父中舉之後，有了功名，商場中人對他都有信賴和崇敬之心，因此生意更爲發達，客戶中有不少兩三年還不來支取貨欵，存放在元發行好像存在銀行一樣安全。到光緒十五年後，生意更爲興旺，每年代客戶所賣的貨，價值一千六七百萬元，自己辦來的白米與代理黃仲涵沙糖的贏利還不計算在內。爲什麽生意這樣好呢？一來是先父每年必往南洋、北洋各港拉生意，二來是凡託元發行賣貨物的商號，都能賺錢；改託別家南北行字號，往往賠本。因此一般商號都認爲元發行正在興旺，託它賣貨最好不過。

到光緒十八年壬辰（一八九二年），香港商界又推舉先父爲東華醫院主席，六月初十日新舊任交代，現在將這一屆的總理名字列左：

職別	姓名	別號	代表商號
主席	高學能	舜琴	元發行南北行
首總理	何昌綠	舜廷	德隆安金山行
首總理	譚國英	傑卿	信盛號
總理	李文彬	廣之	溢隆綢緞行
總理	羅鏡泉	鑑堂	茂和祥南北行
總理	馮德祥	華川	中華匯理銀行
總理	黃啓圖	匯川	亨記花紗行
總理	周英翰	達堂	義行洋行
總理	陳兆宗	賓東	省港澳輪船公司
總理	何朝若	舜宜	泰安當押行
總理	余存中	心壺	廣源盛公白行
總理	陳光夏	心谷	聚盛米行

這一任的主席，先父是不想做的，因爲他公務很忙，不能常在香港，而且做過一任就算了，但大家都說他是南北行領袖，南北行商號咸推元發行爲老大哥，由他出任主席，對東華醫院籌欵更爲便當順利，他經不起大家熱心推舉，答應了，但聲明只做這一次，以後不再做了。此後十六年中，他果然沒有再出任東院總理，到民國七年戊午（一九一八年），他的六弟學潛（字嶧琴，一九四七年在故鄉逝世）才做了一任。

先祖在世時，常告戒先父兄弟，我們僑居外國地方，只好做生意，做有利僑胞的事情，在外國人旗下爲官作宰，協助統治，萬不可爲，讓別人去做好了，所以先父只肯做東華醫院總理這些慈善性質的職位。今值東華醫院百周年紀念，因記我家與該院的關係如此，以存東華醫院一段史實。

這個慈善機構成立至今一百年，產生了無數總理，眞能爲病人服務者能有幾人，我不知道；只見他們上台時許下很多諾言，兌現者可數。但有一點可以看出，七八十年前那些總理確是誠心誠意辦理院務，他們不利用該院爲「橋梁」，只是出錢出力，亦不想從中撈一筆油水。蓋古人純樸無華，且有「天朝」之感，昔賢與時賢之別，其在此乎？

一九七〇年九月二日。

附記：文中插圖，係魏鐵三所寫的先祖家傳拓本（吳道鎔撰文），共刻石八塊，這裏只登出第一、二兩石及第八石的墨拓。這幾塊石刻是北京琉璃廠著名刻碑店陳雲亭所刻的，一九二六年刻成，直至一九三二年始運返汕頭，現在下落如何我不知道，幸喜我還藏有一份拓本。

一本書的傳奇

——一個新聞記者的獨白——

陳思

一本很平常的書：知堂老人的回想錄，過去一個月中突然成爲一家晚報的頭條新聞，一家晚報的七天專欄，一份月刊的專文，單從一本書的命運來講，可說够傳奇性了。可是從書的內容來說，一點傳奇性也沒有。——無以名之，只是一種新聞記者的過敏性，在這個世界之窗的複雜環境中，事事會讓一些專家們嗅到了什麽政治的氣息，眞是妙事。

且說，一九五六年秋天，記者從香港到了北京，到西單八道灣十一號去訪問知堂老人（周作人）。周氏兄弟：樹人、作人、建人，還有許廣平大姐，原是我的朋友，而且往來得相當親密。那時，老人年已七十二，年老體弱，醫生吩咐，見客只能談三五分鐘。他却特別高興，留我談了一點多鐘。八道灣十一號，原是周氏兄弟的住宅，知堂老人仍住在後進。那時，他的幾種譯稿，在香港大公書局出版；我們也談到寫稿的事。我把熱風半月刊送給他，他看了很有趣，說熱風頗有當年語絲的風格。因此，他把那一束老虎橋雜詩交給我，還寫了一張條幅給我，都已刊在熱風上，不待我來再說。

當時，港中朋友很起勁地在編刊「鄉土」（半月刊）和文藝世紀（月刊），他們很愛好老人的散文，要我便中向老人要了一些來。他們兩家，平分春色，還刊行了兩種雜文集（乙酉文編和「過去的工作」）。老人在北京替人民出版社在翻譯歐洲及日本古典名著，每月預支固定的稿費。海外寫稿的稿費，只能算是吃了燒餅拾芝蔴了。（知堂五十自壽詩之二，有「徒羨低頭咬大蒜，未妨拍桌拾芝蔴」之句，因此，我寫信給他，說海外稿費，只能算是拾芝蔴的）我先後進京十一次，和老人見了九次面，一九五九年以後，我回港帮着朋友辦循環日報，報運不十分亨通。接着，我又進入肝胆炎的重症，一病便是四年多，久不入京了。循環日報初辦時，老人曾把「北大感舊錄」寄給我，曾在循環副刊連載了兩個月。（這份稿子，有人抄了投寄給明報月刊，又刊了一回，編者還說是該刊獨得的稿子，那眞天知道了。）

因爲北大感舊錄的連載，老人乃希望有一個長期連載的機會。我就和乙兄商量了，乙兄同意了，這便是知堂回想錄的由來。那時，老人許多雜文稿，也在幾家日報晚報刊載着；而他所寫的「魯迅的故家」、「魯迅小說中的人物」，先前由上海出版社刊行的，也由北京人民出版社刊行，海外還有複印本，銷行得很廣。

老人斷斷續續，寫了二年多，三十八萬字的回想錄完稿了，那是一九六二年年底的事；乙兄也把全部稿費先後交給我，轉到北京去了。這本回想錄，內容很豐富，「詩」與「眞實」兼顧，乃是傳世之作。只是陽春白雪，太高深了一點，尤其在香港。那時，霜厓兄正準備編刊南斗月刊（文藝性），預定把老人的回想錄，作爲主稿之一，也就是後來接辦海光文藝的預案。海光中斷，我又正在重病中；陳兄又急於想把日譯本刊印出來，乃商諸老人，決定先出單行本。那時，我的病情更嚴重了，連校樣也沒心力去應付了。這一拖，

▲周作人遺像▼

到了一九六六年年底，知堂老人已在北京逝世了；我呢，到了一九六七年夏初，進醫院動手術，這本書的命運，眞是不可知了。幸而我渡過了生命難關，身體慢慢復原，勉強把校樣弄好，有出版的希望了；那知市面太壞了，排印費還沒有着落，又碰上了一個難關。

在這兒，讓我先插幾段閒話：先前，我從許壽裳先生那兒聽到了周家那本難念的經，因爲妯娌之間不和好，兄弟之間也就有了隔膜，卽算是朋友也沒有辦法的。一九五八年春天，我隨着北京各界代表團到安東去歡迎抗美援朝志願軍的凱旋回來，許廣平大姐，她也代表「作協」一同出關；那一星期之中，朝夕與共，談得很多。許大姐一向談風很健，可是，一談到老人問題，她就默然了。後來，我讀了她的「魯迅的回憶」，更懂得了一些內情。我曾把她的那些文字轉給老人看，老人對我說：「我是不辯解的！」我呢，因爲研究課題是現代中國史，對這一問題，倒要找個着落。我並不是從老人的回想錄中找答案，而是看了蔣夢麟的新潮，才來下斷語的。蔣氏，他是當年的北京大學校長，他曾正式向南京法院證明，抗戰期中，周氏等四人的留住北平，乃是校務會議所決定的。而陶希聖的回憶錄中，證實他到香港時，曾請人（葉公超先生）到北平去訪老人。老人斷然說：「日本人是不可靠的，千萬勿輕信。」陶氏的回頭是岸，和老人的忠告有關。所以我們對於這一點，應該相信老人的自述；而他也並沒有對許大姐的攻擊作任何辯解。此其一。

知堂老人交給大公書局的幾種譯稿，除了「俄羅斯民間故事」已經出版，還有一種叫「銀匙羹（？）」因爲書店停了業；店中校對余揚聲便拿去賣給S報，刋在該報副刋上。老人並不知情，也沒拿到過稿費。我到北京時，把這情形說給老人聽，老人叫我替他查明究竟，那知我回到了香港，余揚聲也已病死了。究竟這一筆稿費到那兒去了？一直沒有下落。其時，在某一晚報，忽然接到了老人的一批舊稿，高兄也寫信告訴了老人，老人給我如次的信：「前寄一信，想已達覽。頃得高君來函，稱見某晚報副刋主編，說有一批我的信件在手中，高君叫我注意。我的稿件只有兄一處代爲經理，此外別無關係。除已復高君致謝外，特請我兄知道，應否設法對付，卽除由兄處出去之稿件外，一應別的文章，我皆不負責。我因不明了港地報刋性質，故向來不亂投稿件。……在兄十分忙倦之上，又以此相煩，甚爲抱歉，唯冀亮之。」看了此信，可知明報月刋，刋登了別人抄寄的「北大懷舊錄」，還說是老人另外又托了別人的話，眞是無稽之談。此其二。

接着再說說回想錄的命運。當年，我爲什麽要勸老人寫回憶錄呢，在我們研究歷史的人眼中，便是隨時隨地設法保留第一手史料。卽如胡適博士一樣，他時時勸朋友們寫自傳，他自己却不寫，對於研究現代中國文化史，當然是一個大損失。知堂老人，他和辛亥革命主流之一：光復會人物，如秋瑾、徐伯蓀、陶成章，他們往來很密切，又是章太炎先生的弟子（章師也是光復會首領），他們在東京的活動，周氏兄弟說來親切有味。魯迅說秋瑾女士，是給拍掌拍死的，這句話，非迅翁不能說。淸末民初，浙東有一大人物湯壽潛，在先父心目中，簡直是「神」，最偉大的偶像。知堂老人却說：「軍政府的都督要捧一個湯壽潛出來，這人最是滑頭，善於做官，有一個時候，蔣觀雲批評他最妙。他說：蟄仙的手段很高，他高談濶論一頓，人家請他出來，便竭力推辭，說我不幹，及至把他擱下了，他又來撈一下子，再請他來，仍說不幹。但是下面仍是這樣撈法，却把地位逐漸的提高了。」這對我這個研究歷史的人，眞是當頭棒喝，知人論世，太不容易了。

老人和他的長兄魯迅，都是新青年五四運動中推進新文學新文化革命的主力之一。他們後來都是語絲社的領導人。老人在北京大學任教數十年；北京大學，乃是中國文化運動的燈塔，也是社會革命的核心。他們和李大釗先生最相知契，李氏殉難以後，對其兒女的照顧，老人之力爲多。因此，北大感舊錄在循環日報連載時，爲世人所注意。北京人民出版社，也準備刊行專集。至於了解魯迅性格和寫作經過，他和許壽裳，都是最適當的人。這部回想錄至少有五分之二是替魯迅生平作註解的。本來紀念魯迅先生的文字，籌備會原決定由茅盾先生作傳，許壽裳先生副之。結果，茅盾沒有動過筆，許先生也寫得很零碎，最有系統的，自該推知堂老人的幾種書了。

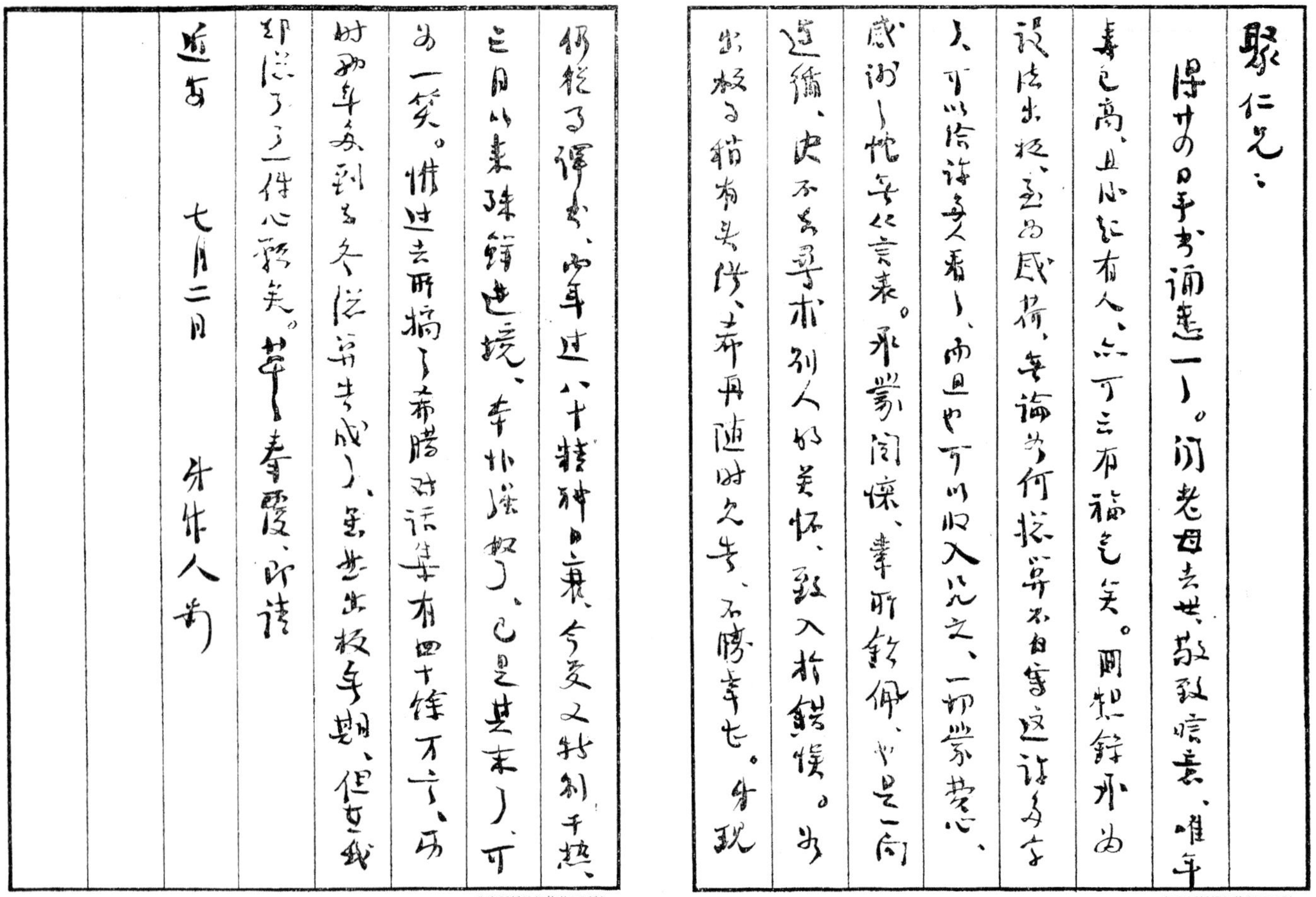
聚仁兄：
得廿四日手書誦悉一一。聞老母去世，敬致唁意，唯年
壽已高，且必已有人，亦可云有福者矣。回想錄承由
設法出版，至為感荷，無論如何總算不白寫這許多字，
又可以給許多人看了，而且也可以收入兒之，一切當費心，
感謝之忱無以言表。承蒙關懷，素所欽佩，也是一向
遵循，決不多尋求別人的關懷，致入於錯誤。如
出版了稍有頭緒，希再隨時見告，不勝幸甚。弟現
仍能了解者，少年過八十精神日衰，今受文革刺激，
已日以來殊鋪世境，[illegible]了，已是其末了，可
為一笑。惜過去所搞了希臘對話集有四十餘萬言，原
[illegible]到為冬從弟先成了，[illegible]出版年期，但其我
却從了了一件心願矣。草了奉覆，即請
近安　　七月二日　　作人啓

北京福綏境紅旗裝訂厂制

新文學運動，從五四到如今，五十年間，周民兄弟的文格，代表了兩種主潮。魯迅文字，非常深刻，都不是一般人所能學得到的。知堂的文字，淡遠移人，如飲龍井茶，耐人回味。胡適論五十年來的中國文學，曾說：「這幾年來，散文方面最可注意的發展，乃是周作人等提倡的「小品散文」。這一類的小品，用平淡的談話，包藏着深刻的意味；有時很像笨拙，其實却是幽默。這一類作品的成功，就可澈底破除那『美文不能用白話』的迷信了。」這部回想錄，値得後人來誦習，單從文格上說，已經可以不朽了。

正當我籌措印刷費無着之時，恰好李引桐兄從新加坡來，我就託他和南洋商報當局商量一回，全稿由商報先行發表，在全書連載未完時，本書暫不出版。因此，出書期延遲了一年多，排印費却有了着落。這樣，我對得起老人於地下了。這些書的刊行，都是老人自己的稿費，我費了一番心力。假使在今日還有人想盜竊老人的汗血，其人還算得有心肝的嗎？

當回想錄刊行時，我原該依從老人的話寫一篇後記的；他認爲我對他認識較深，會扼要地說一番持平的話。可是，在老人死後那幾個月，許大姐對老人先後作了苛責，老人已經不在人世，在我這個落了伍的讀書人看來，她未免有點失之恕道。我乃把一封老人寫給我的信刊在卷前，讓後世人知道此中還有一番曲折。可是，此書出版後，一位朋友提醒我：「既然家家有一本難念的經，你又何必去念呢？周家的得失短長，又關你什麽事呢？」眞是一言驚醒夢中人，我又何必投入是非圈中去呢，我便決定把那封信撤回來，這便是延期出版的主因。

這件小事，却觸起了明報記者的過敏症，說是我受了什麽方面的干涉，以致這部囘想錄不能與世人見面了。事實上，老人的知堂囘想錄已經面世了，專家們的推斷也打碎了。一部書的傳奇，在我們談新聞寫作的人眼中，倒是一個很好的題材。在尾上，我再披露了老人的一封來信：

聚仁兄：

得二十四日手書，誦悉一一。聞老母去世，敬致唁意。唯年壽已高，且後起有人，亦可云有福氣矣。囘想錄承爲設法出板，至爲感荷。無論如何，總算不白寫這許多字了，可以給許多人看了；而且也可以收入兄文，一切蒙費心，感謝之忱，無從言表。承蒙關懷，素所欽佩，也是一向遵循，決不去尋求別人的關懷，致入於錯誤。如出板事稍有頭緒，希再隨時見告，不勝幸甚。弟現仍從事譯書，而年過八十，精神日衰，今夏又特別乾熱，三月以來，殊鮮進境；本非强努，已見其末了，可爲一笑。惟過去所搞之希臘對話集有四十餘萬言，歷時兩年多，到去冬總算告成了，雖然出板無期，但在我卻總了了一件心願矣。草草奉復，即請近安！七月二日弟作人頓首。（一九六四年）

這幾封信，原準備刋入「知堂老人的暮年」中去，提早刋在這兒，讓高明的專家們，耐着性子想一想的。一個新聞記者的起碼條件，是要冷靜客觀，莫作主觀的武斷，更不可虛構情節來文飾自己的某種企圖的。

寫到這兒，我又記起了知堂老人在「文壇之外」中的幾段話來。他說：「在文學研究會存在時，我仍是會員，但是自己是文人的自信却早已消滅，這就是文學店已經關門了。」他於是以深息的嘆息接着說：「可是說也奇怪，世間一切職業可以歇業，唯在文人似乎是例外，即是自己早已廢業，社會上却不承認，不肯把他赦免。」「我在文壇之外蹲着寫我自己的文章，認爲與世無爭，可以相安無事，可是實際上未必能夠如此，這又使我很覺得爲難了。」老人地下有知，對着香港記者的敏感又該有怎麽的感想呢。

蔣介石「慷慨」

襄公

民國廿二年（一九三三年）九月，陳烱明在香港跑馬地毓秀街病逝，大出喪時也很爲熱鬧，海內外人士，除一小部分國民黨要人外，皆致送輓詞。

陳烱明因爲曾向孫中山「造反」，炮轟總統府，後來孫中山要他寫悔過書，恕他無罪，他不肯。世人因此大罵陳「犯上作亂」。國民黨要人不大敢和他往來。他死後，蔣介石並沒有罵他一句，反而命人送了五萬元給他的後人爲治喪費，這筆錢不知出自私囊，抑係國庫，不可知矣。蔣之念舊與慷國家之慨，大都類此。因憶段祺瑞移居上海時，蔣介石每月送他二萬元爲生活費，時在民國廿二年，其時二萬元是一個大數目也，蔣之手筆，不可謂不大；「恩澤」不可謂不廣矣！甚至賣國賊曹汝霖亦在此二萬元中每月沾潤一千！

周作人「賣文」一故事

伯　雨

知堂老人有一次在香港「賣文」幾乎引起一些小誤會。這件事發生在一九六一年，其經過頗爲「有趣」。現在他逝世已三年多，我不妨寫出來給喜歡談文壇軼事的人做些資料。

一九六一年十月二十日，王季友兄嫁女，晚上九時在中國酒家宴客。我到達酒家大門等候電梯時，遇到某晚報的副刊主編方先生，便一同登樓，同坐一桌。方先生在我左邊，黃蔭普在右邊，其它同坐的人有區少幹、楊作甫、陳一峯諸君，都是極熟的朋友。我低聲問方先生近日的副刊有什麽新花樣，他也低聲對我說：「我們不久就要連載周作人所寫的隨筆。」我聽後感到興趣，但立刻又覺得這是絕不會有的事。知堂老人住在北京，怎會「賣文」賣到一家毫不相識且被認爲反動的報紙呢。我即向方君表示懷疑。他說是千眞萬確的，全部稿件已交齊了。我又問：「是周先生直接和你接頭的嗎？」他說：「是他的一個學生。」我問：「有沒有得到周先生的同意。」方君說：「聽說是這批稿早已賣出給某人，稿費亦已付清了。我們在短期內就要發表的。」

這就不同尋常了。買了他的稿子的人不知是誰，當他賣出之時，買方是什麽性質的刊物，雖說買主「有權」處置他買來的文章，但文章不同其他物件，如作者本人不同意買主轉賣到別處，是可以反對的。我便對方君說：「我和知堂老人通信頗密，未見他提過這件事。現在不管怎樣，請老兄看我薄面，給我兩星期時間，待我寫信問問他。在此時期內，千萬不可刊登，以免引起誤會，使老人惹來麻煩。」方先生很够交情，答應了。

十一月八日得周作人先生二日北京來信，說：

伯雨先生：

得廿六日手書，敬悉一一。辱承關注，甚爲感謝，鄙人一向不曾爲港報寫文章，亦無學生代理，只有聽曹聚仁君勸說，寫「藥堂談往」，已有廿萬字，尚未完了。據說擬登「大公報」系統之「新晚報」，詳情須問曹君方知。此外別無投稿。至於學生代給稿件，別無其事。關於此事擬託曹君設法代爲處理，蓋弟之文章現只有他一處代爲經理也。港地事甚複雜，弟因不甚明瞭，故一切甚爲謹愼。總之身居祖國，決無亂投稿件之理，舊日學生甚多，近來亦久無往來，故所云云，其眞實性殊亦難知也。專此致謝，即請近安。周作人。十一月二日

收信後數日，我打電話問方君，他說爲了不要使老人難過，現在決定放棄原定計劃，不登載了。這件事我從未公開過，只同幾位相知朋友偶然談過而已。

陳君寄物通知已到，又一峯詩本已由陳君代到矣，又及

伯雨先生：

得廿六日手書，敬悉一一。辱承
關注，甚爲感謝。鄙人一向不曾爲
港報寫文章，亦無學生代理，只有聽
曹聚仁君勸說，寫藥堂談往，已
有廿萬字，尚未完了，據說擬登大公報
系統之新晚報，詳情須問曹君方知。
此外別無投稿。至於學生代給
稿件，別無其事。關於此事擬託曹
君設法代爲處理，蓋弟之文章現只
有他一處代爲經理也。港地事甚複
雜，弟因不甚明瞭，故一切甚爲謹愼，
總之身居祖國，決無亂投稿件之理。
舊日學生甚多，近來亦久無往來，故所
云云其眞實性殊亦難知也。專此

致謝，即請

近安　　周作人啓

十一月二日

國民黨左派消凝記

李啖生

一、改組派與改造派之分析

蒙穗生先生，在「大華」復刊第一期，有「國民黨改組派與再造派」之作。所述似有未盡未實，也有可商可量之處。所謂改組派，確如所說：全名是改組同志會，亦被稱爲國民黨左派。該會以第二屆的反蔣中委顧孟餘、陳公博、褚民誼、王法勤、潘雲超、王樂平、朱霽青、陳樹人、柏文蔚、何香凝等爲主幹，以還在法國之汪精衞爲領袖。主張恢復總理孫中山先生十三年改組國民黨的精神，提出護黨救國的口號，反對蔣介石的獨裁，實行孫先生的民主。組織系統，由中央總部，到地方分部（各省及海外的），以小組爲最低基層，同志遍及二十多省，及巴黎、東京等地。把國民黨一分爲二。將革命的國民黨人，暗裏組織起來，並且在武力方面，張發奎之外，復與唐生智以及馮玉祥、閻錫山，再而至於李宗仁、白崇禧等聯絡，聲勢之大，瀰漫於全國，有理論，有行動，無孔不入，無遠弗屆，如火如荼，此伏彼起，使到了蔣氏集團，爲之蹙額耽心。

所謂改造派，是因「改造旬刊」而得名。負責其事的，則爲孫科屬下的梁寒操、王崑崙、周一志、鍾天心、湛小岑等。他們擁胡漢民、孫科爲領袖，且與西山會議派諸人有所勾結，在蔣介石與汪精衞敵對之間，却不反蔣而反汪，自樹一幟，留下與蔣合作的機會。不但在主張上不及改組派的鮮明，組織與行動更談不到，是不足與之比擬的。但由于胡與蔣合作而做了立法院長，到了孫科後來做了行政院長，其政治主張，就隨「改造旬刊」之停版而與世長辭。改造派是被稱爲右派的，幹部皆屬孫科；胡漢民的幹部劉盧隱、黃季陸等亦不與，固步自封，曇花一現而已。

二、國民黨左派青年與CY之爭

國民黨於孫中山先生在世之日，未有左右之分。但逝世之後，便由共產黨人，以左派自稱而開始。孫先生改組國民黨，開第一次代表大會。在宣言中，宣佈聯俄、容共、扶植農工三大政策。共產黨人李大釗、毛澤東等，皆以個人參加國民黨，宣誓爲實行三民主義而努力。而許多青年國民黨人，奉行政策，在工作上，與共產黨合作無間。到了孫先生逝世之後，國民黨左派的名稱，大大的流傳於社會。但共產黨不但自己有組織，又能控制國民黨中央及省黨部，工作得到了便利，使到與之合作而不被吸收的國民黨人，在羣衆運動中，又被他們不擇手段而打擊，以我爲例，也被他們利用土劣，勾結陳濟棠，把我扣留，不是同志在中央及省黨部，以命令下於陳濟棠，恐不免於被殺。我回到了廣州，入「國聞新聞」做撰述，與社長甘乃光談其事，甘謂與我同其遭遇的同志，各地皆是如此。彼此約好，商定對策，皆以爲非另行組織，互相帮助，殊不足以應付。於是乃在民國十五年（一九二六年）之夏，在廣東教育會議的禮堂，召開數百人大會，甘乃光、陳孚木、李樸生、黃一鳴、徐天琛、范諤與我等七人，負責組織中央局，以便於指揮。我們不但據有「國聞新聞」以及「民國日報」，而且另辦一個「國民週刊」（由范諤主持）與共產黨的「嚮導」對立。另一個「青年戰士」（由許錫慶主持）與共產黨之「少年先鋒」唱其對台戲。我以當時的社會人士，把國民黨左派，都名爲共產黨，爲了澄清此觀念起見，我一面寫文章，解釋三大政策的眞義而外，且與李樸生商量，由我執筆，以「野火」的筆名，發表「給CY一封公開信」，指責他們不應再稱爲左派。共產黨方面反應迅速，畢磊與黃克歐，正式以CY代表身份，到「國民日報」編輯部見我，提出了所謂革命大義。以爲革命軍正在北伐途中，右派十分猖獗，彼此不應公開分裂，給他們以反動的機會。我的答覆是：「分裂不是我們而是你們，要繼續合作，必須把關係劃分。你們是共產黨，我們是國民黨，你們不應跨黨，不能再稱爲國民黨左派。」要求他們公開答覆，以澄清社會的觀感。畢黃兩人答應照辦，但要求彼此不要再公開衝突而已。他們很守信，發表「覆左派青年一封公開信」，他們過去吸收年青的國民黨人，以共產黨即國民黨左派爲言，此信發表，國民黨左派，與共產黨之間的界線，才告劃清。不過到了清黨事件發生，我們許多同志，被李濟深拘囚者甚多，如譚尚倫等，在刑場之上，高呼三民主義萬歲，與呼共產黨萬歲的人，同時被殺。我幸而逃脫來香港，轉赴上海，入南京，以浦口還被孫傳芳砲轟，遂由神策門入城，接辦「中山日報」。那時，武漢已反蔣，胡漢民與蔣合作，我見事無可爲，借休養爲名，辭職往西湖小作勾留，然後回上海。余鳴鑾由香港來晤，謂汪已宣佈分共，電甘乃光要我們到漢口去。到後陳公博命人通知我，叫我做工人部秘書，但我沒有答應。寧漢合作之議已成，事亦無可爲，只好又回到上海，靜觀蔣介石接受條件下野後的局面。

三、由南京特委會到廣州公社

盤踞在江北的孫傳芳部，乘機渡江，但被桂軍李宗仁，蔣軍何應欽，將它打敗。西山會議派諸老，在迎戴之下，入京組織特別委員會，推李烈鈞爲主席。他們不滿於汪而排之於外，汪當然不平。擁汪之張發奎的第二方面軍返粤，在李濟深統治之下，迎汪與陳公博等返粤，實行反對南京的特別委員會。李濟深欲調解其事，而汪精衛北上，命黃紹竑代行其權。但張發奎與黃琪翔等在李行後，實行兵變，雖捕殺黃紹竑而不得，却推翻了李濟深的統治。張發奎還是照舊容共，不但部屬有很多共產黨，即參謀長葉英，也是共產黨人。於是，在民十六年十二月十一日凌晨，共產黨便以張部之教導團爲主幹，與共籍工人，實行暴動，組織蘇維埃政府。張發奎逃往河南，依李福林，調動未變之軍，南北會合，打垮了僅有三日天下的廣州公社。但李濟深接着聯合桂軍，捲土重來，張發奎不得不退出，向東江而去，戰將許志銳戰死，乃入贛依於蔣介石，圍剿江西之共軍。而以汪精衛爲首之國民黨左派，也當然落荒而逃，被吳稚暉攻擊到體無完膚。不但左派青年團瓦解，即在長沙同樣的左社，也不存在。

四、震動全國的護黨救國運動

政局擾攘，爲蔣介石製造復職的機會。但是，桂籍軍人的力量，已由兩廣直貫到了北京，白崇禧很豪邁的，站在城門之前，攝下了一像，這已不止於在蔣臥榻之側來鼾睡了。桂籍軍人，因廣州公社事件，對左派上下，有殺無赦，左派中人，亦恨之刺骨，在上海極力宣傳新桂系軍閥之罪狀，呼出打倒之口號。桂籍軍人，重軍事而輕政治，與左派結下仇怨，遭受抨擊，得了新軍閥的臭名。這於蔣正合孤意，乃定下對付之計。他收容了張發奎之軍，換得了左派軍人的好感，利用與左派有關的俞作柏，策動桂系軍人的內部，所以，一經動手，便把桂軍直貫南北之勢力打斷。於鞏固中央政權之外，把黨政軍權，集於一身，對以汪精衛爲首的左派，甚而西山會議派，也排而拒之，自己進行其第三次代表大會，作清一色的包辦。但左派的二屆中委們則力加反對，就有改組同志會的組織，以護黨救國爲號召。此時與之並起的，再造派之外，還有鄧演達、章伯鈞的行動委員會，稱爲第三黨的農工黨，各自爲戰而反蔣之獨裁。記得鄧所辦的「行動日報」，與左派的「革命日報」，在理論上大有衝突，孫科曾派陳劍如爲代表，邀請代表「行動日報」的章伯鈞，與代表「革命日報」的我會商，進行調解。但他們力量有限，反蔣大旗，還是由改組同志會來揮舞。

同志會的總部，設在上海法租界邁而西愛路的霞飛坊口，組織由王樂平負責，主持行動。宣傳則由顧孟餘、陳公博負責。陳除了辦一家大陸大學，收容左派學者與青年，以教以學外，且辦一個「革命評論」，以作宣傳，提出了國民黨的階級基礎，屬於農工小資產階級。與鄧演達的農工階級論，共產黨之無產階級論，稍有不同。顧孟餘則不以爲然，另辦一個「檢討」，以爲中國社會，只有職業之分，沒有階級之分，根本否定階級之論。此一理論之歧異，使到遠在巴黎的汪精衛，也不得不派甘乃光回上海，進行調解。不過，理論之重要，還不及行動，不但華中有唐生智之兵起，即滬寧也被切斷，在上海市黨部也要被接收，使到蔣介石要認眞對付，由陳希曾率領特務，刺殺王樂平於寓所。

護黨救國的火頭既起，唐生智敗於武漢，馮玉祥繼而起於隴海線，馮敗之後，閻錫山繼之，在北京召集擴大會議。他們如此的步驟不一，給蔣以各個擊破的機會。擴大會議在張學良入關之時，負責人皆狼狽逃回山西。汪精衛遊雁門之時，曾有詩誌慨曰：「膽有一杯酬李牧，雁門關外度重陽」。回到了香港之後，還以「劉四」的筆名，在「胡椒」三日刊爲文，對軍人之不一致，表示其痛惜。到了此時，左派已大失敗，蔣介石已大成功了。

五、汪精衛解散改組同志會

蔣大功告成，竟忘記了對他帮了政治大忙的胡漢民，因政見在口頭上稍有差異，即將胡扣留於湯山。這不但古應芬，即孫科也憤而南下廣東，動員陳濟棠而反蔣。他們爲擴大反蔣的勢力，也迎汪返粵（但不迎左派中人），成立了西南政務委員會，與蔣的中央對抗。但九一八事件發生，在國人凛於國難臨頭之際，汪適時提出：「精誠團結，共赴國難」的口號，蔣亦不得不有以應，於是汪就和孫科同往上海。蔣對粵方表示退讓，容許粵方代表大會選出的第三屆中委，與寧方合流。汪以名義上被限爲粵方，情有未甘，乃在上海大世界舉行代表大會，選出新中委多人。蔣爲團結起見，也予以接納。於是，孫科就走馬上任，做起行政院長。不過蔣所掌握的江浙財閥，對新財長黃國樑不予支持，終於一籌莫展，使孫科不得不萌退志。蔣接受楊永泰的建議，由宋美齡出頭，與汪夫人陳璧君打交道，邀汪繼孫爲行政院長，但有一條件，就是解散改組同志會。所以，汪登了行政院高座後，第一步不接見改組同志，第二步就宣佈解散同志會。於是，屢敗屢戰的國民黨左派份子，不散於敵人手上，而散於自己領袖口中。而汪與蔣合作之後，已無班底，赤手空拳，任由擺佈，以「元老」之尊而看蔣的臉色了。

六、陳璧君與左派同志的衝突

改組派有四派之分：第一是夫人派，亦即是公館派，等於夫人陳璧君的隨從，曾仲鳴與林柏生等屬之。近水樓台，當然是嫡系。曾仲鳴時在左右，林柏生則負責宣傳。爲汪打天下的「革命日報」派，做官的彭學沛與唐有壬之外，都鳥盡弓藏，換上了林柏生，在上海辦了一個「中華日報」。第二是陳公博派，陳做了實業部長，和他有關的數十人，也得安置在部內。第三是顧孟餘派，顧是學者，不似公博知道組織，幹部甚屬有限。做了鐵道部長，容納的還是夫人派中人，由次長曾仲鳴支配人事。汪命他與公博安置所有同志，他就以四軍將領朱暉日，收容軍事方面的同志爲路警。而第四就是與其他中委有關的同志，似有所屬，不易得用。第五衆多的，就是青年派，各省的活動份子之外，就是各大學的畢業或肄業的學生。他們的人數最多，皆是有智能，擁有羣衆力量者。他們出力最大，犧牲最多，但汪得志之後，即叩帝閽而不見。據我所知，到鐵道部官邸見汪的大羣同志，叩門求見，陳璧君半開門問找誰，他們說要見汪先生，陳問爲什麼找汪先生？他們答：「他是我們的領袖。」陳曰：「汪先生是全國全黨的領袖。」他們即破口大罵老虔婆，甚而有人揮拳要打，使陳璧君閉門而避始已。但自此之後，汪由後門出入。消息傳出，聽到汪宣佈解散，就無人再去求見了。

我因工作關係，與同志接觸較多，所知亦多。他們以爲汪蔣合作，就是國民革命的告終，乃凄然散去。

七、不風流而雲散的改組派

改組派的份子，是國民黨的革命份子，汪拋棄他們，他們也拋棄了汪，對政治不留戀的，似我一樣的，並國民黨也退出，從事於文藝，教育，或者經濟，回到原來的社會崗位去。而在政治還有機會的，如谷正綱，原由蔣處反來的，其兄谷正倫，乃是蔣所倚重的憲兵司令，乃接受同志的意見，與其弟正鼎，回到蔣方面去，在國民黨內，留下一點革命根苗。谷以有德有才幹，頗得蔣之重視。蔣有系嫡CC派，操縱一切，當時有「蔣家天下陳家黨」的傳謠，故有人以為谷已投降了CC。但有人問他是否CC派，他千同一樣的答覆，「不！我是改組派。」他以孫中山信徒自期，留俄時已與共產黨人衝突，正而且剛的性格，與只知為惡奴的CC派，不但不相同，而且正相反。數十年來，在蔣府門前，做了最乾淨的石獅子。其他可數的，只有一個做過汪秘書的李恩昭，可能是投CC的而已。至於陶希聖反覆無常，雖替陳布雷做蔣的「文胆」，但文告水平大大的降低，乃是未死的改組派同志所唾棄的人。另外一個劉侯武，我建議他去找于右任，找個監察委員來做，待機會一報政治之仇。果如所期，他終能以同蒲鐵路借欵案，向顧孟餘提出彈劾，令汪狼狽周章不已。但後來做了兩廣監察使，漸漸的完全改變了改組同志的面目，令到在桂的舊同志，永遠不願和他相見。

至於投向了共產黨的進步份子陶國華等五人，我和他們沒接觸過，也不知其姓名。現在留在大陸的，屬於LY的廖承志外，只有同情者科學家李四光教授以及歷史學家周谷城。周曾與我同一小組，一向做學術工作，並不做官，是否做了共產黨，也未得知。

至於其他游離份子，王志遠告訴過我，他們都能獨立奮鬪，在各方面皆有所成。現在所知，做了「立監委、國大代表」者，也各有其人。

至於死心塌地跟着汪走的漢奸陳公博、褚民誼、林柏生等，因關係不可分而相從外，其他只有不能逃出淪陷區的少數份子。據說，汪「還都」之後，曾偵騎四出，尋訪改組同志做助手，但皆無所得，乃甘受周佛海、丁默村、羅君强等十兄弟的包圍，讓他們去勾結日本憲兵，做其殺人刼財的勾當。使到汪深悔其當年拋棄舊同志之非計。

改組派是國民黨中最大的一派，篤信孫中山主義，以革命正統自居，堅持民主，反對獨裁。在護黨救國運動當中，其言論與行動，已撼動了中國。但以汪精衛態度之改變，國民黨的革命精神，亦隨之而消逝，而國民革命的路線，轉被階級革命之路線接上，眞的「換羽移宮總斷腸，江村花落聽霓裳」了。我以改組派舊人，述改組派舊事，所謂白頭宮女，閒話玄宗，個中滋味，已不忍為人道。再看那些論中國民主運動的文章，其作者因懼怕當權的蔣介石之故，不知是有意，抑是無知，對此民主鬥爭史，畧而不提，不但感到政治無眞史，學術也無眞史，正是：「身後是非誰管得，滿村聽說蔡中郎」了！

林庚白詠遺老

•張猛龍•

「滿洲國皇帝」溥儀，死前幾年作有自傳，名叫「我的前半生」。出版後風行一時，日本人也將它譯成日譯本，為彼國暢銷書之一。溥儀在書中曾提到當年圍繞在他左右那班遺老（亦即「忠貞之士」），他們目的在拿大薪水（例如梁鼎芬每月就六百兩，陳寶琛就八百兩），不然就是對故宮寶物發生了「興趣」。羅振玉、鄭孝胥、陳寶琛對於古書名畫更是喜愛非常，不知被他們騙去了多少。

林庚白有詠「遺老」一律云：

運盡光宣四十年，羣公魂夢尚朝天。俸錢故是官家舊；賞賚常從帝座偏。勝國遺黎寬法網；故宮寶藏隱腰纏。噉名況飽商薇蕨，身後虞山較熟賢！

詩作於三十年前，其時溥儀正在「滿洲國」稱帝也。（庚白福建人，抗戰時在香港死難）

粵語小論

陳潞

再探粵語之林

一九六六年，筆者曾在一本廣播刊物裏，發表一篇題爲「粵語之林的初探」的膚淺作品，對粵語（指廣州話，下同）有着大胆的評價，也提出了若干積極性的意見。那時筆者正業餘從事粵語廣播劇的編撰。可惜該刊在拙文不曾連載完畢時停辦了，這「初探」也就半途而廢。後來承友人相告，有位學者（非粵人）曾在某報的專欄，對拙文有所反應；但那時已經找不到該文來詳讀，無從知道別人對拙見的批評怎樣。如今，自己雖停寫廣播劇本，但對粵語研究的興趣反更濃厚，又經過這幾年的更番檢討，認爲「初探」的意見仍舊值得維持，但該予以補充，並該作更廣泛深入的尋究。乃有此再探之作。如有同道相參，不勝歡迎之至！

「初探」中對粵語的評價，是肯定其聲韻上的特色；但在表達意見的作用上却限於先天條件，只堪作一般性的傳述，不勝任作藝術性的運用。至於提出的意見，則寄望於文藝工作者直接運用粵語語彙來創作，以提高所有粵語影、音傳播（並可包括粵語電影）裏的語言運用。

上述的話，是當時筆者拚着挨罵而說出來的。在這粵語世界裏，竟指陳粵語不勝任作藝術上的運用，別說一切以「未莊」做標準的阿Q們聞之會大跳其脚，可能連一般深存鄉土觀念的粵人都大不謂然。但筆者也是一個熱愛鄉土的粵人，只是在觀察問題時，撇開感情上的作用而已。

非粵人與粵語

香港是個粵語的世界，幾個播音台和電視台，都有着長流水般粵語節目。非粵籍的中國人（也包括了潮籍客籍等非廣州語系地區的人）到了香港，都要學說粵語。——不論樂意和不樂意。

不大樂意學習粵語的外省人裏頭，頗有較少和外界接觸的高級知識份子。七月間在香港中文大學主辦的「中國語文教學研討會」中，就有不止一位教授提出了語言隔膜的問題，意思當然是希望國語能够普及。這可以反映部分情況。樂意學習粵語的外省人，當是和外界接觸較多的，其中也儘有高級知識份子。好幾位經常在報紙上發表作品者認爲粵語存着明快有力的特質，頗值得欣賞(此點容後討論)。此外，還有研究方言和音韻的一羣，對保存在粵語裏的古音和古代語彙發生濃厚興趣。

實際上，粵語當然有其長處與短處，其長也，唯有粵人之研究粵語者乃可窮其蘊蓄；其短也，更非粵人之研究粵語者不能洞察幽微。今試釋述之：

富於音樂效果

稍爲涉獵音韻之學者，都知道「粵音九聲」。但這裏仍作最簡單的舉例說明。

爲了很難找到一個九聲都有字寫得出來的音，現在姑且用個八聲寫得出字來的音——「因」爲例；同時順便拿國音的四聲和詩韻的四聲，與粵音的九聲作一比較。

「因」，在國音的四聲是：因（陰平）、隱（陽平）、引（上）、印（去）；在詩韻的四聲是：因（平）、隱（上）、印（去）、一（入）。但如在粵音，就除了調出上述詩韻的四聲（但稱爲上平、上上、上去、上入）之外，並可以調出：人（下平）、引（下上）、刃（下去）、日（下入），以及一個有音而寫不出字來，類似「而壓切」的中入聲，合爲九聲。

一個字音可以讀出九種聲調，九聲之外還有變調，這樣的語言，當比只能讀出四種聲調的語言細緻諧和得多。國音裏沒有入聲，念起古典詩詞便失去不少原有韻味，因為古典詩詞都是平、上、去、入四聲規範之下的產物。粵音裏的許多字音（非全部）不但有四聲，還把每一聲分了上、下（或稱陰陽），成為「上四聲」和「下四聲」，入聲還有一個中調。如此細入毫芒的聲調，在吟誦詩文時候那種抑揚頓挫的音樂效果，是少有其他方言可以比擬的。

粵語朗誦

使人覺得奇怪的是：粵語既然是一種最適合吟誦詩文的語言，而香港近年提倡中文朗誦，提倡的竟是幾位不會用粵語作朗誦的非粵人學者；主持朗誦團體的，也還是不會作粵語朗誦的非粵人學者。在這些學者的提倡與指導之下，是否能把粵語的特色充分發揮出來？這是一個問題。

為甚麼沒有粵人擧起「粵語朗誦」的大旗，使粵語在這方面大大地呈露出本身的光芒呢？

據個人所知，居留此間的吾粵碩彥，除抱殘守缺的一輩外，精研音韻之學者，能夠新舊文學融會貫通者，實在大有其人，他們也實在有足夠分量揭起「粵語朗誦」大旗，建立一種不酸、不浮、不矯、不濡的，眞正本七情而馭九聲，藉九聲以致共鳴的朗誦作風；相信這一定會在現社會裏產生良好作用。當此影、音廣播事業鼎盛之秋，正宜從如林的庸俗節目裏分一杯羹，而經常讓大衆享受一些清新、健康、有益身心的精神糧食。

「音」與「語」的歧異

說也奇怪，粵音的音樂效果既如上述，那麼，在香港影、音廣播的許多粵語節目，應該都精彩萬分，起碼也教人聽得非常舒服才對。但實際上並不如此。

原來，我們的粵音儘管在念起古典文學作品時非常動聽，但我們的粵語，却有不少值得研究的地方。這便出現了粵音和粵語分歧的現象。

這種現象，以人做比喻便是「文」勝於「質」；以食物做比喻便是「中看不中吃」。

筆者無意把自己天天說着的語言任意低貶，現在試作種種比較，以攷驗粵語是否如筆者所認為的不勝任作藝術上的運用。

從俗文學裡求證

要找語言藝術的例子，該向俗文學領域裏發掘。和粵語有關的俗文學，隨便擧來，有「木魚」、「龍舟歌」、「南音」、「粵謳」、「鹹水歌」等。這些民間文學作品，從「量」說來是多極了，光說「木魚書」的種類已經難以統計。從「質」說來，約畧比較下也不差於江浙的「灘簧」（上海的「申曲」——滬人稱為「本灘」，漸發展為「滬劇」——；蘇州的「彈詞」——「蘇灘」——）和北方的「大鼓」（「鼓兒詞」）等等。其中由於文人偶爾「客串」，像繆蓮仙撰了南音「客途秋恨」，招子庸撰了不少雋永的粵謳，更是饒有文學上的價值。

無如，以上所擧都屬於「唱」的而不屬於「說」的，雖也全部口語化，却是藉了「粵音九聲」的長處而行世的。要找以說話藝術見長的粵語作品或有關紀錄，也許限於見聞，實在是找不到。

返觀其他省份的語言，最大規模表現語言藝術者恐怕要算「說書」了。據「說書小史」上說：「……說書人全用道白，不需弦索，不事吟唱，桌上只放醒木一塊，或紙扇一把而已。」可知這是一門百分之百的說話藝術。

說書作品有大量流傳，不消細說；至於說書藝術，可以從柳敬亭這個代表人物的造詣而瞭解一二。

柳敬亭於明末淸初時，足跡遍數省，聲名重士林。錢牧齋的詩讚美他：「吹唇芒角生燭花，掉舌波瀾沸江水。」顧開雍的「柳生歌」小序裏說他的表演：「縱橫撼動，聲搖屋瓦，俯仰離合，皆出己意，使聽者悲泣喜笑。」從這些生動的描述，可以想見其人的說話藝術如何神奇，數百年後讀之，猶使人為之神往。

粵地相仿於說書者稱爲「講古」，業此不乏口舌便給，說來聲容並茂之輩，但求其能夠狀情、狀事、狀物、狀人，曲盡其妙；說來詳而不冗，俗而不傖，雅而不腐，諧而不謔，透剔傳神，撼人心意的，眞是難矣哉！因爲那必須有良好的語言爲用，加上百遍的揣摩，千遍的潤飾，再加天才的發揮，乃能臻此。

然則，吾粵「講古」名家似乎沒有甚麽稿本留傳下來，也就不足爲奇了。

說書之外，北方的「相聲」，也是「不需弦索，不事吟唱」，而把說話藝術發揮到最高境界的。相聲大師光恃一兩張嘴巴的妙語無窮，就能夠把無數聽衆的七情操縱得緊緊地，高潮一個接連一個，直到下場。

年前曾有人在此地電台試辦「粵語相聲」。說老實話，整個節目僅堪恭維的一點，就是試辦者的勇氣。語言的先天條件已嫌不够，藝員的說話才能更不足道，演出時就算多花了精神，也是「頂石臼做戲」而已。

再說「彈詞」與「南音」比較：

據「說書小史」，彈詞是：「有時理弦吟唱，有時歇指道白」的。此道的精要，有「說、噱、彈、唱」四大條件，其中「說」（講文）和「噱」（詼諧的穿插）都屬於說話藝術範圍，和「彈」（伴奏）、「唱」的地位相等重要。

我們的南音同樣有「唱」有「白」。一般在唱的時候都很入耳動聽，可是當其「歇指道白」之時，就鮮有不使人聽之毛戴者。現在電台還經常有南音節目播出，大家可以很快從事實獲得證明，

從舞台劇中，我們也可以獲得類似的例證：

京劇藝術，「唱、做、念、打」並重，「念」就是舞台上的說話藝術。在粵劇裏頭，說白的地位最不重要，即使在較爲嚴謹的前代粵劇裏，說白也只比之今日少却些油腔滑調，而加上些「戲棚官話」腔罷了。無劇術之足云。可注意的是：有些變相的說白，須依附了樂聲或鑼鼓點而出現，像「浪裏白」、「口古」、「數白欖」等。其中的「口古」和「數白欖」，更須仗着粵音的長處（聲韻美妙），才發揮到作用。

爲了粵語本身的貧乏，舞台劇演員不易說得出精彩的口白，實在這就是許多「老倌」都一派丑角口吻，丑角們更須仗低級趣味甚至黃色說話來招笑的裏因。

以上所舉例證雖不很多，但頗爲扼要。看來我們似乎不能不承認：粵語本身，一不够優雅；二不够細緻；三不够生動。

（下期續完）

教學生跑

——李儒

蔡京是宋末一個姦臣，但他的才氣襟度，不如曹操，而奢侈厚自奉養，則與後來的嚴嵩又不相上下。「朱子語類」卷一○一記蔡京一事，頗有趣，從這裏，可以見蔡京在炙手可熱之時，對于忠言還未十分逆耳。現在將原文改寫爲語體如左。

蔡京家中請了一個老師來教子弟，老師是福州人，名叫張柔直。這個張老師是個有骨氣不巴結豪門的人，對他的學生很嚴厲，絕不因爲他們的父親是當朝宰相就一味遷就，以博學生的歡心，和以前所請老師的作風大不相同，因此學生很不高興。一日，張柔直叫衆學生到跟前，問道：「你們學過跑步嗎？」衆生徒答道：「我們常聽老師和父兄的教訓，都是叫我們緩步而行，不可走，爲什麽現在老師問我們學習過跑步未呢？」張柔直說：「今日天下搞到亂糟糟，這都是你們的老子一手弄成的，早晚盜賊造反，首先就打刦你們一家，如果你們學得奔走如飛，便可以逃命了。」學生聞言大驚，連忙走告蔡京，說張老師發神經病。蔡京問何事，他們一一說了。蔡京矍然，告諸兒曰：「先生的話有道理，這是你們所不懂的。」說後即入書房拜見張老師，談得很是投契。

然而蔡京到底還是一個誤國姦臣，雖一時有所憬悟，但不肯改過，以致天下大亂，而召國亡。我不禁想到二十年前誤國的大員，其子弟不必學跑步，他們有飛機可逃往外國，比跑步快千萬倍了。

吳震修脫險記

竹坡

我於一九三三年脫離中國銀行總管理處的職務，休息了一年左右，到南京外交部工作，當時做中國銀行南京分行的經理是吳震修（名榮鬯，江蘇無錫人，但他在中國銀行以字行，榮鬯之名少人知），我在中國銀行的職位本不甚高，沒有機會和這班「經理階級」人物來往，但這次到南京，因爲尚未找到住所，恰巧中國銀行新行落成，備有宿舍，某君是我老友，便介紹我暫在宿舍住十天八天，吳震修聽說我在外交部當差，又有舊同事之雅，當然表示歡迎，待我如上賓了。我在中國銀行服務兩年多，也畧知其中哪幾個是當權人物，哪一個和哪一派有什麽關係，我早知吳震修和張羣、黃郛等人有深厚交情，一九二七年國民政府的第一任上海市長是黃郛，祕書長就是吳震修，如非親信，不會給他做祕書長的。（黃郛只做了個多月市長，張定璠繼任。）

吳震修是早期的留日學生，光緒末年已在京師大學堂當日文教習，後來又在軍諮府當差（民國元年在參謀部任第六局局長，同年六月二日因病辭職），與馮耿光、黃郛都同過事，在政界中四面玲瓏，相識的人物極多，故亦有其勢力（張羣做外交部長，要拉他這個「日本通」做次長，吳考慮後，不敢承乏，這是他聰明之處。當日的外交部工作，只有對日外交，部次長哪個不受日本的大使、總領事之氣），當他招待我吃晚飯時，座上所談的政界偉人故事多極了。我在他處作客九日，見過四五次面，後來我遷居勵志社寄宿舍就沒有多大機會相見，只偶然在黃秋岳邀宴中見過一次，所以當他在一九四九年來香港暫住時，我也沒有找他，因爲隔別十多年，他也不容易記起我了。

大約是一九五〇年吧，吳震修和馮耿光等人同回上海，他們在上海所過的生活還很寫意，終日聽歌，和梅蘭芳一班老友往還更密。馮耿光死於一九六六年（年八十六歲），過多一年，吳震修也死了，享年八十一歲。

黃秋岳和吳震修在南京常有飲食徵逐，一九三七年抗日戰爭發生，秋岳因賣國有罪，在南京被判槍決，吳震修聽到這個消息，爲公爲私，也慨歎可惜一番。過了幾天，忽然有個國民黨中央黨部統計局的職員，拿着一個大老官的介紹名片到中國銀行求見吳經理。吳經理一看是「中統人馬」，大吃一驚，因爲這個特務機關是人所共怕的，現在找到上門，必定凶多吉少，他平素和黃秋岳往來頗密，會不會受此案牽累，中統派人來「客氣」請他。正在驚懼萬分之際，中行的一個副經理汪某勸他切不可親往接見，快些改裝逃往上海，由他出去和中統的人馬接頭。吳震修連忙從後門溜走，往上海租界藏匿起來。自此之後，他一直就留在上海，後來汪政權接收中國銀行，派他做總經理，日寇投降後，吳震修因有宋某撑腰，既往不咎。其實那一次中統人馬找他，並非要抓他的，只是有一筆很大的款項要匯往某處，非與經理當面交代不可，而汪某則以爲要抓人，力勸吳不可造次，快些逃之夭夭，這一「烏龍」固然誤了吳震修，但汪吳有此舉動，我們也不能深怪，他們久客南京，深悉政界種種黑暗情形，對於「中統」、「軍統」的大名久已如雷灌耳，一旦有魔王到訪，其不嚇壞肝胆者幾希矣！

讀水滸傳

季炎

這篇東西，不是批評性質，只是一些隨感，想到那裏，寫到那裏。內容雖然分作了幾部，那不過爲着稍清眉目起見，裏面儘有好些該說而沒有說到的地方，因爲我所寫的，只是點點滴滴而已。我讀書，每有與衆不同的見解，至於見解的對不對，却也難說得很。究竟是一得之見，姑且照寫出來，聊備一格。見笑大方，在所難免。——作者。

一、特點概論

水滸傳眞是一部奇妙的書。可惜那奇妙之處，並非完完整整的，而是零零碎碎的。所以讀起來，於爽快利落之中，又覺得有些張弛不勻之感。雖然如此，也就足以稱雄於一切同類型的小說之中了。如果有善法可尋，能把那零零碎碎化作完完整整，那末讀者就更會嘆爲毫髮無憾。我因深喜此書，也是我數十年來所常常閱讀的書中之一，日子長了，終於給我想出了一個法子來，可以說是勉强能達到那個目的。其法爲何？容在下文再說。現且先談談它的奇妙之處。

書中有好些人物和許多情節，除了寫得非常出色之外，還有最突出的一點，那就是在文章之外，無形中散發出一種非常特殊的氣息，爲其他的書所絕無僅有的。

幾十年來，我常常想着要寫些關於此書的讀後感，就因爲對於它的這種特殊氣息，只是有了一些感覺，很難用文字明白地表達出來，因此一直都沒有動筆。

金聖嘆是一個富有創作性的聰明人，他對於此書，也十分心折，曾作了非常詳盡的批評，其中也有些頗爲精警的。據我看來，全部批評，畧嫌過於瑣碎，未能道着此書的突出之處，其中說得較爲中肯的，就是「快哉」一語。

讀水滸傳，的確令人有快哉之感。昔人有以讀漢書而浮大白的，這是拿漢書來當作下酒物。我每當心情鬱抑，又適在不能飲酒和外出尋消遣之時，也常常拿出水滸傳來，抽閱其中最所喜愛的一兩章，讀罷，每能鬱悶全消，和痛飲了美酒一般。

在中國的新舊同類型的小說中，故事的曲折詭奇，人物的描寫細膩，文字之運用靈活，較之水滸絕無遜色的，不在少數。不過這些書在乍讀之下，也頗爲驚心怵目，富於刺激；但一經咀嚼，便覺得差不多都是同一樣的味兒，讀完之後，隨即忘却。讀水滸傳，便有不同的感覺了。讀後，對於某些情節，某些人物，都會留下了深刻的印象，久久不能忘懷。其中的道理，可見得不是基於文學上的基本條件，而是另有原因的。我以爲就是上文所說的那種特殊氣息的作用了。

我想當年金聖嘆也曾有過這種感想，以他的鬼才，也未能明明白白地用文字寫將出來，只以「快哉」一辭了之。

有些人說，這是天才的作用；我最初也曾有過這個想法，却嫌其過於空泛。「天才」早已成爲濫用的名詞。其實天才的本身是什麼？什麼樣的東西，是由天才造成的？什麼樣的東西，是由學力或其他的因素做成的？兩者不同之處，又在那裏？這些問題，都不是容易說得清晰明白的。我要用較爲切實的意見，來解答這個久懸的問題，苦思多年，覺得要從正面來解釋，勢難辦到，勉强些，只好用「詩經」中那「比」的方法。

現在且拿做一桌菜來打比方（烹飪和寫作之間，其中大有道理可通），通常批評菜式的好壞，都是以色、香、味來作標準。色，只有悅目的作用，講吃的主要條件，還是在於香和味。大抵一個好厨師，，是必要具備着下列幾個基本條件的：（一）選料精美（二）配菜適當（三）調和合味（四）火候得宜。做菜用的各種材料，都各有其本身蘊藏着的香味，一經烹調，那種香味便給發揮出來。一個菜做得好與壞，就全看厨師對於這種香味能够發揮到如何程度而定。如厨師因具備了上述四種條件的關係，大抵都能作出高度的發揮，做出來的菜，儘能做到香味俱佳。個中情形，雖然非常複雜微妙，仍然可以用科學方法來解釋的；因爲那不過是物質與物質之間，經過火的熱力來作配合與融和而已。雖然萬變，究竟不離其宗。這種情形，可以適用於種種的烹飪方式，却單單不能適用於炒菜一種。因爲炒菜除了發揮各種材料本身原有香味之外，還可以發出一種特殊的香氣，這就是一般人所熟知的鑊氣。因爲鑊氣不是發自各種材料的本身，所以無論炒的是何種材料；無論是清炒，或和配菜同炒；又或用的不是上等材料，都能發出那種同樣的香氣來。這種香氣，究竟是屬於怎樣的一種氣息，怎樣才可以把它發出來，無人能說，因爲這是不可能用科學方法來解釋的。我有一個庶母，她炒的菜都有很好的鑊氣，講到她的烹飪知識和經驗，都遠不如我家的厨師，就是炒菜的味道，也不如那厨師，只有鑊氣一樣，就使那厨師自嘆弗如，也解釋不出其中的道理。水滸傳中那一種特殊的氣息，就好比炒菜中的鑊氣。它不能用寫作條件來說明，正如鑊氣不能用烹飪方法來獲得的情形一般。

水滸傳好比是一整席的菜，裏頭當然包括有多樣的菜式，但最好的一樣就是炒菜。因爲它不但味道好，而且有很好的鑊氣。其餘的都不過是平平無奇吧了。至於書中那些部份是屬於炒菜那一類，留待下文再說。

書中有許多段關係重大的情節，波瀾壯濶的文章，其起因和關鍵所在，只是一小段饒有情致的閒文。看他在這裏輕輕着筆，令讀者萬萬料不到有翻江覆海的下文，這也是此書一大特點，爲他書所少有，而從來都被人忽視了的。隨便舉出幾個例子，以見一斑。

梁山泊是由晁蓋做了大頭領之後，才逐漸興旺起來，終於成了大氣候的。在這以前，不過是與桃花山二龍嶺等齊觀等量吧了。晁蓋得爲梁山大頭領，完全得力於林冲（事見第十九回）。沒有林冲，便沒有晁蓋，沒有晁蓋，便沒有宋江，沒有晁蓋和宋江，梁山便毫無生氣，那能做出那許多驚人的事業出來。所以也可以這樣說，沒有林冲，就根本沒有水滸傳了。林冲地位既是如是重要，究竟他又是什麼來頭呢？

林冲本是東京八十萬禁軍的槍棒都敎頭。有一個漂亮的太太，彼此十分恩愛。爲人奉公守法，沈潛明理，絕不是鹵莽滅裂之輩。照理是絕不會作奸犯科以致落草爲寇的。只因太尉高俅的乾兒子，看中了他的太太，想把她弄到手中，高俅溺愛乾兒，設法把他陷害，以致生出以後許多驚心動魄的情節來。似這樣關係異常重大的一回事，且看書中怎樣寫那生事的來由：

那時正是三月盡，天氣正熱。智深道：「天色熱」叫道人在綠槐樹下，鋪了蘆席，請那許多潑皮團團坐定。大碗斟酒，大塊切肉，叫衆人吃得飽了，再取果子吃酒。又吃得正濃，衆潑皮道：「這幾日見師父演力，不曾見師父使器械；怎得師父敎我們看一看也好」。智深道：「說的是。」自去房內取出渾鐵禪杖，頭尾長五尺，重六十二斤。衆人看了，盡皆吃驚，都道：「兩臂膊沒水牛大小氣力，怎使得動！」智深接過來，颼颼的使動，渾身上下，沒半點兒參差。衆人看了，一齊喝采。

智深正使得活泛，只見牆外一個官人看見，喝采道：「端的使得好！」智深聽得，收住了手，看時，只見牆缺邊立着一個官人，頭戴一頂青紗抓角兒頭巾，腦後兩個白玉圈連珠鬢環，身穿一領單綠羅團花戰袍，腰繫一條雙獺尾龜背銀帶，穿一對磕爪朝樣皂靴，手中執一把摺疊紙西川扇子，生的豹頭環眼，燕頷虎鬚，八尺長短身材，三十四五年紀；口裏道：「這個師父，端的非凡，使得好器械！」衆潑皮道：「這位教師喝采，必然是好。」智深問道：「那軍官是誰？」衆人道：「這官人是八十萬禁軍鎗棒教頭林武師，名喚林冲。」智深道：「何不就請來厮見？」那林敎頭便跳入牆來。兩個就槐樹下相見了，一同坐地。林敎頭便問道：「師兄何處人氏，法諱喚做什麽？」智深道：「洒家是關西魯達的便是。只爲殺得人多，情願爲僧。年幼時也曾到東京，認得令尊林提轄。」林冲大喜，就當結義智深爲兄。智深道：「敎頭今日緣何到此？」林冲答道：「恰才與拙荆一同來隔壁嶽廟裏還香願，林冲聽得使棒，看得入眼，着女使錦兒自和荆婦去廟裏燒香，林冲就只在此間相等，不想得遇師兄。」智深道：「洒家初到這裏，正沒相識，得這幾個大哥每日相伴；如今又得敎頭不棄，結爲弟兄，十分好了。」便叫道人再添酒來相待。

這一段饒有情致的閒文，讀起來輕輕鬆鬆的；又誰料得到滔天大禍，竟從此起的呢！且再看書中的下文：

……林冲別了智深，急跳過牆缺，和錦兒逕奔嶽廟裏來。搶到五嶽樓看時，見了數個人拿着彈弓、吹筒、粘竿，都立在欄干邊，胡梯上一個年少的後生獨自背立着，把林冲的娘子攔着道：「你且上樓去，和你說話。」林冲娘子紅了臉道：「清平世界，是何道理，把良人調戲。」林冲趕到跟前，把那後生肩胛只一扳過來，喝道：「調戲良人妻子當得何罪！」恰待下拳打時，認得是本管高太尉螟蛉之子高衙內。……

當時林冲扳將過來，却認得是本管高衙內，先自手軟了。高衙內說道：「林冲，干你什事，你來多管。」原來高衙內不曉得她是林冲的娘子；若還曉得時，也沒這場事。

照此看來，如果林冲不是因看魯智深使棒，而偕同娘子一齊到嶽廟還香願，就根本不會鬧出這場事來，林冲就依舊好好地當他的教頭下去，不會有以後種種驚心動魄的情事發生的了。（一）　•待續•

美國毒氣火箭倒入海底的內幕

文道譯

美國最近有件大新聞，那就是有一萬多支毒氣火箭，要用鑿沉的輪船倒入大西洋海裏。此間一般中文報紙對此多未加重視，但電視電台倒重視了這件事。這幾天看電視的人，可以看到電視屏幕上，出現一列列的火車，向美國沿海某地駛去，那些火車車廂，不同於普通的客車，也不同於普通運貨的貨車。車廂整整齊齊，像一長串的棺材，一個緊靠着一個，並無窗戶，也不見有人在車內。是一種特別古怪的列車。車行相當慢。沿列車所經過的鐵路線，事先由美國陸軍部加以特別防毒戒備。原來這些像棺材般的車廂，裏面裝的是毒瓦斯火箭。每一口裝火箭的箱子都是用鋼骨水泥做的，堅固倒是很堅固的；但人們仍耽心發生意外，因爲萬一發生意外，裝火箭的箱子破裂，使得裏面的火箭也破裂，毒瓦斯洩漏出來，那就太危險了。中毒死亡的人，不是一二人，而可能以千萬計，這當然是極其危險的事情。因爲這種毒瓦斯是可以致人於死命的。

這些毒瓦斯都是致命的神經瓦斯，名叫GB；另一種叫VX。這些毒瓦斯箱現在已一律漆成白色，在外表上不容易分辨出那一箱是GB，那一箱是VX。但後者最毒，人一碰到立即每亡。GB也是很毒的，不過死亡的時間，可能拖得久一點，也因此使中毒者更加痛苦，更加難受。這種毒瓦斯共重二千噸，分裝在一萬二千五百四十支火箭內，另有三尊大炮彈和一支地雷，裏面也是裝的這種毒瓦斯。

說到這裏，人們會發生這樣一個問題：爲什麽美國要製造這種神經毒瓦斯？日內瓦公約不是早就禁止使用毒瓦斯麽？再說：既然製造了，爲什麽又要把它沉到海底銷毀呢？

關於日內瓦公約禁止化學武器問題，且待後面再談；這裏，先談美國爲什麽要銷毀這些化學武器。是不是說美國忽然人道起來，覺得這種毒氣太可怕，非銷毀不可呢？事實並不是這樣。事實是美國仍在繼續發展化學武器，這種發展化學武器的廠，設在華盛頓州某地，前兩年曾經英國記者在英國出版的雜誌上揭露過，美國當局並沒有否認其事。再說，前兩年美國在猶他州實驗毒瓦斯，因風向變了，吹到實驗場附近的一個大牧場，使六百多隻羊中毒而死，農民受到很大的損失。當時，農民紛紛向政府抗議，曾經引起軒然大波。這次要銷毀的毒瓦斯是在二次大戰末期製造的，據說因儲存時間太久，早已作廢。裝載這種毒瓦斯的火箭，長六公尺，叫M——五五。毒氣是根據二次大戰期內德國的「沙連」毒氣發展出來的。在目前來說，不僅毒氣逾時太久，而且美國已有更新更厲害的毒瓦斯；所以，這種陳貨非銷毀不可了。這就是陸軍部决定要銷毀一萬多支毒瓦斯火箭的原因。

美陸軍部次長法比亞斯•墨爾曾於八月五日在參院說：某些致命的神經瓦斯，其變質已「達到危險程度」，因此無其他辦法，只好把它用船運到北卡羅林納州南方，埋葬海裏（見合衆國際社華盛頓八月五日電）。這是官方對傾毒於海的正式的解釋。

計劃傾倒海底的毒瓦斯，共達三千噸（一說二千噸）之多，已有三千三百個藏有毒氣的火箭箱，裝上火車，離開勒盛敦——布魯格拉斯陸軍倉庫，開往陽光角，跟另一列由阿拉巴瑪州安尼斯頓運載毒氣的火車會合，將毒氣暫存在陽光角的陸軍站，預定於最近期內，即裝上一艘自由輪，將輪鑿沉，沉到海底。

本來，在做出此項決定之前，有人主張由原子能委員會將這些裝箱的毒氣火箭，運往內華達州，然後用地下核爆炸的方法，將這些毒氣火箭炸毀。因核爆炸的熱力既可以摧毀火箭，也同時將火箭內的毒氣銷毀。但原子能委員會不願意承担此項任務，因而，通知陸軍部，說明兩點：（一）要使用核爆炸方法來處理這些毒氣，需要十五個月的準備時間；（二）要從事此項工作，需經費七百萬元，應由陸軍部担負這筆錢。

陸軍部顯然拒絕了原子能委員會的要求，決定按照原定計劃，將這大批毒氣拋諸海中。陸軍部於六月二十五日函詢國務院，將毒氣傾倒海裏是否違反國際法，並說明原定傾倒日期定爲八月中旬。陸軍這一詢問，引起了國務院某些人的注意。使得國務院不得不通知與傾倒事件有關的外國政府，到七月二十八日與二十九日，國務院爲愼重起見，並通知所有有關的外國政府，且於七月三十日通知蘇聯。

自從國務院的通知發出去之後，將毒氣傾倒大西洋海底一事，已引起多方面的反對。首先是英國兩殖民地——巴哈馬群島和百慕達——的反對，因傾倒毒氣的深海地區，距離該兩英國殖民地，只不過一百六十多海浬。該兩地居民深恐受到毒氣的壞影响。英國爲此曾特別派出了一組專家，向美國政府傳達巴哈馬和百慕達兩羣島居民對此事的關切。

另一方面，反對之聲也來自美國國內，來自美國的國會，來自美國環境清潔論者。國會方面南卡羅林納州民主黨參議員震林斯發出指責，說美國陸軍犯了大疏忽罪。在計劃將神經瓦斯傾倒海洋這件事上，簡直是「駭人聽聞和粗心大意」。震林斯是參議院海洋問題小組委員會主席。他的意見當然有特別份量。他在參院準備的一篇演說中說：傾倒毒氣入海是「蔑視常識中之最簡單的規律，無視於傾毒入海之潛在的有害的影响。是根本不理睬科學證據的作法」。因此，他說：陸軍處理神經毒氣火箭「對海洋未來，作不必要的冒險，也因此對我們的未來作不必要的冒險」。

另一位佛羅利達州州長寇克也要求對此事加以愼重攷慮，還有紐約環境保衛基金會也不贊成將毒氣傾倒海中的作法。認爲這將威脅到佛羅利達州海洋生物。

到筆者草完此文爲止（八月十六日），反對將毒瓦斯傾倒海裏之聲，仍陸續發出。而他方面，毒氣火箭已大部份運到了陽光角。正在準備裝上輪船，沉到海底。在這種情形之下，將怎麽辦呢？

辦法是由法庭來決定。現此事已由紐約環境保衛基金會和佛羅利達州長寇克聯名具狀向聯邦法庭提出法律起訴，請法院發出一項臨時的約束令，約束陸軍方面暫時停止進行將毒氣傾倒海裏的活動。他們所舉的理由是：毒氣箱沉到一萬六千英尺的海底後，會受到海洋的壓力，可能破裂而漏出毒氣，危及海洋生物和人類生命。代表環境防衛基金會的律師聲稱：將盛着毒氣的船沉到委內瑞拉外海某深水袋形地區，會比較安全。律師說：「那個袋形海底地區的水是停滯的。已經變質了的毒氣，即使從箱中漏出，也不會傷害海洋生物。」律師還建議在毒氣箱的周圍，塗上一種强烈的碱溶液，使箱在船中溶解，然後將船鑿沉。不過，律師並非科學家，這種意見是否會受到法庭的重視？很難說。

儘管法院尚在爭辯此事，陸軍仍按原定計劃在進行海底傾毒工作，原定八月十八日將毒氣傾倒海底計劃付諸實施，現在既有團體正式具狀法院反對，當然，此事要由法院來作最後決定了。

人們會問：既然是年久變了質的毒瓦斯，何必怕它洩漏出來？這是因爲毒氣變了質，只是泛指某些，而非說全部，且未一一經過檢驗。何況變了質並不等於沒有危險，萬一毒瓦斯仍有殺人的威力，則洩漏出來，豈不是會釀成人命大禍？因爲這問題關係太大了，故不能不引起美國公衆的關切；特別是近海居民的關切。甚至於前一陣，還有位市長曾揚言：不許運毒火車經過其所轄地區。

其實，陸軍早就擬將失效的毒瓦斯傾倒海裏了，一年前提出這個問題時，當即遭到公衆的强烈反對，許多議員在國會發言反對，有些報紙也著文反對。因反對之聲太强，故此擱置下來；沒想到這次仍遭到反對。不過，陸軍若能提出强有力的科學證據，則可能克服公衆的反對，而照原計劃將毒氣傾倒海底。現在，事情既已提到法院，就要看法院怎樣決定了。

文章寫到這裏，閱來自美國的電訊，獲悉聯邦地方法院女法官珠恩·格琳已就此案做出決定。大致是准許陸軍將毒瓦斯傾倒海裏，但希望陸軍重新攷慮，改變一個水域，擇一更近陽光角軍事專用碼頭比較水淺的海域。

但控方佛羅利達州長寇克及紐約環境保衛基金會聞判後，立即表示不服判決，要向高等法院上訴。陸軍方面未立即反應，仍繼續在陽光角將已運到的毒氣一一裝上自由輪。看來，是箭在弦上不得不發的樣子。問題在控方是否堅持要上訴。據最新消息：控方已決定不再上訴，陸軍且已鐵定八月十八日倒毒氣入海了。

就在這時候，華盛頓傳來消息，說尼克遜不久將要求參議院批准禁用瓦斯和細菌武器的日內瓦公約。查日內瓦禁用毒瓦斯和細菌公約，簽訂於一九二五年，距今已四十五年，幾乎是相隔了半個世紀。當時美國並非簽字國，且迄今猶遲遲不批准，用心何在，不能不引起人們的懷疑。

不過，人們都知道美國在越南使用殺死生物的「枯葉化學劑」，使越南的稻作物及森林樹木受到很大的損害，這一筆賬又怎麼算法呢！儘管白宮助手强辯，說，瓦斯和殺草劑不包括在日內瓦公約所禁止的毒氣和細菌範圍之內。但是，聯合國大會曾說明日內瓦公約是禁止催淚彈和殺草劑的。

這又怎麼說呢！美國的事情就是這麼矛盾百出的。

再說，美國曾在冲繩島儲存生物化學武器，去年因發生事故經群衆揭發出來後，引起世人斥責。在輿論的壓力之下，美國不得不宣佈將這些生化武器撤回；但迄今已逾半載有奇，仍未見美國採取行動，這又是令人不可解的事！

左宗棠不肯稱晚生

·作舟·

曾國藩和左宗棠晚年失和，曾死後，左宗棠送賻金四百兩，並致送輓聯云：「知人之明，謀國之忠，自愧不如元輔；同心若金，攻錯若石，相期無負平生。」左宗棠自言這對輓聯所說的是老實話。聯末自署晚生。這時候，左宗棠還未入閣，只是依照督撫對大學士稱呼的慣例而已（曾死時是武英殿大學士，左則于曾死後一年，始拜協辦大學士，其去曾入相之年凡十二矣）。此處之「晚生」，並不是表示十二分尊敬之意。記得曾國藩大拜之時，左方爲浙江巡撫，就不肯降格向曾自稱晚生。曾死後數年，宗棠致書曾國荃，有云：「來書循例稱晚生，正有故事可援。文正得協揆時，弟與書言，依例應晚，惟念我生只後公一年，仍未爲晚，請仍從弟呼爲是。文正覆函云：「曾記戲文一齣，恕汝無罪！」兄欲循例，盍亦循此。一笑。」宗棠先前不肯對活着的曾國藩稱晚生，後來曾死而對他稱晚生，實爲破格之舉。左宗棠是有豪氣的，他絕不崇拜曾國藩，以爲就算沒有他，他也有本領可以掃平太平天國的。現在曾國藩死了，對死人恭維多幾句，是無傷大雅，也並不會損自己的人格的，故此來個「晚生」也無所謂了。

曾左雖不睦，但左對曾的子弟則無惡感。國藩最小的女兒嫁聶仲芳，左在兩江總督任上時，待之如家人，予以特別照顧，給他做上海製造局會辦，後來以此起家，官至浙江巡撫。宗棠對國藩的長子曾紀澤，也非常愛重，向清廷保薦，說他是一個不可多得的人才。

日本賄蘇乞降眞象

——日本軍國主義者末日記——

山岡莊八　原著
王　俊　節譯

「……仰仗蘇聯，結束戰爭，使日本能够得到理想的和平。」

這種想法，如今，痛定思痛，仔細再想想，恐怕再也沒有比這更可悲的滑稽事兒了！

蘇聯通知日本，期滿不再延長「日蘇友好互不侵犯條約」——時爲一九四五年四月五日，就常識論，雖然那時條約還沒到失效期，但若衡之以通常的外交敏感，際茲時會，蘇聯必遲早會完全拋棄日本的，謀國者豈能無所覺悟？

一九四五年四月五日，恰正是美軍登陸硫球成功後的第四天。但，史太林之拋棄日本，實在此更早的以前。他以日本爲奇貨，居間於其思想上最大的敵方集團——同盟國之間，而同日本接近「友好」的時候，已把日本拋棄了。

史太林與英美兩國，最初就對日宣戰問題提出討論，是在一九四三年十二月召開的德黑蘭會議席上。其時，史太林表示：「……待擊敗納粹德國後，倘蘇聯能恢復其攻擊力量，則可立即加入對日作戰，共同爭取同盟國之勝利。」云云……。

彼所謂「恢復蘇聯攻擊力量……」云云者，不用說，乃鑑於史太林格勒損傷之慘重；其時，當然希望由同盟國方面獲得武器及其他物資之援助與補償。日本於是便成了史太林出賣的奇貨。

談到一九四三年十二月，正是日本召集汪政權及菲律賓，泰國，緬甸的親日政權，以及滿洲國等所謂「六個國家」，在東京國會議事堂舉行了一次據說是非常盛大的「大東亞會議」，而爲發表共同宣言後不久的時期。

在這個時期，史太林居然已能豫見到日本終必失敗，說他具有驚人的觀察能力亦不爲過。

繼續至一九四四年十月九日，在莫斯科舉行邱、史會談時，他很明白地同邱吉爾約好：「……待納粹德國無條件投降後三個月，蘇聯立即開始對日作戰。」

由是而至一九四五年二月十一日之雅爾達會議，英、美、蘇三强首腦共同會商，訂出有蘇聯參加的對日作戰的通盤計劃，實爲題中應有之義；迨至同年四月五日始以「日蘇互不侵犯條約」不再延長之旨通知日本，可謂前後脈絡貫串，絲毫不足爲異。

一紙條約不再延長的通知，雖非即指條約已經失效；但好比一對已提出要離婚的夫婦，居然竟有一方，向要求離婚的另一方，提出一項請求，要仰仗對方去作和平的居間者，這眞是何等可哀而又可恥的掙扎！

不用說，這樁事並不是突然之間表面化起來的。當時置身事外的中立國家，雖說還有瑞士、瑞典和梵諦岡；但因談到調停如此大事，除了倚仗拒絕條約延期而仍與日本諦有條約關係的蘇聯而外，實別無其他更佳途徑可循之故。

因此，這項特使的任務，若只派尋常人物，勢不能與對方威望相稱。日本除了天皇親信重臣近衛文麿公爵那樣的大人物外，當年實也找不出第二個比他更佳的人選。是以在極端秘密裏，派遣工作進行得如火如荼。雖然，此事後來因蘇聯參戰而沒有實現，然而前事不忘，後事之師，事雖明日黃花，殊有可資一記者。即：納粹德國於是年（一九四五）五月八日無條件投降，蘇聯果然在三個月後的八月八日撕毀了尚屬有效的「日蘇互不侵犯條約」，公告對日宣戰。旋即於八月九日分道由東三省北部，北朝鮮，庫頁島等地，開始閃電進攻。

日本向蘇聯提出，派遣近衛爲特使，

與史太林商討結束戰爭辦法，一九四五年七月十八日竟遭蘇聯拒絕；同月二十六日，即發表了轟動一時的「波茨坦宣言」，箇中經緯，固皆有脈絡可尋，殊非突然發生者可比。

日本事前究有若何精密的企劃，根據一些怎樣的構想為基礎，而作出如此重大的決策？這些內幕，眞正徹底知道的人很少。恐怕連近衞公爵自己，在決定挺身出山担此重任之時，對這些事，也如囫圇吞棗，未必全盤明瞭。

從來，參與過本土作戰計劃的陸軍方面人士，戰後每每嘆息與憤慨，說他們直到停戰前止，對於政府對外的一切和平工作，概未與聞；重要的大事，他們一點也不知道。殊不知，事實上，派遣近衞為特使的這項意圖，以及暗中極端秘密去進行這項行動的，正是根據參謀本部第二十班——即戰爭指導課所草擬的計劃而來！這項絕大的秘密，戰後經過二十餘年，始逐漸由日本政府所發表的各項秘密文件而公開於世。

茲將戰爭指導班所草擬的「對蘇外交交涉綱要」，迻譯於下。世人若知擬出如此大胆方案者，竟為日本軍方人士，恐不禁要為之啞然吧！

對蘇外交交涉綱要

方　針

帝國為徹底結束對美英戰爭，避免日蘇衝突為絕對之要義，關於東亞問題，應强化日、蘇、支之結合。情況縱萬不獲已，應藉蘇聯在大東亞戰爭期間對日嚴守中立為主眼，在通盤計劃之下，迅速進行對蘇交涉，依此間情勢之推移，豫期從事導致結束戰爭。（作者註：本綱要並非為結束戰爭而作出的最終極之計劃，此點務請注意！）

要　領

一、本方案以徹底結束對美英作戰為主旨，為達此目的，不惜犧牲帝國本身以及滿、支，以引誘蘇聯，傾向我方，得失之間，儘可能以激成美英蘇三國在支那大陸之爭執為主要目的。

二、對蘇交涉之際，我方可提出之腹案要旨如左：

對美英之世界性侵畧，特別是對美英在東亞的野心，日蘇支三國，應在善鄰友好，提携互助，互不侵犯原則之下，强固結合，以圖互相之繁榮，帝國對蘇聯願作出如左列各項之保證：

1.蘇聯人民在滿洲國有居住、營業之自由；

2.在支那之蘇聯勢力，特別是延安政權之擴大與强化，必要時，日本軍可由其希望之地域撤退；

3.在南方佔領區域，戰後蘇聯所希望之權益，儘可協商讓渡之；

4.滿洲國以及外蒙古人民共和國，對本方案同一步調事宜，儘可協商解決之。在支那，交涉之對象，縱與延安政權交涉亦無不可；此點如必要時，可將國民政府解體消滅之。

三、對蘇聯作前項交涉之際，對方若提出强硬要求，可作左列各項容認：

1.北支那鐵道權益之讓與；

2.可廢棄日蘇漁業協定；

3.倘對方提出必需取消或割讓滿洲國，南滿鐵道，遼東半島，南庫頁島等地作為條件時，亦可就當時之情勢，再予決定之。

四、對蘇交涉之際，若對方出之以恐嚇，强迫要求導致全面停戰時，我方豫期可應允之。其所提出之條件，雖別作規定，概準前述諸項為原則，應努力使帝國居於極有利之地位。

五、世界局勢之演變，尤其在德國崩潰後，列强正以處理歐洲問題為中心；宜投英美蘇三國爭執激化之機，對蘇施以利誘之策，急速謀東亞之進展。

本方案與其由外務大臣親自赴蘇，不若特派使節去作乾坤之一擲！（完）

在全體陸軍將士正準備本土決戰，瘋狂赴死惟恐或後之際，參謀本部上層深處竟有人提出了一套這樣勇敢的方案來，冀圖賄賂蘇聯，結束戰爭。不管派出去的特使人選，是外相也好，近衞公爵也好，都是有決定性的大人物。事雖明日黃花，且未告實現，仍是值得一談的一項秘史。

惜陰堂辛亥革命記（續）

武進　趙尊嶽敬撰

惜陰堂是趙鳳昌先生在上海的寓所名字，當辛亥革命時，代表南方革命派的人物多假其地爲會議之所，主人亦從中盡力策劃，以助革命成功。此文爲惜陰堂少主人趙叔雍先生應北京中央文史館所作，以紀念辛亥革命五十周年，從來沒有發表過。叔雍逝世前，在原稿上題識數語以遺其長女文漪女士。編者日前和趙女士談及今年爲辛亥革命六十年，不可無紀念，趙女士乃以此文見示，因爲刊於此，并將叔雍識語製版，附印文中（版見上期）。鳳昌先生居廣州時，與先君交好，編者與其後人亦三代世交矣。

——編者附志。

莊蘊寬爲吾鄉健者，以文人治新軍於廣西，繼鄭孝胥爲龍州邊防督辦及教練公所諸職。夙收新人入軍旅，蓋蓄大志者久矣。時客惜陰堂，凡所計議，無不允當。孫黃並以爲能。南京臨時政府肇建，江蘇都督程德全不勝任，告罷，先公即主莊繼之。遂移省會於南京。民黨中人咸欽其清剛守法。政府統一，袁任爲都肅政史，首劾洪憲籌安會帝制之謬說，以直聲見稱於世。又浙江光復黨陶成章被狙，陳其美無吏才，都督難於得人，先公遂擧湯壽潛。湯淡泊廉能，素爲浙人所敬愛，以劾盛宣懷削官，名動京國。獨不樂於仕進，雖孫黃面懇之，不少顧。先公不得已責之曰：「君養望有年，擧國奉以令譽，絕續之際，乃不爲國家少效職責耶？」湯始勉允，期以三月必退，且謂革命不當囿於種族之成見，若輕殺滿洲人，即日引去，衆許其言，方襆被就任，既而杭州民軍誤殺旗城一兵丁，果即卸篆。返告先公曰：「吾守誓言，愼勿輕責矣。」南京臨時政府初建，任爲交通總長，政府北遷，絕意卻袁聘，迄爲士流所稱許。張謇客寒家，與民黨日夕周旋，旋以先公擧任農商總長，先公固不好事汲引，然爲人爲事計，必襮所知者，使効力於國家。民黨在建國求賢之時，亦多徇先公意，尤重其有知人之明，是以臨時政府籌商人選，孫黃及汪宋屢出名單，徵詢當否。先公以建府開基，既須兼納衆流，更當克副民望，取捨愼重，彌勞神思，片紙提名，鈎抹數四，而後定其議。孫且堅邀同赴南京，强以艱鉅，章炳麟復於名單書「樞密院長趙」，而已副之。先公笑乙己名曰：「此席非君莫屬。余固自誓，僅策微勞，不奉公職，諸君子必夙聞之；況孱軀誠所不堪乎？」於是卒罷其目。旋改聘爲顧問，亦婉卻勿就。先公每謂余正以聲言不離滬，不出仕，故人人見諒，易集事功，無我誠爲政之大本歟！

袁世凱陰蓄異圖者已久，迨清廷以革命事急，起之洹上，初示偃蹇，終主大政，先以馮國璋師迫武漢而又忽緩兵；一示南中以有機可乘，一見指揮之長以自重，于計不爲不狡。清廷强弩之末，聽之而已。至於南中，則革命成之於民意，義旗四擧，初無練卒，所謂民軍，除各地僅有之新軍改編外，多集學生子弟爲之，徒立番號，昌言北伐，實不足與北洋抗衡。凡此情事，孫袁固兩知之，孫知軍事之難於倖勝而不能不作壯語，策勵干城，慰藉民望；袁知南征縱大捷，大位終不我與，故不惜假軍事之抑揚，謀進取之捷徑；於是南北兩方均處於危疑震撼之中。又即此以形成和談之一線端倪，惟終苦於形格勢禁，無可展布。孫黃固嘗躊躇至再，冀能有出奇制勝之術，越此難關，完成大業者。

天下政事相敵，不出和戰兩途，袁於此傍徨失措間，亦不得不謀與南中傳遞消息也。會袁部趙秉鈞知其屬洪述祖與余家為鄉戚，且與先公稔；又知先公陰策革命事，因由洪以私函來窺意旨。先公立示之孫黃，僉曰：「今日但求覆清，以行共和，不戰而勝，奚不可為，且足補南軍之拙。惟當得其人而語之耳。」於是先公舉唐紹儀，謂其能通治體，有權識，既為袁之故舊親信，又夙厚於私交，倘得唐來，事必易與。孫黃雖不識唐，以信先公言，即加贊許。先公遂緣唐之鄉人同學上海電報局長唐元湛密達京師，與唐通欵曲，請為國家戮力，南來協商大計。唐固機智，窺情事之推遷，知安危之所繫，尤重先公，甘以身許。袁知計售，私心為幸，即命馮觀望於武漢，武漢之圍，由以少解。實則武漢苟涉疏虞，南京亦失屏蔽，和固不僅利袁，抑且大有利於南中也。然袁左右無可使者，既知南中屬意於唐，終任之為議和代表。惟先公以洪雖先授關節，而其人便辟好利，必致僨事，因囑唐勿更令預聞。已而果以預殺宋教仁案事見法。先公夙以己函示之孫黃，至是，咸服先公有遠見不已。

惜陰居士遺像

其時，袁以一身總北方之全局，南中則同盟會外，地方人士，並參政事。同盟會中，孫黃以次，又不無同異之嫌，發言盈庭，多所參綜，難期制勝。先公因商之宋、章、張、湯、熊等，組設政黨。凡國人之主張共和及統一建國者，不問其南北新舊，有無黨籍，率可入會。衆謀僉同，孫黃汪等亦以為然，不日遂成立統一黨。地方人士以外，同盟會人汪兆銘、宋教仁、章炳麟均列黨籍，唐紹儀旋亦來蒞。理事會中選張謇任理事長，章炳麟兼秘書長，先公兼基金監。緣是而黨人與地方人士水乳益融，事在辛亥十月間，較孫之於次年改組同盟會設國民黨為早，實為民國第一政黨，且兼容各派，共赴一鵠，直開後來政黨聯合陣線之先河，彌為國人所樂附。旬月以內，各省入黨者數千人，先公按時往治事，迄於統一告成，政府北遷，章主黨部隨去，先公猶以為應暫留上海，徐覘其後，格於衆議而罷。遂立辭基金監及理事職，不更問黨事。既而章受拘禁，統一黨為袁操縱，改共和黨，而沿為進步黨，頗與國民黨相齮齕，且有附袁之嫌，誠出先公意料之所不及，且非所忍聞矣。

初、北方雖主和議，猶定在武漢開會，先公以武漢軍事未已，堅持不可，又密告唐，非來滬開會，即罷其議。孫黃並以為然，袁卒屈允。唐當自漢口水道來滬，假寓英商卜內門經理李德立家，李迎之江干，先公未往，唐倚紘頻以爲問，無應者。其夕即來惜陰堂深談，即席定以共和政體爲鵠的，謂來日所議，僅斡成此局之步驟耳。翌日，先公約孫黃同來惜陰堂晤唐，孫唐同鄉里，彼此一見，以鄉音傾蓋，握手稱中山，似故交。黃爲湘人，則微示禮數，稱克强先生。此後不三五日而一晤，盡掬肺腑，其有不容直率傾吐者，即先公爲轉達之。唐于名分爲清廷代表，一切自不能不於議席有所爭持，然陰主共和，謀之至篤，孫黃咸相敬佩，未嘗目之爲敵軍代表也。

方唐之南來也，南中尚未指派代表，黎元洪以爲事發於武昌，應由鄂主和議，民黨亦衆論不一，尤以唐爲清廷顯宦，政學前輩，必當擇地望相符者與之抗手，久久始物色粵人曾任駐美欽差之伍廷芳任之。伍休官居滬，素不問革命事，亦不與黨人通聲氣，而陳其美一日徑投刺造訪，請出任南方議和代表，伍不識陳，卻之再三，陳竟長跪以求，伍感其誠，始允就任。伍居與惜陰堂不遠，後輒來晤，爲先公面述者如此。逮部署就緒，已定翌日假英租界市政廳開會矣；伍忽念及代表尚無證書，焦迫無計，立移函先公，請速發給，備開會時審驗之用。先公固不預瑣事，得函大以爲異，然不能不立爲轉達，且促繕發，次日始克持赴會塲。伍嘗就李鴻章幕府，官于北洋，與唐亦舊好也。和議數開，捨雙方停戰限期以外，凡國體爭持及人民投票諸端，均無成就。袁尤遇事挑剔，以求信清廷，南中則聲勢日宏，山陝光復，而實力猶患不充。袁已熟諳言戰言和之舉足輕重也；則益上下其間，便行其私，終免唐之代表，親負和議全責，而展轉示南中，倘屬以總統之任，自當翊贊共和，締措新局。南中時正困于偏安，絀于餉械，百不得已，亦僅有先樹政體，再圖其次。至袁之異志，人所共見，則冀納之於憲法之中。因之南京臨時國會先制約法，繼以孫宣言讓賢，選袁爲首任正式大總統。約法定責任內閣制，總統無施政之權，且移都南京，袁南下就職，又應以黨人爲首任內閣總理。袁初勿之允，幾在惜陰堂辯論調處，終以唐紹儀加入國民黨爲內閣總理，粗償南北之願，事始克諧。茲議既決，袁遂致力共和，坐遣北洋軍人紛電奏請遜位。又飾詞動隆裕太后、攝政王，清廷知大勢已去，無可挽回，終承受優待條件，於辛亥十二月二十四日即一九一二年二月十二日下詔遜位，蕩滌五千年專制之瑕穢，計距武昌舉義，甫百有餘日耳。

方大計之既決也，南中計日俟遜位詔書，期釋重負，而期之殊不可得，或以爲事有中變矣；一日，先公忽有所悟，語張謇曰：「明詔未頒，恐京師無大手筆足了此案，君試擬爲之。」張初笑謝，以爲不可，終於著筆，就余案頭八行橫箋，不具首尾，書數百字，文甚朴雅，先公以爲可用，亟電京師。不出所料，北方前擬數詔，均不中體，袁正患無策，得之大事稱許，一字不易，僅加「由袁世凱以全權組織臨時共和政府，與民軍協商統一辦法」一語頒行之。方集議朝堂，加此語時，僉以袁此日猶爲清臣，不宜用「請」字；來日既爲國家元首，應存謙撝，又不宜用「命」字；躊躇良久，忽有人脫口謂「由」字寧不適用耶？羣相俯首，以爲千金國門，信無可易。又以張稿至「余與皇帝，得以退處寬閒，優游歲月，長受國民之優禮，親見郅治之告成」而止，語氣似不完整，於是復有人增「豈不懿歟」一語爲虛結，雍容宏肆，神理具足，通人之筆，詢可稱已！詔下之日，陳其美適來惜陰堂，逐句朗讀，至「商輟于途，農輟于野，人心如此，天意可知」諸語，嘆息至再，曰：「亦可傷矣！」陳素以驍悍著，感于張文，彌存矜惻。先公每謂其亦謹愿之流耶。張手稿存惜陰堂有年，某年「申報」國慶增刊，屬余記辛亥事，因影印以存其眞；惟張譜失載其事。至孝若、劉垣撰傳，始揭出之。先公嘗語張曰：「朝廷養士三百年，君以文士，策名狀頭，固不當善爲之詞，以酬特達之知耶？」胡漢民初不知其事，以爲別出他手，至孝若傳記及影印本出，始爽然自愧失言矣。

統一之局既定，袁任總統，唐任總理

無異詞。於是進擬第一任內閣名單，時唐日在惜陰堂與汪兆銘、張謇、熊希齡、宋教仁、章士釗等計議，孫黃亦間至抒所見，僉求融南北新舊于一爐，務使人得其平，官盡其守。唐于革命爲後進，于孫黃汪宋諸黨人爲新交，則事事責之于先公。袁多索名額，頗涉自大，非南中所能忍受，而南人又競求顯宦，視若酬庸，雖孫黃亦窮于應付，其事視前擬臨時政府名單爲尤難，折衝進退，函電交馳，一擬數改，始勉定議，南北無違言，其間勞心敝舌，左支右絀之苦況，先公殊無以語人也。

綜革命之觀成，黨人茹數十年之艱苦，出生入死，締建共和，厥功固至偉，然辛亥以百餘日傾覆滿洲三百年之天下，顯見地方人士之効力，初不亞於黨人。所幸孫黃領袖民黨，能識大體，與地方人士推誠相見，協力相濟，衆亦翕然無私毫之成見，因以致果。然孫黃二人間固未嘗無異同也，爲之部屬者，更或利其異同而抑揚之，由疑沮以生嫌怨，則肇自東京初組同盟會時，其來固已久矣。辛亥事發，黃先抵滬，開府南京，爲大元帥，彌孚衆望，頗有主推任總統者。孫遄返，必得此席，其左右或不能不抑黃以示崇孫，由部屬之間言，釀同輩之歧見。先公知之，引以爲隱患之尤，故凡涉機事，必約二人同至商署，且折衷其異見，汪宋亦每曲旋其間，免爲袁所播弄。黃性厚重，輒自抑遜，幸迄不致僨事。其後病歿上海，唐往視疾時，猶執手謂中山負我，可以知之。

黨人赤誠革命，躬冒百險，不折不撓，毅勇信非恒流所可及；然蹈厲有餘，治術不足，亦爲無可諱言之事。方孫之初謁先公也；語及民生凋敝，當有以解其倒懸者。孫卽作豪語，謂今當先免全國之田賦。先公立止之曰，信是則軍政費安所出？君首歸國門，一言爲萬方所矚目，愼勿輕言之。又吳敬恒一日與張謇語及刑法，忽仆地叩首，謂匪盜迫于衣食，始陷法網，應勿論死，敢爲請命。張愕然至無可置答。其後議及優待清室經費，孫遽謂雖歲給一千萬何傷！先公亦止之曰：「此當付國會決議，非一二人所可定奪。」蓋孫以亡清在卽，望外之喜，不期溢於言表。終亦僅定四百萬元。凡此均足見黨人之坦率豁朗，而尚不習於治道，幸多機敏服善，不致貽之禍階也。

南京臨時政府組成，先公固自矢勿預公職，而中國第一礦業漢冶萍，以舊人盛宣懷逃日本，無主持者，勢且輟業。鄂中屢電政府維護，孫黃一再請先公代表國家股份出任董事長，以商業非官職勉允之。絕續之際，搘擋零星商欵，幸維冶鑪不使息火。漢冶萍產鐵，向由盛宣懷定約借日欵，而以最低價格售之日本八幡鋼廠。八幡日獲厚利，漢冶萍則支拄維艱。先公知廠務之困於日欵者甚深，遂主別借欵項，改定價格，另訂新約，日人深患之。又顧問日人青木屢來見，請循舊價售鐵。廠謂向日借欵，易於續約。若取他國，豈有意排斥日本耶？先公答以借欵爲商業計，必取息廉而約束少者，玆正分訊中外各銀行，日亦可來商談，擇其便我者，決諸董事會，何蓄意堅拒之有？青木無可逞，往謁孫文，謂日必贊襄革命大業，惟漢冶萍向與日有成約，宜續不宜廢。孫意少動，以語先公。先公復曰，此商業事，應決之廠中，似不可以政治左右之，卒拒其說。然廠務拮据日甚，借欵倉卒難成，董事若王存善等，多秉盛意，難期規復。次年，盛自日本返，謁先公，雖舊交而議終格格。先公直率語之曰：「此時縱惟日欵可借，亦待君主之，余任內決勿舉日債矣。」遂辭董事長職。所有按月夫馬費五十元，盡輸之工人醫療所。初、盛與袁世凱嘗以爭

趙尊嶽遺像

功名失歡，至是窺南中陰事反袁，則自通於民黨。既矜其理財之長，復謂雖私蓄已足浥注政府。又每斥袁異謀。孫甘其說，且歆其資，頗以爲能。嘗爲先公言之。先公曰：「相知素深，謂貪黷自肥者能公忠體國耶？」謝不敢信。而盛卒左右漢冶萍事，以其親家孫寶琦當其名。癸丑二次革命將舉事，民黨度財力不繼，就商之。盛謂下南京當貢二百萬元。其後討袁軍建幟南京，迄未斥一文。不旬月，事亦敗散。民黨有與先公追泝之者，先公曰：「吾言驗矣！其人果足恃乎？」

遜位詔下，南京移政權於統一政府，奠定有期。於是先公復與諸君著意於南北絕續之所繫，務求匕鬯勿驚；而袁卒不肯南下。南中特遣汪兆銘、蔡元培等往迓，袁竟嗾使曹錕兵變於京師，示非坐鎮北方，不足控制。南中既已解體，孫黃亦嘆息無言。及袁就任，遣梁士詒邀先公北行，先公笑而謝之。旋聘爲顧問，貽以勛章，均答以一電而已。其後，唐任國民黨推薦之北洋軍人王芝祥督直，袁勿署發命令，唐以爲侵責任內閣權，憤而去職。旋袁又殺宋教仁，啓癸丑二次革命戰事，乃至洪憲稱帝，宣統復辟諸大端，凡事涉國本者，諸君子仍時至惜陰堂，就先公畫策，以非辛亥年事，不著于編。

（續完）

袁世凱就職失儀

陸寶鳳

袁世凱在北京兩次就任總統，一是民國元年三月十日的臨時大總統，碰了一個大釘子。他那天得意洋洋的穿了新製成德日式高級將領的軍服，金碧輝煌，佩了長劍，神氣十足的前呼後擁，到了參議院，舉行宣誓就職禮。剛到院門，參議院議長林森站在門口，莊嚴地說：「這是代表全國國民最高的立法機關參議院，任何人絕對不能佩帶軍器入場，請即除去長劍；其他侍衛人員，均不得携帶武器入內」。袁聽到林的義正詞嚴的話，臉上即浮起不豫之色，但是事到其間只好硬着頭皮的遵辦，心裏覺得大失面子，懷恨在心頭。後來對民黨的嫉視，這也是原因之一。（事實上也反映了袁的左右沒有人懂得禮儀的。）

民國二年（一九一三年）二次革命失敗，袁世凱大權獨攬，施展權勢，於十月六日，製造公民團，包圍國會，而當選了正式大總統。袁定於十日（辛亥年秋武漢起義的日子）就任大總統。他鑑於上年春間在參議院碰釘子的故事，於是決定這次就職典禮，不到參議院，也不在居仁堂，而要仿照清朝故事，擇在太和殿舉行。這一天，袁穿了陸海軍大元帥服，戴疊羽帽，由三百二十名金冠藍服持戟的武士擁衛，他乘了八人彩轎到來，站在太和殿中間的「御座」前，觀禮的人入殿鵠立。按照約法規定的誓詞是：「余誓以至誠，謹守憲法，執行中華民國大總統之職務。」國會議員韓玉辰是日離袁的位很近，傾耳靜聽。袁先高聲讀「余」字，繼續「誓以至誠，謹守憲法」，聲音微弱，幾不可辨。高聲讀「執行中華民國大總統之職務」，宏亮有力。韓玉辰事後批評說，言爲心聲，不誠無物。讀誓詞應該用誠懇響亮的語氣，一氣呵成，字字從心坎中吐出，才能表達心意。而袁世凱呢，却把「誓以至誠，謹守憲法」八字，囁嚅若不出口，可以反映了他當時的心理，既不誠實，又不謹守國家的大法，所謂就職典禮，只是告訴人知「余執行大總統之職務」而已。

是日觀禮的，拜賀的中外來賓，均從東華門、西華門步行。獨有國務總理熊希齡坐了二人抬的轎子。散會時，雜在人叢中行。有一個國會議員揶揄他：「秉老（熊的別號秉三），你在紫禁城坐轎子，是欽賜的；抑是自稱的？」熊在轎中答：「你猜猜。」另一議員說：「想是從清室借來的。」旁聽的人莫不哈哈大笑。熊在清末，是東三省清理財政監理官、奉天鹽運使，是君憲派的中堅分子，以「遺臣」與統一黨理事資格，做了袁政府的財政總長、內閣總理，是有他的淵源的。因談袁的就職，順便說說。

趙鳳昌及其書法

林熙

劉垣的「張謇傳記」九十三頁，有記趙鳳昌事，頗可參考。摘錄如次：

趙鳳昌這個人很是奇怪，他是我武進縣親同鄉，與我是世交。他幼年失學，在某錢莊做學徒，常常到一個姓朱的家裏送銀錢。那時他年紀不到二十歲，人極機警，因爲家貧之故，私自挪用了錢莊之欵，被經理停職。他就向那姓朱的訴苦。……（想找個小伙計做）姓朱的說：「你不是當伙計的人，你既不願讀書，我索性多送你幾個錢，你去捐一個小官，到省候補，一定可以出頭。」於是這姓朱的不由分說，替他捐一個縣丞，並送了他旅費，分發到廣州。混了幾年，後來張之洞做兩廣總督，就很賞識他，讓他做總督衙門文案，參預一切機密。後又隨之洞湖廣總督任內，格外親信。所以得之洞親信的理由，因爲他記憶力極佳，之洞辦事沒有一定時間，有時正在辦公事文書的時候，忽然睡着了，又忽然想到要檢查書籍；有時正在看書，忽然又想檢查檔案。只有趙鳳昌有此記憶力，替他隨時檢查。又他對日行公事之來往文件卷宗，往往隨手拋棄，事過輒忘，不易搜尋。只有趙鳳昌能替他整理安排，井井有條，一索卽得。趙鳳昌讀書極少，文理平常，但與之洞相處數年，居然能代擬公牘，而且摹仿之洞書法幾能亂眞。因爲與之洞朝夕相處，不免引用同鄉很多。有一年大理寺卿徐致祥奏參張之洞一摺，牽涉到趙鳳昌的名字……將趙鳳昌革職，永不敘用。張之洞覺得很不過意，就向盛宣懷討了一個武昌電報局掛名差使給予趙鳳昌作爲生活之費，而派他住在上海，辦理通訊運輸諸務。我爲什麼要把趙鳳昌履歷說得這樣詳細呢？因爲他將來在辛亥革命時代，還要扮演一個比較重要的角色呢！

劉垣所記，頗可幫助讀者了解趙鳳昌的早年爲人。本期封面所印趙鳳昌寫經，是他晚年的作品，他謝世後，叔雍影印成冊，以贈親友，書前有叔雍所作小引，今錄左：

先府君晚年篤志禪靜，日課梵誦，庭訓輒以行持無間爲言。癸亥（按：一九二三年）初冬，年已六十八歲，猶發願寫經，窮兩月之力，成「維摩詰經」三卷，精楷矜嚴，無少怠忽。定省之餘，每請傳播，未荷見許。戊寅（卽一九三八年）三月，不幸棄養。尊嶽推先府君背塵合覺之心，因此恭付影印，用存手澤，薄植福田，而鮮民之生，充充瞿瞿，蓋已長違色養矣。嗚呼慟哉！男尊嶽敬識。

書的封面題簽出譚澤闓手，扉頁題「維摩詰所說經，戊寅三月譚澤闓敬題。」

熙按：光緒十八年清廷派粵督李瀚章、江督劉坤一查辦趙鳳昌，李覆奏云：「趙鳳昌派充巡捕，僅供奔走，備傳呼而已。而官場陋習，在大吏左右，輒目之爲要人，趨附謠諑，皆由是起。其用舍予奪，司道不得專，督撫不得私，巡捕微員，何能干預。臣見舊冊案中，有趙鳳昌曾將洋行例送茶金呈繳充公，似張之洞約束尚嚴，不致受其朦蔽。……」劉奏云：「趙鳳昌前以丁憂知縣，由粵調鄂，辦理督署筆墨事件。其人工于心計，張之洞頗信任之。該員雖無爲人營謀差缺實據，而與通省寅僚結納最寬，其門如市，迹近招搖，以致物議沸騰，聲名狼藉。……保舉直隸州知州趙鳳昌，不恤人言，罔知自愛，似應請旨卽予革職，幷勒令回籍，以肅官方。」

上海的橡皮股票風潮（續）

伍喬

近日有很多人買外國股票吃了大虧，為什麼會這樣呢？無非是他們太過相信洋人罷了。六十年前，上海租界有幾個外國流氓，居然發賣股票，騙了中國人幾千萬元，搞到上海發生了金融大恐慌，此文就是記述這事的經過。

正元、謙餘、兆康三莊倒閉後，流通在外的三莊莊票（莊票是錢莊開出的期票，上面記載一定的金額和付欵的日期，到期憑票付欵）很多，主要是被陳逸卿和戴家賓兩人拿去作橡皮股票投機之用的，其中很大部分落在洋商銀行手中。它們拿着這些不能兌現的莊票，由銀行出頭向清廷交涉，要求清廷代為清償。這些銀行還威脅清廷說，如果不代為清償，它們馬上就對上海所有中國人開設的錢莊停止資金融通。上海道台蔡乃煌與陳逸卿、戴家賓兩人原來是一隻襪統裏的貨色，平時挪用莊號巨欵，大做橡皮股票投機虧蝕很大，現在他惟恐事態進一步惡化，自己秘密將被揭穿，道台這個官做不成；又怕與他有關係的幾家莊號已經岌岌可危，朝不保夕，如果相繼倒閉，益發不可收拾。於是，蔡乃煌假公濟私，朦稟兩江總督張人駿，把洋商銀行所執的三莊莊票，說成是上海商家向洋行訂貨的貨欵，並稱，「如果拒絕代償，勢必引起重大糾紛，而且外商銀行還要揭穿收回所有錢莊拆票（「拆票」是外商銀行把現銀借給錢莊，由錢莊出立一張類似莊票的票據，交銀行收執，銀行得隨時憑票收回借欵和利息。當時由於市上現銀都流入外商銀行手中，錢莊全恃外商銀行的拆票來周轉——引注），全局將不可收拾。為今之計，惟有籌備洋債代償票欵，俾可挽救市面」云云。張人駿接到蔡道台這個稟帖，見洋大人要辦交涉，嚇到面如土色，當時那批封疆大吏，最怕和洋人打交涉，凡牽涉洋人的事情，無不遷就，以保自己的祿位，現在上海發生了這件大事，還了得，連忙打電報上奏清廷。清廷那批執政大臣也是怕洋人、巴結洋人惟恐不及的，他們以為外商銀行手中所有的三莊莊票，真是上海商家向洋行訂貨的貨欵，生怕得罪洋商銀行的後台老板，當即降諭准如所請。

這時候，蔡乃煌真是得其所哉了，他大模大樣地以大清帝國代表的身份，向洋商銀行商量借欵，允許外商銀行將所持三莊莊票在借欵內扣抵。外商銀行看見幾乎一文不值的三莊莊票可以十足清償，而且這等借欵的本息又有清廷担保，不怕倒欠，因此，它也落得把從中國人民身上掠奪來的錢借一些出來，博個「救濟市面」的美名，同時還可進一步控制中國金融。這種事又何樂而不為？

宣統二年六月廿九日，上海道台蔡乃煌代表清廷，與外商洋行訂立合同，由英商麥加利，德商華德，日商正金，法商東方匯理，美商花旗，荷商荷蘭，比商華比，俄商道勝九家外國銀行承借三百五十萬兩銀子，其中匯豐担任八十萬，最多，麥加利和德華各五十萬，次之，各外商銀行所執三莊莊票三百五十九張，共計一百三十九萬九千多兩銀子，在這筆借欵中扣除，實際交與蔡乃煌的現欵不過二百一十萬兩稍多一些。更惡毒的是，他們特地在借欵合同上加添一句對「各銀行、各洋行所執未付各莊莊票，務令以上各莊（按：指三莊）及其餘錢莊從速照付……」，這麽一來，便把今後可能絡續落入外商銀行手中所有倒閉各莊莊票的償還責任都套在淸廷的頭上了。

蔡乃煌從外國銀行借到這一筆錢，只淸償了外國銀行個人手中所持的三莊莊票，並沒有把三莊倒欠中國人的票欵、存欵加以淸償，另外，還以十萬兩銀子，偸偸摸摸代陳逸卿償還怡和洋行的債務，以討好洋人，其餘都在「救濟市面」的幌子下存給與他有秘密關係的幾家行莊，供它們周轉。安排停妥，誰知洋商銀行得寸進尺，利用上述借欵合同裏所拖的一條尾巴，搜集前倒閉各莊的未付莊票六七十萬兩銀子，囑各該國駐滬領事出面，要求淸廷援三莊成例代爲淸償。再過幾天，另一家與蔡乃煌有關係的源豐潤官銀號又四面楚歌，岌岌可危。延到九月初五日，外商銀行步步進逼，突又宣布拒絕收受二十一家錢莊莊票，市面更加恐慌。第二天，源豐潤終於無法維持，被迫倒閉，連同外埠分支號在內，一共倒欠公私各欵達二千萬兩銀子之巨。

源豐潤倒閉之後，已經恐慌透頂的上海市面，更陷入一片混亂。淸政府看到事態嚴重，怕發展下去不可收拾，要影响自己的統治，而當時國庫空虛，又無力挽回局面，就只得再一次懇求外商銀行出來「維持」。這次因爲事態嚴重，兩江總督張人駿親自出馬，兼程趕往上海向洋人求救。他向英國領事懇商，請匯豐銀行「勉爲其難」，借出二百萬兩銀子，「以資救濟」。總督大人、領事大人既然出馬，外商銀行的大班怎好不「畀點面子」，答應借出，但那份借欵合同不但條件苛刻，還規定「如有爭論，均由現行英國律例判定」。

蔡乃煌字伯浩，廣東番禺縣人，舉人出身，光緒三十三年（一九〇七年）九月授郵傳部左參議，下一年二月初一日外放爲蘇淞太道，在職二年餘，刮了不少民膏民脂，盡情揮霍（曾以五千兩銀子買得趙子固的落水蘭亭拓本）。淸政府所欠外國的借欵，各項本息，均有定期，由度支部（即財政部）先期存儲江海關道（蘇松太道例兼江海關監督，故稱江海關道，道台因管海關，故爲天下道缺最肥的官職）衙門，以備臨時應付，歷任關道辦理此事，從不敢稍有貽誤。但自蔡乃煌接任以後，往往私下挪用公欵，放給錢莊套利息，到期錢莊不能還本息，而又要償付洋債之時，蔡乃煌周轉不靈，就打電報向度支部請求接濟。度支部的主管官僚當然也和蔡乃煌朋比爲奸的，當然設法爲他撥借騰挪，免使失信外國。向來都是這樣的。等到上海大倒風這件大事發生後，度支部也不能官官相護了，於是上奏淸廷，狠狠的攻擊蔡乃煌，奏章有說：「蔡乃煌公然以洋欵項下實存二百餘萬，均係存放各莊號，萬難遽行提取爲詞……臣等繹其來電詞意，無非以市面恐慌爲恫喝，以還期迫切爲要求，於一己之罔利營私，視爲分所當爲；而於國際之交涉失敗，一若自有他人任咎。似此狡詐居心，不顧大局，實難姑事容忍，相應請旨將江蘇蘇淞太道管理江海關事務蔡乃煌卽行革職！」

淸廷於八月廿七日降諭：「諭內閣，度支部奏：關道玩誤要欵，據實糾參一摺，蔡乃煌於辦理欵項，罔利營私，居心狡詐，不顧大局，著先行革職，並著張人駿、程德全（時爲江蘇巡撫。——引者）飭令該革道將經手欵項，勒限兩個月，悉數繳淸，倘逾限不繳，再行以嚴參辦。」同日，又諭軍機大臣等云：「度支部片奏，蔡乃煌前借洋欵三百五十萬兩，維持滬上市面，近聞該道辦理此欵，多爲私計，與張人駿原奏諸多不符等語。著程德全按照所奏，將該道經手各欵，確切查明，據實覆奏，毋稍隱徇，原片著鈔給閱看。」後來程德全覆奏，有云：「該革道辦理借欵，財政主權，兩皆損失，應俟滬關交代淸完，查明一切欵項，再請辦理，其餘經手各欵，容逐一確查，會同督臣督催淸結，另摺奏陳。」

這筆複雜的胡塗帳，蔡乃煌實在無法交代，過了所限的兩個月期限，他仍然沒有辦法交出淸楚的帳目，到宣統三年三月，淸廷又下令扣押他在各省的產業，諭旨有云：「諭軍機大臣等，電寄張人駿等，據電奏，已革蘇松太道蔡乃煌虧欠關欵，尚短三百七十萬两，係以押件作抵，其坐落滬埠之產，已飭傳原押戶切實查估，其外省之產，已分咨直隸、廣東、浙江、河南各督撫，保存備抵，如各處押產，懸而無薄，仍責成蔡乃煌清償，不准列入抵數，等語。革道蔡乃煌，虧短庫欵，關係重要，亟應早爲清繳，乃延宕日久，實屬有意玩忽，著責成張人駿等，勒限嚴追，認眞清理，毋得再任延緩！」（前此浙江巡撫增韞奏稱：「浙省海關所有應解洋欵，交由源豐潤於上海道蔡乃煌任內，批解到滬，乃該革道不掣給印批，直至該號倒閉後，將空批退回，應責令該革道淸繳。」可見蔡乃煌不顧一切，强把公欵留爲私用一班了。）

如是這般的公文來往，一拖又拖了幾個月，蔡乃煌無可交代，索性一走了之，逃往青島託庇于德國人，等到兩江總督派員往青島提解，蔡乃煌又逃之夭夭，無法將他捕獲，這時已是宣統三年的八月下旬，武漢革命軍正在造淸朝的反，淸廷亦無心顧此小事，遂不了了之。

蔡乃煌的道台雖然丟了，但他却是面團團的富家翁，民國成立後，他隱居上海租界納福。但做慣官的人，一日不做，就心癢癢的不好過。民國四年（一九一五年）袁世凱要做皇帝，他的御用機關籌安會努力爲他籌欵作大登殿之用，蔡乃煌卽與籌安會首要分子勾結，替老袁專賣鴉片，擬籌得三千萬元做帝制運動經費。袁世凱就派他做江蘇、江西、廣東三省的禁烟特派員。蔡乃煌於是在廣州設立廣東禁烟專賣局。民國五年，袁世凱失敗，廣東督軍龍濟光眼見老袁已倒，深感勢孤，欲保存實力，宣布廣東獨立，爲了要向反袁的護國軍表示有誠意，就把蔡乃煌槍斃。蔡乃煌多行不義，其下塲如此，如果他不是受了橡皮股票的影响，也許不致把上海道台丟了，一直做到淸朝垮了台，他還可以多刮一二百萬元。（蔡死後，於民國八年安葬於杭州的青龍山，陳三立爲作墓志銘，有云：「以滬市財幣絀操業巨，賈多廢罷，羣情騷動，於是察事勢，及徇諸商董之議，勔貸出公家藏帑流通濟乏絕。事聞度支部，度支部權貴人，本嗛君，又中蜚語，乃劾罷君。既去職，避居津沽大連灣之間。會國變後五年，西南兵起，君引還廣州遇難卒，丙辰三月二十二日也，年五十有八……」對於假公濟私，吞沒國帑的人，竟然說他出公帑救濟市面，眞是天大的笑話！至於他專賣鴉片，毒害人民，以致被軍閥所殺的原因，一點都不敢提。這樣沒有絲毫正義感的「文豪」，只曉得收受人家的厚禮就作諛墓之文，顚倒事實，所謂「餘事詩文世所宗」之語，未免太過溢美了。——這是陳三立八十生辰，其師陳寶琛的賀詩。）

這批外國流氓爲了淘金設下陷阱，掀起橡皮股票風潮，究竟掠奪了多少銀子呢？根據當時熟知金融市塲情况的人估計，總數額大約有幾千萬兩。這批外國流氓騙到這幾千萬兩銀子之後所過的窮奢極侈的生活，這裏只舉一個例子來說明：以販賣鴉片出身的流氓加多里，搖身一變成爲上海租界上的大富豪，當上了一家煤氣公司和地產公司的董事長之後，就在滬西大西路地豐路轉角，仿照十八世紀歐洲皇宮式樣建造一座富麗堂皇的大厦，裏面均用大理石砌成。從民國七年動工，用了六年的時間，到民國十三年（一九二四年）才完成，一共花了一百萬兩銀子。大厦的室內面積共有三千三百多平方米，大小二十幾個房間，包括一個能容幾百人跳舞的大廳，幾十人擧行宴會的餐廳，連厨房和洗澡間都用大理石裝飾起來。住在屋裏的主人只有四個，就是加多里夫婦和他們的兩個寶貝兒子，但伺候他們四個人却有四十多個中國工人。只要知道這一點，就能想象他所過的糜爛生活。加多里如此，麥邊、白爾克父子、韋推等也莫不如此。到十九年前，上海的外國流氓住不下去走淸了，這所大厦就改爲少年宮，供中國青少年爲文娛活動的好去處了。

（全文完）

春風廬聯話

林熙

誚文廷式

珍妃的問字師文廷式，於光緒十六年庚寅科點了榜眼，不久之後，北京就有人撰一聯云：

讀卷太心虛，閭面居然登榜眼；
行文眞胆大，纛躬何必問源頭。

這一聯是很有趣的。「閭面」對「纛躬」眞是銖兩悉稱，而且這兩字又是羌無故實杜撰得好笑。原來這一科殿試，有人的文章竟有「耳者心之譯，躬之纛也」這樣的怪語，而此人也中了進士。至於「閭面」二字，則是文廷式的故事。殿試策卷，注重書法，廷式自負善書，但對於挖補工夫，不十分講究。他的卷中有「閭閻而……」這一句，寫時漏了「閻」字，將「而」字寫上去了，全文寫完後才知道，他見時候已屆，一時手忙脚亂，就將「而」字加多三筆，變成「面」字，居然點了榜眼。是年七月，御史劉綸襄奏參讀卷大臣八人沒有看出，此八人皆得處分。八月初八日上海申報的副刊，記劉綸襄的奏摺云：「有詩失韻，而考差高列者，有賦出韻，而散館一等者。幷有引用舛錯，點畫遺落，不加指摘，擬置高名。」就是指這件事。

這科讀卷八大臣中，翁同龢第三人，他見有「閭面」二字，幷沒有簽出，同官亦以爲疑，恐係筆誤。翁同龢說不會錯，以前曾見一詩，以「閭面」對「檐牙」，必有典故。衆人以同龢博學多聞，也就不敢多說了。

遺老輓梁鼎芬

民國八年己未（一九一九年），溥儀的老師梁鼎芬在北京死了，他的親友和門生，大都主張把他的遺體葬在他的故君陵墓附近，以遂他攀龍髯之願。原來梁鼎芬在生前，曾在光緒皇帝葬身之所的崇陵廬墓三年，另一個「帝師」陳寶琛認爲這個「忠貞之士」大可以做「帝師」，恰巧陸潤庠死了不久，空下一個缺子，便把梁鼎芬薦上去。梁死後，葬在崇陵附近，雖清代無功臣陪葬之例，但梁鼎芬得在崇陵左右占一尺地，也可算是「陪葬」，不讓唐太宗的功臣專美于前了。

陳寶琛輓鼎芬聯云：

一死何之，魂魄固應依帝所；
卅年相愛，衰殘猶得送君歸。

那批遺老見陳寶琛此聯，更是振振有詞，一力主張要把死者葬在崇陵附近了。獨有石德芬表示異議，特製輓聯反對之，聯云：

到死傷心，梁格莊前遺旅櫬；
何年歸骨，蓮花臺上望孤兒。

光緒帝的崇陵在梁格莊。蓮花臺在廣州近郊，梁鼎芬父母皆葬于此。德芬此聯純講私情，宜「忠貞之士」不甚高興了。**德**芬是梁鼎芬的表親，故知其家事。

石德芬原名炳樞，字星巢，廣東番禺人，在清末光緒、宣統間，也是廣東一位有學問的儒生，梁啓超、梁士詒、周自齊等民國大官都是他的門生（周自齊是山東單縣人，但從小隨宦廣州，故在廣州讀書）。星巢本人又是近代大儒陳東塾先生的弟子。

光緒廿八年壬寅（一九〇二年），星巢以知府在廣西候補（後來得補思恩府，移鎭安府，皆有賢聲），統領廣西三江水師，典軍梧州，行署俯瞰大江，形勢甚偉，德芬撰聯云：

南北河左右分飛，去楫來帆，無限風濤都在眼；

東西粵山川不隔，異鄉同俗，有情花鳥自關心。

廣西的梧州爲三江總滙，與廣東接隣，風俗語言皆相同。上聯寫景，下聯抒情，又切地，絕不能移置他處，這才配得上是好對聯。

石德芬死于民國九年庚申（一九二〇年），享年六十九歲。他的墓志銘是康有爲撰文，沈曾植書丹，高七尺，廣三尺許，志銘如許之大，甚罕見。一九四三年我和石德芬的兒子福綸在廣東某機關共事八閱月，承以其尊公墓志銘拓本相贈，今尙存篋笥中，墨蹟則爲友人李啓嚴君購得，亦藏香港。

湘軍故事

從前湖南的溆浦縣有所謂「溆浦三賢」者，言有三靑年皆有文行，而又妙年同死也。本來沒有「三賢」之稱的，只因曾國藩一聯就成了「三賢」的典故，所以頗堪一述。

向師棣字伯常，是溆浦秀才，淸同治三年入曾國藩幕府，掌出納，每月銀錢出入數百萬，絲毫不染，因此很爲曾國藩所重，委他做上元知縣，但他不樂意做官，不久，患上了一種怪病，曾國藩雖然公務忙碌，每日也要去看他一兩次，死後，輓以聯云：（向氏在曾幕，也代國藩司筆札。）

與舒嚴幷稱溆浦三賢，同蹶妙年千里足；

念吳楚尙有高堂二老，可憐孝子九原心。

過了十幾年，朱光恒編輯「溆浦三賢集」十三卷（楚善書局刊行），就是掇國藩聯語之句來做書名的。另二賢是：舒燾、嚴咸。向師棣和舒嚴二人皆少年以才學著名鄉國，舒字伯魯，著有「綠猗軒詩文鈔」，嚴字秋農，著有「受菴詩文鈔」。

光緒初年，左宗棠帶大軍西征，平定回疆，立下大功，於是湘軍又在關外耀武揚威一次。事定後，嘉峪關建有湘軍昭忠祠，是紀念死難的湘軍將士的。祠成，左宗棠集唐詩爲聯云：

日暮鄉關何處是？

古來征戰幾人回！

這一聯措語渾成，而語意中又有無限淒涼感慨，眞佳作也！以上皆湘軍故事之可一述者。

香港東華醫院

一九七〇年香港東華醫院慶祝建院一百周年紀念，這所醫院是中國人捐欵創立的慈善機構，對貧苦病人概不收取醫藥費的。

淸同治九年庚午（一八七〇年），當東華醫院開幕時，創辦人十三人聯名致送一對長聯，懸于大堂之上。聯句云：

憶此地古塚荒丘，今忽烟滿丹爐，不知幾載經營，始疊稍償吾輩願；

幸斯時窮黎病赤，已屬春回香海，惟冀他朝繼紹，常懷普濟衆生心。

此聯不知出誰人之手，待查。

現在東華醫院的院址，在上環普仁街，在未有東華醫院之前，是一片荒地，只見叢塚櫛毗，渺無人烟。這些荒塚的「主人」，類皆不知姓名里居，他們客死異鄉，不能歸骨。當時那十三位創辦人認爲應予以好好地埋葬，以安死者。於是選擇西環牛房義地，命仵作檢拾各穴骸骨，重新營葬，立爲義塚，歲時派人致祭，不致成爲無主孤魂。這是同治八年的事。

那十三位創辦人是：梁雲漢、高滿和等，高滿和是我的祖父。他們在同治八年至十年，任倡建總理，共三年。

英使謁見乾隆記實（續）

馬戛爾尼 原著
秦仲龢 譯寫

如果中國官僚稍有良心，見到這種情形，似乎應該不再大發虎威了。可是這班官老爺見別的船都往前行了，而自己的一艘却屹然不動，就大發雷霆，立卽命兵丁下水拉那批正在賣命討好官府的船戶牽夫上前，一一責以軍棍，懲其不肯用力。衆人受責，呼號慘叫之聲，四處可聞，而大老爺却無動于中。後來聽人說，船戶因擱淺之故，不僅挨了一頓毒打，還要把他們兩日來應得的工錢扣去。這麼一來，他們千辛萬苦爲官府服役所得的報酬，只是一頓軍棍而已。

十月十二日，星期日。　　今天我又過船去拜候松大人。他說，據舟山最近消息，我們的船仍停泊在舟山，我可以不必爲此事着急了。他又說，現在河水淺，船走得很慢，如果我們坐得有些氣悶，不妨上岸走走，觀看鄉村風景，但是游玩時，要十二分小心，不要離船太遠，太遠了，找不到船，那就痲煩了。（按：是日爲星期六，作者筆誤星期日。——譯注）

巴勞「中國旅行記」記云：自從松筠大人說這番話後，我們這班做隨員的人，就因爲整日悶在船艙裏不耐煩，便上岸散步，習以爲常，中國的官員也不加禁阻。有一日，忽然有一個武官下令他手下的兵丁八九人，硬要我們這班洋人回船，不許再在岸上散步，兵丁的態度很是橫蠻，不可理喻。我們不知爲什麼緣故，只好服從，各自回船。不久後，王喬兩位大人知道有這件事，勃然大怒，叫那批兵丁到跟前，責以抗命之罪，用大棍痛責，那位武官的官階雖然幷不很低，也給王喬兩大人責以四十大板。當武官受笞時，兩位大人派人來請我們去看行刑，其意在使那位官員自知羞辱。我們覺得這種打人的趣劇沒有什麼可看，只好婉言謝絕了。

我見松大人心情愉快，便趁此良機提到正事。我說，我們的國王這次派我爲特使觀光上國，目的在開闢英中兩國交際的途徑，使此後兩國時常往來，感情益形親密，而中國皇帝陛下也許因此而對來華的英國人格外優待保護。我的話還未說完，松大人就說，我們皇上對于外僑，不論是那一國人都一律好好看待的。我說，當然，我們英國僑民沒有一個不敬愛中國的皇帝的，而中國皇帝所頒布的命令，不論怎樣，只要能力辦得到，英國商人無不樂從。可是，自從中英兩國通商到今，前後已有十二年之久了，在這個時期中，中國皇帝對于我們僑商所頒布的上諭不止三道五道，而我們僑商却一道上諭都沒有見過。別的不必說，單就稅率一事而言，起初幾年，洋貨的進口稅收得很輕，現在一年重似一年，和從前相比，已加了好幾倍。如果中國有正當的理由，或有特別的支出，加稅本來是可以的；無如加的是加了，而理由則始終沒有明白宣布。假使中國這樣只顧加稅，有增無已，本人恐怕有一天英國商人到了負担不起重稅之時，那每年六十大船的商品，就不能運到中國來了。所以這件事，希望貴國想一個正當的方法才好。

松大人說，方法總是要想的，不過我們的稅則不是老不更變的，如果遇到國家費用少的時候，自然賦稅輕些，假使國家有什麽急切的需要，或某些省份出了重大事故，支出增多，就不得不在賦稅上面斟酌情形加一些了。這是不論本國商人外國商人，都是一樣的，幷不是專門爲難你們英國人。我說這話說得對，即如一七八二年（即乾隆四十七年）的加稅，我也知道是因爲安南與西藏有軍事行動，軍餉浩繁的緣故。（按：西藏軍事行動，指尼泊爾戰爭，廓爾喀侵後藏，清廷兵由四川入西藏討平叛亂，從此廓爾喀五年派使臣入貢一次，一直到光緒三十四年最後一次止。安南戰爭指安南王黎氏爲阮惠所滅，發生內戰，乾隆帝以安南黎氏受封百餘年，乃派兩廣總督孫士毅率重兵入安南討賊，立黎氏之孫爲王。阮惠自知賈禍，乃改名阮光平，派其子入貢請封，自言守廣南已九世，與安南爲敵國，非君臣，此次乃內戰，非敢抗中國，請來年親覲京師。帝許之。下一年乾隆帝八旬慶典，阮光平入覲。——譯註）但是這種臨時增加的稅賦，到了軍事平息，就要停止，回復原狀了，然而到今已歷十年，中國幷無減輕之意，所以我們的商人心裏頗有點不舒服。

松大人說：「現在中國已沒有戰事了，這一宗稅，就是貴特使不說，我們也早已考慮裁減的了。」我說，如果這個消息確實，那就是中國大皇帝體恤英國商人之心，使我欣喜敬仰無已，所可惜的就是我到中國之後，沒有多大機會同和中堂詳細商談，請他把我要說的話轉奏皇帝。更可惜的是當本人入京時，護導官又是徵大人，他是一個個性倔强，不喜歡外國人的人，本人每有所建議，總是被他所阻，不得上達。假如當時中國皇帝指派大人來做我們的護導官，我們英國人就獲益不淺了。

松大人聞言，好像很高興的說：「那自然，那自然！事情已經過去，兄弟亦無能爲力，但將來一定有機會效勞的。我們雖然國籍不同，話言各異，但交情總要講的。」松大人說這番話時，態度非常肫懇，我相信每一個字都是出於腑肺，絕無虛飾，如果他的話還含有虛僞敷衍的成分，那麽，這個人可說是世界上最大的僞君子了。

十月十三日，星期日　今天到了天津，中國官員登岸採辦大批食物，貯藏船中，以備供應之需，其中肉類有羊肉、豬肉、鹿肉，果類則有梨桃橘栗，葡萄胡桃等，又有幾種是我生平所未見過的，不知叫什麽名字，我們從北京往天津途中，每日都有好酒好菜招待，似乎不必費我筆墨，但今日要特地寫出來的原因，則因爲今天吃飯時，松大人曾親來拜訪之故。

又有一件事，我不得不記述一下。我們歐洲人把牛奶看作一種普通飲料，家家戶戶都有的，但中國人却沒有喝牛奶的習慣（他們認爲牛奶者，乃母牛用來飼餵牠的小牛之物也），他們見我們每進食必用牛奶，冲茶也攙入牛奶，然後知道我們有「不可一日無此君」之槪，於是在供應品中加入牛奶一項，以滿足我們的口腹之欲。但中國人既不大愛喝牛奶，因此物色牛奶頗不容易，尤其是在水路上得之尤艱。松大人有心向我們表示好意，特地派人買來兩隻多奶的母牛，養在一艘船上，以備我們飲用。這樣，對於我們英國人是很有裨益的。

松大人此擧，使我勾起舊事。當我們在天津登陸以後，中國官方一路招呼周到，一切供應都窮奢極侈，到了熱河之後，又由和相國親自引導我們遊覽熱河行宮，乾隆皇帝萬壽典禮，我們也隨班行禮。說句良心話，一個國家對待另一國家的使節如此優渥，可說是禮儀周至了。可是，我們到了首都，還未足兩月，就用客氣的態度叫我們回國，逗留多一兩天都不容許，這般情景，很使我沮喪，不得不向中國朝廷辭行。接着，我們首途出京，沿路供張之盛，和初到時一模一樣，就拿牛奶一事來說，其事雖小，但亦可見中國官員照料周到。中國官方初時則熱烈招待，忽然又冷起面孔逐客，客行時忽又熱烈招待，一冷一暖，令人捉摸不定，爲什麽會這樣呢？我不妨以武斷的態度忖測一下，這次忽然供張復盛，或者是中國朝廷覺得驟然逐客，不合情理，但朝廷又不便認錯，爲了安慰我們，爲了使他們的良心過得去，就迫得出此一擧了。

十月十四日，星期一　我們的船隻駛入運河了。河的濶度約八十英尺，水流甚急，因此每一艘船需要縴夫十八至二十名才能把它拉動，並且進行極慢，一小時內只能航行一英里半多些。但兩岸風景幽美，雖然走得很慢，對我來說也不爲無小補。兩岸的斜坡滿植樹木，農田都耕種得很好，布列井然，農家厠立其間，景物令人可愛。

十月十五日，星期二　今早忽然冷起來，但到了中午又很熱。上午六點，寒暑表爲四十七度，下午兩點，突然升到七十四度，在八小時之內，相差竟至二十七度，在我所到過的地方中實在未見過有此現象。這樣的暴冷暴熱，影响我們的身體極大，有幾個衞兵病倒了。

十月十七日，星期四　路過大墳塲數處，據我猜測，既有這樣的墳墓，則必鄰近大市鎭大城市了。就是我在這裏所見的人民，也較多過以前所見的。據說中國的人口，南方多於北方。現在我們逐漸向南行，人數一定按日遞增。今日在岸上的人羣中，見有婦女多人，她們的相貌並不怎樣漂亮，而衣服也不十分整齊，照我猜度，在田上耕作的農民也許就是她們的丈夫呢。

十月十八日，星期五　我們看見遠處有幾處城垣市鎭的地方，其風景頗類歐洲的佛蘭特、荷蘭。我覺得這裏的氣候如果吹南風就總是溫暖可愛的，一刮北風就不同了。昨天出太陽的時候，溫度表是五十三度，今天則爲四十六度。王大人和喬大人對我說，這裏的貧民因爲沒有足够的衣服禦寒，往往有很多人受凍而死。他們禦寒之法似乎只靠衣服，而沒有爐火等設備。

晚上，船到德州，這是一座大城，位於運河左岸。岸上有很多軍士列隊奏樂，迎接我們。一時旌旗火把燈籠，擁滿在一起。

十月廿一日，星期一　上午，我往訪侯松筠，這次談話的時間很長，主題是乾隆皇帝給英王的敕書。

當談話時，座中有一位官員，他本是軍機處章京，現在跟隨松大人辦事，皇帝給英王那第二道敕書就是他起草的。他見了我，不斷道歉，他說：「敕書中有幾句並非皇上之意，是兄弟自己加入的。」我問那幾句，他說，就是：「『以上所諭各條，原因爾使臣之妄說，爾國王或未能深悉天朝體制，並非有意妄干』和『若經此次詳諭後，爾國王或誤聽爾下人之言』那些句子。」

我說：「這幾句如果不是皇上的意思，你爲什麽要加入呢？其中必有原因，請你對我說明，好不好？」他說：「這是一種政治性的花樣，朝中時常運用的，因爲皇上對於其他國家的君主有所請求，要推却所請，不便用直斥之法，以顧全他們的體面。所以敕書中不說所請各欵，出自貴國國君，只說貴特使未奉有英王之命，發此妄談，這樣，就是敕書加以駁斥，對於英王的體面與尊嚴，絲毫無損。這是兄弟措辭的苦衷，現在貴特使知道了，諒必表示贊成而加以原諒的。」

（待續）

花隨人聖盦摭憶 補篇

黃秋岳遺著

定價 精裝：美金六元
平裝：美金五元

大華出版社印行

大華

第一卷 第五期（十一月號）

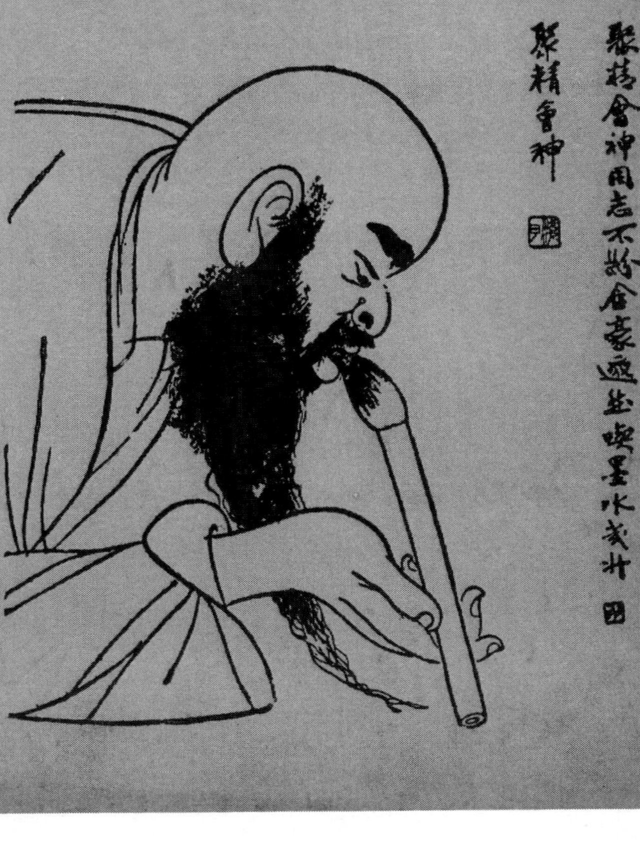

大　華　1966年合訂本　1—20期

本刊於1966年3月15日創刊，至十二月，共出二十期，今合訂為一冊，以便讀者收藏。此二十冊中，共收文章三百餘篇，合訂本附有題目分類索引，最便檢查。茲將各期要目列下：

1 袁克文的洹上私乘。
2 徐志摩夫婦與小報打官司。
3 大同共和國王劉大同。
4 胎死腹中的香港市政府。
5 申報與洪憲紀元。
6 李準輸誠革命軍內幕。
7 西北軍奮鬥史。
8 清朝的內務府。
9 王孫畫家。
10 日本空軍謀炸南京偽組織秘記。
11 丙午談往。
12 談聶雲台。
13 銀行外史。
14 皇二子袁克文。
15 跛脚主席張靜江。
16 南北兩張園。
17 上海的超社逸社。
18 當代藝壇三畫人。
19 胡漢民被囚始末。
20 我所見的張永福。
21 溥心畬的騎馬像。
22 史量才與陳景韓。
23 清宮的秀女和宮女。
24 洪憲太子袁克定。
25 釧影樓回憶錄。
26 張謇日記。
27 洪憲記事詩本事簿注。
28 英使謁見乾隆記實。
29 花隨人聖盦摭憶補篇。
30 穿黃褂的英國將軍戈登。
31 梁啓超萬生園雅集圖。
32 日治時代的上海三老。

大華合訂本　第二册　（21期至42期）

本刊第二册合訂本，現正編製分類題目索引，預計1970年十二月可以出版。凡定閱本刊的新舊定戶，如欲購買，一律八折優待。

香港讀者，請向本社訂購；海外讀者，請向香港英皇道163號2樓龍門書店總代理處接洽。

精裝本港幣二十六元　US$4.60　　平裝本港幣十八元　US$3.20

大華

第一卷 第五期 （總47號）

暹羅國王敢木丁之文治武功……陳禮頌 2
獵象表演……素攀 7
香港總督替孫中山造反鋪路……黃嘉仁 9
薛劍公的都梁琴……一粟 12
曾國藩失珠記趣……夢湘 13
東瀛所見……馮明之 14
地圖著色比賽「揭曉」……編者 16
粵語小論……陳潞 17
日本富人的姘頭狂熱……在之 19
時代悲劇文人郁達夫……散人 20
張大千其人其事……佟明 24
藝術叛徒劉海粟與人體寫生……華振東 26
紫室小品……盧冀野遺著 28
閒話乞丐……向晚 29
香港是產七彩神仙的天堂……余仁 30
讀水滸傳（二續）……季炎 31
宋江爲什麼叫「呼保義」？……林熙 33
祭巴花生日作六首……蜺園 34
春風廬聯話……林熙 35
英使謁見乾隆記實……秦仲龢譯 38

封面插圖：葉淺予作「張大千吮墨圖」

大華（月刊）第一卷第五期（總47號）

一九七〇年十一月一日出版

Cathay Review (Monthly)
Dah Wah Press.
36, Haven St., 5th fl. Hong Kong

出版者：大華出版社
地址：香港銅鑼灣希雲街36號6樓
電話：七六三七八六

督印人：高貞白

總編輯：林熙

印刷者：大同印務公司
香港北角和富道96號
電話：七一七五四四

總代理：吳興記書報社
香港中環租卑利街十一號二樓
電話：H四五〇五六一
四五〇七六六

星馬代理：遠東文化事業有限公司
新加坡廈門街十九號
檳城沓田仔街一七一號

越南代理：聯興書報社
越南堤岸新行街二十二號

其他地區代理：
澳門：可大文具店
亞庇：利文公司
千里達：中華公司
倫敦：東寶公司
芝加哥：杏林春
波士頓：中西公司
三藩市：新生圖書公司
加拿大：香港商店
寮國：永珍圖書公司
斗湖：光明書店
菲律賓：玲瓏書局
紐約：友聯圖書公司
洛杉磯：永安堂
檀香山：大元公司
三藩市：文化商店
加拿大：新國華公司

暹羅國王敢木丁之文治武功

陳禮頌

一　敢木丁譯名及其時代考畧

「敢木丁」一稱見載於元史卷十八成宗本紀，計前後凡二見：(一)「六月(至元三十一年)(註一)庚寅，必察不理城敢木丁遣使來貢。」(二)「秋七月(至元三十一年)……甲戌……詔招諭暹國王敢木丁來朝，或有故則令其子弟及陪臣入質。……」案「敢木丁」卽K'un Ram Kamheng一音之轉譯，近代則譯爲坤藍摩堪亭。同治十二年甲戌(一八七四)五省官書局刋本元史，則作「甘珠爾丹」，依發音而論，「敢木丁」當較「甘珠爾丹」爲近正。「珠」字疑爲「沫」字之訛，作「甘沫爾丹」，譯音亦尚近，惟仍不及「敢木丁」之切近也（註二）。又案元史所謂「必察不里城」卽P'etehaburi一音之轉，今譯碧巫里。碧巫里位於其時暹國京師戌可太（Suk'ot'ai，或譯素可太）迤南之地，碧巫里充其量亦僅暹國所屬之一小城邑而已，元史不稱戌可太，而稱「必察不里城」（碧巫里），殊可異也。

敢木丁者，十三世紀末葉，暹國戌可太皇朝（註三）第三代君（註四），始祖坤室利膺沙羅鐵（K'un Sri Int'arat'iya）（註五）之第三子也。踐阼於一二七五年，迄一三一七年頃崩殂。（註六）統御宇內凡四十三載。其時强鄰有眞臘、緬甸、蘭那泰（Lanat'ai 卽百萬稻田國）、帕堯侯國（P'ayao）諸國，而暹國卒能周旋於諸强鄰之間，屹然特立，蔚成大國，而爲戌可太皇朝全盛時代者，敢木丁之治績致之也。是以暹羅史家遂尊敢木丁爲歷代諸大帝之首焉。（註七）

註一：至元三十一年，西元一二九四年也。至元原爲元世祖忽必烈之年號，惟元世祖已於是年正月崩殂，其孫鐵穆爾延至是年四月始繼位，是爲元成宗。成宗嗣立，踰年（一二九五）始改元爲元貞，一二九七年又改爲大德。

註二：五省官書局刋本元史對於外國人名，地名甚至蒙古名，亦每每另行改譯。如將「必察不里城」改譯爲「必齊罕布哩頁城」，「信合納帖音國」改譯爲「星哈喇特納國，元丞相「完澤答剌罕」改爲「諤勒哲達爾罕」等是。擅改譯者殆必以其所改遠勝於前人，然究其實，則未必盡然也。

註三：元史所稱之暹國卽戌可太皇朝，亦卽暹羅史之北朝也。嗣後戌可太衰微，暹國遂爲南朝羅斛所併，因有「暹羅斛國」之名。明史卷三二四，暹羅條云：「暹土瘠不宜稼，羅斛地平衍，種多穫，暹仰給焉。元時常入貢。其後羅斛强，併有暹地，遂稱暹羅斛國。」至於「暹羅」之正式稱號，則應溯源於明太祖之冊封，明史同上暹羅條又云：「十年（指洪武十年，西元一三七七年）昭祿羣膺承其父（？）命來朝。帝喜，命禮部員外郎王恒等齎詔及印賜之，文曰『暹羅國王之印』。並賜世子衣幣及道里費。自是其國遵命始稱暹羅。」

註四：泰族酋長有坤邦克覽滔（K'un Bang Klang T'ao）者，轉戰各地，入據戌可太城，自立爲君，號曰坤室利膺沙羅鐵（K'un Sri Int'arat'iya），爲戌可太皇朝之始祖。皇長子早夭，後傳位皇次子，號曰坤曼孟（K'un Ban Mŭang）。在位不久，於一二七五年崩，所遺皇位遂由皇弟敢木丁繼承。

註五：泰族人咸視坤室利膺沙羅鐵具有傳奇式英雄帕鑾（P'ra Ruang）之神秘性。英國史家吳迪（W. A. R. Wood）在其一九三三年再版之暹羅史（A History of Siam）中許之爲「暹羅第一英明君主，廣闢國土，曾敗眞臘之君，並滅西隣諸地。」（見原書頁五二，一九四五年拙譯商務版暹羅史頁五九。）

註六：據暹羅已故名史家丹隆親王（Prince Damrong Rajanubhab）考定之年代。參見吳迪暹羅史第三章泰族建國於暹羅——初期之泰族史，頁五八，拙譯頁七〇。

註七：按暹羅史家所指之歷代三大帝，除敢木丁外，尚有阿瑜陀耶皇朝（Ayut'ia Dynasty，或稱大城皇朝）第十八代君納黎宣大帝（Somdet P'ra Naresuen Maha Raja, 1590—1605）及卻克里皇朝（Chakri Dynasty，即當今之曼谷皇朝也。）之拉瑪五世皇朱拉隆功（P'ra Chula Chom Klao 簡稱爲 King Chula Longkorn, 1868—1910）。實則吞巫里皇朝太祖鄭王（即鄭信，俗均誤爲鄭昭）助暹羅平緬復國，功不可沒，亦應居於大帝之列。

二　敢木丁之文治

敢木丁大帝之文治可分三方面言之，一曰內政，二曰外交，三曰文化。

內政——關於敢木丁時代之內政，史料極少，惟敢木丁既係戍可太皇朝之全盛時代，則其政治制度必已臻確定無疑。史家謂皇曾命有司懸鐘於戍可太城，俾含寃者之敲鳴，求皇之聖斷焉。皇每聞鐘聲，必親往鞫訊。故凡向此偉大主君申訴之民，沈寃未有不獲伸雪者，往古聖王之治，不外此也。

外交——考敢木丁之外交路線有二：一爲與北部泰族邦國之修睦；次爲與中國元朝之通好。敢木丁得以高枕無憂，發揚文化，永享昇平者，殆以此乎？

（一）與北部泰族邦國之修睦——其時暹國北部泰族邦國中之稱盛者有二：一爲蘭那泰（即百萬稻田國），其次即係爲國最小而實可畏之帕堯侯國。敢木丁之世，與此二國之睦誼迄無間斷。其所以然者殆有二因：一則此二國當時亦均出有賢君，蘭那泰有孟萊皇（King Mengrai）（註八），帕堯有坤昂孟（K'un Ngam Mŭang），是以三雄鼎立，仍成相安之局；二則爲應付當日情勢，不得不聯成一氣以禦非泰族國家也。

此三泰族君王睦誼之篤，得於孟萊皇營建景邁城時見之。史稱景邁奠基之前，孟萊皇曾邀敢木丁皇，與帕堯皇子坤昂孟，共商選擇適宜之城址。時敢木丁及坤昂孟均稱曾聞有一靈地，謂其地有白鬣鹿及白麂各二，尚有白鼠一，暨小白鼠五云。孟萊皇果信二皇之言，遂決就其地營建景邁城，爲都焉（註九），時一二九六年。此三國元首間之友誼，必甚眞摯，蓋如是始克以禦强勁之外族壓力也。

三國之君，其相互間之往還，必甚頻仍。史載景邁建立之前數年，敢木丁聘問坤昂孟皇子於帕堯。坤昂孟有妃某，天質豔麗，敢木丁一見生情，後與私通。事聞於坤昂孟。坤昂孟大怒，執敢木丁，初欲處以罪磔殺之，旋乃轉念決意邀孟萊皇爲調人，以息其事。孟萊皇應約立至帕堯，坤昂孟趨迎之，幷傾吐敢木丁所犯醜事，及其衷曲於孟萊皇。孟萊皇乃陳其利害於坤昂孟，幷力勸其切毋輕擧妄動，以傷泰族間手足之情。後敢木丁自承其過，遂依孟萊皇意，向坤昂孟負荆謝罪，幷納賠款九十九萬海𧴪（註十）予坤昂孟。自是以後，三泰族元首間友情之篤，較前益爲增進不渝。（註十一）

（二）與中國元朝之通好——元朝與暹國之關係，當以何子志使暹爲嚆矢。元史卷十二，世祖本紀九云：「己亥（至元十九年六月，時西元一二八二年）命何子志爲管軍萬戶，使暹國。」自茲以往，暹國敢木丁時代遂與元代頻通使節（註十二）。吳迪暹羅史根據暹羅史家之言，且謂敢木丁曾二次躬親入朝。按元史則僅載暹國遣使來朝，而無言及敢木丁躬親朝覲也。惟暹羅史家則言之鑿鑿，謂首次爲一二九四年，値至元三十一年七月也。其時敢木丁親至元廷，並覲見元世祖忽必烈云。所謂覲見元世祖實爲元成宗之誤（註十三）。迨一三〇〇年，成宗大德四年六月，敢木丁二次詣元廷（註十四），兩國邦交益密。（註十五）

文化——敢木丁對於暹羅文化上之貢獻，可括爲二：一爲暹文之創造，次爲中國文化之傳入。

（一）暹文之創造——暹人原無文字，以前通行於各地者均係數種眞臘文字之運用耳。日後之暹文，即敢木丁所創立也。按敢木丁時代碑銘云：「昔無文字，大曆一二〇五年末，敢木丁乃決心創立暹文。……」碑立於佛曆一八二八年（西元一二八五年），則暹文之流行，當於此年之前也（註十六）。吳迪並明白指稱此種文字首次應用於一二八三年（註十七）。敢木丁改造暹文，乃係就其時流行之眞臘文字，按三大原則，蛻化而成者。三原則者何？即：（一）就眞臘字體而改善之。舉凡眞臘文字筆劃之多彎曲者，則修勻之；（二）凡屬二同樣之字母並列，而須重寫時，則改爲一字母；（三）發明暹文之四聲，並創四種音符以表之。自暹文創立之後，各地風行，景邁侯地亦用之。而今日之暹文，已歷經遞嬗變化，非復本來面目矣。若朗勃剌邦（Luang P'rabang）字母，始爲敢木丁所創之字體也。暹文創立之後，暹國乃始脫離草昧時代而入於有史時代，即此一端，敢木丁對於促進暹國文化之功，豈可以常言衡量哉？

（二）中國文化之傳入——暹羅史家咸謂敢木丁二次入朝（西元一三〇〇年，即大德四年）之後，歸程且攜同中國巧匠以歸。遂開創馳名於時之宋加祿（Sawankalok）陶器業焉（註十八）。此次敢木丁所帶同入暹之中國巧匠，斷不止於陶匠一項。最明顯者如造船術似亦於其時傳入（註十九）。總之，舉凡今日暹羅社會所能見之典型中國文化模式，必尚有不少於此時傳入者。溝通中暹文化之功，當以敢木丁爲先河也。

註八：吳廸暹羅史第三章頁五五——六（拙譯頁六六——七）云：「孟萊皇產於景線，其時適値暹羅皇朝建立於戌可太（一二三八年）。稗史所載，則稱孟萊皇係於神奇環境中誕生者。生而賦有神力，具半神之性質云。總之，皇必係一非凡之人物。初年締造景萊城，歷治數載。一二八一年襲喃奔(Lump'un)古城，陷之。後似曾爲蒙族皇朝(Mohn Dynasty)所統治，後更名爲訶里奔闍（Harip'unjai），淪爲眞臘皇之屬國。喃奔因未具爲都之條件，故未能稱皇意，遂於一二九〇年，別營萬甘摩干城（Wieng Kumkan）焉。……」

註　九：見吳廸暹羅史第三章頁五六，拙譯頁六七。

註一〇：古代暹國以海𧴩爲貨幣。明史卷三二四，暹羅條載稱：「交易用海𧴩，是年不用𧴩，則國必大疫。」又馬歡瀛涯勝覽云：「買賣以海𧴩當錢使用。」

註十一：其事見吳廸暹羅史第三章，頁五六——七，拙譯頁六七——八。

註十二：按元史所記暹國與元代使臣往還事，除上所引者外，尚有如下數則：（一）元史卷十七，世祖本紀云：「甲辰（至元二十九年十月，西元一二九二年。）信合納帖音國遣使入覲，廣東道宣慰司遣人以暹國主所上金冊詣京師」；（二）元史卷十七，世祖本紀云：「甲寅（至元三十年四月，西元一二九三年）詔遣使招諭暹國」；（三）元史卷十八，成宗本紀云：「庚寅（至元三十一年六月，即西元一二九四年）必察不里(P'etehaburi)城敢木丁遣使來貢。」（四）元史卷二一〇外夷傳暹國條云：「暹國當成宗元貞元年（西元一二九五年）進金表欲朝廷遣使至其國，比其表至，已先遣使，蓋彼未之知也。賜來使素金符佩之，使急追詔使同往。以暹人與麻里予兒（頌案，殆像「巫來由」（馬來亞）一音之轉譯。丁謙元史外夷傳地理攷證謂：「麻里予兒當即其南之孟奈」，似未必然。）舊相讐殺，至是皆歸順。有旨諭暹人勿傷麻里予兒，以踐爾言。」（五）同上暹國條又云：「大德三年（元成宗另一年號，時值西元一二九九年）。暹國主（頌案，此人即敢木丁，而元史未明言也。）上言其父在位時，朝廷賞賜鞍轡白馬及金縷衣，（頌案，由此可間接證明坤室利膺沙羅鐵在位時亦曾進貢於元。）乞循舊例以賜。帝以丞相完澤答剌罕（頌案，五省官書局刋本元史作「諤勒哲達爾罕」。）言彼小國，而賜以馬，恐其鄰忻都（即印度）輩議。朝廷仍賜金縷衣不賜以馬。」（六）元史卷二〇成宗本紀云：「三年春正月（成宗大德三年，西元一二九九年）。癸未朔，暹番、沒來由（是殆係「巫來由」、「馬來亞」之異譯）、羅斛諸國，各以方物來貢，賜暹番世子虎符。」此則與第五則所記雖同爲大德三年之事，然內容則互異。元史外夷傳不記月份，而成宗本紀則明言「大德三年春正月癸未朔」，照理斷無同在一年而連貢二次者，此殆爲史臣者記事疏畧之故。（七）元史卷二〇成宗本紀云：「四年（元成宗大德四年，西元一三〇〇年）六月…甲子…而爪哇、暹國、蘸八（殆係「占婆」、「占八」之異譯。）等國二十二人來朝。賜衣遣之。」

註十三：吳廸暹羅史原書（頁五五，拙譯頁六四。）誤稱所覲見者爲元世祖忽必烈。按元史所記暹使（或暹君）於至元三十一年四月至京，而元世祖已於至元三十一年正月崩殂，時元成宗初繼位，年號必一仍舊稱，至翌年（一二九五年）始改元貞元也。由此可見暹使（或暹君）所覲見者實係元成宗鐵穆爾，而非元世祖忽必烈也。（按：鐵穆爾係忽必烈之孫）

註十四：按元史卷二十，成宗本紀，大德四年六月（西元一三〇〇年）云：「爪哇、暹國、蘸八（殆係「占婆」、「占八」之異譯）等國二十二人來朝。賜衣遣之。」元史此段亦無言及敢木丁躬親朝覲之事，而暹羅史家則言之鑿鑿，幷謂敢木丁於此次入朝之後，歸程且攜同中國匠人以歸云。

註十五：元代中暹二國使節來往之頻繁，固屬事實，由註十二所舉各則可以見之。至暹史家之堅稱敢木丁二度躬親入覲之說，則未必可信。若謂敢木丁果曾二度詣元廷入覲，則宗主國之元朝史臣焉有不加以大書特書，以示懷柔遠人之理，此其一；暹國當時處於强鄰環伺之下，殊不可能聽其國君遠越重洋覲見元君，此其二。基於此兩項理由，吾人對於暹羅史家之論點，不免存疑。

註十六：參閱蔡文星「敢木丁與中國的關係」（文史雜誌第二卷第十一、十二期。）

註十七：見吳廸暹羅史第三章，頁五七，拙譯頁六九。

註十八：關於宋加祿陶器業傳自華人之說，當代居留暹羅之歐籍考古家如Graham, Sebastien, Le May 諸大家，以至暹羅當代名史家丹隆親王，對此均無異議。吳廸書中亦引斯說。獨已故暹羅陶器鑑別專家披耶那空帕羅摩(P'ya Nakorn P'ra Ram)曾於其所著「暹羅陶器的研究」一文（陳毓泰譯文見暹京中原月刊第五期，民國三十年五月三十日）推翻前說。謂：另有所謂嘉隆窰者，位於宋加祿及戌可太城之北部，其地并無水道可使宋加祿及戌可太二城之華籍陶工北上。乃斷定所謂「宋加祿陶器」係原始泰族由原居地帶取道陸路南遷而下，先在嘉隆城立窰燒製，嗣後製陶業始流傳及於南方，時爲敢木丁使臣尚未帶同華籍陶工來暹之前云云。惟其說爲史學權威丹隆親王所弗取。

註十九：參見蔡文星「敢木丁與中國的關係」。

三　敢木丁之武功

敢木丁之父室利膺沙羅鐵在位之時，業已廣闢疆土，歷爲眞臘之患，曾敗眞臘之君，并滅西鄰諸地矣；方敢木丁未即帝位之前，業已隨父四出征戰，嶄露頭角。吳廸書中謂：由碑銘得以詳知其曾跨象獨戰陰圖佔奪達城（Tak）之佐德皇子（Prince of Chot名湄速 Mesort）。敢木丁皇子年少氣盛，大破之，佐德皇子落荒而遁（註二〇）。是役也，敢木丁威名大著。迨登位之後，國勢日盛。終皇之世，乃戌可太皇朝全盛之時，奄有卑利（Phre）、喃（Nan）、朗勃剌邦（Luang P'rabang）、彭世洛(P'itsanulok)、羅摩薩克（Lomsak）、萬象（Wieng Chan或譯爲永珍。）、那空素旺(Nakorn Sawan)、素旺蒲迷（Suwanp'umi，即素攀）、叻丕（Ratburi）、碧巫里（P'etchaburi）、那空是貪瑪叻(Nakorn Sri T'ammarat即六坤，歐人又稱Ligor)、拉亨（Raheng）、湄速（Mesot）、廷那琳撒（Tenasserim，即古之頓遜）、土瓦（T'avoy）、馬都八（Martaban）、東吁（Taungu）、白古（Pegu），以至於孟加拉灣等地。

關於敢木丁得勢於白古之史實，至饒興趣，吳廸書中頗有敍及，其文曰：

初、馬都八之緬甸太守阿黎摩（Alienma）者，抗命緬甸皇多盧驃彌(Tarek Pye Min)，遂見逐於緬人，奔暹國，并矢忠於敢木丁，以是皇遂得重樹其勢力於馬都八。會其時主掌緬甸政治者尚屬漫無組織之政府，故對此事並無進行干涉。前此有撣族探險家名摩瞿多（Magado）者，卜居戌可太城，後極得暹國君王之寵幸，暹國君王且曾受其所進之白象。據稱，此即史上所載之第一頭白象云。後值敢木丁出征眞臘之時，摩瞿多偕公主（敢木丁之女）私奔，逃至馬都八，蓋摩瞿多乃本地知名之士，昔曾居此爲商賈故也。嗣後叛阿黎摩，刺殺之，并自立爲馬都八太守。後與白古帝爭雄，敗之，遂自立爲王，仍矢忠於曩日恩人敢木丁，表示臣服，兼以自固。迨一二八六年，暹國君王并封之爲昭華勒亞（Chao Fa Rua）。（註二一）

綜上以觀，則敢木丁之明睿多智，勇於改過，堅守信義，創文字，立法度，結强鄰以禦敵，慕華風而入朝，加以武功赫赫，而卒能登暹國於袵席之上，功業長垂於萬世，彪炳乎史籍，東方君主之中，實亦不易多覯者也。

註二十：見吳廸暹羅史第三章，頁五二，拙譯頁五九。

註二一：見吳廸暹羅史第三章，頁五四—五，拙譯頁六二—三。

一九四七年一月初稿

一九七〇年七月增修

佛國獵奇

獵象表演

素攀

泰國是產象之國，有「白象王國」之稱，不過「白象」却不易得，可能千年不能一遇，如果發現了白象，便是吉祥之兆，所獲白象，不能據爲己有，必須要送給皇家，交由國家飼養，在泰京曼谷的國立動物園裏，便有一隻白象豢養着。

同時，象也替泰國人民做了很多任重致遠的勞力工作，一隻馴象等於一輛鉅型起重機的功能，可以把整棵大樹連根拔起，也可以推動幾根大木丟入河流裏，叢林裏的「拖木」工作靠牠，還比使用拖拉機方便，最低限度，人們不必爲拖拉機的行駛先開闢通道，而象隻則可以在僅容牠的身軀環境下工作。

捕臘野象，是泰國東部素輦府他中與宗柏兩縣數個村落裏所居住的吉蔑人的專業，這個地方北邊與黎逸府交界，南邊與高棉接壤，東邊是四菊府，西邊是武里南府，屬於高原地帶。吉蔑人有他們自成一格的民歌，名爲乍隆，用吉蔑土話歌唱，和以名爲干達隆的二胡及長鼓與爪哇竹笛，音調蒼涼淒清，有塞外雁鳴之感。

每當獵象季節，村民帶備了乾糧，聯羣結隊，率領家象進入森林地帶，驅使家象作媒，或者用各種口技引誘野象出谷，然後用特製的「牛皮索」施展手法，套進野象脚，將牠絆倒，再驅家象羣把牠圍堵，使其就範，帶回家裏馴養，成爲家象。一隻象的代價不少，起碼要值伍百美元，運氣好的時候，可能一次出獵獲取一二十頭，若果碰到龐然大物蠻性發作，丟了性命也是常有的事，因此，他們在出發獵象的前夕，必須舉行一次虔誠而隆重的祭鬼儀式，以袪除不祥，同時參加出獵的人，也要在四十九天以前，開始禁絕房事。

泰國導遊機構，看透外來遊客會有「希望參觀到這種獵象情況」的念頭，所以每年十一月間，便與素輦府署聯合主辦一個獵象表演勝會的節目，去年是在十一月十五日和十六日兩天舉行，恰巧我旅遊在泰，適逢其會。十四日晚乘搭該機構的專車，自總火車站出發，翌晨抵達素輦，進了旅館稍事休息梳洗進食早餐後，便坐大巴士到素輦飛機場，這平時可供中型飛機降落的一片草地，同時也作爲賽馬與開運動會的所在，綠草如茵，臨時蓋建了看台，據導遊機構的人說，到來參觀的人達五萬人以上，成百的象羣，分別關在牢固的樹柵內，聽候差遣。

先由府尹乃偉昌警少將主持揭幕禮，向來賓致歡迎詞畢，節目開始，放了一輪烟火之後，開始「祭鬼」的儀式，跟着便是「獵象」的節目，有三種式樣：第一種

△素輦獵象盛會中象戰表演一鏡頭▽

是驅趕野象進入只有一條通道的木欄杆裏，最後牠走進一處有活塞裝備的牢籠裏，動彈不得，束手就範；第二種便有施用口技引誘野象，用牛皮索套入牠的脚部使牠絆倒；第三種是用家象堵截野象，團團把牠圍住，漸次轉移陣地，使獵人可以將牠細縛。獵象的節目過後，跟着由象奴駕馭馴象表演拾物，拖木，兩隻象一同用鼻捲起大木，以及吸水噴射的種種工作，另外又有一批擧行賽跑，拔河，古代騎象戰爭的場面，象奴示意象羣一齊跪低，臥倒，左脚提高，右脚提高，兩脚提高等等技巧，最後還有供應遊客騎象的玩意，另行收費。其間還有穿插泰國古代舞蹈表演，象奴化裝舞蹈表演，參加的象羣，達一百五十頭之多，所謂野象，便是在這些象羣中，挑選一些比較野性的扮演。

不過不要以爲這些象隻都够馴服，第二天（十一月十六日）的節目裏，加插了高空跳傘表演，當時在地面上燃放烟火作爲信號，飛機上的人員開始跳落，象羣中突然有一隻相當龐大的，名字叫做「汶迷」的母象，離群奔跑，衝出廣塲，朝向參觀的人羣而走，嚇得好些人驚慌走避，有一個名叫乃促的四十八歲男子，給牠踏傷，送往醫院後不治斃命，另外還有一頭在列隊行進中，不聽指揮，在地面燃點烟火時突然驚跑，踏斷一個五十歲婦人娘蓮的脚骨，這兩樁慘劇，便是這一次盛會中的插曲。

這個獵象表演盛會雖然是十五十六兩日才擧行，但是當地的熱鬧塲面，已經從十四日便開始了，一直延長到十八日，在府立中學與木工學校相連的一片廣塲上，擧辦遊藝會一連五晝夜，分別蓋搭好些小舞台，表演歌舞，字家劇，電影，拳擊，什耍，南旺舞，艷舞，酒吧，同時在學校的課室裏還陳列了當地的土產與學生工藝品供衆參觀，務使前來參觀的人羣，稍作流連，才賦歸去。

也正爲這個緣故，當地的旅館與食店，乘機坐地起價，因此有些較爲平民化的遊客，也有要求學校當局撥出課室作爲居停，廉收宿費的。

在距離曼谷八十八公里的古都大城，那兒也有一處，當這裏還是國都的時候便建築下來的觀象台，是一座永久性的建築物，專供皇族觀賞獵象的地方，它的面積有普通球塲那麽大，四周用石塊築成高台，一處闢爲廣塲，可以臨時加蓋客台，其餘三邊僅是「走廊」的型式而已，中間低陷下去的地方有如羅馬城的鬥獸塲一樣，塲中竪有幾條大木躉，構成一個陷阱的樣子，連接這陷阱有一道木排築成的走道，直通塲外很遠很遠的叢林裏，入口處有幾條大木做成的活門，大象可以衝過木條進入走道，可是却不能再返出門口了。

據當地的人說，七八年前泰皇爲了招待挪威皇族，特地在這裏擧行一個盛大的觀象大會，在高台的廣塲上蓋搭看台，同時招待各國駐泰的使節們參觀，泰皇夫婦親自前來主持，隆重非常，吸引了無數的泰國人遠道也來趁熱閙，事後還送了一隻小象給挪威皇族作爲紀念。

△大城的觀象台，四週用木柵團團圍住▽

當我們去實地玩賞的時候，只見到野草蔓生，把木柵的走道都遮蓋了，高台的石牆，也見到很多剝落的痕跡，頗有置身古戰塲之感。

香港總督替孫中山造反鋪路

黃嘉仁

香港政府於一八九六年（光緒廿三年）三月四日，根據一八八二年遞解法令，由當時的羅便臣總督簽發遞解孫中山先生出境。

這位威廉羅便臣（一八九一——一八九八年），即於一八九二年七月廿三日，曾頒發醫生畢業證書與孫中山先生的同一位總督。寫香港故事的，對這位總督，實有大書特書之必要，第一、在他任內，香港却曾發生過甲午年一場大瘟疫，攪到他竟與當時香港的一位大律師法蘭西師爭功，第二、便是他曾親手頒發醫生畢業證書給孫中生先生，稍後幾年却又簽發遞解孫中山出境五年。隨後，繼任第十二任香港總督的，乃亨利雅達卜力（一八九九——一九〇三年），這位總督在任期內，曾對當時的中國政治極感興趣，在八國聯軍侵入北京時，他便利用了香港總督的地位，作一項破天荒的政治活動，無奈事與願違，反給當年香港的洋商及銀行大班替他造下了一段中文報紙中的漏罅花邊新聞，現在才由我替他寫給大家知道：

正當李鴻章乘招商局輪船安平號調任直隸總督時，卜力意欲趁他道經香港北上途次，和他相見，擬勸他和與中會合作，約定於是年（一九〇〇年）六月廿日上午十一時相見，相見後，卜力的意見，却被李鴻章予以拒絕，連事先口頭答應了卜力，準時官式登陸到總督府把盞歡聚的約會也推得一乾二凈，當年被卜力邀請陪席的香港政府高級員司亦莫不以未能一睹李氏風采爲憾。

不滿意於卜力捲入中國政治漩渦裏的當年香港洋商及銀行大班們，他們不了解卜力總督的意旨，方在敢怒而敢言中，李鴻章既拒絕登陸赴宴，益使對卜力大不滿的人，多一指摘話柄。到香港政府行政局舉行一次財政小組會議時，卜力援例將英皇大酒店列單追討酒席費三百廿多圓一項支消開列在應支帳目之內，不料渣打銀行大班 韋克 Whitehead 時任非官議員，兼財政小組主席，竟將此項應支帳目，予以剔除，並指出：李鴻章拒邀赴宴前，豈有不將「知啓」先行發回（按：即時尚之R.S.V.P.）之理？主方冒昧預向英皇大酒店（按：即當年之King Edward Hotel）訂下酒席，而今竟將帳目列入應支項目；碍難核支，用重公帑！

韋克深知李鴻章的官僚作風，素以天朝人物自詡，久已乎慣於鄙視洋人風尚，約而不來，簡直把卜力視如無物，這是有乖禮節的。而韋克因爲不想卜力介入中國政治活動，於是替一批洋商及銀行大班等「反抗」卜力一下。

香港總督卜力與醇親王載灃（一九〇〇年所攝）

怎知這位卜力總督有替自己祖家擴拓領域的政治陰謀，要游說甚至迫使李鴻章與當年的興中會合作，是有一種渾水摸魚的計劃，他以爲當年的興中會只不過如保皇黨一類人物，要搖身一變而爲中國政壇上的當權派，沒有什麽遠大的政見，這却恰好適應了那時興中會的要求，要搞庚子（一九〇〇年）廣東獨立運動。

當時北京義和團反帝圍攻各國使館，慈禧太后下令對各國宣戰，香港華人代表何啓，以時局緊急，瓜分之禍，瀕於眉睫，粵省如不亟求偏安，中國西南，將受到外國兵禍。因此，透過香港謝纘泰等（按：一九〇〇年，興中會已由孫中山先生改任會長）聯名上書香港總督卜力，求其協助中國根本改造，以維世界和平。再由卜力根據書中理由，轉商李鴻章，建議廣東自主方案，並介紹興中會首腦與之合作。何啓此一建議，事前已經徵得卜力同意，時孫中山先生方居橫濱，計劃惠州起義，聞訊竊喜，遂由香港中國日報主筆陳少白，召開同志會議，起草廣東自主方案中文稿，復由何啓、楊衢雲、謝纘泰三人譯成英文，具名者，首爲孫中山，以次爲楊衢雲，陳少白，謝纘泰，鄭士良，鄧蔭南，史堅如，李紀堂等，其文曰：

中國南方志士孫逸仙等，謹上香港總督大人臺前，竊士等十數年來，早慮滿洲政府庸懦失敗，旣害本國，延及友邦。倘仍安厥故常，呆守小節，禍恐靡旣。因是不憚勞瘁，先事預籌，力謀變政，以杜後患。不期果有今日之禍！當此北方肇事，大局已搖，各省地方，勢將糜爛。受其害者，不特華人也。天下安危，匹夫有責，先知先覺，義豈容辭。士等睹此時艱，亟思挽救，竊恐勢力微弱，奏效爲艱。政府頑冥，轉圜不易，疆臣重利，觀望依違。定亂蘇民，究將誰屬？深知貴國素敦友誼，保中爲心，且商務敎堂，遍於內地。故士等不嫌越分，呈請助力，以襄厥成，願借殊勳，改造中國，則內無反側，外固邦交，受其利者，又不特華人已也。一害一利，相去如斯，望貴國其愼裁之。否則恐各省華人，望治心切，過爲失望，勢將自謀。且禍變之來，殆難逆料，此固非士等所願，當亦非貴國之所願也。時不可失，合則有成。如謂滿政府雖失政於先，或補救於後，則將其平素之積弊，及現在之兇頑，畧爲陳之。朝廷要務，决於滿臣，紊政弄權，惟以貴選，是謂任私人。文武兩途，專以賄進，能員循吏，轉在下僚，是謂屈俊傑。失勢則媚，得勢則驕，面從心違，交隣慣技，是謂尚詐術。較量薄弱，恩可爲仇，朝得新權，夕忘舊好，是謂濆邦交。外私內狠，匿怨計嫌，釀禍伏機，屢思報復，是謂嫉外人。上下交征，縱情濫耗，民膏民血，叠剝應需，是謂虐民庶。鍛鍊黨罪，殺戮忠臣，杜絕新機，閉塞言路，是謂仇志士，嚴刑取供，獄多瘐斃，寧枉無縱，多殺示威，是謂尚殘刑。此積弊也。至於現在之兇頑，此後尚無涯涘，而就現在之已見者，則如妖言惑衆，煽亂危邦，釀禍姦民，褒以忠義，是謂誨民變。東亂旣起，不卽剿平，又借元兇，命爲前導，是爲挑邊釁。敎異理同，傳道何罪，唆聳民庶，屠戮遠人，是謂仇敎士。通商有約，保護宜週，乃種禍根，蕩其物業，是謂害洋商。睦隣遣使，國體攸關，移礮環攻，如待强敵，是謂戕使命。書未絕交，使猶滯境，圍困使署，囚禁外臣，是謂背公法。平匪全文，乃爲主理，竟因忠諫，慘殺無辜，是謂戮忠臣。啓釁貪功，覬覦大位，不加誅罰，反受兵權，是謂用僨師。裂土瓜分，羣雄眈視，暗受調護，漠不知恩，是謂忘大德。民敎失歡，原易排解，偏爲挑撥，遂啓禍端，是謂修小怨。凡此，皆滿政府之的確罪狀，苟有反正，爲禍何極。我南人求治之忱，良爲此矣。士等深知今日爲中外安危之所關，漢滿存亡之所繫，用是力陳治弊，曲慰同人，南省亂萌，藉資稍緩。事宜借力，謀戒輕心，上國遠圖，或蒙取錄。茲謹擬平治章程六則呈覽，懇轉商同志之國，極力贊成，除去修根，聿昭新治，事無偏益，利溥不同。惟是局緊機危，時刻可慮。望早賜覆，以定人心。不勝翹企待命之至。

計開

（一）遷都於適中之地。如南京，漢口等處，擇而都之，以便辦理交涉及各省往來。（二）於都內立一中央政府，以總其成；於各省立一自治政府，以資分理。所謂中央政府者，舉民望所歸之人為之首，統轄水陸各軍，宰理交涉事務。惟其主權，仍在憲法權限之內，設立議會，由各省賢士若干名，以充議員，以駐京各公使為暫時顧問局員。所謂自治政府者，由中央政府選派駐省總督一人，以為一省之首。設立省議會，由各縣賢士若干名，以為議員，所有該省之一切政治征收正借，皆有全權自理，不受中央政府遙制。惟於年中所入之欵，按額撥解中央政府，以為清洋債，供軍餉，及宮中府中費用。省內之民兵隊及警察部，俱歸自治政府節制，本省人為本省官，然必由省議會內公舉。至於會內之代議士，本由民舉，以目前各國之總領事為暫時顧問局員。（三）公權利於天下。如關稅等類，苟有增加，必先與別國議妥而後行，又如鐵路，礦產，船政，工商各業均宜分佔利權，教士旅居，一體保護。四）增添文武官俸，內外各官廩祿從豐，自能廉潔持躬，公忠體國。其有及年致仕者，給以年俸，視在官之久暫定恩額之多少，若為國捐軀，則撫養其身後。（五）平其政刑。大小訟務，仿歐美之法，立陪審人員，許律師代理，務為平允。不以殘刑致死，不以拷打取供。（六）變科舉為專門學。如文學、科學、律學等，俱分門教授。學成之後，因材器使，毋雜毋濫。

香港興中會，暫仍以楊衢雲為首，將上函呈送卜力外，孫中山先生在日本橫濱，亦分別曾接劉學詢及曾廣銓等消息，知卜力已打動了李鴻章，將與興中會合作的念頭。豈知安平號輪船抵港時，慈禧太后母子無恙電訊已傳遍世界，粵省自主運動事，李鴻章已避而不談；並卜力邀宴，也給李鴻章推掉。搞到卜力幾乎下不了台，那裏知道李鴻章是忠君而不愛國的，自然更談不上民族大義了。

李鴻章初時被卜力打動了念頭，為的是當時的劉坤一、張之洞，已暗中與各國領事締結了東南互保條約，打算不受義和團鬨禍的影响，卜力雖然替興中會造反鋪路，也是預為他的祖國擴大利益而已。

孫中山先生自乙未失敗後，固無時不在找機會再行造反，廣東自主方案之提出，正可利用李鴻章與各外使及其國家相互間的矛盾，用是以達到排滿目的。到了慈禧太后母子無恙，李鴻章還是出頭替他們收拾江山；廣東自主方案，也就不了了之。梁任公說：「李鴻章固非能造時勢者也，況為其社會數千年之思想所囿，而不能自拔，衹挾小智小術，而與著名之大政治家相角，僅摭拾泰西皮毛，汲流忘源，遂乃自足」。誠哉！其言也。

薛劍公的都梁琴

一粟

廣東四大名琴之一

近三百年來，廣東的故家收藏的七絃古琴，以綠綺臺爲最著，乃明武宗御製的，明末藏南海鄺露家，淸兵入粵，鄺露抱琴殉國，屈大均「翁山詩外」，澹歸今釋「徧行堂集」都有長歌讚詠，後歸東莞張敬修（工畫，「嶺南畫徵畧」有傳），張氏式微，其同邑鄧爾雅收得之，名其齋爲綠綺。其餘爲陳白沙之天蠁，曾藏潘德畬海山仙館，余藏朱棣垞（啓連）書簡云：「天蠁則僞物也。」（執信之父，工詩文，善鼓琴，有琴王之稱，著「琴說」，「棣垞集」）春雷爲蜀人張大千購去，今已出國。都梁爲明遺老順德薛劍公遺物，近五十年遞藏欽州鍾仁階、順德何曼庵處，今存順德某君家，世稱廣東四大名琴。歲月悠久，綠綺、天蠁、春雷三琴都已敝朽，彈起來沒有音韻，徒存形體罷了。惟都梁聲韻淸越可聽，聞曾錄音在香港廣播電台播出云。

薛劍公名始亨，字剛生，好擊劍，號劍公，又號劍道人，陳邦彥的高第弟子，工詩，尤以古文著名，著蒯緱館十一草」、「南枝堂詩集」，生平好遊，出必携帶琴劍與俱，都梁是他得意的心愛物，黃玉軫、黃雁足，精美異常。都梁二字隸書，在琴的背面龍池上，琴首有銘云：「有泉石之韻，有圭璧之容，雍雍乎以雅以風，使非老其材，何以垂聲於無窮。」款署「空山子書爲劍道人」，行書，下有空山子長方朱文印凡四行。空山子查不出是什麽人，銘見「蒯緱館十一草」，但作「歸昌琴銘」。龍池兩旁，又刻銘四句，篆書，云：「海外奇樹，蔵甤播芬，於穆殷薦，鳴鳥攸聞。」琴木頗有香味，疑爲海外香木，劍公得之以製此琴。

最有趣而奇特的，琴腹有銘云：

一去天上，二曜恒升，詠歌忘言，甲子乘除，可括囊中，主疇客壽，士也一寒，寸帛露肘，有莘芸耔，人遠余思，時無寸土，箬羽高飛，厥詞隱顯，鑒者察微。薛劍公識。

（印章字不辨）

他的語意在可解不可解之間，所謂「厥詞隱顯」吧。友人某君細爲尋繹：「一去天上」以至「時無寸土」係隱「大明永曆丁酉十月辛未日」等字，「箬羽高飛」和「人遠余思」互相呼應，可能是寄託神往永曆雲南行在的意思。永曆十一年丁酉十月庚午朔，辛未是初二日，即順治十四年，公元一六五七年，當是劍公記錄製琴的年月，劍公係明遺民，自然不願意寫下新朝的年號，他又豈能忘懷永曆，乃作成隱語，復刻在琴腹裏，以避當時的忌諱，留待後人去「察微」，他的用心眞是苦楚極了。

都梁 原物影本（背面）

明代錦琴囊，黃玉軫，黃玉雁足。

都梁 拓本影本　兩旁琴腹銘

顧亭林先生詩集有「路舍人家見東武四先曆」一詩，係以「詩韻」的「東」字，隱「隆」字，以「先」字，隱「年」字，其他的詩句以「支」代「夷」，以「虜」代「胡」字……的例子很多，又稱「建州」爲「頤州」，清代的祖先，做過明朝建州衛的官員，所以清廷害怕人們說及建州字樣。又如屈大均的「翁山文抄」麥薇集序文中叫「永曆」爲「長曆」，都是明遺老們的隱誠。「日知錄」十九有「古文未正之隱」一條，云：「文信國『指南錄序』中『北』字，皆『虜』字也，後人不知其意不能改之。」又說：「定哀之間，多微詞矣，況於易姓改物際，有華夷者乎。孟子曰：『不知其人可乎，是以論其世也。』習其讀而不知，無爲貴君子矣。」亭林、劍公的用詞雖然微有不同，其「厥詞隱顯，鑒者察微」，則用意相同了。

曾國藩失珠記趣

夢湘

曾國藩兄弟於同治三年攻陷天京後，太平天國滅亡，清廷封國藩一等侯，國荃一等伯。這時候，曾國藩的大名，婦孺皆知，人人皆欲一瞻風采。但國藩成大功後，並沒有到過北京，一直到同治七年七月，清廷調他爲直隸總督，他才卸兩江總督任，入北京請訓，十二月十三日到京，十四日西太后、同治帝召見於養心殿。退出後，賜紫禁城騎馬外，又賜給珍寶數十件，西太后感謝他削平「叛逆」，加意聯絡，故有此舉。

西太后所賜的物品中，有東珠一顆，大如鴿卵，據說是乾隆帝最心愛的東西。國藩平素不喜珍玩，但這是皇帝所賜，就用一條金絲穿好了，掛在頸下。

下一年的正月，湖南同鄉京官設讌於長沙會館請國藩歡敘，新年行樂，例演戲劇，賓主在座看戲，一面談天，賓客中有一大官偶然談到近年北京的騙子很多，其技神出鬼沒，我們應該時時留意，不可上當。國藩掀髯微笑曰：「鼠輩果眞有此本領嗎？我不敢信，如果他們能將我頸下這顆明珠騙去，我就佩服他們的神技了。但我確信他們沒有此大本領！」

過了六七天，國藩將往保定府就總督之職，行前數天，又入朝辦公（他是大學士，例應每日入內閣辦事，雖無事，也要坐着，等到下班的）。大臣入朝辦公，天色未明卽入午門。午門地方極大，在晨光熹微中常見乘肩輿大臣出入其中。國藩入朝，見遠處一肩輿至，隨從極多，似係親貴，稍近，則坐在轎裏面的一人，年約三十餘，似曾相識，但又苦記不起是誰，國藩於是下轎步行以示敬，那個親貴跟着也下了轎，忽大聲說：「你是曾中堂嗎？」國藩連聲是是，停下了脚步似在思索。那人已行近前，對國藩說：「咸豐初年，我們在陶然亭賦詩雅集，彼時老兄尚未有鬚，而兄弟亦年方二十，今日相見，老兄的鬚已這麼白了，而兄弟也長了一把大鬍子。」他一邊說，一邊用手指自捋其鬚，然後拿自己的鬚和國藩之鬚相比，看誰的長而白。接着哈哈大笑，將鬚放下，拱手上轎而去，國藩見他走了，又再坐轎入朝。

下午退朝，國藩回到寓所，更換衣服，忽覺胸前的大東珠已不翼而飛，大驚失色，他省起，早上所見的那個親貴，必爲剪綹無疑，日前自誇，而今日竟爲鼠輩所乘，不敢出聲。二日後，同官設宴演戲爲他餞行，正本鑼鼓喧天聲中，國藩覺得靴中似乎有些東西碍脚，就俯身脫靴一看，不看猶可，原來是三日前失去的明珠，現在珠還合浦了。

東瀛所見

馮明之

一、粉膩脂香以外

我們到達日本之後的第二天，參觀了著名的「日劇」，眞也可以說得上是「大飽眼界」。

這個劇場本身不算大，可是舞台面十分寬廣，而且結構靈活，可以分成許多部分迴旋起伏，引道（Catwalk）直伸入觀衆席中，也有能够迴旋升降的一層。由於有了這樣的舞台結構，再加上燈光變化，萬態千姿，因此演起歌舞來，此起彼伏，明暗相生，時時有異軍突起，奇峯聳出，眞是極盡畫詭譎離奇之能事。使人感到萬花撩亂，不能不歎爲觀止。

台上演出的連場歌舞，大都冶艷絕倫。歌舞女郎，料必經過嚴格的挑選與訓練，所以一個個都面貌娟好，體態輕盈，年齡、身段、樣子，彼此相去不遠。同時舞步嫻熟，動止有節，顯然不是臨時拼湊的烏合之衆。這些歌舞場面，大型的出動到一百幾十人，普通的也有三五十人，舞衣有時很莊重，很大方，但也有時很放縱，很大胆。每一個場面，大概總有三分之二以上的舞孃，是不穿上裝的。在那恍惝迷離的燈色之下，繁絃急管的旋律之中，豐滿的胴體隨着樂聲而顫動、而迴環、而展開、而漲落。此去彼來，疑眞疑幻。有時候，表演也會帶有戲劇性，但劇情總不免帶着香艷色彩。有幾場，演出的重點雖然是獨唱，但獨唱者的背後，仍然有大規模的綺艷歌舞在進行。而且，担任獨唱而站在最前列的「大牌」歌星，也還是穿了無上裝的。

今我個人印象最深的是壓軸大歌舞之前的一個間幕。這時候台上走出來的，不是一隊隊脂香粉膩的半裸女郎，而是一個身穿普通西服的日本男子。他跑到一個事先已經擺好的大畫架面前，揭開一叠圖畫紙上的第一張，只見那上面繪的是個裸體女人，雖則寥寥幾筆，但是盛乳豐臀，極盡誇張之能事。他回頭向台下作了一翻解釋，大意是邀請台下的觀衆上去，給他寫生畫像。經過一番催請，果然有人登台一試。於是那表演者就拿起筆來，在裸體女像上面草草加了幾筆。用不到一分鐘的功夫，那原來的女像就變成了登台觀衆的一幅素描畫，看起來唯妙唯肖，引得台下掌聲如雷，觀衆爲之驚奇不已。

接着他揭開另一張，又是一幅不同姿勢的裸體女像，他再邀請另一位觀衆上台，同樣把裸像迅速地改成那人的漫畫像。在以後的十分鐘時間中，他連續請了許多人上去，其中有日本人，也有西洋人，一個個都被寫下眞容，而底稿却都是不同姿式的裸體女像。

這一位表演者顯然是個藝術上的天才。他身懷絕技，運筆如飛，居然能够憑着一枝小小的畫筆，把原先那一個鬧哄哄的大場面撐住。試想想：全場的觀衆本來正爲那綺艷無倫的酥胸玉腿所迷，一轉眼間，換來這樣的一個普通男人繪畫，若不是眞有幾下驚人之筆，則不被喝倒彩者幾稀。光是這一點，我們就不能不佩服這位漫畫家的神技。

但是，如果換個角度看，則像他這樣一位才能卓異的藝術家，也不能不混跡歌舞場中，在粉膩脂香以外，鶯啼燕咤之餘，方得一展所長，求知於世；我們又不能不爲現代的藝術悲，不能不爲當代的文化生活感到迷惘。

二、富士山下飛車

暮春時節的富士山麓，頗帶餘寒。我們踏開了一重又一重的自動玻璃門，出到富士山酒店外面，只覺得撲面風來，把酒店裏面由於暖氣洋溢而造成的悶熱之感，一掃而清。這時候，門外一字兒停下了三輛黑色的房車；三位日本司機，穿了黑色的制服，脫帽在手，打開了車門，恭而敬之地把我們接上了汽車。

我們一行十四人，加上一位日語譯員，共是十五人；分坐三輛車子，剛好是每車五個人。我因爲走在後頭，所以坐在最後一部車上；那位日語譯員，由於客氣，要等我們全部登車，他才上來，所以也和我同車。至於我們的一位臨時領隊，則帶着我們要去那目的地的地址，坐在最前面的一部車上，作爲整個車隊的總指揮。

這時已是晚上七點鐘，東瀛日落得早，所以天已全黑，富士山頂上的皚皚積雪，也被夜幕沉沉蓋住，無跡可尋。只有山下小墟市的零星燈火，閃爍在那延綿的荒曠中間。三輛車子都開亮了前燈，順着蜿蜒的山路，慢慢地爬下了富士山。

我們根本不知道目的地何在，以爲只在山下，很快就到。但是，車子駛進山下的墟鎭，絕不停留，轉眼間就穿過市街，而且逐漸增加速度，一股腦兒向着那沉沉的大野，飛馳而去。

不久，我們就翻過一個山嶺，發現對山另外有座城市；估料目的地可能就在那邊。可是，車子穿過那個城市，還是毫不停留。不一會，又在茫茫的暗夜中看到前面有燈光，我們跟着又穿過一座城市。

說這樣，我們翻過一座山又一座山，越過了一條河又一條河。車子以每小時八十哩的速度，拚命飛馳。漫長的隧道，過了一條又一條；闃寂的墟市，過了一個又一個；而我們的目的地，却還是十分渺茫。由於路程遠，車速高，轉眼之間，三部車子就前後相失。賸下我們這孤伶伶的一部，吊在後邊。這時候，我們開始有些担心了，好在我們車上有譯員，忙叫他向日本司機詢問，看這司機是否知道他的目的地，還好，那司機的答覆是：「完全知道，清楚知道。沒有問題，大家放心。」

但是，話雖如此，事實上我們還是不能不耽心。因爲路愈走愈遠，完全出乎我們的意料之外。况且我們這司機口上雖說「完全知道」，但實際上仍然在一個城市走錯了路，要拐灣回頭，這就更搖動了我們的信心，大家都有點深悔此行。不過，既然身在車中，也就不由自主。眼看着車子再穿過幾個城市之後，就到了一個相當繁盛的地區，但因爲我們那司機其實當眞認不得路，他開着車子，在佈滿了酒帘茶座的橫行小巷中，東模西撞，始終找不着同行的那另外兩汽車。這樣一直兜到九點多鐘，三輛車子，才算在一個小戲院的門外會齊。

先到的十個人已經等得十分焦灼，一見我們就嚷道：「快點，快點！票已買好，二場也早開了。」

我們這一次戴月披星、翻山越嶺，在富士山下作黑夜飛車，目的其實就是要到這一家名不見經傳的小戲院，看看一些大城市的大戲院所看不到的脫衣艷舞。

這個戲院其實小得可憐，「艷舞」初時看來也不很「艷」，因爲表演的舞孃臃腫癡肥，雖則逐步把衣裳脫得一乾二淨，也了無美感。可是，節目更換下去，好戲還在後頭，接着登台的舞孃，年貌身型，總算稱得爲「上選」，而其脫衣程度之澈底，表演方式之大胆，可謂無以復加。這時候，台下的日本觀衆，如醉如狂，怪叫連聲，尖呼不絕。有延頸而前的、有凝眸若定的、有猛噴烟圈的、有垂涎欲滴的，種種怪狀，不一而足。而台上的舞孃，對於台下的觀衆心理，也盡量予以滿足：左面羣情洶湧，就跳到左面；右面提出要求，就移到右面；中央大吵大鬧，就又轉到中央。總之是面面俱圓，處處週到，使得台下各種各樣的觀衆，皆大歡喜。

◀本文作者在廣島原子彈爆炸地▶

△本文作者在長崎原子彈爆炸地▽

到散場的時候，已是十一點多鐘。十四個人出來，目逆而笑。有些人先前答應過同行的女眷，次日清晨四點鐘就要去看富士山的朝陽。這時候估計回程，富士山酒店遠在重巒叠嶂之外，只好吩咐司機，加速開車，趕回去檢拾一段殘宵短夢。

但是，事後偶然提起這一次的大開眼界，參加過的人還是認爲此行不虛呢。

二、兩大廢墟

這一次我們分別到過長崎和廣島兩地，訪問過第二次大戰末期原子彈爆炸造成的兩個廢墟。不過，原子彈爆炸距今已有二十五年，這兩大廢墟，已經面目一新，改成了兩個紀念公園。

我們首先到的是長崎，在那裏所見的和平紀念公園，花木籠葱，一點也沒有甚麼戰爭的遺跡，只有公園中央的廣塲之上，建了一個巨大的銅像。那是一個盤坐石上而渾身肌肉怒張的壯士，一手平擧，一手指向上空，似乎是向世人訴說當年原子彈在這個地方的上空爆發。後來我們到達廣島，憑弔世界上第一顆原子彈爆炸造成的廢墟。在這一個公園裏，雖然也同樣找不到戰爭的遺跡，但日本人把當年炸後倖存的一座危樓保存下來，成了唯一足以說明當日廣島災情的歷史物證。此外，園中還有一個萬人塚，一個抵受過長期痛苦而終於不治而死的女學生紀念碑。此碑此塚，都經常有日本人前來獻花，歷二十餘年而不替，可見日本人對當年這些原子彈下的犧牲者，仍然痛悼。

我們這些經歷過八年抗日戰爭的人，到了這兩大廢墟，參觀過日本人爲紀念原子彈爆炸而建立起來的紀念館，在目怵心驚之餘，少不免有點感觸。其實，在第二次世界大戰期間，中國本身所受的損失，較之日本所捱的兩個原子彈，不知大了多少倍。但由於中國的受災面廣濶，就顯得沒有突出的地方，而且痛苦的時間長，也令世人感到痲木。反觀日本，災情集中在兩個地方，遂見得異常慘重，而受災的時間緊約，也容易吸引注意。如今加上日本人善於宣傳，大張旗鼓，把兩個廢墟改建成風物宜人的遊覽名區，而從中伸訴其所受的戰爭災刧。這樣一來，擧世人士到了日本，涉足於這兩個地方，就不期然對這個民族引發同情，彷彿日本人眞已爲人類背負了歷史的十字架，而忘却了誰是當年大戰爭的罪魁禍首！

當然，國際間沒有永久的朋友，也沒有永久的敵人。中日之間、英德之間、英法之間、法德之間，都是如此。有時是很好的朋友，轉眼間就會成了致命的死敵。今日中國人和日本人常常杯酒言歡，誰也不願重提當年的恩怨。但是，看到長崎和廣島的這兩個紀念公園，我總是禁不住想到南京屠城、長沙大火、湘桂大撤退時期西南各大城市的廬舍坵墟。如今，中國的紀念公園在那裏？紀念館在那裏？我不能不爲此次東瀛所見，深深歎息。

一九七〇年九月二十三日於香港。

地圖着色比賽「揭曉」

本刊第一期有李君毅先生主持的「地圖着色比賽」，原定在第四期揭曉，但因爲參加比賽的人只得八個，而且多數未及標準，所以我們不想公開登出參加人的姓名。但爲了酬謝他們的一番熱心，每人贈閱本刊一年（自第六期起），藉答雅意。（編者）

粵語小論

（續）

陳潞

三不夠之例

上文說到粵語本身的三項「不够」，也許有人不服氣，認爲筆者存着偏見，或者認爲上文的「從俗文學裏求證」多屬概括之言，未可遽作定論。現在且來把這三項「不够」，作較具體的申述，並舉實例爲證。

先說不够優雅：

優雅的反義是粗野和鄙俗。凡事物，質拙和樸素都是好的，粗野和鄙俗則否。拙樸等於未經琢磨的璞，粗鄙則等於頑石。

粵語中粗鄙的語彙（不包括髒話）很多，像：賦閒之稱「踎墩」，聽者藐藐之稱「借咗聾耳陳隻耳」或「畫隻耳仔埋情」（亦作（畫耳埋牆」），即興發言或唱歌之稱「爆肚」（起源於粵劇界而爲大衆襲用），死亡之稱「瓜老襯」，發、領薪金皆稱「出糧」，食之稱「擦」，得志之聲「猛」與「猛鬼」，舌頭之稱「脷」，肝之稱「膶」等等，都與優雅相去甚遠。

他處方言，當然也有粗鄙的，像現代滬語的「觸祭」，和粵語的「擦」（食之義），粗鄙程度不相上下；但滬語的「孵豆芽」，比粵語的「踎墩」就勝過多多。上例中最冗贅粗陋的要算「借咗聾耳陳隻耳」，不特顯豁無味，且因世無「聾耳陳」其人，故無味之外還顯得虛浮。戰前上海人人知道有一個「張聾聱」，若上海有一句「借了張聾聱的耳朵」的話，那就比較穩當。但，「借咗聾耳陳隻耳」之語，今日仍有極多人在「樂用不已」。

爲了粵語裏有很多粗鄙語彙，而知識分子在談話中不想用到，便只好「丟書包」，借書本上句語以濟其窮。香港人似乎對輯錄成語的書籍很有興趣，或對此不無關係。

次說不够細緻：

要把語言作藝術上的運用，語言本身非先具有「細緻」的條件不行。若以印刷品作比喻，就是以細密的網紋和粗疏的網紋製圖相比，概觀大致無差，細玩則神韻懸殊，一經比較，高下立判。

下面是一個有趣的比較：

滬語形容某一事物的好處，有着不同程度的許多種說法，層次井然。

（好）還好——蠻好——好來西——交關好——邪氣好。此外還有加重語氣的「邪邪氣氣」，「交交關關」；又有特別形容的「嶄」、「靈」、「眞嶄」、「靈光」、「有噱頭」、「有苗頭」、「苗頭弗是一眼眼」等。（所舉定有遺漏，因筆者滬語程度平常。）

但，若用粵語來正面形容某一事物的好處，似乎只有「幾好」和「好（很）好」兩種說法。若要表示好的不同程度，則須分別加配「眞係」、「都」的字樣，而成爲「都幾好」，「眞係好好㗎」等等。至於特別形容，則有「盞」（似即滬語「嶄」的音轉）、「好嘢」、「有綽頭」（「綽頭」從滬語「噱頭」來）、「駛得」等。

像「極好」、「非常好」等，不只粵語有之，故不能算入。

從這個例子，我們可以對粵語的精或粗獲得一種概念。

說到不够生動：

粵語裏有極生動的語彙，例如：和「像煞有介事」相若的「係威係勢」；和「捲魁星」相若的「炒鰌魚」；和「扭股糖」相若的「糖黐豆」；以及「拍拖」、「揸拿」（把握）、「醒目」……都是傳神之語。

可是粵語裏有些語彙却顯得非常拙劣：稱不精明的人做「茂利」（試與「糟兄」、「糟老頭子」相較）；稱登報做「賣報紙」；稱報紙上有某種消息說「報紙有得賣」；稱相信做「信得過」；稱可吸貯墨水的鋼筆做「墨水筆」（試與「自來水筆」相較）；稱燐寸做「火柴」（試與「自來火」相較）；這都顯出了不够生動之處。

窮源竟委

談論粵語問題談到這裏，應該探討一下：粵語本身保存着許多由歷代民族南遷時，從中原帶以俱來的古語彙；粵省在近代又是接受歐美文化影响的前站；既有古舊的遺產，亦有新鮮的吸收，爲何呈現如此貧乏的現象呢？

要把這問題窮源竟委，筆者有着如下的意見：

第一，在歷史上幾次從北而南的大移民之前，閩粵一帶是「去京師萬里」的十足文化沙漠，在其中過着流徙生活者是當時被目爲蠻夷的越族。南移的人數雖多（例如秦始皇時謫戍五嶺者卽有五十萬人，雖數目未必很可靠，且途中死亡極衆，但人數之多是不能否定的），其中或是罪民戍卒，或是戰爭中的逃難者，優秀分子不見得很多（事實上中國人多數是農人，普遍文化程度也是不高的），而且南來後分散在廣大的區域，和蠻夷部落雜處，就算帶來了甚麽文化種子，也不容易使其繁殖。許多語彙能够靠一代代口口相傳而保存着大致的模型，到今日讓我們發現（參閱本刋第三期拙文「有關[犭盡]的小考」。另有輯錄自吾鄉故老口中的古語，稍後當予整理發表），已經是十分難得的了。

第二，近代中國南方諸省的文化，有極大進步，學者輩出，在闡發經書大義的學術文章，以及藝術性的詩、文、書、畫，吾粵都燦然和文化中心諸省互相映發；獨是言語一門，却始終不曾受到他省所影响，筆者認爲那是粵人特別堅强的保守（甚至排他）性，在起着作用。

粵人的「排他」性，在知識分子中也存在着。但普遍由於讀書明理，從修養獲致的明辨能力，自然摒除了心中的盲目排他意識。但一般人無此修養，而排他意識與生俱來，盤據胸中，堅拒非傳統的事物侵入，於是形成許多故步自封現象，言語上的保守爲其大者。

這樣說法當然要有根據。我的根據，是經過三十年以上長時期留心觀察所獲得的許多現象：

一般粵人在談到其他地區方言問題時，常稱自己的語言「白」（明白），而把自己所不懂的語言指爲「不白」。基於此，就都存着以粵語爲天下間正宗語言的觀念，於是稱一切操外省音之人爲「撈鬆」（撈讀洛交切之陰平變高聲，鬆讀本音之陰平變高聲）；此語雖係據普通話「老兄」而來（外省人常開口對人尊稱老兄，粵人取音遺義，遽以名之），實含不敬成分。其自我優越感更甚之輩，更從而別名之爲「撈頭」，不敬之義益顯。他們偶聞外省人學着說粵語、輒曰：「這撈頭說的話很白」；但在聽來聽去聽不懂時，就要破口罵「人頭鳥」了。

不錯，古人也說過「南蠻鴃舌之人」、「鳥音人」等話，但，那是前代呀！所以，整理粵語和推行國語，都是促進我粵文化的要務。

別忘記，孔門中也有言語一科呢！

香港粵語

「香港中文」一詞，多年來已經膾炙人口，可是無人留意（至少無人指出）一種「香港粵語」已經逐漸形成，那就是我們天天耳朶聽到的，嘴吧說着的粵語。

從一切以廣州音調、語彙爲宗的粵語，演變成現在不以廣州音調、語彙爲宗的粵語，轉變是緩慢的，不是刻刻留意着社會上語文現狀的人不會發覺。但刻刻留意的人都會明白，許多舊有的粵語語彙、語音都已由新的替代，儘管你不同意，但事實已經形成，絕非有限幾個人的力量可以挽回或阻止。

「香港粵語」的特點，第一是更不講

究幽默和文雅。粵語裏的幽默成分本來就不高（比較他省的語言而言），文雅成分亦然（見前章論列），現在更不注重這些了。特點第二是變得更率直。廣東人說話早已有「硬綳綳」的考語，現在香港人更不大說委婉曲折的話了。特點第三是市井氣更重。現在有些中學生在公共場所談笑，在同學集會中，所說的髒話要比上代的轎伕多上好幾倍。其他可以類推。特點第四是外省語彙的移植：

「香港有不少非粵省的中國人。好些外省語彙已稍稍換了形式而「移植」到粵語之林裏。一個在目前叫得震天價响的名詞——亞飛，便是從滬語移植的（上海人首稱洋場惡少為阿飛，乃因彼輩的「飛機頭」髮型而起）；近十餘年來始流行於香港的「綽頭」一語，亦由上海俚語「噱頭」而來。

特點第五是華洋拼合的怪話。這是社會上英語流行中文退化現象之下的產物。這語音是粵語，語法却有一部分是英語。這種怪話天天聽到，不待繁言。特點第六是出現大量反映現實生活的新語彙。這些新語彙豐富了粵語的內容，也加深了它的「香港性」。像「黐綫」、「死火」、「搞掂」、「爆棚」、「抄牌」等就是。這自有其活潑鮮明的特質。外省比較開明的知識分子常謂粵語生動有力，大概指這一類的語彙。

拋出去的一塊磚

「香港粵語」也是粵語支流之一，香港粵人中有許多高級知識分子，當不願意見到粵語的價值逐漸低降，但這社會上妄人多，妄人而具有影响力的也多；通人少，通人而具有影响力的更少，那就應該大家起來表示關懷，表示意見；大家來研究，來商量，來督促；不該袖手而觀。但願這篇拙文是筆者拋出去的一塊磚，能够引起珠玉紛投的現象。

再探粵語之林暫止於止，還有未談論到的問題，有待三探。

（續完）

日本富人的姘頭狂熱

在之

女姘頭—凡是富有的日本人所不可無的。

三個商界大亨在東京飛機場向家人告別，怱忙上機，急趨在座虛位而待的濃髮美人。這三對就是姘頭。他們要到夏威夷歡度假期。日本人結姘頭是為了虛榮與享受，不但無影响個人事業與家庭，同時還可抬高身家，獲得經濟上信用。

在二百六十名大亨中有百分之五十八是蓄有姘頭的。這只是保守的估計。

筆者在高爾夫球塲與一位商界大亨談話，他說大亨中無一人不養姘婦，由供給姘婦力量可測度此大亨的財力，而獲得信用。甚至政治上亦有關係，近日社會民主黨首領參加競選，記者們問他：「如閣下蓄了五個姘婦，在政治上是否不甚名譽？」他率直的回答：「你們錯了，我共有七個姘婦，讓我反問你們，如我落選，是否要我讓她們流落街頭去捱飢餓。」結果他獲選，而重入官塲。

幾世紀末，姘婦在日本是公開的，有的帶回家中，有如納妾，不但與大婦同居，弁享有承繼遺產權。至一八八二年妾待地位在家庭中更為固定與合俗。到了今日社會經濟日趨繁榮，三百萬個掘金女郎，便是大亨們找尋姘婦的源泉。大亨們養這批女子的代價，因人而定，從每月六十英鎊起，至處女藝妓四千英鎊止。藝妓招待私家宴會的，最高月薪是英鎊二百五十，可是比數尚入不敷出，如付化妝品，舞踏儀態學費，一件衣服價格從英鎊六十至一百二十止，所以如無人包月，不可能過豪華生活。

日本神戶的特級「愛的小館」，專供姘頭們幽會，特點是有旋轉吊床，離床數尺上蓋明鏡，巧技窮工妝飾室內一切充分表達愛的氣氛，專為姘侶而設。

做大婦的對此等姘侶們，是採取視若無睹的態度的，這樣方能保持大婦在家的尊嚴。

尚有一種「散餐情侶」，既無薪給需求，而界於大婦與姘婦之間，日本人稱之為「零位」女人。

時代悲劇文人郁達夫

散人

郁達夫是中國五四運動前後產生的新文學家之一。照他的坦率大胆，敢於首先發表像「沉淪」那樣的一篇文字，反映出當時青年的苦悶心情，在突破舊禮教的束縛運動中，他等於做了「水滸傳」上的李逵，手執兩把板斧，衝鋒陷敵，打了頭陣。

達夫畢業日本帝大前後，與朋友共同組織創造社出版雜誌，發表了許多詩文，小說，與日記，又執教北大，武高，與中大，一時文名藉甚。在一九二七年春，日本出版的「新潮」月刊上，有一段記中國南方文學者之一羣，竟稱「達夫爲南方文學之正主」，其影响之巨，可以概見。

他自與王映霞遇合後，確也過了一段漣漪與愉快的日子，然因發表了他們的戀愛日記（達夫的日記共有九種，單行本名日記九種），卻得了兩種反應：一是社會轟動，青年嚮慕；「日記九種」的銷路，幾與魯迅的「阿Q正傳」並駕齊驅，那時的男女學生，許多都是人手一冊，連帶他的另外作品，亦大爲暢銷。於是達夫將從前所寫的小說等重新編過，交由北新書局出全集，而按月坐收版稅，又不時寫點東西，自也少不了稿費，加以教書所得，均交由映霞經管，開支之外，頗有儲蓄。這自是一段美滿的良緣，難怪他後來與映霞鬧翻時，在「毀家詩紀」中，乃有「佳話頗傳王逸少，豪情不減李香君」的香艷回憶之句了。

另一種反應，則是與前一種恰恰相反，因他的那種自我暴露的文字，尤其是日記九種所描述的男女情態，不免激怒了許多衞道之士，遂武斷他是頹廢而兼浪漫的無行文人，於是當曁南大學要聘他教書、呈報到教育部時，竟得了「生活浪漫，不足爲師」的兩句考語，而遭批駁。這眞是「福兮禍所倚」！正被道家哲學所說中了。達夫受這一打擊是很嚴重的。

儘管與映霞結合後，達夫的任性，隨便，類乎頹廢的生活，早已改善許多，而名高謗隨，樹大招風，他那煙、酒、嫖、賭的自述文字，猶在流行，百口莫辯，鐵證如山，有什麽辦法呢！而且即以與映霞結合一事而言，他的遺妻棄子，復與年青女人不明不白的同居，乃益足加重其罪狀。雖然他本身乃至映霞個人都可以自我解放，但一時仍難突破數千年的舊式傳統網羅呵！

當他與映霞於一九二七年結合時，那正是革命高潮，氣勢如虹，北伐軍威所至，軍閥摧枯拉朽，全國人心振奮，青年都想突破籬藩，發展個性，較之八年前的五四運動，業已由呼籲，請願，而變爲實際行動，對外要求平等，對內要求自由，社會上無論那一角落，都充滿了朝氣與生機。而達夫此時，雖未直接參加革命行動，但其筆鋒所觸，自亦足以推波助瀾，鼓舞興起。況且他既管理創造社出版部，又主編「洪水」雜誌，復另出「新消息」週報，更執教於上海法科大學（教德文），又常到新華藝術學院演講，而上海藝術大學學生尤堅決擁護他做校長，在他的「新生日記」上，民國十六年（一九二七）三月十五日，記道：

十五日，星期二，但寒冷如冬天，絕無春意。早晨上銀行去拿錢，北新來的期票，也拿到了，順便到商務印書館去買了一本沈子培的詞。

十一點鐘到上海藝術大學，去爲他們設法維持學校。學生全體，想擁護我做他們的校長，我因為事情不好辦，沒有經濟的後援，絕對辭去。在那裏吃過午飯，學生嬲我到午後三點，纔回家來。……

又同年三月廿八日記道：

二十八日，星期一，（二月廿五）雨。

……在雨中正想走返閘北，恰巧遇見了李某，他和我上「快活林」去談了許多國民革命軍的近事。並且說有人想邀我去接收東南大學，我告以只能在教書方面帮忙，別的事却不能出力，囑他轉告當局。

又（三月）廿九日，星期二，天雨，後陰晴。

……早晨起來看報，知道東南大學已決定聘吳稚暉為校長。這一個一光愛說話而不能辦事的吳先生，我看他如何的辦得動那個積弊難翻的東南大學。

浙江又有籌辦大學的消息，我不相信昏迷下劣的那些杭州小政客，會把這計劃實現，我想現在的中國人，還是前期遺下來的小政客型的狗東西居多，講到有氣節的清廉教育家，恐怕連一個也沒有，辦大學同設衙門一樣，不過是一班無聊的人，想維持自己的飯碗，擴張自己的勢力，在陰謀詭計中，想出來的一個光明題目而已。

這些日記，既先登載於刋物上，又隨之發行單行本，所記的事情與文字，自然不能隨便亂說。而當時達夫風光之盛，鋒頭之健，即此已可概見一斑。但不久國共全部分裂，時局大變，革命潮流，頓趨低迴。創造社一般人馬，既東分西散，文藝界陣容，亦壁壘森嚴，達夫寫作，漸無復當日之玩世不恭，隨意輕撩重擊的聲容，殆或受映霞影响，兒女情長，非復舊時無所顧忌，任性馳騁之豪情勝概了。故寫作多偏重於翻譯。

一九三一年九月十八日，日本軍閥，突佔領我遼寧瀋陽，不久東北全部淪陷。於是全國震動，人心憤激，尤其知識分子與青年男女，莫不認為國亡無日，必須奮起抵抗，收復失土。接着上海發生「一・二八」抗日壯舉。是以文藝風氣，頓為之變，非特鴛鴦蝴蝶派為人所厭，即「新月」與「創造」兩大陣容的舊日風格，亦漸不為人所喜，青年們要讀振奮的，刺激的，勇武的，與戰鬥性的文字，而達夫的作品銷路不免驟減，收入自受影响。他又曾經加入宋慶齡蔡元培等所組織的民權保障大同盟，自楊杏佛被暗殺，他不免自我疑慮，行動大受拘束。再加被教育部批駁暨南大學一事的打擊，達夫舊日的業務幾已全被解除，甚至連教書的這條「文人末路」（過去有人認為如此）也行不通了，遂不免浩然有歸志。富陽本鄉，自難以容身。映霞杭人，富陽亦舊杭州府屬，當時杭州的生活程度更低於上海，且環境幽美，代育文豪，達夫挾其愛侶，歸隱於斯，似屬得計。遂於一九三三年春，舉家遷杭。

但何以為生呢？雖然他們那時已有相當積蓄，自不能坐吃山空，依然賣文為活。而寫作範疇，天然已經縮小，過去情懷，亦已一去不回，況復多所顧忌，乃感覺文思枯窘，僅能偶寫遊記之類的文字，而詩興仍然不淺。達夫寫作習慣，常於睡至午夜後，約三點鐘起身執筆，寫至黎明再睡一二小時復起早餐，讀書，閱報，會友，或出遊。但杭居後，煙酒之嗜日深，寫作之時頓減，夜飲若醉，即酣臥終宵。文思不屬，就懶得夜起。盛年的映霞，偶爾興發，亦有呼應不靈之苦，浸至漸鬧撇扭，時起勃谿。友好中間，即有曾聞其「已變為武大郎」之泣訴的。當時不免令人感覺古語所謂「文窮而後工」之至理，而又覺理想之佳作，必須建立於思想自由奔放基礎之上，達夫斯時，精神似已受到束縛，而絕非「江郎才盡」也。

近讀孫伯剛君於一九五八年所撰「郁達夫與王映霞」一文中，寫達夫與映霞在民國十九年至廿二年（一九三〇——一九三三）間，有這樣兩小段：

……吃飯時，談到達夫那一場大病，映霞說：他已經再世爲人了，沒有我，他的性命也丟了。

……杭州帶來的旱地鴨子，一連給他吃了十多隻，此外還燉雞汁給他吃」。「難怪像塡鴨似的吃胖了。」我（伯剛）看着達夫笑了。達夫笑着說：「吃得來害我小說也寫不出了。」

「你的小說本來是以抑鬱困窮爲基調的，現在有了這樣一位太太，精神得有寄託，經濟漸趨穩定，試問你還能再寫從前那一套所謂頽加蕩的小說嗎？」我(孫)認爲那幾年達夫寫不出新作品的原因完全和他的生活有關。

孫又寫到：

……在我眼中的達夫，那時候確是由一般所謂頽廢派文人，逐漸走向中國式的名士型的路上去了。他那時候，喜歡遊山玩水，寫幾段流利輕鬆的遊記，喜歡淺吟低酌，做幾首清新拗峭的詩詞，蒐集不少地方志書，雅好各種線裝古籍，從前那一種桀驁不馴的露骨牢騷，也變爲含蓄蘊藏，謔而不刺的言辭。我們朋友有時在背後談到達夫，大家都覺得達夫有點變了。有人說：「這是映霞這位賢妻良母薰陶而成的」，也有人說：「這是不足爲奇的，中國自古以來的文人，到了相當年齡都成爲名士了。」

孫君的描述，自甚美妙。然也只就達夫本身生活環境着眼，而未觸及整個大局的演變，與時代的推移。就筆者淺薄的觀察：達夫自返回杭州居住以後，雖說表面上他的生活較爲安定，然實際他的精神迄未寧謐。達夫原不是沒有抱負的人，而生不逢辰，恰處在大變動中的混亂時期，所用既非所學，所學又無法致用。販賣知識之路（敎書）既塞，從事文藝之途亦隘，其內心苦悶，自屬難以言宣。故時常出門遊覽，觀山玩水，藉以排遣。

兩浙山水，久著盛名，雖雄傑異於五嶽，而幽深迴環，泉石奇異，則有過之而無不及。以達夫之詩文筆藻，果爾眞實遊心物外，寄情山水，自不難產生類似謝靈運之佳什，徐霞客之遊記。然達夫所寫景物，多屬浮光掠影，大有走馬看花之勢。故其文字清新有餘，韻味不足。卽以其浙東景物紀畧中的「方巖紀靜」，「爛柯紀夢」，「仙霞紀險」，以及其富陽家鄉附近的「釣台的春晝」等文而言，雖屬短篇，牛刀小試，自不失爲佳作。但如飮醇醪，正待陶然，壼忽告罄，欣賞之餘，豈不掃興！儒林外史上描述馬二先生遊西湖的文字，未嘗不趣，外江內湖，馬二先生遊了幾天，不勝贊賞，忽然嘆道：「眞乃載華嶽而不重，振河海而不洩，萬物載焉」（中庸廿五章語）！這充分表現一個功名觀念迷了心竅的八股制藝選家之神態。難怪他遊去遊來，始終遊不出那科舉的轂「中」。那裏還能發揮景物的文藝之妙呢？而達夫素性高傲，恥於求人，回杭以後，幾乎失業三載。縱在遊覽之時，似未忘處境之尷尬，雖無馬二先生之酸腐，然終不免意緒消沉，反映於文字，自乏奔放之勢，而露不足之感，文士愁緒，豈不深値得同情。

有人常說；達夫乃頽廢主義者，而擧其早期的詩文與日記爲證。但筆者之意卻相反，認爲達夫早期生活，雖帶浪漫色彩，然亦多與衆同，不過衆人作了諱而不言，達夫作了坦率自述，並形諸文字罷了。至其詩文日記，正其生命力縱橫恣肆之發揚，描寫黑暗面，乃欲突破黑暗面之奮鬥，那一階段，恰是其絢爛燦華之時期，有識之士，莫不欽折，而期望其有更大之成就。凡此並非阿其所好，若與他所心儀的盧梭相較，盧梭生平的顚困，遠甚於達夫，而其所受之敎育與學養，則遠遜於達夫，但盧梭之言論與文學，於其發表後，居然促成美國獨立戰爭於先，復刺激法國大革命提早爆發於後，當其生時，凡夫俗子，豈能預見及此？而達夫自與映霞結合後，則較爲安定的生活，似乎已限制了他的發展，故筆者認爲他自囘杭居住，方陷入眞正的頹廢狀態之中，所謂頹廢，是無所作爲，自更談不上創造。而反沉溺於某種嗜好之中。當日達夫，平時煙不離手，而復多朝夕醺醺然。友朋之間，固知其情緒低徊，然認爲他的生活路線既已轉變，徜佯醉鄉，自屬名士本色，故多不以爲異。

荏苒年餘，映霞又實現了在杭州下城場官衖裏置地建屋的計劃，雜務紛集，達夫自益減少了寫作的時機。及民國廿五年春，新屋落成，原有地基，約華畝兩畝零，新屋所佔，不足五分之一，均屬平房，看來係初步計劃，餘地仍舊廢置。而南向的天井，寬僅丈許，顯見狹逼。達夫題額曰：風雨茅廬。友朋多不知其命意所在，有人調侃他道：「鐵門軒昂，屋頂皆瓦，並無一根茅草，何能稱爲茅廬？而且杭州除了黃霉季節，風雨較多以外，春秋佳日，莫不天氣晴朗，風光宜人，你爲何硬要把你的新居長年累月擺在風雨之中，使它淋漓盡致呢？」彼此只好一笑而罷。實則這正是文人積習——「無病呻吟」的象徵，也可反映達夫斯際內心的感慨。

不久，閩省主席陳儀邀他去任福建省政府參議，兼主編輯室事宜。陳儀是浙江紹興人，爲留日同學前輩，與達夫夙有交誼，達夫自欣然應命，映霞尤極力慫恿。但這卻是達夫一生的一個重要轉捩點，其重要不下於與霞映的結合。蓋塞翁失馬，安知非福？塞翁得馬，又安知非禍？人生得失，禍福相倚，誠有不可思議者！達夫後來在他的毀家詩紀中說：

> 民國廿五年春天，杭州的風雨茅廬造成之後，應福建公洽主席之招，隻身南下，意欲漫遊武夷，太姥，飽採南天景物，重做些紀遊述志的長文，實就是我毀家之始。「風雨南天」，我一個人羈留異地，而私心惻惻，常在思念杭川。……

問題實就出在「隻身南下」，當要決定赴閩前，友人中曾有勸他携眷同行的，但達夫不願，映霞亦不熱心，這或許是達夫因爲初到福州情形不熟，携眷不便，而映霞則或許認爲閩杭較遠，留戀家鄉，又要佈置新居，是以棋錯一着，滿盤皆輸。而達夫所說的「風雨南天」，與他的「風雨茅廬」可以互相印證，尤足反映其精神似乎時時都有處在「風雨飄搖」狀態中之感覺。達夫在杭，頗爲迷信，非特建屋要請風水先生，他自己也常找人看相算命，這也是國人在不得意時的通常現象，而仍脫不了時代環境的驅使。假定他不與映霞遇合，或遇合而不發表那些日記，他可能依然執教，甚或早轉仕途，不致「求田問舍」，回杭定居。又或他應公洽之招，由滬至閩，則映霞勢必偕往，或不致夫婦失和，誤會叢生。更或不恰逢抗日大戰，當不致憤而南到星洲，又或不發表那「毀家詩記」，則映霞當不致如此決絕，竟作文反攻，弄成了夫婦筆戰。因映霞也是人，若不反攻，她將見不得人哩！毀家之詩，達夫似恢復了他初期的酣恣筆勢，以詩而論，固屬精品，至足動人；以事而言，則多「離譜」！此正「詩人白髮三千丈」、「黃河之水天上來」的傳統狂態。而映霞亦居然「逃出了」這口「棺材」，而「再卽刻爬進另一口棺材裏去」。（她反攻文內語），連親生骨肉也棄置不顧，達夫則竟拋骨炎荒，縱有棺材也無法爬入。

凡此，都是時代的悲劇！總說一句：當日以迄現在的中國人，什麼都可以做，惟獨「文人」還做不得！

•稿約•

除政治性的文章外，什麼文章我們都歡迎。來稿最好不要超過四千字，如非萬字以上不能了，請事先來函商洽。來稿最好用原稿紙書寫，附地址及姓名，以便聯絡。發表時用什麼筆名都可以。

稿費千字二十五元至三十元，照片每頁三元，均于出版前五日致送。刊出的文章圖片，版權均歸本社所有，如作者要保留版權，請事先書面通知，以便安排。不合用的稿兩星期內退還，不退的就是準備要用的表示，但何時刊登，要看情形而定，作者如果等得不耐煩，請來信詢問。

張大千其人其事

佟明

頃見一九七〇年七月三十一日台灣出版之新夏月刊第十三期，內有署名佟明所寫之「張大千先生其人其事」一文，引經據典，鞭辟入裏，允宜一時傳誦。茲將全文照錄於此，藉供共賞。——編者識

讀了新夏第十二期「談學問扯不得靶子」一文後，覺得自己所知道的幾段關於這位國畫大師張大千先生的「史料」實有錄下來供新夏讀者一讀之必要。因爲這些「史料」可以使我們由其事而知其人，亦由其人而看其事的方法知道張大千到底是一個什麽樣的人，他究竟替中國文化做了些什麽事？也許我們對這位國畫大師的人格與畫格可以有一個客觀而公允的評價。

一

陳定山著：「春申舊聞」中有「地皮大王程霖生」一節，中云：

「大千十九歲，爲玉梅庵（按即淸道人李瑞淸）弟子，其時已髯而鬍矣。道人固不善畫，大千畫出乃姊所授，至滬，寓西門里，海上墨林，其年最少。鄭曼青至，又少於大千。二人嘗各携所作，訪西冷印社，執見於丁輔之、高欣木。及退，兩翁評其畫云：曼青將來了不得，大千一塌糊塗！乃曾幾何時，大千名滿天下，而兩翁墓木拱矣！

大千偶作石濤畫，並臨其款識，置玉梅庵中。會霖生至，見畫以爲眞石濤，大稱賞之，必欲携去。歸則賚七百金酬道人，自以爲豪奪，道人不能具告所以，他日出眞畫值七百金者令大千往致霖生。大千至，見其廣厦閎崇，琳瑯四壁，意復匿笑。遂說之曰：公收諸家，夥矣而不專，何不專收一家？霖生曰：何家而可？大千曰：公愛石濤，何不建石濤堂，此海內一人也。霖生大樂，旣而憮然曰：吾收石濤，必得其天下第一者，君視我堂高數仞，何求而能得此大幅石濤懸吾堂中耶？大千以目作尺，上下忖度之，歸而出古紙，閉門作一大畫，長二丈四尺，款署石濤，裝潢之，薰灼之，旣舊，乃使書畫估某客捐之，往售霖生，且告之曰，必索五千金。客往，霖生以爲眞天下第一石濤畫矣，乃歎曰：五千金吾不吝，但必得張大千來鑑定，吾乃購也，立命馳車接大千。大千至，署一睥睨，卽曰：僞耳！某客氣索舌結，目數視大千，大千揚揚若無睹，且抨擊之曰：某山氣弱，某樹筆弱。霖生謝客曰：先生休矣，吾不能以五千金購一假石濤也。某客不知所對，悻悻然捲畫出門而去，去卽馳往扣大千之門，則大千已在室矣。見客大笑曰：客有言乎？趣無言，明日更往見霖生，但言張大千已買此畫矣。客唔，遲數日仍往見霖生，見但撫手荷荷，霖生曰：客何爲？客曰：無所爲，但張大千已買此畫矣！霖生大怒曰：張大千欺我！又問：彼價幾何？客曰：四千五。霖生曰：我倍之，必得乃已。客故有難色，曰：容緩商之。旋復命曰：大千云前日失眼，後細看乃是眞跡，今爲大風堂瓌寶，固非萬金不讓。霖生立以萬金署劵得大千贋畫。後建石濤堂，收藏石濤畫三百餘幅，而不許大千造門縱觀。大千私語人曰：試揭其楮而觀其後，十之七皆有我所劃花押」。

陳定山這段文字全用太史公筆法，描活了一個少年騙徒的嘴臉。確不愧文壇老手！

二

溥心畬談片：

畫家黃賓虹是特立獨行的人，畫固然畫得好，學問也是當今數一數二的人，他早年常爲高劍父、高奇峯兄弟合辦的「眞象畫報」寫論藝文字，用的筆名有「予向」、

「大千」、「賓虹」等。那時張大千還很年青，似乎名叫張爰。「大千」是後來才取的名號。大約是民國二十三年大千遊北京的一次，有一次在稷園的宴會中，名金石家壽石工會對張大千開了個大玩笑，當衆說大千偷竊黃賓虹的名號，在座的人都爲之大譁……」

三

這是張大千「盜名」盜到絕處的韻事。溥心畬對人稱「南張北溥」頗表不滿，他說，那還不是張大千的宣傳把戲。因爲在三十多年前，溥心畬的名氣比張大千大得多。

虞君質著「藝苑精華錄」有「贋品」一文：——「書畫家爲了欺世盜名甚至自鳴得意而爲作贋品騙人，表面上看似只限於少數人吃虧上當，實則贋品展轉流傳，爲害之烈，往往出人意料。例如贋品「清明上河圖」的故事，雖有各種不同傳說，但據田藝衡『留青日札』所載：確曾爲此一件贋品弄得數十家家破人亡，觀此一事，可知畫家作僞是如何地流毒後世。你也許要說：書畫作僞，自古有之，今亦何必多所指責？姑不論古人所作未必一定都是對的，即就唐程修己的僞作王右軍；及宋元章的僞作褚河南而論，那也無非作爲遊戲消遣，並未存心漁利欺人，豈似今之有些所謂『大師』，非摹成稿，即臨眞蹟，剿襲撏撦，妍媸雜出，雖百般作僞，不惜自寫姓名爲自作之贋品作鑑定，但明眼人一望而知是稗販一流，豈不可悲而復可鄙！對於這一問題，淸錢泳在其『履園畫學』中有一段極精彩的議論道：『若沈氏雙生子老宏老啓，吳廷立鄭老會之流，凡眞蹟一經其眼，數日後必有一幅，字則雙鈎廓塡，畫則模仿酷肖，雖專門書畫者，一時難能。以此獲巨利而愚弄人，不三十年，人既滅絕，家資蕩盡，至今子孫不知流落何處，可嘆也。尚書云：『作德心逸日休，作僞心勞日拙』，此之謂歟？」

四

七月二十三日中央日報載有胡有瑞：「張大千談謙虛、知禮」專欄，說：——「說到他愛國的故事，那是說也說不完的。他認爲每一個人都應該永遠記住自己的國家，自己的民族！」

據說在民國四十一二年間，大千居士曾攜南唐人顧閎中之韓熙載夜宴圖，暨董北苑瀟湘圖來台，國內畫家有親見者。如衆所知顧閎中此圖乃傳世孤本，「宣和畫譜」曾著錄。董北苑瀟湘圖，則爲北苑傳世四大名蹟之一，此二圖之名貴與重要可知，本屬淸宮重物，不知何時落入大千居士手中，據聞此二圖現歸北平僞故宮博物院，至於從大千居士之手轉入匪手之過程則不得而知。因此大千居士的「愛國」，就不知從何說起了！

另七月二十六日中央日報第六版載有內政部公佈「調查流出國外古物辦法」，規定「委託駐外使領館、文化參事、新聞參事、經濟參事及派駐外國人員等，儘量將查得之古物，攝取照片或抄錄摹拓其圖象字樣，並隨同調查表或報告書送內政部彙辦。凡辦理古物流出外國之調查工作人員，有特殊貢獻者應予獎勵。」

筆者以爲此一調查工作以委託張大千最爲洽當，深信張大千必得首獎，因近二十年來重要古物之流入外國，由他經手者約在總數三分之一以上，請看歐美各大博物館及大收藏家所印行之藏品目錄，蓋有「大風堂」、「大千好夢」、「藏之大千」、「大風堂供養」等等之印記隨處可見。此等古物調查工作若由張大千來做，必可得心應手，事半功倍，如數家珍，短期交卷。相信在這一工作上，張大千必獲內政部的首獎無疑！

* * *

編者再案：本文作者佟明先生，以偈處台灣，似未曾讀過本港朱省齋所著之「中國書畫」及「藝苑談往」二書。因前者有「論中國書畫鑑賞之不易」一文，後者有「董北苑瀟湘圖始末記」及「顧閎中韓熙載夜宴圖的故事」二文，更足爲本文補充及佐證也。

藝術叛徒劉海粟與裸體寫生

華振東

畫家劉海粟，可以用兩句成語來說他，是「謗滿天下，譽滿天下」的一個藝術叛徒。關於他的簡史，一九四八年的「美術年鑑」有說：

劉海粟，男，別署海翁，江蘇武進人，年五十三歲，民國紀元前十七年（公元一八九五年）生。擅長西畫、國畫。氏為上海美術專科學校之創辦人，門生遍國內外。三十餘年努力藝術運動，有相當之業績。其作品極具魄力，嘗旅比德法諸國，以其油畫，公開展覽，獲得佳評。

這樣的敘述，似乎過於簡單了。他在民國初年，只有十七八歲，中學還沒有讀完，因為愛好藝術，便從家鄉到上海，與張聿光（浙江紹興人，今年八十五歲。）創辦美術院。經過了幾次的擴展和改易校名，到了民國十九年，才定名為「上海美術專科學校」，一直到一九五二年，與蘇州、山東兩家藝專合併，而成為今日的「南京美術學院。」說起來，上海美專，已辦了四十年的歲月。劉海粟主辦的私立上海美專，在全國各省市的公私藝專中，算是生命最長的一家。而它的創辦，從租賃民房做校舍開始，一直辦到自己建築了幾座校舍，培植了幾千的美術工作者，分布國內各地和東南亞區域地帶，這個成就，在量來說，也比其他的藝專為大，這是事實。

但是劉海粟本人的作風，無論在新舊社會說來，人們對他都感到異樣的。他平日是自高自大，目空一切，只好託當權派的大脚。中年時代，也看不起國畫。私生活不够嚴肅，跳舞、打麻將、推牌九等，當作家常便飯，有時且邀集校中同事，校外朋友，在家裏賭博。一個大專校長，而有此糜爛腐化生活，很自然的，便引起許多人對他發生反感。他每逢舉行畫展，必借用當權派人物的名字，為他主辦，有一次且用了國府主席林森的單獨具名，因之招致了同行業的人和社會知識分子認為這樣的做法是過於市儈氣，只是利用官僚的名字來為自己的作品捧場而已。作家李青崖寫了一篇文章，大意是說，有一個老頭子，帶領十歲左右的小孩子，去上海的貴州路湖社，參觀某大師的畫展，全部看過之後，臨出門之前，祖父問小孫，「會場的畫，你覺得那一張是最好的？」這個小孩子用手指着會場當中牆上高掛着的孫中山像。原來這一張孫像，是湖社經常掛着的紀念物，屬於石印的。這樣，李青崖的幽默文章，就說明了劉大師的全部作品，都比不上一張石印照相的了。看此，劉的作品，在文藝家的眼先中，可見一斑。

至於劉海粟的畫，究竟怎樣的呢？劉的學生李寶泉所寫「中國當代畫家評」（民國廿六年，南京木下書局版），有一段談到「知師莫若弟」，把它抄錄於下，以供參考：

劉海粟，現代繪畫的特點，似乎都在奇特上、誇大上、希望激發出一種在色彩與用筆上强調激刺性的最後效果。因此，現代畫家的作品，在畫面的色彩上就竭力求其大紅大綠，在畫面的筆觸上，就竭力求其奔放潑辣，在畫面的結構上，就竭力求其打破整齊與均衡。這種作品的表現效果，當然不會平凡而能完成那强調刺激底成效的。可是，在對照的色彩之下，那色調是否能够陷於破裂？在奔放潑辣的筆觸之下，那用筆是否能够不陷於散漫粗野？在打破整齊與均衡的構圖之下，最後又是否能够不陷於凌亂無章？這些在現代繪畫要求强調刺激性的效果之下，也是同樣最重要而最嚴厲地附帶着不得不顧到的問題。不然，現代繪畫只要以畫面强調刺激性這條件爲護符之下，於色調的破裂，用筆的散漫，構圖的凌亂，都可以置之不理而即可成爲不平凡的現代畫家了。以前中華書局所出關於「現代世界名畫家集」裏，曾將劉海粟氏的作品列入其中。因此我們看到他的那些作品時，對於現代繪畫强調刺激性的效果以外，像色調、筆觸、構圖等諸條件之下最重要、最嚴重底諸問題，就不能不拿了去向他批評而再加以定語的了。

李寶泉這一番話，雖然說得很抽象，同時也是泛指某些西畫家的作品，而事實上已否定了劉海粟的西洋畫的了。李文最後的一句話，說得非常露骨的。自然李文所指的是劉的洋畫作品，而後來劉在國畫方面，用全力去研究，買了不少的古代名畫，來做探討、觀摩、習作的材料，這個轉變，當時李寶泉還沒有談到。說一句公平話，劉海粟在最近的十多年來，所畫的國畫山水，可以說是踏上了成功的途徑，已突過和他同時代的許多傳統畫家的作品。這一點，容許他的作品，在社會上流傳很少，報刊也沒有發表，因之許多人都不知道，這是應該指出的。十年前，他爲了一度中風，健康受了影响，對於洋畫的習作，早已中途停頓下來。近年健康漸次恢復，孳孳矻矻的寫作不少的國畫山水，一兩丈長的畫卷，也完成了幾個。

劉海粟的主辦美專，一方面是大胆作風，勇於闖，冲破一切困難；一方面是迷信西洋藝術。我爲什麽這樣的說他呢？他有一個石章，印文「藝術叛徒」，是說明了他敢作敢爲，打破歷史的框框。他因爲僱用人體模特兒，搞了十年八年，引起了不少糾紛，甚至給軍閥孫傳芳明令通緝。說起來，是一件現代中國藝術界的奇聞。

事情的發生，說來很長，劉海粟迷信歐西藝術的裸體畫，經常侈說：裸體畫的怎樣優美，人體是具非常靈感與生命，故美術表現之以人體爲生命寄託之所。達·芬奇的表現人生，喜怒哀樂，凡是剎那間感情的流動，都一一攫取無遺。他所畫的人體畫，飽嘗生活滋味，靈魂躍然在畫幅上。米克朗啓的雕塑，用筋力的顫動，表現緊張彷徨的精神。拉飛耳的人體畫，都表現純潔的慈愛，靜中見動。羅丹的雕刻「接吻」，是男女的裸體，用力緊抱，沒有言語的純愛，從顫動的肉體中表現隱密深刻的愛，耐人悠久尋思。姿勢態度和面貌的表情，含有人類全生命的努力。因此人體美，才是宇宙間的美，尤其是女性的裸體美。因此他在美專便開始（也是中國的美術學校的開始）僱用人體模特兒做寫生習作的對象。可是找了許久，都沒有找得着。有一次，舉行教務會議，劉在席上宣布找不着女性或男性的模特兒，表示缺憾。希望教職員各自努力的介紹，來完成這門功課。國畫教員黃某發言：「你們西洋畫系，爲了教學，模特兒既然找不着，爲什麽教師自己不去脫光衣服來做示範呢？男女學生們如果眞的愛好習作裸體畫的，也應該輪流的做模兒。這樣，既能忠于藝術，便于習作，一舉而數便，又可減少一筆在外邊僱人的工資，不是很好的嗎？」這番話，弄得劉海粟和幾個西洋畫教師，面面相覷，默不作聲。而其他的教職員，莫不掩口而笑。這是在校內發生的笑話，而外來的事件更紛紛而來了。

民國三年（一九一四年）夏季，美專舉行師生畫展，有人體實習成績。在展覽期間，有本市女校校長某甲夫妻到會參觀。校長是畫家，到人體實習室，驚駭不能自持，大罵：劉海粟是藝術叛徒，也是教育界蟊賊，公然陳列裸體畫，大傷風化，應該懲誡他。第二天投稿「時報」標題「

喪心病狂崇拜生殖器之展覽會」，又到江蘇省教育會告訴沈恩孚，請沈上書蘇教廳下令禁止，維持風化。民八的八月，劉與江小鶼（是光緒十五年己丑科進士江標的兒子）等聯合畫展，也有裸體畫。江海關監督到觀，也以它有關風化，行文公共租界工部局請禁。工部局派西籍職員往觀，沒有什麽表示。從此美專一連幾年的藝展，多有裸體畫陳列，社會的觀感，畧有不同。民十三的十月，饒桂擧在南昌畫展，中有人體習作陳列，被江西省教育會職員韓志賢呈請江西省會警察廳勒令禁閉。劉得知此事，寫信給當時北洋政府教育總長黃郛，大放厥詞，斥駁江西警廳的荒謬。風聲一播，上海租界內的無業游民，趁着時機，借用人體模特兒的名目，亂拍妓女裸體照片和秘戲圖，製版影印或用底片晒出，在福州路一帶和旅館等處，兜售淫畫，大報小報，也有廣告。因之社會上有些人都指說劉海粟是淫畫的作俑者，是藝術叛徒的功效。民十四秋間，江蘇省教育會大會，有人提議禁止模特兒的提案（指淫畫而說），社會上又轟動了一時。當時上海閘北居民姜懷素，想出風頭，利用機會，寫了一個呈文給北京臨時執政段祺瑞，教育總長章士釗，江蘇省長鄭謙等，嚴禁模特兒。姜并把呈文送交「申報」、「新聞報」等發表，其中有說：「今爲正本淸源計，欲維持滬埠風化，必先禁止裸體淫畫，欲禁止淫畫，宜先查禁堂皇于衆之上海美術專門學校模特兒一科，欲查禁模特兒，則當直接嚴懲作俑禍首之上海美專校長劉海粟……」劉在報上看了，也照樣的回駁，雙方在報上打筆墨官司。姜懷素又再請江蘇軍政兩署查禁，上海知事危道豐也出示嚴查，搞了一個短時期，風潮才稍平。等到孫傳芳自封爲五省聯軍總司令，駐在南京時，有一批人向孫傳芳控訴劉海粟，而劉又與這個猢猻王打起筆墨官司。拿畫筆描寫人體畫的劉大師，又怎能够和孫老總搏鬥呢！結果，劉海粟便被孫傳芳下令通緝，不得不「逃之夭夭」來避禍了。這是劉海粟迷信歐西藝術招來的橫禍。這一宗事，說明了東西文化的不同，中國藝術家不努力去研究發揚中國固有的美術，只是一知半解地販賣與實用毫無關的西方藝術，這就未免喪失民族自豪感了。劉海粟晚年有「覺今是而昨非」的認識，轉而致力國畫，有了成績，所走的道路是對的；也是應該指出的，這樣才不會陷于偏頗的說法。

●紫室小品●

盧冀野遺稿

啓蒙書

胡懷琛喜收藏啓蒙書，他有「三字經」二十七種：什麽「三字經訓詁」，王相普升撰。「三字經故實」，王琪弁甫輯。「大三字經」，趙德集羣經成語。還有華英合編，中法文對照，釋教的，醫學的等等。我知道回教也有三字經，太平天國也有三字經，當然最後是章太炎「重訂三字經」。若就「三字經」談版本，自元至民初，就應有幾十種，在裏面談歷史部分，每朝代皆有增益，這是很容易看出來的。「百家姓」，有「百家姓考畧」「百家姓三編」；千字文也有二十一種，如「千字文釋義」「續千字文」「女千字文」「繪圖新千字文」「千字文音釋」，蒙漢文的，華英文的；這都是很可貴。據說他有「蒙書考」，連同所藏這些啓蒙書都歸震旦大學圖書館了。在「三百千」以外，什麽「千家詩」「神童詩」「弟子職」「幼學歌」，至少幾十種，每種又幾十或幾册不同的版本，可說是洋洋大觀了。我一直很重視「三字經」，叫它做「小百科全書」，王應麟的編輯手法很可推崇，不知現在兒童教育家對它的估價何如？

閒話乞丐

向晚

我和乞丐似有緣。往往在蝟集的人羣中，乞丐偏跟蹤我，莫非我是阿福？我施捨也有原則，婦孺殘疾者不索也給，壯年人索也少理，恐養成其依賴性。然也有例外，兩年前有一青年跟蹤我，視之似非久丐者，重予之。不料一週內碰見三次，最後一次乃責道：「爲何專追我？年輕人可做之事甚多，難道你就終身以行乞爲業耶？告訴你，這是最後一次！」青年聞言色慚，從此未再見到他。因偶有所感，而成此文。

北方有句俗話：「窮不過討吃，病不過一死」。人窮到沒辦法時，只有討吃。這可以說也是「人權」之一；但有些國家法律却禁止行乞，令人費解。政府無能，不能使人人溫飽，難道說一定要人餓死。除非像清朝制度，凡八旗子弟一出娘胎便有口糧可領，否則乞丐是免不掉的。

孔子「聖人」也，也有「在陳絕糧」的逆境。經書只說「絃歌不輟」，而隻字不提他老先生三餐，未免太不實際。漢儒董仲舒說：「正其誼不謀其利，明其道不計其功」，這眞是何等迂腐！所以到清初顏習齋便加以修正：「正其誼，謀其利，明其道，計其功。」這才合理。

日本幕府時代，武人奪去天皇大權，天皇無收入，有一時期，竟陷於飢餓狀態。據日本古逸史說，某天皇后娘娘想出一計。她對天皇說：「老公啊！我有個辦法。」天皇大喜，急問：「什麽辦法？」后答：「你可以賣字呀！你的字雖不成派（指鍾王），但憑天皇這塊活招牌，也可以賣幾文啊！」於是這位天孫之子就在京都宮門口當起寫字佬來。「絕糧」固須乞，「賣字」卽等於尖沙咀盲人賣香口膠，亦變相乞也。

史記伍子胥列傳：伍子胥自楚逃亡，「未至吳而疾止中道，至於吳」。集解說，子胥乞食處在丹陽溧陽縣。這就是伍子胥吳市吹簫乞食的由來。搞把戲必有道具，簫卽乞食道具也。我在日本博多灣畔求學時，嘗見一長人，頭帶竹簍，身穿藍地白花和服，足踏木屐，沿街行乞。我也施捨過。後詢友人知亦爲帝大學生也！實在說，這不算一回事，乞食求學比武訓乞食辦學不是差得很遠嗎？

史記淮陰侯列傳：「韓信釣於城下，諸母漂，有一母見信飢，飯信」。按淮陰城北臨淮水，所謂城下卽城北淮水也。所謂諸母漂，應卽許多婦女在淮水邊洗米也。集解只解一漂字仍不明，我照常識解釋，不知有無錯誤，因淮水流域習慣洗米在河邊或水塘。史記下句說：「竟漂數十日」，我想就是洗米數十日也，洗米那麽長，大概「飯信」不止一次，可能有好多次，所以才激出下句：「信喜謂漂母曰：吾必有以重報」。此故事後世題詠不絕，劉長卿經漂母墓詩曰：「昔賢懷一飯，玆事已千秋」。李齊賢淮陰漂母墓詩：「重士憐窮義自深，豈將一飯望千金。……」所有的詩統稱「一飯」，但似不應當作「一次飯或一碗飯」解。

今日不談愛國則已，如談必須要與十八九世紀匈牙利噶蘇士、意大利瑪志尼、加里波的看齊。他們爲了救國，以入獄、典衣，乃至行乞視爲常事。惜乎在海外二十年尚未一見我中華僑胞有同樣的偉人。最令人敬佩的，也許只有逝世不久的張嘉森罷；他以八十許高齡，爲了愛國故，永不認老，他疾病也特別多，眼、腿、內臟都有病，但他毅然決然仍照常辦雜誌、寫文章、到世界各地講演，此點似瑪志尼，可謂窮病益堅！或者也有同樣偉人，那只怨我孤陋寡聞了。

儒家好像尚窮，首先孔子卽頌揚窮，他說過「一簞食，一瓢飲，在陋巷，人不堪其憂；回也，不改其樂，賢哉！回也」！

「君子食無求飽，居無求安」。子貢曰：「貧而無諂，富而無驕，何如？」子曰：「可也，未若貧而樂，富而好禮者也」。「士志於道，而恥惡衣惡食者，未足與議也」。「飯疏食飲水，曲肱而枕之，樂亦在其中矣」。「衣敝縕袍，與衣狐貉者立，而不恥者，其由也歟」！因爲尚貧，所以輕視功利，可見董仲舒的話是有根據的。讀歷代名學人自傳，從未有不言貧者。他們皆以富爲俗，以貧爲高。就中陶淵明可爲代表。他是一位怪人，但怪得可愛。他做州祭酒、振威將軍參軍、彭澤令，都因太高傲，辭職歸田，後被徵著作郎也不就，但願「樂天委分」、「酣飲賦詩」、（見自祭文）。他頗有田產，怎能算貧？但他行文總離不開貧，且吟詩說：「飢來驅我食，不知竟何之？」儼然是乞丐了。向來對這句詩有兩種不同解釋。一說這是詩人的誇大。不錯，如李白的「白髮三千丈」之類。一說可能是事實，因他嗜酒不注重健身故多病。本來不愛勞動，有病更不能勞動了。坐吃山空，不行乞怎辦？

還有朱元璋，他生於赤貧家庭，不得已入皇覺寺爲僧，但這寺也是窮，只得披上袈裟遊食淮水流域一帶去化緣。化緣爲佛門名詞，與基督教勸募同，說穿了還不就是行乞！不過所不同者，一是爲己，一是爲社會而已。

香港是產七彩神仙的天堂

余仁

七彩神仙被稱爲熱帶魚之王，因此牠的價錢非常昂貴，初來香港之時，每對售價一千元之鉅，小魚每條十幾元。

後來因香港制水關係，一度跌至幾十元一對，小魚的售價亦狂跌至一元一條。香港取消制水之後，七彩神仙的售價再起，一直漲回黃金時代的價錢，所不同者，大魚每對四五百元，而小魚每條高至十二元。三年前香港因發生動亂，以至售價再跌；而現在，七彩神仙的價錢又有再起的現象了。

因此，七彩神仙到來香港差不多有二十年歷史了，在這二十年當年，一起一落，好幾次，但始終仍保持一定的價格，當然總有牠一定的價值的。想當年，七彩神仙在黃金時代，如果你的家裏有一對魚已經產下小魚而帶上身的話，水族館的人會立刻來到你的家裏，先行「落訂」，可知當時是相當搶手的，有多少人繁殖牠而家肥屋潤，亦有不少人因而買了樓。

一羣美國遊客到香港旅行，他們來港的目的，除了遊覽之外，其次的目的總要聽聽香港人繁殖七彩神仙的講話。

說來非常奇怪，香港的水質似乎對這種魚特別適合。就是原產地的阿馬遜河，亦不能在魚缸裏大量繁殖七彩神仙，有些地方的水質成功了，但產下的下一代，竟然變了質，魚身變長了，不再是圓形的。七彩神仙最標準的魚身是像「鐵餅」一樣圓，因此又有「鐵餅魚」之稱。

除了上述的困難之外，繁殖七彩神仙還有一個最使人頭痛的事情，就是牠患有神經質，一經受嚇，便把魚卵和小魚吃掉。七彩神仙不能和其他卵生魚一樣，一產下卵便可自行孵化，而必需要父母魚搧動流水孵化，小魚孵出後還需吃父母身上的神秘分泌物——俗稱「帶仔」，直到現在，專家仍無法研究出一種物質來代替這種分泌物。在這段時間裏，七彩神仙分分鐘都有把小魚全部吃掉的危險。

讀水滸傳

季炎

魯智深，也是書中最重要人物之一，他與林冲有不可分割的關係。林冲如果不結識魯智深，就不會發生上述的種種事情，而且在「野豬林」中，早就給董超、薛霸所殺害了。（事見第八回）此中的綫索，全在魯智深離開了五台山「文殊院」而投到東京「大相國寺」管菜園子這一點上頭。那末魯智深又爲了什麽要離開五台山的呢？書中寫道：

再說這魯智深自從吃酒醉鬧了這一塲，一連三四個月不敢出寺門去；忽一日，天氣暴煖，是二月間時令，離了僧房，信步踱出山門外立地，看着五台山，喝采一囘，猛聽得山下叮叮噹噹的响聲，順風吹上山來。智深再向僧堂裏取了些銀兩揣在懷裏，一步步走下山來，出得那「五台福地」的牌樓來看時，原來却是一個市井，約有五七百人家。智深看那鎮上時，也有賣肉的，也有賣菜的，也有酒店，麵店。智深尋思道：「千呆鳥！俺早知道有這個去處，不奪他那桶酒吃，也自下來買些吃。這幾日熬得淸水流，且過去看有什東西買些吃。」…………智深尋思一計「不生個道理，如何能够有酒吃？……」遠遠地杏花深處，市梢盡頭，一家挑出個草帚兒來。智深走到那裏看時，却是個傍村小酒店。智深走入店裏來，靠窗坐下，便叫道：「主人家，過往僧人買碗酒吃。」莊家看了一看道：「和尚，你那裏來？」智深道：「俺是行脚僧人，游方到此經過，要買碗酒吃。」莊家道：「和尚，若是五台山裏的師父，我却不敢賣與你吃。」智深道：「洒家不是，你快將酒賣來。」莊家看見魯智深這般模樣，聲音各別，便道：「你要打多少酒？」智深道：「休問多少，大碗只顧篩來。」約莫也吃了十來碗。智深問道：「有什肉，把一盤來吃。」莊家道：「早來有些牛肉，都賣沒了。」智深猛聞得一陣肉香，走出空地上看時，只見牆邊砂鍋裏煑着一只狗在那裏。智深道：「你家現有狗肉，如何不賣與俺吃？」莊家道：「我怕你是出家人，不吃狗肉，因此不來問你。」智深道：「洒家的銀子有在這裏。」便把銀子遞與莊家，道：「你且賣半只與俺。」那莊家連忙取半只熟狗肉，搗些蒜泥，將來放在智深面前。智深大喜，用手扯那狗肉，蘸着蒜泥吃；一連吃了十來碗酒。吃得口滑，只顧討，那裏肯住。莊家倒都呆了，叫道：「和尚，只恁地罷！」智深睜起眼道：「洒家又不白吃的，管俺怎地！」莊家道：「再要多少？」智深道：「再打一桶來。」莊家只得又舀一桶來。智深無移時又吃了這桶酒。剩下一只狗腿，把來揣在懷裏；臨出門，又道：「多的銀子，明日又來吃。」嚇得莊家目瞪口呆，罔知所措，看他却向那五台山上去了。」

這豈不是一段極饒情趣的閒文！怎知波瀾突起，竟然鬧出後來的許多事故。魯智深酒醉囘山後，因爲打坍了半山亭子，打壞了山門下的金剛，攪得衆僧捲堂而走鬧了佛塲。智眞長老無法容忍下去，才打發他往東京投奔大相國寺去的。蘋末之風，竟成巨變，可謂奇文。

武松在景陽岡上打死了一隻弔睛白額虎，給陽穀縣知縣賞識了，參他做了個本縣的都頭。他做了都頭之後，便一連串地幹了許多轟動一時的事件出來。諸如：殺嫂、殺西門慶、大鬧快活林、血濺鴛鴦樓、以及在十字坡結識了張青以致後來做了「行者」等等。可見打虎一事，對于武松是有着非常重大的關係的。那末，他又怎樣會上景陽岡去打虎的呢？其起因也是一段極有情趣的閒文。其文如下：

「武松在路上行了幾日，來到陽穀縣地面。此去離縣治還遠。當日晌午時分，走得肚中飢喝，望見前面有一個酒店，挑着一面招旗在門前，上面寫着五個字道：「三碗不過岡。」武松入到裏面坐下，把哨棒倚了，叫道：「主人家，快把酒來吃。」只見店主人把三只碗，一雙筯，一碟熟菜，放在武松面前，滿滿篩一碗酒來。武松拿起碗一飲而盡，叫道：「這酒好有生氣力！主人家，有飽肚的，買些吃酒。」酒家道：「只有熟牛肉」武松道：「好的切二三斤來吃酒。」店家去裏面切出二斤熟牛肉，做一大盆子，將來放在武松面前，隨再再篩一碗酒。武松吃了道：「好酒！」又篩下一碗。恰好吃了三碗酒，再也不來篩。武松敲着桌子，叫道：「主人家，怎的不來篩酒？」酒家道：「客官，要肉便添來。」武松道：「我也要酒，也再切些肉來。」酒家道：「肉便切來與客官吃，酒却不添了。」武松道：「却又作怪！」便問主人家道：「你如何不肯賣酒與我吃？」酒家道：「客官，你須見我門前招旗上面明明寫道：『三碗不過岡』。」武松道：「怎地喚做三碗不過岡？」酒家道：「俺家的酒，雖是村酒，却比老酒的滋味；但凡客人，來我店中吃了三碗的，便醉了，過不得前面的山岡去；因此喚做三碗不過岡。若是過往客人到此，只要三碗，便不再問。」武松笑道：「原來怎地。我却吃了三碗，如何不醉？」酒家道：「我這酒，叫做透瓶香；又喚做出門倒。初入口時，醇醲好吃，少刻時便倒。」武松道：「休要胡說，沒地不還你錢？再篩三碗來我吃。」

店家見武松全然不動，又篩三碗。武松吃道：「端的好酒！主人家，我吃一碗，還你一碗錢，只顧篩來。」酒家道：「客官，休要只管飲。這酒端的要醉倒人，沒藥醫。」武松道：「休得胡鳥說！便是你使蒙汗藥在裏面，我也有鼻子。」店家被他發話不過，一連又篩了三碗，武松道：「肉便再把二斤來吃。」酒家又切了二斤熟牛肉，再篩了三碗酒。武松吃得口滑，只顧要吃；去身邊取出些碎銀子，叫道：「主人家，你且來看我銀子，還你酒肉錢夠麼？」酒家看了道：「有餘，還有些貼錢與你。」武松道：「不要你貼錢，只將酒來篩。」酒家道：「客官，你要吃酒時，還有五六碗哩，只怕你吃不得了。」武松道：「就是五六碗，多時你盡數篩將來。」酒家道：「你這條長漢，倘或醉倒了時，怎扶得你住？」武松答道：「要你扶時，不算好漢！」酒家那裏肯將酒來篩，武松焦躁道：「我又不白吃你的，休要引老爺性發，通教你屋裏粉碎，把你這鳥店子倒翻轉來！」酒家道：「這厮醉了，休惹他。」再篩了六碗與武松吃了。前後共吃了十八碗，綽了哨棒，立起身來道：「我却又不曾醉！」走出門前來，笑道：「却不說三碗不過岡？」手提哨棒便走。

酒家趕出來叫道：「客官，那裏去？」武松立住了，問道：「叫我做什麼？我又不少你酒錢，喚我怎地？」酒家叫道：「我是好意，你且回來我家看抄白官司榜文。」武松道：「什麼榜文。」酒家道：「如今前面景陽岡上有只弔睛白額大虫，晚了出來傷人，壞了三二十條大漢性命。官司如今杖限獵戶擒捉，發落岡子路口都有榜文，可教往來客人結夥成隊，于巳、午、未三個時辰過岡；其餘寅、卯、申、酉、戌、亥六個時辰不許過岡。更兼單身客人務要等伴結夥而過。這早晚正是未末申初時分，我見你走都不問人，枉送了自家性命。不如就我此間歇了，等明日慢慢湊得三二十人，一齊好過岡子。」武松聽了笑道：「我是清河縣人氏，這條景陽岡上少也走過一二十遭，幾時見說有大虫，你休說這般鳥話來嚇我。便有大虫，我也不怕。」酒家道：「我是好意救你，你不信時，進來看官司榜文。」武松道：「你鳥做聲，便眞個有虎，老爺也不怕！你留我在家裏歇，莫不半夜三更，要謀我財，害我性命，却把鳥大虫諕嚇我？」酒家道：「你看麽！我是一片好心，反做惡意，倒落你恁地！你不信我時，請尊便自行。」那酒店主人搖着頭，自進店裏去了。

武松是一個十分嗜酒的人，最識得酒味，他飲了第一碗時，便知是有氣力的好酒；再飲了幾碗之後，連連稱讚不絕。一個酒徒，碰上這樣的好酒，焉肯放過。吃過了量，自然之極。武松本是一個粗中有細的人，目前又沒有特別急事必要在官限時辰以外趕過岡子去的，本來犯不着冒這個險。只因這時酒吃多了，頭腦沒平時清醒，便把酒保向他提出的警告，當作謊言；又再三說出，「便有大虫，我也不怕」這些話來。

及後在山上讀了印信榜文，方知酒保之言是實，也曾想轉回酒店裏去的；因為曾向酒保說過種種豪語，回去怕給人取笑，便留下不走，于是便有打虎這一回事發生了。

上面舉出幾個例子中的幾個主角，都是書中第一流的人物，作者也為他們花去了書中四份一有多的筆墨。他們都曾幹出許多令人拍案驚奇的事情。如此重要所在，其起因只是上文所舉出來的幾段閒文，讀起來有如流水行雲，風和日麗；怎知轉瞬之間，便風雲變色；隨之而來的，更是排山倒海的氣勢了！作者具生花之筆，靈奇之氣，信手拈來，遂成傑作。妙哉！妙哉！（二續）

宋江為什麽叫「呼保義」？

林　熙

宋江綽號「呼保義」，不知是何取義，何心的「水滸研究」，解說得不很透徹。已故余嘉錫先生考之甚詳確，撮其大意於此：宋史職官志，「政和二年，易武階官以新名，以舊官右班直為保義郎。」宋江以此為號，蓋言其武勇可為使臣耳。呼者自呼之簡詞，殆亦當時俗語。曰呼保義者，明其非眞保義也。或疑武選五十二階，而保義郎為四十九階，宋江既自負武勇，曷不取其貴重者稱之。不知江起於平民，以流俗所習知之卑秩自名，此猶王莽赤眉軍之以三老祭酒稱其將卒耳。王明清「揮麈錄餘話」卷二云：「靖康間，有士子賈元孫者，多游大將之門，自稱賈機宜。時有甄陶者，奔走公卿之前，以善幹事，大夫多使令之，號甄保義。空青先生嘗戲為對云：『甄保義非眞保義；賈機宜是假機宜。』」可見無官之人，皆可冒充保義，宋江以之自呼，亦若此而已。曾端伯「高齋漫錄」云：「近年貴人隸僕，稱保義，又或稱大夫。」端伯為南北宋間人，與宋江同時，由其言觀之，可知北宋末年官爵之濫。保義郎一階，尤為容易，幾於盡人可得，故甄陶、宋江皆以此自稱。然江自命英雄，而所稱僅等於「貴人僕隸」，故龔聖與贊曰：「不假稱王，而呼保義」，言其自呼甚卑也。其曰「豈若狂卓，專犯忌諱」者，蓋以董卓比張邦昌、劉豫，言董卓、張邦昌、劉豫輩以狂妄為當時人所惡，江非其比也。宋之保義郎，正當作巡檢，宋江自稱呼保義，而其投降後，得為諸路巡檢使，則其所得官資，正與其所以自呼者相合也。（見「余嘉錫論學雜著」）

祭巳花生日作六首

蛻園

巡遍芳叢首重囘，一番風物舊亭臺。泥融燕子歸梁候，雪豔桃花濯錦來。傷別傷春渾未省，含風含露是初胎。雕鎪漫倚文章力，閱盡卿雲一代才。

九十光陰欲半時，重城春到未嫌遲。綠章奏徹恩猶靳，羯鼓催開事可知。蜃氣遠浮三島樹，鶯聲自繞五衢枝。年前旛勝抛成纈，風雨多應損色絲。

珍臺閒館護持勤，深貯晴曦暖貯雲。開日便疑攀玉蕊，落來猶得踐靈芸。夢醒彈指茶煙颺，去住牽情草色薰。怊悵玉窻窻下樹，曾因嫁杏繫紅裙。

麗歘風光別一天，濃春未必後輸前。青羅帔覆秋千畔，紫蔕簪抛叱撥邊。千里湘流隨望轉，三分月色待人圓。山香舞曲新來熟，逐隊遨頭亦任顚。

紅豆生須把酒人，木蘭元是此花身。人間同命惟詞客，天意無私與好春。縱道繁華如夢寐，也逢風日長精神。試看瘣木成圍處，百和猶堪降列眞。

生小難禁似剪風，凌兢閱盡待春融。照來莫惜傾蚖燭，烘虫還羞仗馬通。色借忘憂芳艸外，杯添長命酒顏中。歲華紀麗憑艮史，故事先徵種樹翁。

疊韻答友六首

前人

附鶴將書一一囘，多情擬築避風臺。湘靈見許停絃待，蜀豔眞同送酒來。便飽青精珠似粟，更抽紫笋玉爲胎。哀江南後存宮體，不廢招邀吐鳳才。

不是凝粧趁入時，也休窺鏡惜衰遲。總持夙倚身雲護，消息都從夜雨知。生恨垂楊關遠別，顧看青豆結低枝。春陰庭院猶深鎖，處處文窗絡網絲。

和歌稠疊報章勤，翩下韋公五朶雲。露溉井華添甕桂，風侵枕帖亂籤芸。鶯依老樹聲偏脆，燕蹴平蕪影半薰。唯有桃花箋色稱，再將六幅寫湘裙。

霓裳會後隔人天，忽夢甘泉玉樹前。細字仍依藜火側，好詩難達杏雲邊。萬千門戶多時冷，三五姸華不遽圓。耐可塵中春易到，移根莫羨閬風顚。

漫從陌上問歸人，且向尊前鬥健身。十丈游絲消永日，一分流水是芳春。只如槐穴初囘夢，不信楓占尚有神。客慧浮花宜懺盡，獨留本色任天眞。

青油障雨復障風，又憑燕支日射融。老眼看疑三里隔，綺懷宛向五潢通。逢辰只祝花長好，駐景無如月可中。說與黃鸝須小住，來年步屧約村翁。

春風廬聯話

林　熙

北京越中先賢祠

舊日北京有越中先賢祠，是浙江人士祭祀從上古以至清朝光緒初年已死的名賢之所。祠創始於光緒十一年，是浙江寓居北京的大官名士等人所發起的。大門額曰「越中先賢祠」，二門額曰「紹興會館」。經營先賢祠最力者爲李慈銘，因此祠中的扁額，對聯，幾乎是他撰寫的。大廳聯云：

一曲擬明湖，便是六朝修禊飲；
九歌賡白石，不須重聽叩舷人。

祠屋額曰：「瞻仰景行」，聯云：

湖君子六千人，自敎演富中，醪水脂舟，魁奇代育，有謝氏傳，賀氏讚，虞公典錄，鍾離後賢，暨孫問王賦以來，接跡至熙朝，東箭南璆，三管毫耑長五色；
表鎮山一十道，更瑞圖王會，賚金塗玉，鍾毓尤靈，況漸名江、鏡名湖，宛委洞天，桐柏仙室，應婺宿斗維而起，翹英徧京國，殊科合轍，一堂輦下共千秋。

文昌龕聯云：

奎壁駢光接珠斗；
蓬萊佳氣護金書。

又水神、三太守、郡邑城隍龕聯云：

位業同歸天上坐；
謳歌長在鏡中人。

中廳聯云：

舉望計望孝而來，正相逢燕市槐黃，鳳河柳綠；
合談經談元之侶，亦畧有東山絲奏，西寺鐘聲。

武昌名聯

舊日武昌有抱冰堂，在賓陽門內蛇山之上，是兩湖軍界集資所建，以紀念湖廣總督張之洞的。光緒三十三年，張之洞內召爲軍機大臣，去後乃有是舉。同時，兩湖學界亦在黃鵠山上築風度樓。之洞到京後，閱報知有此事，即電鄂督陳夔龍，畧謂風度樓應改名奧畧樓，取劉弘傳「恢弘奧畧，鎮綏南海」語意，此樓關係全省形勢，不可一人專之，務宜改換扁額，鄙人當即書寄云云。於是奧畧樓代替了風度樓，與抱冰堂同爲武漢勝地。近年地方大有改革，這兩座建築物都不存在了。

民國初年，有吳悔晦者，不知何許人，許多名勝都有他所題的聯語，其題抱冰堂云：

上書侈八表雄圖，捧日何嘗罄壯抱；
聚鐵成六州大錯，履霜今已到堅冰。

下聯言之洞練新軍，結果武漢起義，就是這班年青軍人，有怪責之洞之意。上聯之「八表」，指張之洞投兩廣總督後謝恩摺有「地偏一隅，敢忘八表經營」之語。此語當年曾傳爲笑柄，以兩廣地小，而居然欲「經營八表」也。相傳張之洞的堂兄張之萬，身邊佩帶兩個時辰表，之萬時爲軍機大臣，同寅驚訝他爲什麽要帶兩個那麽多，他笑道：「鄙人僅二表，較之舍弟已少六表矣！」因爲之洞上書時，之萬爲軍機大臣，有機會先見到也。

民國初年，段芝貴爲湖北督軍，袁世凱之心腹將領也。芝貴在清末曾做過一個多月黑龍江巡撫，尚未到任，即被言官劾罷。他本非文人，但既貴爲督軍，也附庸風雅了。他題奧畧樓聯云：

放眼看江山，無限白雲都過去；
題詩問鸚鵡，何年黃鶴復歸來。

此聯尚不壞，不知誰氏代筆。奧畧樓舊址，原爲黃鶴樓前身，黃鶴樓曾爲火焚毀也。

俞曲園自輓

俞曲園（樾）的太太早死他二十年，葬於杭州的右台山，曲園即其地築右台仙館（並著有「右台仙館筆記」一種，多談神怪），瓦屋三間，供夫人神位，他的木主亦並列一起。曲園自題生壙聯云：

曾聞古有歸眞室；
已視身如不繫舟。

又云：

不妨姑說夢中夢；
自笑已成身外身。

又云：

且喜故鄉無百里；
敢期此後有千秋。

題右台仙館聯云：

自築行窩旁生壙；
兼當書塚在名山。

曲園死於光緒三十二年丙午（一九〇六年）他有自輓聯云：

生無補乎時，死無關乎數，辛辛苦苦，著二百五十餘卷書，流播四方，是亦足矣！
仰不愧于天，俯不怍于人，浩浩落落，數半生卅多年事業，放懷一笑，吾其歸歟！

俞氏於咸豐末年罷官後，隱居林下三十餘年，以教書、著書爲樂，其事業在此也。

輓女學生

民國七年（七年（一九一八年），北京城南游藝園時時有京戲上演，黎元洪雖卸總統之任，有時亦往尋樂，捧捧女伶。園中的戲園，因牆壁日久失修，警察廳恐怕黎元洪及現任總統馮國璋往看戲時出亂子，就勒令園主修葺。但修葺需費，又非一朝一夕可完工，只好用木柱支拄，免使坍塌。某日，牆屋傾覆，時正演玉堂春，某女子中學一女生，被壓死。其師梁文樓輓以聯云：

千金竟昧垂堂戒；
一木難支大廈傾。

古諺語有「家累千金，坐不垂堂」（見司馬相如諫獵書）不應坐在簷下，恐瓦墜傷人首。這種人生觀，不知害了多少中國人，使中國千多年沒有進步。聯用「千金」二字，活用得頗爲佳妙。

于右任死後，台灣好事者，傳其少年時在上海作狹邪游，有贈名妓青鳳冠首聯云：

青娥皓齒鎭相憐，唱遍那醜奴兒令，粉蝶兒令；
鳳泊鸞飄同一慨，旣醉倒黃四娘家，吳二娘家。

前數年我曾函詢于右任的老友錢芥塵，他說此聯是否出于手，不可知，但于老喜吃花酒，風流自喜則爲事實。

林庚白幽默

福建人林葆恆，體重二百餘磅，自少到老，秉承家訓，圍肚兜，所以很少有腹痛等病，他一直話到八十多歲，前幾年才在北京逝世。（葆恆字子有，閩縣人，舉人出身，清末官直隸候補道，署提學使，他的父親林紹年，曾任軍機大臣、郵傳部尚書）林庚白是他的鄉後輩，當他六十生日時，庚白賀以諧聯云：

權體重二百磅有幾人，努力加餐毋自餒；

御肚兜六十年如一日，束身自好復奚疑。

庚白爲人玩世不恭，恃才自喜，其鄉先輩有李宣龔者，以名舉人馳名，曾任商務印書館經理，所謂墨巢主人李拔可是也。拔可又爲著名詩人，有「碩果亭詩集」，死已十餘年。庚白有戲贈拔可聯云：

性交神交，常熟虞山任白信；

口福眼福，魚翅龍蝦伊墨卿。

原來李拔可有愛妾，是江蘇常熟縣人，其友任白信則爲虞山人。下聯言李拔可酷愛伊墨卿書法，其齋名墨巢，是有寓意的。又，拔可生平精於飲饌。此聯寫來頗有趣。林庚白有福州才子之稱，三十年前，南京有嚴巫兩姓結婚，庚白因同鄉關係，亦製聯賀之云：

双口並頭，下部偏能勇敢，

二人對腹，中間用些工夫。

此拆字聯甚見工巧，亦可謂才人之筆了。

十三妹與「陳八」

香港有位以賣文爲生的方丹小姐（筆名十三妹，以罵人稱一時），心臟病突發，一九七○年十月九日死去。她孑然一身，沒有人認屍，後來有一家晚報出頭，爲她辦理喪事，於十月廿一日大殮，翌日安塟。香港殯儀館的禮堂中，掛了幾對輓聯，我僅從某晚報所登的拜讀了一對（下聯「鄰舍青燈駕閣談帳聽歌幾韻斷，仙游眞覺太空寒」，「駕閣談帳」不知何義，三而後得之），句云：

南天白髮歎興亡，傷心賣字人饑，隱痛難忘家國恨；

鄰舍青燈驚黯淡，悵聽歌殘韻斷，仙遊眞覺太空寒。

輓者署名程靖宇，不知何人。乍讀時，正如「香港粵語」所謂「熟口熟面」者，一時想不出，後來在拙著「春風廬聯話」第一集（一九六二年上海書局出版）找出來，程君此作多少有些套自湖南名士祝炳熊輓陳八之作（詩套前人調，古已有之，不足爲病也），祝聯云：

扁舟白髮話興亡，傷心湘綺樓空，贏得東洲双槳在；

鄰舍青燈驚黯淡，悵望夕陽渡杳，恍疑夜雨一簑歸。

陳八是湘綺老人的船夫，一九三三年以八十許高齡逝世，祝爲湘綺門生，故寫來有眞情感，故是名作。（今人工作忙碌，無暇搜索枯腸，急不及待，只好生吞活剝，趕赴「盛」會，揚風扢雅矣！不知陳八與湘綺的故事，尚不能知此聯之佳妙，因爲已刊聯話第一集，故不欲在此重抄一遍。）

英使謁見乾隆記實（續）

馬戛爾尼 原著
秦仲龢 譯寫

這人所說的話雖婉轉有理，而且說的時候，面部表情懇摯恭謹，所說或非虛僞。但我仍不能無疑，試問甲國的君主既然知道下一道敕書直斥乙國君主之非禮，就算不直斥其君主，而斥其所派的使臣，這樣也說得上是有禮嗎？恐怕這種擧動，在中國人則認爲取悅英王，但在英王却未必因此而快意。至於區區的我，能够替英王陛下承受其咎，實在萬分榮幸，中國皇帝駁斥之語，我唯有一笑置之，絕不介懷。

我又說：「皇帝的第二道敕書中有：『至於爾國所奉之天主教，原係西洋各國向奉之教，天朝自開闢以來，聖帝明王，垂教創法，四方億兆，率由有素，不敢惑於異說。卽在京當差之西洋人等，居住在堂，亦不准與中國人民交結，妄行傳教，夷夏之辨甚嚴。今爾國使臣之意，欲任聽夷人傳教，尤屬不可』等語。其實我所開的說帖裏頭，只是提到商業問題，沒有一字涉及傳教，現在敕書中忽然節外生枝，出現此事，眞令人莫名其妙。」

松大人說：「這是因爲向來到中國的西洋人，大都喜歡傳教，皇上恐怕你們英國人也有請求傳教之意，故此聲明在前，杜絕你們提出。」我說：「這件事雖根據中國人對於歐洲人的經驗而發，但我們英國人對於宗教問題，意見和歐洲大陸其它國家稍有不同。因爲別的國家的宗教家，主張一尊之說，以爲世界上既有天主教，其餘之教就應該不再存在，故此他們大力宣傳天主教，必欲使其它宗教一概消滅。我們英國人則以爲我們既然崇拜天主，而天主教的眞義，也在於教人爲善，和其它宗教的宗旨相同。宗旨相同，就無論什麼宗教，凡天主之意准許它存在的，我們也不必用人力强行摧殘它。因此，英國人雖然也篤信宗教，但傳教的熱度，遠不如葡萄牙等也。試看澳門、廣州這兩個地方，有不少外國人來游歷，每每有一兩個宗教家羼在其中，但我們英國人只有商人，向來都沒有派過一個職業教士，就拿本人這次到中國來說，隨員裏面雖然也有一兩人是教徒，但他們的職責在管理各項禮物，並沒有負傳教之責。這樣便可以知道我們英國人和葡萄牙人雖然同屬一教，而傳教的熱心却大不相同。現在皇帝的敕書中忽然有『爾英吉利國人素喜傳教，一如葡人謬說』等語，實與事實不合。照我的揣測，恐怕是葡萄牙教士故意挑撥中英兩國的感情，在皇帝跟前說我們英國人要在中國傳教，因此當撰擬敕書時，就引教士之言以爲材料。否則中國人對於歐洲情況向不習知，決不會作此等揣測之詞的。」

松大人說，敕書中並沒有這兩句話，中文、滿洲文都沒有，如果拉丁文中有，便是翻譯的人不對了。（按：松筠所說的話，完全與保祿(Poirot)神父於一七九四年九月廿九日在北京發出給馬戛爾尼的一封信相反。他在信裏說，他同勞神父奉命把敕書譯爲拉丁文。保祿神父說，當他們翻譯時，一個中國官員高聲念出一句中文，他們就翻譯一句。譯到那一句有關英國人要求在中國傳教時，他們嚇到目瞪口呆，他們向中國官員說，英國的特使實在沒有請求傳教之意。但那位中國官員就叫他們譯作「教會」。保祿神父的信又說：「我們是不敢擅自刪去敕書裏面的整個句子的，只能在詞句上的一二處畧加更改，因爲我們恐怕中國官員認爲我們翻譯失去正確性，將會叫第三個教士來詳加檢察。……我們所能做到的只是將譯文中有關對英王的語氣改爲客氣一些；因爲他們把我們的國王當作中國的藩王看待，視之如奴隸也。」）

停了一會後，我又說，第一道敕書中，其主要點只在不允互派使節，而敕書中又有「凡西洋諸國甚多，非止爾一國。若俱似爾國王懇請派人留京，豈能一一聽許」等語。又第二道敕書中，除前說的宗教問題外，每駁斥一條，就必殿有一句「若別國紛紛效尤，以難行之事妄行干瀆，豈能曲徇所請」等語。以鄙意度之，似乎皇帝生怕我們英國帮助其他國家援據此項成例，向中國要求種種權利。殊不知本人所求請的，只是推廣英國的商業，並沒有帮同別的國家向中國要求權利之心，就是別的國家以厚利來引誘我們，我們也決不答應的。貴國皇帝預計及此，似屬過慮。至於廣東進口稅之繁重，英國商人受苦已久，如果中國政府再不設法加以改善，一任貪官污吏蒙蔽勒索，我恐怕將來英國人的貿易受此影响而日益衰退，廣州的繁榮當然也會退步，這對於我們英國固然不利，但對中國來說，也不見得是福。而皇帝第二道的敕書中有「又據稱，爾國船隻請照例上稅一節，粵海關征收船料，向有定例」等語。如果皇帝全不知該關征稅近情者，就不免失之昧於近事了。

松大人說：「請你不要說了！總之，閣下對於我們皇上所下的兩道敕書，無非是滿肚皮不快活。其實皇上對你們英國人非常要好的，不過，我們中國的法律和習慣是不便更改的，皇上也不願去改變。現在皇上已派了一位新總督往廣東，切實整頓一切。這位新任總督長麟，是一個很能幹的官員，又是宗室，皇帝很信任他，他在浙江巡撫任內，很有政績，所以皇上看中了他才給以新任務，命他到任後，將廣東省以前種種弊端，一一查明奏知，並特准他便宜行事，斟酌當地情形，什麽事情應革除，什麽事情應興辦。我想長大人到任後，廣東政務必大有起色。不過地方較大，而積弊又太深，要整頓並非一朝一夕就見有效，即以關稅一事而論，整頓後的辦法，恐怕不是閣下在中國時就知其詳情的，只好等到日後英國商船到廣東時用書信通知的了。」

「出使中國記」記云：在航行中，皇帝和松大人經常來往信件。……松大人在談話中，經常把皇帝寫給他的敕諭中有關問候特使的幾句話念給特使聽，特使私下聽說，皇帝對特使這樣關懷，完全是由於松大人向皇上題上了有利於特使的奏摺。他向皇上奏說，根據一路仔細觀察，英國使節前來確只是爲了發展貿易關係，並無其他壞意圖。發展對外貿易，在中國看來算不了一回事，值不得萬里迢迢前來，但對歐洲國家來說則是一件頭等大事。他並上奏皇帝說，從英國人的言行推測，假如發展兩國往來關係，不會產生任何壞作用。

皇帝在給松大人的敕諭中，問候特使的同時，還經常按照東方的方式從他自己吃的一些乾果蜜餞一類的東西贈送特使。皇帝在給松大人的敕諭中說了如下一段話：「雖然外間有些人對他們到中國來有種種不利的臆斷，但我對英國和英國特使的印象却是非常之好。英國特使非常注意他們的商業利益，我將盡力予以保障。英國方面提出的種種具體要求，我都拒絕了。但這並不意味着我認爲這些要求不當，而是通過這些要求將要產生一些新的事物和情況，在我這樣高齡的人應當愼重考慮而不應當驟然允許。關於英國在廣東商業和種種具體事務，係由兩廣總督就地處理。我爲此事徵詢現任總督，他不主張更改現行規章制度。爲了照顧到英國人的利益和願望，我派了一個新總督去主持。這個人是皇室宗親，爲人正直無私，對外國人寬大仁慈。新總督現在浙江巡撫任上。我曾經給了他一個有力的指示，叫他到廣州之後，淸除積弊，更改章程，把英國人抱怨的種種條例一概予以廢止。」松大人對特使說，特使可能認爲上項內容可能係松大人爲了照顧特使的情緒，有意把皇帝的指示作有利於特使的敘述，但事實上這些具體內容俱是皇帝親筆批的；新總督現正在杭州府，將來到達杭州之後，他介紹特使見面，從這位新總督那裏也會得到信中所談內容的證實。

我說，廣東的稅則，只要是切實整頓，不論遲早，都是我所樂聞的，但有一事，務請大人代爲辦到。松大人問何事。我說，關於整頓稅則的事，我們的國王一定很高興聽到這個消息，而前此第二道敕書中，既然有一處是翻譯上有錯誤，這就難保他處不再有些錯點，所以我請閣下代奏知皇帝，請他寫一道敕書詳細說明將來整頓廣東稅關之事，同時對於前述那兩道敕書那些謬誤，亦詳敘而更正之，使我可以帶回英國給我們的國王過目，完了我的責任。

松大人說，再降一道敕書，未嘗不可以，不過現在閣下已經動身回國，如果朝廷再降敕書，恐怕有違成法。又說，我們皇上自貴特使來中國後，非常歡喜，幾乎沒有一天不提到貴使，甚至貴使的起居飲食也時時問起的。就是現在貴使離開了北京，皇上還是牽掛得很，這都是貴使舉動文明，頗蒙皇上賞識的緣故。不過現在要請皇上再降一道敕書，在情理上說來，皇上未必不肯，只是向來沒有此等規矩，能否辦到就很難說了。兄弟不妨給你寫封信去，將來貴使到了杭州府和新任兩廣總督長大人相見之後，長大人一定會把此中情形詳細告訴你的，因爲此刻寫信去，預計回信到時，我們已在杭州府了。我見松大人在旅途中，幾乎無一日不收發文書多件，用加快驛使送出，既有此便利，他多發一封書信，亦不過舉手之勞，或不至於食言的。中國人傳遞文書之迅速，眞出乎我們歐洲人意料之外，據我所知，大約爲程一千五百英里的距離，費時不過十日或至多十二日。（斯當東「出使中國記」說：「在中國，各省大吏向皇帝上奏章，和皇帝給各省大吏下諭旨，係騎馬傳遞，將公文縛在人背上，袋底系一响鈴，叫人讓路。每行十或十二哩，將公文袋交給另一驛站，另換人馬繼續飛奔前進。」）

十月二十二日，星期二。太陽東升時，溫度降至四十八度。我們見兩岸所植的棉花很多。下午四時，船過臨淸州（辛亥改革後爲臨淸縣。——譯註），這是一個大城市，居民蜂擁而出，看我們的船隻經過，雖然我見慣中國人口之多，但一次有這許多人聚集在一起看熱鬧，也不免使我震驚於中國人之衆。

這裏的白楊樹很高很大。天黑之前，我們通過了一道水閘而開入一條狹窄的運河。

十月二十四日，星期四。我們的船今日共經過三道水閘。松大人派人來說，剛接到皇帝給他的上諭，和我有關，打算來我處一談，但不知什麽時候方便。我因爲今早身體不適，沒有離開臥床一步，只好告知他，希望明天我完全好了就去拜候他。（待續）

曾在本刊登過之包天笑先生所著的「**釧影樓回憶錄**」，現在排板中，兩個月後可以出版。

中國文史叢書第一輯

庚子西狩叢譚

（附：崇陵傳信錄）

吳永口述

靈文書屋出版　定價港幣五元

皇后大道西三〇六號
廣文公司發行

各大書局代售

「庚子西狩叢談」，吳永口述，劉治襄筆記。吳字漁川，浙江吳興人，曾國藩孫婿。庚子七月，八國侵畧軍破北京，慈禧偕光緒帝倉皇出奔，吳在懷來縣迎駕，一切供應取辦倉卒，惟頗稱旨，因得慈禧眷注，獲命開缺以知府隨扈。由是而太原，而西安，迄翌年八月自西安啓蹕回鑾，計歷時一年有餘，凡義和拳運動始末，行在之起居，與內外大臣鉅璫貴冑之言語態度，以及小朝廷中人事上之磨擦擠排等，以暢達文筆曲狀一切，讀來逸趣橫生。全書八萬言，附有宮廷珍貴圖片多幀，實爲研究庚子事變一役之第一手史料。

「崇陵傳信錄」爲武進惲毓鼎所撰，惲爲光緒十五年進士，任內廷文學侍臣十九年之久，所述亦多秘聞。

黃秋岳遺著

花隨人聖盦摭憶

補篇

定價
精裝：美金六元
平裝：美金五元

大華出版社印行

定價每册港幣一元

大華

第一卷 第六期（十二月號）

世載堂雜憶

劉禺生著●錢實甫整理

北京中華書局1960年版

三有圖書公司印行

■ 華人圖書供應社總經銷 ■

香港灣仔道144號地下

電話：H720024

精裝HK$18.00

平裝HK$13.00

■ 內容提要 ■

著者劉禺生是老同盟會會員，曾參加辛亥革命和對北洋軍閥的鬥爭，以反對孫中山的「聯俄容共」政策著稱。本書爲北京中華書局「近代史料筆記叢刊」本書之一種，是著者晚年的回憶雜記，絕大部分是親身的經歷和見聞，這些資料頗多珍秘，如1924年孫中山北上前後武漢方面的建府活動，也有些爲「洪憲紀事詩簿註」中所未載的。書內所載資料共二百餘條。全書凡302頁。

曹聚仁先生對本書甚爲推崇。

■ 內容要目 ■

清代之科舉　雍正朝之兩名人　沈葆楨與其師　太平天國佚史　晚清朝士風尚　胡林翼論軍事　張之洞遺事　武昌假光緒案　王湘綺筆下兩漢奸　張季直與徐樹錚　補述容閎先生事畧　徐老道與康聖人　章太炎師事孫詒讓　蘇曼殊之哀史　翠亨村獲得珍貴史料　洪憲第一人物　清史稿之纂修與刊印　陳白沙傳　近代學者軼事　紀黃季剛趣事。

大華 第一卷 第六期（總48號）

三十五年漫畫壇……鄭家鎮 2
潮劇的藝術……大年 6
促使中文法定聲中檢討香港中文教學……陳泰來 7
從漢學、華學、中國研究談起……心得 9
什麼是新聞——一個新聞記者的獨白——……陳思 12
憶述馮銳寃獄始末……黃之棟 15
徐靈胎的道情……金城 18
江樺會見記……林翠寒 19
香港天文台的天氣預測可靠嗎？……李杰 21
什麼叫「大時」、「小時」？……溫大雅 26
三國志中「倭」與「倭人」考……王俊譯 27
讀水滸傳（三續）……季炎 29
南京政府的德國軍事顧問……文如 32
深海魚類……孟晋 34
春風廬聯話……林熙 35
英使謁見乾隆記實……秦仲龢譯 38

封面插圖：香江詩畫——郊行有感（楚子作）

大華（月刊）第一卷第六期（總48號）
一九七〇年十二月一日出版
Cathay Review (Monthly)
Dah Wah Press.
36, Haven St., 5th fl. Hong Kong

出版者：大華出版社
地址：香港銅鑼灣希雲街36號6樓
電話：七六三七八六

督印人：高貞白
總編輯：林熙
印刷者：大同印務公司
香港北角和富道96號
電話：七一七五四四

總代理：吳興記書報社
香港中環租庇利街十一號二樓
電話：H四五〇五六一 四五〇七六六

星馬代理：遠東文化事業有限公司
新加坡廈門街十九號
檳城沓田仔街一七一號

越南代理：聯興書報社
越南堤岸新行街二十二號

其他地區代理：
澳門：可大文具店　寮國：永珍圖書公司
亞庇：利文公司　斗湖：光明書店
千里達：中華公司　菲律賓：玲瓏書局
倫敦：東寶公司　紐約：友聯圖書公司
芝加哥：杏林春　洛杉磯：永安堂
波士頓：中西公司　檀香山：大元公司
三藩市：新生圖書公司　三藩市：文化商店
加拿大：香港商店　加拿大：新國華公司

這是三十五年來身歷所及廣州香港漫畫活動的紀錄

三十五年漫畫壇

鄭家鎮

香港的漫畫壇，是三十年代才開始蓬勃起來的，當時的新文學運動，是由北而南，漫畫也不例外。香港的漫畫是受了廣州的影响，而廣州又受了上海的影响。

談到香港的漫畫，使人想到了兩位前輩：何劍士與鄭磊泉。在今天，鄭磊泉的作品還可以找到，何劍士的則不易找了。他們的作品還是限於風俗畫，只加以適當的誇張，畧帶一些諷刺味道。在今天看來，顯然是不够的。但在那時候，已是給人們眼界一新。當時這一類畫，是名為諧畫，名為漫畫還是後來的事。

光緒年間，上海出版了一份「點石齋畫報」，內容是以時事畫風俗畫為主，以中國畫筆法出之，以物喻人，直是漫畫手法。談到中國的漫畫史，點石齋畫報是應該佔上一頁的。

漫畫蓬勃起來是三十年代的事，那時候，中國的漫畫家多是集中在上海，出版了「時代漫畫」「上海漫畫」「漫畫界」。這三份定期刊物，銷路十分好，廣州有很多讀者。於是廣州的漫畫朋友們，廖冰兄、黎苗、林檎等，都成為這幾份漫畫什誌的撰稿人，而這幾份什誌也成為全國漫畫家的大本營。不久全國第一次漫畫展開幕了，在各地巡廻展出。這是一個全國性的漫畫展覽，展出十分成功。巡廻展覽來到了廣州，假座禺山中學展出，哄動一時。這畫展，使本來已日漸蓬勃的廣州漫畫壇更添了一把勁。

在那時候，廣州各報已開始爭刋漫畫了，李凡夫在公評報寫「大官」，陸愛花在環球報寫「大眼仔」，潘醉、李鵬也在環球寫長篇漫畫，畫刋是彩色的，每天都有。

在另一方面，國華報也出版了彩色長篇漫畫，由我與黃幻鳥、邵雨村、白雲龍幾人執筆。後來國華報主人劉蔭孫還到上海特約了葉淺予加盟，淺予寫的是王先生與小陳。

國華報每星期還出版了漫畫版，也是彩色精印的，稿費也不薄，五塊錢國幣一幅，那年頭一個人每月的伙食還不要五塊錢呢。

別的報紙也有漫畫，但陣容都比不上環球，更比不上國華。

葉因泉的半角漫畫也出版了，是週報，因廣州一名羊城，便以羊頭作為標誌，是部份彩色的，售價半角，內容是長篇與單張都有，李凡夫是其中台柱，作品很多，銷路十分好。這是抗戰前三年的廣州漫畫活動。

到今天，葉因泉、李凡夫、潘醉、黃幻鳥、邵雨村都先後作古人了，李凡夫是一九六八年十一月死於心臟病。陸愛花、白雲龍、李鵬、林檎還在香港，黃鳳洲、廖冰兄在國內。我們這一批人可以說是廣州漫畫壇的拓荒者。

一九三七年抗日戰爭全面爆發了！廣州漫畫工作者更是熱火朝天，出版了「廣州漫畫」，以抗日為主題，一直到廣州失陷才停刊。

就在七七抗戰到廣州淪陷這一段日子，還組織了漫畫宣傳隊，先在長堤青年會開了一次抗戰漫畫展，然後挾了作品到附城各鄉去。官山、新造、陳村、碧江、鹽步都有了我們抗戰漫畫宣傳隊的踪跡。每到一處，便舉行街頭展覽。作品都是同一尺碼的招貼畫，鄉鎮的當舖碉堡正好是繪製抗戰漫畫的好地盤，甚至廣州市的永漢路的路面也用來畫抗戰漫畫，午夜截住來往車輛，大家動筆，不多時便完成了，通衢大道也張掛了大幅的宣傳畫。

那時，我還不過十九歲，我們這一批年青小伙子，一腔熱情，我們沒有經費，花尾渡的老板也很熱心，沒有收我們船錢，我們去到那兒，便住在學校，只是吃飯才花點錢。

直到廣州吃緊，我們才離開了，大部份朋友走到香港來，還是在各報寫點漫畫維持生活。我出版了一本「挺進漫畫」，可惜只出了一期便結束了。我還記得，挺進漫畫的封面是以七七爲題材的。

在廣州的報上漫畫大行其道的同時，香港的報紙也有漫畫週刊，其中長篇漫畫作風很受外國影响，只是過了不久，這週刊也沒有了。

北方戰事漸吃緊了，上海的三份漫畫什誌先後停刊，作者們都陸續到香港來。一九三七以至一九四一這一段日子，上海的廣州漫畫家都集中到這地方，漫畫壇出現了空前的蓬勃現象。今天，此地的漫畫風氣，可以說是受了當時的影响。當年這一班漫畫工作者，在這島上便播下了種籽。

張光宇、張正宇、葉淺予、魯少飛、丁聰、余所亞、郁風、胡考、特偉、張文元等人都先後來了。早些時候，黎冰鴻從越南來，香港的漫畫朋友們在威靈頓餐室開了個歡迎會歡迎張氏兄弟。豐子愷也來了，曹涵美也在這兒躭了些時候。

魯少飛創辦了總動員漫畫報，是四開紙，十日刊，矛頭是指向日本帝國主義。在那時候，每一個漫畫家的筆尖都是指向日本帝國主義，寫消閒小品的，少得很。

全國抗敵漫畫作家協會在此地成立了分會，我們舉行了抗日漫畫展。這一次展覽，內容比第一次全國漫畫展強得多，是招貼畫形式，每人出品兩幅，彩色黑白都有，可以說集中全國最優秀的漫畫作者，大家的畫筆都變成了抗日的武器。

我們先舉行了一次預展，然後正式在中央戲院地下後座大堂展出。地方是狹小一點，參觀的人委實太多，由晨至暮，都擠滿人，編印了五千本場刊，不兩天便一本無存。

長大了也當兵　·鄭家鎭作·
（一九三八年漫畫展作品）

這一次展覽，把香港的漫畫運動又推前一步，這是無可否認的。後來再又補充一些，在香港大酒店二樓舉行一次展覽，展覽之後，便運到外國展出。

香港的報紙，刋登漫畫也漸多了，張光宇進了星島日報，第一版，通常都有政治漫畫。華商報也常刋用漫畫，而且稿費也很好，一幅畫也可以抵上大半個月的伙食，當然也有一些報紙，只發五毫錢稿費的。

第二次世界大戰爆發了，納粹也成爲撻伐的對象。

當汪精衛在南京粉墨登場的時候，香港的漫畫朋友們出版了一本「如此汪精衛」。把幾個月來對這個漢奸筆伐的漫畫都收了進去，內容十分豐富。

直到了太平洋戰爭爆發，也曾蓬勃一時的香港漫畫壇便迅卽沉寂下來，漫畫工作者多退到大後方去了，沒有製版條件，便拿刀來作木刻。

抗戰勝利後，這一批朋友，原籍北方的多是復員到上海去，縱然有幾位再到香港來，到了解放戰爭，他們也都囘國去了。剩下來是李凡夫，林檎，我們一批廣東朋友。戰後，百廢待興，沉寂了一時的漫畫又開始蓬勃了，而且出現了新的一輩。

他們也許未曾得見前輩的風範，甚或連作品也未見過，但漫畫已成了風氣，他們也便沿着這風氣走，而且隊伍也漸漸壯大起來。

有時我會想，今天的香港漫畫是不是走錯了路。是的，在內容上比起當年是不可同日而語，今天寫政治漫畫的人便不多，大部份還是寫「只發一笑」那一類漫畫，這也是客觀條件使然，跟當年的局面已不相同。「只發一笑」也不是什麼壞事，只求笑得健康，不導人走入魔道也無可厚非了。

在抗戰勝利之後，香港也舉行過幾次漫畫展，都是個人的，有張光宇的「西遊漫記」揭露了國民黨的黑暗面，陸志庠的速寫展，廖冰兄的「貓國春秋」都是在宇宙俱樂部，豐子愷、方成、特偉、米谷、也舉行過畫展，黃永玉的畫展乃在思豪酒店，都是有進步內容的畫展。此外，三十年代在上海寫插圖著名的張英超與牛鼻子黃堯也舉行過個展，也是在思豪酒店。在這之前，葉淺予展出了「重慶行」。

戰後第一份刊有漫畫週刊的是華僑日報，撰稿的都是當時最有名的漫畫家，這開了漫畫副刊的風氣，以後各報也接着劃出了地盤。

一九五六年十二月一日，我們幾位漫畫朋友，李凡夫、陳子多、李凌翰、丁岡和我創辦了漫畫世界半月刊，集中了全港的漫畫作者，內容以社會漫畫爲主，還有趣味小品。

這一份漫畫刊物，可以說是三十年代之後第一本完整而內容豐富的漫畫刊物，全港的漫畫家都是「漫畫世界」的作者，第二年我們舉行了全港漫畫比賽，發掘了許多新人，使香港的漫畫隊伍壯大起來。還舉行了許多次漫畫晚會。一九六一年二月舉行了漫畫展覽。這是戰後的第一次全港漫畫作家的畫展，比前些時漫畫個展內容更見豐富，作風更見多樣。全港漫畫作家都有出品，老的，少的都來參加，也有學生作品，共壹百多幅，展出的地點是花園道聖約翰副堂，在當時來說，那是最適宜的畫展地點。

一九六一年漫畫展
地點是聖約翰副堂，圖爲會場一角

這個漫畫展，可以說是香港有史以來第一個漫畫展，嚴格說來，一九三八在中央戲院展出的是招貼畫，漫畫的內容不很多。而這一個畫展，形式是多方面的，有民族風格的漫畫，也有西洋畫風格的，可說是百家爭鳴。雖然展覽期只有三天，會場之內，擠滿了人，場外還排了長龍等候入場，觀衆各階層的都有，以學生爲最多，外國人也不少。三天觀衆一萬八千人這數字，打破了有史以來，展畫參觀人數的紀錄。

畫展內容，全是反映此時此地的。使觀衆發生了共鳴，認爲最成功的展覽。參加展覽的有關山美、宋三郎、麥正、王澤、黃鳳簫、許冠文、黃炤桃、黃思濠、詹秋風、李聲祥、林不息、鄧積健、袁步雲、胡樹儒、李瑜、陳魯歷、包衞爾、東明、歐陽乃沾、霞之，還有國畫家黃般若、陸無涯，還有我們漫畫世界的主持人，李凡夫、陳子多、李凌翰和我一共三十多人。

這個漫畫展大大推動了香港的漫畫運動，湧現了更多新的作者，從此也出現了許多新的刋物，倒像是遍地開花，雖然其中不少刋物都缺乏積極意義，只博一笑。單行本方面，王澤的老夫子，許冠文的財叔，都是最突出的，銷路十分好。李凡夫的何老大與大官也來湊趣。而漫畫世界也出版了一本小漫畫。後來又有七彩漫畫，

鍾馗捉鬼圖　　·關山美作·　　（1961年漫畫展作品）

漫畫週報，漫畫日報等風靡一時。

過了兩年，星島晚報舉行了漫畫展，在大會堂，作品大都是他們的專欄作者：林不息、周行、香山阿黃、王司馬、南嬰、吳浩昌、……等。內容都是反映社會的作品，觀衆也十分哄動，開了三屆，便沒有再開下去了。

我開了一次中國畫個展，以名山大川寫生爲主，在大會堂八樓。

漫畫世界出版了九年，也終於停刋了。刋物本來不容易辦，銷路雖還不錯，只是成本重，漫畫不比別的，稿費又便宜不得，有些地區，推廣不易，終於支持不來。停刋了，是一件十分可惜的事情，但對於漫畫運動，總算盡了一分力量，雖然漫畫世界爲了客觀條件的限制，我們只能以社會諷刺爲主，而且一部份還是消閒作品。

在另一方面，三十多年來，將漫畫拍成電影的，在上海有葉淺予的王先生，張樂平的三毛，在香港有李凡夫的何老大，我的大班周，王澤的老夫子，還有袁步雲的細路祥。

今天，漫畫吸引了更多人的愛好，可以說是當時播下的種籽。一份報紙，那一天有漫畫版，那一天的銷路便會增加了些，縱不然，也會銷路爽暢了些。

不能否認，今天此地的漫畫風格，是受了三十年代的漫畫風格影响的，有些作者，未必知其然，因爲已隔了相當時日。比如寫長篇漫畫，主角常是寫一肥一瘦，這便是受了葉淺予的王先生與小陳底影响，甚至那長衫小褂，也是王先生與牛鼻子的。而以兒童爲主角的，也多少有了張樂平三毛流浪記的影子，而何老大，也是受了阿老大的影响，而習慣用的長篇漫畫形式，也正是當年最流行的形式。

香港的漫畫這幾年來也漸漸形成了地方性的風格。比如表現方法便與前不大相同，出現了不少插圖式的漫畫，更多利用文字，此時此地，稿費太低，一個漫畫家一天要寫許多幅漫畫才可以維持生活，作品便也難以過份苛求了。

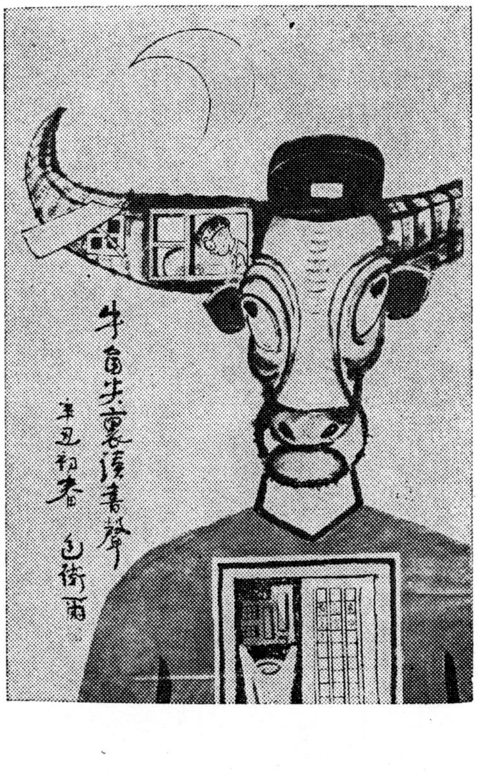

牛角尖裡讀書聲　·包衞爾作·
（一九六一年漫畫展作品）

三十年代的廣州，長篇漫畫一天可有五塊錢，香港的時事漫畫，單幅是三元五元，或者更多一點（當然那時候有不少還是以角來作單位的）。到今天，報上的稿費比起來也不過多一倍左右。四十年了，幣値貶了多少，有數得計。可見得漫畫家在這地方，生活眞不容易。

雖然如此，報上副刊沒有漫畫總似缺乏了五味架，所以只要寫得一手好畫，生活還可敷衍的。

今後香港的漫畫風格，我認爲應該走民族風格這一條路，外國的影响，應該盡量的減少。而內容，我們也得放眼世界，深入生活這樣才可以寫出好作品來。

汽車公館　・李凡夫作・
（一九六一年漫畫展作品）

潮劇的藝術

大年

潮劇是廣東四大劇種之一。它的原名叫潮音戲，跟流行於海陸豐一帶的正音戲和白字戲有頗大的淵源。

潮劇除了流行於粵東一帶外，還遠至海外南洋羣島、中南半島等地。在海外，潮劇至今還有數十個劇團分散各地，擁有極多的觀衆。

潮劇的優點是音樂抒情，唱腔婉轉，而且有自己獨特的風格。像那幫助劇情發展，渲染氣氛的和唱，是廣東各劇中所無的。

在表演行當上的分工，潮劇甚爲分明。它分爲生、旦、丑、淨四大類。再分：生有文武老生，文武小生，白鬚文武生；旦又分文武旦，花旦，老旦，貼旦等；淨有烏面淨，花面淨，紅面淨等。至於丑角，更爲潮劇馳名遠近的一大特色。它分工的細緻，表現程式上的深刻鮮明，簡直達到使人驚訝的程度。細分之下，竟有：項衫丑，宮袍丑，武丑，踢鞋丑，女丑，老丑，裘頭丑，長衫丑和褸衣丑等九大類之多。這些丑角的細分，是一九五七年後，才逐漸歸納形成的。

潮劇自八年前參加了全國性的會演後，即進行了對本劇種的全面藝術處理與檢查，作出了系統的紀錄，並決定先從潮丑這一門行當藝術做起。於是由潮劇九位有代表性的丑角老藝人負責潮丑藝術整理，進行歸納和總結。潮劇的九類丑角細分也是從這裏產生出來的。

潮劇的口白與和聲是同等重要。潮白常常通過一些通俗有趣的滑稽語句，衝破了劇情可能帶給觀衆的沉悶，在情緒上有提起精神的作用，同時也加强了劇中人物性格的深刻一面。

潮劇的音樂，也是一項很完整的地方藝術。潮劇的音樂，以委宛柔和見稱，不但長於演戲，也能作單獨的純青樂表演。潮樂豐富多彩，不但有隋唐以來的最古樂曲和弋陽腔系統的曲牌，還能根據曲詞的聲韻創作新調，不爲曲牌形式所限制。如現代劇目，潮劇的表演也很出色。在伴奏方面來說，潮劇原只有打擊樂如鑼鼓。吹奏樂如哨吶、簫管等。近百年來，由於受到了漢劇、京劇、粵劇的影响，才逐漸增添了許多絃索配樂，並揉合了當地民間音樂，把原有的藝術更豐富起來。潮劇的傳統劇月，據統計有一千個以上，因此潮劇是地方戲曲中保留劇目最多的劇種之一。

促使中文法定聲中
檢討香港中文教學

陳泰來

一致的要求

目前在香港正熱烈進行中的促成中文法定化運動，由於倡議之後，響應者多，已經滙成一支壯濶而不容當局忽視的行列，漸次形成全港居民一致的要求了。

其實，目前的時代，已非數十年前可比；目前的香港居民，更已非垂着辮子渾渾噩噩的一群。在這百人中只有一二非中國人的現實情形下，開明的當局，早該自動予中文以法定地位，何待爭取？在表示對中國人尊重，固該如此；在事理上更該如此。退一步說，就算以前忽畧了這一點，到了要求聲浪四起的今天，就該爽快接納，迅速實行，因爲不接納和不實行，無論如何都說不過去的。

修辭與正名

這支促進中文法定化的壯濶行列，開始時只是若干大專院校學生發起的「中文成爲法定語文」運動。這運動很快就獲得各界響應，紛紛成立組織，見諸行動，打出來的「招牌」，大同之中不無小異。

一個有趣的發現：「中文成爲法定語文」這句最早喊出來的口號，本身就存在着中文修辭上的問題：如其「中文」兩字已包含中國文字與中國語言兩種意義，像我們平時說到「英文」一般，則其下的「語文」兩字係屬蛇足；若以爲必須語、文兼稱，則全句須作「中國語文成爲法定語文。」——這當然是太嚕囌了。

所以，此一運動如要「正名」，使集中目的，齊一步驟，則「促成中文法定化」這「七字眞言」，可說相當簡明完整。

何者爲主的問題

中文有文言文和語體文之分；中國語言，正統的要算國語，本地多數人說的要算粵語，此外還有潮語、客語……等。於是有人表示憂慮，說是如果中文法定一朝實現，不知該以何種語文爲主？

其實這是不值得憂慮的問題，因爲這只是小節罷了。

此地出版的許多報紙，幾乎每一種都同時刋載着文言文和語體文，電訊多屬文言，副刋多屬語體。可知大衆對此兩種文體，一樣都能接受，並不對任何一種加以歧視。至於語言方面，觀乎近年國語電影的普遍受到歡迎，與最近一般市民對國語流行曲所表現的極大興趣；又觀乎近年本港一般非廣府籍中國人，概能以流利粵語發表意見（從播音、播影種種節目所獲資料而加以推想），可知香港居民已經在：知識水準普遍增高、傳播事業發達、潮流推動、環境形成等等因素之下，因方言不同而生隔膜的問題，正在迅速縮小中。若定要暢通無阻，則操四邑方言者與操純正廣州話者相遇，雖兩者語言同屬廣州語系，又何常可以暢通無阻呢？

所以說：文體問題和語言種類問題，都只是「中文法定」的枝節問題，不足以構成此一運動的故障。好在這都是我們的母語，以何者爲主？可以由社會上的有識之士衡情度理來投票取決，也可以憑公正的民意測驗來取決。

莫測高深

中文在香港向無法定地位，長遭忽視，引致畸形生長，造成今日中文程度普遍低落的可悲現象。目前我們在努力促成中文法定化之際，實應該同時致力斬開以往扼殺中文進步的死結。何以須說「斬開」？因「死結」是極爲難解的，解不開時，只有「引刀成一快」地把它斬斷了！

死結是甚麽？是豈有此理的中學中文教材！豈有此理的會考（中文）命題範圍！

現在我們來看看明年中文中學會考中文命題範圍（單舉屬於三年級課程部分爲例。此部分規定佔命題範圍百分之二十）：

梁啓超的「敬業與樂群」，從禮記節錄的「大同與小康」，從孟子節錄的「許行章」，史記的「荆軻傳」，王羲之的「蘭亭修禊詩集序」，韓愈的「答李翊書」，王安石的「答司馬諫議書」和「祭王回深甫文」，蘇軾的「放鶴亭記」，王守仁的「教條示龍場諸生」，歸有光的「項脊軒志」，古詩十九首的「行行重行行」、「青青河畔草」、「西北有高樓」、「涉江采芙蓉」、「庭中有奇樹」、「迢迢牽牛星」、「東城高且長」、「明月何皎皎」等八首，曹植的「送白馬王彪並序」，陶潛的「歸田園居」三首，杜甫的「北征」，李白的「宣州謝眺樓餞別校書叔雲」，文天祥的「正義歌」，共二十項目。學生在讀這包羅廣濶的選本時，多在十三四歲。試想，一個十三四歲的孩子，在應付其他各種功課之外，還能怎樣去瞭解那些唐宋大家的古文？怎樣理會得李白、陶潛、曹植寄興不同的古體詩？更從何領畧杜甫繁複緜窈的「北征」？又更怎地去嗜古詩十九首那些「涉江采芙蓉」？何況還有孟子、禮記……！

然而，無論孩子們讀時瞭解與否，會考的中文題目，有百分之二十就是由此中而來的了。

此外，四年級課程範圍，還增入三年級所無的屬於論語、管子、墨子、韓非子，資治通鑑、詩經、楚辭、賦、銘、詞等類的篇章；五年級課程範圍，又增入三、四年級所無的屬於大學、中庸、莊子、漢書、元曲等類篇章。

可注意的是：列入範圍者，或是艱深的古文，或是比古文更精鍊的詩詞曲賦。好像只有一篇「敬業與樂群」是語體文。

那眞是莫測主政者的高深了！

怪物和小古人

若有不知就裡的人，僅憑上列書目以推測香港學生的中文程度，一定驚爲意外的高；但一經實際接觸，又一定驚爲出奇的低。何竟有此懸殊的距離？那就要拜謝歷來主持選定國文課程範圍的先生們了。他們憑甚麽認爲現代香港青年必須熟讀那些古文，那些古詩，那些經典，並且一定要佔這麽高的百分率？何以明知大部分讀不懂，也硬要他們讀下去？

現代的讀書人不能與社會隔膜，不能與時代脫節，那些先生們知道嗎？一個連一紙便條都寫不通順的青年，却可能會渾渾灑灑地錄出莊子的精義，這不是書獃子，這是怪物！因爲書獃子縱然不知書本外的世界，却還懂得書中的義理；而「怪物」則只會照着甚麽「複習指導」默寫出來，遇到「複習指導」所無的問題（例如寫一張便條）時，就茫然無所適從了。

據個人有限的見聞，香港各級學府好像不曾致力培養過以清新流暢爲主的文學風氣，似乎硬要製造出一批又一批的「小古人」，這才滿意，典則昭然，以致今日中學校的國文課程，竟有點像數十年前「專館」、「大館」的延續，眞是言之痛心！

上文所謂斬却「死結」，就是希望能一舉清除掉那層雖然看不見但顯然存在着的「專館」、「大館」陰影。

「斫去月中桂，清光應更多。」吾馨香以禱之！

＊　＊　＊　＊

前代學做文章的，必從清新流暢入手。能够達到清新之境，才進求樸茂渾厚；能够達到流暢之境，才進求騰挪變化。現代學做文章，能够做到清新流暢已經很好，對青年們實不須懸格過高。掩耳盜鈴的做法是沒有甚麽好處的。

所以，個人認爲必須針對今日香港一般中學生的水準，從新選編一套理想的中文讀本出來。選文章的基本標準，須要詞語暢達，情理顯豁，陳義不太高，內容不枯燥，篇幅不過長。有時代氣息的作品要佔相當分量，應用文也該佔相當分量。——這不過是臨時想到的，當然談不上周到。

有了適合的讀本，教師固然不致太過吃力，學生也易於吸收，香港一般中文程度乃有從根本提高的希望。否則，就算我們在不久後就爭取到中文法定的地位，但大家拿起筆來，有幾個寫得出一篇簡單的中文？那時就會覺得採到手來的勝利果子帶點兒生澀味道了！

從漢學•華學•中國研究談起

心得

一、前言

一九五三年草成碩士論文以前，曾因參閱並引用漢學家著作的緣故，對現代各國著名漢學家及其主要貢献等等，不僅多少有所了解，而且試列數表，以求一目了然。翌年，以中文發表的某篇拙稿之中，有云：「中國史部典籍，浩如煙海。誠如梁啓超先生所云：『苟有法以整理之耶，則如在鑛之金，採之不竭，學者任研治一部份，皆可以名家，而其所貢献於世界者，皆可以極偉大。』（中國歷史研究法序）自清季以來，有所謂『東方學』、『中國學』出現，世界各國之漢學家日漸加多。日人迎水樓台，先開風氣，自三世紀卽譯四書五經以來，造就最深。至十九世紀初年起，法德英俄荷人續下工夫。其間法人所辦之通報，自一八九〇年創刊以來，始終保持盛譽。再後始有後來居來之美籍漢學家。」

該文附表之一，卽按國別、人名、以及主要貢献開列全球最著名的專家。初步計舉日本五位，法國十位，德國三位，英國五位，荷蘭三位，美國八位，匈、瑞典各一，又俄國數人則未附姓名。到了十六年後的目前，重閱該表，並對照近況，大有過簡之感。年來「中國研究」的風氣行于東西各國之間，至少可謂古與今的雙管齊下大躍進，宜乎連「漢學」一詞的本身，也有不少人建議，最好予以修正，才能更爲名正言順了！

一九五七年，大體修完博士應讀課程之際，曾爲海外某午報撰一社論，題爲「從國際漢學會議談起」。其中述及：「漢學卽中國學，中國文化既爲東方文化的先驅與中堅，談東方學怎可不懂漢學？而從原則上說來，赴漢學會議者自具出席東方學會議的條件。（按是年第廿四屆國際東方學會議與第十屆國際漢學會議，接連在西德擧行。）……德國是在漢學上最有貢献的國家之一。以馳名全球的德人漢學家來說，有首屈一指的夏德(後來加入美籍)，及創辦中國學院的衛禮賢諸氏，僅以其中文譯名，便知其崇拜中國文化。又如在歐洲第一位講『歐洲人於若干方面須向中國人學習』的話，也是往日該國的大學者——萊普尼次。好多著名的漢學大師，使德國先後曾有十校以上的大學設有漢學的機構。或側重中國斷代史的探討，或擇專書專題下深入工夫。例如王莽傳三卷的翻譯，耗費了施唐格教授——也研究論語，莊子等書——十年苦功。……法國……的漢學成就更早、更大。例如以燉煌學獨步一時的伯希和、史記專家沙畹諸氏，都是各國學術界久聞其名的人物。……此外，英國曾有理雅格等，荷蘭有戴文達等，匈牙利有斯坦因等，瑞典有赫定等人。……日本……視法德有過之而無不及。僅以東洋文庫言，擁有中國書及有關書籍七十萬册。漢學家白鳥庫吉、藤田丰八、鳥居龍藏諸氏，都有獨到之處。……美國在漢學方面是大師輩出，後來居上。這與風氣盛、經費多、藏書多、中國留學生多，都有連帶關係。例如二一九所大學之中，選讀漢學課程者，有一萬七千人以上。其中十餘校的漢學研究部門，都很有成就。教授約五百人之中，我國人士有六十餘位。以言藏書，美國會圖書館有中國書籍卅萬册之多。」

歲月如流，一下子又過了十三年。有關資料的個人收藏，比以前增加了千百倍。每欲加以整理，寫出觀感，輒有望洋與歎之感！

因爲以各國有關研究事業的突飛猛進程度來說，美國已是一馬當先，扶搖直上。戰後復興的日本，也在爭先恐後。其他國別的單位及其質量，亦復有增無減。大多以「亞洲研究」之類的總稱或泛稱，包括了一枝獨秀的「中國研究」之類的專門科系或機構等等。不僅對古今的中國並重，分別探討，而且從漢學的專門研究之外，加上了日漸推廣的中文教學。

美國已經在西方世界之中，逐漸取代了法、英、西德等國於中國研究與中文教學的領先地位。一九五九年依據「國防教育法案」而頒佈的「語言與區域研究中心的政策」，指出中國語文乃是美國人最廹切需要的六種外國語文之一。因講授外國語文而受政府補助的大學，首批又有五十八所，大概都設置了中文課程。耶魯大學的遠東語文學院，係以中國語文高居遠東國家語文的首位，華盛頓大學於亞洲研究之下，設立中國與日本語文學系。聖若望大學的亞洲學院，顯自中國研究入手。西點陸軍語文學院設有中文部。此外，另有半百以上的大學，擁有中文專家們。甚或自一九六三年起，預定逐年增加廿所以上中小學方面的中文課程，實甚可觀！

難怪全美半百以上，大規模的公私立圖書館的中文圖書，超過了一百六十萬冊。其中，首屆一指的仍爲國會圖書館中文部之中的卅四萬冊。普林斯敦大學的蓋思德東方圖書館，亦有十五萬冊之多，三分之一屬於珍本，尤其可貴，宜乎一度請到生前的胡適，担任館長了。

再以英國爲例：在著名的漢學講座之外，設有中文課程的，又有七所大學。中學亦已有數所。前者的學生，數以百計。後者固然遠不及美國的一五〇校以上的驚人進展，却不失爲「開步走」！

由此以觀，這一二十年來的世界，已有如下各方面的邁進：

一、以專門研究性的漢學，加上了普遍化的中文教學，遂使「中國研究」之下或之外的「當代中國問題」，更能吸引一般世人的注意。

二、各國，尤其美國，對「中國問題」的分析，儘管耗用了大量的人力與財力，却因拘泥於成見或偏見，往往見樹不見林，或不得要領。但對「中國研究」之中的「漢學」範圍，已能精益求精，分工益細。以致「漢學中心」分散海外，「漢學界代表人物」亦似以外人居多了。

三、本來對於漢學的研究，只是各國少數學者之事。而今對「中國研究」與中文教學，每每有了政府的出面策動或具體鼓勵。例如：美國政府委託喬治城大學語文學院的中國語文系協助修訂國防語文學院的中文課本。國防部的陸軍語文學院於中文國語系之外又增加了粵語系等等。史丹福大學且於台北特別設置了一個研究漢學資料與中文教學的中心（主持人丁愛博博士，討了中國太太，筆者曾於一九六二年第二屆亞洲史學家會議中與之晤談。當時新嘉坡大學的韋禮博士也帶了中國太太出席。中國研究專家之與華人女性結婚，尚有荷蘭已逝世的漢學家高羅佩博士等人。諒與各國人類學家、民族學家常與從事研究地區的土著婦女同居，動機上大體相近罷）。

四、雖說各國漢學家人數的增加，仍然屬於有限者。但以中文教授的人數言，一九六二年在美國已有一七七位。另一說爲七十二所大學或學院設有中文課程。華人教授佔了一百零六位。各級中文課本，數逾廿種。近八年來，美國學習中文人數的激增，當然對「中國研究」的推廣與深入，均有不少的助力。據說開中文課的大學或學院，已逾一二〇所。

五、往昔漢學家對中國的經典史籍，頗多獨到之處。但於常識，容或反而有了一些忽畧。今日「中國研究」人員，尤其「中國問題」的研究人員，則須連帶留意到中文報刊。遠至慕尼黑大學的漢學系，即訂有中文報紙，以供師生經常閱讀之用。

演變之甚，既如上述，因而早與大華的主編人講好題目，分國敍述，却是遲而又遲於動筆。終於在初步重讀數百篇參考資料與若干專著之後，決定先作泛論，以明研究現勢之下的定名問題，再及其他。

二·兩位學者對名稱的見解

一九七〇年七月六日至九日，香港中文大學主辦了「中國語文教學研討會」。宣讀論文的，有中文大學中國語文學系講座教授周法高與澳洲國立大學中文系講座教授柳存仁博士等等。筆者曾面詢柳周二氏以「漢學」、「華學」、「中國研究（或中國學）」等等名詞之中，究以何者最爲適當與合用？

虛懷若谷的存仁學兄，遥言對「華學」一詞的說法，還不大清楚，無從卽下斷語。至於「漢學」一詞，襲用已久。西方世界之外，另有「東方學」，以至於國人所謂「國學」等等。近年又風行了「亞洲研究」、「中國研究」等等名詞。究以何者最切實，他願先聽周氏的高見。

當時，同座聚餐的法高老學長以爲「中國研究」一詞最可通用。不過「漢學」、「華學」等等的同時繼續存在也無妨。

按柳氏曾撰「中國國學在海外」一文，其中有云：「提到中國國學，或者我們更庸俗一點稱它一聲東方文化或亞洲研究（關於中國的研究只是其中的一部門）。」引伸此意，足見「國學」一詞，除了站在中國人的立場，拿來替代外國人的「漢學」之外，亦可謂爲「東方文化」或「亞洲研究」的主流或本體。

是位中國小說史，道教思想史等等的專家，在該篇中續稱：「近二十年來……中國研究的部門裏，……最熱門的，……中國近代歷史，……有些人的工作或研究，……還不如叫做時事講座來得得體。……向來還不算在『國學』範圍之內的。」此外，他又用了——海外的中國學——一詞。

因之，歸納其意：「國學」卽「中國學」，亦卽「中國研究」（並不該包括一般性的所謂「中國問題」），而與「漢學」、「東方學」、「亞洲研究」等等之用，因「人」而異罷了。

研討會分發給一百數十位出席者，人各一冊的活葉「特輯（？）」之中，選載了三篇論文，以及七篇講詞等等。周氏所發表過的「論漢學界的代表人物」，被列爲論文之二。其中述及李濟博士「不承認有所謂『漢學』，而認爲只有語言學、歷史學……等等的研究。」譬如趙元任博士「是第一流的語言學家，不是漢學家。」

該篇先後見於「新天地」雜誌與「漢學論集」一書。在中央研究院院士的當中，較爲年富力强的周氏，另於「何謂漢學」一文之中，有過相當詳盡的說明，謹錄要點如下，以便對照：

一、「『漢學』相當於英文的 Sinology」。

二、「和『國學』的含義相近，而畧有不同」。

三、「和『漢宋之學』的『漢學』大有差異」。

四、反對這名稱的一些理由爲：「對中國有點不尊敬的意味。……完全表示歐美學者對那些已沉淪的古老國家的文化的一種輕視態度。……不過在當初創立『漢學』這個名稱時，確有『歐美文化本位』的意味；用之日久，也不見得有什麼不尊敬的意味了。」其次，「名稱不科學。現代學術的分工很細，……就是『東方學』……的名稱也不適用。……比較進步的名稱就用『中國究研』……還有一種辦法，就是把過去所謂『國學』或『漢學』改稱爲『中國文化史研究』。但是「『中國研究』，這個名稱太廣泛，可以對有關中國方面的無所不包。……就一般來講，『中國研究』似乎也偏重人文學科和社會科學方面的研究。……『中國問題專家』……和『漢學家』的性質也有點兩樣。所以我們依然不能拿『中國研究』來代替『漢學』的名稱」。因此，「漢學」、「國學」，以至於「經學」等等名稱，「仍有保存的必要」。

（待續）

什麼是新聞？

——一個新聞記者的獨白——

陳思

我看過羅素的哲學大綱，他說他並不想替哲學下什麼定義。二十年前，我在江蘇社會教育學院和暨南大學新聞系講授新聞學，擺在我們面前就有什麼是新聞的課題，我也不知怎樣下定義才好。

在我們這一輩從事新聞工作的，大多是半路出家，從來沒想過什麼是新聞的問題，也沒見過新聞學，採訪學這類的書，要說摸索到一些寫作新聞的路徑也只是無師自通的。不過，什麼是「新聞」的課類，畢竟擺在我們面前；我也時常想到這一問題。大概，十九世紀後期，報紙剛出現時，我們就聽到「有聞必錄」的話，好像「新聞」只是一堆社會生活的「垃圾」，或者是一隻「字紙簍」罷了。後來，大概從西方來的說法，我也曾用那種說法下過定義，說「新聞」（NEWS）乃是N（北）E（東）W（西）S（南）的種種記錄。後來呢，又接受了另一定義，說「狗咬人不是新聞，人咬狗才是新聞。」這就成爲西方新聞事業的總路向。可是，「新聞」就只是一種滿足讀者的好奇心嗎？我在教室中對同學們就不想這麼說。

在新聞界，我也沉浮了二十多年，慢慢地了解一些內情，南來以後，也看了種種形式的報紙。我曾經說過：這兒的報紙，有的是大麻，有的是香烟，有的是糖菓，也有的是米糧。這樣，雖同是白紙印黑字，但「新聞」之爲「新聞」，本來不會相同的，此中甘苦，倒不妨提出來談一談的。究竟什麼是新聞呢？我擧過一些例子來和新聞系同學反復討論過。我是研究歷史的，有人說過：新聞是今日的歷史，歷史乃舊日的新聞。湖南的陶菊隱先生，朋友們稱之爲舊聞記者，因爲他所寫的，正如新近逝世的約翰根室，以寫內幕新聞著稱於時。但仔細分析一下新聞，畢竟算不得是歷史，稱它是史料吧，也只是一種無頭無尾的粗糙的史料。且說，十年前，香港發生過一件社會大新聞，一位醫生吳鋈堅在診室裏奸了一位女病人，因而被控判刑，入獄五年之久。坊間還出版了一本吳鋈堅案的專集。但是，這位醫師，有妻有子女，他既是婦科醫生，裸體女人對他並非什麼秘密；這麼一位又醜又笨的，怎麼會激起他的情慾呢？在我總覺得是不可解的。可是，他在反覆研審之下，判處了五年徒刑，可見此事決非虛妄。因此，這是一件大新聞。若作爲傳記掌故來說，必得重新搜集史料，把當日案卷再看一番，才可以着筆追記的。至於讀者心理上又如何呢？幾年前，吳鋈堅已經出了獄，又重新掛牌做醫生，大家已經不很注意這回事了。前幾天，這位醫生病逝了，各報本埠版只刊了短短幾行小新聞，一般人當然不再注意這回事了。要把這新聞當作史料來看，那眞漏洞百出，簡直不成話呢。

或許有人以爲這是社會新聞，因此壽命很短，內容也很粗糙。我且找一件有關現代交通的大新聞，那是一八七四年十二月至一八七六年二月間的事，（同治十三年——光緒二年）距今不過九十六年。我一到上海，便知道從上海河南路到吳淞那條淞滬鐵路，乃是中國第一條鐵路。我當時知道這條鐵路是英國人所建造，因爲行車時輾死了行人，犯了衆怒，便拆毀掉了。後來我又知道，這條鐵路拆掉了，便遷往台灣去，今日從基隆通往台北的鐵路，便是這一鐵路的舊料。可是，這條鐵路眞的犯衆怒嗎？據一八七六年七月四日上海申報所載，鐵路在中國本屬創見，大家以爲新奇，一聽到鐵軌已經鋪到徐氏花園附近，已經有一輛運輸車在上面往來運輸木石，大家都來看看這究竟是怎麼一種東西。不但本埠人士歡喜看，連幾十里甚至百里以外的人也都趕着來看。可說是前所未見的盛况。

從上海到江灣那一段，七月三日正式通車，車票分上中下三等，每天開行六次。據申報刋載：「下午一點鐘，男女老幼，紛至沓來，大半皆願坐上中兩等之車，頃刻之間，車廂已無虛位，儘有買到上中之票仍坐下等車者。迨車未開行，而來人尚潮湧至，蓋皆以從未目睹，欲親身試之耳。」（原來，上海人把遊鐵路當作一件大事，即是住在城內，幾乎終年不出門的人，聽到這種新奇東西，也都携老扶幼到那兒去看熱鬧了。）那位申報記者也就報導自己的經歷：「予於初次開行之日，登車往遊。惟見鐵路兩旁，觀者雲集，欲搭坐者，紛至沓來，不可勝數，所備客車，不敷所用。火車爲華人所未從見，亦不知其危險或安全；而乘客之中，婦女小孩竟居其大半。先聞搖鈴之聲，蓋示衆人各就其位，不可奔走往來。繼以汽笛數聲，即聞嗦嗦作响，火車隨即吹號，車輪即慢慢前駛，隨即加速快駛。坐車者皆面帶喜色，旁觀者亦歡聲雷動。頃刻間，車行疾馳，身覺搖搖如懸旌矣。此時，最有趣者，乃在田間鄉農；上海至江灣間偶有稻田，大半皆棉花地。其間素僻靜，罕見過客；忽有火車飛馳而過，但見白烟直冒，又見六輛客車滿載鮮衣華服之客，莫不詫爲奇觀，莫不停鋤呆視。或有扶杖張口仰望，或牽牛驚視，欲逃又止；究言之，未有不面帶喜色者。車近江灣，汽笛復鳴；車行漸緩慢，停於站左。兩旁觀者又如堵。……」這樣，大衆熱烈歡迎的空前盛況，這和後來所傳上海市民疑懼交幷之說，絕不相同。

原來，在江灣北首軌道上，一位士兵不知躲避，給火車輾斃，乃是八月三日的事；已經通車一個月了。至於中英雙方在南京會議，由中方籌欵買斷，那是十月二十四日的事。會議中准許英商鐵路公司再駛行一年，到一八七七年十月二十一日爲止，並非立即拆除的。那一年中，營業很好，一八七七年春天，滬人到吳淞郊遊的，天天滿座。那一年中，搭客十六萬一千三百三十一人次，營業可說很不錯了。不過，這條鐵路終於在一八七七年十月二十日收回，拆毁了。但這條鐵路究竟下落如何，一般人實在一無所知。我上面說過，當局決定把這部份器材運到台灣去敷設的話，也沒有眞正的下文。所謂「新聞」，大體是這麼有頭無尾的。直到我看了梁士詒年譜，才看到了如次一段話：

初，英商怡和洋行，以上海吳淞間商務繁盛,因謀築輕便鐵路,是年閏五月開車，爲鐵路見於我國之始。六月，我國士兵一人行經鐵路，遭輾斃。蘇淞太道照會英領事轉飭公司停止開車，英領不允。再由南洋大臣沈葆楨照會英領，亦不允。繼由總理衙門商之英使威妥瑪，又不允。詔北洋大臣李鴻章，與議。英使允由我國備價購回。李乃奉派盛宣懷等，與英訂約買斷，價銀二十八萬五千兩，限一年半，分三期攤付，全價未付清前，該路仍歸公司經營。至光緒三年冬，付清路價，即將鐵軌掘起，擬連同所有材料運往台灣。以台灣有擬築鐵路貫通全島之計劃也。尋以籌欵無着，卒將淞滬全路鐵軌車輪沉諸打狗港中。

可是，陳恭祿中國近代史，又載：「……會丁日昌奉旨准於台灣試辦鐵路電報，乃將其拆運台灣，其一部分材料，成爲廢物。台紳林維源捐欵五十萬元建築鐵路，而朝廷將其改作賑欵。台灣鐵路，後由劉銘傳辦理。」這段新聞，究竟該怎麼來作交代呢？從一八七七年到如今，快一百年了,而且有官方的正式文件可以考查,可是這件新聞或史事，終究還沒弄完整出來。

要我舉這樣無頭無尾的新聞例子，幾乎俯拾即是，在這兒，我只舉一個身經的實例。不久以前，因爲要表揚一位在考城的殉職工作人員，有人提到了抗戰初期的黃河決口的往事。這件事，當時刋在我們報紙上的，說是日軍轟炸，堤破，洪水泛濫。而日方的通訊社電訊，說我方挖掘黃河堤防，潰決花園口一帶。這兩種新聞，其實都是不眞實的。我是親與其事的，河堤原是我方挖掘的，但河水並不泛濫，也未成災。從花園口流出來的水，每小時只流五華里，簡直泛濫不成，河岸一帶，也沒什麽災民。我們隨着黃河救災委員會屈映光委員長到鄭州一帶去放賑，眼見實情如此。至於河決賈魯河泛濫成災，那是第二年夏天的事，不能算在決堤舊賬上的。新近的報告，也是不合事實的。

我是從事新聞工作的人，我都時時提醒讀者，得明白任何報紙上的新聞，其眞實性都是很低的；我再三說了「新聞」都是很粗糙的史料，各人得自己去加工的。我曾經指出，一個新聞記者，一面是史學的研究者，一面又是社會科學的研究者。史學家沙耳非米尼說過：「假使史學家是過去的再造，那末，卽令是我們當代的事實，也是屬於過去的。昨天在國會中的演說是屬於過去的。一位新聞記者在演說時所做的筆記，也是這個過去的記錄。利用這些筆記的人，無論他是史學家或社會科學家，必須研究新聞記者是否對演說作了一種忠實的記錄；換言之，就是在筆記的時候，及整理筆記準備刊行於報紙上的時候，他是否誤解了；或甚至於有意的誤報了演說家的演辭，而將他從來所未曾說的話，塞列他的演辭中。這種考證的工作，是必不可少的；無論我們是研究昨日發表於華盛頓，而今日刊載在一份日報上的一篇演說，或是研究雅典政治家德漠斯哲尼斯（Demosthenes）的反馬其頓王的演說。」

這時，我不期而想起了四十年前，第一次世界大戰時期的事來，那位由於暗殺奧皇太子而爆發大戰的塞爾維亞青年，前年才逝世呢！不過，四十年前國際間的恩恩怨怨，早已了結了。許多史學家曾經從當時報紙上的新聞，找尋這歷史上大事的線索，有過如次的觀感：『我們翻開當時的美國報紙，好似德國使用潛艇戰術，乃是促成美國參加大戰的主要因由。對於這樣的說法，在今日，我們該如何下斷語呢？當一個人說：『假使德國政府不發動潛艇戰，美國必不會參加第一次世界大戰。』而另一人反脣相稽道：『卽使德國永不使用潛艇戰，美國也會參加那塲世界大戰的。』這兩個人都在其心意中做了一次實驗，那就是說，兩人都在他們心中復演一九一四——一九一八的大事件，然後他們除去其中事件之一（卽潛艇戰）而重行思考，他們要觀察在刪除那事件之後，有什麽結果會隨之而至的。他們兩人之中，也許只對了一部分，也許都不對。」

於是歷史家會把美國參加第一次世界大戰的種種因素列舉出來：①作爲美國對英法借欵中間人的銀行家，及投資於此類借欵的投資家的壓迫；②其他祖德的銀行家和德國證券的投資家相反的壓迫；③祖協約國的宣傳，在耶穌敎徒中，在自由思想的中產階級中，和盎格魯撒克遜血統的公民中極多歡迎；④祖德的反宣傳，亦爲德國與愛爾蘭血統的公民和羅馬天主敎徒所樂於接受；⑤和平主義的宣傳和列寧式的革命宣傳，在動機上雖完全異於祖德者的宣傳，也企圖使美國不參戰；⑥德國外交的錯誤；⑦潛艇戰術；⑧威爾遜，他的幕僚們及其他美國領袖的先念、殷愛，希望和幻想；⑨其他種種因素，有爲我們不及知曉的。這塲世變早已過去了，和我們的利害關係也很淡了，而且時間距離並不很遠，有着充足的史料足供研究，可是要將這些因素，置於一種包括一切的因果系統中，使各得其所，却也不是一件容易的工作。

那時，我年紀很輕，還在中學讀書；那位有名的政治家、史學家——梁啓超，他們那一顧問團，到歐洲去訪問戰後的德、法、英各國，他那部「歐遊心影錄」，在當時的確迷醉了我們。他那枝帶感情的筆，把塞爾維亞青年刺殺奧皇太子事件以及巴爾幹半島風雲所激起的世界戰爭的大局面，煊染得如火如荼；讓我們看了，有如讀三國演義的赤壁之戰，眞的不忍釋手。可是，我後來用史人的眼光來追尋那大事件的綫索，已明白世界大戰之形成，並不如梁氏所說那麽簡單。「事實上，戰禍乃是過去二十年中，各大工業國在世界各地不斷衝突所必來的後果。戰禍並非由某個人或某民族的野心所引致的，乃是列强的某種政治和經濟制度所惹起的。——主因乃在於經濟的。」這麽一說，急就章的報載新聞，其正確性，更是低微了。

憶述馮銳寃獄始末

黃之棣

百粵時局，自一九一一年以迄一九四九年，此卅八年中間，却以一九二九年以迄一九三六年這八年時間，爲其最安定時期，雖則當年百粵與南京的政令，並不完全統一，所幸百粵與南京雙方，並無軍事磨擦發生，而百粵建設，亦於此段時期中，稍露其端倪，其著然者，爲百粵各縣屬之製糖廠，及首善之區的海珠橋各項建設工程之完成。海珠橋雖由外商馬士文工程公司承建，但在同時各縣屬之製糖廠，却統由一位僅屬薦任級小官負起全責，不過才大官小，終致百粵簡任官以上文武大員均爲之側目，一九三六年三月間，在南京出版之「民國名人圖鑑」，竟亦劃出篇幅，將此位荐任級之農林局局長，予以揄揚，使其聲譽鵲起，益令當年百粵趾高氣揚之囘師軍人恨恨不已。「民國名人圖鑑」在介紹此位粵省政府建設廳轄下之農林局局長文中，約有如下之記載：

馮銳（梯雲）廣東番禺黃埔鄉人，生長鄉村，自幼卽與鄉村生活、環境、及鄉村人物多所晉接，其就學時期，由小學以至高中，早已在腦海中烙有印象，以爲中國全國，祗是一個大鄉村，而大鄉村的生產、風俗、社會種種，假如不作相當改善與進步，這個國家，便無法可以進展，比其在金陵大學研究農學，因該校農科乃屬初辦時期，卽宿舍以至農塲，及學院內一切事物，均由教職員與學生所創造，故經四年農業訓練後，馮氏不特已受學術上的栽培，養成一種創作性，且實際跟隨棉業專家紀利芬（美國人），在外間棉塲墾作，所經歷地方甚多，由是更悠然對農業引起深造之志向，試應考清華選送美國專科大學深造試，馮氏終被取錄，投康奈爾大學，選習育種學，及農業經濟，得學士學位，後兩年，復得博士學位，隨入美國華盛頓農業部實習半年，由我國留學生管理處，資送歐洲，赴英、法、德、丹麥、及意大利等國，調查農業行政，囘國後，任嶺南農科教授，旋因國立東南大學擬辦鄉村生活改進所，遂辭嶺大職北上，比在南京與中華平民教育促進會總幹事晏陽初相遇，馮氏以『創造中國新經濟制度計劃』進，備受推許，被委任定縣改進鄉村工作試驗職務，從事農民生計教育，及識字教育。以上爲『民國名人圖鑑』介紹馮氏之第一段記載，其第二段又云：一九三一年，林雲陔主百粵政務，以胡繼賢任建設廳長，胡繼賢知馮氏賢，授意其所知黃澤普，徵馮氏意，請屈居荐任級農林局局長，馮氏聞說，欣然於一九三一年秋間南歸，就職後，對廣東鄉村經濟，多所策劃，凡農產品，及農產製造品，自能生產者，均自行生產，不向外國購買，蓋馮氏環顧百粵，每年須購入一萬萬元洋米，全國亦須購入二萬萬元洋糖，百粵本產糖最豐地區，而食糖亦須向外購入，誠爲一最大漏巵。

解决洋米，馮氏首從三方面着手：一、增加洋米稅，令洋米不易輸入，藉以鼓勵農民增加粮食生產；二、改良稻種，每畝耕地可使增產百份之廿五；三、進行水利工作，如築圍，及安裝抽水機，至一九三三年後，洋米入口，每年已漸減爲五千萬元，馮氏預算，再過三年，百粵粮食自給自足時，洋米便不須再行輸入。關於洋糖問題，至一九三三年，百粵全省已成立新式糖廠六間，每日榨蔗千噸者有四所，榨七百五十噸者一所，五百噸者一所，其繁殖蔗田之面積，達十餘萬畝，馮氏在產、製、銷、三方面，均秉承建設廳之領導督促，悉力以赴，並希望將來全國二萬萬元之洋糖漏卮，儘速由百粵糖產予以挽回，到時，百粵每年可得到三萬萬元的收入（即洋米一萬萬元，外省購糖價二萬萬元），亦即減少了三萬萬元之入超。防除牛瘟，造林，改良果品，改良烟種，棉種，發展漁業，防除病虫害，水利之灌溉，排水之改善，雜糧之種植，均在馮氏計劃中，但均須有待於省廳之頒令執行。

馮銳以一農林學專家，獲知於當年百粵貴要，三年已有所成，百粵及國內從學院出身之其他專家，莫不引以為榮。「民國名人圖鑑」更為馮氏揄揚，益使其名不脛而走，蓋在一九二九至一九三六年間，馮氏推行其所擬『創造中國新經濟制度計劃』，因須排除萬難，與奸商，土霸，新軍閥作殊死戰，同時，憑外人勢力的私梟，剝削農民為生活的團體，其阻撓之力量，固亦極強，處此惡劣環境下，馮氏終能一展所長，是亦百粵建設前途之幸也。

殊料百粵還政中央以後，雖有孔祥熙、宋子文、宋子良、唐海安、吳履陶（廣東捲烟統稅局長）等力荐，勸馮氏續安於位，但在馮氏發展其抱負之五年長期間中，早已開罪於百粵第一軍軍長，以馮氏曾建議實行由第一集團軍在大庾地區設收集鎢礦總處，使第一軍軍長無法坐地分肥，其啣恨蓋已達五年之久。

馮銳於百粵還政中央時，曾代表當年省政府主席黃慕松赴香港，迎接新任建設廳長劉維熾，一九三六年八月十日被捕，八月十日為星期一，馮氏尚在農林局紀念週中對屬員講話，仍謂「此次中央奠定粵省，今後建設事業，必能突飛猛進。」但在當日下午三時，即被第四路軍總部（由回師之第一軍改編）偵緝隊長黃懷誘捕而去，被捕三日後，方見報載其事，據說：已解憲兵司令部軍法處審判，在扣捕時間達三十日又二十分鐘，皆不許接見親屬，同年九月九日，竟未經司法公審，即被判决軍法從事。在被扣留的一個多月中，馮氏曾透過送膳小廝致電林雲陔求救，電文畧云：『廣東糖業得有今日優異之成績，端賴主席指導之功，此銳無時或能忘者，今外界不察，指銳對於購買機器，販買洋糖，無不從中取利舞弊，此種虛構，將來自有公評，主席知我最深，乞代向外界解釋明白，俾早日得脫

【一九三六年九日九日，廣州越華報所刊出之槍斃馮銳剪報】

特別要聞

懲治貪污第一聲

馮銳今午槍决

前農林局長馮銳、被扣留後迭經四路總部軍法處審訊、余總司令現奉蔣委長核准、判處馮氏以極刑、今日下午四時在憲兵司令部、將馮氏提堂由審判官宣佈罪狀、並着其書寫遺囑、時馮氏身穿白西裝、頭髮光滑、一聆判處死刑，即面如土色書寫遺囑、僅得寥寥二三十字、即不能再書寫下去，旋畧進飲食、即將其扶上囚車（因馮氏此時神志已昏亂，不克步行）押赴東郊臭崗槍决、佈告錄下、省政府四路軍會銜佈告云、為會銜佈告事、查前廣東省農林局長馮銳一名、被控貪污舞弊、作惡多端等事、當經訊查明確、該犯官在農林局任內兼辦糖業、藉公營私、與民爭利、侵吞公欵、其原經手購置糖廠機器、向外商購入洋糖、沒收民地、無不從中作弊、各鄉農民竟有老大者之稱、莫不思食其肉寢其皮、實屬罪大惡極、現奉國民政府軍事委員會委員長蔣江西電核准、判决死刑、剝奪公權終身、等因奉此、自應遵辦、將該犯官馮銳一名、提庭驗明正身、執行槍决、合行佈告一體知照、計開、馮銳一名、卅八歲、番禺人、（馮銳畧歷）馮銳字梯霄、年三十八歲、廣東番禺人、美國康乃爾大學農學博士、歷任國立東南大學教育科及農科教授、中華平民教育促進會試驗區主任、江蘇農鑛廳技正、陳濟棠主粵政馮任廣東農林局長、因貪污好貨、被四路軍總部將之扣留現已執行槍决云

馮銳遺照

縲絏之苦，不勝待命之至。」

當年廣東省政府，四路軍，會銜宣佈馮氏罪狀，其原文如次：「爲會銜布告事，查前廣東省農林局長一名，被控貪污舞弊作惡多端等事，當經訊查明確，該犯官在農林局任內，兼辦糖業，藉公營私，與民爭利，侵吞公欵，其原經手購置糖廠機器，向外商購入洋糖，沒收民地，無不從中作弊，各鄉農民，竟有老大者之稱，莫不思食其肉，寢其皮，實屬罪大惡極，現奉國民政府軍事委員會委員長蔣江西西電核准，判決死刑，剝奪公權終身，等因奉此，自應遵辦，將該犯官馮銳一名提庭，驗明正身，執行槍決，合行佈告一體知照，計開馮銳一名，卅八歲，番禺人，廣東省政府主席　黃慕松；第四路軍總司令余漢謀」

馮銳夫人陳昭宇女士，素爲熊秉三夫人所器重，知馮氏賢，爲撮合馮陳兩人婚事，生兩女，馮被害時，一女九歲，一女六歲，馮夫人撰有『先夫馮梯雲行狀』，另對上列罪狀多所聲辯，聲辯文中有云：「按全文祗籠統言其貪污，以無一不從中作弊一語爲其罪案，究竟如何作弊？何處何事作弊？作弊之實事證據安在？迄今當局未有一字道及，以爲一經宣佈罪狀，已成事實，即可不必再事曉曉者然，且不但當局如此也，即社會批評，亦未曾舉一具體事實，以證其罪有應得，或以道路傳聞之語，認爲眞情，或以疑是疑非之詞，多作忖測，或有摭拾道途一二私生活，以爲攻訐嘲笑之助者，此皆不足以饜求眞理者之望，亦所以示中國遇事渾渾噩噩之態度，如此而謂上下互相明瞭，人民能與政府合作者難矣。尤可異者；乃罪狀中，以各鄉農民竟有老大者之稱，莫不思食其肉寢其皮等語，宣示於衆，姑無論此種悠悠之口，決不負任何法律上之責任，即使可依之爲根據者，而老大者三字，究作何解？是否凡被稱爲老大者，皆爲罪不容誅？且當局又何能代各鄉民言，莫不思食其肉，寢其皮哉？」

馮氏是被犧牲了，中國損失了一位人才，不過，當年還是軍人天下，四路軍對百粵還政南京是有其勞績的，而此項勞績，正好是造成了這個時期軍人的跋扈，並南京派任爲兩廣鹽運使的唐海安，也祗幹了三個月，便被迫調部，幾乎連兩廣財政特派員，兼廣東財政廳長宋子良，也站不住脚，幸而由大庾回師的軍人，幕僚中却缺乏了幹才，粵幣還有待於宋子良的整理，故宋氏得以屹然續幹下去，南京畢竟對當年回師的軍人，不擬飽其無厭之求，當唐海安調部後，也就將兩廣鹽運使公署，歸併到兩廣鹽務核稽總處，由在任核稽總處長唐宣，兼理鹽引行政，回師軍人至此，對百粵財經要缺，乃一無所獲。

馮銳是不是貪污哩？省港報紙，當年都懾於回師軍人氣燄，不敢開口說話，獨有上海小型報晶報的余大雄，却刊載了一則香港通訊，原文如下：「香港英國政府，對於遺產徵稅奇重，約科百分之十，以六個月爲期，逾期不報，承辦人即失其權益，其手續亦至繁重：一、承繼人須能提出死者之遺囑；二、律師之保證，並宣誓無匿報，或以多報少；三、家長及承繼人之宣誓；四、法院之判決。以上四項爲必經之手續，故馮銳在港之財產，截至十二月四日，始由英政府法院公佈，爲十九萬九千一百元，包括銀行存欵，及物業，並桌椅器具等估價所得之數，除去遺產稅及律師費外，其妻女所得者，不過十七萬圓有零，馮以農林博士，服務社會，逾十年，平日對於買賣外匯，頗有經驗，據某銀行家云：馮於近五年間，官財兩運並旺，於美國放棄金本位，及銀價暴漲，中國政府施行法幣三大時期，一買一賣，獲利超

口馮銳財產之實數

（陳陸自）（香港寄）

香港英國政府對於遺產徵稅奇重、約科百分之十、以六個月爲期、逾期不報、承繼人即失其權益、其手續亦至繁重、（一）承繼人須能提出死者之遺囑（二）律師之保證、并宣誓無匿報、或以多報少、（三）家長及承繼人之宣誓、（四）法院之判決、以上四項、爲必經之手續、故馮銳在港之財產、截至十二月四日、始由英政府法院公佈、爲十九萬九千一百元、包括銀行存款及物業并桌椅器具等估價所得之數、除去遺產稅及律師費外、其妻女所得者不過十七萬圓有零、馮以農林博士、服務社會、逾十年、平日對於買賣外匯、頗有經驗、據某銀行家云、馮於近五年間、官財兩運并旺、於美國放棄金本位、及銀價暴漲、中國政府施行法幣三大時期、一買一賣、獲利超過遺產之數、其夫人陳昭宇女士、系出名門、荊布裙釵、節儉逾常、從不浪費一文、故其遺產、純由貿易居積而來、前此報載馮之宦囊逾千萬或百萬者、今則不攻自破矣、

〔晶報剪報〕

過遺產之數，其夫人陳昭宇女士，系出名門，荆布釵裙，節儉逾常，從不浪費一文，故其遺產純由貿易居積而來，前此報載馮之宦囊逾千萬或百萬者，今則不攻自破矣。」

按當年第一集團軍總司令部下轄三軍：一軍軍長余漢謀，二軍軍長香翰屏，三軍軍長李揚敬。一軍駐大庾，近贛南一帶，當年第一軍久恨馮鋭，其伺機要槍斃馮氏必矣。

南京派來之大員如唐海安，宋子良，固亦非當年四路軍之歡迎人物，其收買部份省港報紙，動輒以莫須有之個人私生活，肆意詆毀馮、唐、宋、甚至黃慕松四人，乃係四路軍一項有計劃攻訐之目的物，但在馮氏被犧牲，及唐海安調部後，以迄一九三八年，百粵在吳鐵城主政下，固絕無所建樹，慘勝後更無論矣。

徐靈胎的「道情」

金　城

清代善唱道情的文人，不止鄭板橋著名，另外還有一位書畫金石家金冬心（農），和一位名醫徐靈胎（大椿），不過徐靈胎以醫學著名，他的文學天才反爲醫術所掩，知道的人還不多。什麼叫道情呢？這得先說明一下。

道情是散曲中「黃冠體」的別名。內容分二種：一爲超脫凡塵；一爲警醒頑俗。任訥「曲諧」說：道情一體，明人之中尚未見有專作，今世但知鄭板橋有眞詞，而不知徐靈胎實定其製。

鄭板橋的道情，全部只有十首，盡是寫榮華富貴之不能常保，和人生之乏味，以歸之於漁樵農牧及山僧野叟的閒適快樂，深得道情的本意——這就是所謂「超脫凡塵」。但未免是消極的。假如一個社會裏盡是這班「超脫凡塵」的高雅之士，個個都高臥南窗下做羲皇上人，那麼，這個社會還會有進步，人類還會有幸福嗎？

金冬心的道情雖然也好，但離開道情的本旨太遠，不能說是道情的「正宗」。這三家之中，自以徐靈胎的成就爲最大，任訥稱他「實定其製」是不錯的。

徐靈胎的道情叫「洄溪道情」，共三十八首，載於任中敏的「散曲叢刊」中。徐靈胎的道情固然是能够「超脫凡塵」和「警醒頑俗」，但他最大的成就却是能「廣道情之體」，將「一切詩文皆以道情代之」，而爲道情闢一新天地。他所寫的道情，採用最通俗的文字，還常常以俗語入文中，使人們讀起來只覺得眞切生動。他的自序說：「半爲警世之談，半爲閒游之樂，總不離於見道之語。若古人果如此，則此音自我續之；若古人不如此，則此音自我創之。」

因爲「黃冠體」到了清代多已散失，只存下一些鄙俗不堪的「耍孩兒」、「清江引」等曲。道情一體，在元明已有，其句法與修詞又和曲體全同，音調則變爲北曲仙呂入雙調，故徐靈胎有上文所說的話。

徐靈胎的道情中，有一首「勸孝歌」，是合於「警醒頑俗」的，文章作得不僅很好，而且作者更能懂得老年人的心情，現在且將這首歌錄左，可見其作風一斑。

五倫中，孝最先，兩個爹娘又是殘年。便百順千依也容易周旋，爲什麼不好好的隨他願？譬如你詐人的財物，到來生也要變猪變犬。你想身從何來，即使捐生報答，也只當欠債還錢。那裏有動不動將他變面？你道他作事胡塗，說話欹偏，要曉得老年人的性情倒像了個嬰年。定然是顚顚倒倒，倒倒顚顚。想當初，你也將哭作笑，將笑作哭，做爹娘的爲什麼不把你輕抛輕賤？也只爲愛極生憐，到今朝換你個千埋百怨。想到其間，便鐵石肝腸怕你不心回意轉？

這種文字詞意淺顯通俗，什麼人都聽得懂，看得懂，自然容易使人受其感染。作者並不須抬出什麼聖賢的大道理來勸孝，只作出幾個譬喻畧爲闡述，便已很有感人的力量了。

江樺會見記

林翠寒

自從十多年前看過江樺和韓非主演的「一板之隔」後，我對江樺倒有念念不忘之感。說也奇怪，她在這部戲中的演技只是稱職而已，並未達到爐火純青程度，而且並非長得特別漂亮，爲什麼會令我爲之顚倒呢？我之喜歡她，是因爲她的外表具有一種清新脫俗的氣質，笑起來時的臉龐是那麼甜絲絲的，令人見了覺得很好受。

後來，我從報紙上陸續知道她往意大利學歌，曾在那兒公演歌劇蝴蝶夫人，曾在澳洲和美國登台表演，之後回香港設館授徒，先後曾在大會堂公演歌劇。

去年江樺在大會堂公演歌劇「茶花女」，我最小的女兒也是江樺迷，當時我們兩人打算大破慳囊，前往一觀。可惜到時因女兒要値夜班，只好作罷。但我們不肯就此放棄，探知江樺在上演前一兩天，先在電視上出現，我和女兒約定，江樺上電視那一夜，我們輪流守着電視機。果然皇天不負苦心人，我們終於見到她了，江樺飾演茶花女，男主角阿芒則由林祥園飾演。他們一面做一面唱，雖然只有短短的幾分鐘，已經令我們感覺滿足了。出現在螢光幕上的江樺，豐容盛鬋，比在「一板之隔」胖多了，我的女兒說，胖些唱女高音才有氣力啊。

一個星期前，當我從菜市買菜回家時，我的丈夫對我說：「C醫生請我們夫婦星期日晚上到他家裏吃飯，你去嗎？」C醫生和丈夫相識將近二十年，他們時相見面，但我怕應酬，不要說未曾到過他的家，連他的太太都未見過，所以我聽了後連忙搖頭道：「不去，我怕應酬，你自己去好啦。」接着我問：「C醫生爲什麼請我們？」

「因爲他請江樺夫婦，順便請我們。」

「請江樺夫婦！去，去，我要去！」

到了赴宴那一晚，風雨大作，天文台已經懸掛三號風球，而C醫生的私邸是在深水灣，非汽車代步不可。本來我們可以坐的士車前往，但丈夫的朋友K君（亦是C醫生是晚客人之一）和江樺的丈夫Y君是合夥做生意的好伙伴，而丈夫和Y君亦曾見過一兩次面。因此，早在兩天前K君就和丈夫約定，到時由Y君開車到我們家附近接我們同往。爲了恐怕Y君的汽車先到，我們提早六點半出門，走不到幾步，風勢更烈，雨下得更大，帶着的雨傘也沒有用處；更兼雜着隆隆的雷聲，閃閃的電光，好不怕人。到了約定的地點，我和丈夫差不多變成了落湯雞了。幸而約定的地方有凹入的門口，我們就站在裏面避雨。我一面用手巾揩去身上的雨水，一面心裏忐忑不安。因爲在短短的時間內，我就可以見到江樺這位出色女高音歌唱家的廬山面目了。我想這位在藝壇上享譽十多年的人物，架子不知有多大，像我這個既不擅交際而又拙於辭令只躲在家裏燒飯洗衣的人，她那裏會理睬呢，想到此，不覺後悔此行，恨不得回家。正徬徨間，接我們的汽車已來到了。是時雨落如注，我們雖有傘遮着，而且只走幾步便上車，然而又變成落湯雞了。江樺坐在司機旁的位子，她的丈夫Y君則充司機。和我們同坐後座的K君，忙向我們介紹，江樺轉身含笑向我們點頭，我第一眼就覺她比在「一板之隔」中沒有老多少，且比在電視中所見的還年輕和苗條。她一面用手巾不斷揩去玻璃上的雨水，一面和K君及我的丈夫閑談，絕無驕矜之氣。她一會兒操純粹的普通話，一會兒講極流利的廣東話，聲音甜而清，難怪她唱起歌來那麽動聽了。我傾聽了好一會，才擠上了一句：「Y太太，久仰你的大名。」丈夫接口說：「不錯，我們十多年前便看你主演的「一板之隔」了。她甜甜的一笑說：「嗯，拍得不好。」

車到了主人家門口，我們站在門內等候Y君把車泊好，我又想出了一句話問她了。「Y太太，怎麽你清減了許多？」

江樺聽了有點錯愕，大概覺得我問得太突然了，因爲這是第一次見她，怎知她的肥瘦呢。我趕忙向她解釋，說我去年在電視見到她時，覺得她有點發福了。她笑着說她一向都是這麽苗條，上電視時可能會把瘦人變成胖子的。

男女主人殷勤招呼客人，我因爲整件旗袍爲雨濕透，女主人帶我上樓把它脫下，讓女用人燙乾。

晚餐時，江樺坐在男主人右面，我則在其左面，同席除了我們五個客人外，還有C醫生的弟弟夫婦及四位音樂家，他們大多數和江樺認識。我因爲不善談話，好在C醫生和丈夫相識多年，我不必向主人作虛僞的應酬，只靜靜地傾聽着賓主的談話和吃菜。原來江樺原籍蘇州，父親在鐵路局工作，因此她從小便跟着父母離開家鄉。

座中有人問江樺，當她往意大利深造時識意大利文麽；她說不識，C醫生接口問她，那怎樣應付學習的課程呢；她笑着說，起初是一個字一個字的學，後來是一句一句的學，久之便可以應付裕如了。我雖然心裏讚她聰明和富有學習精神，但口裏却講不出來。

江樺又說近年來集合一班愛好歌劇藝人，每年在香港公演歌劇一次，目的在於把學來的東西公諸同好，提高香港人對歌劇的欣賞力和與趣，並非牟利。其實他們公演一次，不蝕本已算幸運了。今年呢，恐怕無法公演了，因爲和她合作的男主角已經離開香港，要再找一個不容易。我不覺插口問道：「是不是林祥園？」她點頭說：「不錯，他已經到意大利去深造了。」

江樺現在有三十多個學生，因此整天爲授課忙碌。聽說她有兩個孩子，現在外國求學。

晚餐後，大家在主人的音樂廳閒談，喝咖啡，各適其適，有的在欣賞廳中的擺設。之後，一位音樂家拉小提琴，另一彈鋼琴伴奏，我對此雖然是門外漢，但亦覺得彈鋼琴那位指法非常純熟。

一曲既終，大家敦請江樺高歌一曲，她含笑推辭，說她近日的嗓子有點沙啞。大家不肯，主人忙打圓場說：「既然如此，留待改天好啦。」我不覺有點失望，因爲我赴宴的目的，第一就是想見見江樺的眞面目，第二是想聽聽她的歌喉。

從主人家辭出，已是十一點多了，依舊是Y君開車送我們回家，在路上，江樺對我說：「K太太你一定好悶？」我忙說一點都不悶，聽大家的談話，增加了我不少見識呢。心裏却說：「只聽你那銀鈴般的聲音和看你那甜絲絲的笑臉，已經令我陶醉，何悶之有？如果能聽你引吭高歌，那麽，再多坐三四個鐘頭也願意的。」

江樺給我的印象，和我的想像恰好相反。她平易近人，絕沒有半點驕傲之態，帶有濃厚的藝術家氣質。希望她在這一兩年內，再在大會堂公演歌劇，到時無論如何，一定前往領畧她的歌喉，以慰這次的失望。

•更正啓事•

第五期蜺園先生的「癸巳花生日作六首」題目中的「癸」字，誤植「祭」字，我們粗心到竟然看不出，非常抱歉，謹向讀者、作者認錯，幷請原諒！

•編者•

香港天文台的天氣預測可靠嗎？

李　杰

收聽香港各家的廣播電台或電視台的天氣報告作爲出行或作業的準備，幾是全港居民日常生活之一。天氣報告之後，跟着便是當日天氣預測，下列幾項預測時常都可能被收聽者聽到的：

（一）預測今日吹强烈西南風，風勢稍後轉爲和緩，密雲，間中有驟雨，午間最高氣溫爲攝氏二十九度。

（二）預測今日下午及黃昏，吹輕微無定向風，天氣酷熱。

（三）預測今日吹輕微西風或西南風，密雲，有零散驟雨，今晚稍後時可能有雷雨醞釀。

（四）預測今日吹和緩東風，初時空曠地方，風勢清新，密雲，晨早時有幾陣驟雨，下午間中有陽光，天氣轉熱。

（五）預測入夜吹和緩轉清新東北風，密雲，部份時間有雨，有時雨勢頗大。

（六）預測今日下午及黃昏，吹和緩或清勁東北風，天色良好，黃昏稍後時轉爲密雲，有局部驟雨。

（七）預測今日下午及黃昏，吹和緩東風，空曠地方，風勢清勁，密雲，天氣寒冷，今晚稍後時有微雨，今日上午低溫爲攝氏一十點四度，正午十二度。

上述預測，包括我們日常所最關心的冷、熱、晴、雨，尤其是降雨方面，一般人似乎特別注意；預測中有「間中有驟雨」，「零散驟雨」，「幾陣驟雨」，「部份時間有雨」，「有時雨勢頗大」，「局部驟雨」，「微雨」……等，聽了這些話，小心謹愼的人們臨出門時必定携備雨具，以防淋濕，可是，在路上行走，或逗留在郊外地方經過一大段時間，全無雨點降落，一次又一次都如是，他們對天文台的預測便發生疑問。同時，預測中表示風勢的强弱，有「强烈」，「和緩」，「輕微」，「清新」，「清勁」等多種名詞，更感到迷惑；只就字面上去理解，似是而非。最可笑的，他們雖然不去理會這名詞的意義，卻常常運用這些名詞來比喻，在某一件事情上面，又頗爲恰當；譬如突然發生的事情，喻爲「間中有驟雨」，愛說人脾性不定，喻爲「吹無定向風」，眞使人啼笑皆非。

那末，究竟香港天文台的天氣預測是否準確呢？早在一九五〇年左右，天文台爲着使本港居民明瞭天氣報告裏各種名詞的意義，曾將副台長史他畢氏(L. Starbuck所撰「常用氣象名詞小辭典」譯成中文；其後，於一九五八年又由該台高級科學官錢秉泉氏重寫一本「香港天文台天氣報告術語闡釋」，至今仍認爲對本港有關天氣知識必看的書，其中彙集許多名詞，摘要說明。譬如上面所說的雨，就有「陣雨」，「驟雨」，「零散驟雨」，「局部地區性驟雨」，「微雨」，「毛毛雨」，「雷雨」等；風就有「輕微」，「和緩」，「清新」，「强勁」，「烈風」，「疾風」，「颱風」等。另外在時間上，有「部份時間」，「短暫時間」，「稍後時」，「間有」，「或有」，「可能」，「將會」等；在空間上，有「部份地區」，「局部地區」，「其他地區」等，都有它的含義。可惜有些人在收聽電台或從報紙上所看到的天氣預測，都忽畧了術語所表示的意義，只要預測不盡符合當日的香港天氣，尤其是不出現在他們所行走或居停的地方，便對這預測頗有微言，如果是這樣，無怪誤解了。舉一箇例來說，譬如香港夏季是雨季，驟雨是常有的，只要當地上空出現孤雲，便會降落；零散驟雨，只要上空雨雲零散分佈，部份地區便會有驟雨，並非整個香港任何地方都可以有這種雨下降，稍爲具有氣象常識的人們，自然明白的。

話得說回來，香港天文台預測天氣，有時也存着若干困難，不免有錯誤的地方。去年十月間錢秉泉氏曾在報章上坦白地指出有三點理由：

（一）香港地域細小，有時雖預測到有外來的天氣影响，但臨時卻不會籠罩香港。

（二）香港雖位於亞熱帶內，但同時兼有溫帶和熱帶的天氣，世界上沒有一處地方的天氣變化比香港更大。

（三）熱帶雨的雲多是局部性的，孤立的，而不是整片的，所以香港很多地區性驟雨。

雖然世界各國對氣象研究大有進步，但到目前爲止，沒有一個氣象台從沒有發出過錯誤的天氣預測，何況香港具有上面三點特殊情況呢！

看天氣圖和天氣報告的準確性

香港天文台在預測當日天氣時，必先作一「各地氣壓分佈形勢」的報告，這是天文台從每日天氣圖分析出來的結果。裏面描述整個大氣的變動，使聽者能够體會到各地天氣實況；以及在廣大區域裏的天氣可能發生演變，從而推測當地天氣是否也會隨着變化，這在稍具氣象知識的人們看來是很有用的。

香港各家廣播電台和電視台固然將天文台當日某一時間的「各地氣壓分佈形勢」和「天氣預測」播出，電視台更在瑩光幕上映出多張天氣圖，供閱者觀看，原是甚有意義的，不過，電視台所講的，無非是將天文台的文字報告作一番重讀而已，

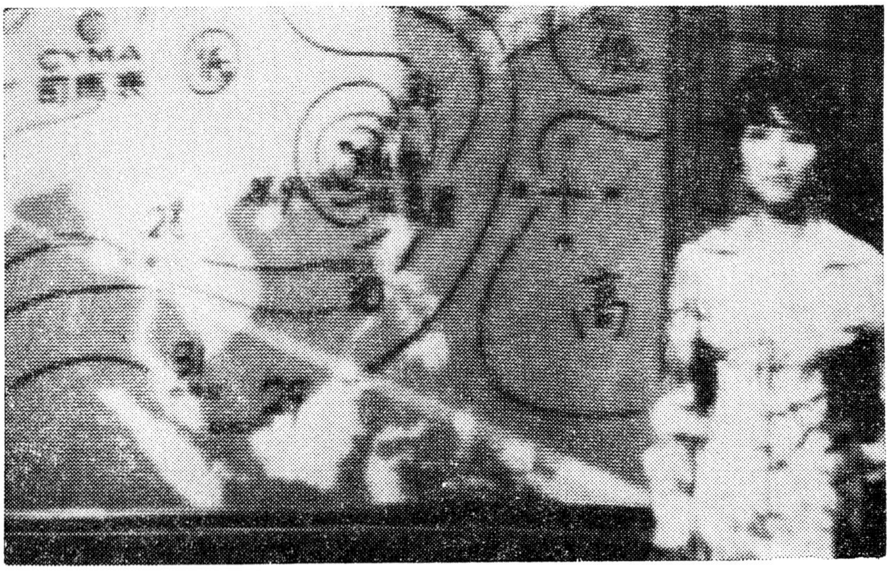
螢光屏上的天氣報告

大多數觀衆都不感興趣，實在是可有可無，與其如此，倒不如直接研讀香港天文台所編製的天氣圖更爲實用。

香港天氣圖是供行政機關、各大企業、工商行號以及來往旅客等參閱的；並交給中西報紙發表。可惜全港任何最大的一家中文報紙都沒有轉載，不知是否因爲原圖用英文刋印，翻譯費時；抑或認爲讀者不重視之故，省卻了事？這在以報導消息，增進讀者日常知識的立場來說，誠不足取。我們在英文報紙上看見的香港天氣圖，每日都可從南華早報讀到，其他地方最容易看到的，就在香港和尖沙咀的天星渡海小輪碼頭裏，經常每日張貼出來，專供來往乘客閱讀。

讀天氣圖當然要具有多少氣象知識才易領畧，其中最簡單而又最扼要的，有下列幾點：

（一）明白該圖是在何季節，何月，何日，何時，尤其是知道季節才易於了解這時期天氣變化的特性。

（二）看清各地氣壓的分佈形勢，即高氣壓和低氣壓在何處，高氣壓和低氣壓的中心又在何處，有無低壓槽或高壓脊，反旋風或熱帶旋風，冷鋒或暖鋒等出現，如有，注意它們的移動方向。

（三）留心風向，風速和氣溫的分佈，如冬季北方反旋風向南擴張，就是冷鋒南移，預料天氣將會趨於寒冷；如夏季西

南方高氣壓向東北伸展，就是强烈西風或西南風吹至，預料熱浪將會光臨，天氣炎熱。

此外，凡是低氣壓中心附近或低壓槽兩旁地方，可能降雨，天色陰霾；但高氣壓地區，天色晴朗。這些都是利用氣象知識來解答一個地方的天氣，和預測未來的情況極有關係，如果要獲知較準確的天氣變化，最好對連續多日的天氣圖，逐一比對，尋出天氣變化的趨勢，則更易於明白。

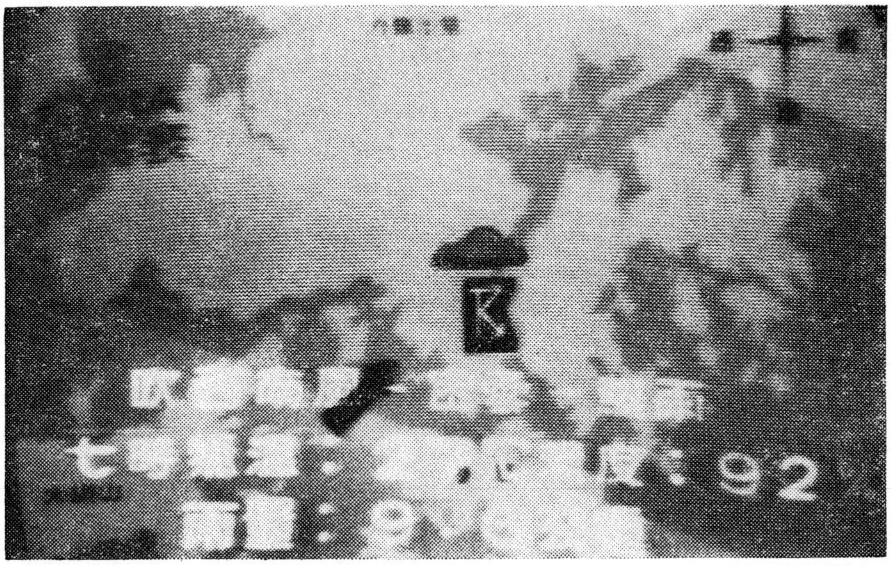

電視台上的天氣圖

現在隨文刊出一九七〇年八月一日南華早報轉製香港天文台的香港天氣圖和文字，撮取要點，譯出如下，俾大衆參攷：

圖　題：一九七〇年七月三十一日香港夏令時間下午三時的天氣圖。

各地氣壓分佈形勢：結集在東海東北部和九州西部之間的熱帶低氣壓已轉弱成爲一低氣壓。巴士海峽東部氣壓頗低，在該處有一熱帶低氣壓似在形成中。

今日天氣預測：吹輕微無定向風，天色良好，天氣酷熱，下午最高氣溫約爲攝氏三十三度。

根據該日圖上所示，可分兩點說明：

（一）先從氣候季節來說，這是夏季，正是夏季季候風和颱風活躍時期，高氣壓普遍在海洋面上，低氣壓普遍在陸地面上。因此，大陸東部盛行東南風，大陸南部盛行西南風或東南風，若遇海風吹抵陸地沿岸，常有雨下降，天氣炎熱，但內陸無雨，酷熱，這是夏季氣候的一般特徵。

（二）再看圖上，首先見到各地氣壓分佈形勢，就是日本南部、台灣東部的海面上，以及閩浙地方各有一低氣壓出現，其中以台灣東面的低氣壓爲最低，約在一〇〇四毫巴。圖上箭咀表示該低氣壓正由東南方向西北移動，即向台灣推進。另有一低氣壓槽自海南島向東伸展至巴士海峽，再折而向東北偏北行，迄日本九州西面爲止。由此可知，在低氣壓中心附近和低壓槽兩旁地方都有雨或陣雨降落的可能，但香港距離低壓槽相當遠，且氣溫甚高，自然無雨，天色晴朗，天氣酷熱；要是低氣壓中心移近台灣南部或西南部，又或低壓槽出現在香港附近，那時天氣便會頓呈變化，香港可能醞釀下雨，驟雨、甚至大雨不等。

這是依據南華早報的簡畧天氣圖來推測，如細讀香港天文台製的天氣圖，兼看圖上風向、風速和氣溫等，用來推測某一地方的天氣，自更爲可靠了。

颱風報告雖準確但預測亦困難

颱風季候來臨，約在六月一日至十月十五日間，太平洋南海上隨時有熱帶旋風發生，一旦熱帶風暴或颱風出現，未闖進香港颱風警戒圈之前，天文台首先作出「非本地區颱風警告」，報告它的所在位置和行踪，直至颱風進入警戒圈四百哩範圍內，更詳細報告它的中心位置，移動方向，風力時速等，以每六小時發出一次警告，交由各報紙發表以及廣播電台在天氣報告時附帶播出。當熱帶風暴或颱風可能影响香港時，天文台即密切注視該風姐的動向，以防有吹襲本港的可能，隨時報告有關颱風消息，各訊號站亦懸上風球訊號，如懸上五號風球以上，天文台即有每小時一次的颱風消息發表，以及全日二十四小時內，每半小時報告一次，並使用在天文台內所設的播音室，直接播出，或由電台人員到場就便報告，跟着作出預測，促請居民採取一切防範措施。

在颱風迫近本港或行將消逝時，天文台便會發出天氣預測，直至威脅完全解除爲止。我們可以從廣播電台收聽到這些說話：

（一）如該颱風依現時途徑進行，將會在××時吹襲本港。

（二）預料該颱風將繼續增强，將於今日下午××時更接近本港。

（三）跡象顯示，颱風途徑預料會轉向西北，將於今日黃昏在本港××方××哩掠過。

（四）現時該風暴已漸離本港，所以天文台將不會掛起烈風訊號。

（五）該風暴到達大陸後，即已迅速減弱，本港風勢和緩，三號風球於××時卸下。

南華早報每日的天氣圖

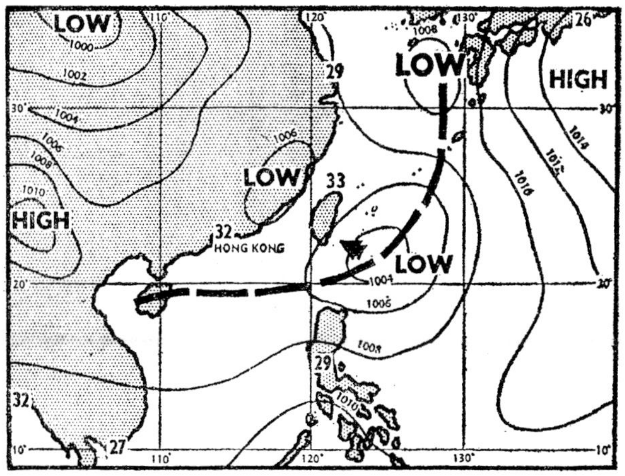

Weather chart as at 3 pm (HK Summer Time) July 31, 1970

SUN, MOON AND TIDES

Sunrise: 6.55 am; Sunset: 8.04 pm.
Moonrise: 5.45 am; Moonset: 7.35 pm.
High water: 7.4 ft at 9.21 am; 4.2 ft at 11.52 pm.
Low water: 4.1 ft at 1.30 am; 0.9 ft at 4.47 pm.

TODAY'S FORECAST

Light variable winds. Fine and very hot in the afternoon with a maximum temperature of about 33 degrees.

GENERAL SITUATION

The tropical depression over the northeastern part of the East China Sea to the west of Kyushu has weakened to an area of low pressure. Pressure is low to the east of the Bashi Channel where a tropical depression appears to be forming.

YESTERDAY'S WEATHER

Maximum temperature: 33.5 °C (92.3 °F).
Minimum temperature: 27.1 °C (80.8 °F).
Sunshine: 11.9 hrs.
Rainfall: Nil. Total rainfall since Jan 1, 1182.1 mm (46.54 ins) against an average of 1356.6 mm (53.41 ins).

HK Summer Time	1100	1700	
Pressure at msl	1008.3	1005.3	mbs
	29.77	29.69	ins
Air temperature	30	33	°C
Relative humidity	75	52	%
Dew point	25	22	°C
Wind direction	WSW	West	
Wind speed (knots)	3	3	

Weather round the world

	Mix C	Min C	
Djakarta	35	29	Clear
Singapore	29	24	Thunder-storm
Kuala Lumpur	33	22	Sunny
Bangkok	34	25	Cloudy
Manila	29	24	Occasional rain, thunder-storm
Taipei	34	25	Fair
Seoul	30	23	Rain
Tokyo	33	26	Cloudy
London	26	16	Warm
Paris	28	15	Sunny
Moscow	23	13	Overcast
New York	32	23	Thunder-storm
San Francisco	31	22	Foggy
Sydney	20	8	Fine
Melbourne	10	7	Showers
Canberra	14	6	Fine
Brisbane	26	13	Fine

誠然，天文台追踪颱風的移動，注意它的變化，竭盡所能，報告準確，使居民得以及早作好一切防範；可是，當颱風臨近本港之際，預測中稍有不符合之處，有些人就認爲不够準備了。舉例來說，遠的如一九六二年九月一日颱風溫黛襲港，當日天文台於上午六時三十分發出警告，預料港內的潮水可能比正常高潮高出六呎，吐露港的潮水會更高。但至上午九時五十分，吐露港的海潮已比正常高出九呎六

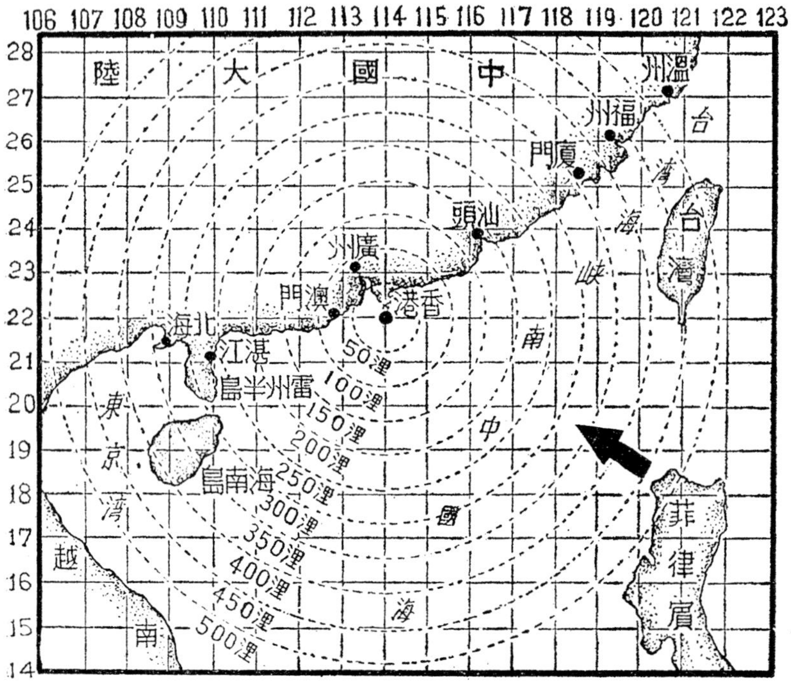

←報紙刊載颱風位置和方向移動圖

时，沙田低窪地帶盡被淹浸，造成近年來最大的風水二災，損失慘重。雖然早已進行一切防備，但來勢劇烈，實非始料所及。近的如一九六九年七月二十八日風姐維奧娜掠過香港，當它於二十六日進入本港四百哩香港颱風警戒圈後，繼續向西北偏西移動，有直指向香港吹襲模樣；二十七日下午一時四十五分天文台首先懸出一號風球，表示維奧娜於較後時間會影响本港；晚上九時三十分天文台改懸三號風球，表示風力時速二十二至三十三哩海里之颱風，可能吹襲本港，二十八日正午十二時風暴結集在北緯二十二點八度，東經一百一十六點五度，離本港東北偏東約一百三十哩，向西北移動，時速十七海里。天文台認爲該風姐依現時途徑移動，將會於下午一時十五分在本港東北偏北約一百一十哩掠過，隨卽將昨晚的三號風球卸下，但經六小時稍多——卽下午六時二十五分，天文台長以風勢未有減弱，反比預料爲强，宣佈再度懸掛三號風球。這時，港內風速每小時達五十四海里，海面風浪洶湧，水流湍急，天星渡海小輪和油蔴地小輪公司轄下若干條航綫相繼停航，已往渡海小輪只有七號風球或以上才會停航，因三號風球而停航，殊屬罕見；所以這次三號風球卸下後，居民都以爲颱風威脅解除，紛紛外出，不料再懸三號風球，已無船可搭，近千乘客，麕集碼頭，有些人不免埋怨天文台何不延遲卸下三號風球，使大衆提高警惕。事後有將此事向天文台長提出詢問，據復謂三號風球是表示風力時速二十二至三十三海里的强風由西南方吹襲本港，小輪停航與否和天文台實無關係，而小輪公司負責人卻謂根據當時港內風浪流水情形，小輪停泊，極感困難，迫得停航。翻看已往紀錄，因三號風球而渡海小輪停航，實以此次爲先例。

事隔經年，卽本年七月間，香港天文台長鍾國棟氏，認爲颱風接近本港時，一般居民感到不能迅速獲得有關颱風的正確消息，誤以爲天文台的預測不够準備，特邀請各街坊首長前往天文台參觀一切設備，解釋有關颱風的情形，不知是否爲針對去年風姐維奧娜掠港時再懸三號風球的事情而發，據鍾氏說：香港天文台早已達到世界水準，但由於颱風往往變幻無常，每一小時都在醞釀變化中，並非預測不確云云。話雖如此，港九水陸交通機構可能鑑於去年三號風球的事情，遇颱風將至，早已作適當的防範，本年八月二日熱帶低氣壓在本港東北約一百哩掠過，以及九日風姐維奧莉在本港西南約六十哩掠過，都事先採取戒備。見諸事實的，如港九天星碼頭在頭、二等入口處，插上紅旗，豎立中英文佈告牌，中文書寫着「升起紅旗，隨時停航」字樣；港九渡海小電船遇懸出三號風球，卽駛往避風塘停泊；九廣鐵路認爲風速達到行車危險時，卽在火車站貼出佈告，寫着「風力加强，將會減少班次」，以備乘客作心理上的準備；九龍巴士公司各綫行車，除注意天文台風球外，另加派無綫電巡邏車到空曠地方，視察沿綫風力對行車安全與否，報告該公司無綫電室，再經一番研究，然後決定某綫能否行車，如確無危險，卽使懸出七號風球以上，亦照常行走。據此來說，風球實不是一般人所認爲颱風來臨期間水陸交通的車船行走或停止的準繩了。事實上，香港的地理環境，面積細小，絕大部份地方被海水包圍，要在一小地方或一地點作出準確性預測，殊非易事。誠如十年前（一九六一）天文台在報紙上透露的：「關於風暴預防措施，每地都可能不同，視乎該地點的向風情形而定，故此不容易明確地訂出每一風訊懸出後該採取的步驟」。「因爲風向突然改變，故早期受掩蔽而認爲安全的地區，現在又突然轉變爲當風暴露的危險地區」。顯明地，這就是變幻無常。去年尖沙咀天星碼頭風浪洶湧，不宜小輪停泊，就是這個原故。証以本年九月十四日風姐喬治亞在香港東面六十哩向北掠過時，對香港已無威脅可能，天文台還慎重地播出：「預測該颱風掠過後，當喬治亞移入內陸時，本港將吹西南風，港口地區將會直接受到烈風影响」，可以說，已說明得更清楚了。

什麽叫「大時」「小時」？

温大雅

中國古代以「干支」中的十二支計時。什麽是「干呢」？就是：甲、乙、丙、丁、戊、己、庚、辛、壬、癸。這叫「十干」，一共十個；「十二支」是：子、丑、寅、卯、辰、巳、午、未、申、酉、戌、亥。古人以「十干」與「十支」合起來紀年，例如「甲子年」（最近的一個甲子年是民國十三年，一九二四年），就是拿「十干」中第一個「甲」字，和「十二支」第一個「子」字合並起來的，由甲子起，到癸亥止，爲六十年，又再從甲子起，所以稱六十年爲一甲子。

現代人以一個鐘頭爲「一小時」，一時就是一時了，爲什麽偏要在「時」之上加個「小」字呢？這是有原因的。

古人以一日分爲十二時，與現在的鐘表分一日爲二十四時有別。三百年前，歐洲的鐘表傳入中國，是一日二十四時的，但中國人慣於用十二支計時，爲了分別之故，稱西洋鐘表的時爲「小時」，以別於中國的「大時」。中國全日的十二時，每一個時辰就等於現代的兩個鐘頭，這就是「大時」，而西洋的時辰則爲「小時」。

現在把十二時辰和鐘點的計算，列表如左：

子時	晚上十一點、十二點
丑時	早上一點、兩點
寅時	早上三點、四點
卯時	早上五點、六點
辰時	早上七點、八點
巳時	早上九點、十點
午時	早上十一點、十二點
未時	下午一點、兩點
申時	下午三點、四點
酉時	下午五點、六點
戌時	下午七點、八點
亥時	下午九點、十點

中國古代沒有時鐘報時，白天看太陽以測知時刻，晚上則聽更鼓。以我個人所知者而言，三十年前我在廣州居住時，除大馬路外，其他街巷都有人打更，一來報時（當時已經鐘表盛行，但打更仍有報時的意義，老一輩的人一聽到更鼓，就知道是幾點鐘了），二來防夜。打更的人叫「更練」，在未有警察之前，更練類多精壯的青年，有能力巡邏，後來有了警察，負治安之責有人，更練只是打更報時了。）

打更之法，夜時分爲五更，卽初更、二更、三更、四更、五更。每更爲一時，卽今日的二小時。戌初（卽晚上七點正）爲初更，亥初（晚上九時正）爲二更，以下類推。（記得小時候晚上溫習功課，一聞打二更之聲，就可以向媽媽說句「晚安」，上牀睡覺了）到了淸晨四點鐘，已是寅時之末，五更已完，卯初（早上五點正）卽爲「散更」，表示五更已打完了。

更又分點，這就是報時的作用。更練有更樓，每晚戌初（七點正），更練就要報時，他在更樓擊鼓不停，人們聽到了就知是「起更」了。起更之後，鼓聲改爲閒歇作，一擊之後，暫停再擊。二更則二擊之後，暫停再擊；三、四、五更可由此類推。人們在晚裏聽見無數的擊鼓聲，就知道是「轉更」。在轉更之後，就要注意到它閒歇擊鼓的數目，這樣就可以辨別爲二更抑三、四更，五更了。一到了卯初（淸晨五點正），又聽到擊鼓之聲無數，這就是「散更」，表示夜時已完，不再報時了。

研究中國古代歷史或文學，一定要懂得什麽是天干、地支，否則見到「戌時」、「亥正」「甲午」、「乙丑」這些字樣，就莫名其妙了。試舉一例，南亭亭長李伯元的「文明小史」是淸末一部著名的小說，它的四十六囘有幾句道：「便把安徽黃撫台要聘他去做顧問的話，子午卯酉，訴了一遍。」所謂「子午卯酉」，椿椿件件也。子午，是子時、午時。子時在夜間十一時開始，子午卽由子時至午時，是從半夜以至第二天日中的十二時。「卯酉」是從日出到日落。卯時是淸晨五點，太陽出了，酉時是下午六點正，太陽下山了。「子午卯酉」者，言包括一切，亦卽從頭到尾之謂也。

三國志中「倭」與「倭人」考

——魏志倭人傳之我見——

日本名推理作家

松本清張　原作

王　俊　譯

松本清張

原文載一九七〇年二月某日朝日新聞（夕刊）文化版。編者註云：「倭」與「倭人」的區別，從字面上可以明其意。倭——是居住在南朝鮮的日本種族所組成的一部落；倭人——並非指人，而是日本的國名。

前言

最近再版的藤間生大氏著「埋藏的金印」一書，新版副標題改爲「日本國家的成立」。書中，在舊版的原有解釋上，採用了最近考古學上的研究成果，以東亞史爲其背景，增補、加强了一番。本文之作，乃因新版書中提及拙著「古代史疑」之小部分，而觸發我欲將最近注意到的「倭人傳」中的新解釋，簡單地說明一下。

一、距離與日數之虛妄

從來，倭人傳中的難題，是「方向」「距離」與「日數」等三事。我在拙著裏說過：「方向一事是『對』的；但距離與日數則全屬『虛妄』。虛妄的意思，是指三國志編者陳壽的虛妄。」我還說過，倭人傳是「魏之使者自伊都國以還，並未旅行其地，全靠詢問毫無道里常識的當地土著，而得來的記錄。所以，把茫漠非常的距離，可能便依照陰陽五行思想，以七・五・三・去歸納出一個數字來的。

「成爲其顯例的『由郡至倭國，萬二千餘里』，與『前漢書・西域傳』描繪遠道諸國的方法——其城概距洛陽『一萬二千×百×十×里』簡直如出一轍。（限於篇幅關係，此處不便多舉例，盼讀者參看拙著「古代史疑」。）我想：陳壽對這類距離的描寫方法，都是師承自漢書的。」

二、毫無意義的爭論

如果連「萬二千餘里」是虛數，那麽其他的里數更是虛數。因此，我想要說，從虛數中去蒐集虛數的歷來的努力，以及諤諤侃侃的爭論，都是毫無意義的事情。

藤間氏的新版書中說：「由帶方郡至狗邪韓國的里程，顯然是有意虛構的。至帶方郡止的這一萬二千里，只怕是中國人憑使用慣了的七・五・三之數，將韓與倭作機械式的分配，而產生的數字吧？」他其所以要這樣說，蓋欲避免他在舊版書中所作的里程論等予人以「烏烟瘴氣」之感。我想解釋說，這是將我的說法去支持的結果。

但是，藤間氏卻莫名其妙的說：「萬二千餘里」是陳壽對北越徵氏姊妹抗拒後漢戰爭（按：二徵姊妹世稱北越的聖女貞德）有印象，受了「後漢書・郡國志」的洛陽至交趾間距離——一萬一千里（按：對一萬二千里還差一千里不足呀！）的暗示，而推定的。這眞不知從何說起。若謂陳壽爛熟前漢書的書例，無寧以我在前面說過的看法與想法更能使人感到爽意些。

（陳壽之視倭國爲柔順之國，可由此類文字知之，例如他說「其國風俗不淫，敬大人，婦人無嫉妬，不盜，訴訟少，民多長壽至八九十或百歲者。」可是，這些話都很明顯地受自漢書：「東夷天性柔順，異於三方之外」。陳壽不過在這句話裏加上些論語作註釋罷了！換言之，意即是說，陳壽在陰陽五行的思想影響之下，將倭國的距離憑七・五・三・之數分配的這回事，是應充份受到考慮的。

三、同一國名決不重出

其次，在倭人傳裏看得出「倭」與「倭人」是有區別的兩件事。我今天要寫這篇東西，也就是想對這樁事加以說明。

倭人傳中的「倭人」與「倭」，在文字上，從來就把它當作同一事物去看。故所以此二者，有時當作「倭國」的國名解；有時又解作「倭國人」。但，這只是讀史的會錯了意；陳壽卻是把「倭」與「倭人」從意義上分別得清清楚楚的（按：牧健二氏雖也提到過這一點，但其解釋與我的不同）。「倭」是住了倭國人的南朝鮮一處地方；「倭人」是海峽那邊的一個國家的名字。（按：卽日本。）

三國志・東夷傳，各國列傳所冠的稱呼中，雖有「夫餘」、「高句麗」、「挹婁」、「濊」、「貊」、「韓——馬韓、辰韓、弁韓」等這麼多，但這些名稱，無論哪一個都是國名。在各國的記事之中，冠了名稱的同一國名決不重現。如果再現的時候，必說「其地」或「其國」——把它變成代名詞。若作避免誤解似的書寫，必在國王或官爵稱呼上附其國名，以此用來表示「某國的」之意。

倭人傳也是這樣的。「倭人」是國名。在它那一節中「倭人」字樣並未重出。那就是說，它是指「倭國」、「倭地」，換言之，它是國名；也就是說它成了地理上的名詞；並沒有將「倭人」這兩個字當人的意思用在這裏。

四、依韓傳也解釋得通

再說，倭人傳中，「倭」這個單字，除了一個字例外之外，其餘都沒有用過。雖然，傳中提到過「倭王」，那是說「倭人」或者「倭國」之王的意思，而不是指倭王他本人。尤其難解的還有「大倭」一詞。

「倭」之名，僅在韓傳裏出現過。例如：「韓在帶方之南，東西以海爲限，南與倭接。」又「國（弁、辰）產鐵，韓、濊、倭皆從而取之。」又「（辰韓人）男女與倭近。」又「與倭境相接。」……等皆是。

從來，這些「倭」字都解作分布在南朝鮮的倭國之人，我以爲並不是的；應解作倭人聚居的地方（部落）。如果不是的話，那麽，一個叫做韓的「國家」，怎麽會與一種叫做倭的「人種」做隔壁隣舍，隣近在一起呢？豈不太笑話了！同樣去取弁辰之鐵的外國人，卻只有韓、濊兩字是指國家，而獨倭不是指國家，這又那裏講得通呢？豈不更可笑嗎？辰韓人的男女，喜與倭近，這句話，當倭是地方部落走好了；如果不是的話，那麽，弁辰屬國之一的「瀆盧國與倭人境相接」，便成爲不可解的妙事了。

如果在南朝鮮的「倭」，擁有倭種的居住地帶（更假定他們連某種程度的自治力量，也在政治上擁有的話），那麽，韓之東西，既爲海所限，爲什麽會南與倭接；恰似飛越了朝鮮海峽，將兩地連接在一起，那樣的現象，自然便可加以解釋了；取辰韓之鐵的倭（部落），怎麽會與其他二國併記在一起，也可以明白了；瀆盧國在陸地上，居然會與倭境相接，那樣的敍述方法，也可以瞭解了。

這樣看到這兒，誰也會注意到「倭人傳」中的「從郡至倭，循海岸水行，歷韓國，乍南，乍東，到其北岸——狗邪韓國——七千餘里，始渡一海——千餘里，至對馬國。」這一段文字了（漢文註讀，槪依岩波文庫本）。僅僅在這段文字裏出現的一個「倭」字，是「倭人傳」中惟一的倭字。不過，這個「倭」，還是指前面說過的在南朝鮮境內某倭種住的部落地帶；而不是指「倭國」。故所以這段文字，可作如下解釋：「由郡至南朝鮮的一處倭種地帶，（以下槪從原譯，至）其北岸——狗邪韓國——已歷七千餘里，從此再渡海千餘里，到對馬國。」到此爲止，因爲這一段一向解作「由郡至倭國」，故所以混亂叢生。

五、我贊成藤間氏的說法

其北岸的「其」字，從文意看來，假若是指南韓的倭種地帶，相當於金海（釜山附近）南接巨濟島的話，那麽，狗邪韓國正當其北岸，地理上並無矛盾；至是，成爲難題的議論也迎刃而解了。這個「倭」，便是後來成爲任那的原始（部落）狀態。

就這一點，我頗贊同藤間氏在新版書中將「大倭」分解爲：「以大人監其地，委而治之：……」的「外科手術」。

我與藤間氏在別的場合對談時，還沒有留意到上述的事態；寫「古代史疑」時，不消說，更沒有考慮到。——對此一得之愚，倘能獲大方諸家批判，實屬榮幸之至！

讀水滸傳

季炎

(二) 精華所在

一般人都以爲水滸傳因寫梁山泊而得名，對於此說，我不敢苟同，而且剛剛持着相反的見解。水滸傳對於寫梁山泊的文章，殊不高明，甚至可以說除了極少部份之外，幾乎全無足觀。我以爲此書最突出之處，是在描寫某一些人物和某一些情節上頭。那些人物，雖然後來都加入了梁山，然而他們出色的地方，却十九都是表現在未加入梁山之前；加入梁山以後，便都聲沈影寂，無足稱道了。那些情節，也都是十九與梁山無關的。這篇東西開頭卽說水滸傳奇妙之處，只是零零碎碎的，意卽指此。這一部份名曰「精華所在」，內容就是要談論一下那些出色的人物和那些出色的情節，也就是上文所說的屬於「炒菜」那一部份了。

(甲) 人物

作者敍述書中人物，有詳有簡，其人之是否出色，與寫得是詳是簡成爲正比。武松就是在所有人物之中寫得最詳的一個，可見他在作者心目中所佔的份量了。

武松在作者的筆下，是眞英雄，是眞好漢。他有許多長處，遠非常人所能企及。他有超卓的武功，有至性、有胆識、有條理、肯犧牲；在面對着要辦大事的時候，能沈得住氣，能控制情感，顧慮週詳，方寸不亂，以求必能達到目的。讀書中殺嫂一段文章，足証吾言非謬。

武松身世頗爲孤零，除了有一個不成材的哥哥之外，別無親屬。他因在故鄉酒後，悮以爲打死了人，逃亡到滄州柴進的莊上，住了一年有多，漸漸受到柴進冷落的待遇。後來，知道了在故鄉給他打過的人，并沒有死，官司無事了，便急急要回鄉探視哥哥，因爲患了一塲瘧疾，行期給躭擱了。恰在這時，宋江也投奔到這裡來，宋江是他平素仰慕的人，而宋江對他也特別垂青，一見之下，乃頓成好友。柴進也因此而改變了對他的禮遇。這時，他的病已經痊癒了，雖然很難得的結交了一個新知，也只盤桓了數天，便堅决地辭別而去。

他回家後，發覺嫂嫂頗有姿色，性情淫蕩；而哥哥則貌醜而懦弱，便很爲哥哥的處境躭憂。所以後來他要替知縣送禮物上東京，在臨行時，對哥哥嫂嫂作了如下的一番臨別贈言：

武松討了個勸杯，叫士兵篩了一杯酒，拿在手裡，看着武大道：「大哥在上，今日武二蒙知縣相公差往東京幹事，明日便要起程。多是兩月，少是四五十日便回。有句話特來和你說知，你從來爲人懦弱，我不在家，恐怕被外人來欺負。假如你每日賣十扇籠炊餅，你從明日起，只做五扇籠出去賣；每日遲出早歸，不要和人吃酒；歸到家裡，便下了簾子，早閉上門，省了多少是非口舌。如若有人欺負你，不要和他爭執，待我回來，自和他理論。大哥依我時，滿飲此杯。」武大接了酒道：「兄弟說得是，我我都依你說。」吃過了一杯酒。

武松再篩第二杯，對那婦人說道：「嫂嫂是個精細的人，不必用武松多說。我哥哥爲人質朴，全仗嫂嫂做主看覷他。常言道：「表壯不如裏壯。」嫂嫂把得家定，你哥哥煩惱做什麼？豈不聞古人言「籬牢犬不入。」」那婦人被武松說了這一篇，一點紅從耳朵邊起，紫漲了面皮，指着武大便罵道：「你這腌臢渾沌！有什麼言語在外人處說來欺負老娘，我是一個不戴頭巾男子漢，叮叮噹响的婆娘，拳頭上立得人，肐膊上走得馬，人面上行的人！不是那等搠不出的鼈老婆！自從嫁了武大，眞個螻蟻也不敢入屋裡來，有什麽籬笆不牢，犬兒鑽得入來。你胡言亂語，一句句都要下落，丢下磚頭瓦兒，一個個要着地！」武松笑道：「若得嫂嫂這般做主，最好；只要心口相應，却不要心頭不似口頭。既然如此，武二都記得嫂嫂說的話了，請飲過此杯。」

武大武二弟兄再吃過幾杯。武松拜辭哥哥。武大道：「兄弟去了，早早回來，和你相見。」口裡說，不覺眼覺中墮淚。武松見武大眼中垂淚，便說道：「哥哥便不做得買賣也罷，只在家裡坐地；盤纏兄弟自送將來。」

武大送武松下樓來。臨出門，武松又道：「大哥，我的言語，休要忘了。」

武松好像已預見到將來會發生的禍事，便替哥哥作了這樣的安排。這段文章，雖然着筆無多，却令人十分感動，覺得武松這人骨肉情深，心細而有遠見，絕非一般的武夫可比。

過了兩月，他由東京回來了，見了知縣交納了回書，便立即前往見哥哥。入得門來，看見了哥哥的靈位，呆了一呆之後，便知事有蹊蹺，知道一向對于哥哥處境危險的預測，果然實現了。相信他這時定必悲憤塡胸；但他又深知倘在此時發作起來，只有僨事的份兒，於是强抑悲懷，連淚也不曾流，只是平平和和地盤問嫂嫂幾句話，沈吟了一會便走了。到得晚上，再回家來，就靈牀子前點起燈燭，舖設酒餚，安排端正後，撲翻身便拜道：「哥哥陰魂不遠，你在世時輭弱，今日死得不見分明，你若是負屈含寃，被人害了，托夢與我，兄弟替你做主報仇。」把酒澆奠了，燒化冥用紙錢，便放聲大哭；哭得那兩邊鄰舍無不悽惶。」

他自從見到了哥哥靈位之後，始終沒有表露過哀傷激動之情，至此時方始放聲大哭，而且大聲疾呼負屈含寃，被人害了等語。蓋已成竹在胸，不必多所顧忌了。

他問明了抬棺火化等事，皆由何九叔料理，於是向何九叔詳詢當時的種種情形，知道哥哥確是中毒而死，有兩塊骨頭作證。又問明鄆哥和武大前往捉姦的詳情，証明姦夫是西門慶。人証物証俱齊，在武松心意，以爲這條案子，儘可以由官司解決的了。於是帶齊人証物証，向知縣告發。怎知西門慶財雄勢大，官吏貪汚，受了賄賂，知縣向武松說道：

武松，你也是個本縣都頭，不省得法度？自古道：「捉姦見雙，捉賊見贜，殺人見傷。」你那哥哥屍首又沒了，你又不曾捉他奸；如今只憑這兩個言語，便問他殺人公事，莫非忒偏向麽？你不可造次。須要自己尋思，當行卽行。」武松懷裡去取兩塊酥黑骨頭，十兩銀子，一張紙，告道：「覆告相公，這個須不是小人捏合出來的。」知縣看了道：「你且起來，待我從長商議，可行時便與你拿問。」

次日早晨，武松在廳上催逼知縣拿人。誰想這官人貪圖賄賂，回出骨殖幷銀子來，說道：「武松，你休聽外人挑撥你和西門慶作對，這件事不明白，難以對理。聖人云：『經目之事，猶恐未眞；背後之言，豈能全信？』不可一時造次。」獄吏便道：「都頭，但凡人命之事，須要屍、傷、病、物、蹤，五件俱全，方可推問得。」

似這樣明顯地偏袒著一方的判辭，雖最普通的人，也是難於接受的。武松却依然心氣平和地道：「既然相公不准所告，且却又理會。」可見武松有的不是拔劍而起，挺身而鬥的匹夫之勇，而是挾持甚大，所見甚遠的大勇行爲。這時，他心中又有了主意了。於是藉口亡兄斷七之期，安排了酒肉，請了四家鄰舍到家中，答謝他們對于哥哥喪事的帮忙。酒過數巡，他就掣出刀來，威脅着他嫂嫂和王婆，令她們供出了當日和西門慶怎樣通奸和毒死武大的詳情，由鄰人胡正卿一一記上了，叫王婆和嫂嫂點指畫了字，叫四鄰也書了名，畫了字。照計有了這樣確實的証供，官司斷無不妥之理；但他爲着有了前次的經驗，猶怕有意外之失，不如索性由自己親手了斷爲佳。於是殺了嫂嫂，在靈前灑淚道：「哥哥靈魂不遠，今日兄弟與你報仇雪恨。」隨即前往覓得西門慶，也把他殺了，割了人頭，帶回家中，把來和嫂嫂的相結在一起，供養在靈前，又灑淚道：「哥哥靈魂不遠，早生天界。兄弟與你報仇，殺了姦夫淫婦，今日就行燒化。」

他自從知道了哥哥死後，直到此時，共總灑淚三次。古人云：「丈夫有淚又輕流，只因未到傷心處。」武松却是到了傷心處淚也不輕流的，這三次的灑淚，可謂最是灑得其時。

他殺了人後，並不遠走他方，携了人頭到縣裏自首。他的用意以爲官府不理寃情，若不由自己親手殺却仇人，便永無伸寃雪恨之日。這一對奸夫淫婦，是謀殺兄長的兇手，有了眞憑實據，可以昭告天下，並沒有殺枉了人。目的已經完全達到，便是以一命相抵，也是痛快和値得的。光明磊落，視死如歸，眞是英雄本色也。

武松除了具有上述各種長處外，還有慷爽仗義守正不阿，不肯仗勢妄爲，而且頗有風趣種種優點，摘錄原文數段，可爲例證，在十字坡張青酒店中：

武松取一個拍開看了，叫道：「酒家，這饅頭是人肉的？是狗肉的？」那婦人嘻嘻笑道：「客官休要取笑，清平世界，蕩蕩乾坤，那裏有人肉的饅頭，狗肉的滋味？我家饅頭積祖是黃牛的。」武松道：「我從來走江湖上，多聽得人說道，大樹十字坡，客人誰敢那裏過？肥的切做饅頭餡，瘦的却把去填河。」那婦人道：「客官，那得這話？這是你自揑出來的。」武松道：「我見這饅頭餡內有幾根毛，一像人小便處的毛一般，以此疑忌。」武松又問道：「娘子，你家丈夫怎地不見？」那婦人道：「我的丈夫出外做客未回。」武松道：「恁地時，你獨自一個須冷落！」那婦人笑着尋思道：「這賊配軍却不是作死，倒來戲弄老娘，正是燈蛾撲火，惹燄燒身。不是我來尋你，我且先對付那斷。」這婦人便道：「客官，休要取笑，再吃幾碗酒，去後面樹下乘涼。要歇，便在我家安歇不妨。」武松聽了這話，自肚裏尋思道：「這婦人不懷好意了，你看我且先耍他」武松又道：「大娘子，你家這酒，好生淡薄，別有甚好酒，請我們吃幾碗。」那婦人道：「有些十分香美的好酒，只是渾些。」武松道：「最好，越渾越好。」那婦人心裏暗笑，便去裏面托出一鏇渾色酒來。武松看了道：「這個正是好酒，只宜熱吃最好。」那婦人道：「還是這位客官省得。我燙來你嘗看。」婦人自笑道：「這個賊配軍正是該死。倒要熱吃，這藥却是發作得快，那廝當是我手裏行貨。」燙得熱了，把將過來篩做三碗，笑道：「客官，試嘗這酒。」兩公人那忍得饑渴，只顧拿起來吃了。武松便道：「娘子，我從來吃不得寡酒，你再切些肉來與我過口。」張得那婦人轉身入去，却把這酒潑在僻暗處，只虛把舌頭來咂（口邊）道：「好酒，還是這個酒衝得人動。」

那婦人那曾去切肉？只虛轉一遭，便出來拍手叫道：「倒也！倒也！」那兩個公人只見天旋地轉，噤了口，望後撲地便倒。武松也雙眼緊閉，撲地仰倒在凳邊。只聽得笑道：「着了，由你奸似鬼，吃了老娘洗脚水！」……（張青道：）又分付渾家：「第三是各處犯罪流配的人，中間多有好漢在裏頭，切不可壞他。」不想渾家不依小人的言語，今日又衝撞了都頭。幸喜小人歸得早些。却是如何起了這一片心？」母夜叉孫二娘道：「本是不肯下手，一者見伯伯包裹沉重，二乃怪伯伯說起風話，因此一時起意。」

（三續）

南京政府的德國軍事顧問

文如

自從滿清王朝垮台以後，中華民國建立，袁世凱做了第一任總統，他雖然有野心要做皇帝，用武力來鎭壓反對派，但他還不至於公開聘請外國軍事顧問，替他策劃屠殺中國人民的慘劇。到了段祺瑞、張作霖這批軍閥，他們就偷偷摸摸的用起外國軍事顧問了，所用的亦以日本人爲多；或者是他們和日本訂約時，有個秘密協議，規定要聘用日本軍事顧問。後來孫中山聯俄容共，蘇聯更派有軍事顧問加倫和政治顧問鮑羅廷到廣州。一九二六年蔣介石率領國民黨軍北伐，在作戰方面，俄國顧問有很大的貢獻，故此，北伐軍出韶關後便勢如破竹，俄人之功「不可沒」。

一九二七年蔣介石的軍事力量到了上海，英美日三國大爲震驚，想不到他以六個多月的時間，就摧毀了吳佩孚全部實力又打垮了「五省聯帥」孫傳芳，吳、孫兩人都是和英美勾結的（孫傳芳以留英出身的名流、學者丁文江做淞滬督辦，走英國路線。英國在廣東會支持陳烱明，以抵消孫中山引俄國入粵的勢力。陳失敗，英國在粵的計劃也隨之失敗了），它們看見吳孫無望，轉而利用一個新的「買辦」，以繼續保存其在華的「權益」。（吳孫失敗後，並不曾與外人訂什麽保護江蘇河南等「條約」，遠勝今日的蔣介石多矣！）

蔣介石的軍事行動發展得快到出乎他意料之外，但地盤越大，他的財政問題越艱難，海關抓在英國人手裏，關稅所剩的全部解給北洋政府的國庫（因爲關稅是指定賠還外國欠欵之用的，還一部分後，有剩的始歸中國，故曰「關餘」），北伐軍休想動用分毫。沒有錢怎樣打仗，於是蔣就找到新「老板」，把孫中山聯俄的政策棄而不用，轉而聯英美，當然要有所表現才能使「老板」相信，遂有四月十二日清黨之役，俄國顧問溜之大吉了。「老板」認爲成績甚好，便把一部分「關餘」交給南方的國民政府（仍是偷偷摸摸的，因爲它們仍承認北京的中華民國政府），還借錢給它做軍餉。

國民政府於一九二七年四月十八日宣布定都南京後，無論學術、軍事、工業、衞生等部門，都請有德國專家，而軍事部門的德軍事顧問尤爲著重。（一九二七年八月，聘德國的鮑華爾 Oberst Bauer 上校草擬整理陸軍計劃書，並設計一大兵工廠。一九二八年一月朱家驊做浙江民政廳長時，成立浙江省衞生試驗所，連一個小小的所長都不許中國人做，一定要用德國羅珊博士Dr. Rosa，亦可謂媚德之至！）因爲俄國顧問既去，又不便使「老板」的身份太過暴露，用德國顧問可以淆混視聽，還可以對人說「德國陸軍世界第一」來掩飾行爲。一九二七年十二月，鮑華爾到上海，由朱家驊帶他往南京見蔣介石，並由朱任翻譯。鮑華爾向蔣說明新軍器情形，特別介紹的是自動步槍和兩聲的平射砲。他又陳述飛機進步情形，還主張用空軍統一中國。

這個洋人的一番軍事道理，聽到蔣「龍心大悅」，立即下諭聘鮑爲其軍事顧問。一九二九年三月蔣介石攻打武漢的國民政府時，鮑華爾扶病爲他策劃軍事行動計劃。武漢既破，而鮑華爾亦於四月初旬病死，軍事顧問團團長一職，由德人克里伯（Oberst Kribell）代理。蔣介石失去左右手，急於要找個傑出的德國軍事人才來做他的顧問團團長，立刻召浙江民政廳廳長朱家驊進京，叫他儘快找個德國人來補充。朱對軍事是門外漢，就寫信去柏林請魯登道夫將軍(General Ludendorf，爲德國著名軍事學家，第一次歐戰時，英法吃過他的大虧的）介紹一個。魯登道夫生平以殺人爲職業，又以打仗爲最高藝術，他接到朱家驊的信後，「食指」大動，欲來華看看中國人殺中國人的把戲，還可以藏身幕後敎中國人屠殺中國人。但他一想不妙，他的名頭太大，行動易爲世界人士注意，並且德國受凡爾賽和約的限制，恐怕會引起外交上的困難，所以他推薦前任西戰場作戰局長弗釆爾將軍（Genesal Wetzell）承乏。蔣介石馬上答應。

是年五月，弗采爾到中國就職，很爲主人看重，主人「南征北討」鎮壓反對派，弗釆爾能盡厥職，爲草擬殺人計劃。一九三二年，朱家驊以「德國通」資格，向蔣建議，德國前國防部長薩克德將軍（General O. Von Secket）已退休，何不請來中國觀光，可以領敎他的「殺人藝術」。蔣認爲有理，就請弗釆爾代邀。一九三三年一月廿七日，薩克德到上海，由「德國通」陪他到廬山見蔣介石。這位德國軍事家展開他的蓮花妙舌，暢論中國的軍事情形。他認爲中國常備軍有六十個師就够用，要是訓練得法，中國士兵可以練成勁旅。他們第一次談話中，薩克德就時時暗示他在練兵及辦兵器工業這些事情，他都可以幫忙。他又把他創立德國國防軍的經驗都說了，他建議先成立一個敎導師，以後調各師來訓練，慢慢的將全國的部隊都革新了。

蔣介石聽了他的偉論後，高興到了不得，示意要請他担任軍事顧問團團長一職。但這個德國人很會做戲，故意不肯，推三阻四，說他此行來華僅係游覽性質，沒有打算做事，而且國內有很多工作未完，待將來有機會再圖報答知遇。於是草擬了一份「敎導師的訓練書」送給蔣參考，連忙上北平游歷去也。

薩克德走後，蔣介石念念不忘他的偉論，又再設法找人向他致意，一定要他担任軍事總顧問一職，結果薩克德答應了，但他要帶兩個助手來華，一個是法潑爾將軍，另一個是法堅豪將軍。蔣當然一口答應。法堅豪本是事先由弗釆爾聘請了的，所以弗釆爾回國時，即由法堅豪暫代顧問團總顧問之職。

一九三四年三月，薩克德第二次到中國，正式接任德國軍事顧問團的總顧問一職，但他只幹了六個月，就因病辭職返國，推薦法堅豪將軍自代。據熟悉當年南京政府內幕的某君說，這些德國顧問參加了「剿匪」，討伐李白、馮閻以及廣東陳濟棠作亂各役，皆有「偉大的貢獻」。但可惜一九三七年抗日戰爭發生，日本軍閥向希特勒交涉，要他召回德國軍事顧問團，希特勒和日本是有勾結的，他在一九三八年六月，訓令德大使陶德曼立即向中國交涉此事。陶德曼於六月廿一日往謁外交次長徐謨，嚴重表示，要求同意德籍軍事顧問全體立即離華回國。蔣介石只得放人。從此德國顧問就不再在中國出現了。

一九三三年日本侵畧軍攻取熱河後，又向關內推進，欲攫取華北整個地區，南京的國民政府派內政部長黃紹竑（廣西容縣人，字季寬，保定陸軍軍官學校畢業，歷任浙江、湖北省主席、廣西省綏靖主任，是一個文武兼備的大官僚，能詞，而且塡得頗好，已於一九六七年逝世）北上指揮長城軍事。這時候，德國的總顧問弗釆爾將軍也在北平担任作戰的指導工作。一九四三年，黃氏年四十九歲，寫成「五十回憶」一書，第二四九頁「德國軍事顧問」一節，對這些顧問有很中肯的評論，今摘錄如左：

同我在北平担任作戰的指導工作的，還有德國的顧問團總顧問弗而釆（按：應譯作弗釆爾始與音相近。——引注）將軍，是第一次世界大戰的老軍官。據說曾經担任少將級的職務。他對於作戰上的規劃，並不見得有若何特別高超的見解，而都是我們可以見得到的戰畧上或戰術上的一般原則。並且有好多地方因爲他們不明白中國軍隊的情形，而在計劃上就與我發生參差的意見。……他們以德國的眼光來看中國的軍隊，也同德國的軍隊一樣來擬定作戰的計劃，就不免發生種種的錯誤。……隨後他回德國去了，中央又聘了一位德國鼎鼎大名的塞克特（即本文的薩克德的另一音譯。——引注）將軍爲總顧問，他在德國當了很久的國防部長，他是凡爾賽條約後保育德國陸軍的慈母。有一次，在盧山蔣先生公館內相會，蔣先生提出很多問題來問，他的答覆，我覺得很是謹愼，也很平凡。談到對日的國防問題，他說：「最危險的是這條揚子江，必須沿江建築要塞，及設備很多的流動炮兵，否則一旦開戰，日本的艦隊部隊，就可直搗漢口，打擊到全國的心臟。」這種意見，難道我們都不懂的，而要一個德國的國防部長來當我們的顧問麽？所以我認爲充實中國的國防建設，而請外國高級的理論顧問，實在有些不切實用。……

中國人會打仗起碼也有三千年的歷史，到了現代，自己厮殺，對付自己同胞，還要請外國人來幫忙，其實外國人那一套打仗理論，並不適合中國的軍士，又何苦花大筆金錢請外人來「指導」呢！

深海魚類

孟晉

深海中的魚類，不但長得奇形怪狀，其生活習慣也與常魚異。例如有一種發（魚傍，以下簡稱發）魚，居於深海中，長有一個大口。若稱之爲大口魚，並不爲過。發魚的顎部構造很特別，上下顎能夠張開得很大，此蛇的還要大好多倍。牠的身體似乎和那個大口不相稱，長得又細又長，像一條鰻魚一樣。當牠找到比牠的身體大好多倍的食物時，便張開那血盆似的大口，慢慢地把食物吞嚥進肚裏。

當食物被嚥下後，發魚的身體便給食物脹得又薄又透明，食物在牠的胃部被慢慢消化的整個過程，在外面可以淸晰看到的。

琵琶魚是深海中另一種魚類，雌魚的頭長得很巨大，配上一個大口，樣子已經相當可怕；當牠張開大口而露出裏面一排尖銳的牙齒時，更增加了牠那恐怖的醜模樣。最特別的是牠的頭部正中之處，長了一根釣竿狀的東西，末端還垂着一橢圓形的發光體，在牠那個大口前面搖擺着。別的魚類見了這發光體，爲了好奇，便游近前觀看，琵琶魚於是不費吹灰之力，張口把牠們吞進肚去。

雄琵琶魚比起雌魚渺小得可憐，牠的身體只及得雌魚的幾百分之一那麽大。牠長着一個細小的鉗狀口，當牠剛孵化成魚後，差不多馬上便附着在第一尾從牠傍邊游過的雌魚體上。久而久之，牠的唇完全和雌魚的身體聯合在一起，從此牠終生便做了配偶的附屬物了，牠的身體永遠不會長大，成爲一種畸形的侏儒魚了，有些雌琵琶魚的身體，有幾尾雄魚依附着，因此琵琶魚是實行一妻多夫制的。雄魚既不用游水，又不用找尋食物，唯一的工作就是使雌魚產下來的卵起受精作用。照此看來，雄琵琶魚簡直像那些吃軟飯之流的男子一樣。

魚類能否發出聲音？科學家對於這個問題研究已久，現在他們的結論就是魚類確實能够發出聲音的。他們做這個研究時，以在淺水中生活而爲人們所熟識的魚類做試驗品，他們將微音器放進水中，探測出魚類能發出聲音多種，例如像青蛙的閣閣聲。像狺狺的犬吠聲，以及像人們從喉間發出的咿啊聲，更有的能發出似呻吟的哎喲聲。

最善於發聲的魚，大概要算是一種產自南美的念（魚傍）魚了。這種魚喜歡於夜間搬家，從甲水登陸移居乙水。當牠們登陸後，經常發出閣閣之聲。科學家認爲牠們的叫聲，是在黑夜中和同伴互相聯絡的訊號。

春風盧聯話

題外之文

林熙

前記有人生呑活剝祝炳熊輓聯來輓十三妹的趣事，有些讀者給我信說，未見過我的「春風盧聯話」第一集，要我在這裏重說一遍，才可以作比較。爲了滿足讀者對此事的「好奇」，只好把湘綺與陳八的故事說一下。

王湘綺做船山書院山長時，院中爲他雇定一個船夫名叫陳八。船山書院在東洲，山長每三五天必入縣城一次，坐船遇到逆風時，至少也要個把鐘頭，王山長就要悶坐無聊了。但山長無聊，而陳八則償所欲。原來湘綺文名極大，當世名公鉅卿大都是他的朋友，這批貴人，無論做壽或死亡，總有人要求湘綺作文瞎捧一番。他所定的「筆單」價錢極高，尤其是求他寫封介紹信求職的，非百金不肯動筆，他還先此聲明，靈否他不担保。於是便有人想揩他的油，求他減價甚至免費。他的女僕周媽年中受此賄爲數頗可觀。陳八見了有些眼紅，但他是「男僕」，沒有周媽穿堂入室種種方便，自然望塵莫及。但他却有「渡船一小時」的機會，遇有隙可乘，他就向湘綺進言，湘綺念其勤勞，偶也賣帳，陳八年中所獲雖不及周媽什一，然亦不無小補焉。

王湘綺死後，陳八仍服務於船山中學。每于夕陽西下時，檥舟江邊，候學校的教職員回東洲，如遇下雨，他就披起簑衣在舟中掉雙槳前進。他這樣的爲船山中學服務了十七年，到一九三三年逝世。船山中學的師生，爲他開一個追悼會，他生前所用的雙槳擺在靈前，供人追念，隨即留藏校中保存起來（日寇攻打湖南時已失去）。開會前，主事人請祝炳熊作輓聯。祝與船山中學、湘綺老人及陳八皆有淵源，起馬也有十餘年交情，以這一份感情發爲文字，當然不會落在無病呻吟套內，而且一定是情文並至之作。不同於時賢只想出風頭，一遇有「死人機會」就立刻賣弄「文才」，而「雄筆」又不足以濟之，便老實不客氣大施空空妙手，而成爲不倫不類的大作了。

前記北京明湖春飯莊對聯（見本刊第一卷第一期），有云：「撰寫者名沈昌祺，不知什麽人，味其聯句，殆亦遺老一流」。這一對聯，近日已爲友人朱省齋購得，問他知沈昌祺是什麽人不，他也不知道。我既然懷疑沈是遺老之輩，就應該查查光緒末年和宣統三年的「搢紳錄」才是，但因爲事忙，又懶得找出來慢慢查，一擱數月。近日稍暇，就拿出宣統三年夏季的「搢紳錄」第三冊山東省之部，詳細檢查一遍，在青州府臨淄縣一欄內，赫然有：「知縣　沈昌祺，浙江海寧人，監生，二年六月補」的記載，雖然寥寥數語，但也就知道沈昌祺是宣統二年（一九一〇年）補授此缺的。（又，布政司衙門欄內，廣備庫大使是沈懋祺，浙江海寧人，監生，三十年六月補。這個沈懋祺不知是否沈昌祺的兄弟，未敢確定。）

沈昌祺的籍貫宦歷雖查出了，但還不知他的別字叫什麽，於是翻閱「明湖載酒二集題名」，則有「沈昌祺，字孟久，浙江海寧人」字樣，爲之驚喜不置。（「明湖載酒集」作者陳琪，字堯峯，一字杞廬，湖南邵陽人）這樣，沈的別字知道了，可惜仍不知他做知縣以前在山東曾做過什麽事。今日再檢「明湖載酒二集題名」，這才知道蕭應椿（字紹庭，雲南昆明人）做山東勸業道時，沈昌祺、蕭方駿皆在道署中爲幕客。蕭應椿的女婿朱曜（浙江仁和人字旭初）及其父朱鍾琪（字養田）皆久客濟南，亦爲「明湖載酒集」中人物。朱鍾琪死，姚鵬圖（字柳屏，一字古鳳，江蘇太倉鎭洋人）輓之云：

四海久知髯，垂老英雄抱書死；

百年同一覺，異鄉風雨共春歸。

鍾琪在山東有大鬍子之號，故云髯也。此聯並沒有什麼特色，但因爲記明湖掌故，不免及之。

刺 軍 閥

民國十年十月十日，這一年的國慶特別鋪張，因爲本是雙十節而又逢民國成立十周年，三個「十」集在一起，更爲難得。

湖北爲辛亥革命發難之地，民國十年（一九二一年）八月九日，北洋政府任蕭耀南爲湖北督軍，到任不久，適遇十周年建國紀念，武昌督署，張燈結綵，「與民同樂」。十月十一日早上，督署大門有人貼上一聯云：

吳江楓落冷秋風，佩劍倚艫船，孚佑下民，決破隄防矜水戰；

蕭寺鐘鳴驚夜月，耀威横臥榻，南征大將，銳鋒武器是烟鎗。

上下聯皆嵌吳佩孚、蕭耀南之名。吳佩孚本是直魯豫巡閱副使（正爲曹錕。巡閱使類於清代的總督，其管轄地區且過之），兼兩湖巡閱使，駐節洛陽。蕭耀南爲吳部旅長，湖北人趕走督軍王占元，直系軍閥勢力就伸入兩湖，蕭耀南是湖北黃岡人，督軍一職遂由其承乏。蕭雖開府專閫，惟頂頭上司乃兩湖巡閱使吳佩孚，且又係其舊上司也；故凡事不敢專擅，請命乃行。十年七月，湘鄂之戰發生，吳佩孚曾决隄淹敵軍而獲勝仗，人民受水淹死者不可勝計，故受輿論攻擊。蕭耀南鴉片烟癮極重，他見大權概歸吳佩孚，索性不如就日夜躺在烟牀好了。下聯却是寫實也。

蕭耀南後來仍然是死於鴉片烟。當孫中山先生未死前，蕭耀南已向他傾心，認爲他才是救中國的人物，於是派人和中山先生聯系，到曹錕被馮玉祥軟禁後，中山先生入京，蕭卽聯絡其它直系軍閥，欲成立政府，在兩湖擁中山先生爲元首。孫中山先生死後，此事遂暫時擱淺。民國十五年（一九六二年）二月十四日，蕭耀南突然在武昌暴死，吳佩孚遂派陳嘉謨繼任鄂軍總司令，杜錫珪繼任省長（因鄂人反對，杜未到任）據傳蕭之死乃陳嘉謨以十萬元買通其左右，在鴉片烟中置重量毒藥，使蕭吸之致命，以絕其與南方國民黨軍之關係也。

貴 陽 話 舊

貴州省城貴陽，在科擧時代有貢院，三年一次，士子皆在其中考擧人。此爲掄才大典，例由皇帝挑選翰林官爲正副主考。貢院內有衡鑑堂，爲考官閱文之所。光緒廿七年辛丑（一九○一年）貴州正考官呂佩芬，副考官華學涑，華君的「辛丑日記」記衡鑑堂聯云：

此中有循吏名臣，況當側席求賢，夢縈巖野；

何字非筆耕心織，記否携朋觀榜，淚滿儒衫。

據華君說此聯不知爲何人所撰，是道光廿三年癸卯（一八四三年）賀長齡做貴州巡撫時重寫的。（長齡字耦耕，湖南善化人，翰林出身，道光十六年至廿五年任貴撫，升雲貴總督，因事降河南布政使。曾紀澤是他的女婿）下聯「淚滿儒衫」，眞能形容士子得失心之重，今日摩登時代的會考，其心情多少有些如此。以考試取眞才，從古至今的統治者都是立心來折磨士子，可慨也。據華氏說，呂佩芬謂「若改儒衫爲秋衫，則尤渾成，味之良然。」蓋鄉試放榜在九月也。

貴陽有浙江會館，有一聯云：

二十年垂徼荒殘，煙塵乍息，撫馭需才，鄉國溯前型，當無愧武肅勳猷，文成學術；

六千里湖山迢遞，風景不殊，平安有信，亭台集勝侶，好共話西湖月色，東浙潮聲。

此聯係題浙江會館，就要切貴州、浙江兩省。「武肅」指錢鏐，「文成」乃王守仁，以浙人曾官貴州也。

莫愁湖

南京莫愁湖上，有勝棋樓，傳說明太祖與徐達（封中山王）下棋，輸了莫愁湖給他，故後人築樓，供徐遺像。清末曾國藩替異族效命，扼殺太平天國，後來死在兩江總督任上，恭維他的人，也在莫愁湖上築曾公閣，欲與勝棋樓媲美，其實一爲民族英雄（逐胡元出境），一爲民族敗類，千秋萬世，自有定評。現在且錄三首肉麻的曾公閣聯，給讀者一哂。薛時雨聯云：

出西州門迤邐而來，看桑麻遍野，花柳成蹊，十萬戶重睹昇平，遺愛難忘，白叟黃童齊墮淚；
與中山王後先相望，幸湖水波恬，石城烽靖，五百年允符風會，大名並峙，袞衣赤舄更圖形。

許振禕聯云：

過西州門，風景不殊，長懷丞相經營之烈；
此一湖水，潢汙可薦，留俟後人謳歌而來。

徐壽茲聯云：

英雄兒女，將相王侯，小閣聚人豪，終古江流淘不盡；
世界滄桑，樓台烟雨，名湖猶昔日，幾回劫夢醒無痕。

這些捧民族敗類的聯，也「熱鬧」了七八十年，到一九五○年以後，曾公閣已經不知何處去，而此等聯語，亦隨之「羽化」無蹤。曾國藩「人豪」哉？

譏富翁

三十年前上海租界裏有個英籍猶太富翁哈同，他的「大名」在舊時代的上海人心裏，眞是一個吸血鬼又是「慈善家」。民國二十年（一九三一年）農曆五月初四日死去，遺體就埋瘞在他的花園（愛儷園。大門園扁是書法家高邕所寫的）裏，他死後二十年，花園已不保，被改建爲中蘇友好大廈，他的墳墓也移往別處了。

當哈同後人爲他辦喪事時，所收的輓聯不下二千，章太炎聯云：

弦高有報鄭之心，四海皆兄弟，章紱酬君猶淺矣；
莊周以達生自命，萬物爲齋送，形骸于我何有哉！

上聯的「章紱酬君」，指辛亥革命時，志士攻上海製造局，因缺乏軍餉，哈同知其事，馬上借給革命軍三萬元，後來民國政府贈以三等文虎章。

董康在上海做律師時，愛儷園聘他爲法律顧問，園中辦喪事，兩側之燈聯，皆爲哀悼之詞，全出董康之手。錄三首如左：

致力兼儒行禪機，歇浦澈寒潮，高明弁薈畸人傳；
遺愛在生前死後，韓陵留片石，大筆酣題國士墳。

哈同夫婦佞佛，曾耗巨資刻佛經，又在園中創辦一所倉聖明智大學，故上聯云云。至於下聯的什麼「韓陵」、「國士墳」，則擬於不倫了。

又云：

雖作陶朱，三徑仍希陶靖節；
久經漢臘，兩楹重睹漢官儀。

所謂「漢官儀」是指哈同喪禮中有點主之舉，請清朝三鼎甲劉春霖（光緒三十年甲辰狀元）夏壽田（光緒廿四年戊戌榜眼）鄭沅（光緒二十年甲午探花）行點主禮，合致筆金一萬元，腐儒聞之撟舌不能下。這也叫「漢官儀」，眞不知所謂！

又云：

大好園亭，茂陵罷鼓求凰曲；
依然城郭，華表俄看化鶴歸。

明朝的書法大家祝枝山（允明），曾在廣東興寧縣做縣官（他在興寧時，曾著「興寧縣志」，其稿本十餘年前發見，由上海文化機構影印行世，書法絕妙），有某富人以彈棉花起家，有了幾個錢便想附庸風雅，築書齋既成，以重金請祝枝山撰寫一聯，枝山隨手書贈云：

三尺冰紈彈夜月；
一天飛絮舞春風。

富人得之大喜，珍如拱璧。後來有人對他說，這是祝大老爺嘲笑你呀；富人說，我實在是彈棉花出身的，怕什麼！

英使謁見乾隆記實（續）

馬戛爾尼　原著
秦仲龢　譯寫

十月二十五日，星期五。　今天松大人來坐談，他說乾隆皇帝聽說使節團啓行後，團員一路安吉，很是高興，故此特派專人送到他所喜歡的東西（是奶酪一合和一些蜜餞）給我嘗嘗，以見寵眷。又有一道上諭，吩咐他向我問好。我立即向他道謝，並請他代奏請安。

客套之後，我們便談到上次相見時所談的事。松大人說現在新任的兩廣總督長大人，爲人公正不阿，將來到任之後，一定能把以往各種積弊一洗而清，廣州英國商人必能大受其惠。他這樣說時神態語氣都很誠懇，好像要我深信他的話似的。如果北京政府是沒有誠意整頓的，難道他們不知道我們英國人不肯久受其諾言所騙嗎？難道他們不怕英國的海軍力量嗎？只要我們派兩三艘小戰艦，不消兩個月功夫，就可以把中國沿海的海軍全部摧毀，沿海各省居民，大都靠捕魚爲業的，這麽一來，他們的生活便大受影响，說不定會發生饑荒呢。（按：英國人的狂妄態度可謂極矣！）

十月二十六日，星期六。　我們的船仍在運河中航行。左岸有一湖，面積很大，右岸有無數鄉村，在四五里的遠處，見有幾個小岡，突出在大平原之上，樹林中聳出高塔數座，點綴風景，很爲悅目。天氣極好，這是很難遇到的，不寒不冷，好像我們英國十月的溫和氣候一樣。

十月二十八日，星期一。　在過去幾日，我留心觀察，才知道我們的船，每一艘用縴夫十八人，有一頭目領導。這班工人擧動很沒有秩序，到現在稍覺整齊，也許這裏的警察，比別的地方較爲嚴厲吧。（按：這裏的警察二字，原文是Police，但這時候，中國尚未有警察之設。——譯注）據說，運河所經的地方，如有官船通過，地方官就要供應縴夫，好像德法兩國的驛站要爲旅客僱用馬匹一樣。但中國縴夫的工資極薄，人們多不願服役，地方官就不得不按戶勒派，那些較爲富裕的農戶，自己不願當差，往往出重資僱人代替。

「出使中國記」記云：十月廿五日，船抵運河的最高部分，是運河全長的五分之二。汶河的水在這裏流入運河。汶河河道和運河成直角交叉，是供給運河水源的最大一條河。兩條河匯流的地方，水流很急。在這裏運河的西岸建了一個堅固的石堡。汶河的水以很强的力量向石堡冲擊，從此分開，一條向南流，一條向北流。有一個未經解釋的說法：在這裏抛一束棍棒在水面上，棍棒也隨着水流分成南北兩個方向，這確是一種奇異現象。

當時運河的設計者一定是從這個高處統籌全局的。他站在這塊地勢很高的地方，運用匠心，設計出來這條貫串南北交通的巨大工程。他計算到從這裏到南北兩個方向的地勢斜度，沿路河流所供給的水源，設計了許多水閘，同時還估計到由於開閘放船所損失的水量可以從地勢比這裏更高的汶河的水補充過來，匯流之後，分爲兩個不同方向的支流，這裏附近有一個金碧輝煌的龍王廟。

船從這裏開行不久，看到一種捉魚的鳥。這種鳥可以訓練爲人捉魚，每天收獲量很大。它是一種塘鵝屬鳥，我們捉到一隻送給蕭博士，他作了如下的鑒定：「喉部色白，身體白底有褐點，圓尾巴，黃色嘴，屬於一種褐色塘鵝。」

這裏運河之東附近有一個大湖，裏面有上千條小船，都是用這種鳥來捉魚。每隻船有十幾隻鳥。船主做一信號，它們馬上飛到水裏去捉魚。我們非常驚奇地看到它們很小的嘴裏銜着很大的一條魚。它們被訓練得眞是好，用不着在它們的喉部用線或圈套着，它們把全部捕獲品交給主人，自己不吃一條，除非主人爲了獎勵或飼養，做信號叫它們吃一兩條，這些小船都很輕，主要是在湖裏划。當地漁民依此爲生。

這個湖的兩邊由一個很高的土堤同運河分開。運河的水位比湖水高很多。當時修建這條沿整個這個湖同運河隔開的堤壩所用的土方和所費的人力是非常大的。堤壩的兩面俱鋪着一層石塊。爲了不使運河的水壓過强以致使堤壩無法承受，在堤上造了一些水門來調節河內過多的水。這些水有的通過這些水門直接流到湖裏有的流到低地，有的流到堤壩上的小溝裏，把它當作貯水池。最後一項設計說明中國人至少懂得一些水力學。小溝內的水經常保持爲河水湖水或者河水和窪地水的中間水位，這樣，水壓在兩岸上的力量就分散了。貯水池的水抵消了運河同樣高度水的水壓，而湖裏的水又反過來抵消貯水池裏的不超過湖水水位的水壓。堤壩中留一個溝渠還可以減少堤的用土量。這裏的土係從很遠地方運來的。根據過去傳教士所繪的地圖，過去這裏很大一片地帶全是湖沼。現在整片地帶，包括堤壩的頂端都開墾爲良田了。

十月二十九日，星期二。　天氣很好，吹東南風，使人非常愉快。天空一片灰色，像一塊大理石懸在太空那樣，時時有浮雲開動，日光由雲隙中下射，照耀在人眼前，精神爲之一爽。早間松大人來訪，他說，剛得到北京消息，「獅子」號和其他較小的船隻已於本月十六日離開舟山，「印度斯坦」號則尚未啓椗，我要回國只好乘坐「印度斯坦」號前往澳門了。我說，「印度斯坦」號是一艘商船，只能多載貨物，不能多載搭客，使節團人數衆多，而且我們向來不慣於擁擠，如果這樣多的人堆擠在「印度斯坦」號上，恐怕不合衞生而致生疾病。

松大人說，這話亦說得有理，我馬上寫信往北京請他們妥籌辦法，至於我們現在不妨到了舟山後再作計較，如果嫌「印度斯坦」號船身太小，儘可將行李等物，由該船運載，其餘官員夫役，仍用中國船隻由內河運往廣東，想來沒有什麼不便之處。我說，這辦法雖好，但不知我寫給高華勳爵的信現已由北京送去否，假如北京能早日送去，何致有今日這種周折。松大人一聞此言，意頗不悅，立即亂以他語。我見此情形，不免有點駭異。中國政府對我們英國人雖表面上頗有推心置腹之概，幾乎沒有一事不以誠意相待，究其實則似乎不是這回事。即如一信之微，他們也不肯盡力，其餘種種事務，如改良廣東的稅則等，恐亦不免成爲畫餠。如果我所想的不錯，則我此行可謂白費功夫了。

十月三十日，星期三。　昨夜刮大風，而且風勢强烈，和昨兒的天氣大不相同，我恐怕我們非到明天不能開船了。

十月三十一日，星期四。　松大人今早又來拜訪。他說自從我們離開北京後的一路情形，和他同我的談話紀錄，隨時由他稟報皇帝，現據北京來信，皇帝見了這項報告之後，非常歡喜，從前皇帝對於我們來中國的一回事，心上頗有些疑慮，現在卻已完全明白，知道我們此來完全是爲了聯絡雙方感情和增進貿易，故此皇上已發給新任兩廣總督一道諭旨，命他將外洋貨物入口稅切實整頓，如果外國人受到什麽寃曲，准他們直接稟請兩廣總督查辦，不必依照從前的規矩經由行商（卽對外貿易的十三行——譯註）轉呈。我說，旣然貴國皇帝加意照顧我們外國人，我實在非常感激，但這種情形如果由我回去向英王說知，總不如由貴國大皇帝寫一封信較好，不知前幾天所談請貴國皇帝再降一道勅的話，能否辦到。

松大人說，我們皇上辦事，自有主意，主意打定了，便不願意有旁人去干與他，這件事，我想旣由皇上答應辦理，將來無論如何，自有必行之勢，閣下就不必汲汲，假如一定要拿了皇帝的字兒做個憑證，恐怕越是催得緊，事情反不免別生變卦。況且閣下要請皇上再降一勅的話，兄弟早已有信去過，如果皇上認爲這事可以辦得到，担保不久便有回信，不過現在還沒有，請閣下耐心等候吧。

十一月一日，星期五。　自從昨天經過一水閘後，河面漸寬，到今日所經之處，其濶度和我們英國柏特尼地方的泰晤士河相等。

十一月二日，星期六。　今早我們從運河橫渡入黃河，這一條河流在中國歷史上很有名。我們所渡之處，約濶三英里，水急多泥。（「中國旅行記」記云：黃河水急難渡是有名的，船家在渡河之前，將船停在岸邊，殺牲口祭河神。所殺的生物，雖各船不同，而以猪雞兩物爲最多。殺牲之後，將祭品放在船頭，血和羽毛就黏在船面，就算不能全部盡黏，也要把它的各主要部分黏足。船頭之上，除所殺牲畜外，還有三個小酒杯，杯中所裝的東西，亦各船不同，有的用粉、鹽、茶，有的用酒、油、鹽，也有用油、米、鹽的。安排妥當後，先由船主持香向船頭跪拜，然後開行。開行時，船主站在船頭的一旁，另一旁站着一人，他手拿着一面銅鑼，當船航行到中流水勢湍急之處，他就鳴鑼爲號，船主就拿起那些小杯子，把茶、米、油、鹽等物倒入河裏，同時大放爆竹，全船的人都高擧雙手向河神致敬。過了急流之處，仍由船主向船頭三叩首，禮畢。）

渡黃河後，我們的船仍沿運河曲折南行，預計數日後便可以到達揚州。在揚州我們有幾天休息。

十一月五日，星期二。　今日到了揚州。這個地方的商業頗爲興盛。本來我們打算在這裏休息幾天的，但後來松大人改變計劃，一直開往杭州府。

十一月六日，星期三。　黎明時候，我們渡揚子江了，這條大河，一般人都叫它爲長江。我們渡江之處，約濶一英里半。渡過後，就到達鎭江。鎭江是揚子江下游勝地，在長江南邊，是一個大城市，形勢極好，人口甚多，只是城牆已有些凋敝。過鎭江時，岸上有軍士約二千人，列隊鼓樂而過，看來好像這裏正在擧行閱兵禮。這批軍士各有不同顏色的旗，他們所穿的制服，亦有各種顏色，黑的、白的、黃的、藍的都有，很是好看。他們頭上也戴有鋼盔，但所穿的棉靴、長裙，使他們負重不堪，在行動上很不靈活，而且也沒有丈夫氣。

據王大人說，這支精銳軍隊和那些鋼盔都是屬於皇帝旗下的（大概指上三旗而言，淸制，上三旗是皇帝親自指揮的軍隊。——譯註），此等鋼盔妥藏在軍庫中，非遇大典或大節日不拿出來用的。王大人說，事實上那些鋼盔都是中看不中用的東西，因爲它們太笨重，不宜用於戰場上。我很想得到一副帶回國，便託王大人設法，但沒有成功。

黃秋岳遺著

定價
精裝：美金六元
平裝：美金五元

花隨人聖盦摭憶

補篇

大華出版社印行

定價每冊港幣一元

大華

第一卷 第七期（一月號）

大華 第一卷 第七期（總49號）

美國經濟衰退的演變之蠡測	柯榮欣	1
中文地位與翻譯人才	馮明之	4
逃亡到日本的明末大儒朱舜水	松庵	8
大鶴山人瀟湘水雲圖	省齋	11
讀者、作者與編者	黃嘉仁	12
知堂老人、沈啓无、片岡鐵兵	成仲恩	13
朱自清先生與新聞文藝	陳思	15
老申報與新申報	老兵	19
藍橋詞（珍重閣詞第五）	趙尊嶽	20
談蘇加諾自傳	石如	21
蘇加諾自傳譯後	柯榮欣	23
記許君遠、胡叙五	向晚	24
從漢學、華學、中國研究談起（續完）	心得	26
李鴻章尺牘	文如	28
動脈硬化症可怕嗎？	兪瑩譯	29
讀水滸傳（四續）	季炎	30
地震史話	湘山譯	32
從水滸傳編成的鸚哥舞	于鳳	33
春風廬聯話	林熙	34
英使謁見乾隆記實	秦仲龢譯	36

封面插圖：**昇平有象**（據北京故宮舊存新年剪紙範本）

大華（月刊）第一卷第七期（總49號）

一九七一年一月一日出版

Cathay Review (Monthly)

Dah Wah Press.

36, Haven St., 5th fl. Hong Kong

出版者：大華出版社

地址：香港銅鑼灣希雲街36號6樓

電話：七六三七八六

督印人：柯榮欣

總編輯：林熙

印刷者：大同印務公司

香港北角和富道96號

電話：七一七五四四

總代理：吳興記書報社

香港中環租庇利街十一號二樓

電話：H四五〇五六一 四五〇七六六

星馬代理：遠東文化事業有限公司

新加坡厦門街十九號

檳城杏田仔街一七一號

越南代理：聯興書報社

越南堤岸新行街二十二號

其他地區代理：

澳門：可大文具店

亞庇：利文公司

千里達：中華公司

倫敦：東寶公司

芝加哥：杏林春

波士頓：中西公司

三藩市：新生圖書公司

加拿大：香港商店

寮國：永珍圖書公司

斗湖：光明書店

菲律賓：玲瓏書局

紐約：友聯圖書公司

洛杉磯：永安堂

檀香山：大元公司

三藩市：文化商店

加拿大：新國華公司

美國經濟衰退的演變之蠡測

柯榮欣

一

易經乾卦有「上九・亢龍有悔」的教訓；老子有禍福相倚的明示。西方唯物辯證哲學告訴我，事物的發展，內含着矛盾。這種「一分爲二」的看法，是中西古今哲人根據他們所在的深厚文化蘊藏，睿智地觀察千百年歷史發展，找出來的宇宙本體的眞理。至於歷史淺短，缺乏文化修養的暴發戶式的民族，是無法了解的。

資本主義自從萌芽於英國，至今日在美國的發展，已是超過了乾卦「九五・飛龍在天」的階段，進入了「亢龍有悔」的地步。一方面，資本主義在美國這片未經開發的處女地上，較少舊制度的束縛，得以大顯身手，取得了人類歷史上空前的奇蹟，國民總生產值佔資本主義世界的百分之四十三。另一方面，內在的矛盾，也發展到了空前的尖銳與嚴重的情形。不但在經濟領域中，極少數壟斷資本家控制了這個巨大的生產力；就是在政治方面，從白宮開始，所有總統，參議院，衆議院，五角大厦，最高法官，直至將軍們與士兵們，無一不成爲壟斷資本家的僕從與工具。從而在國內與國際上，與人民的對立，越來越明顯，越來越嚴重。千夫所指，尚且無疾而死；何況數以億計的人民，對之莫不咬牙切齒，欲食其肉而寢其皮，又何能久長？今天美國經濟危機，正是資本主義發展到最高階段必然產生的惡果。

美國25年來失業率統計表

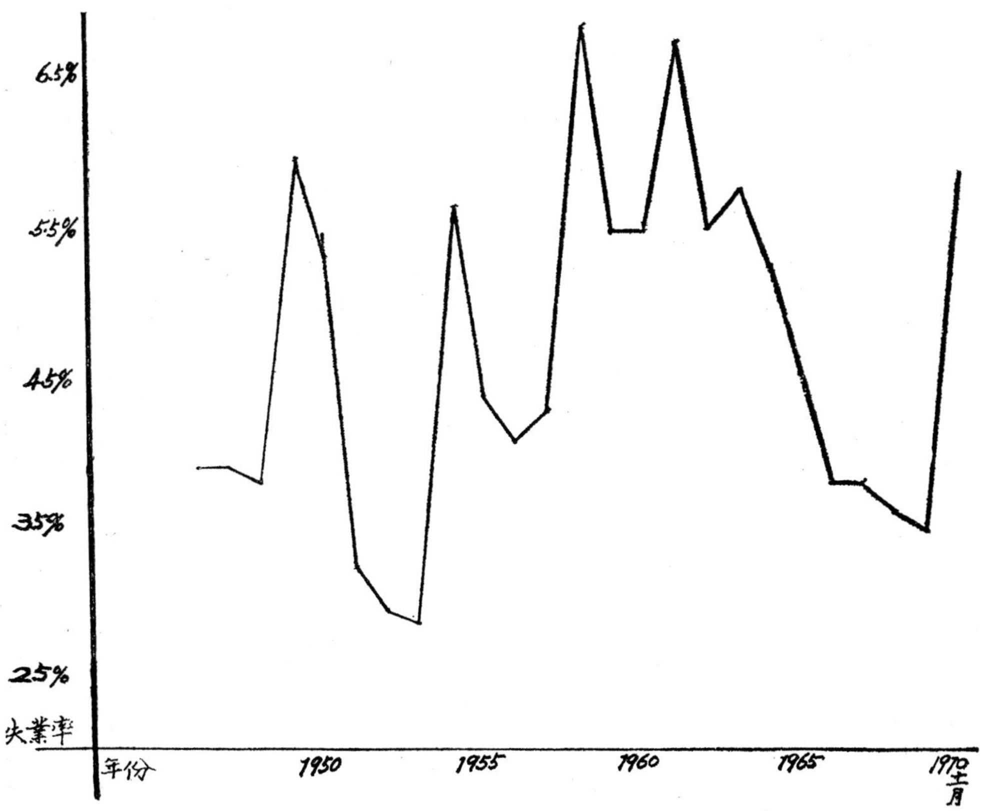

二

兩次的世界大戰，美國坐收其利，到第二次世界大戰結束的當兒，資本主義世界四分之三的黃金集中在美國財政部庫藏中，正是睥睨一世，莫可與京。

但是，資本主義內在的經濟循環，周期性不景氣的毛病，並不是黃金醫得好的。美國空前龐大的生產力，固然是它戰後稱霸世界的憑籍；但過份膨脹了的生產力，也正是它不治的病根所在。生產過剩必然引致經濟不景。從一九四五年以來，二十五年中已經歷了五次經濟衰退，按年份爲：一九四九、一九五四、一九五八、一九六一，以及此次自一九六九年八月份至一九七〇年底，尚在方興未艾的大衰退。

試以美國一九四六年以來的失業率作爲其經濟的升降指標，（圖見第一頁）。在上圖中可以看出，至一九六一年止，經濟衰退愈來愈頻繁。第一次經濟衰退年與第二次相隔五年；第二與第三次爲四年，而第三與第四次祇有三年了。按照曲綫看，六三年失業率又在上升，六四年本來有成爲第五次經濟衰退年的徵象；事實上却一連保持了六年繁榮，至去年才又開始了衰退。

在這裏，我們不能片面地祇在經濟觀點上看美國經濟的盛衰，必須結合政治因素來觀察。尤其在這二十五年中，美國發動了兩次侵畧性的「有限度戰爭」，並且，在美國發展了透支購買力的兩種信用膨脹方法：分期付欵的賒購辦法與信用咭的延期付欵辦法。

從曲折的顯示，戰後美國失業率最低的時期，正好符合韓戰的時期。而第二個最低的時期，又正是詹森揑造北部灣事件，擴大參加越戰的那五個年頭——一九六五——六九年。

反之，在艾森豪威爾與肯尼迪任總統的十多年——一九五三——六三年，美國在國際政治中比較地減少了些赤膊上場的猙獰，在經濟上就不但產生了三次經濟衰退，並且失業率兩次高達百分之六·八與六·七的高潮。

在這種明顯的對照中，我們可以看出：美國二次大戰以來的繁榮，是建築在透支購買力與戰爭兩個變態的支柱上的。

然則，現在越戰仍在日耗近億美元，直接投入了三十五萬以上勞動力；尼克森於年初緊縮信用失效以後，現在又在降低利率，放寬信用，何以經濟衰退反而變本加厲，延續了十七個月仍無恢復繁榮的迹象呢？

三

經濟周期性地衰退，是資本主義的先天痼疾。這種痼疾，不但無法根治，並且隨着資本主義制度的發展，逐漸加深。信用膨脹與戰爭刺激，祇是痲醉性的嗎啡針，可以求得暫時的安寧，決不能袪除病症。現在美國內部私人欠債已高達三千億美元以上。換句話說，美國國內向銀行與放欵公司借的債務，加上上面所說分期付欵與信用咭賒買的數字，超過了美國全年國民生產總值。在這種情形下，怎麽再能擴張信用？

至於戰爭，本來是最靈的消耗生產過剩的靈藥。以往都是一針見效，只要發動一次戰爭，即可刺激生產，加强購買力，造成戰時繁榮。但是，靈藥使用過量，會有副作用的。越戰造成了一九六五——六九年的繁榮。不過，長年窮兵黷武，勞師遠征，五年來軍費的開支超過了人民的負担力，使財政連年出現了巨額赤字。美國政府只得以濫發鈔票與公債來彌補。因此出現了惡性通貨膨脹的併發症。

通貨膨脹是財政上最不公平的轉嫁虧空辦法。握有生產工具的資本家，水漲船高，並不吃虧。廣大的雇員與工人階級却受到深重的剝削。同時，通貨膨脹又使購買力在無形中打了折扣，影响了生產。因此，尼克森上台之初，曾企圖用抽緊銀根的方式來抑制通貨膨脹。他又想用和談與撤兵的騙局，來贏取他在越南戰場上無法贏得的勝利，以減少財政赤字。

事實證明了尼克森緊縮信用方法祇是加深了經濟的衰退。他的騙和反而把戰爭擴大到柬埔寨去。尼克森失敗了。今年十一月中，聯邦儲備銀行兩度降低了重貼現利率。他又想走回老路去，用打嗎啡針的方法來刺激生產。但是，嗎啡針打上了癮，能否止痛還是問題，不要說醫病了。

總結來看，美國現在的經濟衰退，是空前的嚴重。以前的四次衰退，平均都祇歷時十一個月；此次已經十七個月，尚在方興未艾，不知伊於胡底。更嚴重的是過去所用的信用膨脹與有限度戰爭刺激，都不但無效，並且產生了惡性通貨膨脹的併發症。這好像一個百病叢生的久病不愈的病人，既受不了藥物的刺激，又是虛不受補，最好的期望，只是苟延殘喘而已。

當然，另一種可能是因循拖延，猶豫不決，讓目前的衰退繼續下去，生產一天天縮減，失業一天天劇增，通貨更大步地惡性膨脹。這在缺乏個性，善變的庸才尼克森不是無可能的。假使如此，則一年之內，美元受不了貶值的壓力，勢必崩潰，因而導致資本主義世界的幣制、金融與經濟的大混亂。

四

天下沒有人肯安心等死的，何況是早就把靈魂賣給了撒旦——金錢——的夙無人性的美國壟斷資本家！他們在這種進退失據，窮途末路的環境下，狗急跳牆，是否會冒天下之大不韙，索性擴大越戰，把東南亞的僕從國家拉下水，製造一次世界性大戰？深深值得我們思索。這在日本軍閥與政客們叫做「乾坤一擲」。我們當記得一九三一年的九一八事變，就是在世界經濟大恐慌中產生的。世界形勢雖然變了，撒旦的魔性是不會變的。

無論是大戰或資本主義經濟大崩潰結果是看得見的。第一次大戰產生了世界第一個社會主義國家—蘇聯。第二次大戰把世界四分之一人口推上社會主義階段。目前資本主義制度的危機，是否會是世界最大的資本主義國家社會主義化的朕兆呢？

我覺得毛主席說紀元二〇〇〇年之頃是世界社會主義突飛猛晉的時代，恐怕還是保守的估計。

●讀者通信●

編輯先生：讀貴刊十一月號陳潞先生著「粵話小論」一文，深感興趣。讀者也想畧抒淺見，就正方家。照屈大鈞考證，廣東最早土著，大概爲蜑（法凡）族，漢族皆由北方遷徙而來。因此粵語至今遂有古漢語、蜑語兩大類，如常用的犀利、估、安、千乞、靚等，皆古雅而好聽，這些字在北方談話中，是聽不到的。但如老豆、瓜直、老細、黐線、揼仔、衰、死人頭、丟那媽之類，恐怕就是蜑語，既醜惡而又難聽。稱父親爲老豆，絕對不通。老豆只能孵出豆芽，並非新生一代。人死稱瓜直、也無道理，瓜有若干種，只有青瓜（黃瓜）是直的，餘如南瓜、矮瓜、苦瓜、冬瓜皆是圓、扁圓、或彎曲。細者小也，老細即老小也，何以稱老闆呢？總之，粵語許多土語皆應加以修正。我以爲，只要電視、廣播、話劇肯修正，日久那些醜惡用語，自然會改變過來。醜惡的話，不僅無知識人常出於口，而報章、小說也居然用之，那就太不應該了。

一讀者敬啓
十一月十日

中文地位與翻譯人才

馮明之

本文作者多年來飲譽於香港及東南亞文壇，其作品自一九六五年二月起經由新加坡政府教育部列入高級中學華文會考範圍。一九六七年一月，當選爲英國語文學院院士，並獲倫敦國際翻譯公會批准爲正式會員。一九六八年起，主持英國語文學院香港區考試事務。一九六九年在港主持英國大學聯合入學試，至一九七〇年六月起，移交香港教育司署接辦。目前主持香港編譯社並兼任英國牛津輔世學院香港區教務長。

——編者

一·新攷驗與新課題

近年來的中文地位，在世界範圍內有全面提高的傾向。各國學者，愈來愈重視中國語文的研究；有些國家、特別如美國，在大學課程以至於中學課程中間出現了愈來愈多的中文科系。至於在香港，中文法定化的呼聲，更高唱入雲。這一切都說明：具有深厚歷史並以强大的文化力量爲基幹的中國語文，已爲並世各國所認識。這是值得每一個以中文爲母語的黃帝子孫，引爲欣慰的。

但是，中文地位在中國境外的不斷提高，自然而然地引起了大量翻譯人才的需要，這却成了今日生息於中國境外各地的華人社會的一個新攷驗以及新課題。爲了要使中國語文及其所含孕的中國文化，能爲並世各國所了解、所吸收，同時也爲了要使中國語文與現代的各種科學技術及專門業務充分結合，中國境外各地都需要有大批的翻譯人才，出來做中國語文與當地語文的溝通工作。這一批批的翻譯人才，自然得由各地以中文爲第一語的華人社會提供出來。若就香港來說，假使中文在香港行政、立法與司法事務上的使用進一步普遍化或法定化，則執行中文與英語互譯工作的大批翻譯人才也只能從香港的中國居民中間培養和選拔出來。

二·兩個實際辦法

翻譯工作雖然不能說是絕頂困難，但也不能說是輕鬆容易。就拿中英互譯來說：一個翻譯者必須具備三種條件，才能把工作做好。這三種條件就是：第一、中文流利；第二、英語通暢；第三、對於所譯文件的內容，能有透澈的認識。要達到這三個條件，自然需要有長時期的培養與系統化的訓練。

怎麼叫做「長時期的培養與系統化的訓練」呢？是不是需要在現行的教育體制以外，另設系統，專門從事翻譯人才的訓練呢？當然，假使能夠有這樣的計劃和這樣的經費，那對於翻譯人才的培養，自然會有一定的好處。但由於翻譯工作有其特殊性，而且現代的翻譯事務，幅度極廣，翻譯人才的迫切需要，不單出現於學術文化領域，也同時出現於日常生活、行政事務、技術合作、工商管理、社會活動、公共關係等各方面，就算是最有能力的翻譯人員，也不可能件件皆精、樣樣都懂。因此，即使眞有專設的機構，也未必訓練得出許多出色的翻譯人才，而大批優秀的翻譯人才，也不一定出於這些專設的機構。所以，對於翻譯人才的長時期培養與系統化訓練，與其在現行的教育體制以外來想辦法，實不如因利乘便，就與現行的教育體制結合起來進行。

最近香港中文大學校長李卓敏，建議香港的中等學校增授翻譯課程，並主張英文中學會攷恢復翻譯一科的攷試。這兩個辦法，都是非常實際的。因爲在中學裏講授翻譯知識並在中學畢業會攷中攷試翻譯能力，正是因利乘便，與現行的教育體制配合起來進行翻譯訓練。

三・基礎翻譯訓練

在現行的教育體制之中，可以配合進行翻譯訓練的學程，包括中學和大學這兩大階段。在中學階段，本來就有一定的中文課程和英語課程，只要按着各級學生的不同程度，給以適當的講習與訓練，就可以替學生打好語文方面的基礎，使各級學生掌握到一定程度的翻譯能力。這一階段的工作，可以稱爲「基礎翻譯訓練」。

在中學階段進行基礎翻譯訓練，主要的目的應該是爲學生的翻譯能力奠定基礎。但是，怎樣才能達到這個目的呢？過去香港的中學裏也曾有過一個時期，在英語課程中教授翻譯，但是因爲「翻譯」這一門功課，當時尚未受到適當的重視，而且「翻譯」到底應該怎麽教法？古今中外，尚無先例可援；那些負責講授「翻譯」的老師們，一方面既找不到完整的教科書，另一方面也缺乏有系統的練習資料，自然十分頭痛。結果只有隨便找些英語作品或者中文篇什出來，叫學生試行翻譯。其中比較負責任的老師，遇到學生有問題，還會隨時指點，但有些老師忙得不可開交，也就無暇及此。光靠這種沒有系統性和計劃性的翻譯練習，要想替學生的翻譯能力，奠定基礎，自然十分困難。所以過去英文中學裏的翻譯課程，結果證明失敗，英文中學會攷中的翻譯一科，最後也只好撤消。

事實上，要在中學階段培養學生的翻譯能力，斷不能單靠練習，尤其不能依靠千篇一律的呆板練習。要知道現在的中學生，課業本已十分繁重，如果一碰上翻譯課程就是練習，怎能不教人望而生畏？其實，翻譯課程如果安排得好，應該是十分有趣的。因爲中英兩大語文都擁有深厚的歷史與文學背景，把它們拿來一一比較，會發生無窮的興味，足以引人入勝。假使從這樣的觀點出發，則中學階段的翻譯訓練，首先應該從喚起學生的翻譯興趣着手，從而引導學生認識兩大語文的文化背景，同時把兩大語文的語法結構進行比較，使之與當代生活的最新情況互相結合。像這樣的翻譯訓練，按着各級學生的實際程度推行起來，自然可以收得事半功倍之效。

四・五級訓練方案

要使中學階段的基礎翻譯訓練達到預期的目的，我們需要有一個具體的方案，作爲教學安排與教材配置的依據。這個方案，必須照顧到下列四個原則：第一、要能引發學生的翻譯興趣；第二、要能照明兩大語文的實際背景；第三、要能協助學生掌握兩大語文的常用規律；第四、要給學生以充份的練習機會。同時，爲着配合目前香港以及海外大多數地區所用的中學學制，這個方案可以就用中學從第一年級（F1）到第五年級（F5）的五級編制，作爲規劃的標準。

要作出一個五級編制的具體課程規劃，事實上是一件複雜而困難的工作，今後仍有賴於文化、教育、翻譯各界的賢達之士，共同努力。筆者不敏，願於此提出一個粗畧的綱目，一來是就正於高明，二來也算是「拋磚引玉」之意。這個綱目，臚列如下：

第一部：共通課程

（一）精讀資料——選取現代英語優秀作品及重要英語名著中的精粹部分，運用譯讀或英漢對照的方法，分組配成教材，指導學生進行精讀、比較與欣賞。由第一級至第五級，程度逐級提高，每級最低限度應進行此項精讀二十四次，各用教材二十四課。

（二）比較語法——將中英兩種語文所用語法中的重要共通點與分歧點，製成精簡的測驗或練習，作爲翻譯作業，使學生在不知不覺間，熟習兩種語法結構的交相配搭，養成潛在的翻譯能力。此種作業，由第一級至第五級，程度逐步提升，每級最低限度應進行十二次，各用教材十二課。

（三）中國歷史譯讀——選採中國歷史中的有趣資料，進行英語譯讀，以便熟習各種中國人名、地名以及常用專有名詞的英譯方法，並加深對中國語文背景的認識。譯文的複雜程度，逐步加强，由第一級至第五級，各用教材十二課。

（四）中國文學譯解——將中國歷代文學的大要趨勢，用淺易的英漢對照方式，進行講解。其年代分佈，由今溯古；程度由淺入深。第一級講述現代與淸代；第二級上溯到明代、元代與兩宋；第三級進入隋唐與南北朝；第四級由魏晉而至兩漢；第五級則爲「詩經」、「楚辭」以迄於遠古。這種文學發展的歷史回溯，一方面旨在提高學生對中國語文背景的認識，另一方面則在加强其對中國各種書面語文的翻譯能力。這一方面的教材，由第一級至第五級，各佔六課。

（五）翻譯指導——就翻譯上的各種技術問題，如長句縮短、短句伸長、缺語補足、冗語刪除、結構改造、語序顚倒、詞性更易、語感傳達等等，分別輕重難易，按五級不同程度進行指導。由第一級至第五級，各佔教材六課。

第二部：分級課程

第一級（F1）——除共通課程外，本級特別講授下述兩項課程：（一）新聞英語，引導學生接觸實際生活中常用之英語及領會其迻譯方法。（二）西方成語，指導學生認識各種西洋典故及英語中的習慣用語，進行翻譯。兩項課程，各佔教材六課，共爲十二課。

第二級（F2）——除共通課程外，本級繼續講授下開課程：（一）新聞英語，重點置於現代科學技術之最新發展與國際重要事務之特殊變化。（二）西方成語，擴大學生視野，加强其對西洋典實與英文成語的系統認識與翻譯能力。兩項課程，共佔教材十二課。

第三級（F3）——除共通課程外，本級配授下列課程兩項：（一）西方成語，繼續提高學生對西洋故實與英文成語的判斷能力與翻譯能力。（二）英語名著譯讀，以節畧方法，譯讀英美重要名著，以加深學生對語文背景之認識。兩項課程，共用教材十二課。

第四級（F4）——除共通課程外，本級配授下列兩項課程：（一）英語名著譯讀，繼續以節畧方法，譯讀英美重要名著。（二）中文成語翻譯，指導學生翻譯中文成語之系統方法。兩項課程，共用教材十二課。

第五級（F5）——除共通課程外，本級配授下開兩項課程：（一）英語名著譯讀、（二）中文成語翻譯，均用以繼續加强對英國語文的背景認識及對中文成語的翻譯能力。兩項課程，共佔教材十二課。

五・教學時間與作業時間

這一個基礎翻譯訓練的五級方案，由第一級至第五級，每級均配教材七十二課，每課佔用教時一節及作業時間一小時。假使與現行學制結合，每週授課兩節，則每一級的訓練均可於一個學年之內完成；如果每週授課增至四節，則每一級的訓練可於一個學期之內完成。假使正規教學時間不敷分配，亦可由教師編就教材，指定學生撥出課外時間自習，由教師從旁輔導。

假使採用通訊教學方式來執行這一個訓練方案，而每一學生能於每日撥出一小時又半至兩小時的作業時間，則每一級的訓練可於二十四個星期之內完成。即是說：每半年可以完成一級的訓練。

六・高級翻譯課程

在中學階段推行基礎翻譯訓練的目的，乃在提高學生的中英語文水準，奠定一般的翻譯能力，使學生將來在自己的本位工作中間，可以應付普通的翻譯事務。至於把翻譯工作當成一種專業訓練，那還得與現行學制中的大學階段相配合。這就可以稱爲一種高級翻譯課程。

由於大學程度的學生，本身已在大學體制裏接受各種現代化的專業訓練，對其所擇專業範圍內的翻譯題材，自有一定的認識，同時也自有一批專家與學者從事指導，所以高級翻譯課程的重點，不在於處理門類紛繁的各種專門題材，而在於進一步鞏固中英兩種語文的表現能力，使受過這種高級訓練的學生，能在翻譯工作中應付艱巨，發前人所未發，爲中英兩種語文溝通有無。以下這一個課程綱要，就針對着這一原則而設計：

（一）翻譯研究——講授翻譯工作的原理、剖析各種翻譯上的問題，編成教材二十一講。

（二）翻譯技巧——剖析翻譯工作中所用到的專門技巧，編列教材五十三講。

（三）翻譯實務——就中英兩種語文結構中的共通點與歧異點，配成實際的翻譯材料，藉以養成學生處理實際翻譯事務的能力。編列教材二十二講。

（四）成語認識——分門別類，就深廣的規模引導學生認識各種西方成語的構成方法及其翻譯實例。編列教材三十二講。

（五）成語會通——就中文成語以及各種虛字的運用，析論其翻譯方法。編列教材三十八講。

（六）英國文物——介紹英國的歷史文物與古典名作，進行譯讀，藉以加深對於英國語文的背景認識，編列爲教材二十四講。

（七）中國歷史——選取中國歷史上的珍聞逸事，運用中英對照的方法，加以介紹，從而照明中國語文的歷史背景。教材編列爲中文四十講、英語四十講，合爲八十講。

（八）文藝翻譯——講授文藝作品的翻譯方法，以期提高一般的翻譯水準。編列爲教材十六講。

（九）實用翻譯——就商業貿易與科學技術方面，檢討翻譯上的有關問題，以加强翻譯各種實用資料的能力。編列爲教材十二講。

（十）公務文件——探討各種行政事務文件的翻譯方法，編列教材十講。

（十一）法律文件——研究有關法律文件及法律問題文字的翻譯方法。編列教材十講。

（十二）電子翻譯技術——探究現代各種電子機械翻譯技術，使學生得以認識未來機械翻譯的一般原理與操作方法，編列教材十二講。

上列教材十二項目共爲三百三十講，假使分配於大學三個學年中間，每一學期應佔五十五講。若以通訊教學方式講授，每一學生假定每日撥出閱讀時間及作業時間兩小時至三小時，則每週可以完成六講或七講，五十二個星期，可以修畢全部課程，即爲期一年。

經過這樣一個長時期培養與有系統訓練之後，由現行教育體制中間畢業出來的學生，應該具有相應於其所受教育程度的翻譯能力，而成爲可用的翻譯人才了。

一九七〇年十一月廿四日於香港

逃亡到日本的明末大儒朱舜水

松庵

水戶的梅花是很有名的，尤其是在冬季裏，到水戶去觀賞梅花，是東京人的一大盛事。

但是在水戶附近的瑞龍山上，更有一位中國大儒長眠在那兒，那便是明末大儒朱舜水的墳墓，値得中國人士去憑弔的，可是，居住在日本的中國華僑，一百人中沒有一個去過，翻開他從中國逃難到日本的一頁悲壯的歷史，和他到日本後對於日本文化的影响，都有足道之處。

我爲了景仰這位大儒，特地在黃梅雨的季節，專誠去看看。從東京上野車站出發，到水戶後，換搭通往常陸、太田的火車，那是慢車，因爲幷不是趕路的緣故，帶着悠閒的心情，正好慢慢地瀏覽沿途的風景，在這裏，可以欣賞到日本農村的「原始美」。

到了太田後，沒有行走瑞龍山的巴士，祇好先乘通到太田馬塲的巴士，縮短距離後，再雇的士，跟的士司機聲明在瑞龍山要等候我們一小時，原車回程；否則要是在這兒停留下來，可能沒法找到車子，便要步行下山了。

瑞龍山在萬山群中一峰獨秀，林木葱鬱，順着一條石階走上去，經過兩旁參天古樹，山徑的盡頭轉入一條小路，大概是人跡罕至的緣故吧，到處是殘花敗葉，發出霉濕的氣味，有時蜘蛛網的垂絲會纏到你的臉上來，要是沒有同伴的話，這情景相當恐怖的。陰森靜漠，偶然聽到幾聲鳥鳴，走過了忘記幾多步伐，終於找到了寫着「明徵君子朱子之墓」八個大字石碑，一坯小丘，荒草蔓生，墓欄早已殘破不堪，頓然使人有孤寂之感。日本華僑早已忘記了這位曾經備受日本人尊重，離國奔投，又曾經宣揚中原文化，帶領日本人修習禮儀典範的中國大儒，今日竟然如此凄清！

茨城縣水戶市附近朱舜水墓

看這墓塚的型式，是明代式樣，原有的墓欄是相當堂皇的，本來墓欄內是不許人們進入的，爲了要細看墓碑上的小字，不得不跨進去。那篇碑文是朱舜水的日本弟子安積覺所寫的，歷述朱舜水的平生志業，所作的古文詞語極爲簡練動人，其中有「惟以邦國未復爲憾……切齒流涕，至老不衰」的文句。

關於朱舜水逃亡到日本的資料，我參攷了三本書藉，其中以明治年間出版的「日本百科大辭典」爲最詳細，記載他名爲「之瑜」，又名「魯璵」，「舜水」乃其號也，明浙江餘姚縣人，生於明萬歷廿八年十月十二日，父爲光祿大夫，母爲金氏，他是父母的第三子。自幼聰穎過人，九歲時喪母，已懂得盡孝哀慟，受教於吏部左侍郎朱永佑，精研六經，尤其是對於

「毛詩」，特別有心得。在南京松江府以儒學生員擢升為貢生，任考官，自號「舜水」。

天啓以後，綱紀廢弛，對於仕途，心灰意冷，想要辭官歸里，可是不獲批准，却於弘光元年，反受重任，當時是大學士馬士英執政的時代，他不想受其所累，堅決懇辭，但仍然不獲批准，祇好星夜棄職逃走舟山，那個時候，清兵經已渡江，天下大亂，他連忙薙髮便服而逃，義不食清粟，遂至日本長崎。

其後又去過交趾（即今之越南）再返舟山，監國魯王駐蹕舟山，要他出山，他自揣魯王必敗，因此上疏固辭。

再度到長崎時，窮困已甚，衣食不繼。筑前柳川的儒臣安東省庵師事之，將自己的一半俸祿送給他做生活費，他深感恩德，有意圖報。

寬文四年（一六六四年），水戶侯德川光國派人到長崎拜訪，跟他談論古今，對他的學問道德，極為敬佩，於是引薦於德川，五年七月，德川聘他為師，優禮以待，他亦盡其所知，貢獻德川，延寶元年，德川在水戶建立一間學宮，大興文教，倡習禮儀，一般人都爭着去學習，蔚然成為一時風氣。

碑陰

晚年患咯血，生疥瘡，天和元年，衰弱已甚，屢病難癒，德川百般慰解，二年四月十七日逝世，享年八十三歲，葬於常陸久池郡太田瑞龍山，德川親自為其題墓碑曰「明徵君子朱子之墓」。

他的遺著有「舜水先生文集」，「舜水朱氏淡綺」，「朱徵君集」等，對日本的貢獻殊大，古今禮儀，典禮範式，以及宮室用品的裝作，農圃稼穡的規劃，都有所獻替，常以邦仇未復為憾，常自流涕。

墓碑側面

另外一本昭和十年（一九三五）六月廿五日神田富山房出版的「國民百科大辭典」，則記載他：萬治二年（一六五九年）是第四次到日本，受聘為水戶藩德川光國的賓師時，時為寬文五年（一六六五），影响全藩都受他的志海感化，後來從事編纂「大日本史」，天和二年舜水歿後，德川光國慕其崇德，追諡「文恭」，當元祿五年（一六九二年）在神戶湊川神社立「楠公」碑時，把舜水所撰寫的「贊文」刻在碑背，舜水所留文集廿八卷，光國為其親自編纂，並自稱「門人光國」以表追慕之忱。

明治四十五年擧行舜水二百五十周年紀念，舜水的後裔朱輔基，朱景彝曾經來日本參加，並有分骨回華奉祀之議，「朱舜水全集」由稻葉岩吉編輯出版。

還有一本昭和四十一年（一九六六）三月一日由「學習研究社」出版的「現代新百科事典」，除紀載舜水的逃日經過外，還提出他在舟山避亂的時候，曾向日本

朱舜水臨終住所遺址，今在東京大學農學部校園內的一角，但爲野草雜樹所遮，如不細爲尋覓，不易發現，故注意的人很少。

請求援華，舟山陷落後，乃於萬治二年亡命日本，後受水戶藩（藩治即今之茨城縣）之招，任爲藩師，弘揚儒學，對後來的所謂「水戶學」之發展，有極大的影響。

至於與日本華僑的交往，在長崎志第六卷寺院開創部（下）有這樣的記載：在「春德寺」內有一塊「唐醫陳明德」的碑銘，便是明末孤臣大儒朱舜水的第一愛徒日本學者安東省庵（守約）所撰。朱舜水落難在長崎時，和他來往的華僑很多，劉宣義是最崇敬他的一人，朱舜水的文集中便收有「與劉宣義」的一封書信，這是朱舜水留傳到今時近三百封書信中，唯一寫與長崎華僑的信，那封信是朱舜水到江戶（即今之東京）後託人帶到長崎的，信中朱自稱「性情拙劣頑固，不通人情世故，老兄獨能違群情而錯愛：：吾人之能爲青白眼者，見禮德之士，必加以白眼，老兄偏著以青眼，抑又奇矣，其他暗中調護，口頰解嘲，復費無限周折………詩曰，中心藏之，何日忘之，此之謂矣。」

當時，這位從中國投奔異域的愛國儒士，因爲格於日本的居住法例，當局不許他長期居留，日本華僑們常爲他奔走疏通具保，才能繼續居留下去，劉宣義便是爲他奔走最力的人，朱舜水在他「致孫男疏仁書」中有提到過「南京船主七人」和「住長崎十九富商」，曾經聯名呈請日本官府准許他居留事，甚至保了幾次，都沒有得到批准。所謂「南京船主」，便是從中國開到日本去的商船東主，所謂「長崎十九富商」，便是當地最有財勢的「住宅唐人」中的皎皎者，爲他奔走聯絡的，除了劉宣義之外，還有一位名叫林應寀的名士，林的詩文名重一時，有長崎才子之稱。

另外一位爲德川光國請到水戶去替當地的祇園寺做開山祖師的浙江金華人心越和尚，和朱舜水一同住在水戶時，朱年已七十八，朱死後，心越和尚爲他繪了一張「舜水朱賢兄肖像」作爲紀念，心越和尚到日本的目的，也同樣是不甘事清，他取名的意義是「心尚在越」，號「東皐」，則取自阮藉「耕於東皐之陽……以避當塗者之路」的典故，正因爲他們兩人都有同一感慨的緣故，所以時相唱和，心越精於七弦琴，舜水耽於詩，相處乃益洽。

據說葬朱舜水遺骸的墓所，是德川家族的私人墓園，三百多年來德川家的列祖列宗都長眠在那裡，當年德川光國肯把一個外國人安葬在自己的祖塋裡，可見他對舜水的尊崇與敬意是何等的深厚！

朱的墳墓雖然孤淸，但是在墳墓的旁邊有一泓池水，晶瑩澄澈，池裡有好些小魚，無聲的游來游去，悠然自若，據稱有活泉之水，流經此池，所以永不乾涸。這樣，正好象徵朱舜水的精神，連綿不息，永世長存！

大鶴山人瀟湘水雲圖

省齋

大鶴山人鄭文焯，世人僅知其工于詞，殊不知其兼長畫，且筆墨高古，工力湛深，固遠非同時人林畏廬輩所能望其項背者也。

比于無意間得其所作瀟湘水雲圖一小軸，設色、佈局奇突，煙雲滿紙。遠山以花青、赭黃二色作之，大有唐人楊昇筆意，而石壁兀立于雲水之中，宛如蓬萊仙島，極縹緲無盡之趣。圖之左上角自題曰：「瀟湘水雲，石谷舊本。曩於　齋（吳大澂）見之；爰撫其意，鶴道人鄭文焯。記在吳小城東樵風墅。」下鈐「大鶴」二字朱文小方印。

鄭文焯：「瀟湘水雲圖」

省齋案：山人生于清咸豐六年（一八五六），卒於民國七年（一九一八），享壽六十二歲。奉天鐵嶺人，隸漢軍旗；但詭託于康成之後，因自稱高密鄭氏。是以其畫上亦時鈐有「高密」二字之章。關于山人之記載，一般書籍及報紙上所見者不多，良以知之者亦不多也。一九六〇年余返北京，在孤桐老人處偶借得「青鶴」雜誌二三冊，作爲旅途之消遣，內有戴正誠所撰之「鄭叔問先生年譜」一文，記載甚詳，惜殘缺不全，未得窺其全豹爲憾。二十年來在香港，僅見友人高伯雨所寫之「記大鶴山人鄭叔問」一文（見一九四九年十二月九日某報），亦極詳盡。錄之如下，藉資參証：

叔問先生的父親名瑛棨，漢軍正白旗人，咸豐年間歷任河南、陝西巡撫，同治二年革職。他的名字很多，除上述之外，又字小坡，別署樵風園客，老芝樵風客，鶴道人，晚年自號大鶴山人。光緒二年舉人。著作有「大鶴山人遺書」，「瘦碧詞」，「大鶴山房讀碑記」，「漢魏六朝書體考」，「草隸辨」，「寰宇訪碑錄補遺」，「石芝西堪藏印」等，又精醫學。他的「樵風樂府」在詩詞中占很高的位置。叔問先生以屢試進士不第，到光緒廿九年，已經七次考不中了，便絕意仕途，自刻一印曰：「江南退士」，以示不再進取，於光緒三十一年在蘇州吳小城東築樵風別墅。吳小城在存義坊內，先生購地五畝，其門曰通德里，是歲秋初落成遷入，是年先生五十歲，自光緒六年寄居蘇州以來，至今恰二十五年。孫德謙有賀先生新居文，其後有跋云：「……流寓吳中，愛其水木明瑟，風物清嘉，棲遲者二十餘稔。去歲擇地孝義坊，經營別墅，迄茲落成，足以棲集勝奇矣。其地則崇岡屹立，曲澗清流，東城，吳之故城也，白香山曾有吳東城桂之詠，今先生將闢其後圃，襲此古芬。」照先生自己所說關於吳小城，如「樵風樂府」卷六滿江紅小序云：「乙己之秋，誅茅吳小城東，新營所住，激流植援，曠若江村，歲晚淒寒，流離世故。有感杜老卜居之作，聊復勞者歌其事云。」又西子妝慢，賦吳小城，序云：「越絕書，城周十二里，高四丈七尺，門三，皆有樓。吳地記，引虞覽家記云：吳小城白門，闔閭所作，秦始皇時，守宮吏燭燕窟失火，燒宮，而門樓尚存，是知小城，卽吳宮之禁門，又謂之舊子城也，歷漢唐宋，以爲郡治。舊有齊雲觀風二樓，並在子城上，爲郡僚燕賓之所，見之唐賢歌詠獨多。明初，惟餘南門，頹垣上置官鼓司更。郡志載：今自乘魚橋至金姆橋而東，高岡迤邐，是其遺址。城四面舊皆水道，卽子城濠，所謂錦帆涇也。其東尚有故蹟，號爲濠股，今余之所經構，證以圖經，此間乃兼有其勝。五畝之居，刻意林谷，旣擁小城，聊當一丘。涇之水，又資園挽，可以釣游，不出戶庭，而山澤之性以適，豈必登姑蘇，望五湖，始足以發思古之幽情耶？分題賦此，因竝及之。」這是樵風別墅的大概，先生逝世後十年，別墅已易主，舊日的吳小城，錦帆涇已經不存在了，民國廿二年春我到蘇州游玩，往弔樵風別墅，遺址已不可得，只有錦帆路一條，諒係昔日錦帆涇築成的。

叔問先生藏書很多，其中多數經先生手批，心愛的書都蓋上他姬人的名字印記，有時又蓋上「侍兒南柔同賞」，「可可同賞」等印。先生晚年風流愈甚，更喜作狹斜游，對此曾作解嘲云：「吳趨故坊，皐橋新豸，連情花月，流志管絃，西北高樓，時有寢跡。匪乎好色，曷云寡歡？遺世之傷，焉能已已？……」先生歿後，他的女婿戴正誠以冷紅簃填詞圖遍乞時人題詠，我曾見陳寶琛題七絕二首云：「流落江南吾小坡，二窗斷送卌年過；故知一切誰眞妄，奈此廻腸盪氣何？」「三過吳門一面慳，眼中猶是舊朱顏，如何入畫還相避，背坐拈毫對小嬛。」可見先生風流一斑。先生晚年生計甚窘，還時時帶了一兩個如夫人在茶樓喝茶，十足蘇州人的習慣。光緒末年陳啓泰做江蘇巡撫，駐蘇州，他和大鶴山人交情最深，而性亦風雅，所以聘請先生居其幕府中，先生得以解決生活一時。民國成立後，先生境遇日困，民國六年他的太太死了，羅癭公請梁啓超送他一點錢，先生有一封信給羅氏道謝云：「別來數更喪亂，感懷雅舊，恍若隔世，音訊闕然，寤思曷極。去臘展誦惠書，猥以悼亡，衿垂甚備，高義仁篤，荷遞相弁，重承任公老友厚賻，頒逮三百金，周急救凶，幽明均感，撫臆論報，銜結銘深。只以衰病之餘，少稽陳謝，伏維豈弟之宥，代剖赤情，幸甚幸甚。茲値亡妻營奠有日，敢以赴告，敬求飭送沽上，爲感。下走集蓼餘年，遭家多難，比來知生知死，彌增鮮民之痛。昨承寄示孑民先生函訂大學主任金石學兼校醫，月廩約四百番錢，禮遇誠優且渥。第念故國野遺，落南垂四十年，倦旅北還，旣苦應接，且聞京師僕賃薪米之費，十倍於南，居大不易，喬目世變，何意臯比，頹放久甘，敢忝爲國學大都講耶？業醫賣畫，老而食貧，固其素也。辱附契末，聊貢區區，未盡願言，但有荒哽。」這封信寄出的日子是民國七年夏曆戊午正月，到二月，先生便逝世了。據康有爲說，先生死前一日，曾命他的公子復培找他，託以身後的事。康有爲便經理了他的喪事，並給他撰書墓表，稱之爲詞人。康氏問及先生所藏的書畫金石骨董，家人都說在生前賣淸了。

讀者、作者與編者

編輯先生：第四期高貞白先生：「香港東華醫院與高滿和」一文所列商行表中，有「公白行」名稱，據潮州耆老許志時翁（志昌行老闆）說，福隆公白行卽當年對烟土行業之稱，老輩人忠厚，改稱公白。公卽公烟（印度產品），白卽雲南白（原身無包皮），故云「公白行」。

又說，當年東華的總理祇由行頭選任，十三位中，僅有一二位殷商總理，都係年高德劭之人，今則不拘一格矣。

當年的南北行與九八行，初係不同行業，南北行在產區運來自購貨品，九八行祇代客在港賣貨，後來才二合爲一，總稱南北行。

黃嘉仁上

知堂老人·沈啓无·片岡鐵兵

成仲恩

抗戰時期，北大校長蔣夢麟希望知堂老人留在北京，曾對他說：「你不要走，你跟日本人關係比較深，不走，可以保存這個學校的一些圖書和設備。」於是，他果然沒有走。在當時的惡劣環境中，他以他的方式，不斷作消極抵抗。有一次，一個日本人到北大來講中日文化合作。知堂老人能講很好的日語，那天，他便跟日本人說：「談到中日文化合作，我沒有看見日本人的文化，我却看見你們的武化。你們都是帶着槍炮來的，那裏有文化，只有武化。」日本人也沒有法子駁他。

戰時紅透半邊天的日本作家片岡鐵兵，受軍閥唆使，在所謂「第二屆大東亞文學者決戰會議（一九四三年八月二十五｜二十七日）席上，因知堂老人拒絕出席，便借題對他展開猛烈抨擊。片岡大肆咆哮：「…作爲敵人之一，此刻我想特別提出來的，就是那個和平地區的反動老作家了：…倘若我們指出他是一個利用最消極的表現，思想和動作，與諸君和我們的思想爲敵的老作家，會不會誣罔了他呢？…那個老作家絲毫不考慮今天的中國在怎麽一種歷史上呼吸着？置身於怎麽樣的世界情勢之中，單獨在那兒玩弄他那魅惑的表現，暗中嗤笑諸君，對新中國的建設，不願盡半點力量。他已經是橫亘諸君和我們前面的一個障礙物，同時也是一個積極的妨害份子…」

針對這些惡罵，知堂老人寫了「關於老作家」，予以還擊，現在錄在下面，也可以看作是老人的一種抵抗吧。

｜去年（一九四三年）秋天，聽人傳說東亞文學者大會時，有片岡鐵兵演說，應當打倒中國老作家，當時我也並不在意，反正被罵的並不是我，因爲我不是什麽作家，至於老乃是時間的關係，人人都要老的，更不是我個人的事了。所以雖然有張我軍、徐白林幾個朋友曾經在塲，却不曾打聽詳細的情形，究竟那演說是怎麽說的。

去年冬天，在「中華日報」上看見胡蘭成先生的文章，起首云，「聽朋友說起，片岡鐵兵新近在一個什麽會議上提議，對於中國某老作家，有甚高地位，而只玩玩無聊小品，不與時代合拍，應予以打擊云。據說是指的周作人」。此文近已收入「文壇史料」，甚易查考。我看了心裏想，那麽眞是挨了罵了，也是活該。當初覺得好笑，可是漸漸的懷疑起來了。片岡鐵兵怎麽會知道中國有一個某老作家，他是玩的什麽無聊小品。老實說，中國現代文學的情形，各作者各作品的高下，除了絕少數的篤實的支那學者以外，日本人是不會懂得的。特別是專致力於創作的文人，他不會說中國話，沒有讀過一冊某作家的原書，如何能知道這所玩的是小品大品，或者這作品是有聊無聊呢。至於關於我個人的事，我是很有點見慣了，倒並不覺得有什麽關係。這至少總還在十年以前，左派文人開始攻擊，即以無聊小品爲名，其實他們也是同樣的並沒有讀，讀了也不會懂。左派的攻擊雖然不能說歡迎，我却是諒解的。因爲他們的立塲須得這樣做才對，如不攻擊便有點不像左派了。不過他們實在也並不懂，這可以說是第二種的諒解。我在有一個時期，曾經亂寫文章，似乎是無所不知的樣子，後來却隨即省悟了，聲明不敢以不知爲知，對於許多問題都不再涉筆，謹愼至今，但是自己以爲是畧有所知的事情則還是時時談說，而且還自信所說大都是有意義的。我不會創作，不是文士，但時常寫文章，也頗想寫爲文章而寫的文章，而其結果還多是爲意義而寫的，不討人喜歡的憂生憫亂的文字。思想與感情不敢一點有虛假，知識則盡我所有的雜學的收獲，雜則不專，但亦因此而不狹隘，文雖不行，意有可取，鄙人平時主張謙遜，唯現在係說實話，此時若再謙便是不實矣。總之我所寫的不知是大品小品，都是有意義的東西，凡對於中國與中國人之運命有關心的人應無不能了知此意，若意見相合與否自然是別一問題，至於不讀或不懂，或外國人，或奉外國主義的份子，加以不理或反對，那又是當然的事，無須奇怪的了。這樣說來，片岡鐵兵之提議也是可以原諒，我所覺得有點奇怪的，只是這個意見他是從那裏得來的。片岡鐵兵似乎未曾遍讀老作家的作品，何從知道應該打倒，那麽這種主張必是另有來源的了。這來源是怎樣的呢？推想起來或當如此，即片岡鐵兵得之於某甲，而某甲得之於中國人某乙，是也。

今年春天，偶然看見一張印刷品，題曰文筆，頭一篇是童陀的文章，竭力攻擊老作家。妙哉妙哉，忽然得了一個大發見。上邊所說某甲某乙的傳授，原是假定的，現在却已證明了一半，因爲這位童陀即是某乙也。某乙該文目的在於攻擊「藝文雜誌」及其老作家。「藝文」裏寫文章的所謂老作家有誰呢，除了鄙人和錢稻孫再沒有第三個人了。某乙既然公開的作文攻擊老作家，那麽授意片岡鐵兵的中國人當然是他無疑，雖然中間傳達情形未曾查明，實在也已不必查考，反正不關緊要。某乙到底是什麽人呢？某乙化名童陀，上文已經說過，至於其眞實姓名，說也慚愧，他乃是我的小徒，姓沈名楊的便是。沈楊本來也只是我三十年來濫竽教書，在我教室裏坐過的數千學生中之一名而已，爲什麽稱作小徒的呢？我自己知道所有的單是我的常識與雜學，別無專門，因此可以寫文，却不宜於教書，我曾教過希臘羅馬歐洲文學史，日本江戶文學，中國六朝散文，佛典文學，明淸文。我講了學生聽了之後便各走散，我固無所授，人家亦無所受，但以此因緣後來也有漸漸來往的，成爲朋友關係，不能再說是師徒了。沈楊則可以算是例外。他所弄的國文學一直沒有出於我的圈子之外，有如木工教徒弟，學了些粗家具的製造法，假如他自己發展去造房屋，或改做小器作，那麽可以說是分了行，彼此平等相待，否則還在用了師父的手法與傢伙做那些粗活，當然只好仍認爲老木工的徒弟。依照日本學界的慣例，不假作謙虛的說一句話，我乃是沈楊的恩師。別的可以不說，總之這回我遇見沈楊對於他的恩師如此舉動，不免有點少見多怪，但是事實已如此，沒有什麽辦法，只好不敢再認爲門徒吧了。我自己自然也不能沒有錯處，第一是知人不明，第二是不該是個老作家，雖我只可承認老，並不曾承認自己是所謂作家。

這裏我記起一件事來了。民國廿八年元旦，忽然有不知那裏來的暴徒來襲擊，沈楊，那時已改名沈啓旡，來賀年正在座，站起來說，我是客，左胸也被打一槍，無故連累，在我是覺得很是抱歉的。後來慢慢傳言沈某因救我而受傷，去年夏天沈楊寄來一張南京「中報」，記其在中央大學講演的事，有此說法，我看了隨即寄還。不久在北京「東亞新報」上也說沈某保護我以致受傷，我寫了一封半更正的信去，說當時沈君在座，殃及池魚，甚爲抱歉，至於因欲逮捕暴徒而受害者，近地車夫二人，一死一傷，皆在院子內。「東亞新報」在來函照登之後又寫了一篇說明，重要的意思是說，救護云云是想當然的話，因爲以日本人的道德觀念來想是應當如此情形。我所說想起來的便是這一件事。日本人的道德以爲弟子當然救助恩師的危難，這是很高的理想，我們降下來說，免禍也是人情，無可非難的，所以上邊的話除了我單獨對故友錢玄同說過，他又告訴故繆金源以外，直至近頃無人知道。我們的理想實在已經放得很低，無非只是希望徒弟不要吃師父而已。現在似乎事實上已不容易希望到，日本的朋友聞之感歎更將如何。片岡鐵兵打倒中國老作家的提議不知來源究竟何在，假使眞是輾轉聽了沈楊的意見，有此表示，與「東亞新報」所說相對照，其亦不免多有未安歟。

民國三十三年三月十二日

（下接第18頁）

朱自清先生與新聞文藝

——一個新聞記者的獨白——

陳思

朱自清師，他是新詩作者，又是新詩評論家，又是小品散文作家。（良友書局編刊中國新文學大系，朱師便是新詩部分編選人）不過，朱師也是新聞文藝（報告文學）的愛好者，一九四三年，我把「大江南綫」（戰地通訊集）寄給他，他曾來信談及這一問題：

聚仁兄，

多年不見，也沒通信。抗戰以來，常在報上讀到您的通訊。您似乎走了不少地方。這其間，一定冒了許多險，吃了許多苦，但一定也增長了許多閱歷。最値得欽佩的，是這種事業，直接幫助了抗戰。

去年，在成都，接到了您的「大江南綫」。那篇引論極有趣味（即新聞文藝論）。我在成都講演過一回「文學與新聞」，曾經引用您的意見。（我們也曾選用了這一篇作教材。）不過我覺得您將「藝術筆觸」看得似乎太輕些。新聞事業的發達，現在已見端倪，只看成都燕大招生，投考新聞系的特別多，就可知道了。新聞寫作的討論，該能引起青年們的注意。我近年來寫文字，總勸青年人不必只在文學創作的圈子裏轉，他們可以轉向新聞的寫作方面去。這樣辦，成就的也許更多些。

近年來，雖然報紙的篇幅縮減，但還有不少的寫得好的通訊記載。我常想搜集這類材料選擇一下，出一選集，也許可以表彰那些寫作的記者，並可做學習的記者的鏡子。但自己讀的報太少，到現在止，積下的材料還有限得很。再說，我對於新聞學還是門外漢，恐怕自己的判斷也靠不住。我想這種工作，也許有別人會去做的。正氣日報，不知是不是你教送的。這個報，編排得不錯，印刷也清楚。謝謝您，謝謝報館，您近來身體好？這裏只是物價高，別的都還好。

弟朱自清復

當時，我也回了一信，如次：

佩弦我師：

「戰爭」把師友們的音信都隔絕了，我也是跟着戰局的演變，流轉往來靡有定所。假使，我們這樣的工作也算對國家民族有點貢獻，也就引以自慰了。「戰事」似乎還會延長下去，一般的生活情況，我們在前方的，或許比在大後方的好一點。我曾到過最前綫，那兒的老百姓照樣地耕作，生活也過得不錯，自然也有很緊張的恐怖場面。

經過了這樣劇烈複雜的變化，我們的生活經驗比以前豐富得多了。我們的時代，遠比杜甫白居易偉大得多。照理說，寫作的視野廣大起來了，可以產生以新作風寫新題材的作品了。據我所看見的作品，十有八九，還是寫他個人的亂離中遭遇，滲上了悲觀消極的個人情調。簡直找不出一點大時代的氣息。而所謂「離亂」，也還是「寧爲太平犬，莫作亂離人」的老調子，近於「無病呻吟」，使人十分失望。我師勸青年人轉向新聞寫作方面去，那是不錯的；至少可以擴大他們的寫作範圍，養成觀察社會動態的能力。不過，就報刊所見的特寫文字看來，還是憑着個人想像之處太多，對於搜集資料，加以剪裁的能力太差了。好似王爾德說了「文學創作便是說謊」的話，他們就不妨運用自己的想像力，至於「眞實不眞實」，不在他們着力之中了。我以爲新聞文藝，還得把「眞實性」擺在主要地位，少用個人主觀的推想，先把所報導的題材弄正確來，再動筆，最爲妥當，我師以爲何如？

說到新聞文藝作品的選輯，猶商務印書館編刊的「戰時國文讀本」，「抗戰特輯」來看，兼收並蓄，本無不可。可是，既不求新聞的眞實，又不求文字的通順，那就太差勁了。蓋編者見聞有限，又缺乏史學的修養，粗製濫造，太不够水準了。我師鑑別力過人，能從中國新文學大系之後，別編一選集，足以嘉惠後學，待之待之。

抗戰勝利，聯合大學復員回到了北平，朱師仍在清華大學任教。內戰既起，窮教書匠的生活，比抗戰後期還更困難。出版業幾乎束手待盡，復業了的良友圖書公司，談不上續編新文學大系二集。朱師所說的報告文學選，也就成爲虛話。那時，我在上海趕寫「中國抗戰畫史」（由舒宗僑兄配圖片，近年，海外有了三種翻印本），出版之初，郵請朱師教正。他來信指示如次：

『……來信和大著中國抗戰畫史都收到了，且喜且感謝！大著從「日本社會文化與民族性」說起，使讀者對我們的抗戰有個完全的了解，這種眼光值得欽佩！書中取材翔實，圖片更可珍貴！這些材料的搜集，編排，一定費了兩位編者，特別是你，很大的心力。印刷的也很美好。我早就想我們該有這麼一部畫史，現在居然看到了，眞是高興，眞是感謝！祝好！

朱自清謹啓。

（四七，六，廿一）』（見扉頁）

其明年，朱師便在北平逝世了。

其後十年，我從香港北歸，特地訪問了清華園，在我的預感中，那位溫文爾雅，矮矮胖胖的老師朱自清，一定帶着笑容在等待我了。這詩樣的夢境，立刻在現實面前醒過來了。朱師逝世，已經十年了。當時，我寫了一首感懷詩，詩云：

爛縵桃花映李花，摳衣我亦到清華。堤邊踪跡留詩句，燈影秦淮憶舊家。漫說思親情似海，無言懷橘竟如麻。滿園蕩漾春消息，不盡低徊一老鴉。

（注）朱師自清在杭州時，曾賦長篇新詩「蹤跡」，寫寂寞的情懷。「燈影槳聲裏的秦淮河」及「背影」，亦朱師所作散文，傳誦海內外。或問何謂「背影」？余答之云：「親情深似海」也。

南歸以後，我便着手編刊「現代中國報告文學選」，（預定編五集）把朱師在西南聯大所採用爲國文教材的我所寫的「新文藝論」，已編入現代中國報告文學選用編，此不復引述。我且畧述我國報告文學的演進過程：我們回看現代中國文學風尚與轉變，和印刷工業的進步，新聞企業的發達，有着最密切的關係。廚川白村論「小品散文與新聞雜誌」的關係，曾說：「起於法蘭西，繁於英國的Essay的文學，是和新聞雜誌事業保持着密切的關係而發達的。十八世紀的愛德生(Jaddison)、斯台爾（Steele）的時代不待言；十九世紀蘭勃（Lamb）亨德（L. Hunt）哈兹利德（Wm. Hazlitt）那些人們的超拔作品，也大概是爲了定期刊物而作。尤其是目下的英國文壇上，倘是帶着文筆的人，不爲新聞雜誌作小品散文的，簡直可以說是少有。極其佩服法蘭西的培洛克(H. Belloc)，開口就以天外的奇想驚人的契斯透敦（G.K.Chesterton）等，其實，就單以這樣的文章風動天下的，所以了不得。恰如近代的短篇小說的流行，和新聞雜誌的發達有密切的關係一樣，兩三欄就讀完的簡短的文章，於定期刊物很便當，也就是流行起來的原因之一」。（魯迅譯）我們這一代的政論家，散文家和新聞記者，幾乎三位一體，成爲不可分的時代產物。康有爲，梁啓超，章太炎，吳稚暉，章士釗，胡適，邵力子，張季鸞，胡政之諸氏，這些知名之士且不說，其他文藝作家，不和新聞雜誌發生關係的實在很少了。

不過，適應新聞事業的需要，產生了報告文學（Reportage）雖是近代散文的支流，恰是最富有時代氣息的新文體。我曾在那篇新聞文藝論中說過這樣的話：「什麽是報告文學呢？它並不是純文學；新聞文藝乃是史筆。它的成份，要讓『新聞』佔得多，那藝術性的描寫，只有加强對讀者的誘導作用，並不能代替新聞的重要性。換言之，不管用文藝手法描寫得怎麽高明，只要那新聞本身缺乏眞實性，那些通訊便失去了意義。」我們首先在十九世紀末期看見了新民叢報式的梁啓超政論，那一時期的記者，着眼於社論，專論；帶着煽動性的論辯文字，所以他們都成爲政論家。

到了二十世紀初期，我們的報業進步了，着重新聞報導的文字也出頭了。那時，北京有一位傑出的新聞記者黃遠庸（字遠生，江西九江人。他開始替亞細亞報寫稿，兼替上海東方日報寫通訊，東方日報停刊後，又替上海時報寫通訊，後來，又替上海申報寫通訊。他的理解力很强，文字簡潔明快，眞是一代大手筆。他常謂：「新聞記者須尊重彼此之人格；敍述事實能恰如其分，調查研究須有種種素養。」近六十年間的中國記者，極少能和他相比並的。一九一五年冬間黃氏遊美，剛到舊金山，愛國華僑，誤認他是袁帝黨徒，暗殺了他，眞是新聞界的大損失。黃氏的民初通訊，篇篇都是可寶貴的史料。李劍農先生寫近百年中國政治史，民初部份，就採取了黃氏的通訊。黃氏接近梁啓超的進步黨，他的通訊中，却對國民黨能作最公正的批判。（林志鈞氏編黃氏的論文、通訊凡四卷，名遠生遺著。）那時，日本及歐美記者，駐北京的很多，都說中國只有一個記者，便是黃遠生。

黃遠生以後，替上海申報、時報寫時事通訊的，有邵飄萍（字振青，浙江金華人），徐彬彬（凌霄漢閣，江蘇常州人）。邵氏在新聞界的歷史也很悠久。後來在北京創辦了京報，同情南方的國民革命，被張作霖所殺害。他和北京政軍界人士往來很密，他自己也研究史學；因此，他的通訊有着高度正確性和啓示意味。文辭流利明快，顯出他的語文修養工夫很深，若就文學趣味及描寫生動來說，我個人却推徐彬彬先生爲第一。徐氏係清末大世家，和北京政壇有着最密切的關係。他們兄弟倆（一士乃其介弟），信手拈來，都是好資料。（曾連續在國聞週報刊載，題名「凌霄一士隨筆，他的通訊，好用劇白，風趣活潑，比黃遠生氏還更吸引讀者。而觀政台如劇場，以戲劇筆法出之，便使人了解世變的綫索，眞是一代的奇手。（他們的通訊文字，我都選在現代中國報告文學甲乙選中了。）

民初的新聞記者，一般說來，他們的文字，都是幼稚可笑的，也就因爲那時期的新聞事業幼稚得十分可笑（長沙的一個記者，可以同時辦十個通訊社，用十個通訊社名義按月去領津貼。某將軍會對我說：接見記者乃是副官處的事）。胡政之氏他是天津大公報三巨頭之一，初期的大公報也是簡陋得可以，而且官僚化得可以。胡氏說：「當時報館如衙門，主持人稱師爺，全館爲天主敎徒，只我一個人不是。訪員七個人，皆爲腦中專電製造專家，我把他們開除了六個。自己動手，留下的一個，他的父親是總統府的承宣官（卽聽差頭子），總統派車接誰，和誰去看總統的消息，因爲他是宣達者，所以不會錯的。天津的消息，多靠北京的長途電話，那時有三個人，都在袁世凱的公言報做事，一是梁鴻志，一是林白水，一是王峨孫，他們是一個人幹一天，我就請梁鴻志獨自給我們致電話。那時，我就自己出馬採訪；督軍團開會時，那所謂楊梆子（以德）常派車來接，就說是『請胡師爺去記』，可是他們開會是大罵一通，出口不遜，實在沒有法子記。回憶當時的論壇，民族意識最强而民主認識最差，章太炎就是一個代表。各報都沒有專電，所謂專電，都產生在編輯們的腦海中，他們可以毫無一點事實，就寫一篇罵人的文章。」可是，就在民初那十多年中，新聞事業有了長足進步。天津大公報也很快成爲第一流的報紙。胡政之氏也不愧爲第一流記者。（大公報三巨頭之中，張季鸞長於寫評論，吳鼎昌善於處理事務，胡政之才是道地的記者。）他們寫的通訊，如「粵桂寫影」和後來的「十萬里海外歸來」，都是第一流報告文學（他的通訊我已編入丙丁二選中）。

中國新聞記者，從美國米蘇里大學新聞學院受完備的新聞教育回來的趙敏恒氏該是很早很有成就的一個。他回國到了北京，正當大革命時代，在北京南京各報社混了一些時日，後來便担任了路透社的特派員，這才發揮了他的採訪能力。在內戰時期，他是第一個到江西前綫去採訪戰訊的記者。一半由於路透社的國際地位，一半也由於他個人的努力，在南京藏本事件，一·二八事件，西安事變幾回大場面中，都顯出他過人一等的長才。（可看他的「採訪十五年」。）一九二七年以後，新聞界人才輩出，主辦北平世界日報的成舍我，國聞通訊社北平主任金誠夫，和申報駐天津記者何公敢，也都是寫通訊的能手。到了一·二八淞滬戰役以後（一三九一年），「報告文學」這一體例，已在文人筆下、口頭出現了。其時社會人士對報紙的要求提高了，也更迫切了。大公報的旅行記者，如張蓬舟(楊紀)范長江都在這一方面有了極好的表現，范氏的「西南行」，「中國西北角」，「西綫風雲」，都是有血有肉的文字，可以說是報告文學的典型作品。（我已選了一部分在乙選中）。

朱師逝世，已經二十多年了，我先後選刊「現代報告文學甲、乙、丙、丁、戊五選」，也是懸劍空壟之意。

（上接第14頁）知堂老人一九六一年七月三十一日來信，對沈啓无「破門」（逐出宗門意）事，有所述及，附誌於下：

——日前寄舊稿一卷之外，併寄呈「書信」一冊，其中有致平伯廢名之短信若干，可請一覽。二君近雖不常通信，唯交情故如舊，尚有一人則早已

周作人給本文作者的信

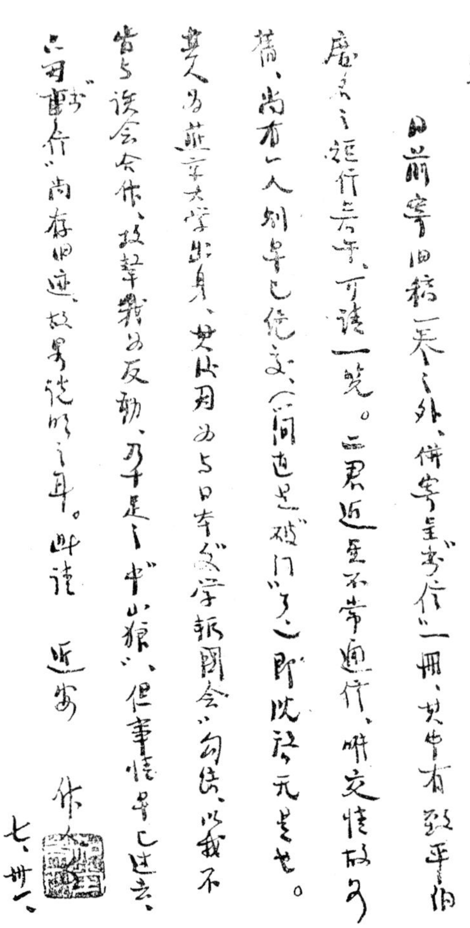

絕交（簡直是「破門」了），卽沈啓无是也。其人爲燕京大學出身，其後因爲與日本「文學報國會」勾結，以我不肯與該會合作，攻擊我爲反動，乃十足之「中山狼」，但事情早已過去，只因「書信」尚有舊迹，故畧說明之耳。此請

近安

作人啓

七·卅一

老申報與新申報

老兵

關於上海申報易主接收的經過，談者不一，據我所知，願畧述其顚末：

在英國人創辦這個申報的一切故事，我且不必言了。那時，這位英國老闆，因年老退休，報事也不發達，便以廉價讓渡於席氏。爲什麼讓渡於他呢？因爲席氏早先是匯豐銀行買辦（這種銀行買辦可以傳代的，父以傳子，世襲罔替），席氏本是蘇州洞庭山人，是一個大家族，於是有一部份遷居鄰近上海的青浦珠家閣。經營這申報的是席子佩的老兄席子眉，席子眉故世後，無人管理，子眉夫人乃請求她的小叔子佩担任。

實在席子佩也並不懂得辦報的事。據說他做過典當朝奉，在上海人說起來，是個「寫意朋友。」那時的申報，日就衰退，銷數總居於新聞報之後，而新聞報則有蒸蒸日上之勢。那時又正在辛亥革命的前夕，上海的各報，風起雲湧，它以老爺報的資格，守其故步；到了辛亥革命時期，馮國璋重佔漢陽，他的申報上，不知那裏得了一個專電，在報上做了一個「克服漢陽」的大標題，惹起了上海一般人士的公憤，甚至有街頭貼着「拒看申報」的標語的，銷數更受了鉅大的打擊。

於是席子佩的朋友們，勸其自己搞不好不如把申報賣掉。以此老申報的資格，正好趁此時機，賣得善價。這個消息，鬨動了江蘇省的一班社會賢達，由張季直（謇）趙竹君（鳳昌）等爲之倡，以十二萬元買受了申報。其時應季中（德閎）爲江蘇民政長，亦贊成之，命中國銀行行長丁道津墊八萬元，再由史量才用信紙四張分寫憑票分期兌洋一萬元歸還。到了兩年後，席子佩和史量才打了一塲官司，有人說就在這四張期票上，其實也不盡然，別有契約上的關係，這一次，史量才就吃了虧了。

關於席史的這塲官司，其中有許多曲折，許多爭鬥的故事，我不加詳述。我先談席子佩一方面：當他以十二萬元出售，方欣欣有得色，以爲這一個爛包袱，竟還能如此值錢，對方必然上當了。誰知自從史量才接手以後，申報大加改良，事事向新的路上走，人才出衆，經濟寬裕，銷路自然大增。席子佩至此不免有些悔意，因悔意而又增加了妒意。史量才這個人，却是器小易盈，正在得志的時候，又不免驕氣凌人（據說，接辦了申報最初的一二年間，席氏以舊東家之故，常年送幾份申報是不收報費的，到第二年間，史就着令停止，這種小事，常常使人不歡）。於是席子佩一方面便發難了。

原來當時的契約上有一條，如果這十二萬元沒有交清，原主可以把申報收回自辦，這是外國資本家一種很厲害的法律，凡是所謂分期付欵的，都是如此。而史量才在四張期票之中，確是未曾付淸。（有人說，只是最後一張期票一萬元未付，未知是否。）於是席子佩方面的外國律師信（當時上海租界裏，中國人還不許當律師），送到史量才那裏了。史量才接到律師信，還老氣橫秋地嗤之以鼻，說：「這算什麼事？八萬元整數已付了，四萬元期票也差不多了，這幾天很忙，過幾天把餘欵付清，還有什麼話說？」說是過幾天，眞是又過了好幾天，不想史量才在某一個星期六，在馬路上被捕了。關到巡捕房，幸而得信得早，大家發急，只關了幾個鐘頭，有南洋鉅商、銀行大班黃奕住先生救了駕。

這一塲官司打下來，史量才賠欵二十四萬元，大家還算幸運。爲什麼呢？席子佩一方面，很想的將申報收回自辦，那是契約所訂定的。還有許多人不滿於史量才的，說他驕氣十足，自私自利，從中挑撥。又據說，當時上海英領事某，也很幫了席子佩的忙，當然，英國人之與申報館尚有餘情也。至於當時租界中的巡捕房律師界的譸張爲幻，黑幕重重，居民也常吃苦頭，史之被捕，即是一例。如果申報竟爲席氏收回，慘淡經營的申報，正在欣欣向榮之期，受此打擊，史量才只好跳黃浦了。

席子佩獲得了這二十四萬元賠欵後，便辦了新申報。可是當時上海的報館已多，要創辦一個規模較大的報館，很不容易。加以有申、新兩大報壓在上面，他又沒有史量才汪漢溪那樣的才力；兼之用人不當（聞由其部下親戚某貪囘佣，向一外商定購一批白報紙，可供數年之用，結果報紙又大跌，遂致涉訟，而席又入了葡萄牙籍），銷路不佳，經營了數年，賣給了盧永祥，盧失勢後，歸於孫傳芳，那時的軍閥都想有一個言論機關，這已與席氏無涉了。後來不知如何，落到了黃秋岳手裏，主持了好一個時期，頗趨重於文學，却是也不能搞好。國民黨北伐到上海時，黃秋岳掩旗息鼓而去。這個新申報不停而停，眞空了若干時期，沒有人去管理它。後來方由國民黨接收，派彭學沛支持，改爲國民黨的中央日報。以新申報的壽命而言，雖然從中廈經易主，倒也辦了十一年之久。史量才被殺身死後，申報仍繼續經營。到太平洋戰爭爆發，日寇奪取租界，申報不得不「落水」，勝利後，國民黨人馬有了這個藉口，便把申報明搶暗奪過來，勉强經營了五年，結果還是「壽終正寢」。

藍橋詞

珍重閣詞第五

武進　趙尊嶽　叔雍

湘春夜月　蘭荃歇芳，倏焉三載。春朝夢憶，重理舊彈。手坐荆棘矣！

最難任養花天氣沉沉。聽徹鵑啼催歸，誰與話離襟？漸老海棠文杏，也綠雲低掩，似識春深。漫峭風慘雨，嬌顰淺妒，消領晴陰。　朱闌寂寞，池塘自碧，辜負登臨。繫住斑騅，應許我練裙輕袚，芳約重尋。垂楊巷陌，總解鞚難駐愁心。朧夢好，付香衾片雲，鸞箋半疊，憔悴華簪。

薄倖　斜陽煙柳間，燕語呢喃，似有尋巢之感，用韓南澗體詠之。

綠陰芳樹，乍雙翦呢喃倦旅。便喚醒扶頭輕夢，驀地經春且去。正斷腸欲問紅襟，新來許覓營巢處？早瘦盡梨雲，梢殘杏棟，愁染緇衣塵土。休說似人間世，宜解得珍叢歌舞。裊金絲萬縷，韶光難挽，尋香總被斜陽誤。卷簾延竚，又紛紛煙靄天涯，祇怕迷歸路。還留小住，爲我繁絃細訴。

解連環　用玉田體

畫中塵渺，認珠簾半卷，膽瓶枝小。弄柳絮颭颺樓陰，正雲鬟淺梳，黛眉慵掃。理不成妝，怯逝水韶光暗老。況薔薇乍謝，輕寒滯暖，亂人懷抱。　忽忽好春去杳，自蕭郎別後，漏沉歌悄。數薄倖魚雁都稀，算難得今宵，玉階重到。又恐圓蟾，妒倩影漸低殘照。剔銀釭，和淚封題，有誰知道！

大聖樂　用草窗體

文杏篩雲，露桃烘日，別來庭院。幾隔牆嘶遍驕驄，客裏怨懷，閒逐柳緜撩亂。屈指那囘人歸去，恁光泛崇蘭春漸遠。餳簫引，驀低逐銅街，慵侵銀蒜。　雛鶯爲誰睍睆？向菱鏡盈盈尋燕婉。問黛眉何處，遙山依舊，離魂空斷？儘自明朝辜佳約，也難了深盟消繾綣。東風裏，又微醉花前吹倦。

綺羅香　丁亥四月十六日作

鏡掩脂泓，尊消酒豔，贏得春來憔悴。喚起游絲，閒裊畫羅新睡。乍解珮背醫無言，尚依約水紅衫子。只雙蛾綠底長顰，曲瓊能憶那囘事。　年芳曾幾輕擲，還問蘭房昨夜，鐙花開未？莫是雕梁，猶許穩巢翡翠。羞更說鈿結同心，總負他豔陽芳意。證相思，辛苦梨雲，亂鶯深樹裏。

談蘇加諾自傳

石　如

西方老牌帝國主義荷蘭把亞洲一片海島和人民長期踩在脚底下，已使印尼人民視西方爲不可觸動的威力。可是這威力，幾個禮拜的時間就被東方帝國主義日本摧毀了。帝國主義間戰爭的後果（他們當時誰也沒想到），不但使西方帝國主義的幾百年的積威動搖，使東方帝國主義者挫敗，同時也使被壓迫民族覺醒！印尼人民知道了帝國主義是紙老虎。只要民族能團結鬥爭，就可以把殖民枷鎖擺脫掉，就可以把外來的物質與精神的威力一起粉碎的。蘇加諾就利用這個歷史的劇變，完成了印尼人民的解放任務，使地球的「碧玉帶」出現個新興的國家。並且堅持和新老殖民主義者繼續鬥爭，保衛印尼獨立的成果。他這個偉大的功績，不僅對印尼人民而且對亞洲及世界人民的反帝鬥爭事業，是有極大貢獻的。他肯定的是一位英雄人物，一位有剏造性的英雄人物　。是值得介紹的。

可是英雄人物的傳記也未必就是一本好書。那還要看作者的態度，怎樣反映和描寫這個英雄人物了。如果是「英雄欺人」之談，讀起來就有被欺騙的感情，很不舒服。如果僅僅是一本偉大功勛的帳簿，對主人公的生活、性格思想活動，鬥爭細節一無所知——廿五史裡這種機械式的次等作品最多——也就難以卒讀了。

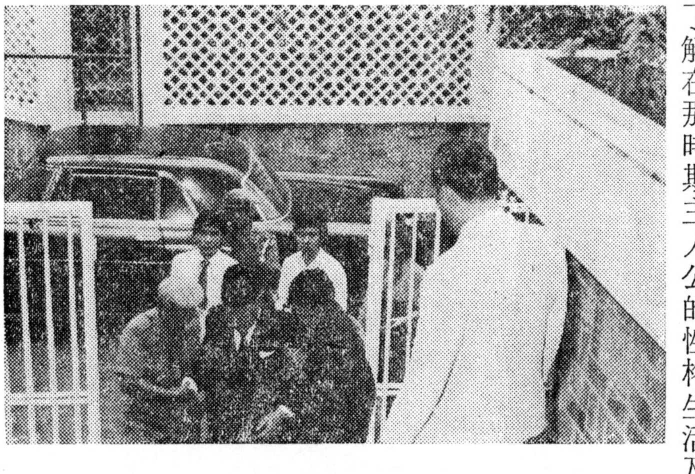

蘇加諾扶病參加長子的婚禮

這本「蘇加諾自傳」，不但使我們了解印尼一定歷史時期的政治情況，也使我們了解在那時期主人公的性格生活及其政治鬥爭的發展；有些地方還特地反映了主人公的精神心理狀態。這樣就使讀者明白在什麽生活條件下產生什麽樣的英雄思想，和英雄個人主觀的意志和客觀影响力對于社會歷史起了什麽作用，以及其作用的限度。我們看到的主人公，不是機械的一尊「佛」，孤立於一定社會之外的偉大；而是一個有血有肉在一定社會裡的「政治動物」的偉大了。

作者既未把他自己神化，雖然他有時候在「眞主」（？）身上尋求鞏固精神的支點。他也未把自己弄成「超人」，却常把自己放在人民「弟兄」的行列裡。他所加意描述的，就是他自己矢志不移地忠于印尼人民，和要求實現印尼民族獨立自由，堅決反對帝國主義殖民統治所經過的複雜曲折的艱苦歷程。他因此贏得了人民的信任，他因此而做了「人民的領袖」。事實上，英雄是應乎歷史需要才出現的。蘇加諾有解答印尼歷史任務的才能，他贏得了勝利；他實現了歷史發展中印尼民族的共同要求和願望，他眞成了印尼「黎明之子」，他才成了英雄。當然，英雄亦屬常人，他也有缺點。他極力爲他喜歡女人辯護，他也坦白承認他有「虛榮心」。不過他的「虛榮心」是以印尼民族榮譽的光輪出現的。讀者會同情地允許他擁有這個光榮。這也就是歷史上「英雄崇拜」的極限，如果個人超越人民，以自私自利的個人主義爲目的，政治領袖而不爲人民服務，不論他有什麽才華，裝出什麽面貌，都會惹人憎惡的。崇拜民族叛徒，歷史是永遠不允許的。

東方領袖以脫離人民高高在上爲特色。當領袖的洗不清皇帝腦子，人民就不易打破「奴才」的精神枷鎖；蘇加諾出身貧窮，賦與了他的人民性，他能把印尼革命搞得熱烘烘的這是一個原因。他又有貴族的血統，他自以爲他是個印尼超階級的全民領袖，甚至是個「家長」。他要像拿破崙第三一樣，使自己成爲各系派各階級間相互鬥爭的平衡器。他只想依靠抽象的人民擁戴來影响反對派、陰謀家、和民族叛徒，他沒認識到，政治是嚴重的階級鬥爭藝術。他爲「五基主義」所迷惑，不知道印尼革命應該依靠那一個階級。既不敢動員人民力量，也不敢組織武裝鬥爭——我記得譯者從印尼回來告訴過我，他如果這樣作他會勝利的，但他不肯做——他在徘徊瞻顧時期，就被民族叛徒、野心軍閥把這位「家長」出賣了。蘇加諾從老帝國主義手裡奪回來印尼人民的「權杖」自己做了主人。民族叛徒和軍閥又把這個「權杖」轉獻給新帝國主義殖民主義者，印尼人民又恢復了被外資剝削的地位。成了亞洲反殖民運動史上一個嘲弄！

自然這不是蘇加諾一個人的疏忽，而是世界革命劇變時期，民族民主革命英雄的共同性格。蘇加諾在他的講演集裡說他的「五基主義」頗受中山先生的「三民主義」的啓示。他的命運不也和孫中山有某種相似嗎！中山先生的理想，不也是被軍閥所篡奪而變質了嗎！一般地說，民族解放運動的領導，通常是以全民族各階級的利益代表的形式出現的。因之領導者的世界觀及其思想體系中，也通常富有小資產階級意識的中間性和革命的不徹底性。三民主義五基主義都有這種色彩。這個意識形態和政策的限度，和實際社會情況的發展之間，終將出現裂口。例如印尼在民族解放運動勝利之後，國內政權的爭奪勢將展開爲各黨派鬥爭的新戰場。而外來帝國主義對所有革命的國家反撲、滲透、收買、顚復的「歷史節目」也必然上演。特權階級駭怕進一步的社會變革，必然加劇「反動傾向」，帝國主義打進這個裂口，正好收買這種「政治商品」。貨眞價廉的民族叛徒野心軍閥就成爲帝國主義的「總代理」了。這時期才把全民形式所掩蓋着的階級鬥爭充分暴露，呈現爲左派右派勢不兩立的鬥爭，在這激變的過程中「超越級」的領袖不敢做徹底的革命就變得軟弱無力，只有在階級鬥爭的裂口上陷落下去了。從這方面講，蘇加諾是一個完成民族解放運動歷史任務的勝利英雄，是階級鬥爭上的悲劇英雄。但由於後者的失敗，把前者的勝利也殉葬了。這對於亞非拉美一切民族解放運動的領導者，都是一個寶貴的教訓。這自傳也算是一課好教材。

除開政治意義不論，自傳的自我描寫也是很成功的。富有感染力的高度政治熱情，充滿浪漫氣質的性格，加以詩人情調的天才，使讀者覺得他那樣坦白、明朗、可親，就像他跟你披誠開心的談話一樣，讀完他的自傳他已變成你很熟悉的朋友了。這證明作者收到了預期的文學效果了。這種成功，我想最重要的是由眞實感造成。他那坦白的素描，正像盧騷懺悔錄，高不爾基自傳三部曲一樣地惹人喜愛，讀起來，不會覺得作者和讀者中間有什麽隔離的牆的。我說喜愛並不等於欣賞小說，小說的主人公可以由作者塑造個模特兒，傳記則能藉助于外來的東西，必須嚴格地描述特定的主人公本身，不論他是好是壞，有優點還是缺點，完整不完整；必須照原樣反映，不許誇張，不許創造，更不許竄改。傳記第一個條件就是不走樣的眞，要使人看到一個是忠實地反映而不是自由塑造的有血有肉的主人公的生活、思想、精神面貌和事跡。我覺得這自傳確滿足了這點要求，是值得一看的。我已經分享了欣賞這本自傳的快樂，那就不能不歸功於譯者的文學水平做出這樣明確生動的精采翻譯了。

「蘇加諾自傳」譯後

柯榮欣

一九六六年冬，老友沈廷華兄要我到印尼去調查在當地建立假髮廠的條件與可能。正好有餘暇，并且性愛旅行，就答應了下來，坐了沈兄公司的船在印尼椰城、萬隆、三寶隴、泗水、峇厘等地漫游了兩個月。結果，廠未開成，却使我愛上了這個千島之國。

在椰城偶然買了一本英文版的「蘇加諾自傳」，作爲客途消遣。回香港前，讀畢了全書，對印尼這位開國英雄，由認識而油然產生了敬佩。歸港後，就寫了一封信給蘇加諾，毛遂自薦爲他義務翻譯中文。過了幾個月，印尼最大的出版商瑪薩貢兄找我，告訴我蘇加諾總統囑他與我接洽。又說，此書已由一位印尼教授施克昌先生譯成中文，要我讀一下，予以批評。我老實不客氣地對瑪薩貢兄說，譯文頗爲忠實，但，文字似外國人寫中文，很不雅馴。於是由我將原譯修改了一章，交瑪氏帶回去徵求施教授同意。施氏虛懷若谷，對我的修潤很滿意。因此瑪薩貢兄就授權我修潤全書。這已是一九六七年夏天的事情了。

由於自己事業的煩忙，不能專心這個工作，大概化了一年半業餘時間，才使全文脫稿，交凸版公司印刷。至今年十月中旬才完成了校對、印刷。可惜偉大的蘇加諾已不及見到他自傳中文版的出版了。不過，我深以能爲他做了一些工作而告慰，因爲這確是值得一讀的好書。

蘇氏雖在暮年失勢。但，蘇氏復興印尼的偉績，永遠受到印尼人民的愛戴。甚至他生前的政敵，以及最後推翻他權位的那些將軍，內心中仍然對他敬畏如神。在世界革命史上，蘇加諾永遠占有一個崇高的地位。他是驅逐荷蘭帝國主義，對抗美、日侵畧的亞洲人民革命領袖，是印尼最偉大的政治家與民族英雄。

蘇加諾的一生，感人最深的還不是他那許多英勇事蹟，而是他仁慈熱情的人格。即使蘇氏沒有建立起一個億萬人口的印尼；作爲一個平庸的人，他仍然不失爲一個胸襟宏偉，性格朗爽，聰明機智，仁慈愛人的工程師或藝術家。他即使不做英雄，仍是一個超凡的偉人。

這裏附刊蘇氏在今年二月十九日扶病參加他長子袞都耳婚禮時的兩張照相。當時蘇加諾已病得很重，無力行走，所以由監視他的軍人扶着他。他進入大門的那張相中，右角穿着淺色西裝的就是瑪薩貢兄。就在這次最後會晤中，蘇氏伺機對瑪兄斷斷續續地說：「你……與我……疏遠些！」當時，他已無力多講話。但，他即使在嚴重的病中，還是關心他人的安全，叮囑瑪薩貢兄不要因接近他而引起政敵的猜疑。這件小事也表現了蘇加諾氏的仁心。權勢如冰山，隨時會消失；仁愛與偉大却永留人間，與天地共長久！

記許君遠、胡叙五

——終身報人與終身祕書

向晚

每人的職業，一方要看個人的興趣，另一方也要碰不可知的命運。就我個人說，本來想終身做一名教書匠、或寫稿匠的，但因時局關係，也可說命運的擺佈，偏偏也走入政界、銀行界共幹了十二年之久。我以爲，能終身專做一種職業，可算是一種幸福，因駕輕就熟，幹久了必定有相當成就。友人許君遠、胡叙五就是這種人，即一爲終身報人、一爲終身祕書。

報人許君遠，河北蠡縣人，北大英國文學系畢業，爲陳源（西瀅）得意門生。畢業後，當過一個短時期中學教員，一九二四年天津大公報開辦，他即轉入大公報任副刊編輯。當日寇侵入平津，他便隨報館到上海，改任社會版編輯。上海也陷敵手，他又隨報館來香港，任國際版編輯。他與外交家楊雲竹爲小同鄉，我倆就是經雲竹的介紹在港相識的。當時我服務於太子行國府駐港敵情研究機構。大約兩年後，君遠調返重慶大公報，升編輯主任，住棗子南垔。他把住港寓所連女傭阿蕙在內一同讓給我。寓所位於跑馬地奕蔭街二十四號四樓，面南，室外有一大天台。阿蕙順德人，能說一口流利的國語，能做一手漂亮的北方菜肴和麪食。香港淪陷後，我也赴重慶，任職於中國工鑛銀行、中國通商銀行，兼在滬江、之江、東吳、聯大法商學院教書。勝利後，我飛台，他又回上海，升任大公報總編輯。君遠在滬，大約有四五年的好日子，以後便逐漸惡劣。當「大鳴大放」時，因他太天眞說出老實話，因此被判爲「右派」。他先後向香港新聞界過去友好求援，我雖也是賣文者，但究竟比君遠好些，乃盡力爲他寄食物、藥品、和小數匯欵。他正瀕於絕境時，不料忽患白內瘴。此病本可割治，但他卻因割治而亡，享年只六十一歲。

君遠天性忠厚，說話能開門見山，有熱情，對患難朋友很肯幫忙。淞滬易手後，我友某君被捕，適有一新貴孫師長，爲他好友，我求君遠幫忙，立允之。不久，某友經書畫家馬公愚、史學家周予同及筆者連名保釋，便出獄了。君遠不僅是老報人，而且是不折不扣的作家。他不僅讀得中國書多，西洋書亦不少。平生最欽佩者，爲亦師亦友的陳源、胡政之、張季鸞。陳源影响他寫散文、小說；而胡、張則影响他寫社論（簡而明）。他的文章像野草閑花，輕鬆淡雅，正如其人。有一時期，一窩風似的寫作反對用成語，但君遠則仍照用之不已。他說，表達一種意思，用許多字未必能說明，但只用一句成語便夠了，豈不乾淨利落。

君遠不僅寫社論受張季鸞影响，其風流之處亦頗相似。張好色，每至一地，必先物色美女，正如吸鴉片者，不吸便覺渾身不舒服。君遠好色也有名，他決不假正經，對好友往往直言無隱，繪聲繪形，恰像演說性史一樣，他不僅出之於口，而且筆之於書。在重慶時，他在「時與潮」便發表過這樣的文字。他的太太讀後，醋性大發，要和他離婚。但君遠卻嬉皮笑臉，拿聖人話做遮掩，他說：「食色性也」，男人不好色，怎會生孩子，咱們不是已有五個女兒了嗎。「未有好德如好色者也」，可見孔夫子的意識，顯然認爲世人好色是重於好德的。許太太聽至此即刻怒道：「你不要臉，我悔不當初會嫁給你，我走了。」君遠經過這次風波，從此再也不敢寫這類艷史了。

胡叙五，安徽婺源人，武昌高師（也許是優級師範）畢業。此君少運甚佳，初到上海時，做寶山縣衙門文案，每月薪俸雖只有二十五塊龍洋，但外快則難以估計，平均每月可分百餘元。以一青年有如此收入，自然會養成他吃喝玩耍的壞習慣。辛亥後，他做黃炎培的祕書，待遇較差，但不久就轉任上海商會祕書，收入倒也不錯。抗戰發生後，改任杜月笙祕書，以至杜死爲止。但他雖出入杜門，卻與幫會絕對無關，因他始終是一介書生和風流名士罷了。

我和叙五相識，初由於公事關係，抗戰前期他隨杜抵港，當時杜是國府駐港特派員(眞正名義不清楚)，專管國府駐港公務員的開支。前已言之，我在一敵情研究機構服務，自然會要發生連繫。香港淪陷，先後到重慶後，這就成爲朋友，交往日深。勝利後，又在上海聚首。上海易手後再在港會晤，這時已非普通朋友，而是患難之交了。他住北角男子公寓，我寓九龍城，大約每隔一月，必來探我。我到北角時，也常訪他。後來我也遷居北角。一日偕內子訪他，那時我剛出瑪麗醫院不久，適叙五外出，乃留一字條上寫姓名及新地址。次日他來回訪，見他面色大異，他對內子談了數語，卽道：「這是最後一次，以後不來了。」至今我還不明白爲何和我絕交。是否他變性了？抑是另有別情（後日閱快報專欄見有標題「胡叙五失足成千古恨」）？以後在路上難免相遇，初時尚點頭敷衍，後來竟索性假裝看不見。一次我在「大華半月刊」寫了一篇悼念浙江黃溯初先生短文，孰料半月後，竟見叙五以「拾遺」筆名在「春秋」發表一篇攻擊我的大作。貞白兄先見之，以之示我，閱後教人莫名其妙。他文章主要重點爲叙述「日汪密約」發表前，他首先奉命到大公報接過頭，爲何拙文竟未提及之。原來他吃醋了。我寫我的經過，他寫他的經過，各不相涉，何以就譏諷我「夸夸而談」？至此他不僅與我絕交，且把我當成仇人了。

一九七○年四月某日閱報，驚悉胡叙五吐血死了，不禁爲之愕然！嘆在港老友又少一人。他有三妻一子皆在上海，聞悉後當不知如何哀傷。

叙五天性耿介，從不自誇，也不奉承人，只是有一句說一句。過去終年都穿一件深青色長袍，皂鞋，光頭。他與朱熹爲同鄉，道貌岸然，簡直就像一位理學家。其實，他和君遠一樣，同是登徒子一流人，所以我仿「史記」例，要把他倆並述。他不慕榮利，最感興趣的，是香烟、醇酒、美人。每飲必醉，不醉不過癮，醉後必找女人，眞是「一擲千金」，他的兩位如夫人卽如是得來。平時他非常拘謹，決不多言，但當醉後，任何隱私、秘密皆會吐露。在上海時，他曾打過警察，鬧過舞廳。一次在我家吃便飯，我爲他買一小瓶（四兩）五加皮，他不過癮，我勸道：「喝多傷身」，他說：「管那麽許多，你不買，我自己去買！」說罷自己下樓去了。他對於書法、對聯、詩、舊式來往應酬書簡，皆是高手，但並非好的散文作家、寫稿匠。他之寫作，始於倒霉後近十餘年間之事，因再也得不到過去那樣高薪，文人只好賣文爲生了。他嘗以「拾遺」筆名在雜誌、報章撰文，而以寫杜月笙遺事最受讀者歡迎，因爲眞材實料，皆得自親見親聞，自非道聽塗說者可比，故寫來娓娓動聽。其實，他的寫法並不高明。他的文正如他的書法，他的面孔一樣，觀音菩薩呆板無神。因他嗜讀線裝書，決不欣賞現代作品，對新文學持仇視態度，死硬派也。

從漢學•華學•中國研究談起（續完）

心得

周氏續論「漢學」和「國學」的異同：「『國學』，通常指對古代的研究，『漢學』雖有此傾向，但沒有那樣顯明。……漢學研究者必需能利用新舊的資料。……科學的觀點和科學方法。……至少應能通英語或日語才行。」

至於「漢學的範圍……包括對中國人文科學和社會科學方面的研究。……對中國文化史之一切研究。……（如李約瑟中國科學技術史）應包括在內。至於研究中共問題的，屬於現代史範圍，也應包括在內。……『中國史』家可歸入漢學家。」

這樣看來，他無異於認爲「漢學」與「中國研究」二詞，各有長短，不妨一時並存。

也正因此，張其昀另創「華學」一詞，倘能兼收其長，又起碼爲海內外的華人所共同接受的話，豈不是更妙，更妥善嗎！

又按周氏對漢學教育在美國加强的有關數字，係引用自一九五六年華美協進社的報告：設置有關課程的大學與學院二一九所，佔全美總額的三分之一。積極從事研究者，只有百分之五。聽課的學生，超過了一萬七千位。教授有四八〇人。華人六十二位。

西人漢學家的人數，見於周氏「西人原名漢譯對照表」之中者，已有二一〇名之多。其中自用漢字譯名者，當不止六十三人。

三•華學會議對「華學」一詞的闡明

黎東方會於一九六八年撰寫「第一屆國際華學會議答詞」，指出「漢學」一詞，是中日學者「從法文德文之中的 Sinologie，英文之中的Sinology翻譯出來的。它的原意，只是『有關中國的學問』，而並非是漢朝經生的訓詁之學，或清朝漢學家的考據之學，或甚至是『有關漢人或漢族一族的學問』……國際華學會議，開宗明義，便强調華學是整個的，華學的研究對象是全部中華民族的全部中華文化」。

較早印行的該會議「特刊」之中，好多文章述及「華學」的涵義等等，扼要附列於後，即可易於明白：

一、「華學……蓋合文字、文學、而一以貫之。茲因實際需要，把它分爲三大類：即（一）人文學，（二）社會科學，（三）自然與應用科學。」（張其昀）

二、『漢學』……可譯爲『中國學』，亦是中國研究。但……漢學的研究，偏於古典的方面；…… Sino logy…… 有改譯爲『華學』之必要。……應將科學包括進去，可說是『華學』的時代意義之一。（蘇振甲）

三、「『華學』？說簡單些就是『漢學』。……稱『華學』而不稱『漢學』，固不僅示人以爲學無私的泱泱之度，而尤在弘揚中華文化的中心思想及基本精神。……『華學』的精義，即儒學的精義，也就是中華文化的中心思想」。

「漢學一詞不免予人以保守的和古文化研究的印象，茲正名爲華學，表示中華文化是從悠久深遠的基礎中迎頭趕上時代，而依然具有中華文化的精神。」

「『國際東方學者會議』及『國際青年漢學家會議』，這兩種國際性會議研究的範圍太廣，不能使研究中國學術文化的學者們滿足」。「都不在中國舉行，參加的中國學者也很少」。（以上散見各報刊）

是以總說一句：「華學」，小之以「新儒學」爲核心。大之，則包羅萬有，比普通不包括自然與應用科學的「漢學」、「國學」，甚或「中國研究」的範圍，廣泛得多。不過在英文譯名上仍與「漢學」相同，僅於涵義上，表明「包括中華學術之全部，較一般所稱之漢學爲廣。」．

既然在台北召開會議，不便襲用「漢學」、「中國學」、或「國學」的字眼，則創用「華學」一詞，以代它們（以及「東方學」、「亞洲研究」、「中國研究」等等），自有道理。

然其美中不足之處，亦甚顯然：

一、在外文譯名上，仍與「漢學」相同，將使外人對「華學」的新涵義，不求甚解。最好另用音譯或意譯。

二、「華學」的研究範圍過廣，在其他國家絕不易求其名實相副。好比各國一般的學府，可設「中國研究講座」，或一學系，或一部門，未必卽可完全改稱「華學講座」等等。

三、迄今海內外的華人尚未一致接受此一新名稱，還談不上流傳久遠。外人更無立卽採用的必要。

四・「中國研究」的名稱可能最爲通用

在漢學大師衆多的歐美日諸國之間，由少數權威或專家主持的「漢學講座」，發展到大規模化的「中國研究」院系或獨立機構，似爲七十年代益將蓬勃的時代趨勢之一。既然 Chinese Studies 的名稱，已於西方世界中，逐漸取代了 Sinology，則海內外華人更該多多採用前者了。

如果單單爲了方便而簡稱，而襲用「漢學」舊名（例如「世界各國漢學研究論文集」第一、二輯，「現代歐美漢學家對於中國文化之研討」，「漢學反哺集」等等書名）的話，當知一來習慣使然，早無任何侮辱的成分。二則「所謂漢學，卽中國學術之通稱。」（張其昀）與晚出的「華學」相似，也何嘗有異於「中國研究」？

進一層說：「中國研究」，在原則上，自可包括「當代中國或大陸問題之類」，一如「華學」，而有別於「漢學」。但若站在純學術研究的立場，實在不容政治宣傳性的任何八股化著作混入。質言之，儘可畧而不論，或甯缺毋濫，仍可高掛「中國研究」的大招牌。如此始有「漢學」之長，「華學」之華，而無濫調的參雜。

此外，許冠三先生於其「中國研究的雙重性格」一文之中道及：「六十年代勃興於西方的『中國研究』或『中國學』：：乃是……區域研究（area studies）之一，……這倒不只是因爲漢學這塊招牌過於古老，其研究題材多脫離現實，偏於冷僻，而更重要的或許是爲了强調『中國學』與社會科學的血緣關係，……不論這些社會科學出身的中國專家有多大雄心，在西方中國研究領域中的聲勢如何浩大，直到目前爲止，他們還不能改變『中國學』的雙重性格：既是歷史的，也是社會科學的，而且，基本上是歷史的。……『一切中國研究皆是或只能是歷史研究』。……歷史學人在中國研究上所能担當的任務，……並未因社會科學家的『入侵』而減輕，或許反而加重了。」

這一層可以參見鄒讜教授所撰「論西方概念在中國研究中之應用」的需要愼重等等要點。

羅香林教授也曾在「香港的漢學研究」文中論及：「所謂漢學，乃指就中國文獻，或其他有關資料，以研究中國文史哲藝諸學及其有關問題之專門學問也。唯其重在專門研究，故凡屬非研究性之作品或優良之翻譯，則雖表面與中國文史哲藝有關，而實際則未便列之於漢學範圍。」

「中國研究」的「專門性」，及其側重史學方法，亦復如此無疑。今日正是不愁「中國研究」的推廣不速，只怕魚目混珠，以致捨本逐末而已。

五・需要名正言順更須名副其實

所以說來說去，固然需要「正名」，試從「漢學」、「華學」、「中國研究」、「中國學」，以至於「國學」等等名稱之中，擇善而從，以謀「言順」之道，但是這一方面「研究」的名副其實，更爲重要。

「漢學」一詞既然流行得較爲悠久，有關其研究的謹嚴性與擴大性，可從如左諸說的附列，深知其於遵守上的必要性。從事中國研究」的精神，理應「同」途同歸：

一、「漢學……爲中國學之一部分，……是以語言學的方法，藉中國典籍，研究中國歷史與文化。」（蕭師毅博士）

二、「一切有關中華民族的學問，都叫『漢學』。」（張十之）

三、「凡屬牽涉中國文化與文明的學問，通常則被稱爲『漢學』。……最好乾脆就用『中國學』這個名詞，既簡且明，尤不致在任何情景下爲人誤解。……『華學』……雖其用意可能喻爲盡善盡美，然而這樣的取代，定會招致不少的誤解。」（陳祚龍教授）

四、「『漢學』這一名詞，是對外國人說中國學問或中國學術之意，舉凡有關中國文化之研究，都屬『漢學』範圍。」（蕭瑜教授）

五、「漢學是現代化國家的大學者用科學方法整理我國文化遺產的成績的總稱。」（費海璣教授）

六、「日本人過去所謂漢學，……泛指中國來的學問、義理、考據、辭章都在內，哲、文、藝術無不包。但是情報工作、現代國勢調查，……普通不列在漢學內。」（梁容若教授）

七、「漢學一詞，狹義的講，是研究中國的歷史、文學、語言，廣義的講，……也就是對整個中華民族文化的研究。」（劉渭平教授）

八、「談到漢學，是指廣泛的有關中國方面的各種研究。這個名稱的恰當與否，屢有人討論過，亦有主張改用『華學』的。可是現在已經約定俗成，大家用慣了。」（饒宗頤教授）

六・結語

「中國研究」，即「中國學」，但後者易與「埃及學」之類相混。世間無「英國學」，而有「美國研究」之類。所以，對外實在更宜於逕用 Chinese Studies 。不過最好把「當代中國問題」之類的非學術性研究，另外分出，以明主幹與旁枝，不宜混爲一談。

「漢學」範圍在目前已經擴大到「廣義」者，而與「中國研究」差不多。有時不妨視爲後者的簡稱或俗稱。「華學」則於對內情形之下，也無妨替代「漢學」之稱。（續完）

李鴻章尺牘

文如

李鴻章尺牘，共有二種，一種是他死後不久，由直隸蓮池書院一個齋長張以南，集吳汝綸所編的「李文忠公朋僚尺牘」，是鉛字排印本；另一種是民國初年鴻章子孫在上海以原稿石印的「李文忠公尺牘」，這一部是于式枚代筆的，據周馥所作的序文，于式枚自離開鴻章幕府後，就保存着這十幾冊信稿。于式枚死於民國四年（一九一五年），李經方、李國杰等恐怕遺失，將此稿石印行世。周馥序文云：

吾師太傅李文忠公建節北瀛，幕府多才，後先相望，而賀縣于晦若侍郎，實爲後勁。幕僚之職，各有所司，謝表尺牘，皆使晦若主之。文忠既薨，編公文集者遺而未采，晦若奉以周旋，罔敢失墜……自乙酉晦若入幕始，以迄於已亥，閱歲既久，積成卷軸，其中多有文忠之所手定。……（按：周馥，字玉山，安徽建德人，官兩江、兩廣總督，一九二一年逝世。）

于式枚字晦若，光緒六年庶吉士，散爲兵部主事，鴻章於光緒十一年乙酉（一八八五年）奏調入北洋，專司重要章奏。現行世之尺牘，多爲應酬函札，但包含史料極豐富。周馥謂「其中多有文忠之所手定」，指稿中有些字句是鴻章更改的，我們拿于式枚原文與鴻章改後的一對，眞有點鐵成金之妙，式枚在這方面實不及鴻章萬萬也。鴻章兄弟爲幕府人才，大手筆也，早已爲曾國藩賞識。

動脈硬化症可怕嗎？

俞瑩譯

一種曾一度被認爲只有老人年才患的疾病，現在相信即使年紀幼小的嬰兒，亦有染上的可能。

此種病叫作動脈硬化症。醫學詞典說它是一種老年人的病症，但是經過多方研究和試驗後，証明此病能够襲擊任何年歲的人的。

當此病被認爲只是老年人的病症時，一般醫學專家對它的研究不大着力，因爲他們覺得要防止或治療此病的根源是無法採取迅速步驟的。現在可不同了，一般專家把它列爲主要的研究問題。

我們不能精確地知道此病是怎樣來的，但可以約畧知道引起此病的主要因素是那些含脂肪的物質，堆積在動脈那柔弱的血管壁裡面，至於動脈的作用，就是把心臟的血液輸送至體內各部分的。

這堆積着的脂肪使那暴露於血液流動的表面變得粗糙，而動脈的管壁可能硬化和呈白蛋質，同時消失了原有的伸縮性。

血管硬化症的最先徵候，從二十歲起便可由大動脈及其支脈測出來。有些研究專家說嬰孩也會染上此病的一種。此病有一奇怪之處，就是可能長久患在一處，或者可能進一步逐漸引起許多地方的動脈也硬化了，特別是供應腿部血液的動脈最易感染。

損壞的動脈管壁可能把流動得很快的血液中的細胞困住，因而呈現一種特別的凝結，叫做白血栓（White thrombus）。這種凝結會使動脈的管腔變狹，致使血液不能通暢地流動，引起速度降低，甚至完全被阻塞而無法流過。

大多數病徵中，動脈的管壁既是不停地增加狹窄程度，似乎沒有挽救的方法。幸而造物造人之時，已在體內許多部分安排了給血液流動的其他脈路，可以使血液流至受阻之處。

不幸的是這呈白血栓之處雖然有充分的血液供應，但須患處呈休息狀態方能有效，因此病人不宜多作運動。就以腿部來說吧，患者在走路之後，覺得小腿疼痛，但經過短暫的休息後，就不覺得了。

這種痛楚是因爲肌肉不斷受到刺激而引起的，若是血液迅速地流經此處，正常的現狀就是疼痛立刻消失。若是血液循環的速度因白血栓而降低，則這種過程只有在腿部休息時才有充份的活躍力來與刺激對抗的。動脈供給心肌血液時可能發生相同的事件，如果心臟的冠狀動脈因硬化而變窄，若患者在休息時，則可能仍有足够的血液流過，但假如患者是在運動的話，則血液流動的數量自然不够。絞心症這種病就是因此發生，而且是心臟過勞的警號。

位於頸下那條供給腦部血液的大動脈，有時也會受到影响，患者會感到頭腦昏眩、視覺糢糊和講話不清楚的。從前的醫生以爲這是腦部一些小血管血塞，現在才知道原來是大動脈有毛病，此一發現極其重要，因爲大動脈可以用外科手術來治療的。

有許多事實足以証明血管硬化和含脂肪的食物有關。例如在戰爭時期的荷蘭，動物脂肪極爲缺乏，奇怪的是在這個時期的荷蘭人，很少患冠狀動脈血塞症。

動物脂肪如牛油和奶油，危害動脈的程度比植物油爲甚，經過專家研究後，很多醫生都勸人日常食用油改用粟米油，以保護身體的健康。不過，改吃粟米油要在幼年時開始，或者在發覺有此病徵時開始，這也是一個重要的問題。

動脈硬化症似乎和家史也有點關係，經過詳細的調查，許多病人都透露過去他們家中也有人患此病的。還有，男性比女性多染此病，甚至在人們認爲此病只是和老年有關那個時候，也指出這是年老男子的病症。年齡雖仍然被視爲此病的重要因素，但現在已經知道年齡在四十左右的男子，也可能染上嚴重的血塞症呢。

患動脈硬化症的人，只有少數需要治療，很多初患此病的人，只須減少他們一點活動力便够了。病狀較爲嚴重的，則可服用一種能促使血管暢通的藥物。

直接用外科手術解決的方法，近來越多採用。有時候，只須將血管裡障碍物移去便妥，有時則須將壞了的血管割除，而用一根像特麗綾一樣的纖維質製成的人造血管代替。有時也可將病人體內的血管移植，這方法曾經証明相當成功。

總之，今日的動脈硬化症或血塞症，已經不是可怕的疾病，我們有能力把它克服的。

讀水滸傳

季炎

武松道：「我是斬頭瀝血的人，何肯先戲弄良人，我見嫂嫂瞧得我包裹緊，疑忌了，武松因此特地說些風話，漏你下手，那碗酒我已潑了，假做中毒，你果然來提我，一時拿住，甚是衝撞了，嫂嫂休怪。」

……張青夫妻兩個歡喜不盡，便對武松說道：「小人有句話說，未知都頭如何？」武松道：「大哥，但說不妨。」張青道：「不是小人心歹，比及都頭去牢城營受苦不若就這裡把兩個公人做翻，且只在小人家裡過幾時，若是都頭肯去落草時，小人親自送到二龍山寶珠寺與魯智深相聚入夥，如何？」武松道：「最是兄長好心，顧盼小弟。只是一件，武松生平只要打天下硬漢。這兩個公人於我分上只是小心，一路上伏侍我來，我若害了他，天理也不容，你若敬愛我時，便與我救起他兩個來，不可害他。」張青道：「都頭既然如此仗義，小人便救醒了。」

在一段悲壯緊張的大文章之後，緊接着的是一段輕鬆有趣的小情節。令人讀後覺得心情鬆弛而緩緩地透過一口氣來。武松在這裡，顯得頗爲風趣而且不肯仗勢妄爲，若是換了別人，不待張青相勸，早就把兩個公人做翻了。現且再看他被解到孟州發落在牢城營後的情形：

說猶未了，只見一個道：「差撥官人來了。」衆人都自散了。武松解開包裹，坐在單身房裡。只見那個人走將入來問道：「那個是新到囚徒？」武松道：「小人便是」。差撥道：「你也是安眉帶眼的人，直須要我開口。說你是景陽岡打虎的好漢，陽穀縣做都頭，只道你曉事，如何這等不達時務，你敢來我這裡，貓兒也不吃你打了。」武松道：「你到來發話，指望老爺送人情與你？半文也沒，精拳頭有一雙相送，金銀有些，留了自買酒吃，看你怎地奈何我，沒地裡把我發回陽穀縣去不成。」那差撥大怒去了。又有衆囚徒走攏來說道：「好漢，你和他强了，少間苦也！他如今去和管營相公說了，必然害你性命。」武松道：「不怕，隨他怎麽奈何我，文來文對，武來武對。」正在那裡說未了，只見三四個人來單身房叫喚新到囚人武松。武松應道：「老爺在這裡，又不走了，大呼小喝做什麽。」那來的人把武松一帶帶到點視廳前。那管營相公正在廳上坐。五六個軍漢押武松在當面。管營喝叫除了行枷，說道：「你那囚徒省得太祖武德皇帝舊制：但凡初到配軍，須打一百殺威棒。那兜拕的，背將起來。」武松道：「都不要你衆人鬥動。要打便打，也不要兜拕！我若是躲閃一棒的，不是打虎好漢，從先打過的都不算，從新再打起，我若叫一聲，便不是陽穀縣爲事的好男子。」——兩邊看的人都笑道：「這痴漢尋死，且看他如何熬！」——「要打便打毒些，不要人情棒兒，打我不快活。」那軍漢拿起棍來，吆呼一聲。只見管營相公身邊，立着一個人，六尺以上身材，二十四五年紀；白淨面皮，三綹髭鬚，額頭上縛着白手帕，身上穿着一領青紗上蓋，把一條白絹搭膊絡着手，那人便去管營相公耳朵邊略說了幾句話。只見管營道：「新到囚徒武松，你路上途中曾害甚病來？」武松道：「我於路上不曾害，酒也吃得，飯也吃得，肉也吃得，路也走得。」

管營道：「這斷是途中得病到這裡，我看他面皮才好，且寄下他這頓殺威棒。」兩邊行杖的軍漢低低對武松道：「你快說病，這是相公將就你，你快只推曾害便了。」武松道：「不曾害，不曾害，打了倒乾淨，我不要留這一頓寄庫棒，寄下倒是鈎腸債，幾時得了！」兩邊看的人都笑，管營也笑道：「想你這漢子多管是害熱病了，不曾得汗，故出狂言，不要聽他，且把去禁在單身房裡。」

這一段文章，寫得痛快淋漓，非常出色，把整個武松寫活了。在這裡，充份表現出他守正不阿的性格，豪氣凌雲的節概。他和各人應對的言辭，字字都可擲地作金石聲，令人聽之神爽。我許之爲眞英雄，眞好漢，絕非過情之譽。讀罷此文，可浮三大白。

武松在牢城營中，受到了管營施恩的護持和優待，一口便答應替他把快活林奪回來，他對施恩道：

「我却不是說咀，憑着我胸中本事，平生只是打天下硬漢，不明道德的人。既是恁地說了，如今却在這裡做什麽？有酒時，拿了去路上吃，我如今便和你去。看我把那斷和大虫一般結果他，拳頭重時打死了，我自償命。」

一時的知遇，便以性命相許，慷爽仗義，有古俠士作風。及後與老管營相見：

只見屛風背後轉出老管營來，叫道：「義士，老漢聽你多時也。今日幸得相見義士一面，愚男如撥雲見日一般。且請到後堂少敍片時。」武松跟了到裡面。老管營道：「義士且請坐」武松道：「小人是個囚徒，如何敢對相公坐地。」老管營說：「義士你休如此說。愚男萬幸，得遇足下，何故謙讓。」武松聽罷，唱個無禮喏，相對便坐了。恩施却立在面前。武松道：「小管營如何却立地？」施恩道：「家尊在上相陪，兄長請自尊便。」武松道：「恁地時，小人却不自在。」老管營道：「既是義士如此，這裡又無外人。」便叫施恩也坐了。

武松是一個豪客，人家又方有求於他，却仍然這樣謙恭有禮，安於本份，也不容易。據施恩說，奪去快活林及打傷了他的對頭，名叫蔣門神。這人身高九尺有餘，一身好本領，自負天下無雙。可見是一個很强的對手。武松却在要去鬥他前所表現的態度，似乎當作兒戲一般。他對施恩道：「還你今朝打倒那斷，敎衆人大笑一塲」。

打倒了這樣的强敵，只不過是敎衆人大笑一塲，這是何等的氣概呵！

武松生平最大的缺點，就是在張都監家殺及無辜這一件事。事雖然是做錯了，但殺人之後，在牆上寫下八字道：「殺人者，打虎武松也。」仍是磊落丈夫行徑。

林冲，是書中寫得最出色的人物之一；也是書中最重要的人物，沒有他，梁山便興旺不起來，梁山興旺不起來，就可以說沒有水滸傳這部書了。在梁山一百〇八人之中，論起英雄氣概來，他可與武松分庭抗禮。他這人，處常時，是英氣內斂，溫文有禮，對人態度，不亢不卑；處變時，能犧牲，通權變，當機立斷，公爾忘私。作者是用另一副筆墨來着意寫他的。只看寫他出塲時的情形，便覺得與衆不同了。那一身華而不俗的打扮，手執着摺叠紙西川扇子，滿有閒情地站在牆邊看魯智深使棒。看到妙處，便喝采道：「端的使得好。」待魯智深瞧向他來，又喝采道：「這個師父端的非凡，使得好器械。」這箇直就是周郎顧曲的丰度呢！柴進是金枝玉葉的身份，也不曾見有這樣的丰度，何況他人。

以後寫他的一言一動，都令人嗅得出一種溫文的氣息來，雖在十分氣惱的時候，也不例外。讀以下摘採的幾段原文，可爲例証：

林冲引妻子并使女錦兒出轉也廊下來，只見智深提着鐵禪杖，引着那二三十個破落戶，大踏步搶入廟來。林冲見了，叫道：「師兄，那裡去？」智深道：「我來帮你斷打。」

地震史話

湘山譯

科學家統計，一年中全世界地震的次數多達一百萬，平均每星期便有一次大地震，不是使城郭轉眼間變成廢墟，便是陸續震動幾次，雖不至把房屋夷爲平地，但也會使不堅固的倒塌。

每次發生地震，都會使地球的形狀改變的。高山崩潰，它們的山峯倒塌，新的湖泊也出現了。例如一年前印尼發生一次地震，一個島連同島上的居民下沉了，沒有一人生還。

從一九六〇年至一九六八年，共發生了十三次很劇烈的地震，總共有七萬三千人喪生。其中三次，包括一九六八年八月三十一日最慘烈的一次，都在伊朗發生。

英國一位專家指出，一個地方若發生過大地震，此後便會繼續再發生的。靠近地中海和太平洋的國家，現時常受地震的威脅。英國瀕臨北海和大西洋，很少發生地震，若有地震發生，破壞力很小，只有一兩枝烟囪倒下，或者把睡在床上的人彈跌地下罷了。在過去四百年，英國只有一人因地震喪生，死者是一個學徒，不幸被教堂幾塊因地震跌下的磚石擊中。

一九六七年祕魯發生一次地震，靠近一座山的地面裂開，露出地下的玉鑛，只見無數青翠晶瑩的翠玉，放出閃爍光輝，使受地震災難人們，破涕爲笑。今日的科學家，正在研究能預告發生地震的方法，以保全人們的生命財產。

飛鳥和走獸，對地震似有預知之明。在地震發生之前兩小時，正常而性格溫和的牛隻，忽然變得暴躁易怒，而向來不亂吠的狗，這時也狂吠起來。

一九六八年八月，發生在伊朗的大地震，遇難者達兩萬多人，使人想起地球上那些地震最劇烈的地方所造成的災害，猶有餘悸。而這些地方中，大概以日本所受者爲最淒慘恐怖了。這個島國，據說是位於「地震之窩」，世界地震的總數，百分之十五是發生於日本的。

據日本的科學家估計，像一九二三年在日本橫濱發生傷害十萬居民的大地震，每隔七十年或近乎此數可能要重演一次，若是，則在一九九三年，日本又會再來一次大地震了。

美國一個退休的商人，一九二三年和他的太太、三個兒子住在橫濱，在那次大地震全家倖免於難，當他回憶起那時候的恐怖情景時，仍然膽戰心驚汗毛倒豎呢。

那次地震是在九月一日中午發生的。那天正是星期六，職員們正在收拾好文件準備離開辦公室，主婦們則在家裏預備午餐。突然間，傳來一陣天崩地裂震耳欲聾的怒號，地面開始顛簸，作上下二三尺高的波動，牆壁先是突出，繼而傾斜，最後終於轟隆隆地倒下了。傢具什物變成碎屑或碎枝，房屋倒塌，就像世界和人類末日來到了。在短短的四分鐘中，地震使整個橫濱市陷於死寂狀態。溫暖的家庭，寶貴的人命，若非死於驟然爆發的地震，就是死於迅速傳播全市的火災。蓋在頹垣敗瓦和其他破壞物上面那些像鬼臉一般灰白的塵土，頃刻間成爲黑色粉沫，可憐繁盛的橫濱市，轉瞬間便成爲死市了。

即使在這極端恐怖的時候，也有幽默的小揷曲產生的。在一家旅店的四樓，住了一個美麗的法籍女子。當她正在洗澡時，地震發生了！浴室四圍的牆壁都倒下來，只有浴盆因和水管相連，得以保持原來的位置，但已成爲半天吊了。她發見身體連浴盆懸在半空，又驚又急，高呼救命。有一年青的網球健將，聞聲到來搭救。他困難地淸除那東倒西歪的牆壁，走到她被困的地方。可是，因爲她全身都塗滿了肥皂，滑溜溜地使他無法握緊她的手救離險境，後來他脫下穿在身上的短外套，叫她包着身體，才能順利地把她救出來。

不管所受破壞多麼嚴重，不久橫濱市又復甦了，甚至堆積的泥土，也被化爲有用之物。當地震發生時，三萬二千個男女和兒童，逃避在一片空地上，不幸受到火神光顧，把他們全部活活燒死，他們的屍灰混合了三合土，造成了一座令人見了引起悲傷情緒的紀念碑。

從那些被夷爲平地的房屋淸除出來的廢物，都塡在橫濱港的海中，使這個刦後城市伸張了約一百碼，現在成了一個遊人往來不絕的公園，種有美麗的花卉樹木。

自從這一次大地震後，日本人得到了寶貴的敎訓，他們學會了建造防地震的房屋。今日的日本，有高達三十六層的摩天樓，它們能够吸收地震時的震動。爲此之故，今日日本地震時所發生的災難，遠比意大利爲低。

幾個月前，使日本東京居民轟動的一件事，就是兩個女網球員，在地震發生時居然繼續舉行比賽。

從水滸傳編成的鷼哥舞

于鳳

福建是一個民間歌舞非常豐富的地方。除了已經被改名爲「採茶撲蝶」的「採茶燈」外，其他精彩的舞蹈也十分多。例如：踩馬燈、竹馬燈、龍船燈。鷼哥舞、大鼓舞、花鉢舞、車鼓舞、盾牌舞、踢球舞、拍胸、跳鼓、錢鼓、開大龍、騎驢探親……等等，凡百數十種之多。這其中，有的形式很完整，還保存着濃厚的地方色彩；有的動作已經失傳，只剩下幾種「穿花」隊形；也有從地方戲曲的某些節目脫離出來的，另有獨特的風格。每逢春節或歡慶的日子，這些羣衆所喜聞樂見的民間藝術，便活躍在福建各地的城鎮和鄉村。

在這許多的歌舞節目中，大多是有一定的表演程式或內容的。好像流行在閩南漳州一帶的鷼哥舞，據說是從前民間藝人根據水滸傳的故事改編成的。水滸傳有這麽一段關於宋江的故事：宋江刺殺了閻婆惜後，被發配到江州。一日，在江州潯陽樓上做了一首名叫「西江月」的詞，抒發心中積悶。然而，這首詞却給無爲軍通判黃文炳看見了，認爲他有「造反」的意思，告訴了江州知府蔡九，蔡九就把宋江扣押起來，判處斬首。梁山泊好漢知道後，決定搶救宋江。就在搶救宋江的這一天，衆好漢化裝成推車的客商、使槍棒的賣藥人、挑担的脚伕以及弄蛇的乞丐等，混入法場，救出了宋江。由於羣衆很喜愛這個故事，就運用了各種各樣的藝術形式來紀念這一行動，鷼哥舞便是其中的一個。

鷼哥舞的扮演者可以多至一百零八人（代表水滸傳中的一百零八個英雄人物），至少也有十多人。扮演這個舞蹈的人，面部戴着水滸傳中各個英雄的臉譜，赤背，腰扎彩帶，頭扎英雄巾；每人雙手各拿一支長約一尺、直徑八分的圓木棍子。舞的時候，由一個身材最高大、體格最頑健、舞蹈動作最熟練的人來，做領隊，每到變換隊形時，領隊就連呼三聲「哎、呼、嘿！」作响導。每一個動作做完後，必有一個如鷼哥屹立的定形動作，這時，大家又一齊大聲呼喊一聲「嘿！」作爲一個表演程式的結束。「鷼哥舞」的名字，也是這樣來的。

鷼哥舞的動作很多，但舞蹈隊形却比較簡單，只有大圓圈、雙重圓圈、直排、對穿、橫排等。還有一點最突出的，是整個舞蹈不用管弦樂伴奏，只用一個大鼓和一面大鑼配合打擊，指揮動作。鷼哥舞是一種集體舞蹈，隊形動作强調整齊統一，舞時，非常雄壯有力，富有撲實粗獷的民族風格。這個民間色彩濃厚的民間舞蹈流行至今，古樸雄偉的風格猶存，可是在形式上已有了一些變化。最明顯的是演員不用帶上臉譜，人數也鮮有一百零八人之多，通常是十餘人或廿餘人就可以表演了。

春風廬聯話

林　熙

史可法祠

揚州有史可法祠墓，聯對頗多，民國廿三年（一九三四年）十月我第一次往游，曾錄其佳者十餘在簿中，陳弘謀（廣西桂林人，清朝乾隆間大學士）聯云：

佩鄂國至言，不愛錢，不惜死；
與文山比烈，曰取義，曰成仁。

鄂國指宋朝的岳飛，以其封鄂王也。文山是文天祥。俞樾（號曲園，浙江德清人，道光朝翰林）聯云：

明月梅花，拜祁連高塚；
疾風勁草，識板蕩忠臣。

又有二聯，已忘作者之名，今錄左：

生有自來文信國；
死而後已武鄉侯。

這一聯寫得很好。上比用史可法故事。相傳史可法的母親夢文天祥來投生，即產下這位民族英雄。

又一聯云：

數點梅花亡國淚；
二分明月老臣心。

此聯雖平常，但切揚州與梅花嶺。

梁章鉅的「楹聯叢話」，有幾副史可法祠墓聯，大可一談。他說：

揚州梅花嶺下，史忠正公可法祠，蔣心餘太史士銓聯云：「讀生前浩氣之歌，廢書而歎；結再世孤忠之局，過墓興哀。」又墓柱聯云：「心痛鼎湖龍，一寸江山雙血淚；魂歸華表鶴，二分明月萬梅花。」又不知姓名一聯云：「殉社稷，只江北孤城，賸水殘山，尚留得風中勁草；葬衣冠，有淮南坯土，冰心鐵骨，好伴取嶺上梅花。」謝蘊山啓昆知揚州時，修葺史閣部祠墓畢，夢閣部來見，因問爲公修葺祠墓，心知之否？曰：知之，此守土者之責也；然要非俗吏所能爲。問已官位，曰：不患無位，患所以立。問：將來有子否？曰：與其有子而名滅，不如無子而名存。因問：公祠中少一聯，應作何語？曰：「一代興亡關氣數；千秋廟貌傍江山。」謝爲書丹勒石，今存祠內。

謝啓昆所謂夢中見史可法，告以宜用此聯飾墓柱云云，直是騙人鬼話，如果史可法死而有靈，他怎肯相信中華民族亡於異族是有關「氣數」非人力所能挽回的？如果他眞有此想頭，他就用不着抗淸兵，一心一意「順氣數」，向「眞命天子」投降了。史可法是這樣的人嗎？（按：謝啓昆字良璧，號蘊山，又號蘇潭，江西南康人，乾隆二十六年辛巳恩科進士，授職編修，官至廣西巡撫，著有「樹經堂集」。）

蔣士銓聯「結再世孤忠之局」，是指史可法爲文天祥再世事，此說舊日曾盛傳一時，雖屬迷信之談，但亦可見當時人民憤恨侵畧者的心理。據俞曲園說，曾國藩滅太平天國後，坐鎭金陵，曾出巡揚州，拜史公祠後，欲作一聯以志仰慕，見蔣心餘此聯，大爲佩服，不敢獻醜而罷。國藩生平以聯語自負，他之不敢題聯，不知是否在措詞上有困難，因爲他在不久以前爲異族效命，有愧對此民族英雄也。國藩不欲「獻醜」，自是他的識趣，俞曲園恐未知他的心事也。

輓「狀元宰相」

文天祥是狀元宰相，他一生的彪炳事蹟，誰人不知，除非中國的文化全部滅亡，八億人民盡講番話讀番書，他的大名也許會澌滅。他之名垂不朽與日月爭光，不必藉狀元宰相的頭銜，自有其千秋事業。但清朝末葉也出了一個狀元宰相，名叫陸潤庠，他死了到今不過五十多年，現在的人能舉其名者恐怕寥寥可數，儘管他是結中國千年狀元宰相之局的一個人。

陸潤庠是江蘇元和縣人（民國成立後，與長洲同併入吳縣），字鳳石，同治十三年甲戌（一八七四年）狀元，官至東閣大學士。清朝沒有設宰相，但大學士例必入閣，就等於拜相，所以一般人以大學士爲宰相。清朝二百多年中，狀元拜相者不過三兩人，故此在封建時代中狀元拜相是十分矜貴的。

民國四年（一九一五年）春夏之間，袁世凱的帝制運動正在密鑼緊鼓中進行，關心溥儀的那批遺老遺少很爲憂慮，一旦袁皇帝登殿，怎樣安置「宣統皇帝」？叫他俯伏稱臣，三呼萬歲嗎，溥儀當然不肯；叫袁世凱容許北京城裏有兩個「天子」嗎，袁皇帝亦心有不甘。這個局面很是微妙，遺老們替「皇上」耽憂不是沒有理由的。是年八月，陸潤庠以七十五高齡死于北京，死得合時，可以不見這種不愉快的局面了。

陸潤庠死後，各方所致的輓聯極多，現在只談談比較有趣的數首。詩人易順鼎聯云：

繼秀夫件寡婦孤兒，讀史至今餘涕淚；
後信國作狀元宰相，令人不敢薄科名。

這一聯不算好，上比更擬於不倫不類。從遺老的立場來說，溥儀還在紫禁城中「稱孤道寡」，那裏有絲毫亡國氣象，何況這個「陸秀夫」還沒有負「宋帝」投水呢。這時候，隆裕太后死已三年，故宮中亦無寡婦了（不過還有四位太妃）。中國歷史上的亡國之君，最夠運者無如溥儀，如果他不搞復辟陰謀，不搞「滿洲國」，後來何致做戰犯？

陳寶琛與陸潤庠同是宣統三年（一九一一年）奉旨教溥儀讀書的師傅。寶琛爲人雖然也很會幻想，但比較穩重，他很耽心袁皇帝大登殿後，怎樣處置前朝的「宣統皇帝」？會不會對孺子不利，會不會像順治皇帝那樣把明思宗的太子殺了，會不會像宋太祖那樣示意潘美等人將故君的子孫殺盡，斬草除根？有此種種問題，他不免羨慕死者有福，不必爲這些事磨折精神了。他的輓聯云：

來日大難，及此全歸天所篤；
個人又弱，既爲後死責奚辭。

寶琛老早知道像這樣的局面是不易收拾的，所以他一向反對復辟，反對出關投向日閥的懷抱。他認爲他的「皇上」應該安份守己，不可亂動，萬不可自行破壞優待條件，使民國當局有所藉口，因此陳寶琛就招惹到那批死硬派的遺老的唾罵，怪責他不積極，只顧個人在福建故鄉的田宅。隱居在香港的一個頑固遺老何藻翔（順德人，光緒十八年進士，芝麻綠豆般的京官。工詩，一九三〇年死在香港）在詩中就這樣的罵過他。豈知寶琛所見實比那批死硬派爲高，「來日大難」，既悼逝者，亦行自念也。一九三五年寶琛死於北平，臨終前語所親云：「來日大難，此局不知如何了」（其訃文中似亦載之），則他亦知「滿洲國」非金城湯池那麼「鞏固」的了。

在蘇州的一個遺老葉昌熾，他讀到溥儀的「上諭」，贈死者「太傅」，謚「文端」，還賞銀三千兩治喪，派貝勒載潤帶領侍衛十員前往奠醊，便覺得「一如承平故事，不啻重見漢官儀」，眞可笑也！他的輓聯云：

平生事陸宣公，尙在童年，溯奉教官箴，道義相期，白首滄桑同一慟；
新死如范文子，克完晚節，誦飾終恩詔，哀榮無忝，丹心汗簡照千秋。

王揖唐爲甲辰末科進士，會試時出陸潤庠門下，有聯輓之云：

公門桃李盈天下；
師相哀榮殿勝朝。

揖唐的後半生不足道，但此聯却寫得甚好。

英使謁見乾隆記實（續）

馬戛爾尼 原著
秦仲龢 譯寫

十一月七日，星期四。　今晨船到常州府。經過一座建築很精固的三拱橋，中間一拱極高，我坐的那一艘船亦無須將船桅卸下，安然通過。常州府也是江南一個頭等大都會之一，舊日衣冠文物之盛，冠絕一時，現在稍見式微了，近水邊的房子大部分是木材建成的，據我觀察，這裏的居民似乎不十分愉快，因爲他們覺得南京本是江南省的省會，國都由南京移往北京，地方繁榮多少就受到影响了，人民不高興是有原因的。晚上，船過著名美麗的蘇州，游人皆稱這個城市爲中國的天堂呢。

「出使中國記」記云：江南省內的運河道上修建了許多堅固的永久橋梁。有些是紅色花崗石橋，這種花崗石裏包含着大量長石。有些是粗的灰色大理石橋。有些橋的橋拱是半圓形，有些是橢圓形，橢圓頂在橋拱頂端。有些是馬蹄形，橋拱頂上最寬。橋拱上的石頭都不是方形的。橋拱頂上留出一塊三角空地，裏面由一塊拱心石恰好塡滿。所有橋拱上的石塊都是按照一定彎度拼湊建成的，造得恰巧合適。

船過橋的時候須要把堅牢的單桅竿取下。有些船是雙桅竿，桅竿頂結在一起，桅竿脚分開一在船頭一在船尾，好似等腰三角形的兩個邊。……有些橋的橋拱很高，不用下帆也可以過橋。這裏附近兩岸的村鎮連續不斷，需要橋梁來維持來往交通。這些橋的橋拱高度，以及橋面上的階梯使手推車無法通過。此地水上交通四通八達，交通運輸大部分用船，手推車的用處很少。在運河和運河的一個支流之間的一個橋下有一條通路便利步行人和曳船的人。

船只經過蘇州府的郊區。同威尼斯相似，蘇州府的街道被運河的一些支流隔開。每一個支流上面有一座漂亮石橋，使節船隻在蘇州郊外航行了將近三小時才到達蘇州府城牆，附近河邊停了非常多的船。在一個造船船塢中有十六隻二百噸重的船在製造。運河穿過城牆下幾個橋洞，情景近似巴達維亞城。

蘇州府是一個面積非常大、人口非常多的城。城內房子大部份建築和裝飾得很好。這裏人民大多數穿絲質衣服，樣子顯得非常愉快。整個城子呈現出一片繁榮氣象。據說這裏人對把首都遷至北京至今還有意見：過去距離蘇州府很近的南京是全國首都。中國的統治者把首都由這塊無論從哪方面講都是得天獨厚並又經過巧妙加工改良的地方，遷到韃靼區邊沿的北直隸，完全是從强烈的政治角度考慮決定的。蘇州府一向被認爲是中國的天堂。當地人有一句很流行的話，叫作「上有天堂，下有蘇州府。」

使節團人員還認爲蘇州的婦女確是比北方婦女生得較漂亮，較會修飾一些。北方婦女終日在田地裏風吹日晒，同男子做同樣的粗重勞動，再加上繁雜的家庭事務，使得她們沒有時間整容，因此面貌黧黑、四肢粗壯。蘇州婦女不大出門，偶爾被距離赤道三十度以外的太陽晒一下，是大不相同的。這裏婦女多半喜歡在前額上戴一個垂到眉間的上面綴着寶石的黑緞小便帽。她們還戴水晶體的或金質的耳環。

美麗的太湖距離蘇州不遠，羣山圍繞湖邊，風景如畫。這個湖除了供給蘇州人吃魚而外，還是一個供人娛樂休息的場所。太湖上有許多游艇畫舫，只由一個婦女划。每隻船上有一個收拾得非常乾淨的小房艙。這些婦女除了划船而外，還操另一種副業。太湖是江南省和浙江省的交界。使節船只經過蘇州往浙江省省城杭州前進。

由蘇州府到杭州府約九十哩。這段河面寬達六十到一百碼。整段河岸都是石頭鋪的。

船在杭州前面一個村莊停下來，新任兩廣總督由杭州乘船到此歡迎松大人及特使。

新總督長大人是皇室宗親，新近奉命總制兩粤，態度非常謙和，沒有一點高傲自大神氣。他證實了以前松大人對特使所說的皇帝有關英國人所下的諭旨。他向特使也表示他對英國人的善意。

十一月八日，星期五。　松大人來訪，他說剛剛接到朝廷明諭，我們到杭州後，即由新任兩廣總督長大人護導我們同到廣東。馬金托什船長將前往舟山，回到他的船上主持一切。我對松大人說，馬金托什船長回到「印度斯坦」號時，我託他把那些笨重的行李和皇帝所送的禮物帶回船上運回國。我的衛隊和侍從數人，也跟着上船料理此事。長大人又說，我到了杭州，既然有長大人和我作伴，同往廣東，他就不必再向南方走一遭了，他打算到杭州後，再往寧波，將馬金托什船長上船的事料理清楚，立刻回京復命，並把這次南下情形面奏皇帝。又說，他同我一起旅行，我對於他未必有什麽不滿意之處罷。我說：「那裏的話！我一路承大人照拂，感激不盡，怎會有不滿意的事呢。」他說：「這就好了，我可以交差得過了。」停了一會，他又說：「閣下上次說過，馬金托什船長到舟山後，打算收買些土產帶回英國出賣，和中堂已經答應過可以照辦的了。現在馬金托什船長如到舟山，如果因為時間短促或因別的緣故，不能買到土貨，那就不妨到廣東去收買，兄弟可以代為招呼廣東官廳，免其上稅，以示優待，請閣下順便招呼一聲馬船長便好。」

十一月九日，星期六。　今早船到杭州府，在城外一處停泊。這時候，新任兩廣總督長大人已乘船從城中出迎松大人，他對我說，待見過松大人後就過來和我相見。

這位長大人將來到了廣州後，能否如松大人所說整頓該處的稅務，尚在不可知之數，但現在能在此和他相見，却是一件令人高興的事。

船停後不久，長大人果然來拜會。我細看他的狀貌，頗像一個知書識理的人，舉動也彬彬有禮。我們相見時，寒暄了一番。長大人就說：「兄弟奉命往廣東，想來松大人已經和閣下說過了。到廣東之後，凡是英國商人，我一定特別出力照顧。關於整頓稅牽一事，固然不在話下，就是別的事情，凡英國商人受了屈的，也儘管直接向我稟告，無論是本人來也好，入個稟也好，我總秉公辦理，不使他們吃虧的。」

他說過之後，就和我閒談，問我從英國到中華來回有多遠，我對他說了。他說，原來有這麽多路，怪不得這次我到中國，他們的皇帝分外歡喜了。他一邊說，一邊叫人捧上幾件禮物，說：「這是我們皇上加送給貴國國王的禮物，請閣下代為收轉。」這些禮物是幾匹金色絲綢，和皇帝自用的幾個荷包。其中最為貴重的是御書福字。據中國人說，御書福字非常矜貴，不僅外國人不易得到，就是中國王公大臣，亦以得此為無上光榮。我敬謹拜領後，長大人又拿出御書福字一軸給我，說是皇帝賜給我的，我便向他道謝，請代奏下忱。

定價每册港幣一元

大華

第一卷 第八期(二月號)

邊帶編織機製造

株式會社

國分鐵工場

日本浜松市、中島町、二六三五號

大華

第一卷 第八期 (總50號)

論「春秋」的作者……佛隱 2
哀香港(香港浩刦三十周年憶語)……容甫 7
長善在廣東二三事……松山 10
紀念週中的花絮……冷憶 13
藍橋詞(珍重閣詞第五)……趙叔雍 15
陳烱明蓋棺後論……李燄生 16
洪兆麟與潮州……大雅 18
廣東人過新年記……大華烈士 19
翁同龢元旦日記……公權 24
外國人筆下的中國新年……盛端生 25
太平天國的錢幣……盧冀野遺著 23
大肚新娘裝……矢人 26
讀書與句讀……秀娟 27
鼎湖山及其傳說……王芬 28
天才作家安徒生……西鳳 29
意大利人爭取離婚……怡安 30
大樹……洛生 31
讀水滸傳(五續)……季炎 32
春風廬聯話……林熙 35
英使謁見乾隆記實……秦仲龢譯 38

封面插圖:「元旦朝賀圖」原載宣統三年辛亥(一九一一)出版之「大淸時憲通書」

大華(月刊)第一卷第八期(總50號)
一九七一年二月一日出版
Cathay Review (Monthly)
Dah Wah Press.
36, Haven St., 5th fl. Hong Kong

出版者:大華出版社
地址:香港銅鑼灣希雲街36號6樓
電話:七六三七八六

督印人:柯榮欣
總編輯:林熙

印刷者:大同印務公司
香港北角和富道96號
電話:七一七五四四

總代理:吳興記書報社
香港中環租庇利街十一號二樓
電話:H四五〇五六一 四五〇七六六

星馬代理:遠東文化事業有限公司
新加坡厦門街十九號
檳城沓田仔街一七一號

越南代理:聯興書報社
越南堤岸新行街二十二號

其他地區代理:
澳門:可大文具店　寮國:永珍圖書公司
亞庇:利文公司　斗湖:光明書店
千里達:中華公司　菲律賓:玲瓏書局
倫敦:東寶公司　紐約:友聯圖書公司
芝加哥:杏林春　洛杉磯:永安堂
波士頓:中西公司　檀香山:大元公司
三藩市:新生圖書公司　三藩市:文化商店
加拿大:香港商店　加拿大:新國華公司

論「春秋」的作者

——給柯榮欣兄的一封信

佛隱

讀榮欣兄在報上（見去年晶報）替「聖人」作義務律師，辯護春秋的創作權，覺得很有意思，我也把這從未想過的問題想了一想，這一想覺得有些問題，要和他談談。就作爲這次通信的資料。

孔丘開辦私家書院教材「六藝」——裡頭，有兩本神秘的書，就是「易象與魯春秋」。前者是一本卦譜，後者是一本魯史提綱，從這兩本書原來的內容來說，都是最差的東西，經過儒家的思想工程師把一部卦譜裝上了「十翼」，發揮了「生生之謂易」，性交哲學的精義，便成了包羅宇宙人生的「道」。幾乎所有知識分子的思維力都向這卦譜投降。於是「知幾其神乎」「見機而作」的「機會主義」，便成爲社會流行的病態心理，另一部是古代統治階級殺人，通奸，互相勾結，互相爭奪血腥戰火的大事紀；經儒家思想工程師裝上「正統」「受天命」的咒語，發揮了迷信，麻醉，壓迫的精義，便成爲政治大憲章，「天王聖明，臣罪當誅」的「奴才意識」，也是社會必然的產物。自從這兩本書成了中國典藉裡的超級大國，就壟斷了中國人的思想與靈魂。竟然統治着中國人的思想與生活達二十幾個世紀之久，到今天對中國人的思想意識還起一定作用，這樣斷爛簡陋的東西，何以有如此的怪現象，是值得一談的。易經暫且不說，這次先談談春秋。

說春秋必須先分清界限，一個是「原本的春秋」本是一本編年的魯國簡史，另一本是經過改裝的「精神春秋」是天子鎮壓人民的刑書。我想談的就是一本歷史小冊子，怎會變成統治人民的思想武器——「精神春秋」。

一部「歷史春秋」過渡到「精神春秋」，是儒家經過幾百年的經營和殘酷鬥爭才實現的。這個歷史過程，大概可以分爲以下幾個階段：

第一階段，是孔丘把「春秋」和「正名」的政治原則連系起來。

「六藝」在春秋時代，是當時貴族保有的寶貴典籍，都是歷史繼承下來官方保管的文化遺產，不是那一個人的單獨作品。魯襄公二十九年，吳季札聘魯「觀周樂」，他欣賞了各國的詩篇和樂章，那時孔丘才七八歲。魯昭公二年，晉韓宣子聘魯觀「太史氏書」，始得見「易象與魯春秋」，孔丘那時才十二三歲。可見詩，易，春秋都是在孔丘教書，以前就有的典籍。

孔丘教書是從教「禮」開始的，孟懿子和南宮敬叔首先作了他的學生，經南宮的推介，魯君才派孔丘到周留學，訪問了老聃一次，回來招生授徒，學生漸多。禮是他的「先進於禮樂」的獨門學問。貴族和普通人爭學禮，好改變面貌，像個「君子」，是最受歡迎的課目。教了幾年，有昭公之亂，他逃到齊國去避難，直到四十二歲才回國，無官可作，只有開創學堂，一連教了八年的書，整理出大批的教材，詩書禮樂全教，大概詩禮（包括樂）是必修課，論語上提到詩禮最多。占卦課是「易」那時沒有哲學系統的「十翼」只是六十四卦翻來翻去，論語上只提一二次。政治教本是「書經」孔丘是把尚書作實用政治學用的，只因爲他過度歌頌了氏族社會酋長的禪讓制。夏啓以后階級社會「槍桿出政權」的歷史，又有兩個革命戰爭。這兩件事，都是後來帝王所怕的。儘管後儒說統治心法在于尚書，却捧不起來。另一課是歷史，就是「春秋」。本來是一本殺人放火的壞書，所以孔丘看到「春秋」

這個年代裡的一切大動亂，大破壞大變遷的紀錄，社會秩序都亂了，很不順心。於是他由批判歷史，體悟出一個「正名」的原則來，他想用教育宣傳的方法教人應該怎樣做「君君、臣臣、父父、子子」的道理，不這樣做，就說他錯，反對他，他認爲這個以主觀改造客觀「以名校實」的方法是個重大發現，所以他對弟子得意地說，「這個正名的原則是我從春秋的『書法』裡偷來的呀」。馮友蘭說，似乎不是因孔子主張「正名」而作春秋，如傳說所說，似乎是孔子取春秋等書之義，而主張「正名」。孟子所說「其義則丘竊取者也」。這很符合知識分子書本主義的思想情況，論語上就有很多地方表示孔子有把這個「正名」原則，試用於實際政治的企圖，但沒人聽他的。連門人也反駁他，「您太迂啦！正得了甚麽！」

孔丘教了幾年書之後，很有名氣。五十上下，就在魯做起官來。後來由于跟當權派意見不合，就帶着學生出國。到處游說，東奔西跑，過着艱苦的生活。正如焦循所說，「聖人不得位，則不特民之生無以遂，即己之生亦待人而後遂。」——要依靠別人生活的。

孔丘是第一個以「六藝」教人的老師，是一個講學游說的游士，也是第一個把歷史和政治連系起來的人。孔丘從「春秋」中抽象出個「正名」的原則，從此人們就把正名加到「春秋」身上。「春秋以道名分」「春秋以辨義」成了「春秋」的特色。因此「春秋」就有了由「歷史」轉變成「政治學」的可能。又如龔定庵所說「孔子之『正名』而終不能以興禮而齊刑（當權），則六藝爲無用」。故春秋也有由空言轉于實踐的需求。但這僅僅是一種可能性，一種潛伏性，必須加上第二個因素，才能躍然存在。

雖說如此，但春秋這本小冊子，寫了二四二年的歷史，關涉到一二四國，弑君三六，亡國五二，「戰爭四八三次，朝聘會盟四五〇次」（范文瀾計）。僅僅用一六，五七二個字，還有「闕文百數十條」，實在太簡陋！不但我們看不懂其中有什麽奧妙，就連「迷古尊經」的朱熹也只能說「春秋之義，時窺其一二，而終不能信於心，故未嘗敢措一辭」。這還是看過春秋三傳的「大儒」說的。要知道公穀二傳都是晚出的書，到西漢才「著於竹帛」，前人又怎能知道這小冊子的「微言大義」，「各有義例」，「其旨數千」呢。所以這「原本春秋」沒有獨立的價值，也從來不受學者的重視，「熹平石經無春秋，漢人以公羊爲春秋，唐人以左傳爲春秋，宋紹聖中則明令罷春秋」，可見這本歷史，並非標準傑作。否則中國知識分子不會那樣冷待她！

但春秋是本幸運的書，實未因本身有缺點而寂落。孔丘既把春秋和「正名」連系起來，就給儒家開闢一條「空言論政」的路子，也就是後來法家所指「儒者以文亂法」，所痛恨的「是古非今」所反對的不從實際出發的「迂濶」的一個開端。但是儒家本門却想極力要發揮這一點，戰國的孟軻就是想擴大「春秋」這種精神威力的人。春秋的命運就過渡到第二個階段。

第二、孟軻把春秋和「天子之事」連系起來。

孟軻說孔子作春秋「春秋天子事也」，他又說「王者之迹熄而詩亡，詩亡，然後春秋作。」似乎把歷史交代得很明確。其實中國自殷商以來，就有史官制度。春秋時代各國都各有史官，準「書法」之義，記載本國歷史。難道說詩不亡魯國就不修史嗎？詩亡又何預于春秋！如果孟軻指的是「因史記作春秋」（司馬遷說）的春秋，那就一定大有干于王迹（焦循說，「洎乎平王，東遷……而陳詩之典廢，所謂迹熄詩亡也。）孔丘發憤著書，就該上繼平王遷洛，「王者迹熄」之時，（紀元前七七〇年，那才是春秋歷史時代的眞正開始）似乎不該以晚了半個世紀的平王四九年爲開端。既然說「作」，孔丘就該蒐集列國史料，作一部「王王」中心的春秋，似乎不該寫一本「王魯」中心的春秋，以「地方主義」的面貌「行天子之事」，「名」既不「正」，還怎能以「春秋之義」

垂法後世呢。

其實，孟軻又何嘗眞能知道孔丘作不作春秋，正如宋儒張載所說「……春秋爲仲尼所自作，惟孟子能知之」，我要問何以「惟孟子能知之」，那就「惟張子能知之」了。這不正拆穿孟軻的話是毫無根據嗎。其實孟軻不過編造個故事，想爲春秋加工而已。那麽孟軻爲什麽編造這樣一個故事呢？如果說宋人愚，齊人誇，孟軻和蘇軾是一樣的策士，好說「想當然耳」的話，那是不足以解釋這個問題的。要了解這問題的眞相，就必須從孟軻本身的階級性和他當時所處的社會地位及其關係，才能找出正確的答案。

要知道孟軻是戰國時的「游士」，本身沒有職業，沒有生活，也沒有「田」可「食」，全靠到處游說，尋找生活來源。本來「士」在周代奴隸主貴族等級制度下的社會結構裡，雖說是貴族中的最下層，但他們都有固定的地位，固定生活，和固定的工作，一到戰國時期奴隸主貴族等級制度崩壞，「士」就失去了地位和職守。他們本來是貴族的底層，現在被社會的變遷把他們游離出來了。他們沒有土地，沒有生產工具，他們必須依附於一個剝削階級的當權者，替他們服務，才能得到社會生產物的分配。因此他們的物質生活的來源和剝削階級是一致的。但從思想意識上講，因爲他們處於下層，常和被統治者接近，又有代表百姓謀利益的政治幻想。所以他們對統治階級當權派，也有不滿情緒和批評心理。他們的思想意識和本身階級屬性，呈現一定矛盾現象。孟軻屬於這個階層。他思想意識也就必帶有這種階級的烙印。

孟軻帶着一大幫的「士」，「後車十乘，從者數百人」到列國去游說，一面敎學，一面找官做，走到那裡就要求當權派「廩人繼粟，庖人繼肉」的招待，離開麽就得「餽粟」（送粮），「餽贐」（送錢），就這樣「以轉食于諸侯」，在各當權派之間奔走生活。因爲他們有「六藝」的知識，有政治幻想，對統治者也就常有意見有批評。

「以情度情」當權派一定不很歡迎他們，甚至瞧不起他們，所以孟軻才有「說大人則藐之」的心理反應。他們生活也不會好。所以受粮，受金的態度問題，也成爲門徒質問孟軻的題目。在滕國住在賓舘裡，人家丟了一雙鞋，都懷疑是他們偷的。就足以反映他們當時的生活和處境了。

有什麽樣的生活，就有什麽樣的意識，孟軻爲解决他們一群「士」的物質生活，和尋求政治出路，他就必須有使人歡迎或畏服的辦法。前邊已說過孔丘敎歷史——春秋——連系實際政治，歸納出個「正名」的原則來，已爲儒家開闢一條說空話干預政治的路子。如果能够善于利用這種精神威力，就可能增加游說效果，孟軻就是想利用這種威力的人，所以孟軻自命是孔子的繼承人，把孔子在社會上的遺產接收了。這樣他加强孔子的威望，就是加强他自己的威望；提高孔子說空話的力量，就是提高「士」說話的力量。他爲了影响當權派，便於謀求生活和擴大政治出路，很自然的說出孔子作春秋的故事。第一、他把孔子捧成「無其位而行天子之事」的「無冕皇帝」。第二、他誇張筆桿的威力，說「孔子成春秋，而亂臣賊子懼」。這兩種說法都是對於孟軻集團有利的。

鄭樵說「謂春秋有貶無褒者，意在於列國之君臣也，其說出於孟子」。漁仲眞有史識，他一眼看穿孟軻把春秋說成一部刑書，是別有用意的。他不知道，也許是不肯說，孟軻之意實在於威懾梁惠王齊宣王之流的當權派的。他無異於警告他們說，你們這群當權派，小心孟軻這枝筆！說不定孟軻也作一部「春秋」行天子之事，把你們貶入地獄！你們別瞧不起孔子繼承人孟軻呀！孟軻懷抱着一些進步的政治理想（肯定民爲貴，肯定革命戰爭），有浩然之氣的修養，有雄辯的天才，以他這等氣質的人，對所藐視的大人物，抛去一顆「精神原子彈」又何足異！

孟軻說了這偉大的空話，當時究竟發生了什麽社會反應，我們已不可知。他的物質生活是否得以改善，當權派的「餽贐」是否由黃金「五十鎰」「七十鎰」「兼金百鎰」的禮份，增加到三百或五百鎰呢，也無可考。我們只知道他的政治效果是失敗啦。孟軻和他的門徒本來常想，孟軻有「加齊之卿相」以「當路於齊」的一天。但這一天是永遠的消滅了。試想古今以來，那有一個當權派，眞信「仁者宜在高位」，而把政權，交給一個能「行天子事」的「政治野心家」呢。孟軻終於回到學舍，以敎書爲終身職業了。

「春秋」的微波，也就這樣平淡的過去，孔子的地位和以前也差不多，實際政治家周公的社會地位還是遠高過於孔子的。若在「邪說」之徒看來，孟子利用「春秋」的陰謀並未得逞。

孟軻編製個天子之事的故事，雖未達到主動人旨在取得的那種結果，但它還會在社會上發生客觀的影响作用，產生附加結果的。試想把一位教書老先生忽然升級到和天子平起平坐，能行起天子之事來，在封建社會裏，這個意義豈等尋常！在以孔子爲儒宗的儒家看來，孔子的地位提高，不就是儒家宗派地位的提高嗎？對于後來的儒家心理又該是如何地激動！孟軻說孔子作春秋和說孔子「刪詩書，定禮樂，贊周易」本來一樣尋常。其所以不尋常的是他說了「春秋天子事也」，這個提法，在觀念形態上，正反映着儒家有主宰思想的要求。顯示儒家有一種敢想敢於爭取社會地位的攻勢精神。他這句話反映了儒家的階級意識階級心理，也代表了他們的階級利益。因此就不能不刺激儒家有進一步解決這個歷史任務的幻想。後儒爲了爭取孔子「行天子之事」，就必須把「作春秋」肯定下來。這二者是不可分的，於是春秋版權問題，就成了後儒冷戰的中心。這是後話，現在我們再說孟軻當時的社會環境。

一個思想體系單靠主觀願望或誇大，是不行的。它必須適合社會客觀的需要，才能發生社會作用。而這種作用的發生，也不是自然地機械地適應，一定要通過人的意志和社會鬥爭才能實現的。孟軻以儒家主宰思想的姿態出現，就免不了戰鬥。他首先把火力指向楊墨「邪說」。他硬要把人家排除於人類之外，說他們是禽獸。殊不知他選定的思想上的主敵，並不是他政治上的主敵。楊子的思想中心是「避害全生」，墨子政治主張，雖有中央集權的傾向；但根本反對攻勢作戰（非攻）。他們的思想都跟「春秋的爭霸主」，「戰國爭大統一」的歷史趨勢不合。他們永也不會登上政治舞台，他們也永不會成爲統治思想。

孟軻眞正的政敵倒是現實主義的兵家和法家。兵法家的屬性就是統治。統治者也離不開「帝王之具」的兵法。在這互相兼併的時期，能用兵（兵）用民（法）的，才能生存發展，於是「秦用商君，楚魏用吳起，齊用孫子田忌」（史記孟荀傳）富國强兵，戰勝攻取，有立竿見影之效，大爲時君所信賴，對比之下，「道仁義」的儒士，簡直是「迂濶而遠於事情」。（同上）所以諸侯對於孟軻這班「食客」，也只是一迎二養三送，政治上却是請君莫問，孟軻實在是敗在兵法家的手裏。

歷史是向前發展的，時間也會改變歷史條件，孟軻不得及身而實現的儒家主宰思想的要求，却無意的符合了戰國時期走向秦朝大一統，必然出現的中央集權制的歷史運動方向。下層基礎的變動，觀念形態也必逐次與此相適應；主宰思想「定于一尊」的現象，也必然要出現。可惜在秦朝完成這個歷史任務的不是孟派而是荀派儒家。荀派儒家的代表李斯，又是和兵，法家搞政治聯合戰綫，才取得勝利的。他雖然謀殺了法家韓非，他自己却成爲韓非主張的實踐者。爲適應秦朝中央集權在思想文化上的主宰要求，李斯建議「蠲除文學詩書百家語」，「學者以吏爲師」，「禁私學定一尊」，「偶語詩書者斬」，「是古非今者族」（史記李斯傳）。這樣一來就把孔孟傳下來的「空言論政」，「聚徒授書」的儒家權利，一筆削光。還把那些心有未甘，仍然「口議腹誹」的儒士，跟騙人的方士統統一起活埋。正如黑格爾所說「他是政治人物，又是有思想的人物，他看到時代的需要，已成熟而待發展的事物，這是他們的時代，他們是世界唯一的眞理。」百年來，儒家和百家鬥爭的結果，則落個徹底的慘敗！據趙歧說，孟派的儒者幾乎殺光。這也是傳「禮」派和傳「春秋」派，「反古是今」派和「是古非今」派的一次宗派決戰。

失敗會强迫人接受教訓的，孟派的儒者到此才了解，李斯能行「天子之事」是因爲法家和皇權結合，思想和武力結合，敢于「鎮壓」他們的緣故。於是孟派的儒者，爲奪回行「天子之事」的思想主宰權，必須設法使「春秋」（這是他們政治思想的根據）走上和皇權相結合的道路，才能翻身。在此必須指出，到這個時期是「春秋」歷史命運的一重大轉捩點。春秋在孔孟手裏是空言論政的根據，此後「春秋」就被儒家把它賣給皇家去行天子之事，替皇家工作了。「春秋」的命運就過渡到另一個又新又古的怪異階段。

第三、董仲舒把「春秋」和「受天命」結合起來。

秦朝如果不倒的那麽快，儒家在政治上也許完蛋。想不到法家竟發明出「督責之術」來，弄得秦國的統治者與被統治者同時精神解體。農民革命一起就垮了台。這一垮，倒霉的儒家才從墳墓裏爬出來，重新長養自己的力量，準備反攻。在漢初青黃不接的時期，道家就塡補眞空，成爲道表法裏的政治局勢。

洛陽少年儒家的賈誼，是第一個爲秦朝寫歷史總結的人。他研究過申韓，也吸收了法家的優點。他首先主張「足民」，他說：「『倉廩實而知禮節，衣食足而知榮辱』，民不足而可治者，自古及今未之嘗聞」。他主張「敺民歸之於農……使天下各食其力」。主張「貯積」（蓄粮），「備邊」（備戰），「防旱」（備荒）（資治通鑑卷十三）。同時攻擊法家統治的弊害。他說「商君遺禮義，棄仁恩……秦俗日敗，不同於禽獸者亡幾」。他說「秦使趙高傅胡亥而敎之獄」（法），「秦王置天下于法令，刑罰，禍幾及身，子孫誅絕。」（同上卷十四）。他又寫「過秦論」，最後的結論，認爲秦之速亡的原因是「仁義不施，而攻守之勢異也。」這就是「爭統一」作戰的時期用兵用民組織强，紀律嚴的才能勝利；到「大一統」之後，是統治者與百姓之間的關係，就該用「仁義」，才能長治久安。其實「仁義」就是說儒家的代名詞，賈誼提出「突出儒家政治」是很顯明的。

凡是一個社會問題的提出，總是社會上已有了這種需要。賈誼所奏，一定反映漢初社會上一般的意見。至於問題的解決，還必須待社會條件成熟才能實現。可是人的生命有限，歷史進展不停，百年不過一瞬，人在歷史時間面前，個個都是失敗的。自從戰國經秦至漢初，「帝王之具」的兵法家建功之後非殺則逐。這時候兵法之勢，雖已日趨下游，但賈誼和孟軻一樣，他也只能提出任務，却不能及身看到成果。他抑鬱而死，他不知道也不了解他已爲儒家和皇權相結合作了準備；也爲那個改裝「春秋」的人，淸掃了道路。那個人就是董仲舒。

董仲舒在漢景帝時爲博士，就是官家敎師。他的階級意識，當然和統治階級是一致的。他當然了解劉邦淸掃異姓王，劉啓削平同姓王，打破政治經濟割據的形勢，對于推進封建地主階級中央集權的重大意義。董仲舒爲適應這個需要，他要把「春秋」獻給皇朝作爲封建中央集權大一統統治的思想武器。

從儒家講，這是他們向反動方面跨進一步。從歷史形式講，保守社會舊秩序的春秋，却轉化爲迎接新秩序的春秋，又是進步的。是古非今的儒家既爲「反古是今」的法家所否定，現在趨向于現實主義的儒家，就要「托古是今」對法家來個否定之否定了。

（未完）

哀香港

——香港浩劫三十周年憶語——

容甫

一、引言

一九四〇年期間，一般人對於香港有兩種看法。一種人是把香港當作世外桃源，到處所碰到的都是些悅人耳目的東西——寬大的柏油馬路，懸空矗立的樓房，潔淨舒適的輪渡和汽車，物品齊備的大百貨公司，蔚藍色的天空襯着海鷗隨波逐浪的美景，裝飾入時的人物；吃的有南北中西的菜式，娛樂的地方，則有海濱的游泳場，具備冷熱氣的偉大影戲院，音樂悠揚紅燈蠟板的舞院，無一而不是使人快樂舒適的去處。另一種人卻把香港比做一切罪惡的淵藪，那兒有：誨淫的書畫，低級趣味的小型報紙，害人至傾家蕩產的字花廠，手術靈敏的扒手竊賊，氣勢凶凶的流氓打手；還有那些引人入彀的折白、老千，賤賣肉體的土娼、應召女郎，無一而不是工商業都市罪惡的典型。但是無論我們說香港是天堂樂園也好，是罪惡淵藪也好，當時一轉眼間已整個變爲另外一個世界了，這個世界無以名之，姑名之爲人間地獄或鬼域世界。它的創造者就是到處闖禍的日本軍人。

作者本文所要記述的，便是作者個人所耳聞目擊的關於這個人間地獄裡香港人們的生活情況。這篇東西在作者腦筋裏足足已經盤旋了好些年，可是始終無緣執筆，一直給拖延到最近才有機會動筆。梗在心頭的積愫，至是才得發抒個痛快。

二、抱着鴕鳥主義的香港人

自從我國發動了抗日戰爭之後，香港跟着就變爲各淪陷區的難民、文人、失意政客、富商巨賈、國際上的大人物，官僚太太小姐們的匯萃之地。於是一個蕞爾的孤島居然也容上了百五十多萬人口。成爲香港有史以來未有的現象。這些人大多沒有意料到日本會在英國這隻大獅子頭上捉虱子，有些人卻過於信任英美報章雜誌對於日本軍力過低的估計，有些人卻沒有意料到事情偏會在一九四一年爆發。就事變前當時的香港外表看來，人心倒很鎮定。當局不時宣稱物資的充分準備，保土的決心。同時又有工程宏偉的防空洞，訓練有素的防空人員；而且不久之前，新界發生日兵越境實彈演習，打死了當地農民一案，經當局交涉之後，日本終於依命賠償，這證明了這隻英國獅子還有一些威力。同時不久之前還調來幾千加拿大的生力軍。新加坡方面又增調到威爾斯親王號主力艦。同時在十二月八日那一天，早報上還載着羅斯福總統於接見日本特使來栖之後，致書日皇提出警告的消息。照一切情勢看起來，大家都這樣的說：「英國抵擋不了德國，可是斷不至於敵不過日本吧！退一步說即使香港有被襲的危險，新加坡方面那能袖手旁觀呢？」總之大家對於大英帝國的信念，的確完全沒有動搖過。當時也有一些較爲清醒的人們，在譏笑上面所提到的那些人的看法爲鴕鳥的自慰主義者，把頭埋在沙漠裏，自己卻儘以爲敵人是不會來的吧。

當時受了鴕鳥主義蒙蔽的香港人們，大家都放心了，大家都如常地在籌備着怎樣來過一九四一年的耶穌誕節和新年。投機的商人們都爭着採購紙花、北極老人等點綴品和美國出產的玩具禮物，好準備來應這個生意興隆的佳節。

三、十二月八日——動蕩局面的開始

一九四一年十二月八日的清晨，大家剛進完早點，準備上班的時候，忽然警笛狂鳴，不久就聽見一大隊飛機的吼聲。大家都不免駭異，從來香港沒有在早上舉行

這麽大規模的防空演習的呀，於是都跑到陽台向天仰望，跟着就聽見高射砲聲，混雜着路人奔避的嚷聲。往日那些天堂樂園和罪惡淵藪裏的鴕鳥主義者，至是才如夢初覺，每個人的精神都像受到了突然的打擊。街上秩序大亂，炸彈聲的恐怖，威脅到了每個人的心。早上上學的小孩們都跑回家了。平常訓練有素的防空人員，一律出動了，有維持交通秩序的，有乘自行車來往傳遞消息的，這時候才是他們「用武的時候呢。可是香港的防空洞卻似乎很少利用過。

平常每天早晨八點多鐘的時候，由九龍到香港的輪渡，總是載滿着過海上班的各機關的辦事人員，可是八號這一天，當局不免要臨時執行非常的措施，便是祇限於載公務人員。至于一般銀行、洋行、商店的辦事人員夥計、新聞記者，及其他的人，卻要帶備相片到海陸空軍青年會去領取過海證，因此尖沙咀、亞士厘道和中間道一帶一度排滿了一大隊人龍。這種防範奸細混入的舉措，倒是未可厚非的。可是卻苦了一些人，他們一連幾個鐘頭儘等候領證，都沒有法子達到目的。這夥人的心理這時頗爲錯綜複雜，有些是受責任心所督促的，有些是經不起炸彈聲震動和威脅的，有些是在擔心銀行裡的存欵和保險箱裏的珍寶的，有些儘躭心着從前囤積下的貨物脫不了手，這幾種心理使到他們都萬分焦急，雖然明知是十九領不到過海證的，還是機械地要到碼頭來往跑一趟。

那些始終信任大英帝國的人們的信念，仍然不變，一直等到九龍城飛機塲捱炸，飛機被燬，大家發覺了當局只有極消防空之後，人們先前的信念才開始發生動搖。我們熟悉的一位燕京大學同學，青年會幹事趙甘霖一家人，除了兩個上學的孩子之外，就是在這時候遭敵機炸中住所遇難的。但是也有一部分人還未完全絕念，還在盼望英美的救兵，所以這些人都很留意每天報紙的消息，儘管報販如何壟斷提高報價，他們也樂於照付的。

這一天在我個人方面，又感覺到另一種內心的愧咎，原來當天「星島日報」上還續登我的一篇分析國際局勢和日本軍力的譯稿，原作者是鼎鼎大名的詹士•楊格。文中把日本國內的情形和軍力的弱點，暴露無遺，我的譯題彷彿是「外厲內荏的日本」。自從事實證明了楊格估計錯誤之後，我常在懊悔譯出那篇稿子，故此我很不願意人家提到我那篇譯文，我當時的心裡很希望人們沒有看到那篇自欺欺人的文字。我覺得自己是上了楊格的當，同時無形中還轉騙了香港的同胞，我自己無形中就是一個罪大惡極的鴕鳥主義者，心裡越想越不高興。

到了第二天，各報才登出日本在八日早晨向英美全面宣戰的消息。人們至是才知道羅斯福的警告不但無效，日本海空軍尚且以迅雷不及掩耳的惡毒手段，同時空襲夏威夷、菲律賓各地。後來又聽到新加坡的威爾斯親王號主力艦也給炸沉了。人們對于英美兩國殖民地，和勢力範圍內各地的空防，至是不免發生了懷疑。

初時日本除了每天派出兩三批飛來轟炸香港的油庫船隻和民房之外，同時還策動了陸軍，取一致行動侵犯九龍邊界。據說只有四萬人，是由廣州提早調動出發來的。這消息是日本人拉去當伕役的同胞所傳出的。這可見日本謀襲香港和其他英美各殖民地的計劃，已經是處心積慮，謀之已久的腹稿了，無奈英美還被蒙在鼓裏罷了。

每天街上轔轔開動的兵車，不絕地向新界開出，這證明了邊界前線軍事的緊張。不時聽到英日雙方互轟的砲聲。砲聲和炸彈聲把港九的人民嚇得活像熱鍋上頭的螞蟻，大家儘忙着搬家，有些由九龍搬往香港，有些却由香港搬到九龍，還有些由尖沙咀搬到九龍塘，有些却由阿皆老街搬到深水埗，好像他們所要去的目的地就是心目中所認爲最安全的去處。其實不然，他們對于無論那一個地點，都沒有十足安全把握的，簡直庸人自擾，徒然增加人心惶惶，徒然給挑夫、洋車夫多添一筆生意罷了。這時候公用車既不易上，的士又沒有空，挑夫、洋車夫還不乘機大敲竹槓嗎？所以一搬家動輒就得花上十來塊錢。

這時候除了機關照常辦公，報館、辦館（供給西人和高等華人用的罐頭、牛奶、牛油、菜蔬、肉類的商店，香港人稱為辦館）、士多、雜貨店及食物館子，照常營業之外，所有的事業都全歸停頓。百貨公司、洋貨店不大有人過問。有些店家雖然高掛着「非常時期，照常營業」的牌子，可是店門却整天緊閉着；同時一般店戶為着避免飾櫃櫥窗玻璃被震破，大家都用紙糊住，結果使到內外不通，這麽一來更使顧客們莫明其高深了。這段時期大家都集中在一個問題上打主意，這個問題便是吃的問題。「吃」的問題成為當前的急務，人人都擔心着砲火下的民生問題。家家戶戶的傭婦，從街市回來沒有一個不帶點不好的消息的，不是說米鹽菜蔬魚肉的漲價，便是說流氓們散佈流言說要準備乘機大肆搶掠。這些驚人的消息，使到每一個主婦都給楞住了。大家發了一回愁之後，都覺得事不宜遲，只好趕快籌備購米儲糧的措施。於是一時柴米店和辦館生意都利市百倍。當時一元九斤的白米，漲到一元五斤，一角多錢的罐頭魚漲到八角，麥片漲到一元一磅，甚至於小孩子吃的「煙仔餅」也漲了十倍價錢。總之凡是可以吃的東西都漲了價。街上熙熙攘攘的路人儘忙着採辦食糧。

到了十日和十一日這兩天，吃的問題愈加嚴重了。有些米店因為不堪流氓的騷擾為難，竟索性關門大吉。有些却採取一種適應當局環境的辦法，實行僱流氓打手當保鑣，上了鐵門讓打手們站在店門外，一面負起保護的責任，一面替顧客傳遞貨物，大概是因為要扣佣金給打手們的緣故吧，結果弄到一塊錢連四斤白米都買不到，所賣到的還是一些米碎。自從港九交通斷絕以後，曾經一度弄到香港方面肉類菜蔬都漲了好幾倍的價錢，米糧却比較九龍充足。

同時還有一樁嚴重的事情，就是五十元以上的大票子，都暫時停用，錢檯只能八折找換。這又使一般藏有大票子的人們無辜蒙受重大損失，這數目計算起來頗為可觀。

自從八日那一天以後，港九夜裏就滅了燈，其實日本空軍很少夜間進行空襲，倒是給宵小鼠竊們一個方便活動的機會。夜裏砲聲特別響得厲害，往往把人們驚醒，小孩子常被嚇得呱呱大哭。

有一個時期忽然傳來一個使人興奮的消息，說我國那批被禁在九龍集中營的五六百孤軍，已經替英軍把快要崩潰的陣線支持住了，而且實行反攻，還把敵人嚇退了四五十里。事先報上的確曾經登載過港紳們聯名請求當局釋放孤軍，好讓他們上前線的消息。於是大家對於前面那個好消息，都認為是很有可能的。那些在苦悶徬徨的人們，自然樂於聽到這類的消息，於是人們的情緒便比較先前興奮而痛快了，彷彿覺得前途露出一線光明，充滿着無限希望。

（待續）

長善在廣東二三事

記珍妃伯父一些軼事

松山

沈仲强先生善寫山水花卉，晚年專畫著色菊花，人們稱呼他做沈菊花。十多年前，仲强的夫人張端儀（畫人張坤儀的姊姊）逝世，一個人獨自無聊，回去廣州跟他的女兒過活，臨行的時候，曾把他先人的著作書冊寄存親戚戴某家裏，經過悠長的歲月，戴某年老不在人間了，戴家的屋宇要易主，我正懷念着這批文物，忽然市上發現一冊長樂初將軍的書簡，就是前清廣州將軍長善寫給仲强的父親沈澤棠的信札，雖然滿州人的書法並不十分超卓，但信裏紀載光緒初年廣東的掌故很有價値和趣味，便由一位愛好收藏書簡的朋友收購，後來打聽仲强也在廣州以七十多高齡逝世了。

長善，他塔拉氏，字樂初，滿州正紅旗人，同治七年十二月命爲廣州將軍，八年到任，一直做到光緒十年，著有「駐粵八旗志」二十四卷（光緒五年刻本），光緒十五年死在杭州將軍任內。他的父親裕泰，官至陝西總督，「清史稿」有傳。光緒帝的妃子珍妃和瑾妃的父親長叙，就是長善的弟弟，「清史稿」裕泰傳把長善、長叙的名字、官階附於傳末。長善有兩個姪子志銳和志鈞，頗有時名，係長敬的兒子，志銳，「清史稿」有傳，和文廷式、梁鼎芬摯交，廷式給志銳一個渾號做「銃手」，說「銳」「銃」字様差不多，從前叫手淫做「打手銃」，頗爲諧謔也。

沈澤棠字芷隣，號懺庵，番禺人，同治十年癸酉科擧人，能詩文詞，係嶺南三大詞家沈世艮的兒子，家學淵家，生得品貌堂堂，善於口才，聲音清亮，寫得一手梁山舟清秀的好字,廣東的鹽商孔季修（昭鋆）延爲西賓，負責料理和運使衙門打交道及重要文書的工作。當時長善見沈澤棠聲名洋溢，又請他做幕友，身兼兩職，可說相得益彰。同治十三年甲戌澤棠北上會試下第，丙子恩科，丁丑正科一連兩年的會試，澤棠都住在長善的北京邸宅，志銳、志鈞、珍妃、瑾妃都跟過他讀書問字，澤棠下第南還，仍舊在長善幕中，兩人如「沙煲」與「風爐」（前時人們笑長官和幕友的話）十分融洽。由於長善已經漢化，喜歡和漢知名文士往還，是有他的深意的，據葉恭綽「矩園餘墨序跋第一輯。書于式枚、梁鼎芬致端方札後」云：「光緒初年，珍妃之伯父長善任廣州將軍，虛懷樂善，姪志伯愚銳、志仲魯鈞從焉，當時粵中名士沈芷鄰澤棠、梁節庵鼎芬、王子展存善及于晦翁皆與往還甚密，文道希廷式與尤契合。以余所知，淸之末祚，有識之士，早知其不永，而滿人尤然，如盛伯希昱輩，日惆於宗廟之不血食，故亟主擢用漢族賢儁，融和畛域，樂初即本此旨者，其吸引結納，具有深意，非徒弘奬風流而已；而一時厨顧，亦因此互通聲氣，故當時廣州小北、新城之士，頗有登龍之概；老輩中似亦呴沫之，以冀騰躍，如兪秀珊守義即其眉目（兪業鹽而好士，諸名士多賴其資給）。其後二志通籍登朝，梁、文、于皆出仕，與伯希尤契，諸滿人之有識者，不期翕合，擁光緒帝而排那拉氏，二妃之力援文氏，殆即因此也。」

長善札中有云：「粵省盜風甚熾，四牌樓利生押鋪，有與旗兵仇鬥事，其曲在旗兵，而民之刁强亦甚，未報官廳判斷若何，遽行傳單罷市，幸弟接呈後，即認眞查辦，而地方文武各無意見，併力合作，始了此案。滿洲官之糊塗固執，屢教不悟，幾幾釀成大亂，殊可恨，是又不得不特參數官員矣。」末署「五月初八日」無年份，札內提及「峴翁之二姨太太，忽於四月廿八日服烟膏死」語，峴翁爲兩廣總督劉坤一，當係光緒初年事。四牌樓卽今中華中路，在將軍衙門附近，旗兵向來是欺壓商民的，旗商互鬥，竟弄至傳單罷市，在近百年前，不是一件小事，也不是一朝一夕的事，可以反映廣東人民的民族思想和反抗精神。滿洲官員向來處理旗商糾紛事件，總是偏袒旗人，而漢人定要受委屈，或者被敲一筆竹槓的，長善一反滿洲官員的作風，說他們「糊塗固執」，又說：「屢次教導不悟」，可與葉文互相參證。

公開招商承投賭餉，如番攤、闈姓：：：之類，相傳起源於曾國藩鎭壓太平天國革命時期。清軍收復了某些城市，要富戶捐輸軍餉，當有不少困難，數目雖不大，但也很遲慢，官兵們出生入死，又要犒賞一回，曾氏想出一個錦囊，就是收復某一城後，特准官兵們大搶特搶三天，三日後再搶就殺無赦了。但是又怕官兵們有錢在身上驕奢淫逸起來，不願意再去打仗，他要解決這個矛盾，就是公開賭博，一面籌措軍餉，一面吸回官兵們掠奪得來的錢財，一面收容一小撮地痞歹徒，一面繁榮地方，而且遍及其它非戰區，便美化賭餉叫做防務經費，徵收的機構叫做籌餉局，這是曾氏統一矛盾的手法。戰事平定後，廣東的賭博禁止而私賭林立，但賭商和不肖官吏，便以開賭爲利藪，蠢蠢欲動。光緒元年兩廣總督端麟逝世，繼任的是滿人英翰，字西林，由江西人文樹臣（文廷式的父親）拉線，勾結賭商潘乃榮、李興九等，巧立新名目爲「海防經費」，解禁闈姓。長善扎云：「會垣因闈姓復設，官紳大譁，督撫決裂，告示出，店鋪開，而中丞憤極，已上彈章，弟與果杏岑商之，亦將粵東情形，列款致函當道。闈姓爲諫垣所奏，又奉申禁，似難含混，然制府之狂悖貪利處，劣跡尚多，非劾之去，則將有不堪設想者也。」末署「六月廿五日」。制府卽指英翰，那時他不過到任幾個月呢，中丞爲巡撫張兆棟。闈姓賭博就是預測鄉試（舉人）、會試（進士）獲中的姓氏，光緒元年、二年舉行恩科、正科鄉試，二年、三年舉行恩科、正科會試，眞是大好機會了。七月十六日函云：「西林驕盈特甚，謬妄不悛，弟爲通省文武所逼，顧全地方大局，不得已商之友山中丞，各具疏奏劾，並分致公信於當軸諸公，方伯亦公函列款更詳，大約八月初旬，都中必見明文矣。」友山卽張兆棟別字。八月初七日函云：「省會六月中旬，波瀾湧起極紛紛，制軍於海防事亦意怠，官民心少定，蓋已見議處上諭，又探知弟與中丞有參疏，料其不久於任故耳。友山遞禁闈姓賭局摺子，另有當軸公函，敘認交經費八十萬外，私饋陋規廿一萬兩及串通漁利各情當拜疏時，卽將底稿與弟同杏岑閱過，並議續參事，所惜者稍落黃植庭後，幸尚有此舉，不然則將何以自解耶。渠優柔遲疑，非弟與杏岑、少堂助之，決未有成，今幸一鳴驚人，亦差强人意耳。西林縱極大應酬，而公論森然，聲名大裂，當軸詎不畏淸議指摘，而貿貿然從井救人乎。小宋、檀圃諸君亦有劾稿，若此番搬不動，卽將列上。弟與中丞各同寅亦尚欲再陳白簡，定必大聲疾呼，直斥其非，不可迴護矣。」黃植庭名槐森，香山人，時在北京官御史，先奏劾之，長善、張兆棟等續上奏章，小宋爲何璟，香山人，官至閩浙總督，檀圃爲梁肇煌，番禺人，官至順天府尹，當時的在籍大紳，可謂用了全省官紳的大氣力。八月初二日有旨把英翰革職了。總計英翰做總督時間不過半年左右，便因開賭而掉去烏紗。所謂「縱有極大應酬」係說英翰和北京的大官員們通財開賭，語意很有味道。這件事在陋規（卽贓欵）二十一萬兩裏，大家分贓不勻，才爆出這大黑幕來。又九月初六日函云：「英宮保已於九月初四啓行，渡庾嶺而北上。：：此變原非始願所及，因保全大局，而又欲杜謠諑，惜名節，始有此不得已之舉。闈姓規費汚及同城，傳言弟得二萬八千元，若不遞此摺，將何以自解耶。疏稿斟酌再三，友山、杏岑擬改者多，其殆劣跡宣播，當軸亦轉好爲惡，故借弟等所奏以發揮之，不然彼深根固蒂，則戔戔數封事，語意又輕，安得卽爲動搖耶。」函云「當軸轉好爲惡」及「彼根深固蒂」二語，耐人尋味，蓋指清廷當軸初則好其貨財，繼則惡其躁切，搞出亂子，愛莫能助了。此函又云：「自奉諭，西林憤不可遏，卽與弟等絕交，初三辭行，始獲一面，經弟婉言請罪，且力陳因公勢逼處此，並以鄉情勸其虛受勿再貽悔，渠聞之怒更勃然，……謂我進英的，平生作事，決無後悔，你不必過愛相規，弟當下長嘆一聲，謂無悔之言眞虧你出諸口，何竟以曹孟德此言爲圭臬乎，已矣不復云矣。伊隨卽快快別去，退向人謂樂初罵我，我決不干休等語。據此情狀，渠眞妄人，何足計較，第恐小人構陷中傷，事必不免，惟望兄台議之。……」英翰于光緒二年十月命爲烏魯木齊都統，兩廣總督與烏魯木齊都統大有天淵肥瘠之別，四年正月，死於任內，可能是抑鬱而死的。

接替英翰的粤督係劉坤一，他是鎭壓太平天國革命的「功臣」，長善係滿洲的世臣貴族，自然發生許多矛盾，長善對劉坤一批判得十分尖刻，六月初五日函云：「峴翁聲望大減，驕盈日甚，任性擧動，而其人假僞多疑輕躁，本態畢露，賞不足感人，罰不足威衆，更張顚倒，號令無信，其病在驕在詐，擧動復輕易故也。友翁與之甚齟齬，下僚文武人人自危，亦人人自顧。」六月十八日函云：「峴莊體甚不壯，病勢重，頗難治，現每日湯藥丸藥不輟，午前尚可勉見客，至晚則不可自主，竊恐亦非久遠之局。」臘月初六函云：「粤垣如舊，督部聲名大壞，諒有所聞，蓋心疑險詐，賞罰任意，行止輕率，精力不及，十六字之爲害也。」這是光緒二年的信，友翁卽張兆棟，督撫同城向來是互相發生矛盾攻訐的。坤一在光緒五年調任兩江，七年九月開缺，優游林下九年，至十六年十月，才起用江督，「淸史稿」本傳不載他開缺事，眞是一大漏洞，後來慈禧欲廢光緒帝立大阿哥，密旨垂詢坤一的意見，坤一覆奏的警句說：「君臣之分已定，中外之口難防。」慈禧才不敢鹵莽廢立，這十二個字保全了光緒的帝位和生命呢。

長善係光緒十年四月召京，這時正值中法戰爭，至十一年二月才由海道抵都，十六日召見，凡三刻鐘，長善寫成召對筆記凡一千三百餘言，寄給沈澤棠看，可以反映兩人私誼之篤，又寫著「閱後付丙，千萬，千萬。」裏面多係海防洋務的話，其中有關彭玉麟、張之洞是這樣的：「上詢，彭玉麟怎樣？」「對，赤心報國能耐苦，常常說拚一條老命，不過年紀太大，去秋曾病一場，不肯吃藥，奴才體查，似比初到廣東氣體差些。」「上說，張之洞身子亦不結實。」「對，是，張某公忠體國，不辭勞瘁，鉅細躬親，無不自己動筆，奴才看去，實在太辛苦，鬚髮近亦有幾根白的。」這時彭玉麟年七十歲，張之洞才五十三歲，長善對他們却沒有微詞呢。

還有光緒二年三月廿五日一函値得一談的，函云：「豪賢街尾孫福清公館，忽於三月初六夜被盜，二三十人明火行刦，失銀三四千，此案盜犯半係孫公由新興帶來之勇，孫公卸新興回省，彼處民排列屎桶，以喪服送行，則其居官可知矣。」孫福清可能是駐紮新興一個武官，一個卸任的長官，無論怎樣貪汚的，總有一些土豪劣紳送點萬民傘之類來點綴一番，而孫福清却被人民排列屎桶陣又以喪服去送行，頗爲有趣。

紀念週中的花絮

冷憶

孫中山先生於一九二五年在北京逝世後，當時廣州的國民黨中央，為表示哀痛及繼續其革命遺志，完成其未竟大業計，乃規定於星期一上午辦公之前，先舉行總理紀念週。其程序約為：一、肅立。二、行禮。三、唱黨歌。四、恭讀總理遺囑（全體循聲朗誦）。五、靜默三分鐘。六、訓話，或報告，或演說。七、禮畢。所屬黨、政、軍各機關與學校，自中央以至地方、莫不一體遵行。

在舉行紀念週之前，如果是委員制的機關，必須先推定一人為紀念週的主席兼講話，或另推一人講話。或預先排定大家輪流。至於首長制的機關，那主席例為首長或副首長，除領導恭讀總理遺囑外，自可任意訓話或演講，否則亦必早已指定講話的人，於靜默後，即開始致詞了。

這儀節於初行之時，確具振奮與激勵的功用。因為那篇遺囑，文字通俗，意義嚴重，概述孫中山先生畢生致力革命的目的，與當時（一九二五年前後）國內外的形勢，以及如何繼續貫徹的方案，和建國的藍圖，寥寥一百四十餘字，而氣象恢弘，經緯萬端，雖出自汪精衛的手筆，但確足以代表中山先生的整個人格與理想。是誠國民黨不朽的文獻之一，用能喚醒青年，震甦民衆。故有人說道：假定中山先生能帶病延年，或恢復健康，則國事如何演變，誠未可料。但廣東負隅軍閥之掃蕩，以及北伐軍事之進展，恐怕也不見得會如當時那樣迅捷吧。

但紀念週的功用，日子一久，不免漸起變化。首先是靜默三分鐘的問題，最初確能扣準時間，全體俯首默念；甚或有人基於國難家仇，復深受總理鞠躬盡瘁之感動，暗暗飲泣。惟日子一久，則三分鐘漸覺太長，而各個禮堂，不一定全有掛鐘，足資依據。所有司儀，也不見得都有手表，可以參攷。於是那靜默時間的長短，其權咸操諸司儀之口，他何時喊「默畢」，衆人就何時解除肅立與俯首的姿式了。大概多數不到兩分鐘甚或僅有一分乃至不足一分鐘。因之就產生了一個笑話：說是某機關職員中有一漂亮小姐，擇婿甚苛，有人探其條件，她說，既要年青，又要權大的人方才配她。一日，忽愛上一小職員，人怪而問之，她侃侃的說道：「本機關唯他年紀青，權力大。你們不見做紀念週的時候，他站在旁邊叫唱歌，大家就得唱，叫靜默，大家就得默，他不喊默畢，大家都不敢動，連主席都要聽他的呢。」原來這小職員就是做紀念週時的司儀。

所以這一項目，數年以後，就改為「靜默」而取消了那名不符實的「三分鐘」了。

其次，是恭讀總理遺囑的事：雖然在「黨治」之下，每個禮堂多有正書的遺囑，或者在中山先生遺像下面印有遺囑，懸掛在上。然而那担任主席的，尤其是臨時主席，卻偶有背不出的時候，若老眼昏花，一時未戴眼鏡，急忙中亦無法向上面偷看，為的是大家要跟着念的關係，如中途忽停，那場面確很尷尬。這種事，有人實曾遇着過。故被推為紀念週主席兼講話的人，往往事前除準備講詞外，尤須熟讀遺囑，因講詞可以臨時張羅，而背囑不出，是要「當面出彩」的。

在中央的紀念週，自然沒有這種事，可是當譚組菴（延闓）先生在世時，若他在場而又不當主席，同大家一起跟着朗誦遺囑之際，他總是慢吞吞的落後，譬如大家隨主席讀：「余致力國民革命，凡四十年。」衆都念畢，而組老卻還只念到「革……命」，那下面的「四十年」，必然只剩他一人獨念。在他未念畢前，主席自不便開口續讀。因此每一段落之間，必有半截譚老獨念，衆人靜候，故平常僅需兩三分鐘讀畢者，有譚老時，自須拖延到四五分鐘了。當日參加的人雖感氣悶，而今回想，反覺這也是「太傅冲和」的表現之一，彌足懷念。

對日抗戰期間，國民政府西遷重慶。重慶夙爲我國西南重鎭，原有衙署廨宇，以及內戰時期軍人興建之園舍不少，故黨政機關，分別安置，規模仍屬相當。國府行在，居於上清寺之東，禮堂雄峙山坡之上。堂前有一廣坪，坪中國旗高矗，氣象亦自宏偉。每逢週一，最高當局蒞臨之際，必高奏軍樂一度，或二度，因主席與委員長或分別駕臨也。而紀念週開始，當唱黨歌時，必以軍樂和之，樂聲高亢，響徹雲霄，實際上那時文武大員，多數都不用開腔。或口唇微動，示意在唱而已。樂止，則萬籟無聲，靜候司儀續唱下段節目，斯際雍容肅穆，誠有廟堂森嚴之感。不過一到秋冬之際，偶然也有煞風景的事發生。因文武大員，多半「年高德劭」，如遇天時不正，傷風咳嗽，在所難免。當唱歌，讀遺囑，及靜默之際，自極力强忍，一到講話將要開始之時，遂咳聲四起，此停彼接，「朝儀」爲之黯然。其次，最高當局見狀頗爲不懌，形諸容色，最後於預定講話的說完之後，則從容誡勸各自檢點，勿忽健身等語而散。

有一次紀念週，預定由馮玉祥講話。馮氏那時是以軍事委員會副委員長的身份，曾代表中央，分赴川西各地，勸募戰時公債，甫行歸來。馮氏素以「能言善道」著稱，他又長於表演。有人說他當統率西北大兵團的時候，常常鬧窮，而經他向兵士演講一次，儘可數月不發餉銀，也無問題。是他担任這項勸募工作，實極恰當，故成績亦異常優越。那次在紀念週中報告，說他如何每到一處，即先拜訪當地「紳粮」（川語，即地主而兼紳士）、巨商、隨即搭台召集民衆大會，演說國家危殆，抗戰犧牲，反覆勸導。民衆果然當塲解囊，踴躍認購，甚至很多人硬只捐欵，不要公債。又有人身上的鈔票掏光了，又跑回家中去拿來再捐，等語。說得實在精彩，令人興奮。惟他講到國家危殆一段時說：「我國近百年來，早已變爲次殖民地。諸位：你們曉得什麽是次殖民地麽？喏！中央各部，不是都有次長嗎？次殖民地的『次』字，就是次長的『次』字……」

那時站在禮堂中的文武大員裏面，就有好幾位次長，聞言之下，莫不變色皺眉，而餘人亦多忍俊不禁，但又不便笑出聲來，那塲面煞是有趣。

又有一次，預定講話的人講完之後，原本是要「禮畢」的了。但最高當局忽然從旁邊走到禮堂正中，向塲中大聲問：「程×行同志今天有沒有出席？」程氏身材不高，站在人叢之中，衆人初亦不知其是否在塲。而程氏聞聲，立即走出恭立於正中人行道上，口稱：「在」。當局卽問：「你是不是國民黨的黨員？」程道：「是。」當局道：「旣然是國民黨員，爲什麽寫的文章不在黨報上發表，反送到別的報上發表？」程俯首默不敢應。全塲人衆，多亦不知所以。但也有人方於昨日禮拜天曾於大公報的星期專論上看到程氏的一篇文章，印象猶新。題目是「傳紀之學」，文章寫得不錯，完全是學術性的文字，絲毫不涉及政治，且與時事全不相干。今忽見此突兀局面，頗爲納悶。一面聽到當局訓斥程氏道：「身爲黨員，就應該愛護黨。擁戴黨。所有聰明才智，精神能力，都應當貢獻於黨。現在像你這樣的行爲，算是盡了黨員的責任嗎？……」最後自然是警誡他以後務須悔改而散。

此事輾轉就很快的傳遍於黨政各界。於是有人就打趣的說程氏受過「廷杖」了。但許多人都不知內情究竟是何緣因，蓋覺單是傳紀之學那一篇文章，似不會弄出那一塲申斥。大家不免紛紛猜議，暗暗打聽。終於從一個近倖張某口中，得其梗槪。原來程氏在此文之前，也曾迭受大公報之請，爲之寫星期專論，其中有一篇談到武則天的文章，自然根據歷史紀載，有所贊揚，亦多所貶抑。這類乎「讀書雜志」的一種文字，以前作史論談及者已多，原不值特加磨勘。誰知有一董君（別誤會是漢朝那一個——編者），或許因業務上有什麽抵觸罷、據說，他等到一個機會，挾着那張報紙，在某夫人面前，大肆指摘程氏的那篇文章，說是極有影射之嫌，直是「託古諷今」。邊說邊拿出報紙讀着，一面讀，還一面引證講解，某夫人聞之不覺惱怒胸懷，即將報紙留下。

有一天，適某巨公政務稍暇，午飯並無賓客，餐時，派員往請夫人共食，而夫人不來。稍候，又派員往促，仍不來。再三不來後，某公頓覺有異，乃躬自前往，但見夫人面向床裏而臥，疑其有疾，遂輕聲暱問：「打玲，不舒服嗎？來吃飯罷！」夫人忽然回首怒曰：「不吃你的飯！」某公甚爲驚訝，仍好言撫慰，請其說明究竟爲了何事動氣。夫人遂將那張報紙擲與某公，說是：「你自己去看罷，這樣影射，我還能做人嗎？」

某公接報，大畧一覩，雖覺不無可疑。但就題論文，究難以構成文字之獄，亦無法證實思想之罪。而夫人情緒如此，自不便解釋，乃亦作怒狀曰：「我必定懲辦，替你平氣」。一再申言，並百般勸慰，終於哄得夫人起床「舉案齊眉」而罷。

不久，果然又見到程氏文章登於大公報，於是遂有紀念週上的那一幕。也許是紀念週花絮中最突出的一幕罷。拾「野獲編」資料者，千萬不可放過。

藍橋詞

珍重閣詞第五

武進　趙尊嶽　叔雍

傾杯樂　屯田節大曲，一解賦此調，繼聲未廣。細繹音節，沈穩流美，以合歌舞，跡象宛然。今不以入聲煞韻，改用去上，似更易引起次句。樂家試諦辨之。

壓架荼薇，偃籬芍藥，春陰送盡紅紫。畫閣漏斷，玉宇夜悄，負繡衿鴛被。銀釭似妒纖纖影，竚鏡臺凝睇。蘭麝細香，誰不省，去日温存情味？芳諾輕辜，別後短亭征驛，冠劍知非計。恁一霎緇衣，三年蓬鬢，換雲山迢遞。雁迥天高，鱗沉波濶，寄錦字書難。那人也，知暗裏背花垂淚。

垂楊　頗憶長干里第，黃木香盛花

星繁檻綴，映淡雲斜日，一年春又。翦取濃陰，怒葩爭擢瑤枝秀。蜂黃鴉翅初分後，似嬌醫半酣新酒。更霏香柔韉東風，向亂紅搔首。　隨分芳菲弄影，數羈旅鬢絲，幾驚消瘦。寂寞長干，璧窗小院閒晴晝，啼鶯盡處人知否？甚脈脈巢痕非舊。花時幾颺茶煙？愁暗巢。

虞美人　題鄭俠流民圖臨本

洛陽橋上鵑啼血，此恨憑誰說？鐃歌處處不堪聞，百刼蟲沙知有未歸魂。　天海角容飄泊，笠屐難投足。更堪回首問斜曛，夢裏丹青同是斷腸人！

踏莎行　前題

波老龍津，烽迷鶴嶺，平原莽莽從何認？半肩行李付敧笻，一生心事同朝槿。　稻熟橙香，窗閒晝永，桑麻雞犬神仙境。夢日日盼歸來，西塘心事憑誰問？

陳烱明蓋棺後論

李䜰生

一、從輓孫中山一聯說起

惟英雄能殺人救人，功首罪魁，留得千秋青史在；與故交曾一戰再戰，是非曲直，只憑方寸赤心知。

那是陳烱明在孫中山逝世時所作的輓聯。此聯刋於省港報紙之上，廣東人士多知之。每在論輓聯之時，無不舉之而認爲難得之作。陳烱明以黨員叛黨魁，在倫理上犯了天下之大不韙，要作輓詞，實在是艱於着筆的，而陳烱明能如此云云，故而認爲難得。陳烱明統治廣東之時，能夠不顧政費軍餉之困難，毅然禁烟禁賭，極得到粵人之讚許。實在陳氏治粵，除此之外，還開始其民選縣長及議員的傑作，打破了賣官鬻爵之惡例，這也是值得稱道的。但以大德已虧，不是此小德所能爲之抵償的，被人唾罵，實爲當然。他失敗之後，雖不甘心，力圖掙扎；但心勞日拙，便於五十七歲之年，客死於香港。

他當政之時，其僚屬有被稱爲師爺的金章者，與省港一些沒有受過道德智識教養的報人與文人來往，在落後的報紙上，做其反孫的宣傳工作。雖然孫先生在國人心目中，被認爲偉大的人物；但金章與這些報人文人，則以孫大礮而詆之。使到了少數不明大義的粵人，但知陳氏有政治之小德，忘了他所犯的大過，莫名其妙地認爲這一輓聯是佳作，樂而道之。

不錯，以陳烱明來輓孫中山，實在艱於措詞，但居然能夠撰聯來輓，人們便以爲這是很難得了。就事論事，就意論意，把如此的措詞，予以精細的批評，可謂毫無是處。所謂「惟英雄能殺人救人」，所指的英雄，是孫中山還是他自己呢？只含糊而道。所謂殺人救人，他與孫先生就不得不分了。孫先生從不殺人，而其主義則以救國救民爲主。若陳氏在背叛之時，確曾殺人不少。所謂「功首罪魁」，屬於誰人，已不問而知。孫先生做了締造中華民國的「功首」，而陳則做了破壞國民革命的「罪魁」，不待千秋青史，至今已有定評了。至於「與故交一戰再戰」，孫中山的地位，是黨之魁首，陳氏不過一個黨員，豈能名之曰「故交」，一戰再戰，不過是叛逆的行爲，是非曲直，不敢問於世人，但有在自己方寸之中自問了。但在他方寸中的心，其色是赤還是黑呢？所謂「赤心」，只有忠臣義士有之，陳氏叛跡全露，即有孝子賢孫，百世而不能改的，只有自名其心爲赤，以之解嘲卸罪了。試問一個有赤心的人，肯「與故交一戰再戰」麽？地位的平等已經不當，再而上下有分，妄將之拉爲朋友，與之一戰再戰，像是什麽話？但以黨羽聯絡有術，傳之於報章，使到政治水平低的國人，尤其是與陳廉伯商團有關的人，不求甚解，將之傳播。不過，該聯詞既不工，意又牽强，有識之士是不屑道及的。

二、「陳競存先生年譜」的檢閱

一個仲夏之午，在金城酒家茶話，詩友梁其政偶然談到陳烱明此聯而及其生平。並說他存有一冊「陳競存先生年譜」，我爲了要作這篇文章，便借來在燈下一口氣把它看完。此一小冊子，是卅二開本的，編者沒有姓名，當然是他的黨羽所爲，對於陳氏是極其崇仰的。他記其彌留時之情形，謂陳對侍奉在側之女，也無遺囑，但對同人，則連呼「共和、共和」，到了模糊不辨而逝。因而作了如此的按語：「蓋先生畢生精力，欲造成眞共和，乃不竟其志，正如宗澤臨終時之三呼渡河也。」宗澤未竟收復國土之志，不能不有「渡河」之呼，而陳烱明因反對北伐而犯上作亂。以他來比具有民族大義的宗澤，固然不倫，而且空泛的喊「共和」，更是不類，編者大概爲酬知己，强造事實，爲其生前之過失，有所掩飾與辯護，但也過於拙劣了。編者大概也知道陳氏之行爲，不爲國人所諒之故，連姓名也不敢刋出，就不免於作賊心虛之嘲了。

陳氏的年譜，由一歲之生，到了五十七歲之死，末後附以禁賭提案原文之外，並有蔣介石的致函，與吳稚暉的來往函，吳稚暉致黃居素之函等。同時，並把陳氏復吳之函的墨跡，製成了鋅版，附於年譜之末。

他在光緒廿四年戊戌（一八九八年）廿二歲時，與馬育航等五人，同時得入縣學，做了秀才。到了二十八歲，入海豐速成師範。三十歲六月入廣東法學堂肄業，到了卅三歲民國紀元前三年(宣統元年)，與丘逢甲等三人，赴滬參加各省諮議會聯合會，與黨人聯絡，始加入同盟會，正式從事於革命。辛亥革命起，廣東獨立，各界推胡漢民爲都督，陳副之，孫先生就任中華民國臨時大總統，胡被召入京，陳代理其職，兼北伐軍總司令。民國二年二次革命之初，袁世凱免胡之職，以陳爲繼。但到了討袁軍起，即宣佈獨立而響應。但因部下嘩變，旋告失敗，乃離粵赴港，轉星加坡而赴歐洲旅行。但以第一次世界大戰發生，不得不匆匆返星加坡。到了民國四年，袁世凱叛國稱帝，乃在雲南起義後，返香港轉入東江督師，袁死黎元洪繼總統位，以朱慶瀾爲廣東省長，陳氏入京得授定威將軍，遊東三省，至夏始返上海。

次年五月，督軍團事變，參加孫先生所領導的護法大業，與程璧光等，擁護孫先生爲大元帥，九月得朱省長委爲省公署親軍司令。但到了莫榮新繼任粵督，被孫先生礮轟之後，始將原有之警衛隊二十營交還。不久，孫先生予以援閩粵軍總司令名義，率部出發，孫先生餞之於軍政府，席上致其厚望之詞。到了八月，始進軍於漳州，做了革命之唯一武力，不但繫了全國同胞之望，也得了全黨同志之助。到了民國九年之秋，乘粵人厭棄桂籍軍人統治之際，在粵人治粵的口號下，把莫榮新驅逐離粵，迎請孫先生返粵復職，他也做了廣東省長及粵軍總司令。並受孫先生之命，兼任中國國民黨廣東支部長。

民國十年，陳氏有了地盤，就想有所作爲，乃聘共產黨領袖陳獨秀來粵，主辦社會主義宣傳講習所，年譜編者，也不得不承認，「中國共產黨在粵發展，蓋自此始」，陳氏所以有此作法，也許已有作反之心，引異黨以自固了。但陳獨秀不爲輿論所容，陳氏恐其由禁烟禁賭得來的聲名，因此而喪失，不得不命他離粵。

十一年之春，孫先生實行北伐，駐軍桂林，但以陳氏極力反對，至無由進軍。乃於四月回肇慶，以觀究竟。廖仲凱、伍朝樞，勸陳赴肇慶解釋，亦遭拒絕。孫先生忍無可忍，乃以總統名義，下令免去他的本兼各職。陳氏退回惠州百花洲後，一面拒絕蔣介石請其改道攻贛之建議，一面迎陳獨秀南來商量造反之事。於是指使部下，推舉葉舉爲總指揮，實行請孫下野。

三、由成敗得失到了死亡

陳氏參加革命，得孫中山的指導和同志的支持，才得掌握廣東的軍政大權。孫先生就任總統，也使他兼任要職，倚畀之殷，在所有各同志之上，但他不知自愛，一變而爲亂臣賊子，指使部屬，倡亂於肘腋之間，以其黨魁爲對象，做其英雄的「殺人」事業，使到了中國革命大業，遭受莫大的挫折。

他以廣東爲自己的私產，反對以廣東爲革命根據地。北洋軍閥吳佩孚，也是以秀才起家的，對陳有心勾結，在他底定全桂之時，即馳電致賀。吳接受了政客的建議，提倡聯省自治，爲割據的軍閥，塗抹政治的脂粉。陳烱明以爲深合孤意，一經勾結，便即接受，對吳佩孚有「天下英雄，惟操與使君」之意。於是，南北兩秀才統治中國之論，由之而產生。他的年譜，作出如下的記述：「十六日，粵軍各部隊，公推葉舉爲總指揮，宣言粵軍本以護法而起，現黎總統復職，法統重光，請孫中山下野，孫中山遂離總統府赴黃埔」。

許崇智由閩回師不利，陳氏即回鎮廣州，為了財政，拉了一個香港買辦陳席儒為省長，以為可以與各省軍閥「聯省自治」了。無如此舉未得軍人擁護，滇軍楊希閔，桂軍劉震寰、沈鴻英等，便於是年之冬攻梧州，乘勝沿西江而東下。粵軍第一師第四團長戴戟，起義應之，葉舉倉皇敗退，陳氏就不得不在十二年一月十五日，通電下野，逃回海豐而轉逃香港，旋派葉舉為粵軍各路總指揮，入惠收集部隊，繼續抵抗。

孫先生在陳烱明被逐出廣州之後一月，回粵執行總統職權，陳軍雖然佔了石龍，迫近廣州的東山，也被豫軍樊鍾秀擊退。孫先生於十三年之初，實行改組國民黨，舉行第一次代表大會，在宣言中宣佈實行聯俄容共扶植農工三大政策，擴大國民革命運動，蔣介石致書勸其歸來不得，吳稚暉於致書之外，並赴汕尾與之相見，提議在東江劃防停戰，率部入閩，與入贛之北伐軍，達長江而匯合。但陳倔強，認為無過可悔，不肯具書而拒之。乃於是年之十月二日，孫中山先生北上之後，自行宣佈復任粵軍總司令之職，以為孫先生已北上商量國是，三軍無主，可以背叛到底的。想不到兩個月之後，蔣介石即率學生軍，進攻賓安而至淡水三多祝，一鼓作氣，將葉舉打敗。陳軍在士氣不振當中，海豐汕頭相繼失守。陳氏以大勢已去，才登上海籌艦逃往上海。

不幸孫先生逝世，陳氏在幸災樂禍當中，作了荒謬與支離的輓詞而外，再令其殘餘部隊之將領劉志陸、黃業興等，作孤注一擲的反攻。結果仍一敗塗地，狼狽逃往閩贛邊境。

陳氏以軍事失敗，大軍閥之理想落空，小軍閥的地盤亦失去，其反革命之行動，便由軍事而轉為政治，拉攏美洲華僑，由致公堂改名的致公黨人陳應權等，推之為該黨總理（唐繼堯為副），繼續活動。但強弩之末，聊以自遣，坐看地位比自己低得多的蔣介石，以總司令名義，率國民革命軍北伐。而他的部將洪兆麟，亦在逃港赴滬航行中，被海員韋德發覺，將他殺死。陳氏到此，只有在畏怯中，看到北伐軍節節勝利，為他那反對北伐的主張，來一個事實的否定。他在無聊之餘，為了推進致公黨務，於十六年（一九二七年）之冬，創議所謂三建主義以自娛。並將致公黨當作政治資本，於一年之後北上，與北方軍閥代表，訂其「共和大同盟」，以圖抵抗北伐。但北伐軍長驅北進，他嗒然歸回香港，推行所謂黨務事宜。不到黃河心不死，到了一九三一年十月，乃成立了所謂中央本部，以所謂社會主義，一名為「人社主義」，來做該黨主義。又到上海找章炎赴天津，見已失敗了的北洋軍閥巨頭段祺瑞，商量所謂救國方畧。那是九一八事變發生之後，所謂救國方畧，大概就是勾結日本了。但在廿二年之春，以母病回港，到了秋天，患腸熱病，入馬星島醫院，稍痊即移居黃坭涌毓秀街廿五號定廬，以病再發，遂於九月廿二日（八月初三）晨二時逝世。

到了廿四年（一九三五年），其黨羽在廣東禁賭紀念日——三月初一，將他移葬於惠州西湖紫薇山之麓，並將其妻與子附葬於其側，一代革命叛徒，因緣時會而起，但以不度德，不量力，終於招致可恥的失敗，在革命史上留下最醜惡的幾行。己不自惜，也無人再惜之了。

洪兆麟與潮州

大　雅

陳烱明的部將洪兆麟，是湖南人，驍勇好殺，屢為陳立「大功」，故獲得潮汕地盤，盡量搜刮。他常對潮州紳士說，潮州人老實忠厚，他眞想落籍潮州，永為潮州人了。其實他何曾眞心愛護潮汕，只是愛潮州人的錢而已。他在潮汕盤踞數年，無一善可述，獨有一事可記，則開闢潮安之西湖為公園，于是無恥之士紳，在園中為之立像。一九二五年東征軍入潮安，摧毀之。

廣東人過新年記

大華烈士

廣州人家，每年一屆十二月中旬卽便開始預備過新年了。在書塾讀書的小學生一體「解館」休業。家中約自十五日起，先舉行大掃除工作——俗稱「掃屋」。如傭僕不敷，則臨時雇用散工助力。全宅內外上下均大洗刷一次，除汚滌穢，合於衞生運動原則，洵佳俗也。

繼之，婦人們在家裏開首做新年的點心食事。猶記有煑煎堆、炸芋蝦、做粉角、蒸年糕，……等妙品。其他過年應用品物，俱於此時一一購備，——俗稱「辦年貨」，如臘味，（香腸、臘鴨、臘肉、金銀潤），鷄、鴨、鮮肉、蔬菜、紅瓜子、諸式糖果、紅紙、鮮花等。鮮花爲最不可少，間有自栽自植者，而大都購自雙門底，（城內），十八甫，觀音大巷(西關)諸花市，或有渡江至花棣選購名貴盆景者。粵人新年所最愛之花爲牡丹、臘梅、吊鐘及水仙，而尤以水仙爲家家所必備之點綴品。又在此時，街上天天有小販高叫「賣新通勝」，卽賣新通書——時憲書也。粵人忌諱言「輸」字音，做易言「通勝」。每家必購備一種，動靜行止，吉凶休咎，與及忌辰祭日多卜於是矣。近郊農民亦於此時購「春牛圖」以定開耕下種之時令。

全年替人家倒尿清糞的窮人，至歲暮均預備禮物送囘各家，有雞鴨有糯米而以芋頭爲最多。此亦粵中奇俗也。

臘鼓冬冬，新年將至，家家門前及屋內均換貼鮮紅春聯及吉慶「標語」。住宅大門外春聯無非是「國恩家慶」，「人壽年豐」之類。其有喪事而孝服未滿者則以素色紙貼，「吾門尚素」，「天下皆春」等合宜聯話。猶記吾家之門聯爲「總集福蔭」，「備致嘉祥」，乃故名士陸梅耦先生所寫的，刻木懸掛，頗爲別緻。至於大小商店則大都貼「生意興隆通四海」，「財源茂盛達三江」，或「生意如三春花柳」，「財源似萬里江河」之類，亦有以店名兩三字分嵌於聯頂者。住宅之兩扇大門之上恆分貼「文丞」，「武尉」，或「神荼」，「鬱壘」，蓋信其能治鬼闢邪也。「文丞」是魏徵，「武尉」指尉遲恭。此出於傳說故事，謂唐太宗曾患病爲鬼魔所擾，得此文武二臣侍立，鬼魔盡退。「神荼」、「鬱壘」故事出自「風俗通」，固「治鬼精」也。宅內墻上或有貼吉利語，如「東成」，「西就」，「對我生財」；米缸上則貼「常滿」；門上則貼「五福臨門」、開門大吉」等；但這些「小家」習俗，「大主門口」（大戶）所不爲也。此外全宅所供之神盡易新標貼。廣州住宅之「神廳」（卽大廳）當中必有「神樓」，如小閣，上供神位三座。當中爲「大慈大悲觀世音菩薩」，左爲「都天至富財帛星君」，右爲「×門堂上歷代宗親」(祖先)及先人的靈牌。或有不分設各神位而當中僅貼「敬如在」三個大字以代表「滿天神佛」者。神樓之下，神廳當中長桌底下則供「五方五土龍神」「前後地主財神」二神。如家中有未成年的兒童已夭折者則貼其靈位於地主之側，故廣州有一句最毒的罵人語曰：「不上得神樓」，卽咒其早死也。在大門內則有「門官」（門神）。西關大屋，入門處均有小屋爲「門公」看門及傳達之處，稱爲「門官廳」。天階當空則貼「天官賜福」四字，以祀「天神」。其在廚房灶上則奉「灶君」。至於各商店則普通供奉「忠義仁勇關聖帝君」，而各行亦有特別供奉其「祖師」者，如做木店則供「魯班」，戲班則供「唐明皇」(?)。凡此種種神位大多數均以紅紙黑墨書之，每年換貼一次，均於年終時爲之。大戶人家之神位則每以以油紅地金字之木刻牌匾懸掛各處焉。以上所言之春聯，神位等均稱爲「輝春」。每屆年終，解了館的塾師，或潦倒的文士，卽趁此機會，爲人寫輝春以增加收入。書法佳者，生意當然不少了。

臘月廿三日，俗稱「灶君」昇天之期。家家便有「謝灶」之祭。祭品有桔，蔗、又必有小鯉魚一尾，以紅紙封貼其頭，用以祭神，祭畢卽持往河中放生，從無食之者。意義未明，願識者指教。（接灶神何日，不記得了。）

年事籌備完畢，全家大小老幼均薙髮（在民國前）沐浴一次。尚記幼時先母每於年終爲我洗澡時，必口唱歌謠云，「有錢無錢，洗身過年」。人人每年至少大洗一次，亦衞生之道也。至是時家中桌椅——尤其是在大廳書廳的，——也一律披起大紅顧繡的椅套來了。神廳當中又高懸祖先遺像。家中珍藏的古董字畫也一一搬出來而陳列或懸掛。大門外則掛起大紅燈籠一對。一年一度，內外點綴輝煌。噫，新年到了！

一年最末的那一天——陰曆月大三十，月小廿九日，全家舉行「辭年」式，晚上便有「團年」之舉。家人團叙，以美酒盛饌拜神之後，大嚼一頓。除夕晚飯之後，高興的事紛至沓來了。小孩子們尤爲精精神神，提着明亮的燈籠，有成人携着巡行街道去「賣懶」，且行且高唱：「賣懶賣懶，賣到年卅晚；人懶我唔（不）懶」。夜深回家而爲父母所許者，一年只此一次耳。樂哉此半夜！甜哉此回憶！

是夕，街上有小販高叫「發財大蜆」出賣，家人必出買蜆肉煑食之。

婦人之迷信者，輒於是夕「占卦」以卜休咎。卦有二種，其一是「占口卦」。此方式最爲簡單，卽是於夜後跑到街上隨便那一家的門外，竊聽宅中人的言語，所聽到頭一句的說話便是「口卦」，占者牢記在心，回家仔細參詳其意義，或吉或凶，聽天由命。這樣占法，毫無意識，殊可哂也。其次則爲「占書卦」。（這名辭是我臨時發明的，並無版權）是夕小販備有粗劣刻板的「木魚書」。此乃一種謳歌爲粵中民間文學之一種，皆咏故事的，如「錦繡食齋」，「三氣宣王」，「孟姜女」，「木蓮救母」，「青蘭附荐」等等。每本賣錢數文。投機的小販們手捧着或肩挑着沿途叫賣，或擺設書攤於街邊發賣。各書散置成堆，封面覆轉。占卦者隨手檢取一本，卽爲所占得之卦，歸而參詳其書名及內容以定吉凶。陋俗如此，可笑孰甚焉。

是夕，沿街所見小燈籠至多，此不獨是小孩子賣懶所提的燈，尤其是各店舖夥計催賬的燈籠至爲觸目。粵俗商塲年底結賬，各店舖連日派夥計往收欠欵。至除夕尚未淸者，乃派人持寫有店名的小燈籠往各家催收，在欠債者門前吵鬧，甚至謾罵，至中夜不止，如快到天亮而仍無收數之希望乃荷荷而去。但說也奇怪，無論催賬時催迫咒罵到怎麽樣厲害，一到翌晨大年初一，見面卽歡容道賀不再提拖欠事了。

除夕確是大日子，全家人都通宵不睡，坐以守歲，或則到十八甫等熱鬧地方購買便宜花木等物，蓋小販設攤賣東西，到是時均願大折價沽淸各貨也。其留在家中者，則每團叙玩骨牌，擲色子，以達元旦。小孩子們自然愛高興，趁熱鬧，不肯去睡，但是「賣懶」回來之後，神疲力倦，勉强能捱到天亮者，恐不多吧。

除夕還有兩件可紀的事。街上有司更者擊柝揚聲，且行且呼云，「提防回祿，小心更燭，年近歲晚。」此殆古詩所謂，歲聿云暮，「遒人以木鐸」之意歟。此外又有窮人以粗劣木板印有「丁財貴壽」紅紙到各人門外貼上，而收取小費。有組織的「乞丐團」，俗稱「大種乞兒」，亦乘時活動到各宅貼「××堂」紅小紙條而勒取小費焉。

一到半夜十二點鐘——子時，家家戶戶拜神燒炮仗（邊炮）全城炮聲不斷——如大戰塲——直至天亮，蓋新年已到了。

大年初一的早晨，全家上下男女老幼人人都穿上最美的一套衣服。家人先行「拜年」禮，眞是喜氣盈門，歡聲載道。凡是相識的人見了面，必定打拱作揖高叫一聲「恭喜發財」。小孩子們尤其是開心，因爲每向尊長及成人戚友賀年必得領「利是」。「利是」卽封包——以紅紙包錢銀，凡未嫁娶之男女——甚至上到廿歲者，都有領封包的權利。小孩子輒預備一個「錢罌」（撲滿）以貯蓄新年所得的「利是」金及其他項收入。「錢罌」多以瓦製，爲各種獸形。猶憶起我童時的撲滿是一隻紅色灑金，長一尺有奇的大瓦豬。

拜年之後，闔宅人等各吃一碗糖茶，內有糖桔，糖蓮子等糖果數事，蓋取甜密吉利之意也。

新年的忌諱頗多。言語須謹慎，不得發不吉語。行動須謹愼，不得打破甚麼東西。小孩子尤須從命惟謹，否則父母尊長必以「同你開年」一語恐嚇之，意謂新年第一次受笞撲之罰也。

新年時粵人每家每店都設備一個糖果盒子，名爲「全盒」。盒以木製，外油輝煌紅漆，大都是八角形，當中一格邊分九格。中盛瓜子，邊格各盛糖果、如糖蓮藕、糖蓮子、糖東瓜、糖佛手片、糖金橘、（小橘）糖棗、糖桔、糖椰子等類。凡有客到家賀年，僕人奉烟奉茶後，卽捧大全盒以進，高聲云，「請老爺（或奶奶、少奶、少爺、小姐）邀銀！」銀與瓜子仁之仁字同音，（粵土音讀仁如銀），故「請邀銀（仁）」乃大吉利語也。客人必不客氣，取其好意，伸手取瓜子剝吃，且留下一封「利是」於全盒當中以賞諸僕役。全盒放在神廳大桌上，小孩子吃之不禁，取之不竭，卽實行「盒中盜竇」亦易易。這又是小孩子過年時最快樂之一大原因。

年初二那一天，有「開年」之舉。蓋俗以每月初二、十六爲禡祭，此全年第一禡期也。家家又宰鷄烹肉祭祀諸神。祭鬼神畢卽以原牲物「祭活神」，（引用孫中山先生幼年雋語，謂活人大食一頓也。）粵俗稱「禡」爲「做牙」，眞大有做於牙也。是日飯菜，無論住宅與商店，除祭品外，必有蠔豉，髮菜，取「好市」，「發財」之吉祥意。其在商店則以此日爲開除不滿意的店員之日。（間有於年終尾禡——十二月十六日——行之者）。其開除方式乃是於開年晚餐之際，東家或司理以筷子夾鷄肉一件親送至所欲開除之夥計(店員)之面前，還客客氣氣的說一句「多謝一年的幫忙……」店員受鷄，卽行會意，雖嚇得面如土色，或憤怒如火燒，也不敢作一聲；次日起來惟有收拾行李，捲起舖蓋，靜悄悄地出門而已。「絕交不出惡聲」其君子乎！那塊斷定職工命運的鷄肉，俗稱「無情鷄」。親送「無情鷄」似乎是東家與司理亘古不能滅，絕對不可廢的權利。一九三四年，廣州工潮澎湃，雖在工會勢力極盛之時，無論如何，此東家的特權終須保留，不過食「無情鷄」前後之條件有磋商餘地而已。

自年初一以後，男男女女，老老幼幼紛向親友家拜年，你來我往，熱鬧高興之極。小孩子們尤樂此不疲，蓋多到幾處，多叩幾個響頭，又多得幾封「利是」回來，以充實「錢罌」之內容故也。其路遠不能親到，或情誼較疏之家，則遣僕人分派名片以爲代。商店互派賀年柬尤爲慣例。友好或戚串之家則輒於新年時互有餽贈，但送來送去無非煎堆、芋蝦、年糕、糖果等新年食品而已。

商店東家或司理之小孩子之居於鄉間者，每乘新年假期出省城遊玩，而食宿均在店內。店員咸戲稱之爲「臘鴨蟲」，蓋譏之也。

粵俗新年時，大開賭禁，人人可「逢場作慶」。在日間，人人忙於賀年，而在夜間則輒以賭具遣興。卅年前麻將尚未盛行，家庭及店員玩具只有打骨牌、鬥天九、由十、扭天九乾、推牌九、鬥牛、擲色子、趕綿羊、擲侯六、打鷄（？）狀元籌，陞官圖幾種而已。小孩子們也有一種準賭具，爲「星君圖」，擲色走子畧與陞官圖同，不過簡易得多了。尚有小販肩挑食品玩具，備有各式小賭具，如擲色子、過五關、魚蝦蟹、等，沿街引誘小孩子們來玩，而以食品或玩具作彩。總之，新年時粵省賭風特盛。好些廣東人——無論在本省，或旅居他省，或僑寓外國的，如於此時期未有賭博過者心裏好像沒有過過新年一般——總有點不舒服。贏了多少的輒沾沾然竊自慶幸「發過新年財」了。但輸者却如何？人人不說，我亦無言。

小孩子尚有一宗開心的事，就是燒炮仗，有在街拾得的單個炮仗，有擲地作聲之金錢炮，有下水發響的滴滴金，有轟然振耳的地雷炮有聲色俱備的電光炮，有小型的串炮（俗稱「炮仗仔」），有花筒、有火箭、又有夜後燃燒的各種烟火。開心哉！

新春時節，又有窮人手託木製龍舟逐家在門前唱「龍舟歌」以博賞錢者。所唱盡是大吉大利語——丁財貴福祿壽之類。善頌善禱，特捧特拍，而其利無窮；人情世故，皆可作如是觀。

婦人們於新正也有特殊活動——上廟拜神啊，「還願」啊，「許願」啊。省城或四鄉又有舉行所謂「生菜會」者，求子心切之婦人，咸遠道來赴會燒香參神以求子嗣。新春當然是一般「神棍」發財的機會。

「舞獅」之習，吾粵最爲特色，不得不特別詳細寫出來。廣東省城以及各鄉之祠堂，或社壇、或武館、或街坊、每自有獅子一頭。獅頭係以竹篾紮成，以紙糊其外，塗以各種彩色，雙目雙耳及口舌均能活動。獅頭大者經濶至四五尺。獅身多以五色綢爲之，另有長毛獅尾。獅頭多掛白鬚，鮮有敢用黑鬚黑角者，蓋以色黑表示年少力强精壯勇武有向其他老獅挑戰之義，一遇鐵角黑鬚獅子，靡不械鬥隨起矣。舞獅者均穿彩服，足裹色布而腰繫縐紗帶。舞法：一人在前舞獅頭，一人蜷伏獅身之末而舞獅尾。另有一人擊鼓，一人鳴鈸，一人敲鑼，以作節拍。人員時時更替。舞者雙手舉獅頭循鑼鼓節拍而舞蹈搖擺，上下作勢，左右逢源，手足並舉，表演活獅種種動作神態，維肖維妙，而舞獅尾者亦隨同進退動止。舞獅與鑼鼓俱有一定法度，基於武術眞工夫，非內行不善爲也。更有特殊表演，如起獅、睡覺、過橋、過廟、滾球、採青、上樓台等，如演戲劇，極爲可觀，尤非老於此道者不能辦。「採青」爲最常見之技，係由人家預備生菜一棵繫以「利是」一封（即賞金）懸之門上或高處。舞獅者先演種種動作張牙舞爪表出欲噬欲噬的態度，然後由二三人以籐牌舉起舞獅頭者，（或立在一人肩上）採了生菜，即跳下來伏在地上慢慢齧而吞之。斯時鑼鼓聲忽轉，或急或慢，或大或細，緊隨獅子動作而傳聲。迨生菜吃盡則又「得——洞——長——」一聲「起鼓」，獅子起舞前行矣。凡邀請獅子團體演技者，除現金外，有另置錦標，銀牌爲犒賞者。獅子出遊，先擺隊伍，參加者各穿一式彩服。最先者爲一顧繡長幡，上書「×××（或館，或堂等）獅子」，即有一人緊隨手持「×××獅子」之大紅名片分派與有關繫之團體或社廟爲謁見禮。跟着便有旗幟、錦標、刀槍、籐盾各種武器，蓋好事之徒每乘機挑釁打架，或刼獅子而去，間兩獅相遇於途，各不相讓，又打作一團，故不得不各有正當防衞也。在獅子之前必有一「大頭和尚」爲導——一人戴僧形面具，手持破葵扇，且行且扇且作種種刺激獅子之狀，不知有何意義耳。考舞獅之風誠吾粵之特色，其來源不知爲何。其爲初民「圖騰」Totem 之遺跡歟？抑遠古部落土人出獵獲得勝利之紀念式歟？（吾友劉體志醫生持後一說）願民俗學者一研究之。

小孩子看舞獅爲新年大高興事之一，常跟隨獅子走路，終日不倦。此時又有小型獅頭，小鑼小鼓小鈸，大頭和尚，笑面具等在各處發售以供兒童玩弄者。街坊隣近之兒童恒團叙街頭共仿效舞獅之戲，亦一樂也。

北方人輒於年初五晨早（初四中夜）接財神，此舉廣東人似乎沒有一定的日子，每年乃依時憲書行之。新年時商店俱關門，不做生意，故街上常寂寂無人。過年數日，始陸續開市。

新春消遣又有「唱盲妹」一種。「盲妹」即瞽姬，善唱曲，廣州最多。其下等者於夜後沿街找生意，每唱曲一枝，得値一二角至三四角不等。其上等者居住於人家。西關有一「盲妹巷」即此等「師娘」（俗稱之辭）之居住區也。此等高等盲妹，畧具姿色，裝飾時髦，聲價較高，特請唱曲一宵，工値由五元，十元至廿元。作「盲妹局」之夜，主人在家宴客、消夜、打牌、抽大烟、聽歌曲、至天亮始散。瞽姬自弄琵琶，主人多另雇「絃索手」（樂員）數人奏樂爲和。鑼鼓喧天，管絃震屋，更爲熱閙，而隣人睡覺不睡覺大可不管也。（亦有唱盲公者，茲不贅）

新年遊戲尚有踢毡子一款。粤中毡子之最講究者以蛇皮作底，次則用鯊魚皮，而紙製者最盛。粤人踢毡法，喜以數人圍一圓圈，順序而踢，彼此傳遞，多時不停，不使毡子或跌於地，非如江南人之「獨奏」也。粤人踢毡子花樣甚多，有所謂「燉蝦籠」、「⿰火産蝦」、「過頭」、「班尖」等。至小孩子技術不精，則每喜歡各自踢毡，記其次數，賽多爲戲。負者例須拾毡子親自供奉於勝者之前而任其踢去，此謂之「供毡」。

年初七，俗稱「人日」。蓋俗以一鷄、二犬、三豬、四羊、五牛、六馬、七人、八禾、九麻、十荳、故謂初七爲人人生日也。

新年初二之後，廣州士女又有「游花棣」之舉。花棣在珠江南岸，有花園甚多，廣植奇花異木。濶人們有特雇「紫洞艇」作一日之遊者。郊外踏春，誠雅事也。

至元宵左右，廣東各處均舉行燈節。到各處「看花燈」，亦熱閙事也。家人有於新年添「丁」（生男）者，於此時「有開燈」之舉，在大廳中高掛五色紙燈一，中點油燈一盞。春初更要回鄉在祠堂中掛燈。此舉卽是慶得男子在宗族中之註冊手續也。開燈者於散燈時例須在祖祠請酒，公宴全族，大概是慶祝生男而且介紹新丁入族之意。開燈辦過，該新族人每年卽可分領祭太公祖宗之燒豬肉及祖嘗矣。

正月十五元宵佳節吃湯圓」之後，新年似是過完了。一般小孩子眉頭，漸漸縐起來，因爲高興日子已完，又要開館讀書了。（本文摘錄自「逸經」第一期創刊號。這個半月刊是一九三六年三月五日在上海出版的，作者署名「大華烈士」，是簡又文先生早年的筆名。——編者。）

太平天國的錢幣

盧冀野遺著

泮池書店主人張舜銘，拿着一個太平天國的銀錢來給我看；錢有二寸多長度，圓得像一塊餅，一面是「太平天國」四字，背上橫刻「聖寶」兩字，所可怪的是上方註一個「御」字。字是宋體，極工整。（見圖一）

羅爾綱所著「太平天國金石錄」的「貳」就是說的錢幣，他並不曾想到這一種。他只說：「太平天國大錢世多贋品。」他曾見過背上刻「東王府」和「西王府」的，還有兩旁刻「復漢滅滿」四字的；他說：「太平天國錢幣所以稱聖寶者，以財歸上帝，不許私有也。今刻「東王府」「西王府」，則爲東西王所私有，顯與太平天國制度不合。至「復漢滅滿」字樣，乃白蓮教之口號，吾人在太平天國文書中從未見此語。」我對「復漢滅滿」的錢，不敢妄論。從註「御」字的錢看來，我覺得註有「東王府」「西王府」的，不必是贋品，反而證明當時錢幣由這三處發行出來的。還有一種「平靖勝寶」，背註「右營」或後營兩字的(見圖二)，也足見「私有」並非不可。

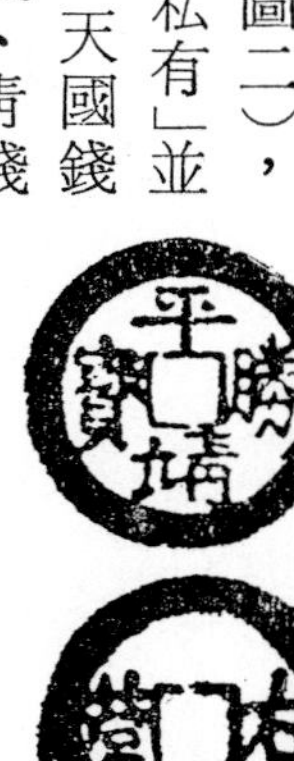

天國錢幣有銀錢、青錢、大花錢三種；銀錢很多是罕見的，那時咸豐正在發行當百大錢，天國流通大錢也是可能的。我請舜銘將它拓印出一份來，供朋友們研究一下。羅氏根據他所有那個大錢，疑心錢上的字是天王手書；這兒的大錢既然是宋楷，怕未必出老洪之手吧。

翁同龢元旦日記

——軍機大臣入朝的儀節

公權

「日記」向來是最有趣味，最親切的傳記文學。著名的人，他的一生的經歷變幻關繫往往又不止一身，則尤可觀。可惜我國過去的傳記文學很不發達，「日記」好的也不多覩。但影印的翁同龢手寫的日記，却是很有價值的，如甲申光緒十年（一八八四），卽翁相第一次入軍機的第三年，他的元旦日記對軍機大臣元旦入朝的儀節，描寫云：

丑正多到直班，同人相見一揖。兩班。寅初三刻召見，面賜八寶荷包二分，福字一張。被賜各一叩首。諭以「風調雨順，今年當勝去年。」諸臣頌揚數語卽退。更朝衣冠。辰初三刻，長信門外行禮畢，仍回直房。到方畧館。辰正三刻，上升殿受賀，行禮畢，卽赴方畧館換蟒袍補褂，馳赴壽皇殿，隨同行禮。內務府官送到荷包一枚，於上到時，在路南道旁叩頭謝。

這裏的文字，說得是極簡潔，又極清楚的。滿清政權繼承了明代君主專制的遺孽，宰相的制度寖廢，軍機雖攬樞要，不過是皇帝寵信的高級祕書人才。但晚清的情形，比起清初雍正初創立軍機處的時候似乎要緩和一點，且清制軍機無一天不召見，君臣的關係遠勝於明代的蔽障，所以元旦那一天君臣第一次見面，比較對其他普通的大臣，髣髴也要親密一點，在半夜兩點多鐘，翁同龢卽已入値。「相見一揖」是軍機大臣間互見的儀節，因爲軍機王大臣間沒有私見之禮，在職責上彼此平等。不僅大臣們揖見，就算是軍機章京（勁强地說，我們可指「章京」爲軍機處的文書）們見了軍機大臣，也衹有一揖而無叩拜。記得康長素先生（有爲）在他的某一篇遊歐文字裏說中國的跪拜之禮最是廢除不得的，因爲它是最好的腰部運動。其說在他的那個時代已算辯護得很新穎的了，惟清代京官體制，本衹有揖而無屈膝、請安等，所以章京們雖然是「堂屬」，對長官輩亦不過一揖。

「寅初三刻召見」是四點三刻，那時候天還未亮，又値朔風凜冽的嚴冬，軍機多老耄碩望，其苦況可見。滿清的帝王生活在制度上較明代爲進步，他們通常不能夠過分耽於安樂，除了節日，平常批閱奏摺雖不如此之早，也必在天明左右。長信門是太后所居的宮門，這時載湉（光緒）年纔十四歲，政權還在那拉（慈禧）太后的手裏（光緒十五年纔歸政），太后不臨正殿，所以軍機大臣要先到她的宮門外行禮一番。

歷來讀歷史的人，對於時代人民的服飾和俗尚，最感困難。我們偶然讀了像兪理初（正燮）的「害書輿服志書後」那類文字的人，莫不驚歎於他的學問博繁（此蓋卽梁任公所謂，局部考據之學」），却又苦於效顰之不易。滿淸因爲是異族，在文化上別有淵源，它這一代的章服，也最稱繁異；幸而辛亥（一九一一）革命迄今不過四十年光景，我們還容易有實物可以追尋，更有老輩可以請益。大約清代官吏的服色有朝服，有禮服，朝服禮服之外，平日又着常服。例如前段所引翁氏日記，去「長信門外行禮」，算是正旦的正式朝賀，故應「更朝衣冠」。行禮後越一小時，辰正三刻「上升殿受賀」，例在太和殿舉行。太和殿和長信門相距雖不很遠，但羣臣恐怕也不能不「奔趨」；而不久還須不辭辛勞地再換禮服，「馳赴壽皇殿，隨同行禮……」元旦這一天對於京官，大約總也可算是一件苦差。

軍機處設於雍正七年（一七二九），軍機大臣是選內閣大學士兼任的，也是內廷差使中最爲「貴要」的位置。（林熙按：幷無此規定）因爲地位榮顯，凡內廷典禮或扈從行幸（跟隨皇帝出巡京城以外地方），他們皆和普通大臣『綰班』（即不在一起行動）。這只是主子們示小惠於他們寵信的高等奴才，恩威並施的一點兒手段。但是，如遇大朝會，軍機却仍應按他們原有的品級入班：譬如本官原是二品，就應排入二品班，是三品就應排入三品班，不能僭越。不過這僅是儀節上規定得如此罷了，事實上，軍機大臣在晚淸，幾乎都是淸一色的一品人物。

朝賀事畢，「卽赴方略館換蟒袍補褂」，因蟒袍是禮服，在嘉辰慶典時自然應該穿着。理論上在內廷服務及三品以上諸官，冬天本應穿貂褂而非補褂，但貂褂是反穿的，外面不能夠綴補，無補又不足以表示吉慶的意思，所以實行上仍舊都穿有補服的白風毛外褂。除了朝服和禮服之外，平日穿的常服，在習慣方面也可能有種種變化：有常服而兼補褂掛珠的，有單掛珠而不補褂的，也有既不掛珠也不補褂的……可以說複雜萬狀。上月我很高興看到合肥李君所藏「文忠公」使歐（俄、德、法、荷、英……），督粵和辛丑議和（一九〇一）及駐留北京賢良寺的許多生活照片（後者數種也見去年上海神州國光社印的歷史叢刊「義和團」書中），照片上還有他的許多參贊，隨員（如唐紹儀），這些人的服裝便有禮服和常服……多式，極便研究淸代服飾的人參考，大約這種服飾，往往依季候，典禮或交會性質，吉凶日期（如忌辰）……而變更。像朔望便穿補褂，齋戒期內就但穿常服，忌辰就該穿玄青褂。（但忌辰若在齋戒期內，便應仍穿常服，以示祭爲吉禮，故暫變凶從吉）我希望對於這種典章制度有興趣的人，能夠替它做出更詳細的，且較有系統的硏究。

「赴壽皇殿，隨同行禮」，似乎也得有一番解釋。因爲壽皇殿在景山（又名煤山）內，是奉祀滿淸歷朝列祖列宗的眞容的地方（眞容不供在太廟，因太廟乃大祀，每年僅有四個孟月在該處舉行）。逢年逢節，在壽皇殿行的是皇族的家人禮，軍機大臣滿漢俱有，卽滿人亦未必卽皇族，故衹能隨同行禮，瞻仰瞻仰，而「內務府官送到」的一枚荷包，正是主子賜給他的接近的奴僕的一點恩賞。（一九五二年一月廿六，舊曆辛卯除夕。）（錄自柳存仁「人物譚」一書）

外國人筆下的中國新年

盛端生

中國的陰曆新年最熱鬧，一直到今日仍爲人民所喜，儘管有人把新年改爲「春節」，但人民的心目中還是認爲「春節」就是新年，統治者沒法控制人民的自由思想。

有人說，清朝的康熙時代，是中國最繁榮的時候，當時沒有戰爭，人民安居樂業，因此北京人過新年特別熱鬧高興。這種說法，以前曾在書本中見過，但未見有詳細的描寫。偶讀「骨董瑣記」卷三「聘盟日記」一條，記俄國使臣所記中國新年熱鬧情形，甚可參考，摘錄如左：

海昌陳其元子莊「庸閒齋筆記」錄「中西見聞記」俄使義茲柏阿郎特義迭思著「聘盟日記」云：康熙二十八年西曆一千六百八十年，于尼卜初商訂和約後，大俄國大皇帝爲通商要務，詳訂數事，特派欽差義茲柏阿郎特義迭思，于康熙三十年……入覲……茲將進京一事，選摘譯出，以資考證。……

尼卜初郎尼布楚，中國和俄國訂立尼布楚條約後，俄國又派一個欽差來中國晋見康熙，商談商務事情。這個欽差在康熙三十一年（一六九二年）九月入京，三十二年二月離京回國。他的日記記北京新年雖寥寥三百字，亦可見三百年前北京人過新年的情景一斑。摘錄之：

是年本國正月初，爲中國元旦，此節約過三禮拜之久。從夜半月初生時候，陡聞皇城內鐘鼓特起，接連各寺院鼓聲不絕，沿街勿論官民士庶，皆燃放各種花炮，以示新年之意。各鋪閉戶，鼓樂嗷曹。庵觀僧道，喇嘛各衆，皆循其規矩，擊鼓吹號，從亥正起，直至次午，如兩軍對壘，各領十萬之衆，炮聲震天不絕。白晝街市多有執事人等，扛抬佛像，各處巡行。喇嘛則提爐拈珠，伐鼓擊鈸，吹號絡繹於道，游人如蟻。各鋪三日內不開市，罪人停刑。浹辰之間街市男女正夥，婦女或騎驢，或乘車，車乃二輪，上作圓棚，前面爲門，使女坐後，或吹或唱，人共見其主婦外望吸烟也。蓋中國婦女向不出游，唯北城專係滿人居處，不甚避忌；漢人俱住城外市肆。數日後，上遣官二員傳旨，以次日先黎明一時入朝辭行。……

後此百餘年，又有一個洋人威廉•亨德寫了一部「番鬼在廣州」的書，有一段說到廣州人在過年時的一般風俗，對於中國人習慣用「恭喜發財」這句話特別感到興趣。亨德于道光六年（一八二六年）到廣州，在美國人設立的旗昌洋行做職員，他小時候曾在麻六甲學過中文，故對中國的歷史文物，風俗習慣皆有好感。他在書中說，廣州十三行那班吃「洋務飯」的中國商人，在過年時必到洋人的商號拜年，一進門便打躬作揖，口中不斷的說「恭喜發財」。洋人搭臭架子，向不回拜。他說，那時候他年輕好奇，有一次他到十三行怡和行向東主伍秉鑑（即大名鼎鼎的伍浩官）的兒子拜年，人家認爲奇事，說他是番鬼佬過唐人年的第一人。

大肚新娘裝

矢人

在歐美，先生小孩子，後結婚；或是挺着大肚子，去舉行婚禮的人，實在是司空見慣，一點也沒有什麼希奇。因此，在西德薩爾區的「星期日問訊報」上，才會出現這樣一張賣新娘禮服的廣告。

原文是：

「一個穿着隆重禮服的，快樂的母親！歡迎光顧」郝夫曼姐妹特種時裝公司。「薩爾，布瑞肯城，車站街六號之二」。

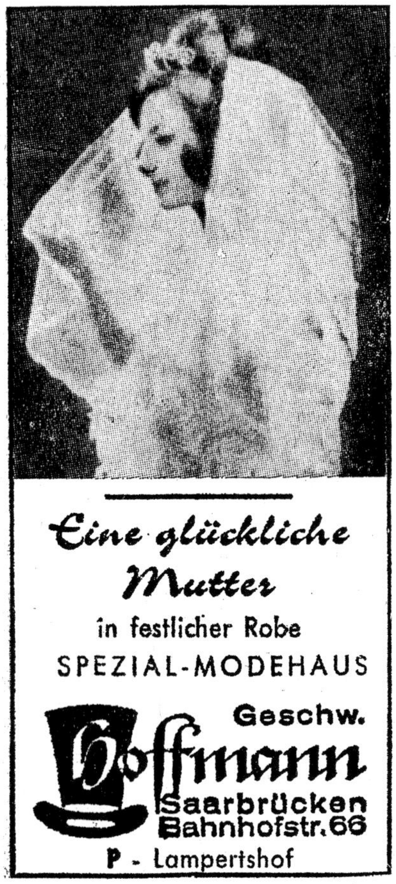

讀書與句讀

秀娟

讀書難，句讀難，懂其義更難。我在童年時並沒有進私塾或學校讀書，只由母親教授一部千字文，一部幼學瓊林和半部左傳。但母親未嫁時是不識字的，她的識字是她刻苦學習來的成就，因此她只教我識字而不講解字義，由我自己摸索。說句老實話，當時的我最怕讀書和習字，那有心思研究字義呢。所以。我對於所讀的書，都是一知半解，有些深奧一點的就茫茫然了。

我童年時的教育程度這麼差，因此在句讀時每有錯誤，不只是我，連我的姊妹也犯此毛病。記得鄰家高三奶的房間裏，掛着她那久居廣州做西關大少的丈夫一張半身像，一手拈着一朵花，兩旁寫了一副對聯：「明月是前身，何妨暫駐塵寰，逢時遊戲；拈花現微笑，一任沉酣醉夢，却自逍遙。」我們幾姊妹時常到高三奶房裏玩，看到了這對聯，讀來讀去都讀不通，後來我數一下，上下聯都是十五個字，於是若有所悟，就把它讀成「明月是前身，何妨暫駐塵，寰逢時遊戲；拈花現微笑，一任沉酣醉，夢却自逍遙。」讀來頗覺順口，姊妹們聽了，都誇說到底是老四聰明，我當時亦洋洋自得，及今思之，不覺汗顏。

我當時還時常犯句讀上的錯誤。例如讀唐人絕句「回樂峯前沙似雪，受降城外月如霜」，應該把這兩句的前四字讀在一起才對，但我根本不知道回樂峯受降城是兩個名詞，於是讀成「回樂」一頓，峯前一頓，下句也作如是讀，並且曲解回樂爲回憶往昔快樂的是峯前的沙似雪，受降即接受招降之時城外的月如霜，現在回想起來，覺得我童年時的學習實在太糟了。

對於意義上的誤解，不只是一知半解的我時時所犯的錯誤，就是飽學之士亦然。記得我十五六歲時，曾在親戚家的私塾從林屏周先生讀書數月。林先生的學問是得到鄉中人敬仰的，有一次，他在講解杜甫石壕吏五古末四句時，解錯了。這四句是：「夜久語聲絕，惟聞泣嗚咽，天明登前途，獨與老翁別」。這分明是說夜深講話聲斷絕了，只聽到低泣之聲，這哭聲也許是老翁的，也許是老翁的媳婦的，但絕對不是老嫗的，因爲她已被吏拉往備晨炊了。因此杜詩人在天明離去時，只單和老翁辭別。但林先生却解爲夜深吏走後，詩人聽到的是老嫗和兒媳的哭泣聲，到了天明，他於是獨自一人向老翁辭別。

一九三四年我在北京燈市口某女中讀書，當時教國文的是陳介白老師。陳老師出身北大，是周作人先生的學生。有一次，他解李後主虞美人詞中的「雕欄玉砌應猶在，只是朱顏改」。此是後主懷念故國，懷念他所居的宮殿，雕欄玉砌料應依然存在，可是住在裏面的已是別人了。陳老師則解爲雕欄玉砌雖然存在，但髹在上面的朱紅色已經變舊了。我後來私問陳老師我對這兩句詞的見解是否比較含蓄，他也同意了。

•稿約•

除政治性的文章外，什麽文章我們都歡迎。來稿最好不要超過四千字。但請用原稿紙書寫，附地址及姓名以便聯絡。發表時用什麽筆名都可以。

稿費千字二十五元至三十元，照片每頁三元，均于出版前五日致送。刊出的文章圖片，版權均歸本社所有，如作者要保留版權，請事先書面通知，以便安排。不合用的稿兩星期內退還（請附回郵信封），不退的就是準備要用的表示，但何時刊登，要看情形而定，作者如果等得不耐煩，請來信詢問。

鼎湖山及其傳說

王芬

在西江下游，肇慶東北的鼎湖山，是著名的風景區。關於鼎湖山，民間流傳着許多優美的傳說，相傳黃帝打敗了蚩尤，平定了中原以後，曾採首山之銅，鑄鼎於荊山之下，鼎成，天上派來神龍，黃帝於是乘龍飛升而去。從此這個地方就叫做鼎湖。

鼎湖山的神話和傳說，很難找出事實依據。史記裏說的鼎湖，有人說指的是河南閿鄉縣南的複釜山，也有人說指的是湖北省荊州附近的荊山。廣東的鼎湖山，原先並不叫做鼎湖，而是叫做「頂湖」，「天湖」，這是因爲鼎湖山的山頂有個湖的緣故，更說這個湖深不可測，大旱不乾，下雨之前，湖裏會出現雲霞滾滾，所以又給它叫做「雲頂」。

自從明代以來，鼎湖山就和黃帝鑄鼎的故事連結在一起，說成是黃帝乘龍飛升的地方。崇禎時候，鼎湖山上慶雲寺的開山祖師憨祖和尚，曾寫過兩首讚美鼎湖山的詩句：「蒼梧西望鼎湖東，黃帝飛升湖已空。環佩自歸金闕後，仙靈常在白雲中。」又道：「黃帝乘龍去不還，白雲依舊自年年。隨風常月和天籟，時伴幽人枕石眠。」此後，還有不少詩人來這裏找尋黃帝鑄鼎的故處。據說，黃帝鑄鼎的地方就在慶雲寺上一點附近的老龍潭。往日，遊鼎湖的人們很少不遊老龍潭的。

這座高達三百七十多丈的鼎湖山，在一些古書裏，還有所謂「洞天福地」的記載。據說，海內名山可以稱爲「洞天」的有二十四處，稱爲「福地」的有三十六處，而鼎湖就是這樣的「洞天福地」。遊鼎湖山，從山下沿着彎曲的石階道上，階旁林木蔽日，四處都是野鳥的婉囀鳴聲。在「鼎湖山誌」中，給這樣的登山小路起了個優雅的名字，叫做「曲徑雲封」，是「鼎湖十景」中之一。在曲徑盡處是慶雲寺，這個寺已經有三百多年的歷史了。從明朝到現在經過三百多年的滄桑變幻，給這古寺帶來了多少繁華和浩劫。其中也經過多次的大小修建。

慶雲寺是一個有着東方建築特有的質樸、寬宏、莊嚴而典雅的寶剎。慶雲寺保存着的寶物非常豐富，如古版佛經，古畫，古銅品，大小佛像和一隻「千人鑊」。在慶雲寺的寶物中，最吸引人的，便是被寺僧視爲「鎮山之寶」的舍利子。這些舍利子供奉在一個精緻的檀香匣子裏，打開匣蓋，還有一個金光耀目的盅，盅內盛着一個比拳還大些的水晶球，水晶球裏面有幾粒紅色的，白色的東西，這就是慶雲寺的「鎮山之寶」。舍利子是梵語，意思是佛骨，古代的高僧涅槃後，屍體火化剩下的骨灰，變成結晶體一樣的東西。傳說佛教始祖釋迦牟尼涅槃後，屍體火化有四萬八千粒舍利子流傳各地佛門弟子供奉。慶雲寺保存的舍利子，據說，其中三粒是釋迦牟尼的；有兩粒是百多年前慶雲寺高僧石箭禪師的，這當然是無從查考了。

傳說慶雲寺那口鐘，鐘聲非常清亮，可以上達九天，驚動神祇；慶雲寺的鼓悶雷似一聲暗响，可以直降地獄，震動幽冥。這都是後人的附會之談。不過，慶雲寺的靜夜，可以聽到山風搖動樹叢，發出像松濤之聲，「飛水龍潭」瀑布汨汨，泉鳴交織成一片。那裏的瀑布從高空飛下，高達三十多丈，好像一條長長的銀鍊一樣，噴出晶瑩的水花，十分雄偉奇觀。瀑布之下可以游泳，置身其間，就會如章太炎題字所說的「滌瑕蕩垢」，頓使溽暑全消。這樣優美的風景，從唐宋以來，不知有多少詩人在這裏留下可以傳誦的詩篇。在慶雲寺裏，已經鐫入金石，或者編入「鼎湖山誌」、「鼎湖外集」，這些珍貴原稿，恐怕數以千計。

鼎湖山不僅有優美的風景：「湖山鼎峙」，「峽水朝宗」，給人一種雄偉高遠的感覺。「曲徑雲封」，「菩提花雨」，使人感到恬靜雅淡，悠然自得。此外，林木茂密，有着良好的自然氣候，一年四季溫度平均。鼎湖山的茶也很著名，百花點綴着這個名山生色不少，有人描寫鼎湖山的花這樣說：「方春萬卉爭妍，羣芳競秀。至秋則籬菊垂金，庭梅綻玉。四季供養，不缺花香。」慶雲寺裏還有來自錫蘭的菩提樹，珍貴無比的丹桂和白茶。往昔遊者，以山泉煑茗，確有色香殊絕，氣味深遠的妙處。

天才作家安徒生

當安徒生和他的做了作曲家的朋友討論一個著名作家死後，送殯者屬於那種人物時，安徒生說將來走在他的棺材後面的人，是大多數屬於小孩子。他所說的一點沒有錯，因爲他的名字是孩子們所熟識的。而他所寫的童話，總共有一百五十九篇，篇篇都引人入勝，是世界各地兒童的恩物，已經譯成許多國的文字了。其中最著名的有「小美人魚」，「國王的新衣」，「公主與豆」等。

一八零五年四月二日，安徒生出生於丹麥的奧丁斯城。他的父親是一個貧窮的製鞋匠，在他應徵入伍赴前綫參加拿破侖戰爭之前，時常爲安徒生朗讀書籍，一讀就是幾小時。同時，他又爲安徒生做了一個傀儡戲的戲台，讓安徒生玩木偶戲。可惜這位慈父，體弱多病，在戰爭結束後不久便死了。安徒生從此失去了受慈父教養的機會。使他受到更重大打擊的就是他的母親守了兩年寡後再嫁，不顧他的死活。他的祖母也不是一個慈祥能愛護他的婦人。他雖然進過學校讀書，但獲益極少。當他十四歲時，獨自個跑到哥本哈根。他相信自己唱歌的本領，一定會受到王家戲院的指導人賞識的。他帶了一封寫給有極高聲譽的舞蹈家史查爾太太的介紹信。

然而安徒生在哥本哈根並不如他所期望的那麽如意。他在史查爾太太前面，她冷淡地對他說，他長得太高和太瘦，王家戲院的主事人，認爲他不適宜於當演員，而且戲院中不錄用沒有受過適當教育的人，勸他還是回故鄉改學做生意。但安徒生鼓起無窮的勇氣，往見意大利歌唱家西波尼。他兼任戲院音樂學校的主持人，却答應收安徒生爲學生，並且募集了一小筆錢，做安徒生的食宿費。但安徒生不能成爲一個成功的歌唱家。當他的聲帶壞了後，改學芭蕾舞。可是他對於舞蹈也沒有天才。但他仍然想在戲院中找一條出路，於是寫了兩個劇本，送給導演過目。他們告訴他因爲他所寫的第二個劇本，顯露他在這方面頗有一點才幹，讓他受政府委員會委衆佐納斯·柯林的照顧，同時撥了一筆公員基金來教育他。安徒生於是被送到斯拉格爾斯讀初級中學。在學校裏，他仍然得不到快樂。因爲像他那麽一個十七歲的高個子，雜在一班小孩子裏面，連老師都對他加以揶揄呢。

當他二十二歲時，便回到哥本哈根，不久，他的第一部書出版了，那是一部描寫在城中散步的書。這時候，安徒生年歲大了，長的越高越是醜怪，然而却是一個情感極豐富的青年。他雖然有很多崇拜他的朋友，可是他沒有和任何女子相愛或論嫁娶，永遠做一個獨身漢。他的兩部詩集出版後，柯林勸他到外地旅行。此後他的生活，差不多都是孤單地過着。他旅行了很多地方。起初他是一個窮作家，生活絕對簡單，後來做了國王和王后的貴賓，週旋於「上流社會」中，和別的作家交遊，英國的大文豪狄更斯也是其中之一。一八三五年，當他從意大利回國時，他在寫作上得到絕大的成功，他那部「卽興詩人」，就是在這個時候寫成的。爲了想多得一點收入，他第一次寫了四個童話，其中三個是根據民間故事寫的，馬上得到意外的成功。

這些故事使安徒生被認爲是一個作家。他寫小說，寫劇本和寫詩，都受到人家的惡評，但他所寫的童話，却受到一般人的歡迎。很多童話，都是他回憶童年而作，因此寫來極淳樸感人。他把細小的東西如鈕，匙，或陀螺等最不爲人注意的東西，用他的想像力寫出來。他常說沒有一件東西因太細小而使他忽畧的。

一八六七年，安徒生的故鄉奧丁斯，光榮地成了一個自由市。一八七五年，他在哥本哈根附近一個有錢的朋友家中死去。在哥本哈根丹麥王的御花園中，建有一座安徒生站立着的紀念像。他出生的那間房屋則改爲紀念館。

（西鳳譯）

意大利人爭取離婚

怡安

在意大利，擰一下陌生女人的大腿，誰也不會當是一件什麽了不起的事。就連警察也不會管這種閒事。理由很簡單，他在下了班以後，只要把身上的老虎皮一脫，看見了漂亮小姐們的時候，也是要毫不客氣地在她的尊臀上照擰不誤的。

然而，奇怪的就是，這些喜歡吃通心粉的人們，一方面雖然享有絕對的「擰大腿自由」；另一方面却又完全沒有「離婚自由」。最近的一百一十九年以來，意大利的國會裡，不斷地有人在吵着要起草一個「離婚法」。可是，吵儘管吵，到今天，結了婚的意大利人，要想離婚的話，簡直和買馬票中頭彩一樣地困難。（按：近日意大利國會已通過了離婚法，但又遭到天主教徒反對，擬推翻之）聊勝於無的解決方法，只有兩個。一個是所謂「合法的分居」，毛病就在於無論分居了多麽久，要想和別人重新結婚，還是完全辦不到。另一條路是由梵蒂崗的教庭法院來「把婚姻吊銷」。不過，吊銷的費用，可能比幾幢大樓房還要貴；同時也至少需要八年到十年的時間，來「辦清手續」。

因此，純粹從書面上來講：意大利也許是今天世界上的「婚姻樂園」。每年被政府批准「合法分居」的人，還不到一萬；而正式由教庭「吊銷」了婚姻的夫婦，平均只有一百對上下。

在這一點上，意大利人做法的保守，也實在有些驚人。大多數人依舊把婚姻和宗教看成二而一的東西。所有由教士主婚的婚姻，都一律會得到政府的正式承認。不經過教士主婚而結合的夫婦，據統計，從來沒有超過新婚總數的百分之二，而且有點像個小媳婦一樣，一輩子也抬不起頭來。

從一九六九年夏天起，意大利國會裡，就為了離婚這個問題，分裂成了兩個陣營。一派是自由主義者和共產黨的聯合陣綫；他們是主張准許離婚的。另一派是基督民主黨，保皇黨以及新法西斯主義者的集團；他們簡直連在國會上討論離婚問題，都認為是「違反憲法精神」，正顏厲色地加以拒絕。

就因為意大利現在至少有五百萬人，是在一種「不合法」的狀態下，共營着夫婦生活的。所以，主張「離婚合法化」的人們，在成立一個全國性的「意大利離婚鬥爭同盟」的時候，用不着愁它的群眾基礎。這個組織不但在全國各地舉行了無數次群眾大會；而且還在許多私家汽車和公共汽車的窗戶上，貼上了擁護離婚的標語。郵件的信封上，也一律加蓋了一個刻着標語的小印章，來喚起人們為「離婚自由」而鬥爭。

其實就是這種理想中的「自由」，也是完全不能和西方的其它國家相比擬的。它是由社會黨的國會議員羅瑞斯．富都挪起草的，規定在一方具有下列各條之一的情況下，對方可以提出離婚的請求：

一、被判徒刑十二年以上者；二、對直系親屬，犯有亂倫罪者；三、逼妻為娼者；四、陰謀殺害對方者；五、因虐待對方，而被法院判處徒刑者。六、居住於瘋人院內五年以上，而無痊癒希望者；七、對方為一外國人，且已在外國另行結婚者；八、「合法」分居至少五年以上者。

然而，就連這樣可憐的「離婚自由」，那些保守的人們，也要誓死反對。基督教民主黨的國會議員貴督．崗尼拉，公開聲明：「不惜任何代價，反對到底！」他的盟友——「天主教行動社」，非但運動了五十萬人的大簽名，來反對「離婚自由」，而且還派了七萬宣傳員，到全國各地去發動群眾。在這個「天主教行動社」裡負實際責任的路希歐・米格拉修神父，更毫不客氣地說道：「必要的時候，我們可以在四十八小時之內，在全國各地，成立至少一萬五千個『市民委員會』，來堅決反對這種離婚法！」

即使像梵蒂崗的機關報「歐瑟瓦托・羅曼諾報」那樣具有權威的出版物，也沉不住極了。在社論中向着虔誠的讀者們大聲疾呼：意大利眼看就要成爲一個「離婚共和國」了！

比它還要更走極端的是一家羅馬的保守派報紙──「速皮報」，甚至於引了法國大革命的歷史教訓，來做爲反對離婚自由的理由。其中最有趣的警句是：「我們千萬不能忘記：可怕的法國大革命，也正是由一群離了婚的人們生下來的兒女所一手造成的！」

大樹

浮生

有一種松柏屬的巨樹，名叫息科亞（Sequoia），一棵的重量達兩千多噸，其中一百五十噸爲樹葉的重量。像這樣的巨樹，含三萬立方呎的木材，比五畝種植普通松柏所產的木材相等。

澳洲產的有加利（Eucalyptus）樹，其高度比息科亞樹有過之無不及，但樹幹則沒有息科亞那麼大。

息科亞這種樹，只適宜於野間生長，不合以人工種植的。美國沿太平洋海岸一帶地方，是息科亞的生產地，尤其是加利福尼亞，息科亞的產量特別多。此種樹共兩種，一叫息科亞巨樹，英國稱之爲威靈頓尼亞，另一叫紅木樹，前者是最巨大的樹，同時是現在世界最巨型而活着的有機物。現在生長於美國加利福尼亞州息科亞公園那棵薩曼將軍樹，就屬於這種巨樹了。它的樹幹周圍達一〇一呎七吋，直徑約三十二呎，高度的爲二七二呎七吋。此樹大概是世界碩果僅存的巨樹。

巨樹的年齡比它們的高度和濶度更爲驚人。從那些跌下來的巨樹幹年輪中，有的顯示出活了三千多年。有些今日還有勃勃生機的老樹，在耶穌出世時便已經生長着了，它們的年齡足有一千多至兩千年，誰知道它們還要活多久呢。

紅木樹雖然沒有巨樹那麼粗大，但多數比巨樹高，它們時常長到三百呎，有一樹高達三百六十四呎。另有一種比較細小的樹，叫做曙紅木（Dawn Redwood）樹，本來此種樹已經絕跡，只有從化石中知道它的形狀。直至一九四五，才發見我國還有這種樹生長，這眞是植物學上在本世紀一個最興奮重要的大發見。

息科亞類的巨樹，經由它們的種子散佈世界各地，很多種已經在英國生長起來；至於曙紅木的種子，如今也在英國和美國播種了。

在澳洲南部生長的最巨型的有加利樹，最高曾達三百二十呎以上。這種樹多達幾百種，本來都長在澳洲和塔斯曼尼亞兩地，現在經過人工的播植，已在世界各地生長起來。著名的有加利油，是從有加利樹葉提出來的。

非洲的木棉樹，名叫巴奧巴比（Baobab）。此種樹雖然沒有驚人的高度，但長有極粗大的樹榦。其莖的直徑可達三十尺，足與息科亞屬的巨樹媲美。

這種木棉樹用處極大，其皮含有纖維質，非洲人用來製繩和織布，其果含有一種美味的酸，果肉極可口。其木柔軟而呈水綿狀，有時候，非洲人把樹榦挖空，成爲一間別緻的房屋，解決住的問題。

讀水滸傳

季炎

林冲道：「原來是本管高太尉的衙內，不認得荊婦，一時無禮，林冲本待要痛打他一頓，太尉面上須不好看。自古道：「不怕官，只怕管」；林冲不合吃着他的請受，權且讓他這一次。」智深道：「你却怕他本管太尉，洒家怕他甚鳥，俺若撞見那撮鳥時，且敎他吃洒家三百禪杖了去。」林冲見智深醉了，便道：「師兄說得是，林冲一時被衆人勸了，權且饒他。」

隨後他的好友陸謙，設法把他的娘子騙到家中，和高衙內在一起，幾乎給高衙內汚辱了。好在林冲及時趕到，救了囘家。他氣憤不過，連日要找陸謙算帳，又遍找不着。這日正悶在家中，魯智深來了：

第四日吃飯時候，魯智深逕尋林冲家相探，問道：「敎頭如何連日不見面？」林冲答道：「小弟少冗，不曾探得師兄，既蒙到我寒家，本當草酌三杯，爭奈一時不能周備；且和師兄一同上街，閒玩一遭，市沽兩盞如何？」

及後，他被判定罪，刺配滄州。在途中，曾投到柴進莊上，柴進一見之下，十分相敬，設酒欵待，吃到中間，柴進的武師洪敎頭闖進來。

林冲起身看時，只見那個敎師入來，歪帶着一頂頭巾，挺着脯子，來到後堂。林冲尋思道：「莊客稱他做敎師，必是大官人的師父。」急急躬身唱喏道：「林冲謹參」那人全不睬着，也不還禮。林冲不敢抬頭。柴進指着林冲對洪敎頭道：「這位便是東京八十萬禁軍鎗棒敎頭武師林冲的便是，就請相見。」林冲聽了，看着洪敎頭便拜。那洪敎頭說道：「休拜，起來。」却不躬身答禮。柴進看了，心中好不快意。冲林拜了兩拜，起身讓洪敎頭坐。洪敎頭亦不相讓，走去上首便坐。柴進看了，又不喜歡。林冲只得肩下坐了。

洪敎頭便問道：「大官人今日何故厚禮管待配軍？」柴進道：「這位非比其他的。乃是八十萬禁軍敎頭，師父如何輕慢。」洪敎頭道：「大官人只因好習鎗棒，往往流配軍人都來依草附木，皆道是鎗棒敎頭，來投莊上誘些酒食錢米，大官人如何忒認眞。」林冲聽了，並不做聲。柴進說道：「凡人不可貌相，休小覷他。」洪敎頭怪柴進說休小覷他，便跳起來說：「我不信他，他敢和我使一棒看，我便道他是眞敎頭。」柴進大笑道：「也好，也好。林武師，你心下如何？」林冲道：「小人却是不敢。」

……只見洪敎頭先起身道：「來，來，來，和你使一棒看。」一齊都鬨出堂後空地上。莊客拿一束桿棒來放在地上。洪敎頭先脫了衣裳，拽扎起裙子，掣條棒，使個旗鼓，喝道：「來，來，來。」柴進道「林武師，請較量一棒。」林冲道：「大官人休要笑話。」就地也拿了一條棒起來道：「師父，請敎。」洪敎頭看了，恨不得一口水呑了他。林冲拿着棒使出山東大擂打將入來。洪敎頭把棒就地下鞭了一棒，來搶林冲。兩個敎頭在月明地上交手，使了四五合棒，只見林冲托地跳出圈子外來，叫一聲：「少歇。」柴進道：「敎頭如何不使本事？」林冲道：「小人輸了。」柴進道：「未見二位較量，怎便是輸了？」林冲道：「小人只多這具枷，因此權當輸了。」

綜觀上文所述，有好些令林冲十分難堪的地方，他却依然一樣的溫文有禮，絕沒有一點憤憤不平的容色，非修養功深，是很難做得到的。這種氣度，求之文人學士，已屬難得，何況武夫。

林冲做過兩件人所難能的事：一是私事；一是公事。現且先談一談那一件私事。

一般人如果犯了罪被判充軍（即刺配）到遠方，在離家之前，必會想盡方法來穩住了妻子的心，使她不萌異志，在家守着，等他回來團聚。其實這樣想法，也不算大悖人情。因爲充軍並不等於死刑，不是絕無生還之望的。一個皇朝遇上了皇室有大喜事的時候，必會大赦天下，而這種喜事，差不多每朝都有，也許不只一樁，所以這個機會，是不難碰上的。林冲有美麗的妻子，彼此十分恩愛，但在他服刑臨別時，却絕不作這樣的打算。且看他如何來處這理這件事情？

林冲執手對丈人說道：「泰山在上，年災月厄，撞了高衙內，吃了一場屈官司。今日有句話說，上稟泰山：自蒙泰山錯愛，將令愛嫁事小人，已經三載，不曾有半些差池，雖不曾生個兒女，未曾面紅面赤，半點相爭。今小人遭這場橫事，配去滄州，生死存亡未保。娘子在家，小人心去不穩，誠恐高衙內威逼這頭親事；況兼青春年少，休爲林冲悞了前程。却是林冲自行主張，非他人逼迫，小人今日就高鄰在此，明白立紙休書，任從改嫁，並無爭執。爲此，林冲去得心穩，免得高衙內陷害。」張教頭道：「賢婿，什麽言語，你是天年不齊，遭了橫事，又不是你作將出來的。今日權且去滄州躲災避難，早晚天可憐見，放你回來時，依舊夫妻完聚。老漢家中也頗有些過活，便取了我女家去，並錦兒，不揀怎的，三年五載，養贍得她。又不叫她出入，高衙內便要見也不能够。休要憂心，都在老漢身上。你在滄州牢城，我頻頻寄書並衣服與你。休得要胡思亂想，只顧放心去。」林冲道：「感謝泰山厚意，只是林冲放心不下，枉自兩相耽悞。泰山可憐見林冲，依允小人，便死也瞑目！」張教頭那裏肯應承。衆鄰舍亦說行不得。林冲道：「若不依允小人之時，林冲掙扎得回來，誓不與娘子相聚。」張教頭道：「既然恁地時，權且由你寫下，我只不把女兒嫁人便了。」當時叫酒保尋個寫文書的人來，買了一張紙來。那人寫，林冲說道：「東京八十萬禁軍教頭林冲爲因身犯重罪，斷配滄州，去後存亡不保。有妻張氏年少，情願立此休書，任從改嫁，永無爭執。委是自行情願，並非相逼。恐後無憑，立此文約爲照。：：年……月……日。」林冲當下看人寫了，借過筆來，去年月下押個花字，打過指模。正在閣裏寫了，欲付與泰山收時，只見林冲娘子號天哭地叫將來。女使錦兒抱着一包衣服，一路尋到酒店裏。林冲見了，起身接着道：「娘子，小人有句話說，已稟過泰山了。爲是林冲年災月厄，遭這場屈事。今去滄州，生死不保，誠恐悞了娘子青春，今已寫下幾字在此。萬望娘子休等小人，有好頭腦，自行招嫁，莫爲林冲悞了賢妻。」那娘子聽罷，哭將起來，說道：「丈夫，我不曾有半點兒黏污，如何把我休了？」林冲道：「娘子，我是好意。恐怕日後兩下相悞，賺了你。」張教頭便道：「我兒放心，雖是女婿恁的主張，我終不成下得將你來再嫁人，這事且由他放心去。他便不來時，我也安排你一世的終身盤費，只教你守志便了。」那娘子聽得說，心中哽咽；又見了這封書，一時哭倒，聲絕在地。林冲與泰山張教頭救得起來，半晌方才甦醒，兀自哭不住，林冲把休書與教頭收了。衆鄰舍亦有婦人來勸娘子，攙扶回去。

現在再談一談林冲的另一件事：

林冲自得柴進薦引，投入梁山，被王倫多方留難之後，方得坐了第四把交椅。他知道王倫心術不正，胸襟狹隘，是一個不能共圖大事的人。後來晁蓋等人投上山來，王倫又有不肯相留之意，林冲大爲不滿。一方面先往穩住了晁蓋等人，務請他們不可卽刻離去；一方面由他一手用閃電式的方法來改變了梁山的局面：

看看飲酒至午後，王倫叫小嘍囉：「取來」。三四個人去不多時，只見一人，捧個大盤子裏放五錠大銀。王倫便起身把盞，對晁蓋說道：「感蒙衆豪傑到此聚義，只恨敝山寨是一洼之水，如何安得許多眞龍？聊備些小薄禮，萬望笑留，煩投大寨歇馬，小可使人親到麾下納降。」晁蓋道：「小子久聞大山招賢納士，一逕地特來投托入夥；若是不能相容，我等衆人自行告退。重蒙所賜白金，決不敢領。非敢自誇豐富，小可聊有些盤纏使用，速請納回厚禮，只此告別。」王倫道：「何故推却，非是敝山不納豪傑，奈緣只爲糧少房稀，恐日後恐了足下衆位，面皮不好；因此不敢相留。」說言未了，只見林冲雙眉剔起兩眼圓睜，坐在交椅上，大喝道：「你前番，我上山來時，也推道糧少房稀，今日晁兄與衆豪傑到此，你又發出這等言語來，是何道理。」吳用便說道：「頭領息怒，自是我等來的不是，倒壞了你山寨情份。今日王頭領以禮發付我們下山，送與盤纏，又不曾熱趕將去，請頭領息怒，我等自去罷休。」林冲道：「這是笑裏藏刀，言淸行濁的人，我其實今日放他不過。」……林冲拿住王倫罵道：「你是一個村野窮儒，虧了杜遷得到這裏。柴大官人這等資助你，賙給盤纏，與你相交，薦我來尚且許多推却。今日衆豪傑特來相衆，又要發付他下山去，這梁山泊便是你的？你這嫉賢妒能的賊，不殺了要你何用！你也無大量大才，也做不得山寨之主。」……又罵一頓，去心窩裏只一刀，胳察地搠倒在亭上。晁蓋見搠王倫，各掣刀在手。林冲把王倫首級割下來，提在手裏。嚇得那杜遷，宋美、朱貴都跪下，說道：「願隨哥哥執鞭隨蹬。」晁蓋等慌忙扶起三人來。吳用就血泊裏拽過頭把交椅來，便納林冲坐地，叫道：「如有不服者，將王倫爲例。今日扶林教頭爲山寨之主。」林冲大叫道：「先生差矣！我今日只爲衆豪傑義氣爲重上頭，火併了這不仁之賊，實無心要謀此位。今日吳兄却讓此第一位與林冲坐，豈不惹天下英雄恥笑？若欲相逼，寧死而已。弟有片言，不知衆位肯依我麽？」衆人道：「頭領之言誰敢不依，願聞其言。」

「林冲殺了王倫，手拿尖刀，指着衆人，說道：「我林冲雖係禁軍遭配到此，今日爲衆豪傑到此相聚，爭奈王倫心胸狹隘，嫉賢妒能，推故不納，因此火併了那斯；非林冲要圖此位。據我胸襟胆氣，焉敢拒敵官軍，翦除君側元凶首惡？今日晁兄仗義疏財，智勇足備，方今天下人聞其名無有不服。我今日以義氣爲重立他爲山寨之主，好麽？」衆人道：「頭領之言極當。」晁蓋道：「不可。自古强賓不壓主，晁蓋强煞，只是個遠來新到的人，安敢便來占上。」林冲把手向前，把晁蓋推在交椅上，叫道：「今日事已到頭，不必推却，若有不從，卽以王倫爲例。」再三再四，扶晁蓋坐了。

……衆人扶晁天王去正中第一位交椅坐定，中間焚起一爐香來。林冲向前道：「小可林冲，只是個粗鹵匹夫，不過只會些鎗棒而已；無學無才，無智無術。今日山寨天幸得衆豪傑相聚，大義既明，非比往日苟且。學究先生在此，便請做軍師，執掌兵權，調用將校，須坐第二位。」

春風廬聯話

林熙

輓陳烱明

民國廿二年癸酉（一九三三年）九月二十二日陳烱明在香港皖秀街二十五號定廬逝世，享年五十七歲。陳這個人一生的「最大壞處」，就是反叛國民黨，國民黨人至今仍以「逆」、「叛徒」罵之。但當他死前死後那十多年間，老百姓却不罵他爲叛逆，到底他並未曾賣國，未曾把中國一寸土地丢掉，廣東人民還有不少懷念他的舊德，禁烟賭，不貪財，其顯著者也。

陳烱明死後，香港有人發起追悼會，當年的黨國名流，地方軍閥和他有袍澤同僚關係者，都不敢致送哀悼之詞，只有不在位的吳穉暉還送了一輓聯，並附跋語，此聯雖然不是文學中上乘作品，其中却有一段故事可述，合於聯話之例。聯云：

一身外竟能無長物，靑史流傳，足見英雄有價；
十年前所索悔過書，黃泉送達，定邀師弟如初。

上款署「競存先生千古」，下款「弟吳敬恒拜輓」。跋語云：「民國十年（按：一九二一年辛酉）總理將北伐，恐東江陳兵牽掣，汪精衛先生囑予與鄒海濱先生晤陳於汕尾，談反正。陳許可。復至總理韶關行營說之。總理祇索悔過書一紙，別無條件。後陳爲部下所持，遂未成。總理生平受拂逆甚多，但能悔過，無不待之如初，且加厚用，惜此一紙書竟未成也。競存先生身後蕭條，一身之外無長物，正彼所能含笑入地者，乃時論反以爲不能瞑目，豈意中以爲得如盛宣懷之大出喪，倪嗣冲、馮國璋之死後有爭產訟事方算合格乎？然則今日一命之士居於高位者，頗多嗜利不輟，彼等正解羣衆心理者也。製造子孫爲烟鬼，爲花公子，彼等不恤也。陳公子勉乎哉，先公正玉成君等之勤苦奮學，出人頭地也。敬恒幷識。」

民國十一年陳烱明的部將葉舉發通電請孫中山下野，接着又炮轟總統府，孫中山走避上海，廣東地盤爲陳烱明所得。到民國十三年國民黨改組，國共合作，陳烱明舊屬黃居素（今隱居香港，七十多歲了）認爲這麽一來革命事業將大有發展，力主陳復加入國民黨，從事國民革命，是年五月，黃居素持吳穉暉長函往海豐見陳烱明，陳亦意動，六月廿五日雙方代表在香港堅道某宅會商合作事宜，廖仲凱代表孫中山，堅持陳須具悔過書爲唯一條件，馬育航代表陳烱明，電請陳意見，陳不允。黃居素聯云：

天下皆順，乃甘獨逆，順者如斯，逆者已矣；
彼此一離，竟不復合，離何所失，合何爲哉！

章太炎聯云：

祭仲逐突，春秋不非，嗟斯人何獨蒙謗；
項王刓印，英雄一短，願時賢借以自懲。

上聯的「祭仲」，指春秋時代鄭國的大夫祭仲足。（「祭」字讀蔡音）。其先爲祭封人，掌封疆者，後遂以爲氏。字足，故一稱祭足，一稱祭仲足，亦稱祭封人仲足）突是鄭國國君莊公之子，祭仲逐去之，而「春秋」未加以譴責。章太炎同情陳烱明作反，引「春秋」不以祭仲爲叛逆，何以陳烱明逐孫中山則爲叛逆也。太炎此說自是主張在共和民主時代，無所謂「「君臣上下」，誰都可以造反，所謂天下乃公器，「有德」者居之，換句話說，有槍便有政權耳。下聯則向國民黨及非國民黨軍政要員提醒，敎他們「醒目」。

鄒魯與悔過書一事亦有關係，輓聯云：

卅載深交，知兄堅苦廉能，誰與並駕；
一生恨事，違我精誠勸勉，致永分途。

新加坡廣三和同人輓聯云：

憶西省戰事成功，師甫班旋，中山僭繞誣叛逆；

著「中國統一芻議」，語多中肯，餘杭正論贊先生。

「中國統一芻議」是陳烱明於民國十六年（一九二七年）所作的，下一年章太炎爲題辭，甚備稱贊，下聯即指此也。章太炎和陳烱明的交情很好，陳的墓志銘即出其手，其記陳反孫有云：「十一年，孫公謀北伐，君以兵力未充，辭。孫公疑君有它志，陰令部將以手銃伺君，其人弗忍，事稍泄。其夏，孫公竟出師攻江西，身赴韶關督師，或言陳氏終爲患，孫公返，免君職，宣言以綠氣攻異軍。君時在惠陽，舊部葉舉襲孫公於會城，孫公走，君復稱都督。」文中又說孫中山已經免去陳烱明的廣東省長及粵軍總司令職，名義上與孫斷絕關係，已無上司下屬之分，不能稱爲逆了。太炎在國民黨勢張之時，能作此言，具見其有正義感，眞讀書人而有氣節者也！

民元春聯

民國元年一月一日，爲宣統三年辛亥十一月十三日，到壬子年元旦，北京有人貼春聯於大門云：

攝政王興，攝政王亡，一代興亡兩攝政；

中華國民，中華國土，千年民土本中華。

此聯對仗尚工，也很有義意。清兵入關奪取天下之時，是攝政王輔順治；垮台時，也是攝政王執統治權。

討厭總統

民國十二年（一九二三年）雙十節，賄選總統曹錕由保定入京就職，北京宣武門外，有人掛一聯云：

總而言之，統而言之，此日又逢双十節；

民猶是也，國猶是也，對天長歎兩三聲。

可見人民對於「總統」這個名稱討厭已極！

誚爬翁

譏爬灰翁的對聯見過不少，但總沒有昔人所集四書句那一對那麽詼諧有趣。此種絕不正經的事，而以四書出之，眞妙不可言也。集此聯者爲誰，今已不可知，我是四十年前見上海小型報「晶報」所載的。聯云：

辭尊居卑，父不父；

用下敬上，親其親。

集句工整，平仄相稱，亦涵有意義。上聯是說這個缺德的家翁，有尊長都不做，偏要自降身份，和媳婦做敵體，這就是「父不父」。下聯說的是這個媳婦是以低一輩的關係，同時是以「下」來孝敬上一輩的家翁，這就是「親（作動詞解）其（丈夫）親（丈夫的父親）」了。

酒與麻雀

劉世珩以收藏馳名海內，亦工詩文（他是擧人出身，父親爲前廣東巡撫劉瑞芬，亦曾任出使英法大臣），他是安徽貴池人，字蔥石，號聚卿，官至度支部右參議，到民國初年才逝世。他在辛亥後隱居上海租界，坐擁厚資，爲遺老羣中之富有者。有朋友向他索聯爲贈，世珩即撰句書之，聯云：

酒中三百六十日；

座上東南西北風。

原來他的朋友不止喜愛杯中物，而且每天都要打牌十二圈，自謂乃「衛生麻雀」也。

調侃死人

丁文江（江蘇泰興縣人，字在君，留學英國，辛亥革命前數月學成歸國，爲著名的地質學專家）死於一九三六年一月五日，他是上一年十二月在湖南衡陽中煤毒的，趕回長沙醫治，誤於庸醫，終無法救回他的生命。近日見一九三六年三月二十日出版的「逸經」半月刊，載有化名鄭同志者，輓丁一聯云：

爲百年痛惜專才，其奈高人逢儉歲；
後三月追蹤連帥，故殉知己賦同歸。

此聯寫得雖非怎樣好，但卻包含了一九二六年與一九三五年一些故事，可入聯話。

上聯之意甚顯明，不必贅說，下聯的「連帥」指一九二六年五月自封五省聯軍總司令的孫傳芳也。孫傳芳既逐走江蘇督辦楊宇霆，乘戰勝餘威，又逐去皖督姜登選（一九二五年的事），至此兼有蘇、皖、贛、浙、閩五省地盤，五省將帥，悉聽號令，故世人以「聯帥」稱之。聯言「連帥」，則以周禮有「十國爲連，連有帥」一語，後人遂以之稱擁有兼圻重兵之官吏。丁文江本是科學家，但與梁啓超的研究系有密切淵源，孫傳芳請蔣百里做江蘇省長或上海市長，但百里不願捲入政爭漩渦，介紹丁文江自代，丁又轉介紹陳陶遺爲江蘇省長，自居淞滬市政督辦。其時研究系要角如張君勱、劉厚生等皆在孫幕，參與密勿，他們都主張孫傳芳與蔣介石一戰。結果聯帥一敗塗地，後來跟着少帥張學良出關，到一九三〇年，聯帥隱居天津學佛，一九三五年十一月十三日，在居士林被施從濱之女劍翹鎗殺死去。

五省聯帥垮台，丁文江也因北洋軍閥餘孽而受到新的統治者冷淡，他本來有點官癮的，到此不得不轉回去搞科學，在一九二九、三〇年間，他領導了一個大規模的「西南地質調查隊」，從事科學測驗。下一年在北大教書，一九三四年接任中央研究院的總幹事。在此時期，研究系頗在政壇得勢，而丁文江卻不如翁文灝那樣做了大官，多少吃了「聯帥」之虧。輓聯以黨人口吻來調侃死者，未知此「鄭同志」究爲國民黨何許人也。（丁文江之弟文淵，在香港搞文化，一九五七年十二月廿九日死去，年六十一歲，在君死時五十歲，但文淵沒有什麽大成就。）

西湖三忠祠

舊日西湖有三忠祠，祀徐用儀、許景澄、袁昶。這三人都是義和團運動時，力言義和團不可恃，亂殺外國人爲不文明，因此觸怒西太后，把他們殺了的，過了不久，八國侵畧軍攻入北京，辛丑議和之時，西太后爲了討好洋人，恢復三人原官。到宣統元年（一九〇九年）三月二十日，又下上諭予三人謚號，並准在西湖建祠。劉樹屏作祠聯云：

與立尚書聯閣學同罹北寺奇寃，痛篋中諫草未寒，淩土黃沙，正氣竟埋燕市血；
配岳鄂王于少保一例西湖廟食，望天半靈旗來降，雲車風馬，忠魂長咽浙江潮。

上聯的立尚書、聯閣學是滿洲人立山、聯元。立山官戶部尚書、內務府大臣，兩人皆反對義和團被殺的。下聯是指岳飛與明朝的于謙，兩人亦皆寃死，葬杭州，亦皆有祠廟，故拉來陪襯。

劉樹屏是江蘇陽湖人（今併入武進），字葆良，光緒十六年庚寅進士，授檢討，官至安徽候補道。許景澄、聯元是翰林，袁昶進士，徐用儀舉人，徐官兵部尚書，許官侍郎，出使俄德，歸國後主持外交，袁官太常寺卿。宣統元年三月二十日諭旨云：「朕恭讀光緒二十六年二十七年疊奉諭旨，特將誣陷被罪之前戶部尚書立山……袁昶開復原官，並錄用子嗣，仰見我德宗景皇帝……一秉至公。惟念該故員等心存君國，忠蹇可矜，允宜再沛恩施，嘉名特錫，立山……均著加恩予謚，用示朕推廣慈仁之至意。」接着立山謚忠貞，徐用儀忠愍，許景澄文肅，聯元文直，袁昶忠節。

英使謁見乾隆記實（續）

馬戛爾尼　原著
秦仲龢　譯寫

我們談到同往廣東的事，長大人說，他現在還沒有把浙江的事務交代淸楚，大約過了四五天才可動身。動身之後，我們一路同行，儘可以時時過船來往談天。關於馬金托什船長，現在已經商妥，內松大人陪他同往舟山去上船。不過他到舟山那裏去，如果說到購買貨物這件事，就有些麻煩了。我說，我和馬金托什船長就要分開走路了，假如長大人認爲他去舟山時有什麽困難，不妨叫他來當面同他講講。

於是我請長大人准我叫馬金托什船長來見。他到了後，長大人就對他說：「廣州的中國商人同外國人來往很多，舟山的情形就有點不同了。你到了舟山，不特各種貨物都要用現金交易，就是那裏出賣的貨物，也未見得適合外國人之用，反不如索性到廣東去買更好。」他說過這番話之後，又再三說外國人不便在舟山買貨的情形。我本意叫馬金托什船長往舟山辦貨，是具有深意的，因爲我希望中國政府准許我們英國人在那裏貿易，故先派馬船長前往作「既成事實」之舉，以便「有詩爲證」。現在中國政府既然不准在舟山辦貨，麽那，只是這單單一次的交易，似乎也無足重輕了。因此我也不便同長大人爭辯這事，好在舟山既可以免稅，廣州亦可以免稅，反正都是一樣。

十一月十日，星期日。　兩廣總督長大人今日來拜會，所談的仍與昨日大同小異，只是再度力言往舟山種種不便而已。他又再次說，他奉命前往廣東，一定依照皇帝的指示，整頓該地的事務，到任之後，一定不會使外國人受委屈的。

杭州府是一個很繁榮的大城市。它的附近出產生絲的數量極大。我曾問過船上的中國人，這裏出產的是哪一種桑樹，有些人說是紅色的，有些又說是白色的。我又問他們怎樣種植，但中國人對什麽事情大都存有疑忌之心，又認爲我們太過好奇和多事。

十一月十一日，星期一。　下午接到高華勳爵一信，係十月十五日從舟山發出的，其所以遲至今日，也許是中國政府疑忌外人之心，所以故意壓擱了幾乎一個月才送到。信裏說，「獅子」號的船員有很多生病，醫生和大副的病似乎無復原希望。船上又缺乏藥物，尤其是鴉片和樹皮（一種可做藥用的樹皮），所以「獅子」號不得不加速開往廣東海口，希望獲得兩種東西，以蘇同人之困。待買得後，就立即北返，在舟山等待我們。

我見信後，就去見長大人，把這件事對他說了，並說，計算時間，現在「獅子」號或已在赴澳門途中，如果能立刻送一封信去，高華勳爵一定能收到，不知長大人能否代爲辦理此事。長大人說可以的，他說：「請你快些寫好送來，兄弟立即派專差趕程送去廣州，請勃郎先生轉交，一定不會有誤的。」我寫好信給高華勳爵，對他說我正在往廣東途中，叫他收信後，停船在澳門等候，未見我面，或未得我消息，千萬不可開往他處。

十一月十二日，星期二。　長大人今日又來拜訪一次，他每次來訪，都使我們和他的情誼更加深一層。

「出使中國記」記云：新總督陪同松大人和特使在一七九三年十一月九日一同進入杭州府。

運河最終流入杭州府郊外一個大盆地。……杭州府位置在運河盆地和錢塘江之間。……城內人口繁盛程度同北京差不多。除了城牆而外，全城沒有高大的建築。房屋很矮，沒有高過二層的。街道狹窄，中心是板石鋪路。兩旁是碎石便道。城內主要街道上大部分是商店和貨棧，其中許多規模之大不下於倫敦同類棧房。絲織品商店最多，也有不少皮毛和英國布匹商店。街道上來往行人非常擁擠，其中一部分固然是專門出來看外國人的，但大部分人都有本身的事務。每個商店櫃台後面都站着幾個店員，都是男人，沒有一個女店員。絲綢等刺繡完全是婦女做的，杭州府大批婦女從事這門行業。大部分人穿的都很好，表現出他們的生活是相當優裕的。

中國人按照本人的身份和一年四季氣候穿衣服，式樣是千篇一律的。卽使是婦女，除了頭上的花和飾物而外，衣服的式樣也是一律的。他們經常在絲質的而不是亞麻的內衣外面穿一件馬甲和褲子，在冷天，裏面有皮毛，上面再套一件長的綢緞袍子，腰間束一條絲質腰帶。衣服的式樣雖都相同，但衣服的色澤則隨各人的嗜好而有所不同。婦女們認爲豐滿是男子美的標準，但她們自己都注意打扮得非常瘦細。她們多數留長指甲，眉毛修成細長弧形。

到達杭州府以後，特使知道伊拉斯馬斯·高厄爵士（仲龢按：我在正文中譯爲高華勳爵）已於十月十六日隨「獅子」號船離開舟山。皇帝接到松大人的報告後，立刻命人把特使寫給高厄爵士的信件送出，但時間上已來不及。高厄爵士沒有接到這封信之前已經出發了。假如在十月四日特使託和中堂轉遞信件那天立刻送出，時間還來得及。這封信修改了特使以前給他的指示。特使本來預計可能在北京有一個較長的勾留，曾指示高厄爵士在這個期間出去轉一遭，到明年五月趕回廣州。在此之前，東印度公司貨船顧慮到節季風的來到，將甘冒沒有護航船的保護返回歐洲，也不願在這裏多等一年。這樣一來，特使匆忙離開北京的目的就落空了。但事情仍有一線希望，使特使不誤時機利用「獅子」號護送本年度商船回國。

高厄爵士在離開舟山的前一天，寫信報告特使：船上一些絕對必需品，尤其是藥品，在舟山買不到，他將先要到廣州走一趟，託英國商店代購，然後再按照特使指示的路綫出發。高厄爵士可能在廣州有幾天耽擱，特使再寫一封信送去廣州，或有可能來得及送給他。好在松大人和新總督俱不像和中堂那樣疑忌特使，特使馬上寫了一封信通過廣州東印度公司代理人轉高厄爵士。……

使節團在杭州府不得不耽擱幾天做好一切準備工作。幾位團員假定「印度斯坦」號船能在舟山上滿貨物，直接返回歐洲，而「獅子」號在沒有接到特使信之前已經從廣州開去，他們都寫了信託「印度斯坦」號帶回歐洲。假如眞的這樣，高厄爵士在赴日本途中經過台灣海峽的時候將遭遇東北方向季節風。它逆着季節風向北航行，速度一定很慢，仍然有可能在台灣海峽遇到「印度斯坦」號。因此馬金托什艦長也帶了特使託松大人差人送到廣州給高厄爵士的同樣信件。

在杭停留期間，王大人仍然和從前一樣熱誠，邀請了巴羅先生和其它幾位團員游玩西湖。他們坐了一隻漂亮舒適的游艇，還附帶了一隻承辦食物的小船，泛舟游湖。西湖是砂礫底，湖水很淺，非常澄清。湖裏魚很多，可以釣出來立刻烹食。湖面上有很多游艇，游湖的都是男人，這裏的婦女不在這種場合出面。美麗的湖水，直徑約三四里長。在湖的北面、東面和南面環繞半圓形一系列名山勝地。由山底直到湖邊一條不寬的平地上做了適應環境的風景布置。西湖周圍建了許多達官貴人的別墅，著名的寺廟，還有一座皇帝行宮。湖水同從山邊冒出來的小溪流在峽谷中匯合，上面建了輕便巧妙的石橋。山頂有幾座寶塔，其中一個名雷峯塔最著名，它建築在突入湖面的一個險峭半島的邊沿。它的下面四層仍然屹立在那裏，上面的幾層都傾塌了。在它朽爛的飛檐上還看得出規則的雙道曲綫。上面生滿了小樹、綠苔和野草。在同樣情況下，歐洲建築物一定要產生常春籐，但在中國任何地方沒有這種東西，雷峯塔的拱門和嵌綫是紅色的，塔是黃色石頭砌的。它現在的高度不超過一百二十呎。據可靠的說法它是兩千年以前孔夫子時代的建築物。（仲龢按：雷峯塔又名叫黃妃塔，用磚砌成的，是五代時期的建築物，一九二四年倒塌，它的壽命只不過七八旦年而已。此處所指的恐係寶石山上之塔。）

在山間樹林，丘陵聳突處和山谷中間有幾千個墳頭。每座墳都是一座小房子形狀，六到八呎高，藍色油漆，墳的前面建有白色楹柱，排列得好像一條一條的小街道。：：：墳的周圍都是松柏成林，它的深暗陰鬱顏色正好配合這種悲哀場所。歐洲教堂墓地所種的紫杉木，在中國從未見過。中國許多墓地上種的長的枝葉垂落的羅漢柏歐洲也沒有。中國的墳頭是各種各樣的，有土墳，有石頭墳，也有木頭的。我們所見到的是杭州府很大的墓地之一。這一帶居民也有把棺材埋在田地裏、花園裏、公路兩旁或運河兩岸的。

在這塊墓地上，差不多每夜都有人拿着火把到自己親屬墳前祭供，撒花燒香，在墓碑上裝飾絲綢或紙畫。

在此期間，曾發生了一個微小事件，引起中國方面無謂的驚恐。事情雖小，但足以說明中國人對於外國的一切事都過於敏感。在使節團分配到舟山和廣州的行李時候，錯把幾件行李追回來，三位使節團員在一位中國官員和一個僕人陪同下，清晨騎馬趕去。他們圍繞城的東部經過一個美好的平原來到河邊。在這裏，他們換坐一個牛拉車。車裏面有毛氈，有綢面子的棉坐墊，由三個健壯水牛拉着。好似駱駝一樣，這幾個牛都在鼻子軟骨上穿着繩子。趕車的人騎在當中一個牛背上，把車子和牛趕到水裏走了一段路。以後又換上小船渡到對岸。上岸以後，又換上肩輿走了一哩路來到去舟山的運河。他們在這裏把行李追回來，又回到等在運河盆地的船上。渡過運河之後，三位英國人認爲可以不必像剛才一樣，繞着城牆走，走直路進城快得多。這位陪來的中國官員認爲讓外國人穿行城內不妥當（事實上，王大人已經帶着英國人這樣走了），偷偷地差一個人飛快跑在前面，通知關上城門，客人來到城門的時候，把守城門的衛兵們說，城門鎖匙在長官手裏，無法開門。照例這個城門晚上才關，現在白天突然關起來。城內軍隊以爲出了什麽事故，馬上動員起來做好戰鬥準備。事情傳到王大人那裏，三個英國人在中國最大最堅固的城市之一引起了這樣一場無謂的大驚小怪，他不禁啞然失笑。

大華

合訂本第二冊

只有精裝本一種；
定價每冊二十八元

自21期至42期

一九六七年至一九六八年

現在裝釘中，約一個月後可出版，詳細目錄，請查閱大華一卷七期所載。

定價每冊港幣一元

大華

第一卷 第九期（三月號）

大華

合訂本第二冊

只有精裝本一種：
定價每冊二十八元

自21期至42期

一九六七年至一九六八年

現在裝釘中，約一個月後可出版，詳細目錄，請查閱大華一卷七期所載。

大華

第一卷　第九期（總51號）

藝術家姚茫父……高伯雨 2
張大千畫士女……溫大雅 5
與張大千先生談「明代朱家的家譜」……許　逖 6
台山、新會的新寧鐵路……周康燮 9
辛亥說豬……陳　潞 13
大胖子林葆恆……味　雲 15
伏波將軍銅柱置處小考……司馬攻 16
釧影樓回憶錄……包　生 17
推斷之難……陳　思 18
朱執信驅龍倒袁之一幕……直　言 21
陳炯明蓋棺後論（續）……李啖生 22
論「春秋」的作者（續）……佛　隱 24
給佛隱兄的回信……柯榮欣 28
跋呂、柯二兄論春秋作者信後……曹聚仁 28
哀香港（香港浩刦三十周年憶語）……容　甫 29
讀水滸傳（六續）……季　炎 32
秦淮雜詩五十首（一）……季　炎 34
春風廬聯話……林　熙 35
英使謁見乾隆記實……秦仲龢譯 38

封面插圖：豬（希臘五世紀陶畫）

大華（月刊）第一卷第九期（總51號）

一九七一年三月一日出版
Cathay Review (Monthly)
Dah Wah Press.
36, Haven St., 5th fl. Hong Kong

出版者：大華出版社
地址：香港銅鑼灣希雲街36號6樓
電話：七六三七八六

督印人：柯榮欣

總編輯：林熙

印刷者：大同印務公司
香港北角和富道96號
電話：七一七五四四

總代理：吳興記書報社
香港中環租卑利街十一號二樓
電話：H四五〇五六一
四五〇七六六

星馬代理：遠東文化事業有限公司
新加坡廈門街十九號
檳城香田仔街一七一號

越南代理：聯興書報社
越南堤岸新行街二十二號

其他地區代理：
澳門：可大文具店　寮國：永珍圖書公司
亞庇：利文公司　斗湖：光明書店
千里達：中華公司　菲律賓：玲瓏書局
倫敦：東寶公司　紐約：友聯圖書公司
芝加哥：杏林春　洛杉磯：永安堂
波士頓：中西公司　檀香山：大元公司
三藩市：新生圖書公司　三藩市：文化商店
加拿大：香港商店　加拿大：新國華公司

藝術家姚茫父

高伯雨

一九五八年七八月間，我偶然往訪唐天如（恩溥）先生，見他的書桌上放着十來張黃賓虹的山水畫。唐先生逐張打開給我欣賞。這批畫件中，大部分是他拿往參加朋友們主辦的黃賓虹遺作展覽的。其中有一幅的上款題「重光先生」，我失聲道：「這是姚茫父的啊！」唐先生答：「不錯，是姚茫父的。」我好奇地問：「是不是您買來的？」唐先生笑道：「不是的。說起來也可算是『海盜行爲』，但也頗有趣。辛酉年（即一九二一年。唐先生永不提民國幾年或西歷幾年的）我經上海往北京，黃賓虹剛剛游罷富春江歸來，寫了這幅東西，託我帶入京送給姚茫父。我入京必住黃晦聞家中，晦聞最不喜歡姚茫父，他見賓虹這幅畫寫得如此可愛，就說：『給姚胖子，不如給我。』意欲扣留不發。因此我就收藏起來，誰都不送。姚、黃後先謝世，此畫遂爲荒齋所有矣。」

我問道：「姚茫父知道這件事嗎？」唐先生說不知道。我笑道：「那麽，姚茫父可謂到死都蒙『不白』之冤了，這眞是藝壇一韻事呢。」

唐先生又拿出姚茫父雙鉤草書長條給我看，這幅字長約四尺，廣八寸，朱絲闌，字大徑寸，筆致甚爲活潑。這種字大都是先寫好了，才放在白紙下面雙鉤出來的，完全是藝術家游戲別開生面之作，但也要手法純熟，神氣貫串，看起來像用筆寫成的一樣，這才能稱得上到家。

姚茫父是一個多才多藝的藝術家，他的詩、文、書、畫、詞、曲皆有相當造詣，雖然不能說是一代大師，但他的人格和藝術家氣質，則遠非今日一般稱「大師」而市儈氣十足的傖父能與之比擬。他一生窮困，而安貧樂道，絕不行詭道而增加其物質享受，這樣的藝術家正是我們要尊敬和學習的。徐志摩跋茫父所譯太戈爾「五言飛鳥集」有一段講到他晚年的生活和藝術的成就。摘錄如左：

•姚茫父像•

姚先生不幸已經作古，不及見到這集子的印成，這是可致憾的，因爲他去年曾經一再寫信給我問到這件事。我最後一次見姚先生是一九二六年的夏天，在他得了半身不遂症以後。我不能忘記那一面。他在他的書齋裡危然的坐着，桌上放着各種顏色，他才作了畫。我說「茫父先生，你身體復原了嗎？」「病是好了」，他說，「只是祇有半邊身子是活的了。」「既然如此，」我說，「你還要勞着畫畫嗎？」他忽然瞪大了眼提高了聲音，使着他的貴州腔喊說：「沒法子呀，要吃飯沒法子呀！」我只能點着頭，心裡感着難受。雖然他的成就也許不易說到一個大字，茫父先生在他的詩裡，如同在他的畫裡，都有他獨闢的意境。貴陽一帶山水的奇特與瑰麗，本不是我們祇見到平常培塿的江南人所能想像；茫父先生下筆的胆量正如他的運思的巧妙，他可以不斷的給你驚奇與訝喜。山抱着山，他還到山外去插山，紅的，藍的，青的，黃的，像是看山老人「醉歸扶路」時的滿頭花。

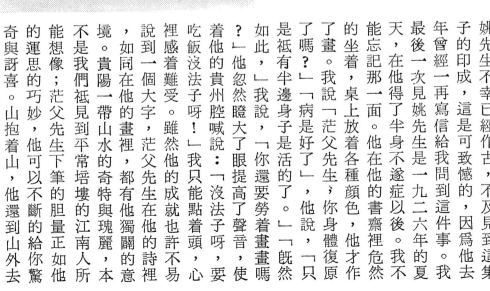

水繞着水，他還到水外去寫水，帆影高接着天，蘆葦在風前吹弄着音調。一枝花，一根藤，幾件平常的靜物，一塊題字，他可以安排出種種絕妙的姿態。茫父先生的心是玲瓏的。

姚茫父單名一個「華」字，字重光，貴州貴筑人。清光緒末年已在北京做小京官，舊日做京官的人，如果志趣高雅，不喜奔競的，大都利用辦公餘暇，致力于學問，茫父就是這樣的一個，故此他能藉微祿而解決生活，集中精神去研究他所愛好的金石書畫，旁及音律，崑曲、皮黃，當年北京的藝人如梅蘭芳、余叔岩、程硯秋、楊小樓、俞振庭、譚富英父子，無不向他請教，事以師禮。他死于一九三〇年，只得五十六歲，如果他能像他的朋友齊白石、黃賓虹、羅敷庵、陳叔通、李釋堪等人享高壽，他的藝術成就更不止此了。

茫父自光緒三十年甲辰（一九〇四年）卽卜居蓮花盦，友人張次溪有「蓮花盦記」，錄之如左：

彰儀門內有蓮花寺，姚師茫父故居也。寺之別院，段若膺先生舊曾旅此，所謂蓮花庵也。庵當在寺先，戴菔塘記而未詳。以余考之，北院爲寺，南院爲庵，兩院各爲門戶。南院舊爲天齊宮，順治初，太常司樂張本玉，因嘉靖舊院而修葺者也。有碑可考，此舊院或卽庵，多年失修，近又塌漏。丙寅（按：卽一九二六年）秋，姚師商之住持雪庵上人葺之，而榜以蓮花盦，存故名也。盦內爲岱宗堂，後爲何陋軒，供王陽明先生像，另設泰山府君段若膺先生、洪稚存先生神主祀于中。寺所在深巷，名灣，曰蓮花寺灣，省之曰蓮灣，實無水，但荒涼若水耳。丙寅秋，姚師復有題蓮花盦一律，以陳丈師曾所爲圖本，合裱成冊，亦舊京一段佳話也。

姚茫父的風景畫

清末名士，多喜歡卜居蓮花寺，如徐琪、陳衍，其最著者。茫父未死前，北京藝人名士，經常到蓮花寺談天，梁啓超、王夢白、陳師曾、梅蘭芳，幾乎三兩天必到。陳師曾爲茫父作「蓮花盦圖」，茫父題詩云：「前聞誰憶藤陰記，門徑極佳似舊庵。別院百年荒已甚，幽棲一榻臥仍堪。著書今日玉屏後（自注：段若膺先生成「詩經韻譜」、「群經韻譜」于此，卽「六書音韻表」也。時爲乾隆己未九月。明年三月，銓貴州玉屏縣，見寄戴東原書）；成詠昔人接葉難（自注：接葉亭在爛麵胡同，中間祀芷塘葺而居之，王蓬心爲繪圖徵詠，李調元句云：「雨屐送僧蓮寺近」，亦見「藤陰雜記」）。囘首來時新種樹，倚天松柏欲參天。」

民國十四年乙丑（一九二五年）茫父五十生日，梁超啓寫了一首五言古詩爲賀，此詩寫得很有風趣，可作茫父小傳讀。任公先生晚年不大作詩，他自作的詩，常請林宰平爲他修改，但這一首，宰平只改動三二字而已，可見是興會之作。詩云：

茫父墜地來，未始作老計，斗大王城中，帶髮領一寺。廿年掩關忙，百慮隨緣肆。疏疏竹幾莖，密密花幾隊；半禿筆幾管，破碎墨幾塊。揮汗水竹石，呵凍篆分隸；弄舌崑弋黃，鼓腹椒葱豉。食擘唐畫磚，睡抱馬和志。（唐畫磚、馬和志，皆出土古物，磚共五方，茫父得其二，大喜，因其居曰磚墨館。——引注）校碑約周髯，攘臂閱眞僞。晡飲來跛蹇，詼諧遂鼎沸。爛漫孺子心，倘蕩狂奴態。（「髯周，名大烈，字印昆，湖南湘潭人，陳師曾業師，許地山的岳父。大烈五十始學爲詩，進步極速，他常到蓮花寺與茫父辨論金石，往往爭到面紅耳赤。「跛蹇」是邊義人蹇念益，字季常，因跛足，朋友以跛蹇呼之。他和梁啓超交誼最厚，爲進步黨中堅分子，且策士也，民國初年爲國會議員。一九三〇年九月八日，以厭世服安眠藥自殺，後茫父之死才數月耳。）曉來攬鏡詫，五十忽已至。髮如此種種，老矣今伏未？鏡中人囅然，那得管許事，老屋塌穿空，總有天遮蔽。去年窮不死，定活一百歲（自注：「嗟我與君同丙子，四十九年窮不死」，茫父亦以丙子生）。芍藥正盛開，蝴蝶成團戲，豆苗已可摘，玄鯽恰宜膾。昨日賣畫錢，況够一日醉，相携香滿園，大嚼不爲泰。（香滿園是當日北京著名的貴州館子。有人說，是姚茫父所設的，未知確否。案：丁文江「梁任公先生年譜長編初稿」，載一九二五年五月十一日，與其子女書，言爲壽姚茫父五十詩事：「我昨晚又作一首詩給姚胖子五十壽，做得好頑極了，過兩天我一齊寫好給小寶貝莊莊。」又，十二日致林宰平書云：「壽茫父詩，昨託季常呈政寄復，輒復推敲，所改不少，原稿末段太促，餘亦多未穩處，改後似稍愜矣。再奉寄乞評敎。」一九五六年五月我在北京晤林宰平先生時，詢以爲任公改壽姚詩事，他說只改動三四字而已。——引注）

茫父有和作云：

夙昔志千載，亂來久無計。眼看割據成，余亦踞破寺。一日草間活，買書時拓地。故紙已繞屋，身入古人隊。積爲骨董癖，搜羅到瓦塊。幾家金石錄，姓氏敎改隸。氈拓自繫題，如下蕁羹豉。搦管無不爲，將來難狀誌。鑒眞得反脣，我身倘亦僞。掩關百不競，萬流況鼎沸。少年掉頭去，祗此仍故態。因之擬述作，胡爲吟老至。不信五十年，日艾艾猶未？皇皇倉籀業，董理非細事，請于十年後，爲除群言蔽。發憤今以始，石田有良歲，嘉言增感激，攄作答賓戲。願言具酒食，牛羊與魚膾。觥酬賢聖雜，佛前共賓醉。不死莫論窮，在陋何否泰。

我小時候就知道姚茫父的大名，第一次見到他的字，還是一九二四年的事。這一年的暑假我往汕頭小住數天，見張淑岱從北京寄贈大姪伯昂一些當代名人書畫，其中就有姚茫父寫的一對對聯，當時我覺得他的名字很怪，但字却不怪，很想將來到北京求學時結識他。可惜我第一次居北京時，他死已三年了。一九五六年我在琉璃廠冷肆，買得羅敷庵所藏的扇面數頁（羅君死于一九五五年，年八十二歲，不久後，他所藏的時賢書畫，已在北京市面出現，所值極微），其中有一頁是姚茫父寫賀羅敷庵五十生日詩，另一面是名畫家汪藹士的梅花（藹士名吉麟，工畫梅，四十年前常爲梅蘭芳代筆），也有姚茫父的題字。今錄茫父之作于此。

慘綠回頭等夢身，春明久識季方陳。生從蒲磵名仙地；親見蓬萊隔海塵（旬

姚茫父和梁啓超詩

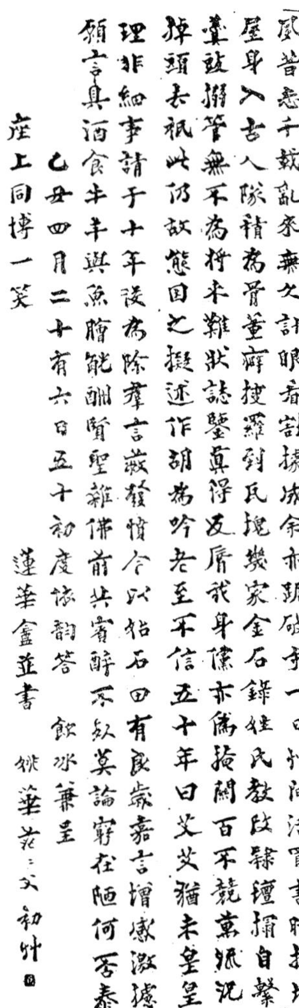
夙昔志千載亂來無久計眼看割據成余亦踞破寺一日草間活買書時拓地故紙已繞
屋身入古人隊積爲骨董癖搜羅到瓦塊幾家金石錄姓氏敎改隸氈拓自繫題如下蕁
羹豉搦管無不爲將來難狀誌鑒眞得反脣我身倘亦僞掩關百不競萬流況鼎沸少年
掉頭去祗此仍故態因之擬述作胡爲吟老至不信五十年曰艾艾猶未皇皇倉籀業董
理非細事請于十年後爲除群言蔽發憤今以始石田有良歲嘉言增感激攄作答賓戲
願言具酒食牛羊與魚膾能酬賢聖雜佛前共賓醉不死莫論窮在陋何否泰
乙丑四月二十有六日五十初度依韻答　飲冰兼呈
蓮華盦並書　姚華茫父初草
座上同博一笑

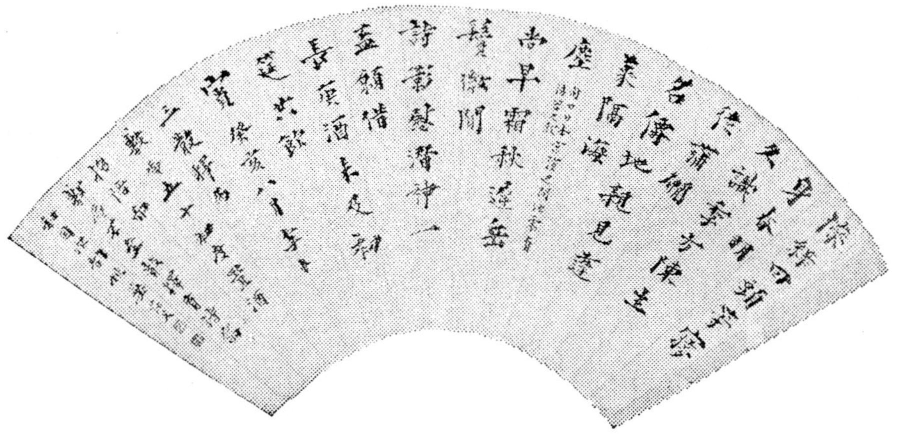

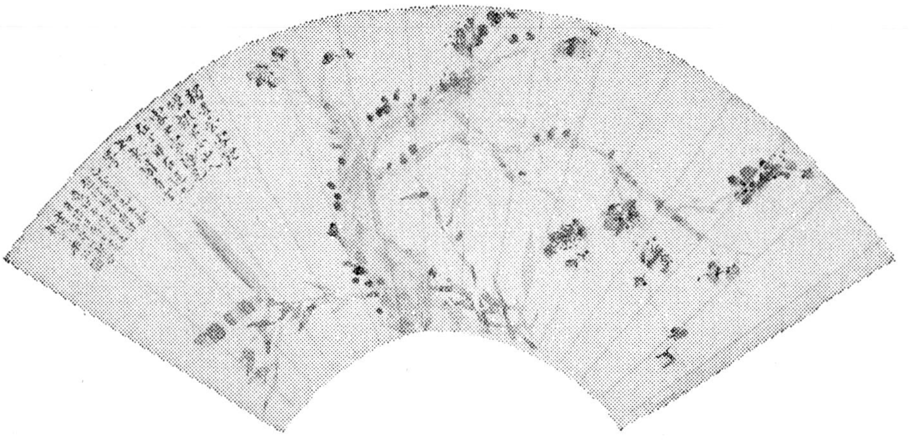

姚茫父壽羅敷庵詩扇

日日本京濱之閉地震，有陵谷之歎。）

尚早霜秋遲岳鬢；微聞詩影慰潛神。
一杯願借長庚酒，未及初筵共飲賓。

癸亥八月，李十三散釋爲敷庵五十初度置酒招陪，而敷庵不至，散釋有詩屬和，因次韻。姚華茫父。（下蓋朱文「姚華」，白文「重光印」。）

另一面茫父題字云：

獨淩風雪飽烟霞，不必山人處士家。
隱見在心非在跡，也知東閣有官花。

元養蒙先生集題梅隱詩，適得舊鈔本，遂書之。丹陽汪藹士畫端，卽以壽敷庵。華記。（下蓋白文「姚華之印」小印。」

題記甚有趣。民國十二年（一九二三年）羅敷庵五十生日，李宣倜（字釋戡，號散釋，福建閩縣人，一九六一年六月八日，以心臟病死于上海，年七十三）設宴祝賀，而壽翁不至，因爲他不到，才惹出有這樣一首好詩。癸亥至今已四十九年，這一年我開始知道羅癭公兄弟之名（癭公是敷庵的從兄，光緒末年，兄弟同至北京賣藝餬口），又過十年才和敷庵相識。梁啓超，姚華兩人的詩，皆與五十生日有關，故拉在一起記之。

張大千畫士女

溫大雅

「在九華堂裕記見張善子，大千兄弟合作虎圖四幅，大千補景者。善子畫虎，自是今之名手，然少韻致，亦由欠生動也。此四幅虎皆瘠，蓋聽經而不食生者歟？又有大千所畫士女一幅，衣褶有大病，面貌則非古非今，又體肥而短，舉止之狀亦不大方，似一閨婢耳。大千以畫負當世盛名，然氣韻不厚，模古有餘，自創不足；駭俗有餘，入雅不足。」

以上的話，是廿七年前馬叙倫先生所說的（見「石屋餘瀋」），所評甚精當。溥心畬先生也曾對我說，張大千畫士女，如不像月份牌中的美人，則如街頭蕩婦，故不雅也。

本刊第一卷第一期至第八期，尚有存書，讀者如欲補購，請寄郵票一元，當卽寄上。

談學問扯不得靶子

——與張大千先生談「明代朱家的家譜」

•許 逖•

這篇文字原載台灣的「新夏」雜誌第十二期（一九七〇年六月十五日出版），許逖先生此文，言之有物，非如一般漫罵者可比，且與前登「張大千其人其事」一文（見大華第五期）一文有聯帶關係，故亟爲轉載，以餉讀者，并多謝台北的那一位讀者朱啓明先生寄給我們這樣好的材料。他來信說：「新廈」已經停刊了。——編者

張大千先生自從造假畫成了名後，數十年來無論到那兒，風頭之健絕不輸於電影明星。尤其是近年的數度回國觀光，更是被人捧爲國畫大師，不但畫成了「泰斗」，連「論畫」也成了寫匠。因此張先生在今日台灣，「放言高論」的「權力」和「機會」也特別大。

這一次由故宮博物院召開，而在台北舉行的中國古畫討論會，據大會的中國主席（另有日本主席）葉公超先生稱，不僅在中國是空前的，而且在世界上也是規模最大的一次。當然對於中國古畫的究研有着特別深重的意義。

張大千先生也以海外中國代表的身份，出席了這次大會。雖然國人對這位國畫大師寄望甚殷，以爲他定能在會中發表眞知灼見。誰知張大師從頭到尾沒有作過任何正式與畫有關的發言。然而張大師到底不是甘於寂寞的人，終於在「會外」仍說了他想到就說的話。六月二十五二十六兩日，張先生都對李葉霜先生在大會中發表的論文的「考證八大山人即朱容重」部份，表示了高見。

不知是張大千被記者先生捧暈了頭，還是他的眼疾影響了他的大腦，而「錯把台北當巴西」，這一回竟開了道地的，四川人所謂黃腔。因爲張大師的談語，只與讀書有關，而與畫理無涉，稍微肯翻翻中國書的人，也就能對張大師的宏論聊表常識性的意見。

依中央日報報導李葉霜先生的推論，根據種種資料證明八大山人即朱容重，得到畫家劉延濤、姚夢谷兩位先生的支持。而張大千却否定了這項推論。他說：「過去也曾有過這種設想，後來經過研究，發現石濤的譜名，是『若』字輩，而朱容重的譜名是『容』字輩，在明代的皇家家譜上，『容』字輩高於『若』字輩，即然八大山人是在石濤之後，所以八大山人不可能即是朱容重。」老實說，除非神經病院能證明這位國畫大師的大腦的確有毛病，否則今日台灣絕不能接受這種只有長臂猿方能同意的胡說。因爲對中國繪畫史稍有普通常識的人都知道，古今中外從來沒有一項「資料」說過「八大山人是在石濤之後」。甚至將張大千先生當作「眞跡」賣給美國收藏家（據說現存普林斯頓大學教授方聞先生處）的石濤求八大山人「畫大滌草堂圖」的一書札，所謂「大風堂本」也就可以證明這位大鬍子畫家的胡說是表演自括耳光：

「聞先生花甲七十四歲，登山如飛，眞神仙中人。濟將六十，諸事不堪。十年以來，見往來者所得書畫，皆非濟輩可能讚頌之實物也。濟幾次接先生手教，皆未得奉答，總因痛苦，拙於酬應，不獨先生一人，四方皆知濟是此等病，眞是笑話人。今因李松庵兄還南州，空函寄上，濟欲求先生三尺高一尺濶小幅，平坡上老屋數椽，古木樗散數株，閣中一老叟，空諸所有，卽大滌子大滌堂也，此事少不得者。餘紙求法書數行列如上，眞濟實物也。向承所寄太大，屋小放不下。款求書大滌子大滌草堂，莫書和尚，濟有髮有冠人，向上一齊滌（按此句似解釋所以自稱大滌子之意，卽一切過去，一齊滌去）。只不能還身至西江，一覩先生顏色爲恨。老病在身，如何如何！雪翁先生濟頓。」（轉錄自徐復觀先生著「石濤之一研究」頁九）

雪個是八大山人的別號，釋道是石濤的法名。無論如何這封大風堂珍藏過的石濤「眞跡」的書札，已給了這位國畫大師張大千一記耳光，只是鬍厚頰豐，一記耳光未必就能使臉發紅罷了。

讓人莫名其妙的是張大師開了一次黃腔竟嫌不够，緊接着第二天還要扯靶子：

「據國畫大師張大千說：八大山人、石濤、朱容重之間，雖有關係，但並非八大山人就是朱容重。」

大千居士說：「他過去曾對三人的關係，作過多方面的探討，並曾藏有石濤的畫、信（已陷入匪區），知道在明代宗室中，朱容重爲『容』字輩，按照明代朱家的家譜高於『若』字輩，而『若』字輩又高於『由』字輩，由此毫無疑問的證明了朱容重不可能卽是八大山人。

大千居士又說：他過去曾有一件石濤寫的詩（已出售），上面有一句「石父由君始」，此句源由於石濤早年喪父，不了解生父的生平，後來得父執輩的長者，告訴石濤，其父曾爲浙江石門邑令——卽是朱容重，而根據家譜，朱容重的遠祖爲朱元璋，八大山人的遠祖是元璋之兄，所以按照關係推論，石濤爲八大山人的叔輩，朱容重則爲八大的叔祖。」（六月二十六日中央日報第六版）。

這段文字中的謬誤之多，嚴格的討論起來，至少要花一兩萬字才可以使張大師完全了解什麼才是對的，似乎犯不上浪費太多的時間和篇幅。所以我們只想代張大千先生查一下眞正的「明代朱家的家譜」，以說明這位國畫大師靶子胡扯到什麼程度。

按商務印書館出版的「明會典」卷之一宗人府曰：「凡東宮親王位下，各擬名二十字，日後生子及孫，卽以上聞，付宗人府。所立雙名，每一世取一字以爲上字。其下一字，臨時隨意選擇，編入玉牒，至二十世後，照例續添，永爲定式。下字俱用五行偏傍者，以火土金水木爲序，惟靖江王府不拘。」

這裡所謂「東宮親王」卽明太祖朱洪武的兒子們，「各擬名二十字，每世取一字」正是他們的家譜。靖江王的始封者朱守謙爲明太祖的從子（兄之子）朱文正之子，也就是所謂姪孫。因此靖江王位下的每一世，要比其他東宮親王位下的每一世低一輩。今爲說明「容」、「由」、「若」三字之間的輩份關係，特將燕王、楚王、靖江王三府世譜錄來作一比照：

燕王位下　今爲帝系

高瞻祁見祐　厚載翊常由

慈和怡伯仲　簡靖廸先猷

楚王位下

孟季均榮顯　英華蘊盛容

宏才升博衍　茂士立全功

靖江王位下

贊佐相規約　經邦任履亨

若依純一行　遠得襲芳名

從上面的排列，我們明白的看出，「由」字和「容」字是同輩。「由」字和「容」字排列上比「若」字大一輩，實際上應大兩輩。如果八大山人是「由」字輩或「容」字輩，則正好是石濤的叔祖與張說完全相反。而且石濤的遠祖才是朱元璋之兄，八大山人如果是「由」字輩或「容」字輩，其遠祖就是朱元璋。

於是也就證明了張大千先生的「按照明代朱家的家譜，『容』字輩高於『若』字輩，而『若』字輩又高於『由』字輩，」純粹是睜着眼睛瞎說胡話。他似乎認定了台灣沒有人能再讀中國書，可以聽任他扯這種只配到非洲去騙長臂猿的靶子。因爲除非張大千先生手裡能够改變歷史的巴西版「明代朱家的家譜」，就絕沒有人能准他開這種違背普通常識的黃腔。

為了使國畫大師張大千先生了解今日台灣並非非洲蠻荒，個人願就讀明史的普通常識，對張先生的瞎話作幾點簡畧的辨析。

一、朱容重絕不能被認定為「明代朱家家譜」的「容」字輩。因為按照明代宗人的制法「下字俱用五行偏傍者，以火土金水木為序。」也就是說如果朱容重是「容」字輩，「容」字下就該是個木為偏傍的字，如明崇禎帝的名字是朱由檢（「由」與「容」同輩）。

二、明代的典制，宗室不能作地方官。石濤姓朱，名若極，其父為朱亨嘉是靖江王嫡系的子孫，譜系非常清楚，而且朱亨嘉於清順治二年乙酉（一六四五）五月南都陷後，自稱監國於廣西，為唐王總督丁魁楚、巡撫瞿式耜被擒，送福州被殺。顯然是歷史公認的明朝宗室。因此石濤之父也就不可能「為浙江石門邑令」。

三、朱容重是否即石濤的父親，是需要完整的歷史資料來考證論定的。那能聽任張大千先生隨便亂序倫常的扯幾句靶子就算了數。所以張先生要講學問，就得拿出完整的證據來。光扯靶子是不行的。

個人對中國古畫雖有深愛，却無任何特殊心得，對於考證則更無任何興趣。所以這兒談的只要說明一件事實——今日台灣中國書還是有人肯翻翻的。至於朱容重究竟是誰？倒不是很關心的事。

寫這篇東西時，順便翻閱了王方宇教授在中國古畫討論會中發表的論文「故宮傅綮寫生冊與八大山人早期作品」其所附圖片中，有取自故宮博物院藏的傅綮花卉（寫生冊）與私人收藏的傅綮荷花冊頁的。因為傅綮荷花冊上「『有己巳以後所得』及『大風堂』兩印。知此冊曾經張大千先生收藏。有人據此疑為偽物。」（王方宇先生語）覺得的確大有意思。古畫一經張大千先生收藏，就有人據此疑為偽物」，可見張先生偽造古畫的名氣實在太大。為了便利大家辨識一下上述兩種傅綮的花卉有無眞偽的差別，特把故宮收藏的與張大千先生收藏過的，各取兩張比照於下。也許我們可以因此對國畫大師張大千先生有更完整的了解。（林熈注：因複製不清楚，故不轉載）五十九年六月三十日於台北永和。

假石濤像

鹿江圖文

亦僧亦盜亦畫工
奇裝異服騷鬍子
兩眼財色冒瞎尊
慣造妙聞招大風

（轉載台灣【新夏】雜誌）

——（接下第十二頁）——

問官。……」

公益至新會城段，自一九〇九年（宣統元年）八月測勘興工後，於翌年十月全程續成，沿途設車站十三站，北起都會，南訖麥苞以抵公益。江門、白石段展築問題，仍僵持未下，而清社遂屋。訖一九一三年，粵漢鐵路湘段收歸國有（廣段仍歸商辦），漢粵川路由交通部直轄，粵漢路廣段及新寧鐵路轇轕，頓告廓除。江門至白石段，遂於一九一四年間奉准續成，東起北街，南連都會，綜計全程一百三十餘華里。沿途設站凡三十五。即北街—白石—江門—都會—會城東—惠民門—汾水江—蓮塘—大潭—南洋—沙冲—白廟—司前—大王市—牛灣—麥苞—公益—萬福—大江—陳邊—水步—東坑—扳崗—寧城—東門—大亭—松朗—五十—下坪—四九—大塘—虹嶺—冲蔞—六村—斗山。是為新寧鐵路幹綫。

又自寧城至白沙設一枝綫，東起寧城，西訖白沙，沿途設站凡十。即：寧城—筋坑—水南—官埗—三合—黎洞—上馬石—長沙—田坑—白沙。是為新寧鐵路枝綫。

附註：本篇據引書籍，取材自光緒朝東華錄及東方雜誌。為行文簡便起見，未及註明，至歉。辛亥元日著者附志。

台山、新會的新寧鐵路

周康燮

鐵路交通，在十九世紀中葉，已盛行于歐美，但中國鐵路之興建，則濫觴於十九世紀後期。光緒二年（一八七六）正月，在華英國商人，未經中國政府許可，擅在上海鋪設路軌，修築淞滬鐵路，五月初十日，全路工程告竣。後來因爲火車輾死一名軍士，地方人士鼓噪，鄉民示威反對。兩江總督沈葆楨，嚴令上海關道交涉停止通車，英商不允。時値英國駐京公使威妥瑪，以調查滇案，道經上海，飭商人暫停行車。及煙台條約成立，直隸總督北洋大臣李鴻章，與英使議定將路贖回，派道員盛宣懷赴上海，與滬道、英領會商辦法，出欵二十八萬兩贖回折毁。是爲中國初有鐵路之始。

一八七九年（光緒五年），直隸省開平煤鑛開採，由鑛局出資建築唐山鑛區至胥各莊之鐵路，專供運煤之用，於一八八一年完工，全程約爲九公里。是爲國人建築鐵路之眞正開端。但輪車之開動，非用蒸汽機爐動力，而是用騾馬拖曳以行。其後再延展約三十公里，南抵薊河邊之閻莊。迄一八八七年，李鴻章商得醇親王奕譞之同意，由海軍衙門奏請將路延長，南接大沽北岸，北接山海關，　成爲今日全國鐵路網中關內外（京奉路）幹線最早之一段。

辛丑條約締訂後，淸廷銳意維新，朝野風氣大開，以鐵路爲救時要圖，凡有商股奏請，立予允許。當時請辦幹路、枝路商人，經緯相雜，幾遍全國。而集欵方法，於招集民股外，大抵不外開辦米穀、鹽茶、房屋、彩票、土藥等捐及銅元餘利隨糧認股者。獨廣東新寧鐵路，完全招集民股，由商人陳宜禧一人董成；建築程功之速，事權之一，亦以新寧鐵路爲全國冠。

新甯鐵路自廣東台山縣（舊名新寧縣，民國三年改定今名）東南斗山墟起，北至公益埠，折東至新會縣北街止，全長一百二十七公里，另有支線一，自台山城至黎洞，長約五公里。議築於一九〇四年（光緒三十年）冬間，由新寧旅美華僑陳宜禧倡立，集資組織寧陽鐵路公司，故又名寧陽鐵路。宜禧新寧縣六村鄉人，在美國習鐵路專門。新寧鐵路公司之倡立，是由陳宜禧與同邑人余乾耀首倡，呈請兩廣總督岑春煊立案，擬由新昌埠築路至縣城及冲蔞、三夾口各地，長凡九十華里，附章程二十一條。兩廣督署據以咨請商部，詢查有無洋欵外股。時商部右丞王淸穆，因調查商務由京抵粤，知事可行，函部照准。嗣余乾耀有野心企圖，逕行電部，謂「該路未照商律釐定，應俟議妥後續稟註冊。」商部據以函商王淸穆。王氏覆函謂：「寧陽鐵路公司，招股、估路，勘工，均宜禧經理，乾耀未與，祇初辦時代擬章程。如以余爲總理，恐股商不服，勢且渙散。」於是部任陳宜禧爲總理，余灼爲協理。一九〇六年（光緒卅二年）正月廿一日，商部據以奏請，擬准新寧鐵路公司先行立案。奏云：「迭據署右丞王淸穆函稱：

『據廣東新寧縣紳商鹽運使職銜陳宜禧，廣西試用州同余灼稟稱：職等籍貫新寧，擬立公司籌辦本邑鐵路，自新昌起，經邑城、冲蔞、斗山至三夾海地方止，計華里九十餘里。上年六月間，邀集邑紳，提議籌辦；當經刋布招股工各單啓，由宜禧前往美屬金山各埠，勸集華股，陳說利益。各商極爲踴躍，計集成的欵一百五十餘萬兩；本年八月回華，先滙一百萬元分存香港滙豐、渣打兩銀行，餘欵備訂購機件陸續應用。而香港、新加坡各埠華商，以及新寧本邑紳商入股者亦復不少，統計所集華股，約在二百萬元以外。現設公司名曰新甯鐵路公司，擬俟此路工程竣事，核計餘欵，續招新股，再議撫展，以廣公益；爰於十月間邀集地方官紳，公同酌議，悉照金山各埠附股華商來函，公推職宜禧爲經理，職灼爲副理，備具章程圖說稟請，寄部核定。奏請立案。並請電兩廣總督，飭屬切實保護勸導。以便迅速開辦。所有購運機件物料，仍一律照章完稅。其餘未盡事宜，容再隨時續稟。各等語。清穆前以考察商務，行抵廣東，接見該職商陳宜禧，悉其人甚樸誠，家道殷實，在美國金山各埠承辦鐵路工程四十餘年，於築路情形，較有把握。默念路權所至，爲國家富强之樞，即爲地方根本之計，該職商兩年以來奔走勤劬，招集各埠各邑華僑商股欵二百餘萬元，忠愛之忱，溢於言表。現既來滬具稟，歷請奏明立案，以便尅日開辦。等因。臣等正在核辦間，又接准出使美國大臣梁誠電稱：『陳宜禧籌辦新甯鐵路，苦心經營，募集鉅欵，確有把握。應請責成專辦。』等語。是該職商陳宜禧之誠信遠孚，資本的實，核與臣部署右丞王清穆函稱各節相符。當經臣等與兩廣督臣岑春煊函電相商。旋准該督臣電稱：『此路由華商自辦，以本邑之資財，辦本邑之鐵路，自屬可行。惟一切辦法與定章相符，應候核辦。』續准電稱：『細章係援潮汕辦法，內有應商數條，請部核定。』

各等語。臣等伏查該職商陳宜禧，請辦新甯鐵路，自行修築，洵足創開風氣，保全利權，於路政商務，均有裨益。合無仰懇天恩俯准立案，以重路務。恭候命下。當經臣等將原訂章程，詳加核定，飭令迅速勘辦。一面咨行兩廣督臣，飭於路線所經之處，由該管地方官切實保護，並出示勸導鄉民，俾無阻撓。庶幾易於施工。俟路工告竣，應請照章奏請獎勵，以資觀感。至所稱事竣核計餘欵，續招新股再議接展一節，屆時再由臣部查看情形，奏明辦理。」

當於同日奏旨「依議。」嗣續擬訂辦理章程二十一條，內附權限章程七條，呈兩廣總督咨行商部核定。四月初二日，商部據以奏定新甯鐵路公司章程云：「臣部於本年正月間，具奏粵紳籌辦新甯鐵路，擬准先行立案摺內聲明，『當由臣等將原訂章程，詳加核定，飭令迅速勘辦』各等語。奉旨允准。業經分行欽遵，並准兩廣總督岑春煊咨送此項章程請協定，奏明立案。等因到部。臣等伏查，造路係地方公益之舉，該總理陳宜禧，向在美國金山等埠辦理鐵路，閱歷甚深，茲特招集華僑鉅欵，回華籌辦，用意洵堪嘉尚。所有勘路定線、集欵招股、購地興工、用人理財各節，諸關重要，既須聯絡羣情，尤宜分淸權限，自應妥訂章程，俾有遵守，當將原訂章程詳細察核，悉遵臣部迭次奏准公司律、鐵路章程及各省商辦鐵路成案，參酌訂定二十一條，均屬妥協。謹開具清單，恭呈御覽：（一）公司承辦新甯鐵路原議，自新昌至三夾海止，約計華里九十餘里。今勘明路線，畧迤向東，自新昌經新寧縣城及冲蔞、斗山等處至三夾海止，作爲幹線；又自水埗墟起至公益埠止，作爲枝線；共計華里一百三十餘里，名曰新寧鐵路。俟路工告成之日，再行核計餘欵，續招新股，另議接展以廣公益。（二）公司擬集股本洋銀弍百伍拾萬圓，每股洋銀伍大圓。收取股銀時，先塡給三聯股票，收齊後再換給股份簿據。所有股本，以周息壹分計。（三）錢路股份每股收洋銀伍大圓，任從沿途鄉村土著報股，多寡聽其自便，俾各鄉人等視爲自己產業，互相保護。至開辦時每段工程估定價值，先招附近土人承辦。若土人不願做工，或索價過昂，由公司另招別處工人，該處不得抗阻。（四）公司將來辦有成效，核算餘利，每壹萬圓報効公家伍百圓，即將此欵呈繳商部，其餘按股均派，悉遵商部奏定公司律辦理。此係與股諸人權利，未佔股份者不得別立名目，希圖分利，以昭覈實。（五）公司股份，均由旅寓美國金山各埠，以及香港、新加坡、新寧附近各州縣等處華商凑集，並無洋股在內，亦不准將股票簿轉售抵押於洋人。遇有爭執，不得請洋人干預，以杜轇轕。（六）鐵路須勘明路線遠近方向、河道、川溝、山嶺、平陽測量高低、屈曲、旋轉，繪圖張貼公司，以便施工。今勘定新寧鐵路幹線，由新昌至三夾海止；枝線由水埗墟至公益埠止，計長華里一百三十餘里。（七）公司所定路線，係由向來舊路填築者多，既無大河水塘建築長橋鉅費，又無高山峻嶺平高鋪低鉅費，祇須沿途酌買地畝，路旁取坦培高路基，即有大小橋樑，俱是淺水沙地，較之別處路工經費畧省。現在股銀已集至洋銀弍百伍拾萬圓，將來所餘股銀，擬再續請接展路線，總在所集股銀內支用，不得抵借洋債，不得請動公欵。（八）鐵路先須買地，自應援照粵漢鐵路章程，分等定價。惟寧邑田價高昂甲於他邑，擬由公司稟請地方官出示曉諭，按照時價發給，以昭公允，不得爭執阻撓，致誤要工。（九）新寧鐵路經過處所，凡地方水利，田園廬墓，務期無礙；其實在逼近路線爲設軌必需之地，自宜商令遷徙，酌給用費，如各處路工成例，該地主不得故意昂價居奇。將來路工告成，商運便捷，沿途村鄉均沾利益。倘有惑於風水，阻撓要工，應由公司稟請地方官究治。（一〇）公司各項辦事人員薪水、公費，以及公役飯食，均於開辦之時，由各股東公同議定，不得浮濫；即開車以後，所有日收客貨車脚，及開支養路經費，均應實收實支，由總理、副總理隨時稽核，彙冊報告各股東。倘經辦之人有侵蝕弊混情事，即由公司稟請地方官究辦，勒令賠繳。（一一）公司辦事章程，悉遵商部奏定公司律辦理，除由衆股東公舉總理、副總理各一員，主持一切外，仍在股東中推舉董事若干員，以時照章會議公司各項事務。其股東會議章程，仍遵公司律，有一股者，得一議決之權。所有公司出入總賬，按照月結、年結布告各股東查閱，以昭大信。（一二）鐵路經過地方，必須逐段分設巡警，以資彈壓，應由公司稟請地方官，派撥護路警兵，按段梭巡。（所有應支薪餉，由公司按月送交統帶之員分別發給，不得別有需索。（一三）如有匪徒毀壞偷竊公司物件，或尋釁滋鬧，恃衆騷擾，致令公司受虧者，准由公司稟請地方官究治，並追償所有損失之費。（一四）鐵路所用車輛，其駛動之力，或用水氣，或用電氣，由公司擇定。惟車輛格式，以及橋梁軌道尺寸，均遵商部頒定程式辦理。並准公司設用手車，以便商旅。至路工所用機器及一切材料，由外洋運購至中國境內，悉照潮汕路章，照納關稅。（一五）路鐵須設電線，德律風專備鐵路傳遞信息之用，應由公司稟請商部，轉咨電政大臣，准由本公司自建，惟不准代人傳電收費。（一六）鐵路開車以後，載客運貨，仿照各路章程，隨章定價。倘遇公家有事，由公司承運官兵糧械，一切車價，自應遵照各路定章，儘先承運，減收半價。並遵照外務部核定辦路代寄郵政章程辦理。權限章程七項附下：一、鐵路祇允中國郵政官局運送包件，其民局及別國官局郵件，概不代行運送。至各國軍隊，按合同應送各件，應由中國郵政局，隨同日行郵件，代爲由火車投寄。二、火車搭客行李，郵政局員不得擾及。惟若風聞或確知有夾帶郵件之弊，致違禁令，應如何辦理之處，亦須預訂妥章。三、火車每日開行時，應備有合用專欄，以便郵政局員運送尋常郵件。若開行時刻有改易，須於前二日向郵局聲明，以便早諭衆知。四、郵政局運送尋常郵件備用專欄，鐵路應不收費。至遇有另用專車之時，其專車之費，照各國向例，必須格外從廉。五、郵政員役因公上下火車，聽其自便，不得攔阻，惟須携有免票爲憑；倘無免票，即照常人一律看待。其免票由各郵政司向鐵路局員聲領轉發。六、火車合站准租甍屋若干間，照納租費，並於各站設立信箱，係歸郵政局自行經理。七、所有此章程內載郵政局應交鐵路各費，均按每年結清。嗣後鐵路推廣各處，均須照此章程辦理。倘有更改之處，須由外務部覈准方可施行。（一七）凡違禁特件，非商人所應購運者，公司概不接載。倘客商私自携帶，一經察出，由公司送請地方官究治（一八）公司既由各股東舉陳宜禧爲總理、余灼爲副總理主持一切，陳宜禧熟諳路工，並招集寧人之在外洋辦理路工及曾入工程學堂者回寧，幫同興築，毋須僱用洋工程師，以節縻費。至應選子弟分班出洋學習路工，以備後用，由公司隨時挑選合格者，應請商部咨送前往，所有經費，統由公司籌給。（一九）路工告成時，應由公司稟請商部派員查驗工程一切，及軌道尺寸，車輛格式，務與部定程式相符；工料堅實，方准行車。（二〇）此項章程，均遵照商部奏定路章公司律，以及潮汕成案辦理。將來商部奏定路律，仍當一律遵守。（二一）無論本地及寓居外洋各華商，一經附入公司股份，即應遵照此項章程，並恪守商部奏定路章公司律，及將來奏定路律辦理，不得違異。如蒙兪允，即由臣部咨行兩廣總督，諄飭地方官切實保護。嗣後公司事宜，均令照章由股東議決，總理等依次施行以專責成，而重路政。」奉旨「依議。」

新寧鐵路原定路線，由公益埠迤西，經金雞等地直達水步墟。嗣因全線沿海而行，打樁築堤，施工困難，遂擬改道由公益埠東邊，直過上冲，經伍村、李村，以達大江，沿途地方坦平，不致冒險。一九〇六年(光緒卅二年)冬間，將改線圖說呈郵傳部核定。時粵漢鐵路公司，以爲新寧鐵路改線，將展築爲寧佛（由新寧至南海佛山）鐵路，認爲有礙粵漢鐵路權益，具呈兩廣督署制止。兩路發生糾紛，結果由郵傳部駁議：「寧佛一路，非粵漢公司所獨有；且新寧鐵路奏築在先，粵漢收回在後。其稟部申辦，部議原奏，謂該路告成，再行展築。今新寧鐵路工程未竣，不當兼及，致與原奏不符；應俟路成再議。」新寧鐵路遂按照改線圖說，測勘敷軌，積極興工。於一九〇七年某月，呈報由寧陽至公益埠段，初步路基建築穩固，擇期試行通車。綜年兩年之間，全部工程，完成八九。其效率迅速，實爲全國各路罕覯。

一九〇八年(光緒卅四年)，又呈請展築，自公益埠起，跨海而過其對岸開平縣之單水口，附山傍海，直達新會縣城，轉出江門，以訖白石關，計程長二十六英里，需欵壹百萬圓。粵漢鐵路公司，以此議有侵粵漢幹路利益，衹許其展築至新會。郵傳部尚書陳璧，據以咨請兩廣總督張人駿查勘。旋因車頭地段尚未辦結，兼籌三夾海口開埠未成，議定新寧路通車，暫在新寧縣境爲限。一九〇九年（宣統元年）二月，車通抵至六村，三月，抵至斗山，築成路程共長三十六英里，沿途分設車站十九站：一、公益　二、萬福　三、大江　四、陳邊　五、水步　六、東坑　七、板岡　八、寧城　九、東門　一〇、大亨　一一、松朗　一二、五十　一三、下坪　一四、四九　一五、大塘　一六、虹嶺　一七、冲蔞　一八、六村　一九、斗山。四月十六日，舉行全路正式通車典禮，郵傳部特派廣東勸業道陳望曾蒞會，並察勘工程。

新寧鐵路全路告成，股欵尚存三十餘萬元，所餘鋼軌、枕木等項，足敷鋪路十餘英里之用。於展築方面，又重行申請，而粵漢路官紳互生意見，風潮迭起，郵傳部爲調停兩路糾紛，准新寧路先辦至新會縣城爲止，至江門、白石路段，則俟將來路綫核定後再議。於是公益埠至新會縣城段軌，以是年八月興工續辦。九月，農工商部、郵傳部依照獎勵華商公司章程，會奏依例請將陳宜禧獎勵。奏云：「前於光緒三十一年十二月間，據職商陳宜禧稟請招投承辦廣東新寧鐵路，本年全路告成。據該職商陳宜禧報，擬於四月十六日舉行開車禮。當由郵傳部札派廣東勸業道陳望曾前往蒞會監視，並勘驗工程去後。茲據該道稟稱：『此路先由公益首站至縣城爲第一段，繼由縣城築至冲蔞爲第二段，現由冲蔞至斗山爲第三段，全路共長三十六英里有奇。車站共分一十九處。用欵共二百六十餘萬元。按路勘查，悉能辦理如法。支銷核實。車亦穩捷適宜。……』查獎勵華商公司章程內開：『集股二百萬元以上者，准作爲農工商部四等顧問官，加四品頂戴。』該職商陳宜禧，先由監生報捐鹽運使銜，並加捐花翎，應請准其遞加一等，賞換二品頂戴，仍作爲農工商部四等顧

辛亥說豬

陳潞

亥何以肖豬

不知怎的，近年香港人似乎對十二生肖之說很有興趣，「鷄年談鷄」，「犬年談犬」，大家談得非常起勁，有些性子特別急的朋友，陽曆新年一過就「優先」在報刊大談下屆肖屬的動物，這大概和報刊數目多，大家搶先用新資料；廣告事業發達，大家搶先利用新題材，都不無關係。

農曆今年，歲次辛亥。亥是十二地支裡排到最後的一支，肖猪，方士之流稱爲「猪年」，經好事文人因襲，一般也作如此稱謂了。

于是是中國古代用來紀算年、月、日、時的一套方式。干好比幹，支好比枝，干和支的配合有點像植物幹與枝的關係。干數十，支數十二，遞相搭配，首尾各相啣接，到六十之數剛滿一周。從現在回溯上去，革命成功推翻清室的一年是辛亥，今年又是辛亥，其間相距剛好六十年。

十二生肖，是說十二地支各有着一種動物做象徵，出生在那個地支紀年的人就算「肖」那種動物，今年出生的就算肖猪。這就是十二生肖的簡單解釋。至於說，這樣的「規率」是誰定下來的？實在也無從稽考，雖然歷來也有些自命通人，勉强加以解釋，却只是愈解愈糊塗。想來許多起於民間的風俗習慣，不一定在很有計劃的情形下完成，不一定在一個時期中完成，也不一定完全由某一宗教所製訂，所以不一定找得出一套完整的理論來解釋。其間附會雜湊，想象中是難免的。

不過，子屬鼠，丑屬牛；子和鼠丑和牛都是相近的音，「諧音」可能是十二生肖組成因素之一罷？巳字寫起來蜿蜿蜒蜒的，巳之屬蛇，又有無「象形」的關係呢？以上不過個人的「大胆假設」，作爲舉隅，以見前代民間這種點綴歲時的玩意，可能由拙樸無華的老百姓們，集合了許多偶然和種種因素而湊成功的。

可是，亥之肖猪，却是一項比較合理的聯繫；如猜想不錯，這珠聯璧合的一對還是出於知識分子「撮合」的，因爲這也與文字的象形有關。

不是有一句「魯魚亥豕」的成語嗎？古字裡的「魯」和「魚」，「亥」和「豕」，字形各很相像，人們很容易認錯了。那麽，亥之肖猪，眞是順理成章了。

大名鼎鼎的猪

古今最有名氣的猪，是鼎鼎大名的朱八戒朱悟能。那當然不是一頭眞的猪，只是「長喙族」中的「小說人物」。吳承恩在他的西遊記裡，讓一隻猪精做人類劣根性的代表，讓一隻猴兒精做人類智慧的代表；這樣，諸般貪慾俱全的朱八戒也就成了被指謫和被嘲笑的對象。但這位佛弟子朱悟能雖然長得不漂亮，資質也不高，却是宅心純正，向道彌堅，雖在綺羅陣裡，溫柔鄉中，頻頻失足，而當智慧之光照臨時，就馬上覺悟，抓起牠的九齒釘耙把自己武裝起來，向那些美麗的妖怪拚命。

所以，朱八戒在西遊記裡雖然過失甚多，却能勇於改過，始終站穩正派立場，襄助完成取經大業。

在中國人社會裡，朱八戒和孫猴兒的大名可謂無人不知，論風頭，當是擁有「齊天大聖」名銜的孫猴兒勁得多，民間有在家設位供奉的，有立廟供奉的。但朱八戒廟也不是絕對沒有。

一座大概是全國唯一的朱八戒廟，立於安徽石埭縣橫般渡鎮的南郊，顏曰「天蓬元帥府」。正殿神像當然根據西遊記描寫來塑造，據記述，是長嘴大耳，黑面獠牙，左手擎着九齒釘耙，黑袍罩身，威風凛凛。

這朱八戒廟在明末淸初時建立，據說立廟之由，爲了當時該鎮附近的十幾個村落出了妖怪，在夜間爲患，經過的地方飛沙走石，多所傷害，立廟鎮壓之後方才安靖云云。那簡直是西遊記裡的情節，許多神廟都有類此傳說，不值一笑。

豬在家畜裡的地位

在古代中國農業社會裡，豬在各種家畜中佔着頗高地位。反映在文化上，字書裡有「豕」的部首。

從豕的字，例如「豢」，穀食之牲都叫豢，這字裡面的「豕」顯有代表性。他如公猪叫「豭「，母猪叫「豝」，閹猪叫「豶」，大猪叫「豟」也叫「豣」，小猪叫「豚」，也叫「豯」，……猪族裡各種身份，各有不同的專用字。又，猪的行走叫「豨」，猪的掘地叫「豗」，……猪的各種動作也各有專用形容字。

從這些字可以看到，在中國古代社會裡，猪是一種如何普遍的家畜。

古代養猪的牢圈叫「圂」，圍着豕字那個方格原是穀圈。見說文豢字王注：「穀者豕所食，圈者豕所處。樂記：『豢豕有酒』。注云：『以穀食犬豕曰豢。』」

可是，猪是一種雜食的動物，並不專食穀類，牠對豆渣、庖間殘滓、蔬屬葉子以至虫類等，都甘之如飴。所以鄉間養猪的人，日裡常讓牠們到處走動，自行找尋各種副食品。

漢、晉時皆有「牧猪」的記載——

後漢書孫期傳：「期，……家貧，事母至孝，牧豕於大澤中，以奉養馬。遠人從其學習，皆執經壟畔以追之。」

晉書陶侃傳：「樗蒲者，牧猪奴戲耳。」

想像中，那時一群群的猪由專人看管着，在草澤間放牧，有類在山間牧羊，在野間牧牛。

家畜中猪的地位和牛羊是伯仲之間。祭祀大典中，牛、羊、猪合稱三牲，三牲俱備稱爲太牢，僅備羊和猪就稱爲少牢。民間多數只以猪爲祭，今日以整隻燒猪酬神，也是民間最隆重的祭祀了。

古禮，祭祀所用的肉類稱爲胙肉，祭後對胙肉的分配十分重視。左傳：「太子祭于曲沃，歸胙於公。」可佐說明。這項古禮，近代吾粵廣州一帶鄉間，遵奉甚謹，但供祭的犧牲只用猪，所以胙肉都是猪肉。習俗相沿，鄉間子弟到城市謀生者，每年清明將屆，都設法回鄉參加祭祀祖先之禮，祭後分享胙肉，是謂「拜太公，分猪肉。」此乃族中男丁的特權，故此從前鄉間生了男孩者，每說：有「猪肉分的」。這種習俗，直到第二次大戰前，還是如此。

猪的本來面目

禮記（曲禮）：「豕曰剛鬣」。這比今日動物學大辭典載的「疏生剛毛」，描寫得還要貼切。剛硬的鬣毛是猪的明顯特徵之一，其他特徵是長長地連在一起的鼻子和嘴巴；一對招風大耳；短小作撚形的尾巴，以及雄者屈曲向外的尖銳犬齒（獠牙）。

我們平日裡見到的猪，上述特徵並不具備，只是蠢然一物，渾身皆肉，使人一見就想到烹割之事。那是爲了我們所見的多是「肉用猪」，已經由我們萬物之靈的人類加以多方改造，使其原來的「猪性」減到最少，肌肉發展到巔峯狀態。改造過程，包括使全世界各種猪互相雜交，選取理想品種，經在小猪時期的閹割（雌雄皆然），剪除犬齒（雄猪），以泯滅其對性的意識，繳消其天賦的武裝，等等。

要看到猪的本來面目以及本來性情，也用得着「禮失而求諸野」這句話，只能從野猪身上找尋。

原來猪本是勇敢而頑强的獸類，對敵人發動了攻擊，就强悍地一往無前，不計後果，這種攻擊最爲可怕，名爲「豕突」。所以有經驗的獵人，對射擊野猪比射擊老虎更爲小心翼翼。

一幅六世紀的古希臘陶畫，描寫了一頭猪受到兩隻狼前後夾攻，展開惡鬥情形。若今日的肉用猪，見到狼時只會乙乙驚逃而已。

許多藝術品裡，都把猪描寫成雄健或勇悍的獸類，造形中，不約而同地把牠們的特徵——剛鬣與獠牙强調起來。看到那些形像，誰還說猪是沒有個性的蠢然一物呢？

豬狼搏鬥圖（六世紀希臘圖片）

古人稱平庸的孩子爲「豚犬」，是就近取譬，和謙稱自己的孩子是「豚兒」、「犬子」一般，並無特別賤視之意。唐僖宗時，有著名優人名石野猪；安祿山有「猪龍」的傳說；近代日本人仍有取猪字做名的，這反映出人類對猪的觀感，隨時地而有所不同。

可以斷言的是：人類自從豢養了猪，眞是獲益不少，因爲整頭猪裡裡外外，對人類的功用愈來愈多，新近還陸續有所發現；但另一方面，猪給人類豢養以後，就萬代不得翻身，倒足一輩子的霉！

大胖子林葆恆

味雲

十年前北京一位福建老輩林葆恆（字子有，他的父親是軍機大臣、廣西巡撫林紹年）逝世，享年八十多歲。林子有是一個大胖子，體重一百六七十磅，每逢陰曆元旦，他一早起來第一件事就是先稱一稱自己的體重，看看有沒有增加，如有，則喜氣洋洋，遍告親友，認爲這是老年人一件大喜事。

實際上老年人過肥是一件壞事，如果一個老人發胖又加上大腹便便，那就更促成早日死亡。一般研究衛生、營養的科學家都對人發出警告，最好不要在廿五歲以後過胖，過胖就會使壽命短促。林子有八十多歲時體重還是一百六七十磅，爲什麽他又享高壽呢？原來他肥得健康，他的肚皮扁平不會下垂。老年人的衰弱，重力作用的長期下拉，使內臟器官擠在一起，以致腹壁向下外方突出，這對于老年人是一個致命的傷害，林子有的肚皮扁平，所以能補救他的過胖。（不過仍以不太胖爲好，林子有得天獨厚，不是人人都可以學他的）他的肚皮扁平，是歸功于他從小有縛肚兜的習慣。福建人和潮州人，在四五十年前不論男女都繫一個肚兜，目的只在保暖，而不知這對于加强肌肉，使腹部向內凹入，這對整個身體都有好處，對心臟尤其功德無量。這使胸部向上而擴大心臟舒適，循環暢通。

我小時候也有縛肚兜的習慣，到了學「摩登」的年齡，認爲這是落伍了，遂棄而不用，幸而我四十五歲而後，每日皆有定時運動，故肚皮扁平，而體重從未至一百磅。

林葆恆是光緒十五年己丑（一八八九年）秀才，十九年癸巳舉人，宣統末年，做過一任直隸提學使。辛亥改革後，在北京隱居。一九四八年戊子，葆恆慶祝重游泮水，賦詩徵和，海內名人和以詩篇者有：陳叔通、葉景葵、陳培錕、黃葆戊、廖恩燾、桂坫、林志鈞、陳曾壽、冒廣生、龍沐勛、夏仁虎、瞿宣潁、李拔可、劉承幹、兪陛雲、邵章、黃孝紓百餘人，裱成一冊。此冊有關科舉掌故，友人購以贈余。

•更正•

一卷七期第二頁，中格第十九行：「現在美國內部私人欠債已高達三千餘億美元以上。換句話說，……超過了美國全年國民生產總值。」改爲：「現在美國內部私人欠債已高達近九千億美元。換句話說，……接近了美國全年國民生產總值。」

伏波將軍銅柱處置小考

司馬攻

伏波將軍馬援，扶風人，爲東漢中興名臣。西討南征，功勛卓越。建武十七年（公元四十一年），將軍統率水陸大軍，遠征交阯。十八年春兵至浪泊，大破蠻兵。十九年斬蠻首領徵側、徵貳二姝于金溪。傳首洛陽，並乘勝掃蕩殘蠻，南達居風（今越南南部）蠻人降服，嶠南之亂悉平。

伏波將軍平定蠻越之亂後，豎銅柱以示漢朝威德，並奠定大漢國界。然史書上對銅柱之置地記載不一，且不詳盡。傳說紛紛，難以適從，況銅柱早已湮沒無跡，考究實非容易。現依古書所載，及以目前地理形勢加以臆測，也可知其大概。

伏波將軍立銅柱事，載于史籍者，首爲後漢書。後漢書馬援傳，其本傳雖無記述，但其中注釋云：「廣州記曰：援到交阯，立銅柱，爲漢之極界也。」交阯即安南國，在周朝時稱爲越裳氏，秦時置日南，交阯，林邑，象林等郡。至東漢時置南海、蒼梧、鬱林、合浦、交阯、九眞、日南七郡。古時的交阯郡，即今之北越及寮國北部諸地。依上所述，銅柱似在現在北越境內。

然而晉書地理志對象林郡之注解云：「自此，南有四國，其人皆云漢人子孫。今有銅柱，亦是漢置此爲界。」

梁書中記道：「林邑國者，本漢日南郡，象林縣，古越裳之界也。伏波將軍開漢南境，置此縣。其地縱廣可六百里，城去海百二十里，去日南界四百餘里，北接九德郡，其南界水。步道二百餘里，有西屠夷，也稱王。馬援植兩銅柱，表漢界處也。」

唐書地理志也載着：「後漢遣馬援討林邑灣……鑄二銅柱于象林南界，與西屠夷分境，以紀漢代之盛。其時以不能還者數十人，留于銅柱之下。至隋乃有三百餘家，南蠻呼爲馬留人。其水路自安南府南行三千餘里，至林邑。計交阯至銅柱五千里。」

宋人周去非所作之「嶺外代答」，也記載有關銅柱之事，其中有「占城，漢林邑也，境有馬援銅柱。」並對占城之地理形勢有頗詳細記述。文中說及占城之北爲交阯，南抵眞臘，臣事交阯，與眞臘成世仇。有一閩人航海遇風，飄至占城，見其國人與眞臘人乘象大戰于野；殺得難解難分，相持不下，閩人教占城王使用弓弩騎射之法，占城王遂大勝眞臘兵。

由上各文所述，可知伏波將軍所豎銅柱乃置于林邑國（也即占城）日南郡，象林縣。因日南即今之順化，在越南中部。象林縣在其南面，則可能是現在越南中南部之廣義、寧和一帶。至於眞臘則人所共知乃今之柬埔寨是也。由此可知古時之日南郡，範圍頗廣；擁有現在越南中南部及寮國南部，柬埔寨北部等地。故銅柱在越南中部近南方處，並且明顯指出，伏波將軍當年所立銅柱有二。

但「太平御覽」載：「西屠國有銅柱，表爲漢之南極界」。西屠國在林邑之西，也即現在寮國西部及泰國東北部等地。依其記載，銅柱却在寮國境內。

「辭海」對銅柱位置之注解是：「援新立銅柱在廣東省分茅嶺下」。分茅嶺乃粤桂二省之界山，明江發源于此，北流入鬱江，南流入東京灣，爲目前中越兩國之天然水界。如其言，則銅柱應在廣東。

「大越史記全書」也說銅柱在廣東欽州境內。「嶺外代答」也有一則述及銅柱位于欽境，古森峒與安南交界處。安南人每過其下，輒以石擲于銅柱之旁。久之，成一小丘，因安南民間傳說，伏波將軍有誓云：「銅柱出，交阯滅」。故擲石成丘，把銅柱湮沒。

但清人淸涼道人的「聽雨軒筆記」中寫道：「鎭南關，關在憑祥土州，兩山夾峙，外卽安南境。一小山當其前，漢伏波將軍銅柱在焉。至今尚露五尺許，當伏波立柱時與之誓曰：銅柱折，交阯滅。故安南人常以土培之，懼其折也」。這與上述的記載相反，前則的記載是安南人要把銅柱浸沒，不使其出現。後一則爲安南人懼銅柱折，加以保護，不過都以土石培之或擲之，久之銅柱終遭湮沒。

更有一說，唐何履光平南詔之亂，復立馬援銅柱。南詔卽大理，在今雲南省。銅柱又有一置處。

綜合上列各記載，取其多數及統一而從之，並加以推斷，銅柱置處應于現在越南中部近寮國境之越南山脈一帶。卽東經一〇六度，北緯十五度附近。安南從周代起便是我國藩屬，至秦漢時代，更將古安南分成數郡，與現在兩廣西部一些地方，合稱交阯道。因此，漢時之國界必延長至現在越南之西南等地。伏波將軍立銅柱以定漢之極界，而當年漢之極界，應遠于今順化之西南。故銅柱必在越南之西南端，近越南山脈處。

將銅柱設在廣東邊境說似不合理，因以目前國界言之，廣東之分茅嶺爲我國之邊界，現在如果有誰想立銅柱以定國界怎可能立于分茅嶺下，但漢之疆域，越南等地都在版圖之內，極界當在其西。銅柱怎能在廣東欽州邊境之地？至於銅柱置雲南大理一說，更不合史實，未可置信。

伏波將軍當年所立銅柱是一是二，史書上大都明顯指出，當年所建銅柱有二。有些則沒指出數目。因此，伏波將軍當年所豎銅柱有二，因駱越之地銅礦甚豐，且多以銅製成鼓形之銅鼓。漢書中云：「援于交阯得越銅鼓乃鑄爲馬式。」而現代在越南境內掘出很多銅鼓，可見我國古時之記載，極爲翔實，故伏波將軍立二銅柱事，似極可靠。

銅柱上是否刻有字句，正史並無記載。但一些野史、筆記、小說等，皆言銅柱上刻有字句。且有二說，一說銅柱上寫着：「大漢伏波將軍馬援建此」。另一說，銅柱上刻着：「金人漢出，鐵馬蹄堅；子孫相連，九九百年」。由建武十九年（公元四十三年）至清光緒十一年（公元一八八五年，）割讓安南與法國，這中間共爲一千八百四十二年。接近九九百年之數。如果銅柱上眞刻着這句，此乃歷史上之巧合也。不過我認爲後者之說似不可靠，前者則有其可能性。至於銅柱立于建武十九年，似無可疑之處。

潮州人旅居南洋一帶甚衆，對故鄉念念不忘，每於商餘，則歸國小住些時，航經南海近安南岸處，常見一圓柱隱現于波濤之中，據說此乃伏波將軍所立之銅柱。此事雖不足取信，然也有其來源；愈益期牋云：「馬文淵立兩銅柱於林邑，岸北有遺兵十餘家不反，居壽冷岸南而對銅柱，悉姓馬，言語飲食，尚與華同。山州移易，銅柱今復在海中，正賴此民以識故處也。」此事實不可信。

銅柱建立距今已達一千多年，且處于外地，我國歷來戰亂紛紛，銅柱因年久不修，終於湮沒。或受破壞，無可追查。元時兀良曾至安南探查銅柱之所在，不得要領。後來王士衡（元時人）又至安南，及范師孟（安南人）前往各地辨認，終不可得。

伏波將軍早年所建之銅柱已湮沒無踪，然將軍之豐功偉績，長留于後人心中，永世不滅。

「釧影樓回憶錄」出書預告

「釧影樓回憶錄」，包天笑先生著。一九六六年大華雜誌出版時，首先刊載，極爲讀者歡迎。惜因大華停刊，登載未畢。今自大華復刊後，因請其將續稿約共三十萬言，由大華出版社印行出書，不日發行。包先生今年九十有六矣，茲又重逢辛亥之歲，此書對於前一辛亥革命前後史實掌故極多，而於他幼穉時代青年時代的歷史，尤多忠實的記載，想愛讀天笑先生文者，必以先覩爲快也。

推斷之難

——一個新聞記者的獨白

陳思

我在大學新聞系上課，對學生們說：「你們千萬不要相信任何人的話，却也不可主觀太强，故意不相信別人的話。」我所說的正是淸代攷證家的話：『不爲人所蔽，不以己自蔽』，我告訴他們，要推斷得正確實在太難了。我曾說了一件故事：三十多年前，抗日戰爭那年冬天，我隨軍到了金華，每天早晨，總到塔下寺東南日報去找朋友談閒天，在門口，總看一位老人在門外等牆報貼出來，看看報，他總是搖搖頭，沮喪地囘去。有一天，我特地等等他，和他談起閒天來。我問他：「既然那麼失望，又爲什麼天天等着要看報呢？」他說：「報上的新聞靠不住！」我說：「這是戰時，要是報上的消息靠得住，豈不是替敵人送情報了？」他後來知道我是誰，便問我：「究竟你們新聞記者有了眞新聞，也不刋登出來？』我說：「那就看情形了！」我告訴他以十月二十八日晚上的事。那天，下午我還在上海蘇州河北四行倉庫睡覺，那是八十八師的司令部，孫元良將軍在晚餐席上，笑着對我說：「曹兄，你今晚還是囘到租界去過夜吧？等我們移動好了，你到青年會七樓去和柏亭兄聯絡吧！』我心裡明白，這是我軍從閘北前綫總撤退的信號，究竟八八師司令部移到那兒去，我連問也不問。我一囘到家中，便寫了幾條熱鬧的戰訊，那是撤退前的佯攻。隨即寫了一條電告總社的參攷消息，說我軍從閘北前綫總撤退，八八師担任掩護工作，新防綫移至蘇州河以南。究竟戰訊如何發布，請多參攷軍事委員會發布的新聞。所以，戰訊每不可信，但會看的人，新聞中自有眞消息。我勸那老人不要失望，要養成自己的「新聞眼」。

寫到這兒，一個眼前的例子衝到我的筆下來了。前幾天，一位在上海拘囚了兩年多的渣打銀行總經理英人莊士敦，他被北京人民政府釋放了，從廣州來香港；他的夫人從倫敦來迎接他，恰好是聖誕節；他對記者們說：「這是他的最好聖誕禮物！」這一新聞，在倫敦報紙上是最大的頭條新聞。他在香港，還招待過中外新聞記者，港報都有詳細的記錄。我們且把各報紀錄細細看看，他說了什麼呢？究竟怎麼詳細一囘事呢，說實話，如在五里霧中，倫敦各報記者，也都說不出所以然來。我曾對朋友們，且讓我來說一說吧，在新中國境內的英國人被北京當局所拘留（包括路透社記者格雷在內），和香港政府在抗暴期中非法拘囚進步人士有關，乃是一種以牙還牙的手段，那是明眼人所能看懂的。但是，莊士敦事件，此中還有很微妙的曲折，那就非一般記者所了解的。

且說，去年夏初，一個很早的早晨；友人某兄從新加坡趁船到香港來休養，他病得很久了，那時，剛剛康復，便到這兒來。我陪着他找了一家酒店住下。我剛囘到寓中去，另外一位×兄從新加坡趁了飛機來了。他一見了我的面，就問我：「V·T兄來了嗎？」我點點頭，他就要我去約某兄，到他的寓所去吃午飯，有重要的事要談。我便到酒店找了V·T到×家去。原來馬來亞的渣打銀行把新加坡中國銀行的準備金提了六百萬叻幣出去，一面向高等法院控告中國銀行，說該行基金不足，如非補足基金，便要該行在新加坡停止營業。這是件不大不小的國際事件，當時最主要是設法使新加坡高等法院暫緩執行這一判決。這一點，後來總稱做到了，基金呢，也由千百愛國僑胞分別存欵，比原來多得多了。但在新加坡的中國銀行，這一年多就停止了該行的票據交換，陷於半停頓的狀況中。直到今年十一月，英外交部高級人員訪問了北京，十二月初，新加坡高等法院突然解除新加坡中國銀行停止票據交換的約束了。這一來，在上海拘留着的渣打銀行總經理恢復了自由，離滬南來了。我這麽一說，大家該明白此中的蛛絲馬跡了吧。我呢，適逢其會，有這麽一段接觸，可以說得頭頭是道，可是，我當時並不曾寫出來，只是和朋友們當作內幕新聞來閑談一番就算了。

這樣，我又記起了新聞史上有關倫敦泰晤士報記者預測印度新總督的往事。那年印度總督某剛調職回國，繼任的人，尚未決定。有一天，泰晤士報Y記者，到一處友人醫生的診所去閑談，進門時，恰好某伯爵夫婦及子女們一齊出來。他便問那醫生：『某伯爵一家人有什麽不適意？』那醫生說：『他們一家大小，到我這兒來檢查身體，看看他（她）們適不適宜在熱帶居住？』他聽了這麽說，閑談了一回，便回家去了。他一回到家中，便寫了一段重要新聞給泰晤士報，說：「英政府已決定任某伯爵為印度新任總督。」這新聞第二天便刊在泰晤士報重要地位。那天上午，英內閣舉行重要會議，決定印度總督人選，正是某伯爵。閣員們散會出了唐寧街原來街上已在叫賣某伯爵任印度新總督的新聞了，大家為之愕然。Y記者的遠見，與敏感成為報壇的佳話。但是，或種過敏的報導，有時會擺了大烏龍，那又不能不看作是殷鑑呢。我記得有一回，蔣委員長要到廬山去了，在下關的兵艦也已升火了；侍從室副官長傳來消息，下午二時動身，京中軍政大員某某到下關送行。途中，當然經過長江兩岸蕪湖安慶幾個城市。中午時分，那位從天津派駐南京的庸報記者，他以為凡事已定，他不必在侍從室等候了。他一回到寓中，便發出蔣委員長下午在下關登××艦西行，京中大員××等恭送。沿途，某時到蕪湖，某某等在岸迎送，某時過安慶，地方大員又迎送如儀，某時到了九江，江西省主席及南昌九江市長陪同前往蓮花洞云云。看起來，一些兒都不錯的。那知老頭子並不依照他的筆下安排，那天下午二時半，乘車往明故宮機場，乘機往九江，下午四時半便到蓮花洞，根本不曾經過蕪湖、安慶連九江都不必靠岸。於是他的電訊，完全不合事實，他的電訊，替庸報鬧了大笑話了！所以，「新聞眼」也好，「新聞鼻」好好，既不可不靈敏，却又不可太敏感呢！

那末，作為一個新聞記者，如何養成自己的透闢觀察力，所謂「新聞眼」呢？我們每個人每小時之中所聞所見的事物，眞的全部絲毫不漏地記述下來，至少可以印成三百頁那麽厚的册子，當然誰也不會這麽傻，事實上也不可那麽做。各人都憑着自己的選擇再加以保留，大部分都是「視而不見，聽而不聞」，讓它忽略過去。因此，吾人對這個現實的世界，所知實在有限得很，除了和自我利害相關的，其餘一切，可說是素無所知。我不妨說每個人若非經過相當訓練，不會有觀察事物的能力，正如每個人入水必定沉沒下去，除非學習過游泳的技術，纔能從水中浮了起來。因此，作為新聞記者的我們，首先要脫去以「自我」為中心的世界觀，學習着觀察這個客觀的社會和世界。客觀現象是變動不居的，我們心胸中先要從變動中構成一個鳥瞰式的輪廓，和波浪式的史的概念；申言之，事件的發生，有其來龍，也有其去脉，把每一事件放到一串事件的發展過程去看，才可以明了其正確的意義。例如吳佩孚將軍在北京逝世了，我們非有北洋派發展過程及民國初年政治社會史的輪廓，即無從估量他的事業和人格，而他晚年言行的估價，也非把他放在中日政治外交活動的過程中去看不可。孟子所謂知人論世，即是養成透闢觀察力的第一步。

橫的方面，世間本無孤立的事件；一件新聞，若只有孤立或片面的記述，決不會是正確的新聞。我們在戰地上，訪問了一位參加了戰鬥的士兵，若不明了那一戰役的整個陣綫的配置，不明白那士兵在戰綫上的任務，單把他所述說的記了下來，我敢說這段新聞的正確性一定很低。以我個人的經驗來說，每覺得愈接近戰綫，所的得消息愈零碎，他所說也許很眞實，但未必正確；而到了後方，能設法接近最高指揮部，所得的消息愈是綜合性，便愈增加其正確性。例如：抗戰多年，時人愛談台兒莊戰後的勝利。當時究竟如何勝利，我們在台兒莊正面陣地的一羣記者，並不十分明瞭。因爲四月六日那天，正面的孫總司令部和側翼湯軍團部失去了情報上的聯絡，單把正面陣地的情況來看，台兒莊的五分之四陣地已被日軍所攻佔，只留下了河邊五分之一的陣地。孫軍雖有死守的决心，尚無必勝的把握。那天晚上，我借軍部電話向徐州社中報告，我軍反攻台兒莊已經得手的電訊，恰在邊上下棋的田鎖南軍長（他是指揮這一綫的指揮官），回轉頭上，對我說：「這樣報告尚兼太早。可是在徐州的胡兄從司令長官部得到側翼的軍情，便確然斷定已經獲得了重大勝利，比我們在正面陣地所知的正確得多了。這是使用顯微鏡與望遠鏡的不同之處，一個新聞記者需用望遠鏡之處太多了。所以，剛要做新聞記者的朋友，興趣一定很高，一戴起這頂沒有帽子的帽子，和各方面人士相接，或搜集某一事件的各方面材料，每撫掌興收，覺得各人有各人的說法，各方面的材料也自相矛盾，有無所適從之感。（歷史家也一切口頭或紙片上的材料，都是不可信的。）在這些缺少正確性的新聞原料上，我們該怎麽去整理，才會成爲正確的新聞呢，這便是養成新聞眼的第三步。——編輯室中的編輯，也是如此，他接受了許多方面的新聞報道，有的互相矛盾，有的時序顚倒，有的先後重復，我們必須試揆各方面的情度，「必然」、「或然」的「理」，一一加以鑒別，才可以重組一件正確的新聞出來。

從另一方面說：養成「新聞眼」的最大障碍，還是我們自己心理上有着若干弱點：①我們不免爲好奇心理所激動，每一件事，激動了一般人的視聽，就不暇考慮這事件的社會意義，會當作一件重要新聞來報道。②我們爲社羣心理所左右，下筆時不能保持客觀冷靜的態度，把强烈的情緖注入文句中，乃成爲誇張性的報導。③我們每相信自己的記憶力，以爲親見親聞必是十分可確的；其實任何人的記憶都是不可靠的。在回憶中所喚起的印像，很難十分正確的。（依心理學家的研究，正確性不會高過百分之二十。）每當執筆時，我們每多主觀的修正和補充。④我們所用的語言文字，無論那一種，都是十分暗昧的，普通習用的詞語，尤其是形容詞，常不免與實情相去很遠。我們這麽一說，好像在編高頭講章了。不過「新聞眼」必須養成，却非一朝一夕所能養成，正如打彈子、打網球這類小遊戲，也得經過很久的練習，才得得心應手，何況觀察世務呢。

第二次世界大戰初期，軍事學家林潑斯（L.M. Limpus）曾經寫過一篇：「軍事新聞讀法」。他說：「你應當心一切的軍事新聞，這裏面有着各式各種不可能的事情存在着。——若干軍事新聞，在一個聰明的讀者看來，一看就明白，因爲這種新聞違反了有如常識的普通原理。」他指出這些新聞之中，一部份是宣傳，一部分是謠言。宣傳與謠言，二位一體，有時竟如姊妹那樣親密。他取了幾個顯著的例子，即如報載：「法軍八百萬，固守馬奇諾陣綫」，「芬蘭動員了三十萬軍隊」，「德軍七十師圖一星期內調往西綫」這些新聞，都曾見之於報載的。誠如林氏所說的，相信這一類新聞的人的確很多；但在一個軍事家眼中，一眼就明白這種新聞是不可靠的；因爲這種新聞都在報告一種軍事上的不可能。「法國人當然希望德國人相信他們有八百萬部隊；但在德國的參謀本部看來，瞞不了他們的雙眼的。又如芬蘭人知道自己說是有三十萬兵，比說祇有三萬兵，可以使蘇聯猶豫一下；但蘇聯的軍事家，不會受這些數字所欺騙的；他們知道芬蘭第一天只動員了三個步兵師，一個騎兵旅團，一個坦克中隊，總數不過三萬人。』

我是研究歷史的人，我不相信每一種在報紙上出現的新聞，也正是史人的應該採取的態度吧！

朱執信驅龍倒袁之一幕

直言

孫中山先生以廣東爲革命根據地時，政治主張，高揭三民主義，在軍事上，則嶺北爲北洋軍閥盤據，海軍尚可呼應。廣東則初以驅擁袁之濟軍以倒袁，繼以桂軍禍粵梗命，以福軍、肇軍驅莫，完成以廣東爲國民黨根據地之目標。奉命主其事者，爲朱執信。兩事雖均完成，而朱終因此殉國。孫中抵粵，親主朱之葬禮，并設執信學校以資紀念。其事距今多年，關心時事者，咸知概略，而進程複雜，莫悉其詳。「大華」復刊，林熙君以余追隨執信，參與兩役，囑紀其詳，以資談助。余以冬寒多暇，亦樂紀之，或可供他日編史者之助也。

朱執信在粵之憑藉軍力

民元之前，朱組民軍，起義順德之樂從，驅逐張鳴歧，迎胡漢民主粵，朱任軍務處督辦，民軍最有紀律者，爲李福林之福軍，駐省城對面之河南，戢盜安民，軍譽卓著，其後逐年擴張，兵力凡十二營。民初民軍向防營繳械，朱以李準舊部之李耀漢營，軍容整肅，可資造就，因調駐肇慶，以資保存，未幾，復升充統領，兼統丘可榮、陳均義營，其後逐年擴張，凡十八營，名爲肇軍。民二政變，龍濟光憑藉軍力，入主粵省，解散原有之陸軍鍾鼎基師，擴充濟軍，軍紀不整，一時稱爲外江壯士。粵軍之有力者，只得福肇二軍，而兩軍之成立，均出自朱手，是以朱雖逃亡在外，而一經連絡，兩軍無不惟命是聽，成爲在粵之潛勢力。

驅龍以倒袁之詳情

袁世凱帝制自爲，龍濟光擁護最力，獲封郡王。執信奉孫中山命，驅龍以倒袁。時居香港，未能入粵，囑余密徵兩李同意。福肇兩軍，皆爲粵籍，與濟軍勢不相容，咸樂聽命。但兩軍合計不過三十營，不足敵龍。朱在港與客棧主事者丘渭南相熟，而陸榮廷旅港多寓丘棧，因託丘與陸聯絡，陸亦同意倒袁。因由兩李推余爲代表，以肇軍參謀名義入桂商洽。陸部分三派，一駐南寧，陸自統之，二駐桂林，陳炳昆統之，三駐梧州，莫榮新統之。余偕丘渭南到梧，進謁莫榮新。莫言，兩方均主驅龍倒袁，目標一致，自可共同努力。但桂省無水師，驅龍到粵，心經西江，非得肇軍之兵輪協助不可。余往返商洽，李允以兵輪助桂軍運輸，但提條件二：一爲桂軍到粵驅龍，不得駐兵西江沿岸，最近可駐廣州之三水；二爲驅龍之後，粵都督須由粵人任之，陸言渠只戮力國事，并無侵略野心，甚表同意。余即以兵輪護送莫榮新及所部之劉志陸桂軍三營東渡西江，且踐言以劉部駐三水之河口。莫榮新隻身入肇城晤李，兩方甚爲歡洽。陸榮廷隨偕參春煊、梁啓超乘電船到肇，莫介余往謁，李囑余必須聲明粵人任粵督之條件，余亦爲代達。陸大笑，隨言：「陸榮廷如爲粵都督便是狗」，岑梁均鼓掌贊同。余歸報李耀漢，李極歡笑，隨偕余乘小輪進謁岑陸，雙方晤談盡歡。當席決定推岑爲都司令，梁爲都參謀，楊永泰爲財政處長，在肇慶設都司令部，只設衛兵，不駐桂軍。其時滇軍早已進克韶州之曲江，龍濟光四面受敵，因推省長張鳴歧赴肇言和。清末岑任兩廣總督，張任廣西巡撫，兩人本至好，晤談片刻，立即決定兩方不戰，濟軍退駐瓊州。濟軍去粵，桂肇兩軍進駐廣州，兩粵明白反對帝制，袁世凱知已無望，憂憤去世，是爲驅龍以倒袁之成功。

陳烱明蓋棺後論

李皦生

四、從覆吳稚暉函到看其學養

陳烱明在舊文學所得的經史義理，實屬有限，參加革命，似得新知，但也不過皮毛。故在軍事外而論其學養，不過是三家村學究，以及市井文人而已。我們在其輓聯之外，再看他覆吳雅暉的信，知道他的學養，貧乏得十分可憐。就思想而論，對於傳統義理，革命情意，並無了解。他爲其反對北伐而辯曰：「論者謂中山先生責我苟安佗城，不圖北伐，實大可笑。即謂狃於模範起信，不急於向中原，亦非當時事實。不過我之用兵，過於踏實，不能如孫先生之槍法，施空大演而已。」如所云云，不是過於强詞奪理自辯，反噬孫先生爲大礮？但他敗了之後，國民政府就不似他「過於踏實」，即行北伐，過了中原而及於東北了。此爲歷史的事實，已證明陳氏之淺薄與謬悖。實在，陳烱明若不背叛，在革命運動中，就是一人之下，萬人之上的人物，北伐之功，就不會輪到蔣介石後來居上了。所謂器小易盈，與學養有關，亦與氣質有關，因此他在歷史舞台上，不是一個巨人，而是一個歹角。

爲了要證明他造反有理，乃接着說：「惟有一事，至今爲我所不解者，南寧勞軍之日，即欲演烹狗之劇，事後聞之，毛髮俱悚，我誠無狀，然至想不出獲罪至此。」於此指出孫先生對他「不求安頓，專謀剪除。」爲了飾已之罪，誣人之惡，不惜以「事後聞之」，當然如蔣介石函中所指的「細人之言」。陳氏所說之「一事」，對任何人可以有效，但對孫先生，則絕對無效。孫先生風度泱泱，從不暗算人和殺人的。何香凝先生告訴我，有一湖北同志，向孫先生取活動費有六次之多，皆花在聲色之中，胡漢民力阻亦不得。到了九次，廖仲凱也忍不住而阻止了。但孫先生仍與之。沒有多久，即聞此同志在湖北起義，因之而犧牲。廖向孫先生致歉，孫先生謂之曰：「革命是要犧牲的，此同志享受一下，勢所難免的，我們的經費，爲革命而籌，當爲革命而用，不能吝而不與的。」孫先生爲了革命，受盡了欺騙，都未以爲意。再如滇桂軍之首領楊希閔與劉震寰，軍紀不佳，一旦被斥責即表示悔過，亦告無事。豈有對於過去扶植不遺餘力，當北伐時倚之爲長城之陳烱明，演其「烹狗之劇」？孫先生苟有此心，何以不事前而爲，讓陳氏在「事後」聞之？

他在「事後聞之」的事情之後，不打自招的，以其矛而自刺其盾曰：「我本造反出身，再造一次反，也不算一回事」。所謂造反，是專制時代的皇帝，對於背叛自己的臣民之稱謂，滿淸王朝仍之，把革命行動，名之曰造反。但造反是犯上作亂的事情，革命乃弔民伐罪的事情，兩者性質，截然不同。作過秀才的陳烱明，把參加革命當作造反，於是，就把造反的名詞來做反革命的遁詞了。有子曰：「其爲人也孝弟，而好犯上者鮮矣。不好犯上而好作亂者，未之有也。」陳烱明對於其母及其堂弟烱光之死，十分重視，似乎是孝弟的，但犯上作亂如此，便對有子之論，來一個否定。他之所謂孝弟，不過做給部屬及社會來看，沽名釣譽而已。他之參加革命，不過爲了一己一家，不是爲了全民全國，心有大慾，胸無大志，藉革命而取得權勢，就以「苟安佗城」爲滿足，在聯省自治口號下，勾結了北方秀才吳佩孚，實行造反了。

五、由道德觀念到文化水準

陳烱明的道德觀念，已爲如上之評述。而其文化水準又如何？不妨依據他的年譜，來檢討一下。

年譜述他在十六年之冬：「先生創議

三建爲中國國家之目的。一、建國，完成中華整個民族之國家，實行共有治共享之原則，不應分爲五族，而應完成中華一族。二、建亞，使亞洲成一組織，爲世界大組織之柱石，中國應負創造亞洲新文明之使命。三、建世，增進中國文化，盡量貢獻世界，協謀國際和平運動，以全人類平等共同生活爲目的。廢除各國軍備組織，萬國聯邦，而中國應爲其創造者之一員。」陳烱明的政治抱負，如此的不「踏實」，不止過於「鎗法施空大演」，而是等於白日夢囈，讀之令人爲之忍俊不已。

他是個不自知其陋，而又不自藏其拙的人，再看年譜所載，他於民廿二年十月十日，中國致公黨中央本部成立，決定以中國社會主義（原註：一名人社主義）爲中國致公黨主義，以社會本位，倫理中心，共費目的，爲中國社會主義之三大特質。先生以中國社會，自有史以來，完全是倫理中心之組織，一面以社會本位，改造社會，同時，力謀倫理之復興，令社會主義在中國發生異彩。又稱爲倫理中心之社會主義。又主張共同必要之消費，由共同設備，共同供給，以共費目的，逐步擴大共費組織，故又可稱爲共費目的社會主義。」這就是陳烱明的政治主張及智識思想的表現了。在他那半通而未通，半妥而未妥的文詞，知道他的政治智識，實屬有限得很。他那社會主義的名詞，不過拾自陳獨秀的唾餘。所謂共費，也似竊取共產主義而來，所以不曰共產而曰共費，以爲是聰明的改變。但只言消費而不言生產。所謂共同設備，詞似可通，意則不妥。他對於社會主義，不敢言其名，不知其義，對共產主義，只知其名，不能知其實，如此云云，是否要把新敗之共產黨人，吸收於致公黨，不須臆斷，但要本陳獨秀之薪傳，已無疑問。他如此好新而不知新，便又好舊而不知舊，提出倫理中心，來做所謂中國社會主義的「特質」，要把共產黨觀念，和他的秀才觀念揉合起來，成爲陳烱明主義。不知社會主義爲何物，不知共產主義之何似，所謂倫理，則是言不顧行。而竟然要將它混合來做他的主義，已屬不倫不類。廣東俗語，以如此道德，如此智識的人物，於軍事失敗之後，還要舞文弄墨，作政治意見和創立主義，眞是令人好笑。

六、陳烱明與莫榮新之比較

陳烱明在革命隊伍本爲一重鎮，若不犯上作亂，當然做了孫中山先生的承繼人。北伐之功，成不會在蔣介石手上完成。在他叛變之後，蔣介石曾來函表示，他能改悔，願「執鞭以從，聊供指臂之助」的。但他拒而不納，蔣介石便奉命東征，一舉而將其擊敗。其智識不足語蔣介石，其道德更不足以語被他逐出廣東的莫榮新。

我在桂林時，呂一夔先生，與我談陳烱明而及莫榮新之事。他說：繼陳炳焜而做廣東督軍的莫榮新，把持一切，又不服從命令，身爲大元帥之孫先生，一怒落了艦，下令炮轟督軍府。莫之屬下向他請令還擊，莫則止之曰：「孫先生過去爲總統，現在爲大元帥，一國之君也。我反擊不中，犯上作亂之罪難當。反擊而中，我就冒了弒君之罪，爲天下後世所不諒。」莫說過之後，請教在座之呂一夔，呂答，以除當面認錯之外，別無他計。左右聞言，以被扣留或被殺爲慮。莫謂：「即被扣留治罪，亦所應得，元帥從不殺人，當不會殺我的。」說罷即與呂一夔相携登艦，向孫先生認錯。孫先生以莫知錯能改，畧加訓勉，即命之歸去。先時，陳烱明被朱慶瀾委爲省長公署親軍司令，爲督軍陳炳焜所阻。莫榮新經此一役之後，即奉孫先生之命，始將二十營之警衛軍，交與陳烱明。陳接管之後，始得受命爲援閩總司令入漳，再而回師廣東，得到了後來的地位。

呂先生以爲陳烱明在軍閥割據的風尚中，把廣東當作自己的私產，以禁賭得了聲譽，便以爲不世之功。「以小康自足」，自大了要與孫先生爭高下。最後，且冒天下之大不韙，使其部屬葉舉洪兆麟，以請孫下野爲名，圍攻總統府，置孫先生于死地。他以爲陳烱明是秀才出身，而又參加革命，莫榮新是行伍出身，未有受過革命洗禮，而彼此之間，賢與不肖，有相反之不同，感到迷惑。我則以爲，讀書不成的人，要作起惡來，比不讀書的人，還要加倍。舊軍閥多不讀書，但其道德觀念，較畧有讀書的新軍閥，還能保有若干。

陳烱明造反一事，到今已五十年，孫先生與陳烱明，亦先後下世。但孫先生被人尊爲偉大的革命導師，其姓名爲中國人民歌頌贊美不已，而陳烱明則被國人視爲歷史歹角，微不足道的人物。賢與不肖，早已有別，不待後世的歷史判定了。

論「春秋」的作者（續）

——給柯榮欣兄的一封信

佛隱

他知道「原本春秋」並不中用，所以他和胡毋生（也是景帝時博士）編寫了公羊傳，對春秋加以「爲漢定道」的新解釋。自己又寫了「春秋繁露」，加進了種種異怪的內容。照他的說法，「春秋受天命作新王之事」。孔子作春秋是「受天命」、「爲漢定道」的。這樣素王的春秋和今王的政權就成一體了。儒家給漢皇帝加上「受天命」的頭銜，公羊家也給孔子加上「受天命」的頭銜，把孔子和皇帝同時排除於人類之外，所不同的是孟軻把楊墨排除於人類之外，變成禽獸，皇帝和孔子則變成了神。可能儒家看人本來是神與禽獸的混合體，如果一分爲二，不是上升爲神，就下降爲禽獸吧。總之這也是春秋褒貶大義充分的引伸。公羊春秋家把孔子既又升一級，就需要高舉公羊旂幟的董仲舒自己，在皇朝作孔子的代表人。春秋也就成爲漢皇朝一部憲法。可以應用到社會各個領域。凡是政治重大問題都引春秋解決。董仲舒就是解釋憲法（春秋）的「最高大法官」。凡朝廷有疑難大事都要派大臣去問這總代表。這時候儒生面對的，已不是陰森的劊子手和墳坑，而是皇漢輝煌的「玉堂與金馬」。「公羊春秋成爲漢廷儒臣干祿之書。」（俞正燮）儒生有了廣濶的「官僚市塲」。皇帝也可以由儒生預備軍裏無限地汲取優秀份子，以鞏固加强封建地主統治的政權。通過公羊春秋，董仲舒完成了時代的需要，把儒家和皇帝權結合起來。他成了偉大人物；儒生感謝他稱他爲「儒宗」爲「醇儒」，天子感謝他使他配享聖廟，春秋感謝他成了大經，從此封建政權在中國穩定了兩千年。於是「二千年之政，秦政也，皆大盜也。二千年之學，皆荀學也，皆鄉愿也。惟大盜利用鄉愿，惟以鄉愿工媚大盜。二者交相爲資，而罔不托之於孔。」譚嗣同這段話雖右孟左荀，然對于儒派和皇權勾結，可謂深知其意矣。

這樣重大的變動，當然不會平安取得，一定要通過鬥爭的。董仲舒在天人對策裏提出建議說：「春秋大一統者，天地之常經，古今之通誼也，今師異道，人異論，百家殊方意旨不同，是以上無以持一統。法制數變，下不知所守。臣愚以爲不在六藝之科，孔子之術者，皆絕其道；勿使併進。邪僻之說滅息，然後紀統可一，而法度可明，民知所從矣。」（資治通鑑十五卷）。這分明是李斯的同一口吻！可是李斯「禁私學定一尊」要滅絕的對象是儒生。今儒派當權，要滅絕的對象是法士。形式相同，而實質上恰恰是個否定。果然，丞相衛綰奏「所舉賢良或治申韓蘇張之言亂國政者請皆罷，奏可」。（同上）春秋家利用皇權把亂國政的政敵鎮壓下去了。于是「罷黜百家」，儒家思想「定於一尊」。孟軻「春秋天子之事也」，儒家假「春秋」以行思想專政的夢想終于實現了。

「孟子是公羊的開創者」。「董仲舒就是公羊哲學的發揮者」。「公羊是孟子關于春秋的說法的進一步發展」。馮友蘭這幾句話，已經把「春秋」在中國政治文化上的變化，以及儒家長期以來怎樣利用「春秋」以實現政治企圖的一根綫索說得明明白白了。

就如黑格爾所說：「他們依照牠們自然的趨勢，來發展牠們自己的目的，並且造成了人類社會這個建築物；這樣，却給公理與秩序造成了地位，來對付他們自己。」

「春秋」此後已歸皇家所有，這就過渡到一個罪惡的階段。

第四、皇帝把春秋和「鎮壓造反」（革命）相連系起來！

孔孟派的儒家，被荀派儒和兵法聯合陣綫所擊敗；這時孟派的儒家又與陰陽五行形成思想聯合陣綫，擊敗了法家（包括兵刑名）。他們一佔有物質力量，公羊家春秋的票面價值，就可以兌現了。也就是說，它可以用公羊家的世界觀改造客觀世界，創造歷史了。

公羊家的世界原理是「王者受命于天」、「承天意」、「法天以治人」即「法其道而出治」、而這個「道的大原出于天，天不變道亦不變」的。（春秋繁露）王權既受天的全權委托（商周還要僞裝通過卜筮向上帝請示），那麽它本身就是永恒眞理，皇權就有了不可變性。

皇權最怕就是革命造反了，春秋最大的意義也就在於它能起鎮壓造反的作用。階級壓廹的工具是「兵」和「獄」（監獄和法庭），而公羊家也就在它能推行「春秋折獄」。（後漢書應劭傳春秋决獄二三事）馮友蘭說「獄就是用暴力推行公羊春秋的原則」正是這事本質的說明。

從此以後，春秋保衛皇權，皇權保衛春秋，公羊春秋就壟斷了中國人的思想，忠實地替統治者服務，施之于禮則爲「名教」，施之于政，則爲「刑典」，一個從內，一個從外；一個從未然，一個從已然，兩面夾攻，把被統治的對象弄得「人人胸中，有了春秋之義」（皮錫瑞語），也就是人人有了「精神春秋」，無條件擁護皇權，不准革命造反的義務！「邪說害正，人人得而攻之，不必聖賢如春秋之法。亂臣賊子，人人得而誅之，不必士師也」（朱熹四書注）。訓至于「名者，上以制其下，而不能不奉…終不能以此反，…反則更益其罪，…曰大逆不道，以爲當放逐則放逐之，當誅戮則誅戮之，曾不若孤豚之被繫縛屠殺……而人不之責也」。（譚嗣同仁學）於是道德法律與秩序，都成了人民的對立物！

本來由百家爭鳴到李斯的思想定于一尊，又由秦亡到董仲舒的思想定于一尊，形式上是個循環。但從下層建築看，已經由奴隸領主制過渡到新興地主階級生產制。政治形態也由割據爭雄的獨立王國，過渡到封建中央集權的大帝國。這不是周而復，而是社會生產方式的上升與發展。與經濟基礎相適應的社會思想意識，自然也隨着歷史的進程的矛盾而發展。在這周期運動當中，各家爭論的中心，是那一種思想體系有解决新社會問題的優越性。一定會引起學派的激烈鬥爭。這種鬥爭就會啓發人對社會有全面的認識，更深地發現社會的主要矛盾。當某個階級代表或集團，捕捉到社會主要矛盾，而爲歷史「需要」所選定時，它就會取得思想上的優勢，和政權相結合了。——這個結合的過程也常如魯迅所說「那第一步，是在說動人主，而那用以壓服人主的傢伙，則都是『天』」——這時期思想之間的鬥爭，已爲勝利的統治思想怎樣改造社會的實踐所代替。「思想專政」的現象也會隨之而出現。那統治思想既掌握物質力量，它就能創造歷史，歷史本身發展新矛盾，又會出現新的社會問題，新的思想又會領導新的階級鬥爭，把社會推向更高的階段。這是階級社會上層建築和下層建築既矛盾又適應的運動規律。

可惜中國封建社會時期，由于①一貫採取「重農抑商」政策，阻滯了封建經濟向資本主義經濟的轉化。②絕對皇權，視各個人爲無足重輕，阻滯了平民在政治上個人自覺作用的發現。③「聖」「經」和「科舉」引導人離開客觀世界，阻滯了人民自由思想與科學思想的解放。於是中國封建社會的「國家本身不必有什麽變化，他們的生存原則也不必有什麽變化，但他們相互間的地位，却在不斷變化之中……一切不息的變化之中，實未嘗有任何的進展。」（黑格爾歷史哲學）這就是說中國長期的封建社會經濟結構變化得很慢，與此相適應的思想意識也變化得很慢，而變化最劇烈的只是政治權力的暴力爭奪，人與人的相斫，而實無預于社會經濟的進步。

唯一可以打破這個社會停滯的動力就是農民造反與革命。但中國主要的哲學思想，都是不利于革命反抗鬥爭的。除了官方的春秋學是正面壓力外，「易」、「老」的「否極泰來」、「物極必反」的「客觀主義」的思想，使人民對于殘暴的統治者只有等着瞧的忍受性，而不敢採取行動性的鬥爭。尤其是莊子的阿Q精神，寧可甘受壓廹，也「不屑」于作社會鬥爭了。這些思想在知識分子里很得到崇奉和廣泛的流行，就大大增加了奴性，大大便利了專制皇權春秋大義的長期壓廹。

歷代被壓廹被剝削的貧下中農雖然不斷暴發自流的農民革命，反抗這個壓迫的「大義」，因爲社會的「精神春秋」的反動輿論太强，幾于屢起屢仆。直到清朝咸同之際，受外國思潮的影响，中國爆發了空前的偉大農民革命運動——太平天國，淹有半壁河山，鬥爭幾達十五年之久，眼看外族統治即將垮台。誰知「小人儒」曾國藩竟指革命爲「名教奇變」，號召「抱道君子」（抱春秋之道）「扶持名敎，敦叙人倫，君臣父子，上下尊卑」……，（曾國藩討粵匪檄）高舉春秋大義，圍剿革命人民。他的家族和一群知識分子，就踐履了春秋之義建立了替外族皇權鎮壓本族同胞的「千古奇慘」的血腥事業。曾國藩搬起「精神春秋」，把革命人民砸得粉碎，起了一貫地鎮壓造反作用。儒家累世經營的「精神春秋」所含的反動精神，對民族所發生的毒害作用，到民族生死關頭，發揮到了頂點，也暴露到了頂點。社會的糾紛，戰爭，革命，把少數的統治者壓迫者推向民族人民對抗的另一極，它不能不向自我毁滅方面轉化。

也許有人說，公羊「三科九旨」，有「內諸夏而外夷狄」。春秋繁露「六科十旨」有「夷夏之防」，你怎能把罪惡全歸之春秋。殊不知服膺春秋的儒者，是皇權利益的保護者；就只知以保衛皇權爲中心，凡有與皇權利益冲突者，就是不合春秋之義。胡安國宋朝「大儒」專治春秋，頗發明「尊王攘夷」之義。而「解鞏帥師之類，以權臣爲戒」。竟由他推荐的秦檜「行天子之事」，奪了岳飛的兵權，把抗敵攘夷的名將置之於死地。春秋家寧保亡國之君，不保攘夷之臣的本質完全暴露。清朝嘉道之際的「奇才」龔定庵「治(公羊)春秋，知有變法，乃不知有夷夏，…故止言賓賓而不敢言革命」（中國近三百年學術史五五三頁）。龔死十年而太平軍起，這種「春秋之義」的思想準備，能不出奴才曾國藩嗎？清末「素王」康有爲（自號長素）「將公羊學附會于變法…而昌言保王」（同上）錢賓四譏康學爲「用夷變夏，無恥媚外。」這種「春秋之義」能不出民族叛徒的奴才嗎。末世的春秋學也只是爲對內鎭壓對外投降的反動統治服務而已。「精神春秋」再對抗不了社會本身的變革，皇權也保護不了春秋。春秋家的罪惡暴露，「精神春秋」的神話也拆穿了。它不能不走向死亡。

「毁孔子廟罷其祀」，「春秋」也被人拋到圖書舘的偏僻角落，受蠹魚的蹂躪。「不耕不戰」的新儒士，已不能通過春秋走到金馬之門，需要另謀生活。也顧不得再保衛春秋。二千年的中國大憲章才算廢止。

× × ×

形式「大憲章」廢止了，但「大經」的精神毒害，却依然存在於中國文化思想之流裏，繼續發生副作用。春秋和易經兩個幽靈，直到現在還影响人的思想。（康有爲說「孔子經世之學，在於春秋……求孔子經世之學，亦以易爲歸焉」。這兩本書有同一的作用）開頭我已說過，一本卦譜——本來是古代社會統治者僞裝和上帝（神）交通，以欺騙被統治者的紀錄——經過儒家的經營，成了哲學體系。按「方以類聚，物以群分」的原則，把宇宙事物都「配」入八個符號以內。用這八個符號變化出來的六十四個公式構成哲學的代數公式裏，然後由人主觀地自由加以解釋。（例：魯襄公二五年，崔杼想娶齊棠公美麗的小寡婦棠姜，她的哥哥反對，崔杼筮之，遇澤水困，澤風大過，「史」說「二卦皆吉」陳文子說「妻不可娶」，崔杼說「寡婦已有先夫當灾，娶之何害」，一種卦三種解，你說誰對，結果娶了小寡婦和魯莊公通奸，終於弄得「崔杼弒其君」，的春秋罪名成立，你說「史」的解釋可靠嗎？）就自謂掌握了天地鬼神之秘密。春秋和易走同一的路子，經過公羊家的經營，也成爲政治代數學。春秋「屬辭比事」，把社會上一切事物都套進公羊春秋的公式裏去，再由人主觀地自由地加以解釋。「是故爲春秋者，得一端而多連之，見一宜而博貫之，則天下盡矣」（春秋繁露）。於是「易無不包之理」，「春秋無不包之事」，不論宇宙社會任何問題都可以用這兩個套子去套。套子就是形而上學的「道」，抽象的「理」，「它是萬物的無限內容，是萬物之菁華與眞相」（黑格爾語）。只要把複雜生動矛盾的事物一套進套子來，就不必分析事物本質，不必管什麽客觀規律，不必管什麽具體眞理，統統照現成的「道理」辦。「反正物質世界是隸屬於它的」（同上）。它用抽象的二分法和比附法就代替了事物本質的對立鬥爭。這唯心論的方法又簡單又容易，眞是「易簡則天下之理得矣」，多麽省事而廉價的統治眞理！

自從中國有了這兩把套子——一個來源于「河圖洛書」，一個來源於「受天命」，——有權力的套人，沒權力的被套，沒有人敢問它的究竟！知識分子就在這兩個「脫離現實」「封閉思想」的套子裏轉，兩千年來的文化思想，就像鬼推磨一樣，永久在原地打圈圈，明淸＝宋元，宋元＝漢唐，漢唐＝孔孟。知識既脫離於實際，思想必然落後于事實，於是，現代＝古代。古代思想是永恒眞理，二千年之久，永有時效。中國文化思想史，寫的不管怎樣馥郁芬芳，其內容還不是在馮友蘭所謂「子學時代」，「經學時代」兩個圈子裏打轉轉。所謂近代學術思想，還不是如錢穆所說「三百年來學術大體，要不能脫『尊經信古』之一見」。而最后矛盾冲突抵銷，有如「掃地赤立！」（中國近三百年學術史六八八頁）馮友蘭氏於其初成中國哲學史之年，即有貞下起元之意，終成新理學及貞元三書等作，對中國哲學思想雖有進一步的嚴整條貫的說明，而旨歸于「極高明，道中庸」所謂天人境界。這只是經學套子的擴張，並未能跳出形而上學的止限（馮氏「換骨脫胎」新作，自當別論）中國舊社會知識份子的思想水平就到此爲止，前人的觀點和思想高度也就只是如此。

中國封建社會既未出現過不可逾越的「幸福天堂」，社會思想也未出現過不可逾越的至善終極目標和絕對境界，如果以「聖」與「經」爲極表，以古代社會爲黃金時代，那就等于說社會發展在二千幾百年前就已經停止了，那是不合邏輯，不合歷史的。

現代中國文化的主要傾向，正由生產勞動精神勞動二元化，向生產勞動和精神勞動一元化過渡，這是幾千年封建社會階級社會的否定，是「不耕不戰」儒士文明的結束，是「對反動派造反有理」的反抗鬥爭哲學和新文化的展開——恰恰和春秋之義的奴性成一對比。——也許黑格爾猜測得對，他說「歷史有一個決定的『東』，即是亞細亞。那個外界的物質的太陽，便在這裏升起，而在西方沉沒。那個自覺的太陽也在這裏升起，散播一個更爲高貴的光明。」（歷史哲學一七二頁）他說得對！現代的中國人，應該向前看，爲未來的活的世界作出更多的貢獻，別再「只向紙上與古人爭：」（東方樹語）把精力消耗到過去的死人世界裏，別再「黨枯竹，護朽骨」（柳宗元語），拿死人作活人的「人樣子」（聖），拿形而上學的套子解決新問題。要相信後人的知識思想水平一定超越前人。「聽濤室隨筆」已非孔孟所能全懂，更不必說現代的新哲學新社會科學和自然科學了。現代社會人生比古代複雜多了，現代知識宏觀無限大，微觀無限小，領域太廣濶了。古籍無所不包的那點知識，應佔的位置日益縮小了，春秋，易經，那套似是而非的玩意，「可以休矣」！

聚仁先生屢勸海外青年別讀古籍，我也曾受過古籍一點毒害，很有同感，因榮欣兄談春秋，就引起我對春秋一點感想。

就此指出儒家改造春秋為政治服務的歷史過程，露毒發覆，拆穿「大經」的神秘性，信它本身有無上思想價值而皓首窮經，本是可笑的，雖說古典文化是中國人的光榮，但要利用古籍霸佔現代的思想或者塡充科學思想的空虛是絕對錯誤的。青年人還是不讀的好，一被套子套住，就會變成古籍的奴隸。舊文化舊思想的研究，只合六十歲以上退休的人幹吧。其實社歷會史的進步，首先在于知者善於提出問題，能者善于解決問題，反對過去的舊玩意，只是標個「此物有毒」、「此路不通」一樣的消極工作，並無多大用處，也該是老頭子的工作。我談了一大堆，其實是廢話，但以聊天來講廢話也是有用的材料，現在把這堆廢話寄給榮欣兄，請他看過，便中交聚仁兄，請他指點錯誤和不妥之處，就批在廢話後面吧。

給佛隱兄的回信

柯榮欣

大函拜讀三過，融會古今，大處着眼，小處着手，尚不知兄讀書這般細緻也，敬佩！除當遵囑送請聚老一讀外，擬交大華發表。又大函中對我國古代歷史分期，以秦漢大一統至解放前爲封建階段，前此則爲「奴隸領主制」；與拙見頗有出入。從殷周交遞之迹看來，殷自是奴隸制大帝國，可比擬爲古羅馬，而周武之聯軍，有些像入侵之蠻族。詩書所示周代田制，以及左傳兵制，農奴制似已成立。貴族生活資料來源,非奴隸之生產果實,而是農奴力役之租穫。照此說來，當時雖仍有奴隸制遺留下來的殘迹，並不能視爲歷史之主流。而周以渭域落後國家，得以一舉覆滅先進的殷大帝國，即是它的生產關係進步，使小民傾心於它的緣故。這有些像今天亞非拉被壓迫人民嚮往北京，使美蘇兩大帝「孤王江山郁郁貢，好像風吹大燈籠」的形勢。是以弟常將西周至戰國劃爲領主割據的封建制，相當歐洲中世紀的所謂黑暗時代；秦漢時期則相當於文藝復興後的歐洲民族主義時期。不過，我國這個階段特別長，這與我國文化及地理環境有關。不知兄以爲然否？至於春秋的板權問題，弟仍認爲屬於孔老二。我根據爵稱之異於地下資料，以及班級次序之違反周宗法與制度，不能相信這是魯史原文，應是孔老先生加上一些編輯工夫的。所謂貶褒盡歸孟軻的謠言，孔子祇是拿了這萬餘字的斷爛朝報，隨便向弟子讀讀，似乎太敷衍塞責了。當然什麼三科六旨……那是漢儒騙皇帝的把戲。弟好左傳而讀公、穀屢廢，亦實是不願聽這些鬼話。且等研究漢代思想時再說罷！

跋呂、柯二兄論春秋作者信後

曹聚仁

讀了呂先生寫給柯先生論孔子作春秋事，又讀了柯兄的復信。我不禁想起四十五年前（一九二五年），錢玄同先生和顧頡剛先生討論春秋作者的信。我是一向是懷疑論者，畢竟是二千五百年前的事了，誰也拿不出眞憑實據的，還是「存疑」爲上。孔子畢竟不會做魯國的史官，魯國諸侯也不會把史館中的大批史官刀刻的史簡送到孔府去請他來筆削。孔子如何才有「作」的機會，這倒是一個實際的問題。

我倒有幾個小問題，不妨寫出來，請二兄考慮一下：①關於春秋問題雖說古今人都熱鬧在討論，但讀過春秋的，畢竟很少。我們所讀的是「左傳」和「公羊傳」，這和春秋究竟有什麼關係，還是一個問題。我不相信左丘明是孔門弟子，也不是孔子的朋友。他可能是魯國官史，他所編寫的「國語」，孔子也未必看到過。（西漢古文學家，把左氏國語依春秋編成左傳，餘下的仍爲國語。所謂「微言大義」，只是今文學家的說法，和孔氏並不相干。）②孔子的六藝教育，乃是「禮樂、射御、書數」，並不包括易、春秋在內。「六藝」乃是青年的生活教育，論語上，可以看到

哀香港

——香港浩劫三十周年憶語——

容甫

據說當時香港當軸對於孤軍還存心懷疑，耽心他們會在九龍倒戈搗亂。它原想發給他們從前帶來的瘋舊槍械，後來經孤軍堅決反對，才答應把新式的槍械發給他們，但是要孤軍履行一項附帶的條件，就是他們姑無論成敗如何，都不許回頭，只有往前衝。按照英人平時對待殖民地人民的統治政策來看，以上那種說法大概不致於是空穴來風，誣賴英國人的吧。我們事後知道孤軍果然履行了諾言，一直衝過了敵軍的陣地，大概正當敵人在慶幸各地出擊得手，得意忘形的時候，突然出現了中國軍隊的革命大纛，他們竟誤以爲是中國什麽地方開到的大軍，弄得棄甲曳兵，一時退卻了四五十里。孤軍終於安全投到祖國的懷抱裏，果然一去不回了。這是當時一樁最快人心的事情。可是好夢不常，到了十一日，人們懷抱着的希望，終於變成泡影，成爲曇花一現了。

十一日上午，人們似乎個個都知道了預兆，大家都表露出不妙的神色。希望終歸是希望，英軍砲兵陣地越縮越近，卻是千眞萬確的事實。到了下午只看見前方一輛一輛的兵車和坦克車已儘往尖沙咀碼頭方面撤退，印度兵拉着騾馬，馱着大砲的零件，跟着往後退了，不多久砲聲也就完全沈寂了下來。街上儘見些拚命搬家撤退的人民。負責維持秩序的防空人員和警察，一個一個不知道現到什麽地方去了。只看見路旁扔下不少「他們皇家」發下的鋼盔帽章和制服，甚至於手槍都有。英軍決心放棄九龍保守香港的用意，已經是很明顯的了。

四　刧匪四出九龍秩序大亂

英軍退守香港之後，九龍就開始陷入無政府狀態當中。商店和住戶都上緊了門戶。匪徒們開始出現了。十一日那天我們已經聽說旺角深水埗、太子道一帶發生了沿途攔刧的事件。消息越來越壞，大家都束手無策，惟有等候命運的安排。當天下午四點多鐘的時候，流氓們已連羣結隊在上海街一帶的當舖和金舖，首先發難了。攔刧的事也在這個時候傳到尖沙咀區，當時作者躲在彌敦道一家商店裡，從黏着紙的玻璃縫往外看，一幕一幕的攔刧的悲劇，我都一一親身目擊到了。

孔門師徒講求生活實踐」的實情。要孔子弟子去念「詩書、禮樂、春秋、易」，乃是漢以後經學家理家學的話，和孔氏並不相干。③今文學家把六經順序，列爲「禮樂、詩書、春秋、易」，依教程的順序來說，而古文學家，把六經序列爲「易、詩、書、禮、樂、春秋」，那是依時代的順序來說的。這兩種順序都是他們各自拚成的七巧板，而託之於孔子的義法。我覺得漢學家宋學家，都是託古改制的人，這或者是孔子的義法亦未可知。④錢玄同先生說：「我現在對於今家解經全不相信，我而且認爲『經』這東西壓根兒就是沒有的，『經』既沒有，則所謂『微言大義』也者自然是皮之不存，毛將焉附了。」四十年前，我們住在杭州西湖文瀾閣中，看着一排裝着高脚的「經」箱丢在灰塵里，暗中不禁失笑，我們實在只要有一部左傳就夠了，又何必再看什麽春秋呢？⑤從前人有一種心理上的毛病，即是以爲孟軻生在孔子一百年之後，所謂去古最近，知聞較眞。其實，這位儒家後學，主觀最强，最愛武斷，他所說的堯舜禹湯文武之道，都是靠不住的。孔子作春秋的話，乃是這位妄人說的，格外不可靠些。

不過，在香港，一切都是坐在錢眼里看問題的，我們這種非聖無法的議論，在算盤是經不得「二一添作五」的！寫此博二兄一笑耳。

我看見馬路對面有一對夫婦拉着子女走出來，看情形像是打算往碼頭走，或是要往投靠附近的親戚的。可是在他們還沒有出來以前，行人道上早已散佈着一些來勢兇兇，手執利器的歹徒在等候發財了。這時打算逃難的夫婦一踏出門口，就碰上了一個惡棍手拿着大柴刀，提起刀在他們面前晃了一晃，他們已都給嚇得噤若寒蟬，那裏還敢嚷救命。孩子們嚇得呆了，儘往媽媽的身邊閃躲，眼巴巴看着爸爸媽媽身上所有值錢的東西，都給强徒搶去，連身上穿着禦寒衣服也給剝去了。這時候天氣雖不很冷，但也已有了寒意，在這種情形之下，我知道他們必定很難過的。我自已心裏就覺得非常不平，假使我當時手上有枝手槍的話，我非要向這向個萬惡的趁火打刧的强徒放上幾槍，直把他幹掉不可。跟着又看見一個身材高大的英國人，大概也打算往碼頭走的，他也一樣給另一個惡徒攔住了去路，英國人往日的威風這時候已嚇不倒這班暴徒了。於是他祇好自動把口袋裏所有的鈔票，湊上一大堆，完全交給了暴徒。我不忍再看下去了。這亂世的悲劇一幕一幕不停地，儘在我腦子裏重演着。忽然我們這邊的行人道上遠遠地聽到恐嚇、追逐和格鬥的聲音，好奇心又驅使我往外窺看，看不見人，只聽見其中一個彷彿受了傷，一路呼痛奔跑的聲音，剛打我們的門外跑過。後來我發現了地上淌有好些鮮紅的血跡，才明白這也許是一個不甘屈服的路人，跟暴徒抗拒所致。以上只是就作者所目擊的而言，其他沒有看見的悲慘事件，還不知道多少呢。大家自從目擊和聽聞了這些暴力行爲之後，盤旋在人們腦際的，盡是些恐怖、悲憤和嫉惡的心理。

人們都意料到必定會還有更糟更悲慘的事件發生。那天天剛黑，馬路上忽然聽到橫衝直撞的汽車聲，當他們碰頭的時候，便大聲地喊着「勝利！勝利！」這時大家才明白暴徒們已在大規模地實行打家刧舍了。各人的心裡都感覺忧忧不安。沒有多久就開始聽到撞門聲、呼叱恐嚇聲、脚步聲、格鬥聲、口令聲、玻璃破裂聲、傾箱倒篋聲、婦孺受了驚嚇發出的尖銳叫喊聲、哭泣聲、鐵器互碰聲、銀器傾瀉落地聲、暴徒談笑聲、葡萄牙人射擊暴徒的獵槍聲，汽車相撞聲、輪胎爆裂聲，種種錯雜的聲音，襯着在這黑沈沈的寒夜裏，格顯得淒涼而恐怖。我們聽到暴徒們越搶越近，輪到我們隔壁那一家了。我們又聽到他們把種種搶到手的贜物堆在行人道上，他們得意地嚷着「勝利！」「這時候才是我們窮人的世界！」「不愁啦，這次應用盡有啦！」等口號，這種像是階級鬥爭的宣言，不時刺入人們的心坎。我們一夜都沒有睡得着，大家都在等着這種慘兇甚麼時候會降臨到自己身上。大家於是利用這段時間盡可能地把一些稍爲值錢的東西，胡亂地往每個角落或縫裏塞。我們還採取了一次諸葛孔明的空城計，預先把店裏的飾櫃門打開，把貨物弄得凌亂不堪，有些貨物給扔得滿地都是，佈置得活像早就捱過洗刧似的，經過這樣做作之後，心裏不免又覺得好笑，這不啻是點綴這個悲慘世界的一幕喜劇。

凌晨三點多鐘的時候，大難終於降臨了。暴徒們高舉着火把洋蠟，到了我們的門口，他們開始威嚇敲門，由於噪雜的人聲，我們推測至少有三十多人。我們恐怕重蹈左鄰一家商店被擊破玻璃門的覆轍，我們自動招呼他們進來，只見暴徒們每人手裏都拿有各種武器，這些武器可以說是超出十八般的範圍之外，什麽菜刀、鑿錐、鑽、罐頭刀、螺絲鑽和鐵撬一類的東西都被用到。他們個個都是惡魔轉世，兇神化身，一進來就要金要銀要財寶。開門揖盜的勾當，這番算是生平第一遭，事後越想越痛恨，但是在這無秩序，大混亂的局面當中，强盜威脅之下，還有什麽正義人道之可言呢！祇好一面騙他們說東西已經給另外一幫兄弟們拿走了，一面求他們發財也留點情面。這時候其中有一個長得特別兇狠的聽得不順耳，竟發起脾氣來，揚起手裏的一柄長了銹的菜刀，嚷着說：「不行！這個時候才講交情可晚了，我們睡騎樓底睡得太久了，你們舒適的生活也過得太多了。現在是我們窮人的世界，這時候也該讓我們窮人享受一下了。」這傢伙把這一套類乎階級鬥爭的宣言聲明了之後，跟着就命令他們同來的二三十個夥伴，一齊動手搶刼。於是店裡可吃的東西，不論是罐頭或是買給小孩子吃的餅乾，全都給他們搶光，小孩子玩的手槍，他們也要了去，還有好些値錢的貨物衣料首飾之類，好多都逃不了他們的賊眼睛。最好笑的是他們搜到了一位老太太二十多年前存下的，捨不得扔去的前次歐戰時代的德國馬克鈔票，這些莽漢一時都誤認爲是金山紙（他們稱美國鈔票的名稱），於是都感覺非常滿意地呼嘯而去，而且臨走的時候還給我們一張寫着「和記」兩個字的保護符，同時還道聲「對不住！」然後才走。這次還好，除了某女士的小皮包，因爲打開得慢，以致被暴徒賞了一刀之外，店裏的玻璃櫥窗倒沒有受到破壞。同時禦寒的衣物也沒有被搬走。原本擺在閣樓上空鐵牀底下的兩口漆黑的西服鐵箱子倒也沒有被發現。至是我們反而覺得這幫强盜倒還有「天良」，想不到盜亦有道。第一帮强盜走了之後，接連來了兩三帮，不過他們終於沒有進來，原因就是那張護符發生了信用和效力。作者所身受其禍的一幕階級鬥爭的悲劇，便是這樣結束的。大概這一次我一家所受的損失，就不下幾千塊錢，不過像我這樣的窮書生被認爲是香港的高等華人，卻未免太冤枉了。

九龍一帶的中西商店和住宅，幾乎大多數遭殃。大概平常被認爲是富戶的新洋樓大多不能幸免。至於有些商店和住宅所以能安然獨存的，也許是他們預先就跟流氓頭子有了接頭，或者老早就交了保護金，門口早就貼上紅紙黑字的保護符。再不然就是平常跟日本有點關係的，例如日本資本的商店，留學日本的醫生，這一類的人物，暴徒們是不敢攖其鋒的，倒也懂得點國際外交的知識呢。還有少部分士紳是經汪政權爲着市恩於他們，而預先關照日軍對他們的產業暗中加以保護的，這可以說是特別例外的了。

後來我們間接認識了一個流氓頭子，我們託他把當晚搶去的東西替我們設法領回。可是他說，所有搶到的東西已於當天晚上，在上海街大觀酒家樓上實行「分秤稱金銀，論套穿衣服」，均分定妥，過了這麽些日子，已經是愛莫能助了。我們雖然不能達成目的，倒從他那兒聽到許多他們的內幕故事。據他說他們夥伴們在事變前一個多月，暗中早已議定好搶掠的計劃了。他們早已盼望香港九龍終會有這麽的一天。向富有階級復仇的嫉恨心理，使他們幸災樂禍的心理更加旺盛。他們各有各所屬的會黨，各有各的領袖和勢力範圍。說到勢力範圍，他說在九龍分爲尖沙咀、旺角、深水埗和九龍城等區；香港方面有西營盤、上環、灣仔等區。會黨的名稱多得很。當領袖的大概就是平日弟兄們所認爲勇敢而果斷的，同時又充滿流氓本色的人物。他自己就是這樣的一個人，他不但是勇敢果斷，而且對於雅片嫖賭，無所不能，這些惡習慣是被認爲跟領袖條件沒有衝突的，而且非如是不足以算是一個典型的流氓頭子。他們裏頭的人材非常複雜，舉凡小販、街頭流浪者、苦力、汽車司機，以及一切的下流社會的人物，幾乎無所不包。他們所用來載贓物的貨車，就是司機們預先計劃好扣留下的。照他說來，他們之間倒還具有梁山泊好漢們的義氣，他們燒香發誓過，大家得到了東西都不許進私囊的。

他又說那天晚上，他們有帮夥伴在九龍塘某宅搜刼到了好幾萬的鈔票，他們把上萬的鈔票都拿走了，只留下零星數目的五千塊錢，誠意地送給那位主人做火食之用。他們大概認爲像他們這種慷他人之慨的行爲就是講義氣。當晚他們把大觀酒家關做他們的分金堂。弟兄們所刼到的東西，堆滿了樓上。什麽珍珠寶貝，金銀財帛，用品貨物，糧食罐頭，應有盡有，實在多到不可以計算。大家分贜的時候，絕對服從領袖的意見，可數的就依數均分，數不出的就約摸與以估計，論功行賞，大夥都沒有半點怨言。（二）

（待續）

讀水滸傳

季炎

吳用答道：「吳某村中學究，胸次又無經綸濟世之才，雖曾讀些孫吳兵法，未曾有半粒微功，豈可占上。」林冲道：事已臨頭，不必謙讓。」吳用只得坐了第二位。……公孫勝只得坐了第三位。林冲再要讓時，晁蓋，吳用，公孫勝都不肯，三人俱道：「適蒙頭領所說，鼎分三足，以此不敢違命，我三人占上；頭領再要讓人時，晁蓋等只得告退。」三人扶住，林冲只得坐了第四位。

林冲以個人的力量，當機立斷，做出了這一番驚人的事業，爲梁山開創了一個新局面，但他自己却功成不居，辭尊居卑。看他對衆人所講的一番說話，大義凜然，可見他的行事，動機純潔，絕非藉此以便其私圖。確是眞英雄，眞好漢也！後來宋江、吳用掌了大權，行事每有藏私之處，如果他們還會回想起林冲當日的情形，能不愧煞！

晁蓋在曾頭市中箭重傷，彌留之際，立下遺言：「凡活捉得史文恭的，便爲山寨之主。」這也是純爲私人恩怨着想，絕未顧及山寨的大局。假如有一小卒或一絕不成器的人，碰着特殊的機緣，把史文恭捉了，依照晁蓋遺囑，那人便做了梁山寨主，那時，豈不悞盡了大事，成爲笑柄。與林冲公爾忘私的精神相較，優劣之分，不可以道理計了。

二、精華所在

（甲）人物

五十年前，我在北京讀書，有一天，和劉半農（那時，他初進北大在預科教國文，用「劉復」的名字，未用「半農」，更未用半農）在「北河沿」一家小飯館吃飯，談起中國方言複雜的問題。劉君說先是人人每日必用的「我」字，各地就有許多不同的叫法。在古時陝甘一帶，稱作「洒家」，可謂特別之至了。說到「洒家」因而連帶提起水滸傳裏的魯智深來（魯智深便是稱自己爲「洒家」的）。劉君以爲在那個時代的小說之中，能寫出像魯智深那樣的一個人物來，也算着實難得了。我十分同意此說，我對於魯智深這個人，一向都抱有一種特殊的意見，劉君一提起，我便要把我的意見，發揮一番；劉君對此，也滿有興趣，很想聽聽我的意見。但是我們在這頓飯中，是早就有了談話的主題的，他請我暫且不要在這時來打岔，以後則必要再作詳談。誰知以後便一直都沒有再提起這話題的機會了。想不到五十年後的今日，我竟然會寫出這一篇東西，而且現在正要談論到魯智深了。我忽然記起這一回舊事，劉君已作古多年，因此便把來作爲這一段的小小一個引子，也算了却我和劉君之間當年一點未踐的約言。

作者集中了他那卓越的才華，豐富的想像力和筆下那種特殊的氣息來寫成了一個很特殊的人物—魯智深。魯智深這人的構成條件是這樣的：具有超人的氣質而行事却處處都頗合乎人情；不令他遺世獨立（大抵有超人氣質的人，都是遺世獨立的），而與一般所謂江湖上的好漢合流，却時時都把那種氣質很自然地流露出來；對於一切世事，全無戒懼之心而不是不知利害；令人一眼看不出他的底蘊而只覺得特別的出奇。綜觀上述的條件，似乎都是充滿了矛盾的成份的。要將一個集合了這樣複雜而矛盾的條件於一身的人物，寫得出色，確非容易；然而作者於此却顯然得到了非常的成功。他把魯智深刻畫得成爲水滸傳中第一號奇人，作風獨特，和其他的英雄好漢，大異其趣。

魯智深給予人們的印象，是這樣的：他做過不少令人拍案驚奇的事情，但只覺得他舉重若輕，行同兒戲，無災無難，心君泰然，却又不同於世俗所稱的「福將」一流，做事全憑運氣的；令人一聞其聲，便覺得心神暢旺，而不知其理之所以然，他接觸到一件事情時，開頭非常暴躁，但到了稍明眞相之後，很快又變成極有分寸的了；此書那種特殊的氣息，在他的身上，顯得特別濃重。

他對世事全無戒懼之心，而不是不知利害。這一點，是不容易被人了解的。一般人都以爲這是他的「豪氣」使然，其實絕不是這樣簡單的。我以爲用佛家典籍中「心經」裏頭所說的話來解釋，較爲適當。「心經」中有云：「菩提薩埵，依般若波羅密多故，心罣無礙。無墨礙故，無有恐怖。遠離顚倒夢想，究竟涅槃」。「菩提薩埵」那是「菩薩」，「般若波羅密多」可意譯爲「徹底妙智慧」。這種智慧，在佛門中，菩薩有之，而魯智深亦有之。唯其如此，才能對於一切事物，都無所戒懼，這就是超人的氣質；凡夫俗子，不能夢見也。

五台山文殊院的住持智眞長老，不愧爲得道高僧，他接納了趙員外的請求，肯收魯智深爲弟子，智深的外貌，一望而知是不能守清規的人，他不但肯收爲徒，而且曾三度稱讚過他，第一次是：

只見首座與衆僧自去商議道：「這個人不似出家人模樣，一雙眼却恁兇險。」「知客出來請趙員外，魯達到客館坐地。首座衆僧稟長老，說道：「却才這個要出家的人，形容醜惡，相貌兇頑，不可剃度他，恐久後累及山門。」長老道：「他是趙員外擅越的兄弟，如何撇得他的面皮？你等衆人且休疑心，待我看着。」焚起一炷信香，長老上禪房盤膝而坐，口誦咒語，入定去了；一炷香過，却好回來，對衆僧說道：「只顧剃度他。此人上應天星，心地剛直，雖然時下兇頑，命中駁雜，久後却得清淨，證果非凡，汝等皆不及他。可記吾言，勿得推阻。」

第二次是：

衆多職事僧人圍定長老，告訴道：「向日徒弟們曾諫長老來，今日如何？本寺那容得這等野貓，亂了清規。」長老道：「雖是如今眼下有些囉唣，後來却成得正果。」

第三次是：

清長老接書拆開看時，中間備細說着魯智深出家緣由並今下山投托上剎之故，「萬望慈悲收錄，做個職事人員，切不可推故，此僧久後必當證果。」

魯智深絕不是一個不知利害的人，他在趙員外別莊裏避禍，住了幾天，忽一日：

兩個正在書院裏閒坐說話，只見金老急急奔來莊上，逕到書院裏見了趙員外並魯提轄；見沒人，便對魯達道：「恩人，不是老漢心多。爲是恩人前日老漢請在樓上吃酒，員外悞聽人報，引領莊客來鬧了街坊，後却散了，人都有些疑心，說開去，昨日有三四個做公的來鄰舍街坊打聽得緊，只怕要來村裏緝捕恩公。倘或有些疏失，如之奈何？」魯達道：「恁地時，洒家自便去了。」

他知道這次很難逃過官府的緝捕，一旦鬧出事來，必然牽累及趙員外。除了依照趙員外提出的辦法外，別無解決的善策，於是毫不猶疑地便去五台山文殊院做了和尚。一般讀者都以爲像魯智深那樣的一個粗豪人物，一旦做了和尚，未免太滑稽和委屈一點了吧；不知在魯智深看來，和尚和俗家人的分別，不過只在剃光了頭一點而已。

（未完）

秦淮雜詩五十首（一）

季炎

——小序

余旅居金陵，前後將及十載。每歲夏秋之際，晚間無俚，輒偕友輩聽歌飲酒於秦淮河畔。酒後，泛舟河上，習以爲常。秦淮景物，亦以斯時爲最勝。櫓聲燈影，香澤微聞，物態萬殊，恩怨交織，令人如夢如醉。朱自清曾作有「槳聲燈影裏的秦淮河」一文，頗爲時流所稱許；此文亦可稱佳作。獨惜只能寫出秦淮片面風貌，至其內在情趣，未能道着什一也。余亦曾有「秦淮小品」之作，所寫範圍較廣，兼及表裡，此文曾在本港刋物發表，玆不復談。

余又曾成「秦淮雜詩」五十首，頗能寫出秦淮內涵意境，言中有物，非徒誇張風月之作也。如與「板橋雜記」相比，則古今有別，形式各殊（謂詩與文也），自難相提並論。但悱惻芬芳，正是秦淮神髓，個中情味，固無間古今與形色耳。此詩曾由張恨水君在其主辦之「南京人報」發表。南歸後，各方友好知其事者，紛紛來函索閱。以此詩首數署多，一一錄示，不勝其煩，當時雖曾婉却，殊覺有歉於心。玆承大華編者不以舊作爲嫌，在本刋重爲刋出，藉此可一酬索閱諸君多年雅意，亦聊以博讀者諸君於小休之時一粲。

一

金粉煙波送六朝，千年遺恨久全消，
時人艷說桃花扇，武定橋南是板橋。

二

小艇輕裝趁晚涼，櫓聲搖夢月如霜，
匆匆三百年間事，祇憶揚州蕭伯梁。

三

薄暮雙鬟梳洗成，伶俜顧影不勝情，
何當淡月昏鐙下，轉軸撥弦三兩聲。

四

沈沈簾幙謝娘家，深院飄鐙度碧紗，
風月滿船人悄悄，玉簪花下太平花。

五

鈿車陌上看花回，橋畔閒花爛熳開，
打槳酒家樓下過，鐙明人語又宵來。

六

疎星寂寂夢依稀，柳暗風斜月色微，
清露如珠衣似雪，扁舟緩緩玉人歸。

七

輕輕艇子復成橋，點點紅鐙笑語嬌，
澹澹月痕風細細，人人雙度可憐宵。

八

風定爐煙裊裊長，珊瑚萬片水中央，
客中又近中元節，鐃鼓連船作道場。

九

一舸輕盈夜扣門，微茫月色照牆根，
侍兒扶出嬌慵甚，指點紅衫認酒痕。

十

繁鐙飄影落江潯，一水盈盈隔素心，
曠刼獨留金粉地，繭絲歲月耐人尋。

十一

雙槳人歸夜響殘，半簾鐙影月闌珊，
閒閒一角屏山曲，也作蓬萊一例看。

十二

扁舟小集百年愁，習習輕風澹澹秋，
兩岸華燈全不上，夜深留待水明樓。

十三

細雨斜風滿鳳城，一河弦管冷無聲，
垂楊影裏斜橋畔，夜有扁舟泊到明。

十四

寂寂寒宵別院深，爐香瓶卉靜橫琴，
重簾不放纖埃入，悶得蕭娘一片心。

十五

十里秦淮畫槳新，錦鞋羅襪未生塵，
矜嚴不作閒商畧，拭硯焚香過一春。

春風廬聯話

林　熙

輓陳宜禧

一九三〇年，陳宜禧逝世，很多人都為這位愛國華僑的典型人物惋惜。

陳宜禧字暢庭，廣東台山縣，斗山六村人，道光廿四年甲辰（一八四四年）出生，因為家境貧窮，很年青便到美國在舍路埠當鐵路工人，一做就做了四十年，積累了很多豐富的築路經驗。光緒三十一年（一九〇五年），他回到故鄉，提出建築新寧鐵路的辦法，馬上得到社會人士贊同。

光緒三十二年四月，新寧鐵路動工興建了。這條鐵路完全由中國資本、中國工程師建造，絕不求外國人幫忙。築成後，博得海內外愛國人士稱贊，到七十六歲高齡，他還計劃興建由台山至陽江縣築一條百多公里長的支路。一九二七年，廣東建設廳廳長馬超俊收此路為省有，陳宜禧被迫離開了新寧鐵路，最後因受刺激而神經失常，民國十九年（一九三〇年）含憤而死，享年八十七歲。

陳宜禧死後，有很多人致送輓聯，頌贊這位愛國華僑。有新會人陳篤初一首長聯，反映陳宜禧生平事跡，可作其小傳讀，今錄左：

早歲涉重洋，力情勞金，由是習技能，通藝術，且得華洋傳仰，交推為一方領袖之人才。噫！非奇士耶？綜覈畢生行誼，或譏其剛愎，吾服其樸誠；或詆其自專，吾嘉其勇敢。志願宏大，節目疏濶，伊古英雄，每不免幾微累，何必深求。竊幸附屬宗盟，忘年結契，素履找特詳專，憶昔杯酒言歡，款洽瓊筵曾幾度。

暮齡歸故里，獨招路股，又兼司經理，督工程，猶復瑣屑躬親，竟完成兩邑平衡之軌道。吁！簡偉績矣！近聞閭巷叢讟，有功過幷衡，固未臻允愜；有毀譽參半，亦未見持平。任事維艱，知人非易。唯茲衆口，恒莫諒當局難，妄加詬病。試問支撐廿載，蕩産傾家，後賢儔先繼者？迄今蓋棺論定，巍峨銅像永千秋。

新寧鐵路築成後將近二十年，到抗日戰爭時，遭日寇飛機轟炸，全部破壞，只留下路基和陳宜禧的銅像供後人憑弔了。

揚州平山堂

揚州的平山堂，為江南勝跡，亦因其出自歐陽修所建。其地在蜀岡中峯法淨寺內，北宋時代，歐陽修做揚州太守，愛其風景，謂登堂遠眺，江南諸山，拱揖檻前，若可攀躋，故取名平山（此數語見「寰宇記」）。伊墨卿（秉綬）做揚川府時，題聯云：

隔江諸山，到此堂下；
太守之宴，與衆賓歡。

梁章鉅「楹聯續話」卷二載章鉅題平山堂聯：

高視兩三州，何論二分月色；
曠觀八百載，難忘六一風流。

聯成後，質之其師阮元，甚壯其語。又云：「朱蘭坡同年亦曰：「平山堂詩，以王荆公『一堂高視兩三州』為最。平山堂聯，以伊墨卿隔江諸山十六字為最，今君此聯出，眞可鼎立而三矣。因亦用隸體書就，送懸堂楹。……」（梁章鉅、阮元、伊墨卿，知者多，不贅。蘭坡為朱珔之號，他是嘉慶七年壬戌翰林，安徽涇縣人，官至贊善。）

丁紹周于同治九年（一八七〇年）五月，簡放四川鄉試正考官，入闈試士時，八月又簡放浙江學政。他在四川辦完考試後，即趕往浙江上任，經過揚州，法淨寺的和尚請他題聯，他即題云：

曾從山水窟中來，秋色可人，征袂尚留巫峽雨；

欲向海雲深處住，郵程催我，扁舟又向浙江潮。

紹周字廉甫，江蘇丹徒人，道光三十年翰林，官至光祿寺卿，著有「浮玉山房詩集」、「蜀游草」等書。

彭玉麟聯云：

大江南北，亦有湖山，來自衡嶽洞庭，休道故鄉無此好；

近水樓台，盡收烟雨，論到梅花明月，須知東閣占春多。

彭玉麟與所謂「中興名將」曾國藩、左宗棠皆稱製聯能手。此聯雖有情致，但只是對揚州有情致而已，置諸揚州任何勝跡都可以，不必拘於平山堂，因爲它未能寫出平山堂的特點。

崧駿一聯，出諸集句，亦頗能切平山堂景致。句云：

遠呑山光，平挹江瀨；

下臨無地，上出重霄。

崧駿字鎭青，滿州鑲藍旗人，咸豐八年戊午科舉人，光緒十二年（一八八六年）以漕運總督授江蘇巡撫，後調浙江巡撫，十九年死於任上。他寫此聯或在蘇撫期間。

福州人龔易圖，亦爲製聯名手，他所題平山堂二聯，雖遠不如他在故鄉花園中那一首「平生最愛說東坡，日啖荔枝三百顆」之膾炙人口，但亦甚可讀，錄如左：

幾堆江上畫圖山，繁華自昔，試看奢如大業，令人訕笑，令人悲涼，應有些逸興雅懷，才領得廿四橋頭，簫聲月色；

一派竹西歌吹路，傳誦于今，必須才似廬陵，方可遨游，方可嘯詠，切莫把濃花濁酒，便當作六一翁後，餘韻流風。

又一聯云：

登堂如見其人，我曾經泰岱黃河，舉酒遙生千古感；

飲水當同此味，且莫追峨嵋太白，隔江喜看六朝山。

江陰人金武祥，同治年間在廣州做小官，但他的文才頗高，詩詞都有一手，亦精聯語，他題平山堂聯云：

勝蹟溯歐陽，當年風景何如，試問橋頭明月；

高吟懷水部，此去雲山更遠，重探嶺上梅花。

武祥字淮生，又字粟香，著有「粟香五筆」、「赤谿雜志」、「漓江雜記」等書，民國十三年甲子（一九二四年）逝世，年八十餘，汪兆鏞輓以聯云：

結交老蒼逾卅年，徵文考獻著書必傳，記翦燭商量，舊夢猶悲赤谿志；

浩訪盤桓曾六日，惜別傷時赴書忽至，歎乘桴飄泊，墜懽忍憶艤舟亭。

下聯言民國九年庚申（一九二〇年），兆鏞往江陰訪他，他帶汪出東門，至艤舟亭，指點給他說蘇東坡曾在此地停舟的故事。

輓周壽昌

光緒十年（一八八四年）十月廿七日，周壽昌在北京逝世，年七十一歲。李慈銘輓之云：

仕宦皆虛，祇平生三史千秋，豈特補遺刋貢父；

風流頓盡，想地下七賢再續，也應後至笑王戎。

周壽昌字應甫，一字荇農，晚號自庵，湖南長沙人，道光廿五年乙巳恩科進士，散館授編修，官至內閣學士、署戶部左侍郎。他雖然官卿貳，但仍然儒素，不失學者風度。平生致力史學，著作甚多，最爲學術界所知者爲「周氏三史校注」、「思益堂集」。李慈銘十月廿八日日記云：「聞周荇丈於昨日酉時卒，即素衣往哭之，已歛矣。老輩深交，從此遂盡，一棺已蓋，音容渺然，深可悲也。」

曾紀澤是周壽昌的鄉後輩，周謝世時，他正在駐英國公使任上，到下一年八月才知道他的死訊，亦輓以聯云：

得英才而教育，化雨及時，經公丈席玉成，桃李春風多快士；

歎父執之凋零，疎星向曙，矧我瓣香師事，蒹葭秋水正伊人。

周壽昌死後廿餘日，另一個二品武官周壽昌在廣西逝世，清廷下令優卹。「越縵堂日記」是年十一月十九日有一段云：「邸鈔，詔：記名提督、貴州安義鎮總兵周壽昌，前在江蘇、浙江等省，著有戰功，現赴廣西軍營，駐劄關外，染瘴身故，加恩照提督軍營立功後病故例，從優議卹，從潘鼎新請也。」李越縵在日記中錄此段邸鈔後，在其後注云：「壽昌，字如南，安徽桐城人，由行伍出身，積功至今官（本從捻賊，改姓名曰錢桂誠，受僞王封），與荇農閣學同姓名，而一時並歿，亦可異也。」他們同姓名，而官又同二品，同在十月逝世，眞是巧合。

巧　對

四五十年前廣州市有一間茶居名叫天然居，頗有名，某名士出聯徵對云：

客上天然居，居然天上客。

上聯十個字回環讀之，而含義不同，誠不易對。當時應徵之聯約百餘對，但沒有什麼特色的，後來只好勉强取一對，句云：

船下河泊所，所泊河下船。

河泊所是清代廣州的官署名稱，河泊所大使，設於明朝洪武十五年（公曆一三八二年年），據「明史」職官志所載，當時規定天下河泊所凡二百五十二，歲課糧五千石至萬石者設官二人，三百石以上者設一人。清朝沿之，設河泊所大使，官品爲未入流，但事實上僅廣東一處。河泊所的性質，大抵與後來民國所設的水上警察差不多，據廣州老輩說，河泊所還管轄到珠江上的花艇，是一個「風流官」呢。

後十餘年，廣州有一家報館以此徵對，這次居然有三百多對投到報館的編輯部，聞只得十餘對中選，最好的兩對今尚記得，第一對云：

城開不夜天，天夜不開城。

舊日城門，一到晚上十點以後就關閉，出入甚感不便，但如以茶錢給守門人，亦可開鎖通融。第二對云：

堂中掛好畫，畫好掛中堂。

曾見三副類似離合體的聯對，頗工整有趣，錄之如左：

冰冷酒，一點兩點三點；
丁香花，百頭千頭萬頭。

國亂民困，王不出頭誰作主；
天寒地冷，水無一點不成冰。

鴻是江邊鳥；
蠶乃天下虫。

英使謁見乾隆記實（續）

馬戛爾尼　原著
秦仲龢　譯寫

在舟山的一隊人數最少，準備行裝最快，他們在一七九三年十一月十三日離開杭州。這一路由尊敬的松大人率領。這位閣老自從在熱河時候起就對英國人事事照顧，並在皇帝面前屢次講使節團的好話。假如使節團進入中國以後，招待總責不由那位欽差而是由松大人負，特使的工作及停留的期限所遭遇的困難一定要少得多。他臨行時候同特使及幾位主要團員做了友好的道別。

松大人以照顧特使的熱情同樣照顧去舟山的一隊人。他第一天就發覺李松上校和馬金托什艦長等所乘的船太小，不舒服。他立刻命令給他們更換大船。去舟山的第一天路程上是一片耕種得很好的肥沃平原。馬金托什艦長認爲「這塊地比倫敦近郊的地更肥沃，更少荒廢。他發現一個不是在地下的石坑，而是一個高達三百呎的實心石山，面上被斧頭劈下來很多石塊，造成各種大小和各種式樣。這個巨大石山在一個大城附近，無問題這個城裏面的許多大房子都是由這石山上的石塊建造的。附近橋梁上不造拱門直立的橋柱都是由這個地上石山取材的。……

去舟山的一隊人走了三天之後到達六埠。在這裏由內河駁船換上六十噸的舒服的帆船。這些船是爲鹹水航行用的，在六埠背面河上等候着。馬金托什艦長說，「從這裏到舟山附近的寧波，船迂迴航行在極肥沃的山谷之間，周圍環繞不同高低、不同形象的山，其中還有幾座大山。河面寬度同倫敦和武爾瑞什之間的泰晤士河相等。這一段航路上的風景無法形容出多麼優美動人的了！

船航到寧波。上岸之後，松大人把去舟山的一行人介紹給當地官員，叫他們妥爲招待。他下嚴格指示，「印度斯坦」號和馬金托什艦長等人無論在舟山或在廣州，購買貨物帶回歐洲，必須豁免征收出口稅。對外國船所征的這筆稅平時是很重的。馬金托什艦長本來準備在「印度斯坦」號船上設宴招待松大人，酬謝他的熱情照顧。但松大人身體不適，又加怕外國輪船上的氣味，他謝絕了。他送客人到寧波爲止，不去舟山了。他在寧波同客人們告別，並代表皇帝贈送每人一份禮物。臨別時，他仿照英國人的習慣，同本松上校和馬金托什艦長握手爲禮，使節團人等次日由寧波抵達舟山。由杭州到舟山約一百五十六哩，路上走了一個星期。

十一月十三日，星期三。　松大人來辭行。看他的神情，似乎和我們分別有依依不捨之態。在談話時，他有幾句話說得很是肫摯坦白，在我所見的滿人或漢人中所不能說出的。他說，各國有各國自己的法律和習慣，決不能勉强要人家和自己的相同的。中英兩國相距萬里，她們不同之處，當然較相距較近的國家爲多。這次特使來到中國，雖然見了許多可驚可異的事情，卻也不足爲異，反之，如果他到了英國，當然也和我在中國所感的同一樣。所以請我回國之後，千萬不要把心中對於中國有什麼不滿意的地方老是記着。

這位松大人性情和易可近，在中國官員中可說是一個最有識見的人。他在朝廷中對他的同寅，一定也是很和氣的。我們這次從北京到杭州，一路上多得他照顧，對我們的深厚友誼，令人永久不忘。於是我拿出幾種禮物送給他以留紀念，但他堅辭不肯收受，我就不便相强。

在我們談話中，偶然提到俄羅斯。他說俄羅斯人多是不講理的，中俄兩國邊界，有時有些不法之徒鬧事後逃入俄國去了，中國派人向俄國引渡歸案法辦，俄國人老是不理會，只是說待拿到後當依法辦理。這種人雖然是恃强逞霸，全不講理，到底還不能算得是壞民族。（劉半儂所譯的「乾隆英使覲見記」下卷二十七頁，在此段之下有注語云：「馬戛爾尼自注曰：中國之普通人民，與俄國之普通人民，同係半開化之民族。中國上等人之受有教育者，若任其居住本國，不與外界接，其開化之程度，已足稱完備；若令其與世界民族相見，則知識殊形缺乏。俄國之上等人，則知識悉從旅行中得來，倘令其杜門不出，其程度必更在華人之下。此二種人，各有所失，要不足稱爲全開化之民族也。」此種議論，甚爲荒謬。劉氏所譯的英文本不知怎樣說，因未見原文，未敢批評，但我根據的原本，却沒有這一段注語。今錄劉氏所譯的以便讀者參考。——仲龢注。）

十一月十四日，星期四。　今早從杭州府向南出發。我乘坐一頂轎子，在城中行二小時才通過全城。當我初到杭州時，在船上一望，就知這個杭州一定是中南方一個大都會，怎知今日入城後，才知杭州之殷富繁盛，較我前此所想象者尤甚。城中街道甚狹，用石塊鋪路，使人想起它同倫敦的宮廷通往史特蘭大道那一段路相似。路邊的屋宇，幾乎每一間都是商店，貨物充斥。轎子經過時，我留意其中一些商店有大量皮貨和堅韌的長鹿皮革及衣料等，大都是進口貨，我相信是從英國運到廣州的。杭城周圍甚美麗，有一大湖，景色絕佳，湖之一面，有不少小山爲湖之屏障，從山脚到山頂，種滿了松柏雜樹，遠望去一片青綠之色。

出杭州東門行約六英里，縱覽西湖美景後，我們到達一條很濶的江邊（按：此卽係錢唐江——譯注），江上已有幾艘大游艇停泊等候。這種船隻用帆布或棉布製帆，船前船後皆作尖形，頗與歐洲船隻相似。船底雖然是平濶，但吃水不深，平均載重約二噸半，而吃水不過十英寸。我們從杭州城來這裏的短途中，一共經過了三個兵站，在軍隊裏頭，我們看見幾尊大炮，似乎是故意陳列出來要吸引我們注意的。這種大炮很是沉重笨拙，發射的子彈重量約兩磅至四磅之間，炮口很厚。雖然很不適於使用，但仍然十二分鄭重保護，每一尊炮都有一個木製的蓋子遮着，以防風雨。我們每經一兵站時，站中兵士必出而行禮，禮節很隆重，他們跪在地上向我們致敬。但我們到達江邊時，又有兵士一大隊，人數在五百至一千之間，他們站着迎接。這一隊士兵軍容甚盛。他們的制服很齊整。我到中國所見的軍士，要以這次所見的爲最像軍人了。他們對於我的衞隊的軍容亦極注意，凡衣服軍械，以至進行時之快慢步調，無不留心觀察。

十一月十五日，星期五。　天亮時，我見船已開到江的上游了。此處江面雖仍有半英里那麼濶，但水力已不及下游。故此昨天開船時，掛帆駛風而行，今天就要改用人力來拉了。

十一月十六日，星期六。　過船拜訪長大人。王、喬兩人剛巧也在座。他們兩人本來打算送我們到杭州後就回北京去的，後來因爲他們和長大人是舊相識，而長大人又因他們和我們相處得很融洽，故此叫他們同行，待到廣州後才回京。今日我和長大人談話的時間雖然頗久，但未涉及正事，語調一概看長大人的談鋒爲轉移。我覺得長大人此人很和易，從這裏往廣州旅途頗長，我們一路同行，此後詳細討論的機會儘多，似不必在今日就向他開談判的。

十一月十七日，星期日。

長大人今日來回拜。他自動向我提出關於英國在華的商務問題。他說，對於這件事他從來沒有考究過，所以他希望我向他說明我們到廣東後我們所需要幫忙的是哪幾件事。我一一向他說了。他請我寫個備忘錄把各點列明。我答應他儘快開上。長大人又說，這件事本來不必寫備忘錄的，不過他的事情很忙，而這件事又極重要，必需有個字兒以便在空閒時仔細研究一番，然後才可以着手辦理。因為要辦這事，決不是憑空說幾句敷衍門面的話就能了的，必須秉公處置，籌議一個妥當辦法，把應辦的興辦，應改革的改革，這樣才能辦得好。他又說：「兄弟這次奉命前往廣東，雖然皇上很信任我，而我的地位頗能切切實實地辦事，不怕旁人掣肘，但是，國家的政事上有了弊端，在一方面，固然有很多人受其害，而在另方面，必定有很多人靠了作弊過活。現在要肅清種種弊端，明明是打破他們的飯碗，他們當然恨我切骨，那麽，兄弟要辦這件事就不免要得罪很多人了。但和這班小人作對，還算不了什麽，其中最麻煩的便是朝中的福康安，福中堂現已入軍機，頗有勢力，前幾年他也是兩廣總督，說不定廣東種種弊端都是他一個人養成的。現在兄弟到了廣東，如果將他以前在廣東辦的事情一一予以推翻，在他面子上一定不好看，他也一定不肯和我干休的。所以兄弟實在處於兩難的地位，只好到了廣東後慢慢應付。但有一件事，務請貴特使聽信我的話。閣下這次進京，聽說曾開過一個說帖，由和中堂批駁不准，故此閣下出京時，心中頗覺失望，以為中國對於英國很不要好。其實皇上很看重英國，所以不能答應閣下的請求者，實在是受了成法的拘束，並非故意不肯。閣下回國復命時，請將此中原由向貴國國王稟明，請國王千萬不可心存芥蒂，致碍兩國邦交。至於兄弟到廣東後，不管怎樣困難，一定設法將該處外國人上稅的事，整理清楚。凡有英國商人到廣東做生意的，我們也從優保護，不知閣下能看兄弟薄面將前此蘊結在心的意見破除否？」我說，本人出京時，心中不無怏怏，頗疑中國對於英國不想發生友好的聯系，現在得聞閣下和松大人前後解釋的話，才知道中國朝廷不能答應我的請求，也有苦衷，並非是以一律駁絕為快的，那麽，將來我歸國後，自然根據實在情形向我們的國王稟知。至於廣東的事情，全仗長大人鼎力了。長大人連聲說：「那自然，那自然，不消閣下多說，兄弟一定盡力的。」長大人去後不久，就有人送來茶葉、扇子、香料等物，贈給我和使節團全體人員。

「出使中國記」記云：特使和總督在船上以及在這裏準備下段路程的當天經常拜訪、親切交談。總督以皇室宗親的身份總制兩個大省，這樣尊貴地位中國人中是少有的。但他絲毫不因此而驕傲自大，對人非常客氣。在他和特使會見的時候，他堅決讓喬大人和王大人坐在一起，不許他們站着。特使的中國翻譯在他的面前也絲毫不感到拘束。他繼續松大人的做法，差不多每天向皇帝上奏摺。他也經常把皇帝對他的指示中有關問候特使的地方念給特使聽。在談話中，特使經常把外國人，尤其是英國人，在廣州所受到的委屈反映給他。他的仁慈天性促使他勢必處理這些申訴事項。總督把喬大人視為心腹，喬大人也經常私下對他强調特使所反映的情況。很有可能，總督寫給皇帝的報告中也如實地提到這些情況。

總督對特使說，他到達廣州之後，有些人可能向他說英國人的壞話，但他一定秉公處理，這不僅關係到英國人的利益，而且也關係到中國的榮譽。雖然皇帝付給他這樣大的權力，靠山這樣大，他處理問題上也不是沒有困難的。除了應付敵視外國人的當地官吏而外，在北京的朝廷中也有反對英國人的。前任總督現在北京，他將認為對廣東的規章制度的任何修改，都是對他的直接責咎。（未完）

蘇加諾自傳

辛蒂・亞當斯 記述
施永昌
柯榮欣 譯

本書爲已故印尼總統蘇加諾的傳記，經他本人口述，由美國女記者辛蒂・亞當斯用英文記述，在蘇加諾生前出版。蘇加諾是一位反殖民主義者的戰士，一生致力于解放及建設他祖國的工作，終於有成。在本書中我們可以看出他從年輕以至暮年的冗長歲月中是如何困苦艱難，才使印尼得到獨立，無怪他死後印尼人民如喪考妣了。

全書三百餘頁，附精美插圖十餘幅，由施永昌、柯榮欣譯爲中文，譯筆暢達，輕鬆風趣，兼而有之。

定價每册港幣十八元

耶加達 亞貢山出版社出版

大華出版社總代理 港九各大書局均售

定價每冊港幣一元

大華

第一巻 第十期（四月號）

大華

合訂本第二冊

只有精裝本一種：
定價每冊二十八元

自21期至42期

一九六七年至一九六八年

現在裝釘中，約一個月後可出版，詳細目錄，請查閱大華一卷七期所載。

大華

第一卷 第十期 （總52號）

賭王「發達」趣史……蔣樹青 2
廣州的番攤館……舒實 3
擲色子……西鳳 4
詠打麻雀詩……漱香 5
洪憲遺臣屈映光……左芬 7
香港一頁百年流水帳……黃之棟 9
陳石遺拋書……聽雨 11
走馬看花談日本……斯明 12
朱可夫回憶錄……龔可譯 14
戰場生活與軍事新聞……陳思 17
江亢虎和移居詩……文如 19
悼韓槐準先生……劉子政 20
哀香港（香港浩刧三十周年憶語）……容甫 23
蘇仁山畫山水和書法……一粟 25
黃侃詠屠猪……大白 26
會作八股文的和尚道衍……溫大雅 27
李岳瑞父子……丁丑 28
秦淮雜詩五十首（二）……季炎 29
讀水滸傳（七續）……季炎 30
釧影樓回憶錄自序……包天笑 33
春風廬聯話……林熙 34
英使謁見乾隆記實……秦仲龢譯 38

封面插圖：英國畫家筆下的馬戛爾尼特使

大華（月刊）第一卷第十期（總52號）

一九七一年四月一日出版

Cathay Review (Monthly)

Dah Wah Press.

36, Haven St., 5th fl. Hong Kong

出版者：大華出版社

地址：香港銅鑼灣希雲街36號6樓

電話：七六三七八六

督印人：柯榮欣

總編輯：林熙

印刷者：大同印務公司

香港北角和富道96號

電話：七一七五四四

總代理：吳興記書報社

香港中環租卑利街十一號二樓

電話：H四五〇五六一 四五〇七六六

星馬代理：遠東文化事業有限公司

新加坡廈門街十九號

檳城香田仔街一七一號

越南代理：聯興書報社

越南堤岸新行街二十二號

其他地區代理：

澳門：可大文具店　寮國：永珍圖書公司

亞庇：利文公司　斗湖：光明書店

千里達：中華公司　菲律賓：玲瓏書局

倫敦：東寶公司　紐約：友聯圖書公司

芝加哥：杏林春　洛杉磯：永安堂

波士頓：中西公司　檀香山：大元公司

三藩市：新生圖書公司　三藩市：文化商店

加拿大：香港商店　加拿大：新國華公司

賭王「發達」趣史

蔣樹青

賭博這個玩意，古今中外的人，有不少嗜之如命，而中國人中，廣東人對于賭博這一門「藝術」，更是種類繁多，花樣百出，甚至連人家的姓也拿來「一博」（清末廣東的闈姓賭，就是拿中舉人的姓來大賭特賭，地方政府恃此爲收入大宗），因此便造成了幾個以賭發財的「賭王」。

廣東人現在已不賭了，但在此時此地的廣東人仍有不少好賭，在新春期間，更有所藉口。春酒中有朋友來自馬交，談已故賭王趣事，値得一記。

貧寒人家　少有「大志」

賭王已于一九六〇年逝世，他是廣東南海縣人，出生在山明水秀的西樵山附近，因爲家境貧寒，沒有念過一句書，但他却很聰明，學什麼一上手便學會，鄉中父老都嘖嘖稱奇，說這個孩子將來必定「發達」（廣府人稱人發財爲「發達」，實大誤），前途未可限量。但有一個教書先生則說，這個孩子雖然聰明，「發達」起來，恐怕只能做個市儈，家肥屋潤而已，未必能顯親揚石，爲國柱石。這幾句話不知怎的傳到他耳朶裏，他一想，大丈夫怎好不爲國家做一番轟轟烈烈的大事，而安心做一個只顧私人利益的市儈嗎？因此便下了決心，要做一個偉大人物。

「大志」既立，賭王便跑到廣州省城闖天下。初到貴境，人地生疏，幸遇同鄉「哨牙標」（「哨牙」卽豹牙），兩人一見投機，約爲兄弟，同心合力，在東堤柴欄一帶賣桑枝粥爲活。他用上等好白米來煑粥，够火候，煑出來的粥，和別家的確有不同，因此運柴船上的人，趨之若鶩，生意甚爲興隆，早晨只做兩個鐘頭生意便收市了，可見他的「寶號」頗有架子，不像其他賣粥翁日夜在熬「世界」也。

賭王既是有「大志」的青年，就不會在柴欄賣粥過一世的，他同哨牙標合作，只不過是爲暫時棲身之計罷了。一年半載後，賭王在廣州認識了許多「三山五嶽」人馬，從此便發揚他的「大志」，拋棄賣粥生涯，轉入另一個世界了。

赤手成家　買田買地

這個時候，鴉片走私是一條發財捷徑，不法之徒和官廳土匪勾結，經常派人往雲南運鴉片烟土到廣州販賣。賭王生得「牛高馬大」，相貌堂堂，而且機警過人，才智十足，具備有此種條件就加入了販土組織，親身往雲南做買賣，憑着他一個布袋，一枝手鎗，來往于雲南、廣東之間。做了兩三年生意，他已經發了一點小財了。

有了錢便想成家立室，買屋買田，賭王先和簡氏女結婚，接着又立一妾，指定她在鄉間負責祖居的祭祀事宜。他首先在西關懷遠驛買了一所房子，幾年後，生意更旺，他的入息更豐了，就在西關十六甫東四巷建造一所大屋，面團團稱富家翁。過路的人見此渠渠大厦，以爲其中必是富商大賈，顯宦薦紳所居，殊不知主人乃少有大志，爲國宣勞，中乃變爲黑幫人物之「偉人」也。賭王自從以一鎗一袋起家後，認爲偉大的人生，一切皆不足懼，如果能憑自己的胆畧與機智，什麽都能逢凶化吉，無往不利的，因此遂取「偉仁」爲號焉。現在試舉一事，以見偉仁之機警智畧一斑。

手鎗一盒　警察護送

某年，賭王在香江買了二三十枝手鎗，私運入廣州，準備帶回故鄉爲防匪之用。這批武器是用手提皮篋裝着的，船到廣州時，海關照例檢查行李，因爲財可通神，順利通過了。于是由他的一個僕人托在肩上，他尾隨而行，打算先放在家中，分批運到鄉下。當主僕二人行至觀音大巷時，忽遇警察迎面而來，僕人一時心慌，手軟無力，便把皮篋放在路旁，警察覺得可疑，正要上前檢查；賭王在此千鈞一髮之際，人急智生，連忙上前，大罵僕人沒用，區區三千毫洋就沒力氣托起，眞是飯桶，于是舉脚將僕人踢開，罵道：「讓我自己來吧！」一手把皮篋托在肩上，笑向警察道：「如果碰到劫匪，靠他就難了！老兄要不要檢查一下這幾千元？」警察連忙擺手道：「財不可露眼，當街打開，易惹匪徒注意，不如我送你一程，以保安全。」賭王巴不得警伯如此「急公好義」爲人民服務也，千多萬謝，遂由警察保鑣，安然抵家。如果不是他有急智，私運軍火之罪發，賭王縱有家財百萬，也不容易洗脫重罪了。

李承翼做廣東禁烟總辦時，設有「戒烟藥膏專賣處」，名目非常可聽，實則鴉片公開售賣。這個專賣處由元甲後人十叔承辦。賭王來往雲南廣東之間，往往假道廣西，當然和廣西的軍政人物有關系，得以安然渡過的。專賣處的鴉片要獨家專賣，而賭王的雲土却不斷地運入廣州，彼此業務上的利益就大衝突了。有一次，賭王的雲土被專賣處破獲，呈報李承翼，把賭王抓入獄中，將判以鎗決。這是賭王初次險遭不測，如果不是他命中帶有救星，早已魂歸地府了。正在執行死刑前數小時，忽然「刀下留人」，保全性命，大難不死，必有「後福」，其賭王之謂矣。（李承翼，字芾侯，浙江杭縣人，清末在北京郵傳部做小京官，以理財著名。他在廣東做了很久的官，一九六六年二月廿二日死于香港，年八十一歲）

原來當時的警局督察長袁某，因與警備司令錢某有同學關係，一再向錢某求情，保全賭王一命。同時，賭王的襟兄羅某亦在廣西哀求黃紹雄，請他發急電往廣州保釋賭王。既有錢警備司令及黃總司令「保駕」，賭王遂安然無恙，脫險歸家。假

廣州的番攤館

舒實

從前的廣州人最好賭，賭的種類極多，花樣繁複，久已馳名中外。清末有天池外史者，著「羊城瑣記」記光緒、宣統年間廣州的番攤館，可見其盛況，今摘錄如次。

廣州有番攤館，以兵守門，門外縣鎂精燈（按：粵人稱爲「大光燈」）或電燈，幷張紙燈，大書「海防經費」等字，粵人所謂「奉旨開賭」者是也。尤大者，則嚴防盜劫，時時戒備。博者入門，先以現金或紙幣交館中執事人，易其籌碼，始得至博案前，審視下注。博案之後，有圍牆極厚，中開一孔，方廣不及二尺，博者納現金，執事人即持現金送入方孔，而于方孔中發遞牙籌，如現金之數，博者即以牙籌爲現金，博而勝，仍以原籌自方孔易現金，雖盈千累萬，無不咄嗟立辦，故極大之賭場，一日之勝負，雖多至數萬數十萬，而無絲毫現金可以取携，即有盜賊奪門而入，亦不能破此極厚之金庫以掠現金也。

門外無商標，僅一木牌，上書「內進銀牌」四字，其勝負極鉅者，則書爲「內進金牌」。蓋所謂金牌者，每注必以銀幣五元、十元爲起點，銀牌則以一元爲本位，一元以內爲小銀幣，不得以銅幣下注也。其最下者，則標明「內進銅牌」，爲下等社會中人賭博之處，銅幣制錢皆可下注，不論多寡也。城內外之館多至六七百處，歲輸餉于政府，約銀幣一千一二百萬圓，然政府實收者不過四百數十萬，餘則悉飽官吏兵役之私囊。承商以後，繳餉數百萬圓，官中規費減爲二成，其利皆爲商人所得矣。

宣統庚戌（按即宣統二年，一九一〇年）粵人以番攤害鉅，公請永遠禁止，時督粵者爲張鳴岐制軍，極以爲是，遂于辛亥春奏准停止賭捐，即日實行，省城內外番攤館千餘家，一律禁閉。然私開攤館，潛納陋規者，猶未絕也。

使黃紹雄的電報慢到一小時，賭王恐怕「伏維尚饗」了。

承辦賭捐　立地「發達」

南天王稱霸廣東時，盡量搜刮，烟賭皆有專人承辦，每年所收的稅捐，大有可觀，承商從中取利，收入之豐，較之南天王所得者尤多。所以烟賭兩項，遂成爲廣東政費收入大宗，人民受害者不可勝數。而這個吸血鬼「南天王」只把他每年吸入的民膏民脂吐出百分之一來興建海珠橋，便利交通，不知所謂的人猶稱贊他「雖然刮去很多地皮，但還有些建設留給粵人」，這種論調是不合理的，正如官府把鄉下人打了屁股後，還要叩謝大老爺。

賭王經此一驚之後，幸喜無險，就深信自己的命運比任何人都好得多，便又雄心勃勃，再展神通要創造一番大事業。他糾合十叔、陳某两人合作，在省河對岸的河南設立裕泰公司賭場，但不便公然以賭檔的名堂來招徠，便巧立名目稱爲「防務經費」，說是爲「政府籌餉以維持治安」，名目何等正大。這三大賭王，各有「猛人」爲其靠山。賭王的支持者是十九路軍「崇煥後人」，陳某的後台是軍閥「李燈筒」，十叔的大靠山則「南天王」。組織既成，三個惡魔便向人民放毒，招好賭之徒往趕注，害到很多人傾家蕩產，爲禍之烈甚于戰爭，而彼三人者則躲在後面呵呵大笑，拿賭徒「進貢」的金錢，盡情享受，并爲兒孫創下「永不倒」的事業！

豬捐牛捐　同樣要撈

這時候，賭王的事業又邁進一步了，他的眼光又集中在捐務這方面，首先他向廣東省財政廳進軍，拿出大批金錢，打點財政廳那些主持稅捐的科長秘書，更以巨大利益來引誘財政廳長，作二一添作五之舉，于是賭王如願以償，投標承辦廣東全省屠猪捐、牛皮捐及潮汕各屬賭捐（「防務經費」），廣州近郊沙(塘)郊(塘)鹿(步)三司防務經費，東莞、寶安各處防務經費。代表賭王向財政廳投承的是「大觀園後人」，而賭王的一切業務皆「崇煥後人」爲之大力支持，故能一帆風順，財源廣進，這兩個「後人」之功爲不可沒也。

賭王倒也是個念舊、飲水思源的人，在市井中講義氣的。他發了大財，絕不過橋抽板，對這兩個「後人」照顧到無微不至，尤其對于「崇煥後人」敬之如師保，而其待「大觀園後人」及其子姪，更是視如家人，有一次還要招「大觀園後人」的子姪做女壻，不知如何後來沒有成爲事實。

擲色子

西鳳

打麻雀牌時所用的骰子，廣東人分两種叫法，在廣州一帶的人叫作「色」，潮汕地區的人叫作「投」，「骰」音投，是骰字的本字。

骰子是一種賭具，以象牙或獸骨製成，立體正方形，六面，分刻一二三四五六之數。相傳這種東西是那個曹操之子七步成詩的曹子建（植）發明的，本來只是二粒，爲名「投子」，取投擲之意。到唐朝才加至六枚，但習慣上皆呼之爲「色子」，甚至將「骰」字也念作「色」音。其改用象牙或獸骨，亦在唐朝始然。爲什麼叫作「色子」呢？其中也有典故。本來投子所刻的一二三四五六之數，盡皆黑色，因爲唐明皇與楊貴妃擲投子，明皇大敗，輸了很多錢，最後一次擲出，只有轉爲四點才能贏回，投子在疾轉時，明皇一直大喝「四」，這一喝，果然有效，投子轉出四點來了。明皇大喜，於是將此四點賜緋，所以千年來投子的四點是紅色，其餘各點皆黑色。「緋」是大紅色，唐朝五品至四品官穿緋袍，即俗所謂大紅袍也。

白居易有一首詩描寫擲投子云：「鞍馬呼教住，骰盤喝遣輸，長驅波卷白，連擲采成盧。」按擲色子亦稱爲「呼盧喝雉」，因最初的投子戲，投上分刻「盧」(卽驢)、「雉」，擲得全黑者爲盧，以驢子黑色之故。得全黑者派彩十六，是彩金最高的。

詠打麻雀詩

漱香

麻雀何難打，祗求實者虛。逢和須要算；死聽不爲輸。三項家家大（中發白）；雙風對對符。自摸清一色，喜煞牧豬奴。

今日贏錢局，排排對子招。三元兼四喜；滿貫遇全么。花自槓頭發（槓後開花者，開槓後自摸和成也）；月從海底撈（僅餘一張牌自摸自成者，謂之「海底撈月」）。散場須遠避，竹槓怕人敲。

素有盤龍癖，得閒打八圈。上家六合佔；本位自輸錢。勒子看人倒（三百符謂之倒勒，又謂之勒子）；病張攤我拈（三項大張難于打出者，謂之病張）。不如加兩點，或可有莊連。

又唱竹林戲，謳歌逸興賒（某處打牌者率有唱牌之癖，如打西風則「西瓜玻璃泡」，北風則曰「北關橋下水滔滔」之類）。四圈輸八吊，一客累三家。包子連連吃（謂冒險打出大牌，人竟和下，則打之者包全枱）；頭兒屢屢拿。不愁輸得苦，明日早來些。

以上四詩，是六十年前上海文人的作品，作者是什麽人已經不知道了。詩中有些賭博術語如「勒子」等，已非現在的人能懂得的（在我個人就是如此）。

投資深圳　設娛樂場

南天王兄弟在廣東盤踞八年，盡量吸血，公開烟賭，于是賭王爲其效勞，就向他的財政廳投得寶安縣的「防務經費」。他認爲在深圳開賭，一定可以大殺四方，無往不利的，他就投巨資在深圳開設「大生公司娛樂場」，裏面有摩登的大旅館，粵劇場，大酒樓，應有盡有。戲院日夜有名伶登台演戲，不收入場券，任人欣賞，附近鄉民聞風而至，看完「大戲」，就自自然然會「娛樂」一下，久而久之就上癮了。賭王自知這個娛樂場是一株搖錢樹，易引起人家眼紅，非有大力者做靠山不可，于是拉南天王的哥哥「風水先生」落水來合作，給以紅股，那就萬無一失，可保平安。「風水先生」是見錢開眼的人，一說卽合，答應做賭王的「保鑣」，遂穩如泰山，安枕無憂了。

深圳接近九龍香港，賭王伸出「友誼之手」，招香港人前往「娛樂」，從香港來的遊客，每人送回車馬費一元，且竭誠招待，場中有自辦的武裝打手，警察嚴密保護，又大派三炮台，高夫力等名貴英國香烟。游客如果要宴客，則亦備有裝飾華麗的紫洞艇，中西菜色，無所不備，游客于「食德飲和」之後，可以喝雉呼盧，或于大敗大勝之餘，而來「飛觴醉月」，此時的深圳眞可說是城開不夜，「繁榮」已極，正如唐詩所說：「昔年曾向五陵游，午夜笙歌月滿樓。銀燭樹前長似晝；碧桃花下不知秋。西園公子名無忌；南國佳人字莫愁。今日亂離皆是夢，夕陽惟見水東流」了。中國的大好地方，大好兒女，就給這一小撮人渣人滓攪到烏烟瘴氣！

轉移陣地　遷往馬交

好景不常，賭王的「好景」給日寇驚醒了，敵騎已在華北縱橫，廣東是沿海前綫，時時刻刻有被敵艦攻擊之虞，賭王立卽轉移陣地，保存實力，把他的業務搬往馬交，以他的名氣之大，交游之廣，向當地的「政府」申請承辦賭業，沒有辦不到的。這時候，「龍舟王」在馬交已有事業基礎，忽然來了另一個「王」字輩人物，利益必然會衝突的，一山怎能藏有二虎，這個道理，五歲的孩子都會知道的。然而兩王竟然能够合作得很好，無他，那就是他們之間的利益分得很公平，有飯大家食，自然就沒有事了。他們的交易，條件是怎樣的，我們局外人不能知道得十分清楚，只知賭王請龍舟王加入股份三分一，賭王自占三分二，辦妥後就進行向當局申請承辦。有錢使得鬼推磨，馬交當局斷沒有不歡迎孔方兄之理的。

原來賭王早已看出馬交這塊地方可以大大做一番事業的，他又探知當地的「娛樂」事業承辦將屆滿，如果申請承辦到手，一定能發大財，便將此意同龍舟王商量，同時，賭王又拉一個西洋狀師左美古來做「軍師」，許以厚利，請他幫忙遞稟給「兵頭」。兵頭已經先嘗過甜頭，一見稟入，立即批准。這一來，賭王就結束深圳的娛樂事業，把大本營遷往馬交，重張旗鼓。

娛樂事業初辦時，當局只准許賭番攤一種，辦了三個月，虧了大本，龍舟王見了大起恐慌，有意退股。賭王眼光獨到，安慰他道：「老弟，不必着急，待爲兄施展手段，包你半年之內恢復輸去的本錢還要贏個十倍八倍呢。」果然賭王本領大，他運用外交手腕，連絡好大小西洋官吏，幷獲得有「大鬍子」綽號的兵頭相助，遠在歐洲那個政府批准「大鬍子」之請，准開骰寶，大殺四方，兩個多月的時光，便把輸去的翻了過來，幷且大有所獲，龍舟王不免暗暗佩服。

這是一九三九年初的事，當時廣州已經淪陷，上海變成孤島，東南與華南一帶的稍爲富裕的人都逃難到了香港，其中好賭的人，見馬交近在咫尺，就不免常常來往其間，馬交的「娛樂」事業，怎能不興旺呢。（例如當時有個監察委員謝無量，以詩字享盛名，他帶了一筆公欵做旅費往南洋宣慰僑胞，幷發動捐欵。他到了香港，捨不得離開，在長洲租了一所房子居住，一萬多元旅費，報效給賭王了。蔣介石大怒，召他回重慶，從此不得進一階。）

時勢如此，賭王的生意更見發達，收入劇增，龍舟王爲之歎服，從此一切皆讓賭王發號施令，絕不過問，因自歎不如也。斯時也，賭王外有鍾某爲他負責與馬交當局打交道，內有「大觀園後人」爲他運籌帷幄，「事業」發展，一日千里，成爲華南一個大財神，提到他的大名，眞是無人不知，無人不曉。

日本投降　黨棍敲詐

抗日戰爭結束後，國民黨人馬從重慶飛來接收，他們久慕賭王與龍舟王的財富大名，必欲全部吞之爲快，賭王見他們聲勢洶洶，存有大慾，也非常「合作」，問句「夫子何爲者」，彼輩的代表答道：「象有齒以焚身，古有明訓，全部獻出，可保平安，否則有石崇之先例在！」賭王不知石崇是什麽人，他只讀過兩個月書，不過在戲劇中聽過古時有個大富翁名叫石崇，到底「有石崇先例」是什麽思意，他不大明白，但他是個聰明人，已猜出七八分，一定是對他不利的了。于是虛與委蛇，把代表送走後，「大觀園後人」才對他說明石崇捨不得獻出綠珠，故遭殺身查鈔家產之禍。賭王聞言嚇出一身冷汗，立即請「代表」面商。談來談去，談不出一個結果，無非是對方的慾望太高，而賭王亦不甘把全部財產獻出。如是者來往談商數月，最後重慶人馬勃然大怒，指賭王是漢奸，同日本人勾結，通過法院，把賭王、龍舟王通緝歸案法辦，在廣州的財產全部沒收。其實這「两王」不過是賭商，唯利是視之輩，誰得天下，就向誰納粮，指他們通謀敵國，危害本國，未免把他們看得太「高」了。

這一打擊給賭王雖然很大，但過了一個短時間，賭王亦一笑置之，不急急于打點。後來還是重慶人馬等得不耐煩，再派代表來商洽，而賭王亦已派「大觀園後人」及「崇煥後人」大出活動，證明賭王未與敵人合作。結果經南京的最高法院判決無罪，取銷通緝令，且將家產發還。其所以能大事化小，小事化無者，全賴賭王胸襟廣濶，出手豪爽，大小官吏，皆有沾潤，遂得平安無事矣。

日本投降後不久，賭王在馬交的觀音堂同老和尚吞雲吐霧之際，忽然被綁票，因于一空屋之內數月，後經「沙灣後人」（是賭王一手提拔之人）出來奔走，終于脫險，而匪徒亦一網成擒，這件事知者已多，不必再說。

隱名行善　福有攸歸

人們大都說賭王平生不肯做善事，從未見他名下捐過一文給慈善機構，也未捐過半文給文化機構，其實這也不盡是事實，他的善事做得不少，澳門的鏡湖醫院，廣州的方便醫院皆用「無名氏」名堂捐出巨資，殆所謂「良心錢」也。

通緝令取銷後不久，國民黨已不能保有江山，全部撤出中國大陸，縮在台灣喘氣，等待美式的「氧氣筒」過活，賭王此時忽發「看爾橫行到幾時」之歎，從此隱名做的善事更多，安安樂樂的享多十年晚福，到一九六〇年死于養和醫院，遺一妻二妾，其子「肥仔」昔年畢業廣州嶺南大學經濟科，頗有材幹，亦有父風，他繼承先人事業，組織有限公司處理財政，兄弟姊妹十人，和睦相親，人皆謂賭王生前能教子有方也。

賭王性坦白，他常說：「我是賭商，在商言商，其他不感興趣，至于有人說我毒害同胞，那我可不負責，應該責罵廣東的軍閥。因爲我承辦賭博，都是名正言順入稟官府，願出餉銀多少承辦，或出高價投得，從來不幹秘密勾當。如果官廳禁賭，我怎敢開賭？（賭王的入室弟子某，居香港，有人慫恿搞賭場，某必善言却之，謂除非當局開賭，若偸偸摸摸，不爲也。此乃賭王之感召也。）你們不罵南天王兄弟而來罵我，太過不看淸事實了。至于賭博，則全世界無處無之，若以馬交來比蒙地卡羅，則亦小巫見大巫了。」聞者首肯。作者也認爲他說得有道理。試看近二十年廣東地方政府不准開賭，就沒有人賭博，可見賭王說得頗對。

洪憲遺臣屈映光

左　芬

袁世凱在民國五年（一九一六）年攬的帝國，雖然只扮演了八十三天，但洪憲遺臣，到今天還有一個獨存（若閻錫山、許世英，則早在前數年死在台灣了），這個「碩果」就是屈映光，最近他在台北慶祝九十歲生辰。三月三日香港某報標題：「蔣總統題字祝賀屈映光九秩華誕」，文云：

中央社台北二日電：蔣總統題「耄齡景福」，賀屈映光先生九十歲生日，副總統嚴家淦也贈送壽軸。今天，是屈映光先生九十華誕，他的親友張知本，趙恒惕，謝冠生，周至柔等，在台北舉行茶會祝壽，前往祝賀的有：嚴家淦，張羣，黃國書，張維翰，楊亮功，黃少谷，魏道明，孫運璿，趙聚鈺等數百人，屈映光，是國父膺選臨時大總統的浙省代表，對黨國獻替良多，並精研佛學。

屈映光這個人，在洪憲僞朝受袁皇帝封爲「特授少卿、勳四位、二等嘉禾文虎章、一等伯」的大臣，爲袁世凱忠實的走狗之一。孫中山先生反對袁世凱稱帝，聲討這個叛國出賣民族的歹徒，稍爲知道民國早期歷史的人，大都知道袁世凱這一段臭史的。屈映光自一九二六年後，已退出政壇，盡力于慈善工作，不在政治上活動了，大概他還知恥。今日台灣的「偉人」說他「對黨國獻替良多」，倒也令人點頭微笑，甚幽默也。

到底屈映光是「何方神聖」，値得蔣介石題「耆齡景福」呢？讓我抄一位浙江人費行簡所作的「當代名人小傳」來說明一下吧。這部書是民國八年（一九一九年）七月出版的，所述多可參考。其記屈映光云：

字文六，台州人，以小學校生，充安徽督練公所書記。已而還浙，爲朱瑞治軍需，時瑞方爲陸軍管帶也，因結昆弟交。辛亥冬，瑞統浙軍援蘇，克江寧，擢師長，映光稱總參謀。後瑞被推爲浙都督，適議軍民分治，竟薦映光爲民政長，後改巡按使，從來進身之速，殆無逾此者矣。而事必商于瑞然後敢行，瑞則一唯其參謀長金某之言是聽，金則痛惡民黨，主扶翼中央者也。故其時浙省效忠于袁政府最力。映光數解部欵，獨先他省，以是爲世凱所愛，特令褒獎。所任知事統捐員，非瑞所屬託，則以賄得者也。洪憲將僭號，首先贊和，且假詞黎元洪受爵稱臣，發起勸進。元洪嚴電詰之，不以爲赧也。已而封伯爵，益搜括庫欵貢京，備登極費。丙辰春，呂公望等起義逐瑞，映光又附從，通訊詆毀帝制，稱浙獨立，得暫時留任，然實權皆操公望手也。未幾罷去，富已踰百萬矣。其在浙日，承袁命出巡，存問父老，恒授意薦紳，爲之立碑，歌頌功德。以三勘塘工至海寧，寧人仿子瞻故事，立三到亭以紀之，然亦不出民意也。滬上某報，以銷滯本耗，乃納映光運動費，于浙政時有頌言，實則政以賄成，人皆知之。丁戊間（按：即丁巳、戊午年，一九一七、一八年也）仍來往京滬，後舉爲議員。有謂馮、段（馮國璋、段祺——引注）皆稱映光拱衞政府，絕無他志，足當一面，將重出任省長焉。

所記類皆事實。到一九一九年徐世昌做總統時，篤念「洪憲遺臣」，放他做了一任山東省長，一九二〇年免職，閒居六七年，到一九二六年賈德耀組閣，段祺瑞推薦他做內務總長，終其一生皆與北洋政府有密切關系，對國家毫無建樹，而叛國之罪良多；眞不知所謂「對黨國獻替良多」，是什麽話，國民黨「偉人」也可謂神昏智瞀，口不擇言了。最好笑的是一九四八年，天津有人舉行吳景濂追悼會，國民黨政要蔣介石、孫科、張羣等人，紛紛題贈牌扁，題詞中有「議壇典範」、「民主先進」等字樣。吳景濂是替曹錕收買議員選他做總統的猪仔頭，而竟有「先進」、「典範」之稱，眞滑稽之至，「偉人」之不像樣，一何至此！此可與「獻替」後先輝映也。

屈映光效忠洪憲僞朝與中國人民爲敵的罪證

費行簡說屈映光是小學畢業生，大概是指他畢業于杭州赤城公學堂。這所學校是什麽學制，我不大清楚。屈映光在這所學校畢業，成績如何，我們也無從知曉，不過，根據浙江老輩人所說，這位「精研佛學」的慈善家早年是不通文墨的。一九六六年十二月三十日出版的第二十期「大華」，刊有曹聚仁先生所作的「劉焜的文筆與學識」中，第二段說：

一九三八年夏天，我和屈文六（映光）先生相晤于洛陽旅次（屈氏任黃河水災救濟委員會委員長）。屈氏民初任浙江巡按使，那時，我在杭州一師讀書，劉大白師對我們嘲笑屈氏不通文墨，說，屈氏有一天接到一份請帖，恰巧祕書不在署，他就自己動筆寫道：「本巡按使素不吃飯，今天更不吃飯。」這回條到了那邊，傳了出來，一時傳爲笑談。

這件事大概是不會虛假的。另一位江西人陳藻青所作的「新語林」卷八，記屈映光「文墨不通」趣事，亦頗值一讀，今錄左：

屈文六巡按錢唐，椽吏某擬一文稿呈進。屈閱竟，援筆批「牛皮鑿洞」四字。某大駭而問故。屈搖首曰：「無用！無用！」某愈惑焉。因屈籍台州（按：屈係臨海縣人。——引注），私詢其同里某公何謂。某公狂哂曰：「吾台人素多蓄牛者，剝其皮易錢，譬如大好一張牛皮，鑿而穿之，便不值一錢矣。文六此言，喻文之不能用也。」相與拊掌大噱。此事甚有趣，就算他文墨不通，而能批此四字，亦可謂「滑稽之雄」了。

自來水加價聲中談

香港一頁百年流水帳

黃之棟

香港得天獨薄，舉凡一切生產資源，除了人力，沙石之外，均付闕如。自英國佔據以來，幷食水問題亦成爲一個幾乎挑不起的包袱。

自一八九一年起，山頂區的歐籍人士是可以吃到薄扶林水塘的入屋自來水外，直到一九〇四年前後，由於獲得了旅港澄海商人陳德輝的財政上支持，港島方面，才得到了入屋自來水喉，及用水部份免費的便利。（作者按：當年陳德輝是以全部入屋自來水免費爲籌欵條件的。）

有關香港水務建設紀錄，因日寇攻陷香港時，業已散失殆盡，這裏但憑老香港們一些記憶，可綜合的列如下。

香港第一個水塘，於一八六三年建設在薄扶林，名薄扶林水塘。但落成後，即已不足供應需求；因移民陸續南下，於是，再在山溪上流，構建另一新水塘，迄今仍在使用中，市區向東發展後，再構築了黃泥涌及大坑水塘。

大潭水塘計劃，其第一期工程，完成於八十年代，包括在島南的大潭水塘，及一條穿山通向北面的隧道，以及一條引水至植物公園附近的濾水池的水溝。

山頂區的入屋自來水供應，開始於一八九一年，因居民均係歐籍人士。到一八九五年，港島市區的自來水供應，當局認爲已足挹注，便以公共衛生爲理由，禁止中國市民再行使用水井。

在一八九七年——大潭水塘完成後十四年，水壩增高九尺，一八九九年，黃泥涌水塘落成啓用，香港島所有水塘的貯水量，增至五億一千一百餘萬加侖。

一九〇二年，香港發生嚴重水荒，兼有霍亂及鼠疫發生。是年五月，自來水供應減至每日一小時。須僱船從中國大陸運水來港，抽進海傍的水箱裏。但這項措施，只是短暫的，因是月（五月）第二個星期，香港已獲得天雨挹注。由於這次經驗，促使政府採取一些新措施，包括大潭谷的進一步發展，及研究從新界取水供應的計劃，以及在香港市區設置入屋水喉，先由旅港潮州商人和議，才在此時開始有自來水入屋。前乎此，祇有街喉供給居民應用。

由於上述一九〇二年的香港第一次嚴重水荒，促使香港當局注意於大潭谷的進一步發展計劃，從而使到當年香港當局的財政預算，有了極大的赤字差別。因之，旅港潮州商人，乃聞呼振奮而起，文咸西街的八邑首富高家的商行經理陳德輝，逕向港政府提出，由旅港潮商捐撥發展大潭谷的建議。但首先以敷設入屋水喉及居民免費用水爲條件。計是次陳德輝振臂一呼，潮籍商行卽籌得現金十萬元，大潭谷發展計劃，由是乃得以完成。不過，港府當局却在敷設入屋水喉後，極其取巧，及期，祇允准自來水入屋，其免費用水限一千加侖爲度，餘額概須納費。此項辦法，直至一九四一年末，始告中止。（按：陳德輝，字春泉，時任吾家所設之元發行經理。——編者）

大潭副塘及中塘便相繼於一九〇四年及一九〇七年落成。大潭篤水塘，則於一九一七年落成。（上述卽發展大潭谷的進一步發展計畫），而大潭水務建設計劃中的兩個濾水池，於一九一九年及一九二五年才先後完成。

這時，當局已鑑於港島的水源已再無可發展，乃移其目光於利用新界的水源。九龍水塘於一九〇二年興建，一九一〇年落成。第二個水塘——石梨貝水塘——落成於一九二二年。這兩個水塘的貯水量，總計逾四億六千八百加侖。

由於用水增加，雖增加了九龍這兩個

水塘，仍然供不應求。城門水塘計劃，於一九二三年興工，目標是藉渡海管以增加港島市區的自來水供應。城門水塘及附屬工程，以及渡海水管都已興工，但仍趕不及應付一九二九年，另一次嚴重水荒之發生。是年六月初，海傍一帶，建築了不少磚砌的和金屬水箱。當局把火車卡改裝成水箱車，從大埔及鐵路沿綫地區運水到港供應。六月七日，港島六個水塘，有五個已告水乾見底。當局委派一個委員會，負責研究所需的緊急措施，一批躉船，被派前往西江運水來港，有些大洋船，從遠地如上海等……亦運水來港救濟。六月九日，并大潭篤水塘也涸竭而幾至露底。英國空軍派飛機升空試作人造雨，但未成功。雖然危機於六月底過去了，但在其後的一個月，水務局每天祇能供應三百萬加侖的水，用船艇運來的，亦約祇得一百萬加侖。以當時的人口數量來平均計算，每人每天祇得六點六加侖應用。

香港居民於一九三〇年開始，從渡海水管獲得城門河的用水供應，城門的銀禧水塘，亦趕工建築，香港仔的兩個水塘，亦及時興工，香港仔兩個水塘，於一九三一年啓用，增加了香港水塘貯水量，計二億八千萬加侖，銀禧水塘於一九三六年落成，使香港水塘貯水量增加了一倍。在第二次世界大戰前，港九的十三個水塘的貯水量，共計有五十九億七千萬加侖，但一九三七年，却仍須制水。早在戰前，雖然當局已進行調查研究在大欖涌構建一個更大水塘的可能性，大欖涌水塘雖於一九五四年落成，但香港仍然未能解決嚴重的水荒問題。

一九六三年，香港居民又再體驗了一次最嚴重的水荒。六月一日爲了節約用水，水務當局實行了從未有過的每四天供水一次的辦法。這麽一來，使到港九居民、工業和商業，都遭遇到困難。尤其是在建築業方面，有人已暗中用海水（鹹水）混和三合土，來營造地基和房屋支柱。這很容易使到鋼骨受到腐蝕，廿年後，高層大廈，或有可能變成危樓的。（編者按：黃君此文，寫於三個月前，今日發排，則已有西環創興大樓變危樓一案了。）

早在一九六〇年十一月，香港與廣東地方政府簽訂了一項供水合約，每年可從深圳水庫購買淡水五十億加侖。但因用水量增加，而天氣亢旱無雨，深圳水庫所供給的水，未能帮助解決一九六三年的嚴重水荒。香港當局委派了一個食水支配委員會，負責開源節流工作。這個委員會，除了決定限制供水辦法外，并僱了十艘油槽船，前往珠江抽汲河水，運返香港供應。由第一艘運水船，於一九六三年八月間開往珠江，直至一九六四年六月廿四日，運水工作始告停止。總計當時載運珠江水來港，共一千三百七十一艘，運來的水，合計四十二億八千七百九十四萬九千七百九十二加侖。

石壁水塘，雖於一九六三年十一月已告落成，但塘乾無水，沒有帮助解決水荒。經過了三百九十二天，從隔日供水—以至四日供水，終於要等到一九六四年六月十一日，才告解決。從這時起，才又恢復了每天供水，不過，每天供水時間，仍限四小時，但港九居民，已歡呼雷動了。當年在恢復每天供水四小時事前，香港署理工務司盧秉信宣佈：現已獲得廣州方面消息，謂中國當局，已建議再將十億食水供應香港，中國方面此一提議，已被港方接納，故本港水務局能够立即實行每日供水云。

在一九六三年的嚴重水荒時期中，香港當局與中國方面談判和訂立了增加水量協定，由廣州當局負責，興建一系列的水庫，運水渠道系統，以及抽水站等，以便最低限度每年供水一百五十億加侖。香港方面，爲了接運上必需，也興建了很多隧道，敷設了很多大口徑水管，得從深圳每天接運三萬五千加侖的東江淡水，依照此一新協定的供應辦法，已於一九六五年三月一日實施。當時香港一批官員，由工務司鄔勵德率領，應邀前往深圳參加開始供水典禮。

全日廿四小時供水，在東江水輸入香港前，已經恢復了，原因是幾埸風雨，使港九水塘存水量大增，可以不須繼續限制食水供應。

東江水庫來水，每千加侖值一元（港幣），係由前價每千加侖二角三仙升至一元，當局向港九市民收水費，每千加侖計二元，每千加侖的本利爲一元（港幣），統計港九居民每天用水，約合一億八千萬加侖。

根據近人回憶，一九四一年十二月八日，日英在港九的攻守戰，由粵開入香港新界的日軍，於開戰第四天（十一日），已佔領了整個九龍半島，十二日，日空軍即在港九地區散發傳單，傳單裏印上一個孤島，四週都插遍了日本軍刀和日本戰艦，提示了港島已無法可以孤守，九龍居民都紛紛傳說，港島大小水塘，均中日軍炮彈而破毀，在火網綫下的居民，其飲料均賴留存下的汽水（屈臣及安樂水房）爲生。因是，九龍居民，全都替當時住在港島的居民躭心。等到十二月二十三日，港島十三個水塘，果眞落入日軍手中，英向日軍投降，遂成事實。

港九居民受過此一場戰禍的洗禮，更加明確地知道，原來在水的問題上，香港實在幷無一些戰略上價值的。沒有十三個水塘的存在，簡直成爲一個死市，船舶亦無法獲得食水供應，天然海港美譽，由於水的問題，也要打上一個折扣了。

陳石遺拋書

聽雨

陳石遺（衍）在三十年前，他不僅爲福建一省的文化界老輩，也是中國的老詩人，誰都敬重他的。有一個時期，他在厦門大學當國學系主任，校長林文慶對他很是尊敬，事事都遷就他。某年暑假，石遺回福州故鄉，行前對林校長鄭重拜託，他房裏的書籍很多，堆架次序，只有自己知道，千萬不可讓人入室移動，次序一亂，他就要花很多工夫去整理了。林校長一口答允，請陳老師放心，保證不會有此等事情發生的。

老師走後，林校長事忙，一時忘記把這件事告訴庶務主任。無巧不巧，暑假期間颳了一次大風，雨水特別多，校舍有些地方漏水，就趁未開課前大事修理一下。辦事人打開陳石遺的房間，爲了要修整房屋，就不免要把書籍移動了。

暑假屆滿，陳石遺回校，一見房中書籍文件會被移置，大大生氣，他怒冲冲的一直跑到校長室，一言不發，把書架上的書，案上的文件，全部拋在地上。一面拋，一面說：「你不徵求我的同意就搬我的書，我也不徵求你的同意搬你的書！」

林文慶見陳老師這樣子，猛吃一驚，不知什麼事開罪了詩人，只好請陳老師息一時之怒，坐下慢慢講。問明之後，才知是誤會，林校長這才省起自己一時忘記告知庶務處，就立卽向陳老師道歉。陳石遺覺得滿意，歡然而去。

石遺晚年卜居蘇州，住近胭脂橋，他說地名甚雅，可入詩。據說他在蘇州還納吳娘爲妾，故有此韻事也。因爲他的詩名大，海內詩人常有詩篇寄給他請求改削，亦有人請他把他的佳作收入所編的「石遺室詩話」，故此他的書房裏文件堆如山積，只有他的姨太太能給他清理，他也不必發脾氣了。

一九三七年暑天，石遺回福州避暑，不料竟染病逝世，數日後卽發生盧溝橋事變，全國人民起而抵抗日閥侵略，可惜石遺看不見中國强大起來了。

走馬看花談日本

斯明

最近因爲業務上的需要，到日本旅行了八天。除了週日到高尾山小遊一日，以及因參觀一家工廠順便至鎌倉一作大佛瞻仰外，簡直未出東京一步，嚴格講來，實在不能說此行對日本有什麽認識，最多祇是對東京的浮光掠影而已。不過，東京是日本首都，又是經濟的中樞，居住了整個日本人口的近十分之一。所以，按著東京的脈搏，足以測知日本的健康，或者也不會太離譜。

東京是世界大都市之一，下機伊始，第一個印象就是交通發達。從羽田機場至市區，除了普通道路外，有高架的單軌電車與高速公路。高速公路一囘升空，一囘鑽入地道，只有歧路，沒有十字路口，因此汽車可以馳至八十公里時速。汽車進入高速公路是要付錢的，視路之遠近，約爲五十至一百五十日幣，合港幣八角至二元四角。尤其令人感慨的是道路的修建工程。我們居住在香港，沒有一天不見修馬路，不但噪聲擾人，并且阻塞交通。更令人煩惱的是，香港馬路工程牛步得可怕，比較稍複雜的工程，一修就是兩三年，把馬路霸佔了一大半，使原已擠迫的交通，爲之柔腸寸斷。東京馬路無疑比香港多十倍以上，加上空中縱橫着天橋與高架電火車，地底有汽車隧道，地底電車。如果照香港工務司大人的作風來修建，恐怕東京必須宵禁十年，完全停止交通；或先把東京千萬人口搬到另一個東京去住上十年再囘來，還不知能否修建完成。不寧惟是，以香港修路的速度與工作情況來說，依照東京馬路上車水馬龍的交通繁忙情況，每條馬路還必需築一副路，以便長期修路時交換替用呢。可是，在東京各種道路平坦暢通，白天沒見一個工人在修路。八天中，僅看到在建設第八條地下鐵道的幾處入口處，圍住了小小一塊馬路，安置着幾架機器，比起九龍城的天橋的大模大樣，實在不夠氣魄。但每到深夜，夜深人寂的當兒，馬路上飛馳着各種工程車與水泥輸送車，詢諸東京友人，才知道他們修路與建設道路都是在深夜至黎明這段時間進行的。東京市政處處顧到人民的方便。香港則以官老爺的舒適爲主，相去何其遠也。

記得在讀書時讀到孫中山先生上李鴻章書，說到要地盡其利，在國民黨統治下的中國，雖名爲孫中山的信徒，却未見實現。在日本就東京附近地區看來，倒已辦到了這一步。從東京新宿至高尾山的四十多分鐘電火車，以及從日比谷至鎌倉的一小時半汽車行程中，觸目所及，道路兩旁，山上盡是樹木，平地除了房屋，工廠，就是開墾了的農田，絕對看不到一點荒地。以前，日本粮食仰給於國外的補充；而今日食米自給以外，還有餘額可以輸出。此次在一友人公司中邂逅巴基斯坦粮食部的一位官員，他告訴我，去年日本售米十餘萬噸給巴基斯坦。這一方面是日本人民生活程度高，人民逐漸增加小麥食品的緣故；另一方面，不可否認是水利，肥田，選種，各方面改良獲得的增產的結果。

在工商業方面，現在已完全看不出一些戰爭的殘蹟。路上行人個個身强力健，面色紅潤，服裝整齊。不要說看不見一個乞丐，就是衣衫襤褸的也沒見到，市區郊區情況相同，足見人民生活的安定富足。作者特別留意路上行人的面容，不知是否心理作用，覺得日本人民在路上很少見到香港中區常見的愁眉苦臉，曲背彎腰，顔色憔悴，形容枯槁的可憐相。這與日本人生活安定富足有關係吧。

廿五年來日本經濟恢復的迅速，這是衆所周知的舊聞。但即使有了這樣的心理準備，親眼看到表面上日本的繁榮，仍然不覺大爲驚奇。他們的經濟富庶，比耳聞的更出人意外。這固然是日本人民勤奮的成績；但據一位留日卅五年的朋友告訴作者，戰時除了幾個大城市外，日本工業與郊區鄉村，根本沒有受到戰爭蹂躪，該是一個重大的基本原因。號稱戰勝國的中國，戰時損失千萬倍於日本，蔣介石偏偏莫名其妙地「以德報怨」放棄了索取賠欵的要求，對外何其慷慨，對內何其刻薄也！

另一位在日本居留達二十年的朋友說，日本今日新產品日新月異，舊東西簡直無人要。每個家庭都爲了舊式電雪櫃，舊洗衣機，黑白電視機……的處理問題頭痛，不知丟到那裏去好。結果東京都的政府只好每兩星期一次到各區去收載這些舊用具。從這裏可以看出，日本工業發達的程度，已到了美國式的鼓勵浪費的程度。我們可以說，今天的日本，就是昨天的美國；而明天的日本，必然走上今日美國的道路。

日本先天地缺乏原料，國內市場遠不及美國，照這個情形發展下去，資本主義的毛病也必然爆發得更快。爲了確保原料的供應以及市場，日本勢必恢復戰前共榮圈的夢想。經濟力不足以保證的當兒，跟着來的當然是政治力與武力。回想當年膏藥旗到處飛揚的慘狀，實在不勝殷憂。

這種隱藏的危機，日本有識之士也同樣担心。社會制度如無根本改變，沿着過去的道路前進，資本日加集中，日本首先將危及東南亞的安全，第二步可能威脅到世界的和平。這幷非作者的故作危言，而是歷史發展必然的規律。爲了消除這種危機，最理想的出路是日本走向社會主義道路，實行計劃經濟，誠意地與中國作全面合作，相互支持，既可取得中國方面原料的供應，而中國在發展工業與各方面建設所需，也能購買大量日本工業產品，不但解決了日本的經濟出路問題，也加速了中國工業化的步伐。這實在是兩利的作法。

可是，日本在資本主義道路上前進的今日，中國決不可能助長資本家的凶燄。中日全面合作，只能期望日本社會黨能有一天執政，完全擺脫美國控制。照目前形勢來看，短期內恐怕很少希望。不過，隨着中日貿易的擴大，中國對日本的影响力自必逐漸加强，這將來對社會黨是一個很大的帮助。如果沒有一九五七年長崎展覽會的國旗事件，中日貿易不中斷的話，自民黨或者不致像今天這樣猖獗。這是一般華僑與日本知識份子的共同意見。今日美國經濟衰退，對日本出口種種限制，日本需要中國的支援更見迫切，正是中日調整關係，進一步合作的好機會。爲了東南亞以至世界的和平，我們祈望中國對此問題能予以有利的考慮，作正確的掌握。

就膚淺的觀察所見，日本人民至少今天在表面上是熱愛和平，幷不希望戰爭的。三島由紀夫事件幷未產生多大作用。據友人說，一般人了解，三島切腹，眞正原因是由於他聲名狼藉，無面目活下去。據說三島是一個絕頂聰明的花花公子，自小學以至大學每試必冠儕輩，出身華族，家中有錢，大學畢業後在專賣局工作一年，以後即從事創作，很得一般人的喜歡，收入可觀。因此，他生活浪漫，酷好男色，與他同時自殺的森田，就是他的同性愛人。他個人出資組織了一個盾會，有會員八十至一百人，死後盾會就星散了。

說起同性戀，日本確有此醜事，有業餘的，也有職業的，似乎不讓英、美獨佔其「美」。這或者是資本主義社會的一種特色吧？不過，一般說來，東京的夜生活比香港大爲遜色，十一時半以後，舞廳、酒吧都停止營業了。色情場所較香港到處酒帘、舞院，似乎也有所不及。這實是始料所不及的。

最後想一提的是日本人民的守法精神與工作認眞。前者見於路上行人。駕汽車的人與行人幾乎都遵守交通規則，比香港的人車爭路好多了。後者則是作者在與日本工商業人士接洽中見到。他們對於貿易的認眞與仔細，着重調查研究，似乎還在美國德國之上。不過，走馬看花，不敢貿然下定論，只是一些淺淡的印象而已。

一九七一年三月，寫於九龍。

攻克柏林第一手記錄今始發表

朱可夫回憶錄

龔可譯

五月一日上午三時五十分，第八軍的哨兵，把德軍地面部隊參謀長克雷勃斯將軍帶到了該軍的司令部。他宣稱賦有全權，來和紅軍的最高司令洽商停戰問題。

四點鐘，V‧崔可夫將軍打電話給我，說克雷勃斯通知他，希特拉已經自殺。據克雷勃斯說，希特拉是在四月三十日下午三時五十分結束生命的。崔可夫將軍同時向我讀出了戈培爾致蘇聯最高司令的信：

遵已經離開我們的元首遺囑，我們給克雷勃斯將軍全權行事。我們謹告蘇聯人民領袖，今日下午三時五十分，元首自願辭世。根據法定，依照遺囑，將其全部權力，轉移給杜尼茲、本人以及鮑爾曼。我予鮑爾曼以權力，與蘇聯人民領袖接洽。這接洽是必需的，以便在損失最重大的國家之間，談判和平。

信裏附有希特拉的遺囑以及新政府的名單。遺囑係由希特拉簽字，並由幾個證人附署。（日子是一九四五年四月二十九日上午四時。

我得到了這個重要情報，立卽派V‧蘇可夫斯基將軍到崔可夫將軍的司令部，帶了接談人員，去和德國將領碰頭。蘇可夫斯基必須要求法西斯德國無條件投降。

在這同時，我和莫斯科聯絡，打電話給斯大林。他住在郊外別墅中，警衛將軍拿起話筒來說：

「斯大林剛剛睡覺。」

「請你叫醒他。有很緊急的事，不能等到明天早晨的。」

斯大林很快來聽電話。我向他報告，希特拉已經自殺，克雷勃斯當代表，我決定派蘇可洛夫斯基帶了接談人員仔細與他接觸，請求他作指示。

「這個混蛋的報應到了，可惜沒有活捉希特拉。他的屍體在那裏？」

「據克雷勃斯說，希特拉的屍體給架了火堆焚化了。」

「告訴蘇可洛夫斯基，不要和克雷勃斯或者任何希特拉分子有任何談判，除了無條件投降。如果沒有意外的事，明天早晨之前，別再打電話給我。我要稍稍休息一下。明天，要舉行五一節檢閱。」

五一節檢閱……五一節的行列……一切使人對於整個蘇聯多麼接近和親愛，特別是在外國的時候，我想像到在這個時刻，拱衛莫斯科的軍隊，正向紅場行進。早晨，他們在紅場上各守各位，在他演說之後，便要檢閱他們，在列寧墓前，在黨的領導者和政府首長前，沿着克里姆林宮古老的牆垣，用整齊的步伐操過，這些軍隊，滿懷崇高，代表了蘇聯軍隊——他們已經在法西斯威脅下解放了歐洲——的勝利力量。

約在早上五時，蘇可洛夫斯基將軍打電話給我，告訴我第一次和克雷勃斯將軍談話的情形。

「他們正在耍詭計，」蘇可洛夫斯基將軍說，「克雷勃斯聲明，他沒有資格決定關於無條件投降的問題。據他說，這個問題除開以杜尼茲爲首的新德國政府外，誰也不能決定。克雷勃斯要求停火，以便杜尼茲政府能在柏林召集會議。我想，如果他們不接受無條件投降，就去他的。」

「對，」我回答說，「告訴他，如果在十時以前，戈培爾和鮑爾曼不同意無條件投降，我們就要發動進攻，那力量他們休想抵抗，把他們消滅淨盡。希特拉分子要想一想德國人民的無謂犧牲，想一想屬於他們的這種荒謬事情的個人責任。」

在指定的時間，我們沒有接到任何回覆。

十時十分，我們發動了火力的暴風雨

，攻擊殘留在柏林中心的特別堅强地帶；下午六時，蘇可洛夫斯基通知我，德方首領送了一個軍使來，說戈培爾和鮑爾曼不接受無條件投降的要求。

下午六時三十分，作爲回答，發動了極端强力的最後衝擊，進攻這城市的中心，那裏是帝國總理府，在該處縮短防綫，守着一批希特拉分子。

我不再記得那確切的時間了，只記得薄暮一降臨，第三軍軍長古茲涅佐夫將軍打電話來震了我一下，他用感動的聲音對我說：

「第五十二師防區，有一批德國裝甲車，大約二十輛，剛剛衝破戰綫，全速向柏林西北方向疾馳而去。」

顯然是留一個什麽人逃離柏林了。各種最最討厭的臆測便延伸開去。有人說，這批裝甲車可能載了希特拉、戈培爾、鮑爾曼逃走了。

部隊立刻進入警戒狀態，奉令無論從柏林或柏林四周，都不得讓人逃出去。立刻下令給四十七軍軍長F・貝爾喀洛維區，六十一軍軍長P・貝洛夫，以及波蘭第一軍軍長包帕洛瓦斯基，完全阻塞柏林西方和西北方的一切通路。戰區的第十一裝甲軍司令S・鮑格達諾夫和步兵V・古茲涅佐夫將軍接到立即進行組織的任務，並在所有的方向追索，尋出並消滅逃跑的裝甲車。

五月二日黎明，裝甲車在柏林西北十五公里處發現，給我們的坦克車消滅了。一部份着火焚燒，另一部份擊毀。在擊毀的車子裏驗明沒有一個希特拉分子首領，而留在着火焚燒的裝甲車中的，不可能驗明。

五月二日晚上，一時五十分，柏林守軍參謀部無綫電台，用德語、俄語重複地轉發出下列的一封信：

「我們派遣了軍使到俾斯麥街橋上。我們停止戰爭行動。」五月二日早晨六時三十分，得到了下列的情報：「敵軍裝甲兵第五十六團司令魏特靈將軍，在第四十七師戰區中向我軍投降。他的參謀部官員和他一起投降。在初步問話中，魏特靈稱，幾天以前，希特拉親自指定他任柏林防衞司令。」

魏特靈將軍毫不遲疑地接受，下令他的部隊停止抵抗。下面是由他簽署的文告，並在無綫電中，於五月二日早晨由他讀出去：

> 元首已經在四月三十日自殺，捨棄了我們，我們却是宣誓永遠効忠他的。依照元首的命令，我們，德國軍隊，必須還要爲柏林而戰，可是軍火儲備已經告罄，而一般的情況，使所有新的抵抗，都失去了意義。
>
> 我下令立即停止抵抗。
>
> 簽字：魏特靈，前柏林防衞區司令，炮兵將軍。

同一天，約在下午二時，得到情報，宣傳部副部長費里茲契博士剛剛投降過來，建議用無綫電向德軍說話，要他們停止一切抵抗。以便以一切方法加速結束戰鬥，我們接受了，將他的話經由我們的電台廣播出去。

廣播過之後，費里茲契被帶到我處，在問話中，他證實了我們已經在和克雷勃斯談話中獲悉的要點。正如人們所知道的，費里茲契和戈培爾、鮑爾曼等一樣，是最接近希特拉的人。他說，在四月二十九日，希特拉與親近的要員舉行會議。參加這個會議的有鮑爾曼、戈培爾、亞克斯曼、克雷勃斯和其他法西斯領導人物中的代表。他自己不曾參加，但在事後，戈培爾把會議細節告訴了他。

據費里茲契說，特別是自四月二十日，蘇聯炮兵向柏林轟擊以來，大部份時間希特拉陷在歇斯底里病的休止期的衰弱狀態中。有時開始狂言，談到即將來到的勝利。

我問到希特拉的最後計劃這個問題，費里茲契回答說他知道得不頂對，不過聽說在蘇軍向奧德爾發動攻勢之初，有些首腦人物到了貝茲加登和南蒂羅爾，還裝載了一些東西去。最高司令人員趕緊要偕同希特拉一起跟上他們。在最後一刻，當時蘇軍已迫近柏林，他們談到撤往許爾斯維格—荷爾斯坦因。幾架飛機已經在總理府附近準備好，但馬上給蘇聯的飛機毀滅了。

費里茲契不能對我說得更多了。

第二天，他被遣送到莫斯科去，好在那裏作更認眞的盤問。

我必須要就柏林的最後之戰說幾句。

由N·加萊伊將軍和D·契齊可夫上校嚴正地指揮着的第二百四十八師和二百卅師，它們都組入了N·貝爾柴林一軍，五月一日衝擊郵政旅館，並進入攻擊財政部的戰鬥，財政部面向着總理府。同一天，由V·安東諾夫指揮的第三百〇一師，和第二百四十八步兵師合同，衝擊蓋世太保總部和航空部的建築物。

五月一日黃昏，第五突擊軍的第三百〇一師和二百四十八步兵師，對帝國總理府進行最後的一戰。戰鬥在接近這座建築物處進行，而在這建築物之內，特別激烈。指揮員安娜·符拉廸米·羅伏娜·尼古里娜，原是第九兵團的政治部教官，她參加在第一千〇五十步兵團的衝鋒組中戰鬥，具有極端勇敢的品格。偕同軍官I·達維杜夫，V·乞天德斯夫一起，她在帝國總理府建築物上掛起了紅旗。

佔領總理府後，V·乞天德斯夫上校，副署步兵第三百〇一師師長，提名爲攻擊建築物軍司令。

五月二日，約在下午三時，一切抵抗已告結束。柏林的衛戍兵，不算受傷的在內，超過七萬人，一齊投降。似乎他們許多人手中都拿着武器在作戰，而在最後兩天的戰鬥中，都告絕望，並且躲藏起來了。

五月二日，是蘇聯人民，蘇聯人民的軍事力量，在這一場戰爭中的我們的盟國以及全世界人民的偉大勝利的日子。

同一天最高司令發佈的日日命令中說：「第一綫的白俄羅斯軍，與第一綫烏克蘭軍合同，今天，五月二日，在經歷完全成功的艱苦巷戰，柏林的德國軍團潰敗之後，已完全「主宰」了德帝國主義的中心，德國侵畧的巢穴，德國的首都柏林。」

在佔領帝國總理府之後，我和N·貝爾柴林少將，F·鮑可夫中將，軍事顧問人員，以及其他參加過衝擊的人到那裡去，要肯定希特拉、戈培爾、以及其他希特拉份子首腦自殺這件事。

到了現場，我們覺得處在一個困難的情況中。聽到說，屍體給德國人埋入幾處葬地，不過沒有人知道正確的地方，也不知道由誰在看管。不絕有相異的說法報來。

俘虜們，特別是傷號，一點也不能回答關於希特拉以及他的從員的問題，他們聲稱，沒有看到過希特拉分子首腦，除了他們的連長以外，也不認得任何希勒特分子首腦。少數俘虜是在總理府中捉到的，不過幾十個人。SS（近衛軍）人員，官員們，以及留着的首腦們，可能在最後一刻，還躲在城裡，藉秘密通道逃走了。我們找尋燒化希特勒和戈培爾屍體的火堆，可是沒找到。我們的確看到了火痕，不過範圍太小，無疑是德軍點了火糞水的。

我們正結束這次巡視時，有人來報告，說在地下室中剛剛發現戈培爾的六個孩子的屍體。我得承認，我沒有忍心下去看他們，幾個孩子，給他們的父母親手殺死了！過了不久，在地下避彈室的近旁，發現了戈培爾夫婦的屍體。請費里茲契博士來驗明，他証實確是他們無誤。

起初，那情況使我懷疑希特拉自殺這個說法的眞實性，加之我們沒找着鮑爾曼。那時我想：當柏林不再有外援的希望時，希特拉不要是逃亡了？

這個假定，我在蘇聯記者和外國記者招待會上表示過。

又過了不久，多謝偵查人員，詢問了和希特拉有接觸的私人醫生等人，我們開始得到補充情報，更加正確了，証明希特拉已自殺。我現在已信服，希特拉的自殺，已沒有任何理由懷疑。

大部份的法西斯首腦，其中有戈林、希墨萊、季德爾、約特爾、都已及時由不同方向逃出柏林。直到最後一刻，像賭徒一樣，他們和希特拉，都沒有失去希望，希望打一張「好牌」來救他們，救他們和法西斯德國。

甚至五月一日，希特拉分子的大頭目們，還企圖延遲肯定失敗的時刻，以談判在柏林召集杜尼茲新政府做題目，以僞裝決定德國投降來進行召集。（下期續完）

戰場生活與軍事新聞

——一個新聞記者的獨白

•陳　思•

我承認我是泥土氣息很重的土老兒，從鄉間到了杭州，又從杭州到了上海，看起來好似踏進了現代化城市，過現代化生活，我還是一個十足的土老兒。我在上海住了二十多年，却也把我自己關在書房裏，和外界並沒多大的接觸，所接觸的，也就是學校裏的教授、學生，其他，便是文藝界的朋友，說起來，也就是文化圈中的人，大家都是在這麽小圈子中兜來兜去的。正德皇帝曾經對李鳳姐說，他是住在小圈圈的黃圈圈當中的；我們也有我們的黃圈圈，也有我們的自大與自負。到了一九三七年秋天，淞滬戰事發生了，以戰地記者的身分上了戰場，這才跳出了那個小小的黃圈圈，和一般社會人士相往還；在我的生命史上，可說是極大的轉變。假使一個人的意識，也有狹的籠，從那時起，我是走出了狹的籠，闖到廣大世界中去了。

我想起我上戰場去做隨軍記者的原由，實在很簡單的，當時，我參加了上海的救亡協會，還担任了十一委員之一；既然抗日戰爭發生了，自該走向戰場去了。恰好，孫元良兄担任閘北的右翼指揮官，我願意和周震寰兄交換工作，讓我住到軍部去，我便帶着簡便行裝上了大公報的車子和張蓬舟兄一同從滬西轉向閘北。那時軍司令部設在蘇州河北茂新麵粉廠，孫將軍讓我和張柏亭兄住在一起。那時，張兄任八八師參謀處處長，計劃作戰事宜，因此，前綫作戰情況，看了作戰地圖，一目了然。這是所有中外隨軍記者所難得碰到的好環境。張兄還把我一一教導起來，讓我充實了軍事知識。孫將軍也讓我有充足的伸縮性來報導火綫上的動態。

因爲，近百年間，我國雖是不斷地發生了內戰，却很少國際戰爭的經驗。抗日戰爭發生，軍事委員會却不知如何來發佈軍事新聞。南京方面，預定淞滬綫上，只讓總司令部（張治中將軍）供應軍訊到蘇州馮司令長官部，再轉上海市政府正式發布。可是，戰訊在蘇州河北，而蘇州轉來的軍事新聞，乃是兩三天前的舊聞；中外記者便不感興趣。因爲，敵方軍部每天招待記者兩回，早已搶了鏡頭；在宣傳上又打了敗仗。上海各報，便各尋門路，找此時此刻的軍訊。軍事委員會既限制各軍師部發布新聞，而各報記者所到處，每爲敵方所注目，軍事指揮人也怕記者們的「駕臨」。我進入軍部，成爲軍部的一份子；利用茂新廠的電話，和大晚報的曾老總，立報的薩兄直接通話，把重要軍訊報導過去，不僅解決了軍方與報方所有困難，還替兩報爭取了「獨有電訊」的地位。其後不久，中央社上海分社馮主任也非找我担任軍事記者不可了。這種種，都是我所預想不到的新環境，一個十分順利的好境遇。

淞滬戰役結束，八十八師（七十四軍）沿京滬綫退却，預定任務，在福吳國防綫上固守。孫將軍約我繞道杭州，由京杭國道北進，相期在無錫晤叙。那知我到了杭州，無錫已經情況不明。我隨即從浙贛綫趕赴南昌，想從九江趁輪往南京，再圖在首都保護戰中作軍事報導。那知到了南昌，長江航綫已在馬當中斷，南京情況也不明白了。這樣，我不再獲得在戎幕中看軍情變化的優越地位。不過抗戰八年我一直有着十分便利的機會，正如范長江兄在運河站所說的：「在記者群中，你是不同的。」一則，我在上海各大學敎書多年，各戰區司令部中，都有我的學生，他們替我安排了最好的機會；二則，我往來各戰區，時時與軍政高級人員相晤接，可以獲得第一手戰訊，有時比范兄還受到上賓的禮遇。但是作爲戰地記者來看，我既不會收發無綫電訊，又不會騎自行車，這就不能和日軍的隨軍記者爭一日之短長了。

上戰場和將領們相處，才知道軍人不一定是武人，有些將領，也許比文人還要「文」。現代的軍人，很多對文藝有興趣，他們的詩詞頗不錯，不獨會欣賞，還會橫槊賦詩。程頌雲將軍的舊詩，似乎比郁達夫、郭沫若還高明些。羅卓英將軍也愛寫舊詩，黃季寬將軍的詩詞都不錯。有一位汪參謀長，他在江西臨川跟我談宋明理學，從西銘談到東銘，也正如朱陸鵝湖之會，自有他的卓見。在別的戰綫上，我們也容易碰到學貫中西的思想家，而且是貞不二價的。但，軍人畢竟是軍人，他們並不是酸文士，也不是腐學究。他們畢竟和死神碰過面的，他們雖說爲命運所掌握，却也掌握着命運的。我曾稱之爲「現實主義」。現實主義，卽是此時此地的主義，離開現實，就無從把握，也只有面對「現實」，迎接上去，才有把握的希望，要逃避是不可能的。有一位，平日很拘謹的參謀，雖不一定守身如玉，到了戰時，忽然也對玩女人發生興趣了，幾乎有了機會，他就去玩了一場，一變他平時的性格了。他老老實實對我說：「我也是一個人，也是一個活人，我要享受人生的快樂。我也曾想過一回安樂的家庭生活，而今是不可能了。我爲什麼不享受一番呢？不錯，可能會碰到了性病，但性病的發作，總得在三四個星期以後，卽算要死亡，也得在幾年以後。而我呢，可能在幾天之內死去了，也可能在今晚或明晨死去，我又爲什麼不好好兒享受一番呢？一個連女人都沒碰過的男人，就這麼死去了，眞是見不了上帝的！」這位參謀，不一定是楊朱派的信徒（楊朱派認爲「且趣當生，奚遑死後」。人生之中，只有快樂享受爲有價值，而人生之目的及意義，卽在於此）。一個「現實」迫得他成爲快樂派的哲人，他這麼說了，誰也只能點頭承認了。於是，我不覺恍然有失了；我們在書房中瞑想，在課室中放言高論，究竟懂得了什麼呢？

在我，這麼一個從鄉村出來帶着泥土氣的理學門徒，就這麼給戰爭當門一棒，把禮教外衣撕破了！「戰神」告訴我們：當前卽是！不能面對現實的，都是傻瓜！

我知道在理學家的議論中，有過「餓死事小，失節事大」的話，但他們都沒有餓過肚子，可以在那兒說說風涼話，要是他們餓了肚子，這才懂得餓死的事並不小了。我又記起雷馬克的「西綫無戰事」的戰爭片來，那位法國少女，當她餓昏了頭的時候，德國大兵手中的一個大麵包，幾塊香腸和牛肉，再加上一包香烟和一瓶啤酒，她就什麼都可以奉獻了。雷馬克所給予我們的啓示，就使我們明白藝術家所了解的，比什麼聖人或理學家深切得多了。我們決不該譴責那失去了貞操的法國少女，在戰神面前，「貞操」又算得什麼呢！

二、

接着，我要談談「常」與「變」的道理。當初，我在上海教書寫稿的日子，什麼事都有一個程序，每天可以估量到，會碰到那些朋友或學生；他們將談些什麼，我自己的看法又是怎樣。有如我自己的午飯、晚餐一樣，可以預知和誰一同吃飯，吃的是什麼菜；至於進膳時間，還早就是那麼個時候，不會差得很多的。到了戰場，那可不同了，每一頁都是新的一頁，既不知會碰到什麼人，也不知誰是怎麼一個人；至於他想些什麼，談些什麼，那更無從去把握了。旋風似的在變動，只有那一剎那是可以把握得的。我還記得我和珂雲從徐州到洪山前綫那一下午，幸而軍部替我倆找到一輛牛車，把我倆送到了運河站；否則在他們兜圈子的日子，說不定會變成敵人的俘虜呢！我倆是在那年五月底，離開徐州向西轉到開封，又轉鄭州的。我們離開徐州第二天，徐州便被敵機狂炸，我們所住的花園飯店，便被炸成一片瓦礫了。而徐州向西的隴海車，我們所趁的正是最後一列車，直到八年以後才有列車可趁呢！我倆離開開封那天，還是趁了人力車趕到鄭州，那是朋友們所不了解的；就在第二天，開封蘭封間便被敵軍切斷，圍城中的朋友也就沒法出來了。後來，我在長沙，上午趁車往南昌去，那天下午，敵機狂炸長沙，我所住的旅舘，也完全被炸掉了。一時，朋友間傳說我在長沙殉難的消息，也是可能的。一個城市，一夜之間，完全燬壞得走了樣，也是我們所常見的。凡是常態的生活，在戰時完全變了樣；幾天幾晚，沒得好好睡覺，也是常見的事。我還記得，我離開杭州，趁了鐵板車，從蕭山南行，掙扎了兩天兩晚，白天給可怕的敵機嚇得提心吊胆，不敢閉眼；到了晚上，又是霜風刺骨，怕給凍殭，連眼都不敢閉一下。沿途各車站，又給蝗蟲似的傷兵把什麼都掃空了，什麼也沒得吃，只好嚥着口水硬拖着。到了鄭家塢，已經是第三天下午，搶着吞了一碗粗湯麵，便倒頭在稻草堆裏睡了三十八小時，有如死去一般。在旋風型的生活，我們才體會到「此時此地」的意義，到了戰時，什麼生活習慣，都變成「不可知」的了。

老實說，我這個對歷史有研究興趣的史人，也會教過歷史哲學、歷史研究法這些課程，對中國的「地大」與「物博」，並不怎麼了然的。因爲我所熟知的，只是我自幼生長的金華，少年時讀書的杭州以及後來教了十多年書的上海，只是中國的一角而已。直到做了戰地記者，這才東西南北走江湖，在書本以外，知道我國土地的廣大，物產的豐富，社會風俗習慣的多姿多彩。我們在江西境內兜圈子的日子，時常會被人當作主賓送上首席去的；入席之前，主人一定要替主賓斟上一杯酒，而且恭敬地行了禮。我呢，也就老實不客氣，坐了下去了。後來，看到了別人坐上首席酬應的情況，才知道我並未入境問俗，是失了禮了。原來主人替主賓斟了酒行了禮，等到他一一安了席，首席就該代表了客人替主人也斟了酒行了禮以後，這才可以先後入席的。這一類特殊屬於地方性的風俗習慣，到處都有，只是不會留意就是了。我們如把這一類風俗習慣記錄起來，正如記錄各地方言一般，是可以寫成一部中國風俗史，或中國社會史的。我的女兒是在贛州出生的，那時，我們借住在灶兒巷鄒家，請了產科醫生到家中來接生，一切都很順利。如不知，我的朋友某君，他們住在離城三十里的鄉間，就碰到了意外的困難。那兒的鄉村中，是不許外姓人在那兒養孩子的，必得離村里許搭了一個草棚，產婦必得在草棚里過滿了一個月，才許回村的。那時是冬天，我那朋友的妻兒，幾乎在那兒送了命呢。贛州呢，乃是客家人聚集的城市，又一直五方雜處，又是王陽明集中政教之地，一些禁忌，也就免掉。但鄒家雖是鄉紳，比較通情達理，却也有種種禁忌。他們把產婦的房子當作紅房，除了鄒家婆媳進過紅房，他家的男人，決不踏進門來的。這一類禁忌，我知道到處都有，却也是走了江湖以後，才親身感受到的。我相信司馬遷當年的行萬里路，跟我在戰時的經歷，看來差不多的。

（下期續完）

江亢虎和移居詩

文　如

一九三一年江亢虎往加拿大，應某大學之聘主講中文，在船上作詩，題爲「太平洋舟中和經沅東移居詩」七律一首，詩云：

乘興乘桴東海東，薊門回首暮烟中。滄桑千刼眼前過；憂樂一心天下同。
敬枕每嫌鄉夢短；投詩未覺谷音空。江湖滿地居夷好，新署頭銜獨釣翁。（所居城粵譯名滿地可，無意義，因綴一居字，自名其齋。）

這樣，江亢虎在蒙特里奧的住所，就叫做滿地居了，頗有意義。

曹經沅，四川綿竹人，能詩，久居北京。一九三〇年作移居詩，海內文人和者數百，繪有「移居圖」。江亢虎所題一詩，不算很好，但與其他衆人所題者稍有不同，因爲是在放洋舟中所和之作，其情感自與他人有別也。江亢虎在一九三四年又回國一次，住上海、北平約半年，仍返加拿大任教，最後一次回國，竟參加汪僞組織，做起「考試院長」，過其官癮，自毀令譽，甚可惜也。一九三五年我從北平往上海，在火車站中見他一面，彼此握手寒暄數語，未及多談，自此以後就不再見到他了。

悼韓槐準先生

劉子政

星馬著名考古學家韓槐準老先生於中國北京逝世了。這消息是在新加坡星洲日報一九七〇年十月十六日看到的，我們對於這位苦學成功的學者，對他一生的勤奮，敬致最高的景仰。

星洲日報十月十六日的有關他的逝世新聞，簡而賅，可以說是他的一生縮影，此段新聞，頗爲重要，抄錄於下：

星馬著名考古學家韓槐準老先生，本月二日不幸因胃癌逝世於中國北京腫瘤醫院，享壽七十九歲，噩耗傳來，其親族戚友深表哀悼。

韓老先生祖籍廣東文昌，秉性慈祥，處世忠厚，待人接物，和藹可親，年青時由海南島來星，生平好學，從事研究中國文物工作，尤以考古及陶瓷方面曾有心得，著作甚豐，被譽爲星馬著名學者及考古學家。

韓氏亦係星馬著名的植物學家，對橡膠樹及紅毛丹的改良品種方面，亦極擅長而有成就。

韓老先生爲新加坡湯遜路前「愚趣園」主人，自植改良接種紅毛丹，極爲成功。

韓氏於一九六二年携同兩名女子返回中國北京，出任故宮博物院顧問，潛心研究中國文物工作，造詣深厚。

韓氏的長男歧豐君今晚告本報記者說，其父逝世噩耗乃於今天接到其二弟嶽豐來函始知，遺體將舉行火葬。

十年前，砂羅越的接種紅毛丹方開始種植，來源係來自韓老先生，當時試種成佳，以後砂羅越各地遍種接種紅毛丹，此應歸功於韓老先生的試驗成功。

·韓槐準遺像·

一九五五年，我經新加坡著名東南亞研究學者許雲樵先生介紹，參加新加坡「南洋學會」，成一會員，在該學會的出版物「南洋學報」發表「東南亞報章繫年表」一長文。（第十三卷第一輯，一九五七年果甚六月）及「砂羅越的華族出版事業」（第二十卷第一二合輯，一九六五——一九六六年份。）當時，韓先生亦爲該會會員及該學報理事之一。參加南洋學會後，把南洋學報由戰前到戰後出版的，全買來讀之。由於早已聽到韓先生的生平，對他甚爲敬佩，乃寫信向他請益，自此與他通訊，迄於一九六八年。

韓先生的生平，新加坡人士對之甚爲熟稔，且許雲樵先生在他返國後，曾寫一篇長文。我在砂羅越，因兩地間隔，迄未晤面，但得友人及通訊中，已知梗概。

他的生平著述頗豐，已出版專書者爲新加坡青年書局出版的「南洋遺留的中國古外銷陶瓷」（一九六〇年一月出版），其他他星散尚未出版者，就我所知，在南洋學報發表的，有以下十多篇。

一，紫礦的研究（南洋學報第一卷第一輯）

二，大伯公考（同上，第一卷第二輯）

三，龍腦香考（同上，第二卷第一輯）

四，天后聖母與華僑南進（同上，第二卷第二輯。）

五，琉璃珠及瓷珠之研究（同上，第二卷第三輯）

六，椰　語（同上，第三卷第一輯）

七，都念子（同上，第四卷第一輯）

八，兒茶考（同上，第五卷第一輯）

九，舊柔佛的研究（同上），第五卷第二輯）

十，軍持的研究（同上，第六卷第一輯）

十一，流連史話（同上，第七卷第一輯）

十二，南洋土產異名註（同上，第八卷第一輯）

十三，椰加達紀行（同上，第八卷第二輯）

十四，紅毛丹種植談（同上，第九卷第二輯）

十五，舊柔佛出土之明代瓷器研究（同上，第十卷第二輯）

十六，中國古陶瓷在婆羅洲（同上，第十一卷第二輯）

在其他雜誌，報紙或早期發表者，則未寓目。

韓先生雖然居住新加坡數十年，平時半耕半讀（種植紅毛丹等及從事考古研究），生平亦搜集了不少陶瓷，但新加坡畢竟是小地方，無法搜集許多資料來研究。且鑑於中國自一九四九年新政權成立後，處處表現生氣勃勃，而中國數千年的歷史，流傳在民間的古陶瓷及豐富的文獻史料，可供研究，更以子女在中國求學，自己已年老，以餘生高年，從事於攷古，亦爲人生之有意義工作，因之，於一九六二年將親手經營數十年的「愚趣園」出售，買棹返國。

回國後，中國政府歡迎他爲國工作，聘爲北京故宮博物院顧問，從事中國陶瓷研究，在各圖書館抄錄有關資料，預備整理出有系統的中國陶瓷史。

我知道他回國，就逕函北京故宮博物院，並獲他的回信。他是慈祥的老人，來信問我的生活及寫作情形，我一一寫信告訴他。猶憶一九六〇年間，叔父往新加坡，到「愚趣園」訪韓先生，他頻頻問我的近況，對後學青年很是關心，雖然我們只是通訊，還沒有見過面。

自他回國後，我們間斷通了一些信。

一九六八年一月間，砂羅越各地常發現中國遺留在砂羅越的古甕、古瓶等，且在報紙上刊出有關消息。由於我平素留心砂羅越的史事，對中國與砂羅越的歷史關係，搜集了頗多資料，也寫成了數本有關砂羅越史的習作，並且也發表了若干史料文獻。但對於陶瓷的研究，却是門外漢。由於手頭有一點資料，乃草成「中國遺留在婆羅洲的古陶瓷」一長文，同時刊於砂羅越詩巫「詩華日報」及「砂羅越商報」上。（詩華日報刊出日期是一九六八年一月廿二日到廿四日；砂羅越商報刊出日期是一九六八年一月廿二日到廿五日。）發表後，我曾剪寄一份給韓先生指導，他收到後回信給我，對古陶瓷提供一些資料，回信照錄：

子政先生：

一九六八，一，廿九寄給我的信和數篇大作，已于二，八讀悉，文中所附達雅族出售的古瓶，（非甕）依照其造型和畫風，似屬十九世紀，（約同治，光緒間器）此種瓷瓶似屬華僑故家應用之物，而爲投機份子借達雅族家藏之名以騙財者，你可參閱「南洋學報」第十一卷第二輯拙寫「中國古陶瓷在婆羅洲」那篇文章，或可明白。你可將大著「婆羅洲史話」贈一冊與（新加坡）中華書局施寅佐君轉與「南洋學會」而交換一冊。我寫該文，除我在老越及汶萊視爲調查者外，其餘多是根據外國學者的材料，當時你身在婆羅洲可親爲調查。關于崇拜古甕的風俗，該洲各種族都有同癖，非惟達雅族。我歸國後僅在一九六五年第九期「文物」中寫一篇文章，現時手中已無，其餘時間多在各圖書館抄錄資料而已。至于調查婆羅洲土人的古甕，當在離海較遠的山區，往往在一間祖屋中可見到百數十器，可能外國人必以重資捆載而去矣。

韓槐準

一九六八，三，十二，

收到回信後，我將砂羅越「桑」，「蘆兜」兩地方發現的古瓶照片寄給他，請他攷據屬於何朝代的產品及價值。他回信了：

子政先生：

一九六八，四，五復信已於四月十六日讀悉，因忙以致不能依時作答，希諒。關於婆羅洲土人自古保留我國的古陶瓷，在山區的數量或不少，此是他們由於迷信我國的古陶瓷而保留的行為，你讀拙寫「中國古陶瓷在婆羅洲」一文自可明瞭。他們在財用不够的時候，每每將家藏的古陶瓷，典當在華僑的商店，如果過期不贖回，華僑商店有權將其所典當者賣出，他們極少將其祖遺的古陶瓷直接賣給與他人。附寄桑坡的瓷瓶正反兩面的照相，和蘆兜處的瓷瓶照相，從造型與繪風上觀察，均是數十年前日本窰的燒製品，由我估價僅值二十元而已。如果你有意搜購古陶瓷，當先作研究若干年，切勿魯莽從事。砂羅越的歷史不久（英殖），所以我國尚未有任何文獻所記載，大著各書候查後，方函達而寄贈。

韓槐準

一九六八，五，四。

當一九六八年一月底，蘆兜埠古瓶由達雅族某人拿出欲售時，出價二千元馬幣，但據韓先生的估價，僅值二十元，他以考古學家身份，研究陶瓷數十年，當然不會開口亂說的，似此，蘆兜地方發現的古瓶乃屬贋品。一些古物收藏者，買到贋品尚以為古物，沾沾自喜，被人騙了尚蒙在鼓中。

我於五月廿日覆去一信及六月十五日寄去一信討論陶瓷問題，他覆信給我如下：

子政先生：

五月廿日覆信已于五月卅一日讀悉，關于陶瓷之研究，不論古今，最根本當具有一些理化學以及一些礦物學常識才能了解，凡屬古陶瓷也可藉助鑒別。我回國後僅在「文物」上寫一篇文章，可是，由于國內的圖書館藏書豐富，因之我集得歷史和陶瓷方面的資料已不少。一九六八年六月十五日致我的信並附剪報已于六月廿五日讀悉，「詩華周刋」譯載路透社所述「中國古代陶器從印尼流往他國」一段事由，我信為眞，在新加坡仍有友人報告近來有大幫宋明陶瓷現于市場外國人以高價搶購殆盡。在南洋各博物院藏我國古陶瓷（外銷）者以印尼的雅加達博物館為最多而最精，由于荷蘭人自十八世紀中葉已開始收藏，可參閱我登在南洋學報「雅加達紀行」一文。香港旅行雜誌刋登我國的古陶瓷不可信以為眞，宋龍泉窰青瓷皆由含氧化鐵石還原火中所呈的青色，與該圖所印的色相差甚遠，該圖的色是含有氧化銅，在氧化火中燒成者，龍泉窰自古尚未有用氧化銅為呈色劑。「學然後知不足」，我在陶瓷一學所得的知識甚淺，尚在努力中。

謹覆。

韓槐準

一九六八，七。

由於他是陶瓷研究專家，所以我們的通訊以談論陶瓷為主，他謙虛稱對這門知識甚淺，尚在努力中，可見一個人如對此門有興趣，即老來亦孜孜不倦的學習。韓老先生在回國的八年中，仍以「學無止境」的努力探討，誠令人敬佩他的好學精神。

我和他的年齡相差成半，但却通起訊來，由於平生對前輩學者的景仰，我對韓先生的獎掖後進，對青年人的愛護，心中無限敬佩，如今韓先生已做古人，後輩的我，將有甚麼話可說呢？

＊ ＊ ＊

（編者按：這篇文章是一九七〇年十一月二日砂羅越的「詩巫日報」所載的，作者劉子政，是砂羅越一位年青的文字工作者，研究南洋史實，很有成績。韓槐準先生逝世後，編者正打算請劉先生寫一篇有關於他的文章，而劉先生已先將此文寄來請轉載。）

哀香港

——香港浩劫三十周年憶語——

容甫

他們這次對富戶的宿恨，可謂完全報復無遺，他說得痛快的時候，又告訴我們另外一樁「階級鬥爭」的悲劇，這悲劇的主角是一個彌敦道的某大醫生，這位醫生出診費向來都是很貴的，對於在上海街、廣東道一帶貧民窟的病人們，是素不登門診治的，醫德之壞遠近馳名，而偏偏這次搶掠的「好漢」，就是這一帶的居民。這次復仇的機會一到，黑夜裏他們便打開了醫生的大門闖進屋子裡，把他從牀上拉起來，迫他趕快打開保險箱。他們見他裝聾作啞，等到不耐煩的時候，其中有一個終於拔起左輪，用槍口對着他的胸脯猛撞，一面數舉他的罪狀。臨走的時候還把大醫生事先存儲的糧食全部搶光，有意讓大醫生瞧他們的手段。這可說是我所知道的悲劇之中最動人的一幕。

有組織的搶掠行為，到了十二日那天，還繼續地進行着。他們打開了九龍米倉，把米和洋麵一車一車地搬走。至於沒有組織的貧民們，也在這時候大肆活動，有好幾處大貨倉就是在這時候給打開的，什麽絨呢布匹日用品等應有盡有，都給貧民們搶劫一空。東西既搶光了，連門板也有給拆掉的。八點鐘左右，獸軍開入九龍之後，十字街頭的岡位都有寇兵把守，這時候人們一步也不敢走出門。流氓們大規模的活動，在九龍塘一帶還繼續進行着。日本兵士也在這時候，穿房入舍，四處搜劫。所謂天理循環，物極必反，這次香港人們所受的教訓，實在太深刻了。

十二那一天算是九龍正式失陷的日子，也就是九龍方面鬼蜮世界的開始。

九龍失掉之後，雙方乃不時對岸炮擊，日本則多派幾架飛機在香港島上空肆虐轟炸，到底英方終不免吃虧，結果在耶穌誕夕，雙方就進行議和，廿六號那一天香港終於懸上白旗，正式陷於日軍之手。香港方面淪於鬼蜮世界，也就是在廿六號這一天起始。想不到大英帝國統治下百年後的香港就這樣收場的。

香港方面劫掠的事跟九龍的情形一樣，像打劫渣甸米倉，挨戶或攔途搶劫，向富戶和商店收保護費，種種現像正跟九龍方面所發生的如出一轍。不過香港方面因為自從開戰以來，市面秩序有香港政府去維持，直至廿六號交讓與日本為止，中間始終沒有陷入無政府狀態過，故此搶劫的情形便不若九龍之甚，九龍可謂十室九空，而香港却只損失了十分之三四而已。

說到這次負責守土的英軍，實在太過出乎人們意料之外，除了炮兵隊不分日夜地轟擊，建立過些微功績之外，我們眞不敢過於恭維大英帝國的雄師了。陸軍簡直太笑話了。據說他們的槍手一邊伏在沙堆背後伺機射擊，一邊拚命喝洋酒，等到酩酊大醉的時候，弄到子彈撒了滿地，只有等日本獸軍來把他們俘擄走。自開仗以來，我們沒有發現過甚麽傷兵，受傷的平民倒是住滿了喇沙書院。或許他們為要保守秘密而不讓人們知道；但是他們所採取的那種放棄九龍，而寧可局守香港孤島的戰略，我們的確不敢苟同。可是為什麽我們又特別讚揚英軍的炮兵呢？這不是憑空揑造，而是有證有據的。有一次彌敦道上正在向前行軍的日本馬步兵，就曾經被對海英軍砲兵隊擊中，當時嚇得鬼子們四散奔跑的狼狽情形，是我親眼目擊的；還有佐頓道碼頭附近的油庫就是命中英軍自己的砲彈的。所以說這次實際作戰最出力的還是砲兵隊。

大概在香港陷落後的一個星期左右吧，有一回，我們在彌敦道上碰到日本鬼子從香港押解着一大隊英國俘虜，往九龍集中營的情形，這只是俘虜的一部分，人數就不下七八千人。從他們的制服看來，裏面海軍陸軍砲兵都有，負責押着他們走的日本鬼子只有幾十個矮小的下級寇兵。當時彌敦道兩旁行人道上擠滿着看熱鬧的人，但是俘虜們好像全不覺得打敗仗的恥辱似的，大家還是跟平常一樣的活活潑潑蹦蹦跳跳。由他們的神氣看來，完全瞧不出是打過敗仗的。他們當時列隊而行，並沒有受綑綁。他們身上的制服還很齊全，行李還是些很光鮮的皮篋，軍用毯子和被包，有些還嫌行李笨重，僱苦力替他們背着跟住走；也有只帶着六弦琴，拉着哈巴狗的，也有一路走一路吹口哨唱歌，吃花生，嗑瓜子的。甚且還有不停向行人道上，對着那些跑出來送行的土娼蕩婦們，秋波頻送的；還有在跟她們算舊賬送她們錢的。總而言之，可謂醜態百出。這種行爲的軍隊的確是不值得人家恭維和同情的。這不是故意挖苦英國軍隊，而是的的確確的事實。他們既無武士道切腹自殺的勇氣，而種種不應該有的行爲，倒都一一地映入人們的眼睛裏。這難怪日本鬼子瞧他們不起了。也難怪新加坡、緬甸以及馬來半島和南洋其他一帶的英國殖民地，這一次丟得這麼樣的快啦！我們間接聽說日本軍官自己承認說，假如九龍是中國軍隊守的話，那麼至少還有三個月的仗打。這番話並不是出於偶然，而是蘊蓄着好些意義的。希望英國朋友們能够虛心檢討他們在東方着着失敗的原因。

這次香港九龍所以失陷得這樣容易，印度人和流氓們爲敵人當嚮導是有相當的關係的。當開仗的時候敵人已早就散過幾次安民和煽動印度人反抗的傳單了。日本獸軍進佔之先，一般無恥的印度人和下等漢奸走狗們，個個臂上都纏着「一點紅」的白布臂章，這暗示了人們每家每戶都應該懸掛這類「一點紅」的旗幟。他們把街道清掃之後，就拿着棍子站在馬路的兩旁，歡迎他們的日本主子的進佔，一面還替他們呼呵叱道。看當時他們那種辱沒祖宗的，令人氣憤的可憐相，簡直連一隻狗都不如。往後香港九龍的人間地獄便是這樣開幕的。

五　人間地獄

這一節就是專記獸軍入佔九龍、香港之後，敵軍漢奸良民雜處的動態和生活情形的實錄。

敵軍入佔之後，立即派出軍士分守各地要隘。我們不時聽見他們放冷槍的聲音。每一次槍響我們就會聯想到，不知道又是那一個同胞吃了這一彈了。沿路到處儘寫着「此路不通」、「如違槍决」的標貼。凡是碰見日兵，畏懼奔跑的，都不免受辱或被處死。街上自從發現過幾樁路人或菜販被日兵擊斃的事之後，人們又平添了另外一種恐怖，不知道大難又要在什麼時候臨頭。這時候誰也不能預料自己一分鐘後的命運。頭幾天簡直沒有人敢隨便出門。當時到處遍地盡是死屍垃圾汚物。馬路上除了來往奔馳的日本軍車，和站崗的日本哨兵之外，全是一片冷靜淒涼的，充滿了恐怖、毀滅、死亡和汚穢的人間地獄。

到處找花姑娘是日兵固有的獸性表現。港九婦女們被汚辱的日有所聞，我個人所聽到的就有十幾樁。於是一聽到獸兵的鐵蹄聲，一般婦女們都無不戰戰兢兢，提心吊胆的，有些竟喬裝爲男人出來行走。我們住的那個地方，我們利用樓上的厠所，闢做一個暗室，外面用紙蒙住再把衣服掛上，一聽到敵人敲門或進來的聲音，男人就動手佈置僞裝，讓他們瞧不出那兒是一間房子。後來他們果然來了幾次，結果只損失些東西，不幸的事倒沒有發生，這可說是全賴暗室佈置得法的效力。

因爲人間地獄的可怕，人們不敢在街上行走，遂造成了少數冒險小販們乘此壟斷的機會。上肉一元二角一斤的，竟漲到三元八角或四元整，菜蔬由一角多錢漲到六角或八角。米粮這個時候是絕對買不到的，好些米店既遭了搶，搶購的香港政府米倉又被敵人一一封存起來，還有什麼地方能有多餘的米呢？這時期那些事前沒有預儲粮食的，就不免要挨餓了。家家戶戶都不得不實行計口節粮，或依照平時吃量縮減半數的辦法。平常吃兩頓飯的，不得不間爲一頓飯一頓稀飯。

（未完）

蘇仁山畫山水和書法

一粟

廣東人寫山水大都模仿黃大癡和四王一派，清道光、咸豐間，有一位蘇仁山，畫山水、人物都別出恒蹊，用線條鈎勒，不假渲染，他為人狂怪，年僅三十幾歲便死了。

仁山的生平事跡，最初見於民國初年汪宗準、冼寶榦所修「佛山忠義鄉志」卷十四，他雖然是順德人，由於居住在佛山梁福草（九圖）家很長時間，所以「佛山志」有他的列傳，汪兆鏞「嶺南畫徵畧續錄」也載他的事畧，可是畫作却不為一般「士大夫」所貴重，惟日本駐廣州領事須磨氏，最賞識他的畫，所收最多，而且最精，由此仁山的畫名才遍傳於藝林。

友人盧子樞曾藏有仁山仿文徵明山水立幅，畫上有題記云：「仿文衡山先生畫意。先生名璧，字徵明，衡山其號也。事行詳『明史文苑傳』。予自少齡，便雅嗜圖繪。及長慕先生藻翰，而筆耕墨畹，歷年齡矣。予生一齡，懼貓犬，而多瘤疾。二齡，反側母膝，而父與剃髮，便知毀譽焉，尚未能自言，何復知畫。三齡，母教食乃食，母不命，雖左右與食，弗食。四齡，父教以區正叔三字經，至是始知書，亦不及畫。五齡、六齡嗜寫字，遇門牆垣壁，無不學書。七齡、八齡能畫山水，景物題句，頗能道出景中意。九齡，出館就傳授經，日授書數過，不暇計畫。十齡、十一齡，間以學誦之餘及畫。十二齡而畫著閭里。十三齡名動庠士。十四齡，出遊羊城。十五齡，嗜臨盈尺漢隸，學舉業。十七齡，嗜詩賦，嗜理學。十九齡，赴督學試，不遇。二十齡，博覽策學。廿一齡，適蒼梧。廿五，遊桂林岩洞。廿七，始圖居室大倫。今年廿八，而悔言行多謬矣。故記之。時道光廿一年，歲次辛丑，冬十一月，畫於仙城，順德蘇仁山識。」這篇題記，可作仁山的自傳看，又知他嗜仿文徵明筆法，足為研究仁山畫筆的幫助。

·蘇仁山山水·

仁山生于嘉慶十九年甲戌（一八一四），根據現存他的畫作，最後紀載作畫年份，只有道光二十九年己酉（一八四九）的，這時他才三十六歲。曾有友人藏仁山山水畫軸，上有題詩云：

「一溪淨春碧，
低簷花亂飛。
詩客泛舟來，
迎風過翠微。
松澗掛落日，
石硯磨微霏。
仙人留古蹤，
白羽棲柴扉。
欲作槃澗想，
鳴絃生凄悲。
十里山痕綠，
百畝深蕨薇。
夷齊不耕耘，
采采有餘肥，
何須仕始祿，
洗藥餘刀圭。吁嗟赤松子，偕我以來歸。

仁山稿弁畫。丁未仲春二月三日，潑墨於鯨鯢魟鮹水榭。書法則擬陳元素一派云爾。」丁未是道光二十七年（一八四七），時仁山三十四歲。他的山水畫比較寫人物的為少見，有題詩的，有年干的更罕，詩畫都很有意境。畫題「鯨鯢魟鮐水樹」，可能寫於廣西，又題「書法擬陳元素」這是自道他的書法淵源，尤為可貴。此幅不特詩、書、畫三絕，而且有時間，有室名，又有論書法，在仁山的畫作裏具備這六項條件的殊不多見，特為介紹出來，以供同好。

一九七〇年七月，香港大學亞洲研究中心與馮平山博物館聯合主辦蘇仁山畫展，這是廣東畫壇一件創舉，又出版了一部畫壇怪傑蘇仁山研究資料，收集了仁山若干首詩篇，似乎還未看見這首題畫詩呢。

編者按：畫家黃苗子（今在北京）評蘇仁山畫極有見解，甚合予心，摘錄如次：「（張大千以仁山人物畫）贈之葉淺予，謂漫畫之初祖也。前歲返粵，數得仁山所作人物，其中尤以冊頁四幀，以枯筆行雲流水描，筆墨之妙，又異于前。此後所見，用筆用墨，乃如春雲逞姿，層出不窮。大抵長春畫，天稟既高，功力尤到，加以諸子百家，典墳野乘，無所不窺。腹笥既富，人格益大。一點一畫，矯然超凡。其所作獨以人物勝，殆非無意。抑上至盤古，下迄隆萬，引車賣漿，以至王侯，楮墨之間，無不包容，證之諸家，所無有也」。此係三十年前黃君復孫璞的信所說的，現在黃君的觀點不知是否如此。

猪年•猪事•

黃侃詠屠猪

大白

舊日南京有所金陵大學，是美國教會辦的，當然十分洋化，其中教授，亦以洋博士、洋碩士居多，但有一門功課，却是洋博士無法插口的，那就是中國文學了。民國廿四年（一九三五年）乙亥，黃侃任中央大學教授，金陵大學的校長仰慕黃老師的大名，卑詞厚禮，請黃往教書，黃以盛情難却，答應每周往授課二小時。遇到黃老師上課時，別系學生皆擁往聽講，大有人滿之患。（黃為章太炎、劉師培的入室弟子，字季剛，湖北人。）

這一年，剛好金陵大學的農學院院長在美國得到農學博士銜頭回來，為了要炫耀其學術上的成就，定期公開表演他的美國閹猪新法。表演之日，恰為黃侃授課之時，他見聽者寥寥，異於往日，詢問之下，才知是洋博士表演閹猪，一時好奇，亦與學生往觀。因觀眾太多，改在大禮堂舉行，只見洋博士生綁了一頭洋猪登台，觀者皆以為洋法閹猪必定比土法為高了，大家集中精神，注視洋博士大顯身手。博士身穿白袍，戴白帽，白口罩，白手套，皆經消毒，舉刀後，向猪身左摸右摸，摸了大半個鐘頭，仍然找不到要害部位，洋博士急到滿頭大汗，不管三七二十一，手起刀落，把洋猪宰了。本是閹猪表演，却變成屠猪把戲，阿彌陀佛，善哉善哉了！

黃老師回到課室後，笑不可仰，曰，今年乙亥屬猪，有好材料矣，即塡詞一首，以詠其事。詞云：

大好時光，莘莘學子，結伴來都。佳訊競傳，海報貼出，明天院長表演閹猪。農家二彘牽其一，細翻按到階除。瞧院長捲袖操刀，試試功夫。渺渺卵巢知何處，望左邊不見，在右邊乎？白刃再下，爭奈牠一命嗚呼！看起來，這博士，不如生屠。

這首妙趣橫生的詞，為一學生抄下，翌日即據以作一通信，投寄南京的「新民報」，刊出後，一時傳為笑話，鬨動金陵城中市民，博士見之，不得不辭職出洋再深造了。可惜這個洋博士不知是誰。黃侃寫此幽默詞後數月即謝世，年五十。（編者按：關於黃侃生平，可參考本刊一卷一期徐復觀先生所作的「懷念黃季剛先生」一文。）

會作八股文的和尚——道衍

溫大雅

八股文本是封建帝皇用來麻醉士人的一種毒藥，明清時代的讀書人如果不做八股文，正如「儒林外史」的馬二先生對蘧公孫說「誰給你官做？」因此凡要出來做「揚名聲顯父母」的士人，無不死命研究八股，所謂熱中功名也。但方外人中竟有一個名叫道衍的和尚，居然是明朝初年的八股文能手。他姓姚，名叫廣孝，江蘇長洲縣人（民國後歸併吳縣），他出家做和尚，輔明成祖取天下，爲開國功臣。

洪武初年，道衍和尚與高啓、王賓、楊孟載友善，宋濂、蘇伯衡也推重他的詩文。他的詩文確實不錯，清新婉約，頗存古調，所著「逃虛子集」，在文苑中自有其地位，後世無識之徒，將他的遺著拿來與嚴嵩的「鈐山堂集」相提並論，以爲儒林之羞。其實嚴嵩何足以比道衍，嚴嵩只不過是一個姦佞小人，道衍佐明成祖取天下，有他的一番事業。（論者以明成祖在其姪手中奪取天下，以臣叛君，爲大逆不道，實則天下乃公器，誰有力量，儘可取之，取到手就是太祖高皇帝了。）

明成祖即帝位後，叫道衍恢復原姓，賜名廣孝，授太子少師，榮國公，又給他建造大厦，使他安居樂業，但他仍然住在和尚寺裏，依舊和尚打扮，只有上朝時才穿起官服。到永樂十五年死在寺裏，享年八十五歲。

姚廣孝不單是詩文做得很好，而且八股文尤爲擅場。本來這種文字，是讀書人的敲門磚，和尚既然看破紅塵，幹嗎要寫八股。原來明朝初年，有些和尚也要經過一番考試的。「明史」姚廣孝本傳說：「洪武中，詔通儒僧試禮部，（道衍）不受官，賜僧服」。這是說明太祖下令，僧人中如果有懂得儒家的經書者，皆可到禮部會試，成績優異的，賜以官職。道衍大抵成績優良，然而不願做官，只賜以僧服。

關於道衍所作的八股文，梁章鉅「制義叢話」卷四云：

> 楊維斗（廷樞）曰：姚道衍（廣孝），有「所謂誠其意者」二節文云……（原作鈔姚廣孝的文章，因爲讀者對八股文未必有興趣，故不錄。但姚廣孝此文寫得極好，居然明初八股文高手，亦甚奇也。——引注）當洪武中，道衍嘗以通儒僧試禮部，入格，不願爲官，仍賜僧衣，事見「明史」本傳。此作殆即試於禮部之文，存此以見明初仕途之廣。……

我們讀這段文字，覺得明朝初年人們做官的機會很多（明太祖初得天下時，極殘暴，一殺就殺去官員三五千，人人皆避而不敢做官，但他又下令，不出山的，一樣要殺），和尚懂八股，就可以「爲民父母」了。這一影响，自此之後，凡南北二京的僧人要做某一寺院的住持，必經過禮部郎中親考其文理，成績優良者，准其補住持之缺。萬曆間文士沈德符說，他游南京靈谷寺，住持僧年方弱冠，以其考試卷請沈氏指教，居然八股文，與儒家無異，不過題目出的是佛經而不是孔孟之書。取中後，和尚也稱禮部郎中爲座師，和讀書人一樣。

姚廣孝以和尚做起少師，榮國公，官居一品了，明成祖賜他宮女二名，但他沒有「笑納」，原璧退回。當然沒有兒子。但「明史」說他的養子名姚繼，官尚寶少卿，但沒有說這個養子從何而來。據沈德符的「野獲編」說，廣孝某年奉命振災囘到蘇州故鄉，偶見酒帘上的字寫得很好，問主人後才知是本地一個少年寫的，即召見少年，很喜歡他，收爲養子，取名繼。二百年後，姚繼子孫蕃盛，但他們仍然不敢認姚廣孝爲祖宗，也可見舊日封建勢力之大也。

廣孝能書善畫，傳世有爲中山王寫的山水，無錫名士廉南湖（泉）藏有他的畫數幅，張君立藏有他寫的詩卷，我都見過，書畫皆有逸氣，眞異才也。

李岳瑞父子

丁丑

一九六四年我和香港某書局的一位經理徐先生談天，這位先生在四十年前是上海世界書局的職員，因此我便和他談四十年前世界書局的瑣事。那時候主持世界書局的是沈知方，很會宣傳，也很會做生意，他拉攏上海一班鴛鴦蝴蝶派作家，大量出版這班作家的小說、雜文，還先後刊行好幾種雜誌。我剛好在一九六二年重新得到一部「春冰室野乘」，舊的一部，是三十二年前在上海世界書局所買的，我便向徐君談及此書，徐君說，他的書局裏也有「春冰室野乘」的作者所著的「國史讀本」一部。我立刻記起這部「國史讀本」了。我在三十一年前（卽一九三三年）的十月回家一轉，某日讀天津大公報的「文學周刊」，有一文章介紹此書，據說是李岳瑞所作的，立論甚正確云云。我讀後才知李岳瑞除作「春冰室野乘」外還有這部書，就連忙往世界書局花八角錢買了。書共十二冊，出版已數年，從未再版過，可知銷路不好。我畧翻一過之後，覺得這位李先生的歷史眼光很正大，沒有些兒迂腐之見。後來我回上海，這部書就一直沒有再見過，今聞徐君有一部，並且打算翻印行世，我一力贊成，并向他借來一讀，意欲重溫舊夢也。可惜徐君的書店搬家，書籍零亂，一時還未能找到。（二年後，我在集古齋買了一部。）

李岳瑞是陝西咸陽人，字孟符，亦作夢符，光緒二十年甲午（一八九四年）進士，戊戌政變時，他是工部郎中，與王錫蕃，張元濟同日革職，永不敍用。晚年卜居上海，曾一任清史館協修之職，民國十六年（一九二七年）十二月十日逝世。

李岳瑞以寫「春冰室野乘」著名，世人對他參加百日維新一事反而不大注意。「春冰室野乘」最先刊於章士釗先生主編的「甲寅雜誌」，「甲寅」停刊後，他又在北京的「國風報」刊載一部分。現在所見的是世界書局印行「甲寅」舊時的，「國風報」一部分未見印行。

章士釗先生和李岳瑞很有交情，二十年前，章先生在上海的「京滬周刊」連載「論近代詩絕句」數十首，中有二首詠李孟符，也提到他的「春冰室野乘」，可爲參考。詩云：

樓上缸花影已殘，春冰猶帶幾分寒。依希記得「傳柑夢」，寫似閒漚仔細看。（自注：辛亥之變，君成「惜衣紅」、「燭影搖紅」、「六醜」諸詞寄漚尹，哀感堪入詞史。「六醜」結云：「向夜闌更續傳柑夢，缸花恨結」。）

建安才調義熙身，野史無妨記甲寅。誰料郢雲還未散，越吟有客署遺民。（自注：吾編甲寅雜誌，倩君撰記事一種，逐期刊載，卽「春冰室野乘」是。君詩餘號「郢客詞」。自署「民國遺民」乃太炎事。）

詩中的漚尹，指朱祖謀，朱纂有「滄海遺音」，「郢客詞」卽收在其中。章君此二詩有關民初文壇佚事，甚可珍貴。「春冰室野乘」絕版已久，四十年來未見有書賈偷印。從前世界書局印行此書及「國史讀本」，似乎因與李岳瑞之子李浩然有關係。李浩然於一九二二年後任上海「新聞報」主筆甚久，「新聞報」的副刊「快活林」與「申報」的「自由談」爲鴛鴦蝴蝶派大本營，浩然亦此派文人，故世界書局樂於刊布也。浩然原名伯虞，早歲在日本習醫，後參加革命組織浩然社，故改名浩然。一九四七年他已六十多歲，仍任「新聞報」主筆，某日乘三輪車，爲一青年學生的電單車撞傷，不治逝世。

秦淮雜詩五十首（二）

季炎

十六

晚風移榻靜臨河，十載盟心淚幾多，
倚徧闌杆弄針綫，鄰家時度幾聲歌。

十七

布裳椎髻韻天成，玉貌珠喉舊擅名，
往事不堪重記省，芸窗日日寫丹青。

十八

滯漢流雲別夢遙，謝家門巷月蕭蕭，
三更休問誰行宿，一夜西風利涉橋。

十九

明珠東海隔煙波，越網千絲可奈何，
銷盡東南金粉氣，不堪名字喚雲多。

二十

碗茗爐煙花幾枝，曲房香閟語絲絲，
人間別有春如海，何必鶯飛草長時。

二十一

鐙前初歎百無成，渺渺余懷亂醉醒，
衣袂寒生人去後，一河絲管動鷄聲。

二十二

西風如剪斷纏綿，纔仗微醺讀寄箋，
淺語未堪傳密意，清詞低唱柳屯田。

二十三

清韻柔情萬斛愁，栖栖多露怯登樓，
幽心合與黃花約，簾捲西風共一秋。

二十四

明燈欺月壁如銀，談笑渾忘孰主賓，
容易西風成短別，畫欄愁煞繫船人。

二十五

頻年何事不殫殘，來弔輕煙澹粉間，
千古詞人最蕭瑟，可憐孤負到雲鬟。

二十六

冉冉碧波飛萬里，清歌含盡古今情，
相逢一例飄零客，休撥朱弦變徵聲。

二十七

婉孌嶔奇曠代無，鵑啼猿嘯入歌呼，
間關萬里歸來日，畫舫明燈換世圖。

二十八

信有才華蜀錦張，短襟呼酒論情場，
如何慷慨悲歌氣，一着君前便不揚。

二十九

揚鞭擊楫平生意，動地廻天力不任，
慚愧紅顏青眼在，百年心事付閒琴。

三十

叢憂小縱刼餘身，來對鐙前絕代人，
此際可能煩一笑，着吾心肺幾分春。

三十一

低首沈吟偶目成，清秋涼夜見飛星，
人前不作閒言語，恍若無情若有情。

三十二

水閣人歸香未殘，疎簾隱約見青山，
相看各有天涯感，才盡江郎下筆難。

三十三

輪囷古鐵綴紅羅，剗地東風日日過，
消得花魂幽怨否，金鈴十萬不爲多。

三十四

深巷嚴更踽踽行，銀鈴响過乍明鐙，
低聲喚得鈿車住，風露栖栖病幾分。

三十五

清露橫江夜氣濃，薄羅偎傍態惺忪，
相攜漸到無言地，一點殘燈瘦玉容。

三十六

悲懽百折撼江潮，強抑心魂閱此宵，
留住幾分簾外月，惱人消息是明朝。

讀水滸傳

季炎

他做了和尚之後，對於一切佛門的戒律清規，都不加理會。依舊吃肉喝酒，絕不參禪誦經，而且時時打打鬧鬧。文殊院以戒律精嚴，著稱於時。院中僧人，極受世人敬仰；但在智深眼中，却是一文不値。他以爲他們的嚴守清規，不過是裝模作樣，其內心之齷齪，是不堪聞問的。他罵他們爲禿驢，和尚罵和尚爲禿驢，可稱妙絕。可知智深根本忘記自己也已經當了和尚了也！鄭板橋曾經大致這樣說過，秀才罵和尚，和尚也罵秀才，彼此如村婦罵街，話兒全都搔不着癢處，蓋秀才說不出儒家的道理，而和尚也說不出佛家的道理也。智深瞧不起他們，也許就是這種見解。智深瞧不起一切僧衆，絕不是藐視佛門，他對於智眞長老，却是十分尊重的。書中說得明白：

監寺聽得門子報說，叫起老郎、火工、直廳、轎夫，三二十人，多執白木棍棒，從西廊下搶出來，却好迎着智深。智深望見，大吼了一聲，却似咀邊起個霹靂，大踏步搶入來。衆人初時不知他是軍官出身，次後見他行得凶了，慌忙都退入藏殿裏去，便把亮隔關上。智深搶入階來，一拳、一脚，打開亮隔。三二十人都趕得沒路。奪條棒，從藏殿裏打將出來。監寺慌忙報知長老。長老聽得，急引了三五個侍者直來廊下，喝道：「智深，不得無禮。」智深雖然酒醉，却認得是長老，撇了棒，向前來打個問訊，指着廊下，對長老道：「智深吃了兩碗酒，又不曾撩撥他們，他衆人卻引人來打洒家。」長老道：「你看我面，快去睡了，明日却說。」魯智深道：「不看長老面，洒家直打死你那幾個禿驢。」長老叫侍者扶智深到禪牀上，撲地便倒，齁齁地便睡了。

次日，早齋罷，長老使侍者到僧堂裏喚智深時，尚兀自未起。待他起來，穿了直綴，赤着脚，一道煙走出僧堂來。侍者吃了一驚，趕出外來尋時，却走在佛殿後撒屎。侍者忍笑不住。等他淨了手，說道：「長老請你說話。」智深跟着侍者到方丈。長老道：「智深雖是個武夫出身，今趙員外擅越剃度了你，我與你摩頂受戒，教你：一不可殺生，二不可偷盜，三不可邪淫，四不可貪酒，五不可妄語——此五戒事，僧家常理。出家人不可貪酒，你如何夜來吃得大醉，打了門子，傷壞了藏殿上朱紅隔子，又把火工道人都打走了，口出喊聲，如何這般所爲。」智深跪下道：「今番不敢了。」長老道：「旣然出家，如何先破了酒戒？又亂了淸規？我不看你施主趙員外面，定趕你出寺。再後休犯。」智深起來，合掌道：「不敢，不敢！」

當時智深直打到法堂下，只是長老喝道：「智深不得無禮！衆僧也休動手！」兩邊衆人被打傷了數十個，見長老來，各自退去。智深見衆人退散，撇了桌脚，叫道：「長老與洒家做主！」此時酒已七八分醒了。

當日智眞長老道：「智深，你此間決不可住了。我有一個師弟，見在東京大相國寺住持，喚做智清禪師。我與你這封書去投他那裏討個職事僧做。我夜來看了，贈汝四句偈子，你可終身受用，記取今日之言。」智深跪下道：「洒家願聽偈子。」長老道：「遇林而起，遇山而富，遇水而興，遇江而止。」魯智深聽了四句偈子，拜了長老九拜，背了包裹，腰包、肚包，藏了書信，辭了長老並衆僧人，離了五台山，逕到鐵匠間壁客店裏歇了。

他知道智眞長老是有道高僧，所以對他十分尊重；但對智清長老的態度，却大大不同了。東京大相國寺，也是著名的大寺院，住持智清長老的聲望地位，和智眞長老也是不相上下的。但智深對他却毫無敬意。

侍者去不多時，引着智深到方丈裏。清長老道：「你既是我師兄眞大師薦將來我這寺中掛搭，做個職事人員，我這敝寺有個大菜園在酸棗門外嶽廟間壁，你可去那裏住持管領，每日教種地人納十擔菜蔬，餘者都屬你用度。」智深便道：「本師眞長老着洒家投大剎討個職事僧做，却不教俺做個都寺監寺，如何教洒家去管菜園？」

書中雖然寫智清的筆墨無多，但聽他寥寥數語，便知他修爲有限，與智眞相較，不止有上下牀之別。智深能一望而知，因此對兩人的態度，恭倨懸殊，於此，可見智深智慧不凡。

智深每接觸到一樁不平的事件時，多數以暴躁開端，到了眞相稍明之後，馬上便變成理智充足，而且處理有方的了。且看書中說他救濟金公父女及拳打鄭屠一事，可見一斑：

三個酒至數杯，正說些閑話，較量些槍法，說得入港，只聽得隔壁閣子裏有人哽哽咽咽啼哭。魯達焦躁，便把碟兒盞兒都丟在樓板上。酒保聽得，慌忙上來看時，見魯提轄氣憤憤地。酒保抄手道：「官人，要甚東西，分付買來。」魯達道：「洒家要什麽，你也須認的洒家，却恁地教什麽人在間壁吱吱的哭，攪俺弟兄們吃酒，洒家須不曾少了你酒錢。」酒保道：「官人息怒。小人怎敢教人啼哭，打攪官人吃酒。這個哭的是綽酒座兒唱的父女兩人，不知官人們在此吃酒，一時間自苦了啼哭。」魯提轄道：「可是作怪！你與我喚的他來。」酒保去叫。不多時，只見兩個到來：前面一個十八九歲婦人，背後一個五六十歲的老兒，手裏拿串拍板，都來到面前。看那婦人，雖無十分的容貌，也有些動人的顏色，拭着眼淚，向前來深深的道了三個萬福。那老兒都相見了。魯達問道：「你兩個是那裏人家？爲什啼哭？」那婦人便道：「官人不知，容奴告稟：奴家是東京人氏，因同父母來渭州投奔親眷，不想搬移南京去了。母親在客店裏染病身故。父女二人流落在此生受。此間有個財主，叫做「鎭關西」鄭大官人，因見奴家，便使強媒硬保，要奴作妾。誰想寫了三千貫文書虛錢實契，要了奴家身體。未及三個月，他家大娘子好生利害，將奴趕打出來，不容完聚，着落店主人家追要原典身錢三千貫。父親懦弱，和他爭執不得，他又有錢有勢。當初不曾得他一文，如今那討錢來還他？沒計奈何，父親自小教得奴家些少曲兒，來這裏酒樓上趕座子，每日但得些錢來，將大半還他，留些少父女們盤纏。這兩日，酒客稀少，違了他錢限，故他來討時，受他羞恥。父女們想起這苦楚來，無處告訴，因此啼哭，不想悞觸犯了官人，望乞恕罪，高抬貴手。」魯提轄又問道：「你姓什麽？在那個客店裏歇？那個鎭關西鄭大官人在那裏住？」老兒答道：「老漢姓金排行第二。孩兒小字翠蓮。鄭大官人便是此間狀元橋下賣肉的鄭屠，綽號鎭關西。老漢父女兩個只在前面東門裏魯家客店安下。」魯達聽了道：「呸！俺只道那個鄭大官人，却原來是殺豬的鄭屠！這個腌臢潑才，投托着俺小種經略相公門下做個肉舖戶，却原來這等欺負人。」回頭看着李忠、史進道：「你兩個且在這裏，等洒家去打死那廝便來。」史進、李忠抱住勸道：「哥哥息怒，明日却再理會。」兩個三回兩次勸得他住。魯達又道：「老兒，你來。洒家與你些盤纏，明日便回東京去，如何？」父女兩個告道：「若是能够回鄉去時，便是重生父母，再長爺娘。只是店主人家如何肯放？鄭大官人須着落他要錢。」魯提轄道：「這個不妨事，俺自有道理。」

次早，他去到客店打發了金公父女動身之後，又怕店小二趕去攔截他們，便向店裏掇條凳子坐了兩個時辰。約莫金公們去得遠了，方才去找鄭屠。找着了鄭屠，沒有見面就動粗，却先行把鄭屠來消遣一番：

魯達走到門前，叫聲：「鄭屠！」鄭屠看時，見是魯提轄，慌忙出櫃身來唱喏道：「提轄恕罪。」便叫副手掇條凳子來：「提轄請坐。」魯達坐下道：「奉着經略相公鈞旨：要十斤精肉，切做臊子，不要見半點兒肥的在上面。」鄭屠道：「使得。」「你們快選好的切十斤去。」魯提轄道：「不要那等腌臢厮們動手，你自與我切。」鄭屠道：「說得是，小人自切便了。」自去肉案上揀了十斤精肉，細細切做臊子。那店小二把手帕包了頭，正來鄭屠家報說金老之事，却見魯提轄坐在肉案門邊，不敢攏來，只得遠遠的立住，在簷房下望。這鄭屠整整的切了半個時辰，用荷葉包了道：「提轄，教人送去？」魯達道：「送什麽！且住！再要十斤都是肥的，不要見些精的在上面，也要切做臊子。」鄭屠道：「却才精的，怕府裏要裹餛飩，肥的臊子何用？」魯達睜着眼道：「相公鈞旨分付洒家，誰敢問他？」鄭屠道：「是合用的東西，小人切便了。」又選了十斤實膘的肥肉，也細細的切做臊子，把荷葉包了。整弄了一早辰，却得飯罷時候。那店小二那裏敢過來；連那正要買肉的主顧也不敢攏來。鄭屠道：「着人與提轄拿了，送將府裏去。」魯達道：「再要十斤寸金軟骨，也要細細地剁做臊子，不要見些肉在上面。」鄭屠道：「却不是特地來消遣我！」魯達聽得，跳起身來，拿着那兩包臊子在手睜着眼，看着鄭屠道：「洒家特地要消遣你。」把兩包臊子劈面打將去，却似下了一陣肉雨。鄭屠大怒，兩條忿氣從脚底下直衝到頂門，心頭那一把無明業火燄騰騰的按納不住；從肉案上搶了一把剔骨尖刀，托跳將下來，魯提轄早拔步在當街上。

衆鄰舍並十來個火家，那個敢上前來勸，兩邊過路的人都立住了脚；那店小二也驚得呆了。

魯智深行這一步棋，可稱妙着。一則令店小二不敢來報信；又要鄭屠切肉，把他拖了一個早辰的時候；這時，金公父女，早已遠去，即使知道了消息，馬上趕去阻截，已經來不及了。二則惹得鄭屠火發如焚，按納不住而先行動手。若鄭屠不是因傷致死，便可說是釁由他起，直在智深了。誰說他是鹵莽滅裂之流！

林冲被判刺配滄州，在途中，險些被解差董超、薛霸兩人所害。幸得魯智深救援保護，得免於難。書中記載這一回事，大致如此：

當時薛霸、董超雙手舉起棍來望林冲腦袋上便劈下來。說時遲，那時快，薛霸的棍恰舉起來，只見松樹背後，雷鳴也似一聲，那條鐵禪杖飛將來，把這水火棍一隔，丢去九霄雲外，跳出一個胖大和尚來，喝道：「洒家在林裏聽你多時。」兩個公人看那和尚時，穿一領皂布直裰，跨一口戒刀，提着禪杖，輪起來打兩個公人。林冲方才閃開眼看時，認得是魯智深，林冲連忙叫道：「師兄，不可下手，我有話說。」智深聽得，收住禪杖。兩個公人呆了半晌，動彈不得。林冲道：「非干他兩個事，盡是高太尉使陸虞侯分付他兩個公人，要害我性命。他兩個怎不依他，你若打殺他兩個，也是寃屈。」魯智深抽出戒刀，把索子都割斷了，便扶起林冲，道：「兄弟，俺自從和你買刀那日相別之後，洒家憂得你苦！自從你受官司，俺又無處去救你。打聽得你斷配滄州，洒家在開封府前又尋不見，却聽得人說監在使臣房內。又見酒保來請兩個公人，說道店裏一位官人尋說話。以此洒家疑心，放你不下，恐這廝們路上害你，俺特跟將來。見這兩個撮鳥帶你入店去，洒家也在那店裏歇。夜間，聽得那斷兩個做神做鬼，把滚湯賺了你脚，那時俺便要殺他兩個撮鳥，却被那客店裏人多，恐防救了。洒家見這廝們不懷好心，越放你不下。你五更裏出門時，洒家先投奔這林子裏來等殺這兩個撮鳥。他倒來這裏害你，正好殺這廝兩個。」林冲勸道：「既然師兄救了我，你休害他兩個性命。」魯智深喝道：「你這兩個撮鳥，洒家不看兄弟面時，把你這兩個都剁做肉醬。且看兄弟面皮，饒你兩個性命。」行得三四里路，見一座小小酒店在村口，深、冲、超、霸四人入來坐下。……林冲問道：「師兄今投那裏去？」魯智深道：「殺人須見血，救人須救徹；洒家放你不下，直送兄弟到滄州。」兩個公人聽了，暗暗地道苦也！却是壞了我們的勾當，轉去時怎樣問話！且只得隨順他一處行路。

他不殺董薛兩人，絕非單純爲着林冲爲他們求情所說的一番話兒，他往深處一想，林冲也許是另有一番心事的。如果殺了這兩人，那末，林冲以後便要過着長遠的逃亡日子，永無回家團聚之望的了。我想林冲的心事，正是如此，這一下可給智深猜個透徹了。但是就此放過了兩個，又難保他們不在途中再起殺心；心中盤算定了，於是監押着兩人，一直保護林冲到了離滄州只有幾十里的地頭，打聽清楚，前途再無僻靜去處，林冲此去，可保無虞，方才分手回去。如此做法，既合理，又周全，而且這正是林冲心中想得出而口中說不出的辦法呢。當日智其長老爲他取名「智深」，可說如見其心。

（待續）

•徵稿啟事•

我們需要四五千字一篇的文章，三千字的更爲歡迎。長稿太多，積壓過久，需要疏通一下，請投稿諸君多來些短稿，以便安排。短文待遇從優。

編輯部

釧影樓回憶錄自序

距今二十餘年前，淸夜夢廻，思潮起伏，因想到年踰七十，蹉跎一生，試把這個在前半生所經歷的事，寫些出來，也足以自娛，且足以自警。先從兒童時代，寫了家庭間事，成數萬字。既而興之所至，從青年時代到中年時代，斷斷續續，一直寫下去，又成了若干萬字。以復經流離轉徙，意興闌珊，也遂擱筆了。實在說來，那時的記憶力更不如前了。此種記載，原不足存，更不足以問世，或存之爲兒孫輩觀感而已。但我輩既生存於這個時代，又薰染於這個境界，似欲留此鴻爪的一痕，又何足怪。古人有五十而知非之說，我已耄矣，應更知既往之非，有以自儆。但友朋輩却說我所記述，既可以作近代史的參證，又可以觀世變的遺蛻，那就益增我的慚感了。這個回憶錄，先曾登載於「大華雜誌」，後又連載於「晶報」，今又承柯榮欣先生的不棄，爲之印行成書，而高伯雨先生則爲我訂正，感何可言。廻想舊游，常縈夢寐，亦思追憶前塵，而時不我予。今者衰病侵尋，神思滯塞，眼花手顫，憚於握管，因綴數語，叙其顚末。

一九七一年二月在香港，
吳縣包天笑時年九十六。

春風廬聯話

福州名勝

林熙

福州烏石山西南麓的城邊街，有雙驂園，又有沈葆楨祠，這兩處也是城中勝蹟，有很多聯語，可惜我游後讀過就大半忘記了。雙驂園是龔氏之物，最先是閩人龔海峯在此處築一雙驂亭，太平天國戰役後毀去，到光緒年間，其姪孫龔易圖將其遺址闢爲雙驂園，園中有佳種荔枝數十株，爲全閩之勝，人們每於清晨曉露未收的時候，走到園中的啖荔坪飽啖荔枝，成爲福建詞人一件韻事，近代名人著之詩篇者不知凡幾。園中有淨名菴、注契洞、南社詩龕、袖海樓、餐霞仙館、蕉徑、烏石山房、在山泉，俱有亭等建築。

龔易圖工詩詞，尤長聯語，集句極工，烏石山房集句楹聯云：

平生最愛說東坡，日啖荔支三百顆；
天下幾人學杜甫，安得廣廈千萬間。

此聯久已膾炙人口。餐霞仙館云：

欲上青天攬明月；
閒與仙人掃落花。

袖海樓云：

釣竿欲拂珊瑚樹；
海燕双棲玳瑁梁。

淨名菴云：

舊夢湖山又吟局；
遙天風雨亦吾廬。

皆極工切。龔易圖字藹人，咸豐九年庶吉士，散館改雲南知縣，據陳石遺的「石遺室詩話」說他：「天資敏捷，自官文書以至詞賦，皆下筆立就，不甚思索。詩才雅近隨園，間出入於甌北，身世亦兼似兩人。弱冠入詞林，散館出宰滇南，四十餘歲，罷官歸里，腰纏百萬，廣築園林，徜徉終老，此其似袁者也，但壽僅六十餘，不及袁，而富遠過之。……」龔易圖在廣東做布政使時，頗以貪汚著名，後來被御史鄧承修所劾，還要勒令他報效朝廷，龔因此罷官，石遺於文中諱言之，殆以其爲鄉先輩也。

龔易圖在福州城中的園林共有四處，在城北的叫環水軒，爲北後街三十三號，園前此爲三山驛，稱三山舊館。入園有大堂數座，爲龔氏祠堂及住宅，以水勝。池塘十畝，環繞如帶，環璧池館在池之北，有聯云：

綠波照我又今日；
紅樹笑人非少年。

又集「文選」句爲聯云：

無所去，且佳佳，臨清流，倚茂樹；
既相逢，莫匆匆，觴明月，棹輕風。

龔氏園在城東南的叫芙蓉別島、武陵園，以水石勝，這個大官僚也可說是享盡人間淸福了。案龔氏死於光緒十四年（公元一八八八年），只五十九歲，見謝枚如所作的「布政使司布政使藹仁龔公墓志銘」，陳石遺說他「壽僅六十餘」，大約誤記。

城邊街又有莊氏祠堂，莊氏爲八閩鉅族，其先人於明朝中葉從福淸縣的犀塘鄉遷居福州後，其裔孫鼎元，鼐元皆中進士，但不出仕，以經商致富，在烏石山麓築別墅及宗祠，祠傍岩立，拾級而登，上有止止堂，莊鼎元撰聯云：

笠屐寄生涯，剔蘚摩苔，四面青山應笑我；
蓬萊原咫尺，吟風嘯月，一支綵筆屬何人。

福州的西門，舊有小西湖，湖廣十餘里，後來漸漸淤塞，湖面小了許多，昔日的西湖十六景所餘無多了。一九一四年，福州當局將西湖舊址闢為西湖公園。

湖心有兩嶼，一名謝坪嶼，一名開化嶼，開化嶼的中心有一開化寺，寺的正面築有一噴水池，池中有假山，風景甚美。黃莘田集葉向高詩句題開化寺聯云：

桑柘幾家湖上社，
芙蓉十里水邊城。

聯寫西湖之景，久已不存。清代福州府治地方甚廣，城外有芙蓉山，故下聯云云。莘田在乾隆年間曾在廣東做知縣，以風雅不理民事，為上司所參，奉旨革職，回鄉時，行裝只有端硯十餘方而已。

福州城內有雙塔，遙遙對峙，一在城東南隅九仙山麓，一在城西南隅烏石山麓。塔皆七級。城中的百一峯閣，梁章鉅題一聯云：

平地起樓臺，恰雙塔雄標，三山秀拱；
披襟坐霄漢，看中天霞落，大海瀾迴。

章鉅字茝林，進士出身，道光年間官至江蘇巡撫，著書甚多，輯有「楹聯叢話」。福州向有三山之稱，文字中的「三山」，即代表福建省城，以城東南有于山，西南有烏石山，北有越王山之故。

輓廣東死事新軍

清宣統二年（公元一九一〇年）正月初三日，廣東的新軍和巡警爭吵，革命黨人聯絡新軍乘機起事，軍民大起衝突，後來民黨被防軍擊死數百人，起義之舉，算是被清廷鎮壓了。（宣統元年除夕，有新軍數人在雙門底某圖章店刻圖章，與巡警口角起禍。）

這時的兩廣總督是袁樹勳，他是宣統元年下半年到任的，此案發生後，得到革職留任的處分，但到了九月廿二日他就託病辭職，隱居上海了。新軍步兵巡防營統領吳宗禹最殘暴，為人民所憎恨，此役新軍的將官也死了三人，一標步隊隊官胡恩深（字克昌，湖南人），炮隊管帶齊汝漢（字小江，安徽人），二標隊官李錚（字鐵生，廣西梧州人）。胡齊二人是戰死的，李錚則恐怕約束部下不嚴而受處分，跳井自殺。袁樹勛於廣東各界公祭三死者之日，致輓聯云：

晨風黃鳥失三良，愧無酬報忠魂，且拜封章乞褒卹；
泰山鴻毛同一死，此是考終正命，合留紀念在軍人。

此聯是故友劉筱雲先生對我說的，劉君曾任新軍軍醫。他說代筆者是督署總文案沈同芳（武進人，光緒甲午翰林）。廣東藩司陳夔麟有輓齊汝漢長聯云：

良家六郡，詎變生肘腋，率師先兆輿屍，慘槍林彈雨，喪我偏裨，馬革孤忠，同抱丹心感袍澤；
壯志千秋，視戮力疆場，授命尤昭大節，藉紫荔黃蕉，賓茲毅魄，燕塘遺壘，應留碧血照山河。

代筆者不知是何人，也許是陳氏本人之作，因為他也是翰林出身，尚能要幾筆也。

輓袁樹勳

民國四年乙卯（一九一五年）三月七日袁樹勳死於上海，年六十九歲，十二月，歸葬湖南衡山縣的金盆山。他的同鄉趙啓霖輓之云：

拋湘上漁簑，雲起龍驤，從古功名關際會；
問江南別墅，鳥啼花落，惟餘風景閱興亡。

樹勳字海觀，湖南湘潭人，生長在貧苦人家，小時候曾做過看羊人，又曾以打魚為活，後來投軍，和捻軍打仗，以運餉有功，升知縣，漸漸爬到上海道台、山東巡撫，又升兩廣總督，全靠「運氣」，故上聯云云。下聯言其在金陵的絜漪園也。（趙啓霖字芷孫，湖南湘潭人，光緒十八年進士，授編修，一九三七年逝世，年八十。）

絜漪園爲金陵名園之一，樹勳在山東巡撫任上時，以善價得之，刻意經營，遂復舊觀，但民國二年二次革命時，張勳的辮子兵「放假」三日，大肆焚掠，園亦被破壞，二百餘年的古梅十六株，盡被軍士斫爲柴薪了。一九二八年，南京市府築中正路，絜漪園被攔腰截而爲二，園遂居中正路之東，其中一部分建築爲財政部租用（自北洋政府始，江蘇財政廳早已租用了），一部爲資源委員會；路西則爲兵工署租用。日寇投降後，絜漪園售予政府，傳說代價爲黃金千餘條，那是因爲陳誠關係之故，陳與袁家有戚誼也。

詩人羅癭公輓樹勳聯云：

小隱看江山，書畫婆娑足生趣；

大名參政事，經綸約畧付兒曹。

袁樹勳於宣統二年庚戌（一九一〇年）因病免其粵督後，卽隱居上海，有時也往金陵，住在三元巷的絜漪園，優游歲月，以書畫自遣（他收藏書畫頗多，宦囊之富，不下於陳夔龍），故上聯所云「書畫婆娑」也。下聯頗有故事可述。淸亡之後，一批遺老自鳴淸高，不肯在新國家中担任要職，但却又多方活動，把兒孫放在新政府的官廳裡，拿「周粟」來養親。袁世凱設參政院，網羅勝朝官吏甚力，樹勳亦爲其所聘，列名參政，但沒有就職，也不辭職，他的長子袁思亮則在袁政府中做起印鑄局局長。（思亮字伯夔，光緒廿九年舉人，工詩，一九三九年逝世。）

光緒三十四年戊申（一九〇八年），樹勳以民政部左丞外簡山東巡撫，這是他爬上高官之始，外傳他刮了不少錢財，民國二年他回故鄉做壽，有某舉人與之爲貧賤交，賀以聯云：

樹德何曾，祇緣含垢納污，細流悉歸於海；

勳績安在，除却貪財愛色，其餘皆不足觀。

聯中分嵌其名及字，天衣無縫，甚工巧，雖然未必盡爲實錄，但亦見作者的匠心了。（一說幷無其事，蓋嫉樹勳者故作此譏之耳。）

壽梁鼎芬六十

溥儀的師傅梁鼎芬是一位詩人，很年青就點了翰林，因爲曾大罵李鴻章爲賣國漢奸，被慈禧太后把他的官降到不入流，這樣倒使他的「忠貞」之名大振，溥儀請他教書，多少有此關係。這個「天子」門生，對老師十分尊敬，民國七年戊午（一九一八年），梁鼎芬六十生日，溥儀「御製」壽聯賜之。（是年溥儀十三歲，聯乃代筆，非溥儀有此學問也）聯云：

几杖親承天貺節；

松筠交蔭歲寒堂。

鼎芬六月初六日出生，是日爲天貺節。辛亥革命以後，鼎芬自名所居曰歲寒堂。除一聯一扁外，溥儀又賜以綠玉朝珠一盤，「福壽」字一份，佛一龕，白玉如意一柄，尺頭四件，銀一千五百兩（四位太妃亦合致銀一千兩，如意，衣料等）。生日一次，便撈了三千塊錢，生意倒也不錯。鼎芬「六十賜壽謝恩摺」有云：「……曠典傳之人口，精光已滿臣家。凡此高恩，實逾本份。臣惟有誠心啓告，正色敷陳，冀聖學之有成，求愚衷之無媿。較張九齡相似，玉音已定終身；與胡林翼同生，忠悃敢忘一息。……」

送壽聯賀鼎芬「賜壽」的遺老遺少，也有一百數十人，廣東人中，有石德芬、陳慶佑、許炳璈、許炳榛、屈永秋、顏世淸等。陳慶佑（字公輔，陳蘭甫先生之孫，其父宗侃，蘭甫先生第二子也，久居北京）聯云：

天貺節中，同益陽胡公，並世兩賢，宦蹟鄂州皆不朽；

傳經介祉，比錢唐梁相，宸章四字，宗風嶺表竟能符。

上聯的「益陽胡公」，是湖南益陽縣人胡林翼。林翼官湖北巡撫，鎭壓太平天國有功。鼎芬在湖北十九年，官至湖北按察使，下聯的「傳經介祉」，溥儀賜壽的扁額是「經惟介祉」四字，所謂「宸章四字」也。「梁相」指乾隆間的東閣大學士錢唐梁詩正。

許炳璈聯云：

六秩重耆英，良辰恰應六六韻；

萬機資啓沃，邃學長留萬萬年。

炳璈字奏雲，廣東番禺人，他的父親許應鏘在光緒十二年（一八八六年）以浙江布政使護理巡撫，因此奏雲在杭州社會上頗有地位，清亡後，奏雲自號「辛亥遺民」，亦遺少之流也。民國十二三年間，奏雲在杭州孤山築生壙，號雲亭，居然爲西湖一「名勝」，游人到孤山，多往一觀，近十年地方政府清理杭州風景區，在區內的墓葬皆移出市郊，雲亭遂不能久占湖山之美了。

梁鼎芬自題門聯

梁鼎芬做武昌知府時，榜其所居曰食魚齋，用武昌魚故事也。自題聯云：

零落雨中花，春夢驚回棲鳳宅；

綢繆天下事，壯懷消盡食魚齋。

上聯的棲鳳宅，是鼎芬少年時的傷心事。（上聯末句，一作「舊夢難尋棲鳳宅」）鼎芬於光緒六年庚辰（一八八〇年）中進士，入翰林，年廿一歲，因尚未結婚，是年八月在北京成婚，少年得意，況又「玉堂歸娶」，士流欽羡。但好事多磨，他的太太竟和文廷式戀愛，賦同居之好。鼎芬結婚時，卜宅北京東城崇文門大街之東的棲鳳樓（胡同名），故鼎芬有「棲鳳樓」印。李慈銘與鼎芬爲同年進士，「越縵堂日記」八月廿一日云：同年廣東梁庶常鼎芬（星海）娶婦送賀。庶常年少有文而少孤，丙子舉順天鄉試，出湖南龔中書鎮湘之房，龔有兄女，亦少孤，育於其舅王益吾祭酒，遂以字梁。今年會試，出梁祭酒房，而龔亦與分校，復以梁撥入龔房。今日成嘉禮，聞新人美而能詩，亦一時佳話也。（按：鄉會試皆設同考官十八人，各占一房閱試卷，故亦稱房官，由房官薦考生之卷中式後，考生稱房官爲房師，以別於正副考官之座師。）

龔氏夫人工詩詞，貌亦秀美，後來與文廷式同居，此事知者已多，不贅。鼎芬題棲鳳樓跨院聯云：

三間破屋長相對；

一代全人不易爲。

似乎也隱約指這件事。

新官上任

前北洋政府的大官朱啓鈐，死于一九六四年二月廿六日，享年九十三歲。他晚年任北京中央文史館館員，享晚福十多年才去世。他是貴州紫江縣人，字桂莘，晚號蠖公。民國初年，他追隨袁世凱，也曾附和帝制而被通緝。因爲他是袁派官僚，所以歷任內務、交通總長之職。

朱啓鈐對于藝術很有研究，尤致力于古代建築。自一九一九年退出政壇後，就一心一意提倡藝術，創辦中國營造社，影印「營造法式」，對于整理中國古代建築很有貢獻。

光緒三十三年（一九〇七年），朱啓鈐做京師外城警察廳廳丞（大約等于後來的北京警察局外城分局長），左分廳是祝書元，右分廳是賀國昌。（祝書元字讓樓，直隸大興縣人，秀才出身。賀國昌的籍貫仕歷未詳）朱啓鈐上任之日，正是元旦後不久，有人在正陽門外正陽橋樓懸一橫額，文曰：「開印大吉」，旁有聯云：

祝書元，春王正月；

賀國昌，天子萬年。

把朱、祝、賀三人的名字都嵌入一聯一額中，頗見心思。「開印」就是啓鈐，朱是紅色，表示吉利。上聯的「書」字可作動詞解，皆與正月有關的。

英使謁見乾隆記實（續）

馬戛爾尼 原著
秦仲龢 譯寫

此外，和中堂拒絕特使所提要求的斷然態度，在總督思想上也起一定壓力。總督對特使將來回到英國以後，如何向英國政府報告中國拒絕了英國的全部要求，頗爲關心。假如特使的報告引起英國政府對中國的不滿，而將來對中國採取任何報復行動，那就使他的處境更爲難了。任何他現在將要採取的改善英國商人待遇的措施，將來都會成爲被國人責難的罪行。在這一點上，他願意特使給一個滿意的答復。特使不清楚這些話是否是總督個人的思想顧慮。這種顧慮也可能是出自北京上一級的人。總之，這些話表示出驕傲自大的中國對駐紮在印度的英國陸軍和世界各地海洋的英國海軍力量還是有所顧忌的。特使對總督說，在北京時候，他確實對中國政府的態度有所懷疑，但後來松大人在赴杭州的路上以及總督自己向他做了解釋，並傳達了皇帝陛下的眞實心情，他已經感到釋然，相信英國在華臣民的利益將得到應有尊重的保證；在杭州時候他已經向英國政府做了上述情況的報告，他相信英國政府對此也有同樣信心。總督隨後又問特使，爲了表示英國對中國的友好，將來特使回國之後，英王陛下是否能寫一封信和再派一個使節前來，雖然不必像現在這樣大規模，繼續表示敦睦兩國友誼。特使沒有料到總督提出這樣一個具體問題。特使回答說，英王陛下爲了表示收到中國皇帝給他的禮物和感謝中國政府給予本使節團的隆重招待，肯定及時會有信來的，但鑒於兩國距離有這樣遠，航程無定，他不能肯定回答下次使節什麼時候能再來。總督結束談話時說，他將把今天談話內容和他本人的建議馬上報告中國皇帝，他相信皇帝陛下將會感到滿意。

我們現在已經經過了多山的地區而到了美麗肥沃的鄉村了。高聳的乾土地種滿了茶樹。桑樹也密密麻麻地種在肥沃的平原上。我曾命人在可能之內向中國人要些稚茶樹和漆樹，寄往印度的孟加拉，給吉特上校設法培植，希望將來在我們的領土中成爲一種商業上的資源。結果花了很大的努力才如願以償。

譯者按：吉特上校（Robert Kyd 1746—93）于一七六四年加入東印度公司，在孟加拉步兵營服務，官至中校。他喜歡植物及園藝，他在加爾各答近郊的西卜波亞地方，築有一個私人的植物園。現在的加爾各答植物園是一七八七年由東印度公司建立，指派吉特做第一任的名譽監督，其他卽吉特私人植物園的舊址。大概是一七八〇年前後，東印度公司屬下的船長曾從中國帶回一些茶子到加爾各答，而吉特就把這些茶子在園中設法培植。一七八八年，班克斯爵士（Sir J. Banks 1743—1820英國著名的自然學者）致函東印度公司的董事會，請設法在印度種植茶樹，因此東印度公司就指定吉特負責此事。當馬戛爾尼將出使中國時，班克斯也有信給他，請他到中國後設法獲取茶子，并敎他怎樣選擇品種和種植方法。一七九三年十二月廿三日，馬戛爾尼在廣州給東印度公司的報告，曾說及他得到新任兩廣總督長麟的帮忙，已獲得最好的稚茶樹數株，放在木箱裏，并用當地的泥土培養着，可望不致枯萎。

這些稚茶樹和茶子是先交由特使團的丁威提博士從廣州帶回加爾各答的。一七九四年九月廿七日，丁威提博士到達加爾各答，這時吉特上校已死，他就把這些植物交給新任的植物園監督鹿樸魯斯博士。他帶回來的茶子茶樹是否能培植成材，已無可稽考，不過，自一八三五至三六年，有大批中國茶子運到加爾各答的植物園種植。

十一月十八日，星期一。　黃昏時分，王大人帶兩位年青紳士到我的船上，問訊之下，才知他們是琉球國王所派的貢使，在途中和我們相遇，故請王大人介紹相見。琉球是一個島國，位置在中國的東南，臣服中國已千有餘年，按照定例，每二年必派貢使往北京進貢方物，航海至福建省之廈門登陸，恭齎表章方物至北京。(譯者按：琉球每二年入貢一次，已成定例，道光十九年，詔改四年遣使朝貢，因爲其國小而貧，聊示體恤之意。但琉球國王尚育咨達福建巡撫，謂琉球地濱海，最患多風，惟朝貢以時，則風雨和順，每遇貢年，歲必豐收。而且貢船出入閩疆，歲頒時憲書，得以因時趨事，庶務合宜。又琉球不產藥材，賴貢舶載回應用。至航海鍼法，全賴隨時學習，番休更替，若四年一朝，則豐歉不齊，人時莫授，藥品缺乏，鍼盤荒疏，請奏復舊制。閩撫吳文鎔以聞，得旨報可。)這兩人講中國話很純熟流利，但他們本國也有一種語言，很難懂，亦不易學，有人說琉球語同日本語相近，也有人說同朝鮮語相近，我對於東方語文從來未有研究過，不能說那一說是對的。他們說西洋船隻從未到過琉球，假如西洋商人願意去做生意，該國必定歡迎。他們還說，該國向無禁止外人前往經商的成令，該國京城附近有一條濶海港，能容巨大船隻。該京城人口衆多，面積廣大。又說該國出產一種粗茶，質量還不及中國茶葉，而價值極廉。此外，復有銅鐵鑛甚多，不過金銀二鑛因爲沒有人懂得探測，故此至今尚未開採。

他們所穿的衣服頗奇異有趣，式樣同中國的差不多，寬大的上衣好似一個披肩，係琉球布製成，染成棕色，上面再綴以貂鼠皮。他們不戴帽子，頭上纏着絲巾，一人是黃色，一人是紫色。全身衣服都是單層布，不用襯裏，不鋪棉花，且尺寸寬大，不貼肌肉，在大冷天裏，這種衣著一定不能禦寒的。兩人的相貌相當漂亮，雅善談論，舉止神色，很像中國人。

從琉球羣島的地理上看，天然不能獨立，不附屬中國就要附屬日本。日本人當時對這羣島幷不在意，故此琉球國王不依附日本而依附中國。它對於中國所盡的義務，除上文所述兩年一貢外，每有新王登極，就要派使臣奉表到北京，奏知中國皇帝，由朝廷降敕冊封爲琉球王，辦妥這些手續後，國人才承認他是琉球的君主。

十一月十九日，星期二。　這裏的河面，雖濶狹和昨日經過之處大畧相等，而深淺不同，且水量隨地而異。有幾處水深十英尺或十二英尺，船隻仍可通行無阻。又有幾處則河水極淺，船行時突然停止，非用人力拉扯不能渡過。我們所坐的船，濶約十二英尺，長約七十英尺，每船乘人十數名，又裝有行李及其他笨重之物，估計其總重量當在萬斤以上，而中國船戶竟能出死力把船隻從沙泥上拉拖而過，其體力之强與耐苦，眞令人驚異，我們英國的勞工實在沒有此本領。今日喬大人來說，長大人接到北京消息，高華勳爵已於上月三十一日到達澳門。這樣看來，從澳門傳達消息到北京，又由北京再傳到這裏，加入中途各種周折所費的時刻，總計還不到二十天，中國官廳對於我們英國的「獅子」號軍艦的行動，一定很注意的了。

十一月二十日，星期三。　自杭州啓行後，到今日黃昏時，水路已盡，將於明日上岸，趕早到玉山，再由玉山改乘船隻前往廣東。

今日停船後不久，長大人就來我船上致歉意，他說，從杭州到這裏，我一定很累了，這實在是他招呼不到之過，種種不是，望我見諒。我忙說：「一路承蒙大人照拂，兄弟感激不盡。在船上一切飲食起居都同大人的一樣，兄弟正感覺到不安呢，怎會有不滿意之處？」

長大人於是改變他的語調，談到別一些事上，他說：「雖然如此，不過兄弟以爲閣下此次出使中國，所要求的幾件事，既然沒有一件辦得到，心中究竟總有些不快的。前次兄弟同閣下見面時，曾說中國所以不能允許閣下要求的原因，實在有違背成法，幷無他種惡意。不知閣下能相信兄弟的話嗎？我說，這件事既經閣下和松大人向我說過，我已十分了解，心裏一些兒芥蒂都沒有了。長大人似乎還不肯信我的話，繼續問道：「自此之後，不知貴國國王還樂意同我們的皇上來往嗎？還願同皇上通信嗎？將來如果皇上想要貴國再派一個特使來時，不知貴國國王願意否？」我說：「兄弟這次奉使中國，不管所請求的事情是否得到中國批准，而中國對於英國感情之親密，已可於款接兄弟之優厚和貴國皇帝回贈英王種種珍貴禮物見之。中國既有和英國親密之心，英國當然沒有不樂意同中國時時來往之理。至於通信一層，當兄弟回到英國後，必將貴國大皇帝所贈的禮物，呈獻國王，我們的國王就會立刻寫一封回信，多謝厚意，交給英國商船帶到中國的。如果貴國皇帝以後有什麼書信，也儘可以交英國商船帶去。至於將來再派特使一事，則中英兩國的意見稍有不同。英國國王本來主張兩國互派大使，常駐京城的，如果中國政府能答應的話，兄弟便打算住在北京，等到任滿之後才回國。任內兩國國際上發生什麼交涉，卽由兄弟就近和中國政府妥商辦理。因爲中英兩國相去很遠，爲了節省經費和辦事妥洽起見，自以此法爲最好。後來中國政府認爲這事有背中國的成法，不允所請，兄弟只得回國。但將來如果有機會，英國一定可以派一個公使到中國的，不過兄弟則因健康不好，到中國後幾乎日日有病，恐怕不會再來了。」長大人說，不知這第二位使節什麼時候可以派來呢？他的意思似乎不是指英國會派一個盛大的使節團如我所領導的。我說：「這就很難說了，因派遣公使，幷非兄弟權力所及，而且中英兩國重洋阻隔，派一使臣，爲事非易，兄弟也無從預說什麼時候可以實現的。」

我和長大人談話多時，長大人意態甚爲怡悅，他說，乾隆皇帝如果聽見了，一定很高興的，所以他將寫一摺奏，把我們所談的話，詳細奏知，立刻派專人加速馳遞入京。

長大人將行時，我遞給他一份文件，就是前幾天他所要我寫的備忘錄。其中簡括地說明我希望在廣東所獲得的是什麼，幷附一封信，請他轉交給高華勳爵。他接過後回到他的船上去。過了幾分鐘他又再來我船上說：「兄弟就要派人送摺奏入京了，如果閣下用中文寫一封信給兄弟，信中除了通常的客套語外，畧說閣下到中國後，承蒙中國朝廷待遇優渥，回國時又承皇上簡派幹員，妥爲照料，心中感激非常，請代謝聖恩云云。閣下寫來後，兄弟便把它附入摺中，送往北京，皇上見了，一定很是高興的，不知閣下認爲怎樣。」我說一定照辦，明天準可以送上。此人辦事甚熱心，又極精細，且每次同我相見一次，卽覺親密一次，我知他到任之後，廣東的外商必大受其惠的。

（未完）

•更正啓事• 第九期目錄第八行，出現了「釧影樓回憶錄」題目，而且作者又名「包生」，可是又沒有此文，令人莫名其妙。其所以有此錯誤者，則因付排時，有「釧影樓回憶錄自序」一文，後來因篇幅關系，臨時抽起，校對目錄時，忘記刪去之故。謹向讀者致歉意。

定價每冊港幣一元

大華

第一卷 第十一期（五月號）

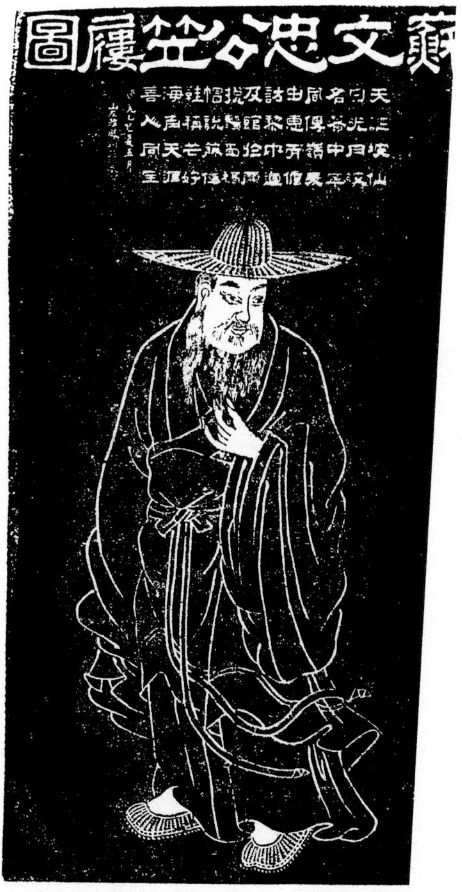

大華

第一卷 第十一期（總53號）

辛亥潮汕革命與高繩之……高貞白 2
革命稱呼……大林 5
梁財神進京活劇……冷憶 6
「可敬的」山東財神梁作友……孟輝 8
龍陽才子易哭庵……君遂 10
老申報與新聞報……老兵 11
記章太炎先生二則……汪東 13
書法家天台山農……陶拙廬 14
丹霞山三大奇觀……夢湘 15
讀胡眉仙江上晚晴樓新刊詩卷賦贈……蘭漪 16
釧影樓回憶錄序……柯榮欣 17
北枝巢抱書易米記……冀野 18
亞力山大和他的中國人物畫……溫大雅 19
複製名畫……湘玲譯 21
戰場生活與軍事新聞（續完）……陳思 22
「猪仔議員」吳景濂……竹坡 24
究竟廬詩自序……季炎 26
朱可夫回憶錄……龔可譯 27
哀香港（香港浩刦三十周年憶語）……容甫 30
讀水滸傳（八續）……季炎 32
春風廬聯話……林熙 34
英使謁見乾隆記實……秦仲龢譯 38

封面插圖：西湖蘇祠東坡居士像墨拓

大華（月刊）第一卷第十一期（總53號）
一九七一年五月一日出版
Cathay Review (Monthly)
Dah Wah Press.
36, Haven St., 5th fl. Hong Kong

出版者：大華出版社
地址：香港銅鑼灣希雲街36號6樓
電話：七六三七八六

督印人：柯榮欣
總編輯：林熙

印刷者：大同印務公司
香港北角和富道96號
電話：七一七五四四

總代理：吳興記書報社
香港中環租庇利街十一號二樓
電話：H四五〇五六一
四五〇七六六

星馬代理：遠東文化事業有限公司
新加坡廈門街十九號
檳城沓田仔街一七一號

越南代理：聯興書報社
越南堤岸新行街二十二號

其他地區代理：
澳門：可大文具店　寮國：永珍圖書公司
亞庇：利文公司　斗湖：光明書店
千里達：中華公司　菲律賓：玲瓏書局
倫敦：東寶公司　紐約：友聯圖書公司
芝加哥：杏林春　洛杉磯：永安堂
波士頓：中西公司　檀香山：大元公司
三藩市：新生圖書公司　三藩市：文化商店
加拿大：香港商店　加拿大：新國華公司

辛亥潮汕革命與高繩之

高貞白

一九七一年農曆干支是辛亥，六十年前的辛亥，民軍起義武昌，推翻了中國三千年的獨裁政體，意義至爲重大。偶閱「辛亥革命回憶錄第二集」（一九六二年上海中華書局出版）有張醁村先生所作的「潮汕光復回憶」一文（三五八頁），末段有幾句關于我的哥哥高繩之，其中稍有誤會。我是潮州人，不妨趁辛亥革命六十周年紀念之日來談談辛亥革命時潮州的情形。先伯兄繩之名秉貞，光緒二十九年癸卯舉人，父親逝世後，卽專心于商業，又頗醉心于政治改革，故自廿六七歲時卽暗中參加潮汕革命分子活動。民國二年十二月十一日逝世（農曆癸丑年十一月十四日），年僅三十有五，英年凋謝，聞者傷之。（潮汕人士皆呼先伯兄爲「繩老」而不名，亡友劉君筱雲，一九六二年九月在香港逝世，年八十，死前數月曾對我說：「沈簡子常說，人們叫高繩之做繩老，其實那時候他還未到三十呢。」沈君之父，爲先伯兄摯友，簡子近三十年在香港教書，亦謝世矣。）

大哥之死，到今已近六十年，因讀張先生此文，不得不說幾句話。二十年前潮汕人士凡提到潮汕光復，未嘗不懷念高繩之其人，人們都說，如果不是高某耗家資百萬，潮汕地方不知怎樣糜爛了。現在摘錄張先生原文末段於左：

潮汕光復後，集中汕頭方面的民軍有梁金鰲、許雪秋、陳芸生、陳涌波、劉任臣等部，每部二三百人不等，而且人多槍少。我雖奉都督胡漢民任命爲潮汕區第四軍司令，幷維持地方之責，但對這些民軍也一時無法控制。許雪秋、陳芸生、陳涌波等人，都曾領導或參加黃岡起義，和農村會黨頗爲接近，士紳巨賈等上層人物對他們心存戒備，畏之如虎。這些上層人物，已先通過代理都督陳炯明，先委舊軍官日本士官畢業生陳宏萼（潮汕人）爲宣慰使，幷調我軍參加北伐，委我爲獨立第五旅旅長。此時這些上層人物見我已調省，陳宏萼又未到達，乃由商會等機關推出澄海的大商（買辦出身）高繩之爲民政長官，來暫時担任維持地方之責。高接任民政長官後，卽以「秩序紊亂，無法維持」爲詞，危言聳聽，向陳炯明陳訴。在此複雜環境中，我既不能使許、陳等部民軍事事就範，又不願以武力加諸許、陳等部，迫不得已，奉命離開潮汕，幷將所部調省改編。陳宏萼到潮汕後，因惠州民軍司令林激眞擅自行動，率部由惠州開赴潮州，引起土客軍衝突，使陳宏萼不安於位，而士紳巨賈亦以地方秩序日趨混亂爲名，向各方活動。陳炯明徇其請，決定解散民軍。當卽委已反正的吳祥達爲潮汕綏靖主任，率部兩營開赴潮汕，責令吳將許雪秋、陳芸生、梁金鰲等部包圍繳械，幷將許雪秋、陳芸生、陳涌波三人就地槍決。陳炯明在廣州亦採取同樣措施解散民軍，槍斃民軍首領。所以當日有「革命成功，革命黨人死亡」的歌謠出現。

張先生所說的大致上沒有什麽錯誤，但就我小時候在潮汕所聞以及長大後所得的資料，那些潮汕民軍的領導人，確是無惡不作，其中不少是假革命之名來淩虐鄉里，公報私仇的，至於敲詐勒索就更不必說了。張君文中提到高繩之的出身，誤以他爲買辦階級，這也是不對的。我的大哥繩之從未做過買辦，就是他的父親、祖父，也不是買辦。我的祖父是澄海縣一個淳樸的農民，二十多歲時遠走暹羅謀生，發財後回國。自先祖發財後至今一百多年，不止未有一人做過買辦，就是子孫中也沒有一人打過「洋行工」。不過話得說回來，宣統二三年間，繩之兄在汕頭創辦自來水公司和電燈公司之時，他是汕頭商會總辦（即會長），在商界中極有名望，當時有家外商火油公司，忘記是亞細亞或美孚了，曾以極優的條件，託人向大哥說項，請他做買辦，台灣銀行在汕頭設分行，也想請他出任買辦，大哥都斷然拒絕了。那時候他直接間接指揮的商號極多，那有工夫去替人拉生意。（大哥當時直接指揮的商號，計自己經營的，在暹羅的是元發盛、元章盛火礱，新加坡元發棧，香港元發行，汕頭電燈公司，汕頭自來水公司，汕頭棉發油廠，嘉發銀莊，有發行，在澄海城的有振發織布局。間接指揮的在香港有裕德盛行、福泰祥行，安南福泰祥行，日本神戶的文發行，廣州成發行，上海聯發行，牛莊明發行，尚有天津、大連、海防等處若干聯號，其名字已記不淸，大都有個「發」字的）大哥中舉人之後，就不想再「上進」，一心一志搞好潮汕的實業。到父親死後，他接手經營各港生意，已成爲一個純粹的商人了。張先生說他是買辦出身，大概是曾聽潮州人士傳他拒絕接受外商的聘請吧。我家在暹羅以經營米業起家，又以華僑身份在故鄉辦實業，當時的富人，大都置有很多田地屋宇，我們自然也不例外，於是變成「地主階級」，甚而成爲「上層人物」了。

辛亥革命時，潮汕起義民軍，有十三個司令之多，可說是「將軍滿街走，司令多於狗」，十三司令之名，我已數不出了，十幾年前和故友沈簡子談天，曾詢以十三司令姓名，他只能數出四五個，但他說：「高繩之也是其中之一。」我覺得很奇怪，似乎以前未聽見過。他說：「不錯的，繩老當時在汕頭辦有商團，暗中响應革命。」後來我翻閱「辛亥革命」第七册（一九五八年上海出版中國史學會主編的）引鄒魯的「中國國民黨史稿第三編」云：

> 九月初旬，訛傳省城獨立，汕頭居民，亟思自保，統收巡警、財政之權，舉高繩之、曾幸存主財政，黃虞石、魏潛之主軍政，葉楚傖、吳子壽主機關部。高繩之更創商團以增實力。淸潮州知府陳兆棠聞而解散之。（按：鄒君文中的曾幸存、吳子壽皆爲畫家。曾君揭陽人，辛亥前創「雙日畫報」，鼓吹民族革命，時來往於上海，汕頭、廣州之間。他在汕頭的住宅門外揭一聯云：「此中有人耕且讀，以外任他棘與荆」，以示無大志。曾君早年喜作漫畫，後致力山水，參以西洋法，別成一格。一九二三年，參加商務印書館全國畫選比賽，以第一名入選，商務爲印畫册。他死已三十年，有一女名曾紋，今在香港經商。吳子壽是前十年才逝世的。黃虞石澄海人，民國十五年以前在汕頭政界甚活動。葉楚傖其時在汕頭辦「中華新報」。）

鄒魯所說的也是事實。商團被解散前數月，大哥曾藉口地方不靖，呈請政府特准我家設義勇一百名，以保護澄海城內我家人的生命財產，備有土製砲五門，步槍一百五十枝，駁壳五枝，曲尺十枝，所有這些武器都由官廳出有運輸護照，由外洋運入汕頭的。繩之兄委一個普寧人杜庭綱爲管帶，負責保護我家，其實就是增加革命實力，必要時，這一百名槍械精良的義勇，可以投入革命軍陣營與清兵作戰。但汕頭、澄海一帶幷沒有發生戰爭，所以義勇幷未一展身手。（杜庭綱是清朝一名把總，他受僱訓練義勇時，我家答應他，如因與土匪作戰斃命，給他的家人撫邺金一萬兩，戰死的義勇每人五百兩。我小時候還見過杜庭綱好多次，叫他做「總爺」或「杜總」，他就住在管巷，離我家不遠。民國八年他病重時，力求將其子杜之雁繼其職。之雁接手後，一直做到民國十五年才辭去，因爲那時候的義勇已歷年減少，減至二十名，無須專人管理。到民國廿四年全部解散，槍械交縣政府接收，點查後，只得步槍二三十枝而已，廿餘年間，已被盜賣盜換，也沒有人過問。）

繩之兄和這班起義人物有密切關係，時時以私財接濟他們爲反清活動。辛亥起義前四年，有丁未（光緒三十三年，公元一九〇七年）黃岡起義失敗一事。據鄧慕韓所作的「丁未黃岡起義記」（刋「辛亥革命」第二冊）說：

> 方黃岡發動之役，余卽銜命至汕。……抵汕卽赴仁安街機關部報告一切，由陳芸生、高繩之、方漢城卽召集同志張煊、林鶴松、許雪秋、方瑞麟、林國英、蔡乾初、溫石臣、方次石、蕭竹漪等秘密會議，衆推陳芸生、方漢城入黃襄助。……

從這一段記載看來，高繩之遠在辛亥革命前，已加入反清的革命陣營而且主持秘密會議了。

張先生文中說及惠州民軍司令林激眞率所部到潮州，與陳宏蕁大打起來這一段故事，我在故鄉時，常聞父老講到。當日林激眞率[illegible]軍[illegible]到潮州，其目的幷不一定[illegible]而已。那時候的十三司令，各擁重兵，未聞保護人民，而人民已先受其害。各軍軍紀大都敗壞不堪，軍餉靠向總商會捐派，又勒索富戶輸捐，潮州稍爲富有的人家，早已走避一空，市面商業大半停頓，潮汕各界才推舉高繩之出任鉅艱，以私財應付軍人的需索。民國元年（一九一二年）七八月間，我在香港跟大哥回汕頭住了大半年，曾親眼見革命偉人到我家勒捐軍餉，大哥和他們都是相識的，他們「先兵後禮」，一入門就掏出手榴彈放在案上，接着又放下一支手槍。像這樣的把戲，我看過好多次了，到底每次被勒索多少，我因年紀小，沒資格與聞。到大哥死後，我們清查一下他在汕頭、香港所提現欵一共八十餘萬元，這一龐大數目幷非他拿去花天酒地，而是爲了應付危局。因此我們在汕頭的商號大受影响，不得不從香港、暹羅、新加坡抽取現金來補充，經此一役，元氣大損。

高繩之出任潮州民政長，幷非如張先生所說由商會等推舉出來的，商會怎能推舉民政長？據我所知，當時的十三司令急於籌餉，而潮汕富戶早已走避一空，只有我大哥沒有走，他們就同意公推繩之兄爲潮州民政長。陳炯明立卽派出委令，這張委任狀四十年前我會見過的。那時候大哥實在不想就職，婉辭多次，後來經不起各[illegible]於大局安定後，立卽解組。他做民政長還不到一個月就辭退了，事定之後，廣東都督胡漢民將高繩之參加革命及維持地方之功，呈報北京，袁世凱就臨時大總統後，於民國元年十月一日授勳，高繩之得三等嘉禾章。

吳祥達殺陳芸生等人，確係稟承陳炯明之命行事的。潮汕十三司令中，有幾個簡直腐敗不堪。吳祥達死後，林琴南（紓）爲其所作的「吳星亭將軍傳」有云：

> 時林激眞與陳宏蕁方相搏於潮汕間，潮之父老爭請公往平亂。……旣至汕頭，遣騎喩林激眞，林以餉絀士飢，果得食，卽以衆歸會垣。公如言，就地籌給。林軍旣行，而餘衆尚固負，公微得其煽亂數人，置之於法，餘衆以資遣之。潮事大定，民皆尸祝。主者請公督辦潮梅綏靖，然公以積勞之故，患亦時作，居恒太息。……中央政府嘉公丕績，累授二等文虎章，陸軍中將，改任潮梅鎭守使。公時患已大作，乃力疾任事，遂於四月七日卒於任所，享年六十有六。潮梅之父母子弟同聲悼惜，發引日，野祭者繈屬於道，至有哭失聲者。……

所說的雖不免有些誇張之處，但大致[illegible]

人悼惜他，認爲他如果能活多一天，潮州地方就更爲太平。吳祥達和高繩之的交情頗好，他到任之日，即拜訪大哥，和他商量地方治安問題，有很多難以解決的事情，他還是接納了大哥的意見而辦理的，最要緊的是錢，當然又是大哥供應了。大哥逝世後，吳祥達立刻到我家行弔，撫尸痛哭，深以失一良友爲可惜。他是浙江淳安縣人，宣統三年辛亥，他正在廣東做碣石鎭總兵。咸豐末葉，吳祥達從軍，隸劉松山部下，與太平軍作戰，積功補游擊，服官廣東，曾參加甲申中法戰爭，身受重傷。甲午年中日戰爭，他以哲字左營阨守虎門。林琴南文中沒有點明他死于哪一年，只說「四月七日卒於任所」，但我記得大哥死後不過幾個月他就死了，大哥死時是民國二年（一九一三年）十二月，由此可推知吳祥達之死係民國三年陰曆四月初七日，生道光二十八年(一八四八年)。

吳祥達裁抑民軍，確實是符合當時老百姓的要求，故友馬小進先生（字退之，台山人，議員。一九五一年二月死於香港）記廣州民軍橫蠻無紀律有云：

當時民軍毫無紀律，文化機關亦多被其摧殘，不但對龍氏軍隊爲然也。吾人讀黃晦聞（節）先生蒹葭樓詩，壬子（民國元年）題廣雅書院之什有句云：「曾見講堂屯馬隊」，可以知矣。劍公見民軍橫蠻，而政府又不能制止，昕夕痛恨，悲憤不已，故於執政諸公，日見疏遠。……」（見「辛亥革命」第七冊「廣州光復與周劍公」一文。）

廣州如此，潮梅的情形更不堪。三十年前我不時聽到潮汕人士談十三司令故事，他們一提到這批偉人，無不痛恨切齒，以彼輩逃顯戮爲無國法云。

吳祥達抓陳芸生，將予以法辦，我的大哥知道了，連忙帶了家人到香港游玩。民國七年（一九一八）我第三次回潮州，時去大哥逝世已五年，有一次我問大嫂，何以那時候大哥有閑情逸致到香港度假。她說幷不是游玩，而是避開一下。原來陳芸生作惡多端，大哥已歷次規勸，他都當作耳邊風，以爲革命成功，是他們出力的。後來陳芸生被捕，大哥恐怕他會派人請託向吳祥達求情，細自思量，不答應，有碍朋友私情，答應了，如果吳祥達眞的將他釋放，又對不起家鄉父老，因此沒奈何才帶了家眷以「游玩」爲名，往香港一行，到陳芸生槍斃後一個多月才回去。

（按：陳宏萼、林激眞在潮汕斷殺，縱兵害民，潮汕父老今日存者已少，即有存，對此事亦記憶不清。尚秉和「辛壬春秋」第十八，有記潮汕民軍事，亦可參考。）

革命稱呼

大林

辛亥革命時，南京成立臨時政府，孫中山爲大總統，元年二月，大總統令內務部通知各官署，革除前清官廳稱呼文云：「官廳爲治事之機關，職員乃人民之公僕，本非特殊之階級，何取非分之名稱。查前清官廳，視官等之高下，有大人、老爺等名稱，受之者增慚，施之者失體，義無取焉。光復以後，聞中央地方各官廳，漫不加察，仍沿舊稱，殊爲共和政治之玷。嗣後各官廳人員相稱，咸以官職。民間普通稱呼則曰先生、曰君，不得再沿前清官廳惡稱。爲此令仰該部遵照，速即通知各官署，幷轉飭所屬，咸喻此意。此令。」

這一改革，雖然還未做得怎樣徹底，但也可令人視聽一新，有開國的新氣象。可惜這只是官腔而已，公文傳遞到各級機關，照例「等因奉此」一番，塞責了事，結果一點收效都沒有。後來就不了了之，即孫中山在廣州開府時，民間稱呼仍有不少沿前清官廳惡稱，甚至死人也穿清朝的官服，革命力量無如之何也。

有一次，徐世昌入京見袁世凱，門房向袁報告；「徐先生在客廳等候。」老袁勃然變色，罵道；「徐中堂不叫，叫什麽先生，先生！」茶房忙改口「徐中堂。」臨時大總統的袁世凱，否定了孫大總統的令。

「韓青天」胡裏胡塗

梁財神進京活劇

冷憶

「天下熙熙，皆為利來，天下攘攘，皆為利往」。這是史記貨殖傳上的話。可知人類在兩千多年以前，尚無「資本主義」的名稱，或者說尚未形成資本主義制度的時代，卽都已唯利是趨，演變至今，自然更加劇烈了。

我國宗教觀念，向不明朗，崇拜多神，卻係事實，故西方稱我們為多神教的民族。據有人非正式的統計，說是各種廟菴寺觀所供奉的神道雖衆，而對之燒香最勤，禮拜最多的，則莫過於觀音與財神兩位。觀音有救苦救難的名聲，國人苦難頻仍，自須時求解救，但係屬於消極的居多。而億兆一心，莫過於想發財了。每遇年關，「恭喜發財」之聲，充溢大地，舉國若狂，故財神之受歡迎，實屬無可倫比。古代的呂不韋、鄧通、石崇之流，不管他們的錢財是怎樣來的，均為人所歆羨與崇拜，自然視同財神。而民國初年卻出了一個有名的財神，那就是廣東人梁士詒，一般都稱為梁財神。連做過大總統與洪憲皇帝[illegible]知此[illegible]他，可見他確有招

東人梁作友了。最妙的是他也姓梁，居然與民初的梁士詒同姓，故一旦宣揚，人多深信不疑，因梁家既出有財神在先，焉知不紹述光大於後呢？至於結果竟然鬧出笑話一場，那實在不能責怪「後梁」財神本人，只好說是封疆大吏的無知，冒昧貢舉非人了。

鄉下老頭頓成暴富

梁作友是山東某縣人，他家中存有一扣來歷不明的日本某銀行存摺，原是他的兒子交與他保存的。他的兒子初隨軍閥張宗昌做馬弁，後升為副官，因同鄉關係，頗為親近。一九二八年宗昌垮台，那副官就悄然回家。旋以不耐鄉居，乃出外謀事，臨行將那扣存摺鄭重交與其父，請求代為保管，作友曾問及「是從那裡來的？」那副官兒子只含糊答是張大帥賞給他的。從此那兒子就一去不回，也毫無音訊了。

梁作友頗識幾個字，曾暗開存摺閱看，見其數額龐大，甚為驚詫，但又老於世故，一面望他兒子回家，以便共謀取欵之方，一面又知張宗昌雖然失勢，但餘威猶一天。故對於該項存摺，仍有所顧忌，不敢貿然洩露。及至民國廿一年（一九三二）九月，張宗昌被人擊斃於濟南車站。梁作友心中一動，認為前所顧慮，業已消除，而他的副官兒子又久無消息，大概已不知所踪。乃細加思考，覺得鄉下土佬，絕無力提此鉅欵，更難以驟發大財，致遭「懷璧其罪」之禍。於是乃往縣城，謁見本縣縣長。蠍蠍螫螫的密陳一番。

那時山東省由韓復榘主政，韓是有名的「韓青天」。他雖然在馮玉祥部下由小兵出身，但幼時也曾讀過幾年私塾，及做到高級軍官，因馮玉祥本人亦以幼年失教，帶兵之餘，刻苦力學，並策勵所屬幹部，抽暇讀書，又常請名人演講。故韓氏亦多少能識得幾個字，而可以閱看「包公案」、「施公案」、「封神演義」、乃至「水滸傳」等小說，是以韓的知識最大來源，亦多出於這幾種說部。等他做了省主席，就處處模仿「包公」「施公」等人的作風，隨時微服私訪。遇有他所認為不平之事，就將人犯提往省府或當地縣府，開堂審

，自然也有伸冤解曲之事，至少是節省了時間與盤川及狀詞律師等費，故換得了「韓青天」的大名，另一面也許是諷刺性的渾號。總之，這一名稱，實可以反映當時山東省的政治形態，以及社會狀況，與夫各縣吏治的落後

縣長進省介紹主席

梁作友見到了他所屬的縣長，說是有機密大事，要求縣座轉介省主席，方能解決。那縣長自不能憑他一言就貿貿然答允，遂詳加盤問並要親閱證物。梁只得取出存摺，戰戰兢兢的雙手奉上說：「這筆存欵，數額龐大，若果取出，願將大部份獻與國家，他本人只要保留百分之一的極小數量，以作鄉村公益及家下生活之費。」縣長看過存摺，又聽梁說得熱烈慷慨，遂大爲感動。即面允乘赴省之便，密報主席，一面囑梁携摺回家妥爲收藏，聽候消息

縣長因公進省，將此事情形，密陳於韓復榘。「韓青天」也認爲事體重大，非由中央出面，難以奏效。遂吩咐縣長回去派員將梁某及其存摺妥爲護送來省，以便查明詳情，再行核辦。不久，梁作友到了濟南，韓立即召見並查閱存摺又詳詢一切。覺得極有貢舉價值。復問梁道：「俺預備將此事密電中央，請求主持，但若能全部提取，你說你只願留下小部份養家，其餘全部貢獻國家，那趕自好！可不知你願意送多少與俺們山東省啦？」梁道：「那自然一切聽主席與中央分配，俺絕無意見。」韓甚滿意，遂密電蔣介石，蔣即轉飭財政部核辦。並說：果如韓主席所云，則梁君「輸財助邊」，殊堪嘉尚，應電魯省府派妥員陪同來京，面洽種切云云。

財神進京部長招待

財政當局那時正因國難嚴重，安內攘外，需欵孔殷，得此意外來源，不勝興奮，自立即遵辦。梁作友一到南京，由財政部殷勤招待，南京乃當時首都所在，絕非濟南可比，新聞記者觸覺最靈，立刻前往訪問，然梁氏除通姓道名外，其他隻字不露，只是呆若木雞。記者見狀，愈感神秘，又知其姓梁，遂聯想及民初的梁士詒——梁財神——乃大發新聞，遍及津、滬，於是梁財神之名不脛而走，迅即達於全國。外籍記者亦認爲有新聞價值，紛紛發電各國各大報紙，不久竟名聞全球了。

那時的實業部長是陳公博，正欲大展鴻圖，配合軍需工業，計劃在馬鞍山設立鍊鋼廠，各事具備，「只欠東風」。乃託人介紹，邀宴聚晤。梁氏聽說陳部長邀請，態度自與接待記者有別，雖仍未透露底蘊，但對於陳部長暢談計劃之餘，所需要的五百萬元，亦曾微作首肯之狀。陳氏自不便尋根問底，而認爲研究其財富內情，乃財政當局之事，職責有別，何能越俎？故亦頗覺滿意，靜候佳音。但當時的財政部長，宋子文週身洋氣，聽說梁氏土頭土腦，加以他堅持非見蔣介石，不能宣佈內容。遂不願自減身價，僅予豐厚招待，迄未與之晤談，而等待蔣介石直接處理。

武漢要人等接財神

可是新聞記者絕不肯將此熱門新聞，任其冷藏，除不時訪問外，復迭經報道，時間一久，自不免涉及瑣屑，而社會傳聞，更不免神奇其事。於是京都黨政各界首要，僉認事已公開，應即查明眞相，予以迅速處理，以免拖延貽誤。又以梁某既欲親謁蔣介石，遂即派員將其送往漢口，囑當地警察局長陳希曾氏妥爲接待，並立即查明詳情，轉報蔣介石核示辦理。因那時蔣介石正以全力進行安內工作，奔馳湘、鄂、皖、贛四省，而以武漢爲行轅之中心。極端重要的人，自然宜抽暇一見。但陳局長既負了引見之責，又要妥爲招待，還想，如果眞是財神，不妨請其對漢口慷慨一下，俾能充實警務實力。遂於初到時盛筵欵接，暢叙之餘，也順便表示他的希望。而梁財神見到警察局長的威勢，自與財政部招待不同，亦似表示許可。然宴後密談，陳部長開門見山的說道：「委員長黨政軍諸事叢集，絕少餘暇。梁先生如欲晉謁，必須先行示明財產內容，由我詳細轉報，方可定期召見，否則各方要員在漢口等着會晤的，很多候到一個月以上還未排着哩。」

三千萬元原來如此

「可敬的」山東財神梁作友

他是一幕滑稽劇的主演者　他是一位名震中外的大人物

孟年

梁作友這時已知事到其間，無可再拖，遂從裡衣內重重解開，取出那扣存摺，遞與局長閱視。

陳局長一經開閱，大爲吃驚，問道：「你的財產就是這扣存摺麽？」梁氏點點頭。陳道：「這摺上的數字，只有三十萬元，而且是存在日本銀行的，能不能提取，還不知道，怎值得如此大驚小怪？」梁急站起說道：「我這是三千萬元呵！」陳道：「笑話！三十怎能變爲三千呢？呵！你們大概看到後面還有兩個圈圈，照個、十、百、千、萬，數下去就變成了三千萬，殊不知那後面的兩個圈圈是小數點後面的零數，你不見在元下這裡有一點嗎？」一面說一面指給梁看，梁氏立刻面如死灰，啞口無言，假財神馬上打回眞原形。

陳局長擲囘存摺後，匆匆離去，找着山東省府駐漢口的代表，大發牢騷一番，說是韓主席未免太兒戲了！這是何等重大的事，竟然不查明眞情，又不與左右懂財政的人商談一下（陳氏當然知道「韓青天」是個草包），就冒昧密電委座，弄得通國皆知（實則舉世皆知），結果竟是一場笑話。我想這存欵多半是取不出來的，否則也不會留到現在啦。過去許多軍閥、官僚，在台上招來的造孽錢，存在租界外國銀行，他們一旦失勢，多被沒收，或者僅能支取一點生活費，這種事我們聽到的多着呢。現在請你把這個假財神送囘原籍，不要再出來現世啦。

日本銀行偷龍轉鳳

原來那存摺確是張宗昌的，而且存進去實是白花花的銀洋三十萬元。但當民國十六七年之交，北伐軍已打到山東地界，張宗昌見勢不佳，欲先將他那些連他自己也不知數目的家小疏散，遂派人持摺往銀行提取現欵。但那濟南的日本某銀行，早已料有此日，業經預爲準備，即以宗昌所發行的直魯聯軍軍用票三十萬元交付。而那種軍用票，本來毫無準備金，市面久不通行，形同廢紙，持摺人自不敢收領，仍取摺囘報宗昌。宗昌正在派兵遣將，行將出發之際，聞悉其情，不禁大怒，接過存摺，即順手一扔，口中不停的馬特皮大罵日本鬼子，不顧而行。那時梁作友的兒子梁副官正在張的大廳旁邊，並不知取欵情事，但見大帥怒擲存摺後就起身上前線去了。這梁副官頗有心計，乃留後一步，拾起存摺收藏，後來宗昌兵敗，梁副官也就遁囘故鄉，不久，就把存摺交給他的父親，出門不歸。及宗昌旣死，遂糊裡糊塗，鬧出一幕假財神的趣劇。梁作友不足責，怪的是「黨國要人」財迷心竅，才給這個「老實鄉下人」捉弄一番。一個國家的領導人物不肯埋頭苦幹，過的是奢侈糜爛的生活，而日日希望有意外之財，說是梁作友有心諷刺他們，也無不可。

反映出了「等因奉此」的官場面目，反映出了一般人的愚昧和貪慾。

記得這段故事的人，當然不少，但是不知道這段故事的人，想來更多，而且我們今天中國的社會比之十五年前出現這位畸人的時代並不見得有什麽進步，那麽親見其事，親覩其人的筆者，把這段回憶追記出來，使這面小小的鏡子再來照一下今天的社會，至少是十五年前的社會，想來亦不是毫無意義的事。

故事是這樣演出的——

有一天山東省政府接到一個姓梁的呈文，說是有一筆莫大的財產要貢獻給國家，以解救國家的貧窮，但是財產在什麽地方他不能宣佈，一定要告訴中央政府的負責當局，那時山東省政府的主席就是韓青天——韓復榘，這是一位有名的草字頭主席，他手下的一般幹部也就可想而知了，奇怪的倒是當時省政府發現有這樣一筆意外之財，並沒有去追根究底，就給他來一個「…等情據此理合轉呈……」那時的中央收到了這一個呈文，就電請梁某來京，這樣一來濟南報上首先登出了這段新聞，京滬各報的記者也根據京濟兩地所傳消息，認爲是一件最重要的新聞，於是電訊特寫亂飛，外國通訊社也認爲是一樁奇聞，電訊傳遍了世界每一個角落，京滬一帶日報每天總給這位「活財神」，「可敬的愛幅，小報更是描繪得活龍活現，當時報紙的推測最有力的兩種：

一、說梁作友是張宗昌的老鄉，和張宗昌有關係，張宗昌死後有一筆難以計數的窖藏金被他知道了，他激於愛國熱忱不敢自私於是貢獻國家。

二、梁作友那一縣的留俄華僑很多，梁作友歷代是華僑巨富，巨金是幾代傳下來的。

報紙說得天花亂墜，把京滬一帶社會上許多有名「巨子」的心都說得熱烘烘起來了，大家非常緊張地留心看財神南下的行蹤，一天聽說財神即將抵達浦口，下關道上的汽車幾乎接連像一條長龍，當時被稱爲「第一流」部長的風流小生陳公博，剛才起草好了一個「實業建設五年計劃」，正在苦於資金缺乏，於是一車當先趕到下關渡江赴浦口躬迎，同行的還有其他要人，和有關部會的歡迎汽車和歡迎代表，更有報館，雜誌，通訊社，慈善團體，學校，等等的負責人，有的還帶好了捐簿，這個浩浩蕩蕩的行列在浦口車站等候多時，總算把這位梁財神接到了，陳公博以實業部大部長的身份首先發言，鼓其如簧之舌作一篇實業救國的大道理，最後是開上一筆需要資金幾萬萬的帳，接着緊鎖愁眉表示國家財政如何困難，而事情又如何重要，希望財神多多投資，那知梁財神聽了頭說：「一點沒有問題！」這樣陳公博是首先滿意了；其次是「爲國育才」的「教育家」，「大慈大悲」的「慈善家」，「爲民喉舌」的報館和通訊社負責人等，各自陳述一大篇道理，歸根結底當然是要錢，這位大財神眞是出乎意外，恐怕有史以來也沒有見過有這樣慷慨的富人，只要你開出數目，他總是毫不猶豫的一口答應，這樣這位活財神就在這些「巨人」愉快的簇擁之下，送到了某主管部預爲定下的中央飯店一個特別講究的房間，京滬的報紙，不，全國的報紙都爲這件意外發財的事鬨動了，從外地趕到南京來捐錢，或者送呈事業計劃請求投資的也不少，梁財神照例是來者不拒一概答應，於是報紙捧場更捧得利害了，那時梁財神被報紙描寫得幾乎是當今唯一聖人。這幾天眞是把梁財神忙壞了，一天平均總有幾個機關團體的招待，那些「衣冠人物」更是爭着請客，只要梁財神肯賞光，沒有不歡天喜地的。就在這個時候，記者也算是有眼福，在一個大機關的招待會上看到他，當他出現時掌聲雷動繼續到二十分鐘之久。

眞是一個出色的人物，臉孔有些像驢子的臉，兩個大耳朵，右邊的肩膀比左邊的要低得兩三寸，右邊一隻手也特別大，幾乎像一把蒲編的扇子，這一隻手垂過膝下約有兩寸光景，青布袍，黑布掛，瓜皮布帽。這樣讚嘆之聲接着又來了：「眞是財神相！」「你看哪！一手過膝！」「眞的兩隻耳朵再掛下些就快要到肩上了！」「奇人是有奇相！」「這一下中國人眞有光彩了，誰還敢說我們不愛國不熱心」「外國人也沒有聽見肯拿這樣多錢出來的啊！」「中國人眞有他的，你看梁作友這樣錢多而如此打扮！」到處是讚美之詞，接着是梁作友的演說，他說：「輸財救國全憑良心！」這樣掌聲更一陣緊似一陣，梁財神就在熱烈的掌聲中，照得滿室通亮的開麥拉光中，中外記者們的攝影鏡頭下，由負責招待的官員陪同退下。這樣的鬧過十幾天了，頭頸伸長着望錢下來的人，畢竟有些等得不耐煩了，於是迫着他要錢，起先他總是推三推四，後來到無可再推時，梁財神宣佈了他的財產的來源：「：：我的方法最方便，我們四萬萬同胞，只要每人預備一隻聚錢瓶，一天投進一塊錢就是四萬萬，這樣繼續不斷的做下去，不是什麽錢都有了嗎？」

梁財神的寳貴秘密揭開後，這般伸長頭頸的「巨人」都臉紅紅的把頭低下去了，從此報上再不見梁作友的名字，據有人看見：他是默然背着一個藍布包袱渡江過浦口，回他的老家去了。

事隔十五年，這位見首不見尾的神龍，這位被稱爲「活財神」和「聖人」的人 [illegible] 想也更進步了，假使梁財神在今天出現的話，我相信有更多的人向你膜拜，有多少人會擁戴你做黨魁啊！其熱烈恐更非當年可比了！（轉載一九四六年重慶出版的「人物雜志」。）

龍陽才子易哭庵

君遂

清末民初間，樊樊山易實甫同稱詩壇兩雄，豪情盛慨，綺艷絕倫，而實甫於甲午割台之役，急國家之難，至不顧身，其前半生似不無可傳者。

實甫名順鼎，字仲碩，晚號哭庵。天挺奇慧，有神童之目，幼侍其尊人游北京，嘗命其擬約修禊小啓，實甫頃刻立就，其起句云：「天將啼鳥留春，人與斷雲爭路。」一時傳誦都下，他於光緒二年中舉人，北上應試時，取道江南，遍訪六朝遺跡，一日成金陵什詠二十首，有「地下女郎多艷鬼，江南天子半才人」等句，裁對既巧，語尤出奇，世稱「龍陽才子」。龍陽，湖南漢壽縣舊名也。

甲午馬關條約成，實甫時在兩江總督劉坤一幕府中，冒死上書痛劾李鴻章誤國，疏上不省，實甫乃慷慨從戎，與坤一泣別，坤一壯之。剛抵厦門，唐景崧已微服出走，劉永福尚困守台南，乃馳往爲之策劃，又僕僕寧漢間，向張之洞、譚繼洵乞援，張譚應之。實甫再至台，可惜局勢已蹙，一時訛傳其已殉台難，王夢湘輓之云：

揮不返魯陽日，補不盡女媧天，入夜海門潮，白馬素車，穿脅靈胥同一慟；
生無負左徒鄉，死無慚延平國，思君廬山月，青楓赤葉，讀書狂客好重來。

其實易實甫未死，雖知台事不可爲，仍然流連不肯去。張之洞屢電促之返，其友陳三立亦勸其速歸，於是脫身走厦門，後入兩湖督幕，膺兩湖書院之聘，後復被任廣西右江道。既抵官，無所建樹，爲兩廣總督岑春煊劾罷，遂以不振。民國成立後，諂事袁寒雲（世凱第二子），謀得一官半職，遂以名士終老。晚年好入花叢，得花柳病，展轉病榻，逾年方歿，其子家越作「前進」狀，罵之爲「淫虫」。一九二〇年逝世，年六十二。

老申報與新聞報

老兵

前旣述「老申報與新中報」一文，今再述老申報與新聞報的上海報界一故事。

史量才自吃了這場官司以後，處事益加精密，俗語所謂「吃一虧長一智」也。此次事，幸有南洋鉅商、銀行大班黃奕柱的援助，而史氏亦遂進入了銀行界，發展其長袖善舞的材能。要知道史量才何以能與黃奕柱相契合，那又是黃任之（炎培）的功勞。因爲黃任之最初奉江蘇省教育會的命令，到南洋去考察教育，便認識了黃奕柱，而這位南洋華僑，又頗仰慕於上海的日趨繁盛，頗思到上海來發展事業。但他在上海識人不多，必須有人輔助，於是任之便介紹了史量才，其時任之是申報館高等顧問。而史量才挾申報之力，也與上海銀行界相融洽，上海俗語所謂「兜得轉」呢。

至於史量才何以輕於被捕，這也是當時上海租界黑幕之一。向來上海租界關於民事訟案，先是來了一封律師信，限日答覆；然後才來了傳票；傳票傳不到，然後方出拘票，拘票不客氣就是捉人了。那末從律師信，而傳票，而拘票，其間有相當日子。然而那班擅於作惡的外國律師，可與巡捕房勾通，倒塡了月日，使律師信、傳票、拘票一起來，這個辦法，他們謂之「三響頭」。據說：在史量才以前，很有人吃過這「三響頭」的苦頭了。

還有一個訣門：如果來捉人，必定要在禮拜六的下午。爲什麽要在禮拜六的下午呢 因爲明天是個禮拜日，各機關休息，便是捉到了人，也不能解公堂，直要到禮拜一上午，方能落案提堂，那末至少屈留你在巡捕房一天兩夜了。史量才的被捕，也是在禮拜六下午，幸而得信早，許多朋友幫忙，推出一位南洋鉅商，銀行大班黃奕柱來，「閑話一句」，比了法租界杜月笙還紮硬，所以就在禮拜六夜裏，講好斤頭，史量才當夜便出來了。不然，無論官司輸贏，在巡捕房先關你一天兩夜，就吃了眼前虧，成了一世的話柄了。

但是「塞翁失馬，安知非福」，官司雖只打了半場，金錢却賠去不少，財去身安，却也因禍得福了。原來上海的一般輿論，都不直席氏的所爲，而於史氏表同情，尤其是金融家，量才已有了地位。即以申報而言，吐故納新，蒸蒸日上，遠非在席氏那時候所及，報紙的銷數亦一年漲過一年了。可是無論如何，終不能超過新聞報，當申報漲到六萬份的時候，新聞報已是七萬了，申報到七萬的時候，新聞報又跳到八萬了。而且廣告方面，又敵不過新聞報多，上海的洋行方面登封面大廣告，總是首先是新聞報，次之方及於申報。量才是一位過於好勝的人，但處此亦無辦法

我今且談談新聞報。大家都知道上海的申、新兩報，屬於英、美人的資本。這時申報已收歸中國人辦理，但新聞報還在美國人福開森的手中。新聞報的股份，福開森佔百分之七十多，而一生盡瘁於新聞報的汪漢溪，所握股權，還不到百分之二十，其餘只不過是零星散股而已。所以福開森在新聞報是董事長，汪漢溪爲總經理。不過福開森難得到上海來，報事便全權委託於汪漢溪了。但福開森自己覺得年事已高（那時已是七十多歲了），急思退休，中國一直是軍閥時代，報紙也搞不好，不如見機而作，賣出了他的股份吧。

史量才早得此秘密消息，怦然心動，因思在申報之外，再掌握了新聞報，豈非得遂了大願呢？但是誰可能與福開森接洽，他家居北京，偶然到上海來，所以上海人很少親近。後來覓得一人，乃是董顯光，其時在天津辦報，和福開森也是熟朋友，由他居間說合，可謂近水樓台。福開森是老狐狸，雖然他急於出售，看着對方欲得而甘心，就非扳價不可。談判結果，由史氏以七十萬元，收購福開森所掌握的全部股份，名義上說是組織了一個新銀團，實際上恐是史氏獨享其成呢。

出讓股權的談判，是在北京進行的，

自始至終，嚴守秘密，直到各項條件都談妥，福開森、董顯光同到上海，和史量才會晤，彼此將股票股欵交割清楚，事遂大定。其時畢生盡力於新聞報的汪漢溪先生，已經逝世了，他的兩位兒子主政。（長曰伯奇，次曰仲韋，伯奇是新聞報經理，仲韋是協理）福開森讓出股權的事，汪氏昆仲可憐被瞞得一點沒有知道。到此始以董事長名義、父執的態度，向汪氏昆仲說明：他的股權已讓給了史量才，報館裏或有人事移動，但你們的總協理，決不換人。汪氏昆仲聽得這個突如其來的消息後，宛如晴天霹靂一般，至爲吃驚，可是權在福開森之手，而且是已定事實了，還有什麽話可說。他又叮囑伯奇：暫時對於館中人且守秘密，等史量才部署停當，正式接收以後再爲公開宣布。

但是新聞報同事中有與外界接觸較多的人，已聽得了這個秘密消息，往詢汪伯奇。伯奇也覺得難於隱瞞館中同人，不能不披露其事，於是全館譁然。他們說：要等史量才前來接收時，加以詰責。但到了明日，史量才不來，而董顯光來了。他來了，便到新聞報的董事室（這董事室專爲福開森而設，凡老福來時，必高踞董事室）與汪伯奇談話，詢問報館中情形，無緣無故的使伯奇亦莫名其妙。這是福開森允[illegible]都對他應有些謝禮。但老福對於汪氏昆仲並未提及，已是飄然遠引去了，史量才又沒有袍笏登場，並沒有說請他做代表，這到底是什麽一回事呢？

在這個時候，新聞報的全體同人，發起了「護權運動」了。當夜便由編輯、業務、印刷三部門負責人員開了聯席會議，決定在報上發表宣言，他們不提史量才，只說北方軍閥，秘密購買新聞報，以便操縱輿論，我們要保持新聞報在輿論界原有的地位。新聞報的封面，本來是登大幅廣告，此時謝絕大廣告，專登宣言。還製成了許多標語，在新聞報館的樓上樓下都貼滿了，那時董顯光還敢再來嗎，說不定被印刷所工人拳而逐之了。

這宣言連日登載，頗得外界響應，向來頗信仰新聞報的讀者，紛紛來函，加以聲援。這些來函，都特闢專欄，逐日刊載。上海的商界聞人，一向也是閱新聞報的，見在此擾攘聲中，新聞報持消極態度，便也嘖有繁言。他們說：新聞報與我們商界是很有關係的，眞是要收回股權，我們商人也不是出不起股欵的，一呼羣集，可爲後盾。

在申報館史量才方面呢，起初是不瞅不睬，以爲大權在握，他們鬧不出什麽花樣來的。可是輿論不能不顧，什麽壟斷主[illegible]是很麻煩的事呢。究竟史量才有幹才，他是個能收能放的人，他派人去轉告汪伯奇，請新聞報館同人，舉出幾位代表來，我要和他們推誠布公，直捷痛快解決這件事。

在新聞報同人方面呢，雖然發宣言，貼標語，鬧了一陣子，也沒有什麽結果。再說：新聞報到底是要好好地辦下去的，把它搞壞了也不是事。老實說句話，大家的飯碗問題，也是要顧到的。因此，他們也便推舉了兩位代表，到史量才的住宅裏去。量才開口就給他們說：「人有人格，報亦有報格，我雖然現爲新聞報館股東，決不干預新聞報館編輯上、業務上、一切用人行政之權，仍由汪氏昆仲全權主持。至於說新股東有軍閥在內，完全非事實，切勿相信。中國的新聞事業，最初都在外國人的手裏，現在申報已由我們中國人收回自辦了，只有新聞報還在外國人手裏，現在總算也收回了。新聞報各位賢達，都是愛國份子，當不以我言爲忤。」最後幾句話，更說得堂皇冠冕，無懈可擊。

代表們對此，也覺得無可非難，回到新聞報館，把史量才所說的一番話，布告大衆。大家研究下來，覺得「眞如他所說的話，我們也未嘗不可以接受，不過口說無憑，今天說得仁義道德，明天他反悔起來，[illegible]

作爲一個依據。」但是這個約如何定法呢？很覺得難於措詞。有位先生想出一個法子來了，我們把他和代表所說一番話，眞實的紀錄下來，寫成恭楷，送給他去看，只說是請他過目，有無錯誤？暗示是請他簽字，看他如何。

衆人都以爲然，於是仍由兩代表往見史氏。量才讀過了紀錄，便用筆在此紀錄上，寫上「量才閱」三個字，笑說：「這是我與你們以書面保證了。」那時新聞報同人也認爲滿意，所謂股權運動，亦即消釋，只不過福開森換了史量才，到底這個新聞事業，完全在中國人手裏呀！這個時期在一九二九年。史量才確守信用，沒有一次干預到新聞報編輯上事，業務上事，而且也從不到新聞報館來，那就是史量才的漂亮處。無論人家說是報界大王也罷，新聞托辣司也罷，總之這兩個大報掌握在他的手中了。

史量才志得意滿，從此以後，不但新聞報館的事，不去理會，即申報館事，他也只總其大畧，瑣事不問，好在上海申新兩大報，都是採穩健政策，不得罪任何一方面爲原則的。他那時一年裏倒有好幾個月在杭州，擁其秋水夫人，納福於西子湖畔的秋水山莊，以爲半生辛勤，應得有此享受呢。道家語云：「福兮禍所倚」，誰知道有滬杭路上，飲彈殞命的事呀？

記章太炎先生二則

汪東

章太炎先生逝世以後，談論其軼事者甚多：有可信者，有不可信者。今偶得故友汪旭初（東）「寄菴談薈」二則，旭初爲章先生入室大弟子也，寫此筆記，已在一九五一年矣。秋星錄。

章先生論執筆書

舊藏師友書札及贈答詩箋幾盈一篋。遭日寇鈔畧，散棄滿地。家人掇拾，猶可得百餘通。擬鈔專集印行，或裝潢成本，皆無其力。偶加繙檢。得章先生手書一通，論執筆之法者。昔柳非杞每以先生有無書訣爲問，不能答。茲亟爲迻錄如下云：「別五十日，想意興轉佳。僕近作單鉤書，畧已成就。但筆勢過於沉著，近天發神讖意。與前此專求韻味者稍殊。蓋亦由巧入拙矣。單鉤本作篆正則，而今人殊鮮爲之。五指握筆，殊非古法。但觀少溫鼎臣所書，恐亦祇用雙鉤。雙鉤易見神韻，而或失弱。單鉤易見腕力，而或失之火氣。眞書中歐虞褚薛，蓋亦祇用雙鉤，平原乃單鉤矣。明人唯香光從顏入手，故汲汲以單鉤傳授也。僕因單鉤易入天發神讖一路，故欲得其眞本。金陵督署重摹之本，不足輕重。唯此石被燬，在淸嘉慶世，與南監史版同焚。今南監諸史，傳者尚多。意此碑拓本，不至遂絕。足下爲我於金陵舊家訪之。或坊中尚有此本，則問其價格可也。」按書家以用大指爲捺，食指爲壓，中按爲鉤。雙鉤者，則二三指並用作鉤勢也。東不解用筆，於單鉤雙鉤之法，不能贊一辭。天發神讖眞本，當時求之，亦竟未得。

章先生遺宅

章太炎先生晚年講學蘇州，置宅錦帆路，在王府基之西畔。余寒暑休假，必侍談論於此。先生殁，求葬地西湖。事未辦而有抗日之役，寇機窺蘇州，亟舉遺柩埋宅後荒院中，未封樹也。湯夫人避亂他徙，宅爲人所據。頃方歸理其事，訟諸法院。月餘，猶未得直。余春節還里，特往謁之。湯夫人獨居後宅，器物淩亂破損。云：「貨之不得，則將析爲薪。」堂中懸油畫像一，肅穆和靄，絕肖生前。湯夫人導之至葬所，則累土爲方冢，護以冬青。墓道修丈餘，寬僅踰尺，碎磚砌之。冢顚植一木標，墨題「章太炎先生之墓」。湯夫人指告：「此皆日本人所爲。」聞寇據城時，知章先生宅所在，戒勿犯。又有一老翁，年七十餘，來謁墓，鞠躬致敬。幷持紙一幅，上書「秋雨春風五十年。」蓋挽詞也。既求得章氏門人之在蘇者，鄭重付之。自言爲大學教授，與章先生故舊云。先人德望，爲遠人所慕，雖當敵國，猶不敢淩踐如此。比諸黃巾之服康成，事勢又不同矣。湯夫人因泫然謂：「此一區之宅，貧不能保，將求售主，子爲我假筆記宣之於衆，有欲得者，請徑商諸未亡人。」東媿無他術爲助，謹受其言，以代揭帖。

書法家天台山農

陶拙廬

民初擅寫魏碑馳譽一時的，有李梅庵曾農髯及天台山農，尤其市招更多出於天台山農之手，因此天台山農之名，幾乎婦孺皆知。至於他的眞姓名反而湮沒不彰。山人姓劉，名靑，又名文玫，字照藜，又字介玉，浙江黃巖人，世代務農，直到他的父親子華作官嘉興，便以嘉興爲家。他僅七歲，父親逝世，賴母撫養成人，從徐爾藩讀書，很爲聰慧，不數年，畢四書五經，操筆作文，楚楚可觀，大爲老師所贊賞。可是有一大缺憾，卽書法奇拙，春蚓秋蛇，幾不成字，甚至有人嘲笑他說：「你若書成，城隍神鬚白了。」原來城隍神都是黑鬚，「城隍鬚白」，這是嘉興的一句俗語，極言其不可能而已，他聽了大憤，立志學習書法，檢出了許多舊碑帖外，再請教當地的善書者。善書者向他說：「寫字沒有訣竅，祗有勤懇練習。」他覺得多練銷耗紙張，沒有錢購紙，怎麽辦呢？結果請母爲購二大方甎，每天淸晨，用筆醮着淸水，在甎上練習擘窠大字，甲甎漬濕，換寫乙甎，及乙甎漬濕，甲甎已乾，又可作書，如此相互爲用，旣節省紙張，又練出了腕力，沒有幾年，書法大有進步，居然成家，那是非意料所及的。

他本想應科舉試的，恰巧遭到母喪，哀毀之餘，也就作罷，無以爲生，藉教讀餬口，一方面應試書院，得膏火資以補不足，後來一位同知官王某，延他入同知署中，担承西席，不久，王某解組去，他赴蘇州，入蘇軍四十五標掌書記，辛亥秋，武漢起義，蘇州響應，程德全都督，檄劉聿新爲蘇軍總司令，山農爲總執法官，進攻南京。原來張勳負嵎肆暴，爲革命的大障碍，非把他剷除不可。山農不辭艱險，督運軍械北上，宿古廟中，枕戈待旦，及南京光復，局勢穩定，劉聿新升江北護軍使，山農隨之渡江而北，頗多貢獻。過了一年，聿新去職，山農改任蘇省水上警察廳督察處處長。時袁世凱密謀帝制，誅除異已，山農也遭忌嫉，不克存身，這時才易名天台山農，以寓歸田力耕之意。天台山和他的黃巖故鄕爲鄰壤，黃巖橘素爲佳種，他購置山地，移種山上，經營數年，產量甚豐，運到上海，在各報上大事宣傳，於是天台山蜜橘之名喧騰人口。這樣一來，他便在上海立足，印潤例單，徧發各牋扇莊，代他收件做賣字生涯，舉凡瘞鶴銘、鄭文公、張猛龍、張黑女諸碑，以及龍門造像、雲峯殘石、手摩心硏，無不神妙，巨商黃楚九闢大世界遊藝塲，什麽樓什麽閣，匾額都請他揮毫，引人注意，或爲極好的廣告。於是賣字的生涯大盛，大世界且刊行「大世界報」，除登載遊藝節目外，又有小品雜著以及長篇小說等，由他和孫玉聲主持筆政。那時上海有個萍社爲一般愛好文虎者所組成，社友數百人，都一時耆宿，大世界報社時常張燈懸謎，萍社諸子，集中其間，非常熱閙，因此他認識了很多名流，幷和步林屋、袁寒雲等結爲異姓兄弟。他本擅文翰，尤喜寫諧文俳語，間或寫短篇小說，各報刊紛紛約他寫稿，可是有時書件太多，不暇應付，許多稿件，往往請許指嚴代作，署他的大名，好得指嚴賣文爲生，祗要稿酬，署名是無所謂的。他爲了職務，且又利用大世界報社會友方便，便每天有大半天時間，逗留在報社中。有一天，他正在報社寫件，忽警備司令徐國樑派一侍警前來，請他寫一對聯，謂奉警備司令之命，必須立卽趕寫，明天待用，完全一副上司對待下屬面孔，加之侍警神態又復傲慢，他大不高興，卽問潤金在哪裏？侍警道：「難道徐司令會短少你的潤金嗎！明天取件帶來。」他更怒形於色，把空白對向下一擲，由樓梯滾下，侍警沒有辦法回去據實覆命，徐知之却亦不以侍警爲然，立加訓斥，實則他和徐國樑是素所熟識的。

他仗着體力充沛，飲食無節，往往一飯盡猪脚兩隻，一飲盡牛乳一磅，且好醇酒，動輒大醉，日久遂罹胃疾，[illegible]

，每餐僅進薄粥半甌，醫藥不見效果。他在嘉興廣平橋南本有住宅，乃返嘉興息養，并在屋旁添築三楹，以儲圖書金石，尚有隙地，蒔花累石，點綴一番，朋好往訪，即就花下啜茗清譚，樂而忘倦。時日寇侵進淞滬，滬地友好往嘉興避氛，他復殷勤招待，不料宿病劇發，便在一九三二年二月十七日逝世，享壽五十五歲，由子劉杜，女劉還珠料理其喪。爲了印一赴告，託他在滬的外甥朱大可，徵集沈淇泉、孫玉聲、王均卿、陸澹安、嚴獨鶴、程瞻廬等撰着像贊，遺像上面，寫「天台山農遺象」六個字，請步林屋代求伊立勳一書，因伊和山農本爲熟友，步和伊又素有交誼，認爲寫六個字是不成問題的，詎意伊不買交情，毅然拒絕，如果一定要他寫，非按潤例十元不可。步受人之託，即立畀十元，持來應用，特地撰一像贊，對伊大加諷責，成爲別開生面的文章。錄之於下：「於乎哀哀，既哭洹上，又哭天台，竟何言哉！竟何言哉！令甥有函，要我二事，一索鄙文，一求伊字，我文非難，念及心酸，久久不就，付之長歎，伊老之字，尚屬易致，充其昂優，十元紙幣，戔戔之數，作我賻儀，題名用買，大奇大奇，吾言至此，惟有揮淚，心力稍强，終必詳記，建國二十有一年五月，介玉盟弟大人像贊，如兄林屋山人。」所謂洹上，乃指袁寒雲而言，所謂詳記，始終未成事實，大約朋好勸止，不爲已甚了。

丹霞山三大奇觀

夢湘

粵北仁化縣境的丹霞山有三大奇觀：第一是紅砂岩峯林地帶的紅岩綠水；第二是丹霞頂峯——長老峯觀日出；第三是那些氣魄磅礴的磨崖石刻。

丹霞山這種砂岩峯林地形，被地形學家稱爲「丹霞地形」。從仁化縣城的錦江邊向南遙望，遠處有些非常奇異的山巒，那就是紅砂岩的峯林了。

丹霞位於仁化縣城南十七里。遊丹霞只要乘坐一葉輕舟，順錦江而下，即達丹霞山麓（從仁化縣城乘公路車也可直達丹霞山麓）。錦江是仁化縣最大的河流，它清澈得像桂林的灕江，人們坐在小舟上，眞像憑虛泛流，美麗的卵石，銀白的沙幅，深碧的石潭，接連地從舟底流過。據縣誌載，這條江有五色斑斕的錦石，因而得名。可是，錦江的美，看來不在於這些錦石，而在於它的清秀。輕舟飄過一個接着一個的峭壁底下，這些峭壁淩空揷下，舉頭仰望，像看見威嚴的巨靈頂天而立。近的，遠的峯林，又多麽像桂林的陽朔！然而，丹霞畢竟是丹霞，自然界賦予它紅色的地貌，和桂林判然不同。丹霞這種由紅色地層組成的峯林，像染上一層霞彩，萬山紅遍，和錦江的碧水交映，成爲一個奇妙的世界。

沿着錦江順流，可見沿岸那起伏的紅砂岩由於風雨侵蝕而現特異的景色，眞是千姿萬態，當地居民給它們起了許多名字，像「獅子」、「犀牛」、「象」等等。有些砂岩台地破碎了，形成一堵高牆，有的呈現石峯、石筍、石柱，有像一根根華表，也有像一把把的羅傘。

丹霞山像一頂僧帽，遠看又像一艘海輪，除了濃密的山頂，它的岩壁都是殷紅色的，像刀切那麽峭直。丹霞山有兩關（別傳寺山門、海山門）、一峽（石峽）、三峯（寶珠峯、海螺峯、長老峯）和許多岩洞，每一處勝景都會令遊人流連忘返。

遊人乘舟到丹霞山麓後，便可踏着石級登山。過了半山亭再往前走，經過幾許清幽曲折的山徑，即到別傳寺。別傳寺是仁化有名古刹。這裏的禪房佛殿，年來都經過修葺。人們爲了迎接遊人，近年還在這裏建了兩所旅舍，遙遠的電源也引了上丹霞山。

到丹霞山觀日出，要先一日到達別傳寺住宿。翌晨一聽到經堂裏敲响晨鐘，就要起來，爬上丹梯鐵鎖，出海山門，登上長老峯。天未大明，正東的天際，霧海上泛起一層金暈，由淡而濃，襯托着眼底那幅由峯林組成的水墨畫。這時候，在金中透紅的暈氣和微芒的霧海交接處，劃然裂開，出現一縷紅絲；一瞬間，紅絲逐漸變成一個渾圓的大紅球；歷時兩分鐘，這輪紅日就完全升起來了。紅球的頂端射出一點金光，並向整個球體擴展；到第三分鐘，它成爲一個炫目的金輪。那些砂岩峯林的顏色，在這些時刻裏瞬息起着變化，萬道霞光透過深沉的霧海，那石牆、石塞、台地、石柱，像罩上一層又一層的蟬翼輕紗；這些本來是紅色的峯林，這時反呈現着銀灰，淡墨各種顏色。等到天際上升的金輪變成了白日，才見萬山霞彩熠熠生輝，景色非常壯麗。

磨崖石刻，在中國的名勝區中是很能吸引人的藝術品，這種金石藝術，在丹霞也不少。

在錦石岩下，隱約可以看到「龍盤虎臥」四字，字體很大，從半山亭沿石徑上去別傳寺的山門，石刻的精華薈萃在這條磴道的崖壁上。署名「關中王令」手書的「丹霞」兩字，每字寬達五六尺，雄渾有力。然而，使人驚嘆的還是頂頭的那一大片峭壁上，鐫上了一幅幅五六尺或六七尺的大幅題詞，刻工和字體都非常精嚴。李克茂的「丹霞山記」等幾篇詩文，長達二千多字，居然被整齊地鐫在磨平了的石壁

別傳寺的山門，本來就是從絕壁開闢出來的，下臨深谷，對面是被稱爲「一綫天」的兩堵石牆，形勢奇峻。山門上面的半邊陡崖題刻琳琅滿目，如「百粵一雲林」「禪林第一」等更增加了山門的壯觀。

但這些磨崖石刻，還不是最大的，最大的是在海山門那堵石壁的右方，壁上有三個大字：「別有天」。每個字橫達一丈多，沒有題欵，崖壁非常高，而下臨深淵，古代民間石刻藝人的卓越技藝，確令人欽佩和讚嘆。

丹霞有幾處林場和大果園，除了造林綠化各山外，還種植了桃、李、甜橙、沙田柚、蘋果、無花果等大批果木。到丹霞遊覽的人，不只是欣賞到壯麗秀美的風景，還可以一年四季都能吃上當地出產的鮮果。

讀胡眉仙江上晚晴樓新刊詩卷賦贈

蘭　漪

如誦蘭陵賦百篇，憂生念亂自年年。功名晚節寧隨世，慧業文人未了緣。託契未傷爲客老，隱居何待棄官先。嗟余移勒山庭意，益嘆吾公有獨賢。

胡眉仙翁乃張尚書冶秋（百熙）得意門生，少年科第，才氣橫溢。葉丈遐菴（恭綽）極賞其詩，此卷亦遐菴爲之出貲付梓。同時，汪君精衛亦爲黃晦聞刋蒹葭樓詩（兩事相去之期不遠，孰先孰後，則已忘却，曰同時，差不多耳），幷稱文壇佳話。余客南京，常共游讌；時翁方著近人詩話（是否此名，已記不淸；其爲現代人的詩話，則無悞），謬蒙採及拙作，幷謂對于「江樓」一首，當特加長評。拙詩何足取，翁殆有嗜痂癖者耶？世變後，消息杳然；魯殿靈光，別來無恙否？所著詩話，已竟全功否？刼後哀鴻，逃生日日，固無心再談風雅，亦無法問訊行蹤，殊令人悒悒不已。日來偶理詩事，頓憶舊游，采刊此詩，聊以誌念，幷祝翁克享遐齡也。

釧影樓回憶錄序

柯榮欣

姑蘇天笑包老先生誕生於一八七六年，距鴉片戰爭祇三十五年，現壽高九十六歲。這本釧影樓回憶錄撰著於先生七十四歲，先後分期刊登於香港大華半月刊、晶報，現由本社出版單行本。

回顧先生誕生以來這九十五年，正是我們祖國在各國帝國主義蹂躪侵畧中，逐漸覺醒，經過兩次大革命，從封建社會蛻化爲資本主義社會，又從資本主義社會革命爲社會主義社會的劇烈與痛苦的變化過程。這九十五年來的洪流，眞是波濤洶湧，險惡萬分，不但我們四千年來歷史上從未經歷過；就在世界史上，以短短近百年時間，接連跨越兩個歷史階段，也是僅見的。因此，我們處身在這個洪流之中，每一反顧，雖祇三五十年前事，已彷同隔世，很難了解當時的社會與人民生活情况了。例如，今天四十以下的人，往往無法想像抗戰以前的中國；解放後出生的孩子們，決不會想到蔣介石統治下，中國竟然一盤散沙地漫無組織。就以筆者本人來說，雖然生在五四時代，并且好讀歷史，然而對於清末民初那個時期，總是感覺隔膜。

約畧計來，先生過去這三個世代恰好相當於中國現代史的三個時期：第一個三十年左右，帝國主義的軍艦大炮打破了我國自高自大的閉關孤立，無時無刻不在帝國主義欺侮下，隨時有被瓜分的危機。於是，搢紳階級與知識分子醞釀民族革命與資本主義革命，以期推翻滿清專制統治，挽救國家。第二個三十年左右，則是中國資產階級對封建殘餘勢力與外國帝國主義鬥爭的時期。這個時期的精神可以五四運動的口號：「內除國賊，外拒强權」爲代表。可是，對內則國賊層出不窮，此伏彼起，除不勝除；對外則前門驅虎，後門進狼，强權拒無可拒。內憂外患，民不聊生，乃引起了第三個三十年的無產階級革命。

先生親身經歷了這三個偉大時代，尤其在第一個階段中，盡了許多啓蒙的責任。他早在光緒二十多年時，就會合同志在蘇州創辦了空前絕後的木刻月刊，這是中國最早的雜誌之一。他又在中國現代教育萌芽之初，就從事教學與教育行政。中國第一個翻譯西洋學術典籍的嚴復所譯「穆勒名學」、「原富」等七書，是中國士大夫認識在四書五經、諸子百家以外，尚有學問的震天巨雷，却又是先生二十歲後任職金粟齋譯書處時經手校印的。從那時起，先生積極參加了上海的文化工作，也結識了那個時期全國第一流的文人學者，巨宦偉人。今天我們覺得已成歷史上人物的嚴復、張謇、蘇曼殊、李叔同、章太炎、汪精衛、史量才……或是先生曾親炙過的前輩，或是先生文字之交，或是共同宴游的朋友。是以先生在回憶錄中娓娓敘述當年知識分子、學校、學生、報館種種，使我們對那個時期的社會，以及知識分子的生活思想，增加了許多親切的認識。

尤其難得的是，先生撰著本書時，雖已年逾古稀，記憶力仍非常强。書中隨時記錄着光緒初葉至民國十年前後的物價、薪工等資料。在我們後生小子看來，簡直像讀史記貨殖列傳一般珍貴與驚奇。書中記載家庭與親戚、朋友時，先生又隨時提供了許多民國以前的工商業情況，無一不是經濟史的可靠史料。

左拉對他的傑作「盧貢家族的家運」曾自稱爲法國第二帝國時期的優生學史。一般學者也許之爲那個時期的自然與社會史。我們覺得先生這三十多萬字的回憶錄，確是清末民初的社會史、經濟史，尤其是文化史的最珍貴的資料。相信後世研究中國這個偉大時代歷史的學者，必將視本書爲枕中秘籍！

先生是成名近八十年的老文學家，文字優美，有目共睹，無煩詞費。筆者祇願在此提出本書兩個特點：第一是深厚眞實的感情。先生於師友、學生、親戚，處處流露出他的眞性情；最令人感動的却是先生誠摯的孝思。試想一位皤然老翁，孫曾滿堂，還時常在夢中依戀慈母懷中！這種純孝的孺慕之情，眞足以風這個世紀末的澆薄。其次是坦白。本書叙述小火輪烟蓬上的邂逅；在上海花間的應酬；以及訪問日本時的冶遊，毫無諱飾，從此可見先生坦率之一斑了。正因爲所述都是眞情實事，令人讀來分外動人。晚近港台出版的回憶錄與傳記，可稱汗牛充棟。可是，大概作者都是些英雄好漢吧，寫的都是自己的豐功偉績，至少也是交遊的光寵，使人讀來好像走進了一座大廟，觸目皆金碧輝煌的泥塑木雕。本書則不然，所述祇是一個書生的日常生活。就是讀到那些奇人逸士，如張謇、陳獨秀、曼殊、弘一等，也各有各的眞面目，沒有什麼天縱英明，或不食人間烟火的描寫，既非超人，更不是神聖，有各人的個性，也有人的缺點，是有血有肉的眞人。一言蔽之，本書最偉大的地方，就是它眞實的平庸。而這些庸言庸[illegible]面對着那些秀才、舉人、學者、作家……

……。

唯一令人惋惜的，本書似乎只寫到民國十年以前，沒有把以後兩個世代紀錄在內。我們祈禱先生老而彌健，繼續寫下去，到我們祝賀他老人家百歲華誕之日，能見到以後七十年的回憶錄的出版。

這本回憶錄能由大華出版社出版，是我們大華同人最大的光榮。而先生囑咐我這個後生小子寫一篇序，更是我生平最大的榮寵。

一九七一年三月三十日，書於大華出版社。

北枝巢抱書易米記

翼野

我此次在北京所想看的書，有三處：一是亡友馬隅卿的不登大雅堂藏書，現歸沙灘北京大學圖書館，從前看過一部分，還有許多沒翻閱過，一是斐雲所藏的「鶴齋樂府」，「昔昔鹽」等，他約我星期日去。還有一處便是永光寺街夏蔚老的「金陵書庫」，他那書齋署名是「北枝巢」。當年我初遊北京，便在這兒下榻。他是我一位長親，不獨是同鄉；今年已七十七歲了，十多年不見面，顯得很衰老，又瘦又黑。早些時，他給我所編輯的「金陵曲鈔」作序，有「始則忍飢讀書，終乃抱書易米」的話，我知道他近况一定甚窘，這「北枝巢」的門庭雖如故，可是久不修繕，已十分陳舊，而且劈租了一半。他老住在上院，從前是很講究的客廳，現在放着一張藤椅，一几一案，案上還堆着些書。他告訴我，早些日子秤了三百斤書出去，換二十九萬元；因爲手邊沒有二十四史，於是又化了十三萬元買一部有光紙印的。他那「金陵文庫」四大箱却不曾動。有汪梅村的日記，「董效增集」等，皆極珍貴之品。他看到我非常的高興。說：「我在四十以後準備繼承鄉先生陳可園老人的遺業，然而自從南歸計阻，無此心情；現在待盡之年，精力已盡，所幸付託有人，家鄉文獻存續的責任，在你肩上了！」說得我不勝惶愧。又談舊作「玄武湖志」的藝文一目缺漏太多，如張曲江的詩，還有錯誤的，如認曲阿後湖爲玄武湖等，均已不及改正。談了兩小時，他希望我多去兩次，讓他把書先整理好，再給我看。說着他也[illegible]

亞力山大和他的中國人物畫

溫大雅

十八世紀英國派來中國的特使馬戛爾尼，他的使節團中有一個團員名叫威廉・亞力山大（William. Alexander, R. A. 1767—1816），是一位年青畫家。他到中國時，只不過廿五歲。

亞力山大是一七六七年（時爲乾隆三十二年）出生於英國根德郡的美德斯吞鄉，很年輕時就跟從畫家易比特遜（I. C. Ibbetson, 1759—1816）學繪畫。當馬戛爾尼組織他的使節團訪問中國時，曾請易比特遜担任「畫家」一職，但易比特遜謝絕了，只推薦他的年輕學生亞歷山大承乏。不過，「畫家」一職，馬戛爾尼改派湯馬士・希琦（T. Hickey）担任，而亞歷山大則改爲「繪畫員」。亞力山大在職期間，寫有旅途日記，我們藉此得知他同希琦同搭「印度斯坦」號艦，回國時，亦同乘此船的。他的日記又記希琦有到北京，但沒有前往熱河。爲了某些緣故，馬戛爾尼決定不帶他的藝術家同往，亞力山大也只好留在北京和希琦作伴，他對此舉很是不高興。雖然如此，但他作畫的興趣并沒有減低。他在中國期間寫了很多速寫畫，帶回英國後才渲染彩色。這批畫中，有一些製爲銅版，印在斯當東的「出使中國記」裏面。

希琦的年薪是二百鎊，比亞力山大的多一倍，但他似乎完全沒有什麽成績。巴勞的「中國旅行記」一書的挿圖，有希琦所畫的王文雄（卽護送馬戛爾尼的中國兩位官員之一，另一位是喬人傑）造像，但這幅畫的技巧似乎還未成熟，拿現在陳列在大英博物館亞力山大所畫的王文雄造像來一比，希琦所作的較遜一籌，也許是製版不好之故。

喬人傑畫像　亞力山大速寫

我們常見的一幅乾隆在熱河接見馬戛爾尼的畫，是亞力山大寫的，這幅畫的技巧甚純熟，畫得相當好。但亞力山大本人并沒有到熱河，怎能寫得出來呢？原來跟馬戛爾尼到熱河覲見的一個英國中校亨利・巴里殊（Henry W. Parish）在場寫了一幅素描畫，亞力山大根據他的速寫，經過一番想象和思考後才寫出的。圖中畫乾隆帝坐在一頂十六人抬的露天轎子上，旁邊是一個很大的帳幕。後來亞力山大在北京親眼看見乾隆坐在轎子裏，因此他才能正確地想象出他在熱河的情景如何，經過一番融會後才落筆寫出，故能如此迫眞。

亞力山大所寫的中國風物畫作，大部份藏在他的故鄉的一所博物館裏。其中有二十多幅很大的水彩畫是描繪中國人所穿的服裝的。在倫敦的維多利亞阿爾拔博物館，藏有他的七幅大水彩畫，寫的是熱河的布達拉寺風景，也是根據巴里殊的素描寫成的。這些畫作的筆法與技巧皆臻佳妙。

差不多有五十幅很大的水彩繪畫也同他一千張左右的素描畫都很好地保存着。此外，在他生前，又出版了兩冊他的彩色畫集，是根據他的作品雕版印出來的，從這些作品中可見出他很巧妙地運用他的筆觸以鮮明悅目的彩色來描寫中國的服裝。（第一部書名叫「中國的服裝」，共四十八幅彩色畫，一八〇五年倫敦威廉米勒書店出版。第二部名「有趣的中國人的衣服和風格」，共五十幅彩色畫，一八一四年倫敦約翰穆萊書店出版。）大英博物館藏有亞力山大的速寫乾隆皇帝肖像一幅，他畫皇帝的龍袍就用很鮮明顏色來渲染，光彩奪目，令人有愉悅之感。

一八〇八年，亞力山大被任為大英博物館古物部的副主任，專負責管理畫件。自一七九四年他從中國回到英國後，以至一八一六年他逝世止，他寫了不少畫作，大部份經已製版印刷行世。

亞力山大死後，葬在他的故鄉梅特斯吞（maidstone）附近的卜斯里教堂墓地，墓碑刻着這樣的字句：

這裏埋葬着畫家威廉·亞力山大的遺體。他是大英博物館圖書館員之一。一七九二年他隨同英國特使團前往中國訪問，他運用他一支靈活有神的鉛筆介紹給歐洲人認識了中國人的習慣風俗，其成就是前此未有人做到的……

巴勞（即寫「中國旅行記」的那個約翰·巴勞爵士）一向對特使團的團員很少給以贊揚的，獨對亞力山大則贊不絕口。他在回憶錄中說他所畫的水彩畫很美麗，又能忠實地絲毫不遺漏地寫出了中國人的面貌和個性，他的成就眞偉大，令人欽佩。

亞力山大速寫　使節團經過的兵站

王文雄畫像　亞力山大速寫

巴勞又說，希琦是一個平庸的人像畫家，他是馬戞爾尼特使的同鄉，馬特使的肖像就是他畫的。現在希琦已失業了，聽說馬戞爾尼對他也不表示同情；他相信希琦在使節團中一定是毫無表現，不過，這個人有口才，語言便給，是一個狡猾聰明的人。

因爲馬戞爾尼在使節團中給希琦的職位高過亞力山大，而希琦始終沒有什麽表現，反不如薪水比他少一倍的亞力山大寫出了很多傑作，馬特使失望之餘，對這個賦閒的同鄉也漠不關心了。

複製名畫

湘玲譯

野馬在曠野奔馳；一個西班牙籍的吉卜賽女郎跳着熱情的舞蹈；一個臉現睡態的孩子，拖着一隻玩具熊上床睡覺；這些都是透過藝術家的筆尖寫出來的名畫。創造它們的藝術家就在這些作品身上賺了不少錢。

從前在人們想像中的所謂藝術家也者，不過是面有菜色身體瘦弱的可憐人，他們傴僂着身體，在塵埃堆積的閣樓工作。現在呢，這種觀感被事實消滅得一乾二淨了。

特列芝哥夫（VLADIMIR TRETCHIKOFF）是一個西伯利亞籍的畫家，現在居於南非洲，畫了一幅「中國女郎」而聲譽鵲起。這幅畫用彩色複製了二十五萬多張，帶給特列芝哥夫一大筆財產。

其他彩色複製的名畫多達五千種。它們中，有坎斯塔布爾（CONSTABLE）從靈感得來的作品，有現代萊利（BRIDGET RILEY）的作品。每個藝術家的作品，有其自己的特點和風格，眞個是多彩多姿，令人目不暇給。

這些名畫複製品，售出的數字逐年增加，其中的原因很多。最普遍的兩個原因，第一就是現在的一般學校和夜學，差不多都有教授學生欣賞藝術品以陶冶性情。第二是很多人覺得家中雪白的牆壁，過於單調，應該有些彩色名畫，懸於其上以爲點綴。

這些藝術價值高而售價便宜的複製品，使人們毋須做了百萬富翁，便可以買些心愛的複製品掛在家裏欣賞了。

配有鏡框的複製品，每幅的價格從港幣三十元至二百元不等，視畫的大小，畫家的成名與否以及鏡框的品質而定。鏡框的價值，通常要比複製品爲高。總之，鏡框更值錢，可以把複製品襯托得更好看和更名貴。事實上，凡畫不論眞跡也好，複製品也好，若配了一個難看的壞鏡框，不如乾脆不配鏡框更好看。

畫必須懸掛起來，使我們在欣賞時，眼睛才能够和焦點平行。有些人喜歡在他們購買來的複製品之下，安放着强光燈，這是不好的。因爲强烈的燈光會使畫面不清，反不如在柔和暗淡的燈光下更爲淸楚。

現在有很多初次購買複製品的人，不懂得購那些顏色的複製畫才能和家裏牆壁、沙發、或地氈配合得適當。有些甚至把家裏的窗簾布，帶到附近售賣複製品的商店，請教老板要買何種畫才能和它配合。像這樣的買畫法必須避免，他們買畫的動機就是因爲他們喜歡它，那能讓別人代出主意呢。而且從他們所買的是何種畫，可以反映出他們的性格。

喜歡畫的人，會永遠地保藏所買的畫或複製品的。反之，那些實在不懂欣賞畫而偏愛假風雅的人，對於買回來的畫會漸漸地生厭了。

戰場生活與軍事新聞

——一個新聞記者的獨白

陳思

三、

從七七事變以後，我們一直叫喊着抗戰的口號；但到了八・一三的淞滬戰事發生了，卽算參加救國會工作的朋友，也並不知道「戰爭」究竟怎麽一回事。八・一三的鎗聲一起，我和如醉如痴的群衆一樣，一種狂熱的情緒；我是帶着興奮情緒上戰場去的。「戰場」却是最現實的，一點也不帶浪漫的色彩。我在四行倉庫住了兩個月，便明白影片中的戰爭場面，和實際的戰場生活有很大的距離的。傳奇性的大刀威風，在現代化的立體戰爭場面中，一些也發揮不了什麽作用！卽以淞滬戰綫來說，我軍和敵軍對壘了近三個月；但敵我士兵可以面對着，迫近了肉搏的「近接戰鬥」的機會是很少的；一向把「大刀」威力誇大來說，那是愚蠢的。但，敵軍砲隊把我軍一個連的散兵綫，整個兒埋下泥土中去，那是我眼見的事實。後來，我看了英國軍事學家溫特林漢的論文，才知道這位軍事學家便希望英國人接受戰場上的現實教訓，趕快抛除掉刺刀衝鋒的觀念，在現代戰爭中，是用不着大刀和刺刀的。後來，我看了阿特端其的近代戰事史，指出現代戰事史，只是一部兵器進步史呢！這一觀念，直到了抗戰，還不曾爲國人所了解呢！

等到中日戰爭持久下去，世界大戰也從歐洲蔓延到整個世界，而太平洋也把中日戰爭和西方戰爭結合在一起了。大家才從神話式的機械化戰爭中淸醒過來。不過；抗戰勝利了，我也從戰場回到上海來了，一般人依然不明白戰場究竟怎麽一回事。我和他們說到九江、安慶、蕪湖，他們都會知道的；一說到了殷家滙，那個日軍所經營的軍事據點，大家就茫無所知了。經過了八年的長期戰爭，一般人的軍事觀點，依然停留在城堡戰的窠臼中（連蔣介石也在內），至於野戰陣地，與高度流動性的野戰戰術，那就一無所知了。所以，五百多萬的蔣家軍隊，後來給解放軍打得一敗塗地，大家也就莫名其妙了。——我呢，經過了長時期的戰場生活，總算在軍事大學畢了業了；至於及格不及格，還待事實來証明呢。

這樣，我們便該觸到了如何處理「軍事新聞」的事了。本來，處理新聞第一要眞實，第二要迅速，第三要適當。可是僞了作宣傳戰，幾乎絕對不容許眞實，尤其如我處於軍部戎幕之中，寫得眞實，便是洩漏機密，替敵方供應情報；所以只能做到「看似眞實」，却不容許眞實的軍訊。卽如（一九三七年）十月二十八日晚上，那是閘北我軍總撤退的日子，我所發的戰訊，只是說閘北右翼我軍，向八字橋一綫日軍作全面攻擊；那只是一種佯攻。可是，我打給南京總社的軍訊，一種參攷消息，才說：「今晚十二時，閘北我軍，全綫向蘇州河南總撤退；駐防北站我軍移往四行倉庫，作掩護部隊。至於後來以四行倉庫八百壯士著稱的大新聞，實際上只有三百七十餘人，而且移防那時，謝晉元團長並不在軍中，由楊營長負責指揮，由北站進入四行倉庫的。那時，還有一個極大秘密爲外人所不知聞的，卽是四行（北四行）倉庫東鄰金城銀行倉庫，又東鄰一間住宅，便通到北西藏路一家雜貨店的後壁。這樣打了後壁，直通四行倉庫，乃是當時軍中人員往來通道，陳參謀長，謝團長和我，也就是這麽進出四行倉庫的。陳參謀長和我離開了四行倉庫，謝團長留在那兒。那位女童軍楊慧敏送國旗入倉庫，也是這麽平平安安往來其間的。後來，英軍掩護八百戰士退出倉庫，也是這麽平平安安退出來的，和日軍並未交過火。至於楊慧敏在漢口對記者們所說的英勇經過，只是一種謊話。（那時，「八百壯士」影片正在拍攝）最近，陳存仁醫師追記往事，說楊慧敏如何從蘇州河登岸，勇闖四行倉庫前門，送旗入營，那更胡說亂吹，一點影子都沒有了。試問敵軍兩架坦克守住前門，兩架坦克守住西邊門，隔巷是中國銀行倉庫，幾架輕重機鎗在二樓俯瞰着，楊小姐能衝得過去嗎 楊小姐是從大世界後面青年會三樓出發，經西藏路北行的，走的是公共租界地區，毫無驚險可說的。但，我這個屬於軍部的記者，能說出內情來嗎．（我們住在四行時期，那些大門，都是用沙包堵住了的）我承認我寫戰訊時，大部分都是「似眞」的情況，但並不眞實。

接着且讓我談談十月四日的事，那已經是淞滬戰役的後期。那天中午，日軍方招待中外記者，說閘北的中國軍隊全綫動搖，已作總撤退的準備。孫軍長問我：「該怎麽辦？」我請他把任務交給我，我當卽發了一篇電訊，說我在軍部晤見了孫軍長，孫氏正在讀李劼人的「大波」下卷，看得津津有味。隨卽步行到旅部，和旅長閒談了老半天，又和旅長步行巡視北站一綫戰壕，守軍也從容閒適。……那一千字電訊中，並沒半句闢謠的話，却予日軍發言人以重大的打擊。第二天午間，又正式邀請中外記者到閘北作戰地巡遊。孫軍長便在四行倉庫三樓招待他們，那些記者都以為孫氏從前綫趕回來，並不知道軍司令部就住在四行倉庫中的。孫氏陪着記者上了七樓，遙望北四川路底的日軍司令部。隨後，又送他們到北站前哨陣地去，還讓他們通過英軍防綫，進入北河南路，各自回去。第二天，中外記者分別報道我軍的英勇沉着，毫無動搖之情。日軍也承認這是宣傳戰上最大的挫敗。其實，十月八日以後，我軍確已準備總撤退，只是右翼前綫穩定如故，一般記者是看不明白的。

至於軍情判斷實在很難，也讓我列舉幾件實事。上面，我說到台兒莊戰後第二週上洪山前綫的事。在邳縣附近碰到了G參謀長，他告訴我們：在魯南前綫，並不見日軍增兵，那是值得注意的事，叫我們立卽離開徐州，轉到西邊去看看動靜看。我們一回到徐州，立卽準備西歸。我告訴他：「我原想到歸德去看看。」他認為還不够遠，最好是到鄭州以西才行。那時從武漢來的記者，紛紛到了徐州、看我們西歸大為訝然。後來到了開封，恰巧社中派來的電台，也到了那兒，也甚為驚疑。誰知，我們離開徐州、開封和鄭州，都是把握了最後的時機，否則在總撤退的行程，不知會碰上怎麽的惡運呢！其實，軍事委員會派到徐州指揮作戰的參謀團，比我們早走四五天，他們的新任務，也正是策劃徐州前綫部隊的總移轉呢！

我且說，一九四一年，我在柳州前綫的事。那時，張發奎將軍住在柳州指揮桂南前綫的軍事。依他告訴我：南寧城中，市面已經恢復了；日軍防禦前哨綫在七塘一帶。那知，只過了半個月，日軍從南寧總撤退了；我們進入南寧城中一看，城中根本沒有住民，更不必說什麽市面了。只有難民區那一角，還有三四千難民，由天主教神甫在救助。那些神甫是法國人，根本不知道他們的巴黎已經陷落的事；他們更不知道日軍撤離南寧乃是移往越南，作太平洋戰爭的前奏呢！至於日軍前衞綫在五塘，三塘則是主要陣地，和張司令長官部的推斷，完全不相同的。所以軍事新聞，只能近眞實，不可太眞實，在適當時機才可發表，不可搶迅速，這固為軍事記者所不可不知；但在瞬息萬變情況，連高級司令部都不能把握當前軍情，何况隨軍記者呢！

最後，我還是叮囑一句話：一個新聞記者，千萬勿聽信任何人的話，有時，連自己也得作謹愼的保留呢！（續完）

慢吞吞

清仁

美國的作家寫作慢的大不乏人，而以一九四五年去世的賀夫曼寫得最慢。他花了廿五年的時間寫第一部劇本——「少年的大衞」，平均每天只寫六個字。

猪年猪故事

「猪仔議員」吳景濂

竹坡

清代的科舉考試中，有一個空前絕後的舉人，人稱「站丁舉人」，爲清朝二百六十八年天下中罕見。這個人的出身已奇，壯年時爲國民黨北方重要分子，中年後，忽臭名洋溢，爲「猪仔議員」，終於鬱鬱林下二十年而逝世。此人乃五十年前在政壇上顯赫一時的吳景濂也。

民國十二年（一九二三年）十月五日，曹錕賄選成功，吳景濂以衆議院議長資格，親奉新總統當選證書往保定，獻給曹錕，曹於十月十日入京就職。（關於曹錕賄選，吳景濂等人替他收買議員，此事知者已多，在這裡不再多說。中國自有選舉以來，無如近五十年這班代議士如此齷齪者，可謂自古已然，於今爲烈矣！）

吳景濂早歲主張立憲，革新政治，忽然甘居下流，做起猪仔議員頭目，後人每一提到猪仔議員，沒有不罵吳景濂沒廉恥的，然而他還是飽讀經書出身的舉人，而且還是空前絕後，在中國科舉考試制度史中一個特出的人物呢。他是奉天興城縣人，光緒廿三年（一八九七年）丁酉，他中了順天鄉試副榜（「副榜」俗稱「半個舉人」，但已是正途出身了），入京師大學堂師範科，畢業後往日本留學。這些學歷都不足爲奇，最奇者是他的舉人，所以值得一談。

景濂得中舉人，是以站丁資格取中的，這是一個特色。什麽叫做站丁呢？我要先詳細說一下。

清代科舉考試制度，奉天、吉林、黑龍江三處的士子，如應鄉試，都要到直隸省境內北京所屬的順天府應順天鄉試，民籍的廩生、增生、附生編爲「夾」字號，中額八名；旗籍滿、蒙、漢軍、內務府包衣，則編爲「合」字號，中額也是八名。其漢軍內務府下五旗的禮部園丁（司種菜）、漁丁（司捕魚，皆爲祭祀用）、道丁（即伙居道）、兵部站丁（驛站的丁役，多爲三藩舊部之後）、公主府以下八旗世爵僕丁等，一律不准應試做官，只有站丁一項，待遇稍優，可以做驛丞（未入流的小官）。

光緒四年（一八七八年），奉天府府丞兼學政王家璧，奏請開盛京兵部站丁考試例，其疏畧云：

道光二十四年「禮部則例」載：盛京兵部所屬站丁，係吳三桂戶下逃丁及僞官子孫承充，與八旗戶下帶地投充莊頭及家奴無異，本身及子孫，均不准其捐考。臣查旗民家奴，尚有伊主放出後，扣足三代所生子孫，與平民一例應考之條，而此項站丁，節經歷任盛京兵部侍郎永福、兆惠、富德、花尚阿、書敏、書元、戶部侍郎延煦等奏請，照戶、禮、工三部所屬官丁，一體准其考試，均經部駁在案。在部臣屢議而屢駁者，固守先年之例案，而諸臣之屢駁而屢請者，實察歷久之情形。臣謹詳查歷次成案，考證乾隆嘉慶年間部頒欽定「學政全書」及近時續增科場條例，竊見其中有可疑者三，有可憫者三。請爲皇太后、皇上言之。永福、兆惠、富德、花尚阿四次奏請，見於「學政全書」者，在嘉慶十九年以前，部駁皆以驛站緊要，恐准考則有力之家，盡以讀書爲名，規避差使，致誤驛務，并無一語謂係吳逆逃丁也。……永福初次奏請係雍正八年，其時去吳逆之平未遠……乃永福此奏，惟奉上諭，謂事雖應行，但此途一開，恐不無懈弛之處，亦未言及吳逆逃丁及僞官子孫也。至嘉慶十九年，將軍和寧與書敏不合，始有係「康熙年間招安吳三桂戶下逃丁四百四十名，編爲二站」之語，亦未指何站。其實盛京兵部所屬二十九站，皆設自順治二年，今日皆吳逆逃丁之後，豈原設二十九站各丁竟一丁有後乎？在站丁世受豢養，例准考補驛丞，何敢必希上進，但因一二站編有招安投回之人，遂使二十九站站丁祖父子孫，同受不韙之名，不准上進，未免向隅，現今站丁生齒盛繁，驛務不至懈弛，臣不敢以案經屢駁，緘默不言。可否准照莊頭及旗民家奴放出例，除去始編站丁本身及其子孫外，再扣足三代所生子孫旗檔有名者，入旗籍考試，旗檔無名者，入民籍考試，其服官限制，亦查照辦理。事關盛京根本重地屢駁之案，似應廷議僉同，以昭愼重，伏請飭下王公、大學士、六部九卿，翰詹科道平議。

王家璧所奏請准站丁應考，是具有充分理由的，但廷議對於此舉仍不以爲然，站丁應考又沒有成爲事實。到光緒十三年（一八八七年），奉天府府丞兼學政朱以增才奏准開放此例，站丁得以考試，再過十年爲光緒廿三年，吳景濂即以站丁資格考中副榜。（景濂生光緒三年丁丑，王家璧奏請時，他只二歲，朱以增請准時十一歲，中舉時廿一歲。）終清代科舉考試籍隸站丁而得中舉人者，僅吳景濂一人，亦可謂空前絕後，在科舉考試史上可大書特書的。

景濂字蓮伯，日本歸國後，在瀋陽任兩級師範學校監督。光緒三十四年冬，當選爲奉天省諮議局議長（副爲袁金鎧）。沃丘仲子「當代名人小傳」列景濂於政客，今摘錄如左：

……及鄂事發，景濂主獨立尤堅，乃商總督趙爾巽，立保安會於奉天，爾巽爲正會長，景濂副之，罷清廷所置吏，別以會員組織行政部，撤龍徽，豎保安會旗。……無何，張作霖入省，逐藍天蔚去，擊斃革命首領張榕，景濂幾中嫌疑，乃逃之滬，爲臨時參議院代表。正式國會成立，被舉爲議長，雖隸國民黨，而持議少循中道，然以新進爲衆所推戴，驟躋議長，亦不得不庇同黨。世凱嘗笑曰：「孺子以是爲榮，實居灶上耳。」逮國會解散，去天津居之。……再解散國會，乃至上海，共孫洪伊等拒段（祺瑞），集議員粵中，建置軍政府。……景濂雖儉於學，而所爲公牘，明允條暢，才如老吏。（文作於民國八年，未及知景濂的下半生歷史也。）

所記雖不盡完全正確，但大致尚可參考，所謂「集議員粵中」，係指民國六年（一九一七年）護法之事。中山先生在廣州開非常會議，護法議員皆集，衆議院議長吳景濂亦參加。九月一日非常國會選舉孫中山爲大元帥，九月十日就職，北洋政府的國務總理段祺瑞，於九月廿九日下令通緝孫文、吳景濂，令文有云：

孫文吳景濂等通電全國，僭稱非常國會，設立軍政府，舉孫文爲大元帥……并立各部總長，擅發僞令……紊亂國憲，逆跡實已昭著，著各軍民長官，一體嚴緝，拿交法庭依法訊辦，并褫奪勳位勳章！

這一通緝是無上光榮的，吳景濂得以高攀中山先生同作「亡命者」，同爲前進人物，至榮幸的事也，八年後，民國十四年（一九二五年）奉直二次戰爭後，段祺瑞時任臨時執政，於十月六日下令通緝「密謀煽亂之張英華、吳景濂、張志潭、劉永謙」等人，這就沒有人同情他了。

吳景濂替曹錕包辦賄選後，又替他賣力搞「天壇憲法」，極力倒向北洋軍閥，爲曹錕所利用，曹做了總統不久，就一脚踢開他，景濂於是隱居天津，其經過頗可一述。

曹錕登上寶座之後，曾替他大賣氣力的吳景濂，滿以爲「憲法」一經公布，第一任的國務總理非他莫屬了。但曹三的手下有津派、保派、洛派之別，三派競爭得很劇烈，曹三爲人又極胡塗，不大愛理政事，大政都交給左右親信處理，并且輕信人言，因此內閣問題就起了糾紛，而且也引起了國會內部的鬥爭。吳景濂是衆議院議長（副爲張伯烈，亦曾出力爲曹錕賄選的人），院中又有擁吳派和反吳派，反吳的議員，居然在十二年十一月五日開會時，七手八脚將吳推下議長台，飽以老拳，十二月十八日一次會議，反吳派議員因討論以孫寶琦爲國務總理問題，紛紛以墨盒飛向議長台打議長，四川籍議員黃翼，飛起一個墨盒，百步穿楊，箭法如神，射中議長額頭，出血如注，兩派議員互離坐位，打作一團，吳景濂指揮警衛將黃翼逮捕，解往地方檢察廳起訴，但該廳因爲黃是議員，却予以交保釋出。反吳派議員要求內務總長高凌霨下令換衆議院警衛長湯步瀛，指他的警衛時時入會議廳毆打議員，應予處分。於是高凌霨令警察廳另派新員去接換，交接時又大起衝突。擁吳派說議長有權指揮警衛，他們打議員，無非是議員先打人。其時反吳派得勢，曹三在幕後予以支持，吳景濂見風頭不對，立即帶了議長印信，逃往天津，發表通電，言本人在津行使議長職權，北京議員所議的國政完全非法。結果他的總理固然做不成，連議長也丟了。替他拉線的王承斌會埋怨曹三怎可以這樣過橋抽板，以後誰還肯替總統賣力，但曹三置之不理。

與吳同隸國民黨的林庚白，記其與吳見面一事，頗可參考，今從庚白所作的「子樓隨筆」錄出：

士有敗於晚節者，余謂終是熱中之誤。遼寧吳景濂，舊以統一共和黨領袖，改隸國民黨，躋於黨魁之列，先後爲參議院、衆議院、非常國會之議長。性「强項」，官僚軍人，咸敬憚之。顧自壬戌冬，惑於及門王承斌之言，助曹錕賄選甚力。蓋承斌者，保定派之中堅，先是與曹錕有默契，許景濂以事成組閣，兼賄以五十萬金。景濂信不疑，卒以敗名。其終也，組閣不可得，幷衆議院議長亦見擯，所獲僅僅五十萬金，景濂始憬然爲人所賣，然已無及，則營菟裘於天津，不復敢問世。丙寅（按民國十五年，一九二六年也。——引注）秋仲，相見保定，時國民革命軍已直下武漢，而北方奉直又相猜，景濂睹余歎曰：「天下之大，無容身地！」可謂一失足成千古恨。

庚白早死吳景濂二年，未及見後來一活劇。景濂晚年在天津辦一耀華學校以自韜晦，民國三十三年（一九四四年）一月病死。到民國三十七年六月十九日，天津「益世報」不知怎的居然替「猪仔議員」出一個特刊，追悼死已四年的過氣政客，爲這個特刊題字的「黨國要人」可多了，有國民政府總統蔣中正題的「義重燕雲」四字額，副總統李宗仁題的「民主先進」，于斌題的「議壇典範」，葉公超題的「先知先覺」，陳其采題的「精神不死」。其它還有很多，不能盡舉。什麽「典範」、「先知」、「不死」等等，無非鼓勵後人乃可賄選，賄後還是議壇典範的先知先覺，精神永不死也！達官貴人對一個猪仔議員如此口不擇言，吳景濂在九泉不知會不會啼笑皆非，此亦國民黨最有趣的幽默文字。

究竟廬詩自序

季　炎

余中年以後所爲詩，不從宗派，不事雕飾；一如候虫時鳥，興至則鳴，頗不合於時流論詩之旨。「飾貌以彊類者失形，調辭以務似者失情」，余深韙斯言，故吾詩雖野且露，弗恤也。

「彼荆莽之勿剪，亦蒙茸而集翠」，妙悟天機，聰明人語也。石蘊玉，水藏珠，固是最佳境界；而一片翠色，雖無羣花絢燦之盛，其生機之蓬勃持久，殆有過焉。時下每喜以紙、絨或塑膠製成像生花鳥，雖窮極工緻，究無情趣可言；余寧對啁啁候虫，茸茸青草耳。

余之少作，意必求深刻，辭必求脫俗，而功力不足以副之；每每意成晦澀，辭難達意，未嘗不以爲有乖於詩道也。當時雖曾發表於北京各報中，三數前輩，謬相稱許，是亦提携後進之意，非眞有可取也，故卷中一首不錄。

秦淮雜詩五十首，中多牢騷語，顧愁有自來，言中有物，絕非無病呻吟之作，姑存之，聊以重溫舊日心聲耳。

一九七一年辛亥春日，季炎自序。

攻克柏林第一手記錄今始發表

朱可夫回憶錄（續完）

龔可譯

克雷勃斯將軍，是個有經驗的軍事外交家，用了所有的方法，企圖把V・崔可可將軍拖入長時期的協談中，不過這一項手段並未成功。我已經說過，V・蘇可洛夫斯基將軍負責監督這次談話，向克雷勃斯明確地宣佈，只有德軍向盟國全體無條件全部投降，軍事行動才能告終。談話給這兩句話打斷了。並且因為希特拉分子在這時不接受無條件投降，我們的軍隊便奉命立即使敵人就範。

五月三日早晨，我和N・貝爾柴林，柏林亘司令，F・鮑可夫，第五軍的軍事顧問，K・德勒金，蘇徐軍事顧問，還有別兩個人，去看國民議會。我們偕同了阿瑟・畢克，並由他引路，他是威廉・畢克的兒子，畢克初戰時在蘇軍引列中作戰。他很熟悉柏林，這就使我們更好地瞭解在什麽情况下我們必須作戰。

這裡，每一步，每一塊混土，都在說話，較之語言更為明白，表明在接近總理和國民議會的建築物，牆壁可以抵得住中等口徑的砲。需要有大口徑的砲才能對付。圓屋便和不同的重要上層建築，各層着火中，都可容敵人結集。同樣在國民議會內，那戰鬥的情况也是很複雜艱苦的。要求戰士不僅有勇氣，而且要有瞬息間的方向感，識見感，持久的警覺性，能迅速地變換掩蔽位置，射擊得準確。我們的人確實能符合這些要求，但是有許多人在這裡勇敢地犧牲了。

國民議會大門口的廊柱，牆壁，寫滿了我們的戰士的簽名。在那些簡潔的字句中，在這些士兵、軍官、將軍們的簡單的簽名中，我們感覺到他們——蘇聯人，蘇聯軍事力量，他們的祖國和列寧的黨——的驕傲的根源。我們也簽了名，簽名的時候，在場的兵士們都認識我們，團團圍往了。我們必須逗留一個小時，和他們暢心談話。他們提出了許多問題。兵士們問什麽時候他們可以回家，是不是要有一些部隊佔領德國，是不是我們要和日本開戰，等等。

五月七日，最高司令打電話給我，說：

「今天，萊茵城裡，簽字無條件投降。」隨後，他繼續說，「蘇聯人民的肩頭，担負了戰爭的最大部份的重量，然而簽降必須在反希特勒分子同盟國家的最高司令之前辦理，而不只在盟國軍隊的最高司令之前辦理。」斯大林繼續說，「我也不同意降書不在柏林簽署，柏林是京城，而且法西斯侵畧是在那裡發動的。我們和盟國約定了，萊茵城的簽約，將當作一項臨時的議定稿。明天，同盟國家的最高司令代表們，就要到達柏林。你已經提名為蘇軍的最高司令代表。維辛斯基從明天起就會和你會面。在簽降書之後，他會以負責政治問題的高級專員的資格留在柏林。你已提名為德國蘇聯佔領區的高級專員和德國蘇聯佔領軍總司令。」

維辛斯基在五月八日一大清早，乘機到達柏林，他携來了關于德國投降的所有文件，並傳知了盟國最高司令代表的名單。

從五月八日早晨起，新聞記者們都到達了柏林，世界上最重要的日報和雜誌的通訊員以及攝影記者，要來攫住和固定那歷史性的時刻，其間，法西斯德國的敗績，要受到法定的形式，其間，德國要認識到一切法西斯制度，以及它所奉行的，一切反人道的和野心目的，都已毀滅得一去不回。

在中午時分，各盟國的最高司令代表，都到達丹培洛夫飛機塲。

盟軍最高司令代表們是英國空軍元帥阿瑟・W・戴德爾，美國戰畧空軍司令斯巴茲將軍，法軍總司令拉脫勒・德・塔西尼將軍。我們的同僚，V·蘇可洛夫斯基將軍，第一任柏林軍事總督，N·貝爾柴林少將，F·鮑可夫中將，軍事顧問，以及其他的蘇軍代表，都在機場迎接他們。各盟國代表從這裡一起到卡爾盧洛斯特，在那裡接受德國當局的無條件投降。

在同一個機場下，在英國軍官監守下，從費朗斯堡城飛來的季德爾元帥，費里德堡海軍上將，斯丹潑夫空軍少將，受了杜尼茲付予的全權，來簽德國無條件投降書。

卡爾盧洛斯特部份屬柏林，前德國的學校飯店，單層建築，工兵在其中安排了一個廳，以備舉行無條件簽降儀式。

稍稍休息一會之後，各盟國司令代表都到我的司令部去，協談此後感人時刻中的程序。

我們才踏進房間，這便是要舉行協談的地方，英義新聞記與們逐個地猝然闖入，來勢急遽，問題向我襲來。他們以盟軍的名義，送給我一面綉着金字的友誼的旗幟，有美軍向蘇軍致敬幾個字。

新聞記者離開這會議室之後，我們便接觸到一連串有關于希特拉分子投降的問題。季德爾元帥和他的隨員，這時已在別一座建築物中。

根據我們的官員報告，季德爾和其他德國代表人員，都很神經質。季德爾對在[illegible]

[illegible]，我深深地為破壞的嚴重而心亂如麻。」

我們的人就作了回答：

「元帥先生，在你的命令之下，成千的蘇聯城市村鎮給掃平了，而在廢墟之下，壓破了我們幾百萬同胞，其中有成千上萬的兒童，你心亂如麻嗎？」

季德爾面色灰了，神經質地聳聳肩膊，無言可答。

根據協議的結果，在下午十一點四十五分，戴達爾，斯巴茲和塔亞尼，盟國司令的代表，A·維辛斯基，K·德勒金，V·蘇可洛夫斯基，以及其他幾個人，在我的辦公室中聚會，這辦公室卽在德國簽無條件投降書廳房的間壁。

晚上十二時正，一秒不差，我們進入廳房。

大家都坐到一張桌子邊。這桌子靠近牆，桌上插着蘇、美、英、法四國國旗，桌子後面，舖着一張綠色地毯，坐着紅軍的將軍們，他們的軍隊，這樣迅速地粉碎了柏林的防守，使得不可一世的法西斯元帥們屈膝，法西斯首腦和法西斯德國也一樣。許多蘇聯的和外國的新聞記者、攝影記者也出席。儀式開始，我宣佈：

「我們，代表蘇軍最高司令和盟軍的最高司令，我們由反希特拉份子同盟各國政府任命合作，受權接受德軍當局的德國無條件投降。德國最高司令的代表們入場[illegible]

所有坐着的人，都轉過頭來向着廳門，那裡是他們必然要出現的地方，他們在全世界面前，曾以強力膺懲，在一個半至二個半月中，不會再多，予法國和英國以雷霆疾擊的敗績，並打垮過蘇聯。

第一個進門的是季德爾元帥，不急不忙，他是希特拉的右胳膊。他穿着檢閱制服，可說是綁着肚帶的高個子。他舉起元帥權杖，向蘇軍和盟軍最高司令代表們致禮。

繼季德爾進來的是斯丹潑夫少將。他可說是個矮子，在他的目光中，聯繫着怒意和衰憊。海軍上將馮·費里德堡同時進入，他似乎比他的年齡為老。

他們給吩咐坐在一張桌子後面，那是認為須離入口處不遠而安排好的。

季德爾元帥慢慢地坐下，抬起了頭，目光向我們揚了一下，坐定在中位，斯丹潑夫和費里德堡分坐在他的兩邊。隨員們站在他們所坐的椅子後面。

我問德國代表們：

「你們帶了無條件投降書嗎？已否研究過？你們有無全權簽字？」

我的問題，由戴德爾空軍元帥用英語再說一遍。

「是的，我們研究過了，我們準備簽字。」季德爾用啞澀的聲音說，「杜尼茲海軍總司令委給我們簽字的文件，文件上[illegible]

投降書上簽字。」

這不是傲慢的季德爾，他曾經接受征服的法國投降。而現在的季德爾却顯出了沮喪的神氣，一面却企圖維持一定的軍人姿態。

我站了起來，說：「我請德國代表近到這張桌邊來。你們便可以在這德國無條件投降書上簽字。」

季德爾站起來，我們以毫不溫和的目光盯着他，隨後他低下眼睛，在小桌子上慢慢地拿起了他的元帥權杖，向着我們的桌子，跨開確實是痛苦的一步，他的單眼鏡掉了下來，由它給絲帶吊着。他的臉上泛起了紅潮。同時走進桌子來的是斯丹潑夫少將，馮・費里德堡海軍上將，以及他們所帶來的隨員。季德爾一經重新帶上單眼鏡，便坐在桌邊的椅子上，並不急忙，簽了五份降書正本。斯丹潑夫和費里德堡同時上來簽了字。季德爾簽過字後，戴上右手的手套，又一次想擺正他的軍人架子，却怎麽也裝不成，慢慢地回到他的桌子邊。

五月九日，零時四十三分，無條件投降書簽定。我請德國代表離開這廳房。季德爾，斯丹潑夫，費里德國走出去，跟着是官員和參謀。

我用蘇聯最高司令的名義，在如此長期等待獲致勝利之際，熱烈地祝賀全體出席者。一陣難以形容的喧譁充斥了這廳房。所有出席的人彼此祝賀並相互握手。不止一個人，流出了歡喜的眼淚。我的戰鬥同志們圍繞着我，V・蘇可洛夫斯基，M・瑪里寧，K・德勒金，N・安諦邦柯，K・曾爾巴克亘，V・古茲湦佐夫，S・鮑格達諾夫，N・貝爾柴林，F・鮑可夫，P・貝洛夫，A・高爾巴托夫，其他還有……

「親愛的朋友們，」我對我的軍中同袍說，「偉大的光榮已經在我們身上了；人民，黨，政府，信任我們，交給了任務，率領蘇聯的光榮軍隊，作最後的戰鬥！衝擊柏林。蘇聯的軍隊和作爲他們的首長的你們，在進攻柏林的戰鬥中，你們表現了這種信任的。可惜的是有許多人，算是已經不再和我們在一起了，却也爲這樣長期地等待的勝利到來而歡欣，爲了勝利，他們毫不畏縮地獻出了他們的生命！」

想到他們的朋友和戰鬥同志，沒有機會活着看到這快樂的日子，這些男子漢，他們自己素來面對死亡凝視而毫不畏縮的，雖然努力忍住，却不能把眼淚噙牢了。

五月九日，零時五十分，接受德國無條件投降的儀式結束，這個儀式進行得秩序井然，很令人感奮。開宴的時候，我舉起了酒杯，祝賀反法西斯德國希特拉分子同盟國家的勝利。在我之後，阿瑟・戴德爾元帥，其後是塔西尼將軍，以及美國空軍斯巴兹將軍，都說了話。他巳之後，是蘇聯的將軍們說話。每一個人追述了在黯淡的年頭所最最憂慮的事。我記得他們以偉大的誠實願望，說了許多話，這願望激勵我們維持在反法西斯同盟國家間的不可毀滅的友誼聯繫。在說話中，蘇聯將軍們和美國人，法國人，英國人，以及每一個人，都深信這是對的。宴會直到黎明時分才散，既唱歌，又跳舞。蘇聯的將軍們表現出他們是沒準兒的跳舞家。我不能抑制自己，記起了我的青年時代，跳了一隻俄羅斯舞。在一陣砲轟聲中，爲勝利的光榮而淚盈滿面，我們彼此分手，有的回到駐所；有的趕上機場。在柏林各區，甚至在郊外，都在鳴槍開炮，不過都是向天開的，加農炮彈的强光照耀，廹擊炮和子彈都會落到城裡，五月九日早上，要在街道上散步，那可是一件危險的大事。不過這種危險，與我們的飛機，在長長的幾個戰爭年頭中，習以爲常地造成的危險相比，那就不可同日而語了！……

（本文爲「朱可夫回憶錄」一書中一節）

譯者按：有關此書有幾點可注意：①不遲不早，恰在今日發表；文中稱「這願望激勵我們維持在反法西斯同盟國家間的不可毀滅的友誼聯繫」，當「美蘇神經同盟」若隱若現之際，其有寄意乎？②在此書發表，又有所謂「赫魯曉夫回憶錄」一書，極詆斯大林及蘇軍攻克柏林之功績，或日此錄爲眞，或日此錄爲假，姑不論，其間總令人感到有古怪耳。③希特拉確已自殺，由朱可夫證之，當是第一手資料，當時實勘情形，可作信史取材。

哀香港（續）

——香港浩劫三十周年憶語——

容甫

有些人家平常吃的是大白米飯，這時候可不得不摻雜一些豆、薯等類的雜粮。從前每頓飯吃的是滿桌子葷菜，這時候一小塊豆腐乳可要供養全家幾個人的享用了。有些人索性不必吃菜，就在飯裏撒上點鹽水就算。有些竟發明一種用鹼水和米糖幾樣東西黃成的既經濟，又耐餓的所謂「神仙糕」。有好些有錢的人家，這時候所吃的也都大不如前了。除非那些幸而沒有捱過搶劫的，或是跟日本方面有特殊關係的人們，才能够保持以前的闊氣。我們吃稀飯和雜糧，就有一個星期的時間。偏偏越餓荒越吃得多，後來還是全靠分頭籌借，和由元朗私運出來的糧食。

可是實在說起來，吃得最潤的，用得最潤的，當然是那些慷他人之慨的，到處搶刦對富人復仇的暴徒流氓們了。他們隨時隨地身上那一個沒有一兩千塊的？那一天沒有好東西吃的？那一天不上「分金堂」去大喝大嚼的？那一天不上賭館去大賭特賭的呢？這也許就是他們所認爲這一趟「階級鬥爭」「階級復仇」的成就吧。所以有人說這時候[illegible]的，就是都些有胆量有力氣沒有廉恥而殘暴的人們！當時的情形的確如此。

當時生活最苦的，除了些安份的窮戶和被洗刦的而外，便是一些英、美、荷等國籍的人了。凡是屬於這幾國人的產業，一律被封，一切物資概被沒收。凡屬於他們的房子都被釘上寫着「日本大陸軍部管理」的牌子。他們的汽車很多被徵用。同時他們都拘在香港的幾家大酒店裏。酒店外面除鎖上鐵門之外，還加釘木柵。門口掛着一塊寫着「英美荷人拘捕所」的牌子。日本鬼子每天限制他們的吃粮和水，讓他們自己弄吃。於是男男女女都給餓得個個瘦骨如柴；同時那些大漢們更是滿臉鬍子，蓬頭垢面，格外顯出寒酸可憐。據說那些被關在集中營的英軍，他們的生活也是這樣的。這些可憐的俘虜，每天只好憑着欄干，一邊曬太陽，一邊捉虱子。有時日本鬼子故意使他們拉着車子，讓東亞人坐，讓日本人看着笑。從前香港社會中，歐西人第一的觀念，這時候完全變了，連那些受過幾百年奴隸生活的印度人都不如，[illegible]。

日軍進佔後四五天，街上有些地方漸漸地放人行走。頭幾天我只有讀俠隱記解悶，後來也常常出去到處觀察這個鬼蜮世界的實在動態。於是到處是那些面目猙獰四處闖事的「皇軍」，阿諛諂媚爲敵鷹犬的印奸漢奸，洋洋自得肆意刦掠的匪黨流氓，面黃骨瘦奄奄一息的無辜難民，蚊蠅麕集臭氣薰天的尸體垃圾，彈痕纍纍遍地沙礫的房舍廢墟，被刦一空寂無人聲的民間住宅。人間地獄的種種慘象，一一都深入了我的腦子裏。

吃的問題成爲最嚴重的問題，故此有好些商店老闆鑒於有利可圖，便都臨時改營食物店。「支那料理」一類的店子，也就在這個時候應運而生了。同時滿街邊也盡是些賣食物的小攤子。由於他們所用的用具看來，可以知道是臨時湊合的；有好些還是手藝生疏的太太小姐們，更可以知道他們所做的並不是本行的買賣。物極必反，這種現象也就不足爲怪了。我還認識一個港大畢業生，他當過好幾年英文書院的教員，他就曾經因爲學校停頓，存欵在銀行裏拿不出，一時爲生活所驅策，迫得只好摘下近視眼鏡，穿起短衣，仿效小販們捧着一些油條麵包一類的食物，沿街叫賣。後來竟因爲自己到底不是本行，同時又不交運，結果只做了兩天不賠不賺的生意而宣告停業。當時街上食物攤子所賣的，除了[illegible]之外，[illegible]一向香港政府所懸爲厲禁的貓狗肉大會。可見食物缺乏，貓狗蟲鼠也蒙其禍了。其他的商店都上了門，很多都貼有寫着「洗刧一空」或「被刧××次」的紅紙條。菜蔬肉類這時候都有得賣。敵人雖也曾施行過計口販賣米粮的辦法，可是一等就要等上大半天。有的甚且在半夜裏就預先去輪等的，每天米站的門口總是排滿了人。敵人一方面這樣假仁慈施行計口授粮制度，可是另一方面却張貼着迫人疏散回鄉的佈告。所以有人說食粮問題的恐慌乃是敵人故意造成的。其實米倉裏的米早已不斷給他們搬走了。

街上除了零食攤子之外，就是些販賣日常用品的了。什麽洋酒啦，西裝衣料啦，毛絨衣料啦，罐頭食品啦，以至於種種用具，都應有盡有，而取價都是很便宜的。說起這些貨物的來源有兩個：無疑地大多數都是些贜物；還有一部分就是居民爲着需要錢用，而割價把自己的用物出賣的。當時擺攤子成爲盛極一時的風氣，數目天天在增加，弄到滿街滿巷都是。於是收買新貨物和舊料的，竟成爲一種應運而生的新興事業。

擺賣自己用具衣物的人中間，以那些不堪敵人壓搾，而想籌足旅費，迫得做出這套「秦瓊賣馬」的人居多。說起來實在可笑，作者便是其中的一個。當時我摘下眼鏡，穿上新縫好的黑布短衣，頭戴冷絨帽，人家乍看起來都不能識破我這個刧餘的窮書生。這一趟我倒得到了好些新經驗。我爲着要佔好位子，天還沒亮，濃霧濛濛，北風呼呼，四點多鐘的時候，就上佐頓道馬路邊守着。我的貨物都是些刧餘的東西，有舊皮鞋，舊西裝襯衣，領帶，案頭文具，鐵箱子，以及些笨重不容易帶走的雜物。我的地攤足足擺到三四米突長，從早上六點多擺到下午四點鐘。我學到了商人的招徠術。我當時所採取的政策是極力吸引住顧客，盡量把舊東西售脫爲原則。沒有人過問的時候，我就放大喉嚨喊着『買平貨』。有人來討價還價的時候，我總是不肯讓他們走，不過，結果總是我讓步的居多。我同時還受過幾次日本獸兵的虧，凡是他們所喜歡的東西，不管你肯不肯賣，搶起來就走，有時只還十分之一的價錢。我有一個照相用的三脚架子，就是這樣給搶去了。飯菜是傭人或小孩子送去的。這時窮途末路的我，也就顧不得了攤子旁邊的垃圾沙塵和蒼蠅了。

我所認識的有兩位清華大學畢業生李君和張君，他們的遭遇也很壞。李君原本是留學德國的，他研究音樂和文學。正準備出國赴美再求深造，一切的手續都辦好只等船。可是不幸的碰正這次災禍。他到香港就住在張君九龍的家裏。張君是美國留學生，當時任某銀行駐港的勷理的職位，太太是燕京大學同學韓女士。他們家境很好，以前也曾在山林道跟我們做過同居的，事變前三四個月才搬到太子道一所洋房子的底層去。屋子外面就是一片草坪，是供他們的女孩子玩的好去處，屋子裏的傢具都是新近定造的。他太太很會治家，把內部佈置得很考究。李君就住在家裏等船出國。他們在事變前就儲了好些粮食，滿以爲儘可以應付這個非常時期的。誰知道一到了英軍撤退的那一天晚上，流氓們就光顧到他們的家，連埋藏在沙發背後的樓梯底下的粮食，一部份也給他們發現搶了去。這時候最可憐的是張君那位將近分娩的太太和四五歲大的女孩。張君畢竟一向是有了相當地位的人，所以過了幾天之後，也就從他的朋友借到了幾張一百塊五百塊的大票子。那時候的票子，一百塊的只能換到六十多塊錢，五百元的根本就暫時不予兌用。張君這時候沒有辦法，只好先陪太太和女孩子，一起搬到附近的一家法國醫院去住。留下李君和傭婦替他們看守那所凌亂不堪的房子。後來誰知道房子又給退守香港的炮兵的炮火擊中。上面三樓都給震壞，水管也破裂了。於是弄到滿屋子裏都給水浸得不堪駐足。李君和傭婦只得遷上二樓以前洋人住的房子去。因爲洋人的僕役們是山東人，李君說的滿口北平話，所以很受他們的欵待。後來直到張君的房子給日本兵佔據了之後，李君一夥人才設法離開那所破房子。

（未完）

讀水滸傳

李炎

李逵，是書中另一個非常特殊的人物，作者寫來，也是十分出色的。

李逵的性格，從表面看來，和魯智深極爲相似。蓋兩人對於一切世事，都是全無戒懼之心，而一言一動的魯莽情形，又都似乎是同出一轍的。可是往深一點看下去，便發覺兩人之間，實在有很大的差別的了。李逵所以能有那樣的大無畏精神，完全是由於不知利害之故；而魯智深則是一個深明利害的人，其能臻此境，是別有成因的（說已見前）。至於兩人的魯莽行爲，也是大不相同的。李逵是始終不變的一貫作風，好比一塊永不開鑿的璞玉；魯智深則在臨事的時候，只不過是這樣開頭，一轉念間，便變得很有分寸的了。兩人的性格，雖然這般的同中有異，却也不能據此而斷定其孰優孰劣；蓋其相異之處，各有所長，其錢長又都是難能可貴的，要勉强來下一評語，只能說是有些深度之差吧了。

李逵一生都不知利害爲何物，可從下文畧舉的例子中，窺見一斑。

在江州白龍廟中：

花榮便道：「哥哥，你教衆人只顧跟着李大哥走，如今來到這裏，前面又是大江攔截住，斷頭路了，却又沒有一隻船接應。倘或城中官軍趕殺出來，却怎生迎敵，將何接濟？」李逵便道：「不要慌！我與你們再殺入城去，和那個鳥蔡九知府，一發都砍了快活！」戴宗此時方才甦醒，便叫道：「兄弟！使不得莽性，城裏有五七千軍馬，若殺入去，必然有失。」

在高唐州柴皇城家中：

原來李逵在門縫裏張看，聽得喝打柴進，便拽開房門，大吼一聲，直搶到馬邊，早把殷天錫揪下馬來，一拳打翻。那三二十人却待搶他，被李逵手起，早打倒五六個，一鬨都走了；却再拿殷天錫提起來，拳頭脚尖一發上。柴進那裏勸得住，看那殷天錫時，早已打死在地。柴進只得叫苦。便教李逵且去後堂商議。柴進道：「眼見得便有人到這裏，你安身不得了。官司我自支吾，你快走回梁山泊去。」

在薊州二仙山下公孫勝家中：

這李逵那裏睡得着，捱到五更左右，輕輕地爬將起來；聽那戴宗時，正齁齁的睡熟。自己尋思道：却不是干鳥氣麽！你原是山塞裏人，却來問什麽鳥師父，明朝那廝又不肯，却不悞了哥哥的大事。我忍不得了，只是殺了那個老賊道，教他沒問處，只得和我去。

李逵當時摸了兩把板斧，輕輕地開了房門，乘着星月明朗，一步步摸上山來。到得紫虛觀前，却見兩扇大門關了，旁邊籬牆喜不甚高。李逵騰地跳得過去，開了大門，一步步摸入裏面來。直至松鶴軒前，只聽階窗有人念誦什麽經號之聲。李逵爬上來，搠破紙窗張時，見羅眞人獨自一個坐在日間這件東西上，面前桌兒上烟烟煨地兩枝蠟燭點得通亮。李逵道：「這賊道却不是當死！」一踅踅過門邊來把手只一推，呀地兩扇亮槅齊開。李逵搶將入去，提起斧頭，便望羅眞人腦門上只一劈，早砍倒在雲床上。李逵看時，流出白血來，笑道：「眼見得這賊道是童男子身，頤善得元陽眞氣，不曾走泄，正沒半點的紅。」李逵再仔細看時，連那道冠兒劈做兩半，一顆頭直砍到項下。李逵道：「今番且除了一害，不煩惱公孫勝不去。」便轉身，出了松鶴軒，從側首廊下奔將出來。只見一個青衣童子，攔住李逵，喝道：「你殺了我本師，待走那裏去！」李逵道：「你這小賊道，也吃我一斧。」手起斧落，把頭早砍下台基邊去。

我相信許多讀者讀罷上文所舉出的例子後，都會不期然地發生一些疑問：「只要稍知利害的人，恐怕都不會作此想，行此事的吧？」

李逵不知利害的原因，幷非由於痴頑愚昧；而是由於他有一顆赤子之心。李逵有了這樣的一顆心，因此一言一動，都顯得一片天眞，絕無城府；在他的心裏頭，更沒有絲毫的利害觀念存在着。好比一個嬰孩，雖然面對猛獸，四伏危機，都能絕無懼意。又儘管他殺人如麻，在讀者看來，也不怎樣覺得是慘無人道的；和張獻忠、李自成等所給予人的兇殘印象，大不相同。此中的道理，就是他殺人的動機，正如嬰孩之弄死了一些虫蟻一般，你總不能說嬰孩的這種行動是出於嗜殺成性的吧。作者選擇了這樣特殊的一個因素，來作爲李逵做人行事的原動力，再加上他的生花妙筆的描寫，於是就把李逵特殊化得非常出色了。

嚴格的來說，李逵的性情，實在也沒有什麽兇狠的成份蘊藏在內；而且相反地還可以說是帶着些慈祥仁厚呢。要證明此點，可看下文：

李逵道：「我正是江湖上的好漢黑旋風李逵便是，你這斷辱沒老爺名字。」那漢道：「孩兒雖然姓李，不是眞的黑旋風；爲是爺爺江湖上有名目，提起爺爺大名，鬼也害怕，因此孩兒盜學爺爺名目，胡亂在此剪徑，但有孤單客人經過，聽得說了黑旋風三個字，便撇了行李逃奔了去，以所得這些利息，實不敢害人。小人自己的賤名叫做李鬼，只在這前村住。」李逵道：「正耐這斷無禮，却在這裏奪人的包裏行李，壞我的名目，學我使兩把板斧，且敎他先吃我一斧。」劈手奪過一把斧來便砍。李鬼慌忙叫道：「爺爺，殺我一個，便是殺我兩個！」李逵聽得，住了手問道：「怎的殺你一個便是殺你兩個？」李鬼道：「孩兒本不敢剪徑，家中因有個九十歲的老母，無人養贍，因此孩兒單提爺爺大名唬嚇人，奪些單身的包裏，養贍老母；其實幷不曾敢害一個人，如今爺爺殺了孩兒，家中老母必是餓煞！」李逵雖是個殺人不眨眼的魔君，聽得說了這話，自肚裏尋思道：「我特地歸家來取娘，却倒殺了一個養娘的人，天地也不容我。——罷了，我饒了你這斷性命。」放將起來。李鬼手提着一斧，納頭便拜。李逵道：「只我便是眞黑旋風；你從今以後休要壞了俺的名目」李鬼道「孩兒今番得了性命，自回家改業，再不敢傍着爺爺名目在這裏剪徑。」李逵道：「你有孝順之心，我與你十兩銀子做本錢，便去改業。」李逵便取出一錠銀子，把與李鬼，拜謝去了。李逵自笑道：「這斷却撞在我手裏，既是他是個孝順的人，必去改業。我若殺了他，天地必不容我。我也自去休。」拿了樸刀，一步步投山僻小路而來。

在我的記憶中，所有小說裏頭的江湖人物，性情中還存在着天眞的也有的是，但是能寫得像李逵那樣生動自然，渾然無迹的，似乎還沒有呢。

李逵講話的口吻，神氣和內容，都是妙不可言的。這是作者寫作技巧的一絕，而其筆下那種特殊氣息，在這裏也顯得特別濃厚，不亞於寫魯智深時。李逵在書中的全部對話，句句都是神完氣足，能够充份地表露出他的個性來。令讀者雖在懨懨欲睡的當兒，一聞其聲，精神便立刻爲之一振，其給予人興奮的程度，較諸魯智深猶有過之。試將書中李逵所講的話，不要上下文，單獨拿出來猜猜是何人所說，相信沒有人會猜錯的。現且一讀下文所引書中的一番對話，眞是奇絕妙絕，幷剪哀梨無此爽快也，試想除了李逵之外，還更有何人能說呢！

（待續）

春風廬聯話

林　熙

袁寒雲工聯語

袁克文別署寒雲，工文詞，精聯語，現在記起他有兩首輓聯，頗可一談。民國十五年（一九二六年）丙寅，詩人樊樊山的夫人祝氏在北京逝世，這一年樊山剛好是八十歲（他死於一九三一年三月十四日，年八十六），他的太太祝氏夫人也七十多歲了。寒雲輓以聯云：

倡隨偕老，福壽全歸，五代一堂，早稱淑美；
歌舞當年，干戈滿地，萬塵千古，倏作神仙。

此聯不能算是上乘之作，但也頗切合樊山及其夫人的身份。這位祝夫人是光緒十年樊樊山在北京所娶的續絃太太，樊山死了髮妻十七年才繼娶的。自此之後，夫婦偕老者四十二年。下聯說他們過慣昇平日子，到民國十五年「干戈滿地」，她忽然死了，算是「福壽全歸」，這一年南方的黨軍北伐，正是「干戈滿地」也。

這一年的七月二十八日，詞人況周頤在上海以六十八高齡逝世，寒雲有一聯輓之云：

比夢窗白石老宿成家，儘低唱淺斟，一代詞人千古在；
溯漚尹缶廬殷勤共話，愴小樓清夜，十年江國幾回逢。

這一聯遠勝前作了。上聯的吳夢窗、姜白石是宋朝一代詞人，以此相擬，下聯的漚尹是朱祖謀，缶廬是吳昌碩。

西樓名聯

況周頤「餐櫻廡漫筆」有一段說，蘇州城內通和坊湖南會[illegible]北最高處，倚牆作六角亭之半，上懸楹聯云：

南部新張洞庭樂；
西樓舊唱楚江情。

況氏文中錄其聯語幷識云：「今湖南會館大仙亭之東，小樓三楹，相傳卽傳奇中西樓舊址。辛未（案：同治十年也——引注）正月，李質堂軍門招集潘季玉（曾煒），顧子山（文彬）兩方伯及諸同人，燕飲於此。季玉卽席口占楹言下句，方思屬對，而子山遽成上對，咸歎其工切，遂屬吳膚雨（雲）書之云云。」（按質堂爲李朝斌之字。謝玄暉詩：「洞庭張樂地」，此用其意。）

「西樓記」傳奇是明末蘇州人袁于令所作，用來譏刺吳江人沈同和的，于令與同和爭娶詩妓周綺生（在傳奇中名穆素暉），于令不敵，爲同和娶去，築西樓居之。但西樓不在蘇州，而在吳江縣白蜆江之潯陽灣上。乾隆年間蘇州人顧丹五的「消夏閑記摘鈔」則說「西樓在四通橋，穆妓所居也。」此未得實。以吳江之潯陽灣爲可信。況氏所引的文字，已是同治年間所記的了（據傳嘉慶年間西樓遺址尚存）。

袁于令精曲藝，文采極富，與吳梅村、龔芝麓等人爲文字交，梅村贈詩有「擊筑悲歌燕市恨；彈絲法曲楚江情（原注：袁西樓樂府中，有楚江情一齣）。」楚江情者「朝來翠袖涼」一折，穆素暉爲于叔夜所奏，音節最佳，西樓記中最佳處也。下聯即用此意。

越南名士

一九六八年七月四日，老友張英敏在香港逝世，到他死前三四年我才知道他不是浙江人而是越南人，竟然把我瞞了二十多年，怪得他對於越南的歷史文學這樣諳熟了。一九四八年來[illegible]

則越南聯語給我。據他說，這些對聯是二十年前他「客居」河內時，託朋友向遠東學院借到幾種越南人的詩、文、聯集所載的，因愛其聯，故歷久不忘。

某老名士，當越南初爲法國征服時，曾起義兵抗敵，但卒爲帝國主義者所敗，歸隱山林，其友贈以聯云：

補天塡海，往事竟茫然，老去荒山，尚欲短衣隨李廣；
買竹移花，浮生當樂此，古來名士，何須痛飲讀離騷。

某人哭友云：

風騷良友，一病臥靑山，是才憎命，抑或命憎才，已矣升沉俱往夢；
聚散幾回，多患傷白頭，今我送君，後無君送我，何如生死不相知。

某名士，以一肚皮不合時宜，僅做到縣學訓導（按：明淸制度，縣的文敎官名訓導，亦猶今日的縣敎育局長也。越南文化受中國影响最深，官制亦多仿效中華）：家貧親老，「吃豆腐的官兒」實不易爲。其妻爲一林黛玉型，苦病多時死去，有人輓之云：

妬才造意，竟及婦人耶？爲廣文妻猶苦病；
悼內詩篇，縱然悲語甚，侍慈母側亦低吟。

某世家子，以祖廕得爲縣令，但其人豪放不覊，縱情詩酒，風流自賞，對上司不善逢迎，對法酋（張君原文如此，可見其憎恨一班）更不肯折腰，卒受壓力，辭官而歸。幸而家中頗富有，不必在紗帽場中討生活也。作聯自況云：

仕無寗，已無慍，無好無惡，無風雨關懷，惟莫便厨無米，灶無柴，立品只求無過地；
退有守，進有爲，有忙有閒，有田園樂趣，也算得囊有詩，壺有酒，工吟頓悟有情天。

越南愛國文人阮尚賢，六十年前亡命中國，逃避法酋鷹犬也。他旅居中國約二十年，久已謝世。（其遺著「南枝集」，有章太炎所作序文，浙江省立圖書館有藏本。按：張君曾在該館工作，故知之）阮尚賢去國不久，其妻在家逝世，聞訊哭以聯云：

仰觀天，天已雲霾四塞，俯觀地，地已荊棘叢生，幾千里臥雪餐風，滄海未能塡，誓我壯心，無復香閨縈旅夢；
幼從父，父以王事出亡，長從夫，夫以國事遠適，數十載含辛茹苦，白頭應更甚，多卿早覺，先離濁世斷愁根。

以上數聯，皆二十年前張君在茶座中錄示，藏書篋中，近日始無意中發見，亟錄充我聯話。可惜其他數聯所說的「某名士」、「某世家子」是什麽人，他都忘記了。

張君一名因明，一九四〇年在香港賣文時卽用此名，而固定的筆名則爲阿因。我主編「中國晚報」副刊，他也在「中國晚報」繙譯電報，投來的稿件很多，我完全不知道他是越南人。他的中文很好，日文、法文畧懂一些，英文較佳。十年前任香港越南總領事館秘書，死時七十四歲。

吳芝瑛、廉南湖

吳芝瑛女士以收葬秋瑾烈士一事，最爲國人稱贊。吳女士頗有學問，寫得一手很好的字，又最喜歡寫瘦金體，當時有些妬忌才女的人就說她那裏會寫字呢，其實她所寫的都是一個無錫人孫寒崖代筆的。這個謠言說來也頗有道理的，因爲孫寒崖在社會上稍有名氣，完全是吳芝瑛和她的丈夫廉泉（字惠卿，號南湖，無錫人）所提携的。

一九三四年，吳芝瑛死於無錫水獺橋家中，孫寒崖有聯輓之云：

碧血話軒亭，湖上相逢應舉酒；
清輝照潭柘，山中卻喜有歸魂。

上聯指吳女士葬秋瑾烈士於西湖，幷爲建祠事。軒亭在紹興縣，當年紹興知府滿人貴福，在此殺害秋瑾烈士的。下聯的「潭柘」，指北京西山潭柘寺。南湖晚年佞佛，借居潭柘寺，一九三一年十一月逝世，享年六十四歲，遺體卽葬寺中。

孫寒崖後來因事和廉南湖失和，孫就常對人說吳女士的瘦金書完全是他代寫的，他還怕人家不相信，故意寫了很多瘦金體的字，懸挂在無錫的梅園，公開展覽，來證實他所說的話沒有假。

廉南湖以舉人在北京戶部當郎中，性好風雅，因爲北京城外有萬柳堂，是元朝一個大官廉希憲的別業，南湖後來在南方的別業叫小萬柳堂，無非景仰廉希憲之意。（萬柳堂淸初歸馮溥，朱彝尊爲作記，見「曝書亭集」。）

某年南湖在北京潭柘寺，得吳芝瑛女士病重之訊，南湖一時着急，竟服安眠藥自殺，幸得及時遇救，不致枉死。他服藥之前，豫撰自輓聯云：

流水夕陽，到此方知眞夢幻；
孤兒弱女，可堪相對述遺言。

聯後有跋語云：

得勖兒書言母病垂危，商及後事，余前夕夢見萬柳夫人坐帆影樓，誦余「夕陽穿樹補花紅」之句，醒時月落參橫，[illegible]余因病不克遽南，豫撰輓聯，所謂夢中說夢，恐萬一不幸，噩耗傳來，痛極不能下一字也。靜言孔念，人生若寄，尚望天與善人，夫人所苦，從此化險爲夷，使余得破涕爲笑，則斯聯其贅矣。

其實在舊時代裏，有學問的女子，只要她天資過得去，肯用功，學習詩文書畫，幷不困難。吳女士旣是才女，從小受其父悉心教養（她的父親吳寶三，安徽桐城人，久任山東州縣官，僅此一女。她又是吳汝綸的姪女，故家學有淵源也），寫寫字幷沒有什麼困難，何況她眞是下過一番寫字的功夫呢。也許她已享書法盛名，求書的人太多，不勝其苦，請孫寒崖代筆，也是有的事。但能寫字與代筆是兩件事，孫寒崖不能因爲曾爲她代筆就說她不會寫字的。

吳芝瑛在光緒末年因爲庚子賠欵四萬萬两之巨，曾倡議女子國民捐，以紓國難，此舉雖未能普遍生效，但也收集了一大筆現金，捐給清政府。她又影印小萬柳堂字帖出售，賣得欵項，亦撥入女子國民捐內，因此義聲遠播，爲人欽仰。

小萬柳堂是廉南湖在上海曹家渡所築的小園，頗有風景，其中有名帆影樓者，皆藏古今名人書畫，四王吳惲精品百餘件，明淸人扇面數百件（文明書局曾影印行世），後來南湖欠債，小萬柳堂兩處（另一在西湖售與南京人蔣蘇盦，稱蔣莊，今已改爲公園）皆出售還債，書畫精品亦易主人矣。

又有一聯云：

我實負君，回頭事事應追悔；
生不如死，此恨綿綿那得知。

跋語云：

萬柳夫人將先我而去耶？縱書廿二字，不知是淚是墨。古人云：[illegible]

按南湖夫婦的兒女四人，一男三女，上揭跋語，只舉三人之名，另一女兒未見提及。這四個兒女都是吳芝瑛女士在四十一歲以前所生的，這個時候，都已長成了。南湖死後三年，吳女士亦逝世，享年亦六十四歲。

梁紹壬輓妻

杭州人梁紹壬（字晉竹，道光間舉人，會試屢不第，考內閣中書，能文事）的夫人黃巽，字蕉卿，浙江蕭山人，工詩，著有「聽月樓稿」。道光十年（一八三〇年）病死廣東，紹壬輓之云：

四千里累爾遠來，父在家，母在殯，翁姑在堂，屬纊定知難瞑目；
廿三年棄余永訣，拜無兒，哭無女，繼承無姪，蓋棺未免太傷心。

紹壬之父祖恩，在道光七年（一八二七年）到廣東做知縣，紹壬陪行，黃蕉卿因為母親有病，沒有同往。下一年的冬天，紹壬忽患咯血，黃蕉卿聞訊大驚，趕快到嶺南侍疾。到後未半年就得中風病，醫治一年多才死去，享年只四十二歲，無兒女。

壽酒商

淸同治三年甲子（公元一八六四年），曾國藩攻破了太平天國的天京，滿淸王朝，一時反危為安，一班無恥文人與官吏，居然叫這個時代為「同治中興」，其實滿淸王朝從這時候起種下了覆滅的禍根了。既然粉飾「中興」，人民就受了麻醉，這時候，杭州有個酒商鍾澄清者，家頗富有，自己開釀酒廠，又酒量極宏，附近的人沒有一個能敵得過他的。

這一年恰值鍾澄清六十生日，生於甲子年，又應了「澄清天下」的好意頭，鍾澄清就邀請鄰居一個文士孫彥和吃酒。這個孫彥和酒量很大，像李太白那樣，喝八分就有八分的才情。壽翁覷着喝到八九成就請他撰壽聯為贈。孫彥和仗着酒意，一手拿着筆，一手掀鬚笑問道：「鍾老哥，你想活到多大年紀才滿意呢？」壽翁笑道：「二百歲好嗎？」孫彥和大笑，隨即撰聯，大書蠟箋上云：

君是酒中仙，定此後稱觴，還須一百四十度；
我為坐上客，似今朝大醉，何妨三萬六千場。

但這年的除夕，鍾澄清中風逝世，善頌善禱的吉祥語，多不可靠。

徵聯佳構

友人羅溪醉石（江蘇人，一九三八年在香港中國保險公司任職，已廿餘年不通音問矣）曾寫一聯給我，謂四十年來從無人能對。他說，他的故鄉中有個八十歲老婦，年少時很美艷，且又很熱情。十八歲那一年出嫁，因為熱情，所嫁之夫皆死，死後又再嫁，前後已嫁了十七個，到八十歲又再嫁，但這個丈夫是個騙子，婚後三年，盡把太太一生積蓄席捲而逃。她一時悔恨，急得氣塞痰壅，就此一病不起。死的日子恰是她的生日八月十八日，一時傳為怪事。好事者摭其事製為聯徵對，但數十年來無人對出，亦可謂絕對矣。上聯云：

八十歲婆婆，憶當年十八成親，回溯八十年來，自幼到今十八嫁，可惜壽高八十，遭逢騙窃，八十年積蓄一朝空，生時十八，死時八十。

這一聯頗難對，姑不管是否有此事，但單是以十八、八十連續倒用若干次，也就不容易找到下聯來對了。

英使謁見乾隆記實（續）

馬戛爾尼 原著
秦仲龢 譯寫

十一月廿一日，星期四。　上午十點鐘登岸起行。走了九小時的旱路，共二十四英里到達玉山縣，午飯在半途上吃了，這個地方是浙江、江西交界之處。我們坐船太久了，今日忽有一日的陸路旅行，精神為之一振。當起程時，中國官廳準備好兩種代步的工具，一種是有蓋頂的或開敞的轎子；一種是馬匹，聽從我們選擇。我們因為天氣很好，道路也平整，頗適合於馳騁，故騎馬的人居多。

有一件事我得在這裏一提的。我的隨員中有些人喜歡研究自然學的，沿路見奇異的花鳥虫草就收集，而長大人幷不加以禁阻。我見一處有很多茶樹，就向鄉人買了幾株，幷請他們為我用泥土培壅其根，作球形，以便運往孟加拉種植，我相信在當地政府熱心培植下，必能成功的。

十一月廿二日，星期五　　因大雨下了二十四小時不停，使我們不得不在玉山耽擱下來。

十一月廿三日，星期六。　今日離開玉山縣，前往江邊上船，江身寬約八十碼，水淺流急，但兩邊的堤岸却很堅實。

我當面交給長大人一封書信，那是三天前他叫我用中文寫的。長大人見字蹟很是端秀清晰，就問是誰抄寫的。我對他說是小斯當東寫的。長大人不信，詫道，這麼一個十二歲的外國小孩子，能寫得這樣好的中國字嗎？後來他見信的最末一行有小斯當東所寫的「喬治．斯當東謄寫」的字樣才相信。

里的村莊，江西巡撫特從省城來船拜候，隨身帶來禮物多種，有茶葉、茶杯、小珠、絲綢、紅緞等。我回送他鑲珠時表一對，小刀、翦刀、白葡萄酒、白蘭地酒、五金器具等。

十二月四日，星期三。　晚上八點鐘，長大人由王、喬兩大人陪同着來我船上長談，直到此時才離去，已是午夜十二點了。長大人為人極謙和，又健談，每談一事，必原原本本從頭到尾，對於他所不知的事情，也要問個究竟。他今晚和我相見時，就問我有關於廣東的幾件事情，如英國人在廣東的商業怎樣，貿易總數有多少，非英國人的商業如何。我就把實在情形一一告知。他說，現在廣東的官員，營私作弊，吞沒公欵的非常之多，皇上雖遠處北京，却也頗有所聞，故此特派他前往整頓。但廣東的環境複雜，又夾着了許多外國人在裏面，他一時實在弄不清楚，如果我知道其確實的事情，希望我不吝指教，使他心裏有個底子，查辦起來可以容易些。我說，我從前未到過廣東，所以對於那裏的情形，除關稅事務畧知一二外，其他各事，茫無所知，但這次到廣州後一定可以代他打聽一二，因為該處既然有很多積弊，英國商人必定有人能知道詳細情形的。現在他既存有掃清弊竇之心，他們一定會很高興講出來的。長大人說，那麼很好，閣下一聽到了，就請告知喬大人，他隨即對喬大人說：「老兄的筆墨很好，要是馬特使告訴你的話，請你就把它記了下來給我看。」

當長大人正講這番話時，他偶然要取火吸烟，而他的僕人[illegible]

奇了，怎麽一個人的衣袋裏放着火會沒有危險的呢。我就對他說明燐能取火之故，即以燐瓶贈之。因有這個機會，我們的談話題材便由政治的而轉到工業的了。關於中國的這個問題，在我們看來，中國有幾種工業雖然遠出歐洲人之上，但醫藥或外科手術及醫學上的知識，實處於極幼稚的地位。我在中國見到有很多盲眼的人，而跛脚的人則隨處有之。盲眼的人沒有良藥治療，足跛的人，只能扶杖而行，不能裝上假脚。于是我下個結論說，因爲缺乏良好的眼科醫生，所以這些殘廢的人往往死於非命，影响國民健康甚大，國勢當然也受到影响了。長大人對於我這番話也認爲有理。我又說，我們英國人對於醫學頗有研究，現在已經發明了幾種妙術，可以挽救許多人的生命，例如溺水的人，可以用一種器械來帮助呼吸，使溺水者復活，失明的人，則用一種方法去其眼睛的綠內障，使患者復明。跛脚的人，則可裝用假脚，使之行動自如。凡此種種技術，如果中國朝廷准許我們英國人自由來中國的話，英國人一定樂意把這些技術細心傳授給中國人，這對於中國人似乎不無好處。長大人和王喬兩大人一聞此言，好像如夢初覺，從他們的神態看來，似乎覺得中國朝廷用冷淡的態度來對待英國人是不該的，故此對我不得不表示其抱歉之意。

我覺得長大人和王喬兩大人能有此種態度，眞是難得，其見識與度量確遠在和中堂之上。囘憶前此我在熱河時，某次我同和中堂談到近日歐洲新發明的東西，日多一日，即如人類飛天一事，古人認爲是無論如何是人力所做不到的，但現在已有人發明了汽球，高升天際了，將來發明到在天空飛翔，來往自如，并不是一件難事。（按：自一七八三年以來，汽球凌空之舉，已轟傳了整個歐洲，人人皆驚爲異事。這一年，法國的發明家蒙哥爾斐亞兄弟的汽球，飛升至六千英尺的天空上。這次的試驗，鼓舞了不少歐洲的科學家熱心嘗試，紛紛相效。第一次人類坐汽球升空的事實，是一七八四年八月英國的詹姆斯．泰特萊。——譯注）如果中堂覺得有趣。我可以安排一下，請英國的科學家到北京演習，使中國人一廣眼界好不好。這樣有趣的事，若在別人聽了一定高興非常，急於要一試了。但和中堂不僅對此事持冷淡的態度，就是對其他一切科學物質上的進步，凡我們認爲奇妙不可思議的，他一概不關心，以唯唯否否置之。我曾聽說，康熙皇帝在位之日，也很重視西歐的科學，因此西洋教士來中國當差的頗不乏人。到康熙帝逝世後，繼位的君主不能繼其大志，雖當差的洋人弁未辭退，而朝廷對他們絕不重視，幾乎有全不理會之概。其所以如此者，也許是那批西洋教士所研究的沒有什麽成績可言，或即有成績，亦不切實用，所以朝庭就認爲不再以爲科學爲人類迫切所需，而對西洋物質文明進步，也一律予以抹煞。如果眞是這樣，我就可以畧說一下我的觀感了。說中國人在滿洲人統治下的生活是中國人有福，假如有人信這些話，那是大錯特錯的。別的暫且不說，單就近年中國各省兵亂之事，幾于無日無之，雖然此種造反，經政府鎭壓後即告平息，但接着第二處的火頭又起，政府又再用武力去平亂。這些小事故雖然對整個國家不致有什麽大影响，但禍根不除，人民之當其衝者，好像染上瘧疾，大寒大熱，交纏其身，沒有一時一刻安樂，這樣還不元氣大損嗎？

十二月五日，星期四。　天氣晴朗，太陽從天空現出來了。我們久不見太陽，今日又再和他相見，無不大爲歡欣。兩岸靑山，亦嫣然含笑，山下樹木，蔚然成林，在岩石之上和樹木之末，時時有小村落隱約可見。

夜間船到贛州府，是一座頭等的城邑，有城垣圍之。船到時，當地兵士，整隊出迎。我們一路到此處，每經過一個兵站，兵士都列隊歡迎，高舉軍旗，奏樂鳴炮，鳴炮之數，以三響爲常。有時也畧備果點，派人送到我們船上。（請參考本期封面裏頁的插圖，及溫大雅先生的「英國畫家亞歷山大」一文。

編者注。）

十二月九日，星期一。　天氣仍然很好，而所經過的地方，則較從前所過的荒凉得多。不過有一件事頗值得我們注意，那就是這兒的貧苦婦女，大都是天足，並且不穿鞋襪，能負重遠行，也能做種種勞動工作，凡男子所能做的，她們無不能之。她們所穿的衣飾，亦和男子大同小異，除梳髻及戴耳環外，其餘無不與男子相同。這些女子體質强壯，而且能耐苦，據說外省人想到江西發財，多數娶她們為妻，盡量利用她們的勞動力。

晚上九點鐘，船到南康，長大人到我船上相晤，他給我看北京寄來的諭旨，說是剛剛收到的。他說諭旨畧說，皇帝對于我很是滿意，如果將來英國再派使臣來華，中國一定歡迎，但來的時候，請在廣東上岸，不必將洋船開往北直隸。長大人又說，他將叫人抄諭旨副本一份，給我存閱，以備參考。我向他道謝。因想到向來外國人到中國，都在廣東上岸，中國北部沿海一帶如渤海、黃海等處，從未有過外國人足跡，現在乾隆皇帝雖降諭旨下次英國使臣來華，當在廣東登岸，而我這次到中國，得到過外國人向來未到過之處，也是極可欣慰的事。

長大人又對我說：「日前閣下託兄弟送往廣東的書信，早已送去了，只是到現在還沒有回信。」不知「獅子」號是否開往別處了。

十二月十日，星期二。　早間從南康出發。南康也是一個繁盛之區，倚山為城，山勢甚峻，自江上突起，形勢極壯。起行時，中國官廳也和從前一樣，準備了馬轎兩種旅行工具，任我們選擇。轎子的形式和以前所坐的一樣，但馬則極小，而有力耐走，久行不疲。自南康至南安府，為程三十三英里，行[illegible]速了。

十二月十一日，星期三。　自南安府出發，仍由水路前進。南安是一個很大的府城，人口甚衆。昨日我們進城時，走了一個多鐘頭才到館舍。這個館舍本是貢院，考試士子時的考塲，中國官廳因為城裏沒有適當的館舍可以招待我們，所以就利用貢院做臨時招待所。使節團的人員大部分住在考塲，我進城時，見船隻已預備好了，就立即上船住宿了。自離開通州後所見的城市，形式大都相似，街道很長很狹，其直如矢，兩旁的房屋多為民居商店。

今早開船後，見河水甚淺，船戶推挽船隻之苦，較前尤甚。兩岸又多泥沙，一經雨水沖刷，就衝入河身，大為交通障碍。如果不加以修治，再過數年或十數年，此河一定不能再供船隻使用了。據中國人說，過了韶州後，河水較深，就可改用較大的船隻，不過裝運貨物的船，則以仍用小船為便。又說，自南安至廣州，通常不過七八日路程，但長大人之意，準備先帶他的屬員夫役，趕往廣州，預備接待我們，因此，我們的行程不得不特意延緩一兩日，以便長大人從容預備一切。

長大人自杭州和我們同行，今日來向我們辭別，他說：「在我未到達廣州之前，打算摺奏皇上，說閣下這次回國，不僅心中沒有絲毫不滿意之處，而且對於皇上優待之意，很是感激。想來兄弟說這一句話，閣下不致於不贊成吧。」我說：「本人到貴國觀光，承大皇帝極意優待，又承特簡一位賢明大員如閣下者派往廣東剔清各項弊端，保護外商，在兄弟來說，固然要厚致謝意，就是敝國君主，也必能因此深知貴國大皇帝聯絡邦交之情，請大人就照這句話寫上去好了。」長大人聞言欣然登舟而去，留下王喬兩大人和我作伴。自從我同這兩位大人相見之後，兩人無一時無一事不以誠意相待，現在長大人待我這麼殷勤，亦半緣兩人之力，因為他們本是長大人的舊交，他們[illegible]和我要好了。

蘇加諾自傳

辛蒂・亞當斯　記述
施永昌
柯榮欣　譯

本書爲已故印尼總統蘇加諾的傳記，經他本人口述，由美國女記者辛蒂・亞當斯用英文記述，在蘇加諾生前出版。蘇加諾是一位反殖民主義者的戰士，一生致力于解放及建設他祖國的工作，終於有成。在本書中我們可以看出他從年輕以至暮年的冗長歲月中是如何困苦艱難，才使印尼得到獨立，無怪他死後印尼人民如喪考妣了。

全書三百餘頁，附精美插圖十餘幅，由施永昌、柯榮欣譯爲中文，譯筆暢達，輕鬆風趣，兼而有之。

定價每册港幣十八元

耶加達　亞貢山出版社出版

大華出版社總代理　港九各大書局均售

大華

第一卷 第十二期（六月號）

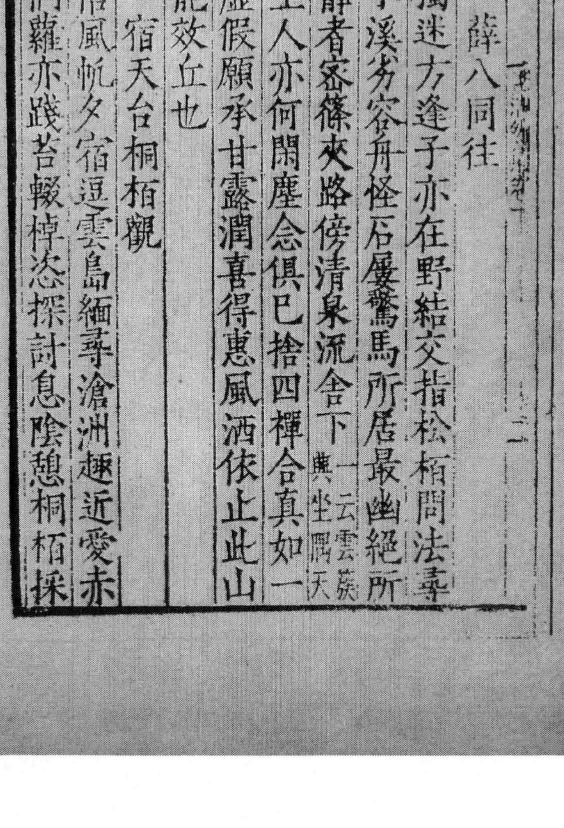

薛八同往

誚余獨迷方逢子亦在野結交指松栢問法尋蘭若小溪劣容舟怪石屢驚馬所居最幽絕所住皆靜者密篠夾路傍清泉流舍下一云雲蔟興坐隔天空落堦下上人亦何閑塵念俱已捨四禪合真如一切是虛假願承甘露潤喜得惠風洒依止此山門誰能效丘也

宿天台桐栢觀

海行信風帆夕宿逗雲島緬尋滄洲趣近愛赤城好捫蘿亦踐苔輟棹恣探討息陰憩桐栢採

大華

合訂本第二冊出版

廿一至四十二期（1967-1968）

精裝一巨冊

定價每部港幣廿八元

洽購處：大華出版社

香港，銅鑼灣，禮頓道，希雲街36號六樓

電話：H七六三七八六

大華

第一卷　第十二期（總54號）

從五四運動談到美日垂涎釣魚台……斯　明　2
梁啓超、黃遵憲、周善培在湖南的活動……斯　文　3
我所認識的宋子文……朱　間　7
閒話宋子文……鍾　零　9
丁寶楨及其子孫……松井三郎　13
戊戌狀元夏同龢……文　如　17
官員任免記趣……大　年　21
究竟廬詩……季　炎　21
爲人權而犧牲的楊杏佛……鄧伯舟　22
贅語與贅文……陳泰來　24
讀水滸傳（九續）……季　炎　27
哀香港（香港浩刼三十周年憶語）……容　甫　30
書家執筆談趣……長　孺　32
秦淮雜詩五十首……季　炎　33
春風廬聯話……林　熙　34
關于瑛王洪全福之墓……編　者　37
英使謁見乾隆記實……秦仲龢譯　38

封面插圖：明覆宋版孟浩然集

大華（月刊）第一卷第十二期（總54號）
一九七一年六月一日出版
Cathay Review (Monthly)
Dah Wah Press.
36, Haven St., 5th fl. Hong Kong

出版者：大華出版社
地址：香港銅鑼灣希雲街36號6樓
電話：七六三七八六

督印人：柯　榮　欣

總編輯：林　熙

印刷者：大同印務公司
香港北角和富道96號
電話：七一七五四四

總代理：吳興記書報社
香港中環租卑利街十一號二樓
電話：H四五〇五六一
四五〇一六八

星馬代理：遠東文化事業有限公司
新加坡廈門街十九號
檳城沓田仔街一七一號

越南代理：聯興書報社
越南堤岸新行街二十二號

其他地區代理：
澳　門：可大文具店
亞　庇：利文公司
千里達：中華公司
倫　敦：東寶公司
芝加哥：杏林春
波士頓：中西公司
三藩市：新生圖書公司
加拿大：香港商店
寮　國：永珍圖書公司
斗　湖：光明書店
菲律賓：玲瓏書局
紐　約：友聯圖書公司
洛杉磯：永安堂
檀香山：大元公司
三藩市：文化商店
加拿大：新國華公司

從五四運動談到美日垂涎釣魚台

斯明

五月，似乎是注定了多事的一個月。

一九一九年五月四日北京學生爲了反對巴黎和約把我們這個號稱戰勝國的山東各種權益，割讓給日本，舉行遊行示威，被段祺瑞的北洋政府拘捕了許多人，引起全國各大都市的罷工、罷課、罷市。

一九二五年五月卅日上海工人與學生，以及其他階層青年爲了上海的日本紗廠槍殺我工人顧正紅，聯合示威，在上海南京路上慘遭帝國主義控制下的租界軍警開槍掃射，死傷很多人，激發了全國反英、反日運動。

一九二八年五月三日北伐軍進展到山東，日本帝國主義出兵一個師團在濟南向我北伐軍開火，阻我經過濟南，並殺戮我派至濟南城內與日軍交涉的外交特派員蔡公時及其隨員等。

這一連串的事件，都是血淋淋的舊中國的恥辱。這些事件都是日本帝國主義侵畧我國所引起的；凡是今日年在五十以上的人應都記憶猶新，餘痛尚在。今年五四，竟然又見到七十年代的青年爲了美、日帝國主義覬覦我釣魚台大陸棚油權發動的示威與派發傳單。新仇舊恨，令人髮指！同時，我們對中國青在美國各城市，在香港，在台灣和在世界各地舉行的這種愛國運動，無限同情，無限敬佩！

可是，二十世紀七十年代，究竟與二十世紀上半葉不同了。以那時爲止的三百多年歷史，正是白人從產業革命發展爲資本主義，再從資本主義發展爲帝國主義，對世界各地區，各弱小民族奴役，剝削，鯨吞蠶食的時代。鐵蹄所及，炮艦所至，弱小民族只能聽任宰割，以至亡國滅種。但第二次大戰以後，尤其在一九四九年中華人民共和國建國以來，中國從極貧弱極無組織的狀況，甫經革命，立刻便在朝鮮驅逐以美帝爲首的十六國聯軍，使之在三八綫上不敢越雷池一步。並在所謂聯合國禁運之下，自力更生：工農業初則勉可自足，繼而能以支援革命國家與人民，更進至發展核科學，放射人造衞星，在各方面已達至先進地位。這就大大鼓勵了全世界被壓迫，被奴役的人民，大胆革命，造成了革命高潮，使白人殖民地紛紛獨立。

反顧帝國主義國家，在今年五月初旬的十天中，就發生了美國從東海岸至西海岸的百萬羣衆反越戰大示威；歐洲美元泛濫觸發的資本主義國家財經危機；這種象徵了白人世紀的末落，也端倪了資本主義的崩潰。時代的巨輪是無法抗拒的。

美國內憂外患如此，軍事、經濟兩陷危境。至於日本，近年經濟發展，使器小易盈的佐藤政府得意忘形，在美帝唆使下，屢次狂吠，什麽關切韓、台安全；什麽日本生命綫在麻六甲海峽……它忘了日本的暴富，以及防衞隊的擴軍計劃，甚至美國的核抑制力量，都不能改變它社會組織的弱點。日本工業與人口百分之八十以上集中在都市，毫無疏散餘地，絕對經不起現代戰爭的一擊！我們雖然不想欺負他人；但，絕對不許他人再欺侮我們。日本反動政府如果竟敢侵犯我們領土，領海，其後果之嚴重，值得日本愛好和平人民深思的！

北京已嚴正宣示：台灣澎湖是中國領土不可分割的一部份。新華社在譴責佐藤政府公佈的第四次五年擴軍計劃草案中，嚴重警告：「如果日本軍國主義重新挑起一次侵畧戰爭，必將遭到日本人民、亞洲人民以及全世界人民的反對，自取滅亡。」我們熱烈擁護這些宣言，也希望美國和日本人民正視這兩次宣示！

一九七一年五月二十日，九龍。

記戊戌變法時一班青年知識分子的故事

梁啓超、黃遵憲、周善培在湖南的活動

斯文

在中國近代史上，無疑地佔有重要一頁的戊戌變法，雖然距今很快就已過了七十三年了，曾經參與過變法的人們如衆所周知的康有爲、梁啓超均早已不在人間，而和康梁有深厚的友誼關係，參加過或響應過變法的，而最後逝世的，全中國只得兩人，那就是海鹽張元濟先生（字菊生）和諸暨周善培先生了（字孝懷、四川的實業提倡者）。奇妙的是張周兩先生對他們二人來說同是值得懷憶的年頭——戊戌年，只不過是六十年後的戊戌（一九五八年）逝世於上海華東醫院，張先生高壽達九十二歲，周先生亦享壽八十三歲。戊戌政變於八月，周先生故世於七月，張先生則故世於十二月。周老患癌，張老則是於一九四九年冬，在上海對商務印書館職工講話時，一時激動，突然中風癱瘓，除大腦尚有知覺外，一切需人服侍，就此苦痛地臥床拖了九年之久然後死去。周先生則一直神智清楚。他們二人同住在華東醫院三樓，差不多隔室而居。周先生時常去探望菊老，有時贈詩示意，菊老雖然無法唱和，但每每用尚能活動的眼神表示歡欣。周先生於逝世前一星期自知不起，但還勉強作了一首詩，派人送給隔室的菊老。詩的大意是：六十年前的戊戌，我們都尚是少年，現在皆已老病；只是當年被太后慘殺的六人都是我們的好友，我對人間已毫無所留戀，只不過希望曾多少參與過戊戌變法的現在碩果僅存的二老能夠渡過八月六君子就義的那一天，對老朋友們有個交代，也就心滿意足了。詩的原文已手邊無存，只是記得最後一句是：「八月掬淚祭六賢。」當這詩送給張先生的時候，只見他全身顫抖，淚盈於睫，然後緩緩地讓淚珠流下頰旁，可見張老先生感動萬分，眞是「無聲勝有聲」了！

梁啟超到長沙教書

時光倒流，六十年前的戊戌，張先生正三十二歲，在北京當小京官，恰是年富力强的青年；周先生則不過二十三歲，科名只是甲午和丁酉兩年的雙料副榜，正在湖南長沙，爲當時學台徐仁鑄聘爲總校。總校就是看攷秀才文章的師爺的領導人。周先生雖剛才脫離少年的階段，但已經是比較聞名，而且是湖南省擁護新政的中堅人物之一了。

當時，梁啓超被徐仁鑄聘爲長沙時務學堂的總教習，年方二十六歲，提倡新學，自然也是知名人物。蔡鍔（松坡）就是因爲攷進時務學堂而成爲梁任公弟子的。現尚生存在北京的章士釗（行嚴），戊戌年只十六歲，投攷後因體格不合，沒有錄取。章行嚴由於太年青，因此還談不上參與湖南的擁護新政運動。

在北京，康有爲、譚嗣同、楊銳、劉光第等佐光緒帝行新政。在各省，響應變法最力者，首推湖南。

湖南巡撫陳寶箴（字右銘，陳三立的父親）是湖南省的最高領導人，是絕對支持變法的。臬司黃遵憲（字公度，嘉應州人）、前任學台江標與現任學台徐仁鑄（字研甫，宜興人）都是新政的積極擁護者。在民間，瀏陽唐才常（字佛塵、唐蟒、唐有壬的父親）和沈藎（字愚溪）等都是新政派。

相反地，也有頑固派，如葉德輝之流。但勢力却遠不如新派之盛。

譚嗣同的父親，湖北巡撫譚繼洵却是比較穩健而不大露鋒鋩的。

徐仁鑄一家的歷史

順便提一下戊戌變法失敗後，湖南那幾位新政派領導者的下場。和張菊生先生一樣，陳寶箴、江標、徐仁鑄、都是革職永不叙用。譚繼洵受了他兒子的影響，也難倖免，也遭革職永不叙用。至於黃遵憲的結局，則有點傳奇性的，詳見下文。其中，非常悽涼的，則是徐仁鑄一家都倒了霉，而且從此倒霉兩代，幾乎連飯都吃不上。原來，宜興徐家是有名的望族，號稱全國舉人都是同年，換言之，就是徐氏子弟必有若干人每科都中舉的。功名之盛如日方中。戊戌年，徐家擁護新政的，在京城，有研甫先生的父親徐致靖侍郎和長兄徐仁鏡，研甫先生則在湖南學台任內，一方面攷秀才，一方面創辦新學，聘梁任公當時務學堂總教習，遙遙助威。忽然間，政變了，光緒帝和他所代表的勢力一夜之間全垮了，西太后又掌握了政權。徐致靖和兩個兒子徐仁鏡、徐仁鑄都受到處分。他們父子三人不十數年就相繼鬱鬱死去。從此徐家中落，研甫先生的弟弟徐凌霄，行四，人稱徐四爺，在北京上海各報上寫文字，筆名凌霄漢閣館主。五弟徐一士，人稱徐五爺，專寫掌故文字，很有名氣。

政變忽然發生，宛如晴天霹靂，將很多人從三十三天就此打入十八層地獄；不過，在新政施行的那三個多月中，却是朝氣蓬勃，到處呈現着更生的氣象。在湖南，更不例外。湖南的領導層人物在那三個多月中，對朝廷所上的維新條陳，具見史冊，不在本文叙述之列；本文所想談的，則是孝懷先生生前常對友好們述及戊戌年他在湖南的一段經歷，饒富趣味，特別是他與梁任公如何訂交以及他如何地與師執輩的黃公度往還，黃公度給他啓發了一些什麼。

周善培受聘到湖南

光緒廿三年丁酉（一八九七年）十二月，孝懷先生接到學台徐研甫先生的聘書，聘他爲總校，很是高興，於是就趕一班從上海開往漢口的招商局客輪，由上海啓程了。

當晚無話。次日中午，房艙的客人都到飯廳裏用飯。每桌六個人，連孝懷先生一起共四位客人都已入座，而茶房一直還不開飯，說是還要等另外兩位客人起身後，還要更衣入座後才能開飯。於是他們四位只得枯候。差不多等了半個多鐘頭，才見另外兩位客人姍姍來遲。第一位是中等身材，比較瘦些，穿着一件藏青色棉袍，態度嚴肅。第二位却是非常顯眼，高大，胖胖地，身穿一件棗紅色的皮袍，一入座就高談濶論，旁若無人。孝懷先生回憶那天中午的心情說道：「眞的，爲了他們二位，肚子已經餓了，再加之那件當時輕浮少年才肯穿着的棗紅色皮袍，再加之身材高大的那位的趾高氣揚的談吐，確是印象欠佳。」

一面吃飯，一面自我介紹，才知道穿藏青色棉袍的那位就是康有爲的第二位大弟子麥孺博。那位穿棗紅色皮袍的，原來就是已經鼎鼎大名的梁啓超。孝懷先生常告訴人們說：「我和南海也是極熟悉的老朋友。他的弟子要按次排列的話，第一名應當是徐勤（君勉），那才是眞正的擁護德宗的人，爲了保皇，家裏的十幾間當舖全送進去了。第二名應當是麥孺博（孟華），第三名才數得上梁任公。」

然後再一聊起，原來梁任公也是應聘去長沙辦時務學堂的。原來是同行，不過，由於梁任公太氣勢凌人，只有他一個人在說話，孝懷先生也就不願與他理論，吃完飯就各自回房。其後在船上的那幾天，孝懷先生反倒是和麥孺博談得很投機，覺得此人誠懇踏實。這幾天中，孝懷先生對梁任公的印象和感情都沒有稍進一步。

人生就是這樣不可思議。孝懷先生後來和梁任公成了在政治和學術上的最莫逆的諍友，而他們第一次相逢却是在如此不愉快的情景下發生的！

黃公度吸烟有妙法

船抵漢口，孝懷先生只過江去拜望了一下當時任總督衙門的幕賓顧印愚先生，因爲顧先生是丁酉年順天鄉試的房師。孝懷先生的應試文章達八百數十字，犯了規（照規定，不得少於三百字，不得多於八百字。孝懷先生從四川榮縣趙堯生先生學，什麽都教了，就除了科塲的規矩）。由於文章好，顧先生非提爲本房第一名舉人不可。由於犯規，主攷主張非除名不可。經過顧先生的力爭，才折衷，以副榜解決。孝懷先生對顧先生有着敬仰心情，因此每過漢口，必往訪之。

搭車到了長沙，自是一番酬酢。學台徐研甫先生設宴介紹梁任公和孝懷先生給湘省領導層官員。陳寶箴巡撫、黃公度臬司都出了席。席上，孝懷先生特別對黃公度的相貌感到一種非常奇特的印象。此人面容清癯，高高的，簡直是皮包骨，不過目光炯炯，兩眼望住你時，彷彿可以看透你的心臟似的。很少發言，但一講話却又像深厚雲層突然響出隆隆的雷鳴，梁任公的高聲相形之下竟和細語差不多了。於是，詢問學台，黃公度是怎樣的一個人？學台說：「他是有名的日本通，作過中國駐日公使館參贊，又是有名的詩人，你不知道嗎？以後，你可以多多請教他。」

吃完飯，賓主閒談，研甫先生又特別向大家介紹了梁任公，說梁任公是講新學的專家，這次是特別由上海請來主持新學堂——時務學堂的。黃公度幾乎沒有說話，閒坐一旁。於是，孝懷先生過去，說明了仰慕之意。黃公度答：「你沒有事的時候，請常常到臬台衙門來談談。」這時，僕人端上了雅片烟盤，黃公度也就不客氣，立刻躺了下來，呼呼地抽了起來。孝懷先生才暗悟到黃公度之所以清瘦，定是抽大烟之故。只見黃公度抽完一泡又一泡，簡直沒有停過。於是，就悄悄地問學台：「爲什麽這人烟癮這樣大？」學台答：「這還不算大哩！公度向右銘中丞報告公事時，花廳剛一坐定，跟班就在門外一站，公度一示意，跟班就由門外遞進來一條長達幾丈的橡皮管，原來這就是特製的專爲談公事時抽的橡皮烟鎗。連談公事都離不開抽，可知其烟癮已大到不可須臾離的程度了！」孝懷先生回憶着說：「我聽了研甫先生的說話，心中有點悵然，想道，這樣大的嗜好，怎樣能辦事呢？殊不知事後證明，我的想法竟然錯了！」

周孝懷鴻文驚四座

孝懷先生到了長沙後，以一個二十三歲的少年每日周旋於一班達官與學者之間，無形中，思想上受了很大的影響，感到政治腐敗萬分，非改革不可。他尤其得到學台徐研甫的器重；不過，他也顯然感覺到更爲徐學台傾倒的不是他而是梁任公。徐學台聘請孝懷先生任總校，總校就是在全省考秀才時出八股題與批卷的首席師爺。所有的經史試題都由孝懷先生來出，只是一到要出策論題的時候，徐研甫總是對孝懷先生說：「你的八股經史題，我很佩服；不過，出策論題，要有新學才行，我看你還是請教一下梁任公去吧，他才是新學專家哩！」孝懷先生聽了也不作聲，就放在心上。不過，暗自想道：「對付徐學台，對付梁任公，只有拿出眞實本領來，才能轉移學台的想法，挫折梁任公的傲氣！」原來，孝懷先生在到湖南就聘以前，已經到日本去攷察教育、陸軍與警察數次了，對於所謂「新學」已有相當的認識。孝懷先生在他二十一歲的時候，已在四川瀘州辦了一間四川最早的「洋學堂」經緯書院，學生數百人，如富順的謝持（孝懷先生爲他取號愚守，此人後來是國民黨的右派領袖之一，西山會議派的領導人。謝生年長一歲）、和汪精衛一起刺攝政王，製造炸彈的黃復生、江庸等等都是。數年前在北京死去的中共五老之一的四川榮縣人吳玉章也是當時經緯書院的學生。這洋學堂除四書五經外，數學、物理、化學等科學都是聘的日本留學生和日本人來當教習，孝懷先生自己出資創辦，自任學堂監督，每天除授課外，和教授科學的那些留學生與日本人終日相處，因此對於聲光化電亦已有一定的認識，不過，這些經歷，徐研甫知而不詳，梁任公則根本不知，一直把孝懷先生看作是一個八股匠，自然，梁任公素性灑脫，渺視之心有時也就不免形之於面了。

長沙的四月，正是暮春時節，畧微有點燠熱。那天晚上，在學台衙門，大家吃完了晚飯，在院子裏閒談，孝懷先生就對徐研甫和梁任公，還有一位看卷的師爺陳星南說：「今天晚上，請別打擾我，我要寫一篇文章，可能要寫到天亮也說不定。」說完，進入書房了。這時是夜晚八時光景。

剛寫完第一篇紙時，陳星南推門進來說：「請你把這一篇給我，他們等着要看。」於是，孝懷先生就將這篇遞給陳星南。這樣，寫完一篇，拿出去一篇，等到全文寫完，已是第二天早晨九點多鐘了。也不知寫了多少字，也絲毫沒有倦意，孝懷先生就推門而出。刹那間，却發現了一個動人的場面。原來，陳星南不必說，徐學台、梁任公都衣冠整齊地坐等在外面，而連那有最厲害烟癮的很難早起的黃公度臬司不知怎地也來到了。徐學台先站起來，拱手說道：「孝翁（按：「翁」是清朝對師爺的尊稱，固不論這位被稱「翁」的眞正年齡幾許），你這篇大文，我們拜讀了，想不到你對新學竟有這樣深刻的研究！不過，太深了，說老實話，我還不大看得懂，佩服！佩服！」。

梁啓超喜獲新同志

接着，梁任公滿臉充滿着歉意，起來講話了。聲調溢漾着情感，往日那種不可一世的氣燄驟然間似乎熄滅了。任公說：「孝懷兄，你的文章和裏面包含着的新思想，都是超過我很多很多，請你原諒我以前對你的無禮，請你答應我，當着研甫先生和公度先生的面前，從今天起，我們重新認識，作一對眞正知己的朋友！」孝懷先生也感動得說不出話來，從他咽喉裏可能迸出來的字只有一個字了，他重複地說道：「好，好！」倒是黃公度比較冷靜，他對孝懷先生說道：「今天你累了，去休息，明天請到我衙門裏來談談。」

孝懷先生文思如潮，下筆如飛，原來這十三小時寫成的文章，幾達三萬字，已是一本薄書了，題名「力書」。裏面從宇宙的法則講到人類社會進化與進步的法則，痛言當今政治需要改革以及改革的途徑與力量。在「力書」中，著者力言社會進步必需三種力量緊密結合，那就是「愛力」（人類互愛的力量）、「物力」（科學物質的力量）和「羣力」（羣衆的力量）。這本「力書」終於由徐研甫學台在戊戌（一八九八年）五月在長沙刻印出來。

在二十世紀的七十年代談論「物力」和「羣力」的重要性，可能是沒有什麽希罕的，不過在七十年前的湖南，談論這些，就連以新學專家號稱的梁任公也不免要折服了。

至於孝懷先生自己對於「力書」的評論，他說：「這本書的思想，在當時看來，是獨特的，而就是在五、六十年後的今天看來，也還不太落後於時代。只不過當時年少氣盛，既想上追晉魏之天，又多少想示强於梁任公，因此文字比較怪僻，這却是毛病。但不管怎樣，那股一夜寫一本書的豪氣，現在却不會再有了。」

這本「力書」在一九五八年，即又六十年後的戊戌的四月，亦即孝懷先生逝世那年春天，孝懷先生又在上海把它重印出版，幷附敍言。嘉定郭沫若（中國科學院院長）本是四川的後輩，在北京知道了，定要索閱，於是寄了一本給他。他回信大意是：「讀了幾遍，感到思想極接近唯物辯證法，只是文字太深奧，不能全部理解……」孝懷先生看後笑道：「郭沫若還是讀過幾本中國書的，都說看不懂，可見當時徐研甫學台說不大看得懂，可能是眞的了，這是我的不好。至於，是否符合唯物辯證法，我倒不在乎。符合沒有什麽光榮，違反也沒有什麽不對。有些人作官，需要逢迎，但思想决非作官。這點，郭沫若想來是應當理解的，如果他準備作一個中國學者的話。」

（待續）

我所認識的宋子文

朱閶

宋子文這個人忽然死去了，在國民黨流亡到美國的千百個老官僚中，死多一個，不足爲惜，我本也不想寫文章趁死人的熱鬧的，不過「大華」的編者知道我同他相識，親眼見他紅起來，又親眼見他垮下去而挾帶了許多中國人的「鮮血」到美國享福，就不免想起古人有誅佞人于既死之語，不妨寫寫這個美國買辦的故事，給讀者「欣賞」。

我認識宋子文是在民國十五年（一九二六年）十二月，那時我與郭泰祺同上廬山，先由國民政府財政次長李調生函介，淩由軍需處長周駿彥陪同往晤。宋知我與其舊友厲汝雄相熟，特囑我代爲電約厲到漢一晤。西諺云：「要知道一個人，最好先看他的朋友」，確有至理。宋從美國哈佛大學畢業回國時，先在漢冶萍公司爲英文秘書，後來在厲之下任華孚銀行副理，故與漢冶萍的盛昇頤和厲是初回國時的同事好友。厲幼失怙恃，賴世交李雲書的扶助，得以成人，「諂媚取容，卑鄙齷齪，無所不爲，不齒於其同鄉戚友」。據聞宋之招厲，原意擬以中央銀行經理相屬，幸被張靜江所反對作罷。宋出國前曾在上海聖約翰大學肄業，對中文一竅不通（編者按：宋出國時，年十八歲，僅在聖約翰大學念了半年書，有人說他「學貫中西」，可笑！），傅斯年說：「他的中國文化，請化學家把他分解到一公忽，也不見踪影的。至於他的外國文化，儘管美國話流暢，交些美國人，是決不登大雅之堂的。」（見「這個樣子的宋子文非走開不可」）所以人們說他是買辦階級，實在是太恭維他了，以他的智識程度而言，實在不過一個西崽的材料而已。

宋在局促於廣州一隅時，曾辦廣州中央銀行和任廣東財政廳長，但那時局面太小，還沒有顯露他的弱點。二十年四月卅日，國民黨監察委員鄧澤如、林森、蕭佛成、古應芬等，曾由廣州發出彈劾蔣介石通電，對宋亦檢舉其貪污舞弊的事實，內稱：「宋子文在粤任內支出無名義無單據者，在數百萬以上，廣東財廳及粤中央銀行猶有數目可查。又如受某某烟公司之賄百萬，久已騰諸外人之口。購買銀票，勒取回扣，侵蝕烟賭款項，操縱金融，時逾六載。財政未聞整理，濫發公債，已達四億餘元。蔣氏既縱之爲惡，凡有與之言者，充耳不聞。」當北伐之初，他於國民政府財政方面，毫無計劃和充分協助，一切由總司令部軍需處自行就地設法，如克復武漢之際，先由總司令部的軍醫處長陳方向漢口江浙銀行界進行借欵，後來改由財政委員會主任陳公博負責，那時孫鶴皐是財政委員，我們在上海時同辦中國商業信託公司，尚有舊同事張肇元亦在漢口當律師，因孫的關係臨時請張帮忙，目的是向英美烟公司預售捲烟印花，以資周轉。後來宋到漢口，知張甚得力，因於李調生之外，加委張爲財政次長。那時中國銀行香港經理貝淞蓀也應召到漢，並邀了汕頭經理鄭鐵如同去。當時宋擬在漢組織中央銀行，本來要貝充經理，貝不願脫離中行，因介紹鄭担任。鄭對北伐無信心，亦不願充任。適因銀行公會會員銀行集體貸欵於國民政府，唯懋業銀行總行批駁，致漢口經理陳健庵不得不去職。我那時在銀行公會任銀行雜誌社主任，因力保陳承其之，宋以有人負責即行正式委派。我因與楊杏佛有約，在北伐軍未克寧滬之前，決不担任政府的職務，所以在留漢期間對國民政府祇從旁帮忙。雖然宋能容納我的建議，但我已看出宋的性格，無法和他共事，所以從他北伐前在廣州財政廳起家起，直到在解放前他在廣東省政府的沒落止，始終沒有與他直接同過事。

及北伐完成，全國統一，宋已成爲蔣的大舅子。從此以後，中國財政大權，便由宋與孔祥熙交替掌握。其間一二八戰后，孫科出長行政院長，黃漢樑接任財政部長，局面雖變，但僅爲曇花一現，不久即告垮台，仍由宋捲土重來，復任財長。

宋於復職後，驕橫逾昔，時值世界不景氣風潮吹到中國，宋飛美求援，得到美國的棉麥借欵，自視益高，氣燄更盛，甚至蔣介石之命亦有所不受了。因此郎舅二人，時生齟齬，使蔣不得不請出他的大襟兄孔祥熙來，以資抵制。宋在任內，對內對外各事，往往一意孤行，初期尚於外籍專家如海關鹽務的人員頗能言聽計從，於國內財政界老輩亦能相當容納，但因志在聚歛，祇求利於搜刮，中外辦法，兼收並容。當時上海證券交易所，與上海證券物品交易所，各據市場，同時開拍國內公債，價格互有上落，自所難免。一次，前者拍高，后者拍低，宋在盛怒之下，竟令後者停業。又一次，宋在中央銀行聞顧問姚詠白在電話中委託經紀人賣出公債，遂將姚免去顧問之職。此二事實爲不可思議者，因在一個區域，容納二個交易所同做一種營業，根本便是乖張。銀行職員是否可以經營公債，行規自有所規定，否則既准買賣，何以對賣出之公債者又予以免職處分。諸如此類，皆爲其一意孤行的表現。

宋的野心很大，他向蔣介石的軍閥作風看齊，居然改頭換面的搞其軍隊，最初請王賡組訓稅警總團，中經溫應星帶領，最後請孫立人主持。王溫孫三人均爲美國西點軍官學校出身。中國軍人中以國內畢業者最出風頭，次之爲日本士官學生，美國軍官學校畢業的甚少。稅警總團的結果，仍被蔣所吞併，在一二八戰事發生時，即併入十九路軍爲獨立旅。宋又想沾手鴉片以分蔣與上海流氓合作之利，結果被上海流氓在北站行刺，其秘書唐腴廬做了替死鬼，始免於難。此二事在他人爲之，早已被蔣所毁滅了，幸賴裙帶關係，得以不了了之。

宋在台上時，雖做了一些差强人意的財政措施，如裁厘加稅、廢兩改元等事，但他的公債政策，是先將北洋軍閥所發行的外債一概承包還本付息，然後由銀行承受新公債爲條件。新公債發行時，他先行向銀行以低價抵押，再在交易所抛出，使銀行與交易所經紀人大發其財。每次在內戰前大量抛空，至內戰消息傳到市場，債市有大上落，再行收進，坐收漁人之利。更有任意操縱債市的手法，使散戶大蝕其本，往往破家蕩產。又對花紗布、麵粉、糧食等大宗物品，亦爲其投機的對象，利用影响物價的特殊消息，搶先抛空，或搶先收現。

宋在北伐完成，全國統一之際，以白銀向美國輸出，致在抗戰前，銀本位的準備空虛，使非採取英國建議，實行法幣政策，中國幣制早已不可救藥了。勝利前宋取代孔祥熙氏再度掌握財政，推行黃金政策，最初不惜將人民依照中央銀行牌價，折合法幣購買的黃金存欵，一律予以六折實交，使小戶儲欵吃虧不小。及他上台一年以后，幣價一落千丈，又不惜命令中央銀行無限制的抛售黃金，以爲收縮通貨的妙策。大戶吃飽，與其白銀政策，同使國家蒙受慘重的損失。

宋的外匯政策也是莫名其妙的。北伐完成初期，外匯牌價仍操諸外國銀行手中，后來雖改由中央銀行掛牌，但申請外匯者，能否得到批准，一視當局的好惡而定。等他在勝利前重登財長寶座時，外匯政策與黃金政策已取同一方針，任何人可以申請，且對外貨進口，毫無限制。上海多處設美貨市場，連三輪車夫吃的用的居然也是美貨。進口商祇要有法幣交到國家銀行，即可自由申請外匯，一時進口貨充塞市場，不但國貨銷路絕跡，即一般工商業亦爲失色。最豈有此理之一事，爲美商保險公司收取法幣保險費，亦可照牌價折合美匯匯到美國，但賠欵則仍用法幣支付，以致套取美匯，成爲意外收穫。宋下台後，一般中央銀行高級人員，均被美商聘爲董事或顧問，簡直以國家外匯爲他們捐官，以致美援及積存外匯均於一年餘的宋任內，化爲烏有。

宋的工業政策，也是毫無是處的。抗戰後的遷川工廠，在國家困苦艱難時期，貢獻了他們的工業生產，不僅經濟部和資源委員會都仰賴他們的資助，就是戰時完成的湘桂、黔桂兩路，也得到他們的協助，方能完成通車。但到勝利復員時，宋竟視遷川工廠如敝屣，不論確有成績，或徒具虛名者，一視同仁的棄之如遺。對勝利後所接收的敵僞工業，則擇其有利可圖者，名爲收歸國家，實則變爲豪門私有。其無利可圖者則以拍賣了之。因之復員後工廠陷於停頓，工人失業窒息，於是中共乘機籠絡民族資本家與產業工人，同以國民政府摧殘民族工業比之敵僞，尤見殘暴。最好笑者，宋在那時又交了一個朋友鄧仲和，與他初期的好友厲汝雄一式，是一個卑劣的商人，以無恥的手段，竟在敵僞時期，便其對紡織工業成爲巨擘，宋竟欲助成他的人造絲廠，不惜予以大量外匯，定購機器，輸入物料，以毫無工業素養之人物，當然無絲毫成功之因素，徒費國家外匯給他交了最後一個朋友，事之可嘆，尚有過於此者乎。

傅斯年說：「我看，他心中是把天下人分做兩類：其一類爲敵人，即現行的敵人和潛伏的敵人；其一類爲奴隸，……似乎奴隸之外全是敵人。」（見「這個樣子的宋子文非走開不可」）所以凡在他部下做事的，屬於他的奴隸，其他的人皆是他的敵人。以這樣度量狹窄的一個人，竟請他當行政院長，還兼外交部長和財政部長，豈不是國民政府自取滅亡之道乎？何以要請他出來當這個大任，那就要問有用人之權的蔣介石了。

我們不去說他的美國朋友，僅以他的前後兩個中國朋友厲汝雄和鄧仲和而言，他能交到兩個壞蛋，成爲知己，則他的爲人已可知了。但是一個人的短處，從別一角度看也許是他的長處，宋自己固然糟不堪言，貪汚專權無所不至，然而對部下都看成奴隸，此外都看成仇敵，故除他個人和他的少數朋友外，就不能公開舞弊圖利了。

他的老婆聽說也不能作他的主，他沒有兒子，三個女兒除享受有逾公主外，也不在公家弄權弄錢，這一點確比他的兩位姊夫蔣介石與孔祥熙好點。

閒話宋子文

鍾零

宋子文死了。不管流芳，遺臭，就近代中國來說，此人總佔了歷史一頁，蓋棺論定，那是史家的事。筆者不敏，謹就個人所知所聞，拉雜一談，正所謂：「退朝而談朝市，非僭則迂，然謀野則獲，古人已有之……」聊以供著「野獲編」者之採擇罷了。

一、宋氏家庭影响大局

據奚玉書氏出版的「金玉家庭」第二三五頁載：「我（奚自稱）家住宅，在（上海）吳淞路靶子轉角，電車六路圓路上下行車停車之處。宣統年間，宋老先生（原注：當時不知爲宋氏兄弟之老太爺）身穿長袍，外着黃馬褂，手持大話筒，在兩邊停車處，每日上午，大聲傳教，贈送聖經，勸人爲善。我往往招他進大門之內，請他稍坐休息，並請他飲茶，習以爲常，有時拉拉他的小辮子。問他何以這樣短？與我的小辮子相比，長不了多少。他不以爲意。……我們做了亡年之交。」

誰知這樣一個「吹鼓手」式的傳教士之家庭，竟影响中國政治乃至大局，逾半個世紀之久，難道眞是「上帝的安排」嗎？中國自十九世紀中葉，被列强突破大門，文化，經濟，以武力爲後盾，宗敎爲先鋒，復利用佔領區與租界爲基地，廣事培植買辦人材，大收宏效。而宋老先生身爲粵人，得風氣之先，復以教士資格，因利乘便，使其兒女，均接受洋式高等教育，前此我國婦女，囿於禮教，「無才便是德」。而宋氏姊妹，雍容華貴，的屬異葩。大姐藹齡，初爲中山先生家庭教師，旋任秘書。隨之二姐慶齡嬪於中山先生，儀態萬方。而藹齡亦與孔祥熙結婚。子文因知其三妹與劉紀文氏已有婚姻之約，初不贊成嫁於蔣，後經譚延闓勸說，乃放棄成見，反之爲之主婚。於是當時北京學界，即以此事製出一個燈謎，謎面說是打三國演義中兩個人，謎底則爲「劉禪」與「蔣幹」。幽默程度頗高，流傳彌久。

子文在國民黨開府廣州後，即迭任要職，後且由財政部長兼任中央銀行總裁，以至外交部長，行政院長。而子良亦曾任廣東財政廳長，子安更長袖善舞，無往不宜。宋氏滿門貴盛，大有「遂令天下父母心，不重生男重生女」之概。國府建都南京後，國民黨內盛傳宋家還有一個四妹，名曰「妙齡」，據說美妙絕倫。當局基於政治關係，頗欲撮合其與張學良婚配，因條件相當也。於是有人將「革命尚未成功，同志仍須努力」那一對聯，改其上句，變爲「宋氏尚有一齡，同志仍須努力。」耳語相傳，不脛而走。隨後宋老太逝世，發出訃文，並無妙齡其人，此謠始息。

子文在家庭中夙與二姐接近，而子安則唯大哥之命是從。三妹與大姐沆瀣一氣，子良則對之融洽無間，說者遂謂其六兄妹之間，儼若兩組。而子文則偏左。這或許是因爲西安事變時，子文能親入西安，而復與周恩來多所週旋之故罷。但其郎舅至親，孔宋兩家，先後掌握中國財政經濟達二十年之久，大姐爲孔門女主，二姐曾爲「國母」，對內對外，自具相當號召力，而三妹在國民黨這面，自尤有很多影響力。甚至在海倫，史諾的筆下寫道：「蔣夫人企圖影响宋慶齡。反之，慶齡却企圖改變美齡的思想。但是兩者都沒有成功。慶齡傾向於蘇聯，美齡則成爲宋氏皇朝同美國聯繫的樞紐，這兩位姊妹，各走自己的道路，代表了現代西方對中國的影响。」又道：「蔣夫人是中國政府和來華傳教士之間的引薦人」。復引證羅斯福總統告訴艾德格．史諾說：「國民黨爲什麼得到這麽多的美援？主要理由之一，是因爲國民黨和美國的關係，是由非常特殊的美國化的中國人，如宋子文和蔣夫人來處理之故。」

好一個「宋氏皇朝」！又好一個「美國化的中國人」！難怪有人說：「中國歷史上有南朝劉宋，復有北宋與南宋。居然更有後宋啦」。

二、美國化的「中國洋人」

子文學歷甚佳，昂然一表，報上有人調侃他，說他「衣着極漂亮，英語也漂亮，惟有做人又不漂亮」。而開口就是英語，動筆就是英文，他膚黑，面冷，架上一副墨鏡，無論戶外室內，很少卸下，遇着大典盛會，置身千百人場合中，他很少與人寒事招呼，而人亦鮮有與週旋者，辦公室中嚴肅如森羅殿，被接見者多係立談數語，即擺手囑去，一聲「go」，竟氣死了廣東社會局長陶林英，已是著名的故事。故雖有人稱他爲美國化的中國人，但除拜金主義外，其他完全不像。因美國人雖思想幼稚，行爲市儈。而天眞熱情，善於交際。子文則迥不相類。故只好呼之爲「中國洋人」，蓋認其雖已變爲洋人，然不知究像那一國的洋人也。

他任南京財政部長後，大發公債，以資挹注。獲英總稅務司之支持，與「江浙財閥」之合作，初頗能以維持債信爲重。在某一階段，有人恭維他爲美國開國時的哈密爾敦，他亦頗自期許。據美國史載：「哈密爾敦做了華盛頓的財政部長後，大刀濶斧，使他成爲美國歷史上最偉大的財政部長，他的方案獨具一格，不落俗套，當時國債約爲五千六百萬美元。許多人想拒付或者只付一部份。哈密爾敦獨排衆議，將國債重加整理，决計全部淸償，各州因援助革命而累積的未還債務，計達一千八百萬美元，他全部接受過來。又取法英格蘭銀行，設立美國銀行，並創立造幣廠，開征關稅，發展民族工業，又製訂國產稅法，徵收酒稅等等。這些措施，立刻在三方面產生效果。美國政府的信用基礎得以固若金湯，並獲得所需的一切財源。工商業都獲得鼓勵。最重要的是各州有力人士集團歸心中央政府，國債的償還與州債的承担，教許許多多握有聯邦與州債券的人，寄望新政府歸還他們的金錢……一般人民深深認識到聯邦政府的權力，一言以蔽之：有產者因着哈密爾敦的政策，堅强團結起來支持中央政府，誰要削弱它，他們決心抵禦。政府在人民心目中印象深刻。」

子文在抗戰行將勝利前出任行政院長，兼握財政經濟大權，其作風如何呢？可說與哈密爾敦恰恰相反，既自毀國信，又亂事「刼收」。當時國庫存儲美金約九億，黃金約六百萬兩，更有許多珠寶，及敵僞物資與產業，以及友軍剩餘物資等。可說乃我國空前富有時期。僅外匯一項即超過當時英、蘇，約五倍之多，但仍無補於法幣之貶值。且在兩年餘時間中，外匯幾乎花光，竟令法幣變爲第一次大戰後德國的馬克。衆所週知，德爲戰敗國，戰勝同盟諸國，逼使馬克垮台，藉以摧毀德皇威廉復辟之基礎，蓋一國之國幣，乃全體人民生活及財產之所繫，亦即發行此貨幣的政權信用之所關。貨幣倒塌，不啻信用破產，縱屬一間銀行，信用破產，重振已難，而况堂堂政府？此日本戰時幣値雖一貶再貶，迄今之所以依然維持不變也。但仍無碍於其經濟之異常繁榮。中國名雖戰勝，竟愧對戰敗之日本。宋氏生意算盤，至爲精妙，他死後，美國合衆社發出電訊，稱他「近年來是中美銀行界中的領導人物。」果爾，則子文何工於謀銀行，而拙於謀國家耶！

三、「黃禍」與扣發黃金儲蓄

「傅孟眞先生年譜」（傅樂成著文星出版）中有兩段與宋子文有關的紀錄，茲先錄一段：

「八月初（一九四五，即民國卅四年）先生在重慶大公報發表「黃禍」一文，响應政府徵收中央銀行黃金存戶之部分黃金，當時若干「既得利益」階級份子，正謀反對……是月先生致夫人函云：『我前幾天很忙，星期三幾個銀行家的參政員請客，我去了。原來請了三十多位在重慶的參政員，他們所談，許多可恥的，我很氣悶；尤其是批評政府之徵黃金，我很生氣，回來趕寫了那一篇「黃禍」，在大公報，想你已經看到了。我固不怕權勢，也不怕羣衆，我以爲那篇文章一定要遭許多人的罵，罵雖有之，而效力意想不到之大。有些既得利益的參政員，正在醞釀……推翻政府的辦法。這篇文章不早不晚，恰恰登在最適合的日子，次日，駐會委員會開會，我又發言，博得大多數之贊同……原提案者孔庚，黃炎培撤回去了。」

「黃禍」這篇文章，他顯然支持並鼓勵了宋子文。但事實經過，並非完全如他所說。參政會第四屆第一次大會是三十四年（一九四五）七月七日開幕，會期照例兩週，當討論議案時，有劉參政叔模登台發言，主張扣發儲蓄黃金若干成以助軍需。自然列舉了若干理由。如「暴利」，如「既得利益」，這種名詞，似也提到。但另一參政員朱惠清立即加以反駁，說是黃金乃友邦所助，於四億美金中，撥付一億黃金，約六百萬盎司，以維持法幣，政府即用以鼓勵人民儲蓄，藉使法幣回籠緩和跌勢，效果已顯。豈有皇皇法令，中途翻悔之理？堂堂政府，如何效尤市場破產商人，講倒賬幾成折扣償還之理？况儲蓄者多普適人民，勞力所得，但求保値，何可厚非？政府如喪失信用，豈不貪小失大云云。結果，主席提付表決，劉之提議遭絕大多數否決。

會議休息間、傅斯年（孟眞）問朱道：「你不是國民黨嗎？爲何反對扣發黃金？」朱道：「任何政黨都不能貪這樣的小便宜」。第三天，大公報就登出了「黃禍」一文。時間大約在七月十三四號。並非「八月初」。參政會閉會後，約在七月廿六左右，政府宣佈扣發儲蓄黃金四成。民間大譁。據傳行政院長宋子文初因參政會否決劉案，尚覺躊躇，及見傅文，遂悍然不顧而行之。參政員多感不平，推朱起草提案，由奚玉書黃炎培等提出於駐會委員會，而宋預請國防最高委員會與中央黨部施予壓力，將該案不予討論，交付審查，無期延擱（見「亞洲周刊」）。原提案者根本不是孔庚。倒是奚玉書曾由黨秘書長囑撤回提案，奚說：「若事前吩咐，無不從命，現我已署名提出，若出爾反爾，此後我如何做人？怨難遵辦。」又朱惠清等會於大會中正式提一「請變更黃金政策案」。尹述賢等提一「請政府改善黃金政策以免影响物價而利國庫案」。「以上兩案合併討論，決議如下：二案通過，送請政府參攷。」（見國民參政會史料四九九頁。）

傅孟眞爲一天眞率直的學者，夙惡孔、宋，而主張徵借國人在外國之存欵。所謂「既得利益階級」，原隱有所指。後漸普遍使用，亦蹈政治上不打老虎專打老鼠之故智，而不知投鼠忌器之權衡，反踏助桀爲虐之陷阱。儲金既扣，市場波蕩劇烈，政府任何財政措施，無人再信。金銀外幣黑市，到處風行，法幣一瀉千里，雖以戰勝餘威，無法補救人心，加以內敵猖獗，百般挑剔，直至卅七年棄法幣而改爲金圓券，縱以全力集中外匯金銀爲準備，但不足一月，仍然崩潰。蓋大信既失，回天乏術也。故四屆參政會第二次大會在卅五年（一九四六）三月廿日卽勝利七個月後召集，宋院長於施政報告後，卽遭朱惠清之嚴重質問，列舉若干數字，與種種事實，互相參比，證明宋的黃金政策徹底失敗，全場掌聲如雷，歷久方息。子文當場萬分踧踖。回院後叫來財政部主管人員，大發脾氣，說是你們供給我的黃金資料，遠不如朱某所知道的多，幾乎弄得我下不了台云云。當日宋原約浙江中國銀行經理金潤泉父子午餐之時，宋仍牢騷並向金探詢朱之爲人，金謂原係好友，卽代致歉。隨往訪朱詳告之。金道：我們行裏的宋大班（漢章）與大家也都不贊成他這種政策，認爲是「一次過」的辦法。（卽只能騙一次，等於跑江湖的伎倆之意）這一句話，就露出了所謂江浙財閥絕望的端倪了。而更值得注意的是參政會第二次大會對於行政院施政報告之決議文，茲錄一段如下：

……宋院長所提出之開源節流辦法……大會同仁，不無疑慮。本會對於接收敵僞物資之處理，主張公開拍賣。……尤其對於國人在外國存欵，主張徵借徵用，大會迭有決議，國人亦多呼籲。迺政府遷延遲疑，似缺乏執行誠意與決心，因而頗滋物議。宋院長在大會宣稱：「黃金由兩萬漲到二十萬，如此暴利，徵扣四成以爲國用，誰曰不宜」？則以此例彼，美金戰前僅合法幣三元，今已漲至二千元，其利之暴，實百倍於當時之黃金。乃兩年以來，大戶獻粮、黃金扣成，均可一一見諸實施，獨此外匯存戶，（實際政府戰時還發行有美金公債二億元，英金公債二千萬鎊，多爲大戶吸收，未提及）必不使對國家有所負担，揆之有錢出錢，錢多多出之義，詎得謂平？如之何折服人心，杜塞謗言？本會鄭重建議，訂立捐獻辦法，付諸實施。（見國民參政會史料第五二一頁五二二頁）

四、「宋子文非走開不可」。

傅斯年於卅六年（一九四七）二月在世紀評論上發表一文，題曰：「這個樣子的宋子文非走不可」。各地報章紛紛轉載。影响之大，轟動一時（見傅年譜六四頁）。文章通俗而復嚴厲，猶畧記有句說：「宋氏對人，其心目中，只有屬下與奴役，根本沒有朋友。宋氏請客吃飯，根本不像是請客，只可說是餵客，因爲他極少與客人談話，只是頻頻敬菜與客，將客餵飽，送走了事。而宋氏的施政方針，完全是生意眼，尤其是財經政策，無處不在錢眼裏翻跟斗。這樣的行政院長，實在非走不可」云云。

恰在不久以前，旅滬的參政員多人聚會，討論宋氏增鹽稅以彌補國庫的辦法，研究結果，一致反對。乃通電聲言：戰後國困民窮，——（下接第四十頁）

丁寶楨及其子孫

松井三郎

松井三郎先生，是日本一位年青的漢學家，他出生在美國，在美國學會了一口很純粹流利的北京話，又能用語體文寫文章。前幾年他從歐洲參加旅行團游歷中國二月，搜集了很多寫作材料，陸續寫成文章在海外的刊物發表。他這篇文章是談清代名臣丁寶楨及其後人的故事，頗可參考。

編　者

清朝的末代皇帝愛新覺羅溥儀，是一個典型的悲劇性人物。我從大學時代起，就覺得這位以一個「異族王孫」的資格，而能把漢人的「忍辱負重，借兵復國」的政治哲學，身體力行得那樣徹底的人，他一生的行爲心理，是的確有加以分析和研究的價值的。

但是，越研究就越覺得原始資料的貧乏，爲了補救這種缺陷，我也曾經在幾年前到中國去做過一次短期旅行。那時溥儀雖然還沒有作古，但是要想和他正式面談或是筆談一次的可能性，却幾乎和起古人于地下一樣地稀微。

屯絹胡同三十六號

有一次偶然聽到人講，他住在北京西城屯絹胡同三十六號的一座高級宿舍裏。幾次造訪，雖然都吃了閉門羹，但却在和附近一些老鄰居們的閒談中，無意地發現了那座房子原來是屬于大名鼎鼎的「丁宮保」的後人的。

這位「丁宮保」，就是在清末以殺慈禧太后寵幸的太監安德海而名揚海內的丁寶楨。直到今天，朝代雖然已經換掉了好幾個，因他而馳名的「宮保鷄」，却依舊是中國的名菜之一。提起丁寶楨來，知道他是誰的人，現在大概不會太多，但是說到了「宮保鷄」的時候，無論什麼人都知道的。

由于在當時的閒談中，發現了不少當時當地還可以追尋的綫索，同時，人們對這位「晚清名臣」，也完全沒有「保密」的興趣。于是我就索性利用那次旅行的時間和便利，在旅程所經過的一些地方，進行了一些連鎖式的私人訪問。這一篇小東西，就是根據當時的那些談話記錄，整理和壓縮而成的。由于談話人的年齡大都已經六七十歲左右，事過多年，難免有記憶錯了的地方；當時又記錄得很匆忙，事後更缺乏請他們再校閱一次的機會，所以偶然有些小疏漏之處，事實上恐怕是難免的。然而，他們在談話中提供的一些「原始資料」，往往是在史書和野史筆記中還沒有談起過的東西，所以也許會多多少少有些參考價值的。

丁氏後人「點將錄」

除掉在北京屯絹胡同同我閒談過的幾位老人以外，眞正在談話中供給了我一些關于丁宮保及其後人的史料的人，還有：

一、陳延暉

他是丁寶楨的嫡外孫，父親是揚州的一位富而官的鹽権使。他也替丁寶楨的嫡曾孫丁春膏，當過十年左右的股肱，後來又替國民政府的軍令部長徐永昌，當過許多年秘書長，而且到日本去參加過受降禮。他的兒子陳忠經，曾在人民政府代理過許多年對外文化聯絡局局長。

由於兒子的關係，他自一九四九年以後，就在北京文史館担任館員。在和我談話時，他已經年逾七十。他是丁寶楨最小的一個外孫，他的母親又是丁寶楨最小的女兒，因此，他的年齡竟要比丁寶楨的第二個嫡曾孫丁春膏，還小七八歲。

二、朱廣宇

他是陳延暉的外甥，換句話說：他的母親乃是丁寶楨的外孫女。我和他是在陳延暉的家裏偶然遇見的，當他一明瞭了我來意的時候，馬上打起「太極拳」來，口口聲聲地說：「爲那些老事情，何必浪費時間。談得再多，也不會對人類有什麽好處！」他在中日戰爭時，參加了新四軍，毁家紓難來打游擊。所以當我遇見他的時候，已經官拜大校，在中央軍委工作。也許因爲他怕自己的舅舅，在外國人面前講錯了話，所以雖然不願意參加談話，但却始終坐着不走。後來也偶然根據自己家裏「母嚴」的經驗，發了幾句關於祖傳「宮保家風」的牢騷，使人能够對宮保當年的治家教子的一套，多多少少有些印象。

三、蕭庸行

他是丁寶楨嫡曾孫丁春膏的遺孀，丁春膏雖然在民國時代做過不少次官，但是爲了把丁寶楨那一套「不怕殺，不折腰，不要錢」的口號貫徹到底，弄得自己始終兩袖淸風，他的遺孀在和我遇見的時候，已經窮得只能寄住在一個老丫頭的家裏。她那時已有七十歲左右的年紀，行動也不大方便。但還很想賣點衣物來請我吃一次地地道道的「宮保鷄」，結果當然幷沒有如願。一方面是根本就找不出什麽値得賣的東西來。我遇見她的時候，是在上海南市她的老丫頭的家裏。爲了「粮票」問題，她也還是要參加勞動，在里巷託兒所裏當了一名保育員。

四、丁澤霖

是丁寶楨第三子的後人，一向住在天津，曾經替丁春膏當過多年的庶務，後來一直閒在家裏。

我遇見他的時候，已經又老又病，頗有點朝不保夕之勢。

五、丁澤明

是丁寶楨最小一個兒子的後人，一向住在濟南的舊軍門巷。他的母親是山東曲阜孔家的女兒，論起輩份來，還是「衍聖公」孔德成的姑姑。他的家裏本來還存有不少丁寶楨時代的遺物，但是經過許多次動亂，有的遺失了，有的爲了怕惹麻煩而自動毁掉了。這種情形，在丁春膏遺孀的家裏也發生過。

丁澤明在一家國營貿易機構裏工作，但是，「世家子弟」的色彩還相當濃厚，很喜歡唱幾句西皮二簧，一談起吃和玩來，也講得興高采烈。他雖然同丁春膏、丁澤霖、陳延暉諸人同輩，但是在年齡上却要比他們小三十多歲。

六、丁垂統

是丁寶楨的玄孫，而年齡却要比上面說的那位丁澤明還要大些。他在中日戰爭時北京中學生的運動健將，後來參加了一個地下組織的「行動組」，專門對敵人進行暗殺，因而被日本憲兵囚禁了好幾年。戰爭結束以後，他對政治完全喪失了興趣。忽然跑到四川成都去和他的孀母七太太一道去開茶館，和袍哥們打成了一片。我遇見他的時候，他在成都的一個房屋管理機構裏工作，意氣非常消沉。他的茶館已經早就被封掉了，茶館的大股東七太太，也因爲和袍哥們的關係太深，多年前就被管制了。

七、杜岑

是從前北京郁文大學的教授，而且對崑曲有相當研究。他曾經當過丁春膏十多年的機要秘書。我遇見他的時候，他正在上海海關裏担任翻譯工作，已經患了相當嚴重的癌症。

八、張德海

是丁春膏的老家人，前前後後二三十年。丁春膏作古以後，他回到了自己的老家河北省順義縣去當村長，在當地的日本軍方和八路軍方，都相當吃得開。我遇見他的時候，他在北京近郊的一座公社裡當會計。他的兒子和孫子們，也大都是當地的基層幹部。

九、楊永和

也是丁春膏的老家人，在中日戰爭時期，曾經在重慶發了一小筆國難財，再加上他是一個狂熱的基督教徒，所以自一九四九年以後，就不斷地在痲煩中打滾，生活得很不如意。現在只在保定一個收購舊物廢料的機構裏，混碗飯吃。

十、楊家麟

他是丁春膏的外甥，一直在銀行界當小職員。五反時期因爲私生活不够嚴肅，被送到京滬綫上一家國營農場去勞改，至今沒有被批准回到都市裏去，而且在這農場裏，一當就當了十多年的圖書管理員。他的牢騷很多，所以運動一來，總會成爲鬥爭的對象之一，因而也就永遠不能翻身。他的母親是丁春膏的第八個妹妹，脾氣大得出名。據他說：丁寶楨的後人中，姑奶奶們個個像母老虎，而男性的子孫們，却都儒雅斯文，遇事心平氣和，這也許是「宮保家風」的特色之一吧？

宮保祖先是廣東人

根據上面提到的那些人所提供的口頭資料，就寫成了下面這一篇關於丁寶楨及其後人的故事：

丁寶楨的籍貫，雖然是貴州平遠。其實他的祖籍，却是廣東省沿海的一個小地方。他的祖先就是在那裏以捕魚爲業的。

有一天，他的這位老祖宗，正從海上歸來的時候，忽然發現有一艘大船觸了礁，許多人在喊救命。他趕過去救人，人雖然救起來了不少，但他們却都是海盜，非僅把許多浮在水上和木板上的箱籠，塞滿了他的船艙；而且還把他的一家人關進艙底去，把整條船佔爲已有，逼着他駛行到附近的一個偏僻海灣裏去。

船一靠岸，海盜們馬上就蜂擁到岸上去大吃大喝，尋花問柳，只留下一個人守在船上。

據說：在這個晚上，忽然來了颱風。在狂風暴雨中，這艘船的纜繩被撕成了幾段，船也被吹到海中去，在驚濤駭浪中，一直顛簸到天明的時候。在晨曦中，這位船家一方面慶幸他的全家大小居然無恙，另一方面也又驚又喜地發現那個奉命留守在船上的海盜，已經不知在什麽時候，被海浪捲下船去了。

那些塞在他船裏的箱籠，這時自然就屬於他了。裏面藏的盡是金銀財寶一類值錢的東西。爲了怕被海盜們遇見，這船家就鼓滿風帆，盡可能地向遠方駛行，最後還捨舟登陸，想在內地找一個安全的地方，好好地定居下來。就是爲了這個緣故，這位船家才帶了他的一家人，從廣東海岸，經過廣西，來到了崇山峻嶺的貴州平遠。

那裏離家鄉已經很遠，人人都以爲他是遠地遷來的富戶，也從不會有人來懷疑他的財富的來源，所以他就在這個地方一口氣買下來了許多田產，馬上成了當地的三大「紳粮」之一。他住的那一帶區域，也就正式命名爲「丁家寨」，儼然和其它兩個大戶「王家寨」與「毛家塞」，成了鼎足三分之勢。

這船家雖然不會念過書，但却頗有一些頭腦，而且很敬重讀書人。附近的知識份子，只要願意的話，都可以到他那裏去經常地做座上客，打秋風。同時，他還從省城裏禮聘來了一兩位先生，替他教育子弟，籌劃一切。因此，也就有人建議他，要學中國歷代「世家子弟」的習慣，替自己的子孫，定出幾個字來做輩份的排行。不知爲了什麽，也不知是誰，就在這時替他用下面的這副對聯，來做爲他後代子孫命名的次序。那對聯的原文，只有十個字：「扶公榮世選，體道澤垂長。」從這位船家，到丁寶楨，中間一共是五輩。據說：按照輩份排行來講，丁寶楨原來的名字叫做「萬選」。後來之所以根本不提「萬選」這個名字的緣故，也許和「安全感」有些關係。當時，貴州平遠這三家大戶之間的鬥爭，是非常持久而白熱化的。訴訟、陷害、武鬥、暗殺、偸襲、燒殺，無一不來，簡直和三國時的魏蜀吳一樣的熱鬧。因此，三家中一旦有一家子弟偶然出人頭地，有了前程似錦的希望，其它兩家因爲怕別人長了威風，不利於自己，就一定非要想盡方法暗殺掉他不可。這三家的子弟，如果一朝在外面青雲直上的話，也爲了安全起見，不敢輕易地回去省親。——這也許就是丁寶楨在貴爲四川總督的時候，也沒有大張旗鼓地衣錦榮歸的緣故。丁家雖然很好客，但是自奉幷不奢華，當丁寶楨中舉人後，他的母親認爲是一件了不起的開心事，所以，特別燒了一碗自己的拿手菜給他吃，這也就是直到今天還在大大小小的中國餐館裏飽受歡迎的「宮保鷄」。不過，做法是和一般館子大不相同的。

宮保雞的配方和做法

據說：地地道道的宮保鷄，只能從丁家的媳婦們手裏才能吃到。客雖然常常請，但是，配方和做法從來不傳外人，所以一般厨子只能想當然耳地自動腦筋。

丁家的宮保鷄，鷄塊要比飯館裏大些，而且是黑白肉都用，這一點大概和以簡樸標榜的「宮保家風」有些關係。花生和腰果之類，是照例不加的。飯館中的「非加不可」，也許是爲了要「既佔盤子，又省鷄肉」的緣故。

配料除掉青葱之外，最必要的是紅辣椒，絲辣椒和乾辣椒，雞的塊子也要比飯館大些。這樣炒成的宮保鷄既很美，又很下飯，眞容易使人有百吃不厭之感。因此，丁寶楨在做了巡撫和總督以後，請客的時候，照例要在主菜內加上一盤這種炒鷄塊，以示不忘本的意思。他在出巡之時，也總是囑咐那些替他辦差的人，不必用山珍海味，或是滿漢全席，來替他接風和送行。只要每餐給他預備一盤這種「家母手製炒鷄塊」就够了。——久而久之，凡是他所到之處，席上一定有這個菜，因此，宮保鷄的大名也就越傳越遠了。

丁寶楨這人很好名，除掉以「不怕死，不折腰，不愛錢」自勵以外，還極力標榜「刻苦簡樸」。豆花本來是川黔一帶最廉價的街頭食品，從來很少登大雅之堂的，但是，這位丁老先生請起客來的時候，任何名菜似乎都沒有豆花重要。在他做東的席上，「宮保鷄」當然是次次都有，而豆花却只是待貴客的東西。如果客人們看見有豆花端上來，馬上就知道宮保在對他另眼相看了。

這種作風，一直流傳到他的曾孫丁春膏的手裏。遇有喜慶大事或是貴賓，山珍海錯之外，一定鄭而重之地端上來一大盤豆花。在丁春膏的全盛時代，家裏特別養了一個貴州老媽子楊媽，最重要的職務就是：做貴州泡菜和點豆花。

丁寶楨儘管在日常生活上，處處標榜簡樸不忘本；但是，那時的官場習氣，以善於拍馬屁，伺候上司，爲能辦事。因此，每當他出巡的時候，辦差的人依然把他的行轅佈置得極其奢華，那時，常常隨他出外跋涉的是一個很年青的姨太太。她活得很長，直到一九三三年左右才作古，死前一直都住在丁寶楨的第四個孫子丁道周的家裏，被稱爲「祖老姨太太」。她在隨着丁宮保出巡的時候，臥房裏用的馬桶，都有繡花的緞套子。桶裏也放了許多水銀，所以從來不會有什麽氣味。直到死前不久，她還津津樂道當年的榮華富貴，丁寶楨生前的許多小故事，也就由她流傳了不少下來。

（待續）

戊戌狀元夏同龢

文如

光緒廿四年戊戌（一八九八年），這一年有維新運動，正在要展開這運動的時候，光緒帝的師傅翁同龢被西太后驅逐回籍，而三日前的殿試揭曉，狀元夏同龢，恰與翁同龢同名。據陳夔龍的「夢蕉亭雜記」說：「當戊戌廷試後，德宗御太和殿傳臚，禮成駕還宮，召見軍機，謂協揆（按：翁氏爲協辦大學士，故稱之協揆）曰：今科狀元夏同龢與師傅同名，誠爲佳話。」可惜「佳話」只停留了三日，到四月廿七日，翁氏生日，西太后迫光緒帝降旨斥逐他了。

珠巖叟「金鑾瑣記」有詩云：「執贄摳衣大卷呈，春闈畢後避師名，誰知臚唱魁多士，借用師名永不更。」就是指夏同龢中狀元後，不肯改換名字的事，詩附注語云：「某君大課卷，爲常熟所拔取，會試前，贄見常熟曰：僭師相名，例應改避，禮部試前不允，請俟闈後。常熟頷之，喜其知禮。及殿試後，常熟去位，此君遂永不改。或謂常熟丙辰得殿撰，某尚未生，非誤同名，實假借耳。今不改，是久借不歸也。余笑曰：今之久假不歸者多矣。」某君蓋指夏狀元也。（珠巖叟是四川人高樹的筆名，以進士考御史，有名于時，一直到民國二十年後才逝世，年八十餘。）舉人入京會試，先經過一次覆試後，始能應會試，會試中式，名爲貢士，又再經一次覆試，始應殿試，戊戌科新貢士覆試，派出閱卷官十二人，翁同龢爲第二名，取一等八十四名，夏同龢第一，翁夏師生關係大抵如此，似無夏同龢答應翁同龢改名的事。

夏氏爲貴州士族，貴州在清代是邊省，被稱爲「文風」不振的地方（所謂文風，指某地方出產科名多少而言，出舉人進士多的，叫文風盛，少則文風不振），光緒以前，未出過狀元，到光緒十二年丙戌，才出了一個趙以炯，這次又出了一個夏同龢，有人說，那是執政的人要向邊區民族拉交情之故。

狀元之爲物，在舊社會中最爲人所歆羨，一經高中，類多飛黃騰達，獨有光緒一朝十二個狀元中，做到特大官職的，只有兩人（一爲光緒二年狀元曹鴻勳，官至陝西巡撫，官二品，一爲光緒二十年狀元張謇，官至農商大臣，官從一品），其餘只不過中級官吏而已。迷信風水的人就說，清朝氣運已盡，連狀元也不「發達」了。（同治一朝雖只得十三年，但也出了六個狀元，其中有兩個官至宰相，而尚書、侍郎亦有人，比光緒朝好得多。）

夏狀元確實不够運氣，偏偏中在光緒朝，到散館試後，遇到庚子年義和團運動，他奏准回鄉辦團練，以備將來同洋鬼子打仗。據說他出京時，沿途以「欽差」自居，牌扁大書什麼「奉旨回鄉辦理團練」等字樣，威風十足，光緒廿八年五月爲御史高枏（高樹之弟）參他一本，幾乎把修撰也丟了。西太后把這件事交給裕德、孫家鼐查辦，下一年五月查明後覆奏，說幷無其事，後來夏狀元雖然回去翰林院供職，但官運從此幷不亨通，到光緒廿八年壬寅補行鄉試，夏狀元得放湖南副考官（正考官爲翰林院侍講李士鉁，天津人），算是給狀元一點面子了。（清代科舉故事，新科狀元，大都在下一屆鄉試時放副主考的）自此之後，他未嘗升過官，依然是個六品的翰林院修撰。

爲什麼夏狀元這樣倒楣呢？這也許與翁同龢垮台有關。據說西太后一見「同龢」兩字就憎厭。另一說是他曾經被御史參過（卽上文所說）。其實這兩項皆非重大因原。最致命傷的還是夏狀元做「槍手」（卽代人作文）被肅親王善耆瞧穿了，肅王認爲他人品不端，向執政諸公說他壞話。這件事是夏狀元的拜門弟子馬武仲對我說的。（馬君順德人，一九六五年十月廿七日在香港逝世，年八十六，他對我說時是八十五歲。）

馬先生說，光緒戊戌科點的一個廣東翰林鍾錫璜（南海人，字彤階，散館授編修）是有資產的人，但不通文墨。（相傳廣東名翰林潘衍桐致仕家居，一日大宴廣州名士，鍾錫璜也在被邀之列。席間行酒令，以「花」字爲首，每人要用個花字爲句中的第一個字。這是極容易的，古人詩詞中有第一個花字的，不可勝數，而鍾翰林却念出一句「花花公子游街去」，庸俗惡劣，一時鬨堂，傳爲笑話）他能得點翰林，是花了四萬兩銀子請夏同龢槍替的。怎知殿試交卷時，肅親王在殿中巡查，問夏同龢道：「你叫鍾錫璜嗎」夏的一卷早已交去了，這一卷是替鍾錫璜寫的，經肅親王這一問，作賊心虛，面色大變，只得硬着頭皮，答道：「是。」善耆已瞧破他的狼狽神情，知道其中必有古怪，但又恐怕引起大獄，便不說穿。過了此關，夏中了狀元，鍾也點了翰林，這是出乎夏意料之外的，他恐怕肅親王揭破秘密，不敢在京久留，溜往日本讀速成法政。但在未東渡之前，他到廣州，住在鍾錫璜的瀲綺園（在十五甫，其後鍾家破產，一九一八、一九年間，充公拍賣，歸還公欵，此後卽以一部分地方改爲酒家，三十年前的銀龍酒家卽在此也），和一班紳商搞得頗爲融洽，「秋風」不少。

此說未必可靠。夏與鍾同應殿試，照常理，一定是夏作好自己的文章，謄寫後交了卷，才能替人家執筆寫作的。但殿試的時間很迫促，到太陽下山後就不准點燭寫作的。應試的人，作一篇文章尚不難，難在寫成後要恭楷鈔在卷上，所花的時間不少。文士能寫作俱快的雖然大不乏人，但自己寫作後還能替人寫作，那是萬萬不能的，因爲時間不許之故。殿試請槍替，只能由槍手冒名頂替，槍手絕不能身兼二職的。況且殿試揭曉後，應殿試的貢士，才中了進士，過了十天八天後，又舉行一次朝考，經過一番淘汰，成績優異的才點爲翰林。所謂夏狀元以一人而代人中進士，點翰林，是絕不可能的事。鍾錫璜之能高中，或另有作弊方法，與夏同龢無關。

光緒廿三四年間，岑春煊在北京做冷官，和夏同龢來往很密，夏氏做過一任湖南副考官後，仍在翰林院供職，沒有多大前途，恰好岑春煊做兩廣總督，要辦法政學堂，就請他來做監督。夏狀元倒有自知之明，認爲做一校之長的人，連法政都不甫，怎可以主持校務，便先往日本學速成法政，大約一年半載便算畢業，于光緒三十年甲辰（一九〇四年）春到廣州就職，馬武仲以二百兩銀子爲贄敬，拜他做老師，卽在此時，我的三兄子固，也是在這時候奉命拜他爲師的。

這時候夏狀元住在我家的後樓（我家在十八甫富善西街三巷，門牌二十四號，一九二五年後又改爲二號），偶然同我父來香港，也住在南北行街的元發行二樓。當時我家請有一位女教師徐太太（卽徐綽生、淡文兄弟的祖母，一九一五年，淡文的父親星輝先生，也在我家處館，我亦從學），教我的庶母、姊姊讀書，晚飯後，夏狀元常到東書房閒坐，徐太太向他問字，又問寫字方法。星輝先生也隨在母側，得接狀元風采，謂係人生一樂事。徐先生未謝世前，常向我提起。

夏狀元在廣州爲什麽這樣得人歡迎敬仰呢？說來也頗有趣。貴州本是貧瘠的省份，文化水平不很高，但在光緒年間，也出過兩個狀元，而富庶之區的廣東省，則自道光三年癸未（一八二三年）出過一個林召棠後，七十四年間，未再出過狀元，迷信的人就歸咎于風水不利，故于夏狀元在光緒廿五年到廣州、香港打秋風時，那批科甲出身的士紳，把他捧鳳凰似的，巴結得十分周到，意欲沾其「文風」之光，使廣東在廢科舉之前出多一兩個狀元，爲廣東人爭光。怎知光緒廿九年會試，及末科會試，狀元皆出在山東，直隸兩省，廣東人雖然失望，但忽然夏狀元來做法政學堂監督，顧名思義，「法政」是官僚培植所，畢業後有資格做官來顯親揚名的，怎可不巴結夏狀元呢。（夏氏會試時，廣東人張學華以翰林院檢討充同考官，夏氏一卷，幾乎落在張學華房中，但後來沒有，否則夏高中後，就稱張爲老師了。夏初次到廣東秋風，是張學華寫信介紹與先父相識的，張先生和先父是戊子舉人同年。）

廣東法政學堂地址在舊日仙湖路附近（民國後，改爲西湖路、教育路），當時的大馬站（街名）有一家小飯館名叫泉香，以「及第粥」著名，法政學堂的教員有朱執信、古應芬等，他們大部分是日本留學生，每早往上課之前，多往泉香吃一兩碗及第粥。同事之間早晨相見，往往會問「及第不及第」。那是問有沒有往泉香吃及第粥，而暗中則幽默夏監督以狀元及第而在日本却得到不及第也。原來清末的進士舉人，多往日本學速成法政，混個資格，夏狀元在日本混了幾個月，日文日語完全不懂，畢業時，得到一個「不及第」（日本稱考試不及格爲不及第）。

清朝垮台後，不少人組織政黨，希望在議會中占一席位，當時的國民黨占的議席最多，後來國民黨分裂，另有人組織五個小政團，超然社便是其中之一。該社是國民黨議員夏同龢、郭人漳等人組織的，有社員三十多人，衆議院中的超然社代表就是夏狀元。民國二年（一九一三年）憲法起草委員會開始工作，夏以衆院議員兼超然社首腦，于是年七月十九日被推爲七理事之一。二年後，因爲袁世凱厲行獨裁，抑制政黨，超然社奄奄一息，殊無生氣，不久也滅亡了。但夏狀元仍靠他的頭銜足以歆動人，歷屆總統都聘他爲秘書、顧問之職，拿乾脩不做事，倒也舒舒服服的過日子，中間曾一任江西省實業廳廳長，則頗賴廣東人江天鐸之力。做了不久即下台，但仍住在北京，晚年學佛，一九二五年在某寺逝世。

表伯陳春泉先生（廣東澄海人，名德輝）于一九二二年六月在香港逝世，表兄陳殿臣是商界名流，又是太平紳士，對于喪禮竭力鋪張，先在羅便臣道的花園大厦辦喪事（此宅本是李準故居，一九二〇年，李準派他的弟弟來香港出賣所有產業，將現金匯往天津，此屋遂爲殿臣兄所買，今尚存，惟易主已四十年矣），然後移柩回故鄉。一面又打電報往北京，請夏狀元來點主。夏是做過主考官的，經他筆下點出來的富貴人物自然不少，他到後，就有很多人請他寫字，收了不少筆金。

夏狀元仍然住在十多年前他所常住的元發行二樓，這時候三兄子固也從廣州來了（春泉伯是元發行經理，死後，我們各房公推殿臣兄繼任，因殿臣兄扶柩回鄉，子固三兄遂來香港坐鎮），師弟多年不見，談了整夜。這年的陰曆九月十六日，先父舜琴先生的靈柩，移葬龍田鄉，三兄也回澄海會葬，住了三十多天，他每晚必在書齋裡排筵席請客，高朋滿座。有一晚，他同人客談及夏狀元扶箕事，我坐在一旁靜聽。他說夏狀元晚年專修密宗，以佛法扶箕，不同于道教的那一派，因此他就請夏狀元表演給他看。

扶箕的日子擇定後，即在元發行二樓舉行。由夏狀元和他的兒子肅初（今尚在北京）扶箕筆。據三兄說，他首先請父親來談話。不久後，箕筆大動，大書「高舜琴到」四字。三兄見了，連忙跪拜叩頭，于是先讓夏狀元同他死已多年的老友「筆談」了一會，當時三兄還恐怕是夏氏父子搗的鬼，故意在心裡暗問一些家事，而乩筆寫出來的，一一皆符，不免大驚，認爲眞是父親的靈魂降壇了。

送去先父「靈魂」之後，三兄因爲春泉表伯新死，就請夏狀元請表伯來一談。表伯也應請而至，他說，他一生爲善，忠恕待人，閻王已派他往跑馬地做「土地老爺」了。

以上鬼話連篇，是三兄在四十年前說的，三兄爲人迷信鬼神，思想腐化，他所說的絕不可信，不過，當時元發行設壇扶箕，靈驗非常之說，徧傳香港，又有「華字日報」、「循環日報」兩大報爲之推波助瀾，夏狀元扶箕之名大著。

最後，三兄說一件奇事，倒值得一記。他說，因為伍廷芳新死，他就請夏狀元懇請伍博士降壇。洋博士果然尊重土博士，一請便到。三兄見伍博士筆談用中文不很流暢，知道他慣用英文，就建議請用英文，伍廷芳馬上答應，用英文寫了一大堆字。在座諸公沒有一個懂英文的，連忙打電話去找英文文案巢瑞霖來繙譯（巢君在元發行任船務部英文文案數十年，一九一九年，其第七子登瀛與二姊結婚，夥記東家，遂為親家矣）。後來三兄問伍博士死後用什麼葬禮，乩筆忽書「大不敬」三字，就不再活動了。觀衆都怪三兄衝撞了伍博士，但因為他是元發行主人，都不敢形于顏色。他們研究為什麼伍博士怪人家問他的葬禮呢，後來才記起他是火葬的，在五十年前，人們的頭腦還很守舊，以火葬為離經畔道的一件事。

我并沒有親眼見夏狀元扶箕，對三兄所說的事，半信半疑，一九五七年我在香港和勞緯孟先生相識（勞君為廣州香港的報界先進，以秀才專為富家子作槍手，曾任香港「華字日報」主筆，一九五八年逝世），我知道他和先八叔父、大兄、三兄、殿臣表兄都很熟，偶然談及夏狀元洋文扶箕事，他說那一晚他也是觀衆之一，的確見伍博士的「鬼魂」生氣。他為我補充伍博士降壇故事如左。

香港有個名流郭鳳儔居士，聽說夏狀元在元發行扶箕，連忙趕往赴盛會。這個居士是篤信日本佛乩的密宗法的，他扶乩之法，在乩壇一旁放一木凳，用「鳳爪印」（即以十指輕按凳上）按之，默念準提咒，然後祝道：「如果伍廷芳部長降壇，就請木凳移動五次。」不一會，木凳移動五次，人們知道伍博士駕到了，夏狀元、高子固兩人輕扶乩手的横木，寫出「伍廷芳到」四字。寫時極遲緩，好像不大會寫字一樣。夏狀元向空中作揖道：「伍博士如果寫中國字不大便當，可否改寫慣用的英文？」乩筆立刻用英文寫伍廷芳三字，運筆如飛。夏狀元問道：「伍博士在天堂上過日子好嗎？」因為在塲衆人都不識英文，便打電話找巢瑞霖來繙譯，譯出的英文是：「我現在住地獄，并非天堂」。衆人都覺得奇怪，夏狀元問：「博士一代人豪，也要入地獄嗎？」乩筆寫道：「不錯，這又有什麼奇怪的？一個人無論他是什麼身份，死後一定要先入各層地獄，參觀一切狀況後，才能升入天堂的。」子固問以廣州政局如何（按：三兄并非留心國事，實乃留戀廣州西關的生活，不樂居香港，希望能早日回廣州）。乩筆寫出：「不願多談國事。」如是者筆談了一個多鐘頭，還談些什麼，已記不起了。

夏狀元這次到香港，本想重游廣州舊地，但因當時陳炯明（陳亦夏狀元的學生）炮轟總統府後不久，廣州情形不大安穩，所以沒有去。當他將回北京時，留下一幅全身照相贈給三兄，矮矮胖胖，留有長鬚，迷信相法的人說他是龜形，貴不可當，然而他官止六品，是一個「淸貴」的狀元而已，至于壽命也沒有到六十歲有失龜形之相。

官員任免記趣

大年

四十年前中國在北洋軍閥統治期間，歷屆總統、執政、大元帥如袁世凱、黎元洪、馮國璋、徐世昌、曹錕、段祺瑞、張作霖等，雖然政綱不修，風紀敗壞到極點，但官場上有一件事，比起後來在南京建都的國民政府統治似乎像樣得多，那就是中樞各機構的事務官，因有法規的保障，所以多能久于其職，並不隨長官同進退；長官除了有法規的根據和十足的理由外，也不能隨便逞私意將屬下文官革黜；否則被革職者可以申請法律救濟。這雖然並未能完全嚴格地做到，但也總算沒有決堤泛濫。今以魯迅為例。

民國成立之初，魯迅在教育部做科長，僉事等職，從民國元年到十四年，教育總長不知換了多少個，他一直的做下去，並沒因為長官換了而把這個薦任官丟掉。北洋政府各機構的文官多是如此，魯迅並非是特例。到民國十四年（一九二五年）女師大風潮發生，教育總長章士釗誤聽人言，謂魯迅從中搞的，便不分青紅皂白，下個手諭把魯迅免職。（當時章士釗沒有想到數年後魯迅成為中國年青人崇拜的偶像，更沒有料到二十年後魯迅被人捧到這麼高，如果知道，必高抬貴手了。）魯迅除了在「語絲」上寫文字抗議外，復向法院提出控訴，要求依法辦理，恢復他的職務。結果獲得勝訴。

北洋政府在某方面雖然不大像樣，但尚不至無視法律，還稍存顧忌，怕被輿論抨擊。到了民國十七年國民黨開府南京，在進退任免事務官員上，比之北洋政府就大有不如了，一朝天子一朝臣的現象至為普遍和明顯，至於長官憑一時喜怒或一己的愛憎而下條諭革退所屬文官，更是家常便飯，被革者不敢抗問理由，一見派到的革職書「某某官着即免職」等字樣，就準備收拾鋪蓋回家吃老米也。

筆者在南京官場混了一年多，所見所聞的事例，多至不可勝數，現在只畧談一件比較大件的事情。

民國二十年春夏之交，廣東因蔣介石違法軟禁胡漢民，遂脫離南京政府，中國又成分裂之局。不久後，日本發動九一八事變，廣東方面藉此攻擊蔣介石，迫他下野，蔣即辭去國民政府主席及行政院長各職，財政部長宋子文也隨之而去。十二月十五日，另舉林森為國民政府主席，陳銘樞代理行政院長，廿八日，改以孫科為行政院長，黃漢樑署理財政部長。孫科上台後一籌莫展，而黃財政部長一看國庫空空如也，無錢在手不能辦事，到民國廿一年一月廿八日，孫科不敢戀棧，辭去院長之職，蔣介石改任軍事委員長，以汪精衛為行政院長，宋子文復任財政部長。

新部長上任後，立即下英文手諭一道：「民國二十年十二月廿八日以後所委任的官員，一概免職，在上述同時期內被免職的本部及所屬各機構官員，一概即日各復原職。」

有人歡喜有人愁，財政部裏發見了兩種面孔，一種是垂頭喪氣，一種是歡天喜地。此種情形，大概要請死去的李伯元才能寫入「官場現形記」了。

究竟廬詩

李炎

次韻奉和二兄八十自壽詩二首

迢遙險徑似夷經，斗室潛修方寸明，
老去江山慵放眼，池塘春草祝榮生。

痴迷難覺始煩經，一落言詮已蔽明，
佛法我聞先破執，了無迹象是長生。

兄研佛典，特重釋辭。愚以為佛已屢言「不可說」，可見此中精義，全在會心；「觀自在」聽潮音悟道，可為明證。其說法萬千，殆不得已而求其次耳。

爲人權而犧牲的楊杏佛

鄧伯丹

楊杏佛在三十八年前，被暗殺于上海，當時是轟動中外的一件政治性血案。

楊銓，字杏佛，別署死灰，江西省淸江人。辛亥革命時，他在南京總統府當秘書，主管收發組工作。民元秋間，由稽勳局保送官費赴美留學。（編者案：這批留學歐美日本學生名單，第一個是張競生，留法，此外有留美的宋子文等）他是中國科學社核心人物之一。他的夫人，是趙鳳昌的女兒，也就是趙尊嶽的姊姊。他雖然研究科學，但對中國的舊文學，造詣也深，曾參加南社。他有一股正氣，在南京東南大學任教授時，因爲校長郭秉文逢迎軍閥，壓迫敎職員，便與郭作正面的鬥爭。後來目擊南京政府厲行獨裁政治，濫殺進步人士，即與宋慶齡、魯迅、蔡元培、林語堂等，織組中國人權保障同盟，企圖通過法律，來給人民以生命的保障，大聲疾呼，維護人權，反對違法亂紀的黑暗政治。不料給統治者所嫉忌，于民國廿二年（一九三三年）六月十八日早晨，遭受藍衣社特務所暗殺。這是軍統特務在上海舊法租界裡所幹出第一次的血腥案件。

楊杏佛被剌殺時，他所担任的公職是：中央研究院副院長（院長是蔡元培）兼總幹事，又是民衆團體的中國人權保障同盟執行委員兼秘書長。因爲他在學術界負有相當名望的人物，而在靑天白日之下，慘遭暗殺，自然轟動一時，而爲中外各方面所注視。合綜各方面有關此案的透露，擇要的寫述，可以暴露此案的眞因。軍統內部，多年來把此事還是視爲重要「成績」之一，把這事件與暗殺申報老板史量才案，連同一起，編作敎材，在所辦各特務訓練班的行動術課中（包括逮捕、綁架、暗殺、破壞等活動），作爲講義必修的一課。

南京政府統治者，爲什麽要把一個學術界人士，又是一個公職的人員暗中槍殺掉呢？這是值得探討的。據說主要的原因，借此來威嚇宋慶齡。衆所週知，宋與蔣介石，表面上是親戚，政治上是敵人。中國人權保障同盟在民國廿二年初成立，宋是這個團體的最高領導者（會長），楊是實際的執行工作者，給那剛愎自用、擅權獨裁、蹂躪人權者所厭惡毒恨，是很自然的了。可是宋的政治地位與聲望，在國內外都不比尋常，獨裁者如對她直接下毒手，顧忌尚多，乃決定殺掉一個「適當」的人物，來對宋進行恐怖的威嚇。加以人權保障同盟成立以後，楊杏佛曾赴華北一帶，進行活動，不但站在人民的立場，鼓吹人權保障的神聖任務，并且羅列了事實，揭露統治者的種種蔑視人權，摧殘法律，無法無天，隨意凌辱、逮捕、囚禁、慘殺人民的罪行，同時主張停止內戰，一致團結，打擊日寇侵畧。這種政治主張，雖然是綜合廣大人民共同的呼聲，恰和統治者的居心和政策，完全相反，自然觸怒了極端殘忍險惡的獨裁者的肝火，這是造成了致死的主因。

軍統頭子戴笠奉命暗殺楊杏佛，是在民國廿二年四五月間（那時楊從北平剛回上海不久），即開始布置。特務們事先偵察了楊杏佛每日的行動，了解楊住在中央研究院樓上，平日嗜好騎馬，在滬西養了兩匹駿馬，每天早晨有空時，便去大西路、中山路一常，馳騁一兩小時。特務們認爲滬西路上，行人稀少，這個時間、地點，進行狙擊，較易下手，而且事畢也很容易逃脫，特務們認爲這是上策。而戴的上司却不同意，他認爲這個地區是屬于上海市政府管轄，既不能威嚇宋氏的目的，反而增加自己的麻煩，怕引起各方的責難，非破案不可。便堅持要在法租界內，尤其是宋宅附近執行。這樣，既可以顯示特務的力量，又可不必負責去破案。戴受命之下，只好等因奉此去幹，決定在中央研究院附近布置一切。預定趁楊外出散步，或去宋宅的途中執行。中央研究院附近一帶，都是住宅區，路上往來的人不多。戴于七月上旬即到上海，住在楓林橋附近親自布置。負責執行的是軍統華東區行動組長趙理君（化名趙立俊、陶士能，四川人，黃埔軍校第五期畢業，在滬負責行動工作多年），副組長安徽人王克全與幾個行動員，都住法租界的總部內。參加的兇手，事先都舉行了宣誓，要做到「不成功便成仁」，如不幸被捕，應即自殺，絕對不能洩露出去，否則遭到嚴厲制裁（指殺絕全家男女老幼）。

兇手們本來預定在六月十七日早上行兇，因爲剛到達了中央研究院附近，突然碰着一輛法捕房的巡邏警備車，繼着又有一隊換班巡捕經過，賊胆心虛，分別溜散。十八日早上六點多鐘，仍由趙理君帶着李亞大（蘇北積匪），過得誠，施芸芳等前往。趙本人坐在亞爾培路（今名陝西南路）辣斐德路（今名復興中路）轉角處。過得誠等四人，分散在研究院附近，兩頭各有一人望風掩護。到了八時左右，楊杏佛帶着兒子小佛走到院中空坪，準備登車，兇手們便走近門前，楊等上車後，又走了下來。兇手們估量楊已發覺，正想衝進去的時候，楊領着兒子又登上另一輛汽車。當汽車慢慢駛出亞爾培路三十二號大門時，四支手槍同時朝着車內亂射。楊一聞槍聲，立刻知道有人要殺害他。因爲早在一個多月前，連續收到幾封匿名恐嚇信和軍統特務寄給他的子彈。一再的警告，他不但置之不理，反而工作更加活動、積極，但沒有料到特務們對他眞的要下毒手。楊在彈雨之中，生死關頭，自知難免，但因愛子心切，立刻把身子袒護着小佛，所以兇手們連發了十多槍，只是楊與司機命中要害，小佛僅腿部中了一槍，而幸免同歸于盡。兇手們見了目的已達，便向停在附近的汽車狂奔，搶着上車而逃竄。趙理君一聽到槍響，即命令司機將車開動，準備劊子手上車逃脫。過得誠因慌亂中跑錯了方向，等折轉來再去追汽車時，已離得很遠，他一邊跑一邊喊「等一等我！」趙一看還差好幾丈，而這時附近警笛齊鳴，便顧不得再停車等候，還怕他被捕洩漏內情，立刻從車上向他打了一槍，倉皇未能擊中要害，便加足馬力開車逃遁。這個兇手過得誠，自己剛殺了人，沒有想到反而挨了自家人的一槍。他還是想掙扎着逃命，但是四面圍追過來的法、華、越等巡捕，已快接近他時，自知無法再逃，只好舉槍自殺，一彈從胸側穿過，痛極倒地，沒有死去，即被巡捕捉着，立刻與楊氏父子一同送往附近的廣慈醫院，施行搶救。楊抵醫院不久，即以受傷過重而逝世。楊小佛在醫院治療了一個短時期，恢復健康。

兇手過得誠經過醫生急救後，下午已能講話，捕房的警務人員向他追問，他供稱名叫高德臣（參加軍統的化名），山東人，因來滬探親等等，但不肯供出實情。當時，戴笠得爪牙報告，知楊已被刺死，感到高興，但又聽到過得誠被捕，并說自己的化名，又非常氣憤。立刻派員通知在法巡捕房華探目的軍統特務范廣珍，叫他帶上一包毒藥，以捕房關係去醫院接近過。當晚睡在醫院的過得誠病歷表上，由主治醫生寫上「重傷不治」的幾個字，送入太平間去了。

楊案發生的第二天，黃浦灘邊各報發表楊杏佛遇害經過時，多是只提到兇手高德臣的名字，說他在行兇時，同爲同黨四人相對射擊，被同夥打傷，才被捕去。二十日晚上，戴笠回到南京，向他的主子覆命討賞。戴對于過得誠之死，造作一番表示悲痛之外，抗戰期間，在重慶所辦的特務訓練班，向「學生」作精神講話時，一再强調過得誠這種「任務完成，無法逃脫，自殺成仁的精神」，來勉勵走狗。中美合作所範圍內的一條小路，命名爲「過得誠路」，這是劊子手頭子收買「賣命鬼」

手法之一。

楊杏佛的遺骸，送到膠州路萬國殯儀舘大殮舉行追悼會時，華東區担任情報工作的黑帮份子，分別化裝前去偵察，窺探有那些人去弔唁和說的什麽話。二十日下午宋慶齡帶了兩個女秘書到殯儀舘弔唁，表情異常悲憤，言語也很激昂。當一羣新聞記者（其中也有特務冒充記者混入去）包圍着她時，她當衆表示爲了此事，經有一篇聲明，向全世界公告。指出這是一種有組織有計劃的政治性暗殺案，她本人絕不會被這種卑鄙黑暗手段所嚇倒的。義正辭嚴，聽者動容。而人權保障同盟副會長蔡元培，却被這一血淋淋罪惡行動所嚇倒，一再公開聲明已辭去副會長職務，并不過問這些事。當時前去弔唁的還有魯迅、何香凝、沈鈞儒、許壽裳、李四光等人。特務們對這些人也很注意，并把他們當場說過的話，紀錄起來，向南京的老頭子匯報。

王士菁「魯迅傳」內有說：「楊杏佛遭了暗殺，這時，傳說紛紛，說魯迅也將不免。而魯迅眞是憤怒已極，不顧生死，親自到萬國殯儀舘送殮，出門時候，不帶門匙，以示决絕。」看，不帶門匙，就是預想到這次出門，凶多吉少，恐怕不會再回家來，帶鑰匙沒有什麽用。

魯迅原是人民保障同盟的執行委員之一，他這一天是和許壽裳一同弔唁的。「魯迅日記」一九三三年六月二十日記云：「雨……午季市（許壽裳的別號——筆者）來，午後同往萬國殯儀舘送楊杏佛殮。」第二天，寫了七絕一首「悼楊銓」，詩云：

「豈有豪情似舊時，花開花落兩由之，何期淚洒江南雨，又爲斯民哭健兒。」許壽裳說「這首詩，才氣縱橫，富於新意，無異龔自珍。」又從魯迅給王志之信，透露楊杏佛的被暗殺，是因女作家丁玲的被特務拘捕，有力的向南京政府抗議，致招大忌。魯迅的信中說：「（玲）事的抗議，是不中用的，當局那里會分心於抗議。現在她的生死還不詳。其實，在上海，失踪的人是常有的，只因爲無名，所以無人提起。楊杏佛也是熱心救丁的人之一，但竟遭了暗殺……。」

楊杏佛的身材高而瘦，面上有些薄麻子，唇上留着一撮小髭。人很活潑天眞，富有辦事才幹，善于演講。他的遺著有：「楊杏佛演講集」，至于詩，除了散見于「南社叢刊」各集外，「革命家詩鈔」、「近代名人詩選」等，也有選錄。

贅語與贅文

陳秦來

目前在香港一般人口中，流行着一個贅語——「只不過」。說話裏該用「只是」或者「不過」的地方，許多人都愛說「只不過」。髣髴這樣說才算新穎。在一句話裏有着兩個作用相同的語彙，本來擇其一即可，而竟重複用之，是爲贅語。

這個「只不過」的贅語，作俑爲誰當不可考，但它已藉着和市民生活愈來愈密切的傳播機構，起了快速而普及的「教育」作用，在吾人耳目所及，許多中學程度上下的青年，說起話來都滿口「只不過」；其重贅的模式，和前代有些三家村學究口中的「故所以」有點相像。

像「只不過」、「故所以」那種贅語，和「如此如此，這般這般」的故意重複言之，大不相同；和那些由兩個同義單字連合起來，組成一個適合語氣（或文氣）習慣的詞，也不大相同。

在我們日常的說和寫中，由兩個意義相同單字所組成的詞，時時用到。像：

良好　微小　昂貴　狹窄
廣濶　堅實　柔軟　溫暖
光明　找尋　進入　消除
書寫　思想　飛翔　奔跑
站立　觀看　打擊　放縱
捕捉　啼哭　開解　贈送

計算　樹木　房屋　禽鳥
山嶽　海洋　婦女　書籍

等等都是。那當然都不算是贅語。

至於類似「只不過」和「故所以」那樣的贅語，日常倒是殊不多聞。有之，倉卒間只能舉出一般上海人習慣說的「拍照相」民間戲曲中常見的「女嬋娟」；前代粵人口中的「跳打臣」（跳舞，打臣是英語跳舞的音譯）；粵俗語中的「男人佬狗」等。

×　×　×

在文章裏出現重贅之詞，是爲贅文。按理，公開發表的文章，殆必經修辭階段，贅文是應該可以避免的。然而，每因作者在行文時乘興直書，過後會忽畧了比較不顯明的錯誤，所以我們在大作家的作品裏也往往發現贅文。

可是有時作者要達致特殊效果，故意在句裏造成重複現象，以顯出不平凡，像韓愈石鼓歌中的「安置妥帖平不頗」，「不頗」就是「平」；韓愈紀夢詩中的「中有一人壯非少」，「壯」則當已「非少」。這類有意的重複，不算贅文。

有幾個古來著名的贅文例子，一個是史記屈原列傳裏的：「每一令出，平伐其功曰，以爲非我莫能爲也。」歷代學者都看出，文中「曰」和「以爲」的詞意重復，所以是贅文。

又，有名的王羲之蘭亭詩序裏：雖「無絲竹管弦之盛，一觴一詠，亦足以暢叙幽情。」「絲竹」和「管弦」的詞意重複，所以也是贅文。

此外，還有歐陽修眞州東園記裏的「畫舫之舟」；秦少游踏莎行詞裏的「杜鵑聲裏斜陽暮」，也都被人挑剔，以爲「畫舫」和「舟」重複；「斜陽」和「暮」重複。

古人把做文章、做詩、塡詞，當作了不起的大事，却仍有此偶然之失；若在今人作品中有更多贅文出現，那也不足爲奇了。

×　×　×

爲了想舉出近人作品裏贅文的實例，不免翻翻書本，竟幸運地找到好幾則很適合的。這些例子由一段文字公案貫串起來，饒有故事性，涉及的人包括桐城派宗師方望溪；桐城派健將劉海峯；近代國學大師章太炎之夫人湯國梨女士，以及另一國學大師章士釗先生。現在我們不妨作爲一個有關語文的故事來看。

故事的開始，是湯國梨夫人搜集了章太炎先生八十四通家書，影印行世，自己在卷首寫了一篇序文。章士釗先生看到那篇序文，發現一處無可原諒的重贅，認爲「夫人博通六書，親侍儒宿，不能並此不知，其所以無意間著此敗筆，其爲平日洗滌未盡之桐城濫調，於焉作祟，皎然無疑。」於是條舉若干贅文的例子，爲桐城派學殖低落之證。例子都有代表性而精采，可以借來做本篇實例。

湯國梨夫人序文裏有問題的部分，在叙述太炎先生長女到京省父，旋自殺於寓齋一節。文曰：「女孝思篤，危慮深，留五月，其姑馳書召歸，女既不忍遠離父側，又不欲重違姑意，行有日矣，竟自縊於臥室。」章士釗先生在分析了文中副詞對動詞的打消作用之後，進而釋之曰：「以本文言，重違姑意者，謂難違姑意也，打消之意已顯然具在，不能別以打消顯文如『不欲』字，贅附於上。」如此解釋，固屬的當不移之論。

至於章先生何以遽認此一「敗筆」是桐城派遺毒呢？原來他已掌握到非常確鑿的證據。證據是桐城派重要作家劉海峯文集中「江女傳」的一段：「父母憐其幼小，且遠隔千餘里，不忍其去，又不欲重違其意，姑允之，而貞女見母氏臥病經年，乃願留侍。」難怪章先生說：「此何以兩文情與詞之絕似也」了。

於是章先生說到桐城派這種贅文，不自劉海峯始，其成因，只爲桐城開派以來，方望溪首稱不喜班孟堅與柳子厚，所以「班書中種種關目字句，竟爲桐城諸子所不曉。」又說到柳子厚見解高超，舉其「祀朝日說」爲證。

這「祀朝日」也是一個重贅。柳文說

：「古之名，朝日而已。朝者朝拜之云也。朝今之上再加祀，直是不辭。」章先生說，柳子厚這見解，被曾國藩譽爲「開洪容齋、王伯厚及近世顧亭林、錢竹汀、王懷祖之先。」但：「此誼桐城未之喻也。」因又舉出方望溪「携襆被」之謬。——又是一個贅文的例子。

章先生解釋：「凡以巾束被謂之襆」。晉書魏舒傳云：「入爲尚書郎，時沙汰郎官，罷其不才者，舒曰：吾卽其人也。襆被而去。」章氏說：但妄人每加一「携」字，而成「携襆被」。方望溪「杜茶村墓碣」中就是如此：「丙寅春，先生年七十有七，携襆被叩門，語先君子曰：吾老矣，將歸而窆室蔣山之陽，死卽葬焉。」章先生指出：聊齋誌異中「襆被」字凡十數見，從無差誤，而「望溪桐城開山之祖，以文章領導羣倫」，竟有此重贅難通之文，因而「殊爲不怡累日」云。

×　×　×

以上所舉，見「藝林叢錄」第五編，章士釗先生「桐城遺毒」一文。該文誠所謂「博引繁稱，語有斷制」（借文中引述平步青語）。可是，筆者追述了這般小小的文壇公案之後，本篇要說的故事還有下文。下文將說到，素以文法嚴謹著稱的章行嚴先生，在這篇攻擊重贅的「桐城遺毒」裏，竟也出現了重贅之文。那不是很有趣嗎？

章氏文中，說到陽湖陸祁孫在札記裏錄下劉海峯「嚴助傳」中兩句重見句子：「臣安竊爲陛下重之」，而不另加一辭。認爲陸氏有意指出劉的敗筆，讓人家看到，「以羞桐城而著文範」。章氏在這些地方如此寫着：「夫祁孫著書示教，果何賴有此懸疣爲哉？吾今思之而有感於心矣：：」章文這「果何賴有此懸疣爲哉」的「爲哉」，其中卽有一字涉「懸疣」（贅文）之嫌了。

我們知道：文中爲字是語詞，單獨用之卽可，不必帶着哉字；單用哉而不用爲，則語氣稍婉，亦無不合。但爲哉連用，就顯見「架床叠屋」了。

以爲字作語詞來表達詰問語氣的例，載籍中原不少，但記憶所及，只能錄出有限數條：

雖多亦奚以爲？（論語）

樊噲曰：大行不顧細謹，大禮不辭小讓。如今人方爲刀俎，我爲魚肉，何辭爲？（史記、項羽本紀）

禁中木芍藥盛開，上賞之，妃子從。帝曰：賞名花，對妃子，安用舊樂詞爲？命李龜年持金花牋，賜白爲清平樂詞三章。（唐詩紀事）（按：「太眞外傳」所記，帝語相同，不另引。）

一室之不治，何以天下國家爲？（劉蓉、習慣說）

可見爲字獨用，已足够表達詰問語氣。爲之下加哉字，而由哉字負起詰問作用者，柳子厚「郭橐駝傳」有此例：

雖曰愛之，其實害之；雖曰憂之，其實讎之。故不我若也。吾又何能爲哉？

這個爲，當歸屬於上文，「何能爲」之義甚明，非語詞也。哉字當屬語詞。所以，與章文中的「爲哉」是截然不同的。

兩個或以上的語詞連用，像「乎哉」、「也矣」、「者也」、「焉耳」、「焉耳矣」等，所在多有；但「爲」「哉」連用，腹儉如筆者雖未敢决其無，只怕就算找到前例，也還是屬於贅文。那就更爲有趣了。

讀水滸傳

李炎

李逵問道：「那老先生說什麼？」戴宗道：「你偏不做聽得！」李逵道：「便是不省得這般鳥做聲。」戴宗道：「便是他的師父說道教他休去。」李逵聽了，叫起來道：「教我兩個走了許多路程，我又吃了若干苦尋見了，却放出這個屁來，莫要引老爺性發，一只手捻碎你這道冠兒；一只手提住腰胯，把那老賊道直撞下山去。」

李逵的一派魯莽作風，又是赤子之心的另一種表現；所以一言一動，類似嬰孩，不但不會令人生憎，反而令人覺得特別可喜。但是他究竟不是嬰孩，接觸的人事紛繁，感覺隨之而有異。因此，他的魯莽行爲，與一般的情形不同，是別有一種內涵的意味的。在這樣的特殊情形之下，要說明其言動之精髓所在，實非輕易。金聖嘆用一個和事實極端相反的辭語來形容他，名之曰「嫵媚」，眞是深得其神，絕妙不過。寫得出一個這樣的人物，想得出一個這樣的評語，都非才子不辦。

寫李逵出場時的情形，也是神來之筆，着墨無多，已經畫出了李逵整個的輪廓來了：

李逵看着宋江問戴宗道：「哥哥，這黑漢子是誰？」戴宗對宋江笑道：「押司，你看這廝恁怎麼粗魯，全不識些體面。」李逵道：「我問大哥，怎地是粗魯？」戴宗道：「兄弟，你便請問『這位官人是誰』便好，你倒却說『這黑漢子是誰』；這不是粗魯却是什麼？我且與你說知，這位仁兄便是時常你要去投奔他的義士哥哥。」李逵道：「莫不是山東及時雨黑宋江？」戴宗喝道：「咄！你這廝敢如此犯上，直言叫喚，全不識些高低，兀自不快下拜，等幾時。」李逵道：「若眞個是宋公明，我便下拜；若是閒人，我却拜什鳥，節級哥哥，不要賺我拜了，你却笑我。」

李逵正走之時，聽得背後一人趕上來，扳住肩臂，喝道：「你這廝爲何却搶掠別人財物？」李逵口裏應道：「干你鳥事。」回過頭來看時，却是戴宗，背後立着宋江。李逵見了，惶恐滿面，便道：「哥哥休怪，鉄牛閒常只是賭直；今日不想輸了哥哥銀子，又沒得些錢來相請哥哥，喉急了，時下做出這些不直來。」

李逵嚼了自碗裏魚，便道：「兩位哥哥都不吃，我替你們吃了。」便伸手去宋江碗裏撈將過來吃了，又去戴宗碗裏也撈過來吃了，滴滴點點，淋了一桌子汁水。宋江見李逵把三碗魚湯和骨頭都嚼吃了，便叫酒保來，分付道：「我這大哥想是肚饑，你可去大塊肉切二斤來與他吃，少刻一發算錢還你。」酒保道：「小人這裏只賣羊肉，却沒牛肉，要肥羊儘有。」李逵聽了，便把魚汁劈臉潑將去，淋那酒保一身。戴宗喝道：「你又做什麼？」李逵應道：「叵耐這廝無禮，欺負我只喫牛肉，不賣羊肉與我吃。」酒保道：「小人問一聲，也不多話。」宋江道：「你只顧拿來，我自還錢。」酒保忍氣吞聲，去切了二斤羊肉，做一盤將來放在桌子上。李逵見了，也不謙讓，大把價揸來只顧吃；撚指問，把這二斤羊肉都吃了。宋江看了道：「壯哉！眞好漢也！」李逵道：「這宋大哥便知我的鳥意，吃肉不强似吃魚。」

戴宗埋怨李逵道：「你這廝要便

與人合口，又教哥哥壞了許多銀子。」李逵道：「只指頭畧擦得一擦，他自倒了。不曾見這般鳥女子，恁地嬌嫩；你便在我臉上打一百拳也不妨。」宋江等衆人都笑起來。

寫李逵吃魚用「撈」子，吃羊肉用「揸」字，都妙絕。讀了上文的畧舉的例子，一個活生生的逵，如在眼前。

梁山中人對於宋江都是十分恭敬的，即使心有不滿，也都維持着表面上的禮貌。李逵對於宋江，特別愛戴，宋江對於李逵，也特別垂青。可是敢於直斥宋江之非的，就只得李逵一人。可見他耿直方正之處，迥非他人可及。李逵曾這樣面責過宋江：

衆頭領席散，却待上山，只見黑旋風李逵就閒下放聲大哭起來。宋江連忙問道：「兄弟，你如何煩惱？」李逵哭道：「干鳥氣麽，這個也去取爺，那個也去望娘，偏鐵牛是土掘坑裏鑽出來的！」晁蓋問道：「你如今待要怎地？」李逵道：「我只有一個老娘在家裏，我有哥哥又在別人家做長工，如何養得我娘快樂？我要去取他來這裏快樂幾時也好。」晁蓋道：「兄弟說得是，我差幾個人同你去取了上山來，也是十分好事。」宋江便道：「使不得，李家兄弟生性不好，回鄉去必然有失。若是敎人和他去，亦是不好；況且他性如烈火，到路上必有衝撞。他又在江州殺了許多人，那個不認得他是黑旋風？這幾時官司如何不行移文書到那裏去了！必然原籍追捕。——你又形貌兇惡，倘有疎失，路程遙遠，恐難得知。你且過幾時，打聽得平靜了，去取未遲。」李逵焦急，叫道：「哥哥，你也是個不平心的人，你的爺便要取上山來快活，我的娘由他在村裏受苦，兀的不是氣破了鐵牛肚子！」

宋江喝道：「你這斷，誰叫你去來，你也須知扈成前日牽牛担酒前來投降了，如何不聽我的言語，擅自去殺他一家，故違我的將令。」李逵道：「你便忘記了。我須不忘記，那斷前日敎那鳥婆娘趕着哥哥要殺，你今却又做人情！你又不曾和他妹子成親，便又思量阿舅丈人！」

李逵和戴宗的關係，比較密切些，而戴宗也可以算得是李逵的知己。他對羅眞人爲李逵懇求恕宥時所講的一番話，頗能道着了李逵的爲人。現在就借這一番話來結束了對李逵的評述。

戴宗說道：「眞人不知，這李逵確是愚蠢，不省禮法，也有些少好處：第一，鯁直，分毫不肯苟取於人。第二、不會阿諂于人，雖死其忠不改。第三、幷無淫慾邪心，貪財背義；勇敢爭先。因此，宋公明甚是愛他。不爭沒了這個人，回去教小可難見兄長宋公明之面。」

說起梁山泊上的人物，似乎不能不提到宋江；可是就本身的條件而論，宋江實在是不值得一提的。他武藝低微，沒有一點英雄的氣概，數江湖好漢，千百個之下，都輪他不着，他既沒有匡時濟世之才，又沒有攬轡澄清之志；生平好弄些權謀術數，也不見得怎樣的高明。似這樣的一個人才，作者却偏偏把一個領袖的地位給予了他。我初時也覺得有些莫名其妙，不過有一點是可以確定的，就是作者所以弄此狡獪，必然是另有一番用意的。幾經仔細推尋之後，才恍然悟出其用意之所在，關於此點，下文再爲論述，現在暫且不提。

作者寫宋江，始終沒有下過一句正面的貶辭，而且從旁人的口中一致地把他推崇備至，都說他是如何如何的了不起。可是在讀者的心目中，却總覺得他的爲人，不是一個光明磊落的大丈夫，行起事來，表裏不一致，好像一件美麗的外衣裏着一個齷齪的胴體。這樣寫法，又是作者另一種的高度寫作技巧，即所謂有弦外之音者是也。要寫弦外之音這一類的文章，大不容易，非有極深的寫作功力不爲功。其最重要的條件，要能令讀者很容易地於文字之外能體會出其中的眞意來，作者於此，是得到了非常成功的。

在下文所畧爲舉出的書中幾個小情節裏頭，作者只平平實實地敍述了宋江的一些事情，表面看起來，不過照事直書，似乎絕無作用。然而在讀者讀罷的心中，就會不期然地與起了一種感想，覺得宋江不過浪得虛名，他的本來面目，原來是這樣的。文章之妙，也可以說得是「不着一字，盡得風流」了。書中第三十六回：

來的不是別人，爲頭的好漢正是赤髮鬼劉唐，將領着三五十人，便來殺那兩個公人。這張千、李萬諕做一堆兒跪在地下。宋江叫道：「兄弟！你要殺誰？」劉唐道：「哥哥，不殺了這兩個男女，等什麽？」宋江道：「不要你污了手，把刀來我殺便了。」兩個人只叫得苦。劉唐把刀遞與宋江，宋江接過，問劉唐道：「你殺公人何意？」劉唐說道：「奉山上哥哥將令，特使人打聽哥哥吃官司，直要來鄆城縣刧牢，却知道哥哥在牢裏不曾受苦。今番打聽得斷配江州，只怕路上錯了路頭，教大小頭領分付去四路等候，迎接哥哥，便請上山。這兩個公人，不殺了如何？」宋江道：「這個不是你們兄弟抬舉宋江，倒要陷我於不忠不孝之地。若是如此來扶我，只是迫宋江性命，我自不如死了。」把刀望喉下自刎，劉唐慌忙攀住了膊道：「哥哥，且慢慢地商量！」就手裏奪了刀。宋江道：「你弟兄們若是可憐見宋江時，容我去江州牢城聽候限滿囘來，那時却待與你們相會」劉唐道：「哥哥這話，小弟不敢主張。前面大路上有軍師吳學究同來，都在那裏專等，迎迓哥哥，容小弟着小校請來商議。」宋江道：「我只是這句話，由你們怎地商量。」

小嘍囉去報，不多時，只見吳用、花榮兩騎馬在前，後面數十騎馬跟着，飛到面前，下馬敍禮罷，花榮便道：「如何不與兄長開了枷？」宋江道：「賢弟，是什麽話，此是國家法度，如何敢擅動。」吳學究笑道：「我知兄長的意了。這個容易，只不留兄長在山寨便了。晁頭領多時不曾得與兄相會，今次正要和兄長說幾句心腹的話。畧請到山寨少敍片時，便送登程。」宋江聽了道：「只有先生便知道宋江的意。」扶起兩個公人來。宋江道：「要他兩個放心；寧可我死，不可害他。」兩個公人道：「全仗押司救命。」

一行人都離了大路，來到蘆葦岸邊，已有船隻在彼。當時載過山前大路，却把山轎教人抬了，直到斷金亭上歇了，叫小嘍囉四下裏去請衆頭領都來聚會。迎接上山，到聚義廳上相見。晁蓋謝道：「自從鄆城救了性命，兄弟們到此，無日不想大恩。前者又蒙引薦諸位豪傑上山，光輝草寨，思報無門。」宋江答道：「小可自從別後，殺死淫婦，逃在江湖上，去了年半。本欲上山相探兄長一面，偶然村店裏遇得石勇，揹寄家書，只說父親去世，不想却是父親恐怕宋江隨衆好漢入夥去了，因此寫書來喚我囘家。雖然明吃官司，多得上下之人看覷，不會重傷。今配江州，亦是好去處。適蒙呼喚，不敢不至。今來既見了尊顏，奈我限期相迫，不敢久住，只此告辭。」晁蓋道：「直如此忙，且請小坐。」兩個中間坐了。宋江便叫兩個公人只在交椅後坐，與他寸步不離。晁蓋叫許多頭領都來參拜了宋江，分兩行坐下，小頭目一面斟酒。先是晁蓋把盞了；向後軍師吳學究、公孫勝起至白勝把盞下來。

（待續）

哀香港

——香港浩劫三十周年憶語——

（續完）

容甫

李君很够義氣，他先把傭婦交託在山東人的家裏，然後才隻身走到尖沙咀去跟我們一塊住。這才有機會把他們所經歷的種種波折和險阻告訴我們。他對那位山東人的義氣，讚不絕口，我則對於他的臨危不亂，爲友奔走的俠義精神，佩服得五體投地。的確，一個人到了患難的時候，才知道誰才配稱爲患難之交。

當我擺地攤子的時候，李君也曾帮我不少的忙，他甚至曾經替我看守過攤子。有時候他看我忙不過來，就替我招呼顧客，替我收錢。後來張君也曾經到過我的攤子來談話。他們兩位大概都同情這類窮途「賣馬」的行爲。李君跟我們住在一塊，所以無聊的時候常有談笑。有一次，我告訴李君說：「今天賣去的一套黑色西服，我眞有點捨不得，這是我從事變發生前，一直穿到現在快一個月，還沒有離開過我，這次可不知道落在什麽人的身上了！」李君笑着說：「你這位倒過銅旗的秦瓊，未免過於 Sentimental 了。」我這樣的回答他道：「俠隱記的英雄，流落巴黎時窮途迫得販賣羸馬的白達安，何嘗不是多情善感的呢？」大家說完大笑了事。

後來敵虜一度禁止擺地攤子。雖然曾經施行過暴虐政策，由幾個獸兵駕駛着一輛軍車，硬把街上所有擺着的貨物全給輾壞，部分搬上車，把擺攤的趕走。可是還不能禁絕。

我足足擺了一個星期的攤子，只賣得到兩百多塊錢。可是這數目距預算的盤費還相差太遠。於是我不得不冒險偷渡過香港找親友籌借了。當時九龍、香港兩邊岸上，是常有獸兵巡邏的，敵虜的小電船也不時來往梭巡海面。他們說不定獸性一發就會開槍射擊的，故此危險性頗大。以譯述知名的蔣學楷就是偸渡時遭敵虜射擊死難的。我倒逃過了這次厄難。來往乘小艇共偸渡了四次，目的總算達到。當時我把籌到的六七百塊港幣和國幣，縛在腧下，終於沒有遇到不幸的事，只有一次碰到搜身的時候給嚇了一跳罷了。我辦妥事情之後，還被託探訪過幾位困在香港不能歸九龍的燕大同學，我並且替他們帶過口信。偸渡的人大部分是過海採辦貨物的商人小販。本來當時香港方面的情形也跟九龍一樣，不過貨物比九龍更齊全，而且便宜一點。

當時港九的街上還有一種最普遍的攤子，就是些大大小小的賭攤。有好些商店和當舖都給打通，闢爲賭場。大規模的賭場都是流氓頭目合夥開的，勢力相當大。這些地方也就是流氓們日夜尋樂的處所。他們賭輸就設法繼續地搶掠，所以日軍佔領下的港九，搶家刦舍的事還是照樣發生，層出不窮。有些民房遭刦的次數，竟有多到七八次的。搶、賭、吃喝、玩樂便是刦匪們的行事信條。

這種不絕地搶掠行爲，未始不是日軍的暗示使然。因爲日軍他們根本也就常常闖入民房搜索「花姑娘」，同時並搶刦他們所喜歡的東西。墨水筆、照相機、眼鏡和手錶這四種用品特別受歡迎的。他們每進一次民房，沒有一次不是滿口袋東西的。總之，凡是他們皇軍的鐵蹄所到過的地方，人民準遭殃。同時他們也常常偸汽車，霸佔民房。他們一看中了那一棟房子，就立刻勒令居民搬走，以一個鐘頭或半個鐘頭爲限；而且睡牀、被窩、和傢具是不許搬動的。於是就這樣實行其獨存獨榮主義了，日軍的愛護民衆一向就是這樣做法的。希望他們維持秩序，簡直就是妄想。

流氓們只配於做敵人的下級走狗，這些只算得是漢奸中的最下流的。當上級漢奸的乃是在民政部、軍政部担任要職的那些。大抵留學過日本，會說幾句漂亮的東洋話的，只要他肯向獸軍叩頭屈膝，捨得認賊作父，那他準可以「飛黃騰達」、「封妻蔭子」的。當時有好些大醫生，以往人們根本就沒有追究到他們的學歷和出身，而這一次這班醫生們，大家却都在原日的招牌上，特別寫明着「東京某某醫科大學某科畢業」的字樣。這些人當然一一被錄用爲他們的高級幹部了。出入汽車，威風不可一世。難怪有些人沒有遭流氓刦匪的光顧，原來是蛇鼠同窩，一丘之貉。

港九當時也曾經發生過短期的水荒。電燈電話早就沒有。後來經獸軍命令工人一一修理好之後，就遣派走狗們挨戶調查戶口，徵收水電費，同時通知住戶商店預備按期交租金。這時候各種房屋的業主，都不敢露面，只好由「皇軍」代拆代行了。此時水電費都比從前貴了十幾倍，而且還要使用他們的軍用鈔票。電燈雖然恢復，不過大家都恐怕爲了點亮電燈，反而多招獸兵的光顧，所以多數不敢用。一入黑大家寧可蒙着被提早睡覺。

還有一樁最令人焦急的事，就是人們寄存銀行的欵子，都不能提出。後來大概是「皇軍」爲徇商人們和銀業界的請求，才規定好各銀行每星期只開放一次，而且每次只限存戶提取五十塊錢。至於寄存銀行保險箱的珍珠寶物，只許看不許動。這種强蠻掠奪的日本「皇軍」一貫的行爲，實在就是有意置我們僑胞於死地的。人爲刀俎，我爲魚肉，每天碰頭的人，沒有不欷歔歎息的。

處於這壓榨、姦淫、搶掠、殺人、放火，慘絕人寰的環境裏，稍有天良和熱血的人們，都覺得這種地方不宜於久住。有一點辦法或生路的，都準備擺脫這個充滿着魔鬼的人間地獄。每天街上扶老携幼，紛紛向四方疏散回籍的人，不下萬數。協助指導疏散工作的各處同鄉會，這次功勞實在不少。這時候水路方面很久才有一趟難民船航駛。此外來往各地的輪船，只有通廣州、澳門、廣州灣幾條航綫。搭乘難民船雖然免費，然而手續麻煩，輪期又久。普通輪船船票又不容易買到，有一些黃牛黨人還趁火打刦，故意壟斷船票，提高價格，造成黑市，同時乘普通輪船行李又要受檢查和限制。當時凡屬五金之類，以及凡是被認爲作戰物資的東西，一概禁止出口，甚且還要論罪。所以當時有好些人爲要避免種種麻煩與爲難起見，大家都寧可採取乘帆船，冒險偷渡過敵人封鎖綫出境的辦法。當然危險性和費用都是相當大的。

六　偷渡逃亡

在這悽慘的人間地獄裏，我們就因爲不堪魔鬼的騷擾、壓榨、和凌辱，不得不設法出走了。鑒於當時交通的困難，我們也終於採取偷渡的辦法。我們在兩個多星期以前，已經約好吳××將軍的家屬一齊乘帆船偷渡澳門那條路走。上船的地點和日期，事前大家都嚴守秘密。我們因爲人數太多，故此不得不分爲兩批疏散。薇還有他的哥哥和我三個人爲第一批先走，岳父母和小孩子傭人他們打算等些日子乘搭難民船走。

我們當時三個人的原定計劃，是預備離開虎口之後，就間道轉淪陷區直上韶關的。當時恐怕沿途跋涉，故此我們的那個一歲多大的兒子結果沒有帶走，只好暫時寄託在岳父母處，等我們北上安定之後再徐圖別策了。那位跟我們同住的李君，要等廣州灣的船開才能够走。

出發的前一天，晚飯的時候，李君加菜，和我們預作餞別。我也不甘寂寞，打發人去買了一斤半酒。『勸君更盡一杯酒，與汝同銷萬古愁！』情景殆近似之。我們當天晚上簡直整夜都沒有合過眼。薇儘忙着縫製逃難用的老百姓便裝衣服。岳母和我們却儘忙着收拾行李。

天還沒有大亮，疏散回籍的難民們，已經絡繹於途了。我們都穿上了老百姓的便服，叫一個熟人替我們挑一担簡單的行李，一切都準備好了。臨走之前，薇因爲一時受了感觸，捨不得拋離那個剛一歲多大的愛兒而掉淚了。處於這種敵人鐵蹄下的亂世時代，離親別子的悲痛情形，實在是够令人心酸的呀！她頻頻回顧了好幾次，結果我們終於在這天色熹微之中，混入馬路上剛在疏散的難民隊列裏，一直從尖沙咀區彌敦道往西走。途中碰到吳××將軍親戚家裏的一個男僕，他引帶我們往前走。忽然看見薇的三弟跟住我們後邊趕上來，手裏拿着一包東西，原來是我倉猝間忘記帶的羊毛絨衫。這個孩子勇於任事，我一向都很喜歡他。臨走我給他幾塊港洋，他很高興地蹦跳着回家。我手裏挽着一個小提篋，薇和她哥哥都空着手走，我們一路不知道穿過了多少街道，還沒有走到上船的地方，好在大家都懷着一個希望，希望盡快離開這個人間地獄，因此大家也都不覺得吃力。沿途來來往往碰頭的都是些打算逃難疏散的難民。我們看見近欽州街一帶，有好些房子和工廠都中了炮彈，彈痕歷歷可見，窗戶的玻璃都給炮火震壞了。每一處十字街口和通衢的地方，都有些氣勢洶洶荷槍實彈，揷上刺刀，如臨大敵的獸兵在站崗，我們都泰然通過，倒沒有受過盤問和檢查。我們足足走了一個多鐘頭，約莫也有十幾里路，才到達一處海灣。到了岸邊就碰見許多要跟吳將軍的家屬同行的親友，和他的一些舊部。原來這兒叫做長沙灣。他們說已經有好幾十個同行的搭客上了船。離岸不遠的海面上，我們果然望見一艘揷着旗號的木船，船相當大，前後有兩掛帆。同船的大大小小共有六十多個搭客，連船家的人算在一起，足足有八十多個人。這次的船費大人每名六十幾塊港洋。當時因爲等候吳將軍的太太和他的大兒子的緣故，竟延到中午才張帆直向澳門航駛。

「你們漸漸接近光明了！祝你們一路平安！」李君臨別贈言，時在我的腦際盤旋。可是日本獸兵的罪惡，不知道要到什麼時候才結束呢！

一九七〇年脫稿於香港北角風滿樓

書家執筆談趣

長孺

近代書法家，世推沈寐叟（曾植），冲遠靜穆，古味盎然，康有爲極稱之。一日，有日本學人某至上海，謁康有爲問書法畢，日人請其介紹謁寐叟。使其弟子鮑公武（文）引往爲之繙譯，日人以通譯費時，輒提筆書寫，寐叟一時爲之神往，亦以筆代舌，如工人之持掃帚持鐵鏟然。寐叟平日作書，素不使人見之，不覺自宣其秘密也，寐叟書法學北魏碑，而參以倪元璐、黃道周、善用偏鋒故然。

近代嶺南三大畫家之一高劍父以畫名，其書法則大草矯若猶龍，又若老樹枯籐懸崖壁間，乃學懷素而以乾筆書之者。其喜以七言聯紙寫五言字，字體大小不一，字之上下，與及上下聯之字體形狀亦互爲呼應，蓋預書於集聯冊中，俟寫聯時然後照樣鈔膽者。一九三九年，先父病逝於澳中，家祭日，劍父來吾家弔祭，時將上燈，客都散矣，余乃親迎之，請其署名於紀念冊中，則見其執筆左右上下迴旋，多用側筆，如吾人之持洋墨水筆然，尤以寫至劍字之末二筆，筆幾與紙平矣，落筆遲遲，古人謂「匆匆不暇作草」，豈其然乎。東莞林直勉，有稱之爲工隸書者，聞朱執信嘗持一扇頭，謁其母舅汪辛伯，請爲評論，辛伯微笑曰：此野狐禪也，初學者見之，易以驚，易以給，其可驚、可給者，必非書法之正宗，詩文書法，何獨不然耶。又聞直勉晚年作隸書，必用日本筆，閉戶逐客去，有窺之者見其寫一聯不過十字至十四字耳，取大小筆十餘枝，上下左右相度，持平靜思良久，偶不當意，屢易筆然後落紙，即寫一字，亦用大小筆三數枝，矜持若此，不若高劍父先備一集聯冊爲範本之簡便矣。

秦淮雜詩五十首

（完續）

季炎

三十七

零落風懷久廢詩，不堪此日重陳辭，
息心且作飄鸞計，休信人間有後期。

三十八

風雨秦淮弦吹歇，鶗啼花落汝如何，
蒿萊也有干霄意，遮斷佳人眼底波。

三十九

歌雲粉陣久支離，簾幙春深燕子悲，
江左詞人曾未老，也教無奈放楊枝。

四十

舊時明月舊時樓，別樣風懷別樣愁，
十萬楊花吹欲盡，那堪回首話揚州。

四十一

深深簾燭半成灰，潑潑東風冷酒杯，
語盡題巾人可去，張衡端爲咏愁來。

四十二

小倦風花謝舞筵，伶俜望盡四更天，
星河耿耿無眠夜，利涉橋頭獨放船。

四十三

心光難淬意蹉跎，贏得秋娘別恨多，
沈約無詩堪瘦骨，不須還問近如何。

四十四

橋畔垂楊獨繫船，閒雲澹宕月流天，
曼吟對影成三句，多事微風送管弦。

四十五

看花聽曲都成課，縫霧裁雲自作詞，
惆悵三生緣已了，曉風殘月柳絲絲。

四十六

清露泠泠冷撲肩，依依殘月別花枝，
隔河明滅漁家火，風味幽玄作寱詞。

四十七

處處西風動管弦，重來人似杜樊川，
珠簾捲盡無消息，一夢揚州未十年。

四十八

西風潘鬢兩飄蕭，馬跡車塵隔世遙，
斜日板橋勞往返，人間不信有魂招。

四十九

悲懽無數此消磨，恩怨年年付逝波，
自是秦淮堪絕代，朱顏明燭奈人何。

五十

絕續興亡閱世長，千秋風月費平章，
我來不值昇平日，未解懽娛祇斷腸。

上詩與原稿，畧有出入。原稿乃於入中年之作，今日重觀，內有數首，大不愜意，因改作之。

春風廬聯話

林熙

王人美為舊日著名的女明星，有人曾以：

美人王人美；

徵對，此聯迴環可誦，其友諸斗星對以：

奇士楊士奇。

旋又對曰：

才子袁子才。

楊奇士為明朝初年人，永樂間官至左春坊大學士，謚文貞，但楊士奇的名頭沒有袁子才多人知，仍以後聯為上。（士奇江西泰和人，單名寓，以字行，亦明代名臣也。）

舊有：

六木森森，松柏梧桐楊柳，

久稱絕對。此對之難，蓋在「森森」二字恰為六個木字，而松柏梧桐楊柳，又皆適為木旁。曩有某君對以：

四竹竺竺，箜籬籮筍籚篁。

不特生硬牽強，而且句尾六個竹頭字，不能與句首「四竹」二字相符。有畫家謝濠忱（字了塵）對之云：

四山出出，泰華嵩嶽崑崙。

按上聯「森森」二字作茂盛解，自有意義，謝了塵「出出」二字，似乎未見經傳，終嫌其未能銖兩悉稱，然而較諸某君一聯已差勝一籌了。

舊日上海有「名流」王曉籟者，頗通文墨，他是浙江紹興人，其故里吼山，有一烟蘿洞，風景幽美。民國廿三年（一九三四年）王曉籟打算在烟蘿洞建造一所別墅，以為避暑之用。因為上海的七八月，天氣炎熱，常常熱至華氏一百度左右，有錢人多往別處消夏也。他的別墅尚未造成，而已經自擬一下聯徵對，能對出上聯者，將來別墅落成，即請其人為坐上客。其下聯云：

客來皆洞賓。

當時王曉籟以此下聯揭諸「新聞報」徵對。洞賓二字，意義雙關，頗難獲對。某君見之，以示諸斗星，數日後，諸斗星給他復信，對以：

君去為巢父。

出對雖然也工整，但可惜「巢父」二字未能雙關，以洞賓為人名（呂洞賓），客到烟蘿洞旁的別墅，皆洞中賓客也。

王曉籟的別墅似乎沒有築成，徵聯亦一時興到玩玩就了事。他素有「多子大王」之稱，前幾年在上海逝世，年近八十。

周善培輓劉嘉琛

民國廿五年（一九三六年）十月，劉嘉琛在故鄉天津逝世，其摯友周善培輓之云：

共危舟，值大波，權活草間，零落已無幾老；

舍此都，適樂國，知從烟外，欷歔時數九州。

嘉琛字蓋南，號幼樵，光緒廿一年乙未進士，授職編修，官至四川提學使。周善培字孝懷，浙江諸暨人，宣統末年，與劉嘉琛同官四川，孝懷任勸業道，署提法使（因四川爭路一案，被革職）。二人氣味相投，為患難之交。上聯首二句，指辛亥（宣統三年，公元一九一一年）四川爭路案。

一九四九年人民政府成立，周善培為當局所重，受聘為政協特邀委員，上海文史館成立，又為文史館館員。一九五八年九月三日，在上海逝世，年八十二歲。

周善培是光緒二十年甲午科舉人，詩文皆有相當造詣，尤工聯語，每一聯出，輒為人傳誦。一九五四年著有「辛亥四川爭路親歷記」一書（重慶人民出版社出版），記述辛亥年四川人民爭取自修鐵路和清政府展開的一場嚴重鬥爭，周善培當時任職四川勸業道（約畧與後來的建設廳廳長同性質），修建鐵路事，即由勸業道掌管。

王蘊章輓徐致靖

民國六年丁巳（一九一七年）八月十八日，戊戌維新黨人徐致靖在杭州逝世，王蘊章輓之云：

鶯酒昔從游，檀板清歌，此曲祗應聞天上；

湖樓才小別，幔亭餘韻，可哀空與唱人間。

上聯指死者自庚子（光緒廿六年，公歷一九〇〇年）被釋出獄後，隱居西湖，一腔忠憤，悉寄之於崑曲。下聯言作者于是年春間，和他在西湖酒樓重遇，豈意數月之後，就永無相見之期了。

徐致靖字子靜，順天宛平人（原籍浙江宜興），光緒二年丙子科進士，授編修，戊戌維新時，他上疏密保人才，所舉者為康有為、黃遵憲、譚嗣同、張元濟、梁啓超等五人，到西太后重出聽政，大殺黨人，致靖因此革去禮部右侍郎之職，監禁在刑部監獄，八國侵畧軍攻入北京後，把他釋放，但他不想有辱國體，隨即前往西安，請政府繼續執行刑罰，到西太后大赦戊戌黨人後，他就卜居杭州。

致靖家世清華，他本人既是翰林，長子仁鑄，字研甫，光緒十五年己丑科進士，翰林院編修，當戊戌行新政時，他在湖南做學政，因與梁啓超等新派有密切關係，革職，庚子年十二月死，年僅三十四。次子仁鏡，字瑩甫，光緒二十年進士，翰林院編修，民國四年（一九一五年）逝世，年四十六。兄弟皆死于其父之前。父子兄弟，功名通顯，而年壽不永，甚可惜。

王蘊章，字蓴農，江蘇無錫人，舉人，時任商務印書館編輯。

方爾咸

揚州人方爾謙、爾咸是一對才子兄弟，他們很小年紀便中了舉人，而爾咸又是解元（兄弟同中光緒十五年鄉試）。爾謙號地山，爾咸號澤山，因為他們有才名，所以文化界人士稱之為大方小方。地山以製聯見稱於時，有「聯聖」之目。但澤山却以詩見長，偶爾為聯，亦極可誦。他倆都是喜歡冶游的文士，終日在秦樓楚館中胡混，自以為風流才子應該如此也。某年澤山在鎮江遇一妓，名小銀，據她說是揚州人，與小方同鄉。小方即席作嵌字聯贈之云：

見說是鄉親，何明月二分，小時不識？

誰能免離別，正秋星一點，銀漢無聲。

將小銀二字嵌入聯中，不算怎樣難，難在有情致，此聯用問的口語，謂：既然是同鄉，何以小時候不相識呢？這一問就問得有趣了，眞有餘音裊裊之概。小方又有贈妓數聯，皆嵌名字。贈金紅云：

爾我多情，恨無金屋；

古今薄命，偏屬紅顏。

贈醉紅云：

醉墨吟箋，借卿一席；

紅燈綠酒，話我三生。

贈小杏云：

出岫笑閒雲，居然太白狂浮，小紅低唱；
入簾憐瘦燕，却好桃兒粉薄，杏子衫輕。

袁寒雲（克文）是方地方的學生，後來兩人結爲親家，地山之女嫁寒雲長子家嘏。民國十六年（一九二七年）七月，澤山在揚州逝世，寒雲輓以聯云：

悴以攖傷，抱絕世文章，公眞嘔血；
竺於敬順，看慈兄慟哭，我更心悲。

輓聯之外，寒雲又有「金縷曲」一闋輓澤山，兼述舊游信地山，詞云：

把手江天曙，憶當時金焦縱賞，倚花停塵。星火瓜州纔過了，還趁平山烟雨。供酬唱，一舟容與。十載前游彈指耳，忍回頭鄰笛遂成淒楚，長已矣，一抔土。　君家兄弟今龍虎，但何堪，元方老去，脊令悲賦。我昔曾依春風座，况又媚聯兒女。愴幾度相逢酸語。檢到遺書惟痛哭，看婆娑老淚揮如許。知己者，不堪數。

寒雲死於一九三一年三月廿二日（陰曆爲五月初九日），虛歲四十一，實歲四十（生光緒十六年一八九〇年七月十六日），他寫此聯時，不過三十六七歲罷了，而老氣橫秋如此，舊時中國文人早衰，此亦一例。方地山則後死寒雲五年（一九三六年死於天津），年六十餘。

左宗棠與陶澍、林則徐

左宗棠未發跡時，以舉人主講澧陵的淥江書院，值兩江總督陶澍請假回鄉，縣令爲設行館，請左老師撰聯。左爲撰句云：

春殿語從容，廿載家山，印心石在；
大江流日夜，八州子弟，翹首公歸。

原來陶氏故鄉的老家門前有一塊大石，形似印章，陶澍顯達後，建書樓曰印心石屋。道光皇帝也聞知此事，所以在某次陶覲見時，曾問及此石，陶以實對，道光帝很歡喜，便寫一「印心石屋」額賜之。上聯「春殿語從容」云云，記恩遇也。陶字子霖，號雲汀，湖南安化人，嘉慶七年進士，授編修，道光十年以江蘇巡撫升兩江總督，一直做到十九年以病免職，死後謚文毅，著有「印心石屋文集」等。他在兩江時，以「印心石屋」四字刻石，置督署西花園，到一九四五年，此石尚存在假山洞中，近年如何就不知道了。

相傳陶見此聯，大爲贊賞，詢知爲舉人左宗棠所作，就請他相見，傾談之下，左宗棠大展他的抱負，陶便認爲天下奇才，將來名位必在己之上，遂與之聯兒女之親，爲互相援結之地。陶左兩人這個遇合，曾傳爲一時佳話，在此前後，左宗棠亦嘗以聯語爲林則徐賞識。據說，左以舉人會試下第後，回湖南老家，道經洞庭湖君山，謁君山龍女廟，撰廟聯云：

迢遙旅路三千，我原過客；
管理洞庭八百，汝亦書生。

聯中大意指唐代的柳毅考試下第，爲洞庭龍君之女寄書，締婚龍女事，以下第自況。林則徐游君山，見此聯，大爲賞識，問廟祝左宗棠是什麼人，對乃落第舉子。後來林則徐對陶澍說：「你的同鄉左宗棠，將來一定大有成就的，你認識他嗎？」陶說不識，問林何以知之。林說：「我也不識他，但在君山廟中見他題龍女廟聯，極具懷抱，他日功業不在我輩之下。」陶素重林則徐，便緊記他的話。世人僅傳陶見行館一聯而賞識左宗棠，而不知使陶能識左者林則徐也。

關于瑛王洪全福之墓

本刊復刊號第一卷第一期（一九七〇年七月份）其中第十八頁：載有「死葬香港的瑛王洪全福」一文，附圖（一）即跑馬地殖民地墳場六七八一號洪氏的遺塚，此圖攝於本年一月十日經香港市政局墳場監督趙惠松君將原墓整理，故能煥然一新。圖（二）乃上文發表後，墳場管理處獲悉其事，即自行批覆上文作者黃嘉仁（之棟）君之來件。

（圖　一）

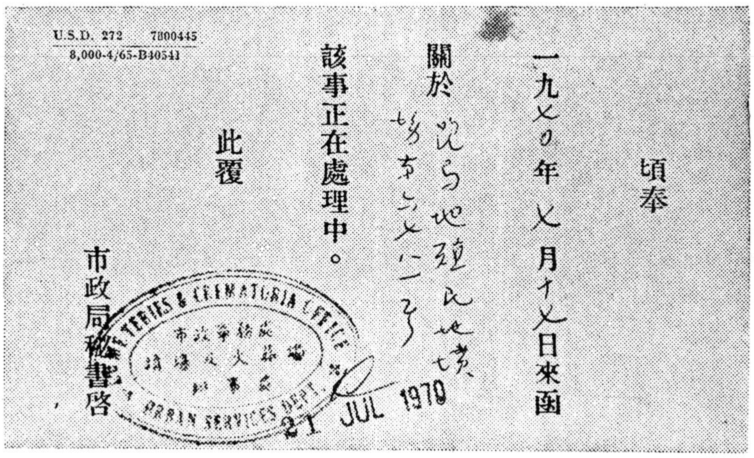

U.S.D. 272　7800445
8,000-4/65-B40541

頃奉
一九七〇年七月十七日來函
關於跑馬地殖民地墳場第六七八一號
該事正在處理中。
此覆
市政局秘書啓

CEMETERIES & CREMATORIA OFFICE
市政事務處 墳場及火葬場 辦事處
URBAN SERVICES DEPT.
21 JUL 1970

（圖　二）

英使謁見乾隆記實（續）

馬戛爾尼 原著
秦仲龢 譯寫

十二月十二日，星期四　今日天氣很好，但頗冷。我們明天中午可望到達廣東的韶州府。

王大人是一個老軍人，在他的職業中享有很高盛譽，他對我說，依他的估計，中國的軍隊約一百八十萬人。我問他詳細情形，他說待他寫下來給我。至于喬大人，他是一位文官，歷任知縣、道員，據他估計，中國的人口約三億三千萬左右，全年稅收約五千萬鎊至六千萬鎊之間，除了支付軍政費後，約餘一千萬鎊盡歸皇帝的內庫。（按：馬戛爾尼對此事有所論列，幷將王、喬二人給他的資料，附在日記中，因爲文字太長，不錄。英國這個特使，負有特務，可見一斑。——譯注）

十二月十三日，星期五。　上午一點鐘到達韶州府。（按：十四日，使節團離開韶州府，向南行，入廣州。——譯注。）

十二月十六日，星期一。　自此以往，船行于兩山之間，山勢極高，且峻峭，江面平濶而深。

晚上船到清遠。王喬兩大人來我船上，同我作竟夕清談。偶然談到乾隆皇帝的日常生活（所謂日常者，指非巡幸及狩獵時期而言）。

據他們說，乾隆皇帝每日清晨三點鐘就起床，起後即往寶塔中禮佛。拜完後，就開始披閱內外臣工遞來的章奏。到七點鐘進早食。食後，在宮中休息一下，和宮眷或太監閒談。到辦公時候，首先召見軍機大臣，口授諭旨，又召見其他大員，指示國政。午飯時間，常在下午三時，飯後，或往戲園，或作其他娛樂。此後的時間則多數讀書，直到就寢爲止。就寢的時間，很少遲過下午七點鐘以後的。這時候，有敬事房的太監伺候，聽皇帝吩咐召那些妃嬪侍寢。

十二月十七日，星期二。　航行至此，河面已極濶，其距廣州已不過三十英里，兩岸皆有山。夜間到達三水縣。

十二月十八日，星期三。　早晨過佛山，是一個尋常的城鎮。午刻到了一所花園，是廣州中國行商所建的，入門後，有東印度公司的代理人員賀爾及其經理人勃郎寧、愛爾文、賈克生等人。他們說，「獅子」號仍停泊廣東海面，又拿出歐洲寄來給我們的書信、包裹等物。我們來中國已十五個月，未得歐洲訊息，今日得接家信，眞是歡喜到跳起來。稍後，他們又替我介紹廣東十三行各行商的主事人，他們從廣州歡迎我們的。我們明早就往廣州了。

十二月十九日，星期四　上午十一點鐘，乘官船前往廣州，下午一時半，到廣州，登岸後，經一大石級，再行五六十碼，即抵一行台，總督長大人率同巡撫、藩台和其他高級官員出迎，引導我們到一個大廳上欵待。坐定後，長大人及其屬員和我們對面而坐，談話甚歡洽。

稍後，長大人同我們一起往園中觀劇（原注：所演者是喜劇，演員都是一時名角，是長大人派人往南京邀請來的），即在園中設宴欵待。據中國人說，向來到廣東的洋人，中國官廳從不加以禮遇，這次長大人到任不久就設盛宴欵接洋人，實在是破天荒之舉，故此當地人士，無不異常注意。

我們所住的館舍在河南，與廣州相對，中隔一河，濶不過半英里。館舍中房屋極多，分爲好幾個院落，廳房陳設，精緻華麗，適合衛生。中有數院是用西式陳設，有玻璃窗及火爐。館舍四周是一所很大的花園，有奇花異卉，名目繁多。

十二月二十日，星期五。　早起，見戲園已經演戲，金鼓齊鳴，演員粉墨登場了，初時我還以爲是綵排，那裏有這樣早就做戲呢。後來中國人對我說，官場接待上賓，當於賓客到館舍之日起，至離去之日止，從早到晚，演戲不停，停就失禮。不過，戲台正對我住的院子，假使日夜不停的鑼鼓喧天，實在無法安靜，如果不違背中國禮法，我想請長大人免此重禮。我又怕將來中國派大使到英國，我們請名伶演戲，以娛國賓，那是辦得到的，但如要羅致名伶多人，日夜不停地上演，那就很難做得到了。

巴勞「中國旅行記」記云：這幾天，特使因接見賓客，忙碌異常，我們做隨員的，無所事事，不論什麽時候都可出外游玩。一日王喬兩大人與其老友相過，他的老友以前在北京做官，現派到廣州的，他見到王喬兩人，很是高興，有一晚，他在珠江畫舫所謂紫洞艇者，設盛宴爲二人洗塵。又因兩位大人同我有交情，特地柬請我以私人資格赴宴。我到艇上時，見他們三人都有穿着漂亮衣服的女子侍側侑酒。我坐定後，有一女子自艙房出來，坐在我身旁，那三個女子各以溫酒一杯向我敬奉，我都喝了。這幾個女子都長得美麗，長于應酬，而且皆能歌唱。我們一直到午夜後才散。分手時，喬大人對我說，今晚的事，請老兄不必同人家說起。

十二月廿五日，星期三。　今日是耶穌誕辰，我和使節團人員渡河至英國洋行，與行中各英人飲宴。有五艘英國商船的船長向我辭行。

十二月廿六、廿七、廿八日，星期四、五、六。　在期間，我有機會同十三行主要商人潘啓官談話，他是一位精明狡黠的人，他的頂子是白色的。（按：潘啓官是十三行同文行的東主。啓官是當時該行東主潘致祥，其父名潘文巖，人稱啓官。啓官死於乾隆五十二年十二月，致祥繼其業，在十三行的洋人，仍稱致祥爲啓官 也。梁嘉彬「廣東十三行考」二一一頁譯W.C. Hunter:Bits of Old China，述潘啓官家園華麗，有云：「潘氏之外國友人有常到河南島潘洞游宴機會。……彼承繼其先遺產超過二千萬元……一八六〇年（卽咸豐十年），法國雜誌曾登載廣州通信一則，道及潘啓官每年消費三百萬佛郎，其財產竟尚富於一國王之地產。風聞此商人（按指潘氏）因經營某項違禁貿易致富，其財產總額共超過一萬萬佛郎。彼有妻妾五十，婢僕八十，園丁役夫三十，然在華北之財產猶更豐裕。彼之家園內窮奢極侈，以雲石（大理石）爲地，以金銀珠玉檀香爲壁。在婦女閨房之外卽有廣大能容百名丑角之劇場，故婦人時不難得有娛樂。……」）

一七九四年一月一日，星期三。　今早長大人盛列儀仗，來館舍拜會。他說剛剛接到北京敕書一件，皇帝叫他把敕書交給我，內容無非如前所說的大同小異。長大人又說，他到了廣東雖然不過幾日，卻已出了兩道告示，凡有傷害洋人及欺侮洋人的，一概從重治罪，希望能够收效。

今日是新年，我同使節團的同人，全體渡省河往英國洋行宴會。

一月八日，星期三。　上午十點鐘，我和各隨員同往英國洋行，這是中國官員及英國商人預定餞別我們之地。我們到達洋行門前，長大人、王大人、喬大人及本省撫台、藩台等已在門前等候。飲宴畢，下午一時，我同斯當東、小斯當東、高華勳爵及其他隨員，向主人告別，同坐駁船到黃埔，登上「獅子」號軍艦。

晚上，王喬兩大人上船話別，我命庖人治饌相待。他們自從和我相識後，沒有一事不是竭誠相待的，今日來告別，他們忍不住吊下淚來，可見他們對我有眞性情，令人可感。

一月九日，星期四。　王喬兩大人派人送來水果、蔬菜二十大籮，作爲送行禮物。

一月十月，星期五。　今日啓碇，開往澳門。到澳門後，小作句留，就要開船回國了。

「出使中國記」記云：特使到澳門不久，他接到從英國和巴達維亞來的信件，立刻決定下一步的止行。英國來的信件說，英國政府沒有接到可能危及從中國返回的英國船隻的法國艦隊開到遠東的消息，并且別處的公共事業都需要英國的海軍，英國武裝部隊還沒有接到過命令，出動爲歸國的遠東的商船護航。但巴達維亞的文件說：「敵人一隻六十門炮的軍艦，另兩隻四十門和二十門炮的二桅船由法國開至巽他海峽，正在從中國來的船的航線上。敵人已經劫奪了東印度公司『公主』號船隻，并且把它改造成軍艦。很可能敵人還要增援前來。」後又得到消息，另一隻英國商船「皮考特」號又被敵人劫取。準備由廣州回國的商船共十五隻，貨物共值三百萬鎊。這些船和貨物的安全，迫使特使不得不取消一切打算，不再去中國附近的羣島作較長時間的句留，馬上決定自己乘「獅子」號軍艦護送他們回國。

特使把這個決定馬上通知東亞各個港口。……一切準備就緒，特使隨即登上「獅子」號軍艦。原搭「獅子」號由歐洲來到中國的人裏面，有兩個人留下來。一是亨利・培林先生，現被任用爲東印度公司大班留在廣州。一是特使的中國繙譯，他到達中國之後一直叫着英國姓名，穿着英國服裝。他懷着惜別的感情來到船上同所有的人告別，以後他就換上中國裝，到中國西部一個省份的教會裏隱居下來，虔誠地做宣傳福音工作去了。

一九七一年五月八日，鐙下譯完。

【上接第十一頁閒話宋子文】

而社會則富者愈富，窮者愈窮，政府不從根本上健全財政政策着手，使有錢者出錢，竟着眼於增加平民負担，食鹽爲人民所必需，實等於增加人頭稅云云。加上美國人因帮助甚多，而收效絕少，嘖有煩言，「貪汚無能」的四字考語，就在那時期前後叫出來了。於是宋子文眞的走了，轉而變爲「南天王」，雖爲期甚暫，對於其私人善後佈置，自大有裨益。及鉅輪沉沒，早遠颺「樂土」。迨陳誠逝世於「救生艇」上（陳曾引以爲喩），某次台省國民代表大會集會前，宋氏忽蒞香港，地方當局視爲特殊貴賓，嚴密警衛，港台雙方，頗多傳說，有謂其行將捲土重來，共赴「國難」者。又有謂或將活動高位以繼承偉業，而財雄勢大，定如探囊取物者。種種流言，樹大招風，終以不得其門而入而終止。計自離開中國二十有餘載，昔日全國側目，孔宋並稱之郎舅，先後凋零，縱擁金山，續命乏術，則聊齋志異上之「續黃粱」一夢，豈不足發人深省？

包天笑著

釧影樓回憶錄

遐翁

每册定價

精裝：十五元

平裝：九元

經銷處：

廣文公司　香港德輔道西306號

上海印書館　香港租卑利街17號

中西圖書公司　香港銅鑼灣88號

智源書局　九龍金巴利道27號二樓

三育圖書公司　九龍彌敦道580號

定價每册港幣一元

大華

第二卷 第一期（七月號）

大華

第二卷 第一期（總55號）

雙忽雷的故事……林熙 2
無錫勝景聯……秋山 5
哭沈燕謀丈……柯榮欣 6
旅日華僑的老祖宗……松庵 8
羅貫中的後人……百熙 12
邏輯謬誤趣談……黃展驥 13
給斯明兄的一封信……佛隱 16
五四運動的一頁……陳思 18
湯音貝教授垂老又一大貢獻……連士升 22
葉恭綽二三事……孺子 27
「孽海花」的小說公案……竹坡 28
京菜與京話……馨畹 31
談元末四大家……硯園 32
胡漢民的晚年……薩中 35
梁啓超、黃遵憲、周善培在湖南的活動（續完）……斯文 36
丁寶楨及其子孫（續完）……松井三郎 41
夫憑妻貴的孔祥熙……朱閒 47
究竟廬詩……季炎 48

封面插圖：吳觀岱「枕雷閣圖」

大華（月刊）第二卷第一期（總55號）
一九七一年七月十五日出版
Cathay Review (Monthly)
Dah Wah Press.
36, Haven St, 5th fl. Hong Kong
出版者：大華出版社
地址：香港銅鑼灣希雲街36號6樓
電話：七六三七八六
督印人：柯榮欣
總編輯：林熙
印刷者：大同印務公司
香港北角和富道96號
電話：七一七五四四
總代理：吳興記書報社
香港中環租卑利街十一號二樓
電話：H四五〇五六一 四五〇七六六
星馬代理：遠東文化事業有限公司
新加坡厦門街十九號
檳城香田仔街一七一號
越南代理：聯興書報社
越南堤岸新行街二十二號
其他地區代理：
澳門：可大文具店　寮國：永珍圖書公司
亞庇：利文公司　斗湖：光明書店
千里達：中華公司　菲律賓：玲瓏書局
倫敦：東寶公司　紐約：友聯圖書公司
芝加哥：杏林春　洛杉磯：永安堂
波士頓：中西公司　檀香山：大元公司
三藩市：新生圖書公司　三藩市：文化商店
加拿大：香港商店　加拿大：新國華公司

雙忽雷的故事

林熙

一九七一年一月，巢君建德在香港得到一幅畫，出名畫家吳觀岱之手（見本期封面插圖）。畫高四尺，濶一尺五寸，紙本，題爲：「枕雷閣圖」，欵云：「蒽石五兄先生屬畫，卽乞方家鑒誨，弟吳觀岱（下蓋陰文「無錫吳觀岱印」）。畫的是一所草堂，堂後草閣，庭前古松二株，勁挺直冲霄漢，松下雙鶴閒佇，童子在旁掃除積雪，視若無睹，一種寧靜氣氛，活現紙上。（吳觀岱是四十年前江南老畫師，以山水擅長，一九二九年八月逝世，年六十八。）

畫中上欵的「蒽石」是劉世珩，安徽貴池人，字聚卿。聚卿是光緒二十年舉人，宣統三年（一九一一年）官至度支部右參議。聚卿雖是一位大官僚，但爲人風雅，喜歡收藏金石書畫，又喜歡刻書。清朝垮台後，他住在上海租界裏做遺老。他的父親劉瑞芬，于光緒十二年（一八八六年）接曾紀澤之任，充駐英、法、俄公使，十五年召回，改任廣東巡撫，十八年四月，死于任上。他死後的遺產頗豐，但到劉聚卿在上海充遺老時，已花得七七八八了。他在北京西堂子胡同有一所大厦，上海公共租界的戈登路，也有一幢洋房（後改大華路，則以有大華飯店之故，一九二七年蔣介石與宋美齡結婚于此，一年後大華飯店拆除，闢大華路，築民房矣），後來也賣掉了。劉聚卿的枕雷閣，可以在北京，亦可以在上海，沒有固定的地址，亦如文徵明所說，起個書齋名，刻一方印，就算有一座建築了。

劉聚卿的書齋名枕雷閣，是有一段故事的。原來他在光緒末年，先後得到唐朝的樂器大忽雷和小忽雷，故以枕雷名其所居。一九三六年，上海報紙曾喧傳安徽某世家以唐朝樂器抵押在美國得三萬元，今將到期，物主已呈請國民政府備欵贖回，否則此項珍貴歷史文物將長淪異域了。那時國民黨正忙於內戰，財政困難，沒有理會這件事，結果如何不可知。當時的報紙沒有說是什麽樂器，據所知卽是大小忽雷。到底是劉聚卿按給美國人還是他的兒子公魯，我不大清楚。（公魯在上海時，以二十餘歲青年，尚留有髮辮，人稱遺少。其所以如此者，因其父遺書規定，如剪辮則忘「本朝」，不准承受遺產。公魯在上海有小抖亂之稱，抗戰軍興，他避居蘇州，一日，日寇直入其家，公魯驚駭，躲進牀下，寇兵拉他出來，他嚇到面無人色。日寇見他背後拖了一條辮子，以爲他是「滿洲國」的人物，就不難爲他。但公魯嚇破了胆，吐青血不治死去。）

民國五年（一九一六年）劉聚卿在上海感念「本朝」，有自悲身世之意，是年九月初七日，在戈登路寓所，大宴一班「同志」，出大小忽雷以示賓客。坐中有遺老葉昌熾（字鞠裳，蘇州人，光緒十五年翰林，是一個目錄學專家，收藏碑板甚豐，著有「藏書記事詩」，「語石」等書），在其「緣督廬日記」中，記所見云：

主人出示雙忽雷，雖有兩絃，無能彈者。小雷頸鐫「臣滉手製恭獻，建中辛酉造」。（按：建中是唐德宗年號，共四年，辛酉乃西歷七八一年，卽建中二年。韓滉是宰相，工畫，今日北京故宮博物院藏其所畫「五牛圖」，是無價之寶）「獻」字提出在上，居中稍大，其餘十字，細如粟米，燈下微茫諦視而後辨之。牙柱有孔東塘詩一首，二十字。

葉君所云詩一首二十字稍誤，蓋所題者是五絕二首四十字，非一首也。又「辛酉造」的「造」字，是「春」字之誤。清康熙三十年辛未（一六九一年），孔東塘（尚任）在北京買得小忽雷，題詩其上。詩云：「古塞春風遠，空營夜月高，將軍多少恨，須是向檀槽」。「中丞唐女部，手底舊雙絃，內府歌筵罷，淒凉九百年。」康熙三十三年，東塘又寫成「小忽雷傳奇」付之管絃，他所作的「長安雜興三十首」第二十首云：「南部烟花刦後灰，曲終人散老相催。昆山絃索蘇州口，絕調誰傳小忽雷」自注云：「余『小忽雷』塡詞成，長安傳看，欲付梨園，竟無解音。後得景雲部始演之。」可見他是如何高興（孔尚任，山東曲阜人，工文詞，精音律，收藏書畫，骨董甚富）。他所作的「桃花扇傳奇」，尤有名于時。

孔東塘詩中，以鄭中丞（唐代宮中女官名號）爲鄭注之妹，名盈盈，又以白香山「琵琶行」中的商人婦楚潤娘爲中丞教師，兼述甘露之變，及裴度平淮蔡事。詞曲之妙，不減「桃花扇」。小忽雷與鄭中丞的一段故事，很是動人，讓我在此介紹一下。

章華（字曼仙，長沙人，光緒廿一年庶吉士，官至郵傳部郎中）曾爲劉聚卿題「雙忽雷行」，就是描寫鄭中丞的故事。詩前有小序，今摘錄如左。序云：

唐韓滉使蜀，得沙羅檀，製大小忽雷以進德皇。文宗朝，女官鄭中丞特喜之，後忤旨，縊投溝水。甘露之變，人物俱杳。康熙中，曲阜孔東塘得小忽雷，材堅潤如紫玉。……光緒末，歸貴池劉葱石。琴師張瑞山者，藏唐時大忽雷，舊矣，葱石復購得之，二雷復見于世，乃建雙忽雷閣以志其盛，幷寫枕雷圖屬題。代異時移，葱石高臥不出，因作雙忽雷行。

冰絃牙柱紫玉材，葱石示余雙忽雷。建中辛酉臣滉進，誰歟善者中丞鄭。中丞一朝忤聖顏，身隨溝水流人間。曲散霓裳甘露變，雷乃收聲人不見。千年重睹沙羅檀，甲痕猶識纖指彈。好古神交覩莫逆，前者東塘後葱石。東塘只有小忽雷，大雷羽化如金杯，還分扇底桃花淚，院本新詞語落梅。

宋人錢希白的「南部新書」說，韓滉入蜀，見一奇木，鳥鳥棲其上，啼聲與衆鳥不同，韓引弓射木，落墮鏗然。韓使還，屬地方官致此木，堅緻如紫石。匠曰：爲胡琴槽，他木不能並，因作大小忽雷。章曼仙文中說鄭中丞被縊死云云但在故事中她幷沒有死，「琵琶錄」（唐人段安節著，引據「說郛」本），就詳記其事，文云：

文宗朝（唐文宗，在位十四年，西歷八二七年至八四〇年，年號太和、開成，所謂「甘露之變」在太和九年十一月），有內人鄭中丞，善胡琴，內庫有琵琶二面，號大忽雷、小忽雷，因爲題頭脫損，送在崇仁坊南趙家料理。大約造樂器悉在此坊，其中有二趙家最妙。時有權相舊吏梁厚本，有別墅在昭應縣之西南，西臨河渭，垂釣之際，忽見一物流過，長五七尺許，上以錦纏之，令家僮接得就岸，乃秘器也。及發開視，乃一女郎，妝色儼然，以羅巾繫其頸。遂解其巾伺之，口鼻之間，尚有餘息，即移入室中，養經旬始能言語，云我乃弟子鄭中丞也，昨因忤旨，令內人縊殺，投河內，錦即是弟子臨刑相贈耳。及知故，即垂泣感謝厚本。厚本無妻，即納爲室。自言善琵琶，其琵琶今在南趙家修理，恰值訓注之事，人莫有知者。厚本因賂其樂器匠購得之，至夜分方敢輕彈。後值良辰，飲于花下，不覺朗彈數曲。是時有黃門放鷂子過于牆外，聽之曰：「此是鄭中丞琵琶聲也！」竊窺識之。翌日達上聽。上始嘗追悔，至是驚喜，遣中使宣召，問其由來，乃捨厚本罪，任從匹偶，且加錫賚焉。

這就是小忽雷的一段「香艷」故事。故事中的鄭中丞不止沒有死，反而嫁了梁厚本。

根據清人陳文述「小忽雷記」所說，它的形狀是：準漢建初尺一尺九寸四分，龍首鳳臆，蒙腹以皮，柱二雙絃，呑入龍口，一珠中含，頷下有篆書「小忽雷」三字。至于小忽雷近三百年遞藏經過，大抵是這樣的：清康熙年間，爲孔尚任所得，後又歸繼昌（字蓮龕，滿洲正白旗人，姓拜都氏，嘉慶年間舉人，官至江西布政使，著有「定軒筆萃」及校刻書多種），劉喜海，卓秉恬（字靜遠，號海帆，四川華陽人，嘉慶七年翰林，官至武英殿大學士）等人，最後才歸劉聚卿。劉死後，抵押于上海鹽業銀行（其經理倪元甫，鎭江人，清末官河南候補道，故與張鎭芳相識，其任經理，或有此淵源，倪與劉家有友誼，故力贊成之），後來爲中國實業銀行的經理劉惠之（前四川總督劉秉璋第四子）所得，近十年歸北京歷史博物館。

劉喜海與劉世珩所記，是雙忽雷的歷史，要知道得更詳細，非一讀他們的記事不可。劉喜海文云：

……後歸長白繼蓮龕方伯，携至秣陵，余訪之未獲睹也。時方伯輒許相贈，旋又移節桂林，蓋三年于茲矣。今夏函致贈余，媵以岸堂傳奇一冊。余屬南叔拓其形，裝池爲幀，并補書原序一通于幀端，且以詩志之，屬同好和焉。時嘉慶庚辰（按：二十五年，西曆一八二〇年）七月中元日也。東武劉喜海、燕庭父書于都門嘉蔭簃。

按：劉喜海字燕庭，山東諸城人，書法家劉石庵之孫，生平喜金石書畫，收藏甚富，道光廿八年以浙江布政使署巡撫，咸豐三年逝世，年六十歲。小忽雷由山東劉氏入安徽劉氏，中間亦相隔數十年，聚卿得小忽雷後，撰有「枕雷圖記」，今摘之如左：

年來搜集元以來傳奇三十種，彙刻行世，去年繆藝風丈自江寧寄孔東塘、顧天石合譜「小忽雷傳奇」鈔本，閱卷首桂味谷著「小忽雷記」，乃知東塘得原器而作。今年春，晤太倉陸應庵云，華陽卓氏寓京師者，藏有小忽雷，幷有譜兩本，亟屬其蹤跡得見之……與桂氏所記悉合。所謂譜者，乃劉燕庭味經書屋校鈔「小忽雷傳奇」也。後有「大忽雷傳奇」，二折以後，殘缺不完，繆寄本闕字得以互校，不禁狂喜。卷尾附嘉慶時名人爲燕庭題小忽雷詩詞，知此器爲嘉蔭簃弆藏，卽購獲之。涇陽陶齋尚書，有葉東卿手拓忽雷墨本，知器已歸余，遂以持贈。古物精靈，翕然會合，洵非偶然。此器所以歸華陽卓氏，蓋燕庭嫁女卓氏，取此媵鑰，乃爲卓氏所有。海帆相國曾以小忽雷名其齋。其未入劉氏以前，據朱椒堂詩注，舊藏伊小尹處，繼蓮龕由粵西贈燕庭，然亦未詳言也。吳中懌年丈云：濰縣陳簠齋太史，藏山谷伏波神祠詩墨蹟，卷後劉文淸跋云：「成邸以此卷並小忽雷易其一銅琴」，則此器又曾藏成邸。……椒堂詩注，燕庭自記，皆未道及，殊不可解。冬十一月，訪大興張瑞山琴師，與之縱談古樂，曾言三十年前于京師市上得一古樂器，爲大忽雷，似琵琶而止二絃，鑿龍其首，螳螂其腹，製極古雅，與小忽雷同……瑞山能彈之，其聲清越而哀，與小忽雷亦類。大忽雷元時猶存，見鐵崖逸篇謝呂敬夫紅牙管歌序中。……二器幷陳，望而能識，且斷紋隱隱，與余藏唐雷威雷霄斲琴髹漆絕似，其爲唐物益信。瑞山以小忽雷在余所，樂爲歸之。因倩畏廬老人爲作枕雷圖，名余閣曰雙忽雷。忽雷以東塘傳奇始著于時，東塘得器製傳奇；余刻傳奇而得器，且復于無意中更得大忽雷，亦云奇矣。宣統二年（一九一〇年），貴池劉世珩，葱石。

劉聚卿初得小忽雷時，名其齋爲小忽雷閣，託袁勵準函請林琴南（紓）爲繪「枕雷圖」。圖成，劉氏集飮于小忽雷閣，時爲宣統二年九月九日。到十一月，劉氏得大忽雷，又請林紓在原圖石邊林下，補一鬚眉蒼皓歸雷之老人（卽張瑞山），林琴南照辦了。劉氏遂更改其齋名爲雙忽雷閣，于宣統三年八月，大集諸名士于閣中，賦詩志盛。

小忽雷之可珍貴，原因是先有鄭中丞一段故事，後有孔東塘所作的傳奇，而最有價值的還是我們現在保存有一對唐代工匠手製的樂器，使研究古代音樂的人得見此實物，對研究上大有帮助。以前這對樂器深藏在有錢人家的「閣」中，爲一姓所有，不輕易給人觀看，現在擺在文化機構展覽，什麼人都有機會欣賞了。幸喜三十年前此物并沒有流出國土，我們今日才有眼福。

劉聚卿獲得雙忽雷後，不到一年，他就做起遺老，念念不忘他的「大清帝國」了，民國六年（一九一七年）他同林琴南在北京再度見面，兩個遺老不相見者七年，頓然覺得有舉目河山有異之感。其時劉氏已影印宋元本叢書及彙刻傳奇戲曲集數十種亦告成，林琴南爲他作「雙忽雷本事序」，以遺老立場，慨歎中國人從滿洲人手上奪回統治權是不好的，不該的，，雙忽雷保存在遺老的手上，使遺老有興亡之感，這才是幸福。他的序文中有這幾句：

設竟落之傖荒家，則塊然兩樂器耳，寧復有建中，興元之感愴，使見者不勝其悲。然異寶之附人而傳，其託身也必不苟。庚戌之冬，大忽雷甫歸參議，而辛亥之秋，變起鄂中，已無復興元之望，余知參議摩撫雙雷，其悲梗又當如何！……

中國人民將異族統治政權推翻了，然後聯合各民族建立一個新的「民主」國家，這是一件値得高興和擁護的事，偏偏有一小撮遺老遺少見了不順眼，處處要與新國家爲敵，甚至一件文物也要保存在遺老手上才覺得安全，一落在其他的人手上就汚辱了它了。遺老思想之頑固，可憐亦復可笑。

（按：吳觀岱出身貧苦家庭，小時候曾做過牧牛童子，但因爲性喜繪畫，得人資助，從名畫家潘衣雲習藝，二十歲，就在無錫賣畫過活，可是從年頭到年尾，沒人過問。廉南湖從北京歸來，一見他的作品，大加贊賞，帶他回京，得以盡窺廉所收藏，藝事大進。自此畫名遠播，求畫者戶限爲穿。一九三五年，我在北京識觀岱的學生徐北汀，爲言其生平如此。又，今日在香港的費子彬醫生的夫人侯碧漪女士，亦吳觀岱的學生。）

無錫勝景聯

•秋山•

友人孫君肇圻，字頌陀，江蘇無錫人，頗工聯語，榮宗敬的梅園，有幾副對聯就是他所撰的，民國元年壬子（公元一九一二年）春，榮宗敬、德生兄弟在梅園請客，頌陀集龔定菴詞爲聯贈之云「尋思脈脈，心緒黯黯，漠漠樓臺，年華閒中黯黯；涼月珊珊，一枝艷艷，濛濛香雪，落花風月忽忽。」時爲春初，梅花盛開，頗能寫情寫景。惠山公園，爲無錫一勝地，游無錫的人，必往游惠山。

孫君爲公園撰聯云：「曾日月幾何，猶是園林歸有衆；占谿山勝處，無多花木自成春。」

形容公園，恰到好處。無錫的鐵路飯店，三十年前是我常居停的地方，落成之日，孫君贈一聯云：

「無事此句留，錫麓清游，鐵馬莫教吹別夢；路人勞指點，飯緣暫結，店雞乍唱最關情。」

聯中嵌無錫鐵路飯店六字，雖能自然，但究屬小家氣象，好的聯句不講究這些的。又爲榮德生題梅園云：「樹木十年，此地合名小香雪；太湖萬頃，浮生直欲老烟波。」

榮德生死於一九五二年七月，一九四六年在上海被綁票，以美金五十萬元贖出，爲當時一大新聞也。

哭沈燕謀丈

柯榮欣

昨天早晨，在廠中接到鴻鐸兄電話，說沈燕謀丈可能出事，聽了不覺泪滿眼眶；但尚希望是海外東坡的誤傳，立刻打電話到沈家，聽電話的是燕丈的哲嗣君揚兄，証實了這個噩耗。當時哽咽得說不出話來，來不及詳詢情況，就掛了電話，伏案大哭。這是先母棄養以來十七年來第一次痛哭流淚，悲從中來，無法自止。

我與燕丈訂交在一九五五年，當時我在新亞研究所治上古史，燕丈則是校董，以六十五歲高年每天來校聽錢穆先生的中國歷史講座，從不缺席。可能因爲同鄉關係吧，課餘與我特別談得來。中外古今，大至宇宙，小至蒼蠅，無所不談。這樣越談越投機，成了忘年知己。後來，燕丈兼任圖書舘長，我則正在撰述西周政治思想的論文，在考據古籍，收集資料方面，燕丈對我帮助之巨，超過了指導我寫論文的導師。隨時提出一個問題，燕丈沒有一次不是詳細地答覆一大套，並且指定每種參攷書。在我記憶中簡直沒有一個問題曾經是他不能答復，或答得不詳細的。更令我欽佩得五體投地的是燕丈能隨口背出一大段經書或子書，求証實他的意見。

燕丈的記憶力是我生平師友中從未見過的，直到八十歲還能背出十三經的一半左右。甚至像「尚書」與「爾雅」也能脫口而出。記得他在聽中國歷史課時，錢穆先生有時忘了一段書或人名、書名等，往往回頭望一下燕丈，燕丈則每次必能爲之補充：「先生，恐怕是如此如此吧！」因此，我嘗戲呼之爲「拾遺」。

燕丈自謙這種記憶，祇是幼年父師强廹讀熟的。其實，他不但對幼年所讀的書能背，連許多隨筆，笑話，也往往能長篇地背出來呢。他天賦這種過目不忘的記憶，又加上庭訓與師傳的任何問題必須尋根究底，與他在留學美國研究化學所受的科學訓練，使他胸中所藏，博大淵深，雖十多年親炙，仍不能窺其涯岸。燕丈在圖書舘長任內，常常接見本港與海外許多教授、學者，雖然各人專門的課程不同，但與燕丈交談之後，很多人驚異燕丈對他們專門攻研的課程的了解深刻。其實，這些在燕丈祇是偶然涉獵的一隅而已。一事不知，儒者之恥，於燕丈可以無愧矣。

可是，燕丈雖然讀破萬卷，博覽中西典籍，生平却沒有刋印過任何著作。當他在上海担任大生紗廠經理期中，曾以三十年時間收集有關三國志的資料，爲之補註，却始終不肯出版。燕丈六十歲以前，字極秀麗；晚年則返樸歸眞，拙得可愛極了，但，以丈對我的情如父子，幾十次求他寫些立軸或冊頁，他一直不肯見賜，只是用毛筆寫了些尺牘給我。燕丈直到過世前不久，還是以爲自己的文與書法，不够成熟，不肯示世。記得上個月在九龍隨侍燕丈午餐，曾大胆地對燕丈說：「您一生實在太求全了，非冠絕古今，終以爲不足以示人。」他答復道：「我或者因爲多讀了些書，所以終覺得自己的工夫，比不上許多先聖先賢，還不如藏拙的好些！」今日燕丈故矣，也帶去了滿腹的學問，實是中國文化的大損失。

不過，燕丈五十年來，每天必記日記，我曾有緣看到幾頁，有些像李越縵的體裁。半年前，燕丈自己覺得身體衰老，曾在一次長談中，示意我將來爲他整理刋印。這可能是燕丈唯一愿意發表的身後遺著了。但，茲事體大，有待與穀臣、君揚、君壽諸兄商量再定，今日還談不到。

十六年來隨侍燕丈，雖然平時隨便談

笑，不拘形跡；可是，在學問上，在事業上，甚至書法小事，畧有錯誤，燕丈立即嚴厲斥責。畧有小善，燕丈又往往獎飾過當，歡形於面。在學問上燕丈是個最拘謹，最守家法的；我却是跑野馬，喜歡自創新見的。因此，僅以今文尚書的眞僞一事，就受過燕丈不知多少次的責罵。後來，無法在學術上有機會發展，逼不得已重新從事工商業，偏又屢逢挫折，改變了多次。燕丈關切之餘，嚴詞訓責我缺乏恆心。

這種愛護之切，是先考三十多年前棄養以後，在親戚世交以及其他師長中從來沒有的。燕丈視我如門生，如子姪；我也視之若慈父，若嚴師。今燕丈逝矣，今生再何處能有這樣責備我的尊長呢！人生知己難得，何況這樣博學嚴正，而又慈愛的忘年知己！走筆至此，又不禁心痛淚垂了！

月初，包天笑翁的釧影樓回憶錄出版，我們準備設筵慶祝，預定請燕丈作陪，函徵同意。丈在六月三日函復欣然同意。茲將此函製版於左，這是丈最後的一封信了。這一餐因事躭擱了下來，現在悔恨也來不及了。

又巢建德兄買了一幅吳觀岱的枕雷閣圖，想請燕丈題跋重裝。燕丈却謙不肯允，只代擬了跋文，囑用我名義代題。這可能是燕丈最後的一篇文章了。現連同來函附于文後，以見丈文章的一斑。

心痛眼酸，拉雜寫來，以赴大華出版期，亦長歌當哭而已！

一九七一年六月三十日。

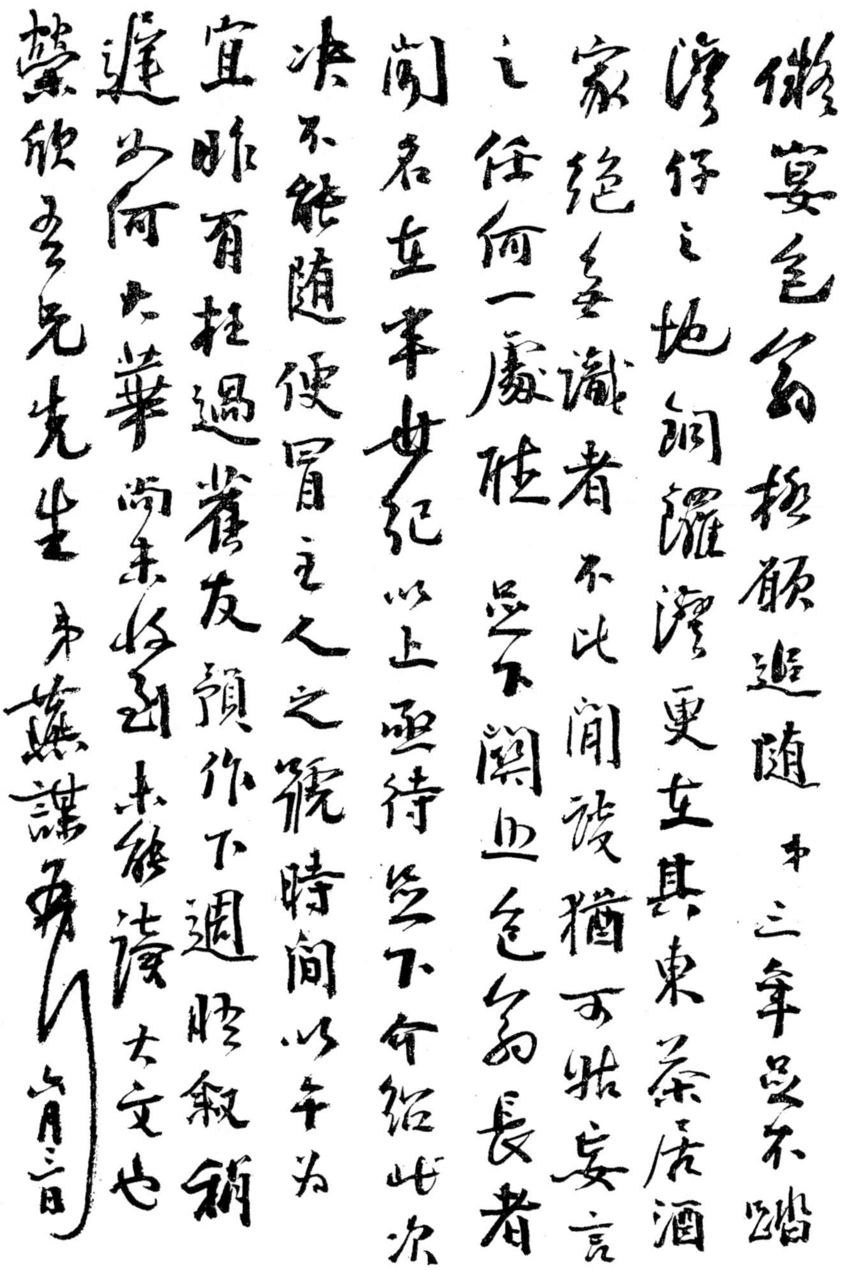

徼宴色翁極願追隨，弟三年足不踏灣仔之地，銅鑼灣更在其東，茶居酒家絕無識者，不比灣仔猶可貼妄言之任何一處。足下關心色翁長者，聞名在本世紀以上，亟待足下介紹，此次決不能隨便冒主人之號，時間以午為宜，昨有桂過崔友預作下週勝敘，稍遲如何？大華尚未收到，未能讀大文也

榮欣吾兄先生　弟燕謀再拜　六月三日

沈燕謀先生給本文作者的信

吳畫題跋，無能為役，大著似乎稍長，竊以私意刪節，別紙寫奉。無知妄作，知必為大君子姍笑也。榮欣吾兄先生足下

弟燕謀再拜四月五日。

大小忽雷，傳皆唐內府舊物。光緒之末，皖人劉世珩得小忽雷，既而又以高價得其大者，建雙雷閣以張之。我友沈燕謀曾於劉氏上海僑寓獲見忽雷，形製大似琵琶而小。林琴南為寫枕雷圖卷，時賢題詠紛如。此圖軸吳觀岱為劉氏所作。雙忽雷今歸北京歷史博物館，而圖軸為建德巢氏所有。海外獲觀，爰志顛末。

柯榮欣

旅日華僑的老宗祖

松庵

除了徐福在歷史上是第一個到日本的中國人之外，當然也有跟他一起去的三千童男童女，二千多年以來，其中當然也有不少中國的使節儒士與僧人到過日本，和在那兒居住了下來，可惜沒有詳細的紀載，不過從漢學的痕跡，與乎武術棋藝書法的傳播，日本文化的根源，得自中國人士在日本定居下來的種種蛛絲馬跡，確是無可否認的事實。

譬如日常每餐必備的「麵豉湯」（日本人叫做「噌索」音讀咪索），據說便是傳自中國僧人的自奉甚儉的茹齋習俗，因為窮和尚沒有較好的素食營養，把餕餘的「豆豉」開水淘飯，日本人問起他們來，他們說是中原的上佳湯品，因此相沿下來，成為日本人的家常飲品了。

日本人除了接待中國文人之外，最崇拜的當然是中國和尚，大阪城的四天王寺，便是為迎接中國高僧而建築起來的，起碼是一千多年前的舊事，究竟是迎接那一個和尚？我問過好些人，可惜沒有一個答得出來。

從有歷史可稽的時間談起，第一艘中國船開進長崎港口的，是一五七〇年，距今剛好是四個世紀，那個時候的長崎港，還不過是一個寂無人烟的小漁村，到一五八零年，才有人口二千餘人，據在當地傳教的葡萄牙神父說，在一五八五年時，只有四個神父和兩個宣教士駐在那裏，可是當時的中國商船已經來往頻繁，生絲，綢緞，麝香，黃金和其他財貨載來很多，每年由長崎港口裝出的商品，也有五十萬葡幣之多，可以見得當時中國商人在長崎口岸，已經經營得不錯了，那個時候歐洲的船隻，每年不過有一艘開到長崎而已。

日本天正十九年（一五九一年）豐臣秀吉發動攻擊高麗和明朝的戰爭，把居留在沿海的中國人扣押起來，並且徵用到軍中服務，同時又為了防止洩漏軍機，下令航海到日本海港的中國商船上的人，一律不許離船上岸，影响中國商船不敢再來，無形中貿易停頓，一直到慶長三年，（一五九八年）豐臣秀吉死了，中國商船才恢復來往，在這差不多十年間，長崎的市面蕭條冷落，居留在長崎的華僑，也寥寥無幾！

可是在九洲方面，中國商人到得更早，遠在明朝嘉靖廿年（一五四一年），中國安徽的「大海商王」，率領了大小商船近百艘，部屬三千人，開到日本九川的平戶，一五五〇年與當地的葡國商人合夥開設商館，使平戶在十六世紀中，竟然成為日本對外貿易的大商港，和洋雜處，笙歌夜夜，那個時候的長崎，還是一個海濱的荒村而已。

豐臣秀吉死後，德川家康統一全國，特別討好中國商人，把長崎定為「天領」，由江戶（即今日的東京）的幕府直接統治，派「奉行」（一種親民官的銜頭）與中國商人接觸，第一代的「奉行」是小笠原一庵，在慶長八年（一六〇三年）到任，立即施行兩種措施：設一個「唐通事」，担任與華僑聯絡與翻譯的工作；又設立「朱印狀」的制度，有如一種「證書」的形式，交給華僑大戶，便利與南洋一帶的商人交易，這樣一來，不到二十年間，長崎的中國人從二十多人增加到三千多人，明朝朱國楨所著的「湧幢小品」卷三十有說：「有劉鳳歧者言，自卅六年（明萬歷）至長崎島，明商止二十人，今不及十年，且二三千人矣」。

明萬歷卅六年（一六〇八年），也就是日本慶長十三年，「湧幢小品」所提到到的這位劉鳳歧，是江蘇淮安府人，他是朝誠意伯劉基的第五代子孫，到了日本後，他的兒子的一代便改姓了「彭城」，長子道順，日本名是彭城大兵衛，寬永十八年（一六四一年）被任命爲唐通事，兩年後又擢升爲「大通事」，他們一家人死後都葬在長崎的興福寺，今日寺中還可以看到他們的墓碑。

根據日本的史料，元和二年，長崎的人口統計，只不過是二萬四千六百九十三人，而中國人有二三千人，這樣便佔了全人口的十分一，同時也掌握了當時長崎的經濟命脈，是無可疑議的一回事。

明朝遺臣朱舜水，隱居在長崎的時候，便是寄居在長崎的中國商人家裏，他在「致孫男毓仁書」中，也提到有「南京船主七人」和「住長崎十九富商」爲他聯名呈請日本官府准許他居留日本的事，當時最崇拜他的是一個以詩文見稱於日本的劉宣義。

劉宣義的父親是劉一水，福建長樂縣籌港人，寬永五年（一六二八年）到日本，以官家子弟之尊，又是滿肚文章學問的文士，知書識禮，在長崎經商的卅年間，積聚了鉅額家產，所以在「長崎先民傳」中說他不僅「博聞好學」而且「富擬公室，雖閭鄉諸吏及爲執事，莫與之抗」。

劉宣義的學問人格在當時的長崎華僑中，被推爲手屈一指，所以「長崎先民傳」中把他列在「學術傳」中第一位，傳說中：「且能僑音，方言土語，無不通曉，年十餘歲推譯，以博物聞，起居嚴重，威儀可則，覽者敬服」。

與劉宣義同時的華僑名流，同樣富庶又通曉詩文的有一個何高材，他與中國高僧獨立時相往來，僧獨立在撰寫「重建長崎清水寺緣起」中提到「高材來居四十餘歲，寓留息壤，瞻佛慈尊」，可知他也是有心向佛的人，他是福建福清縣人，生於玉融山，所以中國高僧隱元有一句詩說他是「玉融風雅渾天成」，從小敬佛，白手成家」，他事業成功之後，捐獻鉅資建長崎的許多名寺名勝，如福州帮唐寺，崇福寺，清水寺，林木町百尺橋等。

何高材的長子何兆晉繼承父業，一樣風雅好客，他在城山町營造了一所別墅，名爲心田庵，經常邀請詩友文士雅集，與祇園寺的開山祖師心越和尚琴詩唱和，心越和尚善操七絃琴，一六七六年到長崎時，日夕聚首，及後何兆晉逝世，心越和尚的輓詩寫着：「知音物故悟公空，指下鏘鏘誰與共，流水高山更常寂，何時駕鶴趁天風」，大有琴在人亡的傷感。心越和尚是浙江金華人，也是明末遺民，他的名字便是「心尚在越」的意思，號東皋，取自阮籍的「耕於東皋之陽，以避當塗者之路」。故國之思，常在心版。

清初居留在長崎的華僑中，除了以詩文雅士聞於世人之外，又有以儒醫濟世的，高玄岱便是其一，他是福建漳州府名醫高壽覺的孫子，因爲他的醫術高明，被當局徵聘到江戶去。又有一位盧草拙，他也是天文學家，父親是名醫盧草石，曾祖是學士盧君玉，福建延平府沙縣人，五十歲那一年，被任命「聖堂學頭」，便是「孔廟總監」的意思，三年後又被舉爲「掌書監」，一七一九年以他的「天文學」的學問被徵聘到江戶去，祇不過居留了幾個月，領到幕府的「銀主權」的賞金便返囘長崎。

此外又有以書法出衆的林應寀，他是福州人林公琰的長子，「長崎先民傳」裏說他是：「幼好讀書，讀則成誦，又工文學，眞草行隸，無所不能，所著詩文，不務構思，下筆立就」。

長崎「奉行」妻木視他爲奇才，帶他到江戶去，名聲大振，也許因爲他年少氣盛，鋒芒太露的緣故，招致他人的妒忌，得罪了一些江戶人士，幾乎送了性命，倉皇逃返長崎，「先民傳」中有這樣的記載：「萬歷三年（一六六〇年），從鎮召妻木氏之江戶，乃祝髮自號道榮，名聲大振，舉無以比，遂爲衆忌，殆將害之，故亡走囘崎」，那時他才廿二歲，到廿四歲那年，被任爲「唐小通事」，卅五歲升爲「大通事」，他的墨蹟現時還留存下來的，有長崎近郊名勝鳴龍山頂石刻的「鳴龍」兩個大字，又有永昌寺山門橫額的「永昌禪寺」，和皓台寺收藏他所手書的兩套折疊屏風，他與當地人的交遊，倒是相當甚歡洽的。

日本的大村侯特別在風光明媚的雄浦地方，送給他幾十畝地，建築他的別莊，因爲他住在那兒的緣故，時人便稱那地方爲「道榮濱」，竟然成爲長崎十二勝景之一，林應寀也有與文士們聯吟的「長崎八景」詩流傳下來，文章也有「祝長崎聖福寺落成」「重修長崎正覺寺募緣疏」，和「長崎官署產靈芝記」這些文字傳誦至今，當時鎮守長崎的「奉行」牛込勝登與他詩酒唱和，吟誦杜甫的「東閣官梅」詩，牛込對他說何不以「官梅」兩個字爲別號，林氏欣然接受，沒想到以後他的後代子孫竟以「官梅」爲日本姓氏，沿用至今。

明末（一六三〇年間）大批的中國人避難到了長崎，從此買地建屋，長住了下去，日本人叫這些留居在日本的中國人爲「住宅唐人」，以後歷代承受祖業，或商或醫，與中國始終沒有斷絕來往，但是血緣上却漸次與日人通婚，姓名也取上了日本名字，生活服飾也完全日本化，到明治維新的三百多年間，很多一步不曾離開過日本國土的，因此，與其說他們是老華僑，不如說是華嗣日人了。

日本的長崎志（舊時稱爲「長崎實錄大成」）第十卷記載着當時「住宅唐人」的名單，列舉出卅五家華裔大族的名字，這些「住宅唐人」，到了第二代，差不多都改爲日本名字，譬如王心渠的兒子便叫「王喜左衞門」，蔡三官的兒子叫「蔡長次郎」，吳宗園的兒子叫吳平左衞門，何三官（也就是何高材的弟弟）的兒子叫何三右衞門，到了第三四代以後，連姓也改成日本的，譬如陳奕山的後人叫矢島專助，馬榮宇的後人叫中山太左衞門，魏之琰的後人叫鉅鹿淸兵衞，徐敬雲的後人叫東海德左衞門，俞惟和的後人叫河間八平，曾三官的後人叫「井手武兵衞」，再傳多幾代，簡直沒有中國人的痕跡了。

興建興福寺時，有一位三江帮的頭人歐陽雲台，捐出宅地五千餘坪，作爲寺所，他是歐陽修的後代，何三官本來在中國是有官職的，日本官府就是利用中國人一向怕官的弱點，委任何三官爲掌管生絲進口的檢定質量的「系掛役」（等於現在的商品檢定官），這個職位，相當重要，因爲生絲每年輸入日本的達三四十萬斤，價格的漲落直接影响其他進口貨物的升降，有如現在的東南亞市場要看膠錫的價格上落而定盛衰一樣，所以算是一個大官，這個官職也就成爲何家世代相襲的優缺。

上面所提到的徐敬雲，是浙江紹興府蕭山縣化鄉北趕村人，他的墳墓，成爲三百多年來的長崎名勝古蹟，他在萬歷四十五年（一六一七年）廿五歲時來到長崎，定居在今日市內的酒屋町一帶，卅二年內，居積了龐大產業，死後他的兒子徐德政（也就是上文所提到的東海德左衞門）爲他在春德寺後面的山上，營造一所豪壯的墓地，「長崎先民傳」裏還談到他的孝思說：「居喪盡哀，築墳建祠，委資庀役，雕石鏤玉，百堵皆新，……時日修祭……終身不怠，當此之時，冢樹皆變白，世人以爲孝感所致」，這所壯大的墓地，一七八一年到長崎遊歷的日本大文豪橘南谿，在他所寫的「西遊記」中，也描繪爲「極盡廣大善美之能事」，後來畫家饒田喩義，也把它列入他的「長崎名勝圖繪」，形容這所中國墳墓爲「設石門石欄，周以牆壁，其間雕鏤花卉，或刻文字，石匠尤盡巧」。到長崎的朋友，非到此一遊不可！

還有一位「唐醫陳明德」，有一塊刻着這五個字的碑銘留在春德寺內，「長崎志」第十卷在「長崎渡來儒士醫師等事」裏一有這樣說法：「願居住長崎，改姓名爲潁川入德，務醫業，至今子孫猶爲長崎町醫」，當代日本名士安東守約，爲他死後作銘，可以見得他生前的學問醫術都爲世人敬仰，不過，長崎志所列的「卅五家住宅唐人」裏沒有列入他的名字，也許他是以「醫」問世，積聚不及做生意人的多，財富還不及那卅五家人呢。

談到醫士，還有一個陳冲一，他是漳州府龍溪縣人，先到鹿兒島後來才到長崎，醫名甚著，他的後裔也改名潁川，明治後從長崎移居神戶，他的太太是日本名將忠臣楠正成十四代孫隅屋藤九郎雅成的女兒，生有兩個男孩，據說他是入贅隅屋家的，這塲婚姻不大圓滿，所以過了幾年陳冲一便帶了他的長子道隆（日名爲穎川藤左衛門）離開鹿兒島到長崎去行醫，在長崎大露頭角的還不算是陳冲一，而是他的兒子陳道隆、孫子陳茂猷、曾孫陳嚴正。陳道隆在卅歲時（一六四一年）便被任爲「唐大通事」，在他任官期間，陳家發達起來，不但出力復興悟眞寺，重修早年僑領歐華宇，張吉泉等所建立的唐人公墓，而且創設作爲漳泉帮祠堂的福濟寺，在悟眞寺的鏡銘上叙述他任職通事卅餘載，「博愛而利物，遠方商庶，幾咸被恩澤」。

陳道隆死後，他的嗣子也是女婿的陳茂猷繼任爲「大通事」，茂猷原是他同鄉葉我欽的兒子，茂猷死後，又由他的長子陳嚴正繼任「大通事」。

陳嚴正在當時是華裔中最露頭角的才子，喜歡讀書，家藏萬卷，收集古董古畫甚豐，長崎人稱他的藏書樓爲陳書閣「先民傳」中說他爲的人：「魁奇高邁，涉獵經史，淹貫古今，於本邦典故，靡不究覽」。因此，當他在京都遊歷的時候，日本皇室和大臣們很多慕名召見，「先民傳」中說他：「書入禁門，公卿大夫俱寵愛之，有疑則就嚴正質問」。長崎圖志中亦有描述他的書閣爲「仁靜社學，在石穀山下，觀善寺南，邑之陳嚴正家，世富書籍，多儲於庫，藏名立習，堂名仁靜，前有假山，名爲鎧山，堂依得名……又有君所植綠竹翠園，今廢」。照這樣看來，陳嚴正確是一個大儒的典型人物。

戰後以來，居留在日本的華僑，居然自己分別出兩種華僑的種類來，一般稱戰前便在日本定居的爲「老華僑」，在戰後才到達日本沒有永住權的（現在的旅日華僑的居住限期也有很多種，除了戰前定居可以永久居留外，有些是三年一轉期的，還有一年，六個月，三個月，一個月期，戰後到日的華僑大多數是一個月期與三個月期，我有一位朋友，便是每個月要到移民局展期一次，這樣的麻煩了三年，才能享有三個月期的，現在仍然要每三個月跑移民局一趟），稱爲「新華僑」，另外又指出台灣來的華僑也是「新華僑」，意思是說中國大陸是原有的中國，台灣戰後才交回中國統治，所以台灣人是「新華僑」，這一些界限，都是華僑們自創鴻溝，帶有排斥的思想。

三百多年前，日本政府對待中國人，也有居留期的限制，除了上述的「住宅唐人」，在日本置業建宅，可以享有永久居留權外，所有搭乘中國海船到來日本的，祇能短期居留，除了疾病或因特別事故，經常是要原船返國的，極少數的例外，如醫師，文學士，畫家與高僧等，經過「住宅唐人」的聘請與代向政府請求，才准許較長時間的居留，仍然不許他買屋居住，祇能寄寓在「住宅唐人」家中，或者租賃房舍，最多也只能停留三年，便要搭船回國了。

享保年間（一七一六至一七三四年）先後從中國到日本的醫師，文人和專家，爲世人所知的有蘇州醫師周岐來和沈淞陽，杭州人射騎陳采若，寧波人射騎沈大成，蘇州人馬醫劉經先，杭州人儒士沈燮庵，畫家沈南蘋等，都是最多祇能居留三年便要走的。

所以朱舜水當時逃到長崎後，爲要達到永久居留的目的，動員到南京船主七人和長崎十九富商爲他聯名呈請日本政府批准，才能完成他那「葬身異域」的夙願！

根據山脇悌二郎所編的「長崎畧年志」……寶永二年（一七〇五年）居留在長崎的中國人計有二千二百卌六人，寶永四年一千九百八十七人，這些人數，包括流動人口在內，眞正是定居的不過那三四十家的「住宅唐人」的家人而已。

「住宅唐人」中大致分爲三大帮：江蘇、浙江、和江西來的稱爲「三江帮」；福建來的分成漳州帮與福州帮，似乎都沒有北方人與廣東人在內。

每帮裏有一個「頭人」，等於現在的同鄉會會長，又有一個「總頭人」，等於今天的「華僑總會會長」，上面所述的歐華宇，除了是漳州帮頭人之外，他還是長崎的「總頭人」，南京人馮六就便是三江帮頭人，李旦是九州平戶的頭人。

平戶的英國商館館長柯克司（RICHARD COCKS）在他的日記中曾有紀載他獲得平戶頭人李旦的介紹，訪問長崎總頭人歐華宇，蒙他招待在長崎「中國會館免費住宿了一個月，可能就是漳州帮所建設的漳州會館了。

今天仍然存在的長崎唐三大寺，事實上就是當年的三帮會館的祠堂，後來為了順應政治的變化和時代趨展才蛻變為正式的寺院。

慶長十七年（一六一二年）日本政府決心澈底要禁絕基督教，摧毀各地的教堂教會，下令信教的「大名」（貴族名流的意思）有馬晴信要切腹謝罪，華僑中有信奉基督教與乘載基督教徒或裝基督載教文書的船隻與船主船員，都受株連的處分，因此長崎的華僑們，為了表示清白，連忙從中國聘請很多高僧來長崎，證明他們是信仰佛教的，一方面又在會館內興建佛殿，或者把會館改成佛寺，根據「實錄大成」的紀載，中國船主和住宅唐人們為籌建唐三大寺呈交長崎「奉行」的請願書中有這樣說：建廟的主要原因為「嚴緊穿鑿唐船入津之際，有無尊信天主教邪宗者混來」，也就是要澄清信仰的意思。

最先聘請中國高僧到日本的是三江帮頭人歐陽雲台，他在元和三年（一六一七年）請江西和尚眞圓到長崎，住在同時容納三江會館在內的別墅裏，三年後他把這五千零九十四坪的別墅捐建為興福寺，便是眞圓和尚做開山主持，當時長崎市內通稱它為南京寺。

寬永五年（一六二八年），陳冲一父子招請龍溪和尚覺海來長崎，也把漳州帮的會館連地三千零十坪建為福濟寺，人們稱它為漳州寺，漳州寺在大戰末期遭遇原子彈的破壞，大部份震塌了，至今還未有修復。

福州帮也不甘後人，在一九二九年由福州帮的住宅唐人林大鄉和他的長子林守仁（日本名為林仁兵衛）倡議招請福州和尚超然到長崎來，捐贈了七千四百卅四坪的地產，興建三大寺中最宏偉富麗的崇福寺，人們也就叫它為福州寺。

正因為住宅唐人財雄勢大，不但有永久居留的特權，又得到日本政府的信賴，委為高官要職，無形中形成獨佔與世襲的買辦特權階級，在這種特權集團裏，沒有一家不變成鉅商富戶的，從中國遠道來日的商賈，不但要靠他們為交易的對象，同時也住宿在他們的家裏，接受他們的欵待，也更助長他們發財了，這些便是旅日華僑老祖宗們的寫照。

羅貫中的後人

百熙

「水滸傳」這部小說，確是流傳千古，幾乎人人都讀過的巨著，和今日那班「小說家」自稱其作品為「巨著」者大不相同。（一部巨著是有不朽性和影响性的。那批自稱其作品為「巨著」的「小說家」，自問其作品有不朽性、影响性否？如潚而自稱巨著，則亦顏之厚矣！）

這部巨著是反映宋朝農民反抗暴政的情形，深為一般人所愛讀，但極為歷代當道有權的士大夫階層所不滿。因為「水滸傳」的作者一說是羅貫中（其實是施耐庵），因此就有人罵羅貫中，甚至罵到他的子孫後代。「西湖游覽志餘」一書說他：「敘宋江事……變作百端，壞人心術。其子孫三代皆啞。」認為這是「天道好還之報」。「續文獻通考」、「檮齋漫錄」等書，都互相因襲其說，企圖用因果報應的迷信說法來愚弄人民。

但是民間對于羅貫中大有好感。清代有無名氏作「善惡全傳」，以宋徽宗的年代為背景，創造了羅貫中兒子的形象，在其第二十一回介紹出場人物時說：「此乃是孩兒同鄉，是一位英雄好漢，乃羅貫中令郎，名叫羅定。」到了清代有人為了擁護統治者，就寫了一部「蕩寇志」，把梁山好漢全部收拾了。但這部「蕩寇志」幷沒有廣大的讀者，其影响力亦不「水滸傳」，說不上巨著。

邏輯謬誤趣談

黃展驥

一般人一提起「邏輯」和「謬誤」，不是感到陌生，就是皺起眉頭，聯想到「艱深」、「難懂」、「枯燥」、「乏味」、「板起面孔」、「不切實際」；所以，不少人對邏輯謬誤敬而遠之，或近而攻之。

這是一般人對邏輯謬誤的誤解。

本文目的就是要破除這種誤解，要把邏輯謬誤推廣普及，把它充份利用到日常生活的各方面。

本文收集了七個有趣的小故事，每個故事裏面都含有一些似是而非，甚至荒謬絕倫的見解和主張，妙趣橫生，引人發笑；然後，跟着從邏輯謬誤的角度來批評分析；從趣味笑談中引進嚴肅的學理，從抽象理論中回到實際，顯露出邏輯謬誤的趣味、實用與平易近人那一面。

有些讀者或會覺得下文有關評論的部份過於簡畧，進一步的探究，則可參看筆者著的「謬誤與詭辯」一書或其他有關邏輯謬誤的書。

一、一指禪師

朋友六人同考入學試，請教一位禪師說：「我們六人這次考試會有幾個人考取呢？」

禪師豎起一指，微笑不語，六人不得要領而退。禪師默想：「孺子未可教也！」

放榜日，看到三人落第，三人考取，大家才恍然大悟——豎起一指表示「一」半，讚嘆禪師預測奇準不己。

評論：六人考試，可窮盡爲下列七種情形：六人，或五人，或四人，或三人，或兩人，或一人，或無人考取。無論發生任何上述一種情形，人們都可以把禪師的一指解釋爲符合事實，例如，可分別依次解釋爲「一」齊考取；「一」人落第；「一」對人落第；「一」半人考取；「一」對人考取；「一」人考取；或「一」齊落第。

所以，可以說，禪師犯了歧義；而六人以爲禪師言中有物，却犯了以虛爲實。

二、义燒包與老婆餅

某茶樓顧客叫了一籠义燒包，發覺裏面一點义燒也沒有，很生氣，質問老板說：「這是义燒包嗎？」老板答：「正是。」顧客再問：「义燒包裏面怎能沒有义燒呢？」老板反駁：「义燒包裏面不一定要

有乂燒的，譬如老婆餅，難道裏面一定要有老婆嗎？」

顧客無詞以對。

評論：按照約定俗成的意義，乂燒包內要有乂燒，而老婆餅內則沒有老婆。該老板不訴諸約定俗成而借老婆餅作比擬，是犯了竄改詞義或不當比擬。

三、宰予晝寢

父親請了補習老師替兒子補習國文，補習老師經常打瞌睡，兒子高興，父親不

滿。一天，又看到老師打瞌睡，父親不能再忍受下去，便對老師說：「『宰予晝寢』這句話作何解釋呢？」老師會意，靈機一觸，硬着頭皮，答道：「它的意思是『劏了我也都要午睡』。」

父親無如之何。

評論：老師清楚父親轉灣抹角的示意他不要再瞌睡，而非表面的請他字面上解釋詞句；他却運用詭辯伎倆，避開眞正的問題而答表面的字面上的不相干的問題。再者，老師答字面上的問題的時候，又在曲解詞義。（宰予是孔子學生，孔子看到他午睡，諷刺他說：「朽木不可雕，糞土之牆不可朽。」「宰予」這一人名在古書中沒有特別標志，不知道這典故的人就容易把它解作「劏了我」。語言本身的規則不夠嚴格，也應負起部份責任的。）

四、誰燒阿房宮

視學官視察某學校，向會考班一位學生發問：「誰燒了秦始皇的阿房宮？」學生答：「不是我。」視學官大怒，找校長訴說這事。校長說：「那學生素來很誠實，他既說不是他就眞的不是他。」視學官

更生氣，把整個事件報上教育部，不久接到回覆說：「不要緊，燒了就算吧！不要把它重建了。」

視學官茫然。

評論：學生、校長、教育部三者都犯了迷失論點，以致答非所問。

五、柔存剛亡

某玄學家臨終時，衆門生圍繞着他，希望聽到老師說出最後眞理。可是老師已

不能說話，只見他張開了沒有牙齒的嘴巴，不停的擺動他的舌頭。

衆門生悟出了個中大道理來，就是：「牙齒這樣剛的東西，却消失了，舌頭這樣柔的東西，反而留存下來；所以，柔是世界上最强的東西，柔能制剛。」

評論：師生們只注意齒與舌，而忽畧了老師柔的肌肉消失了，剛的骨架仍然留存下來。他們師生是犯了選取注意和以偏概全。

再者，一般人相信「剛的東西都比柔的東西優勝」，這是個全稱語句。一些有識之士發現到反例——例如：海水冲蝕岩石；勸服有時比武力來得有效——往往就會犯極端思考，肯定另一個全稱語句：「柔比剛優勝」，却忘記了建水壩可以制服水，用剛的棍可以打死柔的蛇，用剪刀可以剪斷橡皮膠等常見的例子。

六、施　肥

某甲在公園草地上大便，被捉上法庭去，他自辯說：「我是在施肥，這有什麽不對？」

法官認爲施肥沒有犯什麽罪，把他釋放了。

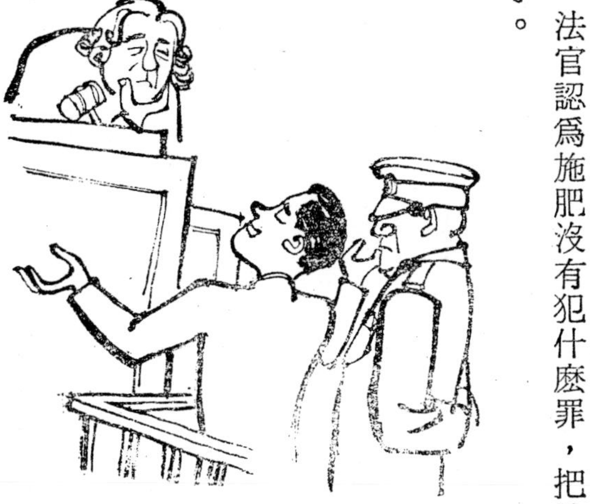

評論：其實，法官應命令先打他三大板，對他說：「我們是在練力，練力也沒有什麽不對！」

某甲犯了避重就輕，法官則可以其人之道還治其人之身。

七、以形補形

張三熟讀中醫書，從「以形補形」，那句話中悟出許多「大道理」來。

他想，如果「以形補形」爲眞，則髮菜可以補頭髮、鷄心柿和杏仁可以補心、佛手可以補手、腰果可以補腎、龍眼可以補眼、合桃可以補腦……。

他跟據這理論行醫有年，碰壁無數，錯得一塌糊塗，不得不去請教一位老權威。他向老權威報告自己年來的行醫經驗之後，問道：「『以形補形』這個立理究竟對不對呢？」老權威答道：「當然對，你看，魚眼不是補眼嗎！牛腦不是補腦嗎！猪肺不是補肺嗎……。」

評論：「以形補形」是一全稱語句，舉出反例則把它推翻，就是再舉正例亦無法挽救，所以，在這裏老權威錯了。

此外，老權威舉出的魚眼、牛腦、猪肺，不只形似，而且質同。假使我們把「以形補形」改進爲「以質補質」（例如：以肺補肺，以胃補胃等），縱使後一語句爲眞，我們仍要注意一個問題，就是：猪肺可能因爲對整個人體有益，所以也補肺，而有好幾種別的東西却專事補肺醫肺。

一九七一年五月，香港。

給斯明兄的一封信

佛隱

斯明吾兄：拜讀第十期大華上的尊作「走馬看花談日本」，寫的很好，尤其對日本的看法——今日的日本就是昨日的美國，而後日的日本必然走上美國的道路——很正確。你是研究歷史的，行家的分析是沒得彈的。

日本軍國主義再起執行侵畧方針和政策，是一天比一天顯明的事實。那不僅是出於當權派的「野心」或「迷夢」，歸根到底根子還是建築在物質的社會經濟條件的基礎上面的。現在無疑地日本是東方世界唯一的壟斷資本主義——帝國主義了。當然，帝國主義就要循帝國主義的道路前進，未來的日本一切問題，就發生在這兒。它的特別危險性也在這兒。

世界上兩個超級大國——美、蘇，是「有」的國家，雖說他們瓜分世界，也怕破壞既得的勢力，對大戰都有所顧忌。目前這兩個次生的「準超級强國」——西德與日本，也可以說是「影子超級强國」吧。它們的物質經濟條件，已使它們有「超然」之感了。可是在二次大戰之後，他們被剝削了一切，已是「光棍帝國主義」，此後爲滿足壟斷資本的需要，他們一定要大鬧江湖，重闖萬字的。西方希氏苗裔因爲家庭分裂須要經過一定的過程，才能對外，加以處在中歐四戰之地，强敵環伺，起禍較難。東方東條子孫自認「經濟强國」已當之無愧，在本世紀還企圖「超蘇趕美」呢。說到他的軍事地位，除了美國能威脅它以外，亞洲根本無海權國家，誰也奈何不得它。一旦戰備完成，就要重溫「大東亞共榮圈」的美夢；上帝喜歡的人不長壽，帝國主義喜歡的國家就該倒霉了，它要襲佔所喜歡的各國。它就要憑藉「海權」瓜分世界，要把太平洋一角地上水下的資源全部弄到手，它要成爲「武裝的世界工廠」它要……，日本的野心可大着呢！在未來的年代裏，日本獨霸太平洋的趨勢，將是和亞洲國家獨立民族解放人民革命相對立的歷史上一個反動大逆流。你的「殷憂」，是有道理的。如果誰忽視這個趨勢，總要吃它一記，連超級大國也不能免，你想它不踢出美國去，它怎能獨霸呢！美國不要以爲它能利用日本反華而得意，先別忘記「誰後笑才笑得好」的老話吧。

我完全同意你的看法，日本的未來是被壟斷資本的要求所規定着的。那麽禍總是要闖的，它絕不會因爲「歷史教訓」「和平願望」那一套的影响而有所改變。它會拚着民族的犧牲成全它預想的侵畧目的的。可是歷史是善於戲弄的，歷史規定要來的東西，終歸要來，不能用幻想去消滅它。然而歷史上要消滅的，都會進垃圾箱，也沒有一樣東西可以「爲所欲爲」。在歷史的盛衰成敗當中，總有「命運之神」像婊子一樣的凑熱鬧，她投到誰的懷抱裏，會使那角色竄紅，又出了幾個「名人」和「英雄」。她愚弄那個，就會倒運成爲「敗將」或「囚徒」，其實這都是歷史的揷曲。眞正歷史的主宰却像「冰雪公主」一樣地沒有感情，她並不重視角色的命運，她專讓事物自身所創造出來的條件打倒自己；試看「天下莫强焉」的「金元帝國」吧，可算得上地球上空前的首戶了。它要不自敗誰敗的了它呢。可是他不止自己引導自己走上羅馬帝國崩潰之路，而且以科技金錢和愚蠢的三合土爲自己鋪築了超級崩潰之路，建起是很快的。前人用「世紀」記程才能達到，它用「年代」記程就可走完。新歷史的特點，就是政治經濟的不平衡發展特別快。你說「明日的日本」會跟着美國學步，不過它究竟是個小國，它從凱旋門到地獄門的路築的更短，比美國走的更快，到的更快！

我這樣說，絕不是開玩笑或者是宣傳「客觀主義」讓人等着瞧的意思，而是說歷史本身的確包含着這種可能性。誰都知道第二次世界大戰「虎！虎！虎！」的虎口瀝血，澆灌了「虎口拔牙」人民的民族意識，使被侵略的地區，民族都解放，國家都獨立了。如果這個「現代化的野蠻動物」再發動侵略戰爭，那麽，它的虎口瀝血就會澆灌出受侵略國連日本在內的「人民革命」了。因爲亞洲的新形勢已有重大的改變，人民普遍覺悟這個有利的條件，就會使狂暴的日本軍國主義的擴張很快的傾覆。這個現象將如莎翁所說：「這件狂暴的快樂，將會產生狂暴的結局，正像火和火藥親吻，就在最得意的一刹那，烟消雲散。」就讓日本野心的火花和火藥親吻吧。

還有一樣更有意思的事，就是日本如果大肆侵略，說不定對世界產生另外一種後果：我們看第二次大戰之後，帝國主義殖民制度相繼解體。帝國主義喪失了殖民地之後，普遍地國內矛盾上升，階級對抗加劇。對外的聲勢顯然削弱了。如果我們推論一步：西方帝國主義的國內革命，還要以亞非拉美的人民革命爲槓桿的話，那麽，日本軍國主義的再度侵略，如前所述，它首先會激動催產亞洲各國的人民革命，同時以亞洲各國的人民革命爲導火綫也會誘起日本國內社會主義革命的爆發。那就是說東方民族解放運動完成，唯一的壟斷資本主義崩潰了。既然這兩個對立又互排斥的歷史因素通過一場鬥爭都向歷史新階段轉化，那豈不是又爲西方壟斷資本主義的革命創造了條件。日本就成爲西方壟斷資本主義革命的先行者；成爲先進的亞洲改造落後的西方的橋樑了嗎。過去許多社會歷史學家常常議論社會經濟最先進最發展進入資本主義高級階段的國家，並未首先革命。是邏輯與歷史的背離，而現實歷史形勢恰恰要先由亞洲兜個圈子，才能恢復邏輯與歷史的一致；歸根到底論證了一個要點就是世界人民的完全解放，必須以世界上最先進最發達的壟斷資本主義國家的解放爲條件的原理。因爲壓迫別國的人民固然是不自由的，而世界上一天有壓迫別的國家人民的資本主義超級國家，世界上別國人民也不可能有完全自由的保證。所以必須到西方壟斷資本主義國家人民革命勝利，全世界人民的解放史才能步入一個歷史的新階段——較高的社會歷史階段。如果下一章的歷史是通過這樣的過程寫成，那麽，日本軍國主義者一場禍事，在它自己算是犧牲自己成全了自己。在亞洲人也算因禍爲福轉敗爲功了。

也許你會笑我這個歷史旁觀者會說風涼話，一場現代武器的大屠殺還會有什麽好結果呢？當然我不敢跟你打賭。不過我很相信一個道理：歷史舞台雖是人的活動，而歷史本身的發展又不是人可以隨意支配的。每一個歷史事變的後果雖是通過人的有目的活動而產生，但這後果却又往往和當事的所謂「强人」（如東條希特勒吧）的心願相反的。既然資本主義經濟的慾求誘導戰爭，戰爭導致經濟危機，經濟危機導致社會革命。革命不但結束戰爭，而且也結束資本主義的統治。這一個目的和手段原因和結果與强人企圖絕不相應的現象，越來越顯著。恐怕任何一個帝國主義發動侵略戰爭，都不過是充當檢驗這個眞理的犧牲品而已。不知你以爲然否。

我記得二次大戰時期，法西斯勢力橫絕一時，陳獨秀在大公報上發表一篇歷史預測性的文章，登了一半就停止了。後來才看到他的全文，原來他說社會發展在資本主義階段之後是法西斯階段。這個說法比考茨基說帝國主義之後是「超帝國主義」階段還奇怪，不但有替日敵張目之嫌，而且歷史的事實也很快就把他的怪論粉碎了。這次你來信深慮日閥侵略再起，我因而聯想到人類殺來殺去的後果問題，就把我的感想寫出來，想和你這位歷史專家請教請教。至於究竟是人類爲爭取文明必須付出流血的代價，還是流血是文明的產物，抑或歷史永遠是必須用血才能編寫。只有留待後輩再作結論。我們現代的人面對着帝國主義的侵略，只有以鐵掌迎接狂暴，必須付出血的代價，是不能等着瞧的吧！

五四運動那一頁

——一個新聞記者的獨白

陳思

前天從溫哥華來的朋友，問我爲什麽不把「現代中國通鑑」乙、丙兩編寫起來？」我說「我正在續寫『丁』、『戊』兩編，因爲抗戰那一段史事，我已寫了「中國抗戰畫史」，可作底子用，補塡一些新史料，便可交卷。至於乙編寫民初北洋政府往事，近年第一手史料先後輩出，我得從新搜集、鑑別，編次起來便非朝夕做得成的。（抗戰畫史，在香港有了三種偷印本；連着紐約方面的翻印本，已經有了四種翻版了，朋友們也勸我早日改寫的）

乙編一開頭，就涉及「五四運動的成因和發展」，目前已經有了三種不同的說法，究竟我該怎麽交待呢？這是一個值得研究的問題。昨天我在一家書店，看見一位青年學生手中抱着一本「五四運動資料」，還向書店老板要找有關「五四運動」的書，還要老板替他打電話問問另一書店老板看。我在旁邊插了嘴，問他爲何不把「程天放早年回憶錄」、羅敦偉「五十年回憶錄」，易君左「火燒趙家樓」翻開來看看？五四運動原是愛國運動，學生運動。我要他看看程天放早年回憶錄，並不因爲他做過駐德大使，有他的外交經歷，而是因爲五四運動以後，上海學生聯合會成立時，他代表復旦參加評議部，任副評議長（會長是復旦學生何葆仁，評議長是東吳學生狄侃）。後來各地學生會派代表來上海集會組織全國學生聯合會，他和東吳學生何世楨一同出席。他當選任會長（南洋彭精一，聖約翰岑德彰任副會長，狄侃做理事長，何世楨任評議長，潘公展任學生聯合會日刊總編輯，我的同學范堯生任主任編輯。我們要明白五四運動學生組織的實情，可以不看他的回憶錄嗎）。

前些年，那位九十老人曹汝霖的「一生之回憶」出版了，最近傳記文學社，又出版了新版。曹汝霖、陸宗輿、章宗祥，在當時被稱爲「賣國賊」；我因爲一師校長經子淵師上台演講，一提到「曹汝霖」，總念錯爲「曹聚仁」，同學聽了一定大笑，我對曹汝霖從沒好感。他這部書，擺了許多大烏龍：①說關外成立了滿州國，王國維才投昆明湖自殺。②和談不成，金融總崩潰，翁文灝組閣改革幣制，才由蔣經國到上海任督察員。豈非顚倒事實，熱昏透頂？但五四學生運動，燒的是曹氏趙家樓，被打的是他的朋友章宗祥，我們得看看他的說法。而且他拆穿了徐世昌和段瑞祺明爭暗鬥的內幕。這也是第一手的史料。

我們應該知道：五四運動發生在一九一九年；那時，國民黨還沒改組，更談不上「國共合作」。雖說，當年和五四運動有關的青年學生，後來很多成爲國民黨幹部，但在當時，還只是大中學的學生。國民黨和這愛國運動幾乎毫無關係，孫中山本人也並沒理會新文化和新文學的社會趨向。因此，我們要理解「五四運動」的本質，還得尊重當年當事人的第一手資料。而且，今年必須在七十以上的老年人，才趕得上那一運動。二十年前，羅敦偉寫過「五十年回憶錄」；前幾年，易君左也寫了他的「火燒趙家樓」。羅氏素來有點浮誇，可是，他寫「五四」那天的情況，頗爲眞實，他說到段錫朋的神情，生動得很。易氏也是當時的北大學生，那天，找他去開會的是北大同學易克嶷，這位易克嶷，便是那天領導了學生羣衆，第一個衝進趙家樓的人。

那場愛國運動傅斯年也是一個領導人；五四運動發生那天，正是新潮雜誌一卷五期出版的日子。「新潮」乃是領導新文化新文藝運動的主流（新青年雖是以北大教授爲主的文化運動中心燈塔，都在上海出版，新潮才是在北京出版的中心論壇，那篇發刊詞，也出之於傅氏之筆）。五四運動二十五週年紀念，傅氏寫了「五四偶談」和「五四二十五年」（大公報星期評論），他說：「我從來不會談過『五四』，這有兩個原故：①我也是躬與其事之一人，說來未必被人認爲持平；②我自感覺五四運動之只有輪廓而內容空虛，在當年，去現在並不遠，社會上有力人士標榜『五四』的時代，我也不願附和。」這話頗有分量。有人說蘇聯領導「五四」運動，當然犯了時間錯誤，而說國民黨領導「五四」運動，同樣地錯得可笑。

我且說五十二年前，五月四日那一天的事。上一天，杜威和蔣夢麟先生，到了杭州（那時蔣氏代蔡元培先生任北大校長），準備一連串的公開演講，預定由蔣先生任繙譯。我因爲任杭州一師學生自治會主席，得盡地主之誼。到了傍晚，蔣先生接了北京來的急電，說發生了學生游行運動，燒了趙家樓。他立即要趁夜車北歸，找我去說翻譯的事，叫我去找鄭曉滄先生。我可以肯定地說：蔣夢麟先生那天並不在北京，而且他也和國民黨沒有什麼關係。所以，要我來談「五四」往事，就不能閉着眼睛亂說了。

在今日，我們談「五四運動」，乃是指這一運動的發展，這不僅是愛國運動，而是更深遠的新文藝運動，新文化運動，再發展而爲社會革命運動。新文化運動的中心營壘：新青年，也發展而爲社會主義的理論中心。前天，我看到了一本五四運動五十二週年紀念資料冊，也正是這一運動發展了的資料，獨對於「五四運動」本身的資料，如我上文所提及的第一手史料，反而不曾搜集起來，連艮友所編「新文學大系」中的史料，也採集得太少了。再則，他們這一羣研究史地的青年人，他們所搜集的都是各自下了的主觀結論。這些結論，實際是從三種不同的觀點來說的，就缺少了史家的客觀結論，可笑之處甚多。說來話長，我就不說了。

說到了對「五四」的結論，下得最早的，該算顧頡剛先生在復興歷史教科書所說的了。那是一九二三年的商務本，離開開「五四事件」只有兩三年，曹、陸、章三名判爲「賣國賊」，那是百口莫辯了。曹汝霖在他的回憶錄中，對這件事頂頭痛，因爲他的兒女，即算在天津租界的學校中讀書，也被同學們所笑罵了。我們要寫現代中國史，對於五四運動的前因後果還得從新研究過，那是無疑的。一九一九年的蘇聯本身如何，大家都已明白，那時候，會來領導中國的五四運動嗎？至於五四運動的發展，在新文化，新文學運動工作，新青年社那一羣人在領導，那是不爭的事實。但新文化運動幾個營壘，如北京晨報的附刊，上海時事新報的學燈，都是研究系的刊物，研究系人士，以梁啓超爲領袖，他們的政治性敏感，要把握了這一運動，有如當年的新民叢報。但五四運動前後那一年間，研究系巨頭，都在歐洲，要來領導五四運動也是不可能的。至於國民黨呢，民國日報副刊「覺悟」是邵力子先生主編，成爲推動新文化新文學運動的核心。但國民黨本身，連孫中山在內都不曾注意青年運動。

因此，在五四運動的發展進程中，便不能注意全國學生聯合會的組成，也不能不看那一份在上海出版的「學聯日刊」了。再則，後來成爲中國共產黨主要幹部，又成爲中國青年黨幹部，以及其他政團幹部的少年中國學會以及那份少年中國，便是極重要的史料了。左舜生的回憶錄，便値得看一看了，他至少可以舉出八十多個會員姓名來。

我希望我這番話，會有助於年青一代的人對五四運動的了解。

以上這一段話，乃是我五四那一天，在史地研究會上的講話。把「五四」那一天的實事當作課題作爲研究的對象，且看我們如何來作結論。不過，我所說的五月四日那一天的事，而不是整個運動的發展。以下便是我在座談會上的答問：

（客）——那麽，依你所見所聞，究竟誰領導了五四那一天在天安門外集合北京各大學學生遊行演講，後來火燒趙家樓呢？

（主）——這正是我要大家來找出答案來的。有人以爲胡適之領導這一愛國國運動。那時，胡適還在上海歡迎杜威博士，直到第三天，才知道北京五月四日的事，他如何領導得？五四運動由北京大學學生在發動，有人想到北大代校長蔣夢麟的身上去。那天，蔣氏在杭州，正準備陪着杜威作公開演講。他接了北大急電，當晚急着趁夜車北行，我在城站送他上車的，當然，不會是他在領導的。本來，北大學生會主席，由傅斯年担任，恰好鬧了小別扭，負氣不幹了，繼任的是段錫朋，在天安門去的是他；而那天衝進曹汝霖的趙家樓的是易克嶷，其後，對那一運動在推動着的有一位金華人方豪，他的演講，富有煽動力。一般人已經不知道，美國人替現代中國人作傳志的，已經把一位天主教徒方豪混爲一談了。

實際推動那一青年運動的，最有關係的乃是全國學生聯合會和上海學生聯合會；我說，狄侃和程天放，都是重要的人，我看見全國學聯以「青年導師」橫披送給邵力子先生，乃是狄侃署名的。可是一般人已經忘記了狄侃的名氏了，更不必說范堯生主編學聯日報的事了。

（客）——那麽，五四運動這一愛國運動，和當時各政黨都沒有什麽關係了？

（主）——事實上確是如此。那時國民黨還沒改組，孫中山也不體會學生運動，邵力子，沈仲九諸先生策應新文化運動，也和學生運動關係不深切。當時學生運動的主要人物，後來後多成爲國民黨黨員，那是事實，但他們並未受國民黨的領導。有人因爲在那一時期政府興趣最濃的，倒是研究系那一羣人，可是，梁啓超帶着研究系要角，上一年年底，都到巴黎去了，那幾個月，他們正在巴黎倫敦一帶旅行，如何能領導「五四」呢？至說蘇聯領導北京學生運動，那當然更是笑話了。「十月革命」到「五四」，還不夠一年半呢。

（客）——你剛才說到少年中國學會，我們該怎麽去看呢？

（主）——我們從「五四」這一青年運動的政治性發展看，少年中國學會乃是極重要的過程之一。我們對於左舜生先生，不管作何種評價。他是當年少年中國會的負責人，總應該聽聽他的追述才是。左氏說：「少中以民七成立，經過了民八的五四運動，便一天天的擴大起來；因爲五四一幕，有不少的新少年應運而生；而各地的青年組織也有如風起雲湧，「少中」既已有了相當的歷史，而「少年中國」月刊出版，也頗能予人一種清新的印象，因之由各地會員的展轉介紹，加入的乃逐漸加多。可是對會員資格的審查相當嚴格，一直到十三年間，學會無形瓦解了。據我的統計，也不過一百〇八人罷了。我手邊沒有那本會員名册，單憑我記憶所及只能寫出八十名上下（少中會務，由王光祈一人主辦）。民十光祈去德以後，處理少中會務的責任，由上海亞東圖書舘出版，由我担任編輯。從民八五四到十三年國民黨的改組，這五年間是中國一個新政治醞釀的時期。少中的宗旨，本來是標榜「社會活動」，而不願參加實際政治的，可是，少年畢竟經不起時代潮流的鼓盪。於是到了民國十一二年，一個嚴重的問題，即學會的會員是否可以參加政治活動的問題，便在少中的會員間起了激烈的爭辯，在南京東南大學的梅園，在上海哈同路一七八九號我的住宅，都是他們集體的或個別的辯論場所，經過了一年餘的爭論的結果，事實上所得的結論，只是『各行其是』。於是會員中的李大釗、惲代英、鄧中夏、毛澤東、劉仁靜、張聞天、沈澤民、黃日葵、趙世炎、侯紹裘、楊賢江等，便去搞他們的共黨；曾琦、李璜、張夢九、何魯之、左舜生、余家菊、陳啓天、劉泗英、魏嗣鑾、趙曾疇、陳登恪等，便幹他們的國家主義。我記得有一次兩方面的分子約七八人在我上海的住宅中辯論了一整天，臨別時，鄧中夏在門外向我握手說：『好！舜生，我們以後在疆場相見吧！』這大概要算是最後一次的破裂！」這一份追述的話，對于五四運動的發展的了解是重要的。

（客）——依你說來，關於五四運動這一頁的歷史，該重寫一過了吧？

（主）——你們是研究歷史的，你們認爲該不該重寫呢？

一九七一年六月十一日

湯音貝教授垂老又一大貢獻

連士升

在煤汽燈和電燈還沒有發明之前，一個徒步的旅客在崎嶇的山路上獨行踽踽。忽然夕陽已經啣山，一片蒼茫的暮色籠罩着大地，他是前不巴村，後不巴店，這時候，他的沉重的心情是可以想見的。

同樣的，當一個文人、學者、革命家，在他的雄心壯志還沒有充分地發揮，或者他的偉大的計劃還沒有完全實現之前，忽然發現自己的體力已經衰退，再也不能在論壇政苑上馳騁，這時候，他的憂鬱的情緒也是不言而喻。

當代最負盛名的史學界權威湯音貝教授（ Arnold Toynbee ），可以算是天之驕子。他不但在退休以前完成他的兩套規模宏大的著述計劃，而且在退休以後，還是餘勇可賈地到處旅行演講，同時，寫了幾本專著。除了「漢尼拔的遺產：即漢尼拔戰爭對於羅馬人的生活的影響」（Hannibal's Legacy: The Hannibalic War's Effects on Roman Life），專門給研究古史的學者參考外，他的兩本通俗的著作「論交遊」(Acquaintnces)和「經驗談」（Experiences） 在傳記文學和散文上也有極大的貢獻。

一、嚴格的古典教育

湯音貝出身於書香之家。母親嫻熟歷史。當他還在襁褓的時候，母親打算請個褓姆來照顧他。爲着僱傭一個褓姆，母親不得不動筆編了一本歷史，換回二十鎊稿費，聊當褓姆一年的工資，這是八十年前的生活費。

湯音貝在嬰孩時期，母親已經口授許多歷史故事。六歲開始讀拉丁文。十歲到二十二歲的十二年間，他在小學、中學、牛津大學求學。他花了九十巴仙的時間和精力去研究希臘文。只因他對於希臘文和拉丁文那麼熟悉，所以後來無論什麼時候，需要運用語文來發洩感情，他自然而然地運用希臘文拉丁文來表達他的心聲。他這部「經驗談」第三卷所記載的五十五年來所作的詩篇（從一九一一至一九六六），都是先用希臘文或拉丁文寫成，然後才譯爲英文。

換句話說，希臘文或拉丁文差不多等於他的母語那麼到家。

眞是教育萬能。長期受古典教育的薰陶的人，不但把希臘和羅馬幾位大師的著作讀到滾瓜爛熟，而且把雅典和羅馬的大街小巷的名字如數家珍一樣脫口說出。另一方面，他對於本國的地理反而有點莫名其妙。此外，當他以隨員的資格參加巴黎和會的時候，他很深刻地覺得自己的法文和德文只有招架之功，沒有還擊之力，而那些自幼由外交部訓練出來的青年，他們的法文和德文的程度，等於他的希臘文和拉丁文的程度。這兒可見，幼年出家和半路出家固然是完全不同，而天下事莫能兩利，顧此難免會失彼，這差不多成爲眞理。

我常說：愚公移山、塞翁失馬這兩個故事和中國人的人生觀有很大的關係。當你很認眞地很積極地從事一種工作的時候，你應該拿出愚公移山的精神，一往無前地埋頭苦幹。到了計劃全盤失敗，心灰意懶的時候，你應該以塞翁失馬的精神，自我安慰一番。

當一九一二年，他在希臘徒步旅行的時候，他忽然口渴，於是他就低着頭，在澄清的急流喝水。喝完之後，旁觀者才告訴他說：這是髒水。接着，他患痢疾，一連六年。只因身體欠佳，所以他能够避免兵役，不然，他難免像牛津大學的同學一樣，有半數於大戰期間在沙場上喪命。因禍得福，世間上的事情實在不容易預料。

二、從牛角尖跑出來

湯音貝在牛津大學畢業後，因爲成績優異，被學校當局聘請爲講師。接着，他又被選爲「學侶或「研究員」（Fellow）。到了第二年，他發現敎書生活太過單調，年年炒冷飯，缺少新刺激，因爲課程須有一定的範圍，你無論多麽聰明，總不宜說得天花亂墜，離題太遠。

按照牛津大學的傳統，凡是做「學侶」和「研究員」的人，必須和學校當局簽訂合同，其中有個條件：（一）在經濟上不可以破產，（二）不應有任何不道德的行爲，（三）不可以結婚。假如他願意履行上述三條件，那麽他可以一直保留這職位，不受時間的限制。起初，他是興高采烈地希望能够得到「學侶」或「研究員」這個職位。經過細心考慮之後，他知道自己並不想一輩子作獨身漢，所以他只好婉辭謝絕。（按：牛津和劍橋大學的章程，戰後已經逐漸修改。凡是做學侶或研究員的人，仍可結婚。）

還有一層。當時他最大的志願，就是準備以畢生的時間和精力來研究拜山丁帝國的歷史（Byzantine Empire 卽東羅馬帝）。他深知自己對於希臘文和拉丁文有絕對的把握，可是要徹底研究拜山丁帝國的歷史，他還須費了九牛二虎之力，從事希伯萊文、波斯文、亞拉伯文的研究。因爲「工欲善其事，必先利其器」，要認眞掌握一個問題，學者必須對於有關的語文先下一番苦功夫。不然，道聽塗說，隔靴搔癢，那是緣木求魚，永遠達不到目的。

假如牛津大學的條例不會定得那麽不近人情，假如湯音貝在童年時代對於希伯萊文、波斯文、亞拉伯文已經有相當把握，我相信他一定要鑽牛角尖，並且一定有輝煌的成績，不過一般不是研究古代羅馬史的人很難分享他的研究的成果。

三、國際事務研究會

胡適先生平生最愛引用唐人的一個句子：「功不唐捐。」這是說，工夫是不會白費的。湯音貝一再說明，他平生受了三度希臘式的敎育：第一是從一八九九至一九一一年，卽小學、中學大學的時代。第二度是一九一一至一二年，他到希臘去漫遊一年。因爲這次漫遊，他得到痢疾，因而避免兵役，不至戰死沙場；也由於漫遊希臘的關係，使他對於希臘問題有進一步的認識，所以後來才有機會以隨員的資格，參加巴黎和會，並且在一九一五至五六的四十一年間，兩次担任政府的臨時僱員，另外還有卅三年長期工夫，担任國際事務研究會的職務。因此，他曾說，這第二度敎育對他是一筆意外的橫財。

至於第三度敎育，却在他退休以後。一九六〇年，他已經七十一歲，他到巴基斯坦去參觀。巴基斯坦是他舊遊之地，以前是藏垢納汚，滿目荒涼。現在煥然一新，到處呈現蓬蓬勃勃的氣象。經過細心調查之後，他這才知道，主持巴基斯坦一切新村的設計人是個希臘人，名叫杜齊亞迪斯博士（Dr.Doxiadis）。杜博士不僅是一個測繪師，設計單獨一間一間的屋子；相反的，他對於整個地形有全盤的考察和計劃，所以各種屋子先後落成的時候，自然而然地成爲一片非常和諧的新村。

他一聽到這消息，卽刻動起好奇心，親自拜訪杜博士，並且表示仰慕之忱。他提出許多重要的問題，杜博士一一答覆。其中最動人的答案，就是杜博士本人也嘗過難民的困苦生活，所以他深知難民所需的是什麽，然後投其所好，使他們個個能够安居樂業，再也不至六神無主。這一席談話，對湯音貝的影響很大。他現在雖已達到八十高齡，但他仍準備將他的餘生跟杜博士徹底研究「人類的安居樂業」這個重要問題，卽新術語所謂 Existence,a study of human settlement。

五六十年前的英國是相當保守的。大學裏雖然經常舉行辯論會，不過大家所辯論的題目，主要的是內政問題。對於國際問題，大家諱莫如深，以爲這是外交部官員的責任，一般人民管不着。經過一四至一八年的第一次大戰後，大家才恍然大悟，深知國際問題和國內問題息息相關。它不但關係我們自己的生活，而且會連累到我們的子孫。因爲事實證明國際問題和現代人類行動中最野蠻最危險的部分都有關係，所以我們必須研究它。

當時英美有少數喜歡研究時事的學者，準備設立一個私人團體，以科學的方法從事國際問題的研究。所謂「科學的方法」，是指客觀的、無偏無倚的、非黨派的、非感情的研究。只有這樣，大家才能够得到比較正確比較健全的有關於國際問題的結論，供政治家參考。同時，大家希望這種穩健的辦法，也許會使人類避免再度發生戰爭的慘劇。

在成立國際事務研究會的當時，大家還約法三章，說該會僅運用科學來研究國際時事，但不涉及政策，雖然會員們可以個別地贊成或反對某種政策。湯音貝覺得該會名正言順，立刻加入為會員，他怎麼也沒有想到自己畢生的時間和精力竟和該會結不解緣，時間達三十三年之久。

後來這個會分裂為二個獨立的社團：外交關係委員會（Council on Foreign Relations），總機關設在紐約。皇家國際事務研究會（Royal Institute of International Affairs），總機關設在倫敦，不過二者的關係仍十分密切而友善。

在過去，外交問題是保守秘密的，現在大家才知道，在民主國家裏，一般人民應該干預國家大事。因此，絕對保密的辦法未免太不實際。最好的辦法，就是通過一種專門雜誌，經常討論國際問題，好讓人民在心理上有所準備，絕對不至像晴天一大霹靂一樣，使他們嚇得手足不知所措

他曾接受倫敦大學的聘約，担任拜山丁史及現代希臘文的教授。就在暑期中，他又跑到希臘去研究希臘的現狀。他給「曼徹斯特衞報」當戰地記者，報告希臘和土耳其交鋒的情形。他親眼看到希臘人的殘暴，於是照實報導，不料這種老實話，剛好和倫敦大學希臘文講座的贊助者的意見相左，結果，大家弄得相當尷尬，他只好辭職。

辭職之後，他就加入國際事務研究會做編輯，同時，他很得力于他的女秘書維侖卡（Veronica）。這位女秘書後來成為第二任夫人，兩人携手合作，白頭偕老，關於整理資料及引得等工作，他極得這位夫人的幫忙。

四、博古通今的大才

在巴黎和會期間，湯音貝所担任的是外交部隨員的工作，僅備諮詢，不是正式代表。他趁這機會和各國要人交談，其中他所得到的最深刻的印象却是蘇聯代表莫洛托夫，因為他認為莫洛托夫是個最有涵養的外交家。

關於和會，劍橋大學歷史教授田伯烈（H・W・V・Temlperey）曾編著一種專書，名叫「和會的歷史」（History of the Peace Conference）這部書很有價值，不過記載現代問題的書，很快就要褪色，為的是新材料層出不窮。當新材料被發現之後，舊書必須重新編訂，把新材料一一加入，這才算是新鮮。

不過編輯繁重的專門著作，需要一筆大欵項。那時，湯音貝已經担任國際事務委員會的編輯的責任，湊巧有一筆捐欵，擬用來建築演講廳，經過理事會的討論後，決定將該欵移來作編輯和出版「觀察」（Survey）的用途。他本人非常喜歡這份工作，所以馬上接受。

他自問對於希臘和羅馬的歷史相當有把握，可是對於當代的歷史却很生疏。事實上，所謂現代史，並不是局限於近東和中東，而是包括全球的事務。

他知道，時移勢易，歐洲再也不像過去四百年一樣，成為世界的中心。再進一步說，由於交通運輸的發達，各國之間的關繫，將越來越密切。在這種情形下，他須把全世界的問題，作全面的無偏無倚的觀察，然後心平氣和地把自己的研究心得記錄下來，這樣也許會達到完整的一貫的目的。

還有一層，國際事務研究會設在倫敦。倫敦是他出生之地，根深蒂固，許多親戚朋友都在這兒。過去他僅有三年離開倫敦，而他個人的感覺，宛若充軍，時常患着懷鄉病，現在有機會在倫敦找到一份固定的職務，使他能够安居樂業，這正是求之不得。

從一九二七至一九五四年間，這是說，從他三十八歲到六十五歲的二十七年間，是他一生著述最豐富而又發生最大的影響的時期。他一方面和他的妻子維侖那合作，編著一年一次的國際事務的「考察」，一方面憑個人的力量。撰述他的名著「歷史的研究」（The Study of History）。前者是橫斷面，由本國擴充到外國；後者是縱貫面，由古代叙述到現代。這兩部大著是互爲表裏，相反相成的。假如你不認識現代，你更不會認識古代；假如你不明白古代，你絕對不會了解任何事情的來龍去脈。簡單說一句，這兩種工作僅有博古通今的大才可以勝任。

自他在皇家國際事務研究會担任編輯後，他的著述的質量與日俱增。他承認著述的工作比較在大學裏教書須付出更大的代價，因爲教書可以炒冷飯，每年的講義大同小異，而國際事務的「考察」，是一年一個樣子，誰也不能預知明天或下星期會發生什麼大事件。好在他天性愛勤勞，喜執筆，所以他才樂此不疲。

當他在國際事務研究會任職的頭幾年間，因爲要補編幾年來的「考察」，所以他和他的夫人把全副精力都放在「考察」上邊。等到「考察」已經能夠按時出版之後，他就把每年的時間大畧分爲兩部分。從每年十一月份起，他就開始計劃過去一年間的國際大事記，他們倆都在倫敦夜以繼日地工作。到了六月，他就跑到鄉下去，先把「考察」寫完，並且加以最後的修飾潤色的工夫。接着，他就開始寫他的「歷史的研究」，直到十一月初才回到倫敦。因爲他對於工作的時間和環境分配得很均匀，所以他到了退休的年齡，這兩部規模宏大的博古通今的著述工作，不但能夠及時完成，而且到了八十高齡，他照樣耳聰目明，體力充沛，值得人人羨慕不置。

五、讀書著述的方法

要研究一個名人的生平，不必多注意他功成名就之後，得到幾個勳章，幾個榮譽學位，以及怎樣過着三日一小宴，五日一大宴的窮奢極侈的生活。相反的，我們所應該特別注意的，就是他的工作的方法和態度。因此，他的「經驗談」第一卷第六章，最值得我們玩味。

他說，他之所以從事著述，爲的是關心和良知。在關心和良知這兩種的量的驅策下，他好奇的心便源源而來。只因他有濃厚的好奇心，所以他才養成學的習慣。

孔子說得好：「知之者不如好之者；好之者不如樂之者。」湯音貝也說，從事著述的人，必須博聞强記，明瞭許多事情。假如他對於這種艱苦的工作一點也不愛好，那麽他絕對不會成爲一個史學家。事實上，各種史實都是史學家的寶庫，他所儲藏的東西必須相當豐富，然後觸類旁通，予取予携。只有這樣，人們才能領夠畧宇宙，並且知道人類在宇宙的地位。

至於著述的方法，千言萬語，離不開「動作筆記」四個大字。從前他讀書的時候，他照古人的辦法，喜歡作眉批或脚註。後來，他覺得這種辦法還不大方便，於是動作筆記，寫完一本又一本，足足寫完三十多個厚本。這些東西是他的著述的指南，方向確定絕對，不至泛濫無歸。

須知書不是白讀的，也不是供人消遣的。聰明的讀者必須從他所閱讀的許多書本中，產生一些自已的東西，這才算是有心得。

要達到這個偉大的目標，下列五大條件都是缺一不可。

第一、須把問題作全面的考察，須三思而後行，須花時間，不要鹵莽，爲的是欲速則不達。例如他沒有動手寫作國際問題之前，他先花一些時間，寫了一個小册子，名爲「和會後的世界」。這工作使他對國際問題作個鳥瞰，是一種最重要的準備工作。這好像建築師在沒有動手工作之前，先構造建築物的模型，使他以後的工作有所遵從。

第二、當你的思想已經相當成熟，材料相當充足的時候，你就應該馬上動筆。須知遲遲不肯動筆，它的效果比較鹵莽從事更壞。假如你所研究的是個大問題，那麽你千萬不要望而却步，你須選擇大問題中的一兩個比較熟悉的小問題，並且要立刻動筆，不能再事躭擱。假如這些小問題寫得成功，你將以勢如破竹的姿態，解決其他各問題。這剛好和中國的哲人所說的「爲難於其易」的辦法相吻合。

第三、每天精神最充沛的時間內，須有恆不懈地寫作。史學家應該如此，其他各部門的作家也應該如此。寧願寫完之後，慢慢補充改正，千萬不要一再躭擱，使自己的計劃變成一張白紙。須知世間上的事物，絕對不能十全十美的。假如你硬要求全，把一切資料看完之後才動筆，恐怕永遠沒有成功的一天。

第四、說幹就幹，千萬不要浪費七零八碎的時間。當你已經完成一種工作之後，你不要以爲再等到明天或者過了週末，才開始第二種工作。在今天或者在本週之內，自己不妨放鬆一下。須知最好開頭工作的時間，並不是明天，或者下星期，而是此刻現在。他認爲美國人究竟是實幹的民族，因爲他們最喜歡「馬上幹」(Right Now)。

第五、永遠往前看，要看得很遠很遠，好像汽車賽跑專家一樣，通過他的望遠鏡似的眼光，早就會看到他所達到的地平綫。

具備這五大條件，他就與高彩烈地時常閱讀，把有關資料一一紀錄下來，這些資料並不是馬上有新用途，有時須等到五年十年之後，才能够派出它們的用場。

以上所述，恐怕大多數讀書人都贊成，不過要一一置之實施，最需要的還是有恆的工夫。

六、論平生新交舊識

湯音貝的「論交遊」是一九六七年出版的。「經驗談」是今年出版的。就我個人的讀後感而論，我更喜歡前者。原因很簡單，學者的生活很單純，把讀書和寫作抽出來，他並沒有什麽驚天動地的事績值得人稱道。

至於「論交遊」，這倒是一本良好的傳記文學。該書共收二十四篇，共三百多頁，短的僅六頁，長的也不過二十頁，平均每篇十多頁。文字相當緊湊，評論也相當扼要，可以一讀再讀。

記得兩年前，我研讀這部書的時候，我先選讀尼赫魯那一篇。因爲我曾寫過「尼赫魯傳」，對於尼氏的生平，稍微有認識。湯音貝和尼赫魯並不是深交，僅見過數面，可是他寫來頭頭是道，一點也不顯出外行。

有一次，有個英國貴婦邀請湯音貝、尼赫魯等人吃飯，同席還有一個英國的將軍，而這位將軍在印度時，曾負責判定尼赫魯坐監的。當這位將軍進門的時候，一見尼赫魯，覺得很尷尬。他正在進退維谷中，尼赫魯却表示得十分自然。從這件小事裏，湯音貝發現尼赫魯的偉大，因爲在領導印度爭取獨立的過程中，尼赫魯前後坐監，多達十幾年，可是他僅反對殖民地制度，並不反對任何英國人。這是甘地的非暴力的不合作主義的具體表現，非有堅定的意志的超人絕對做不到。更難得的是，尼赫魯並不是道貌岸然的隱士，而是生趣盎然，議論風生的人物，所以湯音貝對他的印象特別深刻。

湯音貝說，尼赫魯本來是個不怕死，不怕失敗，不怕疲勞的人，可是最後幾年，他仍不能脫離運命之神的控制，使他的勝利變成一種幻想。寥寥數語，把尼赫魯的老景和盤托出。

他平生最佩服有文有質、博學多能的人才。在「經驗談」裏，他特別提到斯馬特將軍（Smuts）、愛因斯坦、邱吉爾三位。在「論交遊」裏，他非常贊美斯馬特將軍、勃萊斯勳爵(Lord Bryce)。他說：

> 甚至在現代的西方國家裏，要找些在世的多才多藝的人物的代表，是很有趣味的；而斯馬特將軍的多才多藝，比較勃萊勳爵更爲優越。這兩位出類拔萃的博學多能的現代人物，都是律師、政治家、著作家；而斯馬特將軍又是農民、軍人、哲學家；斯馬特將軍所得力的現代科學發展的知識，遠勝一般業餘者。假如勃萊特要在任何方面打倒斯馬特，這就是前者可作爲一個旅行家。

從這一段文字裏，我們多少可以從勃

萊特的生平找到湯音貝的影子。因爲他是第一流的學者、著作家，雖然在功業上不如實際的政治人物，如邱吉爾、斯馬特。

「論交遊」一書，除了頌揚他的兩位最得力的上司邱迪斯與赫蘭・莫萊（Lionel Cur tis and Sir James Headlam-Morley）外，對於英國最有名氣的幾位社會史、經濟史專家的生平，也瞭如指掌。這兒可看出英國著名學者的素養。

七、垂老有二大遺憾

像勃萊斯、蕭伯納、邱吉爾、毛姆等人一樣，湯音貝已經度過八十誕辰，但他的精力還是非常飽滿，看樣子，他將和目前已經九十七高齡的羅素看齊。「精且博，壽而康，」這兩句話最能表現人類的樂趣。然而湯音貝到了垂老之年，還有二大遺憾：第一，所得稅；第二，恐怕英鎊會貶值。

在沒有退休前，他養尊處優，生活非常舒適。到了戰後，英國爲着實行福利社會計劃，稅收不斷增加。許多人把日常的收入一一花光，到了年底，稅務局討債的信，急如星火，使人大傷腦筋。湯音貝自不能例外。至於英鎊一再貶值，這無形中使物價不斷飛漲，富者越富，貧者越貧。作爲純粹學者的湯音貝，他當然有「人怕老來窮」的感覺。不過這是大勢所趨，誰也逃不了。

一九六九年八月十二日誌於雲海樓

葉恭綽二三事

孺子

辛亥革命前，廣州市地區，西邊屬南海縣，東邊屬番禺縣，以永漢路轉西之大南路、中華南路、靖海路爲界，各設捕廳管理民事，凡江蘇、浙江、江西、湖南……各省人士宦游於粵東不能歸者，其子若孫輒向南海或番禺捕廳申請入籍，謂之捕屬人，有別於兩縣之各司屬也。捕屬人士考書院登科第多列高等，若桂、葉、徐、汪、胡，皆文名籍甚，人皆以捕屬仔呼之，而葉裕甫（恭綽）爲蘭臺先生（衍蘭）之孫，承其祖蔭家學，其名尤著。

蘭臺先生爲咸豐六年進士，入翰林，主講廣州越華書院，喜獎掖後進，工倚聲，與汪芙生（瑔）、沈伯眉（世良）稱嶺南三詞家。父佩瑲，字仲鸞，爲江西候補知府，故恭綽少時讀書於南昌，從文廷式讀書，與陳衡恪、夏敬觀諸人爲詩文社。恭綽之初字裕甫，取綽有餘裕之意，其後累官至交通、財政部長，旣濶「綽」餘「裕」矣，乃改譽虎、玉虎、玉甫，北方皆同音字，今知其字裕甫者頗少。

民國初年，恭綽服官北京，眷八大胡同一妓名陳蘭香者，旣而有孕，遂爲脫籍，極寵愛之，乃不數年，竟香消玉殞，葬之西山秘魔崖下，地廣十餘畝，顏曰「幻住園」，亦恭綽之生壙，嘗爲詩數十首以悼之，「遐庵彙稿」中之淨持即其人也。「遐翁贅稿」亦有追懷淨持之詞作數十闋，其「浣溪紗」題爲「舊夢」一闋云：「舊夢依稀幻水雲，枯『香』愁對白頭人，萬山深處倘逢君。九畹最宜騷客佩，雙烟都爲女兒熏，卅年『陳』事與誰論。」陳蘭香三字呼之欲出，用「離騷」：「余旣滋蘭之九畹兮」，及東莞名產女兒香爲典實也。

抗戰軍興，恭綽自上海移居香港，一九四二年淪陷時，日軍捕之禁於半島酒店，旋押至上海，道經廣州，寓居新雅酒店，僞府當局欲羅致之，使者爲恭綽前任孫中山大元帥府財政部長時之秘書某君，時近中秋，恭綽衣重裘見之，辭以疾，並以明人刻竹筆筒爲贈，蓋自比於光明直節，不同流俗，曾譜「浪淘紗」、「浣溪紗」詞數闋紀事，見「遐庵贅稿」中。

恭綽擅書法，頗爲大邁，旁若無人，或云其藏有秦檜字卷，而秘不示人，即學其體。其居上海時曾賣字振災，報章登其啓事有「少子學書，垂老稍進」，頗自喜也。嘗以所著「桂遊半月記」稿示余，余告以某句似有脫字，恭綽即取三四寸長乾隆御製長鋒大筆，站立懸腕舐少許墨之水，補於稿上，頗喜其腕力爲不可及，時爲一九三一年在廣州三沙頭頤養園旁之高氏天風樓中也。

「孽海花」的小說公案

竹　坡

近日讀點石齋畫報和曾樸的「孽海花」，其中有關光緒十年甲申中法戰爭及光緒二十年甲午中日戰爭一些事情，這兩個刋物，一個是畫報，一個是小說，讀後覺得「點石齋畫報」所記的也是小說家言，所以就隨便寫這篇文字，聊備讀者讀小說的參考。

光緒年間這兩個戰役，劉永福都有參加，十年（公元一八八四年）甲申一役，劉永福曾把法軍擊敗過幾次，但整個戰爭是失敗的，十年後的甲午，中日戰爭之時，劉永福也在台灣抗日，後來也失敗了。劉永福雖然失敗，不愧為民族英雄，許多手握軍符的大將，他們的槍口只是對內，不敢對外，這些人對劉永福是慚愧的。雖然劉永福有許多地方可議，但他敢對抗外人，這一層還是令人欽敬。今人范文瀾的「中國近代史」批評也頗爲公允。范君說：「劉永福從個人利益出發，在官位或危難前面，一次又一次地在自己的歷史上留下污點。他雖然善於作戰，在越南抗法，後來在台南抗日，卓著戰功，受人尊敬，但是，如果作爲民族英雄來衡量他某些表現，是不能不令人爲之遺憾的。」近人很多著作都說劉永福在這兩次戰役有取巧的地方，甚至吞沒軍餉，日軍尚未能控制台南，他老早就內渡了。關於這些事情是另一問題，我不想在此詳說。現在談的是「孽海花」所說劉永福有個夷女姨太太花哥，和一些會打仗的女兒。這個花哥的誕生頗與「點石齋畫報」有關。

「孽海花」刋於清光緒三十二年（一九〇六年），小說林社出版的。到一九二七年曾孟樸父子在上海辦眞善美書店，於一九二八年出版修訂本，幷加入黑旗戰史一節，由一個苗族賣解的女兒（花哥的門徒）唱出劉永福的事蹟，又由她口中說出黑旗兵的厲害全靠盾牌隊，盾牌隊的精華又全在飛雲隊，花哥又是飛雲隊的頭腦。這個花哥在劉永福軍中敎了許多娘子軍。

這一節的故事，既是一九二八年修訂本所加入的，曾樸似乎是受到了「點石齋畫報」的影响，才製造出這段故事的。「點石齋畫報」有「劉家軍」及「女將督師」兩幅圖畫，都是描繪劉永福的女兒也能武事的。「劉家軍」一圖的說明云：

> 劉淵亭軍門（永福字淵亭，他官至提督，故稱之軍門——引注），有丈夫子三人，女公子二人，自幼皆讀兵書，善技擊，有乃父風。平時，公子嘗招男子百人，女公子亦集娘子軍百人，皆一時人傑，厚其粮餉，日加操演，督練成軍。而女公子所統之兵，尤爲精健。蓋由此輩婦人，體既强壯，一經專心習練，自能獨樹一幟也。又得軍門每逢朔望親自檢閱，一切機宜，皆經面授，故此次在台助戰，所向之處，罔不有功。聞在平日，當軍門升帳閱軍時，男女公子各率部兵，在家演武，兩陣對壘，五花八門，循環變化，曲盡其妙，而軍容之肅，號令之嚴，則儼然有周亞夫細柳風，非灞上棘門可比。昔人謂岳家軍不可撼，然則復台地而搗扶桑，豈非意計中事乎？請拭目俟之。

這篇「劉家軍」的作者是著名人物畫家金蟾香，說明文字不知是否也出諸他的大筆，文中捧劉永福未免過火一點，但在戰敗之後，在舉國醉生夢死中，非這樣不足以激發人民的愛國心。那時候，畫家雖有激發人民之意，可是清朝以至後來的北洋及國民政府都沒有「復台地」的能力，至於台灣之重歸祖國，還是靠第二次世界大戰之力，就算廿六年前的國民政府乘「戰勝」國的餘威，想用兵力去規復台灣，恐怕也敵不過日本的

「殘兵敗卒」呢。至於所謂「搗扶桑」就更無能力了。近事已如此，七十年前那就不過是說說而已。

「女將督師」一圖，寫的是劉永福的女兒們在台南助戰的事情，圖中還寫有左寶貴夫人也率娘子軍三千為夫復仇的事。這也是完全宣傳之作，不足信的，但在當日也許有不少人相信，一如一九三二年上海人相信他們看小冊子所繪馬占山抗日，他的女兒、太太、姨太太也率領娘子軍助戰一般。現在我也把畫上的說明文字鈔錄出來。

劉淵亭軍門有女公子三人，皆習武藝，有乃父風。而其第三女公子尤為智勇兼全，平時集娘子軍百人在家操演，前報已記之矣。自軍門移節台南，公子成艮首先督師助剿，女公子聞之，亦義憤填膺，爭來投效，願作前驅。除備帶前練之百人外，適到有左寶貴之夫人，隨帶女兵三千，為夫復仇，誓滅倭虜。軍門遂飭統歸第三女公子節制。迨倭人犯台南，女將密令數婦誘之深入，行至中途，一聲號炮，伏兵齊出，倭人欺其巾幗，直前撲犯，詎女兵人人奮勇，個個爭先，短兵相接，愈戰愈酣，倭人不能支，敗北而逃，又被追殺無算，此亦月初事也。台友某君述其事甚詳，志之當浮天白。

所謂「台友述其事甚詳」，當然是宣傳之詞，否則就是「想當然爾」之詞了。此圖作者是何元俊，畫面寫得很熱鬧，娘子軍埋伏山徑間，有用刀劍殺敵或開排槍殺敵者，敵人被殺到落花流水，看了令人也浮一大白。這些事情不必一定有（三千娘子軍從何而來，左夫人有什麽本領統率三千大兵渡海？她向誰調動兵船，南北洋大臣肯不肯指撥兵船給她運兵，此皆不合事理的），但在六十年前，中國在對日戰爭失敗之後，日軍登陸台南，只有劉永福署作抵抗，不久亦內渡了，那時候的民氣士氣也很低沉，畫家作此種宣傳來激勵人心，那是應有之義。

「點石齋畫報」沒有說到劉永福有個武藝高强的姨太太名叫花哥，這個花哥是曾孟樸在劉永福死後十年（永福死於民國六年即一九一七年一月）才在「孽海花」出現的。曾孟樸大約見過「點石齋畫報」有這兩幅娘子軍的畫，他才創造一個花哥來增加書的熱鬧氣氛的。這個花哥既然在劉家訓練出許多能武藝的女子，那末，她訓練劉永福的女兒不是很順理成章麽？（「點石齋畫報」「劉軍家」一幅，說劉永福有兩個女兒，另一幅「女將督師」又說三個女兒。到底他幾個女兒，宣傳家還弄不清楚，可見劉永福女兒習武藝及助戰之說未必可信。）

「孽海花」第六回原本（一九〇六年刊本）的回目是：「人海偷香，公門留貴客；江山狎妓，宗室棄微官」。改訂本的回目改為「獻繩技，唱黑旗戰史；聽笛聲，追白傅遺蹤。」這一回是寫賽金花之夫金雯青（影射洪鈞）在江西做學政，江西巡撫達興（影射德馨）請他進衙門看繩技的故事。因看繩技，才引出黑旗軍戰史和那個花哥，書中有說：

且說那年法越和約簽定後，國人中有些明白國勢的，自然要咨嗟太息，憤恨外交的受愚；但一班醉生夢死的達官貴人，却又個個興高采烈，歌舞昇平起來。那時的江西巡撫達興，便是其中的一個。

本來中法戰爭後訂立和約，是光緒十一年（一八八五年）的事情，洪鈞做江西學政，事在光緒八年，光緒十一年不該有洪鈞在江西看戲，因為他的母親死於光緒十年，他正在家中守制，十三年娶賽金花作妾，五月就被命為駐俄奧等國欽使。書中所說的時間與事實完全不符，但小說并不是歷史，有時候為了遷就情節，不能不改動一下的。

「孽海花」第六回寫達興愛戲劇，而他的女兒比他還要厲害，衙門裏終日唱戲，所以才有一個姓江的知縣去福建聘了一部走繩技的戲班來巴結小姐。書中說這個江西撫台是這樣的：

達興本是個紈袴官僚，全靠着祖宗功德，唾手得了這尊榮的地位，除了上諂下驕之外，只曉得提倡聲伎。他衙門裏，只要不是國忌，沒一日不是鑼鼓喧天，笙歌徹夜。他的小姐，姿色第一，風流第一，戲迷也是第一。當時有個知縣，姓江名以誠，伺候得這位撫台小姐最好，不惜重資，走遍天下，搜訪名伶如四九旦、雙麟、雙鳳到省城。他在衙門裏專門做撫台的戲提調，不管公事。省城中曾有嘲他一聯云：「以酒爲緣，以色爲緣，十二時買笑追歡，永夕永朝酣大夢；誠心看戲，誠意看戲，四九旦登場奪錦，雙麟雙鳳共消魂。」也可想見一時的盛況了。

這一段是曾樸采自「清朝野史大觀」的。當時江西省城確有人用汪以誠的名字來做這一聯。汪在小說中被改姓爲江。除用以誠兩字冠首外，還有一額是「汪洋慾海」。他的姓名都包在一聯一額之內了。據「清朝野史大觀」所載，汪以誠是新建縣知縣，因巴結上司，後來德馨被參革職，他也連帶去官。案德馨被參是光緒二十一年閏五月的事，是月十三日上諭：

諭軍機大臣等，有人奏疆臣貪婪荒縱，據實糾參一摺。據稱：江西撫巡德馨，利慾熏心，宴樂成癖，傳通內外消息，以門丁吳子昌爲首，幕友朱姓助之，元泰仁錢號經手過付。屬員中則何其坦、朱士林、王書臣，皆託心腹，招權納賄。萬載縣知縣周鳳藻，貪滑巧詐，屢有控案，以重金請託得免。上饒縣知縣朱錫祁，藉訟貪贓，該撫反濫行保薦。去年冬間，大作生日，收受禮儀，演戲月餘，請飭查懲等語。着張之洞按照所參各節秉公確查，據實具奏，毋稍徇隱。原摺着鈔給閱看，將此諭令知之！

參德馨的是御史高燮曾，未查明之前上諭照例不說是誰參的。所列各縣中，幷無新建縣知縣汪以誠其人。到七月廿三日張之洞（其時署理兩江總督）查明復奏，說他派差派缺皆須賂賄一節，查無實據，「惟所賞拔任用多係貪滑奸詐之人，平日收受屬員餽送，縱容門丁近侍婪索，且於籌辦防務之際，兼旬演戲，一味酣嬉，實屬辜恩溺職，江西巡撫德馨，著卽革職！」德馨是旗人，革職後不過三年，到光緒廿四年七月，他報效一點錢，又恢復他的官職了。七月初五日上諭：「前江西巡撫德馨，著開復頭品頂戴花翎，賞給布政使銜，會同翰林院編修貴鐸辦理奉天礦務！」

這是德馨的後命了。德馨之女長得很漂亮，一度被選入京，應選后妃之列。光緒十四年德宗選后，是年十月初五日，翁同龢日記有云：

懿旨：立副都統桂祥之女葉赫那拉氏爲皇后，封原任侍郎長叙之十五歲女他他拉氏爲瑾嬪，十三歲女他他拉氏爲珍嬪。又奉懿旨：指乾清門侍衛佛佑之女爲溥倫夫人。鳳秀之女、德馨之女、志顏之女均賞大緞四匹，衣面一件。撩牌。」（「撩牌」亦作「撂牌」。滿洲語謂召見不入選者曰撩牌也。）

德馨之女因爲漂亮才有資格參加「選美」，但終於落選，據說當日德宗在選后妃時，見德小姐不十分莊重，所以不喜歡她，因此「撩牌」。後來這個德小姐另嫁了。據「清朝野史大觀」說，她嫁給一個內務府官員。但這個官員叫什麽名字，可惜作者沒有說明。近日再讀枝巢子（卽夏仁虎，一九六三年七月在北京逝世，年九十一）的「舊京瑣記」宮闈門有一段說：

德宗議婚時，贛撫德馨女甚端美，已由內務大臣奎俊拴婚矣（帝室納婚，有拴婚大臣，如民間之媒人者然），德宗亦甚屬意。孝欽終私於母家，强委禽冊隆裕焉。故帝后不和，然隆裕亦不能得姑歡。奎俊以無以對德女，爲其子銅林聘焉。銅與余同官郵司，弱小而又名士習，終歲不浣面，其夫人無如何也。

所述冊后事，未必完全如此，惟德馨之女嫁奎俊之子銅林，或爲事實，銅林在宣統三年官郵傳部員外郎，見「宣統三年搢紳錄」。

京菜與京話

馨晼

京菜有些人誤認為是山東菜，那是大錯特錯。正確說法，京菜應該是聚全國菜中最精華之菜。遠且不談，自明成祖建都北京，到民國北洋政府，差不多六百年，也就是六個世紀。在這麼長久年代裏，全國人才皆集中於京師，他們每日於爭權、奪利、求名、選色之外，就是怎樣講求吃。這種風氣，以滿清一代為最盛。所謂「八八」即八大碗（菜），八小碗；「十二八」即十二大碗，八小碗還有冷盤；「會席」即十二大碗，十二小碗再加上十二小冷盤。還有滿漢全席，當然比一般大席更豐富了。普通十人一席，試想每人胃裏要放進多少食物。旗人對於全年二十四個節日非常重視，每一節日都要吃一種特別食物，這種習慣，到民國猶存。我曾在旗人家中住過很長時期，「老爺」已變成伙計，但過節仍必須大吃大喝。一次在小館聽到兩旗人談話，一人問：「你的少爺到那兒去了？」「拉洋車去啦。」「你的少爺呢？」「還不是一樣。」困窮排場慣了，一時改不過來。

說來也許令人不相信，北京至民初仍遺留明朝的飯館，人當然不是明代人，但一切遺風無論陳設、佈置、菜餚、招待、送客、小帳等却還都是照舊。北京飯館中，以山東館，山西館，河南館最多，其次為江蘇館，福建館，廣東館，清真館（新疆、甘肅館），四川館，再次為貴州館，湖南館。至今盛行的烤涮牛羊肉，即來源於蒙古。其餘各省館，還未聽說過。全國各省差不多我都住過，當然各省的菜都有其所長，都很好吃。但總比不上北京各地館子菜合口味；因為各地菜到了北京全京化了，成為京菜。好比香港吃潮州家庭菜，居然端出沙律醬拌龍蝦來，道理是一樣，潮州菜也西化了。

京話，通稱京片子，這種話原為大興、宛平（北京所在地），北至延慶的居庸關，西至易縣，南至宛平的盧溝橋，東至京東的樂亭一帶的方言而言，這一區域，大約有一百個港九之大，他們說的話，皆可稱京話，當然語音也仍有一點點分別。

京話的特點，是慢條斯理，溫柔爽脆，任何人都愛聽。但也有缺點，即不夠洪亮，對羣衆演說不夠煽動、刺激、遠比不上四川、湖北一帶腔調。惜乎南來後，已很難聽到標準的京話了。但亦有之，那是從香港電台女廣播員陳瑜（？）小姐的國語報告，她的聲音為什麼好聽？一是天生的音帶關係，另一原因就是從京話學習而來，猜想陳小姐必是廣東人而到北京讀過書的。我認為她說話的美，連土生的北京少女也是跟不上的。

旗人話，就是滿清人的話。滿清發源於吉林長白山，但我聽過吉林人說話，也與北京旗人話有別，可能滿清入關後說話跟着也變了。旗人話並不能代表京話。這種話不好聽，一是太過柔軟無力，一是嗎，啦，兒虛字用的太多。老舍是旗人，所寫名著「駱駝祥子」就是用的旗人話，而非京話。東四省的話也各不相同。我以為吉、熱、黑較中聽，而以遼寧話最刺耳，男人話却帶女人腔。古有渤海國，包括今日河北東北部，山東北部，和吉林，遼寧。今之遼寧話或許就是古渤海國語？

國語是全國人通用的一種語言，所以也稱普通話。除閩粵話外，全國差不多皆通用，只腔調不同而已。有人主張以京話為標準，希望全國的人都能說京話，這當然是好事，只要全國從小學入手，用國音字母拼音，二十年後全國的人一定都可說一口流利的以京話為標準的國語，這並非難事。官話也與京話有別，有些人硬把京話當做官話，那是不對的。官話者，是封建時代官場上用的話，通常說：「天不怕，地不怕，就怕廣東人說官話」。以為廣東人說官話難聽。其實不然，我聽廣府官話，也近於國語，善用成語，發音清晰，語調沉着，不僅易懂，而且也好聽。

談元末四大家

硯園

所謂元末四大家，是指黃公望（字子久，號大癡），吳鎮（字仲圭，號梅花道人），倪瓚（字元鎮，號雲林），王蒙（字叔明，號黃鶴山樵）四個人而言的。上面的次序大體上是按照年齡來排列，但其中去世最早的是吳仲圭，他死在元至正十四年，即西曆一千三百五十四年，享年七十五歲；黃公望死在至正十八年，即西曆一三五八年，享年九十歲；倪雲林，王叔明兩人一直活到明初，雲林死在洪武七年，即西曆一千三百七十四年，享年七十四歲；王叔明死在洪武十八年，即西曆一千三百八十五年。他們四個不特都活在一個大致相同的時代裏，而且出生地方和居住地方也差不多很接近，黃公望是今之江蘇常熟人，倪雲林是無錫人，吳仲圭是浙江嘉興人，王蒙是浙江吳興人。又他們都是專攻山水的畫家。還有，在生活上亦都相似，誰也沒有出仕，只過着隱士的生活。當然所謂隱士又並不是家境貧寒，埋頭苦學那種人，而是有相當家財，也有高深學問的，特別是倪雲林，他生在富裕之家，擁有很多古書古畫中的珍品。但歷來一代大畫家中凡為朝廷所收羅而去，即入當時朝廷所設的畫院內供職的人，就叫做院畫家，北宋，南宋，元，明，清都有過畫院，這些院畫家有一種共通的地方，那便是崇尚纖巧而又濃厚的趣味。可是這四大家因為在生活上完全自由，不特沒有入畫院，甚至連普通官職也沒有做過，所以能在畫風上表現出他們的生活作風，富於超然世外的情趣。對於這一點，他們四人都一樣，所以都能比其他畫家更饒特色。

其中黃公望雖然曾暫時出仕，但後來就回到浙江富春山隱居了。本來他的山水畫是最擅長寫故鄉常熟的虞山風景，但他所有作品中最出名的倒是隱居富春山時所寫的圖卷。據董其昌的批評，認為他是四大家中最出色的人。

倪雲林性情狷介，又有潔癖，歷來都說他酷肖米芾，他雖然家境富裕，却好浮船泛舟，愛與農夫交遊。為人迂濶，所以當時便有人叫他做倪迂。那時候江蘇已歸張士誠所佔，張士誠的弟弟派人持帛和帶了很多禮物去求雲林寫畫，他說：我生平沒有做過王門畫師；說完把帛撕爛，又璧還禮物。董其昌評他的畫古淡天然，是米芾以後第一人。

吳仲圭不特擅長山水，又精畫墨竹，傳世甚多，但當時懂得他的畫長處的人却不多。原來那時候有另外一位畫家叫盛子昭的和他比鄰而居，來求盛子昭寫畫的人非常之多，但吳仲圭却不甚行時，所以連他的妻子也笑他畫得劣拙，不過他說：

·水竹幽居圖·　吳鎮作

到了二十年後情形就不同了。後來畢竟像他所說一樣，他的畫很受人珍重。當然盛子昭也是有名畫家，流傳到今日的遺墨中就有不少好畫，只是拿來跟吳仲圭比較一下，却不免顯出一些畫工的形跡來。吳仲圭並不靠寫畫為活，只要有人送些精良紙筆給他，他便欣然為那人寫畫了。

王蒙本是元代名畫家趙子昂的外甥（一說外孫），他初得其外家的畫法，後來又把畫風改變的。

這四個人的畫在我國山水畫上到底佔着一個怎樣的位置呢？那就先得說說他們四人以前的山水畫的變遷，以及他們四人以後的山水畫有什麼地方是得力於他們了。大致上說來，山水畫自從形成一個系統以來幾乎已有一千二百年之久了。我們對唐代山水所知實在太少。由五代至宋末的眞蹟流傳下來的很多，這個時期可以說是中古期。所謂近代期便是由趙子昂及元末四大家開始，直到清代的四王吳惲才結束。由此看來，這四大家簡直可以說是支配了三百年間的畫風，因此他們所佔的地位是非常重要的。

原來山水畫在最初出現時大體上便已分為兩派，後人叫這兩派做南宗，北宗，號稱北宗始祖的人是唐宗室李思訓，李昭道父子，也就是所謂大小李將軍。他們用濃厚的着色來畫金碧山水。但同時名詩人王維也畫山水，但他用的却是渲染法，即用墨來鈎勒法，後人便尊他做南宗的畫祖。由五代到宋初由董北苑傳出南宗的正脈，因此荊浩，關同等人便前後相繼而起，盛行畫山水了。北宗方面當時也有李成，范寬等人崛起，他們也是大家，雖然事實上他們並不是畫金碧山水，而是只畫水墨山水，但因畫跟董北苑不同，所以後人便尊他們做北宗祖師。北宗後來又有郭熙，到南宋有像李唐那樣的大家出現，可是再到劉松年、馬遠、夏珪、梁楷等人就盛行畫院派的繪畫了。南宗方面在北宋末出過米芾父子，又趙大年雖然號稱遙宗王維畫風，不過到了南宋實已走漸漸不振的狀態

•陡壑密林•　黃公望作

了。元初的高克恭（即高房山）有人稱他爲學米芾父子的一位大家，同時北宗也出了一個顏輝。

南北兩宗在宋元兩代初出過種種名家，可是到了元代趙子昂一出才在畫風上劃出一個大時代來。趙子昂對詩文書畫各種藝術無不擅長，這就使他擺脫掉畫院畫家那種專門職業者的立場，在士大夫畫方面自成一家。他的畫是集前代南宗畫風之大成。他的自創士大夫畫即文人畫就成爲元末四大家興起的先驅，四大家簡直是靠趙子昂促成的。然而趙子昂的畫跟四大家的畫又决不是同樣風格，子昂的畫是集前代的大成，四大家的畫却是開下代的風氣。其不同處是，自董北苑以來直到子昂的畫都是注重意匠，依靠熱習來畫成的，但四大家寫畫却側重率意，專靠自然手法。有人說，四大家大體上皆主董北苑；又有人說，他們是學繼承董北苑畫風的巨然。但我們根據他們的畫蹟看來，在形式上幾乎沒有留下董北苑的痕跡。雖然黃大癡的畫上多小還有些痕跡，其他三人就完全看不見了。原來他們雖然學董北苑的畫，但並非注重形似，只學他的精神。這和元代大家高房山的學米家父子連形式也學全是截然不同的。在這裏就有一條分開中古期與近代期的劃然界線，四大家的劃上這條界線雖然也是環境使然，不過又如古人所說的「自我作古」一樣，實在充份表現出他們的創造力的。歷來的大家不問是那一個都沒有擺脫要成爲畫家那種氣質，連趙子昂也不能免俗，倘有人能超脫出來，用新鮮的業餘者的趣味，而且是用經過熱習的結果而得來的業餘者的趣味去寫畫，替近代畫闢出一個清新的境界，當然要在畫史上佔一個最重要的地位了。

四大家都各有自己的畫論，但其中說的最完備的是黃大癡，他寫過一篇「山水樹石論」，其最末一句是：「大要去邪甜俗賴四個字。」這一句後來就變成南宗畫家的金科玉律。原來所謂邪是完全不理古法，信手來畫，做到筆端錯落有致的；所謂甜是指缺乏生趣而言，即指那種徒具形式，却無神彩的畫；所謂俗便是韻的反面，即指雖有筆才，但沒有超凡之趣而言；所謂賴實作暗中依賴解，也就是說太過依賴古人的畫。他說要去此四字，話雖說得極簡，可是却說得很中肯。

倪雲林認爲自己寫畫只是爲了自娛，但一到城市裏來求畫的人便要限題材又限日期，這樣做法簡直跟自己的思想背道而馳，實無異責宦官爲什麼沒有生鬚。梅花道人也說，他寫畫只是爲了一時興趣，所以見解便跟從前的畫評人相差很大。他們大抵都是趁着神來的興趣來寫畫，因此非常鄙夷那種專靠意匠去寫畫的思想。這種見解是四大家都一樣的，而且還變成後來畫家的一個標準。不消說，四大家以後的畫家並不是人人都全靠神來的興趣才去寫畫，明清兩代也有畫院畫家，而在文人畫中亦有種種不同畫風的人，只是我們說，在大致上四大家的精神是支配了下一個時代，大概也不至有錯吧？

此四大家雖說支配了下一個時代，但在他們之間大致上精神相似，畫風上却多少有些差異。像梅花道人的畫便多少有點接近普通畫工的形式，與其說他寫畫靠與會，不如說他更側重骨力。他的這種畫風最先出現了模仿的人，由明初到明中葉的南畫家大多數都是出於這種畫風的，尤其是大家如沈石田，正是這一派中的傑出的人物。沈石田的畫雖是南宗，不過有時又接近北宗的夏珪。這是因爲夏珪與梅花道人之間多少有些類似的原故。到了明末又出了一個董其昌，他的詩文書畫也算上大家，可以說是趙子昂以後的第一人，而他對四王吳惲所處的地位，又跟趙子昂對元末四大家非常相似。董其昌研究了種種畫風之後，結果便回到董北苑這條路上去，同時畫中九友都受了他的刺激，人人也來完成一種新的畫風，到後來便有四王吳惲的出現。四王吳惲之中最先出現的是王時敏、王鑑兩人，他們主要是學黃大癡。王時敏的孫王原祁也是繼承祖父遺法。在他們全盛時代，可以說便是黃大癡派的全盛時代，亦即已取梅花道人時代而代之的時代。王石谷和吳歷雖是學的王時敏、王鑑，但後來研究了種種古畫別成一家，只是到了下一代這兩家的畫風却不是怎樣盛行。惲南田另創花卉一派，下一時代幾乎全受了他的支配。因此，元末四大家的全盛時期雖然到了二百年前，即在四王吳惲時代便已結束，不過以後的時代，山水畫的畫風大體上還是通過王原祁使黃大癡派盛行於時的。只有倪雲林的畫，因為在作風上比黃吳二人更超越普通形式，所以在明清之間學他的人大抵是隱士和尚一流人，普通畫家很少有人學他，能自成一派的人就更少了。王叔明的畫雖常有人學，不過却未能另創出一個時代來。王原祁的畫風大部份是得自黃大癡，但得自王叔明的地方也不少，這一點對四王吳惲以後的畫家頗有影響。

然而上面所說的不過是在形式上作一番細微的區別吧了，倘在大體上來說，元末四大家的精神無疑對以後的時代有過長期支配，在近代不論是誰，如果想寫山水，雖然有時說是學董源、巨然，有時又說是學米家父子，其實仍然只是通過此四大家的精神，四大家的手法去學古畫的，要超越四大家的範圍來另創一種新畫風幾乎已是沒有可能了。就算偶然有人嘗試來超越這個範圍，但他的畫總不免有邪俗甜賴四種病。我們可以說此四大家的畫風及其精神已替各種藝術立下了一條不能逾越的法則，他們那種完全的手法雖由四大家的時代起，到四王吳惲止便已結束，可是直到四王吳惲以後其實也沒有脫出這個範圍。我們如果想明白近代的山水畫，首先便應該知道那是由元末四大家開始，又由清朝的四王吳惲結束這個史實的。

胡漢民的晚年

薩中

廣東軍閥陳濟棠，盤據羊城作威作福八年之久，臨垮台前五個月，還槍殺一個同盟會老黨員朱少穆，當時胡漢民住在廣州，竭力營救，但陳濟棠不賣帳，虛與委蛇，答應可以釋放，但却又暗中將朱少穆槍決了。胡漢民聽到這個消息，氣到一佛出世，二佛涅槃。這時候，陳濟棠正醞釀對抗蔣介石，自知聲望不孚，要拉攏胡漢民來參加他的集團，以助聲勢。南京蔣介石集團也恐怕陳濟棠把胡漢民拉去，對己不利，就在一九三五年三月，暗示鄒魯，叫他親往香港，勸胡漢民回南京，胡漢民面有難色，恐怕一到金陵，又會被蔣介石軟禁在湯山「養病」了。鄒魯似乎懂得他的心事，便勸胡漢民最好出洋一行，半年後再回來。

胡漢民是六月九日由香港啓程往歐洲的（鄒魯派中山大學醫學院教授陳翼平醫生同行，以便為他治疾。有人作胡漢民年譜，謂隨行者尚有李崧醫生，其實李醫生沒有去。陳醫生今在香港），下一年一月十九日回到香港，南京立即派兩個大官居正，葉楚傖在香港迎候，拉他回去，但胡這次往外國一轉，來回坐了兩個月船，在舟中早已慢慢想清楚絕不能與獨裁者共事，以不入虎口為妙，遂於廿五日入廣州，對於北上之事，只是「打官話」，南京大為失望。蔣又於三月十二日派王寵惠到廣州，促胡北上，胡一味說病體未痊，待養病後才去。其實這是政治病。

過了不久，陳濟棠就把朱少穆槍決了。少穆是南海縣九江鄉人，他的父親在西貢的堤岸做生意，發了財，送少穆往日本留學。光緒三十一年，孫中山到日本，發起組織中國同盟會，第一日加盟的人五十多，朱便是其中之一。民國成立後，他沒有做什麼大官，只於民國十二年一任廣東澄海地方審判廳廳長，但不久即辭去，在廣州做律師。陳濟棠無辜殺他，不知何事。舊日軍閥，濫用權威，人民毫無法律保障，南北一也。

蔣介石因胡漢民倚元老資格，同他爭辯約法問題，勃然大怒，把胡軟禁在湯山，讓他多浴溫泉，留在廣東的中委古應芬、蕭佛成等與粵軍將領陳濟棠也致電南京詰難，和南京分家。直到九一八事變後，蔣介石高叫「團結」，然後把胡漢民釋放，至此時，胡漢民拜日本之「賜」，得以恢復自由，立即往上海住在租界，又怕寧滬咫尺，仍不安全，於是再進一步，搭船到香港。到了香港，他就可以大放厥詞，大罵蔣介石獨裁，無法無天，甚至連孫中山最親信的同志，也胆敢軟禁了！（其實胡漢民還算幸運，只不過坐了幾個月「花廳」，最可憐的是張學良，足足坐了三十多年！）

記戊戌變法時一班青年知識分子的故事

梁啓超、黃遵憲、周善培在湖南的活動

斯文

的確，不門不相識，從此，周梁成了最要好的朋友。在政治上，當梁任公走錯路的時候，孝懷先生規勸他，民國二年，梁任公忽然擔任袁世凱的財政總長，孝懷先生幾乎和他絕交。但當梁任公翻然覺悟的時候，孝懷先生也就立即與他攜手，共同戰鬥。這主要表現在民國五年討袁之役。那段時期，表面是岑春煊，梁啓超，陸榮廷一般人在討袁，其實，整個籌劃和導演的却是孝懷先生。這整個計劃是以蔡那位一生從不二色的蔡松坡如何逛八大胡同，如何鬆懈和買通袁世凱的暗探，然後化裝逃到天津，如何混住日本租界的共立醫院開始的，惜乎孝懷先生正如孫中山在一封致他的信中所說的那樣，說他「一生功成不居」，外間知者太少吧了。

周善培的「談梁任公」

梁任公對於這位作爲諍友的孝懷先生也具有不可動搖的信賴。由以下一件側面的事實可以證明孝懷先生逝世後，他的一篇「談梁任公」在一九五九年十月份「政協文史資料」（北京全國政治協商會議下面一個叫作政協文史委員會的，每月定期出版「政協文史資料」一册，每册厚達一百五十頁，所刊載者全是最高級的文史機密資料，篇篇精采絕倫，絕對非賣品。申伯純，章行嚴皆是主要負責人。根據中共的規定，非十一級幹部以上，無資格閱讀。）將發表之前，出版當局去徵詢梁思成的意見。因爲這篇文章裏，對梁任公有褒有貶，而整個的印象似乎是貶多於褒，而梁思成既是梁任公的第四公子，又是今日中國建築設計的權威，現任清華大學建築系主任。出版當局恐怕對梁任公批註太多，對梁思成面子有些不好看，又恐怕孝懷先生那篇文章裏談到的也許與事實有出入，所以特去問問梁老四的看法。結果，梁思成稍一思索，推了推他千度以上的近視眼鏡，就直率地告訴來人道：「父親一生是個活動家，我則是在家讀書，在大學讀書，然後留學美國，對我父親的活動所知不多，只不過我和父親相處的時候，常常聽到父親說，『我這輩子交遊遍天下，但眞正了解我，並帮助我走對路和糾正我不走或少走錯路的朋友只有一個，那就是你們常聽我說起，並也常見到的周孝懷周老伯，他說我的都是對的和事後證明是對的。我若先死，你們多請教他，多聽他的話就不會錯了！』因此，如果周老伯對我父親有所批評，我想那一定是我父親應該受批評的。同時，我父親又常對我們弟兄說，周老伯一生沒有作過虛言，因此，我想，我所提到的一定是事實，我是毫不懷疑的。」

由梁思成這番談話裏，由梁思成回憶的梁任公如何訓子的這番談話裏，可以反映出孝懷先生和梁任公之間的友誼是如何地眞摯了。

黃公度的日本國志

以戊戌年正月起，直到七月之間，孝懷先生除隨徐學台去各縣攷校秀才外，多半時間都在長沙。一得閒就到臬台衙門去拜訪黃公度。徐學台在介紹黃公度的時候，說他是有名的詩人，但是他對孝懷先生却從不談詩，只是在議論國家大事。有時在黃公度的書房裏，一談就談到深夜。書房，眞是名符其實的書房，周圍是整齊的書架，有條不紊地堆滿着成萬本的經史子集和日文的書籍，靠窗擺着書桌，是特大型的，直如餐桌，紙筆墨硯也是規規矩矩地陳設着的，書桌上還有一本圖書目錄，原來那就是這小型圖書館的書目，公度先生每天手不釋卷，但看完後必定照目錄所制定，放還書架，以免遺失。但最引起孝懷先生注目的，則是牆壁上貼着一條一條的寫滿着字的紙條。有一次，孝懷先生實在忍不住了，就請問這些紙條是作什麽用的。公度先生沒有直接答覆，就翻了一下書目後，從書架上拿出十六冊線裝的書，說道：「你先把這十六冊書拿回去看看再說。」

孝懷先生在六十年後的戊戌（一九五八年）回憶這段事情時，說道：「原來，這就是公度先生一生最偉大的著作：『日本國志』。是公度先生任日本使館參贊時寫的。全書約五十萬言。這本書對日本國家歷史的分析之詳密，引徵之淵博，都是前無古人的，而且直到六十年後的今天，也還可說是後無來者，因爲我還沒有讀到任何人研究日本歷史之深湛，寫論日本歷史能够超過這本『日本國志』的。比較起來，這本『日本國志』文字之美反成餘事了，雖然這本書的文字也是直可媲美韓昌黎而無遜色的。我窮一星期的時間才讀完全書，然後知道我雖然當時已到日本去考察過幾次，但是所知實在太淺薄了。於是，我才領悟到老輩治學之謹嚴，我對公度先生的敬仰，更增加了！」

詩人教人如何「作事」

孝懷先生在讀完全書後，就去拜訪黃公度。自然，孝懷先生對這本「日本國志」說了不少傾慕的話。忽然，黃公度說：「你不是問過我牆壁上的紙條作什麽用的嗎？日本國志也就是若干這種紙條匯集成的。」接着，不顧孝懷生先的驚異，黃公度又說道：「我們人類的思想和靈感是無窮盡變化的，是隨時可以發生的，但如果你不抓住它，很快就會消逝的；因此，當你醞釀着一種新的想法或發現一種有價值的資料的時候，就必需趕快將它掌握住，保存下來。我的辦法就是把它立刻寫在早已裁好的紙條上，並把它貼在牆上。當需要的時候，立即可以取下應用。你別看『日本國志』有幾十萬字，但裏面最中心的思想和最主要的考證都是先貼在牆上的。寫書如此，寫文章如此，訂立規章制度也是如此，別讓思想、靈感和辦法跑掉了。其實，這也不是我的發明。司馬溫公寫資治通鑑就是用的這種辦法，我也只是倣前人的辦法罷了。」

孝懷先生在和黃公度相處的幾個月當中，對於觀察天下與國家的眼界與胸襟廣濶起來了。同時，也學了不少如何制訂制度，如何創辦事業的方法。雖然是短短的歲月，但這也就是孝懷先生一生中最可珍惜的一段人生過程。他在生前常對人說道：「我這一生相交的朋友和教育的學生不曉得有多少，但對我一生影響最大，使我念念不忘的只有兩個人，那就是四川榮縣的趙堯生先生和廣東嘉應州的黃公度先生。我從趙先生學，不過一年。人家都說趙先生是有名的文人，但我從趙先生那裏學來的不只是如何「作文」，最主要的是如何『作人』。我從公度先生往還不過幾個月。人家都知道公度先生是有名的詩人，但我從公度先生那裏學來的，不是如何作詩却是如何『作事』。」

在那段時間，孝懷先生還發現出黃公度一種過人的毅力。原來，他的大烟癮並非絕對的。在無所謂的時候，黃公度在囘稟巡撫時都口不離烟，正如研甫學台所說。但在辦正經事，研究重要問題的時候，根本就不抽也可以。孝懷先生常和黃公度討論研究，一下就十幾小時，而黃公度點烟不抽，還是那樣目光烱烱，精神煥發，毫無倦容，眞不可及！

徐學台保荐周善培

戊戌五月，變法維新的若干政令公佈了。在北京，每天都有令人振奮的上諭發佈出來，如前所述各省中響應最力者首推湖南。在北京發佈的上諭中，有一條是德宗認為舊式科舉已經不足應付時代之需要，他下令在八月開「經濟特科」。這種「經濟」乃是經綸人才的意思，與我們現在所講的財政經濟的意義是迥然不同的。上諭規定由各省的總督、巡撫或學台保舉他們認為具有經綸天下才具的最優秀的人才前去北京應試，其實就是提拔厲行新政的中堅分子。而且，嚴格規定除總督、巡撫與學台這三種高官外，任何人無保薦權，這就杜絕了大家亂保舉的流弊。保舉和批准的期間在七月中旬截止。

這條上諭到了湖南，孝懷先生並不注意，因為自問一來自己只有二十三歲，差不多還是少年；而且只是個副榜，連正式舉人的資格都够不上；第三，目前的職位也不過是看卷子的師爺，雖然是總校，又算得了什麽。

七月中旬，有一天黃昏，孝懷先生正在書房裏，忽然徐學台派人請他談話，說有要緊事情。於是，孝懷先生趕緊過去。一見面，徐學台就拱手道：「恭喜恭喜！」見到孝懷先生的茫然的神態，學台微笑起來了，他接着說：「告訴你一件好消息。上個月，我和右銘中丞聯名保舉你應試經濟特科，剛才收到北京的公事，已經批准了。你就準備去罷。全國經保舉批准的名單一共二百十三人。你是最年輕的。梁卓如也在內。你這次去北京應試後，恐怕沒有機會再回湖南了。以你的才具幫助朝廷，幫助皇上，在中國任何地方，都一定可以作出一番事業，我和右銘中丞雖然老了，但我們一定從湖南支持你的，你放心去幹罷！」

聽了這一番話，孝懷先生宛如在夢幻之中。他想道，全國四億人，一共只選出最優秀人才二百一十三人。其中任何人都是天下知名之士，都有功名，都起碼是壯年，梁任公雖年輕，也有二十六歲了，我，差不多還是小孩子，又是個眞正的布衣，我能被選上嗎．這可能是眞的嗎？

直到徐學台再次提醒他道：「快去準備罷，我們還要給你盛大餞行哩！」孝懷先生這才由夢中醒來，但他已經感動得說不出話來了。

接着，又一個好消息傳來，上諭特派湖南按察使司黃遵憲任日本公使。於是，在這個湖南領導層官員的這次餞行會上又多了一名客人。（梁任公已經由長沙獨自先去北京了。）

八月初旬的一夜晚，在湖南巡撫衙門，由陳寶箴巡撫與徐仁鑄學台作東，為公度與孝懷先生而舉行的餞行宴會開始了。一位是遠渡東瀛，以他的能力和學問，可能為甲午戰爭以來沉悶的中日邦交打開新的局面。一位是年少有為，去到北京後，無限光輝的前途，乎似肯定地正為他開展着。

湖南巡撫衙門盛會

孝懷先生準時赴會。自巡撫以下重要的高級官員全出席了。忽然，在主席上又出現了一位貴賓，原來是湖北巡撫譚繼洵（譚嗣同的父親），大概是特地由武昌趕到長沙來赴會的。在席上，多數人都是非常興奮，孝懷先生從不喝酒，但那晚也喝了不少。只有兩個人從開席起却始終神色嚴肅，似乎心情沉重的様子，但不知為什麽，這人就是湖北巡撫譚繼洵和湖南臬司黃公度。吃到酒半醉的時候，陳寶箴和徐仁鑄舉杯祝賀，祝賀黃公度外放日本公使，周孝懷入京應試。黃公度站起來說：「多謝中丞和學台的盛意。我這次到日本，希望能够替朝廷多盡力，搞好對日本的外交。自甲午戰敗以後，國勢日弱，弱國本來是無外交可言的。我個人雖然和日本朝野關係很深，但外交是現實的，再加之，我對日本的多年研究，始終認為日本是要吃掉整個中國的。個人力量有限，恐怕也難挽狂瀾，不過，我一定盡力為之。皇上決意變法，自然很好，不過，我躭心，眞的非常躭心，但舊的勢力阻力太大，變法能否成功還在未定之數。我就是到了東京，朝廷的消息還是希望各位常常通知我……」於是，黃公度轉向孝懷先生道：「我們這次由長沙分手只是暫時的。你由長沙到北京考試後，記住就從天津坐招商局的船到上海，我在上海等你，我們一起到日本去。我已經決定奏調你作我的隨員，我想朝廷定會批准的。記住，考完就趕船到上海……」

孝懷先生在六十年後的戊戌，回憶當時的情景道：「我聽到公度先生宣佈奏調我到日本去作他的隨員的時候，眞是歡欣到心都要跳出來了。公度先生是我最敬仰的老輩，我從他可以學到很多作事的方法，到日本去，又可擴大我的學識範圍。如果眞是能作參贊，升到公使也是很短時間的事。那時，我眞正感覺到如黃金般的未來大路正在閃爍着光明，舖張着，只是等待我信步踏上罷了。那裏料得到忽然一個天翻地覆，竟把我的夢想打得粉碎呢？又那裏料得到公度先生的確遵守諾言在上海等我，而我們的會晤却不是在開往日本的輪船，而是在上海他的家裏呢？」

譚繼洵拜託辦大事

接着，湖北巡撫譚繼洵站起來發言了。譚撫台說：「我今天從武昌趕到長沙，自然是來祝賀公度先生放日本公使和孝懷到北京去應特科試的。不過，我還想講幾句不動聽的話，並且拜託孝懷替我辦件私事。」譚繼洵說話聲調遲鈍而低緩，若有重憂者。滿座歡樂的氣氛頓然受了打擊，大家都不由地肅靜起來，聽他講下去。譚繼洵接着說：「皇上變法，起國家二百多年來積弱之弊，我們做臣子的，當然是擁護的。不過，我是老腦筋，我總覺得變法的步驟似乎太急躁了。那些帮助皇上的人，如楊銳、劉光第他們都還老成，作事還有分寸，但康有爲只是長於誇誇其談，梁啓超飛揚浮躁，那裏能幹大事？如果皇上輕易地采納康梁的條陳，我看要出大亂子。比方說，上諭每天都在裁掉很多衙門，冗員。這些駢枝機關當然該裁，冗員也的確不少，但是一下子把他們的地位弄掉了，飯碗打掉了，他們不和你拚命嗎？北京很多大官一夜之間差事全耍掉了，他們不和你幹嗎？孟子說：「爲政勿得罪於巨室」，這並不是孟子官僚派，而是孟子的明智，重視作事的方法，不要操之過急，要叫大家都過得去。舊派勢力不是一下子消滅得了的。如果用力量硬消滅，那麽皮球拍得越低，彈得越高。還有我那兒子復生（按：譚嗣同字復生）更是不知天高地厚。仗着一點小聰明，說動了皇上，每天不知得罪好多人，滿人、漢人、大官、小官都給他得罪完了。我看，復生再這樣狂妄下去，不但把皇上搞垮，他自己的性命都要難保了……」譚繼洵越說越激動，竟然老淚橫流，在座的人全都發呆了。又一會兒，譚繼洵在稍微鎮靜下來後，就轉身對孝懷先生作了一個大揖，孝懷先生只好慌忙地還揖，感到不知所措。「孝懷」，譚繼洵說道：「你這次到北京，我重託你一件事。你見着復生，叫他立刻離京，回到武昌閉門讀書，在家裏再讀幾年書，看看他的狂妄是不是能改掉一些。一定要叫他立刻回家，不要再替皇上，替他自己，替我們全家惹禍了。你就對復生說，是我作老子的求求他，求他救救皇上。他如果這樣不愛惜自己，就請他救救我們譚家。如果復生硬不肯走，我就要奏請朝廷把他押回武昌……。」譚繼洵說到此處，再也說不下去了。滿座也爲之惶然，不知怎樣才好。孝懷先生只好起身表示一到北京，定對譚復生把老人的話帶到。於是，這個餞行宴會就以歡樂的情緒始，而以黯然的情緒結束了。

孝懷先生回憶當時的情景，說道：「我從不迷信，但是當時的情調，譚撫台的悽愴欲絕的講話，實在預示了變法的前兆，乃至譚復生的命運。我極願把老人家的愛子深情的口信帶給復生，那裏知道竟永遠帶不到呢？」（不過，兩三個星期後局勢大變，譚復生就在菜市口問斬，他竟永遠不再能慰慈父倚閭之望，永遠不再能回到武昌了。）

顧老師密報壞消息

餞行宴會過後不久，黃公度就由長沙啓程赴上海，孝懷先生則由長沙赴武昌，那裏知道在武昌阻風不能過江，一等就是。三天等到風停後，就乘渡船過漢口。到了漢口，首先想到總督衙門，先拜見房師顧印愚先生，報告好消息。

一進到顧印愚的辦公地方，顧對這位不期而來的門生似乎感到驚奇。於是問道：「你來做什麽？」孝懷先生恭謹地答道：「我是到北京去應經濟特科試，特別在漢口路過停留一下，來拜見老師的……」話還沒有說完，顧印愚就慌慌張張地四望了一望，說道：「不要多說了，跟我來。」這樣，顧印愚就帶頭，和孝懷先生一直走到他自己的睡房，把門閉緊，然後悄聲地對孝懷先生道：「你還不知道嗎？」孝懷先生不解什麽意思，就問道：「知道什麽？」顧印愚悽然地說道：「政變了，全完了，皇上已經垮了！」接着顧印愚述說政變的原委。孝懷先生才知道政變恰巧發生在他在武昌阻風的第二天。那時沒有報紙可看，因此最重要的政治變動竟完全不曉得了。

孝懷先生回憶當他聽到顧老夫子講述政變經過時的心情道：「那時，我眞是如同突然遭到一記悶雷，心情之起伏紊亂非復言語所能形容的。一切夢想，一切希望全都落空了。所有擁護變法的人們，無疑地都會面臨太后與舊黨的報復，他們的命運將會如何？那些在湖南的，在北京的，自己一向敬仰的相知的師友，將會遭遇怎樣悲慘的後果呢？皇帝如何？國家如何？自己未來又如何？眞的不敢深想下去了……」顧老夫子是個謹愼胆細的好好先生，他極力勸慰這位失望、沮喪的學生，並且堅持這位年青人就在總督衙門裏暫時居住一些時候，一方面避避風頭，一方面再看看時局怎樣演變再作道理，這位年青人無可奈何地服從了。

惡劣而不幸的消息不斷地傳來，黃公度滯留上海準備到日本上任的期間，政變發生，他不但被革去日本公使的職位，而且被加重處分，太后下令上海道蔡鈞看管他，失去自由。

孝懷先生在顧老夫子那裏一連住了兩三個星期，心情煩亂已極，不知道下一步棋該怎樣走。自己所最敬仰的黃公度被鬥垮了，更增加了心情煩亂。爲了這件事，他幾夜不能安睡，但經過了這幾夜的反復思考，他終於作出了決定。

趕往上海探黃公度

第二天清晨，孝懷先生在整理簡單的行篋後，就向顧老夫子辭行了。顧印愚問道：「你是不是準備回四川侍奉老親呢？」孝懷先生答道：「不，我到上海去。」「到上海去做什麽？」顧印愚感到很奇怪地問道。「我到上海去探望公度先生。」孝懷先生答道。「什麽？去探望公度先生？」顧有些慌了：「誰都知道公度先生是新黨，而且是欽犯，大家連躲都來不及，你還敢去沾邊？皇太后正在到處捉拿新黨，你想跑去上海送死嗎？」顧老夫子雖然語氣嚴厲，可是裏面蘊藏看的慈愛和關切，是孝懷先生深深領悟得到的。於是，孝懷先生說道：「這件事情，我考慮了好幾夜。我覺得我一定要到上海去。我對公度先生有知遇之感，雖是朋友，我却是敬之如師執輩的。現在，他在患難中，別的人遺棄他，不理他，我却覺得這正是他眞正需要朋友的時候，也是考驗我們够不够朋友的時候，也是考驗我們讀書人能不能受用的關頭。至於個人是禍是福，非所計了。老夫子的好意我謝謝，不過我已决心這樣做了。」

這樣，孝懷先生就在第二天，趕招商局的船去上海了。身上缺旅費，只好坐三等艙。在船上，回想起上年十二月應徐學台聘，由上海乘大餐間溯江而上，初晤梁任公的情景，歷歷如在目前，那裏料得到短短的九個月時間，竟發生了三百六十度的大轉變，悵然地走上歸途，從天堂墮入深淵，而且冒險去訪晤一位大家注目的欽犯呢？

孝懷先生到了上海後，千方百計，才到了黃公度的住所（當時黃的住宅已在嚴密監視中），得見一面。不久後，英日等國使節爲黃公度向淸廷說好話，撤銷監視，放歸田里。

（全文完）

丁寶楨及其子孫【續】

松井三郎

慈禧報仇宮保發怒

例如：丁寶楨殺了慈禧太后寵信的太監安德海以後，慈禧雖然格於天下人的議論，奈何他不不得；但却也做了兩件最使丁寶楨覺得遺憾的事，來報這一箭之仇。據說，丁平生最大的兩個願望就是，「生前能入閣，死後謚文正」。結果兩樣都在慈禧的手裏落了空。最使丁不痛快的是，光緒六年協辦大學士沈桂芬死了，無論從資格上，人望上，功名上來講，丁都有「這一次非我莫屬」的理由。在慈禧面前有資格講話的滿族王公們，也都有保舉丁的意思。但是，下一年六月，慈禧却忽然不聲不响地叫李鴻藻補了缺。當丁寶楨接到這消息的時候，正在成都宴客，大有點向川中父老告別之意，當然被這個出乎意料的打擊，感到非常下不來台，馬上在宴會席上把自己的長孫道川叫到身邊來，當着客人們的面，改名爲鴻藻，以洩自己胸頭的不平之氣。

這個丁鴻藻，就是丁春膏的父親。一直到死，都以鴻藻爲正名，他原來的名是「道川」，反倒正式變成了他的「字」了

丁寶楨雖然在做官的時候，不肯要錢，但也並不是說他就把錢視如糞土的。據說，連秤銀子的小事，他老人家都一定要自己動手，只准一兩個貼身的丫頭，在旁邊帮忙。在他死前一兩年，他曾經找一個相當難看的小丫頭，帮助他秤銀子。誰知剛秤了一半，就被他的夫人撞見了。因爲那時他正捉着丫頭的手來添減法碼，却被夫人誤會他是在調情，馬上當着一些用人面前刻薄他道：「想不到老爺年老心不老到這般田地！既然連摸一下手的油都願意揩的話，又何不乾脆把她收了房呢？」

這幾句冷言冷語，弄得丁寶楨非常下不了台，索性惱羞成怒眞個把那個丫頭收了房，他死後幾個月，這丫頭生下來一個遺腹子，但是，由於元配夫人懷恨在心的緣故，始終沒有正式承認他們母子兩人的合法地位。直到這位元配夫也作古以後，那兒子才算是被丁家接受了下來。他的名字叫丁砥齋，被家裏的人們稱爲「六爺」，見了哥哥姊姊們的時候，只有侍立聽訓的資格，而且在年齡上也相差了好幾十歲。這一支就是後來搬到山東去，定居在濟南舊軍門巷的那一房人。

丁家小姐有男子風

丁寶楨小女兒的那一支，自從嫁到揚州陳家去以後，就一直定居在寶應與揚州一帶。她出嫁的時候，丁還特別派長孫丁鴻藻帶了一條小兵艦，沿江而下，把她護送到寶應。

這位女兒，以封疆大吏千金小姐的資格，下嫁爲「商人婦」，結婚以後，自然把丁家的那一套「宮保家風」，原封不動地搬到了丈夫的家裏去。而且在「相夫教子」這一方面，也嚴峻得遠近聞名。她的丈夫既不准討小老婆，遇事也沒有什麼決定權。子女們最怕的人，也不是父親，而是母親。她的兒子陳延暉，小時很貪玩，她就乾脆自己動手來教他念書，好使他不敢逃學。有一次，他在念書的時候，忽然情不自禁地哼起小曲子來，惹得做母親的人勃然大怒，順手抓起桌上的裁衣剪子，向着兒子的嘴巴就是一剪——直到今天，陳延暉的右嘴角還有一條相當長的刀痕留着。

說也奇怪，在丁寶楨的後人中間，男子方面，大都溫文爾雅，而且還一連出了好幾個騷人墨客。然而在女子方面，却幾乎個個都「丈夫氣」十足，決不對丈夫、子女，或是任何別的人，隨隨便便地假以辭色。

這種風氣，連陳延暉的姊姊都受到薰陶。每天她都有一個固定的時間，來接見她的丈夫，子弟，或是弟弟。到時，她盤着腿坐在床上，和「被接見」的人們，不苟言笑地談幾句家常，或是「訓示」他們一番。就是她自己的親弟弟陳延暉看見了她的時候，也要規規矩矩地有問必答，不請他坐下，是不能隨便坐的。

丁寶楨的一些曾孫女，也都以嚴師型的作風，在親友們的腦海中留下了深刻的印象。她們卽使在出嫁了一二十年之後，還不大高興別人稱她們「夫人」，而寧願被稱爲「姑太太」。在這般人中間最著名的，要算是「大姑太太」和「八姑太太」。兩個人都是丁春膏的嫡親姊妹。

到現在爲止，根據從可能搜集到的那些材料來看，在丁寶楨的歷代子孫中，丁春膏應當是最出色的一個。

恰恰和這相反，他的父親丁鴻藻，畢生的表現，却非常庸碌。

丁鴻藻打老婆絕技

丁鴻藻一共有三個太太，一個正室王氏和兩個被稱爲「姑娘」的姨太太。收房丫頭也有兩三個，但都在他的生活上，沒有起過什麽值得注意的作用。就因爲他的嫡配王夫人，系出名門，特別講究嫡庶的規矩，所以絕對不容許任何姨太太和她分庭抗禮。例如，在吃飯的時候，照例只有她才配和丁鴻藻同桌而食，直到她們吃完以後，才准姨太太們吃剩菜。收房丫頭們更慘，只准拿碗飯，坐在大廳門坎上吃。這個家規，一直繼續了許多年，就連丁春膏也因爲這種「不平等待遇」，對他的母親頗有些不够厚道之感。

丁鴻藻在宮保紅得發紫的時候，雖然統帶過一隻兵艦。但是，畢生中最大的官，只做到了一個近似於榷運使的鹽官。他的經濟狀況，恐怕是各房中最破落的一個，所以後半生只有靠遊幕爲活，離家的時候，要比在家鄉得多，每過兩三年才回家來小住一次。而每住一次，必使其元配的王夫人，身懷六甲而後已。他的十個孩子，就都是在這種情形下產生出來的。姨太太們雖然也有過兩三個孩子，却都在他出外「雲遊」的時候，被王夫人連母帶子，趕出去了。收房丫頭的運氣更糟，一旦有孕的時候，不是被打得流產，就是根本不認帳。因此，在王夫人的「軍事管制」之下，丁鴻藻從始至終，只有嫡出的十個子女。

然而，丁也並不是一個怕老婆的人，老婆倒是畏之如虎。他不高興的時候，往往會忘記了自己世家子弟的身份，把元配夫人抓過來大打一頓。打得她甚至於要躲到大兒媳婦的房裏去避難。那時，做公公的人，當然不能闖進媳婦的房間裏去。因此，正在氣頭上的丁鴻藻，就會用一張長竹竿，從窗戶裏伸進房間去，一邊破口大罵他的夫人，一邊把竹竿左右上下，飛舞一陣，希望能僥倖碰到他所要打的人。

據說，丁鴻藻的特長是做四六句和對聯。不過，一貫都是替督撫之類的老爺們捉刀，所以沒有什麽東西名正言順地傳下來，說是他的大作。

他的王夫人，也能够作舊詩，而且還自己編過一本詩草，然而，大部份是「閨怨」、「念夫」之類。在一九四九年上海解放的時候，丁春膏的遺孀，爲了避禍，把一切能够指證她「封建餘孽」的文件和照片，都燒掉了。這本詩草和丁寶楨的許多墨寶，也恰巧在內。

丁鴻藻的十個兒女，都是在他不在家的時候，出生和成長起來的。因此，他們對母親的感情，都遠遠超過於對父親之上。好在丁鴻藻的爲人，頗爲豁達，只要能够有點零錢用，有點酒喝，別的都看得相當淡。當兒女們大了起來，接父母去奉養的時候，他的地位實際上和歐洲女王們的丈夫一樣，只是個高級的伴食宰相而已。——其實，這種日子他也並沒有過得多久，大概在一九一七年前後，他就死了。他的太太王夫人，要比他多享十年福。

丁春膏兄弟的故事

然而，這位王夫人的後福，也還有點美中不足之處。丁春膏雖然對她極其孝順，但是在她心臟病突發而死去的時候，正是馮玉祥的戰友張紹曾，在天津被刺的後兩天。張的電台就是設在丁家裏的。所以，丁在他母親出殯的時候，還要在天津日本領事的協助下，穿着和服，戴上黑眼鏡，扮成日本人的模樣，雜在看熱鬧人的中間送殯。家中的秘密電台，也由丁的弟婦和一個旗人包車夫，在出殯的前夕，冒險轉移到日租界裏另一個安全的地方去了。

丁鴻藻這一支，在丁宮保死後，一直留在四川。由於丁鴻藻以不善於治生，而又很會用錢，所以後來弄得很窘，十個兒女的童年生活，都遠不如別房子弟那樣富裕。而丁鴻藻自己却又很不喜歡爲這問題而操心，一旦遭遇到困難的時候，馬上就別妻出遊，到一些封疆大吏們那裏作幕去了。不過，他的貢獻，只限於琴棋書畫，麻將，「姑娘」而已；並不是什麼「運籌帷幄」的人物。

由於這個緣故，他那一支的子弟們，都逼得在青年的時候，就被好勝的母親送出門去，自己打天下。結果呢，最成功的是二爺丁春膏；七爺丁澤煦；九爺丁雪樵。——「二爺」進入了政界，終於成爲丁宮保後人中，除掉地質學家丁道衡之外，最有出息的一個。「七爺」成了四川哥老會中的「總舵把子」之一，而且被孫中山先生委爲「川邊別動隊少將總司令」；在被他的盟兄熊克武賣掉以前，有過兩三萬子弟兵。九爺在詩詞和古董上，都頗有研究，却可惜死得太早。

這一房的大兒子丁守愚，似乎是個頗爲平庸的人。一生中做過無數任知事和縣長，也從來沒有做過更大的官。因此，在宮保後人中，他也並不受別人什麼重視。

丁七爺是自小就習武的。在雲南講武堂畢業後，到過日本。但是，士官學校沒有畢業，就回國來搞革命。據說，此人也會作詩，不過，詩句總是蒼涼萬狀。打起仗來，也極其勇猛，所以在二十多歲的時候，就當了少將。有一次作戰，被子彈打中了頸部，他把大旗扯下來，圍在傷口上，依舊死戰不退，終於把敵人打得落花流水，因而威名大振。

熊克武槍决丁澤煦

不過，他的軍隊紀律很不好，在成都附近駐紮的時候，很得不到老百姓的歡迎。他自己本人又好色如命，見了漂亮的姑娘，就要收房。有一次甚至於把成都一對姊妹，同時拉來做了「新娘」。他對殺人也很隨便，不高興的時候，更喜歡拿「殺厨子」來出氣。惟一能够使他有所約束的人，據說，一個是鞭長莫及，只聞其名的孫中山；另一個就是他的元配張劍英。她是成都一個大舵把子的女兒，在哥老會中也很有實力，而且善於騎馬，打槍；也是少林拳的好手。夫妻們打架的時候，不是拔出手槍來拚命，就是拳來脚往，武門一番。最後，終於被一貫想鑽空子擴大自己實力的「盟兄」熊克武，找到了利用她的機會。在她爲了吃醋，和丁七爺鬧得不可開交的時候，熊在「吃春酒」的藉口下，把丁七爺騙到了他的防區，馬上加以槍斃。然後把丁的子弟兵繳械收編，使自己的部隊擴大了許多。

變故發生的時候，丁的部隊，本來準備去把「龍頭大哥」搶救出來的。可是，丁的太太張劍英認爲熊克武一定會守約，把丁關幾天，然後再交給張來加以約束。誰知熊却反臉把丁殺了，所以，從此以後，張一說起熊來的時候，就要大罵：「熊克武這個龜兒子！」而丁的兄弟姊妹們，也因而對張極端鄙視，再也沒有和她來往過。

丁春膏在大排行中，行二。所以被人們稱爲「丁二爺」、「春二爺」和「二老官」。他在很年青的時候，就出川到了北京，在徐世昌的巡警部裏作事。辛亥革命前一兩年，已經當了沙市的百里侯。袁世凱準備登極的時候，他正當着宜昌的縣知事，曾經帮助被袁通緝的革命黨元勛胡某，平安通過宜昌，回到四川去響應雲南起義。這一件事，在陶菊隱寫的「六君子傳」中，也曾經簡單地提到過。

馮玉祥賞識丁春膏

後來，丁就不斷地在北方當知事和道尹。在他的滄州和大名任內，和馮玉祥的盟兄孫岳，發生了僚屬關係。從而被馮加以攏絡。馮平常的那一套「愛民如子，勵精圖治」的高調，聽起來很像丁宮保當年的政風。所以，丁二爺就抱着幸逢知己的心情，投入了馮的陣營。馮當時的大將張之江，對丁的才幹，非常賞識，就請他去當西北軍重要基地——張家口的道尹。他的政風很好，肯辦事，不要錢，又沒有什麼官架子，所以的確替西北軍收了不少民心。

馮在被直奉皖系聯合打垮以後，曾經派丁到天津日租界裏，去負責西北軍在敵後的秘密電台，而且協助張紹曾搞策反工作。據說，丁在這一個時期，尤其是在張被暗殺後的年月裏，對西北軍的貢獻極大。但是，由於丁後來看穿了馮的「偽君子」的作風，在中原大戰的時候，自動脫離了馮。所以馮在寫「我的生活」的時候，只輕描淡寫地講過一句，丁在天津替他搞過電台，而對丁的貢獻却一字不提。

那時，丁在日租界中的生活，是極其驚險的。經常要搬家，而且每聽到有人來敲門的時候，就要躲進一間小儲藏室裏去，從外面把門反鎖起來。由於丁七爺當年到過日本的關係，也陸續認識了不少亡弟的老同學和老朋友。所以在天津出門的時候，常常穿了和服木屐，和一些日本人的「居留民」一樣。

北伐成功以後，他當了河北省政府委員，兼縣長考選委員會主任委員。一上任，他就把地地道道的「宮保作風」拿出來了——專幹別人不敢幹的事。第一件事，就是在考選出來的縣長中間，取了一個姓郭的女性。女縣長在當時還是破天荒的事。身為省主席的徐永昌和民政廳長的孫奐崙，頭腦都有點冬烘，所以儘管她名列前茅，卻似乎並沒有真的當成縣長。

丁由於這一時期和馮玉祥的私人接觸頻繁，同時又是馮的副官長宋艮仲的好朋友，因而對馮的「雙重人格」，看得越來越清楚，也越厭惡。他這時已經定居北京，把自己從前就有的老房子，翻修和擴建了一番，變成了一座有花台，假山，水榭，石橋的庭園住宅。那就是西城太平橋屯絹胡同三十六號的礪園，據說，丁的所以把自己的住宅，命名為礪園的意思，是對馮的一種直言諷諫，而以「漱石枕流」來自策和自誓的。

孔祥熙迫二爺出山

蔣介石那時正在「招賢納士」，當然也看中了這位「小宮保」。於是，不久，何應欽就以「貴州老同鄉」的關係，和丁有了往還。孔祥熙雖然是地道的「山西佬」，但却一向以「至聖先師旁系子孫」自命，而且也早就用銀彈建立了和山東曲阜孔家的聯系。孔家老「衍聖公」的堂妹，是嫁給丁宮保的另一支（丁砥齋）做太太的。就憑着這一層拐彎抹角的親戚關係，孔祥熙也和丁春膏有了香火緣，極力勸他離開馮。

中原大戰的時候，丁為了表示自己的「不介入」，又跑到天津日租界去當「寓公」。他本來是既沒有擴建房子，更沒在租界裏享福的經濟能力的。可是，說也奇怪，丁在天津搞秘密電台的時候，馮只給過他一萬塊軍用票，其它的錢都是由他自己拿出來的。北伐成功的前夕，馮忽然假惺惺地拿出來了一些當時已經陷於停頓的烟草公司和煤礦的股票，以及一些塞北草原的地契來「還債」。怎知北伐一成功，這些股票，忽然由於外資突然而來的影響，大漲特漲。那些塞北草原的地產，也有了大買主。所以，丁的經濟一下子就活動起來了。

據說，馮在垮台前夕，眾叛親離，忽然想到那位在天津日租界住的「小宮保」，也許還有些「使用價值」。特別派了副官長宋艮仲（丁的貴州同鄉和好朋友）前往「勸駕」。丁的回答很簡單，只有八個大字送給他做紀念：「以誠待人，表裏合一」。

馮閻垮了以後，丁又回到他的北京礪

園去讀書課子。這一個時期，他對政治洗手不幹，只是埋頭買股票。不久也就出任了中法儲蓄會的執行董事。——當時，中國似乎只有兩個有獎儲蓄會：一個是「萬國」，另一個就是「中法」。

由於蔣介石孔祥熙的統一思想，以及時局的長期不安定，中法儲蓄會不久就被蔣孔操縱下的金融市場，逼上了破產的邊緣。身為執行董事的丁春膏，也只好重整他當日和孔的交誼，請「中央」不要斬盡殺絕。不過，出身土財主的孔祥熙，現在已經遠不如從前那樣好說話了。他一面答應：「中央全力支持中法儲蓄會的信用，但必須改組」；一面用霸王硬上弓的方式，請丁出來替他當河北的稅務局長。

孔祥熙用人兩特點

現在很客觀地來加以考察，孔的這個做法，對他自己來說，是一種很明智的舉動。他那時雖然還用事未久，但却已經聲名狼藉。一般人對「財政部系統」的看法，都是「非貪卽盜」。因此，為了自己的政治命運，他就積極地在兩點上着手：用的人不是剛從國外回來，表面上朝氣蓬勃的留學生；就是系出名門，不愁衣食的世家子弟。——後者最顯著的例子，就是南方的盛昇頤（人稱「盛老七」，盛宣懷之子是當時的上海稅務局長）；北方的丁春膏（「小宮保」，當時的河北稅務局長）。

中法儲蓄會，受了中央的「支持」以後，就改組成了中央信託局。

丁春膏在當了河北稅務局長以後，馬上又開始了他的「宮保遺風」，把那些多少年來的貪污陋規，一切斬掉。許多有後台但却貪汚有據的稅務分局長，在他的任上，都紛紛輕則撤職，重則坐牢。孔祥熙雖然對這種做法，大感頭痛，但是為了需要這塊金字招牌，需要這個好名不好利的人，來做自己的政治資本，只好忍痛由他去幹。

為十萬元撤表弟職

在一切陋規都取銷了之後，當河北稅務局長的人，還照例可以拿到一份合法的年敬十萬塊大洋。每年年終都是由北京商會會長正式送出去的。這一次，商會會長冷家驥看見行情大變，不知如何是好。想了半天，就託北京稅務分局長陳延暉去疏通。陳是丁的姑表弟，很得丁的信任，他這個職位，就是丁給他的。誰知他把開場白還沒有說完，丁就痛斥他「身為宮保外孫，竟而忘了家風」；一面嚴令他回絕冷家驥，一面把他馬上撤了職。

像這樣做官的人，北京商會倒還是頭一次看見，所以反而不好意思眞的把錢拿回來，大家决議，用這筆錢製了一個全金的匾，上寫「弊絕風淸」四個大字，掛在河北稅務總局的大廳上。那裏在淸代是吏部衙門，一九四九年以後，又成了中央財政部。那塊匾到第二次世界大戰結束後還存在，現在却不知跑到什麽地方去了。

丁的得匾，使孔祥熙大為得意。連忙又把這塊金字招牌，從華北移到華中去，好使人到處都覺得他「孔系」是不要錢的淸官。因此，他就在中日戰爭爆發前兩年，把丁春膏調升去担任湘鄂贛區統稅局局長。

丁到任之後，更加大刀濶斧地幹了起來。國家的稅收雖然猛增，一向靠貪污中飽來自肥的孔系稅官，却叫苦連天。其中最著名的是江西的林中，湖南的王海波，兩人都是孔的所謂「得意門生」，從國外回來不久，貪污的本領却處處高人一等。丁是和他們一道上任的，但不久就根據證據，把他們送了去坐牢。孔大概因為有點切身利益的緣故，來信叫丁只把他們撤職，好讓他們回「中央」去「聽候任用」。但，丁却像當年丁宮保對西太后一樣地頑强，對孔來了個「將在外，君命有所不受」，只把林王兩位「高足」的天怒人怨的劣蹟，加上各種證據，回報了上去。——他和孔結怨，大概是始於這個時候。

孔祥熙縱兒女行兇

那時，國民黨的要人們，盛行到廬山去避暑。孔家「大少爺」、「二少爺」、「二小姐」，在山上山下，搞得烏烟瘴氣，人人痛恨。孔家的衛隊，更穿看大書「公館」二字的運動衫，到處欺凌敲詐，無所不爲。那時，在塲的要人們，搖頭嘆氣的雖然不少，當面敢開炮的却一個都沒有。誰知這位並非要人的丁春膏，却居然跑去見孔，當面開了那些「小姐」、「少爺」、「馬弁」一炮。老孔雖然表面上表示虛心接受，過了兩三天，小孔們却帶了一羣身穿「公館」運動衫的馬弁，夜裏跑到丁在廬山大林路的別墅裏，把家具打了個稀爛。丁氏夫婦幸而都不在家，只有老媽子和「聽差」們，捱了一頓打。事後警察却只以「來歷不明之暴徒」肇事幾個字，敷衍了事。

那時，孔祥熙既恨丁斷了他不少財源，却又不敢把這塊「金字招牌」，輕易摘掉。正好，蔣介石正在一心一意地「收川」，把這張牌打出去，對於爭取四川納稅人的民心，當然是有好處的。所以就把他調任爲四川區稅務局長，在「中央軍」還沒有正式大規模入川以前，就到了重慶去替「中央」的「清廉政治」做廣告。

在孔親自交給他帶入川的一批「自己人」中，最重要的是川東區稅務分局局長孟世義。他不但是孔的小同鄉，孔的得意學生，而且還是孔在外面的財源之一。他到了川東之後，自恃後台硬，馬上就大張旗鼓地貪起汚來。丁調查確實以後，立刻把他送往行營軍法處，一時人心大快，有些報紙上甚至於說：「丁宮保的後人，究竟有激濁揚淸的魄力。」但孔祥熙却氣壞了，他連拍了幾個電報去「力保」，丁却回敬了他一套「昔先祖文誠公以節操自勵，不畏强項……。」依舊不肯把對孟世義的控訴撤回。兩邊越搞越僵，外面聽見了風聲的人，都大爲憤慨。據說，那時的「委員長行營主任」賀國光，看見孔的這種做法，會使還沒有在四川站穩的「中央」，大失人心，就趕快支持丁的辦法，把大貪官孟世義公開審判，然後按照軍法上的貪汚罪，判決槍斃。這一來，加强了許多納稅人對「中央」的信心，但丁自己却也看穿了孔的靈魂，所以就在孟被處決的那天，打電報給孔，說是：「貪官既鋤，萬民額手，……掛冠歸隱外，更無他求……。」

丁二爺歸隱半畝園

從此，丁就脫離了政治舞台，雖然還有着「軍事委員會中將參議」、「特派導淮委員會委員」，這兩個空名義，却完全不再參與任何實際的活動。他因爲在長城戰役以後，反日的思想和行動，表現得越來越激烈，所以日本人佔領北京之後，就把他的礪園沒收了，做爲一個地質研究所的所址。他既不能北返，只好在重慶買了一座半山上的小花園——半畝園，一邊種葡萄，一邊養鴨子來謀生和怡情。這座屋子和花園，在一九四九年後，也被當做反動派財產沒收了，改成了當地工會的文化館。

丁在那裏住了不久，就以腎病和血壓高併發而長逝了。他的家人把他葬在萬安公墓（時爲一九三九年），但是，二十年後，人們在這座公墓上新建了水泥工廠，任何痕跡都沒有留下。

他在北京的遺產——礪園，在第二次世界大戰結束的時候，被國民黨指爲「敵產」，加以沒收，因此，一九四八年的時候，就又被當做「反動派財產」，而沒收了一次，變成了文教委員會高中級幹部們的「工房」（也就是宿舍）。

最奇怪的是，丁春膏這一支的兒女，沒有一個是滯留在中國大陸上的。他的女兒嫁了一位外國的外交官；他的兒子在第二次世界大戰末期，以弱冠從戎，隨着美國海軍陸戰隊，在琉球島登陸，在激戰中陣亡了。（全文完）

●作者來函●

一卷十二期拙作「戊戌狀元夏同龢」，第十段需要更正，文中說廣東自林召棠後，沒有出過狀元，其實同治十年，出過一個梁耀樞（順德人）。因一時忘記，故有此誤，謹向讀者致歉意。

文如謹啓。

夫憑妻貴的孔祥熙

朱間

我在一九三四年因事業上受到影响，中央銀行的舊同事以我原是該行籌備員，又洞知孔祥熙總裁將有添設中央信託局的計劃，因作友誼的援系，囑我想辦法加入。我在一次去南京時，與新任中央銀行理事陳布雷唐有壬二君談及，他們都願爲我帮忙，除布雷專函作介外，有壬並在中央政治會議後當面介見。我與孔晤談後，卽蒙約在上海中央銀行相見，受委爲中央信託局籌備員，我與孔的相識就是這樣而起的。抗戰後，我兼任四聯總處視察，負責推行收兌金銀及發行儲蓄券二事，又兼任財政部公債籌募處長，曾派赴港滬籌募債券及視察後方四行業務。在此期中，與孔接觸機會頗多，言談之間，尚無盛氣凌人的態度。

孔是美國耶魯大學出身，回國極早，除與孫中山初爲同志后爲姻親外，北伐以前，並未在國民黨或國民政府任事。他雖然是山西孔家，但與創辦票號，富可敵國的太谷孔氏毫無關係。他與宋子文有共同的三點，兩人都屬於基督敎徒及都在美國留學。其不同之點，則爲宋在做官以前，根本是窮光蛋；而孔則爲山西全省美孚石油公司的總代理（這點又與宋子文不同，孔是做過買辦的），又由閻錫山委任辦理全省鐵礦事宜，中國早已樹立了相當的經濟基礎。他的中英文程度都還不錯，頗有文化的底子。處世亦有人情味，交遊頗廣，在他發跡後，舊友還時相過從。他的屬員雖多數爲庸才與奴才，但亦不無人才。他於進言建議，尚能知所抉擇，相當接受。

他正式參加政界，是在北洋政府時代的魯案督辦公署下担任青島電話局長而開始。督辦是王正廷，亦卽他的頂頭上司。後來王在國民政府當外交部長和駐美大使，他均能助以一臂之力。他在國民政府中，先任實業部長；後繼宋子文爲財政部長，宋雖不快，尚未採取如對黃漢樑（孫科長行政院時的財長）的不合作態度，而孔於宋任所遺人員也能酌量保留。其時正當世界不景氣之後，日敵加緊侵畧，華北稅收不絕如縷，金融風潮相繼而來。孔爲鞏固金融業，既兼併中交兩行，復揷手於不穩的商業銀行，如通商、四明、中國實業等行，並竭力扶植中國農民銀行，又從商人手中收回了中國國貨銀行，因而形成大四行（中央、中國、交通、農民）與小四行（通商、四明、中國實業、中國國貨）的新局面。

在孔任內的最大業績，爲（一）改革幣制，實行法幣政策；（二）整理公債，將民國以來的無担保的公債於整理後發行統一公債；（三）整頓稅收，除關鹽二稅外，調整直接稅與間直稅，另開徵所得稅與營業稅。又在戰時田賦改徵實物，讓賦稅收入，不致因幣值下落受影響；（四）發行戰時公債及節約建國儲蓄券，又發行美金金鎊公債與美金儲蓄券，並辦黃金存欵，以期收縮通貨；（五）設貿易委員會，收購外銷物資出口，爭取外滙；（六）設外滙管理委員會，審核外滙的收付，嚴加管制。以上各端，其中雖多弊竇，但就大體而言，比之宋在勝利後的放任政策。尚勝一籌。

孔對中國文化和政治，亦較宋爲明瞭，所以處理行政和財務，畧有辦法。有時提筆，雖不免寫別字，文理似尚通順。可是他的最大壞處，卽爲他的太太和子女，不唯干預公事，甚至一手包攬，因而政出私門，金來暮夜，劣跡多端，醜聞四布，他是要負全責的。我因抗戰前後和他發生公務的關係，畧知內幕，如他的兒子孔令×駐港時期，以財部特派員，中信局常務理事的兩重身分，引用麥某、許某等，組織南尖社，隨身佩帶手槍，招搖過市，致被香港當局驅逐出境。復冒用中信局名義，私運大批奢侈品進口，於赴渝途中被昆明緝私處查獲，致鬧出運輸處長林世良代人受過，做了替死鬼的大新聞。這類醜事，在宋任內却無所聞，這就是孔不如宋的一端。話說回來，孔的前程，全仗太太的培植，由牝鷄司晨以至於子女不法，那是勢所必然的，孔只得頂盡臭名了。

孔既受制於床頭人，其左右親信自多來自裙帶關係，在內外互通之下，常利用政治上的機密，朋比爲奸，攫取非法的利得。如在推行法幣政策前，秘密搶購物資，及待消息公開，物價上漲，一轉手間便增加了不少財富。如發行統一公債前，即向證券市場大量購入舊公債，到消息公布，蓄債券因刺激上漲，便又拋出，在買空賣空的手法中，不費分文，獲利不貲。又如收購外銷物資辦法公布前，先向市面私行躉購，而於條例公布後轉售於收購機構，坐收起價後的利潤。以是財經制度經過一次變動，卽爲他們製造一次發財機會，而國家與人民則同蒙一次蠹耗與剝削。

我記得抗戰前，曾有一次，傳說紗花布統稅將予調整，因而引起市場價格紛紛上漲的紊亂局面。當時實業部長吳鼎昌查悉此中波動，是由統稅署長吳啓鼎、局長盛昇頤拋空所致，他自己不便出面，商由虞洽卿、葉琢堂兩老趕往廬山，向蔣介石當面告發。他們晉見時，不意宋美齡亦在座間，陪同接見。蔣並不知他們來意爲何，而宋美齡則似洞悉其隱，在蔣與他倆寒暄一過後，她便搬出一大堆不相干的話頭，和他們談個無盡無休。及待同進午飯，則蔣的休息時間已到，他們知難再留，卽留亦無進言的機會，只得廢然告退，始終無法向蔣申訴。足見這裏面的黑幕更大，包庇羣小是有整套的預謀的。

究竟廬詩

季炎

黃晦聞、高奇峰兩君挽辭

吾粤近代詩人黃晦聞（節），畫師高奇峰，才華高妙，傑出當世，其作品實足以雄視詩畫兩壇。兩君捐館舍時，余曾有挽之以詩，今兩君墓木已拱，而流風餘韻，猶令人懷想不已。近日偶因小故，棖觸舊事，感慨萬端；因將此詩，鈔付大華，用塡空白。雖是三十年前舊作，而當時印象，歷歷如新，不以明日黃花，異其觀感也。

挽黃晦聞

攘夷早歲痛陳辭，垂歿猶爲國步悲，
廊廟山林兩何補，先生絕業竟爲詩。
避世何能學孔賓，且拋餘力作詩人，
過秦不弍傳書憤，會得尼山語痛辛。
寒塘初放荻蘆花，孤鶩長天暝落霞，
最是荒凉最旖旎，教人何處語蒹葭。
幽燕風物久慵探，歸夢迢迢到嶺南，
騷路一棺三月下，五羊官柳正毿毿。

挽高奇峰

樓冷天風萬木悲，論交終負此心期，
殘山賸水都如畫，片楮零縑付與誰。
振乏偏來寒士囑，推賢空繫故人思，
紛紛世事吾無語，來弔江湖一畫師。

客南京時，某夕，晤令兄劍父先生於酒家樓，把酒話舊，亦曾詳詢及君近狀；知體弱多病，而精力未衰，方切懷想。乃不數月間，噩耗忽傳，時余正欲整裝作歸計，哀悼之餘，更嘆竟慳最終一面緣也！

●佳作預告●

包天笑先生的「釧影樓回憶錄」續篇，現已著手撰寫，仍交本刊發表，登完後再印單本。喜歡包先生作品的讀者，請留意本刊八月份開始連載。

大華月刊編輯室啓

定價每册港幣二元

大華（五）

數位重製・印刷　秀威資訊科技股份有限公司
https://www.showwe.com.tw
114 台北市內湖區瑞光路 76 巷 65 號 1 樓
電話：+886-2-2796-3638
傳真：+886-2-2796-1377
劃 撥 帳 號　19563868　戶名：秀威資訊科技股份有限公司
讀者服務信箱：service@showwe.com.tw
網 路 訂 購　秀威網路書店：http://store.showwe.tw
國家網路書店：http://www.govbooks.com.tw

2020 年 5 月
全套精裝印製工本費：新台幣 20,000 元（全套五冊不分售）

Printed in Taiwan　ISBN:9789863267959 CIP:820.5

本期刊僅收精裝印製工本費，僅供學術研究參考使用

ISBN 978-986-326-795-9

讀者回函卡

感謝您購買本書，為提升服務品質，請填妥以下資料，將讀者回函卡直接寄回或傳真本公司，收到您的寶貴意見後，我們會收藏記錄及檢討，謝謝！如您需要了解本公司最新出版書目、購書優惠或企劃活動，歡迎您上網查詢或下載相關資料：http:// www.showwe.com.tw

您購買的書名：____________________

出生日期：________年________月________日

學歷：□高中（含）以下　□大專　□研究所（含）以上

職業：□製造業　□金融業　□資訊業　□軍警　□傳播業　□自由業

□服務業　□公務員　□教職　□學生　□家管　□其它______

購書地點：□網路書店　□實體書店　□書展　□郵購　□贈閱　□其他

您從何得知本書的消息？

□網路書店　□實體書店　□網路搜尋　□電子報　□書訊　□雜誌

□傳播媒體　□親友推薦　□網站推薦　□部落格　□其他__________

您對本書的評價：（請填代號　1.非常滿意　2.滿意　3.尚可　4.再改進）

封面設計____　版面編排____　內容____　文／譯筆____　價格____

讀完書後您覺得：

□很有收穫　□有收穫　□收穫不多　□沒收穫

對我們的建議：____________________

____

____

____

請貼
郵票

11466
台北市內湖區瑞光路 76 巷 65 號 1 樓

秀威資訊科技股份有限公司 收

BOD 數位出版事業部

……………………………………………………………………………………

（請沿線對折寄回，謝謝！）

姓　　名：＿＿＿＿＿＿＿＿　年齡：＿＿＿＿　性別：□女　□男

郵遞區號：□□□□□

地　　址：＿＿＿＿＿＿＿＿＿＿＿＿＿＿＿＿

聯絡電話：(日)＿＿＿＿＿＿＿＿　(夜)＿＿＿＿＿＿＿＿

E-mail：＿＿＿＿＿＿＿＿＿＿＿＿＿＿＿＿